# FORTUNATA Y JACINTA

BENITO PÉREZ GALDÓS

# FORTUNATA Y JACINTA

(DOS HISTORIAS DE CASADAS)

INTRODUCCIÓN

DE

AGUSTÍN YÁÑEZ

SÉPTIMA EDICIÓN

EDITORIAL PORRÚA
AV. REPÚBLICA ARGENTINA, 15
MÉXICO, 1998

Primera edición, Madrid, 1887
Primera edición en la Colección "Sepan Cuantos...", 1971



La introducción, esta edición y sus características
son propiedad de la
EDITORIAL PORRÚA, S. A. DE C. V.—4
Av. República Argentina, 15, 06020, México, D. F.



Queda hecho el depósito que marca la ley

ISBN 968-432-376-X RÚSTICA
ISBN 970-07-0184-0 TELA

IMPRESO EN MÉXICO
PRINTED IN MEXICO

ISB 968-432-376-X

# INTRODUCCIÓN

Entrar en la novela de Galdós es entrar en un mundo del que somos partícipes: el mundo de la Hispania legítima, dilatada en el tiempo y en el espacio, en el espíritu y en la tierra: Hispania de Europa y de África, Hispania de América, de Castilla, del Cantábrico y del Mediterráneo; con el genio y la figura de Séneca, y de Pelayo, y de Don Quijote, y de Periquillo, y de Ángel Guerra, de Ángel Guerra revolucionario y místico; aun la Hispania adulterada, la de los reyes y políticos ineptos, la de los militares con morrión de caudillos y con caballos ajenos, la de los figurones deplorables. Mundo conturbado, libérrimo, rebelde, propenso a la anarquía y a la heterodoxia, tradicionalista, dogmático y ortodoxo al rojo vivo; mundo de fantasía y de realidad: una realidad bifronte: risueña y tétrica; mundo de alegría y de miseria, de fe y de supersticiones, que conjuga los impulsos todopoderosos con el quietismo; mundo en que la mística tiene frecuentes colindancias por los rumbos de la sensualidad; este mundo nuestro en donde conviven "católicos de Pedro el Ermitaño y jacobinos de época terciaria: y se odian unos a los otros con buena fe"; mundo de rencor y amor, mundo universal y provinciano, generoso y mezquino, a las veces emperador de la tierra y campeón de los cielos; esclavo en ocasiones; trono y barrio, palacio y zahúrda, lengua de ángeles y blasfemia de renegados.

Todo esto vive dentro de la novela galdosiana: espiritual y naturalista, ceñida inflexiblemente por la historia, mas airosa en regiones de fantasías; novela experimental, en el sentido de lo ya vivido, que la surte; al mismo tiempo, novela irreal, disparada a mejores climas por una imaginación anhelante, grávida de futuro, confiada en el destino manifiesto de la raza.

Éstas son las dos constantes que rigen la obra de Benito Pérez Galdós: historia e imaginación, creadora ésta de una historia no menos exacta que la otra, y más honda, permanente, siempre en vigor, alimentada por la observación e identificación con la realidad popular: "historia viva que se aprende con los ojos"; [1] con todo, "ciencia humana —según palabras del propio Galdós—, así la que se aprende en los libros salidos de la imprenta, como la que anda y habla y come en los textos vivos que llamamos personas, escritos a veces en lenguas

[1] *Fortunata y Jacinta,* 1ª parte, cap. III.

muy difíciles de entender."[2] La historia, dice en otro lugar, "viene a ser como un sueño retrospectivo",[3] y esto explica el volumen que alcanza el sueño en las novelas de Galdós: "¿pueden acaso (los sueños) revestirse de realidad y hacerse sensibles a la vista y al tacto del hombre despierto?"... "es muy divertido vivir cuando viviendo se ven cosas tan raras y se puede llegar a la consoladora tesis de que nada es mentira",[4] o dicho por boca de *Mauricia la Dura,* personaje al agua fuerte, que anima las páginas de *Fortunata y Jacinta:* "lo que una sueña tiene su *aquel.*[5] Esta corriente de lo imaginario, presente en todas las obras de don Benito, conforma la estética del novelista, quien gusta expresarla por boca de sus criaturas, por ejemplo en aquel diálogo entre Ponce, crítico de arte, y el boticario Segismundo, de la novela que se acaba de citar, cuyas son estas palabras: "El tejido artístico no resultaría vistoso sino introduciendo ciertas urdimbres de todo punto necesarias para que la vulgaridad de la vida pudiese convertirse en materia estética. No toleraba él que la vida se llevase al arte tal como es, sino aderezada, sazonada con olorosas especias, y después puesta al fuego hasta que cueza bien",[6] aun cuando los interlocutores llegan a convenir "que la fruta cruda bien madura es cosa muy buena"; pero "que también lo son las compotas, si el repostero sabe lo que trae entre manos".[7] Ahora oigamos hablar de Fidela, segunda mujer del avaro Torquemada: "'Su ingénita afición a las golosinas tomaba en el orden espiritual la forma de gusto de las novelas... lo más extraño de su ardiente afición era que dividía en dos campos absolutamente distintos la vida real y la novela; es decir, que las novelas, aun las de estilo naturalista, constituían un mundo figurado, convencional, obra de los forjadores de cosas supuestas, mentirosas y fantásticas... entre las novelas que más tiraban a lo verdadero, y la verdad de la vida, veía siempre Fidela un abismo."[8]

No hay novela de Galdós en la que se hallen ausentes, por un lado, el rigor histórico; por el otro, la exuberancia de la imaginación, ajustando con fuerza, mutuamente, la traza y contenido de la obra. Entre ambos límites caben las más diversas formas de la realidad: el paisaje inmutable, las fisonomías caprichosas, las quimeras de los personajes,

---

[2] *Ángel Guerra,* 3ª parte, cap. I.
[3] *Idem.*
[4] *Idem.*
[5] *Fortunata y Jacinta,* 2ª parte, cap. VI.
[6] *Idem,* 4ª parte, cap. VI.
[7] *Idem.*
[8] *Torquemada en el purgatorio,* 1ª parte, cap. IX.

hasta la pasajera y terrible realidad —tan española, tan hispanoamericana— del rumor colectivo y de las ilusiones.

Algunas veces predomina lo histórico y las formas de la realidad empírica, que con frecuencia llegan al sumo vigor en alas de la recreación poética, como en aquellas magníficas páginas en las que alcanzan vida perdurable los episodios del 2 de mayo de 1808; sin menoscabo de sus exactas dimensiones, los hechos y personajes históricos pierden rigidez; llevados por el hilo novelesco recobran aliento vital; en compañía de seres ficticios —pero tan verosímiles— vuelven al movimiento perpetuo. Tal es la hazaña de Pérez Galdós al mantener en una sola trama la historia española que viene desde Trafalgar y llega a Cánovas; cuarenta y cinco volúmenes y veinte años de la vida de don Benito componen *Los Episodios Nacionales,* a cuyo través ni los caracteres resienten falseamientos, ni se fuerzan las dobles situaciones históricas y novelescas, antes bien, compenetrándose, permitiéndose mutuas prioridades, logran entregarnos uno de los mayores documentos, a la vez histórico y literario, que hayan rendido las letras españolas, no inferior a los grandes cuadros de la vida realizados en otras literaturas. Ahora que si recurrimos a la pintura como término de comparación, acabaremos por convenir en que las páginas donde Pérez Galdós recrea los fusilamientos de la Moncloa, no desmerecen frente al famoso cuadro de Goya; tal es el vigor, el colorido, el hálito de verismo trágico que allá campea.

Pero no sólo en los *Episodios* rige la historia, columna vertebral de la serie. No hay novela galdosiana que en mayores o menores proporciones deje de sustentar la ficción en aquel apoyo, siquiera sea como ambiente o como referencia indispensable a insertar con fuerza el elemento temporal, nervio de la novela. En algunas obras, como en *La Fontana de Oro,* la cercanía es inmediata; en otras, más remota: *Nazarín,* por ejemplo.

A lo histórico en sentido estricto, sigue la capa de lo real empírico dentro de la estructura de la novela galdosiana: primero en una zona inafectable por la imaginación, a no ser con las modificaciones del sueño y de la alucinación, tan frecuentes en Galdós; cuentan en el primer estrato la geografía, las peculiaridades psicológicas de lo español, y todas las determinaciones físicas que constituyen la circunstancia nacional, prolongada en una segunda zona de fácil acceso al trabajo de la fantasía, desde luego en forma de maleabilidad para la selección y recomposición poéticas: así la invención de tipos, ambientes y situaciones, la trama de diálogos, la omnisciencia y la omnipresencia del autor, la conducción general y economía del asunto: todo ello bajo el común denominador de la verosimilitud.

Mas con estas fronteras, resta vastísimo campo a la imaginación, cuyas operaciones llegan desde los contenidos irreductibles a las meras funciones psíquicas —ideas, ideales, emociones, actos volitivos— hasta las creencias, los estados de locura, los éxtasis, las visiones sobrenaturales y el quebrantamiento del orden cósmico mediante los milagros. Ya no son sólo las quimeras individuales y colectivas, externadas en forma de aprensiones y rumores; sino la presencia de lo sobrenatural, inexplicable al rigor científico.

En el primer grado, place a Galdós utilizar tipos imaginativos, de preferencia ciegos, en quienes —como dice al retratar al inválido del ciclo de Torquemada— "la falta de vista ha cultivado la imaginación"; [9] o bien, personajes de temperamento exaltado y neuróticos, en quienes todavía es difícil marcar los límites de la locura franca, uniforme: no se sabe a ciencia cierta en don Santiago Fernández, el gran capitán de los *Episodios Nacionales,* hasta dónde su estado es producto de la excitación patriótica y conjunto de manías seniles, o efecto de trastorno mental patológico. La fauna galdosiana es pródiga en estos casos desconcertantes: aquel Orozco que tiene la hipocresía del mal y es alma generosa, cuyas son estas palabras, dichas en una de las escenas de *Realidad:* "Elevémonos sobre las ideas comunes y secundarias. Vivamos en las ideas primordiales y en los grandes sentimientos de fraternidad; y cuando hayas acostumbrado tu espíritu a esta luz superior, comprenderás que el amor material queda en la categoría de instinto"; [10] o los tipos de don Frasquito y de Obdulia, en la novela *Misericordia,* cuya riqueza consistía "en la facultad preciosa de desprenderse de la realidad, cuando querían, trasladándose a un mundo imaginario, todo bienandanzas, placeres y dichas"; "cuando se veían privados absolutamente de los bienes positivos sacaban de la imaginación el cuerno de Amaltea, y lo agitaban para ver salir de él los bienes ideales". "—Ya me había vuelto tonta de remate —dice Obdulia— si Dios no me hubiera dado la facultad de figurarme las cosas que no he visto nunca." "—Yo soy un hombre que adora los ideales, que no vive sólo de la vil materia. Yo desprecio la vil materia, yo sé desprenderme del frágil barro" —afirma don Frasquito; [11] Benigna de Casia, protagonista de *Misericordia,* crea un tipo imaginario, don Romualdo, que luego, ante su propia sorpresa, resulta real hasta en los detalles físicos que compo-

[9] *Torquemada en la cruz,* 1ª parte, cap. X.
[10] *Realidad,* jornada IV.
[11] *Misericordia,* caps. XV y XVIII.

nían la ficción; y Ángel Guerra, en quien pone Galdós estas palabras definitivas: "Tengo una increíble facultad de materializar las ideas, y cuando la mente se me caldea con un pensar fijo y tenaz, suelo ver lo que pienso. Una de las ansias que más me atormentan es la de lo sobrenatural, la de que mis sentidos perciban sensaciones contrarias a la ley física que todos conocemos. La monotonía de los fenómenos corrientes de la naturaleza es desesperante. Lo sobrenatural, lo maravilloso, el milagro me hacen falta a mí." [12] "Cultivemos la idea sin desconfiar de la realidad, que vendrá —¿pues no ha de venir?— a dar forma y vida al pensamiento, pues para eso existe. El mundo físico ¿qué es más que un esclavo del mundo ideal y el ejecutor ciego de sus planes?... Si me apuran, diré que la realidad hállase hoy como hastiada de su pedestre y vil trabajo, con tanta vulgaridad económica y mecánica, y anhela —¡vive Dios!— remontarse a más altas esferas." [13]

Personajes como Nazarín, como la madre de los Babeles, como la ciega Lucía, como Maximiliano Rubín —una de las mayores creaciones de la literatura española de todos los tiempos—, rebasan la indecisa divisoria, llegando a lo patológico y a lo maravilloso, no sólo transitoriamente como en los raptos alcohólicos de *Mauricia la Dura* o en las ficciones propias de la técnica novelesca cuando el autor sugiere dobles fondos a la realidad, como en la semejanza de la propia Mauricia con los retratos de Napoleón adolescente, o como en la insinuación de que el sobrino de Virones, sobre parecerse a "los retratos que hizo Murillo del Niño Dios", "para mayor encanto llamábase Jesús, y no era ésta la última coincidencia: había nacido en un pesebre, yendo su madre de Cuerva a Mezarambroz en una fría noche de febrero",[14] o como la semejanza entre la prisión de Nazarín y el relato evangélico de la prisión de Nuestro Señor Jesucristo.

En el último grado figuran los desdoblamientos con representación física —en Ángel Guerra, en Orozco—, las visiones sobrenaturales, como aquella de Lucía, quien antes de que la enteren de la muerte de Ángel Guerra, lo ve ascender en compañía de Nuestro Señor, tras de encontrarse uno y otro "poquito más allá de la puerta"; [15] el antropomorfismo —españolísimo— de ideas y creencias halla frecuente cumplimiento en este grado del mundo galdosiano.

Con latitud realista de ese modo amplia y profunda, el arte de novelar encuentra materiales y recursos abundantísimos, en modo de capturar las más ocultas presencias de la vida y sus vibraciones mínimas,

---

12 y 13 *Ángel Guerra,* 3ª parte, caps. II y IV.

14 *Idem,* 3ª parte, cap. VI.

15 *Idem,* cap. final.

misteriosas. El misterio se halla aquí, de cuerpo presente, y vivo. El conocimiento histórico y la experiencia cotidiana hechos blanda pasta, ofrecen el revés que los mueve. Los personajes dejan de ser copias muertas, creaciones caprichosas, mecanismos convencionales más o menos ingeniosos, y advienen con pujanza, imponiéndose al autor, hasta sembrar en él dudas relativas a la identidad de los seres que mueve. "¿Concluí por construir un Nazarín de nueva planta con materiales extraídos de mis propias ideas, o llegué a posesionarme intelectualmente del verdadero y real personaje?... Lo que a renglón seguido se cuenta, ¿es verídica historia o una invención de esas que por la doble virtud del arte expeditivo de quien las escribe y la credulidad de quien las lee, resultan como una ilusión de la realidad?" [16] Descontado el artificio literario que haya en estas palabras dejan entrever la exacta relación del novelista frente a sus criaturas, en cuanto no son éstas productos íntegros de la sensibilidad poética si han de tener vida íntegra, si han de gozar plena autonomía, como en el acaecer real. El novelista tiene que aceptar el desenvolvimiento de los caracteres, aun contra su gusto; que al fin viene a ser padre de familia, en sentido estricto.

Progenie dilatada ésta de don Benito Pérez Galdós; entroncada y radicada en las más diversas capas de la realidad, con los más encontrados estilos de vida y fisonomía moral; gentes de trono y de corte, de cuartel y de pocilga; clérigos de temple distinto, aristócratas, burgueses, menestrales, holgazanes, perdularios, mendigos, piltrafas humanas. Con mucho sobrepasan del medio millar los personajes acabados que alientan en la obra galdosiana, sin contar aquellos que apenas asoman sus destinos, los que sólo son objeto de referencias, concurrentes a fijar situaciones. Muchos aparecen dentro de ciclos diferentes: Torquemada, el prestamista, interviene en *El Doctor Centeno,* en *Lo Prohibido,* en *La de Bringas,* en *Fortunata y Jacinta,* y en las cuatro novelas que forman el ciclo propio de ese personaje; Augusta Cisneros es protagonista de *Incógnita* y de *Realidad:* asimismo figura en *Torquemada y San Pedro;* el doctor Augusto Miquis parece el médico de toda la familia: anda en *La Desheredada,* en *El Amigo Manso,* en *El Doctor Centeno,* en *Lo Prohibido,* en *Fortunata y Jacinta,* en *Ángel Guerra,* en el ciclo de Torquemada, en *Realidad,* etc. Claro que se dan muy marcadas analogías entre algunos de estos tipos, y tanto, que pueden formarse categorías humanas: cabrían en una de ellas Leré, la fascinante doncella de *Ángel Guerra,* y en orden descendente, aunque inmediato, la "santa", de *Fortunata y Jacinta,* Irene, en *El Amigo Man-*

---

[16] *Nazarín,* cap. final de la 1ª parte.

*so,* hasta llegar a la Beatriz de *Nazarín* y Nina, en *Misericordia,* comprendiendo otras muchas mujeres, principalmente de los *Episodios;* en personajes tan encontrados como Federico Viera y como Orozco existen profundas analogías de temperamento, que también aparecen en el gran Maximiliano, marido de Fortunata; en otra categoría se hallan Fortunata, *La Peri, Mauricia la Dura,* Isidora, Dulce, Andara; en otra, Ángel Guerra y Nazarín, con Manso; y más allá, la teoría de ciegos, desde Pablo Penáguilas, en *Marianela,* y Rafael, hermano político de Torquemada, hasta el Conde de Albrit, en *El Abuelo,* y Almudena, en *Misericordia.* No es la condición social, ni el oficio, ni rasgo alguno externo lo que determina tales analogías: gentes con idéntica sangre, con pareja situación económica, dentro de igual ambiente, difieren por modos absolutos; ejemplo clarísimo, los numerosos ejemplares de clérigos que cruzan toda la obra de Galdós: entre el Domingo Pérez que figura en *La Fontana* y el don Tomé de *Ángel Guerra,* media un abismo; a diferencia de otros novelistas coetáneos, Galdós no ve en ésta, ni en otras similares, una clase de tipo único, cerrada: su experiencia de la realidad le ayuda a discernir individuos, lo mismo entre aristócratas, que entre mendigos: ni sotanas, ni ricas prendas de vestir, ni caras de aparente bondad son elementos para la esencial constitución y clasificación de los personajes, sino estructuras internas, de carácter moral y de semejantes maneras de reacción ante iguales problemas, colocan en la misma línea a la *santa* aristócrata de *Fortunata y Jacinta,* fundadora de asilos y paño de lágrimas para toda necesidad, y a Nina, que se convierte en mendiga para mantener a su ama, en *Misericordia.*

Ciertamente Galdós recurre a la prosopografía —en veces muy abundante— para la creación de sus personajes; pero no es allí donde les confiere el soplo vital, sino en el modo como los hace hablar y moverse.

Y así encontramos una de las notas esenciales en la traza de las novelas galdosianas: toda su fuerza arranca de los personajes y no de la anécdota que se narra; ésta puede ser pobre, monótona, de antemano sabida o presentida (y es el caso de muchas de las obras mayores de este escritor); sin embargo, las peripecias poco importan para mantener la atención, sostenida por el desenvolvimiento de los caracteres.

Aun en aquellos *Episodios Nacionales* en los que la magnitud del hecho es impresionante *(Zaragoza,* por ejemplo) y en los que la parte histórica absorbe los cuidados del novelista, don Benito consigue traer a primer plano a sus criaturas, dando la ilusión de que son ellas las que imprimen interés a los acontecimientos, y que éstos sólo son el marco indispensable para que aquéllas muevan sus destinos.

De la contextura de los personajes depende la traza general de la obra. Como primera ilustración hemos de referirnos al relato que inaugura los *Episodios Nacionales;* allí tomamos contacto con Gabrielillo, arrapiezo de Cádiz; el tema central es la batalla de Trafalgar, que insinúa el autor con la descripción de batallas navales con que Gabriel y otros chicos de su edad se divertían, haciendo flotar cucuruchos en tinas llenas de agua; viene luego el hecho real, descrito a través de las actividades en él desarrolladas por el relator, y de las noticias que pudo adquirir e interpretar de acuerdo con su sensibilidad; al fin, el hecho histórico vuelve a ser objeto de mención en el plano de la fantasía: el pequeño héroe sueña la batalla, reconstruyéndola con objetos extraños a la terrible experiencia. Otro ejemplo: el carácter introvertido del amigo Manso, en la novela de este nombre, determina la extraña forma de introducción y término del relato: Manso no es nada; y así también al trazar las peripecias de Nazarín. El pasmoso desarrollo del genio bursátil de don Francisco Torquemada se inicia, a partir del tercer volumen de las obras que lo tienen por personaje central, con la referencia a míticas relaciones: *Dichos y hechos de D. Francisco Torquemada,* del fabuloso cronista licenciado Juan de Madrid; la *Selva de Comilonas y Laberinto de Tertulias,* del Arcipreste Florián, los *Avisos del Arte Culinario,* del Maestro López de Buenafuente, las *Premáticas del Buen vestir,* etc.; en este mismo ciclo, las sobrehumanas conversaciones del protagonista con el oráculo de su hijo muerto, y cuyo retrato, colocado en un altarcillo, mueve sus facciones a impulsos de la charla, tienen como centro de arranque el propio carácter de don Francisco, que halla en tales conversaciones sus normas de vida. Una última muestra: la etopeya de Ángel Guerra, el revolucionario, encuentra su mejor enunciado en la forma con que la novela comienza: tras su participación en vías de hecho contra el régimen político, herido, derrotado física y moralmente, Ángel se refugia al lado de Dulce, frente a la cual, un ánimo de diverso temple, Leré, determina el cambio de signo en los impulsos vitales del protagonista.

El paisaje, y en general toda la circunstancia de lo narrativo, aparecen condicionados —entiéndase que en la traza de la novela— por los caracteres humanos. La fiebre revolucionaria de signo político en Ángel Guerra requiere a Madrid por teatro; mas orientada por impulsos místicos, necesita el marco fantasmal de Toledo; ¿en qué otro escenario podían desenvolverse las quijotescas andanzas de Nazarín sino en esas aldehuelas castellanas, asiento de miseria y mezquindad?; esa galería de figuras reunidas en torno de doña Perfecta ¿cómo pueden vivir, ni entenderse fuera de Orbajosa, pueblo que adquiere su perfil por el perfil de sus habitantes?; no puede ser de otro modo la casa de María de la Paz, de Salomé y de doña Paulita Porreño, supuesta la constitución de estos personajes de *La Fontana.* Paisaje y circunstancias vividos, no sólo vistos o inventados como fondo; tan intensamente vividos, que en ellos nacen los mejores momentos líricos de la novela galdosiana: recuérdese la exaltación del héroe cuando escucha las campanas de Cádiz, aquella mañana en que la flota zarpa al encuentro de los ingleses, en el episodio de Trafalgar; la visión de Toledo cubierto de nieve, en la novela cuyo protagonista es Ángel Guerra; los gritos heroicos que se desprenden de las piedras de Zaragoza; los prodigiosos detalles sensorios que componen la realidad de Pablo, el ciego de *Marianela,* fáciles conductores de lo lírico. La circunstancia —como la acción, según luego veremos—, no están inventadas para los personajes, sino al contrario; nunca, en Galdós, el pedestal es enorme y pequeñísima la estatua: un ajuste preciso los concilia; por esto tampoco incurre en la descripción por la descripción misma, ni ésta tiene valor autónomo en la traza de la novela. Es más: los accidentes van desapareciendo, hasta llegar a la acción pura, que externa por sí sola los caracteres; don Benito, cuya primera vocación literaria tendió a la dramática, termina escribiendo *novelas en jornadas;* oigámosle explicarse en el prólogo de *El Abuelo:* "(estoy) dando el mayor desarrollo posible, por esta vez, al procedimiento dialogal, y contrayendo a proporciones mínimas las formas descriptiva y narrativa... El sistema dialogal, adoptado ya en *Realidad,* nos da la forja expedita y concreta de los caracteres. Éstos se hacen, se componen, imitan más fácilmente, digámoslo así, a los seres vivos, cuando manifiestan su contextura moral con su propia palabra, y con ella, como en la vida, nos dan el relieve más o menos hondo y firme de sus acciones. La palabra del autor, narrando y describiendo, no tiene, en términos generales, tanta eficacia, ni da tan directamente la impresión de la verdad espiritual. Siempre es una referencia, algo como la historia, que nos cuenta los acontecimiento y nos traza retratos y escenas. Con la virtud misteriosa del diálogo parece ferencia, algo como la historia, que nos cuenta los acontecimientos y nos olvidamos más fácilmente del autor oculto que nos ofrece una ingeniosa imitación de la naturaleza... Aunque por su estructura y por la división en jornadas y escenas parece *El Abuelo* obra teatral, no he vacilado en llamarle novela, sin dar a las denominaciones valor absoluto, que en esto, como en todo lo que pertenece al reino infinito del arte, lo más prudente es huir de los encasillados y de las clasificaciones catalogales de géneros y formas. En toda novela en que los personajes hablan, late una obra dramática. El teatro no es más que la condensación y acopladura de todo aquello que en la novela moderna constituye acciones y caracteres... Que me diga también el que lo sepa, si *La Celestina* es novela o drama".[17]

Que la acción y la unidad de acción proceden de la fuerza de los caracteres, podemos advertirlo a través de un personaje galdosiano, el Manuel Peña, de *El Amigo Manso,* muy descrito y ponderado; pero borroso, cuanto borrosa e indirecta resulta su actividad novelesca; el autor nos dice prolijamente cómo es y qué hace; mas no lo sentimos *hacer* en nuestra presencia, no lo vemos aparecer en la realidad de la ficción, no le oímos ninguna de sus frases ingeniosas, ninguno de los discursos arrebatadores que el novelista encomia; pese al papel que desempeña en la economía de la obra, ¡cuán desteñido es Manuel Peña, si se le compara con su madre, la bien construida, la parlanchina y, por ende, la activísima doña Javiera, o con doña Cándida, o con la familia de José María, personajes de papel secundario, pero de enérgica construcción, lo que resuelve su plena actividad en lo real de la fábula. Los ejemplos podrían multiplicarse.

La variedad de caracteres y de matices dentro de tipos semejantes, da a la novela de Galdós la agilidad cinemática que es una de sus mayores prendas, agilidad en que luce la destreza del novelista hispano para tramar los hilos de sus asuntos. Aun cuando recurra a las formas autobiográfica y epistolar —en los *Episodios,* en *El Amigo Manso,* en *La Incógnita*— personajes y cosas, uno a uno, están vividos por dentro, alternando en igual plano con el carácter que hace memorias, muchas veces casi perdido tras la objetividad de las figuras y circunstancias vistas por él, y en todo momento contrapuesto a gentes y situaciones, técnica ésta de contrastes empleada sistemáticamente, con éxito peculiar: contrastes de temperamentos: Augusta y *La Peri,* Fortunata y Jacinta, Juanito Santacruz y Maximiliano Rubín; contrastes de tipos pertenecientes a la misma clase: los clérigos don Tomé, Casado, Mancebo y García Virones, entre los de mayor relieve dentro de Ángel Guerra; contrastes de circunstancias: las casas palaciegas y las buhardillas; contrastes de asuntos a desarrollar: en la primera parte de *Fortunata y Jacinta,* Fortunata sólo es objeto de fugaz aparición; en la parte siguiente, Jacinta desaparece; contrastes de métodos, en especial cuando combina la topografía, la prosopografía y el diálogo; contrastes de planos: reales e imaginarios, trágicos y risibles; de estos últimos es muestra singular aquella página epicoburlesca del furioso combate entre ratones, el capitán de los cuales lleva el nombre de Napoleón, in-

---

[17] *El Abuelo,* prólogo.

sertada en el episodio *Gerona,* y que tan eficazmente sirve para subrayar las tétricas tintas del relato. En serie tan larga como la de los *Episodios,* esta destreza mantiene despierto el interés, aun cuando en largos trechos desaparezcan figuras de primera importancia, cuyo destino apasionante recibe soluciones de continuidad. Pareja tesis vale por lo común para todas las obras de don Benito, notables por su gran extensión: *Fortunata y Jacinta* tiene más de mil trescientas páginas; las cuatro obras de que se compone el ciclo de Torquemada forman una cantidad aproximada de páginas.

La vida de los personajes, cuya suma es la vida del universo galdosiano, unánimemente ofrece dos aspectos, que marcan otras tantas perspectivas: la realidad actual y la posible: mundo de rutina y mundo de aspiraciones. Aun el conformismo y la no resistencia al mal, en Nazarín, están llenos de ilusión; Jacinta vive enrostrada hacia el hijo imposible; Isidora se encarniza en la esperanza de su pretendido parentesco con la Marquesa de Aransis, Pepe Rey sueña con el progreso, Rosario —hija y víctima de doña Perfecta— cifra todo en el amor de Pepe Rey, doña Lupe la de los Pavos muere con la obsesión del matrimonio entre don Francisco Torquemada y una de las Águila; el desvarío final del prestamista es un fabuloso negocio por hacer; Ángel Guerra lucha por un mundo mejor, primero, el fusil en la mano; después, lanzándose a la fundación del *dominismo;* la inflexibilidad dogmática chocando con las pasiones humanas plantea el problema de Gloria; el tímido amigo Manso muere por la tronchada ilusión de su sentimiento hacia Irene. No, no hay criatura de Galdós en la que no aliente esa ansia de futuro, tendida como arco. Hasta el monstruo, hermano de Leré, vive corroído de inquietudes. Por esto son vidas de las que brotan caudales de pasión; vidas intensas, que convierten la novela en océano proceloso. Tempestuosa es doña Perfecta; lo es Fortunata; pero también lo es la mística doña Paulita; lo es la dulzura de Inés y de Mariquilla, en los *Episodios,* y la de Clara, en *La Fontana de Oro;* tipos serenos que llegan al arrebato patético cuando lo ilusorio que mantiene su carácter tropieza con obstáculos. Tal es el campo donde surge ese formidable choque de ideas que promovió el escándalo en torno a la novela de Galdós; tal es asimismo el secreto de la riqueza de asuntos en obra tan copiosa.

Fiel al genio de la raza, Pérez Galdós tiene como fin final un propósito ético. "La literatura —dice— debe ser enseñanza, ejemplo." [18] Pero a diferencia de otros escritores españoles e hispanoamericanos, don Benito, fuera de sus personajes y de la dirección objetiva del su-

---

[18] *Galdós* (conversaciones con Olmet y Carrafa), cap. XVI, pág. 93.

ceder novelesco, apenas hace uso de la palabra en plan de cátedra. La suya es escuela de acción: viveza de los caracteres llenos de ideas, viveza de los diálogos, de las situaciones, de los ambientes, de los destinos, del movimiento escénico y de los desenlaces. Notable es el parejo vigor con que se presentan las convicciones más opuestas, al grado de no saberse, o dudarse cuál sea el partido personal del novelista, que sólo se reconoce a lo largo de su obra, mediante reiteraciones de una a otra obra; tan enérgica resulta la crítica enderezada contra ciertos tipos eclesiásticos, como el devoto encomio que otros le merecen. También es notable la fuerza con que Galdós predica sin recurrir a la expresión dialogal que es recurso de primera importancia en su técnica, ni a prolongadas etopeyas, sino con la sola elocuencia de pequeños rasgos en el "hacer" de sus personajes: la ternura, la piedad, la rebeldía contra la injusticia, el amor a la patria, la genuina religiosidad, la desgarrada fe y el sentido de la honestidad populares, el hallazgo y expresión del carácter nacional, tienen sus más conmovedores medios de manifestarse y comunicarse por algún gesto de caridad brusca, por algún silencio, por ocultas obras cuya intención desconocida públicamente, las entrega a censuras e interpretaciones falsas. ¡Cómo gusta patentizarse la natural y áspera virtud en tipos miserables, en mozas de partido, en sujetos maldicientes! ¡Cómo insensiblemente va surgiendo la simpatía por figuras de vida turbia —Fortunata, Dulce, La Peri—, redimidas al pronto con sencillísima, con humanísima demostración de bondad! Galdós alcanza su admirable maestría en el manejo de tales goznecillos. Técnica de tal naturaleza consigue que las novelas de don Benito no puedan ser tenidas en el encasillado de la novela de tesis, pese a su franco propósito educativo, ético, y a su densidad ideológica. Cabría en este punto discernir la debatida irreligiosidad de Pérez Galdós. Rota en las playas del tiempo la ola de exaltación y escándalo que cebó furiosos anatemas sobre el autor de *La Familia de León Roch,* tanto como lo meció en alturas de fácil popularidad; roto asimismo el injusto cuanto abrumador olvido que sucedió a su muerte, quedamos libres para entablar revisión de tantos juicios desmesurados y carentes de la perspectiva que requieren las obras de arte. Lejos de incidentes transitorios, una reconsideración atenta de la obra galdosiana nos entrega, fuera de toda duda, conclusiones como ésta: la profunda, la auténtica religiosidad de don Benito Pérez Galdós. Cosa no sorprendente, pues aun dentro de los límites de la pura ortodoxia, ya Menéndez Pelayo, en la contestación al discurso de ingreso pronunciado por Pérez Galdós en la Academia Española de la Lengua (7 de febrero de 1897), rectificando puntos de vista anteriores, reconocía que si ambulan en las novelas de Galdós personajes heterodoxos, ello no lleva a la conclusión general de heterodoxia en don Benito; en efecto, por frente a aquellos personajes y a sus ideas, luce la más pura ortodoxia de otros: frente a la propensión herética de la generosidad arrebatada de Ángel Guerra, está el exacto criterio del Padre Casado y de Leré. La religiosidad es uno de los nervios dominantes del mundo galdosiano, activo de principio a fin; mas el objeto y límites del tema que ahora nos ocupa, obliga a aplazar para otra circunstancia el estudio a fondo de cuestión tan apasionante y tentadora. Baste decir que la inventiva del novelista encuentra en motivaciones religiosas los más felices éxitos tanto en su ejercicio como categoría técnica para ahondar y ampliar el ámbito de la realidad, sobrepasando las estrecheces positivistas, como al prolongar lo habitual de las vidas humanas y del suceder en el juego novelesco hacia el plano de las aspiraciones, donde se descubre la esencia ética que venimos analizando.

Esto y el resumen de algunas observaciones precedentes, nos entregan la evidencia de que la novela galdosiana no es naturalista, en el sentido de escuela que Zola dio al término. Cae a plomo la inveterada manía de clasificar a Pérez Galdós como el auténtico representante del naturalismo en España: ¡un autor que resucita las sombras de sus personajes para darles ocasión de intervenir en los trances decisivos y en el desenlace de los hechos! ¡un autor a quien hemos oído desdeñar la ciencia, no sólo como norma del hacer artístico, sino como cabal interpretación de la vida! ¡un autor que siente el milagro como necesidad vital y que fácilmente deriva lo real a lo suprasensible, con pasmosa espontaneidad! Y para que no falten palabras suyas enderezadas contra uno de los dogmas capitales de la novela experimental, recordemos este otro pasaje del prólogo puesto a *El Abuelo:* "Por más que se diga, el artista podrá estar más o menos oculto; pero no desaparece nunca, ni acaban de esconderle los bastidores del retablo, por bien construidos que estén. La impersonalidad del autor, preconizada hoy por algunos como sistema artístico, no es más que un vano emblema de banderas literarias, que si ondean triunfantes es por la vigorosa personalidad de los capitanes que en su mano las llevan... El que compone un asunto y le da vida poética, así en la novela como en el teatro, está presente siempre: presente en los arrebatos de la lírica; presente en el relato de pasión o de análisis; presente en el teatro mismo. Su espíritu es el fundente indispensable para que puedan entrar en el molde artístico los seres imaginados que remedan el palpitar de la vida." [19]

---

[19] *El Abuelo,* prólogo.

El genio español no puede avenirse al sentido positivista de la realidad, ni acepta la psicología experimental como interpretación única de la vida humana; está reñido desde siempre con la idea de hacer de la novela un frío documento de dudoso cientificismo, cientificismo que rechaza no sólo en materias artísticas, sino aun en la historia en cuanto estima que aquí y allá es imprescindible una intuición especialísima que capte adecuadamente la suprema realidad vital. El realismo español —de entraña católica— tiene por campo suyo indisputable la esfera de lo suprasensible, donde se mueve con innato señorío. Pérez Galdós es fiel a este realismo metafísico: el realismo de los viejos juglares, el realismo de Cervantes, de Lope, de Quevedo, de Calderón: de Quevedo y Calderón con quienes tantos puntos de semejanza tiene Pérez Galdós.

¿Qué queda, pues, del pretendido naturalismo galdosiano? Lo que en el naturalismo de escuela es mero accidente: bajos fondos sociales, garra popular, humanitarismo; pero acá, éste, con prosapia cristiana. Y todo ello puesto de relieve sobre un trasmundo de esperanzas. Las náuseas que la respiración del pueblo produce en algunos, debió ser el principal motivo para la catalogación peyorativa del realismo galdosiano. Este mundo de don Benito es hondamente popular. "El pueblo es la cantera —declara en *Fortunata y Jacinta*—. De él salen las grandes ideas y las grandes bellezas. Viene luego la inteligencia, el arte, la mano de obra: saca el bloque, lo talla." [20] Recuérdese la repulsa del naturalismo hacia esta labor transformadora de lo positivo.

"Me impresionaban —dice en otro lugar— el dolor y la injusticia, compañía de la humanidad, y se me antojaba que el mal debía y podía remediarse." [21]

Cada página de Galdós alienta con la presencia de lo popular, aun en donde salen tipos de aristocracia; pero tampoco es novela de costumbres. El costumbrismo en Galdós —al parejo de la topografía (verdadero tratado geográfico de España) y del síndrome de caudalosas sensaciones, principalmente visuales (recuérdese la afición de Galdós por la pintura), olfativas y táctiles—, el costumbrismo es aquí fenómeno concomitante, secundario.

Ni tampoco puede decirse que sea novela histórica, o de época, en sentido estricto, a cesar de una de sus dimensiones fundamentales, pues hasta en las obras que pudieran acercarse a tal género, por una parte el autor no trata de reconstruir un estilo de vida pretérito y desarrollarlo como tal; en efecto, don Benito es lo menos arqueólogo posible

---

[20] *Fortunata y Jacinta,* 1ª parte, cap. XI.
[21] *Ángel Guerra,* 1ª parte, cap. IV.

y sólo en la medida que lo reclama la verosimilitud novelesca; por otra parte, consigue sistemáticamente la homogeneidad de lo histórico y lo imaginario: el Fernando VII de *La Fontana de Oro* no alcanza ni con mucho la energía de los personajes ficticios, Elías Orejón entre los primeros, pese al vigor del trazo con que aparece el miserable soberano; y sin embargo el carácter del rey es indispensable resorte para el homogéneo desarrollo de la obra.

Digámoslo finalmente: la novela galdosiana es la novela de la realidad española, o para valernos de un término de connotación en la historia de la literatura, es la gran *Comedia española.* Galdós ha vuelto a expresar la esencial realidad que intuyó el anónimo poeta de *Mío Cid,* y la que vive en las páginas de *Don Quijote,* y la de los *Sueños* de Quevedo; pero también la última heroica y la última desgraciada realidad; Galdós registra el arma de agua hirviente usada en la última defensa de Madrid; Galdós alerta contra el quintacolumnismo al servicio de agresores externos; y suyas son estas palabras de cálida actualidad, con las cuales quiero poner fin a este homenaje galdosiano: "Este sacrificio no será estéril —dice, refiriéndose a la resistencia que Zaragoza ofreció al imperialismo napoleónico—, no será estéril, como sacrificio hecho en nombre de una idea. El imperio, cosa vana y de circunstancias, fundado en la movible fortuna, en la audacia, en el genio militar, que siempre es secundario cuando abandonando el servicio de la idea sólo existe en obsequio de sí propio... pasó, porque las tempestades pasan...; después vimos su resurrección algunos años adelante; pero también pasó, derribado el segundo como el primero por la propia soberbia. Tal vez retoñe por tercera vez este árbol viejo; pero no dará sombra al mundo durante siglos, y apenas servirá para que algunos hombres se calienten con el fuego de su última leña. Lo que no ha pasado ni pasará es la idea de nacionalidad que España defendía contra el derecho de conquista y la usurpación... Hombres de poco seso o sin ninguno en ocasiones, los españoles darán mil caídas hoy como siempre, tropezando y levantándose... Grandes subidas y bajadas, grandes asombros y sorpresas, aparentes muertes y resurrecciones prodigiosas reserva la Providencia a esta gente, porque su destino es poder vivir en la agitación como la salamandra en el fuego; pero su permanencia nacional está y estará siempre asegurada." [22]

AGUSTÍN YÁÑEZ.

---

[22] *Zaragoza,* cap. XXX.

[illegible] sus [illegible] como [illegible]

[illegible] nombres [illegible] de [illegible]

[illegible] que [illegible] quinto [illegible]

[illegible] porque [illegible] texto [illegible]

[illegible]

[illegible] perdido [illegible]

[illegible]

[illegible] cuando [illegible]

[illegible] conquistadores [illegible]

[illegible] de esta [illegible]

[illegible]

[illegible] que [illegible]

[illegible]

# BIBLIOGRAFÍA *

## 1. Obras generales básicas sobre Galdós


Alas, Leopoldo, "Clarín", Obras completas I: *Galdós.* Madrid, Renacimiento, 1912.

Berkowitz, Chonon H., *Pérez Galdós, Spanish liberal crusader.* Madison, 1948.

Casalduero, Joaquín, *Vida y obra de Galdós (1843-1920).* Madrid, Gredos, 1961.

Cimorra, Clemente, *Galdós.* Buenos Aires, Edit. Nova, "Grandes Vidas", 1947.

Correa, Gustavo, *Realidad, ficción y símbolo en las novelas de Pérez Galdós. Ensayo de estética realista.* Bogotá, 1967.

Eoff, Sherman H., *The novels of Pérez Galdós. The concept of life as dynamic process.* Saint Louis, 1954.

Gullón, Ricardo, *Galdós, novelista moderno.* Madrid, Taurus, 1960.

——— *Técnicas de Galdós.* Madrid, Taurus Ediciones, 1970

Gutierrez Gamero, Emilio, *Galdós en su obra.* Madrid, 1933-1935, 3 vols.

Menéndez y Pelayo, Marcelino, Contestación al discurso de ingreso de Galdós a la Real Academia, en *Discursos leídos ante la Real Academia Española en las recepciones públicas del 7 y 21 de febrero de 1897.* Madrid, Est. Tip. de la Vda. e Hijos de Tello, 1897; pp. 31-96.

Montesinos, José F., *Galdós.* Madrid, Castalia, 1968-1969. (Han aparecido 2 vols.)

Olmet, Luis Antón del, y García Carraffa, Arturo, *Galdós.* Madrid, Imprenta de "Alrededor del Mundo", 1912.

Pattison, Walter T., *Benito Pérez Galdós and the creative process.* Minneapolis, 1954.

Pérez Vidal, José, "Pérez Galdós y la Noche de San Daniel", *Revista Hispánica Moderna,* año XVII (New York, enero-dic. 1951); núms. 1-4, pp. 94-110.

Ricard, Robert, *Galdós et ses romans.* Paris, Centre de Recherches de l'Institut d'Études Hispaniques, Collection "Études Hispaniques", 1961.

Río, Ángel del, *Estudios galdosianos.* Zaragoza, 1953.

Schraibman, Joseph, *Dreams in the novels of Galdós.* New York, 1960.

Sáinz de Robles, Federico C., *Don Benito Pérez Galdós y su época. Su vida. Su obra. Su época.* [Introducción a] B. Pérez Galdós, *Obras completas.* Madrid, Aguilar.

Torres Bodet, Jaime, "Pérez Galdós", en *Tres inventores de realidad.*


* Las obras escritas por Galdós pueden verse en la segunda columna "Vida y obra de Galdós" en la Tabla Cronológica que sigue a la Bibliografía.

*Stendhal. Dostoyevsky. Pérez Galdós.* México, Imprenta Universitaria, 1955.

VAREY, J. E. (ed.), *Galdós Studies.* London, Tamesis Books Limited, 1970.

## 2. SOBRE "FORTUNATA Y JACINTA"

ALAS, Leopoldo, "Clarín", "Una carta y muchas digresiones", en *Galdós,* cit. *supra.*

GILMAN, Stephen, "La palabra hablada y *Fortunata y Jacinta", Nueva Revista de Filología Hispánica,* XV (México, 1961), pp. 542-560.

———— "The birth of Fortunata", *Anales Galdosianos,* III (1968), pp. 13-24.

GULLÓN, Ricardo, "Estructura y diseño en *Fortunata y Jacinta",* en *Técnicas de Galdós,* cit. *supra.*

MONTESINOS, José F., "Fortunata y Jacinta", en *Galdós* II. Madrid, Castalia, 1969.

NELSON CALLEY, Louise, "Galdós's concept of primitivism, A romantic view of the character of Fortunata". *Hispania,* XLIV (Baltimore and Wisconsin, 1961), pp. 663-665.

RAPHÄEL, Suzanne, "Un extraño viaje de novios", *Anales Galdosianos,* III (1968), pp. 35-49.

RIBBANS, Geoffrey, "Contemporary History in the structure and characterization of *Fortunata y Jacinta",* en Varey, J. E. (ed.), *Galdós Studies,* cit. *supra.*

SCHIMMEL, Renée, "Algunos aspectos de la técnica de Galdós en la creación de *Fortunata y Jacinta". Archivum,* VII (Oviedo, 1957), pp. 77-100.

ZAHAREAS, Anthony, "The tragic sense in *Fortunata y Jacinta", Symposium,* XIX (1965), pp. 38-49.

# TABLA CRONOLÓGICA

| *Año* | *Vida y obra de Galdós* | *Acontecimientos culturales* | *Sucesos políticos y sociales* |
|---|---|---|---|
| 1843 | 10 de mayo. Nace Benito Pérez Galdós en Las Palmas de Gran Canaria. | Julián Sáinz del Río marcha a estudiar a Alemania: el krausismo. | Mayoría de edad de Isabel II. |
| 1844 | | Estreno de *Don Juan Tenorio,* de Zorrilla. Morse instala el primer telégrafo entre Baltimore y Washington. | |
| 1847 | | Aparece completa *La Comedia humana,* de Balzac. Marx y Engels: *Manifiesto comunista.* | Principio de la 2ª Guerra carlista. |
| 1848 | | Se inaugura la 1ª línea férrea en España (Barcelona-Mataró). | Revolución europea de 1848. |
| 1849 | | Aparece el género de la zarzuela española. | Fin de la 2ª Guerra carlista. |
| 1850 | | Ch. Dickens: *David Copperfield.* | |
| 1857 | Inicia sus estudios secundarios. | G. Flaubert: *Madame Bovary.* Ch. Baudelaire: *Las flores del mal.* | |
| 1859 | | Ch. Darwin: *Origen de las especies.* | Se inicia la Guerra de África (España contra el imperio de Marruecos), que termina al año siguiente. |
| 1861 | Escribe "Quien mal hace, bien no espere" y "Un viaje redondo por el bachiller Sansón Carrasco", drama. | | El Gral. Prim, nombrado jefe de la expedición a México ante el gobierno de Benito Juárez. |

| *Año* | *Vida y obra de Galdós* | *Acontecimientos culturales* | *Sucesos políticos y sociales* |
|---|---|---|---|
| 1862 | Sept. Obtiene su título de Bachiller en Artes en la Univ. de la Laguna (Tenerife). Se traslada a Madrid y se matricula en la Univ. en Derecho. | V. Hugo: *Los Miserables.* | |
| 1865 | Ingresa como periodista en *La Nación.* | | 10 de abril: Noche de San Daniel (motín estudiantil reprimido). |
| 1866 | 22 jun. Ve pasar a los sargentos del cuartel de San Gil para ser fusilados. | Dostoyevsky: *Crimen y castigo.* | 22 jun.: Conspiración de Prim: sublevación de los sargentos del cuartel de San Gil y su fusilamiento al día siguiente. |
| 1867 | Mayo. Viaje a París. Lee *Eugénie Grandet,* de Balzac. Inicia la redacción de *La fontana de oro.* | C. Marx: *El capital* (t.I). L. Tolstoi: *Guerra y paz,* que termina de publicarse en 1869. | |
| 1868 | Viaje a Francia. Regreso por Barcelona. Se embarca para Canarias, pero vuelve a Madrid. | | Revolución de Septiembre. Isabel II sale para Francia. Se inicia en Cuba la Guerra de los Diez años. |
| 1869 | Termina la carrera de Derecho. | | Constitución española democrática. |
| 1870 | | Muerte de G. A. Bécquer. | Amadeo de Saboya, rey de España. Dogma de la infalibilidad del Papa. |
| 1871 | Sale a luz *La fontana de oro. La sombra. La novela en el tranvía. El audaz.* Inicia su amistad con J. Mª Pereda. | Pereda: *Tipos y paisajes.* E. Zola: *Los Rougon-Macquart.* Ch. Darwin: *El origen del hombre.* | |
| 1872 | 13 feb. Director de la *Revista de España* (hasta 13 de nov. de 1873). | | El infante don Carlos encabeza la 3ª Guerra carlista en el Norte de España. |

| Año | Vida y obra de Galdós | Acontecimientos culturales | Sucesos políticos y sociales |
|---|---|---|---|
| 1873 | Aparecen los primeros vols. de los *Episodios Nacionales.* | | Abdicación de Amadeo de Saboya y proclamación de la 1ª República. |
| 1874 | | | Pronunciamiento alfonsino (Levantamiento de Sagunto). Gobierno de Porfirio Díaz en México. |
| 1875 | Fin de la 1ª e inicio de la publicación de la 2ª serie de los *Episodios.* | | Alfonso XII inicia su reinado. |
| 1876 | *Doña Perfecta. Gloria* (t. I), que se acaba de publicar al año siguiente. | Fundación en Madrid de la Institución Libre de Enseñanza. | Fin de la 3ª Guerra carlista. |
| 1878 | *Marianela. La Familia de León Roch.* | Pereda: *El buey suelto.* Edison y Swan inventan la lámpara eléctrica. | Boda de Alfonso XII con María de las Mercedes (23 de enero) Muerte de la reina (26 de junio). |
| 1879 | Termina la publicación de la 2ª serie de los *Episodios.* | Pereda: *De tal palo tal astilla,* novela-réplica a la *Gloria,* de Galdós. | Matrimonio de Alfonso XII con María Cristina de Habsburgo-Lorena. |
| 1880 | | F. Dostoyevsky: *Los Karamazov.* Zola: *Nana.* E. Olavarría y Ferrari: *Episodios históricos mexicanos* (1880-1883). | |
| 1881 | *La desheredada.* | | |
| 1882 | *El amigo Manso.* | | |
| 1883 | *El doctor Centeno.* "Clarín" organiza un banquete en honor de Galdós. | | |
| 1884 | *Tormento. La de Bringas. Lo prohibido* (t. I). | | |

| *Año* | *Vida y obra de Galdós* | *Acontecimientos culturales* | *Sucesos políticos y sociales* |
|---|---|---|---|
| 1885 | *Lo prohibido* (t. II). | Pereda: *Sotileza.* | Discusión hispano-alemana sobre las Carolinas, zanjada por el Papa León XIII. Muerte de Alfonso XII. Regencia de María Cristina. |
| 1886 | Diputado liberal por Guayama (Puerto Rico). Se inicia la publicación de *Fortunata y Jacinta,* que termina al año siguiente. | Zola: *Germinal.* | Nace Alfonso XIII. |
| 1887 | *Celín. Trompiquillos* y *Theros.* | E. Rabasa: *La bola y la gran ciencia.* | |
| 1888. | *Miau. La incógnita,* que termina al año siguiente. Galdós visita la Exposición Universal de Barcelona. | E. Rabasa: *El cuarto poder* y *Moneda falsa.* | Fundación de la Unión Gral. de Trabajadores en España. |
| 1889 | *Torquemada en la hoguera. Realidad.* Solicita el sillón de la Academia de la Lengua, pero es elegido Francisco Commerelán. | Exposición Internacional de París. | |
| 1890 | Se inicia la publicación de *Ángel Guerra,* que termina al año siguiente. | | Se propaga en España el socialismo. |
| 1891 | | | Encíclica *Rerum Novarum* de León XIII. |
| 1892 | Representación teatral de *Realidad.* | Rubén Darío en España: el modernismo. | |
| 1893 | Ocupa por primera vez su casa "San Quintín" en Santander. Estreno de *La loca de la casa* y de *Gerona. Torquemada en la Cruz.* | | |

| *Año* | *Vida y obra de Galdós* | *Acontecimientos culturales* | *Sucesos políticos y sociales* |
|---|---|---|---|
| 1894 | Representación de *La de San Quintín* y *Los condenados. Torquemada en el purgatorio.* | | |
| 1895 | Representación de *Voluntad. Torquemada y San Pedro. Nazarín. Halma.* | Pereda: *Peñas arriba.* | Comienza la guerra separatista de Cuba con el Grito de Baire. |
| 1896 | Estreno de la adaptación teatral de *Doña Perfecta.* Representación de *La fiera.* | Marcel Proust: *Los placeres y los días.* | Agitación separatista en Filipinas. Roces con los E. U. A. |
| 1897 | *Misericordia. El abuelo.* Ingresa a la Academia de la Lengua; contesta su discurso Menéndez Pelayo. | A. Ganivet: *Idearium español.* | Asesinato de Cánovas del Castillo, por Angiolillo. |
| 1898 | Empiezan a aparecer los vols. de la 3ª serie de los *Episodios.* | A. Ganivet: *Los trabajos del infatigable creador Pío Cid.* | McKinley reconoce la independencia de Cuba: Guerra con los E. U. A. (13 de abril), que termina con la Paz de París (10 dic.). Fin del imperio español en Ultramar. |
| 1900 | Termina la publicación de la 3ª serie de *Episodios.* | Muerte de Oscar Wilde. | |
| 1901 | 30 enero. Estreno de *Electra* en el Teatro Español de Madrid, que se convirtió en manifestación política. | Freud: *Psicopatología de la vida cotidiana.* | Muere la reina Victoria. Sube al trono de Inglaterra Eduardo VII. |
| 1902 | Representación de *Alma y vida.* Empieza la publicación de la 4ª serie de *Episodios Nacionales.* | Valle Inclán: Inicia la publicación de las *Sonatas.* V. Salado Álvarez: *Episodios nacionales mexicanos: De Santa Anna a la Reforma.* | Mayoría de edad de Alfonso XIII. Primera huelga general en Barcelona. |

| *Año* | *Vida y obra de Galdós* | *Acontecimientos culturales* | *Sucesos políticos y sociales* |
|---|---|---|---|
| 1903 | Estreno de *Mariucha.* | V. Salado Álvarez: *La Intervención y el Imperio.* Primer vuelo de los hermanos Wright. | |
| 1904. | Estreno de *El abuelo.* | | Viaje de Alfonso XIII a Barcelona. Se decreta el descanso dominical para los obreros. Guerra ruso-japonesa. |
| 1905 | *Casandra.* Estreno de *Bárbara y de Amor y ciencia.* | L. Orrego Luco: *Episodios nacionales de la independencia de la vida de Chile.* Lorentz, Einstein y Minkowski: teoría de la relatividad. Einstein descubre los fotones. | |
| 1906 | | Muerte de José María Pereda. | |
| 1907 | Diputado republicano por Madrid. Termina de publicarse la 4ª serie de *Episodios.* Publica *Zaragoza,* drama lírico en 4 actos. | James Joyce: *Música de cámara.* | Se inicia "el gobierno largo" de Maura. |
| 1908 | Se inicia la publicación de la 5ª serie de *Episodios.* Estreno de *Pedro Minio.* | Principia el arte cubista (Gris, Picasso, Matisse, Braque). | |
| 1909 | *El caballero encantado.* | Blériot vuela sobre el canal de La Mancha. | Guerra de Melilla. Huelga general en Barcelona. Conjunción republicano-socialista. |
| 1910 | Otra vez diputado republicano a Cortes por Madrid. Estreno de *Casandra.* | Se crea en Madrid la Primera Residencia de Estudiantes. | Se inicia la Revolución Mexicana. |

| *Año* | *Vida y obra de Galdós* | *Acontecimientos culturales* | *Sucesos políticos y sociales* |
|---|---|---|---|
| 1912 | La Academia de la Lengua niega su voto a Galdós para el Premio Nobel. Se publica el último *Episodio* de la 5ª serie (inacabada): *Cánovas* | | Asesinato de Canalejas. Convenio hispanofrancés sobre el protectorado de Marruecos. |
| 1913 | Galdós pierde por completo la vista. Estreno de *Celia en los infiernos*, y en el teatro es presentado al rey por el conde de Romanones. | Unamuno: *Del sentimiento trágico de la vida.* Marcel Proust: *Du coté de chez Swann.* | |
| 1914 | Estreno de *Alceste.* | James Joyce: *Dubliners.* | Principio de la primera Guerra Mundial. España se mantiene neutral. |
| 1915 | *La razón de la sinrazón.* Estreno de *Sor Simona.* | | |
| 1916 | Estreno de *El tacaño Salomón.* | James Joyce: *Retrato del artista adolescente.* | |
| 1917 | | | La Revolución rusa. |
| 1918 | Estreno de *Santa Juana de Castilla.* | | Fin de la primera Guerra Mundial. |
| 1919 | 22 de agosto: sale Galdós por última vez a pasear en coche por la Moncloa. 29 de dic.: sufre ataque de uremia. | | Se implanta la jornada de ocho horas. Paz de Versalles. Tercera Internacional. |
| 1920 | 4 de enero: Muere don Benito Pérez Galdós en Madrid. | Valle Inclán: *Divinas palabras.* | |

# FORTUNATA Y JACINTA

# PRIMERA PARTE

## CAPÍTULO PRIMERO

### JUANITO SANTA CRUZ

### I

Las noticias más remotas que tengo de la persona que lleva este nombre me las ha dado Jacinto María Villalonga, y alcanzan al tiempo en que este amigo mío, y el otro, y el de más allá, Zalamero, Joaquinito Pez, Alejandro Miquis, iban a las aulas de la Universidad. No cursaban todos el mismo año, y aunque se reunían en la cátedra de Camus, separábanse en la de Derecho romano: el chico de Santa Cruz era discípulo de Novar, y Villalonga, de Coronado. Ni tenían todos el mismo grado de aplicación: Zalamero, juicioso y circunspecto como pocos, era de los que se ponen en la primera fila de bancos, mirando con faz complacida al profesor mientras explica, y haciendo con la cabeza discretas señales de asentimiento a todo lo que dice. Por el contrario, Santa Cruz y Villalonga se ponían siempre en la grada más alta, envueltos en sus capas, y más parecidos a conspiradores que a estudiantes. Allí pasaban el rato charlando por lo bajo, leyendo novelas, dibujando caricaturas o soplándose recíprocamente la lección cuando el catedrático les preguntaba. Juanito Santa Cruz y Miquis llevaron un día una sartén (no sé si a la clase de Novar o a la de Uribe, que explicaba Metafísica) y frieron un par de huevos. Otras muchas tonterías de este jaez cuenta Villalonga, las cuales no copio por no alargar este relato. Todos ellos, a excepción de Miquis, que se murió el 64, soñando con la gloria de Schiller, metieron infernal bulla en el célebre alboroto de la noche de San Daniel. Hasta el formalito Zalamero se descompuso en aquella ruidosa ocasión, dando pitidos y chillando como un salvaje, con lo cual se ganó dos bofetadas de un guardia veterano, sin más consecuencias. Pero Villalonga y Santa Cruz lo pasaron peor, porque el primero recibió un sablazo en el hombro que le tuvo derrengado por espacio de dos meses largos, y el segundo fue cogido junto a la esquina del teatro Real, y llevado a la Prevención, en una cuerda de presos, compuesta de varios estudiantes decentes y algunos pilluelos de muy mal pelaje. A la sombra me le tuvieron veintitantas horas, y aún durara más su cautiverio si de él no le sacara, el día 11, su papá, sujeto respetabilísimo y muy bien relacionado.

¡Ay! El susto que se llevaron don Baldomero Santa Cruz y Barbarita no es para contado. ¡Qué noche de angustia la del 10 al 11! Ambos creían no volver a ver a su adorado nene, en quien, por ser único, se miraban y se recreaban con inefables goces de padres cho-

chos de cariño, aunque no eran viejos. Cuando el tal Juanito entró en su casa, pálido y hambriento, descompuesta la faz graciosa, la ropita llena de sietes y oliendo a pueblo, su mamá vacilaba entre reñirle y comérsele a besos. El insigne Santa Cruz, que se había enriquecido honradamente en el comercio de paños, figuraba con timidez en el antiguo partido progresista; mas no era socio de la revoltosa *tertulia,* porque las inclinaciones antidinásticas de Olózaga y Prim le hacían muy poca gracia. Su club era el salón de un amigo y pariente, al cual iban casi todas las noches don Manuel Cantero, don Cirilo Álvarez y don Joaquín Aguirre, y algunas, don Pascual Madoz. No podía ser, pues, don Baldomero, por razón de afinidades personales, sospechoso al poder. Creo que fue Cantero quien le acompañó a Gobernación para ver a González Bravo, y éste dio al punto la orden para que fuese puesto en libertad el revolucionario, el anarquista, el descamisado Juanito.

Cuando el niño estudiaba los últimos años de su carrera, verificóse en él uno de esos cambiazos críticos que tan comunes son en la edad juvenil. De travieso y alborotado, volvióse tan juiciosillo, que al mismo Zalamero daba quince y raya. Entróle la comezón de cumplir religiosamente sus deberes escolásticos, y aun de instruirse por su cuenta con lecturas sin tasa y con ejercicios de controversia y palique declamatorio entre amiguitos. No sólo iba a clase puntualísimo y cargado de apuntes, sino que se ponía en la grada primera para mirar al profesor con cara de aprovechamiento, sin quitarle ojo, cual si fuera una novia, y aprobar con cabezadas la explicación, como diciendo: "Yo también me sé eso y algo más." Al concluir la clase, era de los que le cortan el paso al catedrático para consultarle un punto oscuro del texto o que les resuelva una duda. Con estas dudas declaran los tales su furibunda aplicación. Fuera de la Universidad, la fiebre de la ciencia le traía muy desasosegado. Por aquellos días no era todavía costumbre que fuesen al Ateneo los sabios de pecho, que están mamando la leche del conocimiento. Juanito se reunía con otros cachorros en la casa del chico de Tellería (Gustavito), y allí armaban grandes peloteras. Los temas más sutiles de Filosofía de la Historia y del Derecho, de Metafísica y de otras ciencias especulativas (pues aún no estaban en moda los estudios experimentales, ni el transformismo, ni Darwin, ni Haeckel) eran para ellos lo que para otros el trompo o la cometa. ¡Qué gran progreso en los entretenimientos de la niñez! ¡Cuando uno piensa que aquellos mismos nenes, si hubieran vivido en edades remotas, se habrían pasado el tiempo mamándose el dedo, o haciendo y diciendo toda suerte de boberías!...

Todos los dineros que su papá le daba dejábalos Juanito en casa de Bailly-Baillière, a cuenta de los libros que iba tomando. Refiere Villalonga que un día fue Barbarita *reventando* de gozo y orgullo a la librería, y después de saldar los débitos del niño, dio orden de que entregaran a éste todos los mamotretos que pidiera, aunque fuesen caros y tan grandes como misales. La bondadosa y angelical señora quería poner un freno de modestia a la expresión de su vanidad maternal. Figurábase que ofendía a los demás haciendo ver la supremacía de su hijo entre todos los hijos nacidos y por nacer. No quería tampoco profanar, haciéndolo público, aquel encanto íntimo, aquel himno de la conciencia, que podemos llamar los *misterios gozosos* de Barbarita. Únicamente se clareaba alguna vez, soltando como al descuido estas entrecortadas razones: "¡Ay, qué chico!... ¡Cuánto lee! Yo digo que esas cabezas tienen algo, algo, sí, señor, que no tienen las demás...

En fin, más vale que le dé por ahí."

Concluyó Santa Cruz la carrera de Derecho, y de añadidura la de Filosofía y Letras. Sus papás eran muy ricos y no querían que el niño fuese comerciante, ni había para qué, pues ellos tampoco lo eran ya. Apenas terminados los estudios académicos, verificóse en Juanito un nuevo cambiazo, una segunda crisis de crecimiento, de esas que marcan el misterioso paso o transición de edades en el desarrollo individual. Perdió bruscamente la afición a aquellas furiosas broncas oratorias por un más o un menos en cualquier punto de Filosofía o de Historia; empezó a creer ridículos los sofocones que se había tomado por probar que "en las civilizaciones de Oriente, el poder de las castas sacerdotales era un poquito más ilimitado que el de los reyes", contra la opinión de Gustavito Tellería, el cual sostenía, dando puñetazos sobre la mesa, que lo era "un poquitín menos". Dio también en pensar que maldito lo que le importaba que "la conciencia fuera la intimidad total del ser racional consigo mismo", o bien otra cosa semejante, como quería probar, hinchándose de convicción airada, Joaquinito Pez. No tardó, pues, en aflojar la cuerda a la manía de las lecturas, hasta llegar a no leer absolutamente nada. Barbarita creía, de buena fe, que su hijo no leía ya porque había agotado el pozo de la ciencia.

Tenía Juanito entonces veinticuatro años. Le conocí un día en casa de Federico Cimarra, en un almuerzo que éste dio a sus amigos. Se me ha olvidado la fecha exacta; pero debió de ser ésta hacia el 69, porque recuerdo que se habló mucho de Figuerola, de la capitación y del derribo de la torre de la iglesia de Santa Cruz. Era el hijo de don Baldomero muy bien parecido, y además muy simpático, de estos hombres que se recomiendan con su figura antes de cautivar con su trato, de estos que en una hora de conversación ganan más amigos que otros repartiendo favores positivos. Por lo bien que decía las cosas y la gracia de sus juicios, aparentaba saber más de lo que sabía, y en su boca las paradojas eran más bonitas que las verdades. Vestía con elegancia y tenía tan buena educación, que se le perdonaba fácilmente el hablar demasiado. Su instrucción y su ingenio agudísimo le hacían descollar sobre todos los demás mozos de la partida, y aunque a primera vista tenía cierta semejanza con Joaquinito Pez, tratándolos se echaban de ver entre ambos profundas diferencias, pues el chico de Pez, por su ligereza de carácter y la garrulería de su entendimiento, era un verdadero botarate.

Barbarita estaba loca con su hijo; mas era tan discreta y delicada, que no se atrevía a elogiarle delante de sus amigas, sospechando que todas las demás señoras habían de tener celos de ella. Si esta pasión de madre daba a Barbarita inefables alegrías, también era causa de zozobras y cavilaciones. Temía que Dios la castigase por su orgullo; temía que el adorado hijo enfermara de la noche a la mañana, y se muriera como tantos otros de menos mérito físico y moral. Porque no había que pensar que el mérito fuera una inmunidad. Al contrario, los más brutos, los más feos y los perversos son los que se hartan de vivir, y parece que la misma muerte no quiere nada con ellos. Del tormento que estas ideas daban a su alma, se defendía Barbarita con su ardiente fe religiosa. Mientras oraba, una voz interior, susurro dulcísimo, como chismes traídos por el Ángel de la Guarda, le decía que su hijo no moriría antes que ella. Los cuidados que al chico prodigaba eran esmeradísimos; pero no tenía aquella buena señora las tonterías dengosas de algunas madres, que hacen de su cariño una manía insoportable para los que la presencian, y corruptora para las criaturas que son objeto de él. No trataba a su hijo con mimo. Su ternura sabía ser inteligente y revestirse a veces de severidad dulce.

Y ¿por qué le llamaba todo el mundo, y le llama todavía casi unánimemente, *Juanito* Santa Cruz? Esto sí que no lo sé.

Hay en Madrid muchos casos de esta aplicación del diminutivo o de la fórmula familiar del nombre, aun tratándose de personas que han entrado en la madurez de la vida. Hasta hace pocos años, al autor cien veces ilustre de *Pepita Jiménez* le llamaban sus amigos y los que no lo eran *Juanito* Valera. En la sociedad madrileña, la más amena del mundo, porque ha sabido combinar la cortesía con la confianza, hay algunos *Pepes, Manolitos* y *Pacos* que, aun después de haber conquistado la celebridad por diferentes conceptos, continúan nombrados con esta familiaridad democrática que demuestra la llaneza castiza del carácter español. El origen de esto habrá que buscarlo quizá en ternuras domésticas o en hábitos de servidumbre que trascienden sin saber cómo a la vida social. En algunas personas puede relacionarse el diminutivo con el sino. Hay, efectivamente, Manueles que nacieron predestinados para ser *Manolos* toda su vida. Sea lo que quiera, al venturoso hijo de don Baldomero Santa Cruz y de doña Bárbara Arnáiz le llamaban *Juanito,* y *Juanito* le dicen y le dirán quizá hasta que las canas de él y la muerte de los que le conocieron niño vayan alterando, poco a poco, la campechana costumbre.

Conocida la persona y sus felices circunstancias, se comprenderá fácilmente la dirección que tomaron las ideas del joven Santa Cruz al verse en las puertas del mundo con tantas probabilidades de éxito. Ni extrañará nadie que un chico guapo, poseedor del arte de agradar y del arte de vestir, hijo único de padres ricos, inteligente, instruido, de frase seductora en la conversación, pronto en las respuestas, agudo y ocurrente en los juicios, un chico, en fin, al cual se le podría poner el rótulo social de *brillante,* considerara ocioso y hasta ridículo el meterse a averiguar si hubo o no un idioma único primitivo, si el Egipto fue una colonia bracmánica, si la China es absolutamente independiente de tal o cual civilización asiática, con otras cosas que años atrás le quitaban el sueño, pero que ya le tenían sin cuidado, mayormente si pensaba que lo que él no averiguase otro lo averiguaría... "Y por último —decía—, pongamos que no se averigüe nunca. ¿Y qué?..." El mundo tangible y gustable le seducía más que los incompletos conocimientos de vida que se vislumbran en el fugaz resplandor de las ideas *sacadas a la fuerza,* chispas obtenidas en nuestro cerebro por la percusión de la voluntad, que es lo que constituye el estudio. Juanito acabó por declararse a sí mismo que más sabe el que vive *sin querer saber* que el que *quiere saber sin vivir,* o sea aprendiendo en los libros y en las aulas. Vivir es relacionarse, gozar y padecer, desear, aborrecer y amar. La lectura es vida artificial y prestada, el usufructo, mediante una función cerebral, de las ideas y sensaciones ajenas, la adquisición de los tesoros de la verdad humana por compra o por estafa, no por el trabajo. No paraban aquí las filosofías de Juanito, y hacía una comparación que no carece de exactitud. Decía que, entre estas dos maneras de vivir, observaba él la diferencia que hay entre comerse una chuleta y que le vengan a contar a uno cómo y cuándo se la ha comido otro, haciendo el cuento muy a lo vivo, se entiende, y describiendo la cara que ponía, el gusto que le daba la masticación, la gana con que tragaba y el reposo con que digería.

## II

Empezó entonces para Barbarita nueva época de sobresaltos. Si antes sus oraciones fueron pararrayos puestos sobre la cabeza de Juanito para apartar de ella el tifus y las viruelas, después intentaban librarle de otros enemigos no menos atroces. Temía los escándalos que ocasionan lances personales, las pasiones que destruyen la salud y envilecen el alma, los despilfarros, el desorden moral, físico y económico. Resolvióse la insigne señora a tener carácter y a vigilar a su hijo. Hízose fiscalizadora, reparona, entremetida, y unas veces con dulzura, otras con aspereza que le costaba trabajo fingir, tomaba razón de todos los actos del joven, tundiéndole a preguntas: "¿Adónde vas con ese cuerpo?... ¿De dónde vienes ahora?... ¿Por qué entraste anoche a las tres de la mañana?... ¿En qué has gastado los mil reales que ayer te di?... A ver, ¿qué significa este perfume que se te ha pegado a la cara?..." Daba sus descargos el delincuente como podía, fatigando su imaginación para procurarse respuestas que tuvieran visos de lógica, aunque éstos fueran como fulgor de relámpago. Ponía una de cal y otra de arena, mezclando las contestaciones categóricas con los mimos y las zalamerías. Bien sabía cuál era el flanco débil del enemigo. Pero Barbarita, mujer de tanto espíritu como corazón, se las tenía muy tiesas y sabía defenderse. En algunas ocasiones, era tan fuerte la acometida de cariñitos, que la mamá estaba a punto de rendirse, fatigada de su entereza disciplinaria. Pero, ¡quia!, no se rendía; y vuelta al ajuste de cuentas, y al inquirir, y al tomar acta de todos los pasos que el predilecto daba por entre los peligros sociales. En honor de la verdad, debo decir que los desvaríos de Juanito no eran ninguna cosa del otro jueves. En esto, como en todo lo malo, hemos progresado de tal modo, que las barrabasadas de aquel niño bonito hace quince años nos parecerían hoy timideces y aun actos de ejemplaridad relativa.

Presentóse en aquellos días al simpático joven la coyuntura de hacer su primer viaje a París, adonde iban Villalonga y Federico Ruiz, comisionados por el Gobierno, el uno a comprar máquinas de agricultura, el otro a adquirir aparatos de Astronomía. A don Baldomero le pareció muy bien el viaje del chico, para que viese mundo; y Barbarita no se opuso, aunque le mortificaba mucho la idea de que su hijo correría en la capital de Francia temporales más recios que los de Madrid. A la pena de no verle uníase el temor de que se lo sorbieran aquellos gabachos y gabachas, tan diestros en desplumar al forastero y en maleficiar a los jóvenes más juiciosos. Bien se sabía ella que allá hilaban muy fino en esto de explotar las debilidades humanas, y que Madrid era, comparado en esta materia con París de Francia, un lugar de abstinencia y mortificación. Tan triste se puso un día pensando en estas cosas, y tan al vivo se le representaban la próxima perdición de su querido hijo y las redes en que, inexperto, caía, que salió de su casa resuelta a implorar la misericordia divina del modo más solemne, conforme a sus grandes medios de fortuna. Primero se le ocurrió encargar muchas misas al cura de San Ginés, y no pareciéndole esto bastante, discurrió mandar poner de manifiesto la Divina Majestad todo el tiempo que el niño estuviese en París. Ya dentro de la iglesia, pensó que lo del manifiesto era un lujo desmedido, y por lo mismo quizás irreverente. No, guardaría el recurso gordo para los casos graves de enfermedad o peligro de muerte. Pero en lo de las misas sí que no se volvió atrás, y encargó la mar de ellas, repartiendo además aquella semana más limosnas que de costumbre.

Cuando comunicaba sus temores a don Baldomero, éste se echaba a reír y le decía:

—El chico es de buena índole. Déjale que se divierta y que la corra. Los jóvenes del día necesitan despabilarse y ver mucho mundo. No son estos tiempos como los míos, en que no la corría ningún chico del comercio, y nos tenían a todos metidos en un puño hasta que nos casaban. ¡Qué costumbres aquéllas, tan diferentes de las de ahora! La civilización, hija, es mucho cuento. ¿Qué padre le daría hoy un par de bofetadas a un hijo de veinte años por haberse puesto las botas nuevas en día de trabajo? ¿Ni cómo te atreverías hoy a proponerle a un mocetón de éstos que rece el rosario con la familia? Hoy los jóvenes disfrutan de una libertad y de una iniciativa para divertirse que no gozaban los de antaño. Y no creas, no creas que por esto son peores. Y si me apuras, te diré que conviene que los chicos no sean tan encogidos como los de entonces. Me acuerdo de cuando yo era pollo. ¡Dios mío, qué soso era! Ya tenía veinticinco años, y no sabía decir a una mujer o señora sino *que usted lo pase bien,* y de ahí no me sacaba nadie. Como que me había pasado en la tienda y en el almacén toda la niñez y lo mejor de mi juventud. Mi padre era una fiera; no me perdonaba nada. Así me crié, así salí yo, con unas ideas de rectitud y unos hábitos de trabajo, que ya, ya... Por eso bendigo hoy los coscorrones, que fueron mis verdaderos maestros. Pero en lo referente a sociedad, yo era un salvaje. Como mis padres no me permitían más compañía que la de otros muchachones tan ñoños como yo, no sabía ninguna suerte de travesuras, ni había visto a una mujer más que por el forro, ni entendía de ningún juego, ni podía hablar de nada que fuera mundano y corriente. Los domingos, mi mamá tenía que ponerme la corbata y encasquetarme el sombrero, porque todas las prendas del día de fiesta parecían querer escapárseme del cuerpo. Tú bien te acuerdas. Anda, que también te has reído de mí. Cuando mis padres me hablaron..., así, a boca de jarro, de que me iba a casar contigo, ¡me corrió un frío por todo el espinazo...! Todavía me acuerdo del miedo que te tenía. Nuestros padres nos dieron esto amasado y cocido. Nos casaron como se casa a los gatos, y punto concluido. Salió bien; pero hay tantos casos en que esta manera de hacer familias sale malditamente... ¡Qué risa! Lo que me daba más miedo cuando mi madre me habló de casarme fue el compromiso en que estaba de hablar contigo... No tenía más remedio que decirte algo... ¡Caramba, qué sudores pasé! "Pero yo, ¿qué le voy a decir, si lo único que sé es *que usted lo pase bien,* y en saliendo de ahí soy hombre perdido?..." Ya te he contado mil veces la saliva amarga que tragaba, ¡ay, Dios mío!, cuando mi madre me mandaba ponerme la levita de paño negro para llevarme a tu casa. Bien te acuerdas de mi famosa levita, de lo mal que me estaba y de lo desmañado que era en tu presencia, pues no me arrancaba a decir una palabra sino cuando alguien me ayudaba. Los primeros días me inspirabas verdadero terror, y me pasaba las horas pensando cómo había de entrar y qué cosas había de decir, y discurriendo alguna triquiñuela para hacer menos ridícula mi cortedad... Dígase lo que se quiera, hija, aquella educación no era buena. Hoy no se puede criar a los hijos de esa manera. Yo, ¡qué quieres que te diga!, creo que, en lo esencial, Juanito no ha de faltarnos. Es de casta honrada, tiene la formalidad en la masa de la sangre. Por eso estoy tranquilo, y no veo con malos ojos que se despabile, que conozca el mundo, que adquiera soltura de modales...

—No, si lo que menos falta hace a mi hijo es adquirir soltura, porque la tiene desde que era una criatura... Si no es eso. No se trata aquí de modales, sino de que me le coman esas bribonas.

—Mira, mujer: para que los jóvenes adquieran energía contra el vicio, es preciso que lo conozcan, que lo caten; sí, hija, que lo caten. No hay peor situación para un hombre que pasarse la mitad de la vida rabiando por probarlo y no pudiendo conseguirlo, ya por timidez, ya por esclavitud. No hay muchos casos como yo, bien lo sabes; ni de estos tipos que jamás, ni antes ni después de casados, tuvieron trapicheos, entran muchos en libra. Cada cual en su época. Juanito, en la suya, no puede ser mejor de lo que es, y si te empeñas en hacer de él un anacronismo o una rareza, un *non* como su padre, puede que lo eches a perder.

Estas razones no convencían a Barbarita, que seguía con toda el alma fija en los peligros y escollos de la Babilonia parisiense, porque había oído contar horrores de lo que allí pasaba. Como que estaba infestada la gran ciudad de unas mujeronas muy guapas y elegantes, que al pronto parecían duquesas, vestidas con los más bonitos y los más nuevos arreos de la moda. Mas cuando se las veía y oía de cerca, resultaban ser unas tiotas relajadas, comilonas, borrachas y ávidas de dinero, que desplumaban y resecaban al pobrecito que en sus garras caía. Contábale estas cosas el marqués de Casa-Muñoz, que casi todos los veranos iba al extranjero.

Las inquietudes de aquella incomparable señora acabaron con el regreso de Juanito. Y ¡quién lo diría! ¡Volvió mejor de lo que fue! Tanto hablar de París, y cuando Barbarita creía ver entrar a su hijo hecho una lástima, todo rechupado y anémico, me le ve más gordo y lucio que antes, con mejor color y los ojos más vivos, muchísimo más alegre, más hombre, en fin, y con una amplitud de ideas y una puntería de juicio que a todos les dejaba pasmados. ¡Vaya con París!... El marqués de Casa-Muñoz se lo decía a Barbarita: "No hay que *involucrar*. París es muy malo; pero también es muy bueno."

## CAPÍTULO II

### SANTA CRUZ Y ARNÁIZ.—VISTAZO HISTÓRICO SOBRE EL COMERCIO MATRITENSE

### I

Don Baldomero Santa Cruz era hijo de otro don Baldomero Santa Cruz, que en el siglo pasado tuvo ya tienda de paños del Reino en la calle de la Sal, en el mismo local que después ocupó don Mauro Requejo. Había empezado el padre por la más humilde jerarquía comercial, y a fuerza de trabajo, constancia y orden, el hortera de 1796 tenía, por los años del 10 al 15, uno de los más reputados establecimientos de la Corte en pañería nacional, y extranjera. Don Baldomero II, que así es forzoso llamarle para distinguirle del fundador de la dinastía, heredó, en 1848, el copioso almacén, el sólido crédito y la respetabilísima firma de don Baldomero I, y continuando las tradiciones de la casa por espacio de veinte años más, retiróse de los negocios con un capital sano y limpio de quince millones de reales, después de traspasar la casa a dos muchachos que servían en ella, el uno pariente suyo, y el otro, de su mujer. La casa se denominó desde entonces *Sobrinos de Santa Cruz*, y a estos sobrinos, don Baldomero y Barbarita les llamaban familiarmente los *Chicos*.

En el reinado de don Baldomero I, o sea desde los orígenes hasta 1848, la casa trabajó más en géneros del país que en los extranjeros. Escaray y Pradoluengo la surtían de paños; Brihuega, de bayetas; Antequera, de pañuelos de lana. En las postrimerías de aquel reinado fue cuando la casa empezó a trabajar en generos *de fuera,* y la reforma arancelaria de 1849 lanzó a don Baldomero II a mayores empresas. No sólo realizó contratos con las fábricas de Béjar y Alcoy, para dar mejor salida a los productos nacionales, sino que introdujo los famosos Sedanes para levitas, y las telas que tanto se usaron del 45 al 55, aquellos patencures, anascotes, cúbicas y chinchillas que ilustran la gloriosa historia de la sastrería moderna. Pero de lo que más provecho sacó la casa fue del ramo de capotes y uniformes para el Ejército y la Milicia Nacional, no siendo tampoco despreciable el beneficio que obtuvo del *artículo para capas,* el abrigo propiamente español, que resiste a todas las modas de vestir, como el garbanzo resiste a todas las modas de comer. Santa Cruz, Bringas y Arnáiz, el gordo, monopolizaban toda la pañería de Madrid, y surtían a los tenderos de la calle de Atocha, de la Cruz y Toledo.

En las contratas de vestuario para el Ejército y Milicia Nacional, ni Santa Cruz, ni Arnáiz, ni tampoco Bringas, daban la cara. Aparecía como contratista un tal Albert, de origen belga, que había empezado por introducir paños extranjeros con mala fortuna. Este Albert era hombre muy para el caso, activo, despabilado, seguro en sus tratos, aunque no estuvieran escritos. Fue el auxiliar eficacísimo de Casarredonda en sus valiosas contratas de lienzos gallegos para la tropa. El pantalón blanco de los soldados de hace cuarenta años ha sido origen de grandísimas riquezas. Los *fardos de Coruñas* y *Viveros* dieron a Casarredonda y al tal Albert más dinero que a los Santa Cruz y a los Bringas los capotes y levitas militares de Béjar, aunque, en rigor de verdad, estos comerciantes no tenían por qué quejarse. Albert murió el 55, dejando una gran fortuna, que heredó su hija, casada con el sucesor de Muñoz, el de la inmemorial ferretería de la calle de Tintoreros.

En el reinado de don Baldomero II, las prácticas y procedimientos comerciales se apartaron muy poco de la rutina heredada. Allí no se supo nunca lo que era un anuncio en el Diario ni se emplearon viajantes para extender por las provincias limítrofes el negocio. El refrán de *el buen paño en el arca se vende* era verdad como un templo en aquel sólido y bien reputado comercio. Los detallistas no necesitaban que se les llamase a son de cencerro, ni que se les embaucara con artes charlatánicas. Demasiado sabían todos el camino de la casa, y las metódicas y honradas costumbres de ésta, la fijeza de los precios, los descuentos que se hacían por pronto pago, los plazos que se daban y todo lo demás concerniente a la buena inteligencia entre vendedor y parroquiano. El escritorio no alteró jamás ciertas tradiciones venerandas del laborioso reinado de don Baldomero I. Allí no se usaron nunca estos copiadores de cartas que son una aplicación de la imprenta a la caligrafía. La correspondencia se copiaba, *a pulso,* por un empleado que estuvo cuarenta años sentado en la misma silla, delante del mismo atril, y que por efecto de la costumbre, casi copiaba la carta matriz de su principal sin mirarla. Hasta que don Baldomero realizó el traspaso, no se supo en aquella casa lo que era un metro, ni se quitaron a la vara de Burgos sus fueros seculares. Hasta pocos años antes del traspaso no usó Santa Cruz los sobres para cartas, y éstas se cerraban sobre sí mismas.

No significaban tales rutinas terquedad y falta de luces. Por el contrario, la clara inteligencia del segundo Santa Cruz y su conocimiento de los negocios sugeríanle la idea de que cada hombre pertenece a su época y a su esfera propias, y que dentro de ellas debe exclusivamente actuar. Demasiado comprendió que el comercio iba a sufrir profunda transformación, y que no era él el llamado a dirigirlo por los nuevos y más anchos caminos que se le abrían. Por eso, y porque ansiaba retirarse y descansar, traspasó su establecimiento a los *Chicos,* que habían sido deudos y dependientes suyos durante veinte años. Ambos eran trabajadores y muy inteligentes. Alternaban en sus viajes al extranjero para buscar y traer las *novedades,* alma del tráfico de telas. La concurrencia crecía cada año, y era forzoso apelar al reclamo, recibir y expedir viajantes, mimar al público, contemporizar y abrir cuentas largas a los parroquianos, y singularmente a las parroquianas. Como los *Chicos* habían abarcado también el comercio de lanillas, merinos, telas ligeras para vestidos de señora, pañolería, confecciones y otros artículos de uso femenino, y además abrieron tienda al por menor y al *vareo,* tuvieron que pasar por el inconveniente de las morosidades e insolvencias que tanto quebrantan al comercio. Afortunadamente para ellos, la casa tenía un crédito inmenso.

La casa del gordo Arnáiz era relativamente moderna. Se había hecho pañero porque tuvo que quedarse con las existencias de Albert para indemnizarse de un préstamo que le hiciera en 1843. Trabajaba exclusivamente en género extranjero; pero cuando Santa Cruz hizo su traspaso a los *Chicos,* también Arnáiz se inclinaba a hacer lo mismo, porque estaba ya muy rico, muy obeso, bastante viejo y no quería trabajar. Daba y tomaba letras sobre Londres, y representaba a dos compañías de Seguros. Con esto tenía lo bastante para no aburrirse. Era hombre que cuando se ponía a toser hacía temblar el edificio donde estaba; excelente persona, librecambista rabioso, anglómano y solterón. Entre las casas de Santa Cruz y Arnáiz no hubo nunca rivalidades; antes bien, se ayudaban cuanto podían. El gordo y don Baldomero tratáronse siempre como hermanos en la vida social y como compañeros queridísimos en la comercial, salvo alguna discusión demasiado agria sobre temas arancelarios, porque Arnáiz había hecho la gracia de leer a Bastiat, y concurría a los *meetings* de la Bolsa, no precisamente para oír y callar, sino para echar discursos, que casi siempre acababan en sofocante tos Trinaba contra todo arancel que no significara un simple recurso fiscal, mientras que don Baldomero, que en todo era templado, pretendía que se conciliasen los intereses del comercio con los de la industria española.

—Si esos catalanes no fabrican más que adefesios —decía Arnáiz, entre tos y tos—, y reparten dividendos de sesenta por ciento a los accionistas. . .

—¡Dale! Ya pareció aquello —respondía don Baldomero—. Pues yo te probaré. . .

Solía no probar nada, ni el otro tampoco, quedándose cada cual con su opinión; pero con estas sabrosas peloteras pasaban el tiempo. También había entre estos dos respetables sujetos parentesco de afinidad, porque doña Bárbara, esposa de Santa Cruz, era prima del gordo, hija de Bonifacio Arnáiz, comerciante en pañolería de la China. Y escudriñando los troncos de estos linajes matritenses, sería fácil encontrar que los Arnáiz y los Santa Cruz tenían en sus diferentes ramas una savia común, la savia de los Trujillos.

—Todos somos unos —dijo alguna vez el gordo en las expansiones de su humor festivo, inclinado a las sinceridades democráticas—; tú por tu madre y yo por mi abuela, somos Trujillos netos, *de patente;* descendemos de aquel Matías Trujillo que tuvo albardería en la calle de Toledo, allá por los tiempos del motín de capas y sombreros. No lo invento yo; lo canta una escritura de juros que tengo en mi casa. Por eso le he dicho ayer a nuestro pariente Ramón Trujillo..., ya sabéis que me le han hecho conde..., le he dicho que adopte por escudo un frontil y una jáquima con un letrero que diga: *Pertenecí a Babieca*...

## II

Nació Barbarita Arnáiz en la calle de Postas, esquina al callejón de San Cristóbal, en uno de aquellos oprimidos edificios que parecen estuches o casas de muñecas. Los techos se cogían con la mano; las escaleras había que subirlas con el credo en la boca, y las habitaciones parecían destinadas a la premeditación de algún crimen. Había moradas de éstas a las cuales se entraba por la cocina. Otras tenían los pisos en declive, y en todas ellas oíase hasta el respirar de los vecinos. En algunas se veían mezquinos arcos de fábrica para sostener el entramado de las escaleras, y abundaba tanto el yeso en la construcción como escaseaban el hierro y la madera. Eran comunes las puertas de cuarterones, los baldosines polvorosos, los cerrojos imposibles de manejar y las vidrieras emplomadas. Mucho de esto ha desaparecido en las renovaciones de estos últimos veinte años, pero la estrechez de las viviendas subsiste.

Creció Bárbara en una atmósfera saturada de olor de sándalo, y las fragancias orientales, juntamente con los vivos colores de la pañolería chinesca, dieron acento poderoso a las impresiones de su niñez. Como se recuerda a las personas más queridas de la familia, así vivieron y viven siempre con dulce memoria en la mente de Barbarita los dos maniquíes de tamaño natural vestidos de mandarín que había en la tienda, y en los cuales sus ojos aprendieron a ver. La primera cosa que excitó la atención naciente de la niña, cuando estaba en brazos de su niñera, fueron estos dos pasmarotes de semblante lelo y desabrido, y sus magníficos trajes morados. También había por allí una persona a quien la niña miraba mucho, y que la miraba a ella con ojos dulces y cuajados de candoroso chino. Era el retrato de Ayún, de cuerpo entero y tamaño natural, dibujado y pintado con dureza, pero con gran expresión. Mal conocido es en España el nombre de este peregrino artista, aunque sus obras han estado y están a la vista de todo el mundo, y nos son familiares como si fueran obra nuestra. Es el ingenio bordador de los pañuelos de Manila, el inventor del tipo de rameado más vistoso y elegante, el poeta fecundísimo de esos madrigales de crespón compuestos con flores y rimados con pájaros. A este ilustre chino deben las españolas el hermosísimo y característico chal que tanto favorece su belleza, el mantón de Manila, al mismo tiempo señoril y popular, pues lo han llevado en sus hombros la gran señora y la gitana. Envolverse en él es como vestirse con un cuadro. La industria moderna no inventará nada que iguale a la ingenua poesía del mantón, salpicado de flores, flexible, pegadizo y mate, con aquel fleco que tiene algo de los enredos del sueño y aquella brillantez de color que iluminaba las muchedumbres en los tiempos en que su uso era general. Esta prenda hermosa se va desterrando, y sólo el pueblo la conserva con admirable instinto. Lo saca de las arcas en las grandes épocas de la vida, en los bautizos y en las bodas, como se da al viento un himno de alegría en el cual hay una estrofa para la patria. El mantón sería una prenda vulgar si tuviera la ciencia del diseño; no lo es por conservar el carácter de las artes primitivas y populares; es como la leyenda, como los cuentos de la infancia, candoroso y rico de color, fácilmente comprensible y refractario a los cambios de la moda.

Pues esta prenda, esta nacional obra de arte, tan nuestra como las panderetas o los toros, no es nuestra en realidad más que por el uso; se la debemos a un artista nacido a la otra parte del mundo, a un tal Ayún, que consagró a nosotros su vida toda y sus talleres. Y tan agradecido era el buen hombre al comercio español, que enviaba a los de acá su retrato y los de sus catorce mujeres, unas señoras tiesas y pálidas como las que se ven pintadas en las tazas, con los pies increíbles por lo chicos y las uñas increíbles también por lo largas.

Las facultades de Barbarita se desarrollaron asociadas a la contemplación de estas cosas, y entre las primeras conquistas de sus sentidos, ninguna tan segura como la impresión de aquellas flores bordadas con luminosos torzales y tan frescas que parecía cuajarse en ellas el rocío. En días de gran venta, cuando había muchas señoras en la tienda y los dependientes desplegaban sobre el mostrador centenares de pañuelos, la lóbrega tienda semejaba un jardín. Barbarita creía que se podrían coger flores a puñados, hacer ramilletes o guirnaldas, llenar canastillas y adornarse el pelo. Creía que se podrían deshojar y también que tenían olor. Esto era verdad, porque despedían ese tufillo de los embalajes asiáticos, mezcla de sándalo y de resinas exóticas, que nos trae a la mente los misterios budistas.

Más adelante pudo la niña apreciar la belleza y variedad de los abanicos que había en la casa, y que eran una de las principales riquezas de ella. Quedábase pasmada cuando veía los dedos de su mamá sacándolos de las perfumadas cajas y abriéndolos como saben abrirlos los que comercian en este artículo, es decir, con un desgaire rápido que no los estropea y que hace ver al público la ligereza de la prenda y el blando rasgueo de las varillas. Barbarita abría cada ojo como los de un ternero cuando su mamá, sentándola sobre el mostrador, le enseñaba abanicos sin dejárselos tocar; y se embebecía contemplando aquellas figuras tan monas, que no le parecían personas, sino *chinos,* con las caras redondas y tersas como hojitas de rosa, todos ellos risueños y estúpidos, pero muy lindos, lo mismo que aquellas casas abiertas por todos lados y aquellos árboles que parecían matitas de albahaca... ¡Y pensar que los árboles eran el té nada menos, estas hojuelas retorcidas, cuyo zumo se toma para el dolor de barriga!...

Ocuparon más adelante el primer lugar en el tierno corazón de la hija de don Bonifacio Arnáiz y en sus sueños inocentes otras preciosidades que la mamá solía mostrarle de vez en cuando, previa amonestación de no tocarlas; objetos labrados en marfil, y que debían de ser los juguetes con que los ángeles se divertían en el cielo. Eran al modo de torres de muchos pisos, o barquitos con las velas desplegadas y muchos remos por una y otra banda; también estuchitos, cajas para guantes y joyas, botones y juegos lindísimos de ajedrez. Por el respeto con que su mamá los cogía y los guardaba, creía Barbarita que contenían algo así como el viático para los enfermos, o lo que se da a las personas en la iglesia cuando comulgan. Muchas noches se acostaba con fiebre porque no le habían dejado satisfacer su anhelo de coger para sí aquellas monerías. Hubiérase contentado ella, en vista de prohibición tan absoluta, con aproximar la yema del dedo índice al pico de una de las torres; pero ni aun esto... Lo más que se le permitía era poner sobre el tablero de ajedrez que estaba en la vitrina de la ventana enrejada (entonces no había escaparates) todas las piezas de un juego, no de los más finos, a un lado las blancas, a otro las encarnadas.

Barbarita y su hermano Gumersindo, mayor que ella, eran los únicos hijos de don Bonifacio Arnáiz y de doña Asunción Trujillo. Cuando tuvo edad para ello, fue a la escuela de una tal doña Calixta, sita en la calle Imperial, en la misma casa donde estaba el Fiel Contraste. Las niñas con quienes la de Arnáiz hacía mejores migas eran dos de su misma edad y vecinas de aquellos barrios, la una de la familia de Moreno, el dueño de la droguería de la calle de Carretas; la otra, de Muñoz, el comerciante de hierros de la calle de Tintoreros. Eulalia Muñoz era muy vanidosa, y decía que no había casa como la suya y que daba gusto verla toda llena de unos pedazos de hierro *mu* grandes, del tamaño de la caña de doña Calixta", y tan pesados, tan pesados, que ni cuatrocientos hombres los podían levantar. Luego había un sinfín de martillos, garfios, peroles "*mu* grandes, *mu* grandes..., más anchos que este cuarto". Pues ¿y los paquetes de clavos? ¿Qué cosa había más bonita? ¿Y las llaves, que parecían de plata, y las planchas, y los anafes y otras cosas lindísimas? Sostenía que ella no necesitaba que sus papás le comprasen muñecas, porque las hacía con un martillo vistiéndolo con una toalla. Pues ¿y las agujas que había en su casa? No se acertaban a contar. Como que todo Madrid iba allí a comprar agujas, y su papá se carteaba con el fabricante... Su papá recibía miles de cartas al día, y las cartas olían a hierro..., como que venían de Inglaterra, donde todo es de hierro, hasta los caminos...

—Sí, hija, sí; mi papá me lo ha dicho. Los caminos están embaldosados de hierro, y por allí encima van los coches echando demonios.

Llevaba siempre los bolsillos atestados de chucherías, que mostraba para dejar bizcas a sus amigas. Eran tachuelas de cabeza dorada, corchetes, argollitas pavonadas, hebillas, pedazos de papel de lija, vestigios de muestrarios y de cosas rotas o descabaladas. Pero lo que tenía en más estima, y por esto no lo sacaba sino en ciertos días, era su colección de etiquetas, pedacitos de papel verde, recortados de los paquetes inservibles, y que tenían el famoso escudo inglés, con la jarretiera, el leopardo y el unicornio. En todas ellas se leía: *Birmingham.*

—¿Veis?... Este señor *Bermingán* es el que se cartea con mi papá todos los días, en inglés; y son tan amigos, que siempre le está diciendo que vaya allá; y hace poco le mandó, dentro de una caja de clavos, un jamón ahumado que olía como a chamusquina, y un pastelón así, mirad, del tamaño del brasero de doña Calixta, que tenía dentro muchas pasas chiquirrininas, y picaba como la guindilla; pero *mu* rico, hijas, *mu* rico.

La chiquilla de Moreno fundaba su vanidad en llevar papelejos con figuritas y letras de colores, en los cuales se hablaba de píldoras, de barnices o de ingredientes para teñirse el pelo. Los mostraba uno por uno, dejando para el final el gran efecto, que consistía en sacar de súbito el pañuelo y ponerlo en las narices de sus amigas, diciéndoles: *Goled.* Efectivamente, quedábanse las otras medio desvanecidas con el fuerte olor de agua de Colonia o de los *siete ladrones,* que el pañuelo tenía. Por un momento, la admiración las hacía enmudecer; pero poco a poco íbanse reponiendo, y Eulalia, cuyo orgullo rara vez se daba por vencido, sacaba un tornillo dorado sin cabeza, o un pedazo de talco, con el cual decía que iba a hacer un espejo. Difícil era borrar la grata impresión y el éxito del perfume. La ferretera, algo corrida, tenía que guardar los trebejos, después de oír comentarios verdaderamente injustos. La de la droguería hacía muchos ascos, diciendo:

—¡Uy, cómo apesta eso, hija; guarda, guarda esas ordinarieces!

Al siguiente día, Barbarita, que no quería dar su brazo a torcer, llevaba unos papelitos muy raros de pasta, todos llenos de garabatos chinescos. Después de darse mucha importancia, haciendo que lo enseñaba y volviéndolo a guardar, con lo cual la curiosidad de las otras llegaba al punto de la desazón nerviosa, de repente ponía el papel en las narices de sus amigas, diciendo en tono triunfal: "¿Y eso?" Quedábanse Castita y Eulalia atontadas con el aroma asiático, vacilando entre la admiración y la envidia; pero al fin no tenían más remedio que humillar su soberbia ante el olorcillo aquel de la niña de Arnáiz, y le pedían por Dios que las dejase catarlo más. Barbarita no gustaba de prodigar su tesoro, y apenas acercaba el papel a las respingadas narices de las otras, lo volvía a retirar con movimiento de cautela y avaricia, temiendo que la fragancia se marchara por los respiraderos de sus amigas, como se escapa el humo por el cañón de una chimenea. El tiro de aquellos olfatorios era tremendo. Por último, las dos amiguitas y otras que se acercaron, movidas de la curiosidad, y hasta la propia doña Calixta, que solía descender a la familiaridad con las alumnas ricas, reconocían, por encima de todo sentimiento envidioso, que ninguna niña tenía cosas tan bonitas como la de la tienda de Filipinas.

## III

Esta niña y otras del barrio, bien apañaditas por sus respectivas mamás, peinadas a estilo de maja, con peineta y flores en la cabeza, y sobre los hombros pañuelo de Manila de los que llaman *de talle*, se reunían en un portal de la calle de Postas para pedir *el cuartito para la Cruz de Mayo,* el 3 de dicho mes, repicando en una bandeja de plata, junto a una mesilla forrada de damasco rojo. Los dueños de la casa, llamada *del portal de la Virgen*, celebraban aquel día una simpática fiesta y ponían allí, junto al mismo taller de cucharas y molinillos que todavía existe, un altar con la cruz enramada, muchas velas y algunas figuras de nacimiento. A la Virgen, que aún se venera allí, la enramaban también con hierbas olorosas, y el fabricante de cucharas, que era gallego, se ponía la montera y el chaleco encarnado. Las pequeñuelas, si los mayores se descuidaban, rompían la consigna y se echaban a la calle, en reñida competencia con otras chiquillas pedigüeñas, correteando de una acera a otra, deteniendo a los señores que pasaban, y acosándolos hasta obtener el ochavito. Hemos oído contar a la propia Barbarita que para ella no había dicha mayor que pedir para la Cruz de Mayo, y que los caballeros de entonces eran en esto mucho más galantes que los de ahora, pues no desairaban a ninguna niña bien vestidita que se les colgara de los faldones.

Ya había completado la hija de Arnáiz su educación (que era harto sencilla en aquellos tiempos y consistía en leer sin acento, escribir sin ortografía, contar haciendo trompetitas con la boca y bordar con punto de marca el dechado), cuando perdió a su padre. Ocupaciones serias vinieron entonces a robustecer su espíritu y a redondear su carácter. Su madre y hermano, ayudados del gordo Arnáiz, emprendieron el inventario de la casa, en la cual había algún desorden. Sobre las existencias de pañolería no se hallaron datos ciertos en los libros de la tienda, y al contarlas apareció más de lo que se creía. En el sótano estaban, muertos de risa, varios fardos de cajas que aún no habían sido abiertos. Además de esto, las casas importadoras de Cádiz, Cuesta y Rubio, anunciaban dos remesas considerables que estaban ya en camino. No había más remedio que cargar con todo aquel exceso de género, lo que realmente era una contrariedad comercial en tiempos en que parecía iniciarse la generalización de los abrigos *confeccionados,* notándose además en la clase popular tendencias a vertirse como la clase media. La decadencia del mantón de Manila empezaba a iniciarse, porque si los pañuelos llamados de talle, que eran los más baratos, se vendían bien en Madrid (mayormente el día de San Lorenzo, para la *parroquia de la chinche)* y tenían regular salida para Valencia y Málaga, en cambio, el gran mantón, los ricos chales de tres, cuatro y cinco mil reales, se vendían muy poco, y pasaban meses sin que ninguna parroquiana se atreviera con ellos.

Los herederos de Arnáiz, al inventariar la riqueza de la casa, que sólo en aquel artículo no bajaba de cincuenta mil duros, comprendieron que se aproximaba una crisis. Tres o cuatro meses emplearon en clasificar, ordenar, poner precios, confrontar los apuntes de don Bonifacio con la correspondencia y las facturas venidas directamente de Cantón o remitidas por las casas de Cádiz. Indudablemente, el difunto Arnáiz no había visto claro al hacer tantos pedidos; se cegó, deslumbrado por cierta alucinación mercantil; tal vez sintió demasiado *el amor al artículo* y fue más artista que comerciante. Había sido dependiente y socio de la Compañía de Filipinas, liquidada en 1833, y al emprender por sí el negocio de pañolería de Cantón creía conocerlo mejor que nadie. En verdad que lo conocía; pero tenía una fe imprudente en la perpetuidad de aquella prenda, y algunas ideas supersticiosas acerca de la afinidad del pueblo español con los espléndidos crespones rameados de mil colores.

—Mientras más chillones —decía—, más venta.

En esto apareció en el Extremo Oriente un nuevo artista, un genio que acabó de perturbar a don Bonifacio. Este innovador fue Senquá, del cual puede decirse que representaba con respecto a Ayún, en aquel arte budista, lo que en la música representa Beethoven con respecto a Mozart. Senquá modificó el estilo de Ayún, dándole más amplitud, variando más los tonos, haciendo, en fin, de aquellas sonatas graciosas, poéticas y elegantes, sinfonías poderosas con derroche de vida, combinaciones nuevas y atrevimientos admirables. Ver don Bonifacio las primeras muestras del estilo de Senquá y chiflarse por completo fue todo uno

—¡Barástolis! Esto es la gloria divina —decía—. ¡Es mucho chino este!. . .

Y de tal entusiasmo nacieron pedidos imprudentes y el grave error mercantil, cuyas consecuencias no pudo apreciar aquel excelente hombre, porque le cogió la muerte.

El inventario de abanicos, tela de nipis, crudillo de seda, tejidos de Madrás y objetos de marfil también arrojaba cifras muy altas; y se hizo minuciosamente. Entonces pasaron por las manos de Barbarita todas las preciosidades que en su niñez le parecían juguetes y que le habían producido fiebre. A pesar de la edad y del juicio adquirido con ella, no vio nunca con indiferencia tales chucherías, y hoy mismo declara que cuando cae en sus manos alguno de aquellos delicados campanarios de marfil, le dan ganas de guardárselo en el seno y echar a correr.

Cumplidos los quince años, era Barbarita una chica bonitísima, torneadita, fresca y sonrosada, de carácter jovial, inquieto y un tanto burlón. No había tenido novio aún, ni su madre se lo permitía. Diferentes moscones revoloteaban alrededor de ella, sin resultado. La mamá tenía sus proyectos, y empezaba a tirar acertadas líneas para realizarlos. Las familias de Santa Cruz y Arnáiz se trataban con amistad casi íntima, y además tenían vínculos de parentesco con los Trujillos. La mujer de don Baldomero I y la del difunto Arnáiz eran primas segundas, floridas ramas de aquel nudoso tronco, de aquel albardero de la calle de Toledo, cuya historia sabía tan bien el gordo Arnáiz. Las dos primas tuvieron un pensamiento feliz, se lo comunicaron una a otra, asombráronse de que se les hubiera ocurrido a las dos la misma cosa.... "ya se ve, era tan natural...", y aplaudiéndose recíprocamente, resolvieron convertirlo en realidad dichosa. Todos los descendientes del extremeño aquel de los aparejos borricales se distinguían siempre por su costumbre de trazar una línea muy corta y muy recta entre la idea y el hecho. La idea era casar a Baldomerito con Barbarita.

Muchas veces había visto la hija de Arnáiz al chico de Santa Cruz; pero nunca le pasó por las mientes que sería su marido, porque el tal, no sólo no le había dicho nunca media palabra de amores, sino que ni siquiera la miraba como miran los que pretenden ser mirados. Baldomero era juicioso, muy bien parecido, fornido y de buen color, cortísimo de genio, sosón como una calabaza, y de tan pocas palabras que se podían contar siempre que hablaba. Su timidez no decía bien con su corpulencia. Tenía un mirar leal y cariñoso, *como el de un gran perro de aguas.* Pasaba por la honestidad misma, iba a misa todos los días que lo mandaba la Iglesia, rezaba el rosario con la familia, trabajaba diez horas diarias o más en el escritorio sin levantar cabeza, y no gastaba el dinero que le daban sus papás. A pesar de estas raras dotes, Barbarita, si alguna vez le encontraba en la calle o en la tienda de Arnáiz o en la casa, lo que acontecía muy pocas veces, le miraba con el mismo interés con que se puede mirar una saca de carbón o un fardo de tejidos. Así es que se quedó como quien ve visiones cuando su madre, cierto día de precepto, al volver de la iglesia de Santa Cruz, donde ambas confesaron y comulgaron, le propuso el casamiento con Baldomerito. Y no empleó para esto circunloquios ni diplomacias de palabra, sino que se fue al asunto con estilo llano y decidido. ¡Ah, la línea recta de los Trujillos!...

Aunque Barbarita era desenfadada en el pensar, pronta en el responder, y sabía sacudirse una mosca que le molestase, en caso tan grave se quedó algo mortecina y tuvo vergüenza de decir a su mamá que no quería maldita cosa al chico de Santa Cruz... Lo iba a decir; pero la cara de su madre parecióle de madera. Vio en aquel entrecejo la línea corta y sin curvas, la barra de acero trujillesca, y la pobre niña sintió miedo, ¡ay, qué miedo! Bien conoció que su madre se había de poner como una leona si ella se salía con la inocentada de querer más o menos. Callóse, pues, como en misa, y a cuanto la mamá le dijo aquel día y los subsiguientes sobre el mismo tema del casorio respondía con signos y palabras de humilde aquiescencia. No cesaba de sondear su propio corazón, en el cual encontraba a la vez pena y consuelo. No sabía lo que era amor; tan sólo lo sospechaba. Verdad que no quería a su novio; pero tampoco quería a otro. En caso de querer a alguno, este alguno podía ser aquél.

Lo más particular era que Baldomero, después de concertada la boda, y cuando veía regularmente a su novia, no le decía de cosas de amor ni una miaja de letra, aunque las breves ausencias de la mamá, que solía dejarlos solos un ratito, le dieran ocasión de lucirse como galán. Pero nada... Aquel zagalote guapo y desabrido no sabía salir en su conversación de las rutinas más triviales. Su timidez era tan ceremoniosa como su levita de paño negro, de lo mejor de Sedán, y que parecía, usada por él, como un reclamo del buen género de la casa. Hablaba de los reverberos que había puesto el marqués de Pontejos, del cólera del año anterior, de la degollina de los frailes y de las muchas casas magníficas que se iban a edificar en los solares de los derribados conventos. Todo esto era muy bonito para dicho en la tertulia de una tienda; pero sonaba a cencerrada en el corazón de una doncella, que, no estando enamorada, tenía ganas de estarlo.

También pensaba Barbarita, oyendo a su novio, que la procesión iba por dentro y que el pobre chico, a pesar de ser tan grandullón, no tenía alma para sacarla fuera. "¿Me querrá?", se preguntaba la novia. Pronto hubo de sospechar que si Baldomerito no le hablaba de amor explícitamente, era por pura cortedad y por no saber cómo arrancarse; pero que estaba enamorado hasta las gachas, reduciéndose a declararlo con delicadezas, complacencias y puntualidades muy expresivas. Sin duda, el amor más sublime es el más discreto, y las bocas más elocuentes aquellas en que no puede entrar ni una mosca. Mas no se tranquilizaba la joven razonando así, y el sobresalto y la incertidumbre no la dejaban vivir. "¡Si también le estaré ya queriendo sin saberlo!", pensaba. ¡Oh, no; interrogándose y respondiéndose con toda lealtad, resultaba que no le quería absolutamente nada. Verdad que tampoco le aborrecía, y algo íbamos ganando.

Y en este desabridísimo noviazgo pasaron algunos meses, al cabo de los cuales Baldomero se soltó y despabiló algo. Su boca se fue desellando poquito a poco hasta que rompió, como un erizo de castaña que madura y se abre, dejando ver el sazonado fruto. Palabra tras palabra, fue soltando las castañas, aquellas ideas elaboradas y guardadas con religiosa maternidad, como esconde Naturaleza sus obras de gestación. Llegó por fin el día señalado para la boda, que fue el 3 de mayo de 1835, y se casaron en Santa Cruz, sin aparato, instalándose en la casa del esposo, que era una de las mejores del barrio, en la plazuela de la Leña.

## IV

A los dos meses de casados, y después de una temporadilla en que Barbarita estuvo algo distraída, melancólica y como con ganas de llorar, alarmando mucho a su madre, empezaron a notarse en aquel matrimonio, en tan malas condiciones hecho, síntomas de idilio. Baldomero parecía otro. En el escritorio canturriaba, y buscaba pretextos para salir, subir a la casa y decir una palabrita a su mujer, cogiéndola en los pasillos o donde la encontrase. También solía equivocarse al sentar una partida, y cuando firmaba la correspondencia daba a los rasgos de la tradicional rúbrica de la casa una amplitud de trazo verdaderamente grandiosa, terminando el rasgo final hacia arriba como una invocación de gratitud dirigida al cielo. Salía muy poco, y decía a sus amigos íntimos que no se cambiaría por un rey, ni por su tocayo Espartero, pues no había felicidad semejante a la suya. Bárbara manifestaba a su madre con gozo discreto que Baldomero no le daba el más mínimo disgusto; que los dos caracteres se iban armonizando perfectamente; que él era bueno como el mejor pan y que tenía mucho talento, un talento que se descubría donde y como debe descubrirse, en las ocasiones. En cuanto estaba diez minutos en la casa materna, ya no se la podía aguantar, porque se ponía desasosegada y buscaba pretextos para marcharse, diciendo:

—Me voy, que está mi marido solo.

El idilio se acentuaba cada día, hasta el punto de que la madre de Barbarita, disimulando su satisfacción, decía a ésta:

—Pero, hija, vais a dejar tamañitos a los amantes de Teruel.

Los esposos salían a paseo juntos todas las tardes. Jamás se ha visto a don Baldomero II en un teatro sin tener al lado a su mujer. Cada día, cada mes y cada año, eran más tórtolos, y se querían y estimaban más. Muchos años después de casados parecía que estaban en la luna de miel. El marido ha mirado siempre a su mujer como una criatura sagrada, y Barbarita ha visto siempre en su esposo el hombre más completo y digno de ser amado que en el mundo existe. Cómo se compenetraron ambos caracteres, cómo se formó la conjunción inaudita de aquellas dos almas, sería muy largo de contar. El señor y la señora de Santa Cruz, que aún viven y ojalá vivieran mil años, son el matrimonio más feliz y más admirable del presente siglo. Debieran estos nombres escribirse con letras de oro en los antipáticos salones de la Vicaría, para eterna ejemplaridad de las generaciones futuras, y debiera ordenarse que los sacerdotes, al leer la Epístolá de San Pablo, incluyeran algún parrafito, en latín o castellano, referente a estos excelsos casados. Doña Asunción Trujillo, que falleció en 1841, en un día triste de Madrid, el día en que fusilaron al general León, salió de este mundo con el atrevido pensamiento de que para alcanzar la bienaventuranza no necesitaba alegar más título que el de autora de aquel cristiano casamiento. Y que no le disputara esta gloria Juana Trujillo, madre de Baldomero, la cual había muerto el año anterior, porque Asunción probaría ante todas las cancillerías celestiales que a ella se le había ocurrido la sublime idea antes que a su prima.

Ni los años ni las menudencias de la vida han debilitado nunca el profundísimo cariño de estos bienditos cónyuges. Ya tenían canas las cabezas de uno y otro, y don Baldomero decía a todo el que quisiera oírle que amaba a su mujer *como el primer día.* Juntos siempre en el paseo, juntos en el teatro, pues a ninguno de los dos le gusta la función si el otro no la ve también. En todas las fechas que recuerdan algo dichoso para la familia, se hacen recíprocamente sus regalitos, y para colmo de felicidad, ambos disfrutan de una salud espléndida. El deseo final del señor de Santa Cruz es que ambos se mueran juntos, el mismo día y a la misma hora, en el mismo lecho nupcial en que han dormido toda su vida.

Les conocí en 1870. Don Baldomero tenía ya sesenta años, Barbarita, cincuenta y dos. Él era un señor de muy buena presencia, el pelo entrecano, todo afeitado, colorado, fresco, más joven que muchos hombres de cuarenta, con toda la dentadura completa y sana, ágil y bien dispuesto, sereno y festivo, la mirada dulce, siempre la mirada aquella de perrazo de Terranova. Su esposa parecióme, para decirlo de una vez, una mujer guapísima, casi estoy por decir monísima. Su cara tenía la frescura de las rosas cogidas, pero no ajadas todavía, y no usaba más afeite que el agua clara. Conservaba una dentadura ideal y un cuerpo que, aun sin corsé, daba quince y raya a muchas fantasmonas exprimidas que andan por ahí. Su cabello se había puesto ya enteramente blanco, lo cual la favorecía más que cuando lo tenía entrecano. Parecía pelo empolvado a estilo Pompadour, y como lo tenía tan rizoso y tan bien partido sobre la frente, muchos sostenían que ni allí había canas ni Cristo que lo fundó. Si Barbarita presumiera, habría podido recortar muy bien los cincuenta y dos años plantándose en los treinta y ocho, sin que nadie le sacara la cuenta, porque la fisonomía y la expresión eran de juventud y gracia, iluminadas por una sonrisa que era la pura miel... Pues si hubiera querido presumir con malicia, ¡digo!..., a no ser lo que era, una matrona respetabilísima con toda la sal de Dios en su corazón, habría visto acudir los hombres como acuden las moscas a una de esas frutas que, por lo muy maduras, principian a arrugarse, y les chorrea por la corteza todo el azúcar.

¿Y Juanito?

Pues Juanito fue esperado desde el primer año de aquel matrimonio sin par. Los felices esposos contaban con él este mes, el que viene y el otro, y estaban viéndole venir y deseándole como los judíos al Mesías. A veces se entristecían con la tardanza; pero la fe que tenían en él les reanimaba. Si tarde o temprano había de venir..., era cuestión de paciencia. Y el muy pillo puso a prueba la de sus padres, porque se entretuvo diez años por allá, haciéndoles rabiar. No se dejaba ver de Barbarita más que en sueños, en diferentes aspectos infantiles, ya comiéndose los puños cerrados, la cara dentro de un gorro con muchos encajes, ya talludito, con su escopetilla al hombro y mucha picardía en los ojos. Por fin, Dios le mandó en carne mortal, cuando los esposos empezaron a quejarse de la Providencia y a decir que les había engañado. Día de júbilo fue aquel de septiembre de 1845, en que vino a ocupar su puesto en el más dichoso de los hogares Juanito Santa Cruz. Fue padrino del crío el gordo Arnáiz, quien dijo a Barbarita:

—A mí no me la das tú. Aquí ha habido matute. Este ternero lo has traído de la Inclusa para engañarnos... ¡Ah! Estos proteccionistas no son más que contrabandistas disfrazados.

Criáronle con regalo y exquisitos cuidados, pero sin mimo. Don Baldomero no tenía carácter para poner un freno a su estrepitoso cariño paternal, ni para meterse en severidades de educación y formar al chico como le formaron a él. Si su mujer lo permitiera, habría llevado Santa Cruz su indulgencia hasta consentir que el niño hiciera en todo su real gana. ¿En qué consistía que habiendo sido él educado tan rígidamente por don Baldomero I, era todo blanduras con su hijo? ¡Efectos de la evolución educativa, paralela de la evolución política! Santa Cruz tenía muy presentes las ferocidades disciplinarias de su padre, los castigos que le imponía y las privaciones que le había hecho sufrir. Todas las noches del año le obligaba a rezar el rosario con los dependientes de la casa; hasta que cumplió los veinticinco, nunca fue a paseo solo, sino en corporación con los susodichos dependientes; el teatro no lo cataba sino el día de Pascua, y le hacían un trajecito nuevo cada año, el cual no se ponía más que los domingos. Teníanle trabajando en el escritorio o en el almacén desde las nueve de la mañana a las ocho de la noche, y había de servir para todo, lo mismo para mover un fardo que para escribir cartas. Al anochecer, solía su padre echarle los tiempos por encender el velón de cuatro mecheros antes de que las tinieblas fueran completamente dueñas del local. En lo tocante a juegos, no conoció nunca más que el mus, y sus bolsillos no supieron lo que era un cuarto hasta mucho después del tiempo en que empezó a afeitarse. Todo fue rigor, trabajo, sordidez. Pero lo más particular era que creyendo don Baldomero que tal sistema había sido eficasísimo para formarle a él, lo tenía por deplorable tratándose de su hijo. Esto no era una falta de lógica, sino la consagración práctica de la idea madre de aquellos tiempos, el progreso. ¿Qué sería del mundo sin progreso?, pensaba Santa Cruz, y al pensarlo sentía ganas de dejar al chico entregado a sus propios instintos. Había oído muchas veces a los economistas que

onírico

violencia doméstica?

iban de tertulia a casa de Cantero la célebre frase *laissez aller, laissez passer*... El gordo Arnáiz y su amigo Pastor, el economista, sostenían que todos los grandes problemas se resuelven por sí mismos, y don Pedro Mata opinaba del propio modo, aplicando a la sociedad y a la política el sistema de la medicina expectante. La naturaleza se cura sola; no hay más que dejarla. Las fuerzas reparatrices lo hacen todo, ayudadas del aire. El hombre se educa solo en virtud de las suscepciones constantes que determina en su espíritu la conciencia, ayudada del ambiente social. Don Baldomero no lo decía así; pero sus vagas ideas sobre el asunto se condensaban en una expresión de moda y muy socorrida: "El mundo marcha."

Felizmente para Juanito, estaba allí su madre, en quien se equilibraban maravillosamente el corazón y la inteligencia. Sabía coger las disciplinas cuando era menester, y sabía ser indulgente a tiempo. Si no le pasó nunca por las mentes obligar a rezar el rosario a un chico que iba a la Universidad y entraba en la cátedra de Salmerón, en cambio no le dispensó del cumplimiento de los deberes religiosos más elementales. Bien sabía el muchacho que si hacía novillos a la misa de los domingos no iría al teatro por la tarde, y que si no sacaba buenas notas en junio, no había dinero para el bolsillo, ni toros, ni excursiones por el campo con Estupiñá (luego hablaré de este tipo) para cazar pájaros con red o liga, ni los demás divertimientos con que se recompensaba su aplicación.

Mientras estudió la segunda enseñanza en el colegio de Massarnau, donde estaba a media pensión, su mamá le repasaba las lecciones todas las noches; se las metía en el cerebro a puñados y a empujones, como se mete la lana en un cojín. Ved por dónde aquella señora se convirtió en sibila, intérprete de toda la ciencia humana, pues le descifraba al niño los puntos oscuros que en los libros había, y aclaraba todas sus dudas, allá como Dios le daba a entender. Para manifestar hasta dónde llegaba la sabiduría enciclopédica de doña Bárbara, estimulada por el amor materno, baste decir que también le traducía los temas de latín, aunque en su vida había ella sabido palotada de esta lengua. Verdad que era traducción libre, mejor dicho, liberal, casi demagógica. Pero Fedro y Cicerón no se hubieran incomodado si estuvieran oyendo por encima del hombro de la maestra, la cual sacaba inmenso partido de lo poco que el discípulo sabía. También le cultivaba la memoria, descargándosela de fárrago inútil, y le hacía ver claros los problemas de aritmética elemental, valiéndose de garbanzos o judías, pues de otro modo no andaba ella muy a gusto por aquellos derroteros. Para la Historia Natural, solía la maestra llamar en su auxilio al león del Retiro, y únicamente en la Química se quedaban los dos parados, mirándose el uno al otro, concluyendo ella por meterle en la memoria las fórmulas, después de observar que estas cosas no las entienden más que los boticarios, y que todo se reduce a si se pone más o menos cantidad de agua del pozo. Total: que cuando Juan se hizo bachiller en Artes, Barbarita declaraba riendo que con estos tejemanejes se había vuelto, sin saberlo, una doña Beatriz Galindo para latines y una catedrática universal.

## V

En este interesante período de la crianza del heredero, desde el 45 para acá, sufrió la casa de Santa Cruz la transformación impuesta por los tiempos, y que fue puramente externa, continuando inalterada en lo esencial. En el escritorio y en el almacén aparecieron los primeros mecheros de gas hacia el año

49, y el famoso velón de cuatro luces recibió tan tremenda bofetada de la dura mano del progreso, que no se le volvió a ver más por ninguna parte. En la caja habían entrado ya los primeros billetes del Banco de San Fernando, que sólo se usaban para el pago de letras, pues el público los miraba aún con malos ojos. Se hablaba aún de talegas, y la operación de contar cualquier cantidad era obra para que la desempeñara Pitágoras u otro gran aritmético, pues con los doblones y ochentines, las pesetas catalanas, los duros españoles, los de veintiuno y cuartillo, las onzas, las pesetas columnarias y las monedas macuquinas, se armaba un belén espantoso. Aún no se conocían el sello de correo, ni los sobres ni otras conquistas del citado progreso. Pero ya los dependientes habían empezado a sacudirse las cadenas; ya no eran aquellos parias del tiempo de don Baldomero I, a quienes no se permitía salir sino los domingos y en comunidad, y cuyo vestido se confeccionaba por un patrón único, para que resultasen uniformados como colegiales o presidiarios. Se les dejaba concurrir a los bailes de Villahermosa o de candil, según las aficiones de cada uno. Pero en lo que no hubo variación fue en aquel piadoso atavismo de hacerles rezar el rosario todas las noches. Esto no pasó a la Historia hasta la época reciente del traspaso a los *Chicos*. Mientras fue don Baldomero jefe de la casa, ésta no se desvió en lo esencial de los ejes diamantinos sobre que la tenía montada el padre, a quien se podría llamar *don Baldomero el Grande*. Para que el progreso pusiera su mano en la obra de aquel hombre extraordinario, cuyo retrato, debido al pincel de don Vicente López, hemos contemplado con satisfacción en la sala de sus ilustres descendientes, fue preciso que todo Madrid se transformase; que la desamortización edificara una ciudad nueva sobre los escombros de los conventos; que el marqués de Pontejos adecentase este lugarón; que las reformas arancelarias del 49 y del 68 pusieran patas arriba todo el comercio madrileño; que el grande ingenio de Salamanca idease los primeros ferrocarriles; que Madrid se *colocase,* por arte del vapor, a cuarenta horas de París; y, por fin, que hubiera muchas guerras y revoluciones y grandes trastornos en la riqueza individual.

También la casa de Gumersindo Arnáiz, hermano de Barbarita, ha pasado por grandes crisis y mudanzas desde que murió don Bonifacio. Dos años después del casamiento de su hermana con Santa Cruz casó Gumersindo con Isabel Cordero, hija de don Benigno Cordero, mujer de gran disposición, que supo ver claro en el negocio de tiendas y ha sido la salvadora de aquel acreditado establecimiento. Comprometido éste del 40 al 45, por los últimos errores del difunto Arnáiz, se defendió con los *mahones,* aquellas telas ligeras y frescas que tanto se usaron hasta el 54. El género de China decaía visiblemente. Las galeras aceleradas iban trayendo a Madrid cada día con más presteza las novedades parisienses, y se apuntaba la invasión lenta y tiránica de los medios colores, que pretenden ser signo de cultura. La sociedad española empezaba a presumir de *seria;* es decir, a vestirse lúgubremente, y el alegre imperio de los colorines se derrumbaba de un modo indudable. Como se habían ido las capas rojas, se fueron los pañuelos de Manila. La aristocracia los cedía con desdén a la clase media, y ésta, que también quería ser aristócrata, entregábalos al pueblo, último y fiel adepto de los matices vivos. Aquel encanto de los ojos, aquel prodigio de color, remedo de la Naturaleza sonriente, encendida por el sol de mediodía, empezó a perder terreno, aunque el pueblo, con instinto de colorista y poeta, defendía la prenda española como defendió el parque de Monteleón, y los reductos de Zaragoza. Poco a poco iba cayendo el chal de los hombros de las mujeres hermosas, porque la sociedad se empeñaba en parecer grave, y para ser grave nada mejor que envolverse en tintas de tristeza. Estamos bajo la influencia del norte de Europa y ese maldito Norte nos impone los grises que toma de su ahumado cielo. El sombrero de copa da mucha respetabilidad a la fisonomía, y raro es el hombre que no se cree importante sólo con llevar sobre la cabeza un cañón de chimenea. Las señoras no se tienen por tales si no van vestidas de color de hollín, ceniza, rapé, verde botella o pasa de Corinto. Los tonos vivos las encanallan, porque el pueblo ama el rojo bermellón, el amarillo tila, el cadmio y el verde forraje; y está tan arraigado en la plebe el sentimiento del color, que la *seriedad* no ha podido establecer su imperio sino transigiendo. El pueblo ha aceptado el oscuro de las capas, imponiendo el rojo de las vueltas; ha consentido las capotas, conservando las mantillas y los pañuelos chillones para la cabeza; ha transigido con los gabanes y aun con el *polisón,* a cambio de las toquillas de gama clara, en que dominan el celeste, el rosa y el amarillo de Nápoles. El crespón es el que ha ido decayendo desde 1840, no sólo por la citada evolución de la *seriedad* europea, que nos ha cogido de medio a medio, sino por causas económicas a las que no podíamos sustraernos.

Las comunicaciones rápidas nos trajeron mensajeros de la potente industria belga, francesa e inglesa, que necesitaban mercados. Todavía no era moda ir a buscarlos al África, y los venían a buscar aquí, cambiando cuentas de vidrio por pepitas de oro; es decir, lanillas, cretonas y merinos, por dinero contante o por obras de arte. Otros mensajeros saqueaban nuestras iglesias y nuestros palacios, llevándose los brocados históricos de casullas y frontales, el tisú y los terciopelos con bordados y aplicaciones, y otras muestras riquísimas de la industria española. Al propio tiempo arramblaban por los espléndidos pañuelos de Manila, que habían ido descendiendo hasta las gitanas. También se dejó sentir aquí, como en todas partes, el efecto de otro fenómeno comercial, hijo del progreso. Refiérome a los grandes acaparamientos del comercio inglés, debidos al desarrollo de su inmensa marina. Esta influencia se manifestó bien pronto en aquellos humildes rincones de la calle de Postas por la depreciación súbita del género de la China. Nada más sencillo que esta depreciación. Al fundar los ingleses el gran depósito comercial de Singapore, monopolizaron el tráfico del Asia y arruinaron el comercio que hacíamos por la vía de Cádiz y el Cabo de Buena Esperanza con aquellas apartadas regiones. Ayún y Senquá dejaron de ser nuestros mejores amigos, y se hicieron amigos de los ingleses. El sucesor de estos artistas, el fecundo e inspirado King-Cheong, se cartea en inglés con nuestros comerciantes y da sus precios en libras esterlinas. Desde que Singapore apareció en la geografía práctica, el género de Cantón y Shanghai dejo de venir en aquellas pesadas fragatonas de los armadores de Cádiz, los Fernández de Castro, los Cuesta, los Rubio; y la dilatada travesía del Cabo pasó a la historia como apéndice de los fabulosos trabajos de Vasco de Gama y de Albuquerque. La vía nueva trazáronla los vapores ingleses combinados con el ferrocarril de Suez.

Ya en 1840 las casas que traían directamente el género de Cantón no podían competir con las que lo encargaban a Liverpool. Cualquier mercachifle de la calle de Postas se proveía de este artículo sin ir a tomarlo en los dos o tres depósitos que en Madrid había. Después, las corrientes han cambiado otra vez y al cabo de muchos años ha vuelto a traer España directamente las obras de King-Cheong; mas para esto ha sido preciso que viniera la gran vigorización del comercio después del 68 y la robustez de los capitales de nuestros días.

El establecimiento de Gumersindo Arnáiz se vio amenazado de ruina porque las tres o cuatro casas cuya especialidad era como una herencia o traspaso de la Compañía de Filipinas no podían seguir monopolizando la pañolería y demás artes chinescas. Madrid se inundaba de género a precio más bajo que el de las facturas de don Bonifacio Arnáiz, y era preciso realizar de cualquier modo. Para compensar las pérdidas de la *quemazón,* urgía plantear otro negocio, buscar nuevos caminos, y aquí fue donde lució sus altas dotes Isabel Cordero, esposa de Gumersindo, que tenía más pesquis que éste. Sin saber palotada de Geografía, comprendía que había un Singapore y un istmo de Suez.

Adivinaba el fenómeno comercial, sin acertar a darle nombre, y en vez de echar maldiciones contra los ingleses, como hacía su marido, se dio a discurrir el mejor remedio. ¿Qué corrientes seguirían? La más marcada era la de las *novedades,* la de la influencia de la fabricación francesa y belga, en virtud de aquella ley de los grises del Norte, invadiendo, conquistando y anulando nuestro ser colorista y romancesco. El vestir se anticipaba al pensar, y cuando aún los versos no habían sido desterrados por la prosa, ya la lana había hecho trizas a la seda.

—Pues apechuguemos con las *novedades*— dijo Isabel a su marido, observando aquel furor de modas que le entraba a esta sociedad y el afán que todos los madrileños sentían de ser elegantes *con seriedad.*

Era, por añadidura, la época en que la clase media entraba de lleno en el ejercicio de sus funciones, apandando todos los empleos creados por el nuevo sistema político y administrativo, comprando a plazos todas las fincas que habían sido de la Iglesia, constituyéndose en propietaria del suelo y en usufructuaria del presupuesto; absorbiendo, en fin, los despojos del absolutismo y del clero, y fundando el imperio de la levita. Claro es que la levita es el símbolo; pero lo más interesante de tal imperio está en el vestir de las señoras, origen de energías poderosas, que de la vida privada salen a la pública y determinan hechos grandes. ¡Los trapos, ay! ¿Quién no ve en ellos una de las principales energías de la época presente, tal vez una causa generadora de movimiento y vida? Pensad un poco en lo que representan, en lo que valen, en la riqueza y el ingenio que consagra a producirlos la ciudad más industriosa del mundo, y, sin querer, vuestra mente os presentará entre los pliegues de las telas de moda, todo nuestro organismo mesocrático, ingente pirámide en cuya cima hay un sombrero de copa; toda la máquina política y administrativa, la deuda pública y los ferrocarriles, el presupuesto y las rentas, el Estado tutelar y el parlamentarismo socialista.

Pero Gumersindo e Isabel habían llegado un poco tarde, porque las *novedades* estaban en manos de mercaderes listos, que sabían ya el camino de París. Arnáiz fue también allá; mas no era hombre de gusto, y trajo unos adefesios que no tuvieron aceptación. La Cordero, sin embargo, no se desanimaba. Su marido empezaba a atontarse; ella, a *ver claro.* Vio que las costumbres de Madrid se transformaban rápidamente, que esta orgullosa Corte iba a pasar en poco tiempo de la condición de aldeota indecente a la de capital civilizada. Porque Madrid no tenía de metrópoli más que el nombre y la vanidad ridícula. Era un payo con casaca de gentilhombre y la camisa desgarrada y sucia. Por fin, el paleto se disponía a ser señor de verdad. Isabel Cordero, que se anticipaba a su época, presintió la traída de aguas del Lozoya, en aquellos veranos ardorosos en que el Ayuntamiento refrescaba y alimentaba las fuentes del Berro y de la Teja con cubas de agua sacada de los pozos; en aquellos tiempos en que los portales eran sentinas y en que los vecinos iban de un cuarto a otro con el pucherito en la mano pidiendo por favor un poco de agua para afeitarse.

La perspicaz mujer vio el porvenir, oyó hablar del gran proyecto de Bravo Murillo, como de una cosa que ella había sentido en su alma. Por fin, Madrid, dentro de algunos años, iba a tener raudales de agua distribuidos en las calles y plazas, y adquiriría la costumbre de lavarse, por lo menos la cara y las manos. Lavadas estas partes, se lavaría después otras. Este Madrid, que entonces era futuro, se le representó con visiones de camisas limpias en todas las clases, de mujeres ya acostumbradas a mudarse todos los días, y de señores que eran la misma pulcritud. De aquí nació la idea de dedicar la casa al género blanco, y arraigada fuertemente la idea, poco a poco se fue haciendo realidad. Ayudado por don Baldomero y Arnáiz, Gumersindo empezó a traer batistas finísimas de Inglaterra, holandas y escocias, irlandas y madapolanes, *nansouk* y cretonas de Alsacia, y la casa se fue levantando no sin trabajo de su postración hasta llegar a adquirir una prosperidad relativa. Complemento de este negocio *en blanco,* fueron la damasquería gruesa, los cutíes para colchones y la mantelería de Courtray, que vino a ser *especialidad* de la casa, como lo decía un rótulo añadido al letrero antiguo de la tienda. Las puntillas y encajería mecánica vinieron más tarde, siendo tan grandes los pedidos de Arnáiz que una fábrica de Suiza trabajaba sólo para él. Y, por fin, las crinolinas dieron al establecimiento buenas ganancias. Isabel Cordero, que había presentido el Canal del Lozoya, presintió también el miriñaque, que los franceses llamaban *Malakoff,* invención absurda que parecía salida de un cerebro enfermo de tanto pensar en la dirección de los globos.

De la pañolería y artículos asiáticos sólo quedaban en la casa por los años del 50 al 60 tradiciones religiosamente conservadas. Aún había alguna torrecilla de marfil y buena porción de mantones ricos de alto precio en cajas primorosas. Era quizás Gumersindo la persona que en Madrid tenía más arte para doblarlos, porque ha de saberse que doblar un crespón era tarea tan difícil como hinchar un perro. No sabían hacerlo sino los que de antiguo tenían la costumbre de manejar aquel artículo, por lo cual muchas damas, que en algún baile de máscaras se ponían el chal, lo mandaban al día siguiente, con la caja, a la tienda de Gumersindo Arnáiz, para que éste lo doblase según arte tradicional, es decir, dejando oculta la rejilla de a tercia y el fleco de a cuarta, y visible en el cuartel superior el dibujo central. También se conservaban en la tienda los dos maniquíes vestidos de mandarines. Se pensó en retirarlos, porque ya estaban los pobres un poco tronados; pero Barbarita se opuso, porque dejar de verlos allí haciendo juego con la fisonomía lela y honrada del señor de Ayún era como si enterrasen a alguno de la familia; y aseguró que si su hermano se obstinaba en quitarlos, ella se los llevaría a su casa para ponerlos en el comedor, haciendo juego con los aparadores.

## VI

Aquella gran mujer, Isabel Cordero de Arnáiz, dotada de todas las agudezas del traficante y de todas las triquiñuelas económicas del ama de gobierno, fue agraciada además por el cielo con una fecundidad prodigiosa. En 1845, cuando nació Juanito, ya había tenido ella cinco, y siguió pariendo con la puntualidad de los vegetales que dan fruto cada año. Sobre aquellos cinco hay que apuntar doce más en la cuenta; total, diecisiete partos, que recordaba asociándolos a fechas célebres del reinado de Isabel II.

—Mi primer hijo —decía— nació cuando vino la tropa carlista hasta las tapias de Madrid. Mi Jacinta nació cuando se casó la Reina, con pocos días de diferencia. Mi Isabelita vino al mundo el día mismo en que el cura Merino le pegó la puñalada a Su Majestad, y tuve a Rupertito el día siguiente de San Juan del cincuenta y ocho, el mismo día que se inauguró la traída de aguas.

Al ver la estrecha casa, se daba uno a pensar que la ley de impenetrabilidad de los cuerpos fue el pretexto que tomó la muerte para mermar aquel bíblico rebaño. Si los diecisiete chiquillos hubieran vivido, habría sido preciso ponerlos en los balcones como los tiestos o colgados en jaulas de machos de perdiz. El garrotillo y la escarlatina fueron entresacando aquella mies apretada, y en 1870 no quedaban ya más que nueve. Los dos primeros volaron a poco de nacidos. De tiempo en tiempo se moría uno, ya crecidito, y se aclaraban las filas. En no sé qué año se murieron tres con intervalo de cuatro meses. Los que rebasaron de los diez años se iban criando regularmente.

He dicho que eran nueve. Falta consignar que de estas nueve cifras, siete correspondían al sexo femenino. ¡Vaya una plaga que le había caído al bueno de Gumersindo! ¿Qué hacer con siete chiquillas? Para guardarlas cuando fueran mujeres se necesitaba un cuerpo de ejército. Y ¿cómo casarlas bien a todas? ¿De dónde iban a salir siete maridos buenos? Gumersindo, siempre que de esto se le hablaba, echábalo a broma, confiando en la buena mano que tenía su mujer para todo.

—Verán —decía— cómo saca ella de debajo de las piedras siete yernos de primera.

Pero la fecunda esposa no las tenía todas consigo. Siempre que pensaba en el porvenir de sus hijas se ponía triste, y sentía como remordimientos de haber dado a su marido una familia que era un problema económico. Cuando hablaba de esto con su cuñada Barbarita, lamentábase de parir hembras como de una responsabilidad. Durante su campaña prolífica, desde el 38 al 60, acontecía que a los cuatro o cinco meses de haber dado a luz ya estaba otra vez encinta. Barbarita no se tomaba el trabajo de preguntárselo, y lo daba por hecho.

—Ahora —le decía— vas a tener un muchacho.

Y la otra, enojada, echando pestes contra su fecundidad, respondía:

—Varón o hembra, estos regalos debieran ser para ti. A ti debiera Dios darte un canario de alcoba todos los años.

Las ganancias del establecimiento no eran escasas; pero los esposos Arnáiz no podían llamarse ricos, porque con tanto parto y tanta muerte de hijos y aquel familión de hembras, la casa no acababa de florecer como debiera. Aunque Isabel hacía milagros de arreglo y economía, el considerable gusto cuotidiano quitaba al establecimiento mucha savia. Pero nunca dejó de cumplir Gumersindo sus compromisos comerciales, y si su capital no era grande, tampoco tenía deudas. El *quid* estaba en colocar bien las siete chicas, pues mientras esta tremenda campaña matrimoniesca no fuera coronada por un éxito brillante, en la casa no podía haber grandes ahorros.

Isabel Cordero era, veinte años ha, una mujer desmejorada, pálida, deforme de talle, como esas personas que parece se están desbaratando y que no tienen las partes del cuerpo en su verdadero sitio. Apenas se conocía que había sido bonita. Los que la trataban no podían imaginársela en estado distinto del que se llama interesante, porque el barrigón parecía en ella cosa normal, como el color de la tez o la forma de la nariz. En tal situación y en los breves períodos que tenía libres, su actividad era siempre la misma, pues hasta el día de caer en la cama estaba sobre un pie, atendiendo incansable al complicado gobierno de aquella casa. Lo mismo funcionaba en la cocina que en el escritorio, y acabadita de poner la enorme sartén de migas para la cena o el calderón de patatas, pasaba a la tienda a que su marido la enterase de las facturas que acababa de recibir o de los avisos de letras. Cuidaba principalmente de que sus niñas no estuviesen ociosas. Las más pequeñas y los varoncitos iban a la escuela; las mayores trabajaban en el gabinete de la casa, ayudando a su madre en el repaso de la ropa, o en acomodar al cuerpo de los varones las prendas desechadas del padre. Alguna de ellas se daba maña para planchar; solían también lavar en el gran artesón de la cocina, y zurcir y echar un remiendo. Pero en lo que mayormente sobresalían todas era en el arte de arreglar sus propios perendengues. Los domingos, cuando su mamá las sacaba a paseo, en larga procesión, iban tan bien apañaditas que daba gusto verlas. Al ir a misa, desfilaban entre la admiración de los fieles; porque conviene apuntar que eran muy monas. Desde las dos mayores, que eran ya mujeres, hasta la última, que era una miniaturita, formaban un rebaño interesantísimo, que llamaba la atención por el número y la escala gradual de las tallas. Los conocidos que las veían entrar decían:

—Ya está ahí doña Isabel con el muestrario.

La madre, peinada con la mayor sencillez, sin ningún adorno, fláccida, pecosa y desprovista ya de todo atractivo personal que no fuera la respetabilidad, pastoreaba aquel rebaño, llevándolo por delante como los paveros en Navidad.

¡Y que no pasaba flojos apuros la pobre para salir airosa en aquel papel inmenso! A Barbarita le hacía ordinariamente sus confidencias.

—Mira, hija: algunos meses me veo tan agonizada, que no sé qué hacer. Dios me protege, que si no... Tú no sabes lo que es vestir siete hijas. Los varones, con los desechos de la ropa de su padre que yo les arreglo, van tirando. ¡Pero las niñas!... ¡Y con estas modas de ahora y este suponer!... ¿Viste la pieza de merino azul? Pues no fue bastante, y tuve que traer diez varas más. ¡Nada te quiero decir del ramo de zapatos! Gracias que dentro de casa la que se me ponga otro calzado que no sea las alpargatitas de cáñamo, ya me tiene hecha una leona. Para llenarles la barriga me defiendo con las patatas y las migas. Este año he suprimido los estofados. Sé que los dependientes refunfuñan; pero no me importa. Que vayan a otra parte donde los traten mejor. ¿Creerás que un quintal de carbón se me va como un soplo? Me traigo a casa dos arrobas de aceite, y a los pocos días... ¡pif!..., parece que se lo han chupado las lechuzas. Encargo a Estupiñá dos o tres quintales de patatas, hija, y como si no trajera nada.

En la casa había dos mesas. En la primera comían el principal y su señora, las niñas, el dependiente más antiguo y algún pariente, como Primitivo Cordero cuando venía a Madrid de su finca de Toledo, donde residía. A la segunda se sentaban los dependientes menudos y los dos hijos, uno de los cuales hacía su aprendizaje en la tienda de blondas de Segundo Cordero. Era un total de diecisiete o dieciocho bocas. El gobierno de tal casa, que habría rendido a cualquiera mujer, no fatigaba visiblemente a Isabel. A medida que las niñas iban creciendo, disminuía para la madre parte del trabajo material; pero este descanso se compensaba con el exceso de vigilancia para guardar el rebaño, cada vez más perseguido de lobos y expuesto a infinitas asechanzas. Las chicas no eran malas, pero eran jovenzuelas, y ni Cristo Padre podía evitar los atisbos por el único balcón de la casa o por la ventanucha que daba al callejón de San Cristóbal. Empezaban a entrar en la casa cartitas y a desarrollarse esas intrigüelas inocentes que son juegos de amor, ya que no el amor mismo. Doña Isabel estaba siempre con cada ojo como un farol, y no las perdía de vista un momento. A esta fatiga ruda del espionaje materno uníase el trabajo de exhibir y airear el muestrario, por ver si caía algún parroquiano o, por otro nombre, marido. Era forzoso *hacer el artículo,* y aquella gran mujer, negociante en hijas, no tenía más remedio que vestirse y concurrir con su *género* a tal o cual tertulia de amigas, porque si no lo hacía, ponían las nenas unos morros que no se las podía aguantar. Era también de rúbrica el paseíto los domingos, en corporación, las niñas muy bien arregladitas con cuatro pingos que parecían lo que no eran, la mamá muy estirada de guantes, que le imposibilitaban el uso de los dedos, con manguito que le daba un calor excesivo a las manos, y su buena cachemira. Sin ser vieja, lo parecía.

Dios, al fin, apreciando los méritos de aquella heroína, que ni un punto se apartaba de su puesto en el combate social, echó una mirada de benevolencia sobre el muestrario y después lo bendijo. La primera chica que se casó fue la segunda, llamada Candelaria, y en honor de la verdad, no fue muy lucido aquel matrimonio. Era el novio un buen muchacho, dependiente en la camisería de la viuda de Aparisi. Llamábase Pepe Samaniego y no tenía más fortuna que sus deseos de trabajar y su honradez probada. Su apellido se veía mucho en los rótulos del comercio menudo. Un tío suyo era boticario en la calle del Ave María. Tenía un primo pescadero, otro tendero de capas en la calle de la Cruz, otro prestamista, y los demás, lo mismo que sus hermanos, eran todos horteras. Pensaron primero los de Arnáiz oponerse a aquella unión; mas pronto se hicieron esta cuenta: "No están los tiempos para hilar muy delgado en esto de los maridos. Hay que tomar todo lo que se presente, porque son siete a colocar. Basta con que el chico sea formal y trabajador."

Casóse luego la mayor, llamada Benigna, en memoria de su abuelito el héroe de Boteros. Ésta sí que fue buena boda. El novio era Ramón Villuendas, hijo mayor del célebre cambiante de la calle de Toledo; gran casa, fortuna sólida. Era ya viudo con dos chiquillos, y su parentela ofrecía variedad chocante en orden de riqueza. Su tío, don Cayetano Villuendas, estaba casado con Eulalia, hermana del marqués de Casa-Muñoz, y poseía muchos millones; en cambio, había un Villuendas tabernero y otro que tenía un tenducho de percales y bayetas llamado *El Buen Gusto.* El parentesco de los Villuendas pobres con los ricos no se veía muy claro; pero parientes eran, y muchos de ellos se trataban y se tuteaban.

La tercera de las chicas, llamada Jacinta, pescó marido al año siguiente. Y ¡qué marido!... Pero al llegar aquí me veo precisado a cortar esta hebra, y paso a referir ciertas cosas que han de preceder a la boda de Jacinta.

# CAPÍTULO III

## ESTUPIÑÁ

### I

En la tienda de Arnáiz, junto a la reja que da a la calle de San Cristóbal, hay actualmente tres sillas de madera curva de Viena, las cuales sucedieron hace años a un banco sin respaldo forrado de hule negro, y este banco tuvo por antecesor a un arcón o caja vacía. Aquélla era la sede de la inmemorial tertulia de la casa. No había tienda sin tertulia, como no podía haberla sin mostrador y santo tutelar. Era esto un servicio suplementario que el comercio prestaba a la sociedad en tiempos en que no existían casinos, pues aunque había sociedades secretas y clubs y cafés más o menos patrióticos, la gran mayoría de los ciudadanos pacíficos no iba a ellos, prefiriendo charlar en las tiendas. Barbarita tiene aún reminiscencias vagas de la tertulia en los tiempos de su niñez. Iba un fraile muy flaco, que era el padre Alelí; un señor pequeñito con anteojos, que era el papá de Isabel; algunos militares y otros tipos que se confundían en su mente con las figuras de los dos mandarines.

Y no sólo se hablaba de asuntos políticos y de la guerra civil, sino de cosas del comercio. Recuerda la señora haber oído algo acerca de los primeros fósforos o mixtos que vinieron al mercado, y aun haberlos visto. Era como una botellita en la cual se metía la cerilla, y salía echando lumbre. También oyó hablar de las primeras alfombras de moqueta, de los primeros colchones de muelles y de los primeros ferrocarriles, que alguno de los tertulios había visto en el extranjero, pues aquí ni asomos de ellos había todavía. Algo se apuntó allí sobre el billete de banco, que en Madrid no fue papel-moneda corriente hasta algunos años después, y sólo se usaba entonces para los pagos fuertes de la banca. Doña Bárbara se acuerda de haber visto el primer billete que llevaron a la tienda como un objeto de curiosidad, y todos convinieron en que era mejor una onza. El gas fue muy posterior a esto.

La tienda se transformaba; pero la tertulia era siempre la misma en el curso lento de los años. Unos habladores se iban y venían otros. No sabemos a qué época fija se referirían estos párrafos sueltos que al vuelo cogía Barbarita cuando, ya casada, entraba en la tienda a descansar un ratito, de vuelta de paseo o de compras:

—¡Qué hermosotes iban esta mañana los del *tercero de fusileros* con sus pompones nuevos!...

—El duque ha oído misa hoy en las Calatravas. Iba con Linaje y con San Miguel...

—¿Sabe usted, Estupiñá, lo que dicen ahora? Pues dicen que los ingleses proyectan construir barcos de *fierro.*

El llamado Estupiñá debía de ser indispensable en todas las tertulias de tiendas, porque cuando no iba a la de Arnáiz, todo se volvía preguntar:

—Y Plácido, ¿qué es de él?

Cuando entraba le recibían con exclamaciones de alegría, pues con su sola presencia animaba la conversación. En 1871 conocí a este hombre, que fundaba su vanidad en *haber visto toda la historia de España* en el presente siglo. Había venido al mundo en 1803 y se llamaba hermano de fecha de Mesonero Romanos, por haber nacido, como éste, el 19 de julio del citado año. Una sola frase suya probará su inmenso saber en esa historia viva que se aprende con los ojos:

—Vi a José I como lo estoy viendo a usted ahora.

Y parecía que se relamía de gusto cuando le preguntaban:

—¿Vio usted al duque de Angulema, a lord Wellington?...

—Pues ya lo creo —su contestación era siempre la misma—: Como le estoy viendo a usted.

Hasta llegaba a incomodarse cuando se le interrogaba en tono dubitativo.

—¡Que si vi entrar a María Cristina!... Hombre, si eso es de ayer...

Para completar su erudición ocular, hablaba del *aspecto que presentaba Madrid* el 1 de septiembre de 1840 como si fuera cosa de la semana pasada. Había visto morir a Canterac; ajusticiar a Merino "nada menos que sobre el propio patíbulo", por ser él hermano de la Paz y Caridad; había visto matar a Chico..., precisamente ver no, pero oyó los tiritos, hallándose en la calle de las Velas; había visto a Fernando VII el 7 de julio cuando salió al balcón a decir a los milicianos que *sacudieran* a los de la Guardia; había visto a Rodil y al sargento García arengando desde otro balcón, el año 36; había visto a O'Donnell y Espartero abrazándose; a Espartero solo saludando al pueblo; a O'Donnell solo, todo esto en un balcón; y, por fin, en un balcón había visto, también, en fecha cercana, a otro personaje diciendo a gritos que se habían acabado los Reyes. La historia que Estupiñá sabía estaba escrita en los balcones.

La biografía mercantil de este hombre es tan curiosa como sencilla. Era muy joven cuando entró de hortera en casa de Arnáiz, y allí sirvió muchos años, siempre bienquisto del principal por su honradez acrisolada y el grandísimo interés con que miraba todo lo concerniente al establecimiento. Y a pesar de tales prendas, Estupiñá no era un buen dependiente. Al despachar, entretenía demasiado a los parroquianos, y si le mandaban con un recado o comisión a la Aduana, tardaba tanto en volver, que muchas veces creyó don Bonifacio que le habían llevado preso. La singularidad de que teniendo Plácido estas mañas no pudieran los dueños de la tienda prescindir de él, se explica por la ciega confianza que inspiraba, pues estando él al cuidado de la tienda y de la caja, ya podían Arnáiz y su familia echarse a dormir. Era su fidelidad tan grande como su humildad, pues ya le podían reñir y decirle cuantas perrerías quisieran, sin que se incomodase. Por esto sintió mucho Arnáiz que Estupiñá dejara la casa en 1837, cuando se le antojó establecerse con los dineros de una pequeña herencia. Su principal, que le conocía bien, hacía lúgubres profecías del porvenir comercial de Plácido trabajando por su cuenta.

Prometíaselas él muy felices en la tienda de bayetas y paños del Reino que estableció en la plaza Mayor, junto a la Panadería. No puso dependientes, porque la cortedad del negocio no lo consentía; pero su tertulia fue la más animada y dicharachera de todo el barrio. Y ved aquí el secreto de lo poco que dio de sí el establecimiento, y la justificación de los vaticinios de don Bonifacio. Estupiñá tenía un vicio hereditario y crónico, contra el cual eran impotentes todas las demás energías de su alma; vicio tanto más avasallador y terrible cuanto más inofensivo parecía. No era la bebida, no era el amor, ni el juego, ni el lujo; era la conversación. Por un rato de palique era Estupiñá capaz de dejar que se llevaran los demonios el mejor negocio del mundo. Como él pegase la hebra con gana, ya podía venirse el cielo abajo, y antes le cortaran la lengua que la hebra. A su tienda iban los habladores más frenéticos, porque el vicio llama al vicio. Si en lo más sabroso de su charla entraba alguien a comprar, Estupiñá le ponía la cara que se pone a los que van a dar sablazos. Si el género pedido estaba sobre el mostrador, lo enseñaba con gesto rápido, deseando que acabase pronto la interrupción; pero si estaba en lo alto de la anaquelería, echaba hacia arriba una mirada de fatiga, como el que pide a Dios paciencia, diciendo: "¿Bayeta amarilla? Mírela usted. Me parece que es angosta para lo que usted la quiere." Otras veces dudaba o aparentaba dudar si tenía lo que le pedían: "¿Gorritas para niño? ¿Las quiere usted de visera de hule?... Sospecho que hay algunas, pero son de esas que no se usan ya..."

Si estaba jugando al tute o al mus, únicos juegos que sabía, y en los que era maestro, primero se hundía el mundo que apartar él su atención de las cartas. Era tan fuerte el ansia de charla y de trato social, se lo pedía el cuerpo y el alma con tal vehemencia, que si no iban habladores a la tienda no podía resistir la comezón del vicio, echaba la llave, se la metía en el bolsillo y se iba a otra tienda en busca de aquel licor palabrero con que se embriagaba. Por Navidad, cuando se empezaban a armar los puestos de la Plaza, el pobre tendero no tenía valor para estarse metido en aquel cuchitril oscuro. El sonido de la voz humana, la luz y el rumor de la calle eran tan necesarios a su existencia como el aire. Cerraba, y se iba a dar conversación a las mujeres de los puestos. A todas las conocía, y se enteraba de lo que iban a vender y de cuanto ocurriera en la familia de cada una de ellas. Pertenecía, pues, Estupiñá a aquella raza de tenderos, de la cual quedan aún muy pocos ejemplares, cuyo papel en el mundo comercial parece ser la atenuación de los males causados por los excesos de la oferta impertinente y disuadir al consumidor de la malsana inclinación a gastar el dinero.

—Don Plácido, ¿tiene usted pana azul?

—¡Pana azul! Y ¿quién te mete a ti en esos lujos? Sí que la tengo; pero es cara para ti.

—Enséñemela usted..., y a ver si me la arregla...

Entonces hacía el hombre un desmedido esfuerzo, como quien sacrifica al deber sus sentimientos y gustos más queridos, y bajaba la pieza de tela.

—Vaya, aquí está la pana. Si no la has de comprar, si todo es gana de moler. ¿Para qué quieres verla? ¿Crees que yo no tengo nada que hacer?

—¿No tiene usted una clase mejor?

—Lo que dije; estas mujeres marean a Cristo. Hay otra clase, sí, señora. ¿La compras, sí o no? A veintidós reales, ni un cuarto menos.

—Pero déjela ver... ¡Ay, qué hombre! ¿Cree que me voy a comer la pieza?...

—A veintidós realetes.

—¡Ande y que lo parta un rayo!

—Que te parta a ti, malcriada, respondona, tarasca...

Era muy fino con las señoras de alto copete. Su afabilidad tenía tonos como éste: "¿La cúbica? Sí que la hay. ¿Ve usted la pieza allá arriba? Me parece, señora, que no es lo que usted busca..., digo, me parece; no es que yo me quiera meter... Ahora se estilan rayaditas: de eso no tengo. Espero una remesa para el mes que entra. Ayer vi a las niñas con el señor don Cándido. Vaya, que están creciditas. Y ¿cómo sigue el señor mayor? ¡No le he visto desde que íbamos juntos a la bóveda de San Ginés!..." Con este sistema de vender, a los cuatro años de comercio se podían contar las personas que al cabo de la semana traspasaban el dintel de la tienda. A los seis años no entraban allí ni las moscas. Estupiñá abría todas las mañanas, barría y regaba la acera, se ponía los manguitos verdes y se sentaba detrás del mostrador a leer el *Diario de Avisos.* Poco a poco iban llegando los amigos, aquellos hermanos de su alma, que en la soledad en que Plácido estaba le parecían algo como la paloma del arca, pues le traían en el pico algo más que un ramo de oliva: le traían la palabra, el sabrosísimo fruto y la flor de la vida, el alcohol del alma, con que apacentaba su vicio... Pasábanse el día entero contando anécdotas, comentando sucesos políticos tratando de tú a Mendizábal, a Calatrava, a María Cristina y al mismo Dios, trazando con el dedo planes de campaña sobre el mostrador en extravagantes líneas tácticas; demostrando que Espartero debía ir necesariamente por aquí y Villarreal por allá; refiriendo también sucedidos del comercio, llegadas de tal o cual género; lances de Iglesia y de Milicia, y de mujeres y de la Corte, con todo lo demás que cae bajo el dominio de la bachillería humana. A todas éstas, el cajón del dinero no se abría ni una sola vez, y a la vara de medir, sumida en plácida quietud, le faltaba poco para reverdecer y echar flores como la vara de San José. Y como pasaban meses y meses sin que se renovase el género, y allí no había más que maulas y vejeces, el trueno fue gordo y repentino. Un día le embargaron todo, y Estupiñá salió de la tienda con tanta pena como dignidad.

## II

Aquel gran filósofo no se entregó a la desesperación. Viéronle sus amigos tranquilo y resignado. En su aspecto y en el reposo de su semblante había algo de Sócrates, admitiendo que Sócrates fuera hombre dispuesto a estarse siete horas seguidas con la palabra en la boca. Plácido había salvado el honor, que era lo importante, pagando religiosamente a todo el mundo con las existencias. Se había quedado con lo puesto y sin una mota. No salvó más mueble que la vara de medir. Era forzoso, pues, buscar algún modo de ganarse la vida. ¿A qué se dedicaría? ¿En qué ramo del comercio emplearía sus grandes dotes? Dándose a pensar en esto, vino a descubrir que en medio de su gran pobreza conservaba un capital que seguramente le envidiarían muchos: las relaciones. Conocía a cuantos almacenistas y tenderos había en Madrid; todas las puertas se le franqueaban, y en todas partes le ponían buena cara por su honradez, sus buenas maneras y, principalmente, por aquella bendita labia que Dios le había dado. Sus relaciones y estas aptitudes le sugirieron, pues, la idea de dedicarse a corredor de géneros. Don Baldomero Santa Cruz, el gordo Arnáiz, Bringas, Moreno, Labiano y otros almacenistas de paños, lienzos o novedades, le daban piezas para que las fuera enseñando de tienda en tienda. Ganaba el dos por ciento de comisión por lo que vendía. ¡María Santísima, qué vida más deliciosa, y qué bien hizo en adoptarla, porque cosa más adecuada a su temperamento no se podía imaginar! Aquel correr continuo, aquel entrar por diversas puertas, aquel saludar en la calle a cincuenta personas y preguntarles por la familia era su vida, y todo lo demás era muerte. Plácido no había nacido para el presidio de una tienda. Su elemento era la calle, el aire libre, la discusión, la contratación, el recado, ir y venir, preguntar, cuestionar, pasando gallardamente de la seriedad a la broma. Había mañana en que se echaba al coleto toda la calle de Toledo, de punta a punta, y la Concepción Jerónima, Atocha y Carretas.

Así pasaron algunos años. Como sus necesidades eran muy cortas, pues no tenía familia que mantener ni ningún vicio, como no fuera el de gastar saliva, bastábale para vivir lo poco que el corretaje le daba. Además, muchos comerciantes ricos le protegían. Éste, a lo mejor, le regalaba una capa; otro un corte de vestido: aquél un sombrero o bien comestibles y golosinas. Familias de las más empingorotadas del comercio le sentaban a su mesa, no sólo por amistad, sino por egoísmo, pues era una diversión oírle contar tan diversas cosas con aquella exactitud pintoresca y aquel esmero de detalles que encantaba. Dos caracteres principales tenía su entretenida charla, y eran: que nunca se declaraba ignorante de cosa alguna, y que jamás habló mal de nadie. Si por acaso se dejaba decir alguna palabra ofensiva, era contra la Aduana; pero sin individualizar sus acusaciones.

Porque Estupiñá, al mismo tiempo que corredor, era contrabandista. Las piezas de Hamburgo, de veintiséis kilos, que pasó por el portillo de Gilimón, valiéndose de ingeniosas mañas, no son para contadas. No había otro como él para atravesar de noche ciertas calles con un bulto bajo la capa, figurándose mendigo con un niño a cuestas. Ninguno como él poseía el arte de deslizar un duro en la mano del empleado fiscal en momentos de peligro, y se entendía con ellos tan bien para este fregado, que las principales casas acudían a él para desatar sus líos con la Hacienda. No hay medio de escribir en el Decálogo los delitos fiscales. La moral del pueblo se rebelaba, más entonces que ahora, a considerar las defraudaciones a la Hacienda como verdaderos pecados, y conforme con este criterio, Estupiñá no sentía alboroto en su conciencia cuando ponía feliz remate a una de aquellas empresas. Según él, lo que la Hacienda llama suyo, no es suyo, sino de la nación, es decir, de Juan Particular, y burlar a la Hacienda es devolver a Juan Particular lo que le pertenece. Esta idea, sustentada por el pueblo con turbulenta fe, ha tenido también sus héroes y sus mártires. Plácido la profesaba con no menos entusiasmo que cualquier caballista andaluz, sólo que era de infantería y además no quitaba la vida a nadie. Su conciencia, envuelta en horrorosas nieblas tocante a lo fiscal, manifestábase pura y luminosa en lo referente a la propiedad privada. Era hombre que antes de guardar un ochavo que no fuese suyo se habría estado callado un mes.

Barbarita le quería mucho. Habíale visto en su casa desde que tuvo el don de ver y apreciar las cosas; conocía bien, por opinión de su padre y por experiencia propia, las excelentes prendas y lealtad del hablador. Siendo niña, Estupiñá la llevaba a la escuela de la rinconada de la calle Imperial, y por Navidad iba con él a ver los nacimientos y los puestos de la plaza de Santa Cruz. Cuando don Bonifacio Arnáiz enfermó para morirse, Plácido no se separó de él ni enfermo ni difunto, hasta que le dejó en la sepultura. En todas las penas y alegrías de la casa era siempre el partícipe más sincero. Su posición junto a tan noble familia era entre amistad y servidumbre, pues si Barbarita le sentaba a su mesa muchos días, los más del año empleábale en recados y comisiones, que él sabía desempeñar con exactitud suma. Ya iba a la plaza de la Cebada en busca de alguna hortaliza temprana, ya a la Cava Baja a entenderse con los ordinarios que traían encargos, o bien a Maravillas, donde vivían la planchadora y la encajera de la casa. Tal ascendiente tenía la señora de Santa Cruz sobre aquella alma sencilla y con fe tan ciega la respetaba y obedecía él, que si Barbarita le hubiera dicho: "Plácido, hazme el favor de tirarte por el balcón a la calle", el infeliz no habría vacilado un momento en hacerlo.

Andando los años, y cuando ya Estupiñá iba para viejo y no hacía corretaje ni contrabando, desempeñó en la casa de Santa Cruz un cargo muy delicado. Como era persona de tanta confianza y tan ciegamente adicto a la familia, Barbarita le confiaba a Juanito para que le llevase y le trajera al colegio de Massarnau, o le sacara a paseo los domingos y fiestas. Segura estaba la mamá de que la vigilancia de Plácido era como la de un padre, y bien sabía que se habría dejado matar cien veces antes que consentir que nadie tocase al *Delfín* (así le solía llamar) en la punta del cabello. Ya era éste un polluelo con ínfulas de hombre cuando Estupiñá le llevaba a los Toros, iniciándole en los misterios del arte que se preciaba de entender, como buen madrileño. El niño y el viejo se entusiasmaban por igual en el bárbaro y pintoresco espectáculo, y a la salida Plácido le contaba sus proezas tauromacas, pues también, allá en su mocedad, había echado sus quiebros y pases de muleta, y tenía traje completo con lentejuelas, y toreaba novillos por lo fino, sin olvidar ninguna regla... Como Juanito le manifestara deseos de ver el traje, contestábale Plácido que hacía muchos años su hermana la sastra (que de Dios gozaba) lo había convertido en túnica de un Nazareno, que está en la iglesia de Daganzo de Abajo.

Fuera de platicar, Estupiñá no tenía ningún vicio, ni se juntó jamás con personas ordinarias y de baja estofa. Una sola vez en su vida tuvo que ver con gente de mala ralea, con motivo del bautizo del chico de un sobrino suyo, que estaba casado con una tablajera. Entonces le ocurrió un lance desagradable, del cual se acordó y avergonzó toda su vida; y fue que el pillete del sobrinito, confabulado con sus amigotes, logró embriagarle, dándole subrepticiamente un chinchón capaz de marear a una piedra. Fue una borrachera estúpida, la primera y última de su vida; y el recuerdo de la degradación de aquella noche le entristecía siempre que repuntaba en su memoria. ¡Infames, burlar así a quien era la misma sobriedad! Me le hicieron beber con engaño evidente aquellas nefandas copas, y después no vacilaron en escarnecerle con tanta crueldad como grosería. Pidiéronle que cantara la Pitita, y hay motivos para creer que la cantó, aunque él lo niega en redondo. En medio del desconcierto de sus sentidos, tuvo conciencia del estado en que le habían puesto, y el decoro le sugirió la idea de la fuga. Echóse fuera del local pensando que el aire de la noche le despejaría la cabeza; pero aunque sintió algún alivio, sus facultades y sentidos continuaban sujetos a los más garrafales errores. Al llegar a la esquina de la Cava de San Miguel vio al sereno; mejor dicho, lo que vio fue el farol del sereno, que andaba hacia la rinconada de la calle de Cuchilleros. Creyó que era el Viático, y arrodillándose y descubriéndose, según tenía por costumbre, rezó una corta oración y dijo: "¡Que Dios le dé lo que mejor le convenga!" Las carcajadas de sus soeces burladores, que le habían seguido, le volvieron a su acuerdo, y conocido el error, se metió a escape en su casa, que a dos pasos estaba. Durmió, y al día siguiente como si tal cosa. Pero sentía un remordimiento vivísimo, que por algún tiempo le hacía suspirar y quedarse meditabundo. Nada afligía tanto su honrado corazón como la idea de que Barbarita se enterara de aquel chasco del Viático. Afortunadamente, no lo supo, o si lo supo no se dio nunca por entendida.

## III

Cuando conocí personalmente a este insigne hijo de Madrid andaba ya al ras con los setenta años; pero los llevaba muy bien. Era de estatura menos que mediana, regordete y algo encorvado hacia adelante. Los que quieran conocer su rostro, miren el de Rossini, ya viejo, como nos le han transmitido las estampas y fotografías del gran músico, y pueden decir que tienen delante el divino Estupiñá. La forma de la cabeza, la sonrisa, el perfil sobre todo, la nariz corva, la boca hundida, los ojos picarescos, eran trasunto fiel de aquella hermosura un tanto burlona, que con la acentuación de las líneas en la vejez se aproximaba algo a la imagen de Polichinela. La edad iba dando al perfil de Estupiñá un cierto parentesco con el de las cotorras.

En sus últimos tiempos, del 70 en adelante, vestía con cierta originalidad, no precisamente por miseria, pues los de Santa Cruz cuidaban de que nada le faltase, sino por espíritu de tradición, y por repugnancia a introducir novedades en su guardarropa. Usaba un sombrero chato, de copa muy baja, y con las alas planas, el cual pertenecía a una época que se había borrado ya de la memoria de los sombrereros, y una capa de paño verde, que no se le caía de los hombros sino en lo que va de julio a septiembre. Tenía muy poco pelo, casi se puede decir ninguno; pero no usaba peluca. Para librar su cabeza de las corrientes frías de la iglesia, llevaba en el bolsillo un gorro negro, y se lo calaba al entrar. Era gran madrugador, y por la mañanita, con la fresca, se iba a Santa Cruz, luego a Santo Tomás y, por fin, a San Ginés. Después de oír varias misas en cada una de estas iglesias, calado el gorro hasta las orejas, y de echar un parrafito con beatos y sacristanes, iba de capilla en capilla rezando diferentes oraciones. Al despedirse, saludaba con la mano a las imágenes, como se saluda a un amigo que está en el balcón y luego tomaba su agua bendita, fuera gorro, y a la calle.

En 1869, cuando demolieron la iglesia de Santa Cruz, Estupiñá pasó muy malos ratos. Ni el pájaro a quien destruyen su nido, ni el hombre a quien arrojan de la morada en que nació, ponen cara más afligida que la que él ponía viendo caer, entre nubes de polvo, los pedazos de cascote. Por aquello de ser hombre no lloraba. Barbarita, que se había criado a la sombra de la venerable torre, si no lloraba al ver tan sacrílego espectáculo era porque estaba volada, y la ira no le permitía derramar lágrimas. Ni acertaba a explicarse por qué decía su marido que don Nicolás Rivero era una gran persona. Cuando el templo desapareció; cuando fue arrasado el suelo, y andando los años se edificó una casa en el sagrado solar, Estupiñá no se dio a partido. No era de estos caracteres acomodaticios que reconocen los hechos consumados. Para él la iglesia estaba siempre allí, y toda vez que mi hombre pasaba por el punto exacto que correspondía al lugar de la puerta, se persignaba y se quitaba el sombrero.

Era Plácido hermano de la Paz y Caridad, cofradía cuyo domicilio estuvo en la derribada parroquia. Iba, pues, a auxiliar a los reos de muerte en la capilla y a darles conversación en la hora tremenda, hablándoles de lo tonta que es esta vida, de lo bueno que es Dios y de lo ricamente que iban a estar en la gloria. ¡Qué sería de los pobrecitos reos si no tuvieran quien les diera un poco de jarabe de pico antes de entregar su cuello al verdugo!

A las diez de la mañana concluía Estupiñá, invariablemente, lo que podríamos llamar su jornada religiosa. Pasada aquella hora, desaparecía de su rostro rossiniano la seriedad tétrica que en la iglesia tenía, y volvía a ser el hombre afable, locuaz y ameno de las tertulias de tienda. Almorzaba en casa de Santa Cruz, o de Villuendas o de Arnáiz, y si Barbarita no tenía nada que mandarle, emprendía su tarea para *defender el garbanzo,* pues siempre hacía el papel de que trabajaba como un negro. Su afectada ocupación en tal época era el corretaje de dependientes, y fingía que los colocaba mediante un estipendio. Algo hacía, en verdad, mas era en gran parte pura farsa; y cuando le preguntaban si iban bien los negocios, respondía en el tono de comerciante ladino, que no quiere dejar clarear sus pingües ganancias: "Hombre, nos vamos defendiendo;

no hay queja... Este mes he colocado lo menos treinta chicos..., como no hayan sido cuarenta..."

Vivía Plácido en la Cava de San Miguel. Su casa era una de las que forman el costado occidental de la Plaza Mayor, y como el basamento de ellas está mucho más bajo que el suelo de la Plaza, tienen una altura imponente y una estribación formidable, a modo de fortaleza. El piso en que el tal vivía era cuarto por la plaza, y por la Cava séptimo. No existen en Madrid alturas mayores, y para vencer aquéllas era forzoso apechugar con ciento veinte escalones, *todos de piedra,* como decía Plácido con orgullo, no pudiendo ponderar otra cosa de su domicilio. El ser *todas de piedra,* desde la Cava hasta las buhardillas, da a las escaleras de aquellas casas un aspecto lúgubre y monumental, como de castillo de leyendas, y Estupiñá no podía olvidar esta circunstancia que le hacía interesante en cierto modo, pues no es lo mismo subir a su casa por una escalera como las de El Escorial, que subir por viles peldaños de palo, como cada hijo de vecino.

El orgullo de trepar por aquellas gastadas berroqueñas no excluía lo fatigoso del tránsito, por lo que mi amigo supo explotar sus buenas relaciones para abreviarlo. El dueño de una zapatería de la Plaza, llamado Dámaso Trujillo, le permitía entrar por su tienda, cuyo rótulo era *Al Ramo de Azucenas.* Tenía puerta para la escalera de la Cava, y usando esta puerta, Plácido se ahorraba treinta escalones.

El domicilio del hablador era un misterio para todo el mundo, pues nadie había ido nunca a verle, por la sencilla razón de que don Plácido no estaba en su casa sino cuando dormía. Jamás había tenido enfermedad que le impidiera salir durante el día. Era el hombre más sano del mundo. Pero la vejez no había de desmentirse, y un día de diciembre del 69 fue notada la falta del grande hombre en los círculos a donde solía ir. Pronto corrió la voz de que estaba malo, y cuantos le conocían sintieron vivísimo interés por él. Muchos dependientes de tiendas se lanzaron por aquellos escalones de piedra en busca de noticias del simpático enfermo, que padecía de un reuma agudo en la pierna derecha. Barbarita le mandó en seguida su médico, y no satisfecha con esto, ordenó a Juanito que fuese a visitarle, lo que el *Delfín* hizo de muy buen grado.

Y sale a relucir aquí la visita del *Delfín* al anciano servidor y amigo de su casa, porque si Juanito Santa Cruz no hubiera hecho aquella visita, esta historia no se habría escrito. Se hubiera escrito otra, eso sí, porque por doquiera que el hombre vaya lleva consigo su novela; pero ésta no.

## IV

Juanito reconoció el número 11 en la puerta de una tienda de aves y huevos. Por allí se había de entrar, sin duda, pisando plumas y aplastando cascarones. Preguntó a dos mujeres, que pelaban gallinas y pollos, y le contestaron, señalando una mampara, que aquélla era la entrada de la escalera del 11. Portal y tienda eran una misma cosa en aquel edificio característico del Madrid primitivo. Y entonces se explicó Juanito por qué llevaba muchos días Estupiñá, pegadas a las botas, plumas de diferentes aves. Las cogía al salir, como las había cogido él, por más cuidado que tuvo de evitar al paso los sitios en que había plumas y algo de sangre. Daba dolor ver las anatomías de aquellos pobres animales, que apenas desplumados eran suspendidos por la cabeza, conservando la cola como un sarcasmo de su mísero destino. A la izquierda de la entrada vio el *Delfín* cajones llenos de huevos, acopio de aquel comercio. La voracidad del hombre no tiene límites, y sacrifica a su apetito no sólo las presentes, sino las futuras generaciones gallináceas. A la derecha, en la prolongación de aquella cuadra lóbrega, un sicario manchado de sangre daba garrote a las aves. Retorcía los pescuezos con esa presteza y donaire que da el hábito, y apenas soltaba una víctima y la entregaba agonizante a las desplumadoras, cogía otra para hacerle la misma caricia. Jaulones enormes había por todas partes llenos de pollos y gallos, los cuales asomaban la cabeza roja por entre las cañas, sedientos y fatigados, para respirar un poco de aire, y aun allí los infelices presos se daban de picotazos por aquello de *si tú sacaste más pico que yo..., si ahora me toca a mí sacar todo el pescuezo.*

Hubiendo apreciado este espectáculo poco grato, el olor de corral que allí había, y el ruido de alas, picotazos y cacareo de tanta víctima, Juanito la emprendió con los famosos peldaños de granito, negros ya y gastados. Efectivamente, parecía la subida a un castillo o prisión de Estado. El paramento era de fábrica cubierta de yeso, y éste de rayas e inscripciones soeces o tontas. Por la parte más próxima a la calle, fuertes rejas de hierro completaban el aspecto feudal del edificio. Al pasar junto a la puerta de una de las habitaciones del entresuelo, Juanito la vio abierta, y, lo que es natural, miró hacia dentro, pues todos los accidentes de aquel recinto despertaban en sumo grado su curiosidad. Pensó no ver nada y vio algo que, de pronto, le impresionó: una mujer bonita, joven, alta... Parecía estar en acecho, movida de una curiosidad semejante a la de Santa Cruz, deseando saber quién demonios subía a tales horas por aquella endiablada escalera. La moza tenía pañuelo azul claro por la cabeza y un mantón sobre los hombros, y en el momento de ver al *Delfín* se infló con él, quiero decir, que hizo ese característico arqueo de brazos y alzamiento de hombros con que las madrileñas del pueblo se agasajan dentro del mantón, movimiento que les da cierta semejanza con una gallina que esponja su plumaje y se ahueca para volver luego a su volumen natural.

Juanito no pecaba de corto, y al ver a la chica y observar lo linda que era, y lo bien calzada que estaba, diéronle ganas de tomarse confianzas con ella.

—¿Vive aquí —le preguntó— el señor de Estupiñá?

—¿Don Plácido?... En lo *más último de arriba* —contestó la joven, dando algunos pasos hacia fuera.

Y Juanito pensó: "Tú sales para que te vea el pie. Buena bota..." Pensando esto, advirtió que la muchacha sacaba del mantón una mano con mitón encarnado y que se la llevaba a la boca. La confianza se desbordaba del pecho del joven Santa Cruz, y no pudo menos de decir:

—¿Qué come usted, criatura?

—¿No lo ve usted? —replicó mostrándoselo—. Un huevo.

—¡Un huevo crudo!

Con mucho donaire, la muchacha se llevó a la boca, por segunda vez, el huevo roto, y se atizó otro sorbo.

—No sé cómo puede usted comer esas babas crudas —dijo Santa Cruz, no hallando mejor modo de trabar conversación.

—Mejor que guisadas. ¿Quiere usted? —replicó ella, ofreciendo al *Delfín* lo que en el cascarón quedaba.

Por entre los dedos de la chica se escurrían aquellas babas gelatinosas y transparentes. Tuvo tentaciones Juanito de aceptar la oferta; pero no: le repugnaban los huevos crudos.

—No, gracias.

Ella entonces se lo acabó de sorber, y arrojó el cascarón, que fue a estrellarse contra la pared del tramo inferior. Estaba limpiándose los dedos con el pañuelo, y Juanito discurriendo por dónde pegaría la hebra, cuando sonó abajo una voz terrible, que dijo:

—¡*Fortunaaá!*

Entonces la chica se inclinó en el pasamanos y soltó un *yiá voy*, con chillido tan penetrante, que Juanito creyó se le desgarraba el tímpano. El *yiá*, principalmente, sonó como la vibración agudísima de una hoja de acero al deslizarse sobre otra. Y al soltar aquel sonido, digno canto de tal ave, la moza se arrojó con tanta presteza por las escaleras abajo, que parecía rodar por ellas. Juanito la vio desaparecer, oía el ruido de su ropa azotando los peldaños de piedra, y creyó que se mataba. Todo quedó, al fin, en silencio, y de nuevo emprendió el joven su ascensión penosa. En la escalera no volvió a encontrar a nadie, ni una mosca siquiera, ni oyó más ruido que el de sus propios pasos.

Cuando Estupiñá le vio entrar sintió tanta alegría, que a punto estuvo de ponerse bueno instantáneamente por la sola virtud del contento. No estaba el hablador en la cama, sino en un sillón, porque el lecho le hastiaba, y la mitad inferior de su cuerpo no se veía porque estaba liado, como las momias, y envuelto en mantas y trapos diferentes. Cubría su cabeza, orejas inclusive, el gorro negro de punto que usaba dentro de la iglesia. Más que los dolores reumáticos molestaba al enfermo el no tener con quién hablar, pues la mujer que le servía, una tal doña Brígida, patrona o ama de llaves, era muy displicente y de pocas palabras. No poseía Estupiñá ningún libro, pues no necesitaba de ellos para instruirse. Su biblioteca era la sociedad, y sus textos, las palabras calentitas de los vivos. Su ciencia era su fe religiosa, y ni para rezar necesitaba breviarios ni florilegios, pues todas las oraciones las sabía de memoria. Lo impreso era para él música, garabatos que no sirven de nada. Uno de los hombres que menos admiraba Plácido era Gutenberg. Pero el aburrimiento de su enfermedad le hizo desear la compañía de alguno de estos habladores mudos, que llamamos libros. Busca por aquí, busca por allá, y no se encontraba cosa impresa. Por fin, en polvoriento arcón halló doña Brígida un mamotreto perteneciente a un exclaustrado, que moró en la misma casa allá por el año 40. Abriólo Estupiñá con respeto, y ¿qué era? El tomo undécimo del *Boletín Eclesiástico de la Diócesis de Lugo*. Apechugó, pues, con aquello, pues no había otra cosa. Y se lo atizó todo, de cabo a rabo, sin omitir letra, articulando correctamente las sílabas en voz baja, a estilo de rezo. Ningún tropiezo le detenía en su lectura, pues cuando le salía al encuentro un latín largo y oscuro, le metía el diente sin vacilar. Las pastorales, sinodales, bulas y demás entretenidas cosas que el libro traía, fueron el único remedio de su soledad triste, y lo mejor del caso es que llegó a tomar el gusto a manjar tan desabrido, y algunos párrafos se los echaba al coleto dos veces, masticando las palabras con una sonrisa, que a cualquier observador mal enterado le habría hecho creer que el tomazo era de Paul de Kock.

—Es cosa muy buena —dijo Estupiñá, guardando el libro al ver que Juanito se reía.

Y estaba tan agradecido a la visita del *Delfín*, que no hacía más que mirarle, recreándose en su guapeza, en su juventud y elegancia. Si hubiera sido veinte veces hijo suyo, no le habría contemplado con más amor. Dábale palmadas en la rodilla, y le interrogaba prolijamente por todos los de la familia, desde Barbarita, que era el número uno, hasta el gato. El *Delfín*, después de satisfacer la curiosidad de su amigo, hízole a su vez preguntas acerca de la vecindad de aquella casa en que estaba.

—Buena gente —respondió Estupiñá—; sólo hay unos inquilinos que alborotan algo por las noches. La finca pertenece al señor de Moreno Isla, y puede que se la administre yo desde el año que viene. Él lo desea; ya me habló de ello tu mamá, y he respondido que estoy a sus órdenes... Buena finca; con un cimiento de pedernal que es una gloria..., escalera de piedra, ya habrás visto; sólo que es un poquito larga. Cuando vuelvas, si quieres acortar treinta escalones, entras por el *Ramo de Azucenas,* la zapatería que está en la plaza. Tú conoces a Dámaso Trujillo. Y si no le conoces, con decir: "Voy a ver a Plácido", te dejará pasar.

Estupiñá siguió aún más de una semana sin salir de casa, y el *Delfín* iba todos los días a verle, ¡todos los días!, con lo que estaba mi hombre más contento que unas Pascuas; pero en vez de entrar por la zapatería, Juanito, a quien, sin duda, no cansaba la escalera, entraba siempre por el establecimiento de huevos de la Cava.

## CAPÍTULO IV

### PERDICIÓN Y SALVAMENTO DEL "DELFÍN"

### I

Pasados algunos días, y cuando ya Estupiñá andaba por ahí restablecido, aunque algo cojo, Barbarita empezó a notar en su hijo inclinaciones nuevas y algunas mañas que le desagradaron. Observó que el *Delfín,* cuya edad se aproximaba a los veinticinco años, tenía horas de infantil alegría y días de tristeza y recogimiento sombríos. Y no pararon aquí las novedades. La perspicacia de la madre creyó descubrir un notable cambio en las costumbres y en las compañías del joven fuera de casa, y lo descubrió con datos observados en ciertas inflexiones muy particulares de su voz y lenguaje. Daba a la *elle* el tono arrastrado que la gente baja da a la *y* consonante; y se le habían pegado modismos pintorescos y expresiones groseras que a la mamá no le hacían maldita gracia. Habría dado cualquier cosa por poder seguirle de noche y ver con qué casta de gente se juntaba. Que ésta no era fina, a la legua se conocía.

Y lo que Barbarita no dudaba en calificar de encanallamiento, empezó a manifestarse en el vestido. El *Delfín* se encajó una capa de esclavina corta con mucho ribete, mucha trencilla y pasamanería. Poníase por las noches el sombrerito pavero, que, a la verdad, le caía muy bien, y se peinaba con los mechones ahuecados sobre las sienes. Un día se presentó en la casa un sastre con facha de sacristán, que era de los que hacen ropa ajustada para toreros, chulos y matachines; pero doña Bárbara no le dejó sacar la cinta de medir, y poco faltó para que el pobre hombre fuera rodando por las escaleras.

—¿Es posible —dijo a su niño, sin disimular la ira— que se te antoje también ponerte esos pantalones ajustados, con los cuales las piernas de los hombres parecen zancas de cigüeña?

Y una vez roto el fuego, rompió la señora en acusaciones contra su hijo por aquellas maneras nuevas de hablar y de vestir. Él se reía, buscando medios de eludir la cuestión; pero la inflexible mamá le cortaba la retirada con preguntas contundentes. ¿Adónde iba por las noches? ¿Quiénes eran sus amigos? Respondía él que los de siempre, lo cual no era verdad, pues salvo Villalonga, que salía con él muy puesto también de capita corta y pavero, los antiguos condiscípulos no aportaban ya por la casa. Y Barbarita citaba a Zalamero, a Pez, al chico de Tellería. ¿Cómo no hacer comparaciones? Zalamero, a los veintisiete años, era ya diputado y subsecretario de Gobernación, y se decía que Rivero quería dar a Joaquinito Pez un Gobierno de provincia. Gustavito hacía cada artículo de crítica y cada estudio sobre los Orígenes de tal o cual cosa, que era una bendición, y en tanto él y Villalonga, ¿en qué pasaban el tiempo? ¿En qué? En adquirir hábitos ordinarios y en tratarse con zánganos de coleta. A mayor abundamiento, en aquella época del 70 se le desarrolló de tal modo al *Delfín* la afición a los toros, que no perdía corrida, ni dejaba de ir al apartado ningún día, y a veces se plantaba en la dehesa. Doña Bárbara vivía en la mayor intranquilidad, y cuando alguien le contaba que había visto a su ídolo en compañía de un individuo del arte del cuerno, se subía a la parra y. .

—Mira, Juan, creo que tú y yo vamos a perder las amistades. Como me traigas a casa a uno de esos tagarotes de calzón ajustado, chaqueta corta y botita de caña clara, te pego; sí, hago lo que no he hecho nunca: cojo una escoba y ambos salís de aquí pitando. . .

Estos furores solían concluir con risas, besos, promesas de enmienda y reconciliaciones cariñosas, porque Juanito se pintaba solo para desenojar a su mamá.

Como supiera un día la dama que su hijo frecuentaba los barrios de Puerta Cerrada, calle de Cuchilleros y Cava de San Miguel, encargó a Estupiñá que vigilase, y éste lo hizo con muy buena voluntad, llevándole cuentos, dichos en voz baja y melodramática:

—Anoche cenó en la pastelería del sobrino de Botín, en la calle de Cuchilleros. . . ¿Sabe la señora? También estaba el señor de Villalonga y otro que no conozco, un tipo así. . . ¿cómo diré? De estos de sombrero redondo y capa con esclavina ribeteada. . . Lo mismo puede pasar por un *randa* que por un señorito disfrazado.

—¿Mujeres. . .? —preguntó con ansiedad Barbarita.

—Dos, señora, dos —dijo Plácido, corroborando con igual número de dedos muy estirados lo que la voz denunciaba—. No les pude ver las estampas. Eran de estas de mantón pardo, delantal azul, buena bota y pañuelo a la cabeza. . . En fin, un par de reses muy bravas.

A la semana siguiente, otra delación:

—Señora, señora. . .

—¿Qué?

—Ayer y anteayer entró el niño en una tienda de la Concepción Jerónima, donde venden filigranas y corales de los que usan las amas de cría. . .

—Y ¿qué?

—Que pasa allí largas horas de la tarde y de la noche. Lo sé por Pepe Vallejo, el de la cordelería de enfrente, a quien he encargado que esté con mucho ojo.

—¿Tienda de filigranas y de corales?

—Sí, señora; una de estas platerías de puntapié, que todo lo que tienen no vale seis duros. No la conozco; se ha puesto hace poco; pero yo me enteraré. Aspecto de pobreza. Se entra por una puerta vidriera que también es entrada del portal, y en el vidrio han puesto un letrero que dice: *Especialidad en regalos para amas*. . . Antes estaba allí un relojero llamado Bravo, que murió de miserere.

De pronto los cuentos de Estupiñá cesaron. A Barbarita todo se le volvía preguntar y más preguntar, y el dichoso hablador no sabía nada. Y cuidado que tenía mérito la discreción de aquel hombre, porque era el mayor de los sacrificios; para él equivalía a cortarse la lengua el tener que decir: "No sé nada, absolutamente nada." A veces parecía que sus insignificantes e inseguras revelaciones querían ocultar la verdad antes que esclarecerla.

—Pues nada, señora; he visto a Juanito en un simón, solo, por la

Puerta del Sol..., digo..., por la plaza del Ángel... Iba con Villalonga... Se reían mucho los dos... de algo que les hacía gracia...

Y todas las denuncias eran como éstas, bobadas, subterfugios, evasivas... Una de dos... o Estupiñá no sabía nada, o si sabía no quería decirlo por no disgustar a la señora.

Diez meses pasaron de esta manera, Barbarita interrogando a Estupiñá, y éste no queriendo o no teniendo qué responder, hasta que allá por mayo del 70 Juanito empezó a abandonar aquellos mismos hábitos groseros que tanto disgustaban a su madre. Ésta, que lo observaba atentísimamente, notó los síntomas del lento y feliz cambio en multitud de accidentes de la vida del joven. Cuánto se regocijaba la señora con esto, no hay para qué decirlo. Y aunque todo ello era inexplicable, llegó un momento en que Barbarita dejó de ser curiosa, y no le importaba nada ignorar los desvaríos de su hijo con tal que se reformase. Lentamente, pues, recobraba el *Delfín* su personalidad normal. Después de una noche que entró tarde y muy sofocado, y tuvo cefalalgia y vómitos, la mudanza pareció más acentuada. La mamá entreveía en aquella ignorada página de la existencia de su heredero amores un tanto libertinos, orgías de mal gusto, bromas y riñas quizás; pero todo lo perdonaba, todo, todito, con tal que aquel trastorno pasase, como pasan las indispensables crisis de las edades.

—Es un sarampión de que no se libra ningún muchacho de estos tiempos —decía—. Ya sale el mío de él, y Dios quiera que salga en bien.

Notó también que el *Delfín* se preocupaba mucho de ciertos recados o esquelitas que a la casa traían para él, mostrándose más bien temeroso de recibirlos que deseoso de ellos. A menudo daba a los criados orden de que le negaran y de que no se admitiera carta ni recado. Estaba algo inquieto, y su mamá se dijo, gozosa:

—Persecución tenemos: pero él parece querer cortar toda clase de comunicaciones. Esto va bien.

Hablando de esto con su marido don Baldomero, en quien lo progresista no quitaba la autoritario (emblema de los tiempos), propuso un plan defensivo, que mereció la aprobación de ella.

—Mira, hija: lo mejor es que yo hable hoy mismo con el Gobernador, que es amigo nuestro Nos mandará acá una pareja de Orden público, y en cuanto llegue hombre o mujer de malas trazas con papel o recadito, me lo trincan, y al Saladero de cabeza.

Mejor que este plan era el que se le había ocurrido a la señora. Tenían tomada casa en Plencia para pasar la temporada de verano, fijando la fecha de la marcha para el 8 o el 10 de julio. Pero Barbarita, con aquella seguridad del talento superior que en un punto inicia y ejecuta las resoluciones salvadoras, se encaró con Juanito, y de buenas a primeras le dijo:

—Mañana mismo nos vamos a Plencia.

Y al decirlo se fijó bien en la cara que puso. Lo primero que expresó el *Delfín* fue alegría. Después se quedó pensativo.

—Pero déme usted dos o tres días. Tengo que arreglar varios asuntos...

—¿Qué asuntos tienes tú, hijo? Música, música. Y en caso de que tengas alguno, créeme: vale más que lo dejes como está.

Dicho y hecho. Padres e hijo salieron para el Norte el día de San Pedro. Barbarita iba muy contenta, juzgándose ya vencedora, y se decía por el camino: "Ahora le voy a poner a mi pollo una calza para que no se me escape más."

Instaláronse en su residencia de verano, que era como un palacio, y no hay palabras con qué ponderarlo contentos y saludables que todos estaban. El *Delfín,* que fue desmejoradillo, no tardó en reponerse, recobrando su buen color, su palabra jovial y la plenitud de sus carnes. La mamá se la tenía guardada. Esperaba ocasión propicia, y en cuanto ésta llegó supo acometer la empresa aquella de la calza, como persona lista y conocedora de las mañas del ave que era preciso aprisionar. Dios la ayudaba sin duda, porque el pollo no parecía muy dispuesto a la resistencia.

—Pues sí —dijo ella, después de una conversación preparada con gracia—. Es preciso que te cases. Ya te tengo la mujer buscada. Eres un chiquillo, y a ti hay que dártelo todo hecho. ¡Qué será de ti el día en que yo te falte! Por eso quiero dejarte en buenas manos... No te rías, no; es la verdad, yo tengo que cuidar de todo, lo mismo de pegarte el botón que se te ha caído que de elegirte la que ha de ser compañera de toda tu vida, la que te ha de mimar cuando yo me muera. ¿A ti te cabe en la cabeza que pueda yo proponerte nada que no te convenga?... No. Pues a callar, y pon tu porvenir en mis manos. No sé qué instinto tenemos las madres, algunas quiero decir. En ciertos casos no nos equivocamos; somos infalibles como el Papa.

La esposa que Barbarita proponía a su hijo era Jacinta, su prima, la tercera de las hijas de Gumersindo Arnáiz. Y ¡qué casualidad! Al día siguiente de la conferencia citada llegaban a Plencia y se instalaban en una casita modesta Gumersindo e Isabel Cordero con toda su caterva menuda. Candelaria no salía de Madrid, y Benigna había ido a Laredo.

Juan no dijo que sí ni que no. Limitóse a responder por fórmula que lo pensaría; pero una voz de su alma le declaraba que aquella gran mujer y madre tenía tratos con el Espíritu Santo, y que su proyecto era un verdadero caso de infalibilidad.

## II

Porque Jacinta era una chica de prendas excelentes, modestita, delicada, cariñosa y, además, muy bonita. Sus lindos ojos estaban ya declarando la sazón del alma o el punto en que tocan a enamorarse y enamorar. Barbarita quería mucho a todas sus sobrinas; pero a Jacinta la adoraba; teníala casi siempre consigo y derramaba sobre ella mil atenciones y miramientos, sin que nadie, ni aun la propia madre de Jacinta, pudiera sospechar que la criaba para nuera. Toda la parentela suponía que los señores de Santa Cruz tenían puestas sus miras en alguna de las chicas de Casa-Muñoz, de Casa-Trujillo o de otra familia rica y titulada. Pero Barbarita no pensaba en tal cosa. Cuando reveló sus planes a don Baldomero, éste sintió regocijo, pues también a él se le había ocurrido lo mismo.

Ya dije que el *Delfín* prometió pensarlo; mas esto significaba sin duda la necesidad que todos sentimos de no aparecer sin voluntad propia en los casos graves; en otros términos: su amor propio, que le gobernaba más que la conciencia, le exigía, ya que no una elección libre, el simulacro de ella. Por eso Juanito no sólo lo decía, sino que hacía como que pensaba, yéndose a pasear solo por aquellos peñascales, y se engañaba a sí mismo diciéndose: "¡Qué pensativo estoy!" Porque estas cosas son muy serias, ¡vaya!, y hay que revolverlas mucho en el magín. Lo que hacía el muy farsante era saborear de antemano lo que se le aproximaba y ver de qué manera decía a su madre con el aire más grave y filosófico del mundo:

—Mamá: he meditado profundísimamente sobre ese problema, pesando con escrúpulo las ventajas y los inconvenientes, y la verdad, aunque el caso tiene sus más y sus menos, aquí me tiene usted dispuesto a complacerla.

Todo esto era comedia y querer echárselas de hombre reflexivo. Su madre había recobrado sobre él aquel ascendiente omnímodo que tuvo antes de las trapisondas que apuntadas quedan, y como el hijo pródigo a quien los reveses hacen ver cuánto le daña el obrar y pensar por cuenta propia, descansaba de sus funestas aventuras pensando y obrando con la cabeza y la voluntad de su madre.

Lo peor del caso era que nunca le había pasado por las mientes casarse con Jacinta, a quien siempre miró más como hermana que como prima. Siendo ambos de muy corta edad (ella tenía un año y meses menos que él) habían dormido juntos y habían derramado lágrimas y acusádose mutuamente por haber secuestrado él las muñecas de ella, y haber ella arrojado a la lumbre, para que se derritieran, los soldaditos de él. Juan la hacía rabiar descomponiéndole la casa de muñecas, ¡anda!, y Jacinta se vengaba arrojando en un barreño de agua los caballos de Juan para que se ahogaran..., ¡anda! Por un rey mago, negro por más señas, hubo unos dramas que acabaron en leña por partida doble, es decir, que Barbarita azotaba alternadamente uno y otro par de nalgas como el que toca los timbales; y todo porque Jacinta le había cortado la cola al camello del rey negro; cola de cerda, no vayan a creer... "Envidiosa." "Acusón"... Ya tenían ambos la edad en que un misterioso respeto les prohibía darse besos, y se trataban con vivo cariño fraternal. Jacinta iba todos los martes y viernes a pasar el día entero en casa de Barbarita, y ésta no tenía inconveniente en dejar solos largos ratos a su hijo y a su sobrina; porque si cada cual en sí tenía el desarrollo moral que era propio de sus veinte años, uno frente a otro continuaban en la *edad del pavo*, muy lejos de sospechar que su destino les aproximaría cuando menos lo pensasen.

El paso de esta situación fraternal a la de amantes no le parecía al joven Santa Cruz cosa fácil. Él, que tan atrevido era lejos del hogar paterno, sentíase acobardado delante de aquella flor criada en su propia casa, y tenía por imposible que las cunitas de ambos, reunidas, se convirtieran en tálamo. Mas para todo hay remedio menos para la muerte, y Juanito vio con asombro, a poco de intentar la metamorfosis, que las dificultades se desleían como la sal en el agua; que lo que a él le parecía montaña era como la palma de la mano, y que el tránsito de la fraternidad al enamoramiento se hacía *como una seda*. La primita, haciéndose también la sorprendida en los primeros momentos y aun la vergonzosa, dijo también que aquello debía pensarse. Hay motivos para creer que Barbarita se lo había hecho pensar ya. Sea lo que quiera, ello es que a los cuatro días de romperse el hielo ya no había que enseñarles nada de noviazgo. Creeríase que no habían hecho en su vida otra cosa más que estar picoteando todo el santo día. El país y el ambiente eran propicios a esta vida nueva. Rocas formidables, olas, playa con caracolitos, praderas verdes, setos, callejas llenas de arbustos, helechos y líquenes, veredas cuyo término no se sabía, caseríos rústicos que al caer de la tarde despedían de sus abollados techos humaredas azules, celajes grises, rayos de sol dorando la arena, velas de pescadores cruzando la inmensidad del mar, ya azul, ya verdoso, terso un día, otro aborregado, un vapor en el horizonte tiznando el cielo con su humo, un aguacero en la montaña y otros accidentes de aquel admirable fondo poético, favorecían a los amantes, dándoles a cada momento un ejemplo nuevo para aquella gran ley de la Naturaleza que estaban cumpliendo.

Jacinta era de estatura mediana,

desorden
Talent

con más gracia que belleza, lo que se llama en lenguaje corriente una mujer *mona.* Su tez finísima y sus ojos que despedían alegría y sentimiento componían un rostro sumamente agradable. Y hablando, sus atractivos eran mayores que cuando estaba callada, a causa de la movilidad de su rostro y de la expresión variadísima que sabía poner en él. La estrechez relativa en que vivía la numerosa familia de Arnáiz no le permitía variar sus galas; pero sabía triunfar del amaneramiento con el arte, y cualquier perifollo anunciaba en ella una mujer que, si lo quería, estaba llamada a ser elegantísima. Luego veremos. Por su talle delicado y su figura y cara porcelanescas, revelaba ser una de esas hermosuras a quienes la Naturaleza concede poco tiempo de esplendor, y que se ajan pronto, en cuanto les toca la primera pena de la vida o la maternidad.

Barbarita, que la había criado, conocía bien sus notables prendas morales, los tesoros de su corazón amante, que pagaba siempre con creces el cariño que se le tenía, y por todo esto se enorgullecía de su elección. Hasta ciertas tenacidades de carácter que en la niñez eran un defecto, agradábanle cuando Jacinta fue mujer, porque no es bueno que las hembras sean todas miel, y conviene que guarden una reserva de energía para ciertas ocasiones difíciles.

La noticia del matrimonio de Juanito cayó en la familia de Arnáiz como una bomba que revienta y esparce, no desastres y muertes, sino esperanza y dichas. Porque hay que tener en cuenta que el *Delfín,* por su fortuna, por sus prendas, por su talento, era considerado como un ser bajado del cielo. Gumersindo Arnáiz no sabía lo que le pasaba; lo estaba viendo y aún le parecía mentira; y siendo el amartelamiento de los novios bastante empalagoso, a él le parecía que todavía se quedaban cortos y que debían entortolarse mucho más. Isabel era tan feliz que, de vuelta ya en Madrid, decía que le iba a dar algo, y que seguramente su empobrecida naturaleza no podría soportar tanta felicidad. Aquel matrimonio había sido la ilusión de su vida durante los últimos años, ilusión que por lo muy hermosa no encajaba en la realidad. No se había atrevido nunca a hablar de esto a su cuñada, por temor de parecer excesivamente ambiciosa y atrevida.

Faltábale tiempo a la buena señora para dar parte a sus amigas del feliz suceso; no sabía hablar de otra cosa; y aunque desmadejada ya y sin fuerzas a causa del trabajo y de los alumbramientos, cobraba nuevos bríos para entregarse con delirante actividad a los preparativos de boda, al equipo y demás cosas. ¡Qué proyectos hacía, qué cosas inventaba, qué previsión la suya! Pero en medio de su inmensa tarea no cesaba de tener corazonadas pesimistas, y exclamaba con tristeza:

—¡Si me parece mentira!... ¡Si yo no he de verlo!...

Y este presentimiento, por ser de cosa mala, vino a cumplirse al cabo, porque la alegría inquieta fue como una combustión oculta que devoró la poca vida que allí quedaba. Una mañana de los últimos días de diciembre, Isabel Cordero, hallándose en el comedor de su casa, cayó redonda al suelo como herida de un rayo. Acometida de violentísimo ataque cerebral, falleció aquella misma noche, rodeada de su marido y de sus consternados y amantes hijos. No recobró el conocimiento después del ataque, no dijo esta boca es mía, ni se quejó. Su muerte fue de esas que vulgarmente se comparan a la de *un pajarito.* Decían los vecinos y amigos que había *reventado de gusto.* Aquella gran mujer, heroína y mártir del deber, autora de diecisiete españoles, se embriagó de felicidad sólo con el olor de ella, y sucumbió a su primera embriaguez. En su muerte la perseguían las fechas célebres, como la habían perseguido en sus partos, cual si la Historia la rondara deseando tener algo que ver con ella. Isabel Cordero y don Juan Prim expiraron con pocas horas de diferencia.

## CAPÍTULO V

### VIAJE DE NOVIOS

### I

La boda se verificó en mayo del 71. Dijo don Baldomero, con muy buen juicio, que pues era costumbre que se largaran los novios, acabadita de recibir la bendición, a correrla por esos mundos, no comprendía fuese de rigor el paseo por Francia o por Italia, habiendo en España tantos lugares dignos de ser vistos. Él y Barbarita no habían ido ni siquiera a Chamberí, porque en su tiempo los novios se quedaban donde estaban y el único español que se permitía viajar era el duque de Osuna, don Pedro. ¡Qué diferencia de tiempos!... Y ahora, hasta Periquillo Redondo, el que tiene el bazar de corbatas al aire libre en la esquina de la Casa de Correos, había hecho su viajecito a París... Juanito se manifestó enteramente conforme con su papá, y recibida la bendición nupcial, verificado el almuerzo en familia sin aparato alguno, a causa del luto, sin ninguna cosa notable como no fuera un conato de brindis de Estupiñá, cuya boca tapó Barbarita a la primera palabra; dadas las despedidas, con sus lágrimas y besuqueos correspondientes, marido y mujer se fueron a la estación. La primera etapa de su viaje fue Burgos, adonde llegaron a las tres de la mañana, felices y locuaces, riéndose de todo, del frío y de la oscuridad. En el alma de Jacinta, no obstante, las alegrías no excluían un cierto miedo, que a veces era terror. El ruido del ómnibus sobre el desigual piso de las calles, la subida a la fonda por angosta escalera, el aposento y sus muebles de mal gusto, mezcla de desechos de ciudad y de lujos de aldea, aumentaron aquel frío invencible y aquella pavorosa expectación que la hacían estremecer. ¡Y tantísimo como quería a su marido!... ¿Cómo compaginar dos deseos tan diferentes: que su marido se apartase de ella y que estuviese cerca? Porque la idea de que se pudiera ir, dejándola sola, era como la muerte, y la de que se acercaba y la cogía en brazos con apasionado atrevimiento, también la ponía temblorosa y asustada. Habría deseado que no se apartara de ella, pero que se estuviera quietecito.

Al día siguiente, cuando fueron a la catedral, ya bastante tarde, sabía Jacinta una porción de expresiones cariñosas y de íntima confianza de amor que hasta entonces no había pronunciado nunca, como no fuera en la vaguedad discreta del pensamiento que recela descubrirse a sí mismo. No le causaba vergüenza el decirle al otro que le idolatraba, así, así, clarito..., al pan pan y al vino vino..., ni preguntarle a cada momento si era verdad que él también estaba hecho un idólatra y que lo estaría hasta el día del Juicio final. Y a la tal preguntita, que había venido a ser tan frecuente como el pestañear, el que estaba de turno contestaba *chí,* dando a esta sílaba un tonillo de pronunciación infantil. El *chí* se lo había enseñado Juanito aquella noche, lo mismo que el decir, también en estilo mimoso, *¿me quieles?* y otras tonterías y chiquilladas empalagosas, dichas de la manera más grave del mundo. En la misma catedral, cuando les quitaba la vista de encima el sacristán que les enseñaba alguna capilla o preciosidad reservada, los esposos aprovechaban aquel momento para darse besos a escape y a hurtadillas, frente a la santidad de los altares consagrados o detrás de la estatua yacente de un sepulcro. Es que Juanito era un pillín y un goloso y un atrevido. A Jacinta le causaban miedo aquellas profanaciones; pero las consentía y toleraba, poniendo su pensamiento en Dios y confiando en que Éste, al verlas, volvería la cabeza con aquella indulgencia propia del que es fuente de todo amor.

Todo era para ellos motivo de felicidad. Contemplar una maravilla del arte les entusiasmaba, y de puro entusiasmo se reían, lo mismo que de cualquier contrariedad. Si la comida era mala, risas; si el coche que los llevaba a la Cartuja iba danzando en los baches del camino, risas; si el sacristán de las Huelgas les contaba mil papas, diciendo que la señora abadesa se ponía mitra y gobernaba a los curas, risas. Y a más de esto, todo cuanto Jacinta decía, aunque fuera la cosa más seria del mundo, le hacía a Juanito una gracia extraordinaria. Por cualquier tontería que éste dijese, su mujer soltaba la carcajada. Las crudezas de estilo popular y aflamencado que Santa Cruz decía alguna vez, divertíanla más que nada y las repetía tratando de fijarlas en su memoria. Cuando no son muy groseras, estas fórmulas de hablar hacen gracia, como caricaturas que son del lenguaje.

El tiempo se pasa sin sentir para los que están en éxtasis y para los enamorados. Ni Jacinta ni su esposo apreciaban bien el curso de las fugaces horas. Ella, principalmente, tenía que pensar un poco para averiguar si tal día era el tercero o el cuarto de tan feliz existencia. Pero aunque no sepa apreciar bien la sucesión de los días, el amor aspira a dominar en el tiempo como en todo, y cuando se siente victorioso en lo presente anhela hacerse dueño de lo pasado, indagando los sucesos para ver si le son favorables, ya que no puede destruirlos y hacerlos mentira. Fuerte en la conciencia de su triunfo presente, Jacinta empezó a sentir el desconsuelo de no someter también el pasado de su marido, haciéndose dueña de cuanto éste había sentido y pensado antes de casarse. Como de aquella acción pretérita sólo tenía leves indicios, despertáronse en ella curiosidades que la inquietaban. Con los mutuos cariños crecía la confianza, que empieza por ser inocente y va adquiriendo poco a poco la libertad de indagar y el valor de las revelaciones. Santa Cruz no estaba en el caso de que le mortificara la curiosidad, porque Jacinta era la pureza misma. Ni siquiera había tenido un novio de estos que no hacen más que mirar y poner la cara afligida. Ella sí que tenía campo vastísimo en que ejercer su espíritu crítico. Manos a la obra. No debe haber secretos entre los esposos. Ésta es la primera ley que promulga la curiosidad antes de ponerse a oficiar de inquisidora.

Porque Jacinta hiciese la primera pregunta llamando a su marido *nene* (como él le había enseñado), no dejó éste de sentirse un tanto molesto. Iban por las alamedas de chopos que hay en Burgos, rectas e inacabables, como senderos de pesadilla. La respuesta fue cariñosa, pero evasiva. Si lo que la *nena* anhelaba saber era un devaneo, una tontería..., cosas de muchachos. La educación del hombre de nuestros días no puede ser completa si éste no trata con toda clase de gente, si no echa un vistazo a todas las situaciones posibles de la vida, si no toma el tiento a las pasiones todas. Puro estudio y educación pura... No se trataba de amor, porque lo que es amor, bien podía decirlo, él nc lo había sentido nunca hasta que le hizo tilín la que ya era su mujer.

Jacinta creía esto; pero la fe es una cosa y la curiosidad otra. No dudaba ni tanto así del amor de su marido; pero quería saber, sí, señor, quería enterarse de ciertas aventurillas. Entre esposos debe haber siempre la mayor confianza, ¿no es eso? En cuanto hay secretos, adiós paz del matrimonio. Pues bueno; ella quería leer de cabo a rabo ciertas paginitas de la vida de su esposo antes de casarse. ¡Como que estas historias ayudan bastante a la educación matrimonial! Sabiéndolas de memoria, las mujeres viven más avisadas, y a poquito que los maridos se deslicen..., ¡tras!, ya están cogidos.

—Que me lo tienes que contar todito... Si no, no te dejo vivir.

Esto fue dicho en el tren, que corría y silbaba por las angosturas de Pancorbo. En el paisaje veía Juanito una imagen de su conciencia. La vía que lo traspasaba, descubriendo las sombrías revueltas, era la indagación inteligente de Jacinta. El muy tuno se reía, prometiendo, eso sí, contar luego; pero la verdad era que no contaba nada de sustancia.

—¡Sí, porque me engañas tú a mí!... A buena parte vienes... Sé más de lo que te crees. Yo me acuerdo bien de algunas cosas que vi y oí. Tu mamá estaba muy disgustada, porque te nos habías hechos muy chu... la... pito; eso es.

El marido continuaba encerrado en su prudencia; mas no por eso se enfadaba Jacinta. Bien le decía su sagacidad femenil que la obstinación impertinente produce efectos contrarios a los que pretende. Otra habría puesto en aquel caso unos morritos muy serios; ella, no, porque fundaba su éxito en la perseverancia combinada con el cariño capcioso y diplomático. Entrando en un túnel de la Rioja, dijo así:

—¿Apostamos a que sin decirme tú una palabra lo averiguo todo?

Y a la salida del túnel, el enamorado esposo, después de estrujarla con un abrazo algo teatral y de haber mezclado el restallido de sus besos al mugir de la máquina humeante, gritaba:

—¿Qué puedo yo ocultar a esta mona golosa?... Te como; mira que te como. ¡Curiosona, fisgona, feúcha! ¿Tú quieres saber? Pues te lo voy a contar, para que me quieras más.

—¿Más? ¡Qué gracia! Eso sí que es difícil.

—Espérate a que lleguemos a Zaragoza.

—No, ahora.

—¿Ahora mismo?

—*Chí.*

—No..., en Zaragoza. Mira que es historia larga y fastidiosa.

—Mejor... Cuéntala, y luego veremos.

—Te vas a reír de mí... Pues, señor..., allá por diciembre del año pasado..., no, del otro... ¿Ves?, ya te estás riendo.

—Que no me río, que estoy más seria que el Papamoscas.

—Pues, bueno, allá voy... Como te iba diciendo, conocí a una mujer... Cosas de muchachos. Pero déjame que empiece por el principio. Érase una vez... un caballero anciano muy parecido a una cotorra y llamado Estupiñá, el cual cayó enfermo, y..., cosa natural, sus amigos fueron a verle..., y uno de estos amigos, al subir la escalera de piedra, encontró una mujer que se estaba comiendo un huevo crudo... ¿Qué tal?...

## II

—Un huevo crudo..., ¡qué asco! —exclamó Jacinta, escupiendo una salivita—. ¿Qué se puede esperar de quien se enamora de una mujer que come huevos crudos?...

—Hablando aquí con imparcialidad, te diré que era guapa. ¿Te enfadas?

—¡Qué me voy a enfadar, hombre! Sigue... Se comía el huevo, y te ofrecía, y tú participaste...

—No, aquel día no hubo nada. Volví al siguiente y me la encontré otra vez.

—Vamos, que le caíste en gracia y te estaba esperando.

No quería el *Delfín* ser muy explícito, y contaba a grandes rasgos.

suavizando asperezas y pasando como sobre ascuas por los pasajes de peligro. Pero Jacinta tenía un arte instintivo para el manejo del gancho, y sacaba siempre algo de lo que quería saber. Allí salió a relucir parte de lo que Barbarita inútilmente intentó averiguar... ¿Quién era la del huevo?... Pues una chica huérfana que vivía con su tía, la cual era huevera y pollera en la Cava de San Miguel. ¡Ah! ¡Segunda Izquierdo!..., por otro nombre la *Melaera,* ¡qué basilisco!..., ¡qué lengua!..., ¡qué rapacidad!... Era viuda, y estaba liada, así se dice, con un picador.

—Pero basta de digresiones. La segunda vez que entré en la casa me la encontré sentada en uno de aquellos peldaños de granito, llorando.

—¿A la tía?

—No, mujer, a la sobrina. La tía le acababa de echar los tiempos, y aún se oían abajo los resoplidos de la fiera... Consolé a la pobre chica con cuatro palabrillas y me senté a su lado en el escalón.

—¡Qué poca vergüenza!

—Empezamos a hablar. No subía ni bajaba nadie. La chica era confianzuda, inocentona, de estas que dicen todo lo que sienten, así lo bueno como lo malo. Sigamos. Pues, señor..., al tercer día me la encontré en la calle. Desde lejos noté que se sonreía al verme. Hablamos cuatro palabras nada más; y volví y me colé en la casa; y me hice amigo de la tía y hablamos; y una tarde salió el picador de entre un montón de banastas donde estaba durmiendo la siesta, todo lleno de plumas, y llegándose a mí me echó la zarpa, quiero decir, que me dio la manaza, y yo se la tomé, y me convidó a unas copas, y acepté y bebimos. No tardamos Villalonga y yo en hacernos amigos de los amigos de aquella gente... No te rías... Te aseguro que Villalonga me arrastraba a aquella vida, porque se encaprichó por otra chica del barrio, como yo por la sobrina de Segunda.

—Y ¿cuál era más guapa?

—¡La mía! —replicó prontamente el *Delfín,* dejando entrever la fuerza de su amor propio—. La mía..., un animalito muy mono, una salvaje que no sabía leer ni escribir. Figúrate, ¡qué educación! ¡Pobre pueblo! Y luego hablamos de sus pasiones brutales, cuando nosotros tenemos la culpa... Estas cosas hay que verlas de cerca... Sí, hija mía, hay que poner la mano sobre el corazón del pueblo, que es sano..., sí, pero a veces sus latidos no son latidos, sino patadas... ¡Aquella infeliz chica...! Como te digo, un animal; pero buen corazón, buen corazón... ¡Pobre *nena!*

Al oír esta expresión de cariño, dicha por el *Delfín* tan espontáneamente, Jacinta arrugó el ceño. Ella había heredado la aplicación de la palabreja, que ya le disgustaba por ser como desecho de una pasión anterior, un vestido o alhaja ensuciados por el uso; y expresó su disgusto dándole al pícaro de Juanito una bofetada, que para ser de mujer y en broma resonó bastante.

—¿Ves? Ya estás enfadada. Y sin motivo. Te cuentó las cosas como pasaron... Basta ya, basta de cuentos.

—No, no. No me enfado. Sigue, o te pego otra.

—No me da la gana... Si lo que yo quiero es borrar un pasado que considero infamante; si no quiero tener ni memoria de él... Es un episodio que tiene sus lados ridículos y sus lados vergonzosos. Los pocos años disculpan ciertas demencias, cuando de ellas se saca el honor puro y el corazón sano. ¿Para qué me obligas a repetir lo que quiero olvidar, si sólo con recordarlo paréceme que no merezco este bien que hoy poseo, tú, niña mía?

—Estás perdonado —dijo la esposa, arreglándose el cabello, que Santa Cruz le había descompuesto al acentuar de un modo material aquellas expresiones tan sabias como apasionadas—. No soy impertinente, no exijo imposibles. Bien conozco que los hombres la han de correr antes de casarse. Te prevengo que seré muy celosa si me das motivo para serlo; pero celos retrospectivos no tendré nunca.

Esto sería todo lo razonable y discreto que se quiera suponer; pero la curiosidad no disminuía, antes bien aumentaba. Revivió con fuerza en Zaragoza, después que los esposos oyeron misa en el Pilar y visitaron la Seo.

—Si me quisieras contar algo más de aquello... —indicó Jacinta, cuando vagaban por las solitarias y románticas calles que se extienden detrás de la catedral.

Santa Cruz puso mala cara.

—¡Pero qué tontín! Si lo quiero saber para reírme, nada más que para reírme. ¿Qué creías tú, que me iba a enfadar?... ¡Ay, qué bobato!... No, es que me hacen gracia tus calaveradas. Tienen un *chic.* Anoche pensé en ellas, y aun soñé un poquitito con la del huevo crudo y la tía y el mamarracho del tío. No, si no me enojaba; me reía, créelo, me divertía viéndote entre esa aristocracia, hecho un caballero, una persona decente, vamos, con el pelito sobre la oreja. Ahora te voy a anticipar la continuación de la historia. Pues, señor..., le hiciste el amor por lo fino, y ella lo admitió por lo basto. La sacaste de la casa de su tía y os fuisteis los dos a otro nido, en la Concepción Jerónima.

Juanito miró fijamente a su mujer, y después se echó a reír. Aquello no era adivinación de Jacinta. Algo había oído sin duda, por lo menos el nombre de la calle. Pensando que convenía seguir el tono festivo, dijo así:

—Tú sabías el nombre de la calle; no vengas echándotelas de zahorí... Es que Estupiñá me espiaba y le llevaba cuentos a mamá.

—Sigue con tu conquista. Pues, señor...

—Cuestión de pocos días. En el pueblo, hija mía, los procedimientos son breves. Ya ves cómo se matan. Pues lo mismo es el amor. Un día le dije: "Si quieres probarme que me quieres, huye de tu casa conmigo." Yo pensé que me iba a decir que no.

—Pensaste mal..., sobre todo si en su casa había... leña.

—La respuesta fue coger el mantón y decirme: "Vamos." No podía salir por la Cava. Salimos por la zapatería que se llama *Al Ramo de Azucenas.* Lo que te digo: el pueblo es así, sumamente ejecutivo y enemigo de trámites.

Jacinta miraba al suelo más que a su marido.

—Y a renglón seguido, la consabida palabrita de casamiento —dijo mirándole de lleno y observándole indeciso en la respuesta.

Aunque Jacinta no conocía personalmente a ninguna víctima de las palabras de casamiento, tenía una clara idea de estos pactos diabólicos por lo que de ellos había visto en los dramas, en las piezas cortas y aun en las óperas, presentados como recurso teatral, unas veces para hacer llorar al público y otras para hacerle reír. Volvió a mirar a su marido, y notando en él una como sonrisilla de hombre de mundo, le dio un pellizco acompañado de estos conceptos, un tanto airados:

—Sí, la palabra de casamiento con reserva mental de no cumplirla, una burla, una estafa, una villanía. ¡Qué hombres!... Luego dicen... ¿Y esa tonta no te sacó los ojos cuando se vio chasqueada?... Si hubiera sido yo...

—Si hubieras sido tú, tampoco me habrías sacados los ojos.

—Que sí..., pillo..., granujita. Vaya, no quiero saber más, no me cuentes más.

—¿Para qué preguntas tú? Si te digo que no la quería, te enfadas conmigo y tomas partido por ella... ¿Y si te dijera que la quería, que al poco tiempo de sacarla de su casa se me ocurría la simpleza de cumplir la palabra de casamiento que le di?

—¡Ah, tuno! —exclamó Jacinta con ira cómica, aunque no enteramente cómica—. Agradece que estamos en la calle, que si no, ahora mismo te daba un par de repelones, y de cada manotada me traía un mechón de pelo... Conque casarte..., ¡y me lo dices a mí!..., ¡a mí!

La carcajada lanzada por Santa Cruz retumbó en la cavidad de la plazoleta silenciosa y desierta con ecos tan extraños, que los dos esposos se admiraron de oírla. Formaban la rinconada aquella vetustos caserones de ladrillo modelado a estilo mudéjar, en las puertas gigantones o salvajes de piedra con la maza al hombro; en las cornisas, aleros de tallada madera, todo de un color de polvo uniforme y tristísimo. No se veían ni señales de alma viviente por ninguna parte. Tras las rejas enmohecidas, no aparecía ningún resquicio de maderas entornadas por el cual se pudiera filtrar una mirada humana.

—Esto es tan solitario, hija mía —dijo el marido, quitándose el sombrero y riendo—, que puedes armarme el gran escándalo sin que se entere nadie.

Juanito corría. Jacinta fue tras él con la sombrilla levantada.

—Que no me coges...

—A que sí.

—Que te mato...

Y corrieron ambos por el desigual pavimento lleno de hierba, él riendo a carcajadas, ella coloradita y con los ojos húmedos. Por fin, ¡pum!, le dio un sombrillazo, y cuando Juanito se rascaba, ambos se detuvieron jadeantes, sofocados por la risa.

—Por aquí —dijo Santa Cruz, señalando un arco que era la única salida.

Y cuando pasaban por aquel túnel, al extremo del cual se veía otra plazoleta tan solitaria y misteriosa como la anterior, los amantes, sin decirse una palabra, se abrazaron y estuvieron estrechamente unidos, besuqueándose por espacio de un buen minuto y diciéndose al oído las palabras más tiernas.

—Ya ves, esto es sabrosísimo. Quién diría que en medio de la calle podía uno...

—Si alguien nos viera... —murmuró Jacinta, ruborizada, porque, en verdad, aquel rincón de Zaragoza podía ser todo lo solitario que se quisiese, pero no era una alcoba.

—Mejor...; si nos ven, mejor... Que se aguanten el gorro.

Y vuelta a los abracitos y a los vocablos de miel.

—Por aquí no pasa un alma... —dijo él—. Es más: creo que por aquí no ha pasado nunca nadie. Lo menos hace dos siglos que no ha corrido por estas paredes una mirada humana...

—Calla, me parece que siento pasos.

—¿Pasos?... ¿A ver?

—Sí, pasos.

En efecto, alguien venía. Oyóse, sin poder determinar por dónde, un arrastrar de pies sobre los guijarros del suelo. Por entre dos casas apareció de pronto una figura negra. Era un sacerdote viejo. Cogiéronse del brazo los consortes y avanzaron afectando la mayor compostura. El clérigo, al pasar junto a ellos, les miró mucho.

—Paréceme —indicó la esposa, agarrándose más al brazo de su marido y pegándose mucho a él— que nos lo ha conocido en la cara.

—¿Qué nos ha conocido?

—Que estábamos... tonteando.

—¡Psch!... Y a mí, ¿qué?

—Mira —dijo ella cuando llegaron a un sitio menos desierto—: no me cuentes más historias. No quiero saber más. Punto final.

Rompió a reír, a reír, y el *Delfín* tuvo que preguntarle muchas veces la causa de su hilaridad para obtener esta respuesta:

—¿Sabes de qué me río? De pensar en la cara que habría puesto tu mamá si le entras por la puerta una nuera de mantón, sortijillas y pañuelo a la cabeza, una nuera que dice: *Diquiá luego,* y no sabe leer

## III

—Quedamos en que no hay más cuentos.

—No más... Bastante me he reído ya de tu tontería. Francamente, yo creí que eras más avisado... Además, todo lo que me puedas contar me lo figuro. Que te aburriste pronto. Es natural... El hombre bien criado y la mujer ordinaria no emparejan bien. Pasa la ilusión, y después, ¿qué resulta? Que ella huele a cebolla y dice palabras feas... A él..., como si lo viera..., se le revuelve el estómago, y empiezan las cuestiones. El pueblo es sucio, la mujer de clase baja, por más que se lave el palmito, siempre es pueblo. No hay más que ver las casas por dentro. Pues lo mismo están los benditos cuerpos.

Aquella misma tarde, después de mirar la puerta del Carmen y los elocuentes muros de Santa Engracia, que vieron lo que nadie volverá a ver, paseaban por las arboledas de Torrero. Jacinta, pesando mucho sobre el brazo de su marido, porque en verdad estaba cansadita, le dijo:

—Una sola cosa quiero saber, una sola. Después, punto en boca. ¿Qué casa era ésa de la Concepción Jerónima?...

—Pero, hija, ¿qué te importa?... Bueno, te lo diré. No tiene nada de particular. Pues, señor..., vivía en aquella casa un tío de la tal, hermano de la huevera, buen tipo, el mayor perdido y el animal más grande que en mi vida he visto; un hombre que lo ha sido todo: presidiario y revolucionario de barricadas, torero de invierno y tratante en ganado. ¡Ah! ¡José Izquierdo!... Te reirías si le vieras y le oyeras hablar. Este tal le sorbió los sesos a una pobre mujer, viuda de un platero, y se casó con ella. Cada uno por su estilo, aquella pareja valía un imperio. Todo el santo día estaban riñendo, de pico se entiende... Y ¡qué tienda, hija, qué desorden, qué escenas! Primero se emborrachaba él solo; después, los dos a turno. Pregúntale a Villalonga, él es quien cuenta esto a maravilla y remeda los jaleos que allí se armaban. Paréceme mentira que yo me divirtiera con tales escándalos. ¡Lo que es el hombre! Pero yo estaba ciego; tenía entonces la manía de lo popular.

—Y su tía, cuando la vio deshonrada, se pondría hecha una furia, ¿verdad?

—Al principio, sí... Te diré... —replicó el *Delfín,* buscando las callejuelas de una explicación algo enojosa—. Pero más que por la deshonra se enfurecía por la fuga. Ella quería tener en su casa a la pobre muchacha, que era su machacante. Esta gente del pueblo es atroz. ¡Qué moral tan extraña la suya! Mejor dicho, no tiene ni pizca de moral. Segunda empezó por presentarse todos los días en la tienda de la Concepción Jerónima y armar un escándalo a su hermano y a su cuñada. "Que si tú eres esto, si eres lo otro..." Parece mentira; Villalonga y yo, que oíamos estos *jollines* desde el entresuelo, no hacíamos más que reírnos. ¡A qué degradación llega uno cuando se deja caer así! Estaba yo tan tonto, que me parecía que siempre había de vivir entre semejante chusma. Pues no te quiero decir, hija de mi alma..., un día que se metió allí el picador, el querindango de Segunda. Este caballero y mi amigo Izquierdo se tenían muy mala voluntad... ¡Lo que allí se dijeron!... Era cosa de alquilar balcones.

—No sé cómo te divertía tanto salvajismo.

—Ni yo lo sé tampoco. Creo que me volví otro de lo que era y de lo que volví a ser. Fue como un paréntesis en mi vida. Y nada, hija de mi alma: fue el maldito capricho por aquella hembra popular, no sé qué de entusiasmo artístico, una demencia ocasional que no puedo explicar.

—¿Sabes lo que estoy deseando ahora? —dijo bruscamente Jacinta—. Que te calles, hombre, que te calles. Me repugna eso. Razón tienes; tú no eras entonces tú. Trato de figurarme cómo eras y no lo puedo conseguir. Quererte yo y ser tú como a ti mismo te pintas son dos cosas que no puedo juntar.

—Dices bien: quiéreme mucho, y lo pasado, pasado. Pero aguárdate un poco: para dejar redondo el cuento, necesito añadir una cosa que te sorprenderá. A las dos semanas de aquellos dimes y diretes, de tanta bronca y de tanto escándalo entre los hermanos Izquierdo, y entre Izquierdo y el picador, y tía y sobrina, se reconciliaron todos, y se acabaron las riñas y no hubo más que finezas y apretones de manos.

—Sí que es particular. ¡Qué gente!

—El pueblo no conoce la dignidad. Sólo le mueven sus pasiones o el interés. Como Villalonga y yo teníamos dinero largo para *juergas* y cañas, unos y otros tomaron el gusto a nuestros bolsillos, y pronto llegó un día en que allí no se hacía más que beber, palmotear, tocar la guitarra, *venga de ahí,* comer magras. Era una orgía continua. En la tienda no se vendía; en ninguna de las dos casas se trabajaba. El día que no había comida de campo, había cena en la casa hasta la madrugada. La vecindad estaba escandalizada. La policía rondaba. Villalonga y yo, como dos insensatos...

—¡Ay, qué par de apuntes!... Pero, hijo, está lloviendo... A mí me ha caído una gota en la punta de la nariz... ¿Ves?... Aprisita, que nos mojamos.

El tiempo se les puso muy malo, y en todo el trayecto hasta Barcelona no cesó de llover. Arrimados marido y mujer a la ventanilla, miraban la lluvia, aquella cortina de menudas líneas oblicuas que descendían del cielo sin acabar de descender. Cuando el tren paraba, se sentía el gotear del agua que los techos de los coches arrojaban sobre los estribos. Hacía frío, y aunque no lo hiciera, los viajeros lo tendrían sólo de ver las estaciones encharcadas, los empleados calados y los campesinos que venían a tomar el tren con un saco por la cabeza. Las locomotoras chorreaban agua y fuego juntamente, y en los hules de las plataformas del tren de mercancías se formaban bolsas llenas de agua, pequeños lagos donde habrían podido beber los pájaros, si los pájaros tuvieran sed aquel día.

Jacinta estaba contenta, y su marido también, a pesar de la melancolía llorona del paisaje; pero como había otros viajeros en el vagón, los recién casados no podían entretener el tiempo con sus besuqueos y tonterías de amor. Al llegar, los dos se reían de la formalidad con que habían hecho aquel viaje, pues la presencia de personas extrañas no les dejó ponerse babosos. En Barcelona estuvo Jacinta muy distraída con la animación y el fecundo bullicio de aquella gran colmena de hombres. Pasaron ratos muy dichosos visitando las soberbias fábricas de Batlló y de Sert, y admirando sin cesar, de taller en taller, las maravillosas armas que ha discurrido el hombre para someter a la Naturaleza. Durante tres días, la historia aquella del huevo crudo, la mujer seducida y la familia de insensatos que se amansaban con orgías, quedó completamente olvidada o perdida en un laberinto de máquinas ruidosas y ahumadas, o en el triquitraque de los telares. Los de Jacquard, con sus incomprensibles juegos de cartones agujereados, tenían ocupada y suspensa la imaginación de Jacinta, que veía aquel prodigio y no lo quería creer. ¡Cosa estupenda!

—Está una viendo las cosas todos los días, y no piensa en cómo se hacen, ni se le ocurre averiguarlo. Somos tan torpes, que al ver una oveja no pensamos que en ella están nuestros gabanes. Y ¿quién ha de decir que las chambras y enaguas han salido de un árbol? ¡Toma, el algodón! Pues ¿y los tintes? El carmín ha sido un bichito, y el negro una naranja agria, y los verdes y azules, carbón de piedra. Pero lo más raro de todo es que cuando vemos un burro, lo que menos pensamos es que de él salen los tambores. Pues ¿y eso de que las cerillas se saquen de los huesos, y que el sonido del violín lo produzca la cola del caballo pasando por las tripas de la cabra?

Y no paraba aquí la observadora. En aquella excursión por el campo instructivo de la industria, su generoso corazón se desbordaba en sentimientos filantrópicos, y su claro juicio sabía mirar cara a cara los problemas sociales.

—No puedes figurarte —decía a su marido, al salir de un taller— cuánta lástima me dan esas infelices muchachas que están aquí ganando un triste jornal, con el cual no sacan ni para vestirse. No tienen educación, son como máquinas, y se vuelven tan tontas..., más que tontería debe de ser aburrimiento..., se vuelven tan tontas, digo, que en cuanto se les presenta un pillo cualquiera se dejan seducir... Y no es maldad; es que llega un momento en que dicen: "Vale más ser mujer mala que máquina buena."

—Filosófica está mi mujercita.

—Vaya..., di que no me he lucido... En fin, no se hable más de eso. Di si me quieres, sí o no...; pero pronto, pronto.

Al otro día, en las alturas del Tibidabo, viendo a sus pies la inmensa ciudad tendida en el llano, despidiendo por mil chimeneas el negro resuello que declara su fogosa actividad, Jacinta se dejó caer del lado de su marido y le dijo:

—Me vas a satisfacer una curiosidad..., la última.

Y en el momento que tal habló arrepintióse de ello, porque lo que deseaba saber, si picaba mucho en curiosidad, también le picaba algo el pudor. ¡Si encontrara una manera delicada de hacer la pregunta!... Revolvió en su mente todo lo que sabía y no hallaba ninguna fórmula que sentase bien en su boca. Y la cosa era bastante natural. O lo había pensado o lo había soñado la noche anterior; de eso no estaba segura; mas era una consecuencia que a cualquiera se le ocurre sacar. El orden de sus juicios era el siguiente: "¿Cuánto tiempo duró el enredo de mi marido con esa mujer? No lo sé. Pero durase más o durase menos, bien podría suceder que... hubiera nacido algún chiquillo." Ésta era la palabra difícil de pronunciar: *¡chiquillo!* Jacinta no se atrevía, y aunque intentó sustituirla con *familia, sucesión,* tampoco salía.

—No, no era nada.

—Tú has dicho que me ibas a preguntar no sé qué.

—Era una tontería; no hagas caso.

—No hay nada que más me cargue que esto..., decirle a uno que le van a preguntar una cosa y después no preguntársela. Se queda uno confuso y haciendo mil cálculos. Eso, eso, guárdalo bien... No le caerán moscas. Mira, hija de mi alma, cuando no se ha de tirar no se apunta.

—Ya tiraré...; tiempo hay, hijito.

—Dímelo ahora... ¿Qué será, qué no será?

—Nada... no era nada.

Él la miraba y se ponía serio. Parecía que le adivinaba el pensamiento, y ella tenía tal expresión en sus ojos y en su sonrisilla picaresca, que casi casi se podía leer en su cara la palabra que andaba por dentro. Se miraban, se reían, y nada más. Para sí dijo la esposa: "A su tiempo maduran las uvas. Vendrán días de mayor confianza, y hablaremos..., y sabré si hay o no algún *hueverito* por ahí."

## IV

Jacinta no tenía ninguna especie de erudición. Había leído muy pocos libros. Era completamente ignorante en cuestiones de geografía artística; y, sin embargo, apreciaba la poesía de aquella región costera mediterránea que se desarrolló ante sus ojos al ir de Barcelona a Valencia. Los pueblecitos marinos desfilaban a la izquierda de la vía, colocados entre el mar azul y una vegetación espléndida. A trozos, el paisaje azuleaba con la plateada hoja de los olivos: más allá las viñas lo alegraban con la verde gala del pámpano. La vela triangular de las embarcaciones, las casitas bajas y blancas, la ausencia de tejados puntiagudos y el predominio de la línea horizontal en las construcciones, traían al pensamiento de Santa Cruz ideas de arte y naturaleza helénica. Siguiendo las rutinas a que se dan los que han leído algunos libros, habló también de Constantino, de Grecia, de las barras de Aragón y de los pececillos que las tenían pintadas en el lomo. Era de cajón sacar a relucir las colonias fenicias, cosa de que Jacinta no entendía palotada, ni le hacía falta. Después vinieron Prócida y las Vísperas Sicilianas, don Jaime de Aragón, Roger de Flor y el Imperio de Oriente, el duque de Osuna y Nápoles, Venecia y el marqués de Bedmar, Masaniello, los Borgias, Lepanto, don Juan de Austria, las galeras y los piratas, Cervantes y los padres de la Merced.

Entretenida Jacinta con los comentarios que el otro iba poniendo a la rápida visión de la costa mediterránea, condensaba su ciencia en estas o parecidas expresiones:

—Y la gente que vive aquí, ¿será feliz o será tan desgraciada como los aldeanos de tierra adentro, que nunca han tenido que ver con el Gran Turco ni con la capitana de don Juan de Austria? Porque los de aquí no apreciarán que viven en un paraíso, y el pobre, tan pobre es en Grecia como en Getafe.

Agradabilísimo día pasaron, viendo el risueño país que a sus ojos se desenvolvía, el caudaloso Ebro, las marismas de su delta, y, por fin, la maravilla de la región valenciana, la cual se anunció con grupos de algarrobos, que de todas partes parecían acudir bailando al encuentro del tren. A Jacinta le daban mareos cuando los miraba con fijeza. Ya se acercaban hasta tocar con su copudo follaje la ventanilla; ya se alejaban hacia lo alto de una colina; ya se escondían tras un otero, para reaparecer haciendo pasos y figuras de minueto o jugando al escondite con los palos del telégrafo.

El tiempo, que no les había sido muy favorable en Zaragoza y Barcelona, mejoró aquel día. Espléndido sol doraba los campos. Toda la luz del cielo parecía que se colaba dentro del corazón de los esposos. Jacinta se reía de la danza de los algarrobos y de ver los pájaros posados en fila en los alambres telegráficos.

—Míralos, míralos allí. ¡Valientes pícaros! Se burlan del tren y de nosotros.

—Fíjate ahora en los alambres. Son iguales al pentagrama de un papel de música. Mira cómo sube, mira cómo baja. Las cinco rayas parece que están grabadas con tinta negra sobre el cielo azul, y que el cielo es lo que se mueve como un telón de teatro no acabado de colgar.

—Lo que yo digo —expresó Jacinta riendo—. Mucha poesía, mucha cosa bonita y nueva; pero poco que comer. Te lo confieso, marido de mi alma: tengo un hambre de mil demonios. La madrugada y este fresco del campo me han abierto el apetito de par en par.

—Yo no quería hablar de esto para no desanimarte. Pronto llegaremos a una estación de fonda. Si no, compraremos aunque sea unas rosquillas o pan seco... El viajar tiene estas peripecias. Ánimo, chica, y dame un beso, que las hambres con amor son menos.

—Allá van tres, y en la primera estación, mira bien, hijo, a ver si descubrimos algo. ¿Sabes lo que yo me comería ahora?

—¿Un bistec?

—No.

—¿Pues qué?

—Uno y medio.

—Ya te contentarás con naranja y media.

Pasaban estaciones y la fonda no parecía. Por fin, en no sé cuál apareció una mujer, que tenía delante una mesilla con licores, rosquillas, pasteles adornados con hormigas, y unos... ¿qué era aquello?

—¡Pájaros fritos! —gritó Jacinta a punto que Juan bajaba del vagón—. Tráete una docena... No...; oye: dos docenas.

Y otra vez el tren en marcha. Ambos se colocaron rodillas con rodillas, poniendo en medio el papel grasiento que contenía aquel *montón de cadáveres* fritos, y empezaron a comer con la prisa que su mucha hambre les daba.

—¡Ay, qué ricos están! Mira qué pechuga... Éste para ti, que está muy gordito.

—No, para ti, para ti.

La mano de ella era tenedor para la boca de él, y viceversa. Jacinta decía que en su vida había hecho una comida que más le supiese.

—Éste sí que está de buen año... ¡Pobre ángel! El infeliz estaría ayer con sus compañeros posado en el alambre, tan contento, tan guapote, viendo pasar el tren, y diciendo: "Allá van esos brutos"..., hasta que vino el más bruto de todos, un cazador, y... ¡prum!... Todo para que nosotros nos regaláramos hoy Y a fe que están sabrosos. Me ha gustado este almuerzo.

—Y a mí. Ahora veamos estos pasteles. El ácido fórmico es bueno para la digestión.

—¿El ácido qué...?

—Las hormigas, chica. No repares, y adentro. Mételes el diente. Están riquísimos.

Restauradas las fuerzas, la alegría se desbordaba de aquellas almas.

—Ya no me marean los algarrobos —decía Jacinta—; bailad, bailad. ¡Mira qué casas, qué emparrados! Y aquello, ¿qué es? Naranjos. ¡Cómo huelen!

Iban solos. ¡Qué dicha, siempre solitos! Juan se sentó junto a la ventana y Jacinta sobre sus rodillas. Él le rodeaba la cintura con el brazo. A ratos charlaban, haciendo ella observaciones cándidas sobre todo lo que veía. Pero después transcurrían algunos ratos sin que ninguno dijera una palabra. De repente volvióse Jacinta hacia su marido, y echándole un brazo alrededor del cuello, le soltó ésta:

—No me has dicho cómo se llamaba.

—¿Quién? —preguntó Santa Cruz, algo atontado.

—Tu adorado tormento, tu... Cómo se llamaba o cómo se llama..., porque supongo que vivirá.

—No lo sé..., ni me importa. Vaya con lo que sales ahora.

—Es que hace un rato me dio por pensar en ella. Se me ocurrió de repente. ¿Sabes cómo? Vi unos refajos encarnados puestos a secar en un arbusto. Tú dirás que qué tiene que ver... Es claro, nada; pero vete a saber cómo se enlazan en el pensamiento las ideas. Esta mañana me acordé de lo mismo cuando pasaban rechinando las carretillas cargadas de equipajes. Anoche me acordé, ¿cuándo creerás?, cuando apagaste la luz. Me pareció que la llama era una mujer que decía: ¡Ay!, y se caía muerta. Ya sé que son tonterías; pero en el cerebro pasan cosas muy particulares. Conque, *nenito*, ¿desembuchas eso, sí o no?

—¿Qué?

—El nombre.

—Déjame a mí de nombres.

—¡Qué poco amable es este señor! —dijo, abrazándole— Bueno, guarda el secretito, hombre, y dispensa. Ten cuidado no te roben esa preciosidad. Eso, eso es, o somos reservados o no. Yo me quedo lo mismo que estaba. No creas que tengo gran interés en saberlo. ¿Qué me meto yo en el bolsillo con saber un nombre más?

—Es un nombre muy feo... No me hagas pensar en lo que quiero olvidar —replicó Santa Cruz con hastío—. No te diré una palabra, ¿sabes?

—Gracias, amado pueblo... Pues mira: si te figuras que voy a tener celos, te llevas chasco. Eso quisieras tú para darte tono. No los tengo ni hay para qué.

No sé qué vieron que les distrajo de aquella conversación El paisaje era cada vez más bonito, y el campo, convirtiéndose en jardín, revelaba los refinamientos de la civilización agrícola. Todo era allí nobleza, o sea naranjos, los árboles de hoja perenne y brillante, de flores olorosísimas y de frutas de oro, árbol ilustre, que ha sido una de las más socorridas muletillas de los poetas, y que en la región valenciana está por los suelos, quiero decir, que hay tantos, que hasta los poetas los miran ya como si fueran cardos borriqueros. Las tierras labradas encantan la vista con la corrección atildada de sus líneas. Las hortalizas bordan los surcos y dibujan el suelo, que en algunas partes semeja un cañamazo. Los variados verdes, más parece que los ha hecho el arte con una brocha, que no la Naturaleza con su labor invisible. Y por todas partes flores, arbustos tiernos; en las estaciones, acacias gigantescas, que extienden sus ramas sobre la vía; los hombres, con zaragüelles y pañuelo liado a la cabeza, resabio morisco; las mujeres, frescas y graciosas, vestidas de indiana y peinadas con rosquillas de pelo sobre las sienes.

—Y ¿cuál es —preguntó Jacinta, deseosa de instruirse— el árbol de las chufas?

Juan no supo contestar, porque tampoco él sabía de dónde diablos salían las chufas. Valencia se aproximaba ya. En el vagón entraron algunas personas; pero los esposos no dejaron la ventanilla. A ratos se veía el mar, tan azul, tan azul, que la retina padecía el engaño de ver verde el cielo.

¡Sagunto!

¡Ay, qué nombre! Cuando se le ve escrito con las letras nuevas y acaso torcidas de una estación, parece broma. No es de todos los días ver envueltas en el humo de las locomotoras las inscripciones más retumbantes de la historia humana. Juanito, que aprovechaba las ocasiones de ser sabio sentimental, se pasmó más de lo conveniente de la aparición de aquel letrero.

—Y qué, ¿qué es? —preguntó Jacinta, picada de la novelería—. ¡Ah! Sagunto, ya..., un nombre. De fijo que hubo aquí alguna marimorena. Pero habrá llovido mucho desde entonces. No te entusiasmes, hijo, y tómalo con calma. ¿A qué viene tanto "¡ah! ¡oh!..." Todo porque aquellos brutos...

—Chica, ¿qué estás diciendo?

—Sí, hijo de mi alma, porque aquellos brutos..., no me vuelvo atrás..., hicieron una barbaridad. Bueno, llámalos héroes si quieres, y cierra esa boca, que te me estás pareciendo al Papamoscas de Burgos.

Vuelta a contemplar el jardín agrícola, en cuyo verdor se destacaban las cabañas de paja con una cruz en el pico del techo. En los bardales vio Jacinta unas plantas muy raras, de vástagos escuetos y pencas enormes, que llamaron su atención.

—Mira, mira qué esperpento de árbol. ¿Será el de los higos chumbos?

—No, hija mía, los higos chumbos los da esa otra planta baja, compuesta de unas palas erizadas de púas. Aquello otro es la pita, que da por fruto las sogas.

—Y el esparto, ¿dónde está?

—Hasta eso no llega mi sabiduría. Por ahí debe de andar.

El tren describía amplísima curva. Los viajeros distinguieron una gran masa de edificios, cuya blancura descollaba entre el verde. Los grupos de árboles la tapaban a trechos; después la descubrían.

—Ya estamos en Valencia, chiquilla; mírala allí.

Valencia era la ciudad mejor situada del mundo, según dijo un agudo observador, por estar construida en medio del campo. Poco después los esposos, empaquetados dentro de una tartana, penetraban por las calles angostas y torcidas de la ciudad campestre.

—Pero ¡qué país, hijo!... Si esto parece un biombo... ¿Adónde nos lleva este hombre?

—A la fonda, sin duda.

A medianoche, cuando se retiraron fatigados a su domicilio, después de haber paseado por las calles y oído media *Africana* en el teatro de la Princesa, Jacinta sintió que de repente, sin saber cómo ni por qué, la picaba en el cerebro el gusanillo aquel, la idea perseguidora, la penita disfrazada de curiosidad. Juan se resistió a satisfacerla, alegando razones diversas.

—No me marees, hija... Ya te he dicho que quiero olvidar eso...

—Pero el nombre, *nene;* el nombre nada más. ¿Qué te cuesta abrir la boca un segundo?... No creas que te voy a reñir, tontín.

Hablando así se quitaba el sombrero, luego el abrigo, después el cuerpo, la falda, el *polisón,* y lo iba poniendo todo con orden en las butacas y sillas del aposento. Estaba rendida y no veía las santas horas de dar con sus fatigadas carnes en la cama. El esposo también iba soltando ropa. Aparentaba buen humor; pero la curiosidad de Jacinta le desagradaba ya. Por fin, no pudiendo resistir a las monerías de su mujer, no tuvo más remedio que decidirse. Ya estaban las cabezas sobre las almohadas, cuando Santa Cruz echó perezoso de su boca estas palabras:

—Pues te lo voy a decir, pero con la condición de que en tu vida más..., en tu vida más me has de mentar ese nombre, ni has de hacer la menor alusión..., ¿entiendes? Pues se llama...

—Gracias a Dios, hombre.

Le costaba mucho trabajo decirlo. La otra le ayudaba.

—Se llama *For...*

—*For... narina.*

—No. *For... tuna...*

—*Fortunata.*

—Eso... Vamos, ya estás satisfecha.

—Nada más. Te has portado, has sido amable. Así es como te quiero yo.

Pasado un ratito, dormía como un ángel...; dormían los dos.

## V

—¿Sabes lo que se me ha ocurrido? —dijo Santa Cruz a su mujer dos días después en la estación de Valencia—. Me parece una tontería que vayamos tan pronto a Madrid. Nos plantaremos en Sevilla. Pondré un parte a casa.

Al pronto, Jacinta se entristeció. Ya tenía deseos de ver a sus hermanas, a su papá y a sus tíos y suegros. Pero la idea de prolongar un poco aquel viaje tan divertido conquistó en breve su alma. ¡Andar así, llevados en las alas del tren, que algo tiene siempre, para las almas jóvenes, de dragón de fábula, era tan dulce, tan entretenido!...

Vieron la opulenta ribera del Júcar, pasaron por Alcira, cubierta de azahares; por Játiva la risueña; después vino Montesa, de feudal aspecto, y luego Almansa en territorio frío y desnudo. Los campos de viñas eran cada vez más raros, hasta que la severidad del suelo les dijo que estaban en la adusta Castilla.

El tren se lanzaba por aquel campo triste, como inmenso lebrel, olfateando la vía y ladrando a la noche tarda, que iba cayendo lentamente sobre el llano sin fin. Igualdad, palos de telégrafo, cabras, charcos, matorrales, tierra gris, inmensidad horizontal sobre la cual parecen haber corrido los mares poco ha; el humo de la máquina alejándose en bocanadas majestuosas hacia el horizonte; las guardesas con la bandera verde señalando el paso libre, que parece el camino de lo infinito; bandadas de aves que vuelan bajo, y las estaciones haciéndose esperar mucho, como si tuvieran algo bueno... Jacinta se durmió y Juanito también. Aquella dichosa Mancha era un narcótico. Por fin bajaron en Alcázar de San Juan, a medianoche, muertos de frío. Allí esperaron el tren de Andalucía, tomaron chocolate, y vuelta a rodar por otra zona manchega, la más ilustre de todas, la Argamasillesca.

Pasaron los esposos una mala noche por aquella estepa, matando el frío muy juntitos bajo los pliegues de una sola manta, y por fin llegaron a Córdoba, donde descansaron y vieron la Mezquita, no bastándoles un día para ambas cosas. Ardían en deseos de verse en la sin par Sevilla... Otra vez al tren. Serían las nueve de la noche cuando se encontraron dentro de la romántica y alegre ciudad, en medio de aquel idioma ceceoso y de los donaires y chuscadas de la gente andaluza. Pasaron allí creo que ocho o diez días, encantados, sin aburrirse ni un solo momento, viendo los portentos de la arquitectura y de la Naturaleza, participando del buen humor que allí se respira con el aire y se recoge de las miradas de los transeúntes. Una de las cosas que más cautivaban a Jacinta era aquella costumbre de los patios amueblados y ajardinados, en los cuales se ve que las ramas de una azalea bajan hasta acariciar las teclas del piano, como si quisieran tocar. También le gustaba a Jacinta ver que todas las mujeres, aun las viejas que piden limosna, llevan su flor en la cabeza. La que no tiene flor se pone entre los pelos cualquier hoja verde y va por aquellas calles vendiendo vidas.

Una tarde fueron a comer a un bodegón de Triana, porque decía Juanito que era preciso conocer todo de cerca y codearse con aquel originalísimo pueblo, artista nato, poeta que parece pintar lo que habla, y que recibió del cielo el don de una filosofía muy socorrida, que consiste en tomar todas las cosas por el lado humorístico, y así la vida, una vez convertida en broma, se hace más llevadera. Bebió el *Delfín* muchas cañas, porque opinaba con gran sentido práctico que para asimilarse a Andalucía y sentirla bien en sí es preciso introducir en el cuerpo toda la manzanilla que éste pueda contener. Jacinta no hacía más que probarla y la encontraba áspera y acídula, sin conseguir apreciar el olorcillo a *pero de Ronda* que dicen tiene aquella bebida.

Retiráronse de muy buen humor a la fonda, y al llegar a ella vieron que en el comedor había mucha gente. Era un banquete de boda. Los novios eran españoles anglicanizados de Gibraltar. Los esposos Santa Cruz fueron invitados a tomar algo, pero lo rehusaron; únicamente bebieron un poco de *champagne,* porque no dijeran. Después un inglés muy pesado, que chapurraba el castellano con la boca fruncida y los dientes apretados, como si quisiera mordiscar las palabras, se empeñó en que habían de tomar unas cañas.

—De ninguna manera... Muchas gracias.

—¡Ooooh!, sí...

El comedor era un hervidero de alegría y de chistes, entre los cuales empezaban a sonar algunos de gusto dudoso. No tuvo Santa Cruz más remedio que ceder a la exigencia de aquel maldito inglés, y tomando de sus manos la copa, decía a media voz:

—Valiente *curdela* tienes tú.

Pero el inglés no entendía... Jacinta vio que aquello se iba poniendo malo. El inglés llamaba al orden, diciendo a los más jóvenes con su boquita cerrada que tuvieran *fundamenta.* Nadie necesitaba tanto como él que se le llamase al orden, y, sobre todo, lo que más falta le hacía era que le recortaran la bebida, porque aquello no era ya boca, era un embudo. Jacinta presintió la jarana, y tomando una resolución súbita, tiró del brazo a su marido y se lo llevó, a punto que éste empezaba a tomarle el pelo al inglés.

—Me alegro —dijo el *Delfín,* cuando su mujer le conducía por las escaleras arriba—; me alegro de que me hubieras sacado de allí, porque no puedes figurarte lo que me iba cargando el tal inglés, con sus dientes blancos y apretados, con su amabilidad y su zapatito bajo... Si sigo un minuto más, le pego un par de trompadas... Ya se me subía la sangre a la cabeza...

Entraron en su cuarto, y sentados uno frente a otro, pasaron un rato recordando los graciosos tipos que en el comedor estaban y los equívocos que allí se decían. Juan hablaba poco y parecía algo inquieto. De repente, le entraron ganas de volver abajo. Su mujer se oponía. Disputaron. Por fin, Jacinta tuvo que echar la llave a la puerta.

—Tienes razón —dijo Santa Cruz dejándose caer a plomo sobre la silla—. Más vale que me quede aquí..., porque si bajo, y vuelve el *míster* con sus finuras, le pego... Yo también sé boxear.

Hizo el ademán del *box,* y ya entonces su mujer le miró muy seria.

—Debes acostarte —le dijo.

—Es temprano... Nos estaremos aquí de tertulia... Sí... ¿Tú no tienes sueño? Yo tampoco. Acompañaré a mi cara mitad. Ése es mi deber, y sabré cumplirlo, sí, señora. Porque yo soy esclavo del deber...

Jacinta se había quitado el sombrero y el abrigo. Juanito la sentó sobre sus rodillas y empezó a saltarla como a los niños cuando se les hace el caballo. Y dale con la tarabilla de que él era esclavo de su deber, y de que lo primero de todo es la familia. El trote largo en que la llevaba su marido empezó a molestar a Jacinta, que se desmontó y se fue a la silla en que antes estaba. Él entonces se puso a dar paseos rápidos por la habitación.

—Mi mayor gusto es estar al lado de mi adorada *nena* —decía sin mirarla— *Te amo con delirio,* como se dice en los dramas. Bendita sea mi madrecita..., que me casó contigo...

Hincósele delante y le besó las manos. Jacinta le observaba con atención recelosa, sin pestañear, queriendo reírse y sin poderlo conseguir. Santa Cruz tomó un tono muy plañidero para decirle:

—¡Y yo tan estúpido que no conocí tu mérito! ¡Yo, que te estaba mirando todos los días, como mira el burro la flor, sin atreverse a comérsela! ¡Y me comí el cardo!... ¡Oh!, perdón, perdón... Estaba ciego, encanallado; era yo muy *cañí*..., esto quiere decir *gitano,* vida mía. El vicio y la grosería habían puesto una costra en mi corazón..., llamémosle *garlochín*... Jacintilla, no me mires así. Esto que te digo es la pura verdad. Si te miento, que me quede muerto ahora mismo. Todas mis faltas las veo claras esta noche. No sé lo que me pasa; estoy como inspirado..., tengo más espíritu, créetelo..., te quiero más, cielito, paloma, y te voy a hacer un altar de oro para adorarte.

—¡Jesús, qué fino está el tiempo! —exclamó la esposa, que ya no podía ocultar su disgusto—. ¿Por qué no te acuestas?

—¡Acostarme yo, yo...; cuando tengo que contarte tantas cosas, *cha-*

lo fino vs. lo tosco

*vala!* —añadió Santa Cruz, que, cansado ya de estar de rodillas, había cogido una banqueta para sentarse a los pies de su mujer—. Perdona que no haya sido franco contigo. Me daba vergüenza de revelarte ciertas cosas. Pero ya no puedo más: mi conciencia se vuelca como una urna llena que se cae..., así, así; y afuera todo... Tú me absolverás cuando me oigas, ¿verdad? Di que sí... Hay momentos en la vida de los pueblos, quiero decir, en la vida del hombre, momentos terribles, alma mía. Tú lo comprendes... Yo no te conocía entonces. Estaba como la Humanidad antes de la venida del Mesías, a oscuras, apagado el gas... Sí. No me condenes, no, no; no me condenes sin oírme.

Jacinta no sabía qué hacer. Uno y otro se estuvieron mirando breve rato, los ojos clavados en los ojos, hasta que Juan dijo en voz queda:

—¡Si la hubieras visto!... Fortunata tenía los ojos como dos estrellas, muy semejantes a los de la Virgen del Carmen que antes estaba en Santo Tomás y ahora en San Ginés. Pregúntaselo a Estupiñá, pregúntaselo si lo dudas..., a ver... Fortunata tenía las manos bastas de tanto trabajar, el corazón lleno de inocencia... Fortunata no tenía educación; aquella boca tan linda se comía muchas letras y otras las equivocaba. Decía *indilugencias, golver, asín.* Pasó su niñez cuidando el *ganado.* ¿Sabes lo que es el ganado? Las gallinas. Después criaba los palomos a sus pechos. Como los palomos no comen sino del pico de la madre, Fortunata se los metía en el seno, ¡y si vieras tú qué seno tan bonito! Sólo que tenía muchos rasguños que le hacían los palomos con los garfios de sus patas. Después cogía en la boca un buche de agua y algunos granos de algarroba, y metiéndose el pico en la boca... les daba de comer... Era la paloma madre de los tiernos pichoncitos... Luego les daba su calor natural... les arrullaba, les hacía *rorroooó...*, les cantaba canciones de nodriza... ¡Pobre Fortunata, pobre *Pitusa!* ¿Te he dicho que la llamaban la *Pitusa?* ¿No?... Pues te lo digo ahora. Que conste... Yo la perdí..., sí...; que conste también; es preciso que cada cual cargue con su responsabilidad... Yo la perdí, la engañé, le dije mil mentiras, le hice creer que me iba a casar con ella. ¿Has visto?... ¡Si seré pillín!... Déjame que me ría un poco... Sí, todas las papas que yo le decía se las tragaba... El pueblo es muy inocente, es tonto de remate, todo se lo cree con tal que se lo digan con palabras finas... La engañé, le *garfiñé* su honor, y tan tranquilo. Los hombres, digo, los señoritos, somos unos miserables, creemos que el honor de las hijas del pueblo es cosa de juego... No me pongas esa cara, vida mía. Comprendo que tienes razón; soy un infame, merezco tu desprecio; porque... lo que tú dirás, una mujer es siempre una criatura de Dios, ¿verdad?... y yo, después que me divertí con ella, la dejé abandonada en medio de las calles..., justo..., su destino es el destino de las perras... Di que sí.

## VI

Jacinta estaba alarmadísima, medio muerta de miedo y de dolor. No sabía qué hacer, ni qué decir.

—Hijo mío —exclamó limpiando el sudor de la frente de su marido—, ¡cómo estás!... Cálmate, por María Santísima. Estás delirando.

—No, no; esto no es delirio, es arrepentimiento —añadió Santa Cruz, quien, al moverse, por poco se cae, y tuvo que apoyar las manos en el suelo—. ¿Crees, acaso, que el vino...? ¡Oh! No, hija mía; no me hagas ese disfavor. Es que la conciencia se me ha subido aquí, al cuello, a la cabeza, y me pesa tanto, que no puedo guardar bien el equilibrio... Déjame que me prosterne ante ti y ponga a tus pies todas mis culpas para que las perdones... No te muevas, no me dejes solo, por Dios... ¿Adónde vas? ¿No ves mi aflicción?

—Lo que veo..., ¡oh, Dios mío! Juan, por amor de Dios, sosiégate; no digas más disparates. Acuéstate. Yo te haré una taza de té.

—Y ¿para qué quiero yo té, desventurada?... —dijo el otro, en un tono tan descompuesto, que a Jacinta se le saltaron las lágrimas—. ¡Té!... Lo que quiero es tu perdón, el perdón de la Humanidad, a quien he ofendido, a quien he ultrajado y pisoteado. Di que sí... Hay momentos en la vida de los pueblos, digo, en la vida de los hombres, en que uno debiera tener mil bocas para con todas ellas, a la vez..., expresar la, la, la... Sería uno un coro..., eso, eso... Porque yo he sido malo, no me digas que no, no me lo digas...

Jacinta advirtió que su marido sollozaba. Pero ¿de veras sollozaba o era broma?

—Juan, ¡por Dios!, me estás atormentando

—No, niña de mi alma —replicó él, sentado en el suelo, sin descubrir el rostro, que tenía entre las manos—. ¿No ves que lloro? Compadécete de este infeliz... He sido un perverso.. Porque la *Pitusa* me idolatraba.. Seamos francos.

Alzó entonces la cabeza y tomó un aire más tranquilo.

—Seamos francos; la verdad ante todo.. me idolatraba. Creía que yo no era como los demás, que era la caballerosidad, la hidalguía, la decencia, la nobleza en persona, el acabóse de los hombres... ¡Nobleza! ¡Qué sarcasmo! Nobleza en la mentira; digo que no puede ser..., y que no, y que no. ¡Decencia porque se lleva una ropa que llaman levita!... ¡Qué Humanidad tan farsante! El pobre, siempre debajo; el rico hace lo que le da la gana. Yo soy rico..., di que soy inconstante... La ilusión de lo pintoresco se iba pasando. La grosería con gracia seduce algún tiempo, después marea... Cada día me pesaba más la carga que me había echado encima. El picor del ajo me repugnaba. Deseé, puedes creerlo, que la *Pitusa* fuera mala para darle una puntera... Pero, ¡quia!..., ni por ésas... ¿Mala ella? A buena parte... Si le mando echarse al fuego por mí, ¡al fuego de cabeza! Todos los días, jarana en la casa. Hoy acababa en bien, mañana no... Cantos, guitarreo... José Izquierdo, a quien llaman *Platón* porque comía en un plato como un barreño, arrojaba chinitas al picador... Villalonga y yo les echábamos a pelear o les reconciliábamos cuando nos convenía... La *Pitusa* temblaba de verlos alegres y de verlos enfurruñados... ¿Sabes lo que se me ocurría? No volver a aportar más por aquella maldita casa... Por fin, resolvimos Villalonga y yo largarnos con viento fresco y no volver más. Una noche se armó tal gresca, que hasta las navajas salieron, y por poco nadamos todos en un lago de sangre... Me parece que oigo aquellas finuras: "¡Indecente, cabrón, *najabao, randa, murcia...!*" No era posible semejante vida. Di que no. El hastío era ya irresistible. La misma *Pitusa* me era odiosa, como las palabras inmundas... Un día dije: "Vuelvo", y no volví más... Lo que decía Villalonga: cortar por lo sano... Yo tenía algo en mi conciencia, un hilito que me tiraba hacia allá... Lo corté... Fortunata me persiguió; tuve que jugar al escondite. Ella por aquí, yo por allá... Yo me escurría como una anguila. No me cogía, no. El último a quien vi fue Izquierdo; le encontré un día subiendo la escalera de mi casa. Me amenazó; díjome que la *Pitusa* estaba *cambrí* de cinco meses... *¡Cambrí de cinco meses...!* Alcé los hombros... Dos palabras, él, dos palabras yo... alargué este brazo y, *plaf*..., Izquierdo bajó de golpe un tramo entero... Otro estirón y, *plaf*..., de un brinco el segundo tramo... y con la cabeza para abajo

Esto último lo dijo enteramente descompuesto. Continuaba sentado en el suelo, las piernas extendidas, apoyado un brazo en el asiento de la silla Jacinta temblaba. Le había entrado mortal frío, y daba diente con diente. Permanecía en pie, en medio de la habitación, como una estatua, contemplando la figura lastimosísima de su marido, sin atreverse a preguntarle nada ni a pedirle una aclaración sobre las extrañas cosas que revelaba.

—¡Por Dios y por tu madre! —dijo, al fin, movida del cariño y del miedo—. No me cuentes más. Es preciso que te acuestes y procures dormirte. Cállate ya.

—¡Que me calle!... ¡Que me calle! ¡Ah! Esposa mía, esposa adorada, ángel de mi salvación... Mesías mío... ¿Verdad que me perdonas?... Di que sí.

Se levantó de un salto y trató de andar... No podía. Dando una rápida vuelta fue a desplomarse sobre el sofá, poniéndose la mano sobre los ojos y diciendo con voz cavernosa:

—¡Qué horrible pesadilla!

Jacinta fue hacia él, le echó los brazos al cuello y le arrulló como se arrulla a los niños cuando se les quiere dormir.

Vencido al cabo de su propia excitación, el cerebro del *Delfín* caía en estúpido embrutecimiento. Y sus nervios, que habían empezado a calmarse, luchaban con la sedación. De repente, se movía, como si saltara algo en él, y pronunciaba algunas sílabas. Pero la sedación vencía, y, al fin, se quedó profundamente dormido. A medianoche pudo Jacinta, con no poco trabajo, llevarle hasta la cama y acostarle. Cayó en el sueño como en un pozo, y su mujer pasó muy mala noche, atormentada por el desagradable recuerdo de lo que había visto y oído.

Al día siguiente Santa Cruz estaba como avergonzado. Tenía conciencia vaga de los disparates que había hecho la noche anterior, y su amor propio padecía horriblemente con la idea de haber estado ridículo. No se atrevía a hablar a su mujer de lo ocurrido, y ésta, que era la misma prudencia, además de no decir una palabra, mostrábase tan afable y cariñosa como de costumbre. Por último, no pudo mi hombre resistir el afán de explicarse, y preparando el terreno con un sinfín de zalamerías, le dijo:

—Chiquilla, es preciso que me perdones el mal rato que te di anoche... Debí ponerme muy pesadito... ¡Qué malo estaba! En mi vida me ha pasado otra igual. Cuéntame los disparates que te dije, porque yo no me acuerdo.

—¡Ay!, fueron muchos; pero muchos... Gracias que no había más público que yo.

—Vamos, con franqueza...; estuve inaguantable.

—Tú lo has dicho...

—Es que no sé... En mi vida, puedes creerlo, he cogido una *turca* como la que cogí anoche. El maldito inglés tuvo la culpa, y me la ha de pagar. ¡Dios mío, cómo me puse!... Y ¿qué dije, qué dije?... No hagas caso, vida mía, porque seguramente dije mil cosas que no son verdad. ¡Qué bochorno! ¿Estás enfadada? No, si no hay para qué...

—Cierto. Como estabas...

Jacinta no se atrevió a decir "borracho". La palabra horrible negábase a salir de su boca.

—Dilo, hija. Di *ajumao,* que es más bonito y atenúa un poco la gravedad de la falta.

—Pues como estabas *ajumaíto,* no eras responsable de lo que decías.

—Pero qué, ¿se me escapó alguna palabra que te pudiera ofender?

—No; sólo una media docena de voces elegantes, de las que usa la alta sociedad. No las entendí bien.

Lo demás bien clarito estaba, demasiado clarito. Lloraste por tu *Pitusa* de tu alma, y te llamabas miserable por haberla abandonado. Créelo: te pusiste que no había por dónde cogerte.

—Vaya, hija; pues ahora, con la cabeza despejada, voy a decirte dos palabritas para que no me juzgues peor de lo que soy.

Se fueron de paseo por las Delicias abajo, y sentados en solitario banco, vueltos de cara al río, charlaron un rato. Jacinta se quería comer con los ojos a su marido, adivinándole las palabras antes de que las dijera, y confrontándolas con la expresión de los ojos a ver si eran sinceras. ¿Habló Juan con verdad? De todo hubo. Sus declaraciones eran una verdad refundida como las comedias antiguas. El amor propio no le permitía la reproducción fiel de los hechos. Pues, señor..., al volver de Plencia ya comprometido a casarse y enamorado de su novia, quiso saber qué vuelta llevó Fortunata, de quien no había tenido noticias en tanto tiempo. No le movía ningún sentimiento de ternura, sino la compasión y el deseo de socorrerla si se veía en un mal paso. *Platón* estaba fuera de Madrid, y su mujer en el otro mundo. No se sabía tampoco adónde diantres había ido a parar el picador; pero Segunda había traspasado la huevería y tenía en la misma Cava, un poco más abajo, cerca ya de la escalerilla, una covacha a que daba el nombre de *establecimiento*. En aquella caverna habitaba y hacía el café, que vendía por la mañana a la gente del mercado. Cuatro cacharros, dos sillas y una mesa componían el ajuar. En el resto del día prestaba servicios en la taberna del *pulpitillo*. Había venido tan a menos, en lo físico y en lo económico, que a su antiguo tertulio le costó trabajo reconocerla.

—¿Y la otra?...

Porque esto era lo que importaba.

## VII

Santa Cruz tardó algún tiempo en dar la debida respuesta. Hacía rayas en el suelo con el bastón. Por fin, se expresó así:

—Supe que, en efecto, había...

Jacinta tuvo la piedad de evitarle las últimas palabras de la oración, diciéndolas ella. Al *Delfín* se le quitó un peso de encima.

—Traté de verla..., la busqué por aquí y por allá... y nada... Pero qué ¿no lo crees? Después no pude ocuparme de nada. Sobrevino la muerte de tu mamá. Transcurrió algún tiempo sin que yo pensara en semejante cosa, y no debo ocultarte que sentía cierto escozorcillo aquí, en la conciencia... Por enero de este año, cuando me preparaba a hacer diligencias, una amiga de Segunda me dijo que la *Pitusa* se había marchado de Madrid. ¿Adónde? ¿Con quién? Ni entonces lo supe, ni lo he sabido después. Y ahora te juro que no la he vuelto a ver más, ni he tenido noticias de ella.

La esposa dio un gran suspiro. No sabía por qué; pero tenía sobre su alma cierta pesadumbre, y en su rectitud tomaba para sí parte de la responsabilidad de su marido en aquella falta; porque falta había sin duda. Jacinta no podía considerar de otro modo el hecho del abandono, aunque éste significara el triunfo del amor legítimo sobre el criminal, y del matrimonio sobre el amancebamiento... No podían entretenerse más en ociosas habladurías, porque pensaban irse a Cádiz aquella tarde, y era preciso disponer el equipaje y comprar algunas chucherías. De cada población se habían de llevar a Madrid regalitos para todos. Con la actividad propia de un día de viaje, las compras y algunas despedidas, se distrajeron tan bien ambos de aquellos desagradables pensamientos, que por la tarde ya éstos se habían desvanecido.

Hasta tres días después no volvió

a rebullir en la mente de Jacinta el gusanillo aquel. Fue cosa repentina, provocada por no sé qué, por esas misteriosas iniciativas de la memoria, que no sabemos de dónde salen. Se acuerda uno de las cosas contra toda lógica, y a veces el encadenamiento de las ideas es una extravagancia y hasta una ridiculez. ¿Quién creería que Jacinta se acordó de Fortunata al oír pregonar las *bocas de la Isla?* Porque dirá el curioso, y con razón, que qué tienen que ver las bocas con aquella mujer. Nada, absolutamente nada.

Volvían los esposos de Cádiz en el tren correo. No pensaban detenerse ya en ninguna parte, y llegarían a Madrid de un tirón. Iban muy gozosos, deseando ver a la familia y darle a cada uno su regalo. Jacinta, aunque picada del gusanillo aquel, había resuelto no volver a hablar de tal asunto, dejándolo sepultado en la memoria, hasta que el tiempo lo borrara para siempre. Pero al llegar a la estación de Jerez ocurrió algo que hizo revivir, inesperadamente, lo que ambos querían olvidar. Pues, señor..., de la cantina de la estación vieron salir al condenado inglés de la noche de marras, el cual les conoció al punto, y fue a saludarles, muy fino y galante, y a ofrecerles unas cañas. Cuando se vieron libres de él, Santa Cruz le echó mil pestes, y dijo que algún día había de tener ocasión de darle el *par de galletas* que se tenía ganadas.

—Este danzante tuvo la culpa de que yo me pusiera aquella noche como me puse y de que te contara aquellos horrores...

Por aquí empezó a enredarse la conversación, hasta recaer otra vez en el *punto negro.* Jacinta no quería que se le quedara en el alma una idea que tenía, y a la primera ocasión la echó fuera de sí.

—¡Pobres mujeres! —exclamó—. Siempre la peor parte para ellas.

—Hija mía, hay que juzgar las cosas con detenimiento, examinar las circunstancias..., ver el medio ambiente... —dijo Santa Cruz, preparando todos los chirimbolos de esa dialéctica convencional con la cual se prueba todo lo que se quiere.

Jacinta se dejó hacer caricias. No estaba enfadada. Pero en su espíritu ocurría un fenómeno muy nuevo para ella. Dos sentimientos diversos se barajaban en su alma, sobreponiéndose el uno al otro alternativamente. Como adoraba a su marido, sentíase orgullosa de que éste hubiese despreciado a otra para tomarla a ella. Este orgullo es primordial y existirá siempre, aun en los seres más perfectos. El otro sentimiento procedía del fondo de rectitud que lastraba aquella noble alma y le inspiraba una protesta contra el ultraje y despiadado abandono de la desconocida. Por más que el *Delfín* lo atenuase, había ultrajado a la Humanidad. Jacinta no podía ocultárselo a sí misma. Los triunfos de su amor propio no le impedían ver que debajo del trofeo de su victoria había una víctima aplastada. Quizá la víctima merecía serlo; pero la vencedora no tenía nada que ver con que lo mereciera o no, y en el altar de su alma le ponía a la tal víctima una lucecita de compasión.

Santa Cruz, en su perspicacia, lo comprendió, y trataba de librar a su esposa de la molestia de compadecer a quien sin duda no lo merecía. Para esto ponía en funciones toda la maquinaria, más brillante que sólida, de su raciocinio, aprendido en el comercio de las liviandades humanas y en someras lecturas.

—Hija de mi alma, hay que ponerse en la realidad. Hay dos mundos: el que se ve y el que no se ve. La sociedad no se gobierna con las ideas puras. Buenos andaríamos... No soy tan culpable como parece a primera vista; fíjate bien. Las diferencias de educación y de clase establecen siempre una gran diferencia de procederes en las relaciones humanas. Esto no lo dice el Decálogo; lo dice la realidad. La conducta social tiene sus leyes, que en ninguna parte están escritas; pero que se sienten y no se pueden conculcar. Faltas cometí, ¿quién lo duda?; pero imagínate que hubiera seguido entre aquella gente, que *hubiera cumplido mis compromisos* con la *Pitusa*... No te quiero decir más. Veo que te ríes. Eso me prueba que hubiera sido un absurdo, una locura, recorrer lo que, visto de allá, parecía el camino derecho. Visto de acá, ya es otro distinto. En cosas de moral, lo recto y lo torcido son según de donde se mire. No había, pues, más remedio que hacer lo que hice, y salvarme... Caiga el que caiga. El mundo es así. Debía yo salvarme, ¿sí o no? Pues debiendo salvarme, no había más remedio que lanzarme fuera del barco que se sumergía. En los naufragios siempre hay alguien que se ahoga... Y en el caso concreto del abandono hay también mucho que hablar. Ciertas palabras no significan nada por sí. Hay que ver los hechos... Yo la busqué para socorrerla; ella no quiso parecer. Cada cual tiene su destino. El de ella era ése: no parecer cuando yo la buscaba.

Nadie diría que el hombre que de este modo razonaba, con arte tan sutil y paradójico, era el mismo que noches antes, bajo la influencia de una bebida espirituosa, había vaciado toda su alma con esa sinceridad brutal y disparada que sólo puede compararse al vómito físico, producido por un emético muy fuerte. Y después, cuando el despejo de su cerebro le hacía dueño de todas sus triquiñuelas de hombre leído y mundano, no volvió a salir de sus labios ni un solo vocablo soez, ni una sola espontaneidad de aquellas que existían dentro de él, como existen los trapos de colorines en algún rincón de la casa del que ha sido cómico, aunque sólo lo haya sido de afición. Todo era convencionalismo y frase ingeniosa en aquel hombre que se había emperejilado intelectualmente, cortándose una levita para las ideas y planchándole los cuellos al lenguaje.

Jacinta, que aún tenía poco mundo, se dejaba alucinar por las dotes seductoras de su marido. Y le quería tanto, quizá por aquellas mismas dotes y por otras, que no necesitaba hacer ningún esfuerzo para creer cuanto le decía, si bien creía por fe, que es sentimiento, más que por convicción. Largo rato charlaron, mezclando las discusiones con los cariños discretos (porque en Sevilla entró gente en el coche y no había que pensar en la *besadera);* y cuando vino la noche sobre España, cuyo radio iban recorriendo, se durmieron allá por Despeñaperros, soñaron con lo mucho que se querían, y despertaron, al fin, en Alcázar, con la idea placentera de llegar pronto a Madrid, de ver a la familia, de contar todas las peripecias del viaje (menos la escenita de la noche aquella) y de repartir los regalos.

A Estupiñá le llevaban un bastón que tenía por puño la cabeza de una cotorra.

## CAPÍTULO VI

### MÁS Y MÁS PORMENORES REFERENTES A ESTA ILUSTRE FAMILIA

### I

Pasaban meses, pasaban años, y en aquella dichosa casa todo era paz y armonía. No se ha conocido en Madrid familia mejor avenida que la de Santa Cruz, compuesta de dos parejas; ni es posible imaginar una compatibilidad de caracteres como la que existía entre Barbarita y Jacinta. He visto juntas muchas veces a la suegra y a la nuera y, ¡por Dios!, que se manifestaba muy poco en ellas la diferencia de edades. Barbarita conservaba a los cincuenta y tres años una frescura maravillosa, el talle perfecto y la dentadura sorprendente. Verdad que tenía el cabello casi enteramente blanco, el cual más parecía empolvado, conforme al estilo Pompadour, que encanecido por la edad. Pero lo que la hacía más joven era su afabilidad constante, aquel sonreír gracioso y benévolo con que iluminaba su rostro.

De veras que no tenían por qué quejarse de su destino aquellas cuatro personas. Se dan casos de individuos y familias a quienes Dios no les debe nada, y, sin embargo, piden y piden. Es que hay en la naturaleza humana un vicio de mendicidad; eso no tiene duda. Ejemplo, los de Santa Cruz, que gozaban de salud cabal, eran ricos, estimados de todo el mundo y se querían entrañablemente. ¿Qué les hacía falta? Parece que nada. Pues alguno de los cuatro pordioseaba. Es que cuando un conjunto de circunstancias favorables pone en las manos del hombre gran cantidad de bienes, privándole de uno solo, la fatalidad de nuestra naturaleza o el principio de descontento que existe en nuestro barro constitutivo le impulsan a desear precisamente lo poquito que no se le ha otorgado. Salud, amor, riqueza, paz y otras ventajas no satisfacían el alma de Jacinta; y al año de casada, más aún, a los dos años, deseaba ardientemente lo que no tenía. ¡Pobre joven! Lo tenía todo, menos chiquillos.

Esta pena, que al principio fue desazón insignificante, impaciencia tan sólo, convirtióse pronto en dolorosa idea de vacío. Era poco cristiano, al decir de Barbarita, desesperarse por la falta de sucesión. Dios, que les diera tantos bienes, habíales privado de aquél. No había más remedio que resignarse, alabando la mano del que lo mismo muestra su omnipotencia dando que quitando.

De este modo consolaba a su nuera, que más le parecía hija; pero allá en sus adentros deseaba tanto como Jacinta la aparición de un muchacho que perpetuase la casta y les alegrase a todos. Se callaba este ardiente deseo por no aumentar la pena de la otra; mas atendía con ansia a todo lo que pudiera ser síntoma de esperanza de sucesión. Pero ¡quia! Pasaba un año, dos, y nada; ni aun siquiera esas presunciones vagas que hacen palpitar el corazón de las que sueñan con la maternidad, y a veces les hacen decir y hacer muchas tonterías.

—No tengas prisa, hija —decía Barbarita a su sobrina—. Eres muy joven. No te apures por los chiquillos, que ya los tendrás, y te cargarás de familia, y te aburrirás como se aburrió tu madre, y pedirás a Dios que no te dé más. ¿Sabes una cosa? Mejor estamos así. Los muchachos lo revuelven todo, y no dan más que disgustos. El sarampión, el garrotillo... ¡Pues nada te quiero decir de las amas!... ¡Qué calamidad!... Luego estás hecha una esclava... Que si comen, que si se indigestan, que si se caen y se abren la cabeza. Vienen después las inclinaciones que sacan. Si salen de mala índole..., si no estudian... ¡Qué sé yo!...

Jacinta no se convencía. Quería canarios de alcoba a todo trance, aunque salieran raquíticos y feos; aunque luego fueran traviesos, enfermos y calaveras; aunque de hombres la mataran a disgustos. Sus dos hermanas mayores parían todos los años, como su madre. Y ella nada, ni esperanzas. Para mayor contrasentido, Candelaria, que estaba casada con un pobre, había tenido dos de un vientre. ¡Y ella, que era rica, no tenía ni siquiera medio!... Dios estaba ya chocho, sin duda.

Vamos ahora a otra cosa. Los de Santa Cruz, como familia respetabilísima y rica, estaban muy bien relacionados y tenían amigos en todas las esferas, desde la más alta a la más baja. Es curioso observar cómo nuestra edad, por otros conceptos infeliz, nos presenta una dichosa confusión de todas las clases, mejor dicho, la concordia y reconciliación de todas ellas. En esto aventaja nuestro país a otros, donde están pendientes de sentencia los graves pleitos históricos de la igualdad. Aquí se ha resuelto el problema sencilla y pacíficamente, gracias al temple democrático de los españoles y a la escasa vehemencia de las preocupaciones nobiliarias. Un gran defecto nacional, la empleomanía, tiene también su parte en esta gran conquista. Las oficinas han sido el tronco en que se han injertado las ramas históricas, y de ellas han salido amigos el noble tronado y el plebeyo ensoberbecido por un título universitario; y de amigos, pronto han pasado a parientes. Esta confusión es un bien, y gracias a ella no nos aterra el contagio de la guerra social, porque tenemos ya en la masa de la sangre un socialismo atenuado e inofensivo. Insensiblemente, con la ayuda de la burocracia, de la pobreza y de la educación académica que todos los españoles reciben, se han ido compenetrando las clases todas, y sus miembros se introducen de una en otra, tejiendo una red espesa que amarra y solidifica la masa nacional. El nacimiento no significa nada entre nosotros, y todo cuanto se dice de los pergaminos es conversación. No hay más diferencias que las esenciales, las que se fundan en la buena o mala educación, en ser tonto o discreto, en las desigualdades del espíritu, eternas como los atributos del espíritu mismo. La otra determinación positiva de clases, el dinero, están fundada en principios económicos tan inmutables como las leyes físicas, y querer impedirla viene a ser lo mismo que intentar beberse la mar.

Las amistades y parentescos de las familias de Santa Cruz y Arnáiz pueden ser ejemplo de aquel feliz revoltijo de las clases sociales; mas ¿quién es el guapo que se atreve a formar estadística de las ramas de tan dilatado y laberíntico árbol, que más bien parece enredadera, cuyos vástagos se cruzan, suben, bajan y se pierden en los huecos de un follaje densísimo? Sólo se puede intentar tal empresa con la ayuda de Estupiñá, que sabe al dedillo la historia de todas las familias comerciales de Madrid y todos los enlaces que se han hecho en medio siglo. Arnáiz el gordo también se pirra por hablar de linajes y por buscar parentescos, averiguando orígenes humildes de fortunas orgullosas, y haciendo hincapié en la desigualdad de ciertos matrimonios, a los cuales, en rigor de verdad, se debe la formación del terreno democrático sobre que se asienta la sociedad española. De una conversación entre Arnáiz y Estupiñá han salido las siguientes noticias.

## II

Ya sabemos que la madre de don Baldomero Santa Cruz y la de Gumersindo y Barbarita Arnáiz eran parientes y venían del Trujillo extremeño y albardero. La actual casa de banca *Trujillo* y *Fernández,* de una respetabilidad y solidez intachables, procede del mismo tronco. Barbarita es, pues, pariente del jefe de aquella casa, aunque su parentesco resulta algo lejano. El primer conde de Trujillo está casado con una de las hijas del famoso negociante Casarredonda, que hizo colosal fortuna vendiendo fardos de *Coruñas* y *Viveros* para vestir a la tropa y a la Milicia Nacional. Otra de las hijas del marqués de Casarredonda era duquesa de Gravelinas. Ya tenemos aquí perfectamente enganchados a la aristocracia antigua y al comercio moderno.

Pero existe en Cádiz una antigua y opulenta familia comercial que sirvió como ninguna para enredar más la madeja social. Las hijas del famoso Bonilla, importador de pañolería y después banquero y extractor de vinos, casaron: la una, con Sánchez Botín, propietario, de quien vino la generala Minio, la marquesa de Tellería y Alejandro Sánchez Botín; la otra, con uno de los Morenos de Madrid, cofundador de los Cinco Gremios y del Banco de San Fernando, y la tercera, con el duque de Trastamara, de donde vino Pepito Trastamara. El hijo único de Bonilla casó con una Trujillo.

Pasemos ahora a los Morenos, procedentes del valle de Mena, una de las familias más dilatadas y que ofrecen más desigualdades y contraste en sus infinitos y desparramados miembros. Arnáiz y Estupiñá disputan, sin llegar a entenderse, sobre si el tronco de los Morenos estuvo en una droguería o en una peletería. En esto reina cierta oscuridad, que no se disipará mientras no venga uno de estos averiguadores fanáticos que son capaces de contarle a Noé los pelos que tenía en la cabeza y el número de *eses* que hizo cuando cogió la primera *pítima* de que la Historia tiene noticia. Lo que sí se sabe es que un Moreno casó con una Isla-Bonilla a principios del siglo, viniendo de aquí la Casa de Giro, que, del 19 al 35, estuvo en la subida de Santa Cruz, junto a la iglesia, y después en la plazuela de Pontejos. Por la misma época hallamos un Moreno en la Magistratura, otro en la Armada, otro en el Ejército y otro en la Iglesia. La Casa de Banca no era ya *Moreno* en 1870, sino *Ruiz-Ochoa y Compañía,* aunque uno de sus principales socios era don Manuel Moreno-Isla. Tenemos diferentes estirpes del tronco remotísimo de los Morenos. Hay los Moreno-Isla, los Moreno-Vallejo y los Moreno-Rubio, o sea, los Morenos ricos y los Morenos pobres, ya tan distantes unos de otros que muchos ni se tratan ni se consideran afines. Castita Moreno, aquella presumida amiga de Barbarita en la escuela de la calle Imperial, había nacido de los Morenos ricos, y fue a parar, con los vaivenes de la vida, a los Morenos pobres. Se casó con un farmacéutico de la interminable familia de los Samaniegos, que también tienen su puesto aquí. Una joven perteneciente a los Morenos ricos casó con un Pacheco, aristócrata segundón, hermano del duque de Gravelinas, y de esta unión vino Guillermina Pacheco, a quien conoceremos luego. Ved ahora cómo una rama de los Morenos se mete entre el follaje de los Gravelinas, donde ya se engancha también el ramojo de los Trujillos, el cual venía ya trabado con los Arnáiz de Madrid y con los Bonillas de Cádiz, formando una maraña cuyos hilos no es posible seguir con la vista.

Aún hay más. Don Pascual Muñoz, dueño de un acreditadísimo establecimiento de hierros en la calle de Tintoreros, progresista de inmenso prestigio en los barrios del Sur, verdadera potencia electoral y política en Madrid, casó con una Moreno de no sé qué rama, emparentada con Mendizábal y con Bonilla, de Cádiz. Su hijo, que después fue marqués de Casa-Muñoz, casó con la hija de Albert, el que daba la cara en las contratas de paños y lienzos con el Gobierno. Eulalia Moreno, hija también del don Pascual, y hermana del actual marqués, se unió a don Cayetano Villuendas, rico propietario de casas, progresista rancio. Dejemos sueltos estos cabos para tomarlos más adelante.

Los Samaniegos, oriundos, como los Morenos, del país de Mena, también son ciento y la madre. Ya sabemos que la hija segunda de Gumersindo Arnáiz, hermana de Jacinta, casó con Pepe Samaniego, hijo de un droguista arruinado de la Concepción Jerónima... Hay muchos Samaniegos en el comercio menudo, y leyendo el instructivo libro de los rótulos de tiendas, se encuentra la *Farmacia de Samaniego* en la calle del Ave María (cuyo dueño era el marido de Castita Moreno), y la *Carnicería de Samaniego,* en la de las Maldonadas. Sin rótulo hay un Samaniego prestamista y medio curial, otro cobrador del Banco, otro que tiene tienda de sedas en la calle de Botoneras, y, por fin, varios que son horteras en diferentes tiendas. El Samaniego agente de Bolsa es primo de éstos.

La hija mayor de Gumersindo Arnáiz se casó con Ramón Villuendas, ya viudo con dos hijos, célebre cambiante de la calle de Toledo, la casa de Madrid que más trabaja en el negocio de moneda. Un hermano de éste casó con la hija de la viuda de Aparisi, dueño de la camisería en que fue dependiente Pepe Samaniego. El tío de ambos, don Cayetano Villuendas, progresistón y riquísimo casero, era el esposo de Eulalia Muñoz, y su gran fortuna procedía del negocio de curtidos en una época anterior a la de Céspedes. Ya se ató el cabo que quedara pendiente poco ha.

Ahora se nos presentan algunos ramos que parecen sueltos y no lo están. Pero ¿quién podrá descubrir su misterioso enlace con los revueltos y cruzados vástagos de esta colosal enredadera? ¿Quién puede indagar si Dámaso Trujillo, el que puso en la Plaza Mayor la zapatería *Al Ramo de Azucenas,* pertenece al genuino linaje de los Trujillos antes mencionados? ¿Cuál será el averiguador que se lance a poner en claro si el dueño de *El Buen Gusto,* un tenducho de mantas de la calle de la Encomienda, es pariente indudable de los Villuendas ricos? Hay quien dice que Pepe Moreno Vallejo, el cordelero de la Concepción Jerónima, es primo hermano de don Manuel Moreno-Isla, uno de los Morenos que atan perros con longaniza; y se dice que un Arnáiz, empleado de poco sueldo, es pariente de Barbarita. Hay un Muñoz y Aparisi, tripicallero en las inmediaciones del Rastro, que se supone primo segundo del marqués de Casa-Muñoz y de su hermana la viuda de Aparisi; y, por fin, es preciso hacer constar que un cierto Trujillo, jesuita, reclama un lugar en nuestra enredadera, y también hay que dársele al ilustrísimo obispo de Plasencia, fray Luis Moreno-Isla y Bonilla. Asimismo lleva en su árbol el nombre de Trujillo la mujer de Zalamero, subsecretario de Gobernación; pero su primer apellido es Ruiz Ochoa, y es hija de la distinguida persona que hoy está al frente de la Banca de Moreno.

Barbarita no se trataba con todos los individuos que aparecen en esta complicada enredadera. A muchos les esquivaba por hallarse demasiado altos; a otros, apenas los distinguía, por hallarse muy bajos. Sus amistades verdaderas, como los parentescos reconocidos, no eran en gran número, aunque sí abarcaban un círculo muy extenso, en el cual se entremezclaban todas las jerarquías. En un mismo día, al salir de paseo o de compras, cambiaba saludos más o menos afectuosos con la de Ruiz Ochoa, con la generala Minio, con Adela Trujillo, con un Villuendas rico, con un Villuendas pobre, con el pescadero pariente de Samaniego, con la duquesa de Gravelinas, con un Moreno Vallejo magistrado, con un Moreno Rubio médico, con un Moreno Jáuregui sombrerero, con un Aparisi canónigo, con varios horteras, con tan diversa gente, en fin, que otra persona de menos tino habría trocado los nombres y tratamientos.

La mente más segura no es capaz de seguir en su laberíntico enredo las direcciones de los vástagos de este colosal árbol de linajes matritenses. Los hilos se cruzan, se pierden y reaparecen donde menos se piensa. Al cabo de mil vueltas para arriba y otras tantas para abajo se juntan, se separan, y de su empalme o bifurcación salen nuevos enlaces, madejas y marañas nuevas. Cómo se tocan lo. extremos del inmenso ramaje, es curioso de ver, por ejemplo, cuando Pepito Trastamara, que lleva el nombre de los bastardos de don Alfonso XI, va a pedir dinero a Cándido Samaniego, prestamista usurero, individuo de la *Sociedad protectora de señoritos necesitados.*

## III

Los de Santa Cruz vivían en su casa propia de la calle de Pontejos, dando frente a la plazuela del mismo nombre: finca comprada al difunto Aparisi, uno de los socios de la Compañía de Filipinas. Ocupaban los dueños el principal, que era inmenso, con doce balcones a la calle y mucha comodidad interior. No lo cambiara Barbarita por ninguno de los modernos hoteles, donde todo se vuelve escaleras y están además abiertos a los cuatro vientos. Allí tenía número sobrado de habitaciones, todas en un solo andar desde el salón a la cocina. Ni trocara tampoco su barrio, aquel *riñón de Madrid* en que había nacido, por ninguno de los caseríos flamantes que gozan fama de más ventilados y alegres. Por más que dijeran, el barrio de Salamanca es *campo*... Tan apegada era la buena señora al terruño de su arrabal nativo, que para ella no vivía en Madrid quien no oyera por las mañanas el ruido cóncavo de las cubas de los aguadores en la fuente de Pontejos; quien no sintiera por mañana y tarde la batahola que arman los coches correos; quien no recibiera a todas horas el hálito tenderil de la calle de Postas, y no escuchara por Navidad los zambombazos y panderetazos de la plazuela de Santa Cruz; quien no oyera las campanadas del reloj de la casa de Correos, tan claras como si estuvieran dentro de la casa; quien no viera pasar a los cobradores del Banco cargados de dinero y a los carteros salir en procesión. Barbarita se había acostumbrado a los ruidos de la vecindad, cual si fueran amigos, y no podía vivir sin ellos.

La casa era tan grande, que los dos matrimonios vivían en ella holgadamente y les sobraba espacio. Tenían un salón algo anticuado, con tres balcones. Seguía por la izquierda el gabinete de Barbarita, luego otro aposento, después la alcoba. A la derecha del salón estaba el despacho de Juanito, así llamado no porque éste tuviese nada que despachar allí, sino porque había mesa con tintero y dos hermosas librerías. Era una habitación muy bien puesta y cómoda. El gabinetito de Jacinta, inmediato a esta pieza, era la estancia más bonita y elegante de la casa y la única tapizada con tela; todas las demás lo estaban con colgadura de papel, de un arte dudoso, dominando los grises y tórtola con oro. Veíanse en esta pieza algunas acuarelas muy lindas compradas por Juanito, y dos o tres óleos ligeros, todo selecto y de regulares firmas, porque Santa Cruz tenía buen gusto dentro del gusto vigente. Los muebles eran de raso o de felpa y seda combinadas con arreglo a la moda, siendo de notar que lo que allí se veía no chocaba por original ni tampoco por rutinario. Seguía luego la alcoba del matrimonio joven, la cual se distinguía principalmente de la paterna en que en ésta había lecho común y los jóvenes los tenían separados. Sus dos camas de palo santo eran muy elegantes, con pabellones de seda azul. La de los padres parecía un andamiaje de caoba con cabecera de morrión y columnas como las de un sagrario de Jueves Santo. La alcoba *de los pollos* se comunicaba con habitaciones de servicio, y le seguían dos grandes piezas, que Jacinta destinaba a los niños... cuando Dios se los diera. Hallábanse amuebladas con lo que iba sobrando de los aposentos que se ponían de nuevo, y su aspecto era por demás heterogéneo. Pero el arreglo definitivo de estas habitaciones vacantes existía completo en la imaginación de Jacinta, quien ya tenía previstos hasta los últimos detalles de todo lo que se había de poner allí cuando el caso llegara.

El comedor era interior, con tres ventanas al patio, su gran mesa y aparadores de nogal llenos de finísima loza de China, la consabida sillería de cuero claveteado, y en las paredes papel imitando roble, listones claveteados también, y los bodegones al óleo, no malos, con la invariable raja de sandía, el conejo muerto y unas ruedas de merluza que de tan bien pintadas parecía que olían mal. Asimismo era interior el despacho de don Baldomero.

Estaban abonados los de Santa Cruz a un landó. Se les veía en los paseos; pero su tren era de los que *no llaman la atención.* Juan solía tener por temporadas un faetón o un tílburi, que guiaba muy bien, y también tenía caballo de silla; mas le picaba tanto la comezón de la variedad, que a poco de montar un caballo ya empezaba a encontrarle defectos y quería venderlo para comprar otro. Los dos matrimonios se daban buena vida, pero sin presumir, huyendo siempre de señalarse y de que los periódicos les llamaran *anfitriones.* Comían bien; en su casa había muy poca etiqueta y cierto patriarcalismo, porque a veces se sentaban a la mesa personas de clase humilde y otras muy decentes que habían venido a menos. No tenían cocinero de estos de gorro blanco, sino una cocinera antigua muy bien amañada, que podía medir sus talentos con cualquier *jefe;* y la ayudaban dos *pinchas,* que más bien eran alumnas.

Todos los primeros de mes recibía Barbarita de su esposo mil duretes. Don Baldomero disfrutaba una renta de veinticinco mil pesos, parte de alquileres de sus casas, parte de acciones del Banco de España, y lo demás de la participación que conservaba en su antiguo almacén. Daba además a su hijo dos mil duros cada semestre para sus gastos particulares, y en diferentes ocasiones le ofreció un pequeño capital para que emprendiera negocios por sí; pero al chico le iba bien con su dorada indolencia y no quería quebraderos de cabeza. El resto de su renta lo capitalizaba don Baldomero, bien adquiriendo más acciones cada año, bien amasando para hacerse con una casa más. De aquellos mil duros que la señora cogía cada mes, daba al *Delfín* dos o tres mil reales, que con esto y lo que del papá recibía estaba como en la gloria; y los diecisiete mil reales restantes eran para el gasto diario de la casa y para los de ambas damas, que allá se las arreglaban muy bien en la distribución, sin que jamás hubiese entre ellas el más ligero pique por un duro de más o de menos. Del gobierno doméstico cuidaban las dos, pero más particularmente la suegra, que mostraba ciertas tendencias al despotismo ilustrado. La nuera tenía el delicado talento de respetar esto, y cuando veía que alguna disposición suya era derogada por la autócrata, mostrábase conforme. Barbarita era administradora general de puertas adentro, y su marido mismo, después que religiosamente le entregaba el dinero, no tenía que pensar en nada de la casa, como no fuese en los viajes de verano. La señora lo pagaba todo, desde el alquiler del coche a la peseta de *El Imparcial,* sin que necesitara llevar cuentas para tan complicada distribución, ni apuntar cifra alguna. Era tan admirable su tino aritmético, que ni una sola vez pasó más allá de la indecisa raya que tan fácilmente traspasan los ricos; llegaba el fin de mes y siempre había un *superavit,* con el cual ayudaba a ciertas empresas caritativas de que se hablará más adelante. Jacinta gastaba siempre mucho menos de lo que su suegra le daba para menudencias, no era aficionada a estrenar a menudo, ni a enriquecer a las modistas. Los hábitos de economía adquiridos en su niñez estaban tan arraigados, que, aunque nunca le faltó dinero, traía a casa una costurera para hacer trabajillos de ropa y arreglos de trajes que otras señoras menos ricas suelen encargar fuera. Y por dicha suya, no tenía que calentarse la cabeza para discurrir el empleo de sus sobrantes, pues allí estaba su hermana Candelaria, que era pobre y se iba cargando de familia. Sus hermanitas solteras también recibían de ella frecuentes dádivas; ya los sombreritos de moda, ya el *fichú* o la manteleta, y hasta vestidos completos acabados de venir de París.

El abono que tomaron en el Real a un turno de palco principal fue idea de don Baldomero, quien no tenía malditas ganas de oír óperas, pero quería que Barbarita fuera a ellas para que le contase, al acostarse o después de acostados, todo lo que había visto en el *regio coliseo* Resultó que a Barbarita no la llamaba mucho el Real; mas aceptó con gozo para que fuera Jacinta. Ésta, a su vez, no tenía verdaderamente muchas ganas de teatro; pero alegróse mucho de poder llevar al Real a sus hermanitas solteras, porque las pobrecillas, si no fuera así, no lo catarían nunca. Juan, que era muy aficionado a la música, estaba abonado a diario, con seis amigos, a un palco alto de proscenio.

Las de Santa Cruz no llamaban la atención en el teatro, y si alguna mirada caía sobre el palco era para las pollas colocadas en primer término con simetría de escaparate. Barbarita solía ponerse en primera fila para echar los gemelos en redondo y poder contarle a Baldomero algo más que cosas de decoraciones y del argumento de la ópera. Las dos hermanas casadas, Candelaria y Benigna, iban alguna vez; Jacinta, casi siempre; pero se divertía muy poco. Aquella mujer mimada por Dios, que la puso rodeada de ternura y bienandanzas en el lugar más sano, hermoso y tranquilo de este valle de lágrimas, solía decir en tono quejumbroso que *no tenía gusto para nada.* La envidiada de todos envidiaba a cualquier mujer pobre y descalza que pasase por la calle con un mamón en brazos liado en trapos. Se le iban los ojos tras de la infancia en cualquier forma que se le presentara, ya fuesen los niños ricos, vestidos de marineros y conducidos por la institutriz inglesa, ya los mocosos pobres, envueltos en bayeta amarilla, sucios, con caspa en la cabeza y en la mano un pedazo de pan lamido. No aspiraba ella a tener uno solo, sino que quería verse rodeada de una *serie,* desde el pillín de cinco años, hablador y travieso, hasta el rorro de meses que no hace más que reír como un bobo, tragar leche y apretar los puños. Su desconsuelo se manifestaba a cada instante, ya cuando encontraba una bandada que iba al colegio, con sus pizarras al hombro y el lío de libros llenos de mugre; ya cuando le salía al paso algún precoz mendigo cubierto de andrajos, mostrando para excitar la compasión sus carnes sin abrigo y los pies descalzos, llenos de sabañones. Pues como viera los alumnos de la Escuela Pía, con su uniforme galonado y sus guantes, tan limpios y bien puestos que parecían caballeros chiquitos, se los comía con los ojos. Las niñas vestidas de rosa o celeste que juegan a la rueda en el Prado y que parecen flores vivas que se han caído de los árboles; las pobrecitas que envuelven su cabeza en una toquilla agujereada; los que hacen sus primeros pinitos en la puerta de una tienda agarrándose a la pared; los que chupan el seno de sus madres mirando por el rabo del ojo a la persona que se acerca a curiosear; los pilletes que enredan en las calles o en el solar vacío arrojándose piedras y rompiéndose la ropa para desesperación de las madres; las nenas que en Carnaval se visten de chulas y se contonean con la mano clavada en la cintura; las que piden para la Cruz de Mayo; los talluditos que usan ya bastón y ganan premios en los colegios y los que en las funciones de teatro por la tarde sueltan el grito en la escena más interesante, distrayendo a los actores y enfureciendo al público..., todos, en una palabra, le interesaban igualmente.

## IV

Y de tal modo se iba enseñoreando de su alma el afán de la maternidad, que pronto empezó a embotarse en ella la facultad de apreciar las ventajas que disfrutaba. Éstas llegaron a ser para ella invisibles, como lo es para todos los seres el fundamental medio de nuestra vida, la atmósfera. Pero ¿qué hacía Dios que no mandaba uno siquiera de los chiquillos que en número infinito tiene por allá? ¿En qué estaba pensando su Divina Majestad? Y Candelaria, que apenas tenía con qué vivir, ¡uno cada año!... Y que vinieran diciendo que hay equidad en el Cielo... Sí; no está mala justicia la de arriba...; sí..., ya lo estamos viendo... De tanto pensar en esto, parecía en ocasiones monomaniaca, y tenía que apelar a su buen juicio para no dar a conocer el desatino de su espíritu, que casi casi iba tocando en la ridiculez. ¡Y le ocurrían cosas tan raras...! Su pena tenía las intermitencias más extrañas, y después de largos períodos de sosiego se presentaba impetuosa y aguda, como un mal crónico que está siempre en acecho para acometer cuando menos se le espera. A veces, una palabra insignificante que en la calle o en su casa oyera, o la vista de cualquier objeto, le encendían de súbito en la mente la llama de aquel tema, produciéndole opresiones en el pecho y un sobresalto inexplicable.

Se distraía cuidando y mimando a los niños de sus hermanas, a los cuales quería entrañablemente; pero siempre había entre ella y sus sobrinitos una distancia que no podía llenar. No eran suyos, no los había *tenido* ella, no se los sentía unidos a sí por un hilo misterioso. Los verdaderamente unidos no existían más que en su pensamiento, y tenía que encender y avivar éste, como una fragua, para forjarse las alegrías verdaderas de la maternidad. Una noche salió de la casa de Candelaria para volverse a la suya poco antes de la hora de comer. Ella y su hermana se habían puesto de puntas por una tontería, porque Jacinta mimaba demasiado a Pepito, nene de tres años, el primogénito de Samaniego. Le compraba juguetes caros, le ponía en la mano, para que las rompiera, las figuras de China de la sala, y le permitía comer mil golosinas.

—¡Ah! Si fueras madre de verdad, no harías esto...

—Pues si no lo soy, mejor... ¿A ti qué te importa?

—A mí, nada. Dispensa, hija. ¡Qué genio!

—Si no me enfado...

—¡Vaya, que estás mimadita!

Estas y otras tonterías no tenían consecuencias, y al cuarto de hora se echaban a reír, y en paz. Pero aquella noche, al retirarse, sentía la *Delfina* ganas de llorar. Nunca se había mostrado en su alma de un modo tan imperioso el deseo de tener hijos. Su hermana la había humillado, su hermana se enfadaba de que quisiera tanto al sobrinito. ¿Y aquello qué era sino celos?... Pues cuando ella tuviera un chico, no permitiría a nadie ni siquiera mirarle... Recorrió el espacio desde la calle de las Hileras a la de Pontejos extraordinariamente excitada, sin ver a nadie. Llovía un poco y ni siquiera se acordó de abrir su paraguas. El gas de los escaparates estaba encendido, pero Jacinta, que acostumbraba pararse a ver las novedades, no se detuvo en ninguna parte. Al llegar a la esquina de la plazuela de Pontejos, y cuando iba a atravesar la calle para entrar en el portal de su casa, que estaba enfrente, oyó algo que la detuvo. Corrióle un frío cortante por todo el cuerpo; quedóse parada, el oído atento a un rumor que al parecer venía del suelo, de entre las mismas piedras de la calle. Era un gemido, una voz de la naturaleza animal pidiendo auxilio y defensa contra el abandono y la muerte. Y el lamento era tan penetrante, tan afilado y agudo, que más que voz de un ser viviente parecía el sonido de la prima de un violín herida tenuemente en lo más alto de la escala. Sonaba de esta manera: *mii*... Jacinta miraba al suelo; porque sin duda el quejido aquel venía de lo profundo de la tierra. En sus desconsoladas entrañas lo sentía ella penetrar, traspasándole como una aguja el corazón. Busca por aquí, busca por allá, vio al fin junto a la acera por la parte de la plaza una de esas hendiduras practicadas en el encintado, que se llaman *absorbederos* en el lenguaje municipal, y que sirven para dar entrada en la alcantarilla al agua de las calles. De allí, sí, de allí venían aquellos lamentos que trastornaban el alma de la *Delfina,* produciéndole un dolor, una efusión de piedad que a nada pueden compararse. Todo lo que en ella existía de presunción materna, toda la ternura que los éxtasis de madre soñadora habían ido acumulando en su alma, se hicieron fuerza activa para responder al *miii* subterráneo con otro *miii* dicho a su manera.

¿A quién pediría socorro?

—Deogracias —gritó, llamando al portero.

Felizmente, el portero estaba en la esquina de la calle de la Paz hablando con un conductor del coche-correo, y al punto oyó la voz de su señorita. En cuatro trancos se puso a su lado.

—Deogracias..., eso... que ahí suena..., mira a ver... —dijo la señorita, temblando y pálida.

El portero prestó atención; después se puso de cuatro pies, mirando a su ama con semblante de marrullería y jovialidad.

—Pues... esto ... ¡Ah! Son unos gatitos que han tirado a la alcantarilla.

—¡Gatitos!... ¿Estás seguro...; pero estás seguro de que son gatitos?

—Sí, señorita; y deben de ser de la gata de la librería de ahí enfrente, que parió anoche y no los puede criar todos...

Jacinta se inclinó para oír mejor. El *miii* sonaba ya tan profundo que apenas se percibía.

—Sácalos —dijo la dama con voz de autoridad indiscutible.

Deogracias se volvió a poner en cuatro pies, se arremangó el brazo y lo metió por aquel hueco. Jacinta no podía advertir en su rostro la expresión de incredulidad, casi de burla. Llovía más, y por el absorbedero empezaba a entrar agua, chorreando dentro con un ruido de freidera que apenas permitía ya oír el ahilado *miii.* No obstante, la *Delfina* lo oía siempre bien claro. El portero volvió hacia arriba, como quien invoca al cielo, su cara estúpida, y dijo sonriendo:

—Señorita, no se puede. Están muy hondos..., pero muy hondos.

—Y ¿no se puede levantar esta baldosa? —indicó ella, pisando fuerte en ella.

—¿Esta baldosa? —repitió Deogracias, poniéndose en pie y mirando a su ama como se mira a la persona de cuya razón se duda—. Por poderse..., avisando al Ayuntamiento... El teniente alcalde señor Aparisi es vecino de casa... Pero...

Ambos aguzaban su oído.

—Ya no se oye nada —observó Deogracias, poniéndose más estúpido—. Se han ahogado...

No sabía el muy bruto la puñalada que daba a su ama con estas palabras. Jacinta, sin embargo, creía oír el gemido en lo profundo. Pero aquello no podía continuar. Empezó a ver la inmensa desproporción que había entre la grandeza de su piedad y la pequeñez del objeto a que la consagraba. Arreció la lluvia, y el absorbedero deglutaba ya una onda gruesa que hacía gargarismos y bascas al chocar con las paredes de aquel gaznate... Jacinta echó a correr hacia la casa y subió. Los nervios se le pusieron tan alborotados y el corazón tan oprimido, que sus suegros y su marido la creyeron enferma; y sufrió toda la noche la molestia indecible de oír constantemente el *miii* del absorbedero. En verdad que aquello era una tontería, quizá desorden nervioso; pero no lo podía remediar. ¡Ah! ¡Si su suegra sabía por Deogracias lo ocurrido en la calle, cuánto se había de burlar! Jacinta se avergonzaba de antemano, poniéndose colorada sólo de considerar que entraba Barbarita diciéndole con su maleante estilo:

—Pero, hija, ¿conque es cierto que mandaste a Deogracias meterse en las alcantarillas para salvar unos niños abandonados...?

Sólo a su marido, *bajo palabra de secreto,* contó el lance de los gatitos. Jacinta no podía ocultarle nada, y tenía un gusto particular en hacerle confianza hasta de las más vanas tonterías que por su cabeza pasaban referentes a aquel tema de la maternidad. Y Juan, que tenía talento, era indulgente con estos desvaríos del cariño vacante o de la maternidad sin hijo. Aventurábase ella a contarle cuanto le pasaba, y muchas cosas que a la luz del día no osara decir, decíalas en la intimidad y soledad conyugales, porque allí venían como de molde, porque allí se decían sin esfuerzo cual si se dijeran por sí solas, porque, en fin, los comentarios sobre la sucesión tenían como una base en la renovación de las probabilidades de ella.

## V

Hacía mal Barbarita, pero muy mal, en burlarse de la manía de su hija. ¡Como si ella no tuviera también su manía, y buena! Por cierto que llevaba a Jacinta la gran ventaja de poder satisfacerse y dar realidad a su pensamiento. Era una viciosa que se hartaba de los goces ansiados, mientras que la nuera padecía horriblemente por no poseer nunca lo que anhelaba. La satisfacción del deseo *chiflaba* a la una tanto como a la otra la privación del mismo.

Barbarita tenía la *chifladura* de las compras. Cultivaba el arte por el arte, es decir, la compra por la compra. Adquiría por el simple placer de adquirir, y para ella no había mayor gusto que hacer una excursión de tiendas y entrar luego en la casa cargada de cosas que, aunque no estaban de más, no eran de una necesidad absoluta. Pero no se salía nunca del límite que le marcaban sus medios de fortuna, y en esto precisamente estaba su magistral arte de marchante rica.

El vicio aquel tenía sus depravaciones, porque la señora de Santa Cruz no sólo iba a las tiendas de lujo, sino a los mercados, y recorría de punta a punta los cajones de la plazuela de San Miguel, las pollerías de la calle de la Caza y los puestos de la ternera fina en la costanilla de Santiago. Era tan conocida *doña Barbarita* en aquella zona, que las placeras se la disputaban y armaban entre sí grandes ciscos por la preferencia de una tan ilustre parroquiana.

Lo mismo en los mercados que en las tiendas tenía un auxiliar inestimable, un ojeador que tomaba aquellas cosas cual si en ello le fuera la salvación del alma. Éste era Plácido Estupiñá. Como vivía en la Cava de San Miguel, desde que se levantaba, a la primera luz del día, echaba una mirada de águila sobre los cajones de la Plaza. Bajaba cuando todavía estaba la gente tomando la mañana en las tabernas y en los cafés ambulantes, y daba un vistazo a los puestos, enterándose del cariz del mercado y de las cotizaciones. Después, bien embozado en la pañosa, se iba a San Ginés, adonde llegaba algunas veces antes de que el sacristán abriera la puerta. Echaba un párrafo con las beatas que le habían cogido la delantera, alguna de las cuales llevaba su chocolatera y cocinilla, y hacía su desayuno en el mismo pórtico de la iglesia. Abierta ésta, se metían todos dentro con tanta prisa como si fueran a coger puesto en una función de gran lleno, y empezaban las misas. Hasta la tercera o la cuarta no llegaba Barbarita, y en cuanto la veía entrar, Estupiñá se corría despacito hasta ella, deslizándose de banco en banco como una sombra, y se le ponía al lado. La señora rezaba en voz baja, moviendo los labios. Plácido tenía que decirle muchas cosas, y entrecortaba su rezo para irlas desembuchando.

—Va a salir la de don Germán en la capilla de los Dolores... Hoy reciben congrio en la casa de Martínez; me han enseñado los despachos de Laredo...; llena eres de gracia; el Señor es contigo...; coliflor no hay, porque no han venido los arrieros de Villaviciosa, por estar perdidos los caminos... ¡Con estas malditas aguas...!, y bendito es el fruto de tu vientre, Jesús.

Pasaba tiempo a veces sin que ninguno de los dos chistara, ella a un extremo del banco, él a cierta distancia, detrás, ora de rodillas, ora sentados. Estupiñá se aburría algunas veces, por más que no lo declarase, y le gustaba que alguna beata rezagada o beato sobón le preguntara por la misa: "¿Se alcanza ésta?" Estupiñá respondía que sí o que no de la manera más cortés, añadiendo siempre en el caso negativo algo que consolara al interrogador:

—Pero esté usted tranquilo; va a salir en seguida la del padre Quesada, que es una pólvora...

Lo que él quería era ver si saltaba conversación.

Después de un gran rato de silencio, consagrado a las devociones, Barbarita se volvía a él, diciéndole con altanería impropia de aquel santo lugar:

—Vaya, que tu amigo el *Sordo* nos la ha jugado buena.

—¿Por qué, señora?

—Porque te dije que le encargaras medio solomillo, y ¿sabes lo que me mandó? Un pedazo enorme de contrafalda o babilla y un trozo de espaldilla, lleno de piltrafas y tendones... Vaya un modo de portarse con los parroquianos. Nunca más se le compra nada. La culpa la tienes tú... Ahí tienes lo que son tus *protegidos*...

Dicho esto, Barbarita seguía rezando y Plácido se ponía a echar pestes mentalmente contra el *Sordo,* un tablajero a quien él... No le protegía; era que *le había recomendado.* Pero ya se las cantaría él muy claras al tal *Sordo.* Otras familias a quienes le recomendara, quejáronse de que les había dado *tapa del cencerro,* es decir, pescuezo, que es la carne peor, en vez de tapa verdadera. En estos tiempos tan desmoralizados no se puede recomendar a nadie. Otras mañanas iba con esta monserga:

—¡Cómo está hoy el mercado de caza! ¡Qué perdices, señora! Divinidades, verdaderas divinidades.

—No más perdiz. Hoy hemos de ver si Pantaleón tiene buenos cabritos. También quisiera una buena lengua de vaca, *cargada,* y ver si hay ternera fina.

—La hay tan fina, señora, que parece *talmente* merluza.

—Bueno, pues que me manden un buen solomillo y chuletas riñonadas. Ya sabes: no vayas a descolgarte con las agujas cortas del otro día. Conmigo no se juega.

—Descuide usted... ¿Tiene la señora convidados mañana?

—Sí; y de pescados, ¿qué hay?

—He *apalabrado* el salmón por si viene mañana... Lo que tenemos hoy es peste de langosta.

Y concluidas las misas, se iban por la calle Mayor adelante, en busca de emociones puras, inocentes, logradas con la oficiosidad amable del uno y el dinero copioso de la otra. No siempre se ocupaban de cosas de comer. Repetidas veces llevó Estupiñá cuentos como éste:

—Señora, señora, no deje de ver las cretonas que han recibido los *chicos* de Sobrino... ¡Qué divinidad!

Barbarita interrumpía un padrenuestro para decir, todavía con la expresión de la religiosidad en el rostro:

—¿Rameaditas? Sí, y con golpes de oro. Eso es lo que se estila ahora.

Y en el pórtico, donde ya estaba Plácido esperándola, decía:

—Vamos a casa de los *chicos* de Sobrino.

Los cuales enseñaban a Barbarita, a más de las cretonas, unos satenes de algodón floreados que eran la gran novedad del día; y a la viciosa le faltaba tiempo para comprarle un vestido a su nuera, quien solía pasarlo a alguna de sus hermanas.

Otra embajada:

—Señora, señora, ésta ya no se alcanza, pero pronto va a salir la del sobrino del señor cura, que es otro padre Fuguilla por lo pronto que la despacha. Ya recibió Pla los quesitos aquellos..., no recuerdo cómo se llaman.

—Ahora y en la hora de nuestra muerte..., sí, ya... ¡Si son como las rosquillas inglesas que me hiciste comprar el otro día y que olían a viejo...! Parecían de la boda de San Isidro.

A pesar de este regaño, al salir iban a casa de Pla con ánimo de no comprar más que dos libras de pasas de Corinto para hacer un pastel inglés, y la señora se iba enredando, enredando, hasta dejarse en la tienda obra de ochocientos o novecientos reales. Mientras Estupiñá admiraba, de mostrador adentro, las grandes novedades de aquel museo universal de comestibles, dando su opinión, pericial sobre todo, probando ya una galleta de almendra y coco, que parecía *talmente* mazapán de Toledo, ya apreciando por el olor la superioridad del té o de las especias, la dama se tomaba por su cuenta a uno de los dependientes, que era un Samaniego, y... adiós mi dinero. A cada instante decía Barbarita que no más, y tras de la colección de purés para sopas iban las *perlas del Nizán,* el *gluten de la estrella,* las salsas inglesas, el *caldo de carne de tortuga de mar,* la docena de botellas de Saint-Emilion, que tanto le gustaba a Juanito; el bote de *champignons extra,* que agradaban a don Baldomero; la lata de anchoas, las trufas y otras menudencias. Del portamonedas de Barbarita, siempre bien provisto, salía el importe, y como hubiera un pico en la suma, tomábase la libertad de suprimirlo *por pronto pago.*

—Ea, chicos, que lo mandéis todo al momento *a casa* —decía con despotismo Estupiñá al despedirse, señalando las compras.

—Vaya, quedaos con Dios —decía doña Bárbara, levantándose de la silla a punto que aparecía el principal por la puerta de la trastienda, y saludaba con mil afectos a su parroquiana, quitándose la gorra de seda.

—Vamos pasando, hijo... ¡Ay, qué *ladronicio* el de esta casa!... No vuelvo a entrar más aquí... ¡Abur, abur!

—*Hasta mañana, señora.* A los pies de usted... Tantas cosas a don Baldomero... Plácido, Dios le guarde.

—Maestro..., que haya salud.

Ciertos artículos se compraban siempre al por mayor, y si era posible, de primera mano. Barbarita tenía en la médula de los huesos la fibra de comerciante, y se pirraba por sacar el género *arreglado.* Pero ¡cuán distantes de la realidad habrían quedado estos intentos sin la ayuda del espejo de los corredores, Estupiñá el Grande! ¡Lo que aquel santo hombre andaba para encontrar huevos frescos en gran cantidad!... Todos los polleros de la Cava le traían en palmitas, y él se daba no poca importancia, diciéndoles: "O tenemos formalidad o no tenemos formalidad. Examinemos el artículo, y después se discutirá... Calma, hombre, calma." Y allí era el mirar huevo por huevo al trasluz, el sopesarlos y el hacer mil comentarios sobre su probable antigüedad. Como alguno de aquellos tíos le engañase, ya podía encomendarse a Dios, porque llegaba Estupiñá como una fiera amenazándole con el teniente alcalde, con la inspección municipal y hasta con la horca.

Para el vino, Plácido se entendía con los vinateros de la Cava Baja, que van a hacer sus compras a Arganda, Tarancón o a la Sagra, y se ponía de acuerdo con un medidor para que le tomase una partida de tantos o cuantos cascos y la remitiese por conducto de un carromatero ya conocido. Ello había de ser género de confianza, *talmente* moro. El chocolate era una de las cosas en que más actividad y celo desplegaba Plácido, porque en cuanto Barbarita le daba órdenes ya no vivía el hombre. Compraba el cacao superior, el azúcar y la canela en casa de Gallo, y lo llevaba todo a hombros de un mozo, sin perderlo de vista, a la casa del que hacía las tareas. Los de Santa Cruz no transigían con los chocolates industriales, y el que tomaban había de ser hecho a brazo. Mientras el chocolatero trabajaba, Estupiñá se convertía en mosca, quiero decir que estaba todo el día dando vueltas alrededor de la tarea para ver si se hacía *a toda conciencia,* porque en estas cosas hay que andar con mucho ojo.

Había días de compras grandes y otros de menudencias; pero días sin comprar no los hubo nunca. A falta de cosa mayor, la viciosa no entraba nunca en su casa sin el par de guantes, el imperdible, los polvos para limpiar metales, el paquete de horquillas o cualquier chuchería de los bazares de *todo a real.* A su hijo le llevaba regalitos sin fin, corbatas que no usaba, botonaduras que no se ponía nunca. Jacinta recibía con gozo lo que su suegra llevaba para ella, y lo iba transmitiendo a sus hermanas solteras y casadas, menos ciertas cosas cuyo traspaso no le permitían. Por la ropa blanca y por la mantelería tenía la señora de Santa Cruz verdadera pasión. De la tienda de su hermano traía piezas enteras de holanda finísima, de batistas y madapolanes. Don Baldomero II y don Juan I tenían ropa para un siglo.

A entrambos les surtía de cigarros la propia Barbarita. El primero fumaba puros; el segundo, papel Estupiñá se encargaba de traer estos peligrosos artículos de la casa de un truchimán que los vendía de *ocultis,* y cuando atravesaba las calles de Madrid con las cajas debajo de su capa verde, el corazón le palpitaba de gozo, considerando la trastada que le jugaba a la Hacienda pública y recordando sus hermosos tiempos juveniles. Pero en los liberalescos años del 71 y 72 ya era otra cosa... La policía fiscal no se metía en muchos dibujos. El temerario contrabandista, no obstante, hubiera deseado tener un mal encuentro para probar al mundo entero que era hombre capaz de arruinar la *Renta* si se lo proponía. Barbarita examinaba las cajas y sus marcas, las regateaba, olía el tabaco, escogía lo que le parecía mejor y pagaba muy bien. Siempre tenía don Baldomero un surtido tan variado como excelente, y el buen señor conservaba, entre ciertos hábitos tenaces del antiguo hortera, el de reservar los cigarros mejores para los domingos.

# CAPÍTULO VII

## GILLERMINA, VIRGEN Y FUNDADORA

### I

De cuantas personas entraban en aquella casa, la más agasajada por toda la familia de Santa Cruz era Guillermina Pacheco, que vivía en la inmediata, tía de Moreno Isla y prima de Ruiz-Ochoa, los dos socios principales de la antigua Banca de Moreno. Los miradores de las dos casas estaban tan próximos, que por ellos se comunicaba doña Bárbara con su amiga, y un toquecito en los cristales era suficiente para establecer la correspondencia.

Guillermina entraba en aquella casa como en la suya, sin etiqueta ni cumplimiento alguno. Ya tenía su lugar fijo en el gabinete de Barbarita, una silla baja; y lo mismo era sentarse que empezar a hacer media o a coser. Llevaba siempre consigo un gran lío o cesto de labor, calábase los anteojos, cogía las herramientas, y ya no paraba en toda la noche. Hubiera o no en las otras habitaciones gente de cumplido, ella no se movía de allí ni tenía que ver con nadie. Los amigos asiduos de la casa, como el marqués de Casa-Muñoz, Aparisi o Federico Ruiz, la miraban ya como se mira lo que está siempre en un mismo sitio y no puede estar en otro. Los de fuera y los de dentro trataban con respeto, casi con veneración, a la ilustre señora, que era como una figurita de nacimiento, menuda y agraciada, la cabellera con bastantes canas, aunque no tantas como la de Barbarita; las mejillas, sonrosadas; la boca, risueña; el habla, tranquila y graciosa, y el vestido, humildísimo.

Algunos días iba a comer allí, es decir, a sentarse a la mesa. Tomaba un poco de sopa, y en lo demás no hacía más que picar. Don Baldomero solía enfadarse y le decía:

—Hija de mi alma, cuando quieras hacer penitencia no vengas a mi casa. Observo que no pruebas aquello que más te gusta. No me vengas a mí con cuentos. Yo tengo buena memoria. Te oí decir muchas veces en casa de mi padre que te gustaban las codornices, y ahora las tienes aquí y no las pruebas. ¡Que no tienes gana!... Para esto siempre hay gana. Y veo que no tocas el pan... Vamos, Guillermina, que perdemos las amistades...

Barbarita, que conocía bien a su amiga, no machacaba como don Baldomero, dejándola comer lo que quisiese o no comer nada. Si por acaso estaba en la mesa el gordo Arnáiz, se permitía algunas cuchufletas de buen género sobre aquellos antiquísimos estilos de santidad, consistentes en no comer.

—Lo que entra por la boca no daña al alma. Lo ha dicho San Francisco de Sales nada menos.

La de Pacheco, que tenía buenas despachaderas, no se quedaba callada, y respondía con donaire a todas las bromas sin enojarse nunca. Concluida la comida, se diseminaban los comensales, unos a tomar café al despacho y a jugar al tresillo, otros a formar grupos más o menos animados y chismosos, y Guillermina a su sillita baja y al tejemaneje de las agujas. Jacinta se le ponía al lado y tomaba muy a menudo parte en aquellas tareas, tan simpáticas a su corazón. Guillermina hacía camisolas, calzones y chambritas para sus ciento y pico de hijos de ambos sexos.

Lo referente a esta insigne dama lo sabe mejor que nadie Zalamero, que está casado con una de las chicas de Ruiz-Ochoa. Nos ha prometido escribir la biografía de su excelsa pariente cuando se muera, y entre tanto no tiene reparo en dar cuantos datos se le pidan, ni en rectificar a ciencia cierta las versiones que el criterio vulgar ha hecho correr sobre las causas que determinaron en Guillermina, hace veinticinco años, la pasión de la beneficencia. Alguien ha dicho que amores desgraciados la empujaron a la devoción primero, a la caridad propagandista y militante después. Mas Zalamero asegura que esta opinión es tan tonta como falsa. Guillermina, que fue bonita y aun un poquillo presumida, no tuvo nunca amores, y si los tuvo, no se sabe absolutamente nada de ellos. Es un secreto guardado con sepulcral reserva en su corazón. Lo que la familia admite es que la muerte de su madre la impresionó tan vivamente, que hubo de proponerse, como el otro, *no servir a más señores que se le pudieran morir*. No nació aquella sin igual mujer para la vida contemplativa. Era un temperamento soñador, activo y emprendedor; un espíritu con ideas propias y con iniciativas varoniles. No se le hacía cuesta arriba la disciplina en el terreno espiritual; pero en el material sí, por lo cual no pensó nunca en afiliarse a ninguna de las órdenes religiosas más o menos severas que hay en el orbe católico. No se reconocía con bastante paciencia para encerrarse y estar todo el santo día bostezando el *gori gori,* ni para ser soldado en los valientes escuadrones de Hermanas de la Caridad. La llama vivísima que en su pecho ardía no le inspiraba la sumisión pasiva, sino actividades iniciadoras que debían desarrollarse en la libertad. Tenía un carácter inflexible y un tesoro de dotes de mando y de facultades de organización que ya quisieran para sí algunos de los hombres que dirigen los destinos del mundo. Era mujer que cuando se proponía algo iba a su fin, derecha como una bala, con perseverancia grandiosa, sin torcerse nunca ni desmayar un momento, inflexible y serena. Si en este camino recto encontraba espinas, las pisaba y adelante, con los pies ensangrentados.

Empezó por unirse a unas cuantas señoras nobles amigas suyas que habían establecido asociaciones para socorros domiciliarios, y al poco tiempo Guillermina sobrepujó a sus compañeras. Éstas lo hacían por vanidad, a veces de mala gana; aquélla trabajaba con ardiente energía, y en esto se le fue la mitad de su legítima. A los dos años de vivir así, se la vio renunciar por completo a vestirse y ataviarse como manda la moda que se atavíen las señoras. Adoptó el traje liso de merino negro, el manto, pañolón oscuro cuando hacía frío, y unos zapatones de paño holgados y feos. Tal había de ser su empaque en todo el resto de sus días.

La asociación benéfica a que pertenecía no se acomodaba al ánimo emprendedor de Guillermina, pues quería ella picar más alto, intentando cosas verdaderamente difíciles y tenidas por imposibles. Sus talentos de fundadora se revelaron entonces, asustando a todo aquel señorío que no sabía salir de ciertas rutinas. Algunas amigas suyas aseguraron que estaba loca, porque demencia era pensar en la fundación de un asilo para huerfanitos, y mayor locura dotarle de recursos permanentes. Pero la infatigable iniciadora no desmayaba, y el asilo *fue hecho,* sosteniéndose en los tres primeros años de su difícil existencia con parte de la renta que le quedaba a Guillermina y con los donativos de sus parientes ricos. Pero de pronto la institución empezó a crecer; se hinchaba y cundía como las miserias humanas, y sus necesidades subían en proporciones aterradoras. La dama pignoró los restos de su legítima; después tuvo que venderlos. Gracias a sus parientes, no se vio en el trance fatal de tener que mandar a la calle a los asilados a que pidieran limosna para sí y para la fundadora. Y al propio tiempo repartía periódicamente cuantiosas limosnas entre la gente pobre de los distritos de la Inclusa y Hospital; vestía a muchos niños, daba ropa a los viejos, medicinas a los enfermos, alimentos y socorros diversos a todos. Para no suspender estos auxilios y seguir sosteniendo el asilo, era forzoso buscar nuevos recursos. ¿Dónde y cómo? Ya las amistades y parentescos estaban tan explotados, que si se tiraba un poco más de la cuerda era fácil que se rompiera. Los más generosos empezaban a poner mala cara, y los cicateros, cuando se les iba a cobrar la cuota, decían que no estaban en casa.

—Llegó un día —dijo Guillermina, suspendiendo su labor para contar el caso a varios amigos de Barbarita —en que las cosas se pusieron muy feas. Amaneció aquel día, y los veintitrés pequeñuelos de Dios que yo había recogido, y que estaban en una casucha baja y húmeda de la calle de Zarzal, aposentados como conejos, no tenían qué comer. Tirando de aquí y de allá, podían pasar aquel día; pero ¿y el siguiente? Yo no tenía ya ni dinero ni quien me lo diera. Debía no sé cuántas fanegas de judías, doce docenas de alpargatas, tantísimas arrobas de aceite; no me quedaba que empeñar o que vender más que el rosario. Los primos, que me sacaban de tantos apuros, ya habían hecho los imposibles... Me daba vergüenza de volver a pedirles. Mi sobrino Manolo, que solía ser mi paño de lágrimas, estaba en Londres. Y suponiendo que mi primo Valeriano me tapase mis veintitrés bocas (y la mía, veinticuatro) por unos cuantos días, ¿cómo me arreglaría después? Nada, nada; era indispensable arañar la tierra y buscar cuartos de otra manera y por otros medios.

"El día aquel fue día de prueba para mí. Era un viernes de Dolores, y las siete espadas, señores míos, estaban clavadas aquí... Me pasaban como unos rayos por la frente. Una idea era lo que yo necesitaba, y más que una idea, valor, sí, valor para lanzarme... De repente noté que aquel valor tan deseado entraba en mí, pero un valor tremendo, como el de los soldados cuando se arrojan sobre los cañones enemigos... Trinqué la mantilla y me eché a la calle. Ya estaba decidida, y no crean, alegre como unas Pascuas, porque sabía lo que tenía que hacer. Hasta entonces yo había pedido a los amigos; desde aquel momento pediría a todo bicho viviente, iría de puerta en puerta con la mano así... Del primer tirón me planté en casa de una duquesa extranjera, a quien no había visto en mi vida. Recibióme con cierto recelo; me tomó por una trapisondista; pero a mí, ¿qué me importaba? Diome la limosna, y en seguida, para alentarme y apurar el cáliz de una vez, estuve dos días sin parar subiendo escaleras y tirando de las campanillas. Una familia me recomendaba a otra, y no quiero decir a ustedes las humillaciones, los portazos y los desaires que recibí. Pero el dichoso maná iba cayendo a gotitas, a gotitas... Al poco tiempo vi que el negocio iba mejor de lo que yo esperaba. Algunos me recibían casi con palio; pero la mayor parte se quedaban fríos, mascullando excusas y buscando pretextos para no darme un céntimo. "Ya ve usted: hay tantas atenciones..., no se cobra..., el Gobierno se lo lleva todo con las contribuciones..." Yo les tranquilizaba. «Un *perro chico*, un *perro chico* es lo que me hace falta.» Y aquí me daban el *perro*, allá el duro, en otra parte el billetito de cinco o de diez... o nada. Pero yo, tan campante. ¡Ah señores! ¡Este oficio tiene muchas quiebras! Un día subí a un cuarto segundo, que me había recomendado no sé quién. La tal recomendación fue una broma estúpida. Pues, señor, llamo, entro, y me salen tres o cuatro tarascas... ¡Ay, Dios mío! ¡Eran mujeres de mala vida!... Yo que veo aquello..., lo primero que me ocurrió fue echar a correr. «Pero no —me dije—, no me voy. Veremos si les saco algo.» Hija, me llenaron de injurias, y una de ellas se fue hacia dentro y volvió con una escoba para pegarme. ¿Qué creen ustedes que hice? ¿Acobardarme? ¡Quia! Me metí más adentro y les dije cuatro frescas..., pero bien dichas... ¡Bonito genio tengo yo!... ¡Pues creerán ustedes que les saqué dinero! Pásmense, pásmense... La más desvergonzada, la que me salió con la escoba, fue a los dos días a mi casa a llevarme un napoleón.

"Bueno..., pues verán ustedes. La costumbre de pedir me ha ido dando esta bendita cara de vaqueta que tengo ahora. Conmigo no valen desaires, ni sé ya lo que son sonrojos. He perdido la vergüenza. Mi piel no sabe ya lo que es ruborizarse, ni mis oídos se escandalizan por una palabra más o menos fina. Ya me pueden llamar *perra judía;* lo mismo que si me llamaran *la perla de Oriente;* todo me suena igual... No veo más que mi objeto, y me voy derechita a él sin hacer caso de nada. Esto me da tantos ánimos, que me atrevo con todo. Lo mismo le pido al Rey que al último de los obreros. Oigan ustedes este golpe. Un día dije: «Voy a ver a don Amadeo.» Pido mi audiencia, llego, entro, me recibe muy serio. Yo, imperturbable, le hablé de mi asilo y le dije que esperaba algún auxilio de su real munificencia. «¿Un asilo de ancianos?», me preguntó. «No, señor; de niños.» «¿Son muchos?» Y no dijo más. Me miraba con afabilidad. ¡Qué hombre! ¡Qué bocaza! Mandó que me dieran seis mil *gueales*... Luego vi a doña María Victoria. ¡Qué excelente señora! Hízome sentar a su lado; tratábame como su igual; tuve que darle mil noticias del asilo, explicarle todo... Quería saber lo que comen los pequeños, qué ropa les pongo... En fin, que nos hicimos amigas... Empeñada en que fuera yo allá todos los días... A la mañana siguiente me mandó montones de ropa, piezas de tela y suscribió a sus niños por una cantidad mensual.

"Conque ya ven ustedes cómo así, a lo tonto a lo tonto, ha venido sobre mi asilo el pan de cada día. La suscrición fija creció tanto, que al año pude tomar la casa de la calle de Alburquerque, que tiene un gran patio y mucho desahogo. He puesto una zapatería para que los muchachos grandecitos trabajen, y dos escuelas para que aprendan. El año pasado eran sesenta, y ya llegan a ciento diez. Se pasan apuros; pero vamos viviendo. Un día andamos mal y al otro llueven provisiones. Cuando veo la despensa vacía, *me echo a la calle,* como dicen los revolucionarios, y por la noche ya llevo a casa la libreta para tantas bocas. Y hay días en que no les falta su extraordinario... ¿Qué creían ustedes? Hoy les he dado un arroz con leche que no lo comen mejor los que me oyen. Veremos si al fin me salgo con la mía, que es un grano de anís; nada menos que levantarles un edificio de nueva planta, un verdadero palacio, con la holgura y la distribución convenientes, todo muy propio, con departamento de esto, departamento de lo otro, de modo que me quepan allí doscientos o trescientos huérfanos, y puedan vivir bien y educarse y ser buenos cristianos."

## II

—Un edificio *ad hoc* —dijo con incredulidad el marqués de Casa-Muñoz, que era uno de los presentes.

—*Ad... hoc,* sí, señor —replicó Guillermina, acentuando las dos palabras latinas—. Pues está usted adelantado de noticias. ¿No sabe que tengo el terreno y los planos, y que ya me están haciendo el vaciado? ¿Sabe usted el sitio? Más abajo del que ocupan las *Micaelas,* esas que recogen y corrigen a las mujeres perdidas. El arquitecto y los delineantes me trabajan gratis. Ahora no pido sólo dinero, sino ladrillo recocho y pintón. Conque a ver...

—¿Tiene usted ya la memoria de cantería? —preguntó con vivo interés Aparisi, que era hombre fuerte en negocio de berroqueña.

—Sí, señor. ¿Me quiere usted dar algo?

—Le doy a usted —dijo Aparisi, acompañando su generosidad de un gesto imperial— la friolera de sesenta metros cúbicos de piedra sillar que tengo en la Guindalera.

—¿A cómo? —preguntó Guillermina, mirándole con los ojos guiñados y apuntándole con la aguja de media.

—A nada... La piedra es de usted.

—Gracias, Dios se lo pague. Y el marqués, ¿qué me da?

—Pues yo... ¿Quiere usted dos vigas de hierro de doble T que me sobraron de la casa de la Carrera?

—¿Pues no las he de querer? Yo lo tomo todo, hasta una llave vieja, para cuando se acabe el edificio. ¿Saben ustedes lo que me llevé ayer a casa? Cuatro azulejos de cocina, un grifo y tres paquetitos de argollas. Todo sirve, amigos. Si en algún tejar me dan cuatro ladrillos, los acepto, y a la obra con ellos. ¿Ven ustedes cómo hacen los pájaros sus nidos? Pues yo construiré mi palacio de huérfanos cogiendo aquí una pajita y allá otra. Ya se lo he dicho a Bárbara: no ha de tirar ni un clavo, aunque esté torcido, ni una tabla, aunque esté rota. Los sellos de correo se venden, las cajas de cerillas también... ¿Con qué creen ustedes que he comprado yo el gran lavabo que tenemos en el asilo? Pues juntando cabos de vela y vendiéndolos al peso. El otro día me ofrecieron una petaca de cuero de Rusia. "¿Para qué le sirve eso?", dirán estos señores. Pues me sirvió para hacer un regalo a uno de los delineantes que trabajan en el proyecto... ¿Ven ustedes a este marqués de Casa-Muñoz, que me está oyendo y me ha ofrecido dos vigas de doble T? Bueno: ¿cuánto apuestan a que le saco algo más? Pues qué: ¿creen ustedes que el señor marqués tiene sus grandes yeserías de Vallecas para ver estos apuros míos y no acudir a ellos?

—Guillermina —dijo Casa-Muñoz, algo conmovido—, cuente usted con doscientos quintales, y del blanco, que es a nueve reales.

—¿Qué dije yo? Bueno. Y este señor de Ruiz, ¿qué hará por mí?

—Hija de mi alma, yo no tengo ni un clavo ni una astilla, pero le juro a usted por mi salvación que un domingo me salgo por las afueras y robo una teja para llevársela a usted...; robaré dos, tres, una docena de tejas... Y hay más. Si quiere usted mis dos comedias, mis folletos sobre la *Unión Ibérica* y sobre la *Organización de los bomberos en Suiza,* mi obra de los *Castillos,* todo está a su disposición. Diez ejemplares de cada cosa para que haga lotes en una *tómbola.*

—¿Lo ven ustedes? Cae el maná, cae. Si en estas cosas no hay más que ponerse a ello... Mi amigo Baldomero también me dará algo.

—Las campanas —dijo el insigne comerciante—, y si me apuran, el pararrayos y las veletas. Quiero concluir el edificio, ya que el amigo Aparisi lo quiere empezar.

—La primera piedra no hay quien me la quite —expresó Aparisi con toda la hinchazón de su amor propio.

—Algo más daremos, ¿verdad Baldomero? —apuntó Barbarita—. Por ejemplo, toda la capilla, con su órgano, altares, imágenes...

—Todo lo que tú quieras, hija. Y eso que las Micaelas nos han llevado un pico. Les hemos hecho casi la mitad del edificio. Pero ahora le toca a Guillermina. Ya sabe ella dónde estamos.

El grupo que rodeaba a la fundadora se fue disolviendo. Algunos, creyendo sin duda que lo que allí se trataba más era broma que otra cosa, se fueron al salón a hablar *seriamente* de política y negocios. Don Baldomero, que deseaba echar aquella noche una partida de mus, el juego clásico y tradicional de los comerciantes de Madrid, esperó a que entrase Pepe Samaniego, que era maestro consumado para armar la partida. Durante un largo rato no se oía en el salón más que *envido a la chica..., envido a los pares..., órdago.*

Las tres señoras estuvieron un momento solas, hablando de aquel proyecto de Guillermina, que seguía cose que te cose, ayudada por Jacinta. Hacía algún tiempo que a ésta se le había despertado vivo entusiasmo por las empresas de la Pacheco, y a más de reservarle todo el dinero que podía, se picaba los dedos cosiendo para ella durante largas horas. Es que sentía un cierto consuelo en confeccionar ropas de niño y en suponer que aquellas mangas iban a abrigar bracitos desnudos. Ya había hecho dos visitas al asilo de la calle de Alburquerque, y acompañado una vez a Guillermina en sus excursiones a las miserables zahúrdas donde viven los pobres de la Inclusa y Hospital.

Había que oírla cuando volvió de aquella su primera visita a los barrios del Sur.

—¡Qué desigualdades! —decía, desflorando sin saberlo el problema social—. Unos tanto, y otros tan poco. Falta equilibrio, y el mundo parece que se cae. Todo se arreglaría si los que tienen mucho dieran lo que les sobra a los que no poseen nada. Pero ¿qué cosa sobra? ...¡Vaya usted a saber!

Guillermina aseguraba que se necesita mucha fe para no acobardarse ante los espectáculos que la miseria ofrece.

—Porque se encuentran almas buenas, sí —decía—; pero también mucha ingratitud. La falta de educación es para el pobre una desventaja mayor que la pobreza. Luego la propia miseria les ataca el corazón a muchos y se lo corrompe. A mí me han insultado; me han arrojado puñados de estiércol y tronchos de berza; me han llamado *tía bruja*...

A Barbarita le daba aquella noche por hablar de arquitectura y no perdía ripio. Entró a la sazón Moreno Isla, y le recibieron con exclamaciones de alegría. Llamóle la señora y le dijo:

—¿Tiene usted cascote?

Las tres se reían viendo la sorpresa y confusión de Moreno, que era una excelente persona, como de cuarenta y cinco años, célibe y riquísimo, de aficiones tan inglesas que se pasaba en Londres la mayor parte del año; alto, delgado y de muy mal color, porque estaba muy delicado de salud.

—Que si tengo cascote... ¿Es para usted?

—Usted conteste y no sea como los gallegos, que cuando se les hace una pregunta, hacen otra. Puesto que está usted de derribo, ¿tiene cascote, sí o no?

—Sí que lo tengo..., y pedernal magnífico. A sesenta reales el carro, todo lo que usted quiera. El cascote, a ocho reales... ¡Ah, tonto de mí! Ya sé de qué se trata. La santurrona les está embaucando con las fantasmagorías del asilo que va a edificar... Cuidado, mucho cuidado con los timos. Antes de que ponga la primera piedra, nos llevará a todos a San Bernardino.

—Cállate, que ya saben todos lo avariento que eres. Si no te pido nada, roñoso, cicatero. Guárdate tus carros de pedernal, que ya te los pondrán en la balanza el día del gran saldo final, ya sabes, cuando suenen las trompetas aquellas, sí, y entonces, cuando veas que la balanza se te cae del lado de la avaricia, dirás: "Señor, quítame estos carros de piedra y cascote que me hunden en el Infierno", y todos diremos: "No, no, no...; échenle carga, que es muy malo."

—Con poner en el otro platillo los perros grandes y chicos que me has sacado, me salvo —díjole Moreno, riendo y manoseándole la cara.

—No me hagas carantoñas, sobrinillo. Si crees que eso te vale, gran miserable, usurero, recocho en dinero —repitió Guillermina con tono y sonrisa de chanza benévola—. ¡Qué hombres éstos! Todavía quieres más, y estás derribando una manzana de casas viejas para hacer casas domingueras y sacarles las entrañas a los pobres.

—No hagan ustedes caso de esta *rata eclesiástica* —indicó Moreno, sentándose entre Barbarita y Jacinta—. Me está arruinando. Voy a tener que irme a un pueblo, porque no me deja vivir. Es que no me puedo descuidar. Estoy en casa vistiéndome..., siento un susurro, algo así como paso de ladrones; miro, veo un bulto, doy un grito... Es ella, la rata que ha entrado y se va escurriendo por entre los muebles. Nada; por pronto que acudo, ya mi querida tía me ha registrado la ropa que está en el perchero y se ha llevado todo lo que había en el bolsillo del chaleco.

La fundadora, atacada de una hilaridad convulsiva, se reía con toda su alma.

—Pero ven acá, pillo —dijo secándose las lágrimas que la risa había hecho brotar de sus ojos—, si contigo no valen buenos medios. Anda, hijo, el que te roba a ti..., ya sabes el refrán...; el que te roba a ti se va al Cielo derecho.

—A donde vas tú a ir es al *Modelo*...

—Cállate la boca, bobón, y no me denuncies, que te traerá peor cuenta...

No siguió este diálogo, que prometía dar mucho juego, porque del salón llamaron a Moreno con enérgica insistencia. Oíase desde el gabinete rumor de un hablar vivo y la mezclada agitación de varias voces, entre las cuales se distinguían claramente las de Juan, Villalonga y Zalamero, que acababan de entrar.

Moreno fue allá, y Guillermina, que aún no había acabado de reír, decía a sus amigas:

—Es un angelón... No tenéis idea de la pasta celestial de que está formado el corazón de este hombre.

Barbarita no tenía sosiego hasta no enterarse del porqué de aquel tumulto que en el salón había. Fue a ver y volvió con el cuento:

—Hijas, que el Rey se marcha.

—¿Qué dices, mujer?

—Que don Amadeo, cansado de bregar con esta gente, tira la corona por la ventana y dice: "Vayan ustedes a marear al Demonio."

—¡Todo sea por Dios! —exclamó Guillermina dando un suspiro y volviendo imperturbable a su trabajo.

Jacinta pasó al salón, más que por enterarse de las noticias, por ver a su marido, que aquel día no había comido en casa.

—Oye —le dijo en secreto Guillermina, deteniéndola, y ambas se miraban con picardía—, con veinte duros que le sonsaques hay bastante.

## III

—En Bolsa no se supo nada. Yo lo supe en el Bolsín a las diez —dijo Villalonga—. Fui al Casino a llevar la noticia. Cuando volví al Bolsín se estaba haciendo el consolidado a veinte.

—Lo hemos de ver a diez, señores —dijo el marqués de Casa-Muñoz en tono de Hamlet.

—¡El Banco, a ciento setenta y cinco!... —exclamó don Baldomero, pasándose la mano por la cabeza y arrojando hacia el suelo una mirada fúnebre.

—Perdone usted, amigo —rectificó Moreno Isla—. Está a ciento setenta y dos, y si usted quiere comprarme las mías a ciento setenta, ahora mismo las largo. No quiero más papel de la querida patria. Mañana me vuelvo a Londres.

—Sí —dijo Aparisi poniendo semblante profético—; porque la que se va a armar ahora aquí será de órdago.

—Señores, no seamos impresionables —indicó el marqués de Casa-Muñoz, que gustaba de dominar las situaciones con mirada alta—. Ese buen señor se ha cansado; no era para menos; ha dicho: "Ahí queda eso." Yo en su caso habría hecho lo mismo. Tendremos algún trastorno; habrá su poco de República; pero ya saben ustedes que las naciones no mueren...

—El golpe viene de fuera —manifestó Aparisi—. Esto lo veía yo venir. Francia...

—No *involucremos* las cuestiones, señores —dijo Casa-Muñoz poniendo una cara muy parlamentaria—. Y si he de hablar ingenuamente, diré a ustedes que a mí no me asusta la República; lo que me asusta es el republicanismo.

Miró a todos para ver qué tal había caído esta frase. No podía dudarse de que el murmullo aquel con que fue acogida era laudatorio.

—Señor marqués —declaró Aparisi picado de rivalidad—, el pueblo español es un pueblo digno..., que en los momentos de peligro sabe ponerse...

—Y ¿qué tiene que ver una cosa con otra?... —saltó el marqués, incómodo, anonadando a su contrario con una mirada—. No *involucre* usted las cuestiones.

Aparisi, propietario y concejal de oficio, era un hombre que se preciaba de *poner los puntos sobre las íes;* pero con el marqués de Casa-Muñoz no le valía su suficiencia, porque éste no toleraba imposiciones y era capaz de poner puntos hasta sobre las haches. Había entre los dos una rivalidad tácita, que se manifestaba en la emulación para lanzar observaciones sintéticas sobre todas las cosas. Una mirada de profunda antipatía era lo único que a veces dejaba entrever el pugilato espiritual de aquellos dos atletas del pensamiento. Villalonga, que era observador muy picaresco, aseguraba haber descubierto entre Aparisi y Casa-Muñoz un antagonismo o competencia en la emisión de palabras escogidas. Se desafiaban a cuál hablaba más por lo fino, y si el marqués daba muchas vueltas al *involucrar,* al *ad hoc,* al *sui generis* y otros términos latinos, en seguida se veía al otro poniendo en prensa el cerebro para obtener frases tan selectas como la *concatenación de las ideas.* A veces parecía triunfante Aparisi, diciendo que tal o cual cosa era el *bello ideal* de los pueblos; pero Casa-Muñoz tomaba arranque, y diciendo el *desideratum,* hacía polvo a su contrario.

Cuenta Villalonga que hace años hablaba Casa-Muñoz disparatadamente, y sostiene y jura haberle oído decir, cuando aún no era marqués, que las *puertas estaban herméticamente abiertas;* pero esto no ha llegado a comprobarse. Dejando a un lado las bromas, conviene decir que era el marqués persona apreciabilísima, muy corriente, muy afable en su trato, excelente para su familia y amigos. Tenía la misma edad que don Baldomero; mas no llevaba tan bien los años. Su dentadura era artificial, y sus patillas, teñidas, tenían un viso carminoso, contrastando con la cabeza sin pintar. Aparisi era mucho más joven, hombre que presumía de pie pequeño y de manos bonitas, la cara arrebolada, el bigote castaño cayendo a lo chino, los ojos grandes, y en la cabeza una de esas calvas que son para sus poseedores un diploma de talento. Lo más característico en el concejal perpetuo era la expresión de su rostro, semejante a la de una persona que está oliendo algo muy desagradable, lo que provenía de cierta contracción de los músculos nasales y del labio superior. Por lo demás, buena persona, que no debía nada a nadie. Había tenido almacén de maderas, y se contaba que en cierta época les puso los puntos sobre las íes a los pinares de Balsaín. Era hombre sin instrucción, y... lo que pasa..., por lo mismo que no la tenía, gustaba de aparentarla. Cuenta el tunante de Villalonga que hace años usaba Aparisi el *eppur si muove,* de Galileo; pero el pobrecito no le daba la interpretación verdadera, y creía que aquel célebre dicho significaba *por si acaso.* Así, se le oyó decir más de una vez:

—Parece que no lloverá; pero sacaré el paraguas *eppur si muove.*

Jacinta trincó a su marido por el brazo y le llevó un poquito aparte:

—Y qué, *nene,* ¿hay barricadas?

—No, hija, no hay nada. Tranquilízate.

—¿No volverás a salir esta noche?... Mira que me asustaré mucho si sales.

—Pues no saldré... ¿Qué..., qué buscas?

Jacinta, riendo, deslizaba su mano por el forro de la levita, buscando el bolsillo del pecho.

—¡Ay! Yo iba a ver si te sacaba la cartera sin que me sintieses...

—Vaya con la descuidera...

—¡Quia! Si no sé... Esto quien lo hace bien es Guillermina, que le saca a Manolo Moreno las pesetas del bolsillo del chaleco sin que él lo sienta... A ver...

Jacinta, dueña ya de la cartera, la abrió.

—¿Te enfadarás si te quito este billete de veinte duros? ¿Te hace falta?

—No, por cierto. Toma lo que quieras.

—Es para Guillermina. Mamá le dio dos, y le falta un pico para poder pagar mañana el trimestre del alquiler del asilo.

Contestóle el *Delfín* apretándole con mucha efusión las dos manos y arrugando el billete que estaba en ellas.

En cuanto Guillermina pescó lo que le faltaba para completar su cantidad, dejó la costura y se puso el manto. Despidiéndose brevemente de las dos señoras, atravesó el salón aprisa.

—¡A ésa, a ésa! —gritó Moreno—. Sin duda se lleva algo. Caballeros, vean ustedes si les falta el reloj. Bárbara, que debajo de la mantilla de la *rata eclesiástica* veo un bulto... ¿No había aquí candeleros de plata?

En medio de la jovial algazara que estas bromas producían, salió Guillermina, esparciendo sobre todos una sonrisa inefable que parecía una bendición.

En seguida cebáronse todos con furia en el tema suculento de la partida del Rey, y cada cual exponía sus opiniones con ínfulas de profecía, como si en su vida no hubieran hecho otra cosa que vaticinar acertando. Villalonga estaba ya viendo a don Carlos entrar en Madrid, y el marqués de Casa-Muñoz hablaba de *las exageraciones liberticidas* de la demagogia roja y de la demagogia blanca, como si las estuviera mirando pintadas en la pared de enfrente; el ex subsecretario de Gobernación Zalamero leía clarito en el porvenir el nombre del rey Alfonso, y el concejal decía que *el alfonsismo estaba aún en la nebulosa de lo desconocido.* El mismo Aparisi y Federico Ruiz profetizaron luego en una sola cuerda... ¡Qué demonio! Ellos no se asustaban de la República. Como si lo vieran..., no iba a pasar nada. Es que aquí somos muy impresionables, y por cualquier contratiempo nos parece que se nos cae el cielo encima.

—Yo les aseguro a ustedes —decía Aparisi, puesta la mano sobre el pecho— que no pasará nada, pero nada. Aquí no se tiene idea de lo que es el pueblo español... Yo respondo de él, me atrevo a responder con la cabeza, vaya...

Moreno no vaticinaba; no hacía más que decir:

—Por si vienen mal dadas, me voy mañana para Londres.

Aquel ricacho soltero alardeaba de carecer en absoluto del sentimiento de la patria, y estaba tan extranjerizado, que nada español le parecía bueno. Los autores dramáticos lo mismo que las comidas, los ferrocarriles lo mismo que las industrias menudas, todo le parecía de una inferioridad lamentable. Solía decir que aquí los tenderos no saben envolver en un papel una libra de cualquier cosa.

—Compra usted algo, y después que le miden mal y le cobran caro, el envoltorio de papel que le dan a usted se le deshace por el camino. No hay que darle vueltas: somos una raza inhábil hasta no poder más.

Don Baldomero decía con acento de tristeza una cosa muy sensata:

—¡Si don Juan Prim viviera...!

Juan y Samaniego se apartaron del corrillo y charlaban con Jacinta y doña Bárbara, tratando de quitarles el miedo. No habría tiros ni jarana..., no sería preciso hacer provisiones... ¡Ah! Barbarita soñaba ya con hacer provisiones. A la mañana siguiente, si no había barricadas, ella y Estupiñá se ocuparían de eso.

Poco a poco fueron desfilando. Eran las doce. Aparisi y Casa-Muñoz se fueron al Bolsín a saber noticias, no sin que antes de partir dieran una nueva muestra de su rivalidad. El concejal de oficio estaba tan excitado, que la contracción de su hocico se acentuaba, como si el olor aquel imaginario fuera el de la asafétida. Zalamero, que iba a Gobernación, quiso llevarse al *Delfín;* pero éste, a quien su mujer tenía cogido del brazo, se negó a salir...

—Mi mujer no me deja.

—Mi tocaya —dijo Villalonga— se está volviendo muy anticonstitucional.

Por fin se quedaron solos los de casa. Don Baldomero y Barbarita besaron a sus hijos y se fueron a acostar. Esto mismo hicieron Jacinta y su marido.

## CAPÍTULO VIII

### ESCENAS DE LA VIDA ÍNTIMA

#### I

A poco de acostarse notó Jacinta que su marido dormía profundamente. Observábale desvelada, tendiendo una mirada tenaz de cama a cama. Creyó que hablaba en sueños..., pero no; era simplemente quejido sin articulación que acostumbraba lanzar cuando dormía, quizás por causa de una mala postura. Los pensamientos políticos nacidos de las conversaciones de aquella noche huyeron pronto de la mente de Jacinta. ¿Qué le importaba a ella que hubiese república o monarquía, ni que don Amadeo se fuera o se quedase? Más le importaba la conducta de aquel ingrato que a su lado dormía tan tranquilo. Porque no tenía duda de que Juan andaba algo distraído, y esto no lo podían notar sus padres por la sencilla razón de que no le veían nunca tan de cerca como su mujer. El pérfido guardaba tan bien las apariencias, que nada hacía ni decía *en familia* que no revelara una conducta regular y correctísima. Trataba a su mujer con un cariño tal, que..., vamos, se le tomaría por enamorado. Sólo allí, de aquella puerta para adentro, se descubrían las trastadas; sólo ella, fundándose en datos negativos, podía destruir la aureola que el público y la familia ponían al glorioso *Delfín*. Decía su mamá que era el marido modelo. ¡Valiente pillo! Y la esposa no podía contestar a su suegra cuando le venía con aquellas historias... Con qué cara le diría:

"Pues no hay tal modelo, no, señora, no hay tal modelo; y cuando yo lo digo, bien sabido me lo tendré."

Pensando en esto pasó Jacinta parte de aquella noche, atando cabos, como ella decía, para ver si de los hechos aislados lograba sacar alguna afirmación. Estos hechos, valga la verdad, no arrojaban mucha luz que digamos sobre lo que se quería demostrar. Tal día y a tal hora Juan había salido bruscamente, después de estar un rato muy pensativo, pero muy pensativo. Tal día y a tal hora, Juan había recibido una carta que le había puesto de mal humor. Por más que ella hizo, no la había podido encontrar. Tal día y a tal hora, yendo ella y Barbarita por la calle de Preciados, se encontraron a Juan que venía de prisa y muy abstraído. Al verlas, quedóse algo cortado; pero sabía dominarse pronto. Ninguno de estos datos probaba nada; pero no cabía duda: su marido se la estaba pegando.

De cuando en cuando estas cavilaciones cesaban, porque Juan sabía arreglarse de modo que su mujer no llegase a cargarse de razón para estar descontenta. Como la herida a que se pone bálsamo fresco, la pena de Jacinta se calmaba. Pero los días y las noches, sin saber cómo, traíanla lentamente otra vez a la misma situación penosa. Y era muy particular; estaba tan tranquila, sin pensar en semejante cosa, y por cualquier incidente, por una palabra sin interés o referencia trivial, le asaltaba la idea como un dardo arrojado de lejos por desconocida mano y que venía a clavársele en el cerebro. Era Jacinta observadora, prudente y sagaz. Los más insignificantes gestos de su esposo, las inflexiones de su voz, todo lo observaba con disimulo, sonriendo cuando más atenta estaba, escondiendo con mil zalamerías su vigilancia, como los naturalistas esconden y disimulan el lente con que examinan el trabajo de las abejas. Sabía hacer preguntas capciosas, verdaderas trampas cubiertas de follaje. ¡Pero bueno era el otro para dejarse coger!

Y para todo tenía el ingenioso culpable palabras bonitas:

—La luna de miel perpetua es un contrasentido, es... hasta ridícula. El entusiasmo es un estado infantil impropio de personas formales. El marido piensa en sus negocios; la mujer, en las cosas de su casa, y uno y otro se tratan más como amigos que como amantes. Hasta las palomas, hija mía, hasta las palomas, cuando pasan de cierta edad, se hacen sus cariños así..., de una manera sesuda.

Jacinta se reía con esto; pero no admitía tales componendas. Lo más gracioso era que él se las echaba de hombre ocupado. ¡Valiente truhán! ¡Si no tenía absolutamente nada que hacer más que pasear y divertirse!... Su padre había trabajado toda la vida como un negro para asegurar la holgazanería dichosa del príncipe de la casa... En fin, fuese lo que fuese, Jacinta se proponía no abandonar jamás su actitud de humildad y discreción. Creía firmemente que Juan no daría nunca escándalos, y no habiendo escándalo, las cosas irían pasando así. No hay existencia sin gusanillo, un parásito interior que la roe y a sus expensas vive, y ella tenía dos: los apartamientos de su marido y el desconsuelo de no ser madre. Llevaría ambas penas con paciencia, con tal que no saltara algo más fuerte.

Por respeto a sí misma, nunca había hablado de esto a nadie, ni al mismo *Delfín.* Pero una noche estaba éste tan comunicativo, tan bromista, tan pillín, que a Jacinta se le llenó la boca de sinceridad, y palabra tras palabra, dio salida a todo lo que pensaba:

—Tú me estás engañando, y no es de ahora, es de hace tiempo. Si creerás que yo soy tonta... El tonto eres tú.

La primera contestación de Santa Cruz fue romper a reír. Su mujer le tapaba la boca para que no alborotase. Después el muy tunante empezó a razonar sus explicaciones, revistiéndolas de formas seductoras. Pero ¡qué huecas le parecieron a Jacinta, que en las dialécticas del corazón era más maestra que él por saber amar de veras! Y a ella le tocó reír después y desmenuzar tan livianos argumentos... El sueño, un sueño dulce y mutuo, les cogió, y se durmieron felices... Y ved lo que son las cosas: Juan se enmendó, o, al menos, pareció enmendarse.

Tenía Santa Cruz en altísimo grado las triquiñuelas del artista de la vida, que sabe disponer las cosas del mejor modo posible para sistematizar y refinar sus dichas. Sacaba partido de todo, distribuyendo los goces y ajustándolos a esas misteriosas mareas del humano apetito, que cuando se acentúan significan una organización viciosa. En el fondo de la naturaleza humana hay también, como en la superficie social, una sucesión de modas, períodos en que es de rigor cambiar de apetitos. Juan tenía temporadas. En épocas periódicas y casi fijas se hastiaba de sus correrías, y entonces su mujer, tan mona y cariñosa, le ilusionaba como si fuera la mujer de otro. Así lo muy antiguo y conocido se convierte en nuevo. Un texto desdeñado de puro sabido vuelve a interesar cuando la memoria principia a perderle y la curiosidad se estimula. Ayudaba a esto el tiernísimo amor que Jacinta le tenía, pues allí sí que no había farsa, ni vil interés, ni estudio. Era, pues, para el *Delfín* una dicha verdadera y casi nueva volver a su puerto después de mil borrascas. Parecía que se restauraba con un cariño tan puro, tan leal y tan suyo, pues nadie en el mundo podía disputárselo.

En honor de la verdad, se ha de decir que Santa Cruz amaba a su mujer. Ni aun en los días en que más viva estaba la marea de la infidelidad dejó de haber para Jacinta un hueco de preferencia en aquel corazón que tenía tantos rincones y callejuelas. Ni la variedad de aficiones y caprichos excluía un sentimiento inamovible hacia su compañera por la ley y la religión. Conociendo perfectamente su valer moral, admiraba en ella las virtudes que él no tenía y que, según su criterio, tampoco le hacían mucha falta. Por esta última razón no incurría en la humildad de confesarse indigno de tal joya, pues su amor propio iba siempre por delante de todo, y teníase por merecedor de cuantos bienes disfrutaba o pudiera disfrutar en este bajo mundo. Vicioso y discreto, sibarita y hombre de talento, aspirando a la erudición de todos los goces y con bastante buen gusto para espiritualizar las cosas materiales, no podía contentarse con gustar la belleza comprada o conquistada, la gracia, el donaire, la extravagancia; quería gustar también la virtud, no precisamente la vencida, que deja de serlo, sino la pura, que en su pureza misma tenía para él su picante.

## II

Por lo dicho se habrá comprendido que el *Delfín* era un hombre enteramente desocupado. Cuando se casó, hízole proposiciones don Baldomero para que tomase algunos miles y negociara con ellos, ya jugando a la Bolsa, ya en otra especulación cualquiera. Aceptó el joven, mas no le satisfizo el ensayo, y renunció en absoluto a meterse en negocios, que traen muchas incertidumbres y desvelos. Don Baldomero no había podido sustraerse a esa preocupación tan española de que los padres trabajen para que los hijos descansen y gocen. Recreábase aquel buen señor en la ociosidad de su hijo como un artesano se recrea en su obra, y más la admira cuanto más doloridas y fatigadas se le quedan las manos con que la ha hecho.

Conviene decir también que el joven aquel no era derrochador. Gastaba, sí, pero con pulso y medida, y sus placeres dejaban de serlo cuando empezaban a exigirle algo de disipación. En tales casos era cuando la virtud le mostraba su rostro apacible y seductor. Tenía cierto respeto ingénito al bolsillo, y si podía comprar una cosa con dos pesetas, no era él seguramente quien daba tres. En todas las ocasiones, el desprenderse de una cantidad fuerte le costaba siempre algún trabajo, al contrario de los dadivosos, que cuando dan parece que se les quita un peso de encima. Y como conocía tan bien el valor de la moneda, sabía emplearla en la adquisición de sus goces de una manera prudente y casi mercantil. Ninguno sabía como él *sacar el jugo* a un billete de cinco duros o de veinte. De la cantidad con que cualquier manirroto se proporciona un placer, Juanito Santa Cruz sacaba siempre dos.

A fuer de hábil financiero, sabía pasar por generoso cuando el caso lo exigía. Jamás hizo locuras, y si alguna vez sus apetitos le llevaron a ciertas pendientes, supo agarrarse a tiempo para evitar un resbalón. Una de las más puras satisfacciones de los señores de Santa Cruz era saber a ciencia cierta que su hijo no tenía trampas, como la mayoría de los hijos de familia en estos depravados tiempos.

Algo le habría gustado a don Baldomero que el *Delfín* diera a conocer sus eximios talentos en la política. ¡Oh! Si él se lanzara, seguramente descollaría. Pero Barbarita le desanimaba.

—¡La política, la política! ¿Pues no estamos viendo lo que es? Una comedia. Todo se vuelve habladurías y no hacer nada de provecho...

Lo que hacía cavilar algo a don Baldomero II era que su hijo no tuviese la firmeza de ideas que él tenía, pues él pensaba el 73 lo mismo que había pensado el 45; es decir, que debe haber mucha libertad y mucho palo, que la libertad hace muy buenas migas con la religión, y que conviene perseguir y escarmentar a todos los que van a la política a hacer chanchullos.

Porque Juan era la inconsecuencia misma. En los tiempos de Prim manifestóse entusiasta por la candidatura del duque de Montpensier:

—Es el hombre que conviene, desengañaos; un hombre que lleva al dedillo las cuentas de su casa, un modelo de padres de familia.

Vino don Amadeo, y el *Delfín* se hizo tan republicano que daba miedo oírle:

—La monarquía es imposible; hay que convencerse de ello. Dicen que el país no está preparado para la república; pues que lo preparen. Es como si se pretendiera que un hombre supiera nadar sin decidirse a entrar en el agua. No hay más remedio que pasar algún mal trago... La desgracia enseña..., y si no, vean esa Francia, esa prosperidad, esa inteligencia, ese patriotismo..., esa manera de pagar los cinco mil millones...

Pues señor, vino el 11 de febrero, y al principio le pareció a Juan que todo iba a qué quieres boca:

—Es admirable. La Europa está atónita. Digan lo que quieran, el pueblo español tiene un gran sentido.

Pero a los dos meses, las ideas pesimistas habían ganado ya por completo su ánimo:

—Esto es una pillería, esto es una vergüenza. Cada país tiene el gobierno que merece, y aquí no puede gobernar más que un hombre que esté siempre con una estaca en la mano.

Por gradaciones lentas, Juanito llegó a defender con calor la idea alfonsina.

—Por Dios, hijo —decía don Baldomero con inocencia—, si eso no puede ser.

Y sacaba a relucir los *jamases* de

Prim. Poníase Barbarita de parte del desterrado príncipe, y como el sentimiento tiene tanta parte en la suerte de los pueblos, todas las mujeres apoyaban al príncipe y le defendían con argumentos sacados del corazón. Jacinta dejaba muy atrás a las más entusiastas por don Alfonso:

—¡Es un niño!

Y no daba más razón

Teníase a sí mismo el heredero de Santa Cruz por una gran persona. Estaba satisfecho, cual si se hubiera creado y visto que era bueno.

—Porque yo —decía, esforzándose en aliar la verdad con la modestia— no soy de lo peorcito de la humanidad. Reconozco que hay seres superiores a mí, por ejemplo, mi mujer; pero ¡cuántos hay inferiores, cuántos!

Sus atractivos físicos eran realmente grandes, y él mismo lo declaraba en sus soliloquios íntimos:

—¡Qué guapo soy! Bien dice mi mujer que no hay otro más salado. La pobrecilla me quiere con delirio... y yo a ella lo mismo, como es justo. Tengo la gran figura, visto bien, y en modales y en trato me parece... que somos algo.

En la casa no había más opinión que la suya; era el oráculo de la familia y les cautivaba a todos no sólo por lo mucho que le querían y mimaban, sino por el sortilegio de su imaginación, por aquella bendita labia suya y su manera de insinuarse. La más subyugada era Jacinta, quien no se hubiera atrevido a sostener delante de la familia que lo blanco es blanco si su querido esposo sostenía que es negro. Amábale con verdadera pasión, no teniendo poca parte en este sentimiento la buena facha de él y sus relumbrones intelectuales. Respecto a las perfecciones morales que toda la familia declaraba en Juan, Jacinta tenía sus dudas. Vaya si las tenía. Pero viéndose sola en aquel terreno de la incertidumbre, llenábase de tristeza y decía: "¿Me estaré quejando de vicio? ¿Seré yo, como aseguran, la más feliz de las mujeres, y no habré caído en ello?"

Con estas consideraciones azotaba y mortificaba su inquietud para aplacarla como los penitentes vapulean la carne para reducirla a la obediencia del espíritu. Con lo que no se conformaba era con no tener chiquillos, "porque todo se puede ir conllevando —decía—, menos eso. Si yo tuviera un niño, me entretendría mucho con él, y no pensaría en ciertas cosas". De tanto cavilar en esto, su mente padecía alucinaciones y desvaríos. Algunas noches, en el primer período del sueño, sentía sobre su seno un contacto caliente y una boca que la chupaba. Los lengüetazos la despertaban sobresaltada, y con la tristísima impresión de que todo aquello era mentira, lanzaba un ¡ay!, y su marido le decía desde la otra cama:

—¿Qué es eso, nenita?... ¿Pesadilla?

—Sí, hijo, un sueño muy malo.

Pero no quería decir la verdad por temor de que Juan lo tomara a risa.

Los pasillos de su gran casa le parecían lúgubres sólo porque no sonaba en ellos el estrépito de las pataditas infantiles. Las habitaciones inservibles destinadas a la chiquillería, *cuando la hubiera,* infundíanle tal tristeza, que los días en que se sentía muy tocada de la manía no pasaba por ellas. Cuando por las noches veía entrar de la calle a don Baldomero, tan bondadoso y jovial, siempre con su cara de Pascua, vestido de finísimo paño negro y tan limpio y sonrosado, no podía menos de pensar en los nietos que aquel señor debía tener para que hubiera lógica en el mundo, y decía para sí: "¡Qué abuelito se están perdiendo!"

Una noche fue al teatro Real de muy mala gana. Había estado todo el día y la noche anterior en casa de Candelaria, que tenía enferma a la niña pequeña. Malhumorada y soñolienta, deseaba que la ópera se acabase pronto; pero, desgraciadamente, la obra, como de Wagner, era muy larga, música excelente, según Juan y todas las personas de gusto, pero que a ella no le hacía maldita gracia. No lo entendía, vamos. Para ella no había más música que la italiana: mientras más clarita y más de organillo, mejor. Puso su muestrario en primera fila, y se colocó en la última silla de atrás. Las tres pollas, Barbarita II, Isabel y Andrea, estaban muy gozosas, sintiéndose flechadas por mozalbetes del paraíso y de palcos por asiento. También de butacas venía algún anteojazo bueno. Doña Bárbara no estaba. Al llegar al cuarto acto, Jacinta sintió aburrimiento. Miraba mucho al palco de su marido y no le veía. ¿En dónde estaba? Pensando en esto, hizo una cortesía de respeto al gran Wagner, inclinando suavemente la graciosa cabeza sobre el pecho. Lo último que oyó fue un trozo descriptivo en que la orquesta hacía un rumor semejante al de las trompetillas con que los mosquitos divierten al hombre en las noches de verano. Al arrullo de esta música cayó la dama en sueño profundísimo, uno de esos sueños intensos y breves en que el cerebro finge la realidad con un relieve y un histrionismo admirables. La impresión que estos letargos dejan suele ser más honda que la que nos queda de muchos fenómenos externos y apreciados por los sentidos. Hallábase Jacinta en un sitio que era su casa y no era su casa... Todo estaba forrado de un satén blanco con flores que el día anterior habían visto ella y Barbarita en casa de Sobrino... Estaba sentada en un *puff* y por las rodillas se le subía un muchacho lindísimo, que primero le cogía la cara, después le metía la mano en el pecho. "Quita, quita..., eso es caca..., ¡qué asco!..., cosa fea, es para el gato..." Pero el muchacho no se daba a partido. No tenía más que la camisa de finísima holanda, y sus carnes finas resbalaban sobre la seda de la bata de su mamá. Era una bata color *azul gendarme*, que semanas antes había regalado a su hermana Candelaria... "No, no, eso no..., quita..., caca..." Y él, insistiendo siempre, pesadito, monísimo. Quería desabotonar la bata y meter mano. Después dio cabezadas contra el seno. Viendo que nada conseguía, se puso serio, tan extraordinariamente serio, que parecía un hombre. La miraba con sus ojazos vivos y húmedos, expresando en ellos y en la boca todo el desconsuelo que en la humanidad cabe. Adán, echado del Paraíso, no miraría de otro modo el bien que perdía. Jacinta quería reírse, pero no podía, porque el pequeño le clavaba su inflamado mirar en el alma. Pasaba mucho tiempo así el niño-hombre mirando a su madre, y derritiendo lentamente la entereza de ella con el rayo de sus ojos. Jacinta sentía que se le desgajaba algo en sus entrañas. Sin saber lo que hacía, soltó un botón... Luego otro. Pero la cara del chico no perdía su seriedad. La madre se alarmaba y... fuera el tercer botón... Nada, la cara y la mirada del nene siempre adusta, con una gravedad hermosa, que iba siendo terrible... El cuarto botón, el quinto, todos los botones salieron de los ojales, haciendo gemir la tela. Perdió la cuenta de los botones que soltaba. Fueron ciento, puede que mil... Ni por ésas... La cara iba tomando una inmovilidad sospechosa. Jacinta, al fin, metió la mano en su seno, sacó lo que el muchacho deseaba y le miró, segura de que se desenojaría cuando viera una cosa tan rica y tan bonita... Nada; cogió entonces la cabeza del muchacho, la atrajo a sí, y, que quieras que no, le metió en la boca... Pero la boca era insensible, y los labios no se movían. Toda la cara parecía de una estatua. El contacto que Jacinta sintió en parte tan delicada de su epidermis era el roce espeluznante del yeso, roce de superficie áspera y polvorosa. El estremecimiento que aquel contacto le produjo dejóla por un rato atónita; después abrió los ojos y se hizo cargo de que estaban allí sus hermanas; vio los cortinones pintados de la boca del teatro, la apretada concurrencia de los costados del paraíso. Tardó un rato en darse cuenta de dónde estaba y de los disparates que había soñado, y se echo mano al pecho con un movimiento de pudor y miedo. Oyó la orquesta, que seguía imitando a los mosquitos, y al mirar al palco de su marido vio a Federico Ruiz, el gran melómano, con la cabeza echada hacia atrás, la boca entreabierta, oyendo y gustando con fruición inmensa la deliciosa música de los violines con sordina. Parecía que le caía dentro de la boca un hilo del clarificado más fino y dulce que se pudiera imaginar. Estaba el hombre en un puro éxtasis. Otros melómanos furiosos vio la dama en el palco; pero ya había concluido el cuarto acto y Juan no parecía.

## III

Si todo lo que les pasa a las personas superiores mereciera una efeméride, es facil que en una hoja de calendario americano, correspondiente a diciembre del 73, se encontrara este parrafito: "Día *tantos:* Fuerte catarro de Juanito Santa Cruz. La imposibilidad de salir de casa le pone de un humor de doscientos mil diablos." Estaba sentado junto a la chimenea, envuelto de la cintura abajo en una manta que parecía la piel de un tigre, gorro calado hasta las orejas, en la mano un periódico, en la silla inmediata tres, cuatro, muchos periódicos. Jacinta le daba bromas por su forzada esclavitud, y él, hallando distracción en aquellas guasitas, hizo como que le pegaba, la cogió por un brazo, le atenazó la barba con los dedos, le sacudió la cabeza, después le dio bofetadas, terribles bofetadas, y luego muchísimos porrazos en diferentes partes del cuerpo y grandes pinchazos o estocadas con el dedo índice muy tieso. Después de bien cosida a puñaladas, le cortó la cabeza segándole el pescuezo, y como si aún no fuera bastante sevicia, la acribilló con cruelísimas e inhumanas cosquillas, acompañando sus golpes de estas feroces palabras:

—¡Qué *guasoncita* se me ha vuelto mi nena!... Voy yo a enseñar a mi payasa a dar bromitas, y le voy a dar una solfa buena para que no le queden ganas de...

Jacinta se desbarataba de risa, y el *Delfín,* hablando con un poco de seriedad, prosiguió:

—Bien sabes que no soy callejero... A fe que te puedes quejar. Maridos conozco que cuando ponen el pie en la calle, del tirón se están tres días sin parecer por la casa. Éstos podrían tomarme a mí por modelo.

—Mariquita, date tono —replicó Jacinta, secándose las lágrimas que la risa y las cosquillas le habían hecho derramar—. Ya sé que hay otros peores; pero no pongo yo mi mano en el fuego por que seas el número uno.

Juan meneó la cabeza en señal de amenaza. Jacinta se puso lejos de su alcance, por si se repetían las bárbaras cosquillas.

—Es que tú exiges demasiado —dijo el marido, deplorando que su mujer no le tuviese por el más perfecto de los seres creados.

Jacinta hizo un mohín gracioso con fruncimiento de cejas y labios, el cual quería decir: "No me quiero meter en discusiones contigo, porque saldría con las manos en la cabeza." Y era verdad, porque el *Delfín* hacía las prestidigitaciones del razonamiento con muchísima habilidad.

—Bueno —indicó ella—. Dejémonos de tonterías. ¿Qué quieres almorzar?

—Eso mismo venía yo a saber —dijo doña Bárbara apareciendo en la puerta—. Almorzarás lo que quieras; pero pongo en tu conocimiento, para tu gobierno, que he traído unas calandrias riquísimas. *Divinidades,* como dice Estupiñá.

—Tráiganme lo que quieran, que tengo más hambre que un maestro de escuela.

Cuando salieron las dos damas, Santa Cruz pensó un ratito en su mujer, formulando un panegírico mental. ¡Qué ángel! Todavía no había acabado él de cometer una falta, y ya estaba ella perdonándosela. En los días precursores del catarro, hallábase mi hombre en una de aquellas etapas o mareas de su inconstante naturaleza, las cuales, alejándole de las aventuras, le aproximaban a su mujer. Las personas más hechas a la vida ilegal sienten en ocasiones vivo anhelo de ponerse bajo la ley por poco tiempo. La ley les tienta como puede tentar el capricho. Cuando Juan se hallaba en esta situación, llegaba hasta desear permanecer en ella; aún más, llegaba a creer que seguiría. Y la *Delfina* estaba contenta. "Otra vez ganado —pensaba—. ¡Si la buena durara!... ¡Si yo pudiera ganarle de una vez para siempre y derrotar en toda la línea a las *cantonales!*..."

Don Baldomero entró a ver a su hijo antes de pasar al comedor.

—¿Qué es eso, chico? Lo que yo digo: no te abrigas. ¡Qué cosas tenéis tú y Villalonga! ¡Pararse a hablar a las diez de la noche en la esquina del Ministerio de la Gobernación, que es otra punta del diamante! Te vi. Venía yo con Cantero de la Junta del Banco. Por cierto que estamos desorientados. No se sabe adónde irá a parar esta anarquía. ¡Las acciones a ciento treinta y ocho!... Pase usted, Aparisi... Es Aparisi, que viene a almorzar con nosotros.

El concejal entró y saludó a los dos Santa Cruz.

—¿Qué periódicos has leído? —preguntó el papá, calándose los quevedos, que sólo usaba para leer—. Toma *La Época* y dame *El Imparcial*... Bueno, bueno va esto. ¡Pobre España! Las acciones, a ciento treinta y ocho... El consolidado, a trece.

—¿Qué trece?... Eso quisiera usted —observó el eterno concejal—. Anoche lo ofrecían a once en el Bolsín y no lo quería nadie. Esto es el diluvio.

Y acentuando de una manera notabilísima aquella expresión de oler una cosa muy mala, añadió que todo lo que estaba pasando lo había previsto él, y que los sucesos no discrepaban ni tanto así de lo que *día por día* había venido él profetizando. Sin hacer mucho caso de su amigo, don Baldomero leyó en voz alta la noticia o estribillo de todos los días.

—"La partida tal entró en tal pueblo, quemó el archivo municipal, se racionó y volvió a salir... La columna tal perseguía activamente al cabecilla cual, y después de racionarse..." Ea —dijo sin acabar de leer—, vamos a racionarnos nosotros. El marqués no viene. Ya no se le espera más.

En esto entró Blas, el criado de Juan, con la mesita, ya puesta, en que había de almorzar el enfermo. Poco después apareció Jacinta trayendo platos. Después de saludarla, Aparisi le dijo:

—Guillermina me ha dado un recado para usted... Hoy no hay *odisea filantrópica* a la *parroquia de la chinche,* porque anda en busca de ladrillo portero para cimientos. Ya tiene hecho todo el vaciado del edificio... y por poco dinero. Unos carros trabajando a destajo, otros de limosna; aquél, que ayuda medio día, el otro que va un par de horas, ello es que no le sale el metro cúbico ni a cinco reales. Y no sé qué tiene esa mujer. Cuando va a examinar las obras, parece que hasta las mulas de los carros la conocen y tiran más fuerte para darle gusto... Francamente, yo, que siempre creí que el tal edificio no era *factible,* voy viendo...

—Milagro, milagro —apuntó don Baldomero, en marcha hacia el comedor.

—¿Y tú? —preguntó Juan a su consorte, al quedarse solos—. ¿Almuerzas aquí o allá?

—¿Quieres que aquí? Almorzaré en las dos partes. Dice tu mamá que te estoy mimando mucho.

—Toma, golosa —le dijo él alargándole un pedazo de tortilla en el tenedor.

Después de comérselo, la *Delfina* corrió al comedor. Al poco rato volvió riendo.

—Aquí te tengo reservada esta pechuga de calandria. Toma, abre la boquita, nena.

La nena cogió el tenedor, y después de comerse la pechuga volvió a reír.

—¡Qué alegre está el tiempo!

—Es que ha llegado el marqués, y desde que se sentó a la mesa empezaron Aparisi y él a tirotearse.

—¿Qué han dicho?

—Aparisi afirmó que la monarquía no era *factible,* y después largó un *ipso facto* y otras cosas muy finas.

Juan soltó la carcajada.

—El marqués estará furioso.

—Come en silencio, meditando una venganza. Te contaré lo que ocurra. ¿Quieres pescadilla? ¿Quieres bistec?

—Tráeme lo que quieras, con tal que vengas pronto.

Y no tardó en volver, trayendo un plato de pescado.

—Hijo de mi vida, le mató.

—¿Quién?

—El marqués a Aparisi... Le dejó en el sitio.

—Cuenta, cuenta.

—Pues de primera intención soltóle a su enemigo un *delirium tremens* a boca de jarro, y después, sin darle tiempo de respirar, un *mane tecel fare.* El otro se ha quedado como atontado por el golpe. Veremos con lo que sale.

—¡Qué célebre! Tomaremos café juntos —dijo Santa Cruz—. Vente pronto para acá. ¡Qué coloradita estás!

—Es de tanto reírme.

—Cuando digo que me estás haciendo tilín...

—Al momento vuelvo... Voy a ver lo que salta por allá. Aparisi está indignado con Castelar, y dice que lo que le pasa a Salmerón es porque no ha seguido sus consejos...

—¡Los consejos de Aparisi!

—Sí, y al marqués lo que le tiene con el alma en un hilo es que se levante *la masa obrera.*

Volvió Jacinta al comedor, y el último cuento que trajo fue éste:

—Chico, si estás allí te mueres de risa. ¡Pobre Muñoz! El otro se ha rehecho y le está soltando unos primores... Figúrate. Ahora está contando que ha visto un proyectil de los que tiran los carcas, y el fusil Berdan... No dice agujeros, sino *orificios.* Todo se vuelve *orificios,* y el marqués no sabe lo que le pasa...

No pudo seguir, porque entró Muñoz, fumando un gran puro, a saludar al enfermo.

—Hola, Juanín... ¿Estamos *exclaustrados?*... Y ¿qué es?... ¿Coriza? Eso es bueno, y cuando la mucosa necesita eliminar, que elimine... En fin, yo me...

Iba a decir *me largo;* pero al ver entrar a Aparisi (tal creyeron Jacinta y su marido), dijo:

—...me ausento.

A eso de las tres, marido y mujer estaban solos en el despacho: él, en el sillón leyendo periódicos; ella, arreglando la habitación, que estaba algo desordenada. Barbarita había salido a compras. El criado anunció a un hombre que quería hablar con el *señor joven.*

—Ya sabes que no recibe —dijo

la señorita, y tomando de manos de Blas una tarjeta que éste traía, leyó—: *José Ido del Sagrario, corredor de publicaciones nacionales y extranjeras.*

—Que entre, que entre al instante— ordenó Santa Cruz, saltando en su asiento—. Es el loco más divertido que puedes imaginar. Verás cómo nos reímos... Cuando nos cansemos de oírle, le echamos. ¡Tipo más célebre!... Le vi hace días en casa de Pez, y nos hizo morir de risa.

Al poco rato entró en el despacho un hombre muy flaco, de cara enfermiza y toda llena de lóbulos y carúnculas, los pelos bermejos y muy tiesos, como crines de escobillón; la ropa prehistórica y muy raída, corbata roja y deshilachada, las botas muertas de risa. En una mano traía el sombrero, que era un *claque* del año en que esta prenda se inventó, el primogénito de los *claques* sin género de duda, y en la otra un lío de carteras prospectos para hacer suscriciones a libros de lujo, las cuales estaban tan sobadas, que la mugre no permitía ver los dorados de la pasta. Impresionó penosamente a la compasiva Jacinta aquella estampa de miseria en traje de persona decente, y más lástima tuvo cuando le vio saludar con urbanidad y sin encogimiento, como hombre muy hecho al trato social.

—Hola, señor de Ido..., ¡cuánto gusto de verle! —le dijo Santa Cruz con fingida seriedad—. Siéntese, y dígame qué le trae por aquí.

—Con permiso... ¿Quiere usted *Mujeres célebres?*

Jacinta y su marido se miraron.

—O *Mujeres de la Biblia* —prosiguió Ido, enseñando carteras—. Como el señor de Santa Cruz me dijo el otro día en casa del señor de Pez que deseaba conocer las publicaciones de las casas de Barcelona que tengo el honor de representar... ¿O quiere usted *Cortesanas célebres, Persecuciones religiosas, Hijos del trabajo, Grandes inventos, Dioses del paganismo...?*

## IV

—Basta, basta; no cite usted más obras, ni me enseñe más carteras. Ya le dije que no me gustan libros por suscrición. Se extravían las entregas y es volverse loco... Prefiero tomar alguna obra completa. Pero no tenga prisa; estará usted cansado de tanto correr por ahí. ¿Quiere tomar una copita?

—Muchísimas gracias. Nunca bebo.

—¿No? Pues el otro día, cuando nos vimos en casa de Joaquín, decía éste que estaba usted algo peneque..., se entiende, un poco alegre.

—Perdone usted, señor de Santa Cruz —replicó Ido avergonzado—. Yo no me embriago; no me he embriagado jamás. Algunas veces, sin saber cómo ni por qué, me entra cierta excitación, y me pongo así, nervioso y como echando chispas..., me pongo eléctrico. ¿Ven ustedes?... Ya lo estoy. Fíjese usted, señor don Juan, y observe cómo se me mueve el párpado izquierdo y el músculo este de la quijada en el mismo lado. ¿Lo ve usted?... Ya está la función armada. Francamente, así no se puede vivir. Los médicos me dicen que coma carne. Como carne y me pongo peor. Ea, ya estoy como un muelle de reloj... Si usted me da su permiso, me retiro...

—Hombre, no; descanse usted. Eso se le pasará. ¿Quiere usted un vaso de agua?

Jacinta sintió que no le dejase marchar, porque la idea de que el hombre aquel iba a caer allí con una pataleta le inspiraba repugnancia y miedo. Como Juan insistiese en lo del vaso de agua, díjole su esposa por lo bajo:

—Este infeliz lo que tiene es hambre.

—A ver, señor de Ido —indicó la dama—, ¿se comería usted una chuletita?

Don José respondió tácitamente, con la expresión de una incredulidad profunda. Cada vez parecía más extraño su mirar y más acentuado el temblor del párpado y la mejilla.

—Perdóneme usted, señora... Como la cabeza se me va, no puedo hacerme cargo de nada. Usted ha dicho que si me comería yo una...

—Una chuletita.

—Mi cabeza no puede apreciar bien... Padezco de olvidos de nombres y cosas. ¿A qué llama usted una chuleta? —añadió llevándose la mano a las erizadas crines, por donde se le escapaba la memoria y le entraba la electricidad— ¿Por ventura, lo que usted llama... no sé cómo, es un pedazo de carne con un rabito que es de hueso?

—Justo. Llamaré para que se la traigan.

—No se moleste, señora. Yo llamaré.

—Que le traigan dos —dijo el señorito gozando con la idea de ver comer a un hambriento.

Jacinta salió, y mientras estuvo fuera Ido hablaba de su mala suerte.

—En este país, señor don Juanito, no se protege a las letras. Yo, que he sido profesor de primera enseñanza; yo, que he escrito obras de amena literatura, tengo que dedicarme a correr publicaciones para llevar un pedazo de pan a mis hijos... Todos me lo dicen: si yo hubiera nacido en Francia, ya tendría *hotel*...

—Eso es indudable. ¿No ve usted que aquí no hay quien lea, y los pocos que leen no tienen dinero?...

—Naturalmente —decía Ido a cada instante, echando ansiosas miradas en redondo por ver si aparecía la chuleta.

Jacinta entró con un plato en la mano. Tras ella vino Blas con el mismo velador en que había almorzado el señorito, un cubierto, servilleta, panecillo, copa y botella de vino. Miró estas cosas Ido con estupor famélico, no bien disimulado por la cortesía, y le entró una risa nerviosa, señal de hallarse próximo a la plenitud de aquel estado que llamaba eléctrico. La *Delfina* se volvió a sentar junto a su marido y miraba entre espantada y compasiva al desgraciado don José. Éste dejó en el suelo las carteras y el *claque* que no se cerraba nunca, y cayó sobre las chuletas como un tigre... Entre los mascullones salían de su boca palabras y frases desordenadas:

—Agradecidísimo... Francamente, habría sido falta de educación desairar... No es que tenga apetito, naturalmente... He almorzado fuerte..., pero ¿cómo desairar? Agradecidísimo...

—Observo una cosa, querido don José —dijo Santa Cruz.

—¿Qué?

—Que no masca usted lo que come.

—¡Oh! ¿Le interesa a usted que masque?

—No; a mí, no.

—Es que no tengo muelas... Como como los pavos. Naturalmente..., así me sienta mejor.

—¿Y no bebe usted?

—Media copita nada más... El vino no me hace provecho; pero muy agradecido, muy agradecido...

Y a medida que iba comiendo, le bailaban más el párpado y el músculo, que parecían ya completamente declarados en huelga. Notábanse en sus brazos y cuerpo estremecimientos muy bruscos, como si le estuvieran haciendo cosquillas.

—Aquí donde le ves —dijo Santa Cruz—, se tiene una de las mujeres más guapas de Madrid.

Hizo un signo a Jacinta que quería decir :"Espérate, que ahora viene lo bueno."

—¿Es de veras?

—Sí. No se la merece. Ya ves que él es feo adrede.

—Mi mujer... Nicanora... —murmuró Ido sordamente, ya en

el último bocado—, la Venus de Médicis..., carnes de raso...

—¡Tengo unas ganas de conocer a esa célebre hermosura!... —afirmó Juan.

Don José no había dejado nada en el plato más que el hueso. Después exhaló un hondísimo suspiro, y llevándose la mano al pecho dejó escapar con bronca voz estas palabras:

—La hermosura exterior nada más..., sepulcro blanqueado..., corazón lleno de víboras.

Su mirada infundió tanto terror a Jacinta, que dijo por señas a su marido que le dejara salir. Pero el otro, queriendo divertirse un rato, hostigó la demencia de aquel pobre hombre para que saltara.

—Venga acá, querido don José. ¿Qué tiene usted que decir de su esposa, si es una santa?

—¡Una santa! ¡Una santa! —repitió Ido, con la barba pegada al pecho y echando al *Delfín* una mirada que en otra cara habría sido feroz—. Muy bien, señor mío. ¿Y usted en qué se funda para asegurarlo sin pruebas?

—La voz pública lo dice.

—Pues la voz pública se engaña —gritó Ido alargando el cuello y accionando con energía—. La voz pública no sabe lo que se pesca.

—Pero cálmese usted, pobre hombre —se atrevió a expresar Jacinta—. A nosotros no nos importa que su mujer de usted sea lo que quiera.

—¡Que no les importa!... —replicó Ido con entonación trágica de actor de la legua—. Ya sé que estas cosas a nadie le importan más que a mí, al esposo ultrajado, al hombre que sabe poner su honor por encima de todas las cosas.

—Es claro que a él le importa principalmente —dijo Santa Cruz, hostigándole más—. Y que tiene el genio blando este señor Ido.

—Y para que usted, señora —añadió el desgraciado mirando a Jacinta de un modo que la hizo estremecer—, pueda apreciar la justa indignación de un hombre de honor, sepa que mi esposa es... ¡adúuultera!

Dijo esta palabra con un alarido espantoso, levantándose del asiento y extendiendo ambos brazos como suelen hacer los bajos de ópera cuando echan una maldición. Jacinta se llevó las manos a la cabeza. Ya no podía resistir más aquel desagradable espectáculo. Llamó al criado para que acompañara al desventurado corredor de obras literarias. Pero Juan, queriendo divertirse más, procuraba calmarle.

—Siéntese, señor don José, y no se excite tanto. Hay que llevar estas cosas con paciencia.

—¡Con paciencia, con paciencia! —exclamó Ido, que en su estado eléctrico repetía siempre la última frase que se le decía, como si la mascase, a pesar de no tener muelas.

—Sí, hombre: estos tragos no hay más remedio que irlos pasando. Amargan un poco, pero al fin el hombre, como dijo el otro, se va *jaciendo.*

—¡Se va *jaciendo!* ¿Y el honor, señor de Santa Cruz?...

Y otra vez hincaba la barba en el pecho, mirando con los ojos medio escondidos en el casco y cerrándolos de súbito, como los toros que bajan el testuz para acometer. Las carúnculas del cuello se le inyectaban de tal modo, que casi eclipsaban el rojo de la corbata. Parecía un pavo cuando la excitación de la pelea con otro pavo le convierte en animal feroz.

—El honor —expresó Juan—. ¡Bah!, el honor es un sentimiento convencional...

Ido se acercó paso a paso a Santa Cruz y le tocó en el hombro muy suavemente, clavándole sus ojos de pavo espantado. Después de una larga pausa, durante la cual Jacinta se pegó a su marido como para defenderle de una agresión, el infeliz dijo esto, empezando muy bajito, como si secreteara, y elevando gradualmente la voz hasta terminar de una manera estentórea:

—Y si usted descubre que su mujer, la Venus de Médicis, la de las carnes de raso, la del cuello de cisne, la de los ojos cual estrellas..., si usted descubre que esa divinidad, a quien usted ama con frenesí, esa dama que fue tan pura; si usted descubre, repito, que falta a sus deberes y acude a misteriosas citas con un duque, con un grande de España, sí, señor, con el mismísimo duque de tal...

—Hombre, eso es muy grave, pero muy grave —afirmó Juan, poniéndose más serio que un juez—. ¿Está usted seguro de lo que dice?

—¡Que si estoy seguro!... Lo he visto, lo he visto.

Pronunció esto con oprimido acento, como quien va a romper en llanto.

—Y usted, señor don José de mi alma —dijo Santa Cruz, fingiéndose no ya serio, sino consternado—, ¿qué hace que no pide una satisfacción al duque?

—¡Duelos..., duelitos a mí! —replicó Ido con sarcasmo—. Eso es para los tontos. Estas cosas se arreglan de otro modo.

Y vuelta a empezar bajito, para concluir a gritos:

—Yo haré justicia, se lo juro a usted... Espero cogerlos *in fraganti* otra vez, *in fraganti*, señor don Juan. Entonces aparecerán los dos cadáveres atravesados por una sola espada... Ésta es la venganza, ésta es la ley... por una sola espada... Y me quedaré tan fresco, como si tal cosa. Y podré salir por ahí mostrando mis manos manchadas con la sangre de los adúlteros y decir a gritos: "Aprended de mí, maridos, a defender vuestro honor. Ved estas manos justicieras, vedlas y besadlas..." Y vendrán todos..., toditos, a besarme las manos. Y será un besamanos, porque hay tantos, tantísimos...

Al llegar a este grado de su lastimoso acceso, el infeliz Ido ya no tenía atadero. Gesticulaba en medio de la habitación, iba de un lado para otro, parábase delante de los esposos sin ninguna muestra de respeto, daba rápidas vueltas sobre un tacón y tenía todas las trazas de un hombre completamente irresponsable de lo que dice y hace. El criado estaba en la puerta riendo, esperando que sus amos le mandasen poner a aquel adefesio en la calle. Por fin, Juan hizo una seña a Blas; y a su mujer le dijo por lo bajo: "Dale un par de duros." Dejóse conducir hasta la puerta el pobre don José sin decir una palabra ni despedirse. Blas le puso en la cabeza el primogénito de todos los *claques*, en una mano las mugrientas carteras, en otra los dos duros que para el caso le dio la señorita; la puerta se cerró y oyóse el pesado, inseguro paso del hombre eléctrico por las escaleras abajo.

—A mí no me divierte esto —opinó Jacinta—. Me da miedo. ¡Pobre hombre! La miseria, el no comer le habrán puesto así.

—Es lo más inofensivo que te puedes figurar. Siempre que va a casa de Joaquín le pinchamos para que hable de la *adúuultera*. Su demencia es que su mujer se la pega con un grande de España. Fuera de eso, es razonable y muy veraz en cuanto habla. ¿De qué provendrá esto, Dios mío? Lo que tú dices, el no comer. Este hombre ha sido también autor de novelas, y de escribir tanto adulterio, no comiendo más que judías, se le reblandeció el cerebro.

Y no se habló más del loco. Por la noche fue Guillermina, y Jacinta, que conservaba la mugrienta tarjeta con las señas de Ido, se la dio a su amiga para que en sus excursiones le socorriese. En efecto, la familia del corredor de obras (Mira el Río, 12) merecía que alguien se interesara por ella. Guillermina conocía la casa y tenía en ella muchos parroquianos. Después de visitarla. hizo a su amiguita una pintura muy patética de la miseria que en la madriguera de los Idos reinaba. La esposa era una infeliz mujer, mártir del trabajo y de la inanición, humilde, estropeadísima, fea de encargo, mal pergeñada. Él ganaba poco, casi nada. Vivía la familia de lo que ganaban el hijo mayor, cajista, y la hija, polluela de buen ver que aprendía para peinadora.

Una mañana, dos días después de la visita de Ido, Blas avisó que en el recibimiento estaba el hombre aquel de los pelos tiesos. Quería hablar con la señorita. Venía muy pacífico. Jacinta fue allá, y antes de llegar ya estaba abriendo su portamonedas.

—Señora —le dijo Ido al tomar lo que se le daba—, estoy agradecidísimo a sus bondades; pero, ¡ay!, la señora no sabe que estoy desnudo..., quiero decir, que esta ropa que llevo se me está deshaciendo sobre las carnes... Y, naturalmente, si la señora tuviera unos pantaloncitos desechados del señor don Juan...

—¡Ah! Sí..., buscaré. Vuelva usted.

—Porque la señora doña Guillermina, que es tan buena, nos socorrió con bonos de carne y pan, y a Nicanora le dio una manta, que nos viene como bendición de Dios, porque en la cama nos abrigábamos con toda mi ropa y la suya puesta sobre las sábanas...

—Descuide usted, señor del Sagrario; yo le procuraré alguna prenda en buen uso. Tiene usted la misma estatura de mi marido.

—Y a mucha honra... Agradecidísimo, señora; pero, créame la señora, se lo digo con la mano puesta en el corazón: más me convendría ropa de niños que ropa de hombre, porque no me importa estar desnudo con tal que mis chicos estén vestidos. No tengo más que una camisa, que Nicanora, naturalmente, me lava ciertas y determinadas noches mientras duermo, para ponérmela por la mañana..., pero no me importa. Anden mis niños abrigados, y a mí que me parta una pulmonía.

—Yo no tengo niños —dijo la dama con tanta pena como el otro al decir "no tengo camisa".

Maravillábase Jacinta de lo muy razonable que estaba el corredor de obras. No advirtió en él ningún indicio de las extravagancias de marras.

—La señora no tiene hijos... ¡Qué lástima! —exclamó Ido—. Dios no sabe lo que se hace... Y yo pregunto: Si la señora no tiene niños, ¿para quién son los niños? Lo que yo digo... Ese señor Dios será todo lo sabio que quieran; pero yo no le paso ciertas cosas.

Esto le pareció a la *Delfina* tan discreto, que creyó tener delante al primer filósofo del mundo, y le dio más limosna.

—Yo no tengo niños —repitió—, pero ahora me acuerdo. Mis hermanas los tienen...

—Mil y mil cuatrillones de gracias, señora. Algunas prendas de abrigo, como las que repartió el otro día doña Guillermina a los chicos de mis vecinos, no nos vendrían mal.

—¿Doña Guillermina repartió a los vecinos y a usted no?... ¡Ah! Descuide usted; ya le echaré yo un buen réspice.

Alentado por esta prueba de benevolencia, Ido empezó a tomar confianza. Avanzó algunos pasos dentro del recibimiento, y bajando la voz dijo a la señorita:

—Repartió doña Guillermina unos capuchoncitos de lana, medias y otras cosas; pero no nos tocó nada. Lo mejor fue para los hijos de la señá Joaquina y para el *Pitusín*, el niño ese..., ¿no sabe la señora?, ese chiquillín que tiene consigo mi vecino Pepe Izquierdo..., un hombre de bien, tan desgraciado como yo... No le quiero quitar al *Pitusín* la preferencia. Comprendo que lo mejor debe caerle a él, por ser de la familia.

—¿Qué dice usted, hombre? ¿De quién habla usted? —indicó Jacinta, sospechando que Ido se electrizaba. Y, en efecto, creyó notar síntomas de temblor en el párpado.

—El *Pitusín*— prosiguió Ido tomándose más confianza y bajando más la voz— es un nene de tres años, muy mono por cierto, hijo de una tal Fortunata, mala mujer, señora, muy mala... Yo la vi una vez, una vez sola. Guapetona; pero muy loca. Mi vecino me ha enterado de todo... Pues, como decía, el pobre *Pitusín* es muy salado..., más listo que Cachucha y más malo... Trae al retortero a toda la vecindad. Yo le quiero como a mis hijos. El señor Pepe le recogió no sé dónde, porque su madre le quería tirar...

Jacinta estaba aturdidísima, como si hubiera recibido un fuerte golpe en la cabeza. Oía las palabras de Ido sin acertar a hacerle preguntas terminantes. ¡Fortunata, el *Pitusín!*... ¿No sería esto una nueva extravagancia de aquel cerebro novelador?

—Pero vamos a ver... —dijo la señorita al fin, comenzando a serenarse—. Todo eso que usted me cuenta, ¿es verdad o es locura de usted?... Porque a mí me han dicho que usted ha escrito novelas, y que por escribirlas comiendo mal ha perdido la chaveta.

—Yo le juro a la señora que lo que le he dicho es el Santísimo Evangelio —replicó Ido, poniéndose la mano sobre el pecho—. José Izquierdo es persona formal. No sé si la señora le conocerá. Tuvo platería en la Concepción Jerónima, un gran establecimiento..., especialidad en regalos para amas... No sé si fue allí donde nació el *Pitusín;* lo que sí sé es que, naturalmente, es hijo de su esposo de usted, el señor don Juanito de Santa Cruz.

—Usted está loco —exclamó la dama con arranque de enojo y despecho—. Usted es un embustero... Márchese usted.

Empujóle hacia la puerta mirando a todos lados por si había en el recibimiento o en los pasillos alguien que tales despropósitos oyera. No había nadie. Don José se deshizo en reverencias, pero no se turbó porque le llamaran loco.

—Si la señora no me cree —se limitó a decir—, puede enterarse en la vecindad...

Jacinta le retuvo entonces. Quería que hablase más.

—Dice usted que ese José Izquierdo... Pero no quiero saber nada. Váyase usted.

Ido había traspasado el hueco de la puerta, y Jacinta cerró de golpe, a punto que él abría la boca para añadir quizá algún pormenor interesante a sus revelaciones. Tuvo la dama intenciones de llamarle. Figurábase que a través de la madera, cual si ésta fuera un cristal, veía el párpado tembloroso de Ido y su cara de pavo, que ya le era odiosa como la de un animal dañino.

"No, no abro... —pensó—. Es una serpiente... ¡Qué hombre! Se finge el loco para que le tengan lástima y le den dinero."

Cuando le oyó bajar las escaleras volvió a sentir deseos de más explicaciones. En aquel mismo momento subían Barbarita y Estupiñá cargados de paquetes de compras. Jacinta les vio por el ventanillo y huyó despavorida hacia el interior de la casa, temerosa de que le conocieran en la cara el desquiciamiento que aquel condenado hombre había producido en su alma.

## V

¡Cómo estuvo aquel día la pobrecita! No se enteraba de lo que le decían, no veía ni oía nada. Era como una ceguera y sordera moral, casi física. La culebra que se le había enroscado dentro, desde el pecho al cerebro, le comía todos los pensamientos y las sensaciones todas, y casi le estorbaba la vida exterior.

Quería llorar; pero ¿qué diría la familia al verla hecha un mar de lágrimas? Habría que decir el motivo... Las reacciones fuertes y pasajeras de toda pena no le faltaban, y cuando aquella marea de consuelo venía, sentía breve alivio. Si todo era un embuste, si aquel hombre estaba loco... Era autor de novelas de brocha gorda, y no pudiendo ya escribirlas para el público, intentaba llevar a la vida real los productos de su imaginación llena de tuberculosis. Sí, sí, sí: no podía ser otra cosa: tisis de la fantasía. Sólo en las novelas malas se ven esos hijos de sorpresa que salen cuando hace falta para complicar el argumento. Pero si lo revelado podía ser una papa, también podía no serlo, y he aquí concluida la reacción de alivio. La culebra, entonces, en vez de desenroscarse, apretaba más sus duros anillos.

Aquel día, el demonio lo hizo, estaba Juan mucho peor de su catarro. Era el enfermo más impertinente y dengoso que se pudiera imaginar. Pretendía que su mujer no se apartara de él, y notando en ella una tristeza que no le era habitual, decíale con enojo:

—Pero ¿qué tienes, qué te pasa, hija? Vaya, pues me gusta... Estoy yo aquí hecho una plasta, aburrido y pasando las de Caín, y te me vienes tú ahora con esa cara de juez. Ríete, por amor de Dios.

Y Jacinta era tan buena, que al fin hacía un esfuerzo para aparecer contenta. El *Delfín* no tenía paciencia para soportar las molestias de un simple catarro, y se desesperaba cuando le venía uno de esos rosarios de estornudos que no se acaban nunca. Empeñábase en despejar su cabeza de la pesada fluxión soñándose con estrépito y cólera.

—Ten paciencia, hijo —le decía su madre—. Si fuera una enfermedad grave, ¿qué harías?

—Pues pegarme un tiro, mamá. Yo no puedo aguantar esto. Mientras más me sueno, más abrumada tengo la cabeza. Estoy harto de beber aguas. ¡Demonio con las aguas! No quiero más brebajes. Tengo el estómago como una charca. ¡Y me dicen que tenga paciencia! Cualquier día tengo yo paciencia. Mañana me echo a la calle.

—Falta que te dejemos.

—Al menos, ríanse, cuéntenme algo, distráiganme. Jacinta, siéntate a mi lado. Mírame.

—Si ya te estoy mirando. Estás muy guapito con tu pañuelo liado en la cabeza, la nariz colorada, los ojos como tomates.

—Búrlate; mejor. Eso me gusta... Ya te daría yo mi constipado. No, si no quiero más caramelos. Con tus caramelos me has puesto el cuerpo como una confitería. Mamá...

—¿Qué?

—¿Estaré bueno mañana? Por Dios, tengan compasión de mí, háganme llevadera esta vida. Estoy en un potro. Me carga el sudar. Si me desabrigo, toso; si me abrigo, echo el quilo... Mamá, Jacinta, distraedme; tráiganme a Estupiñá para reírme un rato con él.

Jacinta, al quedarse otra vez sola con su marido, volvió a sus pensamientos. Le miró por detrás de la butaca en que sentado estaba.

"¡Ah, cómo me has engañado!..."

Porque empezaba a creer que el loco, con serlo tan rematado, había dicho verdades. Las inequívocas adivinaciones del corazón humano decíanle que la desagradable historia del *Pitusín* era cierta. Hay cosas que forzosamente son ciertas, sobre todo siendo cosas malas. ¡Entróle de improviso a la pobrecita esposa una rabia!... Era como la cólera de las palomas cuando se ponen a pelear. Viendo muy cerca de sí la cabeza de su marido, sintió deseos de tirarle del cabello que por entre las vueltas del pañuelo de seda salía.

"¡Qué rabia tengo —pensó Jacinta, apretando sus bonitísimos dientes— por haberme ocultado una cosa tan grave... ¡Tener un hijo y abandonarlo así...!"

Se cegó; vio todo negro. Parecía que le entraban convulsiones. Aquel *Pitusín* desconocido y misterioso, aquella hechura de su marido, sin que fuese, como debía, hechura suya también, era la verdadera culebra que se enroscaba en su interior...

"Pero ¿qué culpa tiene el pobre niño?... —pensó después transformándose por la piedad—. ¡Éste, este tunante!..."

Miraba la cabeza, ¡y qué ganas tenía de arrancarle una mecha de pelo, de pegarle un coscorrón!... ¿Quién dice uno?... Dos, tres, cuatro coscorrones muy fuertes para que aprendiera a no engañar a las personas.

—Pero, mujer, ¿qué haces allí detrás de mí? —murmuró él sin volver la cabeza—. Lo que digo, hoy parece que estás lela. Ven acá, hija.

—¿Qué quieres?

—Niña de mi vida, hazme un favorcito.

Con aquella ternura se le pasó a la *Delfina* todo su furor de coscorrones. Aflojó los dientes y dio la vuelta hasta ponérsele delante.

—Hazme el favorcito de ponerme otra manta. Creo que me he enfriado algo.

Jacinta fue a buscar la manta. Por el camino decía:

"En Sevilla me contó que había hecho diligencias por socorrerla. Quiso verla y no pudo. Murió mamá, pasó tiempo; no supo más de ella... Como Dios es mi Padre, yo he de saber lo que hay de verdad en esto, y si... (se ahogaba al llegar a esta parte de su pensamiento) si es verdad que los hijos que no le nacen en mí le nacen en otra..."

Al ponerle la manta le dijo:

—Abrígate bien, infame.

Y a Juanito no se le ocultó la seriedad con que lo decía. Al poco rato volvió a tomar el acento mimoso:

—Jacintilla, niña de mi corazón, ángel de mi vida, llégate acá. Ya no haces caso del sinvergüenza de tu maridillo.

—Celebro que te conozcas. ¿Qué quieres?

—Que me quieras y me hagas muchos mimos. Yo soy así. Reconozco que no se me puede aguantar. Mira, tráeme agua azucarada..., templadita, ¿sabes? Tengo sed.

Al darle el agua, Jacinta le tocó la frente y las manos.

—¿Crees que tengo calentura?

—De pollo asado. No tienes más que impertinencias. Eres peor que los chiquillos.

—Mira, hijita, cordera: cuando venga *La Correspondencia,* me la leerás. Tengo ganas de saber cómo se desenvuelve Salmerón. Luego me leerás *La Época.* ¡Qué buena eres! Te estoy mirando y me parece mentira que tenga yo por mujer a un serafín como tú. Y que no hay quien me quite esta ganga... ¡Qué sería de mí sin ti..., enfermo, postrado!...

—¡Vaya una enfermedad! Sí; lo que es por quejarte no quedará...

Doña Bárbara entró, diciendo con autoridad:

—A la cama, niño, a la cama. Ya es de noche y te enfriarás en ese sillón.

—Bueno, mamá; a la cama me voy. Si yo no chisto, si no hago más que obedecer a mis tiranas... Si soy una malva. Blas, Blas..., ¿pero dónde se mete este condenado hombre?

María Santísima, lo que bregaron para acostarle. La suerte de ellas era que lo tomaba a broma.

—Jacinta, ponme un pañuelo de seda en la garganta... Chica, no aprietes tanto, que me ahogas... Quita, quita, tú no sabes. Mamá, ponme tú el pañuelo... No, quitádmelo; ninguna de las dos sabe liar un pañuelo. Pero ¡qué gente más inútil!

Pasa un ratito.

—Mamá, ¿ha venido *La Correspondencia?*

—No, hijo. No te desabrigues.

Mete esos brazos. Jacinta, cúbrele los brazos.

—Bueno, bueno, ya están metidos los brazos. ¿Los meto más? Eso es, se empeñan en que me ahogue. Me han puesto un baúl mundo encima. Jacinta, quita *jierro,* que el peso me agobia... Pero, chica, no tanto; sube más arribita el edredón... Tengo el pescuezo helado. Mamá..., lo que digo, hacen las cosas de mala gana. Así no me pongo nunca bueno. Y ahora se van a comer. ¿Y me voy a quedar solo con Blas?

—No, tonto, Jacinta comerá aquí contigo.

Mientras su mujer comía, ni un momento dejó de importunarla:

—Tú no comes, tú estas desganada; a ti te pasa algo; tú disimulas algo... A mí no me la das tú. Francamente, nunca está uno tranquilo... pensando siempre si te nos pondrás mala. Pues es preciso comer; haz un esfuerzo... ¿Es que no comes para hacerme rabiar?... Ven acá, tontuela, echa la cabecita aquí... Si no me enfado, si te quiero más que a mi vida; si por verte contenta firmaba yo ahora un contrato de catarro vitalicio... Dame un poquito de esa camuesa... ¡Qué buena está! Déjame que te chupe el dedo...

Iban llegando los amigos de la casa que solían ir algunas noches.

—Mamá, por las llagas y por todos los clavos de Cristo, no me traigas acá a Aparisi... Ahora le da porque todo ha de ser *obvio...; obvio* por arriba, *obvio* por abajo. Si me la traes, le echo a cajas destempladas.

—Vaya, no digas tonterías. Puede que entre a saludarte; pero saldrá en seguida. ¿Quién ha entrado ahora?... ¡Ah! Me parece que es Guillermina...

—Tampoco la quiero ver. Me va a aburrir con su edificio. ¡Valiente chifladura! Esa mujer está loca. Anoche me dio la gran jaqueca, con que si sacó las maderas de *seis* a treinta y ocho reales, y las *carreras de pie y cuarto* a dieciséis reales pie. Me armó un triquitraque de pies que me dejó la cabeza pateada. No me la entren aquí. No me importa saber a cómo valen el ladrillo pintón y las alfarjías... Mamá, ponte de centinela y aquí no me entra más que Estupiñá. Que venga Placidito, para que me cuente sus glorias, cuando iba al portillo de Gilimón a meter contrabando, y a la bóveda de San Ginés a abrirse las carnes con el zurriago... Que venga para decirle. "Lorito, daca la pata."

—Pero ¡qué impertinente! Ya sabes que el pobre Plácido se acuesta entre nueve y diez. Tiene que estar en planta a las cinco de la mañana. Como que va a despertar al sacristán de San Ginés, que tiene un sueño muy pesado.

—Y porque el sacristán de San Ginés sea un dormilón, ¿me he de fastidiar yo? Que entre Estupiñá y me dé tertulia. Es la única persona que me divierte.

—Hijo, por amor de Dios, mete esos brazos.

—Ea, pues si no viene Rossini, no los meto y saco todo el cuerpo fuera.

Y entraba Plácido y le contaba mil cosas divertidas, que siento no poder reproducir aquí. No contento con esto, quería divertirse a costa de él, y recordando un pasaje de la vida de Estupiñá que le habían contado, decíale:

—A ver, Plácido: cuéntanos aquel lance tuyo cuando te arrodillaste delante del sereno, creyendo que era el Viático...

Al oír esto, el bondadoso y parlanchín anciano se desconcertaba. Respondía torpemente, balbuciendo negativas y

—¿Quién te ha contado esa paparrucha?

A lo mejor, saltaba Juan con esto:

—Pero di, Plácido, ¿tú no has tenido nunca novia?

—Vaya, vaya este Juanito —decía Estupiñá levantándose para marcharse—, tiene hoy ganas de comedia.

Barbarita, que tanto apreciaba a su buen amigo, estaba, como suele decirse, al quite de estas bromas que tanto le molestaban.

—Hijo, no te pongas tan pesado..., deja marchar a Plácido. Tú, como te estás durmiendo hasta las once de la mañana, no te acuerdas del que madruga.

Jacinta, entre tanto, había salido un rato de la alcoba. En el salón vio a varias personas, Casa-Muñoz, Ramón Villuendas, don Valeriano Ruiz-Ochoa y alguien más, hablando de política con tal expresión de terror, que más bien parecían conspiradores. En el gabinete de Barbarita y en el rincón de costumbre halló a Guillermina haciendo obra de media con hilo crudo. En el ratito que estuvo sola con ella la enteró del plan que tenía para la mañana siguiente. Irían juntas a la calle de Mira el Río, porque Jacinta tenía un interés particular en socorrer a la familia de aquel pasmarote que hace las suscriciones.

—Ya le contaré a usted; tenemos que hablar largo.

Ambas estuvieron de cuchicheo un buen cuarto de hora, hasta que vieron aparecer a Barbarita.

—Hija, por Dios, ve allá. Hace un rato que te está llamando. No te separes de él. Hay que tratarle como a los chiquillos.

—Pero, mujer, te marchas y me dejas así... ¡Qué alma tienes! —gritó el *Delfín* cuando vio entrar a su esposa—. Vaya una manera de cuidarle a uno. Nada..., lo mismo que a un perro.

—Hijo de mi alma, si te dejé con Plácido y tu mamá... Perdóname, ya estoy aquí.

Jacinta parecía alegre. Dios sabría por qué... Inclinóse sobre el lecho y empezó a hacerle mimos a su marido, como podría hacérselos a un niño de tres años.

—¡Ay, qué mañosito se me ha vuelto este nene!... Le voy a dar azotes... Toma, éste por tu mamá, éste por tu papá y éste grande... por tu parienta...

—¡Rica!

—Si no me quieres nada.

—Anda, zalamera..., quien no me quiere nada eres tú.

—Nada en gracia de Dios.

—¿Cuánto me quieres?

—Tanto así.

—Es poco.

—Pues como de aquí a la Cibeles..., no, al cielo... ¿Estás satisfecho?

—*Chí.*

Jacinta se puso seria.

—Arréglame esta almohada.

—¿Así?

—No, más alta.

—¿Está bien?

—No, más bajita... Magnífico. Ahora, ráscame aquí, en la paletilla.

—¿Aquí?

—Más abajito..., más arribita..., ahí... fuerte... ¡Ay niña de mi vida, eres la gloria eterna!... ¡Qué dicha la mía en poseerte!...

—Cuando estás malo es cuando me dices esas cosas... Ya me las pagarás todas juntas.

—Sí, soy un pillo... Pégame.

—Toma. Toma.

—Cómeme...

—Sí que te como, y te arranco un bocado...

—¡Ay! ¡Ay! No tanto, caramba. ¡Si alguien nos viera!...

—Creería que nos habíamos vuelto tontos rematados —observó Jacinta riéndose con melancolía.

—Estas simplezas no son para que las vea nadie...

—¿Cierras los ojos? Duérmete, a... rorró...

—Eso es, quieres que me duerma para echar a correr a darle cuerda a esa maniática de Guillermina. Tú eres responsable de que se chifle por completo porque le fomentas el tema del edificio... Ya estás deseando que cierre yo los ojos para irte. Más que estar conmigo te gusta el palique. ¿Sabes lo que te digo? Que, si me duermo, te tienes que estar aquí de centinela, para cuidar de que no me destape.

—Bueno, hombre, bueno; me estaré.

Quedóse aletargado; pero en seguida abrió los ojos, y lo primero que vieron fue los de Jacinta, fijos en él con atención amante. Cuando se durmió de veras, la centinela abandonó su puesto para correr al lado de Guillermina, con quien tenía pendiente una interesantísima conferencia.

## CAPÍTULO IX

### UNA VISITA AL CUARTO ESTADO

#### I

Al día siguiente el *Delfín* estaba poco más o menos lo mismo. Por la mañana, mientras Barbarita y Plácido andaban por esas calles de tienda en tienda, entregados al deleite de las compras precursoras de Navidad, Jacinta salió acompañada de Guillermina. Había dejado a su esposo con Villalonga, después de enjaretarle la mentirilla de que iba a la Virgen de la Paloma a oír una misa que había prometido. El atavío de las dos damas eran tan distinto, que parecían ama y criada. Jacinta se puso su abrigo, sayo o *pardessus* color de pasa, y Guillermina llevaba el traje modestísimo de costumbre.

Iba Jacinta tan pensativa, que la bulla de la calle de Toledo no la distrajo de la atención que a su propio interior prestaba. Los puestos a medio armar en toda la acera desde los portales de San Isidro, las baratijas, las panderetas, la loza ordinaria, las puntillas, el cobre de Alcaraz y los veinte mil cachivaches que aparecían dentro de aquellos nichos de mal clavadas tablas y de lienzos peor dispuestos, pasa[illegible] te su vista sin determinar u[illegible] apreciación exacta de lo que eran. Recibía tan sólo la imagen borrosa de los objetos diversos que iban pasando, y lo digo así, porque era como si ella estuviese parada y la pintoresca vía se corriese delante de ella como un telón. En aquel telón había racimos de dátiles colgados de una percha; puntillas blancas que caían de un palo largo, en ondas, como los vástagos de una trepadora; pelmazos de higos pasados, en bloques; turrón en trozos como sillares que parecían acabados de traer de una cantera; aceitunas en barriles rezumados; una mujer puesta sobre una silla y delante de una jaula, mostrando dos pajarillos amaestrados, y luego montones de oro, naranjas en seretas o hacinadas en el arroyo. El suelo, intransitable, ponía obstáculos sin fin, pilas de cántaros y vasijas, ante los pies del gentío presuroso, y la vibración de los adoquines al paso de los carros parecía hacer bailar a personas y cacharros. Hombres con sartas de pañuelos de diferentes colores se ponían delante del transeúnte como si fueran a capearlo. Mujeres chillonas taladraban el oído con pregones enfáticos, acosando al público y poniéndole en la alternativa de comprar o morir. Jacinta veía las piezas de tela desenvueltas en ondas a lo largo de todas las paredes, percales azules, rojos y verdes tendidos de puerta en puerta, y su mareada vista le exageraba las curvas de aquellas rúbricas de trapo. De ellas colgaban, prendidas con alfileres, toquillas de los colores vivos y elementales que agradan a los salvajes. En algunos huecos brillaba el naranjado, que chilla como los ejes sin grasa; el bermellón nativo, que parece rasguñar los ojos; el carmín, que tiene la acidez del vinagre; el cobalto, que infunde ideas de envenenamiento; el verde de panza de lagarto, y ese amarillo tila, que tiene cierto aire de poesía mezclado con la tisis, como en *La Traviata*. Las bocas de las tiendas, abiertas entre tanto colgajo, dejaban ver el interior de ellas tan abigarrado como la parte externa, los horteras de bruces sobre el mostrador, o vareando telas o charlando. Algunos braceaban, como si nadasen en un mar de pañuelos. El sentimiento pintoresco de aquellos tenderos se revela en todo. Si hay una columna en la tienda, la revisten de corsés encarnados, negros y blancos, y con los refajos hacen graciosas combinaciones decorativas.

Dio Jacinta de cara a diferentes personas muy ceremoniosas. Eran maniquís vestidos de señora con tremendos *polisones,* o de caballero con terno completo de lanilla. Después, gorras, muchas gorras, posadas y alineadas en percheros del largo de toda una casa; chaquetas ahuecadas con un palo, zamarras y otras prendas que algo, sí, algo tenían de seres humanos, sin piernas ni cabeza. Jacinta, al fin, no miraba nada; únicamente se fijó en unos hombres amarillos, completamente amarillos, que colgados de unas horcas se balanceaban a impulsos del aire. Eran juegos de calzón y camisa de bayeta, cosidas una pieza a otra, y que así, al pronto, parecían personajes de azufre. Los había también encarnados. ¡Oh!, el rojo abundaba tanto, que aquello parecía un pueblo que tiene la religión de la sangre. Telas rojas, arneses rojos, collarines y frontiles rojos con madroñaje arabesco. Las puertas de las tabernas, también de color de sangre. Y que no son ni una ni dos. Jacinta se asustaba de ver tantas, y Guillermina no pudo menos de exclamar:

—¡Cuánta perdición! Una puerta sí y otra no, taberna. De aquí salen todos los crímenes.

Cuando se halló cerca del fin de su viaje, la *Delfina* fijaba exclusivamente su atención en los chicos que iba encontrando. Pasmábase la señora de Santa Cruz de que hubiera tantísima madre por aquellos barrios, pues a cada paso tropezaba con una, con su crío en brazos, muy bien agasajado bajo el ala del mantón. A todos estos ciudadanos del porvenir no se les veía más que la cabeza por cima del hombro de su madre. Algunos iban vueltos hacia atrás, mostrando la carita redonda dentro del círculo del gorro y los ojuelos vivos, y se reían con los transeúntes Otros tenían el semblante malhumorado, como personas que se llaman a engaño en los comienzos de la vida humana. También vio Jacinta no uno, sino dos y hasta tres, camino del cementerio. Suponíales muy tranquilos y de color de cera dentro de aquella caja que llevaba un tío cualquiera al hombro, como se lleva una escopeta.

—Aquí es —dijo Guillermina, después de andar un trecho por la calle del Bastero y de doblar una esquina.

No tardaron en encontrarse dentro de un patio cuadrilongo. Jacinta miró hacia arriba y vio dos filas de corredores con antepechos de fábrica y pilastrones de madera pintada de ocre, mucha ropa tendida, mucho refajo amarillo, mucha zalea puesta a secar, y oyó un zumbido como de enjambre. En el patio, que era casi todo de tierra, empedrado sólo a trechos, había chiquillos de ambos sexos y de diferentes edades. Una zagalona tenía en la cabeza toquilla roja con agujeros, o con *orificios,* como diría Aparisi; otra, toquilla blanca, y otra estaba con las greñas al aire. Ésta llevaba zapatillas de orillo, y aquélla botitas finas de caña blanca, pero ajadas ya y con el tacón torcido. Los chicos eran diversos tipos. Estaba el que va para la escuela con su cartera de estudio, y el pillete descalzo que no hace más que vagar. Por el vestido se diferenciaban poco, y menos aún por el lenguaje, que era duro y con inflexiones dejosas.

—Chicoo..., *mía* éste... Que te rompo la cara..., ¿sabeees...?

—¿Ves esa farolona? —dijo Guillermina a su amiga—. Es una de las hijas de Ido... Ésa, esa que está dando brincos como un saltamontes... ¡Eh! Chiquilla... No oyen... Venid acá.

Todos los chicos, varones y hembras, se pusieron a mirar a las dos señoras, y callaban entre burlones y respetuosos, sin atreverse a acercarse. Las que se acercaban paso a paso eran seis u ocho palomas pardas, con reflejos irisados en el cuello; lindísimas, gordas. Venían muy confiadas, meneando el cuerpo como las chulas, picoteando en el suelo lo que encontraban, y eran tan mansas, que llegaron sin asustarse hasta muy cerca de las señoras. De pronto levantaron el vuelo y se plantaron en el tejado. En algunas puertas había mujeres que sacaban esteras a que se orearan, y sillas y mesas. Por otras salía como una humareda: era el polvo del barrido. Había vecinas que se estaban peinando las trenzas negras y aceitosas, o las guedejas rubias, y tenían todo aquel matorral echado sobre la cara como un velo. Otras salían arrastrando zapatos en chancleta por aquellos empedrados de Dios, y al ver a las forasteras corrían a sus guaridas a llamar a otras vecinas, y la noticia cundía, y aparecían por las enrejadas ventanas cabezas peinadas o a medio peinar.

—¡Eh! Chiquillos, venid acá —repitió Guillermina.

Y se fueron acercando escalonados por secciones, como cuando se va a dar un ataque. Algunos, más resueltos, las manos a la espalda, miraron a las dos damas del modo más insolente. Pero uno de ellos, que sin duda tenía instintos de caballero, se quitó de la cabeza un andrajo que hacía el papel de gorra y les preguntó que a quién buscaban.

—¿Eres tú del señor de Ido?

El rapaz respondió que no, y al punto destacóse del grupo la niña de las zancas largas, de las greñas sueltas y de los zapatos de orillo, apartando a manotadas a todos los demás muchachos que se enracimaban ya en derredor de las señoras.

—¿Está tu padre arriba?

La chica respondió que sí, y desde entonces convirtióse en individuo de Orden público. No dejaba acercar a nadie; quería que todos los granujas se retiraran y ser ella sola la que guiase a las dos damas hasta arriba.

—¡Qué pesados, qué sobones!... En todo quieren meter las narices... Atrás, gateras, atrás... Quitarvos de en medio; dejad paso.

Su anhelo era marchar delante. Habría deseado tener una campanilla para ir tocando por aquellos corredores a fin de que supieran todos qué gran visita venía a la casa.

—Niña, no es preciso que nos acompañes —dijo Guillermina, que no gustaba de que nadie se sofocase tanto por ella—. Nos basta con saber que están en casa.

Pero la zancuda no hacía caso. En el primer peldaño de la escalera estaba sentada una mujer que vendía higos pasados en una sereta, y por poco no le planta el zapato de orillo en mitad de la cara. Y todo porque no se apartaba de un salto para dejar el paso libre...

—¡Vaya, dónde se va usted a poner, tía bruja!... Afuera, o la reviento de una patada...

Subieron, no sin que a Jacinta le quedaran ganas de examinar bien toda la pillería que en el patio quedaba. Allá en el fondo había divisado dos niños y una niña. Uno de ellos era rubio y como de tres años. Estaban jugando con el fango, que es el juguete más barato que se conoce. Amasábanlo para hacer tortas del tamaño de *perros grandes.* La niña, que era de más edad, había construido un hornito con pedazos de ladrillos, y a la derecha de ella había un montón de panes, bollos y tortas, todo de la misma masa, que tanto abundaba allí. La señora de Santa Cruz observó este grupo desde lejos. ¿Sería alguno de aquéllos? El corazón le saltaba en el pecho y no se atrevía a preguntar a la zancuda. En el último peldaño de la escalera encontraron otro obstáculo: dos muchachuelas y tres nenes, uno de éstos en mantillas, interceptaban el paso. Estaban jugando con arena *fina* de fregar. El mamón estaba fajado y en el suelo, con las patas y las manos al aire, berreando, sin que nadie le hiciera caso. Las dos niñas habían extendido la arena sobre el piso, y de trecho en trecho habían puesto diferentes palitos con cuerdas y trapos. Era el secadero de ropa de las Injurias, propiamente imitado.

—¡Qué tropa, Dios! —exclamó la zancuda con indignación de celador de ornato público, que no causó efecto—. Cuidado dónde se van a poner... ¡Fuera, fuera!... Y tú, *pitoja,* recoge a tu hermanillo, que le vamos a espachurrar.

Estas amonestaciones de una autoridad tan celosa fueron oídas con el más insolente desdén. Uno de los mocosos arrastraba su panza por el suelo, abierto de las cuatro patas; el otro cogía puñados de arena y se lavaba la cara con ella, acción muy lógica, puesto que la arena representaba el agua.

—Vamos, hijos, quitaos de en medio —les dijo Guillermina, a punto que la zancuda destruía con el pie el lavadero, gritando—: Sinvergüenzonas, ¿no tenéis otro sitio donde jugar? ¡Vaya con la canalla esta!...

Y echó adelante, resuelta a destruir cualquier obstáculo que se opusiera al paso. Las otras chiquillas cogieron a los mocosos, como habrían cogido una muñeca, y poniéndoselos al cuadril, volaron por aquellos corredores.

—Vamos —dijo Guillermina a su guía—, no las riñas tanto, que también tú eres buena...

## II

Avanzaron por el corredor, y a cada paso un estorbo. Bien era un brasero que se estaba encendiendo, con el tubo de hierro sobre las brasas para hacer tiro; bien el montón de zaleas o de ruedos; ya una banasta de ropa; ya un cántaro de agua. De todas las puertas abiertas y de las ventanillas salían voces o de disputa o de algazara festiva. Veían las cocinas con los pucheros armados sobre las ascuas, las artesas de lavar junto a la puerta, y allá en el testero de las breves estancias la indispensable cómoda con su hula pared una especie de altarucho formado por diferentes estampas, alguna lámina al cromo de prospectos o periódicos satíricos, y muchas fotografías. Pasaban por un domicilio que era taller de zapatería, y los golpazos que los zapateros daban a la suela, unidos a sus cantorrios, hacían una algazara de mil demonios. Más allá sonaba el convulsivo tiquitique de una máquina de coser, y acudían a las ventanas bustos y caras de mujeres curiosas. Por aquí se veía un enfermo tendido en un camastro, más allá un matrimonio que disputaba a gritos. Algunas vecinas conocieron a doña Guillermina y la saludaban con respeto. En otros círculos causaba admiración el empaque elegante de Jacinta. Poco más allá cruzáronse de una puerta a otras observaciones picantes e irrespetuosas.

—Señá Mariana, ¿ha visto que nos hemos traído el sofá en la rabadilla? ¡Ja, ja, ja!

Guillermina se paró, mirando a su amiga:

—Estas chafalditas no van conmigo. No puedes figurarte el odio que esta gente tiene a los *polisones,* en lo cual demuestran un sentido..., ¿cómo se dice?, un sentido *estético* superior al de esos haraganes franceses que inventan tanto pegote estúpido.

Jacinta estaba algo corrida; pero también se reía. Guillermina dio dos pasos atrás, diciendo:

—Ea, señoras, cada una a su trabajo y dejen en paz a quien no se mete con ustedes.

Luego se detuvo junto a una de las puertas y tocó en ella con los nudillos.

—La señá Severiana no está —dijo una de las vecinas—. ¿Quiere la señora dejar recado?...

—No; la veré otro día.

Después de recorrer dos lados del corredor principal, penetraron en una especie de túnel, en que también había puertas numeradas; subieron como unos seis peldaños, precedidas siempre de la zancuda, y se encontraron en el corredor de otro patio, mucho más feo, sucio y triste que el anterior. Comparado con el segundo, el primero tenía algo de aristocrático y podría pasar por albergue de familias *distinguidas.* Entre uno y otro patio, que pertenecían a un mismo dueño y por eso estaban unidos, había un escalón social, la distancia entre eso que se llama *capas.* Las viviendas, en aquella segunda *capa,* eran más estrechas y miserables que en la primera; el revoco se caía a pedazos, y los rasguños trazados con un clavo en las paredes parecían hechos con más saña; los versos escritos con lápiz en algunas puertas, más necios y groseros; las maderas, más despintadas y roñosas; el aire, más viciado: el vaho que salía por puertas y ventanas, más espeso y repugnante. Jacinta, que había visitado algunas casas de corredor, no había visto ninguna tan tétrica y maloliente.

—Qué, ¿te asustas, niña bonita? —le dijo Guillermina—. ¿Pues qué creías tú, que esto era el teatro Real o la casa de Fernán-Núñez? Ánimo. Para venir aquí se necesitan dos cosas: caridad y estómago.

Echando una mirada a lo alto del tejado, vio la *Delfina* que por cima de éste asomaba un tenderete en que había muchos cueros, tripas u otros despojos puestos a secar. De aquella región venía, arrastrado por las ondas del aire, un olor nauseabundo. Por los desiguales tejados paseábanse gatos de feroz aspecto, flacos, con las quijadas angulosas, los ojos dormilones, el pelo erizado. Otros bajaban a los corredores y se tendían al sol; pero los propiamente salvajes vivían y aun se criaban arriba, persiguiendo el sabroso ratón de los secaderos.

Pasaron junto a las dos damas figuras andrajosas, ciegos que iban dando palos en el suelo, lisiados con montera de pelo, pantalón de soldado, horribles caras. Jacinta se apretaba contra la pared para dejar el paso franco. Encontraban mujeres con pañuelo a la cabeza y mantón pardo, tapándose la boca con la mano, envuelta en un pliegue del mismo mantón. Parecían moras; no se les veía más que un ojo y parte de la nariz. Algunas eran agraciadas; pero la mayor parte eran flacas, pálidas, tripudas y envejecidas antes de tiempo.

Por los ventanuchos abiertos salía, con el olor de fritangas y el ambiente chinchoso, murmullo de conversaciones dejosas, arrastrando toscamente las sílabas finales. Este modo de hablar de la tierra ha nacido en Madrid de una mixtura entre el dejo andaluz, puesto en moda por los soldados, y el dejo aragonés, que se asimilan todos los que quieren darse aires varoniles.

Nueva barricada de chiquillos les cortó el paso. Al verles, Jacinta y aun Guillermina, a pesar de su costumbre de ver cosas raras, quedáronse pasmadas, y hubiérales dado espanto lo que miraban si las risas de ellos no disiparan toda impresión terrorífica. Era una manada de salvajes, compuesta de dos tagarotes como de diez y doce años, una niña más chica, y otros dos *chavales,* cuya edad y sexo no se podía saber. Tenían todos ellos la cara y las manos llenas de chafarrinones negros, hechos con algo que debía de ser betún o barniz japonés del más fuerte. Uno se había pintado rayas en el rostro, otro anteojos, aquél bigotes, cejas y patillas con tan mala maña, que toda la cara parecía revuelta en heces de tintero. Los pequeñuelos no parecían pertenecer a la raza humana, y con aquel maldito tizne extendido y resobado por la cara y las manos semejaban micos, diablillos o engendros infernales.

—Malditos seáis... —gritó la zancuda cuando vio aquellas fachas horrorosas—. Pero ¡cómo os habéis puesto así, sinvergüenzones, indecentes, puercos, marranos!...

—En el nombre del Padre... —exclamó Guillermina persignándose—. Pero ¿has visto...?

Contemplaban ellos a las damas, mudos y con grandísima emoción, gozando íntimamente en la sorpresa y terror que sus espantables cataduras producían en aquellas señoriticas tan requetefinas. Uno de los pequeños intentó echar la zarpa al abrigo de Jacinta; pero la zancuda empezó a dar chillidos:

—Quitarvos allá, desapartaisos, gorrinos, asquerosos..., que mancháis a estas señoras con esas manazas.

—¡Bendito Dios!... Si parecen caníbales... No nos toquéis... La culpa no tenéis vosotros, sino vuestras madres, que tal os consienten... Y si no me engaño, estos dos grandulones son tus hermanos, niña.

Los dos aludidos, mostrando al sonreír sus dientes blancos como leche y sus labios más rojos que cerezas entre el negro que los rodeaba, contestaron que sí con sus cabezas de salvaje. Empezaban a sentirse avergonzados y no sabían por dónde tirar. En el mismo instante salió una mujeraza de la puerta más próxima, y agarrando a una de las niñas embadurnadas, le levantó las enaguas y empezó a darle tal solfa en salva la parte, que los castañetazos se oían desde el primer patio. No tardó en aparecer otra madre furiosa, que más que mujer parecía una loba, y la emprendió con otro de los mandingas a bofetada sucia, sin miedo a mancharse ella también.

—¡Canallas, cafres, cómo se han puesto!

Y al punto fueron saliendo más madres irritadas. ¡La que se armó! Pronto se vieron lágrimas resbalando sobre el betún, llanto que al punto se volvía negro.

—Te voy a matar, grandísimo pillo, ladrón...

—Éstos son los condenados charoles que usa la seña Nicanora. Pero, ¡rediós!, seña Nicanora, ¿para qué deja usted que las criaturas...?

Una de las mujeres que más alborotaban se aplacó al ver a las dos damas. Era la señora de Ido del Sagrario, que tenía en la cara sombrajos y manchurrones de aquel mismo betún de los caribes, y las manos enteramente negras. Turbóse un poco ante la visita:

—Pasen las señoras... Me encuentran hecha una compasión.

Guillermina y Jacinta entraron en la mansión de Ido, que se componía de una salita angosta y de dos alcobas interiores más oprimidas y lóbregas aún, las cuales daban el *quién vive* al que a ellas se asomaba. No faltaban allí la cómoda y la lámina del Cristo del Gran Poder, ni las fotografías descoloridas de individuos de la familia y de niños muertos. La cocina era un cubil frío, donde había mucha ceniza, pucheros volcados, tinajas rotas y el artesón de lavar lleno de trapos secos y de polvo. En la salita, los ladrillos tecleaban bajo los pies. Las paredes eran como de carbonería, y en ciertos puntos habían recibido bofetadas de cal, por lo que resultaba un claroscuro muy fantástico. Creeríase que andaban espectros por allí, o al menos sombras de linterna mágica. El sofá de Vitoria era uno de los muebles más alarmantes que se pueden imaginar. No había más que verle para comprender que no respondía de la seguridad de quien en él se sentase. Las dos o tres sillas eran también muy sospechosas. La que parecía mejor, seguramente la pegaba. Vio Jacinta, salteados por aquellos fantásticos muros, carteles de publicaciones ilustradas, de librillos de papel de fumar y cartones de almanaques americanos que ya no tenían hojas. Eran años muertos.

Pero lo que mayormente excitó la curiosidad de ambas señoras fue un gran tablero que en el centro de la estancia había, cogiéndola casi toda; una mesa armada sobre bancos como la que usan los papelistas, y encima de ella grandes paquetes o manos de pliegos de papel fino de escribir. A un extremo, los cuadernillos apilados formaban compactas resmas blancas; a otro, las mismas resmas ya con bordes negros, convertidas en papel de luto.

Ido extendía sobre el tablero los pliegos de papel abiertos. Una muchacha, que debía de ser Rosita, contaba los pliegos ya enlutados y formaba los cuadernillos. Nicanora pidió permiso a las señoras para seguir trabajando. Era una mujer más envejecida que vieja, y bien se conocía que nunca había sido hermosa. Debió de tener en otro tiempo buenas carnes; pero ya su cuerpo estaba lleno de pliegues y abolladuras como un zurrón vacío. Allí, valga la verdad, no se sabía lo que era pecho ni lo que era barriga. La cara era hocicuda y desagradable. Si algo expresaba, era un genio muy malo y un carácter de vinagre; pero en esto engañaba aquel rostro como otros muchos que hacen creer lo que no es. Era Nicanora una infeliz mujer, de más bondad que entendimiento, probada en las luchas de la vida, que había sido para ella una batalla sin victorias ni respiro alguno. Ya no se defendía más que con la paciencia, y de tanto mirarle la cara a la adversidad, debía de provenirle aquel alargamiento de morros que la afeaba considerablemente. La *Venus de Médicis* tenía los párpados enfermos, rojos y siempre húmedos, privados de pestañas, por lo cual decían de ella que *con un ojo lloraba a su padre y con otro a su madre.*

Jacinta no sabía a quién compadecer más, si a Nicanora, por ser como era, o a su marido, por creerla Venus cuando se *electrizaba.* Ido estaba muy cohibido delante de las dos damas. Como la silla en que doña Guillermina se sentó empezase a exhalar ciertos quejidos y a hacer desperezos, anunciando quizá que se iba a deshacer, don José salió corriendo a traer una de la vecindad. Rosita era graciosa, pero desmedrada y clorótica, de color de marfil. Llamaba la atención su peinado en sortijillas, batido, engomado y puesto con muchísimo aquel.

—Pero ¿qué hace usted, mujer, con esa pintura? —preguntó Guillermina a Nicanora.

—*Soy lutera.*

—Somos *luteranos* —dijo Ido sonriendo, muy satisfecho por tener ocasión de soltar aquel chiste, que era viejo y había sido soltado sinnúmero de veces.

—¡Qué dice este hombre! —exclamó la fundadora, horrorizada.

—Cállate tú y no disparates —replicó Nicanora—. Yo soy *lutera,* vamos al decir, pinto papel de luto. Cuando no tengo otro trabajo, me traigo a casa unas cuantas resmas y las enluto mismamente como las señoras ven. El almacenista paga un real por resma. Yo pongo el tinte, y trabajando todo el día, me quedan seis o siete reales. Pero los tiempos están malos, y hay poco papel que teñir. Todas las luteras están paradas, señora..., porque, naturalmente, o se muere poca gente, o no les echan papeletas... Hombre —dijo a su marido, haciéndole estremecer—. ¿qué haces ahí con la boca abierta? *Desmiente.*

Ido, que estaba oyendo a su mujer como se oye a un orador brillante, despertó de su éxtasis y se puso a *desmentir*. Llaman así al acto de colocar los pliegos de papel unos sobre otros, escalonados, dejando descubierta en todos unas fajita igual, que es lo que se tiñe. Como Jacinta observaba atentamente el trabajo de don José, éste se esmeró en hacerlo con desusada perfección y ligereza. Daba gusto ver aquellos bordes, que, por lo iguales, parecían hechos a compás. Rosita apilaba pliegos y resmas sin decir una palabra. Nicanora hizo a Jacinta, mirando a su marido, una seña que quería decir: "Hoy está bueno." Después empezó a pasar rápidamente la brocha sobre el papel, como se hace con los estarcidos.

—Y las suscriciones de entregas —preguntó Guillermina—, ¿dan algo que comer?

Ido abrió la boca para emitir pronta y juiciosa respuesta a esta pregunta; pero su mujer tomó rápidamente la palabra, quedándose él un buen rato con la boca abierta.

—Las suscriciones —declaró la *Venus de Médicis*— son una calamidad. *Aquí José* tiene poca suerte..., es muy honrado y le engaña cualisquiera. El público es cosa mala, señoras, y suscritor hay que no paga ni aunque le arrastren. Luego, como el mes pasado perdió *aquí* (este aquí era don José) un billete de cuatrocientos reales, el encargado de las obras se lo va cobrando, descontándole de las primas que le tocan. Por esto, naturalmente, nos hemos atrasado tanto, y lo poco que se apaña se lo birla el casero.

Ido, desde que se dijo aquello del billete perdido, no volvió a levantar los ojos de su trabajo. Aquel descuido que tuvo le avergonzaba como si hubiera sido un delito.

—Pues lo primero que tienen ustedes que hacer —indicó la Pacheco— es poner en una escuela a esos dos tagarotes y a la berganta de su niña pequeña.

—No los mando porque me da vergüenza de que salgan a la calle con tanto pingajo.

—No importa. Además, esta amiguita y yo daremos a ustedes alguna ropa para los muchachos. Y el mayor, ¿gana algo?

—Me gana cinco reales en una imprenta. Pero no tiene formalidad. Cuando le parece deja el trabajo y se va a las becerradas de Getafe o de Leganés, y no parece en tres días Quiere ser torero y nos trae crucificados. Se va al matadero por las tardes, cuando degüellan, y en casa, dormido, habla de que si puso las banderillas a *portagayola*...

—Y usted —preguntó Jacinta a Rosita—, ¿en qué se ocupa?

Rosita se puso muy encarnada. Iba a contestar; pero su madre, que llevaba la palabra por toda la familia, respondió:

—Es peinadora... Está aprendiendo con una vecina maestra. Ya tiene algunas parroquianas. Pero no le pagan, naturalmente... Es una sosona, y como no le pongan los cuartos en la mano, no hay de qué. Yo le digo que no sea *panoli* y que tenga genio; pero... ya usted la ve. Como su padre, que el día que no le engaña uno, le engañan dos.

Guillermina, después de sacar varios bonos, como billetes de teatro, y dar a la infeliz familia los que necesitaba para proveerse de garbanzos, pan y carne por media semana, dijo que se marchaba. Pero Jacinta no se conformó con salir tan pronto. Había ido allí con determinado fin, y por nada del mundo se retiraría sin intentar al menos realizarlo. Varias veces tuvo la palabra en la boca para hacer una pregunta a don José, y éste la miraba como diciendo: "Estoy rabiando porque me pregunte usted por el *Pituso*." Por fin, decidióse la dama a romper el silencio sobre punto tan capital, y levantándose dio algunos pasos hacia donde Ido estaba. Éste no necesitó más que verla venir; y saliendo rápidamente del cuarto volvió al poco con una criatura de la mano.

III

—¡El Dulce Nombre!... —exclamó la Pacheco viendo entrar aquel adefesio, y todos los demás lanzaron una exclamación parecida al mirar al niño, con la cara tan completamente pintada de negro, que no se veía el color de su carne por parte alguna. Sus manos chorreaban betún, y en el traje se habían limpiado las suyas asquerosísimas los otros muchachos. El *Pitusín* tenía el cabello negro. Sus labios rojos sobre aquel chapapote superaban al coral más puro. Los dientecillos le brillaban cual si fueran de cristal. La lengua que sacaba, por tener la creencia de que todo negrito, para ser tal negrito, debe estirar la lengua todo lo más posible, parecía una hoja de rosa.

—¡Qué horror!... ¡Ah tunantes!... ¡Bendito Dios, cómo le han puesto!... Anda, ¡que apañado estás!...

Las vecinas se enracimaban en las puertas riendo y alborotando. Jacinta estaba atónita y apenada. Pasáronle por la mente ideas extrañas; la mancha del pecado era tal, que aun a la misma inocencia extendía su sombra; y el maldito se reía detrás de su infernal careta, gozoso de ver que todos se ocupaban de él, aunque fuera para escarnecerle. Nicanora dejó sus pinturas para correr detrás de los bergantes y de la zancuda, que también debía de tener alguna parte en aquel desaguisado. La osadía del negrito no conocía límites, y extendió sus manos pringadas hacia aquella señora tan maja que le miraba tanto.

—Quita allá, demonio...; quita allá esas manos —le gritaron.

Viendo que no le dejaban tocar a nadie, y que su facha causaba risa, el chico daba patadas en medio del corro, sacando la lengua y presentando sus diez dedos como garras. De este modo tenía, a su parecer, el aspecto de un bicho muy malo que se comía a la gente, o por lo menos, que se la quería comer .

Oyóse el pie de paliza que Nicanora, hecha un veneno, estaba dando a sus hijos, y el gemir de ellos. El *Pituso* empezó a cansarse pronto de su papel de mico, porque eso de no poder pegarse a nadie tenía poca gracia. Lo mejor que podía hacer en su situación desairada era meterse los dedos en la boca; pero sabía tan mal aquel endiablado potaje negro, que pronto los hubo de retirar.

—¿Será veneno eso? —observó Jacinta, alarmada—. Que lo laven. ¿Por qué no lo lavan?

—Pues estás bonito, Juanín —díjole Ido—. ¡Y esta señora que te quería dar un beso!

Ávida de tocarle, la *Delfina* le agarró un mechón de cabello, lo único en que no había pintura.

—¡Pobrecito, cómo está!...

De repente le entraron a Juanín ganas de llorar. Ya no enseñaba la lengua; lo que hacía era dar suspiros.

—Pero ese señor Izquierdo, ¿no está? —preguntó a Ido Jacinta, llevándole aparte—. Yo tengo que hablar con él. ¿Dónde vive?

—Señora —replicó don José, con finura—, la puerta de su domicilio está cerrada... herméticamente, muy herméticamente.

—Pues quiero verle, quiero hablar con él.

—Yo lo pondré en su conocimiento —repuso el corredor de obras, que gustaba de emplear formas burocráticas cuando la ocasión lo pedía.

—¡Ea!, vámonos, que es tarde —dijo impaciente Guillermina—. Otro día volveremos.

—Sí, volveremos... Pero que lo laven... ¡Pobre niño! Debe de estar en un martirio horrible con ese emplasto en la cara. Di, tontín: ¿quieres que te laven?

El *Pituso* dijo que sí con la cabeza. Su aflicción crecía, y poco le faltaba para romper a llorar. Todas las vecinas reconocieron la necesidad de lavarle; pero unas no tenían agua, y otras no querían gastarla en tal objeto. Por fin, una mujer agitanada y con faldas de percal rameado, el talle muy bajo, un pañuelo caído por los hombros, el pelo lacio y la tez crasa y de color de *terra-cotta,* se apareció por allí de repente y quiso dar una lección a las vecinas delante de las señoras, diciendo que ella tenía agua de sobra para *despercudir* y *chovelar* a aquel ángel. Se lo llevaron en burlesca procesión, él delante, aislado por su propio tizne, y ya con la dignidad tan por los suelos, que empezaba a dar *jipíos;* los chicos detrás, haciendo una bulla infernal, y la tarasca aquella del moño lacio, amenazándolos con *endiñarles* si no se quitaban de en medio. Desapareció la comparsa por una puerquísima y angosta escalera que del ángulo del corredor partía. Jacinta hubiera querido subir también; pero Guillermina la sofocaba con sus prisas.

—Hija, ¿sabes tú la hora que es?

—Sí, nos iremos... Lo que es por mí, ya estamos andando —decía la otra, sin moverse del corredor, mirando a la techumbre, en la cual no veía otra cosa que el horrible tinglado donde colgaban los cueros puestos a secar. Entre tanto, la fundadora, a pesar de su mucha prisa, entablaba una rápida conversación con don José.

—¿No tiene usted ya nada que hacer en casa?

—Absolutamente nada, señora. Ya están *desmentidas* las últimas resmas. Pensaba yo ahora irme a dar una vuelta y a tomar el aire.

—Le conviene a usted el ejercicio..., perfectamente. Pues oiga usted: al mismo tiempo que se orea un poco, me va a hacer un servicio.

—Estoy a la disposición de la señora.

—Se sale usted a la Ronda..., tira usted para abajo, dejando a la izquierda la fábrica del gas. ¿Entiende usted?... ¿Sabe usted la estación de las Pulgas? Bueno, pues antes de llegar a ella hay una casa en construcción... Está concluida la obra de fábrica y ahora están armando una chimenea muy larga, porque va a ser *sierra mecánica*... ¿Se va usted enterando? No tiene pérdida. Pues entra usted y pregunta por el guarda de la obra, que se llama Pacheco..., lo mismito que yo. Usted le dice: "Vengo por los ladrillos de doña Guillermina."

Ido repitió, como los chicos que aprenden una lección:

—Vengo por los ladrillos, etcétera...

—El dueño de esa fábrica me ha dado unos setenta ladrillos, lo único que le sobra...; poca cosa; pero a mí todo me sirve... Bueno, coge usted los ladrillos y me los lleva a la obra... Son para mi obra.

—¿A la obra?... ¿Qué obra?

—Hombre, en Chamberí..., mi asilo... ¿Está usted lelo?

—¡Ah! Perdone la señora... Cuando oí la obra, creí al pronto que era una obra literaria.

—Si no puede usted de un viaje, emplee dos.

—O tres o cuatro... Tantísimo gusto en ello... Si necesario fuese, naturalmente, tantos viajes como ladrillos...

—Y si me hace bien el recado, cuente con un hongo casi nuevo... Me lo han dado ayer en una casa, y lo reservo para los amigos que me ayudan... ¿Conque lo hará usted? Hoy por ti y mañana por mí. Vaya, abur, abur.

Ido y su mujer se deshacían en cumplidos, y fueron escoltando a las señoras hasta la puerta de la calle. En la de Toledo tomaron ellas un simón para ganar tiempo, y el bendito Ido se fue a cumplir el encargo que la fundadora le había hecho. No era una misión *delicada,* ciertamente, como él deseara; pero el principio de caridad que entrañaba aquel acto lo trocaba de vulgar en sublime. Toda la santa tarde estuvo mi hombre ocupado en el transporte de los ladrillos y tuvo la satisfacción de que ni uno solo de los setenta se le rompiera por el camino. El contento que inundaba su alma le quitaba el cansancio, y provenía su gozo casi exclusivamente de que Jacinta, en aquel ratito en que le llevó aparte, le había dado un duro. No puso él la moneda en el bolsillo de su chaleco, donde la habría descubierto Nicanora, sino en la cintura, muy bien escondida en una faja que usaba pegada a la carne para abrigarse la boca del estómago. Porque conviene fijar bien las cosas... Aquel duro, dado aparte, lejos de las miradas famélicas del resto de la familia, era exclusivamente para él. Tal había sido la intención de la señorita, y don José había creído ofender a su bienhechora interpretándola de otro modo. Guardaría, pues, su tesoro, y se valdría de todas las trazas de su ingenio para defenderlo de las miradas y de las uñas de Nicanora... Porque si ésta lo descubría, ¡Santo Cristo de los Guardias!...

Pasó la noche en grandísima intranquilidad. Temía que su mujer descubriese con ojo perspicaz el matute que él encerraba en su cintura. La maldita parecía que olía la plata. Por eso estaba tan azorado y no se daba por seguro en ninguna posición, creyendo que al través de la ropa se le iba a ver la moneda. Durante la cena estuvieron todos muy alegres; tiempo hacía que no habían cenado tan bien. Pero al acostarse volvió Ido a ser atormentado por sus temores, y no tuvo más remedio que estar toda la noche hecho un ovillo, con las manos cruzadas en la cintura, porque si en una de las revueltas que ambos daban sobre los accidentados jergones la mano de su mujer llegaba a tocar el duro, se lo quitaba, tan fijo como tres y dos son cinco. Durmió, pues, tan mal, que en realidad dormía con un ojo y velaba con el otro, atento siempre a defender su contrabando. Lo peor fue que, viéndole su mujer tan retortijado y hecho todo una ese, creyó que tenía el dolor espasmódico que le solía dar; y como el mejor remedio para esto eran las friegas, Nicanora le propuso dárselas, y al oír tal proposición tembláronle a Ido las carnes, viéndose descubierto y perdido.

"Ahora sí que la hemos hecho buena", pensó. Pero su talento le sugirió la respuesta, y dijo que no tenía ni pizca de dolor, sino frío, y sin más explicaciones se volvió contra la pared, pegándose a ella como con engrudo y haciéndose el dormido. Llegó, por fin, el día, y con él la calma al corazón de Ido, quien se acicaló y se lavó casi toda la cara, poniéndose la corbata encarnada con cierta presunción.

Eran ya las diez de la mañana, porque con aquello de lavarse *bien* se había ido bastante tiempo. Rosita tardó mucho en traer el agua, y Nicanora se había dado la inmensa satisfacción de ir a la compra. Todos los individuos de la familia, cuando se encontraban uno frente a otro, se echaban a reír, y el más risueño era don José, porque... ¡si supieran!...

## IV

Echóse mi hombre a la calle, y tiró por la de Mira el Río Baja, cuya cuesta es tan empinada que se necesita hacer algo de volatines para no ir rodando de cabeza por aquellos pedernales. Ido la bajó casi como la bajan los chiquillos, de un aliento, y una vez en la explanada que llaman el *Mundo Nuevo,* su espíritu se espació como pájaro lanzado a los aires. Empezó a dar resoplidos, cual si quisiera meter en sus pulmones más aire del que cabía, y sacudió el cuerpo como las gallinas. El picorcillo del sol le agradaba, y la contemplación de aquel cielo azul, de incomparable limpieza y diafanidad, daba alas a su alma voladora. Candoroso e impresionable, don José era como los niños o los poetas de verdad, y las sensaciones eran siempre en él vivísimas; las imágenes, de un relieve extraordinario. Todo lo veía agrandado hiperbólicamente o empequeñecido, según los casos. Cuando estaba alegre, los objetos se revestían a sus ojos de maravillosa hermosura; todo le *sonreía,* según la expresión común que le gustaba mucho usar. En cambio, cuando estaba afligido, que era lo más frecuente, las cosas más bellas se afeaban, volviéndose negras, y se cubrían de un velo... parecíale más propio decir de un *sudario.* Aquel día estaba el hombre de buenas, y la excitación de la dicha hacíale más niño y más poeta que otras veces. Por eso el campo del *Mundo Nuevo,* que es el sitio más desamparado y más feo del globo terráqueo, le pareció una bonita plaza. Salió a la Ronda y echó miradas de artista a una parte y otra. Allí, la Puerta de Toledo, ¡qué soberbia arquitectura! A la otra parte, la fábrica del gas..., ¡oh prodigios de la industria!... Luego, el cielo espléndido y aquellos lejos de Carabanchel, perdiéndose en la inmensidad, con remedos y aun con murmullos de océano..., ¡sublimidades de la Naturaleza!... Andando, andando, le entró de improviso un celo tan vehemente por la instrucción pública, que le faltó poco para caerse de espaldas ante los estólidos letreros que veía por todas partes.

*No se premite tender rropa, y ni clabar clabos,* decía en una pared, y don José exclamó:

—¡Vaya una barbaridad!... ¡Ignorantes!... ¡Emplear dos conjunciones copulativas! Pero, pedazos de animales, ¿no veis que la primera, naturalmente, junta las voces o cláusulas en concepto afirmativo, y la segunda, en concepto negativo?... ¡Y que no tenga que comer un hombre que podría enseñar la Gramática a todo Madrid y corregir estos delitos del lenguaje!... ¿Por qué no me había de dar el Gobierno, vamos a ver, por qué no me había de dar el encargo, mediante proporcionales emolumentos, de vigilar los rótulos?... ¡Zoquetes, qué multas os pondría!... Pues también tú estás bueno: *Se alquilan qartos*... Muy bien, señor mío. ¿Le gustan a usted tanto las *úes* que se las come con arroz? ¡Ah! Si el Gobierno me nombrara *ortógrafo de la vía pública,* ya veríais... Vamos, otro que tal: *Se proive*... Se prohíbe rebuznar, digo yo.

Hallábase en lo más entretenido de aquella crítica literaria, tan propia de su oficio, cuando vio que hacia él iban tres individuos de calzón ajustado, botas de caña, chaqueta corta, gorra, el pelo echadito *palante,* caras de poca vergüenza. Eran los tales tipos muy madrileños y pertenecían al gremio de los *randas.* El uno era *descuidero;* el otro, *tomador,* y el tercero hacía a pelo y a pluma. Ido les conocía, porque vivían en su patio, siempre que no eran inquilinos de los del Saladero, y no gustaba de tratarse con semejante gentuza. De buena gana les habría dado una puntera en salva la parte; pero no se atrevía. Una cosa es reformar la ortografía pública, y otra aplicar ciertos correctivos a la especie humana.

—Allá van los buenos días —le dijeron los chulos alegremente, y a Ido se le puso la carne como la de las gallinas, porque se acordó del duro y temió que se lo *garfiñaran* si entraba en parola con ellos.

Pasando de largo, les dijo con mucha cortesía:

—Dios les guarde, caballeros... Conservarse —y apretó a correr. No le volvió el alma al cuerpo hasta que les hubo perdido de vista.

"Es preciso que me convide a algo", pensaba el pendolista, y hacía la crítica mental de los manjares que más le gustaban. Cerca de la Puerta de Toledo se encontró con un mielero alcarreño que paraba en su misma casa. Estaban hablando, cuando pasó un pintor de panderetas, también vecino, y ambos le convidaron a unas copas. "Váyanse al rábano, ordinariotes...", pensó Ido, y les dio las gracias, separándose al punto de ellos. Andando más, vio un ventorro en la acera derecha de la Ronda... "¡Comer de fonda!" Esta idea se le clavó en el cerebro. Un rato estuvo Ido del Sagrario ante el establecimiento del *Tartera,* que así se llamaba, mirando los dos tiestos de *bónibus* llenos de polvo, las insignias de los bolos y la rayuela, la mano negra con el dedo tieso señalando la puerta, y no se decidía a obedecer la indicación de aquel dedo. ¡Le sentaba tan mal la carne!... Desde que la comía le entraba aquel mal tan extraño y daba en la gracia estúpida de creer que Nicanora era la *Venus de Médicis.* Acordóse, no obstante, de que el médico le recetaba siempre comer carne, y cuanto más cruda, mejor. De lo más hondo de su naturaleza salía un bramido que le pedía ¡carne, carne, carne! Era una voz, un prurito irresistible, una imperiosa necesidad orgánica, como la que sienten los borrachos cuando están privados del fuego y de la picazón del alcohol.

Por fin no pudo resistir; colóse dentro del ventorrillo, y tomando asiento junto a una de aquellas despintadas mesas empezó a palmotear para que viniera el mozo, que era el mismo *Tartera,* un hombre gordísimo, con chaleco de Bayona y mandil de lanilla verde rayado de negro. No lejos de donde estaba Ido había un rescoldo dentro de enorme braserón, y encima una parrilla casi tan grande como la reja de una ventana. Allí se asaban las chuletas de ternera, que con la chamusquina en tan viva lumbre despedían un olor apetitoso.

—Chuletas —dijo don José, y a punto vio entrar a un amigo, el cual le había visto a él y por eso, sin duda, entraba.

—Hola, amigo Izquierdo... Dios le guarde.

—Le vi pasar, maestro, y dije, digo: A cuenta que voy a echar un espotrique con mi tocayo...

Sentóse sin ceremonia el tal, y poniendo los codos sobre la mesa, miró fijamente a su tocayo. O las miradas no expresan nada, o la de aquel sujeto era un memorial pidiendo que se le convidara. Ido era tan caballero que le faltó tiempo para hacer la invitación, añadiendo una frase muy prudente:

—Pero, tocayo, sepa que no tengo más que un duro... Conque no se corra mucho...

Hizo el otro un gesto tranquilizador, y cuando el *Tartera* puso el servicio, si servicio puede llamarse un par de cuchillos con mango de cuerno, servilleta sucia y salero, y pidió órdenes acerca del vino, le dijo, dice:

—¿Pardillo yo?... Pa chasco... Tráete de la tierra.

A todo esto asintió Ido del Sagrario, y siguió contemplando a su amigo, el cual parecía un grande hombre aburrido, carácter agriado por la continuidad de las luchas humanas. José Izquierdo representaba cincuenta años, y era de arrogante estatura. Pocas veces se ve una cabeza tan hermosa como la suya y una mirada tan noble y varonil. Parecía más bien italiano que español, y no es maravilla que haya sido, en época posterior al 73, en plena Restauración, el modelo predilecto de nuestros pintores más afamados.

—Me alegro de verle a usted, tocayo —le dijo Ido, a punto que las chuletas eran puestas sobre la mesa—, porque tenía que comunicarle cosas de importancia. Es que ayer estuvo en casa doña Jacinta, la esposa del señor don Juanito Santa Cruz, y preguntó por el chico y le vio...; quiero decir, no le vio, porque estaba todito dado de negro..., y luego dijo que dónde estaba us-

..., y como usted no estaba, quedó en volver...

Izquierdo debía de tener hambre atrasada, porque al ver las chuletas les echó una mirada guerrera que quería decir: "¡Santiago y a ellas!", y sin responder nada a lo que el otro hablaba les embistió con furia. Ido empezó a engullir, comiéndose grandes pedazos sin masticarlos. Durante un rato ambos guardaron silencio. Izquierdo lo rompió dando fuerte golpe en la mesa con el mango del cuchillo, y diciendo:

—¡Re-hostia con la Repóblica!... ¡Vaya una porquería!

Ido asintió con una cabezada.

—¡Republicanos de chanfaina..., pillos, buleros, piores que serviles, moderaos, piores que moderaos! —prosiguió Izquierdo con fiera exaltación—. No colocarme a mí, a mí, que soy el endivido que más bregó por la Repóblica en esta judía tierra... Es la que se dice: *Cría cuervos*... ¡Ah señor de Martos, señor de Figueras, señor de Pi!... A cuenta que ahora no conocen a este probete de Izquierdo, porque lo ven mal trajeao...; pero antes, cuando Izquierdo tenía por sí la afloencias de la Inclusa y cuando Bicerra le venía a ver pal cuento de echarnos a la calle, entonces... ¡Hostia! Hamos venido a menos. Pero si por un es caso golviésemos a más, yo les juro a esos figurones que tendremos una *yeción*.

## V

Ido seguía corroborando, aunque no había entendido aquello de la *yeción*, ni lo entendiera nadie. Con tal palabra Izquierdo expresaba una colisión sangrienta, una marimorena o cosa así. Bebía vaso tras vaso sin que su cabeza se afectase, por ser muy resistente.

—Porque mirosté, maestro: lo que les atufa es el aquel de haber estado mi endivido en Cartagena... Y yo digo que a mucha honra, ¡rehostia! Allí estábamos los verídicos liberales. Y a cuenta que yo, tocayo, toda mi vida no he hecho más que derramar mi sangre por la judía libertad. El cincuenta y cuatro, ¿qué hice? Batirme en las barricadas como una presona decente. Que se lo pregunten al difunto don Pascual Muñoz, el de la tienda de jierros, padre del marqués de Casa-Muñoz, que era el hombre de más afloencias en estos arrabales, y me dijo mismamente aquel día: "Amigo *Platón,* vengan esos cinco." Y aluego juí con el propio don Pascual a Palacio y don Pascual subió a pleticar con la Reina, y pronto bajó con aquel papé firmado por la Reina en que les daba la gran patá a los moderaos. Don Pascual me dijo que pusiera un pañuelo branco en la punta de un palo y que malchara delante diciendo: "Cese er fuego, cese er fuego..." El cincuenta y seis era yo tiniente de melicianos, y O'Donnell me cogió miedo, y cuando pleticó a la tropa dijo: "Si no hay quien me coja a Izquierdo, no hamos hecho ná." El sesenta y seis, cuando la de los artilleros, mi compare Socorro y yo estuvimos pegando tiros en la esquina de la calle de Laganitos... El sesenta y ocho, cuando la santísima, estuve haciendo la guardia en el Banco, pa que no robaran, y le digo asté que si por un es caso llega a paicerse por allí algún randa, lo suicido... Pues tocan luego a la recompensa, y a *Pucheta* me le hacen guarda de la Casa de Campo; a *Mochila,* del Pardo..., y a mí, una patá. A cuenta que yo no pido más que un triste destino pa portear el correo a cualisquiera parte, y ná... Voy a ver a Bicerra, ¿y piensasté que me conoce? ¡Pa chasco!... Le digo que soy Izquierdo, por mote *Platón,* y menea la cabeza. Es la que se dice: "No se acuerdan del judío escalón dimpués que están parriba." Dimpués me casé y juimos viviendo tal cual. Pero cuando vino la judía Repóblica, se me había muerto mi Dimetria, y yo no tenía qué comer; me juí a ver al señor de Pi, y le dije, digo: "Señor de Pi, aquí vengo sobre una colocación..." ¡Pa chasco! A cuenta que el hombre me debía de tener tirria, porque se remontó y dijo que él no tenía colocaciones. ¡Y un judío portero me puso en la calle! ¡Re-contra-hostia! ¡Si viviera Calvo Asensio! Aquél sí era un endivido que sabía las comenencias, y el tratamiento de las presonas verídicas. ¡Vaya un amigo que me perdí! Toda la Inclusa era nuestra, y en tiempo leitoral, ni Dios nos tosía, ni Dios, ¡hostia!... ¡Aquél, sí; aquél, sí!... A cuenta que me cogía del brazo y nos entrábamos en un café, o en la taberna a tomar una angelita..., porque era muy llano y más liberal que la Virgen Santísima. ¿Pero éstos de ahora?... Es la que dice: ni liberales, ni repoblicanos, ni ná. Mirosté a ese Pi..., un mequetrefe. ¿Y Castelar? Otro mequetrefe. ¿Y Salmerón? Otro mequetrefe. ¿Roque Barcia? Mismamente. Luego, si es caso, vendrán a pedir que les ayudemos, ¿pero yo...? No me pienso menear; basta de *yeciones*. Si se junde la Repóblica, que se junda, y si se junde el judío pueblo, que se junda también.

Apuró de nuevo el vaso, y el otro José admiraba igualmente su facundia y su receptividad de bebedor. Izquierdo soltó luego una risa sarcástica, prosiguiendo así:

—Dicen que les van a traer a Alifonso... ¡Pa chasco! Por mí, que lo traigan. A cuenta que es como si verídicamente trajeran al Terso. Es la que se dice: pa mí lo mismo es blanco que negro. Óigame lo bueno: El año pasado, estando en Alcoy, los carcas me jonjabaron. Me corrí a la partida de Callosa de Ensarriá y tiré montón de tiros a la Guardia Cevil. ¡Qué *yeción!* Salta por aquí, salta por allá. Pero pronto me llamé andana, porque me habían hecho contrata de medio duro diario, y los rumbeles solutamente no paicían. Yo dije: "José mío, güélvete liberal, que lo de carca no te tercia." Una nochecita me escurrí, y del tirón me juí a Barcelona, donde la carpanta fue tan grande, maestro, que por poco doy las boqueás. ¡Ay, tocayo, si no es porque se me terció encontrarme allí con mi sobrina Fortunata, no la cuento! Socorrióme..., es buena chica, y con los cuartos que me dio trinqué el judío tren, y a Madriz...

—Entonces —dijo Ido, fatigado de aquel relato incoherente y de aquel vocabulario grotesco —recogió usted a ese precioso niño...

Buscaba Ido la novela dentro de aquella gárrula página contemporánea; pero Izquierdo, como hombre de más seso, despreciaba la novela para volver a la grave historia.

—Allego y me aboco con los comiteles y les canto claro: "Pero, señores, ¿nos acantonamos o no nos acantonamos?... Porque si no va a haber aquí una *yeción.*" ¡Se reían de mí!... ¡Pillos! ¡Como que estaban vendíos al moderaísmo!... ¿Sabusté, tocayo, con qué me motejaban aquellos mequetrefes? Pues ná; con que yo no sé leer ni escribir. No es todo lo verídico, ¡hostia!, porque leer ya sé, aunque no todo lo seguío que se debe. Como escribir, no escribo porque se me corre la tinta por el dedo... ¡Bah!, es la que se dice: los escribidores, los periodiqueros y los publicantones son los que han perdío con sus tiologías a esta judía tierra, maestro.

Ido tardó mucho en apoyar esto, por ser quien era; pero Izquierdo le apretó el brazo con tanta fuerza, que al fin no tuvo más remedio que asentir con una cabezada, haciendo la reserva mental de que sólo por la violencia daba su autorizado voto a tal barbaridad.

—Entonces, tocayo de mi arma, viendo que me querían meter en el estaribel y enredarme con los guras, tomé el olivo y nos juimos a Cartagena. ¡Ay, qué vida aquella! ¡Re-hostia! A mí me querían hacer menistro de la Gubernación; pero dije nones. No me gustan suponeres. A cuenta que salimos con las freatas por aquellos mares de mi arma. Y entonces, que quieras que no, me ensalzaron a tiniente de navío, y estaba mismamente a las órdenes del general Contreras, que me trataba de tú. ¡Ay, qué hombre y qué buen avío el suyo! Parecía verídicamente el gran turco con su gorro colorao. Aquello era una gloria. ¡Alicante, Águilas! Pelotazo va, pelotazo viene. Si por un es caso nos dejan, tocayo, nos comemos el santísimo mundo, y lo acantonamos toíto... ¡Orán! ¡Ay, qué mala sombra tiene Orán y aquel judío *vu* de los franceses, que no hay cristiano que lo pase!... Me najo de allí, güelvo a mi Españita, entro en Madriz mu callaíto, tan fresco..., ¿a mí qué?..., y me presento a estos tiólogos mequetrefes y les digo: "Aquí me tenéis, aquí tenéis a la presonalidá del endivido verídico que se pasó la santísima vida peleando como un gato tripa arriba por las judías libertades... Matarme, ¡hostia!, matarme; a cuenta que no me queréis colocar..." ¿Usté me hizo caso? Pues ellos tampoco. Espotrica que te espotricarás en las Cortes, y el santísimo pueblo que reviente. Y yo digo que es menester acantonar a Madriz, pegarle fuego a las Cortes, al Palacio Real y a los judíos ministerios, al Monte de Piedad, al cuartel de la Guardia Cevil y al Dipósito de las Aguas, y luego hacer un racimo de horca con Castelar, Pi, Figueras, Martos, Bicerra y los demás, por moderaos, por moderaos...

## VI

Dijo el *por moderaos* hasta seis veces, subiendo gradualmente de tono, y la última repetición debió de oírse en el puente de Toledo. El otro José estaba muy aturdido con la bárbara charla del grande hombre, el más desgraciado de los héroes y el más desconocido de los mártires. Su máscara de misantropía y aquella displicencia de genio perseguido eran natural consecuencia de haber llegado al medio siglo sin encontrar su asiento, pues treinta años de tentativas y de fracasos son para abatir el ánimo más entero. Izquierdo había sido chalán, tratante en trigos, revolucionario, jefe de partidas, industrial, fabricante de velas, punto figurado en una casa de juego y dueño de una *chirlata;* había sido casado dos veces con mujeres ricas, y en ninguno de estos diferentes estados y ocasiones obtuvo los favores de la voluble suerte. De una manera y otra, casado y soltero, trabajando por su cuenta y por la ajena, siempre mal, siempre mal, ¡hostia!

La vida inquieta, las súbitas apariciones y desapariciones que hacía, y el haber estado en *gurapas* algunas temporadillas rodearon de misterio su vida, dándole una reputación deplorable. Se contaban de él horrores. Decían que había matado a Demetria, su segunda mujer, y cometido otros nefandos crímenes, violencias y atropellos. Todo era falso. Hay que declarar que parte de su mala reputación la debía a sus fanfarronadas y a toda aquella humareda revolucionaria que tenía en la cabeza. La mayor parte de sus empresas políticas eran soñadas, y sólo las creían ya poquísimos oyentes, entre los cuales Ido del Sagrario era el de mayores tragaderas. Para completar su retrato, sépase que no había estado en Cartagena. De tanto pensar en el dichoso cantón, llegó, sin duda, a figurarse que había estado en él, hablando por los codos de aquellas tremendas *yeciones* y dando detalles que engañaban a muchos bobos. Lo de la partida de Callosa sí parece cierto.

También se puede asegurar, sin temor de que ningún dato histórico pruebe lo contrario, que *Platón* no era valiente, y que, a pesar de tanta baladronada, su reputación de braveza empezaba a decaer, como todas las glorias de fundamento inseguro. En los tiempos a que me refiero, el descrédito era tal, que la propia vanidad *platónica* estaba ya por los suelos. Principiaba a creerse una nulidad, y allá en sus soliloquios desesperados, cuando le salía mal alguna de las bajezas con que se procuraba dinero, se escarnecía sinceramente, diciéndose: "Soy pior que una caballería; soy más tonto que un cerrojo; no sirvo solutamente para nada." El considerar que había llegado a los cincuenta años sin saber *plumear* y leyendo sólo a trangullones, le hacía formar de su *endivido* la idea más desventajosa. No ocultaba su dolor por esto, y aquel día se lo expresó a su tocayo con sentida ingenuidad:

—Es una gaita esto de no saber escribir... ¡Hostia!, si yo supiera... Créalo: ése es el porqué de la tirria que me tiene Pi.

Don José no le contestó. Estaba doblado por la cintura, porque el digerir las dos enormes chuletas que se había atizado no se presentaba como un problema de fácil solución. Izquierdo no reparó que a su amigo le temblaba horriblemente el párpado, y que las carúnculas del cuello y los verrugones de la cara, inyectados y turgentes, parecían próximos a reventar. Tampoco se fijó en la inquietud de don José, que se movía en el asiento como si éste tuviese espinas; y volviendo a lamentarse de su destino, se dejó decir:

—Porque no hacen solutamente estimación de los verídicos hombres de mérito. Tanto mequetrefe colocao, y a nosotros, tocayo, a estos dos hombres de calidá, nadie les ensalza. A cuenta que ellos se lo pierden; porque usted, ¡hostia!, sería un lince para la Destrucción Pública, y yo..., yo...

La vanidad de *Platón* cayó de golpe cuando más se remontaba, y no encontrando aplicación adecuada a su personalidad, se estrelló en la conciencia de su estolidez.

"Yo..., para tirar de un carromato", pensó. Después dejó caer la varonil y gallarda cabeza sobre el pecho y estuvo meditando un rato sobre *el porqué* de su perra suerte. Ido permaneció completamente insensible a la lisonja que le soltara su amigo, y tenía la imaginación sumergida en sombrío lago de tristezas, dudas, temores y desconfianzas. A Izquierdo le roía el pesimismo. La carga de la bebida en su estómago no tuvo poca parte en aquel desaliento horrible, durante el cual vio desfilar ante su mente los treinta años de fracasos que formaban su historia activa... Lo más singular fue que en su tristeza sentía una dulce voz silbándole en el oído: "Tú sirves para algo..., no te amontones..." Mas no se convencía, no. "Al que me dijera —pensaba— cuál es la judía cosa pa que sirve este piazo de hombre, le quería, si es caso, más que a mi padre." Aquel desventurado era como otros muchos seres que se pasan la mayor parte de la vida fuera de su sitio, rodando, rodando, sin llegar a fijarse en la casilla que su destino les ha marcado. Algunos se mueren y no llegan nunca; Izquierdo debía llegar, a los cincuenta y un años, al puesto que la Providencia le asignara en el mundo, y que bien podríamos llamar glorioso. Un año después de lo que ahora se narra estaba ya aquel planeta errante, puedo dar fe de ello, en su sitio cósmico. *Platón* descubrió al fin la ley de su sino, aquello para que exclusiva y *solutamente* servía. Y tuvo sosiego y pan, fue útil y desempeñó un gran papel, y hasta se hizo célebre y se lo disputaban y le traían en palmitas. No hay ser humano, por despreciable que parezca, que no pueda ser eminencia en algo, y aquel buscón sin suerte, después de medio siglo de equivocaciones, ha venido a ser, por su hermosísimo talante, el gran *modelo* de la pintura histórica contemporánea. Hay que ver la nobleza y arrogancia de su figura cuando me le encasquetan una armadura fina, o ropillas y balandranes de raso, y me le ponen *haciendo* el duque de Gandía al sentir la corazonada de hacerse santo, o el marqués de Bedmar ante el Consejo de Venecia, o Juan de Lanuza en el patíbulo, o el gran Alba poniéndoles las peras a cuarto a los flamencos. Lo más peregrino es que aquella caballería, toda ignorancia y rudeza, tenía un notable instinto de la postura, sentía hondamente la facha del personaje y sabía traducirla con el gesto y la expresión de su admirable rostro.

Pero en aquella sazón todo esto era futuro y sólo se presentaba a la mente embrutecida de *Platón* como presentimiento indeciso de glorias y bienandanza. El héroe dio un suspiro, a que contestó el poeta con otro suspiro más tempestuoso. Mirando cara a cara a su amigo, Ido tosió dos o tres veces, y con una vocecilla que sonaba metálicamente le dijo, poniéndole la mano en el hombro:

—Usted es desgraciado porque no le hacen justicia; pero yo lo soy más, tocayo, porque no hay mayor desdicha que el deshonor.

—¡República puerca, república cochina! —rebuznó *Platón,* dando en la mesa un porrazo tan recio que todo el ventorro tembló.

—Porque todo se puede conllevar —dijo Ido, bajando la voz lúgubremente—, menos la infidelidad conyugal. Terrible cosa es hablar de esto, querido tocayo, y que esta deshonrada boca pregone mi propia ignominia...; pero hay momentos, francamente, naturalmente, en que no puede uno callar. El silencio es delito, sí, señor... ¿Por qué ha de echar sobre mí la sociedad esta befa, no siendo yo culpable? ¿No soy modelo de esposos y padres de familia? ¿Pues cuándo he sido yo adúltero? ¿Cuándo?... Que me lo digan.

De repente, y saltando cual si fuera de goma, el hombre eléctrico se levantó... Sentía una ansiedad que le ahogaba, un furor que le ponía los pelos de punta. En este excepcional desconcierto no se olvidó de pagar, y dando su duro al *Tartera* recogió la vuelta.

—Noble amigo —díjole a Izquierdo al oído—, no me acompañe usted... Estimo en lo que valen sus ofrecimientos de ayuda. Pero debo ir solo, enteramente solo, sí, señor; les cogeré *in fraganti*... ¡Silencio!... ¡Chis!... La ley me autoriza a hacer un escarmiento , pero horrible, tremendo... ¡Silencio digo!

Y salió de estampía, como una saeta. Viéndole correr se reían Izquierdo y el *Tartera.* El infeliz Ido iba derecho a su camino sin reparar en ningún tropiezo. Por poco tumba a un ciego, y le volcó a una mujer la cesta de los cacahuetes y piñones. Atravesó la Ronda, el Mundo Nuevo y entró por la calle de Mira el Río Baja, cuya cuesta se echó a pechos sin tomar aliento. Iba desatinado, gesticulando, los ojos fulminantes, el labio inferior muy echado para fuera. Sin reparar en nadie ni en nada, entró en la casa, subió las escaleras y, pasando de un corredor a otro, llegó pronto a su puerta. Estaba cerrada sin llave. Púsose en acecho, el oído en el agujero de la llave, y empujando de improviso la abrió con estrépito y echó un vocerrón muy tremendo:

—¡Adúuuultera!

—¡Cristo!, ya le tenemos otra vez con el dichoso *dengue*... —chilló Nicanora, reponiéndose al instante de aquel gran susto—. Pobrecito mío, hoy viene perdido...

Don José entró a pasos largos y marcados, con desplantes de cómico de la legua; los ojos saltándosele del casco, y repetía con un tono cavernoso la terrorífica palabra:

—¡Adúuuultera!

—Hombre de Dios —dijo la infeliz mujer, dejando a un lado el trabajo, que aquel día no era pintura, sino costura—, tú has comido, ¿verdad?... Buena la hemos hecho...

Le miraba con más lástima que enojo y con cierta tranquilidad relativa, como se miran los males ya muy añejos y conocidos.

—Fuertecillo es el ataque... Corazón, ¡cómo estás hoy! Algún indino te ha convidado... Si le cojo... Mira, José, debes acostarte...

—Por Dios, papá —dijo Rosita, que había entrado detrás de su padre—, no nos asustes... Quítate de la cabeza esas andróminas.

Apartóla él lejos de sí con enérgico ademán, y siguió dando aquellos pasos tragicómicos sin orden ni concierto. Parecía registrar la casa; se asomaba a las fétidas alcobas, daba vueltas sobre un tacón, palpaba las paredes, miraba debajo de las sillas, revolviendo los ojos con fiereza y haciendo unos aspavientos que harían reír grandemente si la compasión no lo impidiera. La vecindad, que se divertía mucho con el *dengue* del buen Ido, empezó a congregarse en el corredor. Nicanora salió a la puerta:

—Hoy está atroz... Si yo cogiera al lipendi que le convidó a magras...

—¡Venga usted acá, dama infiel! —le dijo el frenético esposo, cogiéndola por un brazo.

Hay que advertir que ni en lo más fuerte del acceso era brutal. O porque tuviera muy poca fuerza o porque su natural blando no fuese nunca vencido de la fiebre de aquella increíble desazón, ello es que sus manos apenas causaban ofensa. Nicanora le sujetó por ambos brazos, y él, sacudiéndose y pateando, descargaba su ira con estas palabras roncas:

—No me lo negarás ahora... Le he visto, le he visto yo.

—¿A quién has visto, corazón?... ¡Ah!, sí, al duque. Sí, aquí le tengo... No me acordaba... ¡Pícaro duque, que te quiere quitar esta recondenada prenda tuya!

Desprendido de las manos de su mujer, que como tenazas le sujetaban, Ido volvió a sus mímicas, y Nicanora, sabiendo que no había más medio de aplacarle que dar rienda suelta a su insana manía para que el ataque pasara más pronto, le puso en la mano un palillo de tambor que allí habían dejado los chicos, y empujándole por la espalda...

—Ya puedes escabecharnos —le dijo—, anda, anda; estamos allí, en el camarín, tan agasajaditos... Fuerte, hijo: dale firme, y sácanos el mondongo...

Dando trompicones, entró Ido en una de las alcobas, y apoyando la rodilla en el camastro que allí había empezó a dar golpes con el palillo, pronunciando torpemente estas palabras:

—Adúlteros, expiad vuestro crimen.

Los que desde el corredor le oían reíanse a todo trapo, y Nicanora arengaba al público, diciendo:

—Pronto se le pasará; cuanto más fuerte, menos le dura.

—Así, así..., muertos los dos... Charco de sangre... Yo vengado, mi honra la... la... vadita —murmuraba él, dando golpes cada vez más flojos, y al fin se desplomó sobre el jergón, boca abajo. Las piernas colgaban fuera, la cara se oprimía contra la almohada, y en tal postura rumiaba expresiones oscuras, que se apagaban resolviéndose en ronquidos. Nicanora le volvió cara arriba para que respirase bien, le puso las piernas dentro de la cama, manejándole como a un muerto, y le quitó de la mano el palo. Arreglóle las almohadas y le aflojó la ropa. Había entrado en el segundo período, que era el comático, y aunque seguía delirando, no movía ni un dedo, y apretaba fuertemente los párpados, temeroso de la luz. Dormía la mona de carne.

Cuando la *Venus de Médicis* salió del cubil vio que entre las personas que miraban por la ventana estaba Jacinta, acompañada de su doncella.

## VII

Había presenciado parte de la escena y estaba aterrada.

—Ya le pasó lo peor —dijo Nicanora, saliendo a recibirla—. Ataque muy fuerte... Pero no hace daño. ¡Pobre ángel! Se pone de esta conformidad cuando come.

—¡Cosa más rara! —expresó Jacinta, entrando.

—Cuando come carne... Sí, señora. Dice el médico que tiene el cerebro como pasmado, porque durante mucho tiempo estuvo escribiendo cosas de mujeres malas, sin comer nada más que las condenadas judías... La miseria, señora; esta vida de perros. ¡Y si supiera usted qué buen hombre es!... Cuando está tranquilo no hace cosa mala ni dice una mentira... Incapaz de matar una pulga. Se estará dos años sin probar el pan, con tal que sus hijos lo coman. Ya ve la señora si soy desgraciada. Dos años hace que José empezó con estas incumbencias. Se pasaba las noches en vela, sacando de su cabeza unas fábulas..., todo tocante a damas infieles, guapetonas, que se iban de picos pardos con unos duques muy adúlteros..., y los maridos trinando... ¡Qué cosas inventaba! Y por la mañana las ponía en limpio en papel de marquilla con una letra que daba gusto verla. Luego le dio el tifus, y se puso tan malo que estuvo *suministrado* y creíamos que se iba. Sanó y le quedaron estas calenturas de la sesera, este *dengue* que le da siempre que toma sustancia. Tiene temporadas, señora; a veces el ataque es muy ligero, y otras se pone tan encalabrinado, que sólo de pasar por delante del Matadero le baila el párpado y empieza a decir disparates. Bien dicen, señora, que la carne es uno de los enemigos del alma... Cuidado con lo que saca... ¡Que yo me adultero, y que se la pego con un duque!... Miren que yo, con esta facha...

No interesaba a Jacinta aquel triste relato tanto como creía Nicanora, y viendo que ésta no ponía punto, tuvo la dama que ponerlo.

—Perdone usted —dijo, dulcificando su acento todo lo posible—, pero dispongo de poco tiempo. Quisiera hablar con ese señor que llaman *don*... José Izquierdo.

—Para servir a vuecencia —dijo una voz en la puerta.

Y al mirar, encaró Jacinta con la arrogantísima figura de *Platón,* quien no le pareció tan fiero como se lo habían pintado.

Díjole la *Delfina* que deseaba hablarle, y él la invitó con toda la cortesía de que era capaz a pasar a su habitación. Ama y criada se pusieron en marcha hacia el 17, que era la vivienda de Izquierdo.

—¿En dónde está el *Pituso?* —preguntó Jacinta a mitad del camino.

Izquierdo miró al patio donde jugaban varios chicos, y no viéndole por ninguna parte, soltó un gruñido. Cerca del 17, en uno de los ángulos del corredor había un grupo de cinco o seis personas entre grandes y chicos, en el centro del cual estaba un niño como de diez años, ciego, sentado en una banqueta y tocando la guitarra. Su brazo era muy pequeño para alcanzar al extremo del mango. Tocaba al revés, pisando las cuerdas con la derecha y rasgueando con la izquierda, puesta la guitarra sobre las rodillas, boca y cuerdas hacia arriba. La mano pequeña y bonita del ceguezuelo hería con gracia las cuerdas, sacando de ellas arpegios dulcísimos y esos punteados graves que tan bien expresan el sentir hondo y rudo de la plebe. La cabeza del músico oscilaba como la de esos muñecos que tienen por pescuezo una espiral de acero, y revolvía de un lado para otro los globos muertos de sus ojos cuajados, sin descansar un punto. Después de mucho y mucho puntear y rasguear, rompió con chillona voz el canto:

A Pepa la gitani... i... i...

Aquel *iiii* no se acababa nunca, daba vueltas para arriba y para abajo como una rúbrica trazada con el sonido. Ya les faltaba el aliento a los oyentes cuando el ciego se determinó a posarse en el final de la frase:

lla,
cuando la parió su madre...

Expectación, mientras el músico echaba de lo hondo del pecho unos ayes y gruñidos como de un perrillo al que le están pellizcando el rabo:

¡Ay, ay, ay!...

Por fin concluyó:

sólo para las narices
le dieron siete calambres.

Risas, algazara, pataleos... Junto al niño cantor había otro ciego, viejo y curtido, la cara como un corcho, montera de pelo encasquetada y el cuerpo envuelto en capa parda con más remiendos que tela. Su risilla de suficiencia le denunciaba como autor de la celebrada estrofa. Era también maestro, padre quizás del ciego chico, y le estaba enseñando el oficio. Jacinta echó un vistazo a todo aquel conjunto, y entre las respetables personas que formaban el corro distinguió una cuya presencia la hizo estremecer. Era el *Pituso,* que asomando por entre el ciego grande y el chico, atendía con toda su alma a la música, puesta una mano en la cintura y la otra en la boca.

—Ahí está —dijo al señor Izquierdo, que al punto le sacó del grupo para llevarle consigo.

Lo más particular fue que si cuando la fisonomía del *Pituso* estaba embadurnada creyó Jacinta advertir en ella un gran parecido con Juanito Santa Cruz, al mirarla en su natural ser, aunque no efectivamente limpia, el parecido se había desvanecido.

"No se parece", pensaba entre alegre y desalentada, cuando Izquierdo le señaló la puerta para que entrase.

Cuentan Jacinta y su criada que al verse dentro de la reducida, inmunda y desamparada celda, y al observar que el llamado *Platón* cerraba la puerta, les entró un miedo tan grande, que a entrambas se les ocurrió salir a la ventanilla a pedir socorro. Miró la señora de soslayo a la criada, por ver si ésta mostraba entereza de ánimo; pero Rafaela estaba más muerta que viva.

"Este bandido —pensó Jacinta— nos va a retorcer el pescuezo sin dejarnos chistar."

Algo se tranquilizaba oyendo muy cerca el guitarreo y el rum rum de la multitud que rodeaba a los dos ciegos. Izquierdo les ofreció las dos sillas que en la estancia había, y él se sentó sobre un baúl, poniendo al *Pituso* sobre sus rodillas.

Rafaela cuenta que en aquel momento se le ocurrió un plan infalible para defenderse del monstruo, si por acaso las atacaba. Desde el punto en que le viera hacer un ademán hostil, ella se le colgaría de las barbas. Si en el mismo instante y muy de sopetón su señorita tenía la destreza suficiente para coger un asador que muy cerca de su mano estaba y metérselo por los ojos, la cosa era hecha.

No había allí más muebles que las dos sillas y el baúl. Ni cómoda, ni cama, ni nada. En la oscura alcoba debía de haber algún camastro. De la pared colgaba una grande y hermosa lámina, detrás de cuyo cristal se veían dos trenzas negras de pelo, hermosísimas, enroscadas al modo de culebras, y entre ellas una cinta de seda con este letrero: "¡Hija mía!"

—¿De quién es ese pelo? —preguntó Jacinta vivamente, y la curiosidad le alivió por un instante el miedo.

—De la hija de mi mujer —replicó *Platón* con gravedad, echando una mirada de desdén al cuadro de las trenzas.

—Yo creí que era de... —balbució la dama sin atreverse a acabar la frase—. Y la joven a quien pertenecía ese pelo, ¿dónde está?

—En el cementerio —gruñó Izquierdo con acento más propio de bestia que de hombre.

Jacinta examinó al *Pituso* chico y..., cosa rara, volvió a advertir parecido con el gran *Pituso.* Le miró más, y mientras más le miraba, más semejanza. ¡Santo Dios! Llamóle, y el señor Izquierdo dijo al niño con cierta aspereza atenuada, que en él podía pasar por dulzura:

—Anda, piojín, y da un beso a esta señora.

El nene, en pie, se resistía a dar un paso hacia adelante. Estaba como asustado y clavaba en la señora las estrellas de sus ojos. Jacinta había visto ojos lindos, pero como aquéllos no los había visto nunca. Eran como los del Niño Dios pintado por Murillo.

—Ven, ven —le dijo, llamándole con ese movimiento de las dos manos que había aprendido de las madres.

Y él, tan serio, con las mejillas encendidas por la vergüenza infantil, que tan fácilmente se resuelve en descaro.

—A cuenta que no es corto de genio; pero se espanta de las personas finas —dijo Izquierdo, empujándole hasta que Jacinta pudo cogerle.

—Si es todo un caballero formal —declaró la señorita, dándole un beso en su cara sucia, que aún olía a la endiablada pintura—. ¿Cómo estás hoy tan serio y ayer te reías tanto y me enseñabas tu lengüecita?

Estas palabras rompieron el sello a la seriedad de Juanín, porque lo mismo fue oírlas que desplegar su boca en una sonrisa angelical. Rióse también Jacinta; pero su corazón sintió como un repentino golpe, y se le nublaron los ojos. Con la risa del gracioso chiquillo resurgía de un modo extraordinario el parecido que la dama creía encontrar en él. Figuróse que la raza de Santa Cruz le salía a la cara como poco antes le había salido el carmín del rubor infantil. "Es, es...", pensó con profunda convicción, comiéndose a miradas la cara del rapazuelo. Veía en ella las facciones que amaba; pero allí había además otras desconocidas. Entróle entonces una de aquellas rabietinas que de tarde en tarde turbaban la placidez de su alma, y sus ojos, iluminados por aquel rencorcillo, querían interpretar en el rostro inocente del niño las aborrecidas y culpables bellezas de la madre. Habló, y su metal de voz había cambiado completamente. Sonaba de un modo semejante a los bajos de la guitarra:

—Señor Izquierdo, ¿tiene usted ahí por casualidad el retrato de su sobrina?

Si Izquierdo hubiera respondido que sí, ¡cómo se habría lanzado Jacinta sobre él! Pero no había tal retrato, y más valía así. Durante un rato estuvo la dama silenciosa, sintiendo que se le hacía en la garganta el nudo aquel, síntoma infalible de las grandes penas. En tanto el *Pituso* adelantaba rápidamente en el camino de la confianza. Empezó por tocar con los dedos tímidamente una pulsera de monedas antiguas que Jacinta llevaba, y viendo que no le reñían por este desacato, sino que la señora aquella tan guapa le apretaba contra sí, se decidió a examinar el imperdible, los flecos del mantón y principalmente el manguito, aquella cosa de pelos suaves con un agujero, donde se metía la mano y estaba tan calentita.

Jacinta le sentó sobre sus rodillas y trató de ahogar su desconsuelo estimulando en su alma la piedad y el cariño que el desvalido niño le inspiraba. Un examen rápido sobre el vestido de él le reprodujo la pena. ¡Que el hijo de su marido estuviese con las carnecitas al aire, los pies casi desnudos!... Le pasó la mano por la cabeza rizosa, haciendo voto en su noble conciencia de querer al hijo de otra como si fuera suyo. El rapaz fijaba su atención de salvaje en los guantes de la señora No tenía él ni idea remota de que existieran aquellas manos de mentira, dentro de las cuales estaban las manos verdaderas.

—¡Pobrecito! —exclamó con vivo dolor Jacinta, observando que el mísero traje del *Pituso* era todo agujeros.

Tenía un hombro al aire, y una de las nalgas estaba también a la intemperie. ¡Con cuánto amor pasó la mano por aquellas finísimas carnes, de las cuales pensó que nunca habían conocido el calor de una mano materna, y que estaban tan heladas de noche como de día!

—Toca, toca —dijo a la criada—; muertecito de frío.

Y al señor Izquierdo:

—Pero ¿por qué tiene usted a este pobre niño tan desabrigado?

—Soy probe, señora —refunfuñó Izquierdo con la sequedad de siempre—. No me quieren colocar... por decente...

Iba a seguir espetando el relato de sus cuitas políticas; pero Jacinta no le hizo caso. Juanín, cuya audacia crecía por momentos, atrevíase ya nada menos que a posarle la mano en la cara, con muchísimo respeto, eso sí.

—Te voy a traer unas botas muy bonitas —le dijo la que quería ser madre adoptiva, echándole las palabras con un beso en su oído sucio.

El muchacho levantó un pie. ¡Y qué pie! Más valía que ningún cristiano lo viera. Era una masa de informe esparto y de trapo asqueroso, llena de lodo y con un gran agujero, por el cual asomaba la fila de deditos rosados.

—¡Bendito Dios! —exclamó Rafaela, rompiendo a reír—. Pero, señor Izquierdo, ¿tan pobre es usted que no tiene para...?

—Solutamente...

—¡Te voy a poner más majo...! Verás. Te voy a poner un vestido muy precioso, tu sombrero, tus botas de charol.

Comprendiendo aquello, ¡el muy tuno abría cada ojo...! De todas las flaquezas humanas, la primera que apunta en el niño, anunciando el hombre, es la presunción. Juanín entendió que le iban a poner guapo y soltó una carcajada. Pero las ideas y las sensaciones cambian rápidamente en esta edad, y de improviso el *Pituso* dio una palmada y echó un gran suspiro. Es una manera especial que tienen los chicos de decir: "Esto me aburre; de buena gana me marcharía." Jacinta le retuvo a la fuerza.

—¡Vamos a ver, señor Izquierdo —dijo la dama, planteando decididamente la cuestión—. Ya sé por su vecino de usted quién es la mamá de este niño. Está visto que usted no lo puede criar ni educar. Yo me lo llevo.

Izquierdo se preparó a la respuesta.

—Diré a la señora... Yo..., verídicamente, le tengo ley. Le quiero, si a mano viene, como hijo... Socórrale la señora, por ser de la casta que es; colóqueme a mí y yo lo criaré.

—No, esos tratos no me convienen. Seremos amigos, pero con la condición de que me llevo este pobre ángel a mi casa. ¿Para qué le quiere usted? ¿Para que se críe en esos patios malsanos entre pilletes?... Yo le protegeré a usted. ¿Qué quiere? ¿Un destino? ¿Una cantidad?

—Si la señora —insinuó Izquierdo torvamente, soltando las palabras después de rumiarlas mucho— me logra una cosa...

—A ver qué cosa...

—La señora se aboca con Castelar... que me tiene tanta tirria..., o con el señor de Pi.

—Déjeme usted a mí de *pi* y de *pa*... Yo no le puedo dar a usted ningún destino.

—Pues si no me dan la ministración de El Pardo, el hijo se queda aquí..., ¡hostia! —declaró Izquierdo con la mayor aspereza, levantándose.

Parecía responder con la exhibición de su gallarda estatura más que con las palabras.

—La administración de El Pardo nada menos. Sí, para usted estaba. Hablaré a mi esposo, el cual reconocerá a Juanín y le reclamará por la justicia, puesto que su madre le ha abandonado.

Rafaela cuenta que, al oír esto, se desconcertó un tanto *Platón*. Pero no se dio a partido, y cogiendo en brazos al niño le hizo caricias a su modo:

—¿Quién te quiere a ti, churumbé?... ¿A quién quieres tú, piojín mío?

El chico le echó los brazos al cuello.

—Yo no le impido ni le impediré a usted que le siga queriendo, ni aun que le vea alguna vez —dijo la señora, contemplando a Juanín como una tonta—. Volveré mañana y espero convencerle... y en cuanto a la administración de El Pardo, no crea usted que digo que no. Podría ser... no sé...

Izquierdo se dulcificó un poco.

"Nada, nada —pensó Jacinta—; este hombre es un chalán. No sé tratar con esta clase de gente. Mañana vuelvo con Guillermina, y entonces... aquí te quiero ver."

—Para usted —dijo luego en voz alta— lo mejor sería una cantidad. Me parece que está la patria oprimida.

Izquierdo dio un suspiro y puso al chico en el suelo.

—Un endivido que se pasó su santísima vida bregando porque los españoles sean libres...

—Pero, hombre de Dios, ¿todavía les quiere usted más libres?

—No...; es la que se dice..., cría cuervos... Sepa usted que Bicerra, Castelar y otros mequetrefes todo lo que son me lo deben a mí.

—Cosa más particular.

El ruido de la guitarra y de los cantos de los ciegos arreció considerablemente, uniéndose al estrépito de tambores de Navidad.

—¿Y tú no tienes tambor? —preguntó Jacinta al pequeñuelo, que apenas oída la pregunta ya estaba diciendo que no con la cabeza—. ¡Qué barbaridad! ¡Miren que no tener tú un tambor!... Te lo voy a comprar hoy mismo, ahora mismo ¿Me das un beso?

No se hacía de rogar el *Pituso*. Empezaba a ser descarado. Jacinta sacó un paquetito de caramelos, y él, con ese instinto de los golosos, se abalanzó a ver lo que la señora sacaba de aquellos papeles. Cuando Jacinta le puso un caramelo dentro de la boca, Juanín se reía de gusto.

—¿Cómo se dice? —le preguntó Izquierdo.

Inútil pregunta, porque él no sabía que cuando se recibe algo se dan las gracias.

Jacinta le volvió a coger en brazos y a mirarle. Otra vez le pareció que el parecido se borraba. ¡Si no sería...! Era conveniente averiguarlo y no proceder con precipitación. Guillermina se encargaría de esto. De repente el muy pillo la miró, y sacándose el caramelo de la boca, se lo ofreció para que chupase ella.

—No, tonto, si tengo más.

Después viendo que su galantería no era estimada, le enseñó la lengua.

—¡Grandísimo tuno, me haces burla, a mí!...

Y él, entusiasmándose, volvió a sacar la lengua, y habló por primera vez en aquella conferencia, diciendo muy claro:

—Putona.

Ama y criada rompieron a reír, y Juanín lanzó una carcajada graciosísima, repitiendo la expresión y dando palmadas como para aplaudirse.

—¡Qué cosas le enseña usted!...

—Vaya, hijo, no digas exprisiones...

—¿Me quieres? —le dijo la *Delfina*, apretándole contra sí.

El chico clavó sus ojos en Izquierdo.

—Dile que sí, pero a cuenta que no te vas con ella..., ¿sabes?..., que no te vas con ella, porque quieres más a tu papá Pepe, piojín..., y que a tu papá le tién que dar la ministración.

Volvió el bárbaro a cogerle, y Jacinta se despidió, haciendo propósito firme de volver con el refuerzo de su amiga.

—Adiós, adiós, Juanín. Hasta mañana.

Y le besó la mano, pues la cara era imposible, por tenerla toda untada de caramelo.

—Adiós, rico —dijo Rafaela, pellizcándole los dedos de un pie, que asomaban por las claraboyas del calzado.

Y salieron. Izquierdo, que, aunque se tenía por caballería, preciábase de ser caballero, salió a despedirlas a la puerta de la calle, con el pequeño en brazos. Y le movía la manecita para hacerle saludar a las dos mujeres hasta que doblaron la esquina de la calle del Bastero

## VIII

A las nueve del día siguiente ya estaban allí otra vez ama y doncella, esperando a Guillermina, que convino en unirse con su amiga en cuanto despachara ciertos quehaceres que tenía en la estación de las Pulgas. Había recibido dos vagones de sillares y obtenido del director de la Compañía del Norte que le hicieran la descarga gratis con las grúas de la empresa... ¡Los pasos que tuvo que dar para esto! Pero al fin se salió con la suya, y además quería que del transporte se encargara la misma empresa, que bastante dinero ganaba, y bien podía dar a los huérfanos desvalidos unos cuantos viajes de camiones.

En cuanto entraron, Jacinta y Rafaela vieron a Juanín jugando en el patio. Llamáronle y no quiso venir. Las miraba desde lejos, riendo, con media mano metida dentro de la boca; pero en cuanto le enseñaron el tambor que le traían, como se enseñan al toro, azuzándole, las banderillas que se le han de clavar, vino corriendo como exhalación. Su contento era tal, que parecía que le iba a dar una pataleta, y estaba tan inquieto, que a Jacinta le costó trabajo colgarle el tambor. Cogidos los palillos uno en cada mano, empezó a dar porrazos sobre el parche, corriendo por aquellos muladares, envidiado de los demás, y sin ocuparse de otra cosa que de meter toda la bulla posible.

Jacinta y Rafaela subieron. La criada llevaba un lío de cosas, dádivas que la señora traía a los menesterosos de aquella pobrísima vecindad. Las mujeres salían a sus puertas, movidas de la curiosidad; empezaba el chismorreo, y poco después, en los murmurantes corros que se formaron, circulaban noticias y comentos:

—A la señá Nicanora le ha traído un mantón borrego; al tío *Dido*, un sombrero y un chaleco de Bayona, y a Rosa le ha puesto en la mano cinco duros como cinco soles...

—A la baldada del número nueve le ha traído una manta de cama, y a la señá Encarnación, un aquel de franela para la reuma, y al tío *Maniavacas*, un ungüento en un tarro largo, que lo llaman *pitofufito*..., sabe, lo que le di yo a mi niña el año pasado, lo cual no le quitó de morírseme...

—Ya estoy viendo a *Maniavacas* empeñando el tarro o cambiándolo por gotas de aguardiente...

—Oí que le quiere comprar el niño al señó Pepe, y que le da treinta mil duros... y le hace gobernaor...

—Gobernaor ¿de qué?...

—Paicen bobas..., pues tiene que ser de las caballerizas republicanas...

Jacinta empezaba a impacientarse porque no llegaba su amiga, y en tanto tres o cuatro mujeres, hablando a un tiempo, le exponían sus necesidades con hiperbólico estilo. Ésta tenía a sus dos niños descalcitos; la otra no los tenía descalzos ni calzados, porque se le morían todos, y a ella le había quedado una angustia en el pecho que decían era una *eroísma*. La de más allá tenía cinco hijos y vísperas, de lo que daba fe el promontorio que le alzaba las faldas media vara del suelo. No podía ir en tal estado a la Fábrica de Tabacos, por lo cual estaba pasando la familia una *crujida* buena. El pariente de estotra no trabajaba, porque se había caído de un andamio y hacía tres meses que estaba en el catre con un tolondrón en el pecho y muchos dolores, echando sangre por la boca. Tantas y tantas lástimas oprimían el corazón de Jacinta, llevando a su mente ideas muy latas sobre la extensión de la miseria humana. En el seno de la prosperidad en que ella vivía, no pudo darse nunca cuenta de lo grande que es el imperio de la pobreza, y ahora veía que, por mucho que se explore, no se llega nunca a los confines de este dilatado continente. A todos les daba alientos y prometía ampararles en la medida de sus alcances, que, si bien no cortos, eran, quizá, insuficientes para acudir a tanta y tanta necesidad. El círculo que la rodeaba se iba estrechando, y la dama empezaba a sofocarse. Dio algunos pasos; pero de cada una de sus pisadas brotaba una compasión nueva; delante de su caridad luminosa íbanse levantando las desdichas humanas y reclamando el derecho a la misericordia. Después de visitar varias casas, saliendo de ellas con el corazón desgarrado, hallábase otra vez en el corredor, ya muy intranquila por la tardanza de su amiga, cuando sintió que le tiraban suavemente de la cachemira. Volvióse y vio una niña como de cinco o seis años, lindísima, muy limpia, con una hoja de *bónibus* en el pelo

—Señora —le dijo la niña con voz dulce y tímida, pronunciando con la más pura corrección—, ¿ha visto usted mi delantal?

Cogiendo por los bordes el delantal, que era de cretona azul, recién planchado y sin una mota, lo mostraba a la señorita.

—Sí..., ya lo veo —dijo ésta, admirada de tanta gracia y coquetería—. Estás muy guapa y el delantal es... magnífico.

—Lo he estrenado hoy...; no lo ensuciaré, porque no bajo al patio —añadió la pequeña, hinchando de gozo y vanidad sus naricillas.

—¿De quién eres? ¿Cómo te llamas?

—Adoración.

—¡Qué mona eres... y qué simpática!

—Esta niña —dijo una de las vecinas— es hija de una mujer muy mala que la llaman *Mauricia la Dura*. Ha vivido aquí dos veces, porque la pu ieron en las *Arrecogidas*, y se escapó, y ahora no se sabe dónde anda.

—¡Pobre niña!... Su mamá no la quiere.

—Pero tiene por mamá a su tía Severiana, que la ampara como si fuera hija y la va criando. ¿No conoce la señorita a Severiana?

—He oído hablar de ella a mi amiga.

—Sí, la señorita Guillermina la quiere mucho... Como que ella y Mauricia son hijas de la planchadora de la casa... ¡Severiana!... ¿Dónde está esa mujer?

—En la compra —replicó Adoración.

—Vaya, que eres muy señorita.

La otra, que se oyó llamar señorita, no cabía en sí de satisfacción.

—Señora —dijo, encantando a Jacinta con su metal de voz argentino y su pronunciación celestial—. Yo no me pinté la cara el otro día...

—¡Tú no!... Ya lo sabía. Eres muy aseada.

—No, no me pinté —repitió, acentuando tan fuertemente el no con la cabeza, que parecía que se le rompía el pescuezo—. Esos puercachones me querían pintar, pero no me dejé.

Jacinta y Rafaela estaban embelesadas. No habían visto una niña tan bonita, tan modosa, y que se metiera por los ojos como aquélla. Daba gusto ver la limpieza de su ropa. La falda la tenía remendada, pero aseadísima; los zapatos eran viejos, pero bien defendidos, y el delantal, una obra maestra de pulcritud.

En esto llegó la tía y madre adoptiva de Adoración. Era guapetona, alta y garbosa, mujer de un papelista, y la inquilina más ordenada, o, si se quiere, más pudiente de aquella colmena. Vivía en una de las habitaciones mejores del primer patio y no tenía hijos propios, razón más para que Jacinta simpatizase con ella. En cuanto se vieron se comprendieron. Severiana estimó en lo que valían las bondades de la dama para con la pequeña; hízola entrar en su casa y le ofreció una silla de las que llaman de Viena, mueble que en aquellos tugurios parecióle a Jacinta el colmo de la opulencia.

—¿Y mi ama doña Guillermina? —preguntó Severiana—. Ya sé que viene ahora todos los días. ¿Usted no me conoce? Mi madre fue planchadora en casa de los señores de Pacheco...; allí nos criamos mi hermana Mauricia y yo.

—He oído hablar de ustedes a Guillermina...

Severiana dejó el cesto de la compra, que bien repleto traía, arrojó mantón y pañuelo y no pudo resistir un impulso de vanidad. Entre las habitantes de las casas domingueras es muy común que la que viene de la plaza con abundante compra la exponga a la admiración y a la envidia de las vecinas. Severiana empezó a sacar su repuesto, y alargando la mano lo mostraba de la puerta afuera...

—Vean ustedes...: una brecolera..., un cuarterón de carne de falda... un pico de carnero con carrillada..., escarola...

Y por último salió la gran sensación. Severiana la enseñó como un trofeo, reventando de orgullo.

—¡Un conejo! —clamaron media docena de voces.

—¡Hija, cómo te has corrido!

—¡Hija, porque se puede y lo he sacado por siete riales!

Jacinta creyó que la cortesía la obligaba a lisonjear a la dueña de la casa, mirando con muchísimo interés las provisiones y elogiando su bondad y baratura.

Hablóse luego de Adoración, que se había cosido a las faldas de Jacinta, y Severiana empezó a referir:

—Esta niña es de mi hermana Mauricia... La señora metió en las Micaelas a mi hermana; pero ésta se fugó, encaramándose por una tapia; y ahora la estamos buscando para volverla a encerrar allá.

—Conozco mucho esa Orden —dijo la de Santa Cruz—, y soy muy amiga de las madres Micaelas. Allí la enderezarán... Crea usted que hacen milagros...

—Pero si es muy mala..., señora, muy mala —replicó Severiana dando un suspiro—. Aquí me dejó esta criatura, y no nos pesa, porque me tira al alma como si la hubiera parido..., lo cual que todos los míos me han nacido muertos; y mi Juan Antonio le ha tomado tal ley a la chica, que no se puede pasar sin ella. Es una pinturera, eso sí, y me enreda mucho. Como que nació y se crió entre mujeres malas, que la enseñaron a fantasiar y a ponerse polvos en la cara. Cuando va por la calle, hace unos meneos con el cuerpo que... ya le digo que la deslomo si no se le quita esa maña... ¡Ah! ¡Verás tú, verás, bribonaza! Lo bueno que tiene es que no me empuerca la ropa y le gusta lavarse manos, brazos, hocico, y hasta el cuerpo, señora, hasta el cuerpo. Como coja un pedazo de jabón de olor, pronto da cuenta de él. ¿Pues el peinarse? Ya me ha roto tres espejos, y un día... ¿qué creerá la señora que estaba haciendo?... Pues pintándose las cejas con un corcho quemado.

Adoración púsose como la grana, avergonzada de las perrerías que se contaban de ella.

—No lo hará más —dijo la dama, sin hartarse de acariciar aquella cara tan tersa y tan bonita.

Y variando la conversación, lo que agradeció mucho la pequeña, se puso a mirar y alabar el buen arreglo de la salita.

—Tiene usted una casa muy mona.

—Para menestrales, talcualita. Ya sabe la señorita que está a su disposición. Es muy grande para nosotros; pero tengo aquí una amiga que vive en compañía, doña Fuensanta, viuda de un señor comendante. Mi marido es bueno como los panes de Dios. Me gana catorce riales y no tiene ningún vicio. Vivimos tan ricamente.

Jacinta admiró la cómoda, bruñida de tanto fregoteo, y el altar que sobre ella formaban mil baratijas, y las fotografías de gente de tropa, con los pantalones pintados de rojo y los botones de amarillo. El Cristo del Gran Poder y la Virgen de la Paloma eran allí dos hermosos cuadros; había un gran cromo con la *Numancia,* navegando en un mar de musgo, y otro cuadrito bordado con *dos corazones amantes,* hechos a estilo de dechado, unidos con una cinta.

Se hacía tarde, y Jacinta no tenía sosiego. Por fin, saliendo al corredor, vio venir a su amiga presurosa, acalorada...

—No me riñas, hija; no sabes cómo me han mareado esos badulaques de la estación de las Pulgas. Que no pueden hacer nada sin orden expresa del Consejo. No han hecho caso de la tarjeta que llevé, y tengo que volver esta tarde, y los sillares allí muertos de risa y la obra parada... Pero, en fin, vamos a nuestro asunto. ¿En dónde está ese que se come la gente? Adiós, Severiana... Ahora no me puedo entretener contigo. Luego hablaremos.

Avanzaron en busca de la guarida de Izquierdo, siempre rodeadas de vecinas. Adoración iba detrás, cogida a la falda de Jacinta, como los pajes que llevan la cola de los reyes, y delante abriendo calle como un batidor, la zancuda, que aquel día parecía tener las canillas más desarrolladas y las greñas más sueltas. Jacinta le había llevado unas botas y estaba la chica muy incomodada porque su madre no se las dejaba poner hasta el domingo.

Vieron entornada la puerta del 17, y Guillermina la empujó. Grande fue su sorpresa al encarar, no con el señor *Platón,* a quien esperaba encontrar allí, sino con una mujerona muy altona y muy feona, vestida de colorines, el talle muy bajo, la cara como teñida de ferruje, el pelo engrasado y de un negro que azuleaba. Echóse a reír aquel vestiglo, enseñando unos dientes cuya blancura con la nieve se podría comparar, y dijo a las señoras que *don* Pepe no estaba pero que al momentico vendría. Era la vecina del guardillón, llamada comúnmente la *Gallinejera,* por tener puesto de gallineja y fritanga en la esquina de la Arganzuela. Solía prestar servicios domésticos al decadente señor de aquel domicilio, barrerle el cuarto una vez al mes, apalearle el jergón y darle una mano de refregones al *Pituso* cuando la porquería le ponía una costra demasiado espesa en su angelical rostro. También solía preparar para el grande hombre algunos platos exquisitos, como dos cuartos de molleja, dos cuartos le sangre frita y a veces una ensalada de escarola, bien cargada de ajo y comino.

No tardó en venir Izquierdo, y echóse fuera la estantigua aquella gitanesca, a quien Rafaela miraba con verdadero espanto, rezando mentalmente un Padrenuestro porque se marchara pronto. Venía el bárbaro dando resoplidos, cual si le rindiera la fatiga de tanto negocio como entre manos traía, y arrojando su pavero en el rincón y limpiándose con un pañuelo en forma de pelota el sudor de la nobilísima frente, soltó este gruñido:

—Vengo de en ca Bicerra... ¿Ustés me recibieron? Pues él tampoco..., ¡el muy soplao, el muy...! La culpa tengo yo, que me rebajo a endividos tan... disinificantes.

—Cálmese usted, señor Pepe —indicó Jacinta, sintiéndose fuerte en compañía de su amiga.

Como no había más que dos sillas, Rafaela tuvo que sentarse en el baúl y el grande hombre no comprendido quedóse en pie; mas luego tomó una cesta vacía que allí estaba, la puso boca abajo y acomodó su respetable persona en ella.

## IX

Desde que se cruzaron las primeras palabras de aquella conferencia, que no dudo en llamar memorable, cayó Izquierdo en la cuenta de que tenía que habérselas con un diplomático mucho más fuerte que él. La tal doña Guillermina, con toda su opinión de santa y su carita de Pascua, se le atravesaba. Ya estaba seguro de que le volvería tarumba con sus *tiologías,* porque aquella señora debía de ser muy nea, y él, la verdad, no sabía tratar con neos.

—Conque, señor Izquierdo —propuso la fundadora sonriendo—, ya sabe usted..., esta amiga mía quiere recoger a ese pobre niño que tan mal se cría al lado de usted... Son dos obras de caridad porque a usted le socorreremos también, siempre que no sea muy exigente...

"¡Hostia, con la tía bruja ésta!", dijo para sí *Platón,* revolviendo las palabras con mugidos; y luego en voz alta:

—Pues como dije a la señora, si la señora quiere al *Pituso,* que se aboque con Castelar...

—Eso sí; para que le hagan a usted ministro... Señor Izquierdo, no nos venga usted con sandeces. ¿Cree que somos tontas? A buena parte viene... Usted no puede desempeñar ningún destino, porque no sabe leer.

Recibió Izquierdo tan tremendo golpe en su vanidad, que no supo qué contestar. Tomando una actitud noble, puesta la mano en el pecho, repuso:

—Señora, eso de no saber no es todo lo verídico...; digo que no es todo lo verídico..., verbigracia: que es mentira. A cuenta que nos moteja porque semos probes. La probeza no es deshonra.

—No lo es, cierto, por sí; pero tampoco es honra, ¿estamos? Conozco pobres muy honrados; pero también los hay que son buenos pájaros.

—Yo soy todo lo decente..., ¿estamos?

—¡Ah! Sí. Todos nos llamamos personas decentes; pero facilillo es probarlo. Vamos a ver. ¿Cómo se ha pasado usted la vida? Vendiendo burros y caballos; después, conspirando y armando barricadas...

—¡Y a mucha honra, y a mucha honra!... ¡Re-hostia! —gritó fuera de sí el chalán, levantándose encolerizado—. ¡Vaya con las tías éstas...!

Jacinta daba diente con diente. Rafaela quiso salir a llamar; pero su propio temor le había paralizado las piernas.

—¡Ja, ja, ja!... Nos llama *tías...* —exclamó Guillermina, echándose a reír cual si hubiera oído un inocente chiste—. Vaya con el excelentísimo señor... ¿Y piensa que nos vamos a enfadar por la flor que nos echa? ¡Quia! Yo estoy muy acostumbrada a estas finuras. Peores cosas le dijeron a Cristo.

—Señora..., señora..., no me saque la dinidá; mire que me estoy aguantando..., aguantando...

—Más aguantamos nosotras.

—Yo soy un endivido tal y como...

—Lo que es usted bien lo sabemos: un holgazanote y un bruto... Sí, hombre, no me desdigo... ¿Piensa usted que le tengo miedo? A ver: saque pronto esa navaja...

—No la gasto pa mujeres...

—Ni para hombres... Si creerá este fantasmón que nos va a acoquinar porque tiene esa fachada... Siéntese usted y no haga visajes, que eso servirá para asustar a chicos, pero no a mí. Además de bruto, es usted un embustero, porque ni ha estado en Cartagena, ni ése es el camino, y todo lo que cuenta de las revoluciones es gana de hablar. A mí me ha enterado quien le conoce a usted bien... ¡Ah! Pobre hombre, ¿sabe usted lo que nos inspira? Pues lástima, una lástima que no puedo ponderarle, por lo grande que es...

Completamente aturdido, cual si le hubieran descargado una maza sobre el cuello, Izquierdo se sentó sobre la cesta y esparció sus miradas por el suelo. Rafaela y Jacinta respiraron, pasmadas del valor de su amiga, a quien veían como una criatura sobrenatural.

—Conque vamos a ver —prosiguió ésta guiñando los ojos, como siempre que exponía un asunto importante—. Nosotras nos llevamos al niñito, y le damos a usted una cantidad para que se remedie...

—Y ¿qué hago yo con un triste estipendio? ¿Cree que yo me vendo?

—¡Ay, qué delicados están los tiempos!... Usted, ¿qué se ha de vender? Falta que haya quien le compre. Y esto no es compra, sino socorro. No me dirá usted que no lo necesita...

—En fin: pa no cansar... —replicó bruscamente José—, si me dan la ministración...

—Una cantidad y punto concluido...

—¡Que no me da la gana, que no me da la santísima gana!

—Bueno, bueno: no grite usted tanto, que no somos sordas. Y no sea usted tan fino, que tales finuras son impropias de un señor revolucionario tan... feroz.

—Usté me quema la sangre...

—¿Conque destino, y si no, no? Tijeretas han de ser. A fe que está el hombre cortadito para administrador. Señor Izquierdo, dejemos las bromas a un lado; me da mucha lástima de usted; porque, lo digo con sinceridad, no me parece tan mala persona como cree la gente. ¿Quiere usted que le diga la verdad? Pues usted es un infelizote que no ha tenido parte en ningún crimen ni en la invención de la pólvora.

Izquierdo alzó la vista del suelo y miró a Guillermina sin ningún rencor. Parecía confirmar con una mirada de sinceridad lo que la fundadora declaraba.

—Y lo sostengo: este hijo de Dios no es un hombre malo. Dicen por ahí que usted asesinó a su segunda mujer... ¡Patraña! Dicen que usted ha robado en los caminos... ¡Mentira! Dicen por ahí que usted ha dado muchos trabucazos en las barricadas... ¡Paparrucha!

—Parola, parola, parola —murmuró Izquierdo con amargura.

—Usted se ha pasado la vida luchando por el pienso y no sabiendo nunca vencer. No ha tenido arreglo... La verdad: éste vendehumos es hombre de poca disposición; no sabe nada, no trabaja, no tiene pesquis más que para echar fanfarronadas y decir que se come los niños crudos. Mucho hablar de la República y de los cantones, y el hombre no sirve ni para los oficios más toscos... ¿Qué tal? ¿Me equivoco? ¿Es éste el retrato de usted, sí o no?...

*Platón* no decía nada, y pasó y repasó su hermosa mirada por los ladrillos del piso, como si los quisiera barrer con ella. Las palabras de Guillermina resonaban en su alma con el acento de esas verdades eternas contra las cuales nada pueden las argucias humanas.

—Después —añadió la santa—, el pobre hombre ha tenido que valerse de mil arbitrios no muy limpios para poder vivir, porque es preciso vivir... Hay que ser indulgente con la miseria y otorgarle un poquitín de licencia para el mal.

Durante la breve pausa que siguió a los últimos conceptos de Guillermina, el infeliz hombre cayó en su conciencia como en un pozo, y allí se vio tal cual era realmente, despojado de los trapos de oropel en que su amor propio le envolvía; pensó lo que otras veces había pensado y se dijo en sustancia: "Si soy un verídico mulo, un buen Juan que no sabe matar un mosquito; y esta diabla de santa tiene drento el cuerpo al Pae Eterno."

Guillermina no le quitaba los ojos, que con los guiños se volvían picarescos. Era una maravilla cómo le adivinaba los pensamientos. Parece mentira, pero no lo es, que después de otra pausa solemne, dijo la Pacheco estas palabras:

—Porque eso de que Castelar le coloque es cosa de labios afuera. Usted mismo no lo cree ni en sueños. Lo dice por embobar a Ido y otros tontos como él... Ni ¿qué destino le van a dar a un hombre que firma con una cruz? Usted, que alardea de haber hecho tantas revoluciones y de que nos ha traído la dichosa República, y de que ha fundado el cantón de Cartagena..., ¡así ha salido él!...; usted, que se las echa de hombre perseguido y nos llama neas con desprecio y publica por ahí que le van a hacer archipámpano, se contentará..., dígalo con franqueza, se contentará con que le den una portería...

A Izquierdo le vibró el corazón, y este movimiento del ánimo fue tan claramente advertido por Guillermina, que se echó a reír, y tocándole la rodilla con la mano, repitió:

—¿No es verdad que se contentará?... Vamos, hijo mío, confiéselo por la pasión y muerte de nuestro Redentor, en quien todos creemos.

Los ojos del chalán se iluminaron. Se le escapó una sonrisilla, y dijo con viveza:

—¿Portería de Ministerio?

—No, hijo; no tanto... Español había de ser. Siempre picando alto y queriendo servir al Estado... Hablo de portería de casa particular.

Izquierdo frunció el ceño. Lo que él quería era ponerse uniforme con galones. Volvió a sumergirse de una zambullida en su conciencia, y allí dio volteretas alrededor de la portería de casa particular. Él, lo dicho dicho, estaba ya harto de tanto bregar por la perra existencia. ¿Qué mejor descanso podía apetecer que lo que le ofrecía aquella *tía,* que debía de ser sobrina de la Virgen Santísima?... Porque ya empezaba a ser viejo y no estaba para muchas bromas. La oferta significaba pitanza segura, poco trabajo; y si la portería era de casa grande, el uniforme no se lo quitaba nadie... Ya tenía la boca abierta para soltar un *conforme* más grande que la casa de que debía ser portero, cuando el amor propio, que era su mayor enemigo, se le amotinó, y la fanfarronería cultivada en su mente armóle una gritería espantosa. Hombre perdido. Empezó a menear la cabeza con displicencia, y echando miradas de desdén a una parte y otra, dijo:

—¡Una portería!... Es poco.

—Ya se ve...: no puede olvidar que ha sido ministro de la Gobernación, es decir, que lo quisieron nombrar..., aunque me parece que se convino en que todo ello fue invención de esa gran cabeza. Veo que entre usted y don José Ido, otro que tal, podrían inventar lindas novelas. ¡Ah! La miseria, el mal comer, ¡cómo hacen desvariar estos pobres cerebros!... En resumidas cuentas, señor Izquierdo...

Éste se había levantado, y poniéndose a dar paseos por la habitación, con las manos en los bolsillos, expresó sus magnánimos pensamientos de esta manera:

—Mi dinidá y sinificancia no me premiten... Es la que se dice: quisiera, pero no pué ser, no pué ser. Si quieren solutamente socorrerme porque me quitan a mi piojín de mi arma, me atengo al honorario.

—¡Alabado sea Dios! Al fin caemos en la cantidad...

Jacinta veía el cielo abierto...; pero este cielo se nubló cuando el bárbaro, desde un rincón, donde su voz hacía ecos siniestros, soltó estas fatídicas palabras:

—¡Ea!..., pues... mil duros, y trato hecho.

—¡Mil duros! —dijo Guillermina—. ¡La Virgen nos acompañe! Ya los quisiéramos para nosotros. Siempre será un poquito menos.

—No bajo ni un chavo.

—¿A que sí? Porque si usted es chalán, también yo soy chalana.

Jacinta discurría ya cómo se las compondría para juntar los mil duros, que al principio le parecieron suma muy grande; después, pequeña, y así estuvo un rato, apreciando con diversos criterios de cantidad la cifra.

—Que no rebajo ni tanto así. Lo mismo me da monea metálica que pápiros del Banco. Pero ojo al guarismo, que no rebajo ná.

—Eso, eso; tengamos carácter... ¡Pues no tiene pocas pretensiones! Ni usted con toda su casta vale mil cuartos, cuanto más mil duros... Vaya, ¿quiere dos mil reales?

Izquierdo hizo un gesto de desprecio.

—¿Que, se nos enfada?... Pues nada, quédese usted con su angelito. ¿Pues qué se ha creído el muy majadero, que nos tragábamos la bola de que el *Pituso* es hijo del esposo de esta señora? ¿Cómo se prueba eso?...

—Yo ná tengo que ver..., pues bien claro está que es pae natural —replicó Izquierdo de mal talante—, pae natural del hijo de mi sobrina, verbo y gracia, Juanín.

—¿Tiene usted la partida de bautismo?

—La tengo —dijo el salvaje, mirando al cotre sobre que se sentaba Rafaela.

—No, no saque usted papeles, que tampoco prueban nada. En cuanto a la paternidad *natural,* como usted dice, será o no será. Pediremos informes a quien pueda darlos.

Izquierdo se rascaba la frente, como escarbando para extraer de ella una idea. La alusión a Juanito hízole recordar, sin duda, cuando rodó ignominiosamente por la escalera de la casa de Santa Cruz. Jacinta, en tanto, quería llegar a un arreglo, ofreciendo la mitad; mas Guillermina, que le adivinó en el semblante sus deseos de conciliación, le impuso silencio, y levantándose, dijo:

—Señor Izquierdo, guárdese usted su *churumbé,* que lo que es este timo no le ha salido.

—Señora..., ¡hostia!, yo soy un hombre de bien, y conmigo no se queda ninguna nea, ¿estamos? —replicó él con aquella rabia superficial que no pasaba de las palabras.

—Es usted muy amable... Con las finuras que usted gasta no es posible que nos entendamos. ¡Si habrá usted creído que esta señora tenía un gran interés en apropiarse el niño! Es un capricho, nada más que un capricho. Esta simple se ha empeñado en tener chiquillos...; manía tonta, porque cuando Dios no quiere darlos, Él se sabrá por qué... Vio al *Pituso,* le dio lástima, le gustó...; pero es muy caro el animalito. En estos dos patios los dan por nada, a escoger...; por nada, sí, alma de Dios, y con agradecimiento encima... ¿Qué te creías, que no hay más que tu piojín?... Ahí está esa niña preciosísima que llaman Adoración... Pues nos la llevaremos cuando queramos, porque la voluntad de Severiana es la mía... Conque ¡abur!... ¿Qué tienes que contestar? Ya te veo venir: que el *Pituso* es de la propia sangre de los señores de Santa Cruz. Podrá ser, y podrá no ser... Ahora mismo nos vamos a contarle el caso al marido de mi amiga, que es hombre de mucha influencia y se tutea con Pi y almuerza con Castelar y es hermano de leche de Salmerón... Él verá lo que hace. Si el niño es suyo, te lo quitará; y si no lo es, ayúdame a sentir. En este caso, pedazo de bárbaro, ni dinero, ni portería, ni nada.

Izquierdo estaba como aturdido con esta rociada de palabras vivas y contundentes. Guillermina, en aquellas grandes crisis oratorias, tuteaba a todo el mundo... Después de empujar hacia la puerta a Jacinta y a Rafaela, volvióse al desgraciado, que no acertaba a decir palabra, y echándose a reír con angélica bondad, le habló en estos términos:

—Perdóname que te haya tratado duramente como mereces... Yo soy así. Y no vayas a creer que me he enfadado. Pero no quiero irme sin darte una limosna y un consejo. La limosna es ésta. Toma, para ayuda de un panecillo.

Alargó la mano, ofreciéndole dos duros, y viendo que el otro no los tomaba, púsolos sobre una de las sillas.

—El consejo allá va. Tú no vales absolutamente para nada No sabes ningún oficio, ni siquiera el de peón, porque eres haragán y no te gusta cargar pesos. No sirves ni para barrendero de las calles, ni siquiera para llevar un cartel con anuncios... Y, sin embargo, desventurado, no hay hechura de Dios que no tenga su *para qué* en este taller admirable del trabajo universal; tú has nacido para un gran oficio, en el cual puedes alcanzar mucha gloria y el pan de cada día. Bobalicón, ¿no has caído en ello?... ¡Eres tan bruto!... Pero di: ¿no te has mirado al espejo alguna vez? ¿No se te ha ocurrido?... Pareces lelo... Pues te lo diré: para lo que tú sirves es para modelo de pintores..., ¿no entiendes? Pues ellos te ponen vestido de santo, o de caballero, o de Padre Eterno, y te sacan el retrato..., porque tienes la gran figura. Cara, cuerpo, expresión, todo lo que no es del alma es en ti noble y hermoso; llevas en tu persona un tesoro, un verdadero tesoro de líneas... Vamos, apuesto a que no lo entiendes.

La vanidad aumentó la turbación en que el bueno de Izquierdo estaba. Presunciones de gloria le pasaron con ráfagas de hoguera por la frente... Entrevió un porvenir brillante... ¡Él, retratado por los pintores!... ¡Y eso se pagaba! Y se ganaban cuartos por vestirse, ponerse y ¡ah!... *Platón* se miró en el vidrio del cuadro de las trenzas; pero no se veía bien...

—Conque no lo olvides... Preséntate en cualquier estudio, y eres un hombre. Con tu piojín a cuestas serías el San Cristóbal más hermoso que se podría ver. Adiós, adiós...

## CAPÍTULO X

### MÁS ESCENAS DE LA VIDA ÍNTIMA

#### I

Saliendo por los corredores, decía Guillermina a su amiga:

—Eres una inocentona... Tú no sabes tratar con esta gente. Déjame a mí, y estáte tranquila, que el *Pituso* es tuyo. Yo me entiendo. Si ese bribón te coge por su cuenta, te saca más de lo que valen todos los chicos de la Inclusa juntos, con sus padres respectivos. ¿Qué pensabas tú ofrecerle? ¿Diez mil reales? Pues me los das, y si lo saco por menos, la diferencia es para mi obra.

Después de platicar un rato con Severiana en la salita de ésta, salieron escoltadas por diferentes cuerpos y secciones de la granujería de los dos patios. A Juanín, por más que Jacinta y Rafaela se desojaban buscándole, no le vieron por ninguna parte.

Aquel día, que era el 22, empeoró el *Delfín* a causa de su impaciencia y por aquel afán de querer anticiparse a la Naturaleza quitándole a ésta los medios de su propia reparación. A poco de levantarse tuvo que volverse a la cama, quejándose de molestias y dolores puramente ilusorios. Su familia, que ya conocía bien sus mañas, no se alarmaba, y Barbarita recetábale sin cesar sábanas y resignación. Pasó la noche intranquilo; pero se estuvo durmiendo toda la mañana del 23, por lo que pudo Jacinta dar otro salto, acompañada de Rafaela, a la calle del Mira el Río. Esta visita fue de tan poca sustancia, que la dama volvió muy triste a su casa. No vio al *Pituso* ni al señor Izquierdo. Díjole Severiana que Guillermina había estado antes y echado un largo parlamento con el *endivido,* quien tenía al chico montado en el hombro, ensayándose, sin duda, para *hacer* el San Cristóbal. Lo único que sacó Jacinta en limpio de la excursión de aquel día fue un nuevo testimonio de la popularidad que empezaba a alcanzar en aquellas casas. Hombres y mujeres la rodeaban y poco faltó para que la llevaran en volandas. Oyóse una voz que gritaba: "¡Viva la simpatía!", y le echaron coplas de gusto dudoso, pero de muy buena intención. Los de Ido llevaban la voz cantante en este concierto de alabanzas, y daba gozo ver a don José tan elegante, con las prendas en buen uso que Jacinta le había dado, y su hongo casi nuevo de color de café. El primogénito de los *claques* fue objeto de una serie de transacciones y reventas chalanescas, hasta que lo adquirió por dos cuartos un cierto vecino de la casa, que tenía la especialidad de hacer el *higuí* en los Carnavales.

Adoración se pegaba a doña Jacinta desde que la veía entrar. Era como una idolatría el cariño de aquella chicuela. Quedábase extática y lela delante de la señorita, devorándola con sus ojos, y si ésta le cogía la cara o le daba un beso, la pobre niña temblaba de emoción y parecía que le entraba fiebre. Su manera de expresar lo que sentía era dar cabezadas contra el cuerpo de su ídolo, metiendo la cabeza entre los pliegues del mantón y apretando como si quisiera abrir con ella un hueco. Ver partir a *doña* Jacinta era quedarse Adoración sin alma, y Severiana tenía que ponerse seria para hacerla entrar en razón. Aquel día le llevó la dama unas botitas muy lindas, y prometió llevarle otras prendas, pendientes y una sortija con un diamante fino del tamaño de un garbanzo; más grande todavía: del tamaño de una avellana.

Al volver a su casa tenía la *Delfina* vivos deseos de saber si Guillermina había hecho algo. Llamóla por el balcón; pero la fundadora no estaba. Probablemente, según dijo la criada, no regresaría hasta la noche, porque había tenido que ir tercera vez a la estación de las Pulgas, a la obra y al asilo de la calle de Alburquerque.

Aquel día ocurrió en la casa de Santa Cruz un suceso feliz. Entró don Baldomero de la calle cuando ya se iban a sentar a la mesa, y dijo con la mayor naturalidad del mundo que le había caído la lotería. Oyó Barbarita la noticia con calma, casi con tristeza, pues el capricho de la suerte loca no le hacía mucha gracia. La Providencia no había andado en aquello muy lista que digamos, porque ellos no necesitaban de la lotería para nada, y aun parecía que les estorbaba un premio que, en buena lógica, debía de ser para los infelices que juegan por mejorar de fortuna. ¡Y había tantas personas aquel día dadas a Barrabás por no haber sacado ni un triste reintegro! El 23, a la hora de la lista grande, Madrid parecía el país de las desilusiones, porque..., ¡cosa más particular!, a nadie le tocaba. Es preciso que a uno le toque para creer que hay agraciados.

Don Baldomero estaba muy sereno, y el golpe de suerte no le daba calor ni frío. Todos los años compraba un billete entero, por rutina o vicio, quizás por obligación, como se toma la cédula de vecindad u otro documento que acredite la condición de español neto, sin que nunca sacase más que fruslerías, algún reintegro o premios muy pequeños. Aquel año le tocaron doscientos cincuenta mil reales. Había dado, como siempre, muchas participaciones, por lo cual los doce mil quinientos duros se repartían entre multitud de personas de diferente posición y fortuna; pues si algunos ricos cogían buena breva, también muchos pobres pellizcaban algo. Santa Cruz llevó la lista al comedor, y la iba leyendo mientras comía, haciendo la cuenta de lo que a cada cual tocaba. Se le oía como se oye a los niños del Colegio de San Ildefonso que sacan y cantan los números en el acto de la extracción:

—Los *Chicos* jugaron dos décimos y se calzan cincuenta mil reales. Villalonga, un décimo: veinticinco mil. Samaniego, la mitad.

Pepe Samaniego apareció en la puerta a punto que don Baldomero pregonaba su nombre y su premio, y el favorecido no pudo contener su alegría y empezó a dar abrazos a todos los presentes, incluso los criados.

—Eulalia Muñoz, un décimo: veinticinco mil reales. Benignita, medio décimo: doce mil quinientos reales. Federico Ruiz, dos duros: cinco mil reales. Ahora viene toda la morralla. Deogracias, Rafaela y Blas han jugado diez reales cada uno. Les tocan mil doscientos cincuenta.

—El carbonero, ¿a ver el carbonero? —dijo Barbarita, que se interesaba por los jugadores de la última escala lotérica.

—El carbonero echó diez reales; Juana, nuestra insigne cocinera, veinte; el carnicero, quince... A ver, a ver: Pepa, la pincha, cinco reales, y su hermana, otros cinco. A éstas les tocan seiscientos cincuenta reales.

—¡Qué miseria!

—Hija, no lo digo yo, lo dice la aritmética.

Los partícipes iban llegando a la casa atraídos por el olor de la noticia, que se extendió rápidamente; y la cocinera, las pinchas y otras personas de la servidumbre se atrevían a quebrantar la etiqueta, llegándose a la puerta del comedor y asomando sus caras regocijadas para oír cantar al señor la cifra de aquellos dineros que les caían. La señorita Jacinta fue quien primero llevó los parabienes a la cocina, y la pincha perdió el conocimiento por figurarse que con los tristes cinco reales le habían caído lo menos tres millones. Estupiñá, en cuanto supo lo que pasaba, salió como un rayo por esas calles en busca de los agraciados para darles la noticia. Él fue quien dio las albricias a Samaniego, y cuando ya no halló ningún interesado, daba la gran jaqueca a todos los conocidos que encontraba. ¡Y él no se había sacado nada!

Sobre esto habló Barbarita a su marido con toda la gravedad discreta que el caso requería:

—Hijo, el pobre Plácido está muy desconsolado. No puede disimular su pena, y eso de salir a dar la noticia es para que no le conozcamos en la cara la hiel que está tragando.

—Pues, hija, yo no tengo la culpa... Te acordarás que estuvo con el medio duro en la mano, ofreciéndolo y retirándolo, hasta que al fin su avaricia pudo más que la ambición, y dijo: "Para lo que yo me he de sacar, más vale que emplee mi escudito en anises..." ¡Toma anises!

—¡Pobrecillo!... Ponlo en la lista.

Don Baldomero miró a su esposa con cierta severidad. Aquella infracción de la aritmética parecíale una cosa muy grave.

—Ponlo, hombre, ¿qué más te da? Que estén todos contentos...

Don Baldomero II se sonrió con aquella bondad patriarcal tan suya, y sacando otra vez lista y lápiz, dijo en alta voz:

—Rossini, diez reales: le tocan mil doscientos cincuenta.

Todos los presentes se apresuraron a felicitar al favorecido, quedándose él tan parado y suspenso, que creyó que le tomaban el pelo.

—No, si yo no...

Pero Barbarita le echó unas miradas que le cortaron el hilo de su discurso. Cuando la señora miraba de aquel modo no había más remedio que callarse.

—¡Si habrá nacido de pie este bendito Plácido —dijo don Baldomero a su nuera—, que hasta se saca la lotería sin jugar!

—Plácido —gritó Jacinta, riéndose con mucha gana— es el que nos ha traído la suerte.

—Pero si yo... —murmuró otra vez Estupiñá, en cuyo espíritu las nociones de la justicia eran siempre muy claras, como no se tratara de contrabando.

—Pero, tonto..., cómo tendrás esa cabeza —dijo Barbarita con mucho fuego—, que ni siquiera te acuerdas de que me diste medio duro para la lotería.

—Yo..., cuando usted lo dice... En fin..., la verdad, mi cabeza anda, *talmente,* así un poco ida...

Se me figura que Estupiñá llegó a creer a pie juntillas que había dado el escudo.

—¡Cuando yo decía que el número era de los más bonitos...! —manifestó don Baldomero con orgullo—. En cuanto el lotero me lo entregó, sentí la corazonada.

—Como bonito... —agregó Estupiñá—, no hay duda que lo es.

—Si tenía que salir, eso bien lo veía yo —afirmó Samaniego, con esa convicción que es resultado del gozo— ¡Tres *cuatros* seguidos, después un *cero* y acabar con un *ocho..:!* Tenía que salir.

El mismo Samaniego fue quien discurrió celebrar con panderetazos y villancicos el fausto suceso, y Estupiñá propuso que fueran todos los agraciados a la cocina para hacer ruido con las cacerolas. Mas Barbarita prohibió todo lo que fuera barullo, y viendo entrar a Federico Ruiz, a Eulalia Muñoz y a uno de los *Chicos,* Ricardo Santa Cruz, mandó destapar media docena de botellas de *champagne.*

Toda esta algazara llegaba a la alcoba de Juan, que se entretenía oyendo contar a su mujer y a su criado lo que pasaba, y singularmente el milagro del premio de Estupiñá. Lo que se rió con esto no hay para qué decirlo. La prisión en que tan a disgusto estaba volvíale pronto a su mal humor, y poniéndose muy regañón, decía a su mujer:

—Eso, eso, déjame solo otra vez para ir a divertirte con la bullanga de esos idiotas. ¡La lotería! ¡Qué atraso tan grande! Es de las cosas que debieran suprimirse; mata el ahorro; es la Providencia de los haraganes. Con la lotería no puede haber prosperidad pública... ¿Qué? ¿Te marchas otra vez? ¡Bonita manera de cuidar a un enfermo! Y, vamos a ver, ¿qué demonios tienes tú que hacer por esas calles toda la mañana? A ver, explícame, quiero saberlo; porque es ya lo de todos los días.

Jacinta daba sus excusas risueña y sosegada. Pero le fue preciso soltar una mentirijilla. Había salido por la mañana a comprar nacimientos, velitas de color y otras chucherías para los niños de Candelaria.

—Pues, entonces —replicó Juanito, revolviéndose entre las sábanas—, yo quiero que me digan para qué sirven mamá y Estupiñá, que se pasan la vida mareando a los tenderos, y se saben de memoria los puestos de Santa Cruz... A ver, que me expliquen esto...

La algazara de los premiados, que iba cediendo algo, se aumentó con la llegada de Guillermina, la cual supo en su casa la nueva, y entró diciendo a voces:

—Cada uno me tiene que dar el veinticinco por ciento para mi obra... Si no, Dios y San José les amargarán el premio.

—El veinticinco es mucho para la gente menuda —dijo don Baldomero—. Consúltalo con San José y verás cómo me da la razón.

—¡Hereje!... —replicó la dama haciéndose la enfadada—. ¡Herejote!... Después que chupas el dinero de la Nación, que es el dinero de la Iglesia, ahora quieres negar tu auxilio a mi obra, a los pobres... El veinticinco por ciento, y tú el cincuenta por ciento... Y punto en boca. Si no, lo gastarás en botica. Conque elige.

—No, hija mía; por mí, te lo daré todo...

—Pues no harás nada de más, avariento. Se están poniendo bien las cosas, a fe mía... El ciento de *pintón,* que estaba la semana pasada a diez reales, ahora me lo quieren cobrar a once y medio, y el *pardo,* a diez y medio. Estoy volada. Los materiales, por las nubes...

Samaniego se empeñó en que la santa había de tomar una copa de *champagne.*

—Pero ¿tú qué has creído de mí, viciosote? ¡Yo beber esas porquerías!... ¿Cuándo cobras? ¿Mañana? Pues prepárate. Allí me tendrás como la maza de Fraga. No te dejaré vivir.

Poco después Guillermina y Jacinta hablaban a solas, lejos de todo oído indiscreto.

—Ya puedes vivir tranquila —le dijo la Pacheco—. El *Pituso* es tuyo. He cerrado el trato esta tarde. No puedes figurarte lo que bregué con aquel Iscariote. Perdí la cuenta de las *hostias* que me echó el muy blasfemo. Allá me sacó del cofre la partida de bautismo, un papelejo que apestaba. Este documento no prueba nada. El chico será o no será..., ¡quién lo sabe! Pero pues tienes este capricho de ricacha mimosa, allá con Dios... Todo esto me parece irregular. Lo primero debió ser hablar del caso a tu marido. Pero tú buscas la sorpresita y el efecto teatral. Allá lo veremos... Ya sabes, hija, el trato es trato. Me ha costado Dios y ayuda hacer entrar en razón al señor Izquierdo. Por fin se contenta con seis mil quinientos reales. Lo que sobra de los diez mil es para mí, que bien me lo he sabido ganar... Conque mañana yo iré después de mediodía; ve tú también con los santos cuartos.

Púsose Jacinta muy contenta. Había realizado su antojo; ya tenía su juguete. Aquello podría ser muy bien una niñería; pero ella tenía sus razones para obrar así. El plan que concibió para presentar al *Pituso* a la familia e introducirlo en ella revelaba cierta astucia. Pensó que nada debía decir por el pronto al *Delfín.* Depositaría su hallazgo en casa de su hermana Candelaria hasta ponerle presentable. Después diría que era un huerfanito abandonado en las calles, recogido por ella...; ni una palabra referente a quién pudiera ser la mamá, ni menos el papá del tal muñeco. Todo el toque estaba en observar la cara que pondría Juan al verle. ¿Diríale algo la voz misteriosa de la sangre? ¿Reconocería en las facciones del pobre niño las de...? Al interés dramático de este lance sacrificaba Jacinta la conveniencia de los procedimientos propios de tal asunto.

Imaginándose lo que iba a pasar, la turbación del infiel, el perdón suyo, y mil cosas y pormenores novelescos que barruntaba, producíase en su alma un goce semejante al del artista que crea o compone, y también un poco de venganza, tal y como en alma tan noble podía producirse esta pasión.

II

Cuando fue al cuarto del *Delfín,* Barbarita le hacía tomar a éste un tazón de té con coñac. En el comedor continuaba la bulla; pero los ánimos estaban más serenos.

—Ahora —dijo la mamá— han pegado la hebra con la política. Dice Samaniego que hasta que no corten doscientas o trescientas cabezas no habrá paz. El marqués no está por el derramamiento de sangre, y Estupiñá le preguntaba por qué no había aceptado la diputación que le ofrecieron... Se puso lo mismito que un pavo, y dijo que él no quería meterse en...

—No dijo eso —saltó Juanito, suspendiendo la bebida.

—Que sí, hijo; dijo que no quería meterse en estos... no sé qué.

—Que no dijo eso, mamá. No alteres tú también la verdad de los textos.

—Pero, hijo, si lo he oído yo.

—Aunque lo hayas oído, te sostengo que no pudo decir eso..., ¡vaya!

—¿Pues qué?

—El marqués no pudo decir *meterse*... Yo pongo mi cabeza a que dijo *inmiscuirse*... Si sabré yo cómo hablan las personas finas.

Barbarita soltó la carcajada.

—Pues sí..., tienes razón, así, así fue..., que no quería *inmiscuirse*...

—¿Lo ves?... Jacinta.

—¿Qué quieres, niño mimoso?

—Mándale un recado a Aparisi. Que venga al momento.

—¿Para qué? ¿Sabes la hora que es?

—En cuanto sepa el motivo, se planta aquí de un salto.

—Pero ¿a qué?

—¡Ahí es nada! ¿Crees que va a dejar pasar eso de *inmiscuirse?* Yo quiero saber cómo se sacude esa mosca...

Las dos damas celebraron aquella broma mientras le arreglaban la cama. Guillermina había salido de la casa sin despedirse, y poco a poco se fueron marchando los demás. Antes de las doce todo estaba en silencio, y los papás se retiraron a su habitación, después de encargar a Jacinta que estuviese muy a la mira para que el *Delfín* no se desabrigara. Éste parecía dormido profundamente, y su esposa se acostó sin sueño, con el ánimo más dispuesto a la centinela que al descanso. No había transcurrido una hora cuando Juan despertó intranquilo, rompiendo a hablar de una manera algo descompuesta. Creyó Jacinta que deliraba, y se incorporó en su cama; mas no era delirio, sino inquietud con algo de impertinencia. Procuró calmarle con palabras cariñosas; pero él no se daba a partido.

—¿Quieres que llame?

—No; es tarde, y no quiero alarmar... Es que estoy nervioso. Se me ha espantado el sueño. Ya se ve: todo el día en este pozo del aburrimiento. Las sábanas arden y mi cuerpo está frío.

Jacinta se echó la bata y corrió a sentarse al borde del lecho de su marido. Parecióle que tenía algo de calentura. Lo peor era que sacaba los brazos y retiraba las mantas. Temerosa de que se enfriara, apuró todas las razones para sosegarle, y viendo que no podía ser, quitóse la bata y se metió con él en la cama, dispuesta a pasar la noche abrigándole por fuerza como a los niños, y arrullándole para que se durmiera. Y la verdad fue que con esto se sosegó un tanto, porque le gustaban los mimos, y que se molestaran por él, y que le dieran tertulia cuando estaba desvelado. Y ¡cómo se hacía el nene cuando su mujer, con deliciosa gentileza materna, le cogía entre sus brazos y le apretaba contra sí para agasajarle, prestándole su propio calor! No tardó Juan en aletargarse con la virtud de estos melindres. Jacinta no quitaba sus ojos de los ojos de él, observando con atención sostenida si se dormía, si murmuraba alguna queja, si sudaba. En esta situación oyó claramente la una, la una y media, las dos, cantadas por la campana de la Puerta del Sol con tan claro timbre, que parecían sonar dentro de la casa. En la alcoba había una luz dulce, colada por pantalla de porcelana.

Y cuando pasaba un rato largo sin que él se moviera, Jacinta se entregaba a sus reflexiones. Sacaba sus ideas de la mente, como el avaro saca las monedas cuando nadie le ve, y se ponía a contarlas y a examinarlas y a mirar si entre ellas había alguna falsa. De repente acordábase de la jugarreta que le tenía preparada a su marido, y su alma se estremecía con el placer de su pueril venganza. El *Pituso* se le metía al instante entre ceja y ceja. ¡Le estaba viendo! La contemplación ideal de lo que aquellas facciones tenían de desconocido, el trasunto de las facciones de la madre, era lo que más trastornaba a Jacinta, enturbiando su piadosa alegría. Entonces sentía las cosquillas, pues no merecen otro nombre, las cosquillas de aquella infantil rabia que solía acometerla, sintiendo además en sus brazos cierto prurito de apretar y apretar fuerte para hacer sentir al infiel el furor de paloma que la dominaba. Pero la verdad era que no apretaba ni pizca, por miedo de turbarle el sueño. Si creía notar que se estremecía con escalofríos, apretaba, sí, dulcemente, liándose a él para comunicarle todo el calor posible. Cuando él gemía o respiraba muy fuerte, le arrullaba dándole suaves palmadas en la espalda, y por no apartar sus manos de aquella obligación, siempre que quería saber si sudaba o no, acercaba su nariz o su mejila a la frente de él.

Serían las tres cuando el *Delfín* abrió los ojos, despabilándose completamente, y miró a su mujer, cuya cara no distaba de la suya el espacio de dos o tres narices.

—¡Qué bien me encuentro ahora! —le dijo con dulzura—. Estoy sudando; ya no tengo frío. Y tú, ¿no duermes? ¡Ah! La gran lotería es la que me ha tocado a mí. Tú eres mi premio gordo. ¡Qué buena eres!

—¿Te duele la cabeza?

—No me duele nada. Estoy bien; pero me he desvelado; no tengo sueño. Si no lo tienes tú tampoco, cuéntame algo. A ver, dime adónde fuiste esta mañana.

—A contar los frailes, que se ha perdido uno. Así nos decía mamá cuando mis hermanos y yo le preguntábamos adónde había ido.

—Respóndeme al derecho. ¿Adónde fuiste?

Jacinta se reía, porque le ocurrió dar a su marido un bromazo muy chusco.

—¡Qué alegre está el tiempo! ¿De qué te ríes?

—Me río de ti... ¡Qué curiosos son estos hombres! ¡Virgen María!, todo lo quieren saber.

—Claro, y tenemos derecho a ello.

—No puede una salir a compras...

—Dale con las tiendas. Competencia con mamá y Estupiñá; eso no puede ser. Tú no has ido a compras.

—Que sí.

—Y ¿qué has comprado?

—Tela.

—¿Para camisas mías? Si tengo... creo que son veintisiete docenas.

—Para camisas tuyas, sí; pero te las hago chiquititas.

—¡Chiquititas!

—Sí, y también te estoy haciendo unos baberos muy monos.

—¡A mí! ¡Baberos a mí!

—Sí, tonto; por si se te cae la baba.

—¡Jacinta!

—Anda..., y se ríe el muy simple. ¡Verás qué camisas! Sólo que las mangas son así..., no te cabe más que un dedo en ellas.

—¿De veras que tú...? A ver, ponte seria... Si te ríes, no creo nada.

—¿Ves qué seria me pongo?... Es que me haces reír tu... Vaya, te hablaré con formalidad. Estoy haciendo un ajuar.

—Vamos, no quiero oírte... ¡Qué guasoncita!

—Que es verdad.

—Pero...

—¿Te lo digo? Di si te lo digo. Pasó un ratito, en que se estuvieron mirando. La sonrisa de ambos parecía una sola, saltando de boca a boca.

—¡Qué pesadez!... Di pronto...

—Pues allá va... Voy a tener un niño.

—¡Jacinta! ¿Qué me cuentas?... Estas cosas no son para bromas —dijo Santa Cruz con tal alborozo, que su mujer tuvo que meterle en cintura.

—¡Eh, formalidad! Si te destapas, me callo.

—Tú bromeas... Pues si fuera eso verdad, ¡no lo habrías cantado poco..., con las ganitas que tú tienes! Ya se lo habrías dicho hasta a los sordos. Pero di, ¿y mamá lo sabe?

—No; no lo sabe nadie todavía.

—Pero, mujer... Déjame, voy a tirar de la campanilla.

—Tonto..., loco..., estate quieto o te pego.

—Que se levanten todos en la casa para que sepan... Pero ¿es farsa tuya? Sí, te lo conozco en los ojos.

—Si no te estás quieto, no te digo más...

—Bueno, pues me estaré quieto... Pero responde, ¿es presunción tuya o...?

—Es certeza.

—¿Estás segura?

—Tan segura como si le estuviera viendo y le sintiera correr por los pasillos... ¡Es más salado, más pillín!... Bonito como un ángel, y tan granuja como su papá.

—¡Ave María Purísima, qué precocidad! Todavía no ha nacido y ya sabes que es varón y que es tan granuja como yo.

La *Delfina* no podía tener la risa. Tan pegados estaban el uno al otro, que parecía que Jacinta se reía con los labios de su marido, y que éste sudaba por los poros de las sienes de su mujer.

—¡Vaya con mi señora, lo que me tenía guardado! —añadió Juan con incredulidad.

—¿Te alegras?

—¿Pues no me he de alegrar? Si fuera cierto, ahora mismo ponía en planta a toda la familia para que lo supieran; de fijo que papá se encasquetaba el sombrero y se echaba a la calle, disparado, a comprar un nacimiento. Pero, vamos a ver, explícate: ¿cuándo será esto?

—Pronto.

—¿Dentro de seis meses? ¿Dentro de cinco?

—Más pronto.

—¿Dentro de tres?

—Más prontísimo... Está al caer, al caer.

—¡Bah!... Mira; esas bromas son impertinentes. ¿Conque fuera de cuenta? Pues nada, no se te conoce.

—Porque lo disimulo.

—Sí; para disimular estás tú. Lo que harías tú, con las ganas que tienes de chiquillos, sería salir para que todo el mundo te viera con tu bombo, y mandar a Rossini con un suelto a *La Correspondencia.*

—Pues te digo que ya no hay día seguro. Nada, hombre, cuando le veas te convencerás.

—Pero ¿a quién he de ver?

—Al..., a tu hijito, a tu nenín de tu alma.

—Te digo formalmente que me llenas de confusión, porque para chanza me parece mucha insistencia; y si fuera verdad, no lo habrías tenido tan guardado hasta ahora.

Comprendiendo Jacinta que no podía sostener más tiempo el bromazo, quiso recoger velas, y le incitó a que se durmiera, porque la conversación acalorada podía hacerle daño.

—Tiempo hay de que hablemos de esto —le dijo—; y ya..., ya te irás convenciendo.

—*Güeno* —replicó él con puerilidad graciosa, tomando el tono de un niño a quien arrullan.

—A ver si te duermes... Cierra esos ojitos. ¿Verdad que me quieres?

—Más que a mi vida. Pero, hija de mi alma, ¡qué fuerza tienes! ¡Cómo aprietas!

—Si me engañas, te cojo y... así, así...

—¡Ay!

—Te deshago como un bizcocho.

—¡Qué gusto!

—Y ahora, a *mimir*...

Este y otros términos que se dicen a los niños les hacían reír cada vez que los pronunciaban; pero la confianza y la soledad daban encanto a ciertas expresiones que habrían sido ridículas en pleno día y delante de gente. Pasado un ratito, Juan abrió los ojos, diciendo en tono de hombre:

—Pero ¿de veras que vas a tener un chico?...

—*Chí*..., y a *mimir*... *rro*..., *rro*...

Entre dientes le cantaba una canción de adormidera, dándole palmadas en la espalda.

—¡Qué gusto ser *bebé!* —murmuró el *Delfín*—. ¡Sentirse en los brazos de la mamá, recibir el calor de su aliento y...!

Pasó otro rato, y Juan, despabilándose y fingiendo el lloriqueo de un tierno infante en edad de lactancia, chilló así:

—Mama..., mama...

—¿Qué?

—Teta.

Jacinta sofocó una carcajada.

—*Ahola* no... Teta caca..., cosa fea...

Ambos se divertían con tales simplezas. Era un medio de entretener el tiempo y de expresarse su cariño.

—Toma teta —díjole Jacinta, metiéndole un dedo en la boca; y él se lo chupaba diciendo que estaba muy rica, con otras muchas tontadas, justificadas sólo por la ocasión, la noche y la dulce intimidad.

—¡Si alguien nos oyera, cómo se reiría de nosotros!

—Pero como no nos oye nadie... Las cuatro: ¡qué tarde!

—Di qué temprano. Ya pronto se levantará Plácido para ir a despertar al sacristán de San Ginés. ¡Qué frío tendrá!...

—¡Cuánto mejor nosotros aquí, tan abrigaditos!

—Me parece que de ésta me duermo, vida.

—Y yo también, corazón.

Se durmieron como dos ángeles, mejilla con mejilla.

## III

24 de diciembre.

Por la mañana encargó Barbarita a Jacinta ciertos menesteres domésticos que la contrariaron; pero la misma retención en la casa ofreció coyuntura a la joven para dar un paso que siempre le había inspirado inquietud. Díjole Barbarita que no saliera en todo aquel día, y como tenía que salir forzosamente, no hubo más remedio que revelar a su suegra el lío que entre manos traía. Pidióle perdón por no haberle confiado aquel secreto, y advirtió con grandísima pena que su suegra no se entusiasmaba con la idea de poseer a Juanín.

—Pero ¿tú sabes lo grave que es eso?... Así, sin más ni más... un hijo llovido. Y ¿qué pruebas hay de que sea tal hijo?... ¿No será que te han querido estafar? ¿Y crees tú que se parece realmente? ¿No será ilusión tuya?... Porque todo eso es muy vago... Esos hallazgos de hijos parecen cosa de novela...

La *Delfina* se descorazonó mucho. Esperaba una explosión de júbilo en su mamá política. Pero no fue así. Barbarita, cejijunta y preocupada, le dijo con frialdad:

—No sé qué pensar de ti; pero, en fin, tráetelo y escóndelo hasta ver... La cosa es muy grave. Diré a tu marido que Benigna está enferma y has ido a visitarla.

Después de esta conversación fue Jacinta a la casa de su hermana, a quien también confió su secreto, concertando con ella el depositar el niño allí hasta que Juan y don Baldomero lo supieran.

—Veremos cómo lo toman —añadió, dando un gran suspiro.

Estaba Jacinta aquella tarde fuera de sí. Veía al *Pituso* como si lo hubiera parido, y se había acostumbrado tanto a la idea de poseerlo, que se indignaba de que su suegra no pensase lo mismo que ella.

Juntóse Rafaela con su ama en la casa de Benigna, y helas aquí por la calle de Toledo abajo. Llevaban plata menuda para repartir a los pobres y algunas chucherías, entre ellas la sortija que la señorita había prometido a Adoración. Era una soberbia alhaja, comprada aquella mañana por Rafaela en los bazares de *Liquidación por saldo, a real y medio la pieza,* y tenía un diamante tan grande y bien tallado, que al mismo regente le dejaría bizco con el fulgor de sus luces. En la fabricación de esta soberbia piedra había sido empleado el casco más valioso de un fondo de vaso. Apenas llegaron a los corredores del primer patio, viéronse rodeadas por pelotones de mujeres y chicos, y para evitar piques y celos, Jacinta tuvo que poner algo en todas las manos. Quién cogía la peseta, quién el duro o el medio duro. Algunas, como Severiana, que, dicho sea entre paréntesis, tenía para aquella noche una magnífica lombarda, lomo adobado y el besugo correspondiente, se contentaban con un saludo afectuoso. Otros no se daban por satisfechos con lo que recibían. A todos preguntaba Jacinta que qué tenían para aquella noche. Algunas entraban con el besugo cogido por las agallas; otras no habían podido traer más que cascajo. Vio a muchas subir con el jarro de leche de almendras, que les dieran en el café de los Naranjeros, y de casi todas las cocinas salía tufo de fritangas y el campaneo de los almireces. Este besaba el duro que la señorita le daba, y el otro tirábalo al aire para cogerlo con algazara, diciendo: "¡Aire, aire, a la plaza!" Y salían por aquellas escaleras abajo camino de la tienda. Había quien preparaba su banquete con un *hocico con carrilleras,* una libra de *tapa del cencerro* u otras despreciadas partes de la res vacuna, o bien con asadura, bofes de cerdo, sangre frita y desperdicios aún peores. Los más opulentos dábanse tono con su pedazo de turrón del que se parte con martillo, y la que había traído una granada tenía buen cuidado de que la vieran. Pero ningún habitante de aquellas regiones de miseria era tan feliz como Adoración, ni excitaba tanto la envidia entre las amigas, pues la rica alhaja que ceñía su dedo y que mostraba con el puño cerrado era fina y de ley y había costado unos grandes dinerales. Aun las pequeñas que ostentaban zapatos nuevos, debidos a la caridad de *doña* Jacinta, los habrían cambiado por aquella monstruosa y relumbrante piedra. La poseedora de ella, después que recorrió ambos corredores enseñándola, se pegó otra vez a la señorita, frotándose el lomo contra ella como los gatos.

—No me olvidaré de ti, Adoración —le dijo la señorita, que con esta frase parecía anunciar que no volvería pronto.

En ambos patios había tal ruido de tambores, que era forzoso alzar la voz para hacerse oír. Cuando a los tamborazos se unía el estrépito de las latas de petróleo, parecía que se desplomaban las frágiles casas. En los breves momentos que la tocata cesaba, oíase el canto de un mirlo silbando la frase del Himno de Riego, lo único que del tal himno queda ya. En la calle de Mira el Río tocaba un pianillo de manubrio, y en la calle del Bastero otro, armándose entre los dos una zaragata musical, como si las dos piezas se estuvieran arañando en feroz pelea con las uñas de sus notas. Eran una polca y un andante patético, enzarzados como dos gatos furibundos. Esto y los tambores, y los gritos de la vieja que vendía higos, y el clamor de toda aquella vecindad alborotada, y la risa de los chicos, y el ladrar de los perros pusiéronle a Jacinta la cabeza como una grillera.

Repartidas las limosnas, fue al 17, donde ya estaba Guillermina, impaciente por su tardanza. Izquierdo y el *Pituso* estaban también; el primero, fingiéndose muy apenado de la separación del chico. Ya la fundadora había entregado el *triste estipendio.*

—Vaya, abreviemos —dijo ésta, cogiendo al muchacho, que estaba como asustado—. ¿Quieres venirte conmigo?

—*Mela pa ti*... —replicó el *Pituso* con brío, y se echó a reír, alabando su propia gracia.

Las tres mujeres se rieron mucho también de aquella salida tan fina, e Izquierdo, rascándose la noble frente, dijo así:

—La señorita.... a cuenta que ahora le enseñará a no soltar exprisiones.

—Buena falta le hace... En fin, vámonos.

Juanín hizo alguna resistencia; pero al fin se dejó llevar, seducido con la promesa de que le iban a comprar un nacimiento y muchas cosas buenas para que se las comiera todas.

—Ya le he prometido al señor de Izquierdo —dijo Guillermina— que se le procurará una colocación, y por de pronto ya le he dado mi tarjeta para que vaya a ver con ella a uno de los artistas de más fama, que está pintando ahora un magnífico *Buen ladrón.* Vaya..., quédese con Dios.

Despidióse de ellas el futuro modelo con toda la urbanidad que en él era posible, y salieron. Rafaela llevaba en brazos al chico. Como a fines de diciembre son tan cortos los días, cuando salieron de la casa ya se echaba la noche encima. El frío era intenso, penetrante y traicionero como de helada, bajo un cielo bruñido, inmensamente desnudo y con las estrellas tan desamparadas, que los estremecimientos de su luz parecían escalofríos. En la calle del Bastero se insurreccionó el *Pituso.* Su bellísima frente ceñuda indicaba esta idea: "Pero ¿adónde me llevan estas tías?" Empezó a rascarse la cabeza, y dijo con sentimiento:

—*Pae Pepe.*

—¿Qué te importa a ti tu papá Pepe? ¿Quieres un rabel? Di lo que quieres.

—*Quelo citunas* —replicó, alargando la jeta—. No, *citunas,* no; un pez.

—¿Un pez?... Ahora mismo —le dijo su futura mamá, que estaba nerviosísima, sintiendo toda aquella vibración glacial de las estrellas dentro de su alma.

En la calle de Toledo volvieron a sonar los cansados pianitos, y también allí se engarfiñaron las dos piezas, una tonadilla de *La Mascota* y la sinfonía de *Semíramis.* Estuvieron batiéndose con ferocidad, a distancia como de treinta pasos, tirándose de los pelos, dándose dentelladas y cayendo juntas en la mezcla inarmónica de sus propios sonidos. Al fin venció *Semíramis,* que resonaba orgullosa marcando sus nobles acentos, mientras se extinguían las notas de su rival, gimiendo cada vez más lejos, confundidas con el tumulto de la calle.

Érales difícil a las tres mujeres andar aprisa, por la mucha gente que venía calle abajo, caminando presurosa con la querencia del hogar próximo. Los obreros llevaban el saquito con el jornal; las mujeres algún comistrajo recién comprado; los chicos, con sus bufandas enroscadas en el cuello, cargaban rabeles, nacimientos de una tosquedad prehistórica o tambores que ya iban bien baqueteados antes de llegar a la casa. Las niñas iban en grupos de dos o de tres, envuelta la cabeza en toquillas, charlando cada una por siete. Cuál llevaba una botella de vino, cuál el jarrito con leche de almendra; otras salían de las tiendas de comestibles dando brincos o se paraban a ver los puestos de panderetas, dándoles con disimulo un par de golpecitos para que sonaran. En los puestos de pescado, los maragatos limpiaban los besugos, arrojando las escamas sobre los transeúntes, mientras un ganapán vestido con los calzonazos negros y el mandil verde rayado berreaba fuera de la puerta: "¡Al vivo de hoy, al vivito!..." Enorme farolón con los cristales muy limpios alumbraba las pilas de lenguados, sardinas y pageles y las canastas de almejas. En las carnicerías sonaban los machetazos con sorda trepidación, y los platillos de las pesas, subiendo y bajando sin cesar, hacían contra el mármol del mostrador los ruidos más extraños, notas de misteriosa alegría. En aquellos barrios algunos tenderos hacen gala de poseer, además de géneros exquisitos, una imaginación exuberante, y para detener al que pasa y llamar compradores se valen de recursos teatrales y fantásticos. Por eso vio Jacinta de puertas afuera pirámides de barriles de aceitunas que llegaban hasta el primer piso, altares hechos con cajas de mazapán, trofeos de pasas y arcos triunfales festoneados con escobones de dátiles. Por arriba y por abajo banderas españolas con poéticas inscripciones que decían: el *Diluvio en mazapán* o *Turrón del Paraíso terrenal*... Más allá, *Mantecadas de Astorga bendecidas por Su Santidad Pío IX*. En la misma puerta, uno o dos horteras vestidos ridículamente de frac, con chistera abollada, las manos sucias y la cara tiznada, gritaban desaforadamente, ponderando el género y dándolo a probar a todo el que pasaba. Un vendedor ambulante de turrón había discurrido un rótulo peregrino para anonadar a sus competidores, los orgullosos tenderos de establecimiento. ¿Qué pondría? Porque decir que el género era muy bueno no significaba nada. Mi hombre había clavado en el más gordo bloque de aquel almendrado una banderita que decía: *Turrón higiénico.* Conque ya lo veía el público... El otro turrón sería todo lo sabroso y dulce que quisieran; mas no era *higiénico.*

—*Quelo* un pez... —gruñó el *Pituso,* frotándose con mal humor los ojos.

—Mira —le decía Rafaela—, tu mamá te va a comprar un pez de dulce.

—*Pae Pepe* —repitió el chico, llorando.

—¿Quieres una pandereta?... Sí, una pandereta grande, que suene mucho.

Las tres hacían esfuerzos para acallarle, ofreciéndole cuanto había que ofrecer. Después de comprada la pandereta, el chico dijo que quería una naranja. Le compraron también naranjas. La noche avanzaba y el tránsito se hacía difícil por la acera estrecha, resbaladiza y húmeda, tropezando a cada instante con la gente que la invadía.

—Verás, verás, ¡qué nacimiento tan bonito! —le decía Jacinta para calmarle—. Y ¡qué niños tan guapos! Y un pez grande, tremendo, todo de mazapán, para que te lo comas entero.

—*¡Gande, gande!*

A ratos se tranquilizaba, pero de repente le entraba el berrinche y se ponía a dar patadas en el aire. Rafaela, que era mujer de poquísimas fuerzas, ya no podía más. Guillermina se lo quitó de los brazos, diciendo:

—Dámele acá..., no puedes ya con tu alma... Ea, caballerito; a callar se ha dicho...

El *Pituso* le dio un porrazo en la cabeza.

—Mira que te estrello... Verás la azotaína que te vas a llevar... Y ¡qué gordo está el tunante! Parece mentira...

—*Quelo un batón*... ¡hostia!

—¿Un bastón?... También te lo compraremos, hijo, si te estás calladito... A ver dónde encontraremos bastones ahora...

—Buena falta le hace —dijo Guillermina—, y de los de acebuche, que escuecen bien, para enseñarle a no ser mañoso.

De esta manera llegaron a los portales y a la casa de Villuendas, ya cerrada la noche. Entraron por la tienda, y en la trastienda Jacinta se dejó caer fatigadísima sobre un saco lleno de monedas de cinco duros. Al *Pituso* le depositó Guillermina sobre un voluminoso fardo que contenía... ¡mil onzas!

IV

Los dependientes, que estaban haciendo el recuento y balance, metían en las arcas de hierro los cartuchos de oro y los paquetes de billetes de banco, sujetos con un elástico. Otro contaba sobre una mesa pesetas gastadas y las cogía después con una pala, como si fueran lentejas. Manejaban el *género* con absoluta indiferencia, cual si los sacos de monedas lo fueran de patatas y las resmas de billetes papel de estraza. A Jacinta le daba miedo ver aquello, y entraba siempre allí con cierto respeto, parecido al que le inspiraba la iglesia, pues el temor de llevarse algún billete de cuatro mil reales pegado a la ropa la ponía nerviosa.

Ramón Villuendas no estaba; pero Benigna bajó al momento, y lo primero que hizo fue observar atentamente la cara sucia de aquel aguinaldo que su hermana le traía.

—Qué, ¿no le encuentras parecido?... —díjole Jacinta, algo picada.

—La verdad, hija..., no sé qué te diga...

—Es el vivo retrato —afirmó la otra, queriendo cerrar la puerta, con una opinión absoluta, a todas las dudas que pudieran surgir.

—Podrá ser...

Guillermina se despidió, rogando a los dependientes que le cambiaran por billetes tres monedas de oro que llevaba.

—Pero me habéis de dar premio —les dijo—. Tres reales por ciento. Si no, me voy a la Lonja del Almidón, donde tienen más caridad que vosotros.

En esto entró el amo de la casa, y tomando las monedas, las miró sonriendo.

—Son falsas... Tienen hoja.

—Usted sí que tiene hoja —replicó la santa con gracia, y los demás también se reían—. Una peseta de premio por cada una.

—¡Cómo va subiendo!... Usted nos tira al degüello.

—Lo que merecéis, publicanos.

Villuendas tomó de un cercano montón dos duros y los añadió a los billetes del cambio.

—Vaya..., para que no diga...

—Gracias... Ya sabía yo que usted...

—A ver, doña Guillermina, espere un ratito —añadió Ramón—. ¿Es cierto lo que me han contado? Que usted, cuando no cae bastante dinero en la suscrición para la obra, le cuelga a San José un ladrillo del pescuezo para que busque cuartos.

—El señor San José no necesita de que le colguemos nada, pues hace siempre lo que nos conviene... Conque buenas noches; ahí les queda ese caballerito. Lo primero que deben hacer es ponerle de remojo, para que se le ablande la mugre.

Ramón miró al *Pituso.* Su semblante no expresaba tampoco una convicción muy profunda respecto al parecido. Sonreía Benigna, y si no hubiera sido por consideración a su querida hermana, habría dicho del *Pituso* lo que de las monedas que no sonaban bien: *Es falso* o, por lo menos, *tiene hoja.*

—Lo primero es que le lavemos.

—No se va a dejar —indicó Jacinta—. Éste no ha visto nunca el agua. Vamos, arriba.

Subiéronle, y, que quieras que no, le despojaron de los pingajos que vestía y trajeron un gran barreño de agua. Jacinta mojaba sus dedos en ella, diciendo con temor:

—¿Estará muy fría? ¿Estará muy caliente? ¡Pobre ángel, qué mal rato va a pasar!

Benigna no se andaba en tantos reparos, y, ¡pataplum!, le zambulló dentro, sujetándole brazos y piernas. ¡Cristo! Los chillidos del *Pituso* se oían desde la Plaza Mayor. Enjabonáronle y restregáronle sin miramiento alguno, haciendo tanto caso de sus berridos como si fueran expresiones de alegría. Sólo Jacinta, más piadosa, agitaba el agua queriendo hacerle creer que aquello era muy divertido. Sacado al fin de aquel suplicio y bien envuelto en una sábana de baño, Jacinta le estrechó contra su seno, diciéndole que ahora sí que estaba guapo. El calorcillo calmaba la irritación de sus chillidos, cambiándolos en sollozos, y la reacción, junto con la limpieza, le animó la cara, tiñéndosela de ese rosicler puro y celestial que tiene la infancia al salir del agua. Le frotaban para secarle, y sus brazos torneados, su fina tez y hermosísimo cuerpo producían a cada instante exclamaciones de admiración. —¡Es un niño Jesús..., es una divinidad este muñeco!

Después empezaron a vestirle. Una le ponía las medias, otra le entraba una camisa finísima. Al sentir la molestia del vestir volvióle el mal humor, y trajéronle un espejo para que se mirara, a ver si el amor propio y la presunción acallaban su displicencia.

—Ahora, a cenar... ¿Tienes ganita?

El *Pituso* abría una boca descomunal y daba unos bostezos que eran la medida aproximada de su gana de comer.

—¡Ay, qué ganitas tiene el niño! Verás... Vas a comer cosas ricas...

—¡Patata! —grito con ardor famélico.

—¿Qué patatas, hombre? Mazapán, sopa de almendra...

—¡Patata, hostia! —repitió él, pataleando.

—Bueno, patatitas; todo lo que tú quieras.

Ya estaba vestido. La buena ropa le caía tan bien que parecía haberla usado toda su vida. No fue algazara la que armaron los niños de Villuendas cuando le vieron entrar en el cuarto donde tenían su nacimiento. Primero se sorprendieron en masa, después, parecía que se alegraban; por fin, determináronse los sentimientos de recelo y suspicacia. La familia menuda de aquella casa se componía de cinco cabezas, dos de niñas grandecitas, hijas de la primera mujer de Ramón, y los tres hijos de Benigna, dos de los cuales eran varones.

Juanín se quedó pasmado y lelo delante del nacimiento. La primera manifestación que hizo de sus ideas acerca de la libertad humana y de la propiedad colectiva consistió en meter mano a las velas de colores. Una de las niñas llevó tan a mal aquella falta de respeto, y dio unos chillidos tan fuertes, que por poco se arma allí la de San Quintín.

—¡Ay Dios mío! —exclamó Benigna—. Vamos a tener un disgusto con este salvajito...

—Yo le compraré a él muchas

velas —afirmó Jacinta—. ¿Verdad, hijo, que tú quieres velas?

Lo que él quería principalmente era que le llenaran la barriga, porque volvió a dar aquellos bostezos que partían el alma.

—A comer, a comer —dijo Benigna, convocando a toda la tropa menuda. Y los llevó por delante como un hato de pavos. La comida estaba dispuesta para los niños, porque los papás cenarían aquella noche en casa del tío Cayetano.

Jacinta se había olvidado de todo, hasta de marcharse a su casa, y no supo apreciar el tiempo mientras duró la operación de lavar y vestir al *Pituso*. Al caer en la cuenta de lo tarde que era, púsose precipitadamente el manto y se despidió del *Pituso*, a quien dio muchos besos.

—¡Qué fuerte te da, hija! —le dijo su hermana, sonriendo. Y razón tenía hasta cierto punto, porque a Jacinta le faltaba poco para echarse a llorar.

Y Barbarita, ¿qué había hecho en la mañana de aquel día 24? Veámoslo. Desde que entró en San Ginés, corrió hacia ella Estupiñá como perro de presa que embiste, y le dijo, frotándose las manos:

—Llegaron las ostras gallegas. ¡Buen susto me ha dado el salmón! Anoche no he dormido. Pero con seguridad le tenemos. Viene en el tren de hoy.

Por más que el gran Rossini sostenga que aquel día oyó la misa con devoción, yo no lo creo. Es más: se puede asegurar que ni cuando el sacerdote alzaba en sus dedos al Dios sacramentado estuvo Plácido tan edificante como otras veces, ni los golpes de pecho que se dio retumbaban tanto como otros días en la caja del tórax. El pensamiento se le escapaba hacia la liviandad de las compras, y la misa le pareció larga tan larga, que se hubiera atrevido a decir al cura, en confianza, que se *menease* más. Por fin, salieron la señora y su amigo. Él se esforzaba en dar a lo que era gusto las apariencias del cumplimiento de un deber penoso. Se afanaba por todo, exagerando las dificultades.

—Se me figura —dijo con el mismo tono que debe emplear Bismarck para decir al emperador Guillermo que desconfía de la Rusia— que los pavos de la *escalerilla* no están todo lo bien cebados que debíamos suponer. Al salir hoy de casa les he tomado el peso uno por uno, y, francamente, mi parecer es que se los compremos a González. Los capones de éste son muy ricos... También les tomé el peso. En fin, usted lo verá.

Dos horas se llevaron en la calle de Cuchilleros cogiendo y soltando animales, acosados por los vendedores, a quienes Plácido trataba a la baqueta. Echábaselas él de tener un pulso tan fino para apreciar el peso, que ni un adarme se le escapaba. Después de dejarse allí bastante dinero, tiraron para otro lado. Fueron a casa de Ranero para elegir algunas culebras del legítimo mazapán de Labrador, y aún tuvieron tela para una hora más.

—Lo que la señora debía haber hecho hoy —dijo Estupiñá sofocado y fingiéndose más sofocado de lo que estaba— es traerse una lista de cosas y así no se nos olvidaba nada.

Volvieron a la casa a las diez y media, porque Barbarita quería enterarse de cómo había pasado su hijo la noche, y entonces fue cuando Jacinta reveló lo del *Pituso* a su mamá política, quedándose ésta tan sorprendida como poco entusiasmada, según antes se ha dicho. Sin cuidado ya con respecto a Juan, que estaba aquel día mucho mejor, doña Bárbara volvió a echarse a la calle con su escudero y canciller. Aún faltaban algunas cosillas, la mayor parte de ellas para regalar a deudos y amigos de la familia. Del pensamiento de la gran señora no se apartaba lo que su nuera le había dicho. ¿Qué casta de nieto era aquél? Porque la cosa era grave... ¡Un hijo del *Delfín*! ¿Sería verdad? Virgen

Santísima, ¡qué novedad tan estupenda! ¡Un nietecito por detrás de la iglesia! ¡Ah!, las resultas de los devaneos de marras... Ella se lo temía... Pero ¿y si todo era hechura de la imaginación exaltada de Jacinta y de su angelical corazón? Nada, nada; aquella misma noche, al acostarse, le había de contar todo a Baldomero.

Nuevas compras fueron realizadas en aquella segunda parte de la mañana, y cuando regresaban, cargados ambos de paquetes, Barbarita se detuvo en la plazuela de Santa Cruz, mirando con atención de compradora los nacimientos. Estupiñá se echaba a discurrir y no comprendía por qué la señora examinaba con tanto interés los puestos, estando ya todos los chicos de la parentela de Santa Cruz *surtidos de aquel artículo*. Creció el asombro de Plácido cuando vio que la señora, después de tratar como en broma un portal de los más bonitos, lo compró. El respeto selló los labios del amigo cuando ya se desplegaban para decir:

—Y ¿para quién es este Belén, señora?

La confusión y curiosidad del anciano llegaron al colmo cuando Barbarita, al subir la escalera de la casa, le dijo con cierto misterio:

—Dame esos paquetes y métete este armatoste debajo de la capa. Que no lo vea nadie cuando entremos.

¿Qué significaban estos tapujos? ¡Introducir un Belén cual si fuera matute! Y como expertísimo contrabandista, hizo Plácido su alijo con admirable limpieza. La señora lo tomó de sus manos, y llevándolo a su alcoba con minuciosas precauciones para que de nadie fuera visto, lo escondió, bien cubierto con un pañuelo, en la tabla superior de su armario de luna.

Todo el resto del día estuvo la insigne dama muy atareada, y Estupiñá saliendo y entrando, pues cuando se creía que no faltaba nada. salíamos con que se había olvidado lo más importante. Llegada la noche, inquietó a Barbarita la tardanza de Jacinta, y cuando la vio entrar fatigadísima, el vestido mojado y toda hecha una lástima, se encerró un instante con ella, mientras se mudaba, y le dijo con severidad:

—Hija, pareces loca... Vaya por dónde te ha dado..., por traerme nietos a casa... Esta tarde tuve la palabra en la boca para contarle a Baldomero tu calaverada; pero no me atreví... Ya debes suponer si la cosa me parece grave...

Era crueldad expresarse así, y debía mi señora doña Bárbara considerar que allá se iban compras con compras y manías con manías. Y no paró aquí el réspice, pues a renglón seguido vino esta observación, que dejó helada a la infeliz Jacinta:

—Doy de barato que ese muñeco sea mi nieto. Pues bien: ¿no se te ocurre que el trasto de su madre puede reclamarlo y meternos en un pleitazo que nos vuelva locos?

—¿Cómo lo ha de reclamar si lo abandonó? —contestó la otra, sofocada, queriendo aparentar un gran desprecio de las dificultades.

—Sí, fíate de eso... Eres una inocente.

—Pues si lo reclama, no se lo daré —manifestó Jacinta con una resolución que tenía algo de fiereza—. Diré que es hijo mío, que le he parido yo, y que prueben lo contrario..., a ver, que me lo prueben.

Exaltada y fuera de sí, Jacinta, que se estaba vistiendo a toda prisa, soltó la ropa para darse golpes en el pecho y en el vientre. Barbarita quiso ponerse seria, pero no pudo.

—No, tú eres la que tienes que probar que lo has parido... Pero no pienses locuras, y tranquilízate ahora, que mañana hablaremos.

—¡Ay mamá! —dijo la nuera, enterneciéndose—. ¡Si usted le viera...!

Barbarita, que ya tenía la mano en el llamador de la puerta para marcharse, volvió junto a su nuera para decirle:

—Pero ¿se parece?... ¿Estás segura de que se parece?...

—¿Quiere usted verlo? ¿Sí o no?

—Bueno, hija, le echaremos un vistazo... No es que yo crea... Necesito pruebas; pero pruebas muy claritas... No me fío yo de un parecido que puede ser ilusorio, y mientras Juan no me saque de dudas seguiré creyendo que a donde debe ir tu *Pituso* es a la Inclusa.

V

¡Excelente y alegre cena la de aquella noche en casa de los opulentos señores de Santa Cruz! Realmente no era cena, sino comida retrasada, pues no gustaba la familia de trasnochar, y, por tanto, caía dentro de la jurisdicción de la vigilia más rigurosa. Los pavos y capones eran para los días siguientes, y aquella noche cuanto se sirvió en la mesa pertenecía a los reinos de Neptuno. Sólo se sirvió carne a Juan, que estaba ya mejor y pudo ir a la mesa. Fue verdadero festín de cardenales, con desmedida abundancia de peces, mariscos y de cuanto cría la mar, todo tan por lo fino y tan bien aderezado y servido, que era una gloria. Veinticinco personas había en la mesa, siendo de notar que el conjunto de los convidados ofrecía perfecto muestrario de todas las clases sociales. La enredadera de que antes hablé había llevado allí sus vástagos más diversos. Estaba el marqués de Casa-Muñoz, de la aristocracia monetaria, y un Álvarez de Toledo, hermano del duque de Gravelinas, de la aristocracia antigua, casado con una Trujillo. Resultaba no sé qué irónica armonía de la conjunción aquella de los dos nobles, oriundo el uno del gran Alba y el otro sucesor de don Pascual Muñoz, dignísimo ferretero de la calle de Tintoreros. Por otro lado nos encontramos con Samaniego, que era casi un hortera, muy cerca de Ruiz-Ochoa, o sea la alta Banca. Villalonga representaba el Parlamento; Aparisi, el Municipio; Joaquín Pez, el Foro, y Federico Ruiz representaba muchas cosas a la vez: la Prensa, las Letras, la Filosofía, la Crítica musical, el Cuerpo de Bomberos, las Sociedades Económicas, la Arqueología y los Abonos químicos. Y Estupiñá, con su levita negra de paño fino, ¿qué representaba? El comercio antiguo, sin duda, las tradiciones de la calle de Postas, el contrabando, quizás *la religión de nuestros mayores,* por ser hombre tan sinceramente piadoso. Don Manuel Moreno Isla no fue aquella noche; pero sí Arnáiz el gordo, y Gumersindo Arnáiz, con sus tres pollas, Barbarita II, Andrea e Isabel; mas a sus tres hermanas eclipsaba Jacinta, que estaba guapísima, con un vestido muy sencillo de rayas negras y blancas sobre fondo encarnado. También Barbarita tenía buen ver. Desde su asiento al extremo de la mesa, Estupiñá la flechaba con sus miradas siempre que corrían de boca en boca elogios de aquellos platos tan ricos y de la variedad inaudita de pescados. El gran Rossini, cuando no miraba a su ídolo, charlaba sin tregua y en voz baja con sus vecinos, volviendo inquietamente a un lado y otro su perfil de cotorra.

Nada ocurrió en la cena digno de contarse. Todo fue alegría sin nubes y buen apetito sin ninguna desazón. El pícaro del *Delfín* hacía beber a Aparisi y a Ruiz para que se alegraran, porque uno y otro tenían un vino muy divertido, y al fin consiguió con el *champagne* lo que con el jerez no había conseguido. Aparisi, siempre que se ponía peneque, mostraba un entusiasmo exaltado por las glorias nacionales. Sus *jumeras* eran siempre una fuerte emersión de lágrimas patrióticas, porque todo lo decía llorando. Allí brindó por *los héroes de Trafalgar,* por *los héroes del Callao* y por otros muchos héroes marítimos; pero tan conmovido el hombre y con los músculos olfatorios tan respingados, que se creería que Churruca y Méndez Núñez eran sus papás y que olían muy mal. A Ruiz también le daba por el patriotismo y por los héroes; pero inclinándose a lo terrestre y empleando un cierto tono de fiereza. Allí sacó a Tetuán y a Zaragoza, poniendo al extranjero como chupa de dómine, diciendo, en fin, que *nuestro porvenir está en África,* y que el Estrecho es un arroyo español. De repente levantóse Estupiña el grande, copa en mano, y no puede formarse idea de la expectación y solemnísimo silencio que precedieron a su breve discurso. Conmovido y casi llorando, aunque no estaba *ajumao,* brindó por la noble compañía, por los nobles señores de la casa y por... (aquí una pausa de emoción y una cariñosa mirada a Jacinta...), y por que la noble familia tuviera pronto sucesión, como él esperaba... y sospechaba... y creía.

Jacinta se puso muy colorada, y todos, todos los presentes, incluso el *Delfín,* celebraron mucho la gracia. Después hubo gran tertulia en el salón; pero poco después de las doce se habían retirado todos. Durmió Jacinta sin sosiego, y a la mañana siguiente, cuando su marido no había despertado aún, salió para ir a misa. Oyóla en San Ginés, y después fue a casa de Benigna, donde encontró escenas de desolación. Todos los sobrinitos estaban alborotados, inconsolables, y en cuanto la vieron entrar corrieron hacia ella pidiendo justicia. ¡Vaya con lo que había hecho Juanín!... ¡Ahí era nada en gracia de Dios! Empezó por arrancarles la cabeza a las figuras del nacimiento..., y lo peor era que se reía al hacerlo, como si fuera una gracia. ¡Vaya una gracia! Era un sinvergüenza, un desalmado, un asesino. Así lo atestiguaban Isabel, Paquito y los demás, hablando confusa y atropelladamente, porque la indignación no les permitía expresarse con claridad. Disputábanse la palabra y se cogían a la tiita, empinándose sobre las puntas de los pies. Pero ¿dónde estaba el muy bribón? Jacinta vio aparecer su cara inteligente y socarrona. Cuando él la vio, quedóse algo turbado y se arrimó a la pared. Acercósele Jacinta, mostrándole severidad y conteniendo la risa... Pidióle cuentas de sus horribles crímenes. ¡Arrancar la cabeza a las figuras!... Escondía el *Pituso* la cara muy avergonzado, y se metía el dedo en la nariz... La mamá adoptiva no había podido obtener de él una respuesta, y las acusaciones rayaban en frenesí. Se le echaban en cara los delitos más execrables, y se hacía burla de él y de sus hábitos groseros.

—Tiita, ¿no sabes? —decía Ramona riendo—. Se come las cáscaras de naranja...

—¡Cochino!

Otra voz infantil atestiguó con la mayor solemnidad que había visto más. Aquella mañana, Juanín estaba en la cocina royendo cáscaras de patata. Esto sí que era marranada. Jacinta besó al delincuente, con gran estupefacción de los otros chicos.

—Pues tienes bonito el delantal.

Juanín tenía el delantal como si hubiera estado fregando los suelos con él. Toda la ropa estaba igualmente sucia.

—Tiita —le dijo Isabelita, haciéndose la ofendida—. Si vieras... No hace más que arrastrarse por los suelos y dar coces, como los burros. Se va a la basura y coge los puñados de ceniza para echárnosla por la cara...

Entró Benigna, que venía de misa, y corroboró todas aquellas denuncias, aunque con tono indulgente.

—Hija, no he visto un salvaje igual. El pobrecito... Bien se ve entre qué gentes se ha criado.

—Mejor... Así le domesticaremos.

—¡Qué palabrotas dice!... Ramón se ha reído más... No sabes la gracia que le hace su lengua de arriero. Anoche nos dio malos ratos, porque llamaba a su *pae Pepe* y se acordaba de la pocilga en que ha vivido... ¡Pobrecito! Esta mañana se me orinó en la sala. Llegué yo y me le encontré con las enaguas levantadas... Gracias que no se le antojó hacerlo sobre el *puff*... Lo hizo en la coquera... He tenido que cerrar la sala, porque me destrozaba todo. ¿Has visto cómo ha puesto el nacimiento? A Ramón le hizo muchísima gracia..., y salió a comprar más figuras; porque si no, ¿quién aguanta a esta patulea? No puedes figurarte la que se armó aquí anoche. Todos llorando en coro, y el otro cogiendo figuras y estrellándolas contra el suelo.

—¡Pobrecillo! —exclamó Jacinta, prodigando caricias a su hijo adoptivo y a todos los demás, para evitar una tempestad de celos—. Pero ¿no veis que él se ha criado de otra manera que vosotros? Ya irá aprendiendo a ser fino. ¿Verdad, hijo mío? (Juan decía que sí con la cabeza y examinaba un pendiente de Jacinta)... Sí; pero no me arranques la oreja... Es preciso que todos seáis buenos amiguitos, y que os llevéis como hermanos. ¿Verdad, Juan, que tú no vuelves a romper las figuras?... ¿Verdad que no? Vaya, él es formal. Ramoncita, tú que eres la mayor, enséñale en vez de reñirle.

—Es muy fresco: también se quería comer una vela —dijo Ramoncita, implacable.

—Las velas no se comen, no. Son para encenderlas... Veréis qué pronto aprende él todas las cosas... Si creeréis que no tiene talento.

—No hay medio de hacerle comer más que con las manos —apuntó Benigna, riendo.

—Pero, mujer, ¿cómo quieres que sepa?... Si en su vida ha visto él un tenedor... Pero ya aprenderá... ¿No observas lo listo que es?

Villuendas entró con las figuras.

—Vaya, a ver si éstas se salvan de la guillotina.

Mirábalas el *Pituso* sonriendo con malicia, y los demás niños se apoderaron de ellas, tomando todo género de precauciones para librarlas de las manos destructoras del salvaje, que no se apartaba de su madre adoptiva. El instinto, fuerte y precoz en las criaturas como en los animalitos, le impulsaba a pegarse a Jacinta y a no apartarse de ella mientras en la casa estaba... Era como un perrillo que prontamente distingue a su amo entre todas las personas que le rodean y se adhiere a él y le mima y acaricia.

Creíase Jacinta madre, y sintiendo un placer indecible en sus entrañas, estaba dispuesta a amar a aquel pobre niño con toda su alma. Verdad que era hijo de otra. Pero esta idea, que se interponía entre su dicha y Juanín, iba perdiendo gradualmente su valor. ¿Qué le importaba que fuera hijo de otra? Esa otra quizás había muerto, y si vivía lo mismo daba, porque le había abandonado. Bastábale a Jacinta que fuera hijo de su marido para quererle ciegamente. ¿No quería Benigna a los hijos de la primera mujer de su marido como si fueran hijos suyos? Pues ella querría a Juanín como si le hubiera llevado en sus entrañas. ¡Y no había más que hablar! Olvido de todo, y nada de celos retrospectivos. En la excitación de su cariño, la dama acariciaba en su mente un plan algo atrevido. "Con ayuda de Guillermina —pensaba—, voy a hacer la pamema de que he sacado este niño de la Inclusa, para que en ningún tiempo me lo puedan quitar. Ella lo arreglará, y se hará un documento en toda regla... Seremos falsarias y Dios bendecirá nuestro fraude."

Le dio muchos besos, recomendándole que fuera bueno y no hiciese porquerías. Apenas se vio Juanín en el suelo, agarró el bastón de Villuendas y se fue derecho hacia el nacimiento en la actitud más alarmante. Villuendas se reía sin atajarle, gritando:

—¡Adiós mi dinero! ¡Eh!... ¡Socorro! ¡Guardias!

Chillido unánime de espanto y desolación llenó la casa. Ramoncita pensaba seriamente en que debía llamarse a la Guardia Civil.

—Pillo, ven acá; eso no se hace —gritó Jacinta, corriendo a sujetarle.

Una cosa agradaba mucho a la joven. Juanín no obedecía a nadie más que a ella. Pero la obedecía a medias, mirándola con malicia y suspendiendo su movimiento de ataque.

"Ya me conoce —pensaba ella—. Ya sabe que soy su mamá, que lo seré de veras... Ya, ya le educaré yo como es debido."

Lo más particular fue que cuando se despidió, el *Pituso* quería irse con ella.

—Volveré, hijo de mi alma, volveré... ¿Veis cómo me quiere? ¿Lo veis?... Conque portarse bien todos, y no regañar. Al que sea malo, no le quiero yo...

## VI

No se le cocía el pan a Barbarita hasta no aplacar su curiosidad viendo aquella alhaja que su hija le había comprado: un nieto. Fuera éste apócrifo o verdadero, la señora quería conocerle y examinarle; y en cuanto tuvo Juan compañía, buscaron suegra y nuera un pretexto para salir, y se encaminaron a la morada de Benigna. Por el camino, Jacinta exploró otra vez el ánimo de su tía, esperando que se hubieran disipado sus prevenciones; pero vio con mucho disgusto que Barbarita continuaba tan severa y suspicaz como el día precedente.

—A Baldomero le ha sabido esto muy mal. Dice que es preciso garantías..., y, francamente, yo creo que has obrado muy de ligero...

Cuando entró en la casa y vio al *Pituso*, la severidad, lejos de disminuir, parecía más acentuada. Contempló Barbarita sin decir palabra al que le presentaban como nieto, y después miró a su nuera, que estaba en ascuas, con un nudo muy fuerte en la garganta. Mas de repente, y cuando Jacinta se disponía a oír denegaciones categóricas, la abuela lanzó una fuerte exclamación de alegría, diciendo así:

—¡Hijo de mi alma!... ¡Amor mío! Ven, ven a mis brazos.

Y lo apretó contra sí tan enérgicamente, que el *Pituso* no pudo menos de protestar con un chillido.

—¡Hijo mío!... Corazón..., gloria, ¡qué guapo eres!... Rico, tesoro; un beso a tu abuelita.

—¿Se parece? —preguntó Jacinta, no pudiendo expresarse bien, porque se le caía la baba, como vulgarmente se dice.

—¡Que si se parece! —observó Barbarita, tragándole con los ojos—. Clavado, hija, clavado... Pero ¿qué duda tiene? Me parece que estoy mirando a Juan cuando tenía cuatro años.

Jacinta se echó a llorar.

—Y por lo que hace a esa fantasmona... —agregó la señora examinando más las facciones del chico—, bien se le conoce en este espejo que es guapa... Es una perfección este niño.

Y vuelta a abrazarle y a darle besos.

—Pues nada, hija —añadió después con resolución—, a casa con él.

Jacinta no deseaba otra cosa. Pero Barbarita corrigió al instante su propia espontaneidad, diciendo:

—No..., no nos precipitemos. Hay que hablar antes a tu marido. Esta noche sin falta se lo dices tú, y yo me encargo de volver a tantear a Baldomero... Si es clavado, pero clavado...

—¡Y usted que dudaba!

—Qué quieres... Era preciso dudar, porque estas cosas son muy delicadas. Pero la procesión me andaba por dentro. ¿Creerás que anoche he soñado con este muñeco? Ayer, sin saber lo que me hacía, compré un nacimiento. Lo compré maquinalmente, por efecto de un no sé qué..., mi resabio de compras movido del pensamiento que me dominaba.

—Bien sabía yo que usted, cuando le viera...

—¡Dios mío! ¡Y las tiendas cerradas hoy! —exclamó Barbarita en tono de consternación—. Si estuvieran abiertas, ahora mismo le compraba un vestidito de marinero, con su gorra en que diga: *Numancia.* ¡Qué bien le estará! Hijo de mi corazón, ven acá... No te me escapes; si te quiero mucho, si soy tu abuelita.... Me dicen estos tontainas que has roto el camello del Rey negro. Bien, vida mía, bien roto está. Ya le compraré yo a mi niño una gruesa de camellos y de reyes negros, blancos y de todos colores.

Jacinta tenía ya celos. Pero consolábase de ellos viendo que Juanín no quería estar en el regazo de su abuela y se deslizaba de los brazos de ésta para buscar los de su mamá verdadera. En aquel punto de la escena que se describe, empezaron de nuevo las acusaciones y una serie de informes sobre los distintos actos de barbarie consumados por Juanín. Los cinco fiscales se enracimaban en torno a las dos damas, formulando cada cual su queja en los términos más difamatorios. ¡Válganos Dios lo que había hecho! Había cogido una bota de Isabelita y tirádola dentro de la jofaina llena de agua, para que nadase como un pato.

—¡Ay, qué rico! —clamaba Barbarita, comiéndosele a besos.

Después se había quitado su propio calzado, porque era un marrano que gustaba de andar descalzo con las patas sobre el suelo.

—¡Ay, qué rico!...

Quitóse también las medias y echó a correr detrás del gato, cogiéndolo por el rabo y dándole muchas vueltas... Por eso estaba tan malhumorado el pobre animalito... Luego se había subido a la mesa del comedor para pegarle un palo a la lámpara...

—¡Ay, qué rico! ¡Cuidado que es desgracia! —repitió la señora de Santa Cruz, dando un gran suspiro—. ¡Las tiendas cerradas hoy!... Porque es preciso comprarle ropita, mucha ropita... Hay en casa de Sobrino unas medias de colores y unos trajecitos de punto que son una preciosidad... Ángel, ven, ven con tu abuelita... ¡Ah!, ya conoce el muy pillo lo que has hecho por él, y no quiere estar con nadie más que contigo.

—Ya lo creo... —indicó Jacinta con orgullo—. Pero no; él es bueno, ¿sí?, y quiere también a su abuelita, ¿verdad?

Al retirarse, iban por la calle, tan desatinadas la una como la otra. Lo dicho, dicho: aquella misma noche hablarían las dos a sus respectivos maridos.

Aquel día, que fue el 25, hubo gran comida, y Juanito se retiró temprano de la mesa muy fatigado y con dolor de cabeza. Su mujer no se atrevió a decirle nada, reservándose para el día siguiente. Tenía tan bien preparado todo el discurso, que confiaba en pronunciarlo entero sin el menor tropiezo y sin turbarse. El 26 por la mañana entró don Baldomero en el cuarto de su hijo cuando éste se acababa de levantar, y ambos estuvieron allí encerrados como una media hora. Las dos damas esperaban ansiosas en el gabinete el resultado de la conferencia, y las impresiones de Barbarita no tenían nada de lisonjeras:

—Hija, Baldomero no se nos presenta muy favorable. Dice que es necesario probarlo..., ya ves tú, probarlo; y que eso del parecido será ilusión nuestra... Veremos lo que dice Juan.

Tan anhelantes estaban las dos, que se acercaron a la puerta de la alcoba por ver si pescaban alguna sílaba de lo que el padre y el hijo hablaban. Pero no se percibía nada.

La conversación era sosegada, y a veces parecía que Juan se reía. Pero estaba de Dios que no pudieran salir de aquella cruel duda tan pronto como deseaban. Pareció que el mismo demonio lo hizo, porque en el momento de salir don Baldomero del cuarto de su hijo, he aquí que se presentan en el despacho Villalonga y Federico Ruiz. El primero cayó sobre Santa Cruz para hablarle de los préstamos al Tesoro que hacía con dinero suyo y ajeno, ganándose el ciento por ciento en pocos meses, y el segundo se metió de rondón en el cuarto del *Delfín*. Jacinta no pudo hablar con éste; pero se sorprendió mucho de verle risueño y de la mirada maliciosa y un tanto burlona que su marido le echó.

Fueron todos a almorzar y el misterio continuaba. Cuenta Jacinta que nunca como en aquella ocasión sintió ganas de dar a una persona de bofetadas y machacarla contra el suelo. Hubiera destrozado a Federico Ruiz, cuya charla insustancial y mareante, como zumbido de abejón, se interponía entre ella y su marido. El maldito tenía en aquella época la demencia de *los castillos;* estaba haciendo averiguaciones sobre todos los que en España existen más o menos ruinosos, para escribir una gran obra heráldica, arqueológica y de castrametación sentimental, que aunque estuviese bien hecha, no había de servir para nada. Mareaba a Cristo con sus aspavientos por si tales o cuales ruinas eran bizantinas, mudéjares o lombardas con influencia mozárabe y perfiles románicos.

—¡Oh! ¡El castillo de Coca! Pues ¿y el de Turégano?... Pero ninguno llegaba a los del Bierzo... ¡Ah! ¡El Bierzo!... La riqueza que hay en ese país es un asombro.

Luego resultaba que la tal *riqueza* era de muros despedazados, de aleros podridos y de bastiones que se caían piedra a piedra. Ponía los ojos en blanco, las manos en cruz y los hombros a la altura de las orejas, para decir:

—Hay una ventana en el castillo de Ponferrada, que..., vamos..., no puedo expresar lo que es aquello...

Creeríase que por la tal ventana se veía al Padre Eterno y a toda la corte celestial. "Caramba con la ventana —pensaba Jacinta, a quien le estaba haciendo daño el almuerzo—. Me gustaría de veras si sirviera para tirarte por ella a la calle con todos tus condenados castillos."

Villalonga y don Baldomero no prestaban ni pizca de atención a los entusiasmos de su insufrible amigo, y se ocupaban en cosas de más sustancia.

—Porque, figúrese usted..., el director del Tesoro acepta el préstamo en consolidado, que está a trece..., y extiende el pagaré por todo el valor nominal..., al interés de doce por ciento. Usted vaya atando cabos...

—Es escandaloso... ¡Pobre país!...

Un instante se vieron solos Juanito y su mujer y pudieron decirse cuatro palabras. Jacinta quiso hacerle una pregunta que tenía preparada; pero él se anticipó, dejándola yerta con esta cruelísima frase, dicha en tono cariñoso:

—Nena, ven acá: ¿conque hijitos tenemos?

Y no era posible explicarse más, porque la tertulia se ensarzó y vinieron otros amigos, que empezaron a reír y a bromear, tomándole el pelo a Federico Ruiz con aquello de los castillos y preguntándole con seriedad si los había estudiado todos sin que se le escapase alguno en la cuenta. Después la conversación recayó en la política. Jacinta estaba desesperada, y en los ratos que podía cambiar una palabrita con su suegra, ésta poníale una cara muy desconsolada, diciéndole:

—Mal negocio, hija, mal negocio.

Por la noche, comensales otra vez, y luego tertulia y mucha gente. Hasta las doce duró aquel martirio. Se marcharon al fin uno a uno. Jacinta les hubiera echado, abriendo todas las ventanas y sacudiéndoles con una servilleta, como se hace con las moscas. Cuando su marido y ella se quedaron solos, parecíale la casa un paraíso; pero sus ansiedades eran tan grandes que no podía saborear el dulce aislamiento. ¡Solos en la alcoba! Al fin...

Juan cogió a su mujer cual si fuera una muñeca, y le dijo:

—Alma mía, tus sentimientos son de ángel; pero tu razón, allá por esas nubes, se deja alucinar. Te han engañado; te han dado un soberbio timo.

—Por Dios, no me digas eso —murmuró Jacinta, después de una pausa en que quiso hablar y no pudo.

—Si desde el principio hubieras hablado conmigo... —añadió el *Delfín* muy cariñoso—. Pero aquí tienes el resultado de tus tapujos... ¡Ah, las mujeres! Todas ellas tienen una novela en la cabeza, y cuando lo que imaginan no aparece en la vida, que es lo más común, sacan su composicioncita...

Estaba la infeliz tan turbada que no sabía qué decir.

—Ese José Izquierdo...

—Es un tunante. Te ha engañado de la manera más chusca... Sólo tú, que eres la misma inocencia, puedes caer en redes tan mal urdidas... Lo que me espanta es que Izquierdo haya podido tener ideas... Es tan bruto, pero tan bruto, que en aquella cabeza no cabe una invención de esta clase. Por lo bestia que es, parece honrado sin serlo. No, no discurrió él tan gracioso timo. O mucho me engaño, o esto salió de la cabeza de un novelista que se alimenta con judías.

—El pobre Ido es incapaz...

—De engañar a sabiendas, eso sí. Pero no te quepa duda. La primitiva idea de que ese niño es mi hijo debió de ser suya. La concebiría como sospecha, y como inspiración artístico-flatulenta, y el otro se dijo: "Pues toma, aquí hay un negocio." Lo que es a *Platón* no se le ocurre; de eso estoy seguro.

Jacinta, anonadada, quería defender su tema a todo trance.

—Juanín es tu hijo, no me lo niegues —replicó llorando.

—Te juro que no... ¿Cómo quieres que te lo jure?... ¡Ay Dios mío! Ahora se me está ocurriendo que ese pobre niño es el hijo de la hijastra de Izquierdo. ¡Pobre Nicolasa! Se murió de sobreparto. Era una excelente chica. Su niño tiene, con diferencia de tres meses, la misma edad que tendría el mío si viviese.

—¡Si viviese!

—Si viviese..., sí... Ya ves cómo te canto claro. Esto quiere decir que no vive.

—No me has hablado nunca de eso —declaró severamente Jacinta—. Lo último que me contaste fue..., qué sé yo... No me gusta recordar esas cosas. Pero se me vienen al pensamiento sin querer. "No la vi más, no supe más de ella; intenté socorrerla y no la pude encontrar." A ver, ¿fue esto lo que me dijiste?

—Sí, y era la verdad, la pura verdad. Pero más adelante hay otro episodio, del cual no te he hablado nunca, porque no había para qué. Cuando ocurrió, hacía ya un año que estábamos casados; vivíamos en la mejor armonía... Hay ciertas cosas que no se deben decir a una esposa. Por discreta y prudente que sea una mujer, y tú lo eres mucho, siempre alborota algo en tales casos; no se hace cargo de las circunstancias, ni se fija en los móviles de las acciones. Entonces callé, y creo firmemente que hice bien en callar. Lo que pasó no es desfavorable para mí. Podía habértelo dicho; pero ¿y si lo interpretabas mal? Ahora ha llegado la ocasión de contártelo, y veremos qué juicio formas. Lo que sí puedo asegurarte es que ya no hay más. Esto que te voy a decir es el último párrafo de una historia que te he referido por entregas. Y se acabó. Asunto agotado... Pero es tarde, hija mía; nos acostaremos, dormiremos, y mañana...

## VII

—No, no, no —gritó Jacinta, más bien airada que impaciente—. Ahora mismo... ¿Crees que yo puedo dormir en esta ansiedad?

—Pues lo que es yo, chiquilla, me acuesto —dijo el *Delfín,* disponiéndose a hacerlo— Si creerás tú que te voy a revelar algo que pone los pelos de punta. ¡Si no es nada!... Te lo cuento porque es la prueba de que te han engañado. Veo que pones una cara muy tétrica. Pues si no fuera porque el lance es bastante triste, te diría que te rieras... ¡Te has de quedar más convencida...! Y no te apures por la *plancha,* hija. Ahí tienes lo que las personas sacan de ser demasiado buenas. Los ángeles, como que están acostumbrados a volar, no andan por la tierra sin dar un traspiés a cada paso.

Se había acostumbrado de tal modo Jacinta a la idea de hacer suyo a Juanín, de criarle y educarle como hijo, que le lastimaba el sentirlo arrancado de sí por una prueba, por un argumento en que intervenía la aborrecida mujer aquella cuyo nombre quería olvidar. Lo más particular era que seguía queriendo al *Pituso,* y que su cariño y su amor propio se sublevaban contra la idea de arrojarle a la calle. No le abandonaría ya, aunque su marido, su suegra y el mundo entero se rieran de ella y la tuvieran por loca y ridícula.

—Y ahora —siguió Santa Cruz, muy bien empaquetado entre sus sábanas—, despídete de tu novela, de esa grande invención de dos ingenios, Ido del Sagrario y José Izquierdo... Vamos allá... Lo último que te dije fue...

—Fue que se había marchado de Madrid y que no pudiste averiguar adónde. Esto me lo contaste en Sevilla...

—¡Qué memoria tienes! Pues pasó tiempo, y al año de casados, un día, de repente, plaf..., entras tú en mi cuarto y me das una carta.

—¿Yo?

—Sí, una cartita que trajeron para mí. La abro, me quedo así un poco atontado... Me preguntas qué es, y te digo: "Nada, es la madre del pobre Valledor, que me pide una recomendación para el alcalde..." Cojo mi sombrero, y a la calle.

—¡Volvía a Madrid, te llamaba, te escribía!... —observó Jacinta, sentándose al borde del lecho, la mirada fija, apagada la voz.

—Es decir, hacía que me escribieran, porque la pobrecilla no sabe... "Pues, señor, no hay más remedio que ir allá." Cree que tu pobre marido iba de muy mal humor. No puedes figurarte lo que le molestaba la resurrección de una cosa que creía muerta y desaparecida para siempre. "¿Por dónde saldrá ahora?... ¿Para qué me llamará?" Yo decía también: "De fijo que hay muchacho por en medio." Esta sucesión me cargaba. "Pero, en fin, ¡qué remedio!...", pensaba al subir por aquellas oscuras escaleras. Era una casa de la calle de Hortaleza, al parecer de huéspedes. En el bajo hay tienda de ataúdes. Y ¿qué era? Que la infeliz había venido a Madrid con su hijo, con el mío, ¿por qué no decirlo claro?, y con un hombre, el cual estaba muy mal de fondos, lo que no tiene nada de particular... Llegar y ponerse malo el pobre niño fue todo uno. Viose la pobre en un trance muy apurado. ¿A quién acudir? Era natural: a mí. Yo se lo dije: "Has hecho perfectamente..." La más negra era que el garrotillo le cogió al pobrecito nene tan de filo, que cuando yo llegué... te va a dar mucha pena, como me la dio a mí..., pues sí, cuando llegué, el pobre niño estaba expirando. Lo que yo le decía al verla hecha un mar de lágrimas: "¿Por qué no me avisaste antes?" Claro, yo habría llevado uno o dos buenos médicos, y quién sabe, quién sabe si le hubiéramos salvado.

Jacinta callaba. El terror no la dejaba articular palabra.

—¿Y tú no lloraste? —fue lo primero que se le ocurrió decir.

—Te aseguro que pasé un rato..., ¡ay, qué rato! ¡Y tener que disimular en casa delante de ti! Aquella noche ibas tú al Real. Yo fui también; pero te juro que en mi vida he sentido, como en aquella noche, la tristeza agarrada a mi alma. Tú no te acordarás... No sabías nada.

—Y...

—Y nada más. Le compré la cajita azul más bonita que había en la tienda de abajo, y se le llevó al cementerio en un carro de lujo con dos caballos empenachados, sin más compañía que la del hombre de Fortunata y el marido, o lo que fuera, de la patrona. En la Red de San Luis, mira lo que son las casualidades, me encontré a mamá... Díjome: "¡Qué pálido estás!" "Es que vengo de casa de Moreno Vallejo, a quien le han cortado hoy la pierna." En efecto, le habían cortado la pierna, a consecuencia de la caída del caballo. Diciéndolo, miré desaparecer por la calle de la Montera abajo el carro con la cajita azul... ¡Cosas del mundo! Vamos a ver: si yo te hubiera contado esto, ¿no habrían sobrevenido mil disgustos, celos y cuestiones?

—Quizás no —dijo la esposa dando un gran suspiro— Según lo que venga detrás. ¿Qué pasó después?

—Todo lo que sigue es muy soso. Desde que se dio tierra al pequeñuelo, yo no tenía otro deseo que ver a la madre tomando el portante. Puedes creérmelo; no me interesaba nada. Lo único que sentía era compasión por sus desgracias, y no era floja la de vivir con aquel bárbaro, un tiote grosero que la trataba muy mal y no la dejaba ni respirar. ¡Pobre mujer! Yo le dije, mientras él estaba en el cementerio: "¿Cómo es que vives con este animal y le aguantas?" Y respondióme: "No tengo más amparo que esta fiera. No le puedo ver; pero el agradecimiento..." Es triste cosa vivir de esta manera, aborreciendo y agradeciendo. Ya ves cuánta desgracia, cuánta miseria hay en este mundo, niña mía... Bueno, pues sigo diciéndote que aquella infeliz pareja me dio la gran jaqueca. El tal, que era mercachifle de estos que ponen puestos en las ferias, pretendía una plaza de contador de la Depositaría de un pueblo. ¡Valiente animal! Me atosigaba con sus exigencias, y aun con amenazas, y no tardé en comprender que lo que quería era sacarme dinero. La pobre Fortunata no me decía nada. Aquel bestia no le permitía que me viera y hablara sin estar él presente, y ella, delante de él, apenas alzaba del suelo los ojos: tan aterrorizada la tenía. Una noche, según me contó la patrona, la quiso matar el muy bruto. ¿Sabes por qué? Porque me había mirado. Así lo decía él... Me puedes creer, como ésta es noche, que Fortunata no me inspiraba sino lástima. Se había desmejorado mucho de físico, y en lo espiritual no había ganado nada. Estaba flaca, sucia; vestía de pingos que olían mal, y la pobreza, la vida de perros y la compañía de aquel salvaje habíanle quitado gran parte de sus atractivos. A los tres días se me hicieron insoportables las exigencias de la fiera, y me avine a todo. No tuve más remedio que decir: "Al enemigo que huye, puente de plata"; y con tal de verles marchar, no me importaba el sablazo que me dieron. Aflojé los cuartos a condición de que se habían de ir inmediatamente. Y aquí paz y después gloria. Y se acabó mi cuento, niña de mi vida, porque no he vuelto a saber una palabra de aquel respetable tronco, lo que me llena de contento.

Jacinta tenía su mirada engarzada

en los dibujos de la colcha. Su marido le tomó una mano y se la apretó mucho. Ella no decía más que "¡Pobre *Pituso*, pobre Juanín!" De repente una idea hirió su mente como un latigazo, sacándola de aquel abatimiento en que estaba. Era la convicción última que se revolvía furiosa en las agonías del vencimiento. No existe nada que se resigne a morir, y el error es quizás lo que con más bravura se defiende de la muerte. Cuando el error se ve amenazado de esa ridiculez a que el lenguaje corriente da el nombre de *plancha*, hace desesperados esfuerzos, azuzado por el amor propio, para prolongar su existencia. De los escombros de sus ilusiones deshechas sacó, pues, Jacinta el último argumento, el último; pero lo esgrimió con brío, quizás por lo mismo que ya no tenía más.

—Todo lo que has dicho será verdad; no lo pongo en duda. Pero yo no te digo sino una cosa: ¿y el parecido?

Lo mismo fue oír esto el *Delfín* que partirse de risa.

—¡El parecido! Si no hay tal parecido, ni lo puede haber. Sólo existe en tu imaginación. Los chicos de esa edad se parecen siempre a quien quiere el que los mira. Obsérvale bien ahora, examínale las facciones con imparcialidad, pero con imparcialidad y conciencia, ¿sabes?..., y si después de esto sigues encontrando parecido, es que hay brujería en ello.

Jacinta le contemplaba en su mente con aquella imparcialidad tan recomendada, y..., la verdad..., el parecido subsistía..., aunque un poquillo borroso y desvaneciéndose por grados. En la desesperación de su inevitable derrota, encontró aún la dama otro argumento:

—Tu mamá también le encontró un gran parecido.

—Porque tú le calentaste la cabeza. Tú y mamá sois dos buenas maniáticas. Yo reconozco que en esta casa hace falta un chiquitín. También yo lo deseo tanto como vosotras; pero esto, hija de mi alma, no se puede ir a buscar a las tiendas, ni lo debe traer Estupiñá debajo de la capa, como las cajas de cigarros. El parecido, convéncete tontuela, no es más que la exaltación de tu pensamiento por causa de esa maldita novela del niño encontrado. Y puedes creerlo: si como historia el caso es falso, como novela es cursi. Si no, fíjate en las personas que te han ayudado al desarrollo de tu obra: Ido del Sagrario, un flatulento; José Izquierdo, un loco de la clase de caballerías; Guillermina, una loca santa, pero loca al fin. Luego viene mamá, que al verte a ti chiflada, se chifla también. Su bondad le oscurece la razón, como a ti, porque sois tan buenas que a veces, creélo, es preciso ataros. No, no te rías; a las personas que son muy buenas, muy buenas, llega un momento en que no hay más remedio que atarlas.

Jacinta se sonreía con tristeza, y su marido le hizo muchas caricias, afanándose por tranquilizarla. Tanto le rogó que se acostara, que al fin accedió a ello.

—Mañana —dijo ella— irás conmigo a verle.

—¿A quién?... ¿Al chiquillo de Nicolasa?... ¡Yo!

—Aunque no sea más que por curiosidad... Considéralo como una compra que hemos hecho las dos maniáticas. Si compráramos un perrito, ¿no querrías verlo?

—Bueno, pues iré. Falta que mamá me deje salir mañana..., y bien podría, que este encierro me va cargando ya.

Acostóse Jacinta en su lecho, y al poco rato observó que su esposo dormía. Ella tenía poco sueño y pensaba en lo que acababa de oír. ¡Qué cuadro más triste y qué visión aquella de la miseria humana! También pensó mucho en el *Pituso*. "Se me figura que ahora le quiero más. ¡Pobrecito, tan lindo, tan mono y no parecerse...! Pero si yo me confirmo en que se parece... ¿Que es ilusión? ¿Cómo ha de ser ilusión? No me vengan a mí con cuentos. Aquellos plieguecitos de la nariz cuando se ríe..., aquel entrecejo..." Y así estuvo hasta muy tarde.

El 28 por la mañana, ya de vuelta de misa, entró Barbarita en la alcoba del matrimonio joven a decirles que el día estaba muy bueno, y que el enfermo podía salir bien abrigado.

—Os cogéis el coche y os vais a dar una vuelta por el Retiro.

Jacinta no deseaba otra cosa, ni el *Delfín* tampoco. Sólo que en vez de ir al Retiro, se personaron en casa de Ramón Villuendas. Hallábase éste en el escritorio; pero cuando les vio entrar subió con ellos, deseando presenciar la escena del reconocimiento, que esperaba fuera patética y teatral. Mucho se pasmaron él y Benigna de que Juan viera al pequeñuelo con sosegada indiferencia, sin hacer ninguna demostración de cariño paternal.

—Hola, barbián —dijo Santa Cruz sentándose y cogiendo al chico por ambas manos—. Pues es guapo de veras. Lástima que no sea nuestro... No te apures, mujer, ya vendrá el verdadero *Pituso,* el legítimo, de los propios cosecheros o de la propia tía Javiera.

Benigna y Ramón miraban a Jacinta.

—Vamos a ver —prosiguió el otro constituyéndose en tribunal—. Vengan ustedes aquí y digan imparcialmente, con toda rectitud y libertad de juicio, si este chico se parece a mí.

Silencio. Lo rompió Benigna para decir:

—Verdaderamente..., yo... nunca encontré tal parecido.

—¿Y tú? —preguntó Juan a Ramón.

—Yo..., pues digo lo mismo que Benigna.

Jacinta no sabía disimular su turbación.

—Ustedes dirán lo que quieran..., pero yo... Es que no se fijan bien... Y en último caso, vamos a ver, ¿me negarán que es monísimo?

—¡Ah! Eso, no..., y que tiene que ser un gran pillete. Tiene a quién salir. Su padre fue primero empleado en el *gas;* después, punto figurado en la casa de juego del *pulpitillo.*

—¡Punto figurado! ¿Y qué es eso?

—¡Oh! Una gran posición... El papá de este niño, si no me engaño, debe de estar ahora tomando aires en Ceuta.

—Eso, eso no —indicó Jacinta con rabia—. ¿También quieres tú infamar a mi niño? Dámele acá... ¿No es verdad, hijo, que tu papá no...?

Todos se echaron a reír. Consolábase ella de su desairada situación besándole y diciendo:

—Mirad cómo me quiere. Pues, no, no le abandono, aunque lo mande quien lo mande. Es mío.

—Como que te ha costado tu dinero.

## VIII

El chico le echó los brazos al cuello y miró a los demás con rencor, como indignado de la nota infamante que se quería arrojar sobre su estirpe. Los otros niños se le llevaron para jugar, no sin que antes le hiciera Jacinta muchas carantoñas, por lo cual dijo Benigna que no *debía darle tan fuerte.*

—Cállate tú... Digo que no le abandono. Me le llevaré a casa.

—¿Estás loca? —insinuó el *Delfín* con severidad.

—No, que estoy bien cuerda.

—Vamos, ten discreción... No digo yo tampoco que se le eche a la calle; pero en el Hospicio, bien recomendado, no lo pasaría mal.

—¡En el Hospicio! —exclamó Jacinta con la cara muy encendida—. ¡Para que me le manden a los entierros... y le den de comer aquellas bazofias!...

—Pero ¿tú qué crees? Eres una criatura. ¿De dónde sacas que así se toman niños ajenos? Chica, chica, estás en pleno romanticismo.

Benigna y su marido manifestaron con enérgicos signos de cabeza que aquello del romanticismo estaba muy bien dicho.

—Pero si yo también le quiero proteger —afirmó Juan apreciando los sentimientos de su mujer y disculpando su exageración—. Ha sido una suerte para él haber caído en nuestras manos, librándose de las de Izquierdo. Pero no disloquemos las ideas. Una cosa es protegerle y otra llevárnosle a casa. Aunque yo quisiera darte ese gusto, falta que mi padre lo consintiera. Tus buenos sentimientos te hacen delirar, ¿verdad, Benigna? Yo le he dicho que a las personas muy buenas, muy buenas, es menester atarlas algunas veces. Ésta es un ángel, y los ángeles caen en la tontería de creer que el mundo es el cielo. El mundo no es el cielo, ¿verdad, Ramón?, y nuestras acciones no pueden ser basadas en el criterio angelical. Si todo lo que piensan y sienten los ángeles como mi mujer, se llevara a la práctica, la vida sería imposible, absolutamente imposible. Nuestras ideas deben inspirarse en las ideas generales, que son el ambiente moral en que vivimos. Yo bien sé que se debe aspirar a la perfección; pero no dando de puntapiés a la armonía del mundo, ¡pues bueno estaría!... a la armonía del mundo, que es..., para que lo sepas..., un grandioso mecanismo de imperfecciones, admirablemente equilibradas y combinadas. Vamos a ver, ¿te he convencido, sí o no?

—Así, así —replicó Jacinta muy triste, un poco aturdida por las paradojas de su marido.

Jacinta tenía idea tan alta de los talentos y de las sabias lecturas del *Delfín*, que rara vez dejaba de doblegarse ante ellas, aunque en su fuero interno guardase algunos juicios independientes que la modestia y la subordinación no le permitían manifestar. No habían transcurrido diez segundos después de aquel *así, así*, cuando se oyó una gran chillería.

—¿Qué es, qué hay?

¡Qué había de ser sino alguna barbaridad de Juanín! Así lo comprendió Benigna, corriendo alarmada al comedor, de donde el temeroso estrépito venía.

—¡Bien por los chicos valientes! —dijo Santa Cruz, a punto que Ramón Villuendas se despedía para bajar al escritorio. Jacinta corrió al comedor y a poco volvió aterrada.

—¿No sabes lo que ha hecho? Había en el comedor una bandeja de arroz con leche. Juanín se sube sobre una silla y empieza a coger el arroz con leche a puñados..., así, así, y después de hartarse, lo tira por el suelo y se limpia las manos en las cortinas.

Oyóse la voz de Benigna, hecha una furia:

—Te voy a matar..., ¡indecente!, ¡cafre!

Los demás chicos aparecieron chillando. Jacinta les regañó:

—Pero vosotros, tontainas, ¿no veíais lo que estaba haciendo? ¿Por qué no avisasteis? ¿Es que le dejáis enredar para después reíros y armar estos alborotos?

—Mujer, llévate, llévate de una vez de mi casa este cachorro de tigre —dijo Benigna, entrando muy soliviantada—. ¡Virgen del Carmen, mi bandeja de arroz con leche!

Los chicos de Villuendas saltaban gozosos.

—Vosotros tenéis la culpa, bobones; vosotros, que le azuzáis —díjoles la tiita, que en alguien tenía que descargar su enfado.

—Tú le tienes que lavar —manifestó Benigna, sin cejar en su cólera—, tú, tú. ¡Cómo me ha puesto las cortinas!

—Bueno, mujer, le lavaré. No te apures.

—Y vestirle de limpio. Yo no puedo. Bastante tengo con los míos... Y nada más.

—Vaya, no alborotes tanto, que todo ello es poca cosa.

Jacinta y su marido fueron al comedor, donde le encontraron hecho un adefesio, cara, manos y vestido llenos de aquella pringue.

—Bien, bien por los hombres bravos —gritó Juan en presencia de la fiera—. Mano al arroz con leche. Me hace gracia este muchacho.

—Te voy a matar, pillo —le dijo su mamá adoptiva, arrodillándose ante él y conteniendo la risa—. Te has puesto bonito... Verás qué jabonadura te vas a llevar.

Mientras duró el lavatorio, los Villuendas chicos se enracimaban en torno a su tiito, subiéndosele a las rodillas y colgándosele de los brazos para contarle las grandes cochinadas que hacía el bruto de Juanín. No sólo se comía las velas, sino que lamía los platos, y *dimpués*... tiraba los tenedores al suelo. Cuando su papá Ramón le reprendía, le enseñaba la lengua, diciendo *hostias* y otras *isprisiones* feas, y *dimpués*... hacía una cosa muy indecente, ¡vaya!, que era levantarse el vestido por detrás, dar media vuelta echándose a reír y enseñar el culito.

Santa Cruz no podía permanecer serio. Volvió al fin Jacinta, trayendo de la mano al delincuente, ya lavado y vestido de limpio, y a poco entró Benigna, completamente aplacada, y encarándose con su cuñado, le dijo con la mayor seriedad:

—¿Tienes ahí un duro? No tengo suelto.

Juan se apresuró a sacar el duro, y en el mismo momento en que lo ponía en la mano de Benigna, Jacinta y los chicos soltaron una carcajada. Santa Cruz cayó de su burro.

—Me la has dado, chica. No me acordaba de que es hoy día de Inocentes. Buena ha sido, buena. Ya me extrañó a mí un poco que en esta casa del dinero no hubiera suelto.

—Tomad —dijo Benigna a los niños—; vuestro tiito os convida a dulces.

—Para inocentadas —indicó Juan riendo—, la que nos ha querido dar mi mujer.

—A mí, no —replicó Benigna—. Aquí hemos hablado mucho de esto, y, la verdad, él podría ser auténtico; pero la tostada del parecido no la encontrábamos. Y pues resulta que esta preciosa fierecita no es de la familia..., yo me alegro, y pido que me hagan el favor de quitármela de casa. Bastantes jaquecas me dan las mías.

Jacinta y su marido le rogaron al retirarse que le tuviese un día más. Ya decidirían.

Cosas muy crueles había de oír Jacinta aquel día; pero de cuanto oyó nada le causara tanto asombro y descorazonamiento como estas palabras que Barbarita le dijo al oído:

—Baldomero está incomodado con tu bromazo. Juan le habló claro. No hay tal hijo ni a cien mil leguas. La verdad, tú te precipitaste; y en cuanto al parecido... Hablando con franqueza, hija; no se parece nada, pero nada.

Era lo que le quedaba que oír a Jacinta.

—Pero usted..., ¡por la Virgen Santísima!, también... —atrevióse a decir cuando el espanto se lo permitió—, también usted creyó...

—Es que se me pegaron tus ilusiones —replicó la suegra esforzándose en disculpar su error—. Dice Juan que es manía; yo lo llamo ilusión, y las ilusiones se pegan como las viruelas. Las ideas fijas son contagiosas. Por eso, mira tú, por eso tengo yo tanto miedo a los locos y me asusto tanto de verme a su lado. Es que cuando alguno está cerca de mí y se pone a hacer visajes me pongo también yo a hacer lo mismo. Somos monos de imitación... Pues sí, convéncete: lo del parecido es ilusión, y las dos..., lo diré muy bajito, las dos hemos hecho una soberbia plancha. Y ahora, ¿qué hacer? No se te pase por la cabeza traerle aquí. Baldomero no lo consiente, y tiene mucha razón. Yo..., si he de decirte la verdad, le he tomado cariño. ¡Ay!, sus salvajadas me divierten. ¡Es tan mono! ¡Qué ojitos aquellos! Pues ¿y los plieguecitos de la nariz?... Y aquella boca, aquellos labios, el piquito que hace con los labios, sobre todo. Ven acá y verás el nacimiento que le compré.

Llevó a Jacinta a su cuarto de vestir, y después de mostrarle el nacimiento, le dijo:

—Aquí hay más contrabando. Mira. Esta mañana fui a las tiendas, y... aquí tienes: medias de color, un traje de punto, azul, a estilo inglés. Mira la gorra que dice *Numancia*. Éste es un capricho que yo tenía. Estará saladísimo. Te juro que si no le veo con el letrero en la frente voy a tener un disgusto.

Jacinta oyó y vio esto con melancolía.

—¡Si supiera usted lo que hizo esta mañana! —dijo; y contó el lance del arroz con leche.

—¡Ay Dios mío, qué gracioso!... Es para comérselo... Yo, te digo la verdad, le traería a casa si no fuera porque a Baldomero y a Juan no les gustan estos tapujos... ¡Ay!, de veras te lo digo. No puede una vivir sin tener algún ser pequeñito a quien adorar. ¡Hija de mi alma! Es una gran desgracia para todos que tú no nos *des* algo.

A Jacinta se le clavó esta frase en el corazón, y estuvo temblando un rato en él y agrandando la herida, como sucede con las flechas que no se han clavado bien.

—Pues sí, esta casa es muy... muy sosona. Le falta una criatura que chille y alborote, que haga diabluras, que nos traiga a todos mareados. Cuando le hablo de esto a Baldomero, se ríe de mí; pero bien se le conoce que es hombre dispuesto a andar por esos suelos a cuatro pies, con los chicos a la pela.

—Puesto que Benigna no le quiere tener —dijo la nuera—, ni es posible tampoco tenerle aquí, le pondremos en casa de Candelaria. Yo le pasaré un tanto al mes a mi hermana para que el huésped no sea una carga pesada...

—Me parece muy bien pensado, pero muy bien pensado. Estás como las gatas paridas, escondiendo las crías hoy aquí, mañana allá.

—Y ¿qué remedio hay?... Porque lo que es al Hospicio no va. Eso que no lo piensen... ¡Qué cosas se le ocurren a mi marido! Ya, como a él no le han hecho ir nunca a los entierros, pisando lodos, aguantando la lluvia y el frío, le parece muy natural que el otro pobrecito se críe entre ataúdes... Sí, está fresco.

—Yo me encargo de pagarle la pensión en casa de Candelaria —dijo Barbarita, secreteándose con su hija como los chiquillos que están concertando una travesura—. Me parece que debo empezar por comprarle una camita. ¿A ti qué te parece?

Replicó la otra que le parecía muy bien y se consoló mucho con esta conversación, dándose a forjar planes y a imaginar goces maternales. Pero quiso su mala suerte que aquel mismo día o el próximo cortase el vuelo de su mente don Baldomero, el cual la llamó a su despacho para echarle el siguiente sermón:

—Querida, me ha dicho Bárbara que estás muy confusa por no saber qué hacer con ese muchacho. No te apures; todo se arreglará. Porque tú te ofuscaras, no vamos a echarle a la calle. Para otra vez, bueno será que no te dejes llevar de tu buen corazón... tan a paso de carga, porque todo debe moderarse, hija, hasta los impulsos sublimes... Dice Juan, y está muy en lo justo, que los procedimientos angelicales trastornan la sociedad.

Como nos empeñemos todos en ser perfectos, no nos podremos aguantar unos a otros, y habría que andar a bofetadas... Bueno, pues te decía, que ese pobre niño queda bajo mi protección; pero no vendrá a esta casa, porque sería indecoroso, ni a la casa de ninguna persona de la familia, porque parecería tapujo.

No estaba conforme con estas ideas Jacinta; pero el respeto que su padre político le inspiraba le quitó el resuello, imposibilitándola de expresar lo mucho y bueno que se le ocurría.

—Por consiguiente —prosiguió el respetable señor tomándole a su nuera las dos manos—, ese caballerito que compraste será puesto en el asilo de Guillermina... No hay que fruncir las cejas. Allí estará como en la gloria. Ya he hablado con la santa. Yo le pensiono, para que se le dé educación y una crianza conveniente. Aprenderá un oficio, y quién sabe, quién sabe si una carrera. Todo está en que saque disposición. Paréceme que no te entusiasmas con mi idea. Pero reflexiona un poquito y verás que no hay otro camino... Allí estará tan ricamente, bien comido, bien abrigado... Ayer le di a Guillermina cuatro piezas de paño del Reino para que les haga chaquetas. Verás qué guapines les va a poner. ¡Y que no les llenan bien la barriga en gracia de Dios! Observa, si no, los cachetes que tienen, y aquellos colores de manzana. Ya quisieran muchos niños, cuyos papás gastan levita y cuyas mamás se zarandean por ahí, estar tan lucios y bien apañados como están los de Guillermina.

Jacinta se iba convenciendo, y cada vez sentía menos fuerza para oponerse a las razones de aquel excelente hombre.

—Sí; aquí donde me ves —agregó Santa Cruz con jovialidad—, yo también le tengo cariño a ese muñeco..., quiero decir que no me libré del contagio de vuestra manía de meter chicos en esta casa. Cuando Bárbara me lo dijo, estaba ella tan creída de que era mi nieto, que yo también me lo tragué. Verdad que exigí pruebas... pero mientras venían las tales pruebas, perdí la chaveta..., ¡cosas de viejo!, y estuve todo aquel día haciendo catálogos. Yo procuraba no darle mucha cuerda a Bárbara, ni dejarme arrastrar por ella, y me decía: "Tengamos serenidad y no chocheemos hasta ver..." Pero pensando en ello, te lo digo ahora en confianza, salí a la calle, me reía solo, y sin saber lo que me hacía, me metí en el Bazar de la Unión y...

Don Baldomero, acentuando más su sonrisa paternal, abrió una gaveta de su mesa y sacó un objeto envuelto en papeles.

—Y le compré esto... Es un acordeón. Pensaba dárselo cuando lo trajerais a casa... Verás qué instrumento tan bonito y qué buenas voces... Veinticuatro reales.

Cogiendo el acordeón por las dos tapas, empezó a estirarlo y a encogerlo, haciendo *fin flán* repetidas veces. Jacinta se reía y al propio tiempo se le escaparon dos lágrimas. Entró entonces de improviso Barbarita, diciendo:

—¿Qué música es ésta?... A ver, a ver.

—Nada, querida —declaró el buen señor acusándose francamente—. Que a mí también se me fue el santo al Cielo. No lo quería decir. Cuando tú me saliste con que lo del nieto era una novela, *fin flán,* me dio la idea de tirar esta música a la calle, sin que nadie la viera; pero ya que se compró para él, *flin flán,* que la disfrute..., ¿no os parece?

—A ver, dame acá —indicó Barbarita, contentísima, ansiosa de tañer el pueril instrumento—. ¡Ah!, calavera, así me gastas el dinero en vicios. Dámelo..., lo tocaré yo..., *flin flán*... ¡Ay!, no sé qué tiene esto... ¡Da un gusto oírlo! Parece que alegra toda la casa.

Y salió tocando por los pasillos y diciendo a Jacinta:

—Bonito juguete... ¿verdad? Ponte la mantilla, que ahora mismo vamos a llevárselo, *fin flán.*

## CAPÍTULO XI

### FINAL, QUE VIENE A SER PRINCIPIO

#### I

Quien manda, manda. Resolvióse la cuestión del *Pituso* conforme a lo dispuesto por don Baldomero, y la propia Guillermina se lo llevó una mañanita a su asilo, donde quedó instalado. Iba Jacinta a verle muy a menudo, y su suegra la acompañaba casi siempre. El niño estaba tan mimado, que la fundadora del establecimiento tuvo que tomar cartas en el asunto, amonestando severamente a sus amigas y cerrándoles la puerta no pocas veces. En los últimos días de aquel infausto año entráronle a Jacinta melancolías, y no era para menos, pues el desairado y risible desenlace de la novela *pitusiana* hubiera abatido al más pintado. Vinieron luego otras cosillas, menudencias si se quiere, pero como caían sobre un espíritu ya quebrantado, resultaban con mayor pesadumbre de la que por sí tenían. Porque Juan, desde que se puso bueno y tomó calle, dejó de estar tan expansivo, sobón y dengoso como en los días del encierro, y se acabaron aquellas escenas nocturnas en que la confianza imitaba el lenguaje de la inocencia. El *Delfín* afectaba una gravedad y un seso propios de su talento y reputación; pero acentuaba tanto la postura, que parecía querer olvidar con una conducta sensata las chiquilladas del período catarral. Con su mujer mostrábase siempre afable y atento, pero frío, y a veces un tanto desdeñoso. Jacinta se tragaba este acíbar sin decir nada a nadie. Sus temores de marras empezaban a condensarse, y atando cabos y observando pormenores, trataba de personalizar las distracciones de su marido. Pensaba primero en la institutriz de las niñas de Casa-Muñoz, por ciertas cosillas que había visto casualmente, y dos o tres frases, cazadas al vuelo, de una conversación de Juan con su confidente Villalonga. Después tuvo esto por un disparate y se fijó en una amiga suya, casada con Moreno Vallejo, tendero de novedades de muy reducido capital. Dicha señora gastaba un lujo estrepitoso, dando mucho que hablar. Había, pues, un amante. A Jacinta se le puso en la cabeza que éste era el *Delfín,* y andaba desalada tras una palabra, un acento, un detalle cualquiera que se lo confirmase. Más de una vez sintió las cosquillas de aquella rabietina infantil que le entraba de sopetón, y daba patadillas en el suelo y tenía que refrenarse mucho para no irse hacia él y tirarle del pelo diciéndole: "Pillo..., farsante", con todo lo demás que en una gresca matrimonial se acostumbra. Lo que más le atormentaba era que le quería más cuando él se ponía tan juicioso haciendo el bonitísimo papel de una persona que está en la sociedad para dar ejemplo de moderación y buen criterio Y nunca estaba Jacinta más celosa que cuando su marido se daba aquellos aires de formalidad, porque la experiencia le había enseñado a conocerle, y ya se sabía: cuando el *Delfín* se mostraba muy decidor de frases sensatas, envolviendo a la familia en el incienso de su argumentación paradójica, *picos pardos* seguros.

Vinieron días marcados en la historia patria por sucesos resonantes, y aquella familia feliz discutía estos sucesos como los discutíamos todos. ¡El 3 de enero de 1874!... ¡El golpe de Estado de Pavía! No se hablaba de otra cosa, ni había nada mejor de que hablar. Era grato al temperamento español un cambio teatral de instituciones, y volcar una situación como se vuelca un puchero electoral. Había estado admirablemente hecho, según don Baldomero, y el ejército había salvado *una vez más* a la desgraciada nación española. El consolidado había llegado a 11, y las acciones del Banco, a 138. El crédito estaba hundido. La guerra y la anarquía no se acababan: habíamos llegado al *período álgido del incendio,* como decía Aparisi, y pronto, muy pronto, el que tuviera una peseta la enseñaría como cosa rara.

Deseaban todos que fuese Villalonga a la casa para que les contara la memorable sesión de la noche del 2 al 3, porque la había presenciado en los escaños rojos. Pero el representante del país no aportaba por allá. Por fin se apareció el día de Reyes por la mañana. Pasaba Jacinta por el recibimiento, cuando el amigo de la casa entró.

—Tocaya, buenos días... ¿Cómo están por aquí? Y el monstruo, ¿se ha levantado ya?

Jacinta no podía ver al dichoso tocayo. Fundábase esta antipatía en la creencia de que Villalonga era el corruptor de su marido y el que le arrastraba a la infidelidad.

—Papá ha salido —díjole no muy risueña—. ¡Cuánto sentirá no verle a usted para que le cuente eso!... ¿Tuvo usted mucho miedo? Dice Juan que se metió usted debajo de un banco.

—¡Ay, qué gracia! ¿Ha salido también Juan?

—No, se está vistiendo. Pase usted.

Y fue detrás de él, porque siempre que los dos amigos se encerraban, hacía ella los imposibles por oír lo que decían, poniendo su orejita rosada en el resquicio de la mal cerrada puerta. Jacinto esperó en el gabinete, y su tocaya entró a anunciarle.

—Pero qué, ¿ha venido ya ese pelagatos?

—Sí..., resalao..., aquí estoy.

—Pasa, danzante... ¡Dichosos los ojos...!

El amigote entró. Jacinta notaba en los ojos de éste algo de intención picaresca. De buena gana se escondería detrás de una cortina para estafarles sus secretos a aquel par de tunantes. Desgraciadamente, tenía que ir al comedor a cumplir ciertas órdenes que Barbarita le había dado... Pero daría una vueltecita, y trataría de pescar algo...

—Cuenta, chico, cuenta. Estábamos rabiando por verte.

Y Villalonga dio principio a su relato delante de Jacinta; pero en cuanto ésta se marchó, el semblante del narrador inundóse de malicia. Miraron ambos a la puerta; cercioróse el compinche de que la esposa se había retirado, y volviéndose hacia el *Delfín,* le dijo con la voz temerosa que emplean los conspiradores domésticos:

—Chico, ¿no sabes... la noticia que te traigo?... ¡Si supieras a quién he visto! ¿Nos oirá tu mujer?

—No, hombre, pierde cuidado —replicó Juan poniéndose los botones de la pechera—. Claréate pronto.

—Pues he visto a quien menos puedes figurarte... Está aquí.

—¿Quién?

—Fortunata... Pero no tienes idea de su transformación. ¡Vaya un cambiazo! Está guapísima, elegantísima. Chico, me quedé turulato cuando la vi.

Oyéronse los pasos de Jacinta. Cuando apareció levantando la cortina, Villalonga dio una brusca retorcedura a su discurso:

—No, hombre, no me has entendido; la sesión empezó por la tarde y se suspendió a las ocho. Durante la suspensión se trató de llegar a una inteligencia. Yo me acercaba a todos los grupos a oler aquel guisado... ¡Jum!, malo, malo. El Ministerio Palanca se iba cociendo, se iba cociendo... A todas éstas..., ¡figúrate si estarían ciegos aquellos hombres!..., a todas éstas, fuera de las Cortes se estaba preparando la máquina para echarles la zancadilla. Zalamero y yo salíamos y entrábamos a turno para llevar noticias a una casa de la calle de la Greda, donde estaban Serrano, Topete y otros. "Mi general, no se entienden. Aquello es una balsa de aceite... hirviendo. Tumban a Castelar. En fin, se ha de ver ahora." "Vuelva usted allá. ¿Habrá votación?" "Creo que sí". "Tráiganos usted el resultado."

—El resultado de la votación —indicó Santa Cruz— fue contrario a Castelar. Di una cosa, ¿y si hubiera sido favorable?

—No se habría hecho nada. Tenlo por cierto. Pues como te decía, habló Castelar...

Jacinta ponía mucha atención a esto; pero entró Rafaela a llamarla y tuvo que retirarse.

—Gracias a Dios que estamos solos otra vez —dijo el compinche después que la vio salir—, ¿Nos oirá?

—¿Qué ha de oír?... ¡Qué medroso te has vuelto! Cuenta, pronto. ¿Dónde la viste?

—Pues anoche... estuve en el Suizo hasta las diez. Después me fui un rato al Real, y al salir ocurrióme pasar por Praga a ver si estaba allí Joaquín Pez, a quien tenía que decir una cosa. Entro, y lo primero que me veo es una pareja... en las mesas de la derecha... Quedéme mirando como un bobo... Eran un señor y una mujer vestida con una elegancia..., ¿cómo te diré?, con una elegancia improvisada. "Yo conozco esa cara", fue lo primero que se me ocurrió. Y al instante caí... "¡Pero si es esa condenada de Fortunata!..." Por mucho que yo te diga, no puedes formarte idea de la metamorfosis... Tendrías que verla por tus propios ojos. Está de rechupete. De fijo que ha estado en París, porque sin pasar por allí no se hacen ciertas transformaciones. Púseme todo lo cerca posible, esperando oírla hablar. "¿Cómo hablará?", me decía yo. Porque el talle y el corsé, cuando hay dentro calidad, los arreglan los modistos fácilmente; pero lo que es el lenguaje... Chico, habías de verla y te quedarías lelo, como yo. Dirías que su elegancia es de lance y que no tiene aire de señora... Convenido; no tiene aire de señora; ni falta..., pero eso no quita que tenga un aire seductor, capaz de... Vamos, que si la ves, tiras piedras. Te acordarás de aquel cuerpo sin igual, de aquel busto estatuario, de esos que se dan en el pueblo y mueren en la oscuridad cuando la civilización no los busca y los *presenta.* Cuántas veces lo dijimos: "¡Si este busto supiera explotarse...!" Pues, ¡hala!, ya lo tienes en perfecta explotación. ¿Te acuerdas de lo que sostenías?... "El pueblo es la cantera. De él salen las grandes ideas y las grandes bellezas. Viene luego la inteligencia, el arte, la mano de obra, saca el bloque, lo talla"... Pues, chico, ahí la tienes bien labrada... ¡Qué líneas tan primorosas!... Por supuesto, hablando, de fijo que mete la pata. Yo me acercaba con disimulo. Comprendí que me había conocido y que mis miradas la cohibían... ¡Pobrecilla! Lo elegante no le quitaba lo ordinario, aquel no sé qué de pueblo, cierta timidez que se combina no sé cómo con el descaro, la conciencia de valer muy poco, pero muy poco, moral e intelectualmente, unida a la seguridad de esclavizar..., ¡ah, bribonas!, a los que valemos más que ellas..., digo, no me atrevo a afirmar que valgamos más, como no sea por la forma... En resumidas cuentas, chico, está que *ahuma.* Yo pensaba en la cantidad de agua que había precedido a la transformación. Pero, ¡ah!, las mujeres aprenden esto muy pronto. Son el mismo demonio para asimilarse todo lo que es del reino de la *toilette.* En cambio, yo apostaría que no ha aprendido a leer... Son así; luego dicen que si las pervertimos. Pues volviendo a lo mismo, la metamorfosis es completa. Agua, figurines, la fácil costumbre de emperejilarse; después seda, terciopelo, el sombrerito...

—¡Sombrero! —exclamó Juan en el colmo de la estupefacción.

—Sí; y no puedes figurarte lo bien que le cae. Parece que lo ha llevado toda la vida... ¿Te acuerdas del pañolito por la cabeza, con el pico arriba y la lazada?... ¡Quién lo diría! ¡Qué transiciones!... Lo que te digo... Las que tienen genio, aprenden en un abrir y cerrar de ojos. La raza española es tremenda, chico, para la asimilación de todo lo que pertenece a la forma... ¡Pero si habías de verla tú...! Yo, te lo confieso, estaba pasmado, absorto, embebe...

¡Ay, Dios mío!, entró Jacinta, y Villalonga tuvo que dar un quiebro violentísimo...

—Te digo que estaba embebecido. El discurso de Salmerón fue admirable..., pero de lo más admirable... Aún me parece que estoy viendo aquella cara de *hijo del desierto,* y aquel movimiento horizontal de los ojos y la gallardía de los gestos. Gran hombre; pero yo pensaba: "No te valen tus filosofías; en buena te has metido, y ya verás la que te tenemos armada." Habló después Castelar. ¡Qué discursazo! ¡Qué valor de hombre! ¡Cómo se crecía! Parecíame que tocaba al techo. Cuando concluyó: "A votar, a votar..."

Jacinta volvió a salir sin decir nada. Sospechaba quizás que en su ausencia los tunantes hablaban de otro asunto, y se alejó con ánimo de volver y aproximarse cautelosa.

—Y aquel hombre..., ¿quién era? —preguntó el *Delfín,* que sentía el ardor de una curiosidad febril.

## II

—Te diré... Desde que le vi, me dije: "Yo conozco esa cara." Pero no pude caer en quién era. Entró Pez y hablamos... Él también quería reconocerle. Nos devanábamos los sesos. Por fin caímos en la cuenta de que habíamos visto a aquel sujeto dos días antes en el despacho del director del Tesoro. Creo que hablaba con éste del pago de unos fusiles encargados a Inglaterra. Tiene acento catalán, gasta bigote y perilla..., cincuenta años..., bastante antipático. Pues verás; como Joaquín y yo la mirábamos tanto, el tío aquel se escamaba. Ella no *se timaba*..., parecía como vergonzosa..., ¡y qué mona estaba con su vergüenza! ¿Te acuerdas de aquel palmito descolorido con cabos negros? Pues ha mejorado mucho, porque está más gruesa, más llena de cara y de cuerpo.

Santa Cruz estaba algo aturdido. Oyóse la voz de Barbarita, que entraba con su nuera.

—Salí de estampía... —siguió Villalonga— a anunciar a los amigos que había empezado la votación... A los pies de usted, Barbarita... Yo bien, ¿y usted? Aquí estaba contando... Pues decía que eché a correr...

—Hacia la calle de la Greda.

—No..., los amigos se habían trasladado a una casa de la calle de Alcalá, la de Casa-Irujo, que tiene ventanas al parque del Ministerio de la Guerra...; subo y me les encuentro muy desanimados. Me asomé con ellos a las ventanas que dan a Buenavista, y no vi nada... "Pero ¿a cuándo esperan? ¿En qué están pensando?..." Francamente, yo creí que el golpe se había chafado y que Pavía no se atrevía a echar las tropas a la calle. Serrano, impaciente, limpiaba los cristales empañados, para mirar, y abajo no se veía nada. "Mi general —le dije—, yo veo una faja negra, que así de pronto, en la oscuridad de la noche, parece un zócalo... Mire usted bien, ¿no será una fila de hombres?" "¿Y qué hacen ahí pegados a la pared?" "Vea usted, vea usted, el zócalo se mueve. Parece una culebra que rodea todo el edificio y que ahora se desenrosca... ¿Ve usted?... La punta se extiende hacia las rampas." "Soldados son", dijo en voz baja el general, y en el mismo instante entró Zalamero con medio palmo de lengua fuera, diciendo: "La votación sigue; la ventaja que llevaba al principio Salmerón la lleva ahora Castelar...: nueve votos... Pero aún falta por votar la mitad del Congreso..." Ansiedad en todas las caras... A mí me tocaba entonces ir allá, para traer el resultado final de la votación... Tras, tras..., cojo mi calle del Turco, y entrando en el Congreso, me encontré a un periodista que salía: "La proposición lleva diez votos de ventaja. Tendremos Ministerio Palanca." ¡Pobre Emilio!... Entré. En el salón estaban votando ya las filas de arriba. Eché un vistazo y salí. Di la vuelta por la curva, pensando lo que acababa de ver en Buenavista, la cinta negra enroscada en el edificio... Figueras salió por la escalerilla del reloj, y me dijo: "Usted qué cree, ¿habrá trifulca esta noche?" Y le respondí: "Váyase usted tranquilo, maestro, que no habrá nada..." "Me parece —dijo con socarronería— que esto se lo lleva Pateta." Yo me reí. Y a poco pasa un portero, y me dice con la mayor tranquilidad del mundo que por la calle del Florín había tropa. "¿De veras? Visiones de usted. ¡Qué tropa ni qué niño muerto!" Yo me hacía de nuevas. Asomé la jeta con la puerta del reloj. "No me muevo de aquí —pensé, mirando a la mesa—. Ahora veréis lo que es canela..." Estaban leyendo el resultado de la votación. Leían los nombres de todos los votantes, sin omitir uno. De repente aparecen por la puerta del rincón de Fernando el Católico varios quintos mandados por un oficial, y se plantan junto a la escalera de la mesa. Parecían comparsa de teatro. Por la otra puerta entró un coronel viejo de Guardia Civil.

—El coronel Iglesias —dijo Barbarita, que deseaba terminase el relato—. De buena escapó el país... Bien, Jacinto, supongo que almorzará usted con nosotros.

—Pues ya lo creo —dijo el *Delfín*—. Hoy no le suelto y pronto, mamá, que es tarde.

Barbarita y Jacinta salieron.

—¿Y Salmerón, qué hizo?

—Yo puse toda mi atención en Castelar, y le vi llevarse la mano a los ojos y decir: "¡Qué ignominia!" En la mesa se armó un barullo espantoso... gritos, protestas. Desde el reloj vi una masa de gente, todos en pie... No distinguía al presidente. Los quintos, inmóviles... De repente, ¡pum!, sonó un tiro en el pasillo...

—Y empezó la desbandada... Pero dime otra cosa, chico. No puedo apartar de mi pensamiento... ¿Decías que llevaba sombrero?

—¿Quién?... ¡Ah! ¿Aquélla? Sí, sombrero, y de muchísimo gusto —dijo el compinche con tanto énfasis como si continuara narrando el suceso histórico—, y vestido azul elegantísimo y abrigo de terciopelo...

—¿Tú estás de guasa? Abrigo de terciopelo.

—Vaya..., y con pieles; un abrigo soberbio. Le caía tan bien..., que...

Entró Jacinta sin anunciarse ni con ruido de pasos ni de ninguna otra manera. Villalonga giró sobre el último concepto como una veleta impulsada por una fuerte racha de viento.

—El abrigo que yo llevaba..., mi gabán de pieles..., quiero decir, que en aquella marimorena me arrancaron una solapa..., la piel de una solapa, quiero decir...

—Cuando se metió usted debajo del banco.

—Yo no me metí debajo de ningún banco, tocaya. Lo que hice fue ponerme en salvo como los demás, por lo que pudiera tronar.

—Mira, mira, querida esposa

—dijo Santa Cruz, mostrando a su mujer el chaleco, que se quitó apenas puesto—. Mira cómo cuelga ese último botón de abajo. Hazme el favor de pegárselo o decirle a Rafaela que se lo pegue, o en último caso, llamar al coronel Iglesias.

—Venga acá —dijo Jacinta con mal humor, saliendo otra vez.

—En buen apuro me vi, camaraíta —dijo Villalonga— conteniendo la risa. ¿Se enteraría? Pues verás: otro detalle. Llevaba unos pendientes de turquesas que era' a gracia divina sobre aquel cutis moreno pálido. ¡Ay, qué orejitas de Dios y qué turquesas! Te las hubieras comido. Cuando les vimos levantarse nos propusimos seguir a la pareja para averiguar dónde vivía. Toda la gente que había en Praga la miraba, y ella más parecía corrida que orgullosa. Salimos..., tras, tras..., calle de Alcalá, Peligros, Caballero de Gracia, ellos delante, nosotros detrás. Por fin dieron fondo en la calle del Colmillo. Llamaron al sereno, les abrió, entraron. Es una casa que está en la acera del Norte, entre la tienda de figuras de yeso y el establecimiento de burras de leche..., allí.

Entró Jacinta con el chaleco.

—Vamos..., a ver... ¿Manda usía otra cosa?

—Nada más, hijita; muchas gracias. Dice este monstruo que no tuvo miedo y que se salió tan tranquilo... Yo no lo creo.

—¿Pero miedo a qué?... Si yo estaba en el ajo... Os diré el último detalle para que os asombréis. Los cañones que puso Pavía en las bocacalles estaban descargados. Y ya veis lo que pasó dentro. Dos tiros al aire, y lo mismo que se desbandan los pájaros posados en un árbol cuando dais debajo de él dos palmadas, así se desbandó la Asamblea de la República.

—El almuerzo está en la mesa. Ya pueden ustedes venir —dijo la esposa, que salió delante de ellos muy preocupada.

—¡Estómagos, a defenderse...

Algunas palabras había cogido . *Delfina* al vuelo, que no tenían, a su parecer, ninguna relación con aquello de las Cortes, el coronel Iglesias y el Ministerio Palanca. Indudablemente, había moros por la costa. Era preciso descubrir, perseguir y aniquilar el corsario a todo trance. En la mesa versó la conversación sobre el mismo asunto. Y Villalonga, después de volver a contar el caso con todos sus pelos y señales para que lo oyera don Baldomero, añadió diferentes pormenores que daban color a la historia.

—¡Ah! Castelar tuvo golpes admirables: "¿Y la Constitución federal?..." "La quemasteis en Cartagena."

—¡Qué bien dicho!

—El único que se resistía a dejar el local fue Díaz Quintero, que empezó a pegar gritos y a forcejear con los guardias civiles... Los diputados y el presidente abandonaron el salón por la puerta del reloj y aguardaron en la biblioteca a que les dejaran salir. Castelar se fue con dos amigos por la calle del Florín y retiróse a su casa, donde tuvo un fuerte ataque de bilis.

Estas referencias o noticias sueltas eran en aquella triste historia como las uvas desgranadas que quedan en el fondo del cesto después de sacar los racimos. Eran las más maduras, y quizá por esto las más sabrosas.

## III

En los siguientes días, la observadora y suspicaz Jacinta notó que su marido entraba en casa fatigado, como hombre que ha andado mucho. Era la perfecta imagen del corredor que va y viene y sube escaleras y recorre calles sin encontrar el negocio que busca. Estaba cabizbajo, como los que pierden dinero, como el cazador impaciente que se despena de monte en monte sin ver pasar alimaña cazable; como el artista desmemoriado a quien se le escapa del filo del entendimiento la idea feliz o la imagen que vale para él un mundo. Su mujer trataba de reconocerle, echando en él la sonda de la curiosidad, cuyo plomo eran los celos; pero el *Delfín* guardaba sus pensamientos muy al fondo, y cuando advertía conatos de sondaje, íbase más abajo todavía.

Estaba el pobre Juanito Santa Cruz sometido al horroroso suplicio de la idea fija. Salió, investigó, rebuscó, y la mujer aquella, visión inverosímil que había trastornado a Villalonga, no parecía por ninguna parte. ¿Sería sueño o ficción vana de los sentidos de su amigo? La portera de la casa indicada por Jacinto se prestó a dar cuantas noticias se le exigían; mas lo único de provecho que Juan obtuvo de su indiscreción complaciente fue que en la casa de huéspedes del segundo habían vivido un señor y una señora, "guapetona ella", durante dos días nada más. Después habían desaparecido... La portera declaraba con notoria agudeza que, a su parecer, el señor se había largado por el tren, y la *individua,* señora... o lo que fuera..., *andaba por Madrid.* Pero ¿dónde demonios andaba? Esto era lo que había que averiguar. Con todo su talento no podía Juan darse explicación satisfactoria del interés, de la curiosidad o afán amoroso que despertaba en él una persona a quien dos años antes había visto con indiferencia y hasta con repulsión. La forma, la pícara forma, alma del mundo, tenía la culpa. Había bastado que la infeliz joven abandonada, miserable y quizás maloliente se trocase en la aventurera elegante, limpia y seductora, para que los desdenes del hombre del siglo, que rinde culto al arte personal, se trocaran en un afán ardiente de apreciar por sí mismo aquella transformación admirable, prodigio de esta nuestra edad de seda. "Si esto no es más que curiosidad, pura curiosidad... —se decía Santa Cruz, caldeando su alma turbada—. Seguramente, cuando la vea me quedaré como si tal cosa; pero quiero verla, quiero verla a todo trance..., y mientras no la vea no creeré en la metamorfosis." Y esta idea le dominaba de tal modo, que lo infructuoso de sus pesquisas producíale un dolor indecible, y se fue exaltando, y por último figurábase que tenía sobre sí una grande, irreparable desgracia. Para acabar de aburrirle y trastornarle, un día fue Villalonga con nuevos cuentos.

—He averiguado que el hombre aquel es un trapisondista... Ya no está en Madrid. Lo de los fusiles era un timo... letras falsificadas.

—Pero ella...

—A ella la ha visto ayer Joaquín Pez... Sosiégate, hombre, no te vaya a dar algo. ¿Dónde, dices? Pues por no sé qué calle. La calle no importa. Iba vestida con la mayor humildad... Tú dirás, como yo: ¿y el abrigo de terciopelo?..., ¿y el sombrerito?... ¿y las turquesas?... Paréceme que me dijo Joaquín que aún llevaba las turquesas... No, no, no dijo esto; porque si las hubiera llevado, no las habría visto. Iba de pañuelo a la cabeza, bien anudado debajo de la barba, y con un mantón negro de mucho uso y un gran lío de ropa en la mano... ¿Te explicas esto? ¿No? Pues yo sí... En el lío iba el abrigo, y quizá otras prendas de ropa...

—Como si lo viera —apuntó Juanito con rápido discernimiento—. Joaquín la vio entrar en una casa de préstamos.

—Hombre, ¡qué talentazo tienes!... Verde y con asa...

—Pero ¿no la vio salir; no la siguió después para ver dónde vive?

—Eso te tocaba a ti... También él lo habría hecho. Pero considera, alma cristiana, que Joaquinito es de la Junta de Aranceles y Valoraciones, y precisamente había junta aquella tarde, y nuestro amigo iba al

Ministerio con la puntualidad de un Pez.

Quedóse Juan con esta noticia más pensativo y peor humorado, sintiendo arreciar los síntomas del mal que padecía y que principalmente se alojaba en su imaginación, mal de ánimo con mezcla de un desate nervioso acentuado por la contrariedad. ¿Por qué la despreció cuando la tuvo como era, y la solicitaba cuando se volvió muy distinta de lo que había sido?... El pícaro ideal, ¡ay!, el eterno *¿cómo será?*

Y la pobre Jacinta, a todas éstas, descrismándose por averiguar qué demonches de antojo o manía embargaba el ánimo de su inteligente esposo. Éste se mostraba siempre considerado y afectuoso con ella; no quería darle motivo de queja: mas para conseguirlo necesitaba apelar a su misma imaginación dañada, revestir a su mujer de formas que no tenía y suponérsela más ancha de hombros, más alta, más mujer, más pálida... y con las turquesas aquellas en las orejas... Si Jacinta llega a descubrir este arcano escondidísimo del alma de Juanito Santa Cruz, de fijo pide el divorcio. Pero estas cosas estaban muy adentro, en cavernas más hondas que el fondo de la mar, y no llegara a ellas la sonda de Jacinta ni con todo el plomo del mundo.

Cada día más dominado por su frenesí investigador, visitó Santa Cruz diferentes casas, unas de peor fama que otras, misteriosas aquéllas, éstas al alcance de todo el público. No encontrando lo que buscaba en lo que parece más alto, descendió de escalón en escalón, visitó lugares donde había estado algunas veces y otros donde no había estado nunca. Halló caras conocidas y amigas, caras desconocidas y repugnantes, y a todas pidió noticias, buscando remedio al tifus de curiosidad que le consumía. No dejó de tocar a ninguna puerta tras de la cual pudieran esconderse la vergüenza perdida o la perdición vergonzosa. Sus exploraciones parecían lo que no eran por el ardor con que las practicaba y el carácter humanitario de que las revestía. Parecía un padre, un hermano que desalado busca a la prenda querida que ha caído en los dédalos tenebrosos del vicio. Y quería cohonestar su inquietud con razones filantrópicas y aun cristianas, que sacaba de su entendimiento rico en sofisterías. "Es un caso de conciencia. No puedo consentir que caiga en la miseria y en la abyección, siendo, como soy, responsable... ¡Oh!, mi mujer me perdone; pero una esposa, por inteligente que sea, no puede hacerse cargo de los motivos morales, sí, morales, que tengo para proceder de esta manera."

Y siempre que iba de noche por las calles, todo bulto negro o pardo se le antojaba que era la que buscaba. Corría, miraba de cerca... y no era. A veces creía distinguirla de lejos, y la forma se perdía en el gentío como la gota en el agua. Las siluetas humanas que en el claroscuro de la movible muchedumbre parecen escamoteadas por las esquinas y los portales, le traían descompuesto y sobresaltado. Mujeres vio muchas, a oscuras aquí, allá iluminadas por la claridad de las tiendas; mas la suya no parecía. Entraba en todos los cafés, hasta en algunas tabernas entró, unas veces solo, otras acompañado de Villalonga. Iba con la certidumbre de encontrarla en tal o cual parte; pero al llegar, la imagen que llevaba consigo, como hechura de sus propios ojos, se desvanecía en la realidad. "¡Parece que dondequiera que voy —decía con profundo tedio— llevo su desaparición, y que estoy condenado a expulsarla de mi vista con mi deseo de verla!" Decíale Villalonga que tuviera paciencia; pero su amigo no la tenía; iba perdiendo la serenidad de su carácter, y se lamentaba de que a un hombre tan grave y bien equilibrado como él le trastornase tanto un mero capricho, una tenacidad del ánimo, desazón de la curiosidad no satisfecha.

—Cosas de los nervios, ¿verdad, Jacintillo? Esta pícara imaginación... Es como cuando tú te ponías enfermo y delirante esperando ver salir una carta que no salía nunca. Francamente, yo me creí más fuerte contra esta horrible neurosis de la carta que no sale.

Una noche que hacía mucho frío entró el *Delfín* en su casa no muy tarde, en un estado lamentable. Se sentía mal, sin poder precisar lo que era. Dejóse caer en un sillón y se inclinó de un lado con muestras de intensísimo dolor. Acudió a él su amante esposa, muy asustada de verle así y de oír los ayes lastimeros que de sus labios se escapaban, junto con una expresión fea que se perdona fácilmente a los hombres que padecen.

—¿Qué tienes, nenito?

El *Delfín* se oprimía con la mano el costado izquierdo. Al pronto creyó Jacinta que a su marido le habían pegado una puñalada. Dio un grito... miró; no tenía sangre...

—¡Ah! ¿Es que te duele?... ¡Pobrecito niño! Eso será frío... Espérate, te pondré una bayeta caliente..., te daremos friegas con..., con árnica...

Entró Barbarita y miró alarmada a su hijo; pero antes de tomar ninguna disposición, echóle una buena reprimenda porque no se recataba del crudísimo viento seco del Norte que en aquellos días reinaba. Juan, entonces, se puso a tiritar, dando diente con diente. El frío que le acometió fue tan intenso, que las palabras de queja salían de sus labios como pulverizadas. La madre y la esposa se miraron con terror, consultándose recíprocamente en silencio sobre la gravedad de aquellos síntomas... Es mucho Madrid este. Sale de caza un cristiano por esas calles, noche tras noche. ¿En dónde estará la res? Tira por aquí, tira por allá, y nada. La res no cae. Y cuando más descuidado está el cazador, viene callandito por detrás una pulmonía de las finas, le apunta, tira y me le deja seco.

Madrid, enero de 1886.

FIN DE LA PRIMERA PARTE

# PARTE SEGUNDA

## CAPÍTULO PRIMERO

### MAXIMILIANO RUBÍN

### I

La venerable tienda de tirador de oro que desde inmemorial tiempo estuvo en los soportales de Platerías, entre las calles de la Caza y San Felipe Neri, desapareció, si no estoy equivocado, en los primeros días de la revolución del 68. En una misma fecha cayeron, pues, dos cosas seculares: el trono aquel y la tienda aquella, que si no era tan antigua como la Monarquía española, éralo más que los Borbones, pues su fundación databa de 1640, como lo decía un letrero muy mal pintado en la anaquelería. Dicho establecimiento sólo tenía una puerta y encima de ella este breve rótulo: *Rubín.*

Federico Ruiz, que tuvo años ha la manía de escribir artículos sobre los *Oscuros pero indudables vestigios de la raza israelita en la moderna España* (con los cuales artículos le hicieron un folletito los editores de la Revista que los publicó gratis), sostenía que el apellido de Rubín era judío y fue usado por algunos conversos que permanecieron aquí después de la expulsión. "En la calle de Milaneses, en la de Mesón de Paños y en Platerías se albergan diferentes familias de *ex-deicidas*, cuyos últimos vástagos han llegado hasta nosotros, ya sin carácter *fisonómico ni etnográfico.*" Así lo decía el fecundo publicista, y dedicaba medio artículo a demostrar que el verdadero apellido de los Rubín era *Rubén.* Como nadie le contradecía, dábase él a probar cuanto le daba la gana, con esa buena fe y ese honrado entusiasmo que ponen algunos sabios del día en ciertos trabajos de erudición que el público no lee y que los editores no pagan. Bastante hacen con publicarlos. No quisiera equivocarme, pero me parece que todo aquel judaísmo de mi amigo era pura fluxión de su acatarrado cerebro, el cual eliminaba aquellas enfadosas materias, como otras muchas, según el tiempo y las circunstancias. Y me consta que don Nicolás Rubín, último poseedor de la mencionada tienda, era cristiano viejo, y ni siquiera se le pasaba por la cabeza que sus antecesores hubieran sido fariseos con rabo o sayones narigudos de los que salen en los pasos de Semana Santa.

La muerte de este don Nicolás Rubín y el acabamiento de la tienda fueron simultáneos. Tiempo hacía que las deudas socavaban la casa, y se sostenía apuntalada por las consideraciones personales que los acreedores tenían a su dueño. El motivo de la ruina, según opinión de todos los amigos de la familia, fue la mala conducta de la esposa de Nicolás Rubín, mujer desarreglada y escandalosa, que vivía con un lujo impropio de su clase y dio mucho que hablar por sus devaneos y trapisondas. Diversas e inexplicables alternativas hubo en aquel matrimonio, que tan pronto estaba unido como disuelto de hecho, y el marido pasaba de las violencias más bárbaras a las tolerancias más vergonzosas. Cinco veces la echó de su casa y otras tantas volvió a admitirla, después de pagarle todas sus trampas. Cuentan que Maximiliana Llorente era una mujer bella y deseosa de agradar, de esas que no caben en la estrechez vulgar de una tienda. Se la llevó Dios en 1867, y al año siguiente pasó a mejor vida el pobre Nicolás Rubín, de una rotura de varices, no dejando a sus hijos más herencia que la detestable reputación doméstica y comercial y un pasivo enorme que difícilmente pudo ser pagado con las existencias de la tienda. Los acreedores arramblaron por todo, hasta por la anaquelería, que sólo sirvió para leña. Era contemporánea del conde-duque de Olivares.

Los hijos de aquel infortunado comerciante eran tres. Fijarse bien en sus nombres y en la edad que tenían cuando acaeció la muerte del padre:

*Juan Pablo,* de veintiocho años.
*Nicolás,* de veinticinco.
*Maximiliano,* de diecinueve.

Ninguno de los tres se parecía a los otros dos ni en el semblante ni en la complexión, y sólo con muy buena voluntad se les encontraba el aire de familia. De esta heterogeneidad de las tres caras vino sin duda la maliciosa versión de que los tales eran hijos de diferentes padres. Podía ser calumnia, podía no serlo; pero debe decirse para que el lector vaya formando juicio. Algo tenían de común, ahora que recuerdo, y era que todos padecían de fuertes y molestísimas jaquecas. Juan Pablo era guapo, simpático y muy bien plantado, de buena estatura, ameno y fácil en el decir, de inteligencia flexible y despierta. Nicolás era desgarbado, vulgarote, la cara encendida y agujereada como un cedazo a causa de la viruela, y tan peludo, que le salían mechones por la nariz y por las orejas. Maximiliano era raquítico, de naturaleza pobre y linfática, absolutamente privado de gracias personales. Como que había nacido de siete meses y luego me le criaron con biberón y con una cabra.

Cuando murió el padre de estos tres mozos, Nicolás, o sea el peludo (para que se les vaya distinguiendo), se fue a vivir a Toledo con su tío don Mateo Zacarías Llorente, capellán de *Doncellas Nobles,* el cual le metió en el Seminario y le hizo sacerdote; Juan Pablo y Maximiliano se fueron a vivir con su tía paterna, doña Guadalupe Rubín, viuda de Jáuregui, conocida vulgarmente por *doña Lupe la de los Pavos,* la cual vivió primero en el barrio de Salamanca y después en Chamberí, señora de tales circunstancias que bien merece toda la atención que le voy a consagrar más adelante. En un pueblo de la Alcarria tenían los hermanos Rubín una tía materna, viuda, sin hijos y rica; mas como estaba vendiendo vidas, la herencia de esta señora no era más que una esperanza remota.

No había más remedio que trabajar, y Juan Pablo empezó a buscarse la vida. Odiaba de tal modo las tiendas de tiradores de oro, que cuando pasaba por alguna parecía que le entraba la jaqueca. Metióse en un negocio de pescado, uniéndose a cierto individuo que lo recibía en comisión para venderlo al por mayor por seretas de fresco y barriles de escabeche en la misma estación o en la plaza de la Cebada; pero en los primeros meses surgieron tales desavenencias con el socio, que Juan Pablo abandonó la pesca y se dedicó a viajante de comercio. Durante un par de años estuvo rodando por los ferrocarriles con sus cajas de muestras. De Barcelona hasta Huelva y desde Pontevedra a Almería no le quedó rincón que no visitase, deteniéndose en Madrid todo el tiempo que podía. Trabajó en sombreros de fieltro, en calzado de Soldevilla, y derramó por toda la Península, como se esparce sobre el papel la arenilla de una salvadera, diferentes artículos de comercio. En otra temporada corrió chocolates, pañuelos y chales *galería,* conservas, devocionarios y hasta palillos de dientes. Por su diligencia, su honradez y por la puntualidad con que remitía los fondos recaudados, sus comitentes le apreciaban mucho. Pero no se sabe cómo se las componía, que siempre estaba *más pobre que las ratas,* y se lamentaba con amanerado pesimismo de su pícara suerte. Todas sus ganancias se le iban *por entre los dedos,* frecuentando mucho los cafés en sus ratos de descanso, convidando sin tasa a los amigos y dándose la mejor vida posible en las poblaciones que visitaba. A los funestos resultados de este sistema llamaba él *haber nacido con mala sombra.* La misma heterogeneidad y muchedumbre de artículos que corría mermó pronto los resultados de sus viajes, y algunas casas empezaron a retirarle su confianza, y el aburrido viajante, siempre de mal temple y echando maldiciones y ternos contra los mercachifles, aspiraba a un cambio de vida y a ocupación más lucrativa y noble.

Día memorable fue para Juan Pablo aquel en que tropezó con un cierto amigote de la infancia, camarada suyo en San Isidro. El amigo era diputado de los que llamaban *cimbros,* y Juan Pablo, que era un hombre de mucha labia, le encareció tanto su aburrimiento de la vida comercial y lo bien dispuesto que estaba para la administrativa, que el otro se lo creyó, y hágote empleado. Rubín fue al mes siguiente inspector de policía en no sé qué provincia. Pero su infame estrella se la había jurado; a los tres meses cambió la situación política; y mi Rubín, cesante. Había tomado el gusto a la carne de nómina, y ya no podía ser más que empleado o pretendiente. No sé qué hay en ello, pero es lo cierto que hasta la cesantía parece que es un goce amargo para ciertas naturalezas, porque las emociones del pretender las vigorizan y entonan, y por eso hay muchos que el día que les colocan se mueren. La irritabilidad les ha dado vida y la sedación brusca les mata. Juan Pablo sentía increíbles deleites en ir al café, hablar mal del Gobierno, anticipar nombramientos, darse una vuelta por los ministerios, acechar al protector en las esquinas de Gobernación o a la salida del Congreso, dar el salto del tigre y caerle encima cuando le veía venir. Por fin salió la credencial. Pero, ¡qué demonio!, siempre la condenada suerte persiguiéndole, porque todos los empleos que le daban eran de lo más antipático que imaginarse puede. Cuando no era algo de la policía secreta, era cosa de cárceles o presidios.

Entretanto cuidaba de su hermano pequeño, por quien sentía un cariño que se confundía con la lástima, a causa de las continuas enfermedades que el pobre chico padecía. Pasados los veinte años, se vigorizó un poco, aunque siempre tenía sus arrechuchos; y viéndole más entonado, Juan Pablo determinó darle una carrera para que no se malograse como él se malogró, por falta de una dirección fija desde la edad en que se plantea el porvenir de los hombres. Achacaba el mayor de los Rubín su desgracia a la disparidad entre sus aptitudes innatas y los medios de exteriorizarse. "¡Oh, si mi padre me hubiera dado una carrera —pensaba—, yo sería hoy algo en el mundo!. . ."

No tardó en recibir un nuevo golpe, pues cuando soñaba con un ascenso le limpiaron otra vez el comedero. Y he aquí a mi hombre paseándose por Madrid con las manos en los bolsillos, o viendo correr tontamente las horas en este y el otro café, hablando de la situación, ¡siempre de la situación, de la guerra y de lo infames, indecentes y mamarrachos que son los políticos españoles! ¡Duro en ellos! Así se desahogan los espíritus alborotados y tempestuosos. Y por aquella vez no había esperanzas para Juan Pablo, porque los *suyos,* los que él llamaba con tanto énfasis los *míos,* estaban por los suelos y había lo que llaman *racha* en las regiones burocráticas. A veces exploraba el mísero cesante su conciencia, y se asombraba de no encontrar en ella nada en que fundar terminantemente su filiación política. Porque ideas fijas..., Dios las diera; había leído muy poco y nutría su entendimiento de lo que en los cafés escuchaba y de lo que los periódicos le decían. No sabía fijamente si era liberal o no, y con el mayor desparpajo del mundo llamaba *doctrinario* a cualquiera sin saber lo que la palabra significaba. Tan pronto sentía en su espíritu, sin saber por qué ni por qué no, frenético entusiasmo por los derechos del hombre; tan pronto se le inundaba el alma de gozo oyendo decir que el Gobierno iba a dar mucho estacazo y a pasarse los tales derechos por las narices.

En tal situación, presentóse inopinadamente en Madrid Nicolás Rubín, el curita peludo, que también tenía sus pretensiones de ingresar no sé si en el clero castrense o en el catedral, y ambos hermanos celebraron unos coloquios muy reservados, paseando sólo por las afueras. De resultas de esto, Juan Pablo apareció un día en el café con cierta animación, mucho desenfado en sus juicios políticos, dándolas de profeta y expresando más altaneramente que nunca su desprecio de la situación dominante. A los que de esta manera se conducen, se les mira en los cafés con un poquillo de respeto y aun con cierta envidia, suponiéndoles conocedores de secretos de Estado o de alguna intriga muy gorda.

—El amigo Rubín —dijo, en ausencia de él don Basilio Andrés de la Caña, que era uno de los puntos fijos en la mesa—, me parece a mí que no juega limpio con nosotros. Si le van a colocar, que lo diga de una vez. ¿Qué tenemos: viene *la federal* o qué? *¡Misterios! ¡Meditemos!*... ¿O es que le lleva cuentos a don Práxedes? Bueno, señores, que se los lleve. No me importa el espionaje.

Esto pasaba a fines de 1872. De pronto Rubín dijo que iba al extranjero a reanudar sus trabajos de viajante de comercio. Desapareció de Madrid, y al cabo de meses se susurró en la tertulia del café que estaba en la facción, y que don Carlos le había nombrado algo como contador o intendente de su Cuartel Real. Súpose más tarde que había ido a Inglaterra a comprar fusiles, que hizo un alijo cerca de Guetaria, que vino disfrazado a Madrid y pasó a la Mancha y Andalucía en verano del 73, cuando la Península, ardiendo por los cuatro costados, era una inmensa pira a la cual cada español había llevado su tea y el Gobierno soplaba.

## II

Juan Pablo, que siempre se había equivocado en lo referente a sí mismo y andaba por caminos torcidos, acertó al disponer que su hermano pequeño siguiese la carrera de farmacia. Muchas personas que no hacen más que disparates poseen esta perspicacia del consejo y de la dirección de los demás, y no dando pie con bola en los destinos propios, ven claro en los del prójimo. En tal decisión tuvo además bastante parte un grande amigo del difunto Nicolás Rubín y de toda la familia (el farmacéutico Samaniego, dueño de la acreditada botica de la calle del Ave María), prometiendo tomar bajo sus auspicios a Maximiliano, llevársele de mancebo o practicante con la mira de que, andando el tiempo, se quedase al frente del establecimiento.

Empezó Maximiliano sus estudios el 69, y su hermano y su tía le ponderaban lo bonita que era la Farmacia y lo mucho que con ella se ganaba, por ser muy caros los medicamentos y muy baratas las primeras materias: agua del pozo, ceniza del fogón, tierra de los tiestos, etcétera... El pobre chico, que era muy dócil, con todo se mostraba conforme. Lo que es entusiasmo, hablando en plata, no lo tenía por esta carrera ni por otra alguna; no se había despertado en él ningún afán grande ni esa curiosidad sedienta de que sale la sabiduría. Era tan endeble que la mayor parte del año estaba enfermo, y su entendimiento no veía nunca claro en los senos de la ciencia, ni se apoderaba de una idea sino después de echarle muchas lazadas, como si la amarrara. Usaba de su escasa memoria como de un ave de cetrería para cazar las ideas; pero el halcón se le marchaba a lo mejor, dejándole con la boca abierta y mirando al cielo.

Fueron penosísimos los primeros pasos en la carrera. La pereza y la debilidad le retenían en el lecho por las mañanas más tiempo del regular, y la pobre doña Lupe pasaba la pena negra para sacarle de las sábanas. Levantábase ella muy temprano y se ponía a dar golpes con el almirez junto a la misma cabeza del durmiente, que las más de las veces no se daba por entendido de tal estruendo. Luego le hacía cosquillas, acostaba al gato con él, le retiraba las sábanas con la debida precaución para que no se enfriase. El sueño se cebaba de tal modo en aquel cuerpo, por las exigencias de la reparación orgánica, que el despertar del estudiante era obra de romanos y una de las cosas en que más energía y constancia desplegaba doña Lupe.

El muchacho estudiaba y quería cumplir con su deber; pero no podía ir más allá de sus alcances. Doña Lupe le ayudaba a estudiar las lecciones, animábale en sus desfallecimientos, y cuando le veía apurado y temeroso por la proximidad de los exámenes, se ponía la mantilla y se iba a hablar con los profesores. Tales cosas les decía, que el chico pasaba, aunque con malas notas. Como no estuviese enfermo, asistía puntualmente a clase, y era de los que traían mayor trajín de notas, apuntes y cuadernos. Entraba en el aula cargado con aquel fardo, y no perdía sílaba de lo que el profesor decía.

Era de cuerpo pequeño y no bien conformado, tan endeble que parecía que se lo iba a llevar el viento, la cabeza chata, el pelo lacio y ralo. Cuando estaban juntos él y su hermano Nicolás, a cualquiera que les viese se le ocurriría proponer al segundo que otorgase al primero los pelos que le sobraban. Nicolás se había llevado todo el cabello de la familia, y por esta usurpación pilosa la cabeza de Maximiliano anunciaba que tendría calva antes de los treinta años. Su piel era lustrosa, fina, cutis de niño con transparencias de mujer desmedrada y clorótica. Tenía el hueso de la nariz hundido y chafado, como si fuera de sustancia blanda y hubiese recibido un golpe, resultando de esto no sólo fealdad, sino obstrucciones de respiración nasal, que eran, sin duda, la causa de que tuviera siempre la boca abierta. Su dentadura había salido con tanta desigualdad, que cada pieza estaba, como si dijéramos, donde le daba la gana. Y menos mal si aquellos condenados huesos no le molestaran nunca; ¡pero si tenía el pobrecito cada dolor de muelas que le hacía poner el grito más allá del Cielo! Padecía también de corizas, y las empalmaba, de modo que resultaba un coriza crónico, con la pituitaria echando fuego y destilando sin cesar. Como ya iba aprendiendo el oficio, se administraba el ioduro de potasio en todas las formas posibles, y andaba siempre con un canuto en la boca aspirando brea, demonios o no sé qué.

Dígase lo que se quiera, Rubín no tenía ilusión ninguna con la Farmacia. Mas no estaba vacía de aspiraciones altas el alma de aquel joven, tan desfavorecido por la Naturaleza, que física y moralmente parecía hecho de sobras. A los dos o tres años de carrera, aquel molusco empezó a sentir vibraciones de hombre, y aquel ciego de nacimiento empezó a entrever las fases grandes y gloriosas del astro de la vida. Vivía doña Lupe en aquella parte del barrio de Salamanca que llamaban *Pajaritos.* Maximiliano veía desde la ventana de su tercer piso a los alumnos de Estado Mayor, cuando la Escuela estaba en el 40 antiguo de la calle de Serrano; y no hay idea de la admiración que le causaban aquellos jóvenes, ni del arrobamiento que le producía la franja azul en el pantalón, el ros, la levita con las hojas de roble bordadas en el cuello y la espada..., ¡tan chicos algunos y ya con espada! Algunas noches, Maximiliano soñaba que tenía su tizona, bigote y uniforme, y hablaba dormido. Despierto deliraba también, figurándose haber crecido una cuarta, tener las piernas derechas y el cuerpo no tan caído para adelante, imaginándose que se le arreglaba la nariz, que le brotaba el pelo y que se le ponía un empaque marcial como el del más pintado. ¡Qué suerte tan negra! Si él no fuera tan desgarbado de cuerpo y le hubieran puesto a estudiar aquella carrera, ¡cuánto se habría aplicado! Seguramente, a fuerza de sobar los libros, le habría salido el talento, como se saca lumbre a la madera frotándola mucho.

Los sábados por la tarde, cuando los alumnos iban al ejercicio con su fusil al hombro, Maximiliano se iba tras ellos para verles maniobrar, y la fascinación de este espectáculo durábale hasta el lunes. En la clase misma, que por la placidez del local y la monotonía de la lección convidaba a la somnolencia, se ponía a jugar con la fantasía y a provocar y encender la ilusión. El resultado era un completo éxtasis, y a través de la explicación sobre las propiedades terapéuticas de las tinturas madres, veía a los alumnos militares en su estudio táctico de campo, como se puede ver un paisaje a través de una vidriera de colores.

Los chicos de la clase de botánica se entretenían en ponerse motes semejantes a las nomenclaturas de Linneo. A un tal Anacleto que se las tiraba de muy fino y muy señorito, le llamaban *Anacletus obsequiosissimus;* a Encinas, que era de muy corta estatura, le llamaban *Quercus gigantea.* Olmedo era muy abandonado y le caía admirablemente el *Ulmus Sylvestris.* Narciso Puerta era feo, sucio y maloliente. Pusiéronle *Pseudo-Narcisus odoripherus.* A otro que era muy pobre y gozaba de un empleíto, le pusieron *Christophorus oficinalis,* y, por último, a Maximiliano Rubín, que era feísimo, desmañado y de muy cortos alcances, se le llamó durante toda la carrera *Rubinius vulgaris.*

Al entrar el año de 1874 tenía Maximiliano veinticinco y no representaba aún más de veinte. Carecía de bigote, pero no de granos que le salían en diferentes puntos de la cara. A los veintitrés años tuvo una fiebre nerviosa que puso en peligro su vida; pero cuando salió de ella parecía un poco más fuerte; ya no era su respiración tan fatigosa ni sus corizas tan tenaces, y hasta los condenados raigones de sus muelas parecían más civilizados. No usaba ya el ioduro tan a pasto ni el canuto de brea, y sólo las jaquecas persistían, como esos amigos machacones cuya visita periódica causa espanto. Juan Pablo estaba entonces en el Cuartel Real, y doña Lupe dejaba a Maximiliano en libertad, porque le creía inaccesible a los vicios por razón de su pobreza física, de su natural apático y de la timidez, que era el resultado de aquellas desventajas. Y además de libertad, dábale su tía algún dinero para sus placeres de mozo, segura de que no había de gastarlo sino con mucho pulso. Inclinábase el chico a economizar, y tenía una hucha de barro en la cual iba metiendo las monedas de plata y algún centén de oro que le daban sus hermanos cuando venían a Madrid. En la ropa era muy mirado, y gustaba de hacerse trajes baratos y de moda, que cuidaba como a las niñas de sus ojos. De esto le sobrevino alguna presunción, y gracias a ella su figura no parecía tan mala como era realmente. Tenía su buena capa de embozos colorados; por la noche se liaba en ella, metíase en el tranvía y se iba a dar una vuelta hasta las once, rara vez hasta las doce. Por aquel tiempo se mudó doña Lupe a Chamberí, buscando siempre casas baratas, y Maximiliano fue perdiendo poco a poco la ilusión de los alumnos de Estado Mayor.

Su timidez, lejos de disminuir con los años, parecía que aumentaba. Creía que todos se burlaban de él considerándole insignificante y para poco. Exageraba, sin duda, su inferioridad, y su desaliento le hacía huir del trato social. Cuando le era forzoso ir a alguna visita, la casa en que debía entrar imponíale miedo, aun vista por fuera, y estaba dando vueltas por la calle antes de decidirse a penetrar en ella. Temía encontrar a alguien que le mirara con malicia, y pensaba lo que había de decir, aconteciendo las más de las veces que no decía nada. Ciertas personas le infundían un respeto que casi casi era pánico, y al verlas venir por la calle se pasaba a la otra acera. Estas personas no le habían hecho daño alguno; al contrario, eran amigos de su padre o de doña Lupe o de Juan Pablo. Cuando iba al café con los amigos, estaba muy bien si no había más que dos o tres. En este caso se le soltaba la lengua y se ponía a hablar sobre cualquier asunto. Pero como se reunieran seis u ocho personas, enmudecía, incapaz de tener una opinión sobre nada. Si se veía obligado a expresarse, o porque se querían *quedar con él* o porque sin malicia le preguntaban algo, ya estaba mi hombre como la grana y tartamudeando.

Por esto le gustaba más, cuando el tiempo no era muy frío, vagar por las calles, embozadito en su pañosa, viendo escaparates y la gente que iba y venía, parándose en los corros en que cantaba un ciego y mirando por las ventanas de los cafés. En estas excursiones podía muy bien emplear dos horas sin cansarse, y desde que se daba cuerda y cogía impulso, el cerebro se le iba calentando, calentando hasta llegar a una presión altísima, en que el joven errante se figuraba estar persiguiendo aventuras y ser muy otro de lo que era. La calle con su bullicio y la diversidad de cosas que en ella se ven, ofrecía gran incentivo a aquella imaginación, que al desarrollarse tarde solía desplegar los bríos de que dan muestras algunos enfermos graves. Al principio no le llamaban la atención las mujeres que encontraba; pero al poco tiempo empezó a distinguir las guapas de las que no lo eran, y se iba en seguimiento de alguna, por puro éxtasis de aventura, hasta que encontraba otra mejor y la seguía también. Pronto supo distinguir de *clases,* es decir, llegó a tener tan buen ojo, que conocía al instante las que eran honradas y las que no. Su amigo *Ulmus sylvestris,* que a veces le acompañaba, indújole a romper la reserva que su encogimiento le imponía, y Maximiliano conoció a algunas que había visto más de una vez y que le habían parecido muy guapetonas. Pero su alma permanecía serena en medio de sus tentativas viciosas: las mismas con quienes pasó ratos agradables le repugnaban después, y como las viera venir por la calle, les huía el bulto.

Agradábale más vagar solo que en compañía de Olmedo, porque éste le distraía y el goce de Maximiliano consistía en pensar e imaginar libremente y a sus anchas, figurándose realidades y volando sin tropiezo por los espacios de lo posible, aunque fuera improbable. Andar, andar y soñar al compás de las piernas, como si su alma repitiera una música cuyo ritmo marcaban los pasos, era lo que a él le deleitaba. Y como encontrara mujeres bonitas, solas, en parejas o en grupos, bien con toquilla a la cabeza o con manto, gozaba mucho en afirmarse a sí mismo que *aquéllas eran honradas,* y en seguirlas hasta ver adónde iban. "¡Una honrada! ¡Que me quiera una honrada!" Tal era su ilusión... Pero no había que pensar en tal cosa. Sólo de pensar que le dirigía la palabra a una honrada le temblaban las carnes. ¡Si cuando iba a su casa y estaban en ella Rufinita Torquemada o la señora de Samaniego con su hija Olimpia, se metía él en la cocina por no verse obligado a saludarlas!...

III

De esta manera aquel misántropo llegó a vivir más con la visión interna que con la externa. El que antes era como una ostra había venido a ser algo como un poeta. Vivía dos existencias, la del pan y la de las quimeras. Ésta la hacía a veces tan espléndida y tan alta, que cuando caía de ella a la del pan, estaba todo molido y maltrecho. Tenía Maximiliano momentos en que se llegaba a convencer de que era otro. esto siempre de noche y en la soledad vagabunda de sus paseos. Bien era oficial de ejército y tenía una cuarta más de alto, nariz aguileña, mucha fuerza muscular y una cabeza..., una cabeza que no le dolía nunca; o bien un paisano pudiente y muy galán, que hablaba por los codos sin turbarse nunca, capaz de echarle una flor a la mujer más arisca, y que estaba en sociedad de mujeres como el pez en el agua. Pues como dije, se iba calentando de tal modo los sesos, que se lo llegaba a creer. Y si aquello le durara, sería tan loco como cualquiera de los que están en Leganés. La suerte suya era que aquello se pasaba, como pasaría una jaqueca, pero la alucinación recobraba su imperio durante el sueño, y allí eran los disparates y el tejemaneje de unas aventuras generalmente muy tiernas, muy por lo fino, con abnegaciones, sacrificios, heroísmos y otros fenómenos sublimes del alma. Al despertar, en ese momento en que los juicios de la realidad se confunden con las imágenes mentirosas del sueño y hay en el cerebro un crepúsculo, una discusión vaga entre lo que es verdad y lo que no lo es, el engaño persistía un rato, y Maximiliano hacía por retenerlo, volviendo a cerrar los ojos y atrayendo las imágenes que se dispersaban. Verdaderamente —decía él—, ¿por qué ha de ser una cosa más real que la otra? ¿Por qué no ha de ser sueño lo del día y vida efectiva lo de la noche? Es cuestión de nombres y de que diéramos en llamar *dormir* a lo que llamamos *despertar,* y *acostarse* al *levantarse*... ¿Qué razón hay para que no diga yo ahora mientras me visto: "Maximiliano, ahora te estás echando a dormir. Vas a pasar mala noche, con pesadilla y todo, o sea con clase de *Materia farmacéutica animal*..."?

El tal *Ulmus sylvestris* era un chico simpático, buen mozo, alegre y de cabeza un tanto ligera. De todos los compañeros de *Rubinius vulgaris,* aquél era el que más le quería, y Maximiliano le pagaba con un cariño que tenía algo de respeto. Llevaba Olmedo una vida muy poco ejemplar, mudando cada mes de casa de huéspedes, pasándose las noches en lugares pecaminosos, y haciendo todos los disparates estudiantiles, como si fueran un programa que había que cumplir sin remedio. Últimamente vivía con una tal Feliciana, graciosa y muy corrida, dándose importancia con ello, como si el *entretener* mujeres fuese una carrera en que había que matricularse para ganar título de hombre hecho y derecho. Dábale él lo poco que tenía, y ella afanaba por su lado para ir viviendo, un día con estrecheces, otro con rumbo y siempre con la mayor despreocupación. Tomaba él en serio este género de vida, y cuando tenía dinero, invitaba a sus amigos a *tomar un bacalao* en su *hotel*, dándose unos aires de hombre de mundo y de pillín, con cierta imitación mala del desgaire parisiense que conocía por las novelas de Paul de Kock. Feliciana era de Valencia, y ponía muy bien el arroz; pero el servicio de la mesa y la mesa misma tenían que ver. Y Olmedo lo hacía todo tan al vivo y tan con arreglo a programa, que se emborrachaba sin gustarle el vino, cantaba flamenco sin saberlo cantar, destrozaba la guitarra y hacía todos los desatinos que, a su parecer, constituían el rito de perdido; pues a él se le antojó ser perdido, como otros son masones o caballeros cruzados, por el prurito de desempeñar papeles y de tener una significación. Si existiera el uniforme de perdido, Olmedo se lo hubiera puesto con verdadero entusiasmo, y sentía que no hubiese un distintivo cualquiera, cinta, plumacho o galón, para salir con él, diciendo tácitamente: "Vean ustedes lo perdulario que soy." Y en el fondo era un infeliz. Aquello no era más que una prolongación viciosa de la *edad del pavo*.

Maximiliano no iba nunca a las francachelas de su amigo, aunque éste le convidaba siempre. Pero se informaba de la salud de Feliciana, como si fuera una señora, y Olmedo también tomaba esto en serio, diciendo:

—La tengo un poquillo delicada. Hoy le he dicho a Orfila que se pase por casa.

Este Orfila era un estudiantillo de último año de Medicina, que se llamaba lo mismo que el célebre doctor, y curaba, es decir, recetaba a los amigos y a las amigas de los amigos.

Un día, al salir de clase, dijo Olmedo a Rubín:

—Vete por casa si quieres ver una mujer... hasta allí. Es una amiga de Feliciana, que se ha ido a nuestro *hotel* unos días mientras encuentra colocación.

—¿Es honrada? —preguntó Rubín, mostrando en su tono la importancia que daba a la honradez.

—¡Honrada! ¡Qué narices! —exclamó el perdis riendo—. Pero ¿tú crees que hay alguna mujer que sea... lo que se llama honrada?

Esto lo dijo con aplomo filosófico, el sombrero inclinado sobre la sien derecha como distintivo de sus ideas acerca de la depravación humana. Ya no había mujeres honradas; lo decía un conocedor profundo de la sociedad y del vicio. El escepticismo de Olmedo era signo de infancia, un desorden de transición fisiológica, algo como una segunda dentición. Todo se reduce a echar muchas babas, y luego ya viene el hombre con otras ideas y otra manera de ser.

—¡Conque no es honrada!... —apuntó Maximiliano, que habría deseado que todas las hembras lo fueran.

—¡Qué ha de ser, hombre!... ¡Buena púa está! Llegó a Madrid no hace mucho tiempo con un barbián... creo que tratante en fusiles. ¡Traían un tren, chico!... La vi una noche... Te juro que daba el puro opio. Parecía del propio París... Pero yo no sé lo que pasó, ¡narices! Aquel señor no jugaba limpio, y una mañana se largó dejando un pico muy grande en la casa de huéspedes, y otro pico no sé dónde, y picos y picos... Total, que la pobre tuvo que empeñar todos sus trapos y se quedó con lo puesto, nada más que con lo puesto, cuando lo tiene puesto se entiende. Feliciana se la encontró no sé dónde hecha un mar de lágrimas, y le dijo: "Vente a mi casa." ¡Allí está! Hace sus saliditas, ojo al Cristo, para lo cual Feliciana le presta su ropa. No te creas; es una chica muy buena. ¡Tiene un ángel...!

Por la noche fue Maximiliano al *hotel* de Feliciana, tercer piso en la calle de Pelayo, y al entrar, lo primero que vio... Es que junto a la puerta de entrada había un cuartito pequeño, que era donde moraba la huéspeda, y ésta salía de su escondrijo cuando Rubín entraba. Feliciana había salido a abrir con el quinqué en la mano, porque lo llevaba para la sala, y a la luz vivísima del petróleo sin pantalla encaró Maximiliano con la más extraordinaria hermosura que hasta entonces habían visto sus ojos. Ella le miró a él como a una cosa rara, y él a ella como a sobrenatural aparición.

Pasó Rubín a la salita, y dejando su capa, se sentó en un sillón de hule, cuyos muelles asesinaban la parte del cuerpo que sobre ellos caía. Olmedo quería que su amigo jugase con él a las siete y media; pero como Maximiliano se negase a ello, empezó a hacer solitarios. Puso Feliciana sobre la luz una pantalla de figurines vestidos con pegotes de trapo, y después se echó con indolencia en la butaca, abrigándose con su mantón alfombrado.

—Fortunata —gritó, llamando a su amiga, que daba vueltas por toda la casa como si buscara alguna cosa—. ¿Qué se te ha perdido?

—Chica, mi toquilla azul.

—¿Vas a salir ya?

—Sí; ¿qué hora es?

Rubín se alegró de aquella ocasión que se le presentaba de prestar un servicio a mujer tan hermosa, y sacando su reloj con mucha solemnidad, dijo:

—Las nueve menos siete minutos y medio.

No podía decirse la hora con exactitud más escrupulosa.

—Ya ves —dijo Feliciana—, tienes tiempo... Hasta las diez. Conque salgas de aquí a las diez menos cuarto... Pero ¿esa toquilla?... Mírala, mírala en esa silla junto a la cómoda.

—¡Ay, hija!... Si llega a ser perro, me muerde.

Se la puso, envolviéndose la cabeza, echando miradas a un espejo de marco negro que sobre la cómoda estaba, y después se sentó en una silla a hacer tiempo. Entonces Maximiliano la miró mejor. No se hartaba de mirarla, y una obstrucción singular se le fijó en el pecho, cortándole la respiración. Y ¿qué decir? Porque había que decir algo. El pobre joven se sentía delante de aquella hermosura más cortado que en la visita de más campanillas.

—Bien puedes abrigarte —indicó Feliciana a su amiga.

Y Rubín vio el cielo abierto, porque pudo decir en tono de sentencia filosófica:

—Sí, está la noche fresquecita.

—Llévate el llavín... —añadió Feliciana—. Ya sabes que el sereno se llama Paco. Suele estar en la taberna.

La otra no desplegaba sus labios. Parecía que estaba de muy mal humor. Maximiliano contemplaba como un bobo aquellos ojos, aquel entrecejo incomparable y aquella nariz perfecta, y habría dado algo de mucho precio porque ella se hubiese dignado mirarle de otra manera que como se mira a los bichos raros. "¡Qué lástima que no sea honrada! —pensaba—. Y quién sabe si lo será; quiero decir, que conserve la honradez del alma en medio de..."

Estaba muy fija en él la idea aquella de las dos honradeces, en algunos casos armonizadas, en otros no. Habló Fortunata poco y vulgar; todo lo que dijo fue de lo menos digno de pasar a la historia: que hacía mucho frío, que se le había descosido un mitón, que aquel llavín parecía la *maza de Fraga,* que al volver a casa entraría en la botica a comprar unas pastillas para la tos.

Maximiliano estaba encantado, y no atreviéndose a desplegar los labios, daba su asentimiento con una sonrisa, sin quitar los extáticos ojos de aquel semblante, que le parecía angelical. Y cuanto ella dijo lo oyó como si fuera una sarta de conceptos ingeniosísimos.

—¡Si es un ángel!... No ha dicho ni una palabra malsonante... Y ¡qué metal de voz! No he oído en mi vida música tan grata... ¿Cómo será el decir esta mujer un *te quiero,* diciéndolo con verdad y con alma?

Esta idea produjo en la mente de Rubín sacudidas que le duraron mediano rato. Le corrió un frío por el espinazo y vínole cierto picor a la nariz como cuando se ha bebido gaseosa.

Cansado de hacer solitarios, Olmedo se puso a contar cuentos indecentes, lo que a Maximiliano le pareció muy mal. Otras noches había oído anécdotas parecidas, y se había reído; pero aquella noche se ponía de todos colores deseando que a su condenado amigo se le secara la boca. "¡Qué desvergüenza contar aquellas marranadas delante de personas..., de personas decentes, sí, señor!" Estaba Rubín tan desconcertado como si las dos mujeres allí presentes fuesen remilgadas damas o alumnas de un colegio monjil; pero su timidez le impedía mandar callar a Olmedo. Fortunata no se reía tampoco de aquellos estúpidos chistes; pero más bien parecía indiferente que indignada de oírlos. Estaba distraída pensando en sus cosas. ¿Qué cosas serían aquéllas? Diera Maximiliano por saberlas... su hucha con todo lo que contenía. Al acordarse de su tesoro tuvo otra sacudida, y se removió en el asiento, lastimándose mucho con el duro contacto de aquellos mal llamados muelles.

—Pero el cuento más salado, ¡narices! —dijo Olmedo—, es el del panadero. ¿Lo sabes tú? Cuando aquel obispo fue a la visita pastoral y se acostó en la cama del cura... Veréis...

Fortunata se levantó para marcharse. Ocurrióle a Maximiliano salir detrás de ella para ver adónde iba. Era la manera especial suya de hacer la corte. En su espíritu soñador existía la vaga creencia de que aquellos seguimientos entrañaban una comunicación misteriosa, quizás magnética. Seguir, mirando de lejos, era un lenguaje o telegrafía *sui generis,* y la persona seguida, aunque no volviese la vista atrás, debía de conocer en sí los efectos del fluido de atracción. Salió Fortunata, despidiéndose muy fríamente, y a los dos minutos se despidió también Maximiliano con ánimo de alcanzarla todavía en el portal. Pero aquel condenado *Ulmus sylvestris* le entretuvo a la fuerza, cogiéndole una mano y apretándosela con bárbaros alardes de vigor muscular, para reírse con los chillidos de dolor que daba el pobre *Rubinius vulgaris.*

—¡Qué asno eres! —exclamaba éste, retirando al fin su mano magullada, con los dedos pegados unos a otros—. ¡Vaya unas gracias!... Esto y contar porquerías es tu fuerte. Mejor te pusieras a estudiar.

—*Niño del mérito, papos-castos,* ¿quieres hacer el favor de tocarme las narices?

—No te hagas ordinario —dijo Rubín con bondad—. Si no lo eres, si aunque quieras parecerlo no lo puedes conseguir.

Esto lastimó el amor propio de Olmedo más que si su amigo le hubiera llenado de insultos, porque todo lo llevaba con paciencia menos que se le rebajase un pelo de la graduación de perdis que se había dado. Le supo tan mal la indulgencia de Rubín, que salió tras él hasta la puerta, diciéndole entre otras tonterías:

—¡Valiente hipócrita estás tú..., narices! Estos silfidones, a lo mejor la pegan.

## IV

Maximiliano bajó la escalera como la baja uno cuando tiene ocho años y se le ha caído el juguete de la ventana al patio. Llegó sin aliento al portal, y allí dudó si debía tomar a la derecha o a la izquierda de la calle. El corazón le dijo que fuera hacia la calle de San Marcos. Apretó el paso pensando que Fortunata no debía de andar muy aprisa y que la alcanzaría pronto. "¿Será aquélla?" Creyó ver la toquilla azul; pero al acercarse notó que no era la nube de su cielo. Cuando veía una mujer *que pudiera ser ella,* acortaba el paso por no aproximarse demasiado, pues acercándose mucho no eran tan misteriosos los encantos del seguimiento. Anduvo calles y más calles, retrocedió, dio vueltas a esta y la otra manzana, y la *dama nocturna* no parecía. Mayor desconsuelo no sintió en su vida. Si la encontrara era capaz hasta de hablarle y decirle algún amoroso atrevimiento. Se agitó tanto en aquel paseo vagabundo, que a las once ya no se podía tener en pie, y se arrimaba a las paredes para descansar un rato. Irse a su casa sin encontrarla y darse un buen trote con ella... a distancia de treinta pasos, dábale mucha tristeza. Pero al fin se hizo tan tarde y estaba tan fatigado, que no tuvo más remedio que coger el tranvía de Chamberí y retirarse. Llegó y se acostó, deseando apagar la luz para pensar sobre la almohada. Su espíritu estaba abatidísimo. Asaltáronle pensamientos tristes, y sintió ganas de llorar. Apenas durmió aquella noche, y por la mañana hizo propósito de ir al *hotel* de Feliciana en cuanto saliera de clase.

Hízolo como lo pensó, y aquel día pudo vencer un poco su timidez. Feliciana le ayudaba, estimulándole con maña y así logró Rubín decir a la otra algunas cosas que por disimulo de sus sentimientos quiso que fueran maliciosas.

—Tardecillo vino usted anoche. A las once no había vuelto usted todavía.

Y por este estilo otras frases vulgares que Fortunata oía con indiferencia y que contestaba de un modo desdeñoso. Maximiliano reservaba las purezas de su alma para ocasión más oportuna, y con feliz instinto había determinado iniciarse como uno de tantos, como un cualquiera que no quería más que divertirse un rato. Dejólos solos la tunanta de Feliciana, y Rubín se acobardó al principio; pero de repente se rehizo. No era ya el mismo hombre. La fe que llenaba su alma, aquella pasión nacida en la inocencia y que se desarrolló en una noche como árbol milagroso que surge de la tierra cargado de fruto, le removía y le transfiguraba. Hasta la maldita timidez quedaba reducida a un fenómeno puramente externo. Miró sin pestañear a Fortunata, y cogiéndole una mano le dijo con voz temblorosa:

—Si usted me quiere querer, yo... la querré más que a mi vida.

Fortunata le miró también a él, sorprendida. Le parecía imposible que el *bicho* raro se expresase así... Vio en sus ojos una lealtad y una honradez que la dejaron pasmada. Después reflexionó un instante, tratando de apoyarse en un juicio pesimista. Se habían burlado tanto de ella, que lo que estaba viendo no podía ser sino una nueva burla. Aquél era, sin duda, más pillo y más embustero que los demás. Consecuencia de tales ideas fue la sonora carcajada que soltó la mujer aquella ante la faz compungida de un hombre que era todo espíritu.

Pero él no se desconcertó, y la circunstancia de verse escuchado con atención dábale un valor desconocido. ¡Ánimo!

—Si usted me quiere, yo la adoraré, yo la idolatraré a usted...

Revelaba la tal mujer un gran escepticismo, y lo que hacía la muy pícara era tomar a risa la pasión del joven.

—¿Y si lo probara? —dijo Maximiliano con seriedad que le dio, ¡parece mentira!, un tornasol de hermosura—. ¿Si le probara a usted de un modo que no dejase lugar a dudas...?

—¿Qué?

—¡Que la idolatraré!... No, que ya la estoy idolatrando.

—¡*Tié* gracia! ¡Idolatrando! ¡Ja, ja! —repitió la otra, y devolvía la palabra como se devuelve una pelota en el juego.

Maximiliano no insistió en emplear vocablos muy expresivos. Comprendió que lo ridículo se le venía encima. No dijo más que:

—Bueno, seremos amigos... Me contento con eso por hoy. Yo soy un infeliz, quiero decir, soy bueno. Hasta ahora no he querido a ninguna mujer.

Fortunata le miraba y, francamente, no podía acostumbrarse a aquella nariz chafada, a aquella boca tan sin gracia, al endeble cuerpo que parecía se iba a deshacer de un soplo. ¡Que siempre se enamoraran de ella tipos así! Obligada a disimular y a hacer ciertos papeles, aunque en verdad no los hacía muy bien, siguió la conversación en aquel terreno.

—Esta noche quiero hablar con usted —dijo Rubín categóricamente—. Vendré a las ocho y media. ¿Me da usted palabra de no salir... o de esperarme para salir conmigo?

Diole ella la palabra que con tanta necesidad le pedía el joven, y así concluyó la entrevista. Rubín se fue corriendo a su casa.

¡Qué chico! Si parecía otro. Él mismo notaba que algo se había abierto dentro de sí como arca sellada que se rompe, soltando un mundo de cosas, antes comprimidas y ahogadas. Era la crisis, que en otros es larga o poco acentuada, y allí fue violenta y explosiva. ¡Si hasta se figuraba que era saludable!... ¡Si hasta le parecía que tenía talento!... Como que aquella tarde se le ocurrieron pensamientos magníficos y juicios de una originalidad sorprendente. Había formado de sí mismo un concepto poco favorable como hombre de inteligencia; pero ya, por efecto del súbito amor, creíase capaz de dar quince y raya a más de cuatro. La modestia cedió el puesto a un cierto orgullo que tomaba posesión de su alma...

"Pero ¿y si no me quiere? —pensaba desanimándose y cayendo a tierra con las alas rotas—. Es que me tendrá que querer... No es el primer caso... Cuando me conozca..."

Al mismo tiempo la apatía y la pereza quedaban vencidas... Andábanle por dentro comezones y pruritos nuevos, un deseo de hacer algo y de probar su voluntad en actos grandes y difíciles... Iba por la calle sin ver a nadie, tropezando con los transeúntes, y a poco se estrella contra un árbol del paseo de Luchana. Al entrar en la calle de Raimundo Lulio vio a su tía en el balcón tomando el sol. Verla y sentir un miedo muy grande, pero muy grande, fue todo uno. "¡Si mi tía lo sabe!..." Pero del miedo salió al instante la reacción de valor, y apretó los puños debajo de la capa, los apretó tanto que le dolieron los dedos. "Si mi tía se opone, que se oponga y que se vaya a los demonios." Nunca, ni aun con el pensamiento, había hablado Maximiliano de doña Lupe con tan poco respeto. Pero los antiguos moldes estaban rotos. Todo el mundo y toda la existencia anteriores a aquel estado novísimo se hundían o se disipaban como las tinieblas al salir el sol. Ya no había tía, ni hermanos, ni familia, ni nada, y quienquiera que se le atravesase en su camino era declarado enemigo. Maximiliano tuvo tal acceso de coraje, que hasta se ofreció a su mente con caracteres odiosos la imagen de doña Lupe, de su segunda madre. Al subir las escaleras de la casa se serenó, pensando que su tía no sabía nada, y si lo sabía, que lo supiera, ¡ea!... "¡Qué carácter estoy echando!", se dijo al meterse en su cuarto.

Cerró cuidadosamente la puerta y cogió la hucha. Su primer impulso fue estrellarla contra el suelo y romperla para sacar el dinero; y ya la tenía en la mano para consumar tan antieconómico propósito, cuando le asaltaron temores de que su tía oyera el ruido y entrase y le armara un cisco. Acordóse de lo orgullosa que estaba doña Lupe de la hucha de su sobrino. Cuando iban visitas a la casa la enseñaba como una cosa rara, sonándola y dando a probar el peso, para que todos se pasmaran de lo arregladito y previsor que era el niño. "Esto se llama formalidad. Hay pocos chicos que sean así..."

Maximiliano discurrió que para realizar su deseo necesitaba comprar otra hucha de barro exactamente igual a aquélla y llenarla de cuartos para que sonara y pesara... Se estuvo riendo a solas un rato, pensando en el chasco que le iba a dar a su tía... ¡él, que no había cometido nunca una travesura!... Lo único que había hecho, años atrás, era robarle a su tía botones para coleccionarlos. ¡Instintos de coleccionista, que son variantes de la avaricia! Alguna vez llegó hasta cortarle los botones de los vestidos; pero con un solfeo que le dieron no le quedaron ganas de repetirlo. Fuera de esto, nada; siempre había sido la misma mansedumbre, y tan económico, que su tía le amaba más quizás por la virtud del ahorro que por las otras.

"Pues, señor, manos a la obra. En la cacharrería del paseo de Santa Engracia hay huchas exactamente iguales. Compraré una; miraré bien ésta para tomarle bien las medidas."

Estaba Maximiliano con la hucha en la mano mirándola por arriba y por abajo, como si la fuera a retratar, cuando se abrió la puerta y entró una chiquilla como de doce años, delgada y espigadita, los brazos arremangados, muy atusada de flequillo y sortijillas, con un delantal que le llegaba a los pies. Lo mismo fue verla Maximiliano, que se turbó cual si le hubieran sorprendido en un acto vergonzoso.

—¿Qué buscas tú aquí, chiquilla sin vergüenza?

Por toda contestación, la rapaza le enseñó medio palmo de lengua, plegando los ojos y haciendo unas muecas de careta fea de lo más estrafalario y grotesco que se puede imaginar.

—Sí, bonita te pones... Lárgate de aquí, o verás...

Era la criada de la casa. Doña Lupe odiaba a las mujeronas, y siempre tomaba a su servicio niñas para educarlas y amoldarlas a su gusto y costumbres. Llamábanla *Papitos,* no sé por qué. Era más viva que la pólvora, activa y trabajadora cuando quería, holgazana y mañosa algunos días. Tenía el cuerpo esbelto, las manos ásperas del trabajo y el agua fría, la cara diablesca, con unos ojos reventones de que sacaba mucho partido para hacer reír a la gente, la boca hocicuda y graciosa, con un juego de labios y unos dientes blanquísimos, que eran como de encargo para producir las muecas más extravagantes. Los dos dientes centrales superiores eran enormes, y se le veían siempre, porque ni cuando estaba de morros cerraba completamente la boca.

Oída la conminación que le hizo Maximiliano, *Papitos* se desvergonzó más. Ella las gastaba así. Cuanto más la amenazaban, más pesadita se ponía. Volvió a echar fuera una cantidad increíble de lengua, y luego se puso a decir en voz baja: "Feo, feo...", hasta treinta o cuarenta veces. Esta apreciación, que no era contraria a la verdad ni mucho menos, nunca había inspirado a Rubín más que desprecio; pero en aquella ocasión le indignó tanto, vamos..., que de buena gana le hubiera cortado a *Papitos* toda aquella lenguaza que sacaba.

—¡Si no te largas, de la patada que te doy...!

Fue tras ella; pero *Papitos* se puso en salvo. Parecía que volaba. Desde el fondo del pasillo, en la puerta de la cocina, repetía sus burlas, haciendo con las manos gestos de mico. Volvió él a su cuarto muy incomodado y a poco entró ella otra vez.

—¿Qué buscas aquí?

—Vengo *a por* la lámpara para aviarla...

El motivo de haber dicho esto la chiquilla con relativo juicio y serenidad fue que se oyeron los pasos de doña Lupe y su voz temerosa:

—Mira, *Papitos,* que voy allá...

—Tía, venga usted... Está de jarana...

—¡Acusón! —le dijo por lo bajo la chicuela al coger la lámpara—. ¡Feón!

—La culpa la tienes tú —añadió severamente doña Lupe en la puerta—, porque te pones a jugar con ella, le ríes las gracias, y ya ves. Cuando quieres que te respete, no puede ser. Es muy mal criada.

La tía y el sobrino hablaron un instante.

—¿También vendrás tarde esta noche? Mira que las noches están muy frías. Estas heladas son crueles. Tú no estás para valentías.

—No, si no siento nada. Nunca he estado mejor —dijo Rubín, sintiendo que la timidez le ganaba otra vez.

—No hagamos simplezas... Hace un frío horrible. ¡Qué año tan malo! ¿Creerás que anoche no pude entrar en calor hasta la madrugada? Y eso que me eché encima cuatro mantas. ¡Qué atrocidad! Como que estamos entre las *Cátedras de Roma y Antioquía,* que es, según decía mi Jáuregui, el peor tiempo de madrid.

## V

—¿Va usted esta noche a casa de doña Silvia? —preguntóle Rubín.

—Eso pienso. Si tú sales me dejarás allá, y luego irás a buscarme a las once en punto.

Esto contrariaba a Maximiliano, porque le tasaba el tiempo; pero no dijo nada.

—Y esta tarde, ¿sale usted? —preguntó luego, deseando que su tía saliese antes de comer, para verificar, mientras ella estuviese fuera, la sustitución de las huchas.

—Puede que me llegue un ratito a casa de Paca Morejón.

—Yo la acompañaré a usted... Tengo que ir a ver a Narciso, para que me preste unos apuntes. La dejaré a usted en la calle de la Habana.

Doña Lupe fue a la cocina y le armó una gran chillería a *Papitos* porque había dejado quemar el principio. Pero la chica estaba muy acostumbrada a todo, y se quedaba tan fresca. Como que acabadita de oírse llamar con las denominaciones más injuriosas y de recibir un pellizco que le atenazaba la carne, poníase detrás de su ama a hacer visajes y a sacar la lengua, mientras se rascaba el brazo dolorido.

—Si creerás tú que no te estoy viendo, bribona —decía doña Lupe sin volverse, entre risueña y enojada.

Y no se podía pasar sin ella. Necesitaba tener una criatura a quien reprender y enseñar por los procedimientos suyos.

Púsose la mantilla doña Lupe, y tía y sobrino salieron. La primera se quedó en la calle de Arango, y el segundo se fue a comprar la hucha y tornó a su casa. Había llegado la ocasión de consumar el atentado, y el que durante la premeditación se mostraba tan valeroso, cuando se aproximaba el instante crítico sentía vivísima inquietud. Empezó por asegurarse de la curiosidad de *Papitos,* echando la llave a la puerta después de encender la luz; pero ¿cómo asegurarse de su propia conciencia, que se le alborotaba, pintándole la falta proyectada como nefando delito? Comparó las dos huchas, observando con satisfacción que eran exactamente iguales en volumen y en el color del barro. No era posible que nadie advirtiese la sustitución. Manos a la obra. Lo primero era romper la primitiva para coger el oro y la plata, pasando a la nueva la calderilla, con más dos pesetas en *perros* que al objeto había cambiado en la tienda de comestibles. Romper la olla sin hacer ruido era cosa imposible. Permaneció un rato sentado en una silla junto a la cama, con las dos huchas sobre ésta, acariciando suavemente la que iba a ser víctima. Su mirada vagaba alrededor de la luz, cazando una idea. La luz iluminaba la mesilla, cubierta de hule negro, sobre el cual estaban los libros de estudio, forrados con periódicos y muy bien ordenados por doña Lupe; dos o tres frascos de sustancias medicinales, el tintero y varios números de *La Correspondencia.* La mirada del joven revoloteó por la estrecha cavidad del cuarto, como si siguiera las curvas del vuelo de una mosca, y fue de la mesa a la percha en que pendían aquellos moldes de sí mismo, su ropa, el chaqué que reproducía su cuerpo y los pantalones que eran sus propias piernas colgadas como para que se estiraran. Miró después la cómoda, el baúl y las botas que sobre él estaban, sus propios pies cortados, pero dispuestos a andar. Un movimiento de alegría y la animación de la cara indicaron que Maximiliano había atrapado la idea. Bien lo decía él: con aquellas cosas se había vuelto de repente hombre de talento. Levantóse, y cogiendo una bota salió y fue a la cocina, donde estaba *Papitos* cantando.

—Chiquilla, ¿me das la mano del almirez? Esta bota tiene un clavo tremendo, pero tremendo, que me ha dejado cojo.

*Papitos* cogió la mano del almirez, haciendo el ademán de machacar al señorito la cabeza.

—Vamos, niña, estate quieta. Mira que le cuento todo a la tía. Me encargó que tuviera cuidado contigo, y que si te movías de la cocina te diera dos coscorrones.

*Papitos* se puso a picar la escarola, sin dejar de hacer visajes.

—Y yo le diré —replicó—, yo le diré lo que hace... el muy trapisondista...

Maximiliano se estremeció.

—Tonta, ¿qué es lo que yo hago?... —dijo, sorteando su turbación.

—Encerrarse en su cuarto, *¡ay olé!, ¡ay olé!...,* para que nadie le vea; pero yo le he visto por el agujero de la llave..., *¡ay olé!, ¡ay olé!...*

—¿Qué?

—Escribiéndole cartas a la novia.

—Mentira... ¿Yo?... Quita allá, enredadora...

Volvió a su cuarto, llevando la mano del almirez, y echada otra vez la llave, tapó el agujero con un pañuelo.

—Ella no mirará; pero por si se le ocurre...

El tiempo apremiaba y doña Lupe podía venir. Cuando cogió la hucha llena, el corazón le palpitaba y su respiración era difícil. Dábale compasión de la víctima, y para evitar su enternecimiento, que podría frustrar el acto, hizo lo que los criminales que se arrojan frenéticos a dar el primer golpe para perder el miedo y acallar la conciencia, impidiéndose el volver atrás. Cogió la hucha y con febril mano le atizó un porrazo. La víctima exhaló un gemido seco. Se había cascado, pero no estaba rota aún. Como este primer golpe fue dado sobre el suelo, le pareció a Maximiliano que había retumbado mucho, y entonces puso sobre la cama el cacharro herido. Su azoramiento era tal que casi le pega a la hucha vacía en vez de hacerlo a la llena; pero se serenó, diciendo: "¡Qué tonto soy! Si esto es mío, ¿por qué no he de disponer de ello cuando me dé la gana?" Y leña, más leña... La infeliz víctima, aquel antiguo y leal amigo, modelo de honradez y fidelidad, gimió a los fieros golpes, abriéndose al fin en tres o cuatro pedazos. Sobre la cama se esparcieron las tripas de oro, plata y cobre. Entre la plata, que era lo que más abundaba, brillaban los centenes como las pepitas amarillas de un melón entre la pulpa blanca. Con mano trémula, el asesino lo recogió todo menos la calderilla, y se lo guardó en el bolsillo del pantalón. Los cascos esparcidos semejaban pedazos de un cráneo, y el polvillo rojo del barro cocido que ensuciaba la colcha blanca parecióle al criminal manchas de sangre. Antes de pensar en borrar las huellas del estropicio, pensó en poner los cuartos en la hucha nueva, operación verificada con tanta precipitación que las piezas se atragantaban en la boca y algunas no querían pasar. Como que la boca era un poquitín más estrecha que la de la muerta. Después metió el cobre de las dos pesetas que había cambiado.

No había tiempo que perder. Sentía pasos. ¿Subiría ya doña Lupe? No, no era ella; pero pronto vendría, y era forzoso despachar. Aquellos cascos, ¿dónde los echaría? He aquí un problema que le puso los pelos de punta al asesino. Lo mejor era envolver aquellos despojos sangrientos en un pañuelo y tirarlos en medio de la calle cuando saliera. ¿Y la sangre? Limpió la colcha como pudo, soplando el polvo. Después advirtió que su mano derecha y el puño de la camisa conservaban algunas señales, y se ocupó en borrarlas cuidadosamente. También la mano del almirez necesitó de un buen limpión. ¿Tendría algo en la ropa? Se miró bien de pies a cabeza. No había nada, absolutamente nada. Como todos los matadores en igual caso, fue escrupuloso en el examen; pero a estos desgraciados se les olvida siempre algo, y donde menos lo piensan se conserva el dato acusador que ilumina a la justicia.

Lo que desconcertó a Rubín cuando creyó concluida su faena fue la aprensión de advertir que la hucha nueva no se parecía nada a la sacrificada. ¿Cómo antes del crimen las vio tan iguales que parecían una misma? Error de los sentidos. También podía ser error la diferencia que después del crimen notaba. ¿Se equivocó antes o se equivocaba después? En la enorme turbación de su ánimo no podía decidir nada.

—Pero si basta tener ojos —decía— para conocer que esta hucha no es aquélla. En ésta el barro es más recocho, de color más oscuro, y tiene por aquí una mancha negra... A la simple vista se ve que no es la misma... Dios nos asista. ¿A ver el peso?... Pues el peso me parece que es menor en ésta... No, más bien mayor, mucho mayor... ¡Fatalidad!

Quedóse parado un largo rato mirando a la luz y viendo en ella a doña Lupe en el acto de coger la hucha falsa y decir:

—Pero esta hucha..., no sé..., me parece... no es la misma.

Dando un gran suspiro, envolvió rápidamente en un pañuelo los destrozados restos de la víctima, y los guardó en la cómoda hasta el momento de salir. Puso la nueva hucha en el sitio de costumbre, que era el cajón alto de la cómoda; abrió la puerta, quitando el pañuelo que tapaba el agujero de la llave, y después de llevar a la cocina el instrumento alevoso, volvió a su cuarto con idea de contar el dinero... Pero si era suyo, ¿a qué tanto miedo y zozobra? Él no había robado nada a nadie, y, sin embargo, estaba como los ladrones. Más derecho era referir a su tía lo que le pasaba que no andar con tapujos. Sí, pues buena se pondría doña Lupe si él le contara su aventura y el empleo que daba a sus ahorros. Valía más callar y adelante.

No pudo entretenerse en contar su tesoro, porque entró doña Lupe, dirigiéndose inmediatamente a la cocina. Maximiliano se paseaba en su cuarto esperando que le llamasen a comer, y hacía cálculos mentales sobre aquella desconocida suma que tanto le pesaba.

"Mucho debe de ser, pero mucho —calculaba—, porque en tal tiempo eché un dobloncito de cuatro, y en cual tiempo otro. Y cuando tomé la medicina aquella que sabía tan mal, me dio mi tía dos duritos, y cada vez que había que tomar purga, un durito o medio durito. Lo que es monedas de a cinco, puede que pasen de quince."

Sintió que le renacía el valor. Pero cuando le llamaron a comer, y fue al comedor y se encaró con su tía, pensó que ésta le iba a conocer en la cara lo que había hecho. Mirábale ella lo mismo que el día infausto en que le robara los botones arrancándolos de la ropa... Y al sobrinito se le alborotó la conciencia, haciéndole ver peligros donde no los había.

"Me parece —cavilaba, tragando la sopa— que la colcha no ha quedado muy limpia... Caspitina, se me olvidó una cosa, pero una cosa muy importante...: ver si habían caído pedacitos de barro en alguna parte. Ahora recuerdo que oí *tin*, como si un casquillo saltara en el momento del golpe y fuera a chocar disparado con el frasco de ioduro. En el suelo quizás..., ¡y mi tía barre todos los días!... ¡Cómo me mira! Si sospechará algo... Lo que ahora me faltaba era que mi tía hubiese pasado por la tienda al volver de casa de las de Morejón y le hubiera dicho el tendero: "Aquí estuvo su sobrino a cambiar dos pesetas en calderilla."

El mirar escrutador de doña Lupe no tenía nada de particular. Acostumbraba ella estudiarle la cara, para ver cómo andaba de salud, y el tal semblante era un libro en que la buena señora había aprendido más Medicina que Farmacia su sobrino en los textos impresos.

—Me parece que tú no andas bien... —le dijo—. Cuando entré te sentí toser... Estas heladas... Por Dios, ten mucho cuidado; no tengamos aquí otra como la del año pasado, que empalmaste cuatro catarros y por poco pierdes el curso. No olvides de liarte el pañuelo de seda en la cabeza, de noche, cuando te acuestes; y yo que tú, em pezaría a tomar el agua de brea... No hagas ascos. Es bueno curarse en salud. Por sí o por no, mañana te traigo las pastillas de Tolú.

Con esto se tranquilizó el joven, comprendiendo que las miradas no eran más que la inspección médica de todos los días. Comieron y se prepararon para salir. El criminal se embozó bien en la capa y apagó la luz de su cuarto para coger los restos de la víctima y sacarlos ocultamente. Como las monedas que en el bolsillo del pantalón llevaba no eran paja, se denunciaban sonando una contra otra. Por evitar este ruido importuno, Maximiliano se metió un pañuelo en aquel bolsillo, atarugándolo bien para que las piezas de plata y oro no chistasen, y así fue, en efecto, pues en todo el trayecto, desde Chamberí hasta la casa de Torquemada, el oído de doña Lupe, que siempre se afinaba con el rumor de dinero como el oído de los gatos con los pasos de ratón, y hasta parecía que entiesaba las orejas, no percibió nada, absolutamente nada. El sobrinito, cuando creía que las monedas se movían, atarugaba el bolsillo como quien ataca un arma. ¡Creeríase que le había salido un tumor en la pierna!...

## CAPÍTULO II

### AFANES Y CONTRATIEMPOS DE UN REDENTOR

### I

Grande fue el asombro de Fortunata aquella noche cuando vio que Maximiliano sacaba puñados de monedas diferentes, y contaba con rapidez la suma, apartando el oro de la plata. A la sorpresa un tanto alegre de la joven siguió pronto sospecha de que su improvisado amigo hubiese adquirido aquel caudal por medios no muy limpios. Creyó ver en él un hijo de familia que, arrastrado de la pasión y cegado por la tontería, se había incautado de la caja paterna. Esta idea la mortificó mucho, haciéndole ver la cruel insistencia con que su destino la maltrataba. Desde que fue lanzada a los azares de aquella vida se había visto siempre unida a hombres groseros, perversos o tramposos, *lo peor de cada casa.*

No dejó entrever a Maximiliano sus sospechas sobre la procedencia del dinero, que, viniera de donde viniese, no podía ser mal recibido, y poco a poco se fue tranquilizando al ver que el apreciable muchacho hacía alarde de poseer ideas económicas enteramente contrarias a las de sus predecesores.

—Esto —dijo mostrándole un grupito de monedas de oro— es para que desempeñes la ropa que te sea más necesaria... Los trajes de lujo, el abrigo de terciopelo, el sombrero y las alhajas se sacarán más adelante, y se renovará el préstamo para que no se pierdan. Olvídate por ahora de todo lo que es pura ostentación. Acabóse el barullo. Se gastará nada más que lo que se tenga, para no hacer ni una trampa, pero ni una sola trampa. Fíjate bien.

Esta sensatez era cosa nueva para Fortunata, y empezó a corregir algo sus primeras ideas acerca de su amante y a considerarle mejor que los demás. En los días siguientes Olmedo confirmó esta buena opinión, hablándole con vivos encarecimientos de la formalidad de aquel chico y de lo muy arregladito que era.

Quedó convenido entre Fortunata y su protector tomar un cuarto que estaba desalquilado en la misma casa. Rubín insistió mucho en la modestia y baratura de los muebles que se habían de poner, porque... (para que se vea si era juicioso) "conviene empezar por poco". Después se vería, y el humilde hogar iría creciendo y embelleciéndose gradualmente. Aceptaba ella todo sin entusiasmo ni ilusión alguna, más bien *por probar.* Maximiliano le era poco simpático; pero en sus palabras y en sus acciones había visto desde el primer momento la persona decente, novedad grande para ella. Vivir con una persona decente despertaba un poco su curiosidad. Dos días estuvo ocupada en instalarse. Los muebles se los alquiló una vecina que había levantado casa, y Rubín atendió a todo con tal tino, que Fortunata se pasmaba de sus admirables dotes administrativas, pues no tenía ni idea remota de aquel ingenioso modo de defender una peseta, ni sabía cómo se recorta un gasto para reducirlo de seis a cinco, con otras artes financieras que el excelente chico había aprendido de doña Lupe.

Tratando de medir el cariño que sentía por su amiga, Maximiliano hallaba pálida e inexpresiva la palabra querer, teniendo que recurrir a las novelas y a la poesía en busca del verbo amar, tan usado en los ejercicios gramaticales como olvidado en el lenguaje corriente. Y aun aquel verbo le parecía desabrido para expresar la dulzura y ardor de su cariño. Adorar, idolatrar y otros cumplían mejor su oficio de dar a conocer la pasión exaltada de un joven enclenque de cuerpo y robusto de espíritu.

Cuando el enamorado se iba a su casa, llevaba en sí la impresión de Fortunata transfigurada. Porque no ha habido princesa de cuento oriental ni dama del teatro romántico que se ofreciera a la mente de un caballero con atributos más ideales ni con rasgos más puros y nobles. Dos Fortunatas existían entonces: una la de carne y hueso; otra la que Maximiliano llevaba estampada en su mente. De tal modo se sutilizaron los sentimientos del joven Rubín con aquel extraordinario amor, que éste le inspiraba no sólo las buenas acciones, el entusiasmo y la abnegación, sino también la delicadeza llevada hasta la castidad. Su naturaleza pobre no tenía exigencias; su espíritu las tenía grandes, y éstas eran las que más le apremiaban. Todo lo que en el alma humana puede existir de noble y hermoso brotó en la suya, como los chorros de lava en el volcán activo. Soñaba con redenciones y regeneraciones, con lavaduras de manchas y con sacar del pasado negro de su amada una vida de méritos. El generoso galán veía los más sublimes problemas morales en la frente de aquella infeliz mujer, y resolverlos en sentido del bien parecíale la más grande empresa de la voluntad humana. Porque su loco entusiasmo le impulsaba a la salvación social y moral de su ídolo, y a poner en esta obra grandiosa todas las energías que alborotaban su alma. Las peripecias vergonzosas de la vida de ella no le desalentaban, y hasta medía con gozo la hondura del abismo del cual iba a sacar a su amiga; y la había de sacar pura o purificada. En aquellas confidencias que ambos tenían, creía Maximiliano advertir en la pecadora un cierto fondo de rectitud y menos corrupción de lo que a primera vista parecía. ¿Se equivocaría en esto? A veces lo sospechaba; pero su buena fe triunfaba al instante de esta sospecha. Lo que sí podía sostener sin miedo a equivocarse era que Fortunata tenía vivos deseos de mejorar su personalidad, es decir, de adecentarse y pulirse. Su ignorancia era, como puede suponerse, completa. Leía muy mal y a trompicones, y no sabía escribir.

Lo esencial del saber, lo que saben los niños y los paletos, ella lo ignoraba, como lo ignoran otras mujeres de su clase y aun de clase superior. Maximiliano se reía de aquella incultura rasa, tomando en serio la tarea de irla corrigiendo poco a poco. Y ella no disimulaba su barbarie; por el contrario, manifestaba con graciosa sinceridad sus ardientes deseos de adquirir ciertas ideas y de aprender palabras finas y decentes. Cada instante estaba preguntando el significado de tal o cual palabra e informándose de mil cosas comunes. No sabía lo que es el Norte y el Sur. Esto le sonaba a cosa de viento; pero nada más. Creía que un senador es algo del Ayuntamiento. Tenía sobre la imprenta ideas muy extrañas, creyendo que los autores mismos ponían en las páginas aquellas letras tan iguales. No había leído jamás libro ninguno, ni siquiera novela. Pensaba que Europa es un pueblo y que Inglaterra es un país de acreedores. Respecto del sol, la luna y todo lo demás del firmamento, sus nociones pertenecían al orden de los pueblos primitivos. Confesó un día que no sabía quién fue Colón. Creía que era un general, así como O'Donnell o Prim. En lo religioso no estaba más aventajada que en lo histórico. La poca doctrina cristiana que aprendió se le había olvidado. Comprendía a la Virgen, a Jesucristo y a San Pedro; les tenía por muy buenas personas, pero nada más. Respecto a la inmortalidad y a la redención, sus ideas eran muy confusas. Sabía que arrepintiéndose uno, bien arrepentido, se salva; eso no tenía duda, y por más que dijeran, nada que se relacionase con el amor era pecado.

Sus defectos de pronunciación eran atroces. No había fuerza humana que le hiciera decir *fragmento, magnífico, enigma* y otras palabras usuales. Se esforzaba en vencer esta dificultad, riendo y machacando en ella; pero no lo conseguía. Las *eses* finales se le convertían en jotas, sin que ella misma lo notase ni evitarlo pudiera, y se comía muchas sílabas. Si supiera ella qué bonita boca se le ponía al comérselas, no intentara enmendar su graciosa incorrección. Pero Maximiliano se había erigido en maestro, con rigores de dómine e ínfulas de académico. No la dejaba vivir, y estaba en acecho de los solecismos para caer sobre ellos como el gato sobre el ratón.

—No se dice *diferiencia,* sino diferencia. No se dice *Jacometrenzo,* ni *Espíritui Santo,* ni *indilugencias.* Además, *escamón* y *escamarse* son palabras muy feas, y llamar *tiologías* a todo lo que no se entiende es una barbaridad. Repetir a cada instante *pa chasco* es costumbre ordinaria, etcétera.

Lo mejorcito que aquella mujer tenía era su ingenuidad. Repetidas veces sacó Maximiliano a relucir el caso de la deshonra de ella, por ser muy importante este punto en el plan de regeneración. El inspirado y entusiasta mancebo hacía hincapié en lo malos que son los señoritos y en la necesidad de una ley a la inglesa que proteja a las muchachas inocentes contra los seductores. Fortunata no entendía palotada de estas leyes. Lo único que sostenía era que el tal Juanito Santa Cruz era el único hombre a quien había querido de verdad, y que le amaba siempre. ¿Por qué decir otra cosa? Reconociendo el otro con caballeresca lealtad que esta consecuencia era laudable, sentía en su alma punzada de celos, que trastornaba por un instante sus planes de redención.

—¿Y le quieres tanto que si le vieras en algún peligro le salvarías?

—Claro que sí..., me lo puedes creer. Si le viera en un peligro, le sacaría en bien, aunque me perdiera yo. No sé decir más que lo que me sale de *entre mí.* Si no es verdad esto, que no llegue a la noche con salud.

Se puso tan guapa al hacer esta declaración, que Rubín la miró mucho antes de decir:

—No, no jures; no necesitas jurarlo. Te creo. Di otra cosa. Y si ahora entrara por esa puerta y te dijera: "Fortunata, ven", ¿irías?

Fortunata miró a la puerta. Rubín tragaba saliva y buscaba en el sitio donde tenemos el bigote algo que retorcer, y encontrando sólo unos pelos muy tenues, los martirizaba cruelmente.

—Eso..., según... —dijo ella plegando su entrecejo—. Me iría o no me iría...

## II

Maximiliano quería saberlo todo. Era como el buen médico que le pide al enfermo las noticias más insignificantes del mal que padece y de su historia para saber cómo ha de curarle. Fortunata no ocultaba nada, eso bueno tenía, y el doctor amante se encontraba a veces con más quizás de lo necesario para la prodigiosa cura. Y ¡qué horrorizado se quedaba oyendo contar lo mal que se portó el seductor de aquella hermosura! El honradísimo aprendiz de farmacéutico no comprendía que pudieran existir hombres tan malos, y las penas todas del infierno parecíanle pocas para castigarles. Criminal más perverso que los asesinos y ladrones era, según él, el señorito seductor de doncella pobre, que le hacía creer que se iba a casar con ella, y después la dejaba plantada en medio del arroyo con su chiquillo o con las vísperas. ¿Por cuánto haría esto él, Maximiliano Rubín?... El tal Juanito Santa Cruz era, pues, el hombre más infame, más execrable y vil que se podía imaginar. Pero la misma ofendida no extremaba mucho, como parecía natural, los anatemas contra el seductor, por cuya razón tuvo Maximiliano que redoblar su furia contra él, llamándole monstruo y otras cosas muy malas. Fortunata veíase forzada a repetirlo; pero no había medio de que pronunciara la palabra *monstruo.* Se le atravesaba como otras muchas, y al fin, después de mil tentativas que parecían náuseas, la soltaba de entre sus bonitísimos dientes y labios como si la escupiera.

Prefería contar particularidades de su infancia. Su difunto padre poseía un cajón en la plazuela, y era hombre honrado. Su madre tenía, como Segunda, su tía paterna, el tráfico de huevos. Llamábanla a ella desde niña la *Pitusa,* porque fue muy raquítica y encanijada hasta los doce años; pero de repente dio un gran estirón y se hizo mujer de talla y de garbo. Sus padres se murieron cuando ella tenía doce años... Oía estas cosas Maximiliano con mucho placer. Pero con todo, mandábala que fuese al grano, a las cosas graves, como lo referente al hijo que había tenido. Cuando parte de esta historia fue contada, al joven le faltó poco para que se le saltaran las lágrimas. La tierna criatura sin más amparo que su madre pobre, la aflicción de ésta al verse abandonada, eran en verdad un cuadro tristísimo que partía el corazón. ¿Por qué no le citó ante los tribunales? Es lo que debía haber hecho. A estos tunantes hay que tratarlos a la baqueta. Otra cosa. ¿Por qué no se le ocurrió darle un escándalo, ir a la casa con el crío en brazos y presentarse a doña Bárbara y a don Baldomero y contarles allí bien clarito la gracia que había hecho su hijo?... Pero no; esto no hubiera sido muy conforme con la dignidad. Más valía despreciarle, dejándole entregado a su conciencia, sí, a su conciencia, que buen jaleo le había de armar tarde o temprano.

Fortunata, al oír esto, fijaba sus ojos en el suelo, repitiendo como una máquina aquello de que lo mejor era el desprecio. Sí, despreciarle, repetía el otro, pues era ignominia solicitar su protección. Aunque le dieran lo que le dieran, no era capaz Fortunata de decir *ignominia.* Maximiliano insistió en que había sido una gran falta pedir amparo al mismo Juanito Santa Cruz, a aquel infame, cuando volvió ella a Madrid y le cayó su niño enfermo.

—Pero, tontín, si no es por él, no hubiéramos tenido con qué enterrarle —dijo Fortunata, saliendo a la defensa de su propio verdugo.

—Primero le dejo yo insepulto que recurrir... La dignidad, hija, es antes que todo. Fíjate bien en esto. Lo que quiero saber ahora es qué sujeto era ése con quien te uniste después, el que te sacó de Madrid y te llevó de pueblo en pueblo, como los trastos de una feria.

—Era un hombre traicionero y malo —dijo Fortunata con desgana, como si el recuerdo de aquella parte de su vida le fuera muy desagradable—. Me fui con él porque me vi perdida, y no tenía adónde volverme. Era hermano de un vecino nuestro en la Cava de San Miguel. Primeramente tuvo un cajón de casquería en la plaza, y después puso tienda de quincalla. Iba a todas las ferias con un sinfín de arcas llenas de baratijas, y armaba tiendas. Le llamaban *Juárez el Negro,* por tener la color muy morena. Viéndome tan mal, me ofreció el oro y el moro, y que iba a hacer y a acontecer. Mi tía me echó de la casa y mi tío se desaparecció. Yo estaba enferma, y Juárez me dijo que si me iba con él me llevaría a baños. Decía que ganaba montes y montones en las romerías, y que yo iba a estar como una reina. No se podía casar conmigo porque era casado; pero en cuantito que se muriera su mujer, que era una borrachona, cumpliría, sí, señor, cumpliría conmigo.

Y siguió relatando con rapidez aquella página fea, deseando concluirla pronto. Lo del señorito Santa Cruz, siendo tan desastroso, lo refería con prolijidad y aun con cierta amarga complacencia; pero lo de *Juárez el Negro* salía de sus labios como una confesión forzada o testimonio ante los tribunales, de esos que van quemando la boca a medida que salen. ¡Cuánto le pesó ponerse en manos de aquel hombre! Era un perdido, un charrán, una mala persona. Hubiérase resistido a seguirle, si no la empujaran a ello los parientes con quienes vivía, los cuales no tenían maldita gana de mantenerle el pico. Pronto vio que todo lo que ofrecía *Juárez el Negro* era conversación. No ganaba un cuarto; con el mundo entero armaba camorra, y todo el veneno que iba amasando en su maldecida alma, por la mala suerte, lo descargaba sobre su querida... En fin, vida más arrastrada no la había pasado ella nunca, ni esperaba volverla a pasar... Con el dinero que Juanito Santa Cruz les dio, cuando estuvieron en Madrid y se murió el niñito, hubiera podido el muy bestia de Juárez arreglar su comercio; pero ¿qué hizo? Beber y más beber. El vinazo y el aguardientazo le remataron. Una mañana despertó ella oyéndole dar unos grandes gruñidos..., así como si le estuvieran apretando el tragadero. ¿Qué era? Que se estaba muriendo. Saltó espantada de la cama y llamó a los vecinos. No hubo tiempo de *suministrarle,* y sólo le cogió la Unción. Esto pasaba en Lérida. A los dos días vendió sus cuatro trastos y con los cuartos que pudo juntar plantóse en Barcelona. Había hecho juramento de no volver a tratar con animales. Libertad, libertad y libetad era lo que le pedían el cuerpo y el alma.

La verdad ante todo. ¿Para qué decir una cosa por otra? La franqueza es una virtud cuando no se tienen otras, y la franqueza obligaba a Fortunata a declarar que en la primera temporada de anarquía moral se había divertido algo, olvidando sus penas como las olvidan los borrachos. Su éxito fue grande, y su falta de educación ayudaba a cegarla. Llegó a creer que encenegándose mucho se vengaba de los que la habían perdido, y solía pensar que si el pícaro Santa Cruz la veía hecha un brazo de mar, tan elegantona y triunfante, se le antojaría quererla otra vez. ¡Pero sí, para él estaba!... Contó a renglón seguido tantas cosas, que Maximiliano se sintió lastimado. Tuvo precisión de *echar un velo,* como dicen los retóricos, sobre aquella parte de la historia de su amada. El velo tenía que ser muy denso, porque la franqueza de Fortunata arrojaba luz vivísima sobre los sucesos referidos, y su pintoresco lenguaje los hacía reverberar... Dio ella entonces algunos cortes a su relación, comiéndose no ya las letras, sino párrafos y capítulos enteros, y he aquí en sustancia lo que dijo: Torrellas, el célebre paisajista catalán, era tan celoso que no la dejaba vivir. Inventaba mil tormentos, armándole trampas para ver si caía o no caía. Tan odioso llegó a serle aquel hombre, que al fin se dejó ella caer. Metióse adrede en la trampa, conociéndola, por gusto de jugarle una partida al muy majadero, porque así se vengaba de las muchas que le habían jugado a ella. Y nada más... Total, que por poco la mata el condenado pintor de árboles... Lo que más quemaba a éste era que la infidelidad había sido con un íntimo amigo suyo, pintor también, autor del cuadro de David mirando a... Fortunata no se acordaba del nombre, pero era una que estaba bañándose... A ninguno de los dos artistas quería ella; por ninguno de los dos hubiera dado dos cuartos, si se compraran con dinero. Más que ellos valían sus cuadros. Desde que engañó al primero con el segundo se le puso en la cabeza la idea de pegársela a los dos con otro, y la satisfacción de este deseo se la proporcionó un empleado joven, pobre y algo simpático, que se parecía mucho a Juanito Santa Cruz.

Otro velo... Maximiliano se vio precisado a echar otro velo...

—Cállate, hazme el favor de callarte —le dijo, pensando que, según iba saliendo la historia, necesitaba lo menos una pieza de tul. Pero ella siguió narrando.

Pues como iba diciendo, el tal joven salió también un buen punto. Una mañana, mientras ella dormía, le empeñó todas sus alhajas, para jugar Y aquí paz... Vino después un viejo que le daba mucho dinero y la llevó a París, donde se engalanó y afinó extraordinariamente su gusto para vestirse. ¡Viejo más cuco!... Había sido general carcunda en la otra guerra, y trataba mucho con gente de sotana. Era muy vicioso y le daba muchas jaquecas con *tantismas* incumbencias como tenía. Un día se quemó ella y le plantó en la calle. Sucesor, Camps, que le puso casa con gran rumbo. Parecía hombre muy rico; pero luego resultó que era un trampalarga. Antes de venir a Madrid le dio a ella olor de chubasco, y a poco de estar aquí vio que se venía la tempestad encima. Camps traía recomendaciones para el director del Tesoro, y quiso cobrar unos pagarés falsos de fusiles que se suponían comprados por el Gobierno. Una noche entró en casa muy enfurruñado, trincó una maleta pequeña, llenóla de ropa, pidió a Fortunata todo el dinero que tenía y dijo que iba al Escorial. Escorial fue, que no ha vuelto a parecer. Lo demás bien lo sabía Maximiliano... El sucesor de Camps había sido él, y ya se le conocía en cierto resplandor de sus ojos el orgullo que la herencia le produjera Porque bien claro lo había dicho Fortunata. ¡Gracias a Dios que encontraba en su camino una persona decente!

Sentíase Maximiliano poseedor de una fuerza redentora, hermana de las fuerzas creadoras de la Naturaleza. ¡Ya vería el mundo la irradiación de bondad y de verdad que él iba a arrojar sobre aquella infeliz víctima del hombre! Desde que la conoció y sintió que el Cielo se le metía en su alma, todo en él fue idealismo, nobleza y buenas acciones. ¡Qué diferencia entre él y los perdularios en cuyas manos estuvo antes aquella pobrecita! Por mucho que se rebuscara en la vida de Rubín, no se encontrarían más que dolores de cabeza y otras molestias físicas; pero a ver: que le sacaran algún acto ignominioso, ni siquiera una falta.

## III

Una de las cosas a que Maximiliano daba más importancia para poner en ejecución su plan redentorista era que Fortunata le amara, porque sin esto la sublime obra iba a tener sus dificultades. Si Fortunata se prendaba de él, aunque se prendara por lo moral, que es la menor cantidad de amor posible, no era tan difícil que él la convirtiera al bien por la atracción de su alma. De esta necesidad de amor previo emanaba la insistencia con que Maximiliano le preguntaba a su ídolo si le quería ya algo, si le iba queriendo. Algunas veces contestaba ella que sí con esa facilidad mecánica y rutinaria de los niños aplicados que se saben la lección; otras veces, más sincera y reflexiva, respondía que el cariño no depende de la voluntad ni menos de la razón, y por esto acontece que una mujer, que no tiene pelo de tonta, se enamorisca de cualquier pelagatos y da calabazas a las personas decentes. Aseguraba estar muy agradecida a

Maximiliano por lo bien que se había portado con ella, y de aquella gratitud saldría, con el trato, el querer. Según Rubín, el orden natural de las cosas en el mundo espiritual establece que el amor nazca del agradecimiento, aunque también nace de otros padres. El corazón le decía, como él dice las cosas, a la calladita, que Fortunata le había de querer de firme; y esperaba con paciencia el cumplimiento de esta dulce profecía. Sin embargo, no las tenía todas consigo, porque como se dan casos de que salga fallido lo que el corazón anuncia, pasaba el pobre chico horas de verdadera angustia, y a solas en su casa, se metía en unos cálculos muy hondos para averiguar el estado de los sentimientos de su querida, Rápidamente pasaba de la duda más cruel a las afirmaciones terminantes. Tan pronto pensaba que no le quería ni pizca, como que le empezaba a querer, y todo era discutir y analizar palabras, gestos y actos de ella, interpretándolos de una manera o de otra. "¿Por qué me dijo tal o cual cosa? ¿Qué querría expresar con aquella reticencia?... Y aquella carcajadita, ¿qué significaba?... Ayer, cuando me abrió la puerta, no me dijo nada... Pero cuando me marché díjome que me abrigara bien."

La casa estaba en una de las muchas rinconadas de la antigua calle de San Antón. En el portal había una relojería entre cristales, quedando tan poco espacio para la entrada, que los gordos tenían que pasar de medio lado; en el piso bajo y tienda, una bollería que inundaba la casa de emanaciones de canela y azúcar. En el piso principal radicaba una casa de préstamos con farolón a la calle, y en ciertos días había en los balcones ventilación de capas empeñadas. Más arriba, los pisos estaban divididos en viviendas estrechas y de poco precio. Había derecha, izquierda y dos interiores. Los vecinos eran de dos clases: mujeres sueltas o familias que tenían su comercio en el próximo mercado de San Antón. Hueveras y verduleras poblaban aquellos reducidos aposentos, echando sus hijos a la escalera para que jugasen. En uno de los segundos exteriores vivía Feliciana, y Fortunata en un tercero interior. Lo alquiló Rubín por encontrarlo tan a mano, con intención de tomar vivienda mejor cuando variaran las circunstancias.

Pasaba Maximiliano allí todo el tiempo de que podía disponer. Por la noche estaba hasta las doce y a veces hasta la una, no faltando ni aun cuando se veía acometido de sus terribles jaquecas. La sorpresa y confusión que a doña Lupe causaba esto no hay para qué decirlas, y no se satisfacía con las explicaciones que su sobrinito daba. "Aquí hay gato encerrado —decía la astuta señora—, o en términos más claros, *gata encerrada.*"

Cuando Maximiliano iba con jaqueca a la casa de su amante, ésta le cuidaba casi tan bien como la propia doña Lupe, y hacía los imposibles por conseguir que no metieran bulla los chicos de la huevera. Esto lo agradecía tanto el enfermo que se le aumentara el amor, si fuera capaz de aumento lo que ya era tan grande. Observó con satisfacción que Fortunata salía a la calle lo menos posible. Por la mañana bajaba a hacer su compra, con su cesto al brazo, y al cuarto de hora volvía. Ella misma se hacía la comida y limpiaba la casa, en cuyas operaciones se le iba casi todo el día. No recibía visitas de mujeres de conducta dudosa, y la suya era estrictamente ajustada a las prácticas de una vida regular.

"Tiene la honradez en la médula de los huesos —decía Maximiliano rebosando alegría—. Le gusta tanto trabajar, que cuando tiene hecha una cosa la desbarata y la vuelve a hacer por no estar ociosa. El trabajo es el fundamento de la virtud.

Lo que digo: esta mujer ha sido mala a la fuerza."

En medio de estos dulcísimos ensueños de su alma arrebatada, sentía Maximiliano unos saetazos que le hacían volver sobresaltado a la realidad. Era como la feroz picada de un mosquito cuando estamos empezando a dormirnos dulcemente... Por mucho que se estirase el dinero sacado de la hucha, al fin se tenía que concluir, porque todo es finito en este mundo, y el metálico precisamente es una de las cosas más finitas que se pueden imaginar... ¡María Santísima, cuando el temido momento llegase..., cuando la última peseta del último duro fuera cambiada...! Si el mosquito le picaba a Maximiliano cuando estaba en su cama dormido o preparándose a ello, incorporábase tan desvelado cual si fueran las doce del día, o se ponía a dar vueltas en el lecho y a calentarlo con el ardor de su febril zozobra. A veces invocaba al Cielo con íntimo fervor de oración. Esperaba que la obra generosa que había emprendido pesase mucho en las recónditas intenciones de la Providencia para que ésta le sacase del atolladero en que los amantes iban a caer. Él no era un granuja; ella se estaba portando bien, y con su conducta echaba velos y más velos sobre lo pasado. Si la Providencia no tenía en cuenta estas circunstancias, ¿de qué le valía a uno portarse bien y ser un modelo de orden y buena fe? Esto es claro como el agua. Fortunata pensaba lo mismo, cuando él le confiaba sus temores. Tenía que ser así, o todo lo que se habla de la Providencia es patraña. Pronto diré cómo se salieron con la suya, con lo cual se demostró que tenían allá arriba, en los mismos cielos, alguna entidad de peso que les protegía. Bien ganada se tenían esta protección, porque él, enaltecido por su cariño; ella, aspirando a la honradez y ensayándose en practicarla, eran dos seres que valían cualquier dinero, o, en otros términos, dignos de que se les facilitaran los medios de continuar su campaña virtuosa.

## IV

La única visita que recibían era la de Feliciana y Olmedo. Ni una ni otro agradaban mucho a Maximiliano: ella por ser ordinaria y de sentimientos innobles, incapaz de apetecer la honradez como estado permanente; él, por ser muy atropellado, muy hablador, muy amigo de contar cuentos sucios y de decir palabras indecentes. Entraba siempre con el sombrero echado atrás, afectando una grosería de maneras que no tenía, imitando los modales y hasta el andar de los borrachos, arrastrando las palabras, pero absteniéndose de beber con disculpa de mal de estómago; en realidad porque se mareaba y embrutecía a la segunda copa. En confianza dijo Maximiliano a Fortunata que debían mudarse de casa para no tener vecinos tan contrarios al método de personas decentes que se habían impuesto.

De todo lo que el enamorado pensaba hacer para la redención de su querida, nada le parecía tan urgente como enseñarla a escribir y a leer bien. Todas las mañanas la tenía media hora haciendo palotes. Fortunata deseaba aprender, pero ni con la paciencia ni con la atención sostenida se desarrollaban sus talentos caligráficos. Estaban ya muy duros aquellos dedos para tales primores. El hábito del trabajo en su infancia había dado robustez a sus manos, que eran bonitas, aunque bastas, cual manos de obrera. No tenía pulso para escribir, se manchaba de tinta los dedos y sudaba mucho, poniéndose sofocada y haciendo con los labios una graciosa trompeta en el momento de trazar el palote.

—Nada de hociquitos, hija de mi alma; eso es muy feo —le decía el profesor acariciándole la cabeza—. No agarrotes los dedos... Si es cosa sencillísima y lo más fácil...

Ya se ve: para él era fácil; pero ella, que en su vida las había visto más gordas, hallaba en la escritura una dificultad invencible. Decía con tristeza que no aprendería jamás, y se lamentaba de que en su niñez no la hubieran puesto a la escuela. La lectura la cansaba también y la aburría soberanamente, porque después de estarse un mediano rato sacando las sílabas como quien saca el agua de un pozo, resultaba que no entendía ni jota de lo que el texto decía. Arrojaba con desprecio el libro o periódico, diciendo que ya no estaba la Magdalena para tafetanes.

Si en el orden literario no mostraba ninguna aplicación, en lo tocante al arte social no sólo era aplicadísima, sino que revelaba aptitudes notables. Las lecciones que Maximiliano le daba referentes a cosas de urbanidad y a conocimientos rudimentarios de los que exige la buena educación eran tan provechosas, que le bastaban a veces indicaciones leves para asimilarse una idea o un conjunto de ideas.

—Aunque te estorbe lo negro —le decía él—, me parece que tú tienes talento.

En poco tiempo le enseñó todas las fórmulas que se usan en una visita de cumplido, cómo se saluda al entrar y al despedirse, cómo se ofrece la casa y otras muchas particularidades del trato fino. Y también aprendió cosas tan importantes como la sucesión de los meses del año, que no sabía, y cuál tiene treinta y cuál treinta y un días. Aunque parezca mentira, éste es uno de los rasgos característicos de la ignorancia española, más en las ciudades que en las aldeas, y más en las mujeres que en los hombres. Gustaba mucho de los trabajos domésticos, y no se cansaba nunca. Sus músculos eran de acero, y su sangre fogosa se avenía mal con la quietud. Como pudiera, más se cuidaba de prolongar los trabajos que de abreviarlos. Planchar y lavar le agradaba en extremo y entregabáse a estas faenas con delicia y ardor, desarrollando sin cansarse la fuerza de sus puños. Tenía las carnes duras y apretadas, y la robustez se combinaba en ella con la agilidad, la gracia con la rudeza para componer la más hermosa figura de salvaje que se pudiera imaginar. Su cuerpo no necesitaba corsé para ser esbeltísimo. Vestido, enorgullecía a las modistas; desnudo o a medio vestir, cuando andaba por aquella casa, tendiendo ropa en el balcón, limpiando los muebles o cargando los colchones cual si fueran cojines, para sacarlos al aire, parecía una figura de otros tiempos; al menos, así lo pensaba Rubín, que sólo había visto belleza semejante en pinturas de amazonas o cosa tal. Otras veces le parecía mujer de la Biblia, la Betsabé aquella del baño la Rebeca o la Samaritana, señoras que había visto en una obra ilustrada, y que, con ser tan barbianas, todavía se quedaban dos dedos más abajo de la sana hermosura y de la gallardía de su amiga.

En los comienzos de aquella vida, Maximiliano abandonó mucho sus estudios, pero cuando fue metodizando su amor, la conciencia de la misión moral que se proponía cumplir le estimuló al estudio, para hacerse pronto hombre de carrera. Y era muy particular lo que le ocurría. Se notaba más despierto, más perspicaz para comprender, más curioso de los secretos de la ciencia, y le interesaba ya lo que antes le aburriera. En sus meditaciones solía decir que *le había entrado talento,* como si dijese que le había entrado calentura. Indudablemente, no era ya el mismo. En media hora se aprendía una lección que antes le llevaba dos horas y al fin no la sabía. Creció su admiración al observarse en clase contestando con relativa facilidad a las preguntas del profesor y al notar que se le ocurrían apreciaciones muy juiciosas; y el profesor y los alumnos se pasmaban de que *Rubinius vulgaris* se hubiese despabilado como por ensalmo. Al propio tiempo hallaba vivo placer en ciertas lecturas extrañas a la Farmacia y que antes le cautivaban poco. Algunos de sus compañeros solían llevar al aula, para leer a escondidas, obras literarias de las más famosas. Rubín no fue nunca aficionado a introducir de contrabando en clase, entre las páginas de la *Farmacia químico-orgánica,* el *Werther* de Goethe, o los dramas de Shakespeare. Pero después de aquella sacudida que el amor le dio, entróle tal gusto por las grandes creaciones literarias, que se embebecía leyéndolas. Devoró el *Fausto* y los poemas de Heine, con la particularidad de que la lengua francesa, que antes le estorbaba, se le hizo pronto fácil. En fin, que mi hombre había pasado una gran crisis. El cataclismo amoroso varió su configuración interna. Considerábase como si hubiera estado durmiendo hasta el momento en que su destino le puso delante la mujer aquélla y el problema de la redención. "Cuando yo era tonto —decía, sin ocultarse a sí mismo el desprecio con que se miraba en aquella época que bien podría llamarse antediluviana—, cuando yo era tonto, éralo por carecer de un objeto en la vida. Porque eso son los tontos: personas que no tienen misión alguna."

Fortunata no tenía criada. Decía que ella se bastaba y se sobraba para todos los quehaceres de casa tan reducida. Muchas tardes, mientras estaba en la cocina, Maximiliano estudiaba sus lecciones, tendido en el sofá de la sala. Si no fuera porque el espectro de la hucha se le solía aparecer de vez en cuando anunciándole el acabamiento del dinero extraído de ella, ¡cuán feliz habría sido el pobre chico! A pesar de esto, la dicha le embargaba. Entrábale una embriaguez de amor que le hacía ver todas las cosas teñidas de optimismo. No había dificultades, no había peligros ni tropiezos. El dinero ya vendría de alguna parte. Fortunata era buena, y bien claros estaban ya sus propósitos de decencia. Todo iba a pedir de boca, y lo que faltaba era concluir la carrera y... Al llegar aquí, un pensamiento que desde el principio de aquellos amores tenía muy guardadito, porque no quería manifestarlo sino en sazón oportuna, se le vino a los labios. No pudo retener más tiempo aquel secreto que se le salía con empuje, y si no lo decía reventaba, sí, reventaba; porque aquel pensamiento era todo su amor, todo su espíritu, la expresión de todo lo nuevo y sublime que en él había, y no se puede encerrar cosa tan grande en la estrechez de la discreción. Entró la pecadora en la sala, que hacía también las veces de comedor, a poner la mesa, operación en extremo sencilla y que quedaba hecha en cinco minutos. Maximiliano se abalanzó a su querida con aquella especie de vértigo de respeto que le entraba en ocasiones, y besándole castamente un brazo que medio desnudo traía, cogiéndole después la mano basta y estrechándola contra su corazón, le dijo:

—Fortunata, yo me caso contigo.

Ella se echó a reír con incredulidad; pero Rubín repitió el *me caso contigo* tan solemnemente, que Fortunata lo empezó a creer.

—Hace tiempo —añadió él— que lo había pensado... Lo pensé cuando te conocí, hace un mes... Pero me pareció bien no decirte nada hasta no tratarte un poco... O me caso contigo o me muero. Éste es el dilema.

—*Tié* gracia... Y ¿qué quiere decir *dilema?*

—Pues esto: que o me caso o me muero. Has de ser mía ante Dios y los hombres. ¿No quieres ser honrada? Pues con el deseo de serlo y un nombre, ya está hecha la honradez. Me he propuesto hacer de ti una persona decente y lo serás, lo serás si tú quieres...

Inclinóse para coger los libros que se habían caído al suelo. Fortunata salió para traer lo que en la mesa faltaba, y al entrar le dijo:

—Esas cosas se calculan bien... No por mí, sino por ti.

—¡Ah! Ya lo tengo pensado, pero muy bien pensado... ¿Y a ti te había ocurrido esto?

—No..., no me pasaba por la imaginación. Tu familia ha de hacer la contra.

—Pronto seré mayor de edad —afirmó Rubín con brío—. Opóngase o no, lo mismo me da...

Fortunata se sentó a su lado, dejando la mesa a medio poner y la comida a punto de quemarse. Maximiliano le dio muchos abrazos y besos, y ella estaba como aturdida..., poco risueña en verdad, esparciendo miradas de un lado para otro. La generosidad de su amigo no le era indiferente, y contestó a los apretones de manos con otros no tan fuertes, y a las caricias de amor con otras de amistad. Levantóse para volver a la cocina, y en ella su pensamiento se balanceó en aquella idea del casorio, mientras maquinalmente echaba la sopa en la sopera... "¡Casarme yo!... *¡Pa chasco!*... ¡Y con este encanijado!... ¡Vivir siempre, siempre con él, todos los días..., de día y de noche!... ¡Pero calcula tú, mujer..., ser honrada, ser casada, señora de Tal..., persona decente!..."

## V

Maximiliano solía contar algunos particulares de la familia de Rubín, por lo cual tenía ella noticias de doña Lupe, de Juan Pablo y del cura. Con los detalles que el joven iba dando de sus parientes, ya Fortunata les conocía como si les hubiera tratado. Aquella noche, excitado por el entusiasmo que le produjo la resolución de casamiento, se dejó decir, tocante a su tía, algo que era, quizás, indiscreto. Doña Lupe prestaba dinero, por mediación de un tal Torquemada, a militares, empleados y a todo el que cayese. Hablando con completa sinceridad, Maximiliano no *era partidario* de aquella manera de constituirse una renta; pero él ¿qué tenía que ver con los actos de su señora tía? Ésta le amaba mucho, probablemente le haría su heredero. Tenía una papelera antigua, negra y muy grande, de hierro, frente a su cama, donde guardaba el dinero y los pagarés de los préstamos. Gastaba lo preciso, y de mes en mes su fortuna aumentaba sabe Dios cuánto. Debía de ser muy rica, pero muy rica, porque él veía que Torquemada le llevaba *resmas* de billetes.

En cuanto a su hermano Juan Pablo, ya se sabía a ciencia cierta que estaba con los carlistas, y si éstos triunfaban ocuparía una posición muy alta. Su hermano Nicolás había de parar en canónigo, y quién sabe, quién sabe si en obispo... En fin, que por todos lados se ofrecían a la joven pareja horizontes sonrosados. En estas y otras conversaciones se pasaron la prima noche, hasta que se retiró Maximiliano a su casa, quedándose Fortunata tan pensativa y preocupada que se durmió muy tarde y pasó la noche intranquila.

El amante también estaba poco dispuesto al sueño; mas era porque el entusiasmo le hacía cosquillas en el epigastrio, atravesándole un bulto en el vértice de los pulmones, con lo que le pesaba el respirar, y además poníale candelas encendidas en el cerebro. Por más que él soplaba para apagarlas y poder dormirse, no lo podía conseguir. Su tía estaba con él un poco seria. Sin duda, sospechaba algo, y como persona de mucho pesquis, no se tragaba ya aquellas bolas del estudiar fuera de casa y de los amigos enfermos a quienes era preciso velar. A los dos días de aquel en que el exaltado mozo se arrancó a prometer su mano, doña Lupe tuvo con él una grave conferencia. El semblante de la señora no revelaba tan sólo recelo, sino profunda pena, y cuando llamó a su sobrino para encerrarse con él en el gabinete, éste sintió desvanecerse su valor. Quitóse la señora el manto y lo puso sobre la cómoda bien doblado. Después de clavar en él los alfileres, mirando a su sobrino de un modo que le hizo estremecer, le dijo:

—Tengo que hablarte *detenidamente.*

Siempre que su tía empleaba el *detenidamente* era para echarle un réspice.

—¿Tienes hoy jaqueca? —le preguntó después doña Lupe.

Maximiliano estaba muy bien de la cabeza; pero para colocarse en buena situación, dijo que sentía principios de jaqueca. Así doña Lupe tendría compasión de él. Dejóse caer en un sillón y se comprimió la frente.

—Pues se trata de una mala noticia —aseveró la viuda de Jáuregui—; quiero decir, mala, precisamente mala no..., aunque tampoco es buena.

Rubín, sin comprender a qué podía referirse su tía, barruntó que nada tenía que ver aquello con sus amores clandestinos, y respiró. La opresión del epigastrio se le hizo más ligera, y se acabó de tranquilizar al oír esto:

—La noticia no ha de afectarte mucho. ¿Para qué tanto rodeo? Tu tía doña Melitona Llorente ha pasado a mejor vida. Mira la carta en que me lo dice el señor cura de Molina de Aragón. Murió como una santa, recibió todos los Sacramentos y dejó treinta mil reales para misas.

Maximiliano conocía muy poco a su tía materna. La había visto sólo dos o tres veces siendo muy niño, y no vivía en su imaginación sino por las rosquillas y el arrope que mandaba de regalo todos los años en vida de don Nicolás Rubín. La noticia del fallecimiento de esta buena señora le afectó poco.

—Todo sea por Dios —murmuró, por decir algo.

Doña Lupe se volvió de espaldas para abrir el cajón de la cómoda, y en esta postura le dijo:

—Tú y tus hermanos heredáis a Melitona, que por mis cuentas debía de tener un capitalito sano de veinte o veinticinco mil duros.

Maximiliano no oyó bien, por estar su tía de espaldas, y aquello le interesaba tanto que se levantó, puso un codo sobre la cómoda y allí se hizo repetir el concepto para enterarse bien.

—Ésas son mis cuentas —agregó doña Lupe—; pero ya ves que en los pueblos no se sabe lo que se tiene y lo que no se tiene. Probablemente la difunta emplearía algún dinero en préstamos, que es como tirarlo al viento. Se cobra tarde y mal, cuando se cobra. De modo que no os hagáis muchas ilusiones. Cuando Juan Pablo venga a Madrid irá a Molina de Aragón a enterarse del testamento y recoger lo que es vuestro.

—Pues que vaya inmediatamente —dijo Maximiliano dando una palmada sobre la cómoda—; pero aquello de llegar y en la misma estación coger el billete y ¡zas!..., al tren otra vez.

—Hombre, no tanto. Tu hermano está en Bayona. Lo mejor es que se pase por Molina antes de venir a Madrid. Le escribiré hoy mismo. Sosiégate; tú eres así: o la apatía andando o la pura pólvora... Eso es ahora, que antes, para mover un pie le pedías licencia al otro. Te has vuelto muy atropellado.

Le miró de un modo tan indagador que al pobre chico se le volvieron a abatir los ánimos. Era hombre de carácter siempre que su tía no le clavase la flecha de sus ojuelos pardos y sagaces, y viose tan perdido que se apresuró a variar la conversación, preguntando a su tía cuántos años tenía doña Melitona.

Estuvo la señora de Jáuregui un ratito haciendo cuentas, estirado el labio inferior, la cabeza oscilando como un péndulo y los ojos vueltos al techo, hasta que salió una cifra, de la cual Maximiliano no se hizo cargo. Volvió después doña Lupe a tomar en boca la metamorfosis de su sobrino, deslizando algunas bromitas, que a éste le supieron a cuerno quemado.

—Ya se ve; con esos estudios que haces ahora en casa de los amigos te habrás vuelto un pozo de ciencia... A mí no me vengas con fábulas. Tú te pasas el día y la mitad de la noche en alguna conspiración..., porque por el lado de las mujeres no temo nada, francamente. Ni a ti te gusta eso, ni puedes aunque te gustara...

Aquel *ni puedes* incomodaba tanto al joven y le parecía tan humillante, que a punto estuvo de dar a su tía un mentís como una casa. Pero no pasó de aquí, pues doña Lupe tuvo que ocuparse de cosas más graves que averiguar si su sobrino podía o no podía. *Papitos* fue quien le salvó aquel día, atrayendo a sí toda la atención del ama de la casa. Porque la mona aquella tenía días. Algunos lo hacía todo tan bien y con tanta diligencia y aseo, que doña Lupe decía que era una perla. Pero otros no se la podía aguantar. Aquel día empezó de los buenos y concluyó siendo de los peores. Por la mañana había cumplido admirablemente; estuvo muy suelta de lengua y de manos, haciendo garatusas y dando brincos en cuanto la señora le quitaba la vista de encima. Semejante fiebre era señal de próximos trastornos. En efecto, por la tarde dividió en dos la tapa de una sopera, y desde entonces todo fue un puro desastre. Cuando se enfurruñaba creeríase que hacía las cosas mal adrede. Le mandaban esto y se salía con lo otro. No se pueden contar las faltas que cometió en una hora. Bien decía doña Lupe que tenía los demonios metidos en el cuerpo y que era mala, pero mala de veras; una sinvergüenza, una mal criada y una calamidad... *en toda la extensión de la palabra.* Y mientras más repelones le daban, peor que peor. Pasó tanta agua del puchero del agua caliente al puchero de la verdura, que ésta quedó encharcada. Los garbanzos se quemaron, y cuando fueron a comerlos amargaban como demonios. La sopa no había cristiano que la pasara de tanta sal como le echó aquella condenada. Luego era una insolente, porque en vez de reconocer sus torpezas decía que la señora tenía la culpa, y que ella, la muy piojosa, no estaría allí ni un día más, porque, *misté..., en cualisquiera parte la tratarían mejor.* Doña Lupe discutía con ella violentamente, argumentando con crueles pellizcos, y añadiendo que estaba autorizada por la madre para descuartizarla si preciso era. A lo que *Papitos* contestaba, echando lumbre por los ojos:

—¡Ay, hija, no me descuartice usted tanto!

Éste solía ser el período culminante de la disputa, que concluía dándole la señora a su sirviente una gran bofetada y rompiendo la otra a llorar... Los disparates seguían, y al servir la mesa ponía los platos sobre ella sin considerar que no eran de hierro. Doña Lupe la amenazaba con mandarla a la *galera* o con llamar una pareja, con escabecharla y ponerla en salmuera, y poco a poco se iba aplacando la fierecilla hasta que se quedaba como un guante.

## VI

Maximiliano, gozoso de ver que su tía, con aquel gran alboroto, no se ocupaba de él, poníase de parte de la autoridad y en contra de *Papitos.* Sí, sí; era muy mala, muy descarada, y había que atarla corto. Azuzaba la cólera de doña Lupe para que ésta no se revolviese contra él hablándole de su cambio de costumbres y de lo que hacía fuera de casa.

Doña Lupe fue aquella noche a casa de las de la Caña, y se estuvo allá las horas muertas. Maximiliano entró a las once. Había dejado a Fortunata acostada y casi dormida, y se retiró decidido a afrontar las chafalditas de su tía y a explicarse con ella. Porque después del caso de la herencia ya no podía dudar de que la Providencia le favorecía, abriéndole camino. Nunca había sido él muy religioso; pero aquella noche parecíale desacato y aun ingratitud no consagrar a la divinidad un pensamiento, ya que no una oración. Estaba como un demente. Por el camino miraba a las estrellas y las encontraba más hermosas que nunca, y muy mironas y habladoras A Fortunata, sin mentarle la herencia por respeto a la difunta, le dijo algo de sus fincas de Molina de Aragón, y de que si el dinero en hipotecas era el mejor dinero del mundo. A veces su imaginación agrandaba las cifras de la herencia, añadiéndole ceros, "porque esa gente de los pueblos no gasta un cuarto, y no hace más que acumular, acumular..."

Los faroles de la calle le parecían astros; los transeúntes, excelentes personas, movidas de los mejores deseos y de sentimientos nobilísimos. Entró en su casa resuelto a espontanearse con su tía... "¿Me atreveré? —pensaba—. Si me atreviera... Y ¿qué hay de malo en esto? En último caso, ¿qué puede hacer mi tía? ¿Acaso me va a comer? Si me niega el derecho de casarme con quien me dé la gana, ya le diré yo cuántas son cinco. No se conoce el genio de las personas hasta que no llega la ocasión de mostrarlo." A pesar de estas disposiciones belicosas, cuando *Papitos* le dijo que la señora no había vuelto todavía, quitósele de encima un gran peso, porque, en verdad, la revelación del secreto y el cisco que había de seguirle eran para acoquinar al más pintado. No le arredraba el miedo de ser vencido, porque su amor y su misión le darían seguramente coraje; pero convenía proceder con tacto y diplomacia, pensar bien lo que iba a decir para no ofender a su tía, y, si era posible, ponerla de su parte en aquel tremendo pleito.

Se fue a la cocina detrás de *Papitos,* siguiendo una costumbre antigua de hacer tertulia y de entretenerse en pláticas sabrosas cuando se encontraban solos. Un año antes, la criadita y el estudiante se pasaban las horas muertas en la cocina, contándose cuentos o proponiéndose acertijos. En éstos era fuerte la chiquilla. Sus carcajadas se oían desde la calle cuando repetía la adivinanza, sin que el otro la pudiera acertar. Maximiliano se rascaba la cabeza, aguzando su entendimiento; pero la solución no salía. *Papitos* le llamaba zote, bruto y otras cosas peores sin que él se ofendiera. Tomaba su revancha en los cuentos, pues sabía muchos, y ella los escuchaba con embeleso, abierta la boca de par en par y los ojos clavados en el narrador. Aquella noche estaba *Papitos* de muy mal temple por la soba que se había llevado, y le tenía mucha tirria al señorito porque no se puso de su parte en la contienda, como otras veces.

—Feo, tonto —le dijo aguzando la jeta cuando le vio sentarse en la mesilla de pino de la cocina—. Acusón, patoso..., memo en polvo.

Maximiliano buscaba una fórmula para pedirle perdón sin menoscabo de su dignidad de señorito. Sentíase con impulsos de protección hacia ella. Verdad que habían jugado juntos; que el año anterior, a pesar de la diferencia de edades, eran tan niños el uno como el otro, y se entretenían en enredos inocentes. Pero ya las cosas habían cambiado. Él era hombre, y ¡qué hombre!, y *Papitos* una chiquilla retozona sin pizca de juicio. Pero tenía buena índole, y cuando sentara la cabeza y diera un estirón, sería una criada inapreciable. La chiquilla, después que le dijo todas aquellas injurias, se puso a repasar una media, en la cual tenía metida la mano izquierda como en un guante. Sobre la mesa estaba su estuche de costura, que era una caja de tabacos. Dentro de ella había carretes, cintajos, un canuto de agujas muy roñoso, un pedazo de cera blanca, botones y otras cosas pertinentes al arte de la costura. La cartilla en que *Papitos* aprendía a leer estaba también allí, con las hojas sucias y reviradas. El quinqué de la cocina con el tubo ahumado y sin pantalla iluminaba la cara gitanesca de la criada, dándole un tono de bronce rojizo, y la cara pálida y serosa del señorito con sus ojeras violadas y sus granulaciones alrededor de los labios.

—¿Quieres que te tome la lección? —dijo Rubín cogiendo la cartilla.

—Ni falta..., canijo, espátula, *paice* un garabito... No quiero que me tome *lición* —replicó la chica remedándole la voz y el tono.

—No seas salvaje... Es preciso que aprendas a leer, para que seas mujer completa —dijo Rubín esforzándose en parecer juicioso—. Hoy has estado un poco salida de madre, pero ya eso pasó. Teniendo juicio, se te mirará siempre como de la familia.

—*¡Mia éste!*... Me zampo yo a la familia... —chilló la otra remedándole y haciendo las morisquetas diabólicas de siempre.

—No te abandonaremos nunca —manifestó el joven, henchido de deseos de protección— ¿Sabes lo que te digo?... Para que lo sepas, chica, para que lo sepas, ten entendido que cuando yo me case..., cuando yo me case, te llevaré conmigo para que seas la doncella de mi señora.

Al soltar la carcajada se tendió *Papitos* para atrás con tanta fuerza, que el respaldo de la silla crujió como si se rompiera.

—¡Casarse él, *vusté!*... Memo, más que memo, ¡casarse! —exclamó—. Si la señorita dice que *vusté* no se puede casar... Sí, se lo decía a doña Silvia la otra noche.

La indignación que sintió Maximiliano al oír este concepto fue tan viva, que de manifestarse en hechos habría ocurrido una catástrofe. Porque tal ultraje no podía contestarse sino agarrando a *Papitos* por el pescuezo y estrangulándola. El inconveniente de esto consistía en que *Papitos* tenía mucha más fuerza que él.

—Eres lo más animal y lo más grosero... —balbució Rubín— que he visto en mi vida. Si no te curas de esas tonterías, nunca serás nada.

*Papitos* alargó el brazo izquierdo en que tenía la media, y asomando sus dedos por los agujeros, le cogió la nariz al señorito y le tiró de ella.

—¡Que te estés quieta!... ¡Vaya!... Tú no te has llevado nunca una solfa buena, y soy yo quien te la va a dar... Y ¿por qué son esas risas estúpidas?... ¿Porque he dicho que me caso? Pues sí, señor, me caso porque me da la gana.

Tiempo hacía que Maximiliano deseaba hablar de aquella manera con alguien y manifestar su pensamiento libre y sin turbación. La confidencia que tan difícil era con otra persona resultaba fácil con la cocinerita, y el hombre se creció después de dichas las primeras palabras.

—Tú eres una inocente —le dijo poniéndole la mano en el hombro—, tú no conoces el mundo, ni sabes lo que es una pasión verdadera.

Al llegar a este punto, *Papitos* no entendió ni jota de lo que su señorito le decía... Era un lenguaje nuevo, como eran nuevas la expresión de él y la cara seria que puso. No ponía aquella cara cuando contaba los cuentos.

—Porque verás tú —continuó Rubín, expresándose con alma—, el amor es la ley de las leyes, el amor gobierna el mundo. Si yo encuentro la mujer que me gusta, que es la mitad, si no la totalidad de mi vida, una mujer que me transforme, inspirándome acciones nobles y dándome cualidades que antes no tenía, ¿por qué no me he de casar con ella? A ver, que me lo digan; que me den una razón, media razón siquiera... Porque tú no me has de salir con argumentos tontos; tú no has de participar de esas preocupaciones por las cuales...

Al llegar aquí, el orador se embarulló algo, y no ciertamente por miedo a la dialéctica de su contrario. *Papitos,* después de asombrarse mucho de la solemnidad con que el señorito hablaba y de las cosas incomprensibles que le decía, empezó a aburrirse. Siguió Maximiliano descargando su corazón, que otra coyuntura de desahogo como aquélla no se le volvería a presentar, y, por fin, la niña estiró el brazo izquierdo sobre la mesa, y como estaba tan fatigada del ajetreo de aquel día y de los coscorrones, hizo del brazo almohada y reclinó su cabeza en ella. En aquel momento, Maximiliano, exaltado por su propia elocuencia, se dejó decir:

—La única razón que me dan es que si ha sido o no ha sido esto o lo otro. Respondo que es falso, falsísimo. Si hay en su existencia días vergonzosos, y no diré tanto como vergonzosos, días borrascosos, días desventurados, ha sido por ley de la necesidad y de la pobreza, no por vicio... Los hombres, los señoritos, esa raza de Caín, corrompida y miserable, tienen la culpa... Lo digo y lo repito. La responsabilidad de que tanta mujer se pierda recae sobre el hombre. Si se castigara a los seductores y a los petimetres..., la sociedad...

*Papitos* dormía como un ángel, apoyada la mejilla sobre el brazo tieso, y conservando en la mano de él la media, por cuyos agujeros asomaban los dedos. Dormía con plácido reposo, la cara seria, como si aprobase inconscientemente las perrerías que el otro decía de los seductores y aprovechara la lección para cuando le tocara. El propio calor de sus palabras llevó a Maximiliano a una exaltación que parecía insana. No podía estar quieto ni callado. Levantóse y fue por los pasillos adelante, hablando solo en baja voz y haciendo gestos. El pasillo estaba oscuro; pero él conocía tan bien todos los rincones, que andaba por ellos sin vacilación ni tropiezo. Entró en la sala, que también estaba a oscuras; penetró en el gabinete de su tía, que a la misma boca de un lobo se igualara en lo tenebroso, y allí se le redobló la facundia, y la energía de sus declamaciones rayaba en frenesí. Apoyando las cláusulas con enfático gesto, se le ocurrían frases de admirable efecto contundente, frases capaces de tirar de espaldas a todos los individuos de la familia si las oyeran. ¡Qué lástima que no estuviera allí su tía!... Como si la estuviera viendo, le soltó estas atrevidas expresiones: "Y para que lo sepa usted de una vez, yo no cedo ni puedo ceder, porque sigo en esto el impulso de mi conciencia, y contra la conciencia no valen pamplinas, ni ese cúmulo, ese cúmulo, sí, señora, de... preocupaciones rancias que usted me opone. Yo me caso, me caso, y me caso, porque soy dueño de mis actos, porque soy mayor de edad, porque me lo dicta mi conciencia, porque me lo manda Dios; y si usted lo aprueba, ella y yo le abriremos nuestros amantes brazos y será usted nuestra madre, nuestra consejera, nuestra guía..."

Vamos, que sentía de veras no estuviese delante de él en el sillón de hule la propia viuda de Jáuregui en imagen corpórea, porque de fijo le diría lo mismo que estaba diciendo ante su imagen figurada y supuesta. Después salió otra vez al pasillo, donde continuó la perorata, paseándose de un extremo a otro, y gesticulando a favor de la oscuridad. La soledad, el silencio de la noche y la poca luz favorecen a los tímidos para su comedia de osados y lenguaraces, teniéndose a sí mismos por público y envalentonándose con su fácil éxito. Maximiliano hablaba quedito; sus fuertes manotadas no correspondían al diapasón bajo de las palabras, cuya vehemencia sofocada las hacía parecer como un ensayo.

Cuando doña Lupe llamó a la puerta, su sobrino le abrió, y pasmóse ella de que estuviera en pie todavía.

—¡Qué despabilado está el tiempo! —dijo la señora con cierto retintín, que hizo estremecer al joven, limpiando súbitamente su espíritu de toda idea de independencia, como se limpia de sombras un farol cuando aparece dentro de él la llama del gas.

Al oír la campanilla, acudió la chica dando traspiés y restregándose los ojos. Doña Lupe no dijo más que:

—A la cama todo Cristo.

Era muy tarde y *Papitos* tenía que madrugar. El sobrino y la cocinerita entraron sin hacer ruido en sus respectivas madrigueras, como los conejos cuando oyen los pasos del cazador.

## VII

La declaración de Maximiliano había puesto a Fortunata en perplejidad grande y penosa. Aquella noche y las siguientes durmió mal por la viveza del pensar y las contradictorias ideas que se le ocurrían. Después de acostada tuvo que levantarse y se arrojó, liada en una manta, en el sofá de la sala; pero no se quedaban las cavilaciones entre las sábanas, sino que iban con ella adonde quiera que iba. La primera noche dominaron al fin, tras largo debate, las ideas afirmativas. "¡Casarme yo, y casarme con un hombre de bien, con *una persona decente!*..." Era lo más que podía desear... ¡Tener un nombre, no tratar más con gentuza, sino con caballeros y señoras! Maximiliano era un bienaventurado, y seguramente la haría feliz. Esto pensaba por la mañana, después de lavarse y encender la lumbre, cuando cogía la cesta para ir a la compra. Púsose el manto y el pañuelo por la cabeza, y bajó a la calle. Lo mismo fue poner el pie en la vía pública que sus ideas variaron.

"¡Pero vivir siempre con este chico..., tan feo como es! Me da por el hombro, y yo le levanto como una pluma. Un marido que tiene menos fuerza que la mujer no es, no puede ser marido. El pobrecillo es un bendito de Dios; pero no le podré querer aunque viva con él mil años. Esto será ingratitud; pero ¿qué le vamos a hacer? No lo puedo remediar..."

Tan distraída estaba, que el carnicero le preguntó tres veces lo que quería, sin obtener respuesta. Por fin se enteró:

—Hoy no llevo más que media libra de falda para el cocido y una chuletita de lomo. Señor Paco, pésemelo bien.

—Tome usted, simpatía, y mande.

También compró dos onzas de tocino; luego una brecolera en el puesto de verduras de la carnicería, y en la tienda de la esquina, arroz, cuatro huevos y una lata de pimientos morrones. Al volver a su casa, revisó la lumbre y se puso a limpiar y a barrer. Mientras quitaba el polvo a los muebles, volvió al tema: "No se encuentra todos los días un hombre que quiera echarse encima una carga como ésta."

Hizo la cama y después empezó a peinarse. Al ver en el espejo su linda cara pálida, diole por emplear argumentos comparativos: "Porque, ¡María *Santisma!,* si Maximiliano apostaba a feo, no había quien le ganara... Y ¡qué mal huelen las boticas! Debió de haber seguido otra carrera... Dios me favorezca... Si tuviera algún hijo me acompañaría con él; pero... ¡quia!..."

Después de esta reticencia, que

por lo terminante parecía hija de una convicción profunda, siguió contemplando y admirando su belleza. Estaba orgullosa de sus ojos negros, tan bonitos que, según dictamen de ella misma, *le daban la puñalada al Espiritui Santo*. La tez era una preciosidad por su pureza mate y su transparencia y tono de marfil recién labrado; la boca, un poco grande, pero fresca y tan mona en la risa como en el enojo... ¡Y luego unos dientes! "Tengo los dientes —decía ella mostrándoselos— como pedacitos de leche cuajada." La nariz era perfecta. "Narices como la mía pocas se ven..." Y, por fin, componiéndose la cabellera negra y abundante como los malos pensamientos, decía: "¡Vaya un pelito que me ha dado Dios!" Cuando estaba concluyendo se le vino a las mientes una observación, que no hacía entonces por primera vez. Hacíala todos los días, y era ésta: "¡Cuánto más guapa estoy ahora que... antes! He ganado mucho."

Y después se puso muy triste. Los pedacitos de leche cuajada desaparecieron bajo los labios fruncidos, y se le armó en el entrecejo como una densa nube. El rayo que por dentro pasaba decía así: "¡Si me viera ahora!..." Bajo el peso de esta consideración estuvo un largo rato quieta y muda, la vista independiente a fuerza de estar fija. Despertó al fin de aquello que parecía letargo, y volviendo a mirarse, animóse con la reflexión de su buen palmito en el espejo. "Digan lo que quieran, lo mejor que tengo es el entrecejo... Hasta cuando me enfado es bonito... A ver cómo me pongo cuando me enfado? Así, así... ¡Ah, llaman!"

El campanillazo de la puerta la obligó a dejar el tocador. Salió a abrir con la peineta en una mano y la toalla por los hombros. Era el redentor, que entró muy contento y le dijo que acabara de peinarse. Como faltaba tan poco, pronto quedó todo hecho. Maximiliano la elogió por su resolución de no tomar peinadoras. ¿Por qué las mujeres no se han de peinar solas? La que no sabe, que aprenda. Eso mismo decía Fortunata. El pobre chico no dejaba de expresar su admiración por el buen arreglo y economía de su futura, haciendo por sus propias manos la tarea que desempeñan mal esas bergantas ladronas que llaman criadas de servir. Fortunata aseguraba que aquella costumbre suya no tenía mérito porque el trabajo le gustaba.

—Eres una alhajita —le decía su amante con orgullo—. En cuanto a las peinadoras, todas son unas grandes alcahuetas y en la casa donde entran no puede haber paz.

Más adelante tomarían alguna criada, porque no convenía tampoco que ella se matase a trabajar. Estarían seguramente en buena posición, y puede que algunos días tuvieran convidados a su mesa. La servidumbre es necesaria, y llegaría un día seguramente en que no se podrían pasar sin una niñera. Al oír esto, por poco suelta la risa Fortunata; pero se contuvo concretándose a decir en su interior: "¡Para qué querrá niñeras este desventurado!..."

A renglón seguido sacó el joven a relucir el tema del casorio, y dijo tales cosas, que Fortunata no pudo menos de rendir el espíritu a tanta generosidad y nobleza de alma.

—Tu comportamiento decidirá de tu suerte —afirmó él—, y como tu comportamiento ha de ser bueno, porque tu alma tiene todos los resortes del bien, estamos al cabo de la calle. Yo pongo sobre tu cabeza la corona de mujer honrada; tú harás porque no se te caiga y por llevarla dignamente. Lo pasado, pasado está, y el arrepentimiento no deja ni rastro de mancha, pero ni rastro. Lo que diga el mundo no nos importe. ¿Qué es el mundo? Fíjate bien y verás que no es nada cuando no es la conciencia.

A Fortunata se le humedecieron

los ojos, porque era muy accesible a la emoción, y siempre que se le hablaba con solemnidad y con un sentido generoso, se conmovía aunque no entendiera bien ciertos conceptos. La enternecía el tono, el estilo y la expresión de los ojos. Creyó entonces caso de conciencia hacer una observación a su amigo.

—Piensa bien lo que haces —le dijo— y no comprometas por mí tu...

Quería decir dignidad; pero no dio con la palabra por el poco uso que en su vida había hecho de vocablos de esta naturaleza. Pero se dio sus mañas para expresar toscamente la idea diciendo:

—Calcula que los que me conozcan te van a llamar *el marido de la Fortunata,* en vez de llamarte por tu nombre de pila. Yo te agradezco mucho lo que haces por mí; pero como te estimo, no quiero verte con...

Quería decir con un estigma en la frente; pero ni conocía la palabra ni, aunque la conociera, la habría podido decir correctamente.

—No quiero que te tomen el pelo por mí —fue lo que dijo, y se quedó tan fresca, esperando convencerle.

Pero Maximiliano, fuerte en su idea y en su conciencia, como dentro de un doble baluarte inexpugnable, se echó a reír. Semejantes argumentos eran para él como sería para los poseedores de Gibraltar ver que les quisiera asaltar un enemigo armado con una caña. Valiente caso hacia él de las estupideces del vulgo...

Cuando su conciencia le decía: "Mira, hijo: éste es el camino del bien; vete por él", ya podía venir todo el género humano a detenerle; ya podían apuntarle con un cañón rayado. Porque él iba sacando un carácter de que aún no se había enterado la gente, un carácter de acero, y todo lo que se decía de su timidez era conversación.

—Que tú seas buena, honrada y leal es lo que importa: lo demás corre de mi cuenta; déjame a mí, tú déjame a mí.

Poco después almorzaba Fortunata, y Maximiliano estudiaba, cambiando de vez en cuando algunas palabras. Toda aquella tarde dominaron en el espíritu de la joven las ideas optimistas, porque él se dejó decir algo de su herencia, de tierras e hipotecas en Molina de Aragón, asegurando que *sus viñas podían darle tanto más cuanto.* Por la noche avisaron para que les trajeran café, y vino el mozo de La Paz con él. Olmedo y Feliciana entraron de tertulia. Estaban de monos y apenas se hablaban, señal inequívoca de pelotera doméstica. Y es que si los estados más sólidos se quebrantan cuando la hacienda no marcha con perfecta regularidad, aquella casa, hogar, familia o lo que fuera, no podía menos de resentirse de las anomalías de un presupuesto cuyo carácter permanente era el déficit. Feliciana tenía ya pignorado lo mejorcito de su ropa, y Olmedo había perdido el crédito de una manera absoluta. Por la falta de crédito se pierden las repúblicas, lo mismo que las monarquías. Y no se hacía ya ilusiones el bueno de Olmedo acerca de la catástrofe próxima. Sus amigos, que le conocían bien, descubrían en él menos entereza para desempeñar el papel de libertino, y a menudo se le clareaba la buena índole al través de la máscara. A Maximiliano le contaron que habían sorprendido a Olmedo en el Retiro estudiando a hurtadillas. Cuando le vieron sus amigos escondió los libros entre el follaje, porque le sabía mal que le descubrieran aquella flaqueza. Daba mucha importancia a la consecuencia en los actos humanos, y tenía por deshonra el soltar de improviso la casaca e insignias de perdulario. ¿Qué diría la gente, qué los amigos, qué los mocosos, más jóvenes que él, que le tomaban por modelo? Hallábase en la situación de uno de esos chiquillos que para darse aires de hombres encienden un cigarro muy fuerte y se lo empiezan a fumar y se marean con él, pero tratan de dominar las náuseas para que no se diga que se han emborrachado. Olmedo no podía aguantar más la horrible desazón, el asco y el vértigo que sentía; pero continuaba con el cigarro en la boca haciendo que tiraba de él, pero sin chupar cosa mayor.

Feliciana, por su parte, había empezado a campar por sus respetos. Lo dicho; la honradez y el amor eran cosas muy buenas; pero no daban de comer. El calavera de oficio no se permitió aquella noche ninguna barrabasada. Sólo al entrar, y cuando los cuatro se sentaron a tomar café, dijo con su habitual desenfado:

—Narices, ya está reunido aquí toíto el *demi-monde.*

Fortunata y Feliciana no comprendieron; pero Rubín se puso encarnado y se incomodó mucho; porque aplicar tales vocablos a personas dispuestas a unirse en santo vínculo le parecía una falta de respeto, una grosería y una cochinada, sí, señor, una cochinada... Mas se calló por no armar camorra ni quitar a la reunión sus tonos de circunspección y formalidad. Acordóse de que nada había dicho a su amigo del casorio proyectado, siendo evidente que Olmedo habló en términos tan *liberales* por ignorancia. Determinó, pues, revelarle su pensamiento en la primera ocasión para que en lo sucesivo midiera y pesara mejor sus palabras.

## VIII

Aquella noche fue también mala para Fortunata, pues se la pasó casi toda cavilando, discurriendo sobre si *el otro* se acordaría o no de ella. Era muy particular que no le hubiese encontrado nunca en la calle. Y por falta de mirar bien a todos lados no era, ciertamente. ¿Estaría malo, estaría fuera de Madrid? Más adelante, cuando supo que en febrero y marzo había estado Juanito Santa Cruz enfermo de pulmonía, acordóse de que aquella noche lo había soñado ella. Y fue verdad que lo soñó a la madrugada, cuando su caldeado cerebro se adormeció, cediendo a una como borrachera de cavilaciones. Al despertar, ya de día, el reposo profundo aunque breve había vuelto del revés las imágenes y los pensamientos en su mente.

—A mi boticarito me atengo —dijo después que echó el Padrenuestro por las ánimas, de que no se olvidaba nunca—. Viviremos tan apañaditos.

Levantóse, encendió su lumbre, bajó a la compra, y de tienda en tienda pensaba que Maximiliano podía dar un estirón, echar más pecho y más carnes, ser más hombre, en una palabra, y curarse de aquel maldito romadizo crónico que le obligaba a estarse sonando constantemente. De la bondad de su corazón no había nada que decir, porque era un santo, y como se casara de verdad, su mujer había de hacer de él lo que quisiera. Con cuatro palabritas de miel ya estaba él contento y achantado. Lo que importaba era no llevarle la contraria en todo aquello de la conciencia y de las misiones... Aquí un adjetivo que Fortunata no recordaba. Era *sublimes,* pero lo mismo daba; ya se sabía que era una cosa muy buena.

Aquel día la compra duró algo más, pues habiéndole anunciado Maximiliano que almorzaría con ella, pensaba hacerle un plato que a entrambos les gustaba mucho, y que era la especialidad culinaria de Fortunata: el arroz con menudillos. Lo hacía tan ricamente, que era para chuparse los dedos. Lástima que no fuera tiempo de alcachofas, porque las hubiera traído para el arroz. Pero trajo un poco de cordero, que le daba mucho aquél. Compró chuletas de ternera, dos reales de menudillos y unas sardinas escabechadas para segundo plato.

De vuelta a su casa armó los tres pucheros con el minucioso cuidado que la cocina española exige, y empezó a hacer su arroz en la cacerola. Aquel día no hubo en la cocina cacharro que no funcionara. Después de freír la cebolla y de machacar el ajo y de picar el menudillo, cuando ninguna cosa importante quedaba olvidada, lavóse la pecadora las manos y se fue a peinar, poniendo más cuidado en ello que otros días. Pasó el tiempo; la cocina despedía múltiples y confundidos olores. ¡Dios, con la faena que en ella había! Cuando llegó Rubín, a las doce, salió a abrirle su amiga con semblante risueño. Ya estaba la mesa puesta, porque la mujer aquella multiplicaba el tiempo y, como quisiera, todo lo hacía con facilidad y prontitud. Dijo el enamorado que tenía mucha hambre, y ella le recomendó una chispita de paciencia. Se le había olvidado una cosa muy importante: el vino, y bajaría a buscarlo. Pero Maximiliano se prestó a desempeñar aquel servicio doméstico, y bajó más pronto que la vista.

Media hora después estaban sentados a la mesa, en amor y compaña; pero en aquel instante se vio Fortunata acometida bruscamente de unos pensamientos tan extraños, que no sabía lo que le pasaba. Ella misma comparó su alma en aquellos días a una veleta. Tan pronto marcaba para un lado como para otro. De improviso, como si se levantara un fuerte viento, la veleta daba la vuelta grande y ponía la punta donde antes tenía la cola. De estos cambiazos había sentido ella muchos; pero ninguno como el de aquel momento, el momento en que metió la cuchara dentro del arroz para servir a su futuro esposo. No sabría ella decir cómo fue, ni cómo vino aquel sentimiento a su alma, ocupándola toda; no supo más sino que le miró y sintió una antipatía tan horrible hacia el pobre muchacho, que hubo de violentarse para disimularla. Sin advertir nada, Maximiliano elogiaba el perfecto condimento del arroz; pero ella se calló, echando para adentro, con las primeras cucharadas, aquel fárrago amargo que se le quería salir del corazón. Muy *para entre sí,* dijo: "Primero me hacen a mí en pedacitos como éstos que casarme con semejante hombre... Pero ¿no le ven, no le ven que ni siquiera parece un hombre? ...Hasta huele mal... Yo no quiero decir lo que me da cuando calculo que toda la vida voy a estar mirando delante de mí esa nariz de rabadilla."

—Parece que estás triste, moñuca —le dijo Rubín, que solía darle este cariñoso mote.

Contestó ella que el arroz no había quedado tan bien como deseara. Cuando comían las chuletas, Maximiliano le dijo con cierta pedantería de dómine:

—Una de las cosas que tengo que enseñarte es a comer con tenedor y cuchillo, no con tenedor sólo. Pero tiempo tengo de instruirte en esa y en otras cosas más.

También le cargaba a ella tanta corrección. Deseaba hablar bien y ser persona fina y decente; pero ¡cuánto más aprovechadas las lecciones si el maestro fuera otro, sin aquella destiladera de nariz, sin aquella cara deslucida y muerta, sin aquel cuerpo que no parecía de carne sino de cordilla!

Esta antipatía de Fortunata no estorbaba en ella la estimación, y con la estimación mezclábase una lástima profunda de aquel desgraciado, caballero del honor y de la virtud, tan superior moralmente a ella. El aprecio que le tenía, la gratitud y aquella conmiseración inexplicable, porque no se compadece a los superiores, eran causa de que refrenase su repugnancia. No era ella muy fuerte en disimular, y otro menos alucinado que Rubín habría conocido que el lindísimo entrecejo ocultaba algo. Pero veía las cosas por el lente de sus ideas propias, y para él todo era como debía ser y no como era. Alegróse mucho Fortunata de que el almuerzo concluyese, porque eso de estar sosteniendo una conversación seria y oyendo advertencias y correcciones no la divertía mucho. Gustábale más el trajín de recoger la loza y levantar la mesa, operación en que puso la mano no bien tomaron el café. Y para estar más tiempo en la cocina que en la sala, revisó los pucheros, y se puso a picar la ensalada cuando aún no hacía falta. De rato en rato daba una vuelta por la sala, donde Maximiliano se había puesto a estudiar. No le era fácil aquel día fijar su atención en los libros. Estaba muy distraído, y cada vez que su amiga entraba, toda la ciencia farmacéutica se desvanecía de su mente. A pesar de esto quería que estuviese allí, y aun se enojó algo por lo mucho que prolongaba los ratos de cocina.

—Chica, no trabajes tanto, que te vas a cansar. Trae tu labor y siéntate aquí.

—Es que si me pongo aquí no estudias, y lo que te conviene es estudiar para que no pierdas el año —replicó ella—. ¡Pues si lo pierdes y tienes que volverlo a estudiar...!

Esta razón hizo efecto grande en el ánimo de Rubín.

—No importa que estés aquí. Con tal que no me hables estudiaré. Viéndote parece que comprendo mejor las cosas y que se me abren las compuertas del entendimiento. Te pones aquí, tú a tu costura, yo a mis libros. Cuando me siento muy torpe, ¡pim!, te miro y al momento me despabilo.

Fortunata se rió un poco, y ausentándose un instante trajo la costura.

—¿Sabes? —le dijo Rubín, apenas ella se sentó—. Mi hermano Juan Pablo se fue a Molina a arreglar eso de la herencia de la tía Melitona. Mi tía Lupe le escribió, y antes de venir a Madrid se plantó allá. Escribe diciendo que no habrá grandes dificultades.

—¿De veras? ¡Vamos!... Más vale así.

—Como lo oyes. Aún no puedo decir lo que nos tocará a cada hermano. Lo que sí te aseguro es que me alegro de esto por ti, exclusivamente por ti. Luego te quejarás de la Providencia. Porque cuanto más aseguradas están las materialidades de la vida, más segura es la conservación del honor. La mitad de las deshonras que hay en la vida no son más que pobreza, chica, pobreza. Créete que ha venido Dios a vernos, y si ahora no nos portamos bien, merecemos que nos arrastren.

Fortunata hubiera dicho para sí: "¡Vaya un moralista que me ha salido!" Pero no tenía noticia de esta palabra, y lo que dijo fue: "Ya estoy de *misionero* hasta aquí", usando la palabra *misionero* con un sentido doble, a saber: el de predicador y el de agente de aquello que Rubín llamaba *su misión*.

## IX

Maximiliano comunicó a Olmedo sus planes de casamiento, encargándole el mayor sigilo, porque no convenía que se divulgasen antes de tiempo, para evitar maledicencias tontas. Creyó el gran perdis que su amigo estaba loco, y en el fondo de su alma le compadecía, aunque admiraba el atrevimiento de Rubín para hacer la más grande y escandalosa calaverada que se podía imaginar. ¡Casarse con una...! Esto era un colmo, el colmo del *buen fin*, y en semejante acto había una mezcla horrenda de ignominia y de abnegación sublime, un no sé qué de osadía y al mismo tiempo de bajeza que levantó al bueno de Rubín, a sus ojos, de aquel fondo de vulgaridad en que estaba. Porque Rubín podía ser un tonto; pero no era un tonto vulgar, era uno de esos tontos que tocan lo sublime con la punta de los dedos. Verdad que no llegan a agarrarlo; pero ello es que lo tocan. Olmedo, al mismo tiempo que sondeaba la inmensa gravedad del propósito de su amigo, no pudo menos de reconocer que a él Olmedo, al perdulario de oficio, no se le había pasado nunca por la cabeza una majadería de aquel calibre.

—Descuida, chico; lo que es por mí no lo sabrá nadie, ¡qué narices! Soy tu amigo, ¿sí o no? Pues basta, ¡narices! Te doy mi palabra de honor; estate tranquilo.

La palabra de *Ulmus sylvestris,* cuando se trataba de algo comprendido en la jurisdicción de la picardía, era sagrada. Pero en aquella ocasión pudo más el prurito chismográfico que el fuero del honor picaresco, y el gran secreto fue revelado a Narciso Puerta *(Pseudo-Narcissus odoripherus)* con la mayor reserva, y previo juramento de no transmitirlo a nadie.

—Te lo digo en confianza, porque sé que ha de quedar de ti para mí.

—Descuida, chico; no faltaba más... Ya tú me conoces.

En efecto, Narciso no lo dijo a nadie, con una sola excepción. Porque verdaderamente, ¿qué importaba confiar el secretillo a una sola persona, a una sola, que de fijo no lo había de propalar?

—Te lo digo a ti solo, porque sé que eres muy discreto —murmuró Narciso al oído de su amigo Encinas *(Quercus gigantea)*—. Cuidado con lo que te encargo...; pero mucho cuidado. Sólo tú lo sabes. No tengamos un disgusto.

—Hombre, no seas tonto... Parece que me conoces de ayer. Ya sabes que soy un sepulcro.

Y el sepulcro se abrió en casa de las de la Caña, con la mayor reserva, se entiende, y después de hacer jurar a todos de la manera más solemne que guardarían aquel profundo arcano.

—Pero ¡qué cosas tiene usted, Encinas! No nos haga usted tan poco favor. Ni que fuéramos chiquillas, para ir con el cuento y comprometerle a usted...

Pero una de aquellas señoras creía que era pecado mortal no indicar algo a doña Lupe, porque ésta al fin lo tenía que saber, y más valía prepararla para tan tremendo golpe. ¡Pobre señora! Era un dolor verla con aquella tranquilidad, tan ajena a la deshonra que la amenazaba. Total, que la noticia llegó a la sutil oreja de doña Lupe a los tres días de haber salido del labio tímido de *Rubinius vulgaris.*

Cuentan que doña Lupe se quedó un buen rato como quien ve visiones. Después dio a entender que algo barruntaba ella, por la conducta anómala de su sobrino. ¡Casarse con una que ha tenido que ver con muchos hombres! ¡Bah! No sería cierto, quizás. Y si lo era pronto se había de saber; porque, eso sí, a doña Lupe no se le apagaría en el cuerpo la bomba, y aquella misma noche o al día siguiente por la mañana, Maximiliano y ella se verían las caras... Que la señora viuda de Jáuregui estaba volada, lo probó la inseguridad de su paso al recorrer la distancia entre el domicilio de las de la Caña y el suyo. Hablaba sola, y se le cayó el paraguas dos veces, y cuando se bajó a recogerlo, se le cayó el pañuelo, y, por fin, en vez de entrar en el portal de su casa, entró en el próximo. ¡Como estuviera en casa el muy hipocritón, su tía le iba a poner verde! Pero no estaría, seguramente, porque eran las once de la noche y el señoritingo no entraba ya nunca antes de las doce o la una... ¡Quién lo había de decir; pero quién lo había de decir!... Aquel cuitado, aquella calamidad de chico, aquella inutilidad, tan fulastre y para poco que no tenía aliento para apagar una vela y que a los dieciocho años sí, bien lo podía asegurar doña Lupe, no sabía lo que son mujeres y creía que los niños que nacen vienen de París; aquel hombre fallido enamorarse así, ¡y de quién!, de una mujer perdida..., pero perdida..., en toda la extensión de la palabra.

—¿Ha venido el señorito? —preguntó a su criada, y como ésta le contestara que no, frunció los labios en señal de impaciencia.

El desasosiego y la ira habrían llegado qué sé yo adónde si no se desahogaran un poco sobre la inocente cabeza de *Papitos,* y se dice la cabeza, porque ésta fue lo que más padeció en aquel achuchón. Ha de saberse que *Papitos* era un tanto presumida, y que siendo su principal belleza el cabello negro y abundante, en él ponía sus cinco sentidos. Se peinaba con arte precoz, haciéndose sortijillas y patillas, y para rizarse el fleco, no teniendo tenazas, empleaba un pedazo de alambre grueso, calentándolo hasta el rojo. Hubiera querido hacer estas cosas por la mañana; pero como su ama se levantaba antes que ella, no podía ser. La noche, cuando estaba sola, era el mejor tiempo para dedicarse con entera libertad a la peluquería elegante. Un pedazo de espejo, un batidor desdentado, un poco de tragacanto y el alambre gordo le bastaban. Por mal de sus pecados, aquella noche se había trabajado el pelo con tanta perfección que... "¡Hija, ni que fueras a un baile!", se había dicho ella a sí misma, con risa convulsiva, al mirarse en el espejo por secciones de cara, porque de una vez no se la podía mirar toda.

—Puerca, fantasmona, mamarracho —gritó doña Lupe destruyendo con manotada furibunda todos aquellos perfiles que la chiquilla había hecho en su cabeza—. En esto pasas el tiempo... ¿No te da vergüenza de andar con la ropa llena de agujeros y, en vez de ponerte a coser, te da por atusarte las crines? ¡Presumida, sinvergüenza! ¿Y la cartilla? Ni siquiera la habrás mirado... Ya, ya te daré yo pelitos. Voy a llevarte a la barbería y a raparte la cabeza, dejándotela como un huevo.

Si le hubieran dicho que le cortaban la cabeza no hubiera sentido la chica más terror.

—Eso, ahora el moquito y la lagrimita, después que me envenenas la sangre con tus peinados indecentes. Pareces la mona del Retiro... Estás bonita..., sí... Pero qué, ¿también te has echado pomada?

Doña Lupe se olió la mano con que había estropeado impíamente el criminal flequillo. Al acercarse la mano a su nariz, hízolo con ademán tan majestuoso, que es lástima no lo reprodujera un buen maestro de escultura.

—Gorrina..., me has pringado la mano... ¡Huy, qué pestilencia!... ¿De dónde has sacado esta porquería?

—Me la dio el *sito* Maxi —respondió *Papitos* con humildad...

Esto llevó bruscamente las ideas de doña Lupe a la verdadera causa de su ira. Ocurriósele hacer un reconocimiento en el cuarto de su sobrino, lo que agradeció mucho *Papitos,* porque de este modo tenía fin inmediato el sofoco que estaba pasando.

—Vete a la cocina —le dijo la señora.

Y no necesitó repetírselo, porque se escabulló como un ratoncillo que siente ruido.

Doña Lupe encendió luz en el cuarto de Maximiliano y empezó a observar.

"¡Si encontrara alguna carta! —pensó—. Pero ¡quia! Ahora recuerdo que me han dicho que esa tarasca no sabe escribir. Es un animal en toda la extensión de la palabra."

Registra por aquí, registra por allá, nada encontraba que sirviera de comprobación a la horrible noticia. Abrió la cómoda, valiéndose de las llaves de la suya, y allí tampoco había nada. La hucha estaba en su sitio y llena, quizás más pesada que antes. Retratos, no los vio por ninguna parte. Hallábase doña Lupe engolfada en su investigación policíaca, sin descubrir rastro del crimen, cuando entró Maximiliano. *Papitos* le abrió la puerta; dirigióse a su cuarto, sorprendido de ver luz en él, y al encarar con su tía, que estaba revolviendo el tercer cajón de la cómoda, comprendió que su secreto había sido descubierto, y le corrieron escalofríos de muerte por todo el cuerpo. Doña Lupe supo contenerse. Era persona de buen juicio y muy oportunista, quiero decir que no gustaba de hacer cosa ninguna fuera de sazón, y para calentarle las orejas a su sobrino no era buena hora la medianoche. Porque seguramente ella había de alzar la voz, y no convenía el escándalo. También era probable que al chico le diera una jaqueca muy fuerte si le sofocaban tan a deshora, y doña Lupe no quería martirizarle. Lelo y mudo estaba el estudiante en la puerta de su cuarto, cuando su tía se volvió hacia él, y echándole una mirada muy significativa, le dijo:

—Pasa; yo me voy. Duerme tranquilo, y mañana te ajustaré las cuentas...

Se fue hacia su alcoba; pero no había dado diez pasos, cuando volvió airada, amenazándole con la mano y con un grito:

—¡Grandísimo pillo!... Pero tente, boca. Quédese esto para mañana... A dormir se ha dicho.

No durmió Maximiliano pensando en la escena que iba a tener con su tía. Su imaginación agrandaba a veces el conflicto haciéndolo tan hermosamente terrible como una escena de Shakespeare; otras lo reducía a proporciones menudas. "¿Y qué, señora tía, y qué? —decía, alzando los hombros dentro de la cama, como si estuviera en pie—. He conocido una mujer, me gusta y me quiero casar con ella. No veo el motivo de tanta... Pues estamos frescos... ¿Soy yo alguna máquina?... ¿No tengo mi libre albedrío?... ¿Qué se ha figurado usted de mí?" A ratos se sentía tan fuerte en su derecho, que le daban ganas de levantarse, correr a la alcoba de su tía, tirarle de un pie, despertarla y soltarle este jicarazo: "Sepa usted que al son que me tocan bailo. Si mi familia se empeña en tratarme como a un chiquillo, yo le probaré a mi familia que soy hombre." Pero se quedó helado al suponer la contestación de su tía, que seguramente sería ésta: "¿Qué habías tú de ser hombre, qué habías de ser?..."

Cuando el buen chico se levantó, al día siguiente, que era domingo, ya doña Lupe había vuelto de misa. Entróle *Papitos* el chocolate, y, la verdad, no pudo pasarlo, porque se le había puesto en el epigastrio la tirantez angustiosa, síntoma infalible de todas las situaciones apuradas, lo mismo por causa de exámenes que por otro temor o sobresalto cualquiera. Estaba lívido, y la señora debió de sentir lástima cuando le vio entrar en su gabinete, como el criminal que entra en la sala de juicio. La ventana estaba abierta, y doña Lupe la cerró para que el pobrecillo no se constipase, pues una cosa es la salud y otra la justicia. Venía el delincuente con las manos en los bolsillos y una gorrita escocesa en la cabeza, las botas nuevas y la ropa de dentro de casa, tan mustio y abatido que era preciso ser de bronce para no compadecerle. Doña Lupe tenía una falda de diario con muchos y grandes remiendos admirablemente puestos, delantal azul de cuadros, toquilla oscura envolviendo el arrogante busto, pañuelo negro en la cabeza, mitones colorados y borceguíes de fieltro gruesos y blandos, tan blandos que sus pasos eran como los de un gato. El gabinetito era una pieza muy limpia. Una cómoda y el armario de luna de forma vulgar eran los principales muebles. El sofá y sillería tenían forro de *crochet* a estilo de casa de huéspedes, todo hecho por la señora de la casa.

Pero lo que daba cierto aspecto grandioso al gabinete era el retrato del difunto esposo de doña Lupe, colgado en el sitio presidencial, un cuadrángano al óleo, perverso, que representaba a don Pedro Manuel de Jáuregui, alias *el de los Pavos,* vestido de comandante de la Milicia Nacional, con su morrión en una mano y en otra el bastón de mando. Pintura más chabacana no era posible imaginarla. El autor debía de ser una especialidad en las muestras de casas de vacas y de burras de leche. Sostenía, no obstante, doña Lupe que el retrato de Jáuregui era una obra maestra, y a cuantos lo contemplaban les hacía notar dos cosas sobresalientes en aquella pintura, a saber: que donde quiera que se pusiese el espectador los ojos del retrato miraban al que le miraba, y que la cadena del reloj, la gola, los botones, la carrillera y placa del morrión, en una palabra, toda la parte metálica estaba pintada de la manera más extraordinaria y magistral.

Las fotografías que daban guardia de honor al lienzo eran muchas, pero colgadas con tan poco sentimiento de la simetría, que se las creería seres animados que andaban a su arbitrio por la pared.

—Muy bien, señor don Maximiliano, muy bien —dijo doña Lupe mirando severísimamente a su sobrino—. Siéntate, que hay para rato.

## CAPÍTULO III

### DOÑA LUPE LA DE LOS PAVOS

### I

Maximiliano no se sentó, doña Lupe sí, y en el centro del sofá debajo del retrato, como para dar más austeridad al juicio. Repitió el "Muy bien, señor don Maximiliano", con retintín sarcástico. Por lo general, siempre que su tía le daba tratamiento, llamándole *señor don,* el pobre chico veía la nube del pedrisco sobre su cabeza.

—¡Estarse una matando toda la vida —prosiguió ella— para sacar adelante al dichoso sobrinito, sortearle las enfermedades a fuerza de mimos y cuidados, darle una carrera quitándome yo el pan de la boca, hacer por él lo que no todas las madres hacen por sus hijos para que al fin...! ¡Buen pago, bueno!... No, no me expliques nada, si estoy perfectamente informada. Sé quién es esa... dama ilustre con quien te quieres casar. Vamos, que buena doncella te canta... ¿Y creerás que vamos a consentir tal deshonra en la familia? Dime que todo es una chiquillada y no se habla más del asunto.

Maximiliano no podía decir tal cosa; pero tampoco podía decir otra, porque, si en el fondo de su ánimo empezaban a levantarse olas de entereza, esas olas reventaban y se descomponían antes de llegar a la orilla, o sea los labios. Estaba tan cortado, que sintiendo dentro de sí la energía no la podía mostrar por aquella pícara emoción nerviosa que le embargaba. Dejó esparcir sus miradas por la pared testera, como buscando por allí un apoyo. En ciertas situaciones apuradas y en los grandes estupores del alma, las miradas suelen fijarse en algo insignificante y que nada tiene que ver con la situación. Maximiliano contempló un rato el grupo fotográfico de las chicas de Samaniego, Aurora y Olimpia, con mantilla blanca, enlazados los brazos, la una muy adusta, la otra sentimental. ¿Por qué miraba aquello? Su turbación le llevaba a colgar las miradas aquí y allí, prendiendo el espíritu en cualquier objeto, aunque fueran las cabezas de los clavos que sostenían los retratos.

—Explícate, hombre —añadió doña Lupe, que era viva de genio—. ¿Es una niñería?

—No, señora —respondió el acusado, y esta negación, que era afirmación, empezó a darle ánimos, aligerándole un poco la angustia aquella de la boca del estómago.

—¿Estás seguro de que no es chiquillada? ¡Valiente idea tienes tú del mundo y de las mujeres, inocente!... Yo no puedo consentir que una pindonga de ésas te coja y te engañe para timarte tu nombre honrado, como otros timan el reloj. A ti hay que tratarte siempre como a los niños atrasaditos que están a medio desarrollar. Hay que recordar que hace cinco años todavía iba yo por la mañana a abrocharte los calzones, y que tenías miedo de dormir solo en tu cuarto.

Idea tan desfavorable de su personalidad exasperaba al joven. Sentía crecer dentro la bravura; pero le faltaban palabras. ¿Dónde demonios estaban aquellas condenadas palabras, que no se le ocurrían en trance semejante? El maldito hábito de la timidez era la causa de aquel silencio estúpido. Porque la mirada de doña Lupe ejercía sobre él fascinación singularísima, y teniendo mucho que decir, no lograba decirlo. "Pero ¿qué diría yo?... ¿Cómo empezaría yo?", pensaba fijando la vista en el retrato de Torquemada y su esposa, de bracete.

—Todo se arreglará —indicó doña Lupe en tono conciliador —si consigo quitarte de la cabeza esas humaredas. Porque tú tienes sentimientos honrados, tienes buen juicio... Pero siéntate. Me da fatiga de verte en pie.

—Es menester que usted se entere bien —dijo Maximiliano al sentarse en el sillón, creyendo haber encontrado un buen cabo de discurso para empezar—; se entere bien de las cosas... Yo... pensaba hablar a usted...

—Y ¿por qué no lo hiciste? ¡Qué tal sería ello!... ¡Vaya, que un chico delicadito como tú meterse con esas viciosonas!... Y no te quepa duda... Así, pronto entregarás la pelleja. Si caes enfermo, no vengas a que te cuide tu tía, que para eso sí sirvo yo, ¿eh?, para eso sí sirvo, ingrato, tunante... ¿Y te parece bien que cuando me miro en ti, cuando te saco adelante con tanto trabajo y soy para ti más que una madre; te parece bien que me des este pago, infame, y que te me cases con una mujer de mala vida?

Rubín se puso verde y le salió un amargor intensísimo del corazón a los labios.

—No es eso, tía, no es eso —sostuvo, entrando en posesión de sí mismo—. No es mujer de mala vida. La han engañado a usted.

—El que me ha engañado eres tú con tus encogimientos y tus timideces... Pero ahora lo veremos. No creas que vas a jugar conmigo; no creas que te voy a dejar hacer tu gusto. ¿Por quién me tomas, bobalicón?... ¡Ah! ¡Si yo no hubiera tenido tanta confianza!... Pero si he sido una tonta; si me creí que tú no eras capaz de mirar a una mujer. Buena me la has dado, buena. Eres un apunte..., en toda la extensión de la palabra.

Maximiliano, al oír esto, estaba profundamente embebecido, mirando el retrato de Rufinita Torquemada. La veía y no la veía, y sólo confusamente y con vaguedades de pesadilla, se hacía cargo de la actitud de la señorita aquella, retratada sobre un fondo marino y figurando que estaba en una barca. Vuelto en sí, pensó en defenderse; pero no podía encontrar las armas, es decir, las palabras. Con todo, ni por un instante se le ocurría ceder. Flaqueaba su máquina nerviosa; pero la voluntad permanecía firme.

—A usted la han informado mal —insinuó con torpeza— respecto a la persona... que... Ni hay tal vida airada ni ése es el camino... Yo pensaba decirle a usted: "Tía, pues yo... quiero a esta persona, y... mi conciencia..."

—Cállate, cállate, y no me saques la cólera, que al oírte decir que quieres a una tiota chubasca, me dan ganas de ahogarte, más por tonto que por malo..., y al oírte hablar de conciencia en este tratado, me dan ganas de... Dios me perdone... ¿Sabes lo que te digo? —añadió alzando la voz—, ¿sabes lo que te digo? Que desde este momento vuelvo a tratarte como cuando tenías doce años. Hoy no me sales de casa. Ea, ya estoy yo en funciones con mis disciplinas... Y desde mañana me vuelves a tomar el aceite de hígado de bacalao. Vete a tu cuarto y quítate las botas. Hoy no me pisas la calle.

Dios sabe lo que iba a contestar el acusado. Quedó suelta en el aire la primera palabra, porque llegó una visita. Era el señor de Torquemada, persona de confianza en la casa, que al entrar iba derecho al gabinete, a la cocina, al comedor o adonde quiera que la señora estuviese. La fisonomía de aquel hombre era difícil de entender. Sólo doña Lupe, en virtud de una larga práctica, sabía encontrar algunos jeroglíficos en aquella cara ordinaria y enjuta, que tenía ciertos rasgos de tipo militar con visos clericales. Torquemada había sido alabardero en su mocedad, y conservando el bigote y perilla, que eran ya entrecanos, tenía un no sé qué de eclesiástico, debido sin duda a la mansedumbre afectada y dulzona, y a un cierto subir y bajar de párpados con que adulteraba su grosería innata. La cabeza se le inclinaba siempre al lado derecho. Su estatura era alta, mas no arrogante; su cabeza calva, crasa y escamosa, con un enrejado de pelos mal extendidos para cubrirla. Por ser aquel día domingo, llevaba casi limpio el cuello de la camisa, pero la capa era el número dos, con las vueltas aceitosas y los ribetes deshilachados. Los pantalones, mermados por el crecimiento de las rodilleras, se le subían tanto que parecía haber montado a caballo sin trabillas. Sus botas, por ser domingo, estaban aquel día embetunadas y eran tan chillonas que se oían desde una legua.

—Y ¿cómo está la familia? —preguntó al tomar asiento, después de dar su mano siempre sudorosa a doña Lupe y al sobrino.

—Perfectamente bien —dijo la señora, observando con ansiedad el semblante de Torquemada—. ¿Y en casa?

—No hay novedad, a Dios gracias.

Doña Lupe esperaba aquel día noticias de un asunto que le interesaba mucho. Como siempre se ponía en lo peor para que las desgracias no la cogieran desprevenida, pensó, al ver entrar a su agente, que le traía malas nuevas. Temió preguntarle. La cara de militar adulterado no expresaba más que un interés decidido por la familia. Al fin, Torquemada, que no gustaba de perder el tiempo, dijo a su amiga:

—Vamos, doña Lupe, que hoy estamos de buena. ¿A que no me acierta usted la peripecia que le traigo?

La fisonomía de la señora se iluminó, pues sabía que su amigo llamaba peripecia a toda cobranza inesperada. Echóse él a reír, y metió mano al bolsillo interior de su americana.

—¡Ay! No me lo diga usted, don Francisco —exclamó doña Lupe con incredulidad, cruzando las manos—. ¿Ha pagado...?

—Lo va usted a ver... Yo... tampoco lo esperaba. Como que fui anoche a decirle que el lunes se le embargaría. Hoy por la mañana, cuando me estaba vistiendo para ir a misa, me le veo entrar. Creí que venía a pedirme más prórrogas. Como siempre nos está engañando, que hoy, que mañana... Yo no le creo ni la Biblia. Es muy fabulista. Pero, en fin, pedradas de éstas nos den todos los días. "Señor de Torquemada —me dice muy serio—, vengo a pagarle a usted..." Me quedé lo que llaman atónito. Como que no esperaba la peripecia. Finalmente, que me dio el *guano,* o sean ocho mil reales, cogió su pagaré y a vivir.

—Lo que yo le decía a usted —observó doña Lupe casi sin poder hablar, con la alegría atravesada en la garganta—. El tal Joaquinito Pez es una persona decente. Él pasa sus apurillos como todos esos hijos de familia que se dan buena vida y un día tienen, otro no. De fijo que será jugador...

Torquemada hizo una separación de billetes, dando la mayor parte a doña Lupe.

—Los seis mil reales de usted...; dos mil míos. Buen chiripón ha sido éste. Yo los contaba, como quien dice, perdidos; porque el tal Joaquinito está, según oí, con el agua al cuello. ¿Quién será el desgraciado a quien ha dado el sablazo? A bien que a nosotros no nos importa.

—Como no le hemos de prestar más...

—Mire usted, doña Lupe —dijo Torquemada, haciendo una perfecta *o* con los dedos pulgar e índice y enseñándosela a su interlocutora.

## II

Doña Lupe contempló la *o* con veneración y escuchó:

—Mire usted, señora: estos señoritos disolutos son buenos parroquianos, porque no reparan en el materialismo del premio y del plazo; pero al fin la dan, y la dan gorda. Hay que tener mucho ojo con ellos. Al principio, el embargo les asusta; pero como lleguen a perder el punto una vez, lo mismo les da *fu* que *fa.* Aunque usted les ponga en la publicidad de la *Gaceta,* se quedan tan frescos. Vea usted al marquesito de Casa-Bojío; le embargué el mes pasado; le vendí hasta la lámina en que tenía el árbol genealógico. Pues, finalmente, a los tres días me le vi en un faetón, como si tal cosa, y pasó por junto a mí y las ruedas me salpicaron el barro de la calle... No es que me importe el materialismo del barro; lo digo para que se vea lo que son... ¿Pues creerá usted que encontró después quien le prestara? Ello fue al cuatro mensual; pero aun al cinco sería, como quien dice, el todo por el todo. Verdad que no molestan, y si a mano viene, cuando piden prórroga, por tenerle a uno contento le dan un destinillo para un sobrino, como hizo el chico de Pez conmigo..., pero el materialismo del destino no importa; a lo mejor la pegan y de canela fina, créame usted. Por eso, ya puede venir ahora a tocar a esta puerta, que le he de mandar a plantar cebollinos.

Al llegar aquí Torquemada sacó su sebosa petaca. Como tenía tanta confianza, iba a echar un cigarro; ofreció a Maximiliano, y doña Lupe respondió bruscamente por él diciendo con desdén:

—Éste no fuma.

Las operaciones previas de la fumada duraban un buen rato, porque Torquemada le variaba el papel al cigarrillo. Después encendió el fósforo raspándolo en el muslo.

—Como seguro —prosiguió—, aunque da mucho que hacer, el *chico* de la tienda de ropas hechas, José María Vallejo. Allí me tiene todos los primeros de mes, como un perro de presa... Mil duros me tiene allí, y no le cobro más que veintiséis todos los meses. ¿Que se atrasa? "Hijo, yo tengo un gran compromiso y no te puedo aguardar." Cojo media docena de capas, y me las llevo, y tan fresco... Y no lo hago por el materialismo de las capas, sino para que mire bien el plazo. Si no hay más remedio, señora. Es menester tratarles así, porque no guardan consideración. Se figuran que tiene uno el dinero para que ellos se diviertan. ¿Se acuerda usted de aquellos estudiantes que nos dieron tanta guerra? Fue el primer dinero de usted que coloqué. ¡Aquel Cienfuegos, aquel Arias Ortiz! Vaya

...pones. Si no es por mí, no se les cobra... Y eran tan tunantes, que después que iban a casa llorándome tocante a la prórroga, me los encontraba en el café atizándose bisteques... y vengan copas de ron y marrasquino... Lo mismo que aquel tendero de la calle Mayor, aquel Rubio que tenía peletería, ¿se acuerda usted? Un día, finalmente, me trajo su reloj, los pendientes de su mujer y doce cajas de pieles y manguitos, y aquella misma tarde, aquella mismísima tarde, señora, me le veo en la Puerta del Sol encaramándose en un coche para ir a los Toros... Si son así..., quieren el dinero, como quien dice, para el materialismo de tirarlo. Por eso estoy todo el santo día vigilando a José María Vallejo, que es un buen hombre, sin despreciar a nadie. Voy a la tienda y veo si hay gente, si hay movimiento; echo una guiñada al cajón; me entero de si el chico que va a cobrar las cuentas trae *guano;* sermoneo al principal, le doy consejos, le recomiendo que al que [no] paga le crucifique. ¡Si es la verdad, si no hay más camino!... Finalmente, el que se hace de manteca pronto se lo meriendan. Y no lo agradecen, no, señora, no agradecen el interés que me tomo por ellos. Cuando me ven entrar, ¡si viera usted qué cara me ponen! No reparan que están trabajando con mi dinero. Y, finalmente, ¿qué eran ellos? Unos pobres pelagatos. Les parece que porque me dan veintiséis duros al mes ya han cumplido... Dicen que es mucho y yo digo que me lo tienen que agradecer, porque los tiempos están malos, pero muy malos.

En toda la parte del siglo XIX que duró la larguísima existencia usuraria de don Francisco Torquemada no se le oyó decir una sola vez siquiera que los tiempos fueran buenos. Siempre eran malos, pero muy malos. Aun así, el 68 ya tenía Torquemada dos casas en Madrid, y había empezado sus negocios con doce mil reales que heredó su mujer el 51. Los un día mezquinos capitales de doña Lupe, él se los había centuplicado en un par de lustros, siendo ésta la única persona que asociaba a sus oscuros negocios. Cobrábale una comisión insignificante, y se tomaba por los asuntos de ella tanto interés como por los propios, en razón a la gran amistad que había tenido con el difunto Jáuregui.

—Y con esta fecha y con esta facha me voy —dijo levantándose y colgándose la capa, que se le caía del hombro izquierdo.

—¿Tan pronto?

—Señora, que no he oído misa. Lo que le decía a usted: estaba vistiéndome para salir a oírla, cuando entró Joaquinito a darme la gran peripecia.

—¡Buena ha sido, buena! —exclamó doña Lupe, oprimiendo contra su seno la mano en que tenía los billetes, tan bien cogidos que no se veía el papel por entre los dedos.

—Quédate con Dios —dijo Torquemada a Maximiliano que sólo contestó al saludo con un *ju ju*...

Y salió al recibimiento, acompañado de doña Lupe. Maximiliano les sintió cuchicheando en la puerta. Por fin se oyeron las botas chillonas del ex-alabardero bajando la escalera y doña Lupe reapareció en el gabinete. El júbilo que le causaba la cobranza de aquel dinero que creía perdido era tan grande, que sus ojos pardos le lucían como dos carbones encendidos, y su boca traía bosquejada una sonrisa. Desde que la vio entrar conoció Maximiliano que su cólera se había aplacado. El *guano,* como decía Torquemada, no podía menos de dulcificarla; y llegándose a donde estaba el delincuente, que no se había movido de la butaca, le puso una mano en el hombro, empuñando fuertemente en la otra los billetes, y le dijo:

—No, no te sofoques..., no es para tomarlo así. Yo te digo estas cosas por tu bien...

—Yo, realmente —repuso Maximiliano con serenidad, que más le asombró a él mismo que a doña Lupe—, no me he sofocado..., yo estoy tranquilo, porque mi conciencia...

Aquí se volvió a embarullar. Doña Lupe no le dio tiempo a desenvolverse, porque se metió en la alcoba, cerrando las vidrieras. Desde el gabinete la sintió Maximiliano trasteando. Guardaba el dinero. Abriendo después la puerta, mas sin salir de la alcoba, la señora siguió hablando con su sobrino:

—Ya sabes lo que te he dicho. Hoy no me sales a la calle... Y desde mañana empezarás a tomarme el aceite de hígado de bacalao, porque todo eso que te da no es más que debilidad del cerebro... Luego seguiremos con el fosfato, otra vez con el fosfato. No debiste dejar de tomarlo...

Maximiliano, como no tenía delante a su tía, se permitió una sonrisa burlona. Miraba en aquel momento a su tío, el señor de Jáuregui, que le miraba también a él, como es consiguiente. No pudo menos de observar que el digno esposo de su tía era horrendo; ni comprendía cómo doña Lupe no se moría de miedo cuando se quedaba sola, de noche, en compañía de semejante espantajo.

—Conque ya sabes —dijo al aparecer en la puerta, abrochándose su cuerpo de merino negro, pues se estaba disponiendo para salir—. Ya puedes ir a quitarte las botas. Estás preso.

Fuese el joven a su cuarto sin decir nada, y doña Lupe se quedó pensando en lo dócil que era. El rigor de su autoridad, que el muchacho acataba siempre con veneración, sería remedio eficaz y pronto del desorden de aquella cabeza. Bien lo decía ella: "En cuanto yo le doy cuatro gritos le pongo como una liebre. Trabajo les mando a esas lobas que me le quieran trastornar."

—¡*Papitos!*... —gritó la señora, y al punto se oyeron las patadas de la chica en el pasillo como las de un caballo en el Hipódromo.

Presentóse con una patata en la mano y el cuchillo en la otra.

—Mira —le dijo su ama con voz queda— Ten cuidado de ver lo que hace el señorito Maxi mientras yo estoy fuera. A ver si escribe alguna carta o qué hace.

La mona se dio por enterada, y volvió a la cocina dando brincos.

"A ver —dijo la señora hablando consigo misma—, ¿se me olvidará algo?... ¡Ah!, el portamonedas. ¿Qué hay que traer?... Fideos, azúcar... y nada más. ¡Ah!, el aceite de hígado de bacalao; lo que es eso no se lo perdono. A cucharetazos es como se cura esto. Y ahora no habrá el realito de vellón por cada toma. Ya es un hombre; quiero decir, ya no es un chiquillo."

Figúrese el lector cuál sería el asombro de doña Lupe *la de los Pavos* cuando vio entrar en la sala a su sobrino, no con zapatillas ni en tren de andar por casa, sino empaquetado para salir, con su capa de vueltas encarnadas, su chaqué azul y su honguito de color de café. Tan estupefacta y colérica estaba por la desobediencia del mancebo, que apenas pudo balbucir una protesta...

—Pe..., pero...

—Tía —dijo Maximiliano con la voz alterada y temblorosa—, no pue..., no puedo obedecer a usted... Soy mayor de edad. He cumplido veinticinco años... Yo la respeto a usted; respéteme usted a mí.

Y sin esperar respuesta, dio media vuelta y salió de la casa a toda prisa, temiendo, sin duda, que su tía le agarrase por los faldones.

Bien claro explicaba él su conducta, chismorreando consigo mismo: "Yo no sé defenderme con palabras; yo no puedo hablar, y me aturrullo y me turbo solo de que mi tía me mire; pero me defenderé con hechos. Mis nervios me venden; pero mi voluntad podrá más que mis nervios, y lo que es la voluntad bien firme la tengo ahora. Que se metan conmigo; que venga todo el género humano a impedirme esta resolución; yo no discutiré, yo no diré una palabra; pero a donde voy, voy, y al que se me ponga por delante sea quien sea, le piso y sigo mi camino."

III

Doña Lupe se quedó que no sabía lo que le pasaba.

—*¡Papitos, Papitos!*... No, no te llamo... vete... Pero ¿has visto qué insolente? Si no es él, no es él... Es que me le han vuelto del revés, me le han embrujado. ¿Habrá tunante? Si estoy por seguirle y avisar a una pareja de Orden Público para que me le trinquen... Pero a la noche nos veremos las caras. Porque tú has de volver, tú tienes que volver, sietemesino hipócrita... *Papitos*, toma, toma; bájate por los fideos y el azúcar. Yo no salgo, no puedo salir. Creo que me va a dar algo.. . Mira: te pasas por la botica y pides un frasco de aceite de hígado de bacalao, del que yo traía. Ya saben ellos. Dices que yo iré a pagarlo... Oye, oye, no traigas eso. ¡Si no lo va a querer tomar!... Tráete una vara. No, no traigas tampoco vara... Te pasas por la droguería y pides diez céntimos de sanguinaria. A mí me va a dar algo...

Estaba, en efecto, amenazada de un arrebato de sangre, y la cosa no era para menos. Nunca había visto en su sobrino un rasgo de independencia como el que acababa de ver. Había sido siempre tan poquita cosa, que donde le ponían allí se estaba. Voluntad propia no la tuvo jamás. En ningún tiempo fue preciso ponerle la mano encima, porque un fruncimiento de cejas bastaba para traerle a la obediencia. ¿Qué había pasado en aquel cordero para convertirle en algo así como un leoncillo? La mente de doña Lupe no podía descifrar misterio tan grande. Tras de la cólera y la confusión vino el abatimiento, y se sentía tan rendida físicamente como si hubiera estado toda la mañana ocupada en alguna faena penosa. Quitóse con pausa los trapitos domingueros que se había empezado a poner, y volvió a llamar a la mona para decirle:

—No hagas más que unas sopas de ajo. El señoritingo no vendrá a almorzar, y si viene, le acusaré las cuarenta.

Tomando la sillita baja que usaba cuando cosía, la colocó junto al balcón. Le dolía la cintura y al sentarse exhaló un ¡ay! Para coser usaba siempre gafas. Se las puso, y sacando obra de su cesta de costura empezó a repasar unas sábanas. No le repugnaba a doña Lupe trabajar los domingos, porque sus escrúpulos religiosos se los había quitado Jáuregui en tantos años de propaganda matrimonial progresista. Púsose, pues, a zurcir en su sitio de costumbre, que era junto a la vidriera. En el balcón tenía dos o tres tiestos, y por entre las secas ramas veía la calle. Como el cuarto era principal, desde aquel sitio se veía muy bien pasar gente, en caso de que la gente quisiese pasar por allí. Pero la calle de Raimundo Lulio y la de Don Juan de Austria, que hace ángulo con ella, son de muy poco tránsito. Parece aquello un pueblo. La única distracción de doña Lupe en sus horas solitarias era ver quién entraba en el taller de coches inmediato o en la imprenta de enfrente, y si pasaba o no doña Guillermina Pacheco en dirección del asilo de la calle de Alburquerque. Lugar y ocasión admirables eran aquéllos para reflexionar, con los trapos sobre la falda, la aguja en la mano, los espejuelos calados, la cesta de la ropa al lado, el gato hecho una pelota de sueño a los pies de su ama. Aquel día doña Lupe tenía. más que nunca, materia larga de meditaciones.

"¡Que se esté una sacrificada toda la vida para esto!... Él no lo sabe, ¿qué ha de saber, si es un tontín?

Le ponen el plato delante, ¿y qué sabe las agonías que ha costado ponérselo?... Pues si le dijera yo que cada garbanzo, algunos días, tiempo ha, tenía el valor de una perla..., según lo que costaba traerlo a casa!... No sé qué habría sido de mí sin el señor de Torquemada, ni qué hubiera sido de Maxi sin mí. ¡Lucida existencia sería la suya si no hubiera tenido más arrimo que el de sus hermanos! Dime, bobo de Coria: ¿si yo no hubiera trabajado como una negra para defender el panecillo y poner esta casa en el pie que tiene; si no discurriera tanto como discurro, calentándome los sesos a todas horas y empleando en mil menudencias estas entendederas que Dios me ha dado, ¿qué habría sido de ti, ingratuelo?... ¡Ah! ¡Si viviera mi Jáuregui!"

El recuerdo de su difunto, que siempre se avivaba en la mente de doña Lupe cuando se veía en algún conflicto, la enterneció. En todas sus aflicciones se consolaba con la dulce memoria de su felicidad matrimonial, pues Jáuregui había sido el mejor de los hombres y el número uno de los maridos. "¡Ay, mi Jáuregui!", exclamaba echando toda el alma en un suspiro.

Don Pedro Manuel de Jáuregui había servido en el Real Cuerpo de Alabarderos. Después se dedicó a negocios, y era tan honrado, pero tan sosamente honrado, que no dejó al morir más que cinco mil reales. Oriundo de la provincia de León, recibía partidas de huevos y otros artículos de recoba. Todos los paveros leoneses, zamoranos y segovianos depositaban en sus manos el dinero que ganaban, para que lo girase a los pueblos productores del artículo, y de aquí vino el apodo que le dieron en Puerta Cerrada y que heredó doña Lupe. También recibía Jáuregui, por Navidad, remesas de mantecadas de Astorga, y a su casa iban a cobrar y a dejar fondos todos los ordinarios de la maragatería. En política hizo gran papel don Pedro por ser uno de los corifeos de la Milicia Nacional, y era tan sensato, que la única vez que se sublevó lo hizo al grito mágico de "¡Viva Isabel Segunda!" Falleció aquel bendito, y doña Lupe se hubiera muerto también si el dolor matara. Y no se vaya a creer que le faltaron pretendientes a la viudita, pues había, entre otros, un don Evaristo Feijóo, coronel de ejército, que le rondaba la calle y no la dejaba vivir. Pero la fidelidad a la memoria de su feo y honrado Jáuregui se sobreponía en doña Lupe a todos los intereses de la Tierra. Después vino la crianza y cuidado de su sobrinito, que le dieron esa distracción tan saludable para las desazones de su alma. Torquemada y los negocios ayudáronla también a entretener su existencia y a conllevar su dolor... Pasó tiempo, ganó dinero y lentamente vino la situación en que la he descrito. Frisaba ya doña Lupe en los cincuenta años; mas estaba tan bien conservada, que no parecía tener más de cuarenta. Había sido en su mocedad frescachona de cuerpo y enjuta de rostro, y tenía cierto parecido remoto con Juan Pablo. Sus ojos pardos conservaban la viveza de la juventud; pero tenía cierta adustez jurídica en la cara, acentuada de líneas y seca de color. Sobre el labio superior, fino y violado cual los bordes de una reciente herida, le corría un bozo tenue, muy tenue, como el de los chicos precoces, vello finísimo que no la afeaba ciertamente; por el contrario, era quizás la única pincelada feliz de aquel rostro, semejante a las pinturas de la Edad Media, y hacía la gracia el tal bozo de ir a terminarse sobre el pico derecho de la boca con una verruguita muy mona, de la cual salían dos o tres pelos bermejos que a la luz brillaban retorcidos como hilillos de cobre. El busto era hermoso, aunque, como se verá más adelante, había en él algo y aun algos de falseamiento de la verdad.

Descollaba doña Lupe por la inteligencia y por el prurito de mostrarla a cada instante. Así como a otras el amor propio les inspira la presunción, a la viuda de Jáuregui le infundía convicciones de superioridad intelectual y el deseo de dirigir la conducta ajena, resplandeciendo en el consejo y en todo lo que es práctico y gubernativo. Era una de esas personas que, no habiendo recibido educación, parece que la han tenido cumplidísima, por lo bien que se expresan, por la firmeza con que se imponen un carácter y lo sostienen, y por lo bien que disfrazan con las retóricas sociales las brutalidades del egoísmo humano.

De la memoria de su Jáuregui llevó el pensamiento a su sobrino. Eran sus dos amores. Subiéndose las gafas que se le habían deslizado hasta la punta de la nariz, prosiguió así: "Pues conmigo no juega. Le pongo en la calle como tres y dos son cinco. Tendré que hacer un esfuerzo, porque le quiero como debe de quererse a los hijos... ¡Yo que tenía la ilusión de casarle con Rufina, o al menos con Olimpia!... No, me gusta mucho más Rufina Torquemada. Cuidado que soy tonta. Al verle tan huraño, y que se escondía cuando entraba doña Silvia con su hija, creía que hablarle a este chico de mujeres era como mentarle al diablo la cruz. Fíese usted de apariencias. Y ahora resulta que hace meses sostiene a una mujer, y se pasa el día entero con ella y... Vamos, yo tengo que ver esto para creerlo... Y otra cosa: ¿cómo se las arreglará para mantenerla?... La hucha está allí con su peso de siempre..."

Doña Lupe, al llegar aquí, se engolfó en cavilaciones tan abstrusas que no es posible seguirla. Su mente se sumergía y salía a flote como un madero arrojado en medio de las bravas olas. La buena señora estuvo así toda la tarde. Llegada la noche, deseaba ardientemente que el sobrino entrase de la calle para descargar sobre él todo el material de lavas que el volcán de su pecho no podía contener. Entró el sietemesino muy tarde, cuando su tía estaba ya comiendo y se había servido el cocido. Maximiliano se sentó a la mesa sin decir nada, muy grave y algo azorado. Empezó a comer con apetito la sopa fría, echando miradas indagatorias e inquietas a su señora tía, que evitaba el mirarle... *por no romper*... "Debo contenerme —pensaba ella— hasta que coma... Y parece que tiene ganitas..." A ratos el joven daba hondos suspiros, mirando a su tía, cual si deseara tener una explicación con ella. Más de una vez quiso doña Lupe romper en denuestos; pero el silencio y la compostura de su sobrino la contenían, haciéndole temer que se repitiera el rasgo varonil de aquella mañana. Por fin, apenas cató el joven unas pasas que de postre había, se levantó para ir a su cuarto; y apenas le vio doña Lupe de espalda, se le encendieron bruscamente los ánimos y corrió tras él, conteniendo las palabras que a la boca se le salían. Estaba el pobre chico encendiendo el quinqué de su cuarto, cuando la señora apareció en la puerta, gritando con toda la fuerza de sus pulmones:

—¡Zascandil!

No se inmutó Maximiliano ni aun cuando doña Lupe, repitiendo su apóstrofe, llegó al cuarto o al quinto *zascandil*. Y como si esta palabra fuera el tapón de su ira, tras ella corrieron en vena abundante las quejas por lo que el chico había hecho aquella mañana.

—Y no quiero hablar ahora del motivo —añadió ella—; de esa moza que te has echado..., y que, sin duda, empieza por pegarte su mala educación. Voy a la patochada de esta mañana. ¿Crees que tu tía es algún trapo viejo?

El muchacho se sentó en la silla que junto a la cama estaba, y, apoyando el codo en ésta, aguantó el achuchón, sin mirar a su juez. Tenía un palillo entre los dientes, y lo llevaba de un lado para otro de la boca con nerviosa presteza. Ya se le había quitado el gran temor que la hermana de su padre le infundía. Como ciertos cobardes se vuelven valientes desde que disparan el primer tiro, Maximiliano, una vez que rompió el fuego con la hombrada de aquella mañana, sentía su voluntad libre del freno que le pusiera la timidez. Dicha timidez era un fenómeno puramente nervioso, y en ella tenían no poca parte también sus rutinarios hábitos de subordinación y apocamiento. Mientras no hubo en su alma una fuerza poderosa, aquellos hábitos y la diátesis nerviosa formaron la costra o apariencia de su carácter; pero surgió dentro la energía, que estuvo luchando durante algún tiempo por mostrarse, rompiendo la corteza. La timidez o falsa humildad endurecía ésta, y como la energía interior no encontraba un auxilio en la palabra, porque la sumisión consuetudinaria y la cortedad no le habían permitido educarla para discutir, pasaba tiempo sin que la costra se rompiera. Por fin, lo que no pudieron hacer las palabras, lo hizo un acto. Roto el cascarón, Maximiliano se encontró más valiente y dispuesto a medirse con la fiera. Lo que antes era como levantar una montaña, parecíale ya como alzar del suelo un pañuelo.

Oyó en calma los desahogos de su tía. ¡Cuántos argumentos se podían oponer a los que la buena señora disparaba con más ardor que lógica! Pero lo que es en argumentar con palabras, ¡qué diablo!, todavía no estaba él fuerte. Argumentaba con hechos. En esto sí que se pintaba solo. Cuando su tía tomó respiro, dejándose caer sofocada en la silla próxima a la mesa, Maximiliano rompió a hablar a su vez; pero no era aquello razonar; era como si cogiera su corazón y lo volcara sobre la cama, lo mismo que había volcado la hucha después de cascarla.

—La quiero tanto —dijo sin mirar a su tía y encontrando palabras relativamente fáciles para expresar sus sentimientos—, la quiero tanto, que toda mi vida está en ella, y ni ley ni familia ni el mundo entero me pueden apartar de ella... Si me ponen en esta mano la muerte y en esta otra dejar de quererla y me obligan a escoger, preferiré mil veces morirme, matarme o que me maten... La quise desde el momento en que la vi, y no puedo dejar de quererla sino dejando de vivir..., de modo que es tontería oponerse a lo que tengo pensado porque salto por encima de todo y si me ponen delante una pared la paso... ¿Ve usted cómo rompen los jinetes del circo de Price los papeles que les ponen delante cuando saltan sobre los caballos? Pues así rompo yo una pared si me la ponen entre ella y yo.

## IV

Este símil hubo de impresionar vivamente a la gran doña Lupe, que contempló un rato a su sobrino con más lástima que ira.

—Yo me he llevado chascos en mi vida —dijo meneando la cabeza como los muñecos que tienen un alambre en el pescuezo—; pero un chasco como éste no me lo he llevado nunca. Me la has dado completa, a fondo, de maestro... Cierto que no tengo poder sobre ti... Si te pierdes, bien perdido estás. No me vengas a mí después con arrumacos. Te crié, te eduqué, he sido para ti una madre. ¿No te parece que debías haberme dicho: "Pues, tía, esto hay"?

—Cierto que sí —replicó vivamente Maximiliano—; pero me daba reparo, tía. Ahora que me he soltado, paréceme la cosa más fácil del mundo. De esta falta le pido a usted perdón, porque reconozco que me porté mal. Pero se me trababa la lengua cuando quería decir algo, y me entraban sudores... Me acostumbré a no hablar a usted más que de si me dolía o no la cabeza, de que se me había caído un botón, de si llovía o estaba seco y otras tonterías así... Oiga usted ahora, que después de callar tanto me parece que reviento si no le cuento a usted todo. La conocí hace tres meses. Estaba pobre, había sido muy desgraciada...

—Sí, sí, me han dicho que es muy corrida. Tienes buenas tragaderas —afirmó doña Lupe con crueldad.

—No haga usted caso... Los hombres son muy malos. ¿No conviene usted conmigo en que los hombres son muy malos? Y dígame usted ahora: ¿no es acción noble traer al buen camino a una alma buena, que se ha descarriado?

—¡Y tú, tú —chilló la de Jáuregui con espanto, persignándose—, te has metido a pastor!

—Pero aguárdese usted, tía. No juzgue usted las cosas tan de ligero —insistió Maximiliano, apurado por no saber expresarse bien—. ¡Si ella está arrepentida! Ni ha sido tampoco tan mala como a usted le han dicho. Si es un ángel...

—¡De cornisa! Buen provecho.

—Créame usted, y cuando la conozca...

—¡Yo..., conocerla yo! De eso está libre... Repito que buen provecho te haga tu oveja, mejor dicho, tu cabra descarriada.

—Pero si no es eso..., es que yo no me expreso bien. Dígame una cosa: ¿el querer ser honrada no es lo mismo que serlo? ¿Dice usted que no? Pues yo no lo veo así, yo no lo veo así.

—¿Cómo ha de ser lo mismo querer ser una cosa que serlo?

—En el terreno moral, sí... Si conmigo es honrada y sin mí podría no serlo, ¿cómo quiere usted que yo le diga, anda y vete a los demonios? ¿No es más natural y humano que la acoja y salve? Pues qué, ¿las obras grandes y (¿cómo diré?)... cristianas, se han de mirar por el lado del egoísmo?

Creyó el pobre muchacho que había puesto una pica en Flandes con este argumento, y observó el efecto que en su tía había hecho. La verdad es que doña Lupe se quedó un instante algo confusa, sin saber qué responder. Al fin le contestó con desdén:

—Estás loco. Esas cosas no se le ocurren a nadie que tenga sesos. Me voy, te dejo, porque si estoy aquí te pego, no tengo más remedio que romperte encima el palo de una escoba, y la verdad: si eres poco hombre para ese amor tan sublime, aun lo eres menos para recibir una paliza.

Maximiliano la sujetó por el vestido y la obligó a sentarse otra vez.

—Óigame usted..., tía. Yo la quiero a usted mucho; yo le debo a usted la vida, y aunque usted se empeñe en reñir conmigo, no lo ha de conseguir... Vamos a ver. Lo que yo hago ahora, lo que la tiene a usted tan enojada, es, según estoy viendo, una acción noble, y mi conciencia me la aprueba, y estoy tan satisfecho de ella como si tuviera a Dios dentro de mí diciéndome: "Bien, bien..." Porque usted no me puede hacer creer que estamos en el mundo sólo para comer, dormir, digerir la comida y pasearnos. No; estamos para otra cosa. Y si yo siento dentro de mí una fuerza muy grande, pero muy grande, que me impulsa a la salvación de otra alma lo he de realizar, aunque se hunda el mundo.

—Lo que tú tienes —afirmó doña Lupe, queriendo sostener su papel— es la tontería que te rebosa por todo el cuerpo..., y nada más. No me engatusarás con palabritas. Vaya que de la noche a la mañana has aprendido unos términos y unos floreos de frases que me tienen pasmada... Estás hecho un poeta... en toda la extensión de la palabra;

yo siempre he tenido a los poetas por unos grandes embusteros..., tontos de atar... Tú no eres ya el sobrinito que yo crié. ¡Cómo me has engañado!... ¡Una mujer, una manceba, un belén!... Y ahora viene la de me caso y a Roma por todo. Anda, ya no te quiero; ya no soy tu tiíta Lupe... No te echo de mi casa por lástima, porque espero que todavía has de arrepentirte y me has de pedir perdón.

Maximiliano, ya completamente sereno, movió la cabeza expresando duda.

—El perdón ya lo pedí por haber callado, y ya no tengo que pedir más perdones. Todavía hay algo que usted no sabe y que le quiero decir. ¿Cómo la he mantenido durante tres meses? ¡Ay, tía! Rompí la hucha; tenía tres mil y pico de reales, lo bastante para que viva con modestia, porque es muy económica, sumamente económica, tía, y no gasta más que lo preciso.

Esta revelación hizo vacilar un momento la ira de doña Lupe. ¡Era económica!... El joven sacó la hucha y mostrándola a su tía, reveló el suceso como la cosa más natural del mundo, reproduciéndolo a lo vivo.

—Mire usted: cogí la hucha vieja, después de traer ésta, que es enteramente igual. Machaqué la llena; cogí el oro y la plata y pasé a ésta el cobre, añadiendo dos pesetas en cuartos para que pesara lo mismo... ¿Quiere usted verlo?

Antes que doña Lupe respondiera, Maximiliano estrelló la hucha contra el suelo, y las piezas de cobre inundaron la habitación.

—Ya veo, ya veo que no tienes desperdicio —observó doña Lupe, recogiendo la calderilla—. ¿Y cuando se te acabe el dinero? ¿Vendrás a que yo te dé? ¡Ay, qué equivocado estás!

—Cuando se me acabe, Dios me socorrerá por algún lado —dijo Maximiliano con fe.

Estaba excitadísimo y tenía el rostro encendido. Doña Lupe no había visto nunca tanto brillo en aquellos ojos ni animación semejante en aquella cara. Cuando entre los dos hubieron recogido las piezas, la tía las envolvió en un número de *La Correspondencia,* y arrojando el paquete sobre la cómoda, dijo con soberano menosprecio:

—Ahí tienes para el regalo de boda.

Maximiliano guardó en la cómoda el pesado paquete, y después se puso la capa. Doña Lupe no se atrevió a retenerle, pues aunque su corazón se llenó de sentimientos de soberbia y autoridad, nada de esto pudo traducirse al exterior, porque en el momento de intentarlo, un freno inexplicable la contuvo. Sentía desvanecida su autoridad sobre el enamorado joven; veía una fuerza efectiva y revolucionaria delante de su fuerza histórica, y si no le tenía miedo, era innegable que aquel repentino tesón le infundía algún respeto.

Aquella mujer, que dormía a pierna suelta después de haber estrangulado, en connivencia con Torquemada, a un infeliz deudor, estaba intranquila ante los problemas de conciencia que le había planteado su sobrino tan candorosamente. Si quería tanto a esa mujer, ¿con qué derecho oponerse a que se casara con ella? Y si tenía la tal inclinaciones honradas, y buen síntoma de honradez era el ser tan económica, ¿quién cargaba con la responsabilidad de atajarla en el camino de la reforma? Doña Lupe empezó a llenarse de escrúpulos. Su corazón no era depravado sino en lo tocante a préstamos; era como los que tienen un vicio, que, fuera de él, y cuando no están atacados de la fiebre, son razonables, prudentes y discretos.

Al día siguiente, después de otro altercado con su sobrino, apuntaron vagamente en su alma las ideas de transacción. Ya no cabía duda de que la pasión de Maximiliano era tenaz y profunda, y de que le prestaba energías incontrastables. Ponerse frente a ella era como ponerse delante de una ola muy hinchada en el momento de reventar. Doña Lupe reflexionó mucho todo aquel día, y como tenía un gran sentido de la realidad, empezó a reconocer el poder que ejercen sobre nuestras acciones los hechos consumados y el escaso valor de las ideas contra ellos. Lo de Maxi sería un disparate, ella seguía creyendo que era una burrada atroz; mas era un hecho, y no había otro remedio que admitirlo como tal. Pensó entonces con admirable tino que cuando en el orden privado, lo mismo que en el público, se inicia un poderoso impulso revolucionario, lógico, motivado, que arranca de la naturaleza misma de las cosas y se fortifica en las circunstancias, es locura plantársele delante; lo práctico es sortearlo y con él dejarse ir, aspirando a dirigirlo y encauzarlo. Pues a sortear y dirigir aquella revolución doméstica; que atajarla era imposible, y el que se le pusiera delante, arrollado sería sin remedio... De esa idea provino la relativa tolerancia con que habló a su sobrino en la segunda noche de confianzas, la maña con que le fue sacando noticias y pormenores de su novia, sin aparentar curiosidad, aventurándose a darle algunos consejos. Verdad que entre col y col le soltaba ciertas frescuras; pero esto era muy estudiado para que Maxi no viera el juego.

—No cuentes conmigo para nada; allá te las hayas... Ya te he dicho que no quiero saber si tu novia tiene los ojos negros o amarillos. A mí no me vengas con zalamerías. Te oigo por consideración, pero no me importa. ¿Que la vaya yo a ver? ¡Estás tú fresco!...

A Maximiliano le había dado su metamorfosis una penetración intermitente. En ocasiones poseía la vista rápida y segura del ingenio superior; en ocasiones era tan ciego, que no veía tres sobre un burro. Las pasiones exaltadas producen estas pasmosas diferencias en la eficacia de una facultad, y hacen a los hombres romos o agudos, cual si estuviera el espíritu sometido a una influencia lunática. Aquel día leyó el joven en el corazón de doña Lupe y apreció sus disposiciones pacificadoras, a pesar de las frases estudiadas con las que quería disimular. Hizo, además, un razonamiento que demuestra la agudeza genial que adquiría en ciertos momentos de verdadero estro, adivinando por arte de inspiración los arcanos del alma de sus semejantes. El razonamiento fue éste: "Mi tía se ablanda; mi tía se da a partido. Y como Fortunata no le debe dinero, ni se lo deberá nunca, porque estoy yo para impedirlo, ha de llegar día en que sean amigas."

## V

Porque doña Lupe era tal y como su sobrino la pintaba en aquella breve consideración; era juiciosa, razonable, se hacía cargo de todo, miraba con ojos un tanto escépticos las flaquezas humanas, y sabía perdonar las ofensas y hasta las injurias; pero lo que es una deuda no la perdonaba nunca. Había en ella dos personas distintas: la mujer y la prestamista. El que quisiera estar bien con ella y gozar de su amistad, tuviese mucho cuidado de que las dos naturalezas no se confundieran nunca. Un simple pagaré, extendido y firmado de la manera más cordial del mundo, bastaba a convertir la amiga en basilisco, la mujer cristiana en inquisidora.

La doble personalidad de esta señora tenía un signo externo en su cuerpo, una representación fatal, obra de la cirugía, que en este punto fue una ciencia justiciera y acusadora. A doña Lupe le faltaba un pecho, por amputación a consecuencia del tumor escirroso de que padeció en vida de su marido. Como presumía de buen cuerpo y usaba corsé dentro de casa, aquella parte que le faltaba la suplió con una bien construida pelota de algodón en rama. A la vista, después de vestida, ofrecía gallardo conjunto; pero tras de la ropa sólo la mitad de su seno era de carne; la otra mitad era insensible y bien se le podía clavar un puñal sin que le doliese. Lo mismo era su corazón: la mitad de carne, la mitad de algodón. La índole de las relaciones que con las personas tuviese determinaba el predominio de tal o cual mitad. No mediando ningún pagaré, daba gusto de tratar con aquella señora; mas como las circunstancias la hicieran *inglesa,* ya estaba fresco el que se metiese con ella.

Y no había sido así en vida de su marido. Verdad que en aquel tiempo venturoso no manejaba más dinero que el que Jáuregui le daba para el gasto de la casa. Después de viuda, viéndose con cuatro cachivaches y cinco mil reales, imaginó fundar una casa de huéspedes; pero Torquemada se lo quitó de la cabeza, ofreciéndose a colocarle sus dineros con buen interés y toda la seguridad posible. El éxito y las ganancias engolosinaron a doña Lupe, que adquirió gradual y rápidamente todas las cualidades del perfecto usurero, y echó el medio pecho de algodón, haciéndose insensible, implacable y dura cuando de la cobranza puntual de sus créditos se trataba. Los primeros años de esta vida pasó la señora grandes apuros, porque los réditos, aun con ser tan crecidos, no le bastaban al sostenimiento de su casa. Pero a fuerza de orden y economía fue saliendo adelante, y aun hizo verdaderos milagros atendiendo a las medicinas que Maximiliano necesitaba y a los considerables gastos de su carrera. Quería mucho a su sobrino y se afanaba por que nada le faltara. Este mérito grande no se le podía negar. Lo que dijo del garbanzo que tenía el valor de una perla es muy cierto. Pero no lo es que hubiese practicado la usura por el solo interés de dar carrera al sietemesino. Esto se lo decía ella a sí propia en sus soliloquios; pero era uno de esos sofismas con que quiere cohonestarse y ennoblecerse el egoísmo humano. Doña Lupe *trabajaba en préstamos* por pura afición que le infundió Torquemada, y sin sobrino y sin necesidades habría hecho lo mismo.

Cuando vinieron los años bonancibles y el capitalito de la viuda ascendió a dos mil duros, inicióse un período de buena suerte que debía de ser pronto increíble prosperidad. Cayó en las combinadas redes de los dos prestamistas un pobre señor más desgraciado que perverso (que había sido director general y vivía con gran rumbo, a pesar de estar a la cuarta pregunta), y no quiero decir cómo le pusieron. Los dos mil duros de doña Lupe crecieron como la espuma en el término de tres años, renovando obligaciones, acumulando intereses y aumentando éstos cada año, desde dos por ciento mensual, que era el tipo primitivo, a cuatro. A la pobre víctima le sacó Torquemada mucho más, porque se adjudicó sus muebles riquísimos por un pedazo de pan; pero el tal se lo tenía muy bien merecido. Después se rehizo con un destino en la administración de Cuba; se volvió a perder, tornó a reponerse en Filipinas, y ahora está por cuarta vez en poder de los vampiros. Como ya no hay dinero en las colonias, parece difícil que este desventurado haga la quinta pella. Dicen que América, para los americanos. ¡Vaya una tontería! América, para los usureros de Madrid.

En la fecha en que nuestra narración coge a doña Lupe, tenía ya un caudalito de diez mil duros, parte asegurado en acciones del Banco y parte en préstamos con pagaré legalizado, figurando mucha mayor cantidad de la percibida por el deudor. El ex alabardero era enemigo *del materialismo* de las hipotecas con seguridad legal y rédito prudente. Los préstamos arriesgados con premio muy subido eran su delicia y su arte predilecto, porque aun cuando alguno no se cobrase hasta la víspera del Juicio Final, la mayor parte d. las víctimas caían atontadas por miedo al escándalo, y se doblaba el dinero en poco tiempo. Tenía olfato seguro para rastrear a las personas pundonorosas, de esas que entregan el pellejo antes que permitir andar en lenguas de la fama, y con éstas se metía hasta el fondo, se *atracaba de deudor*.

Poco a poco fue transmitiendo su manera de ser, de obrar y sentir a su compinche, como se pasa la imagen de un papel a otro por medio del calco o el estarcido. Cada vez que don Francisco le llevaba dinero cobrado. un problema de usura resuelto y finiquito, se alegraba tanto la viudita que se le abrían los poros, y por aquellas vías se le entraba el carácter de Torquemada a posesionarse del suyo e informarlo de nuevo.

La esposa de Torquemada estaba hecha tan a semejanza de éste, que doña Lupe la oía y la trataba como al propio don Francisco. Y con el trato frecuente que las dos señoras tenían, doña Silvia llegó también a ejercer gran influencia sobre su amiga, imprimiendo en ésta algunos rasgos de su fisonomía moral. Era hombruna, descarada y cuando se ponía en jarras hacía temblar a medio mundo. Más de una vez aguardó en la calle a un acreedor, con acecho de asesino apostado, para insultarle sin piedad delante de la gente que pasaba. A esto no llegó ni podía llegar la de Jáuregui, porque tenía ciertas delicadezas de índole y de educación que se sobreponían a sus enconos de usurera Pero sí fueron juntas alguna vez a la casa de una infeliz señora viuda que les debía dinero, y después de apremiarla inútilmente para que les pagara, echaron miradas codiciosas hacia los muebles. Las dos harpías cambiaron breves palabras frente a la víctima, que por poco se muere del susto.

—A usted le conviene esta copabrasero —dijo doña Silvia—, y a mí aquella cómoda.

Hicieron subir a los mozos de cordel y se llevaron los citados objetos, después de quitarle a la cómoda la ropa y a la copa el fuego. La deudora se avino a todo por perder de vista a las dos infernales mujeres que tanto pavor le causaban.

La copa aquella estaba en la sala de doña Lupe; mas no se encendía nunca. Maximiliano sabía su procedencia, así como la de un bargueño y un armario soberbio que en la alcoba estaban. La mesa en que el estudiante escribía entró en la casa de la misma manera, y la vajilla buena que se usaba en ciertos días fue adquirida por la quinta parte de su valor, en pago de un pico que adeudaba una amiga íntima. Doña Silvia había hecho el negocio, que doña Lupe no se atreviera a tanto. Un centro de plata, dos bandejas del mismo metal y una tetera que la señora mostraba con orgullo, habían ido a la casa empeñadas también por una amiga íntima y allí se quedaron, por insolvencia. Maximiliano se había enterado de muchos pormenores concernientes a los manejos de su tía. Las alhajas, vestidos de señora, encajes y mantones de Manila que pasaban a ser suyos, tras largo cautiverio, vendíalos por conducto de una corredora llamada Mauricia *la Dura*. Ésta iba a la casa con frecuencia en otros tiempos; pero ya apenas *corría*, y doña Lupe la echaba muy de menos, porque aunque era muy alborotada y disoluta, cumplía siempre bien. Asimismo había podido observar Maximiliano en su propia casa lo implacable que era su tía con los deudores, y de este conocimiento vino el inspirado juicio que formuló de esta manera: "Si me caso con Fortunata y si la suerte nos trae escaseces, antes pediremos limosna por las calles que pedir a mi tía un préstamo de dos pesetas... Mientras más amigos, más claros."

## CAPÍTULO IV

### NICOLÁS Y JUAN PABLO RUBÍN. PROPÓNENSE NUEVAS ARTES Y MEDIOS DE REDENCIÓN

#### I

Hallábase doña Lupe, en el fondo de su alma, inclinada a la transacción lenta que imponían las circunstancias; mas no quiso dar su brazo a torcer ni dejar de mostrar una inflexibilidad prudente hasta tanto que viniese Juan Pablo y hablaran tía y sobrino de la inaudita novedad que había en la familia. Una mañana, cuando Maximiliano estaba aún en la cama no bien dormido ni despierto, sintió ruido en la escalera y en los pasillos. Oyó primero patadas y gritos de mozos que subían baúles; después, la voz de su hermano Juan Pablo; y lo mismo fue oírla, que sentir renovado en su alma aquel pícaro miedo que parecía vencido.

No tenía malditas ganas de levantarse. Oyó a su tía regateando con los mozos por si eran tres o eran dos y medio. Después, le pareció que Juan Pablo y su tía hablaban en el comedor. ¡Si le estaría contando aquello!... Seguramente, porque su tía era muy novelera y no gustaba de que ciertas cosas se le enranciaran dentro del cuerpo. Oyó luego que su hermano se lavaba en el cuarto inmediato, y cuando doña Lupe entró a llevarle toallas, cuchichearon largo rato. Maximiliano calculó que probablemente hablarían de la herencia; pero no las tenía todas consigo. Trataba de darse ánimos, considerando que su hermano era el más simpático de la familia, el de más talento y el que mejor se hacía cargo de las cosas.

Levantóse al fin de mala gana. Ya lavado y vestido, vacilaba en salir, y se estuvo un ratito con la mano en el picaporte. Doña Lupe tocó a la puerta, y entonces ya no hubo más remedio que salir. Estaba pálido y daba lástima verle. Abrazó a su hermano, y en el mirar de éste, en el tono de sus palabras, conoció al punto que sabía la grande, increíble historia. No tenía ganas el joven de explicaciones ni disputas a aquella hora, y como era un poco tarde se apresuró a irse a la clase. Mas no tuvo sosiego en ella, ni cesó de pensar en lo que su hermano diría y haría. Esta perplejidad le arrancaba suspiros. El miedo, el pícaro miedo era su principal enemigo. Conveníale, pues, quitarse pronto la máscara ante su hermano, como se la había quitado ante doña Lupe, pues hasta que lo hiciera no se reintegraría en el uso de su voluntad. Si Juan Pablo salía por la tremenda, quizás era mejor, porque así no estaba Maximiliano en el caso de guardarle consideraciones; pero si se ponía en un pie de astucias diplomáticas, fingiendo ceder para resistir con la inercia, entonces... Esto, ¡ay!, lo temía más que nada.

Pronto había de salir de dudas. Cuando Maximiliano entró a almorzar ya estaba Juan Pablo sentado a la mesa, y a poco llegó doña Lupe con una bandeja de huevos fritos y lonjas de jamón. Gozosa estaba aquel día la señora porque *Papitos* se portaba bien, como siempre que había aumento de trabajo.

—Es tan novelera esta mona —decía—, que cuando tenemos mucho que hacer parece que se multiplica. Lo que ella quiere es lucirse, y como vea ocasiones de lucimiento, es un oro. Cuando menos hay que hacer es cuando la pega. Me la traje a casa hecha una salvajita, y poco a poco le he ido quitando mañas. Era golosa, y siempre que iba a la tienda por algo lo había de catar. ¿Creerás que se comía los fideos crudos?... La recogí de un basurero de Cuatro Caminos, hambrienta, cubierta de andrajos. Salía a pedir y por eso tenía todos los malos hábitos de la vagancia. Pero con mi sistema la voy enderezando. Porrazo va, porrazo viene, la verdad es que sacaré de ella una mujer en toda la extensión de la palabra.

—Está tan malo el servicio en Madrid —observó Juan Pablo—, que no debe usted mirarle mucho los defectos.

Durante todo el almuerzo hablaron del servicio, y a cada cosa que decían miraban a Maximiliano como impetrando su asentimiento. El joven observó que su hermano estaba serio con él, pero aquella seriedad indicaba que le reconocía hombre, pues hasta entonces le trató siempre como a un niño. El estudiante esperaba burlas, que era lo que más temía, o una reprimenda paternal. Ni una cosa ni otra se apuntaban en el lenguaje indiferente y frío de Juan Pablo. Éste, después de almorzar, sintióse amagado de la jaqueca y se echó de muy mal humor en su cama. Toda la tarde y parte de la noche estuvo entre las garras de aquella desazón, más molesta que grave. No eran sus ataques tan penosos como los de Maximiliano, y generalmente le era fácil anegar el dolor hemicráneo en la onda del sueño. Ya sabía que el cansancio de los viajes consecutivos le producía el ataque, y que éste se pasaba en la noche; mas no por esto lo llevaba con paciencia. Renegando de su suerte estuvo hasta muy tarde, y al fin descansó con sosegado sueño.

En tanto doña Lupe hacía mil consideraciones sobre el apático desdén con que Juan Pablo recibiera la noticia de *aquello*. Había fruncido el ceño; después había opinado que su hermano era loco, y por fin, alzando los hombros, dijo:

—¿Yo qué tengo que ver? Es mayor de edad. Allá se las haya.

Lo mismo Maximiliano que su tía habían notado que Juan Pablo estaba triste. Primero lo atribuyeron a cansancio; pero notaron luego que después de las doce horas de sueño reparador, estaba más triste aún. No sostenía ninguna conversación. Parecía que nada le interesaba, ni aun la herencia, de la que hablaba poco, aunque siempre en términos precisos.

—¿Sabes que tu hermano lo ha tomado con calma? —dijo doña Lupe a Maxi una noche.

—¿Qué?

—El asunto tuyo. Dos veces le he hablado. ¿Y sabes lo que hace? Alzar los hombros, sacudir la ceniza del cigarro con el dedo meñique y decir que ahí se las den todas.

El enamorado oía con júbilo estas palabras, que eran para él un gran consuelo. Indudablemente Juan Pablo observaba la prudente regla de respetar los sentimientos y propósitos ajenos para que le respetaran los suyos. Hablaba tan poco, que doña Lupe tenía que sacarle las palabras con cuchara.

—O está también haciendo el trovador —decía doña Lupe— o le pasa algo. Estoy yo divertida con mis sobrinos. Todos están con murria. Al menos Maxi es franco y dice lo que quiere.

Hubiera hurgado doña Lupe a su sobrino mayor para que le revelase la causa de su tristeza; pero como presumía fuese cosa de política, no quiso tocar este punto delicado por no armar camorra con Juan Pablo, que era o había sido carlista, al paso que doña Lupe era liberal, cosa extraña; liberal *en toda la extensión de la palabra*. Después de servir a don Carlos en una posición militar administrativa, Rubín había sido expulsado del Cuartel Real. Sus íntimos amigos le oyeron hablar de calumnias y de celadas traidoras; pero nada se sabía concretamente. Dejaba escapar de su pecho exclamaciones de ira, juramentos de venganza y apóstrofes de despecho contra sí mismo.

—¡Bien merecido lo tengo, por meterme con esa gente!

Cuando llegó a Madrid echado de la Corte de don Carlos, fue a casa de su tía, según costumbre antigua; pero apenas paraba en la casa. Dormía fuera, comía también fuera, casi siempre en los cafés o en casa de alguna amiga, y doña Lupe se desazonaba juzgando con razón que semejante vida no se ajustaba a las buenas prácticas morales y económicas. De repente, el misántropo volvió al Norte, diciendo que regresaría pronto, y mientras estuvo fuera se supo la muerte de Melitona Llorente. La primera noticia que de la herencia tuvo Juan Pablo diósela su tía paterna por una carta que le dirigió a Bayona. Preparábase a volver a España, y la carta aquella con la noticia que llevaba aceleró su vuelta. Entró por Santander, se fue a Zaragoza por Miranda y de allí a Molina de Aragón. Diez días estuvo en esta villa, donde ninguna dificultad de importancia le ofreció la toma de posesión del caudal heredado. Éste ascendía a unos treinta mil duros entre inmuebles y dinero dado a rédito sobre fincas: y descontadas las mandas y los derechos de traslación de dominio, quedaban unos veintisiete mil duros. Cada hermano cobraría nueve mil. Juan Pablo, al llegar a Madrid, escribió a Nicolás para que también viniese, con objeto de estar reunidos los tres hermanos y tratar de la partición.

He dicho que doña Lupe rehuía el hablar de política con Juan Pablo. En realidad, ella no entendía jota de política, y si era liberal éralo por sentimiento, como tributo a la memoria de su Jáuregui y por respeto al uniforme de miliciano nacional que éste tan gallardamente ostentaba en su retrato. Pero si le hubieran dicho que explicara los puntos esenciales del dogma liberal, se habría visto muy apurada para responder. No sabía más sino que aquellos malditos *carcas* eran unos indecentes que nos querían traer la Inquisición y las *caenas*. Había respirado aquella señora aires tan progresistas durante su niñez y en los gloriosos veinte años de su unión con Jáuregui, que no quería ni oír hablar de absolutismo. No comprendía cómo su sobrino, un muchacho tan listo, había cometido la borricada de hacerse súbdito de aquel zagalón de don Carlos, un perdido, un zafiote, un déspota *en toda la extensión de la palabra.*

En la cuestión religiosa, las ideas de doña Lupe se adaptaban al criterio de su difunto esposo, que era el más juicioso de los hombres y sabía dar *a Dios lo que es de Dios y al César,* etcétera... Este estribillo lo repetía muy orgullosamente la viuda siempre que saltaba una oportunidad, añadiendo que creía cuanto la Santa Madre Iglesia manda creer; pero que mientras menos trato tuviera con curas, mejor. Oía su misa los domingos y confesaba muy de tarde en tarde; mas de este paso regular no la sacaba nadie.

Desde un día en que, disputando con su sobrino sobre este tema, se amontonaron los dos y por poco se tiran los trastos a la cabeza, no quiso doña Lupe volver a mentar a los *carcundas* delante de Juan Pablo. Y cuando le vio venir del Cuartel Real, corrido y humillado, tuvo la señora una alegría tal que con dificultad podía disimularla. Se acordaba de su Jáuregui y de las cosas oportunas y sapientísimas que éste decía sobre todo desgraciado que se metía con curas, pues es lo mismo que acostarse con niños.

"Y no aprenderá —pensaba doña Lupe—. Todavía es capaz de volver a las andadas, y de ir allá a quitarle motas al zángano de Carlos *Siete.*"

## II

Durmióse Maxi aquella noche arrullado por la esperanza Síntoma de conciliación era que su tía no le hablaba ya con ira, y aun parecía tenerle en verdadero concepto de hombre o de varón. A veces, hasta parecía que la insigne señora le tenía cierto respeto. ¡Si no hay como mostrarse duro y decidido para que le respeten a uno...! Por lo demás, doña Lupe había vuelto a cuidarle con su acostumbrada solicitud. Le ponía en la mesa los platos de su gusto, y en su cuarto nada faltaba para su regalo y comodidad. En fin, que el pobre chico estaba satisfecho; sentía que el terreno se solidificaba bajo sus plantas, y se reconocía más árbitro de su destino, y casi triunfante en la descomunal batalla que estaba dando a su familia.

En cuanto a Juan Pablo, no había nada que temer. Los dos hermanos no tenían ocasiones de hablar mucho, porque el primogénito, después de almorzar, se marchaba a uno de los cafés de la Puerta del Sol y allí se estaba las horas muertas. Por la noche o venía muy tarde o no venía. La idea de que su hermano andaba de picos pardos regocijaba a Maxi, porque "ahora se verá —decía— quién es más juicioso, quién cumple mejor las leyes de la moral. Que no nos venga aquí echándoselas de plancheta con su *neísmo*"

En suma, que mi hombre se veía más respetado y considerado desde que se las tuvo tiesas con su tía la mañana de marras. La única persona que no participaba ni poco ni mucho de este respeto era *Papitos,* que cada día le trataba con familiaridad más chocarrera.

—Feo, cara de pito, memo en polvo —decíale sacando un trozo de lengua tal, que casi parecía inverosímil—. Valiente mico está *vusté.* ...Verá cómo no le dejan casar... Sí, para *vusté* estaba. Bobo, más que bobo.

Maximiliano la despreciaba y se lo decía:

—Lárgate de aquí, sinvergüenza, o te quito todas las muelas de una bofetada.

—¿*Vusté, vusté?* Ja, ja. Si le cojo, del primer borleo va a parar al tejado.

Más valía no hacerle caso. Era una inocente que no sabía lo que se decía. Estaba *Papitos* arreglando el cuarto de *sito* Maxi, donde se puso la cama para el cura, que debía de llegar al día siguiente por la mañana. No veía el estudiante con buenos ojos este arreglo, porque siempre que su hermano Nicolás venía a Madrid y dormía en aquel cuarto le espantaba el sueño con sus ronquidos. Eran sus fauces y conducto nasal trompeta de Jericó con diferentes registros a cual peor. Maxi se ponía tan nervioso, que a veces tenía que salirse de la cama y del cuarto. Lo que más le incomodaba era que a la mañana siguiente el cura sostenía que no había dormido nada.

Indicó a doña Lupe que le librara de este martirio poniendo a Nicolás en otra habitación. Pero ¿dónde, si no había más aposentos en la casa? La señora le prometió ponerle la cama en su propia alcoba si el cura roncaba mucho la primera noche.

—Pero, ahora que me acuerdo, yo también ronco... En fin, ya se arreglará. Aunque sea en la sala, te podrás quedar.

Llegó Nicolás Rubín a la mañanita siguiente, y Maxi le vio entrar como un enemigo más con quien tendría que batirse. El carácter sacerdotal de su hermano le impresionaba, pues por mucho que su tía y él hablaran contra el *neísmo,* un cura siempre es una autoridad en cualquier familia. A este hermano le quería Maxi menos que a Juan Pablo, sin duda por haber vivido ausente de él durante su niñez.

Los dos hermanos mayores almorzaron juntos, mas no hablaron ni palotada de política por no chocar con doña Lupe. Precisamente Nicolás fue quien metió a Juan Pablo por el aro carlista, prometiéndole villas y castillos. Habíale dado recomendaciones para elevadas personas del Cuartel Real y para unos clérigos de caballería que residían en Bayona. Pero nada, como digo, se habló en la mesa. No se les ocultaba que su tía sabía hacer guardar los respetos debidos a la entidad de Jáuregui, presente siempre en la casa por ficción mental, de que era símbolo el feo retrato que en el gabinete estaba. Hablaban del tiempo, de lo mal que se vivía en Toledo, de que el viento se había llevado toda la flor del albaricoque, y de otras zarandajas, honrando sin melindres el buen almuerzo.

De sobremesa, Juan Pablo propuso, puesto que estaban todos reunidos, tratar algunos puntos de la herencia, que debían ponerse en claro. Él no quería propiedad rústica, y si sus hermanos lo aprobaban, recibiría su parte en metálico e hipotecas. Otras hipotecas y las tierras serían para Nicolás y Maximiliano. Éstos se conformaron con lo que su hermano proponía, y a doña Lupe le dieron ganas de tomar cartas en el asunto; pero no se atrevió a intervenir en un negocio que no le incumbía. No tuvo más remedio que tragar saliva y callarse. Después le dijo a Maximiliano:

—Habéis sido unos tontos. Tu hermano quiere su parte en metálico para gastarla en cuatro días. Es una mano rota. ¿A mí qué me va ni me viene? Pues más te habría valido recibir lo tuyo en dinero contante, que bien colocado por mí te habría dado una rentita bien segura. Y si no, lo has de ver. Yo quiero saber cómo te las vas tú a gobernar con tanto olivo, tanto parral y ese pedazo de monte bajo que dicen que te toca. Lo mismo que el majagranzas de Nicolás; a todo decía que sí. Por de pronto, tendréis que tomar un administrador, que os robará los ojos y os hará cada cuenta que Dios tirita. ¡Qué par de zopencos sois! Yo te miraba y te quería comer con los ojos, dándote a entender que te resistieras, y tú, hecho un marmolillo... ¡Y luego quieres echártela de hombre de carácter! Bonito camino, sí, señor; bonito camino tomas.

Otra cosa había propuesto también el primogénito, a la que accedieron gustosos los otros dos hermanos. Cuando murió don Nicolás Rubín, todos los *ingleses* cobraron con las existencias de la tienda, a excepción de uno, que había sido el mejor y más fiel amigo del difunto en sus días buenos y malos. Este acreedor era Samaniego, el boticario de la calle del Ave María, y su crédito ascendía, con el interés vencido de seis por ciento, a sesenta y tantos mil reales. Propuso Juan Pablo satisfacerlo como un homenaje a la justicia y a la buena memoria de su querido padre, y se votó afirmativamente por unanimidad. La misma doña Lupe aprobó este acuerdo, que si recortaba un poco el capital de la herencia, era un acto de lealtad y como una consagración póstuma de la honradez de su infeliz hermano. Samaniego no había reclamado nunca el pago de su deuda, y esta delicadeza pesaba más en el ánimo de los Rubín para pagarle. Ambas familias se visitaban a menudo, tratándose con la mayor cordialidad, y aun se llegó a decir que Juan Pablo no miraba con malos ojos a la mayor de las hijas del boticario, llamada Aurora, y de cuyas virtudes, talento y aptitud para el trabajo se hacía toda lenguas doña Lupe.

Aprobadas la partición propuesta por Juan Pablo y la cancelación del crédito de Samaniego.

Maximiliano, con estas cosas, se sentía cada vez más fuerte. Había tomado acuerdos en consejo de familia, luego era hombre. Si tenía la personalidad legal, ¿cómo no tener la otra? Figurábase que algo crecía y se vigorizaba dentro de él, y hasta llegó a imaginar que si le pusieran en una báscula había de pesar más que antes de aquellas determinaciones. Sin duda tenía también más robustez física, más dureza de músculos, más plenitud de pulmones. No obstante, estaba sobre ascuas hasta que su hermano el clériguito no se explicase. Podría suceder muy bien que cuando todo iba como una seda saliese con ciertas *mistiquerías* propias de su oficio sacando el Cristo de debajo de la sotana y alborotando la casa.

La noche del mismo día en que se trató de la herencia supo Nicolás lo que pasaba, y no lo tomó con tanta calma como Juan Pablo. Su primer arranque fue de indignación. Tomó una actitud consternada y meditabunda, haciendo el papel de hombre entero a quien no asustan las dificultades y que tiene a gala el presentarles la cara. Las relaciones entre Nicolás y la viuda, que habían sido frías hasta un par de meses antes de los sucesos referidos, eran en la fecha de éstos muy cordiales, y no porque tía y sobrino tuviesen conformidad de genio, sino por cierta coincidencia en procederes económicos, que atenuaba la gran disparidad entre sus caracteres. Doña Lupe no había simpatizado nunca con Nicolás: primero, porque las sotanas en general no la hacían feliz; segundo, porque aquel sobrino suyo no se dejaba querer. No tenía las seducciones personales de Juan Pablo, ni la humildad del pequeño. Su fisonomía no era agradable, distinguiéndose por lo peluda, como antes se indicó. Bien decía doña Lupe que así como el primogénito se llevara todos los talentos de la familia, Nicolás se había adjudicado todos los pelos de ella. Se afeitaba hoy, y mañana tenía toda la cara negra. Recién afeitado, sus mandíbulas eran de color de pizarra. El vello le crecía en las manos y brazos como la hierba en un fértil campo, y por las orejas y narices le asomaban espesos mechones. Diríase que eran las ideas, que, cansadas de la oscuridad del cerebro se asomaban por los balcones de la nariz y de las orejas a ver lo que pasaba en el mundo.

Cargábanle a doña Lupe sus pretensiones sermonarias y cierta grosería entremezclada con la soberbia clerical. Las relaciones entre una y otro eran puramente de fórmula, hasta que a Nicolás, en uno de los viajes que hizo a Madrid, se le ocurrió entregar a la tía sus ahorros para que se los colocara, y véase aquí cómo se estableció entre estas dos personas una corriente de simpatía convencional que había de producir la amistad. Era como dos países separados por esenciales diferencias de raza y antagonismos de costumbres, y unidos luego por un tratado de comercio. Lo contrario pasó entre Juan Pablo y doña Lupe. Ésta le tuvo en otro tiempo mucho cariño y apreciaba sus grandes atractivos personales; pero ya le iba dando de lado en sus afectos. No le perdonaba sus hábitos de despilfarro y el poco aprecio que hacía del dinero gastándolo tan sin sustancia. Ni una sola vez, ni una, le había dado un pico para que se lo colocase a rédito. Siempre estaba a la cuarta pregunta, y como pudiera sacarle a su tía alguna cantidad por medio de combinaciones dignas del mejor hacendista, no dejaba de hacerlo, y a la viuda se le requemaba la sangre con esto. Véase, pues, cómo se entendía mejor con el más antipático de sus sobrinos que con el más simpático.

## III

Conocedor Nicolás de la tremenda noticia, le faltó tiempo para pegar la hebra de su soporífero sermón, sólo interrumpido cuando *Papitos* trajo la ensalada. Porque Nicolás Rubín no podía dormir si no le ponían delante a punto de las once una ensalada de lechuga o escarola, según el tiempo, bien aliñada, bien meneada, con el indispensable ajito frotado en la ensaladera y la golosina del apio en su tiempo. Había comido muy bien el dichoso cura, circunstancia que no debe notarse, pues no hay memoria de que dejara de hacerlo cumplidamente ningún día del año. Pero su estómago era un verdadero molino, y a las tres horas de haberse llenado había que cargarlo otra vez.

—Esto no es más que debilidad —decía poniendo una cara grave y a veces consternada—, y no hay idea de los esfuerzos que he hecho por corregirla. El médico me manda que coma poco y a menudo.

Cayó sobre aquel forraje de la ensalada, e inclinaba la cara sobre ella como el bruto sobre la cavidad del pesebre lleno de hierba.

—Le diré a usted, tía —murmuraba con el gruñido que la masticación le permitía—. Yo no soy de mucho comer, aunque lo parezca.

—Podías serlo más. Come, hijo, que el comer no es pecado gordo.

—Le diré a usted, tía...

No le dijo nada, porque la operación aquella de mascar los jugosos tallos de la escarola absorbía toda su atención. Los gruesos labios le relucían con la pringue, y ésta se le escurría por las comisuras de la boca, formando un hilo corriente, que hubiera descendido hasta la garganta si los cañones de la mal rapada barba no lo detuvieran. Tenía puesto un gorro negro de lana con borlita que le caía por delante al inclinar la cabeza, y se retiraba hacia atrás cuando la alzaba. A doña Lupe (no lo podía remediar) le daba asco el modo de comer de su sobrino, considerando que más le valía saber algo menos de cosas teológicas y un poquito más de arte de urbanidad. Como estaban los dos solos, dábale bromas sobre aquello del comer poco y a menudo; pero él se apresuró a variar la conversación, llevándola al asunto de Maxi.

—Una cosa muy seria, tía; pero muy seria.

—Sí que lo es; pero creo muy difícil quitársela de la cabeza.

—Eso corre de mi cuenta... ¡Oh! Si no tuviera yo otras montañas que levantar en vilo... —dijo el clérigo apartando de sí la ensaladera, en la cual no quedaba ni una hebra—. Verá usted..., verá usted si le vuelvo yo del revés como un calcetín. Para esas cosas me pinto...

No pudo concluir la frase, porque le vino de lo hondo del cuerpo a la boca una tan voluminosa cantidad de gases, que las palabras tuvieron que echarse a un lado para darle salida. Fue tan sonada la regurgitación, que doña Lupe tuvo que apartar la cara, aunque Nicolás se puso la palma de la mano delante de la boca, a guisa de mampara. Este movimiento era una de las pocas cosas relativamente finas que sabía.

—...me pinto solo— terminó, cuando ya los fluidos se habían difundido por el comedor—. Verá usted, en cuanto llegue le echo el toro... ¡Oh! Es mi fuerte. Me parece que ya está ahí.

Oyóse la campanilla, y la misma doña Lupe abrió a su sobrino. Lo mismo fue entrar éste en el comedor que conocer en la cara impertinente de su hermano que ya sabía *aquello*... No le dio Nicolás tiempo a prepararse, porque de buenas a primeras le embocó de este modo:

—Siéntese usted aquí, caballerito, que tenemos que hablar. Vaya, que me ha dejado frío lo que acabo de saber. Estamos bien. Conque...

La mano tiesa volvió a ponerse delante de la boca, a punto que se atascaban las palabras, sufriendo la cabeza como una trepidación.

—Conque aquí hace cada cual lo que le da la gana, sin tener en cuenta las leyes divinas ni humanas, y haciendo mangas y capirotes de la religión, de la dignidad de la familia...

Maximiliano, que al principiar el réspice estaba anonadado, se rehizo de súbito, y todas las fuerzas de su espíritu se pronunciaron con varonil arranque. Tal era el síntoma característico del *hombre nuevo* que en él había surgido. Roto el hielo de la cortedad desde el momento en que la tremenda cuestión salía a *vista pública,* le brotaban del fondo del alma aquellos alientos grandes para su defensa. Discutir, eso no; pero lo que es obrar, sí, o al menos demostrar con palabras breves y enfáticas su firme propósito de independencia...

—¡Bah! —exclamó apartando la vista de su hermano con un movimiento desdeñoso de la cabeza—. No quiero oír sermones. Yo sé bien lo que debo hacer.

Dijo, y levantándose se marchó a su cuarto.

—Bien, muy bien —murmuró el cura quedándose corrido, y mirando a doña Lupe y a *Papitos,* la cual se pasmaba de aquel mirar que parecía una consulta—. Y qué mal educadito y qué rabiosito se ha vuelto. Bien, muy bien; pero muy...

Un metro cúbico de gas se precipitó a la boca, con tanta violencia, que Nicolás tuvo que ponerse tieso para darle salida franca, y a pesar de lo furioso que estaba, supo cuidar de que la mano desempeñara su obligación. Doña Lupe también parecía indignada, aunque si se hubiera ido a examinar bien el interior de la digna señora, se habría visto que en medio del enojo que su dignidad le imponía, nacía tímidamente un sentimiento extraño de regocijo por aquella misma independencia de su sobrino. ¡Si sería efectivamente un hombre, un carácter entero!... Siempre le disgustó a ella que fuera tan encogido y para poco. ¿Por qué no se había de alegrar de ver en él un rasgo siquiera de personalidad árbitra de sí misma?

"Hay que ver por dónde sale este demonches de chico —pensaba con cierta travesura—. ¡Y qué geniazo va sacando!"

—Pero muy bien, perfectamente bien —dijo el cura apoyando las manos en los brazos del sillón para enderezar el cuerpo—. Verás ahora, grandísimo piruétano, cómo te pongo yo las peras a cuarto. Tía, buenas noches. Ahora va a ser la gorda. Acostados los dos, hablaremos.

Encerróse Nicolás en su alcoba, que era la de su hermano, y ambos se metieron en la cama. Doña Lupe se puso fuera a escuchar. Al principio no oyó más que el crujir de los hierros de la cama del clérigo, que era muy mala y endeble, y en cuanto se movía el desgraciado ocupador de ella volvíase toda una pura música, la que unida al ruido de los muelles del colchón veterano, hubiera quitado el sueño a todo hombre que no fuese Nicolás Rubín. Después oyó doña Lupe la voz de Maxi, opaca, pero entera y firme. Nicolás no le dejaba meter baza; pero el otro se las tenía tiesas... ¡Terrible duelo entre el sermón y el lenguaje sincero de los afectos! Ponía singular atención doña Lupe a la voz del sietemesino, y se hubiera alegrado de oír algo estupendo, categórico y que se saliera de lo común; pero no podía distinguir bien los conceptos, porque la voz de Maxi era muy apagada y parecía salir de la cavidad de una botella. En cambio los gritos del cura se oían claramente desde el pasillo.

"Miren por dónde sale ahora éste... —pensó doña Lupe volviendo la cara con desdén—. ¡Qué tendrán que ver Santo Tomás ni el padre Suárez con...!"

Al fin dejó de oírse la voz cavernosa del sacerdote, y en cambio se percibió un silbido rítmico, al que siguieron pronto mugidos como los del aire filtrándose por los huecos de un torreón en ruinas.

"Ya está roncando ese... —dijo doña Lupe retirándose a su alcoba—. ¡Qué noche va a pasar el otro pobre!"

Serían las nueve de la mañana siguiente cuando Nicolás pidió a *Papitos* su chocolate. Salió del cuarto con la cara muy mal lavada, y algunas partes de ella parecían no haber visto más agua que la del bautismo.

—¿Ese chocolate? —preguntó en el comedor, resobándose las manos una con otra, como si quisiera sacar fuego de ellas.

—Ahora mismo.

El chocolate había de ser con canela, hecho con leche, por supuesto, y en ración de dos onzas. Le habían de acompañar un bollo de tahona, varios bizcochitos y agua con azucarillo. Y aún decía Nicolás que tomaba chocolate no por tomarlo, sino nada más que por fumarse un cigarrillo encima.

—¿Y qué resultó anoche? —preguntó doña Lupe al ponerle delante todo aquel cargamento.

—Pues nada, que no hay quien le apee —respondió el clérigo, sumergiendo el primer bizcochito en el espeso líquido—. Lo que usted decía: no es posible quitárselo de la cabeza. Una de dos: o matarle o dejarle, y como no le hemos de matar... Al fin convinimos en que yo vería hoy a esa... cabra loca.

—No me parece mal.

—Y según la impresión que me haga, determinaremos.

—¿Vais juntos?

—No; yo solo, quiero ir solo. Además él está hoy con jaqueca.

—¿Con jaqueca? ¡Pobrecito!

Doña Lupe corrió a ver a Maximiliano, que después de empezar a vestirse, había tenido que echarse otra vez en la cama. Provocado sin duda por las emociones de aquellos días, por el largo debate con su hermano Nicolás y, más aún quizás por los insufribles ronquidos de éste, apareció el temido acceso. Desde medianoche sintió Maxi un entorpecimiento particular dentro de la cabeza, acompañado del presagio del mal. La atonía siguió, con el deseo de sueño no satisfecho y luego una punzada detrás del ojo izquierdo, la cual se aliviaba con la compresión bajo la ceja. El paciente daba vueltas en la cama buscando posturas, sin encontrar la del alivio. Resolvíase luego la punzada en dolor gravativo, extendiéndose como un cerco de hierro por todo el cráneo. El trastorno general no se hacía esperar, ansiedad, náuseas, ganas de moverse, a las que seguían inmediatamente ganas más vivas aún de estarse quieto. Esto no podía ser, y por fin le entraba aquella desazón epiléptica, aquel maldito hormigueo por todo el cuerpo. Cuando trató de levantarse parecíale que la cabeza se le abría en dos o tres cascos, como se había abierto la hucha a los golpes de la mano del almirez. Sintió entrar a su tía. Doña Lupe conocía tan bien la enfermedad, que no tenía más que verle para comprender el período de ella en que estaba.

—¿Tienes ya el clavo? —le preguntó en voz muy baja—. Te pondré láudano.

Había aparecido el clavo, que era la sensación de una baguetilla de hierro caliente atravesada desde el ojo izquierdo a la coronilla. Después pasaba al ojo derecho este suplicio, algo atenuado ya. Doña Lupe, tan cariñosa como siempre, le puso láudano, y arreglando la cama y cerrando bien las maderas, le dejó para ir a hacer una taza de té, porque era preciso que tomase algo. El enfermo dijo a su tía que si iba Olmedo a buscarle para ir a clase, le dejase pasar para hacerle un encargo. Fue Olmedo, y Maximiliano le rogó corriese a avisar a Fortunata la visita del clérigo para que estuviese prevenida.

—Oye, adviértele que tenga mucho cuidado con lo que dice; que hable sin miedo y con sinceridad; basta con esto. Dile cómo estoy y que no la podré ver hasta mañana.

## IV

El aviso, puntualmente transmitido por Olmedo, de la visita del cura puso a Fortunata en gran confusión. Parecióle al pronto un honor harto grande, luego compromiso, porque la visita de persona tan respetable indicaba que la cosa iba de veras. No se conceptuaba, además, con bastante finura para recibir a sujetos de tanta autoridad. "¡Un señor eclesiástico!... ¡Qué vergüenza voy a pasar! Porque de seguro me preguntará cosas como cuando una se va a confesar... ¿Y cómo me pondré? ¿Me vestiré con los trapitos de cristianar o de cualquier manera?... Quizás sea mejor ponerme hecha un pingo, a lo pobre, para que no crea... No, no es propio. Me vestiré decente y modestita."

Despachados los más urgentes quehaceres del día, peinóse con mucha sencillez, se puso su vestido negro, las botas nuevas; púsose también su pañuelo de lana oscuro, sujeto con un imperdible de metal blanco que representaba una golondrina, y mirándose al espejo, aprobó su perfecta facha de mujer honesta. Antes de arreglarse había almorzado precipitadamente, con poca gana, porque no le gustaban visitas tan serias, ni sabía lo que en ellas había de decir. La idea de soltar alguna barbaridad o de no responder derechamente a lo que se le preguntara, le quitó el apetito... Y bien mirado, ¿qué necesidad tenía ella de visitas de curas? Pero no tuvo tiempo de pensar mucho en esto, porque de repente..., tilín. Era próximamente la una y media.

Corrió a abrir la puerta. El corazón le saltaba en el pecho. La figura negra avanzó por el pasillo para entrar en la salita. Fortunata estaba tan turbada que no acertó a decirle que se sentase y dejara la canaleja. Maxi, que al hablar de la familia se dejaba guiar más por el amor propio que por la sinceridad, le había hecho mil cuentos hiperbólicos de Nicolás, pintándole como persona de mucha virtud y talento, y ella se los había creído. Por esto se desilusionó algo al ver aquella figura tosca de cura de pueblo, aquellas barbas mal rapadas y la abundancia de vello negro que parecía cultivado para formar cosecha. La cara era desagradable; la boca, grande y muy separada de la nariz corva y chica; la frente, espaciosa, pero sin nobleza; el cuerpo, fornido; las manos largas, negras y poco familiarizadas con el jabón; la tez, morena, áspera y aceitosa. El ropaje negro del cura revelaba desaseo, y este detalle bien observado por Fortunata la ilusionó otra vez respecto a la santidad del sujeto, porque en su ignorancia suponía la limpieza reñida con la virtud. Poco después, notando que su futuro hermano político olía, y no a ámbar, se confirmó en aquella idea.

—Parece que está usted como asustada —dijo Nicolás con fría sonrisa clerical—. No me tenga usted miedo. No me como la gente. ¿Se figura usted a lo que vengo?

—Sí, señor..., no..., digo, me figuro. Maximiliano...

—Maximiliano es un tarambana —afirmó el clérigo con la seguridad burlesca del que se siente frente a un interlocutor demasiado débil—, y usted lo debe de conocer como lo conozco yo. Ahora ha dado en la simpleza de casarse con usted... No, si no me enfado. No crea usted que la voy a reñir. Yo soy moro de paz, amiga mía, y vengo aquí a tratar la cosa por buenas. Mi idea es ésta: ver si es usted una persona juiciosa, y si como persona juiciosa comprende que esto del casorio es una botaratada; ni más ni menos... Y si lo reconoce así, pretendo, ésta, ésta es la cosa, que usted misma sea quien se lo quite de la cabeza... Ni menos ni más.

Fortunata conocía *La Dama de las Camelias*, por haberla oído leer. Recordaba la escena aquella del padre suplicando a la *dama* que le quite de la cabeza al chico la tontería de amor que le degrada, y sintió cierto orgullo de encontrarse en situación semejante. Más por coquetería de virtud que por abnegación, aceptó aquel papel que se le ofrecía, ¡y vaya si era bonito! Como no le costaba trabajo desempeñarlo por no estar enamorada ni mucho menos, respondió en tono dulce y grave:

—Yo estoy dispuesta a hacer todo lo que usted me mande.

—Bien, muy bien, perfectamente bien —dijo Nicolás, orgulloso de lo que creía un triunfo de su personalidad, que se imponía sólo con mostrarse—. Así me gusta a mí la gente. ¿Y si le mando que no vuelva a ver más a mi hermano, que se escape esta noche para que cuando él vuelva mañana no la encuentre?

Al oír esto, Fortunata vaciló.

—Lo haré; sí, señor —contestó al fin, cuidando luego de buscar inconvenientes al plan del sacerdote—. Pero ¿adónde iré yo que él no venga tras de mí? Al último rincón de la Tierra ha de ir a buscarme. Porque usted no sabe lo desatinado que está por... esta su servidora.

—¡Oh!, lo sé, lo sé... A buena parte viene. ¿De modo que usted cree que no adelantamos nada con darle esquinazo?... Ésta es la cosa.

—Nada, señor; pero nada —declaró ella, disgustada ya del papel de *Dama de las Camelias,* porque si el casarse con Maximiliano era una solución poco grata a su alma, la vida pública la aterraba en tales términos, que todo le parecía bien antes que volver a ella.

—Bien, perfectamente bien —afirmó Nicolás dándose aires de persona que medita mucho las cosas y razona a lo matemático—. Ya tenemos un punto de partida, que es la buena disposición de usted..., ésta es la cosa. Respóndame ahora. ¿No tiene usted quien la ampare si rompe con mi hermano?

—No, señor.

—¿No tiene usted familia?

—No, señor.

—Pues está usted aviada... De forma y manera —dijo cruzando los brazos y echando el cuerpo atrás—, que en tal caso no tiene más remedio que... que echarse a la buena vida..., al amor libre..., a... Ya usted me entiende.

—Sí, señor, entiendo...; no tengo más camino —manifestó la joven con humildad.

—¡Tremenda responsabilidad para mí! —exclamó el curita moviendo la cabeza y mirando al suelo, y lo repitió hasta unas cinco veces en tono de púlpito.

En aquel instante le vinieron al pensamiento ideas distintas de las que había llevado a la visita, y más conformes con su empinada soberbia clerical. Había ido con el propósito de romper aquellos lazos, si la novia de su hermano se prestaba medianamente a ello; pero cuando la vio tan humilde, tan resignada a su triste suerte, entróle apetito de componendas y de mostrar sus habilidades de zurcidor moral. "He aquí una ocasión de lucirme —pensó—. Si consigo este triunfo, será el más grande y cristiano de que puede vanagloriarse un sacerdote. Porque figúrense ustedes que consigo hacer de esta samaritana una señora ejemplar y tan católica como la primera..., figúrenselo ustedes..." Al pensar esto, Nicolás creía estar hablando con sus colegas. Tomaba en serio su oficio de pescador de gente, y la verdad, nunca se le había presentado un pez como aquél. Si lo sacaba de las aguas de la corrupción, "¡qué victoria, señores, pero qué pesca!" En otros casos semejantes, aunque no de tanta importancia, en los cuales había él mangoneado con todos sus ardides apostólicos, alcanzó éxitos de relumbrón que le hicieron objeto de envidia entre el clero toledano. Sí; el curita Rubín había reconciliado dos matrimonios que andaban a la greña, había salvado de la prostitución a una niña bonita, había obligado a casarse a tres seductores con las respectivas seducidas; todo por la fuerza persuasiva de su dialéctica... "Soy de encargo para estas cosas." Fue lo último que pensó, hinchado de vanidad y alegría como caudillo valeroso que ve delante de sí una gran batalla. Después se frotó mucho las manos, murmurando:

—Bien, bien; ésta es la cosa.

Era el movimiento inicial del obrero que se aligera las manos antes de empezar una ruda faena, o del cavador que se las escupe antes de coger la azada. Después dijo bruscamente y sonriendo:

—¿Me permite usted echar un cigarrillo?

—Sí, señor; pues no faltaba más... —replicó Fortunata, que esperaba el resultado de aquel meditar y del frote de las manos.

—Pues sí —declaró gravemente Nicolás, chupando su cigarrillo—, me falta valor para lanzarla a usted al mundo malo; mejor dicho, la caridad y el ministerio que profeso me vedan hacerlo. Cuando un náufrago quiere salvarse, ¿es humano darle una patada desde la orilla? No; lo humano es alargarle una mano o echarle un palo para que se agarre..., ésta es la cosa.

—Sí, señor —indicó Fortunata, agradecida—, porque yo soy náu...

Iba a decir *náufraga;* pero temiendo no pronunciar bien palabra tan difícil, la guardó para otra ocasión, diciendo para sí: "No metamos la pata sin necesidad."

—Pues lo que yo necesito ahora —agregó Rubín terciándose el manteo sobre las piernas, y accionando como un hombre que necesita tener los brazos libres para una gran faena— es ver en usted señales claras de arrepentimiento y deseo de una vida regular y decente; lo que yo necesito ahora es leer en su interior, en su corazón de usted. Vamos allá. ¿Hace mucho tiempo que no se confiesa usted?

La samaritana se puso colorada, porque le daba vergüenza de decir que hacía lo menos diez o doce años que no se había confesado. Por fin lo declaró.

—Perfectamente —dijo Nicolás, acercando su sillón al sofá en que la joven estaba—. Le prevengo a usted que tengo mucha experiencia de esto. Hace cinco años que practico el confesonario, y que las cazo al vuelo. Quiero decir, que a mí no hay mujer que me engañe.

Fortunata tuvo miedo, y Nicolás aproximó más el sillón. Aunque estaban solos, ciertas cosas debían decirse en voz baja.

—Vamos a ver, ¿quién fue el primero? —preguntó el presbítero llevándose la mano tiesa a la boca, porque con la pregunta querían salir también ciertos gases.

Contó ella lo de Juanito Santa Cruz, pasando no poca vergüenza, y dando a conocer la triste historia de una manera incoherente.

—Abrevie usted. Hay muchos pormenores que ya me los sé, como me sé el Catecismo... Que le dio a usted palabra de casamiento y que usted fue tan boba que se lo creyó. Que un día la cogió descuidada y sola... ¡Bah, bah!... Lo de siempre. Después habrá usted conocido a otros muchos hombres. ¿A cuántos, próximamente? Fortunata miró al techo, haciendo un cálculo numérico.

—Es difícil decir... Lo que es conocer...

El sacerdote se sonrió.

—Quiero decir tratar con intimidad; hombres con quienes ha vivido usted en relaciones de un mes, de dos..., ésta es la cosa. No me refiero a los conocimientos de un instante, que eso vendrá después.

—Pues serán... —dijo ella pasando un rato muy malo.

—Vamos, no se asuste usted del número.

—Pues podrán ser..., como unos ocho... Deje usted que me acuerde bien...

—Basta ya; lo mismo da ocho que doce o que ochocientos doce. ¿Le repugna a usted la memoria de esos escándalos?

—¡Oh! Sí, señor... Crea usted que...

—Que no los puede ver ni pintados. Lo creo... ¡Valientes pillos! Sin embargo, dígame usted: ¿No volvería a tener amistad con alguno de ellos, si la solicitara?

—Con ninguno... —dijo Fortunata.

—¿De veras? Piénselo usted bien.

Fortunata lo pensó, y al cabo de un ratito, la lealtad y buena fe con que se confesaba mostráronse en esta declaración:

—Con uno..., qué sé yo... Pero no puede ser.

—Déjese usted de que pueda o no pueda ser. Ese uno, esa excepción de su hastío es el primero, ese tal don Juanito. No necesita usted confirmarlo. Me sé estas historias al dedillo. ¿No ve usted, hija mía, que he sido confesor de las Arrepentidas de Toledo durante cinco años largos de talle?

—Pero no puede ser. Está casado es muy feliz y no se acuerda de mí.

—A saber, a saber... Pero, en fin, usted confiesa que es el único sujeto a quien de veras quiere, el único por quien de veras siente apetito de amores y esa cosa, esa tontería que ustedes las mujeres...

—El único.

—Y a los demás, que los parta un rayo.

—A los demás, nada.

—¿Y a mi hermano?... Ésta es la cosa.

Lo brusco de la pregunta aturdió a la penitente. No la esperaba, ni se acordaba para nada en aquel momento del pobre Maxi. Como era tan sincera, no pensó ni por un momento en alterar la verdad. Las cosas claras. Además, el clérigo aquel parecíale muy listo, y si se le decía una cosa por otra conocería el embuste.

—Pues a su hermano de usted, tampoco.

—Perfectamente —dijo el curita, acercando su sillón todo lo más que acercarse podía.

## V

Para que ningún malicioso interprete mal las bruscas aproximaciones del sillón de Nicolás Rubín al asiento de su interlocutora, conviene hacer constar de una vez que era hombre de temple fortísimo o, más propiamente hablando, frigidísimo. La belleza femenina no le conmovía o le conmovía muy poco, razón por la cual su castidad carecía de mérito. La carne que a él le tentaba era otra, la de ternera, por ejemplo, y la de cerdo más, en buenas magras, chuletas riñonadas o solomillo bien puesto con guisantes. Más pronto se le iban los ojos detrás de un jamón que de una cadera, por suculenta que ésta fuese, y la mejor *falda* para él era la que da nombre al guisado. Jactábase de su inapetencia mujeril haciendo de ella una estupenda virtud; pero no necesitaba andar a cachetes con el demonio para triunfar. Las embestidas del sillón eran simplemente un hábito de confianza, adquirido con el uso del secreteo penitenciario.

—Lo que se llama querer... —dijo Fortunata haciendo esfuerzos para expresarse claramente—, querer, ¿entiende usted?, no; pero aprecio, estimación, sí.

—¿De modo que no hay lo que llaman ilusión?...

—No, señor.

—Pero hay esa afición tranquila, que puede ser principio de una amistad constante, de ese afecto puro, honesto y reposado que hace la felicidad de los matrimonios.

Fortunata no se atrevió a responder claro. Le parecía mucho lo que el eclesiástico proponía. Recortándolo algo se podía aceptar.

—Puedo llegar a quererle con el trato...

—Perfectamente... Porque es preciso que usted se fije bien en una cosa: eso de la ilusión es pura monserga, eso es para bobas. Ilusionarse con un caballerete porque tenga los ojos así o asado, porque tenga el bigotito de esta manera, el cuerpo derecho y el habla dengosa, es propio de hembras salvajes. Amar de ese modo no es amar, es perversión, es vicio, hija mía. El verdadero amor es el espiritual, y la única manera de amar es enamorarse de la persona por las prendas del alma. Las mujeres de estos tiempos se dejan pervertir por las novelas y por las ideas falsas que otras mujeres les imbuyen acerca del amor. ¡Patraña y propaganda indecente que hace Satanás por mediación de los poetas, novelistas y otros holgazanes! Diránle a usted que el amor y la hermosura física son hermanos y le hablarán a usted de Grecia y del naturalismo pagano. No haga usted caso de patrañas, hija mía; no crea en otro amor que en el espiritual, o sea en las simpatías de alma con alma...

La prójima adivinaba más que entendía esto, que era contrario a sus sentimientos; pero como lo decía un sabio, no había más remedio que contestar a todo que sí. Viendo que hacía indicaciones afirmativas con la cabeza, el cura se animaba, añadiendo con énfasis:

—Sostener otra cosa es renegar del catolicismo y volver a la mitología... Ésta es la cosa.

—Claro —apuntó la joven; pero en su interior se preguntaba qué quería decir aquello de la mitología..., porque de seguro no sería cosa de mitones.

Aquel clérigo, arreglador de conciencias, que se creía médico de corazones dañados de amor, era quizás la persona más inepta para el oficio a que se dedicaba, a causa de su propia virtud, estéril y glacial, condición negativa que, si le apartaba del peligro, cerraba sus ojos a la realidad del alma humana. Practicaba su apostolado por fórmulas rutinarias o rancios aforismos de libros escritos por santos a la manera de él, y había hecho inmensos daños a la humanidad arrastrando a doncellas incautas a la soledad de un convento, tramando casamientos entre personas que no se querían, y desgobernando, en fin, la máquina admirable de las pasiones. Era como los médicos que han estudiado el cuerpo humano en un atlas de Anatomía. Tenía recetas charlatánicas para todo, y las aplicaba al buen tun tún, haciendo estragos por dondequiera que pasaba.

—De esta manera, hija mía —añadió, lleno de fatuidad—, puede darse el caso de que una mujer hermosa llegue a amar entrañablemente a un hombre feo. El verdadero amor, fíjese usted en esto y estámpelo en su memoria, es el de alma por alma. Todo lo demás es obra de la imaginación, la loca de la casa.

A Fortunata le hizo gracia esta figura.

—¿Quién hace caso de la imaginación? —prosiguió él, oyéndose, y muy satisfecho del efecto que creía causar—. Cuando la loca le alborote a usted no se dé por entendida, hija. ¿Haría usted caso de una persona que pasara ahora por la calle diciendo disparates? Pues lo mismo es, exactamente lo mismo. A la imaginación se la mira con desprecio, y se hace lo contrario de lo que ella inspira. Comprendo que usted, por la vida mala que ha llevado y por no haber tenido a su lado buenos ejemplos, no podrá durante algún tiempo meter en cintura a la loca de la casa; pero aquí estamos para enseñarla. Aquí me tiene a mí, y me parece que sé lo que traigo entre manos... Empecemos. Para que usted sea digna de casarse con un hombre honrado, lo primerito es que me vuelva los ojos a la religión, empezando por edificarse interiormente.

—Sí, señor —respondió humildemente la prójima, que entendía lo de la religión, pero no lo de la edificación. Para ella, edificar era lo mismo que hacer casas.

—Bien. ¿Está usted dispuesta a ponerse bajo mi dirección y a hacer todo lo que yo le mande? —propuso el cura con la hinchazón de vanidad que le daba aquel papel sublime de lañador de almas cascadas.

—Sí, señor.

—¿Y cómo estamos de doctrina cristiana?

Dijo esto con un tonillo de superioridad impertinente, lo mismo que dicen algunos médicos: "A ver la lengua."

—Yo... la *dotrina* —replicó la penitente temblando— ...muy mal. No sé nada.

El capellán no hizo aspavientos. Al contrario, le gustaba que sus catecúmenos estuvieran rasos y limpios de toda ciencia, para poder él enseñárselo todo. Después meditó un rato, las manos cruzadas y dando vuelta a los pulgares uno sobre otro. Fortunata le miraba en silencio. No podía dudar de que era hombre muy sabedor de cosas del mundo y de las flaquezas humanas, y pensó que le convenía ponerse bajo su dirección. En aquel momento hallábase bajo la influencia de ideas supersticiosas adquiridas en su infancia respecto a la religión y al clero. Su catecismo era harto elemental y se reducía a dos o tres nociones incompletas, el Cielo y el Infierno, padecer aquí para gozar allá, o lo contrario. Su moral era puramente personal, intuitiva y no tenía nada que ver con lo poco que recordaba de la doctrina cristiana. Formó del hermano de Maxi buen concepto, porque se lavaba poco y sabía mucho y no reñía a las pecadoras, sino que las trataba con dulzura, ofreciéndoles el matrimonio, la salvación, y hablándoles del alma y otras cosas muy bonitas.

—Todo depende de que usted sepa mandar a paseo a la loquilla —continuó Nicolás saliendo de su abstracción—. Ya sabe usted lo que Jesús le dijo a la samaritana cuando habló con ella en el pozo, en una situación parecida a la que ahora tenemos usted y yo...

Fortunata se sonrió afectando entender la cita; pero se había quedado a oscuras.

—Si usted quiere mejorar de vida y edificársenos interiormente para adquirir la fuerza necesaria, aquí me tiene. ¿Pues para qué estamos? Cuando yo considere segura la reforma de usted, quizás no ponga tantos peros al casorio con mi hermano. El pobre está loco por usted; me dijo anoche que si no le dejamos casar, se muere. Mi tía quiere quitárselo de la cabeza; mas yo le dije: "Calma, calma; las cosas hay que verlas despacio. No nos precipitemos, tía", y por eso me vine aquí. Me comprometo a curarle a usted esa enfermedad de la imaginación que consiste en tener cariño al hombre indigno que la perdió. Conseguido esto, amará usted al que ha de ser su marido, y lo amará con ilusión espiritual, no de los sentidos..., ni más ni menos. ¡Oh, he alcanzado yo tantos triunfos de éstos; he salvado a tanta gente que se creía dañada para siempre! Convénzase usted: en esto, como en otras cosas, todo es ponerse a ello, todo es empezar... Imagínese usted lo bien que estará cuando se nos reforme; vivirá feliz y considerada, tendrá un nombre respetable, y habrá quien la adore, no por sus gracias personales, que maldito lo que significan, sino por las espirituales, que es lo que importa. Al principio tendrá usted que hacer algunos esfuerzos; será preciso que se olvide de su buen palmito. Esto es quizás lo más difícil; pero hagámonos la cuenta de que la única hermosura verdad es la del alma, hija mía, porque de la del cuerpo dan cuenta los gusanos...

Esto le pareció muy bien a la pecadora, y decía que sí con la cabeza.

—Pues vamos a cuentas. ¿Usted quiere que establezcamos la posibilidad, ésta es la cosa, la posibilidad de casarse con un Rubín?

—Sí, señor —respondió Fortunata con cierto miedo, espantada aún por aquello de los gusanos.

—Pues es preciso que se nos someta usted a la siguiente prueba —dijo el cura, tapándose un bostezo, porque eran ya las cuatro y no habría tenido inconveniente en tomar una friolera—. Hay en Madrid una institución religiosa de las más útiles, la cual tiene por objeto recoger a las muchachas extraviadas y convertirlas a la verdad por medio de la oración, del trabajo y del recogimiento. Unas, desengañadas de la poca sustancia que se saca al deleite, se quedan allí para siempre; otras salen ya *edificadas,* bien para casarse, bien para servir en casas de personas respetabilísimas. Son muy pocas las que salen para volver a la perdición. También entran allí señoras decentes a expiar sus pecados, esposas ligeras de cascos que han hecho alguna trastada a sus maridos, y otras que buscan en la soledad la dicha que no tuvieron en el bullicio del mundo.

Fortunata seguía dando cabezadas. Había oído hablar de aquella casa, que era el convento de las Micaelas.

—Perfectamente; así se llama. Bueno, usted va allá y la tenemos encerradita durante tres, cuatro meses o más. El capellán de la casa es tan amigo mío, que es como si fuera yo mismo. Él la dirigirá a usted espiritualmente, puesto que yo no puedo hacerlo porque tengo que volverme a Toledo. Pero siempre que venga a Madrid he de ir a tomarle el pulso y a ver cómo anda esa educación, sin perjuicio de que antes de entrar en el convento le he de dar a usted un buen recorrido de doctrina cristiana, para que no se nos vaya allá enteramente cerril. Si pasado un plazo prudencial me resulta usted en tal disposición de espíritu que yo la crea digna de ser mi hermana política, podría quizás llegar a serlo. Yo le respondo a usted de que, como este indigno capellán dé el pase, toda la familia dirá *amén.*

Estas palabras fueron dichas con sencillez y dulzura. Eran una de sus mejores y más estudiadas recetas, y tenía para ello un tonillo de convicción que hacía efecto grande en las inexpertas personas a quienes se dirigían.

En Fortunata fue tan grande el efecto, que casi casi se le saltaron las lágrimas. Indudablemente era muy de agradecer el interés que aquel bondadoso apóstol de Cristo se tomaba por ella. Y todo sin regaños, sin manotadas, tratándola como un buen pastor trataría a la más querida de sus ovejas. A pesar de esta excelente disposición de su ánimo, la infeliz vacilaba un poco. De una parte la seducía la vida retirada, silenciosa y cristiana del claustro. Bien pudiera ser que allí se cerrase por completo la herida de su corazón. Había que probarlo al menos. De otra parte la aterraba lo desconocido, las monjas...; ¿cómo serían las monjas? ¿Cómo la tratarían? Pero Nicolás se adelantó a sus temores, diciéndole que eran las señoras más indulgentes y cariñosas que se podían ver. A la samaritana se le aguaron los ojos, y pensó en lo que sería ella convertida de *chica* en señora, la imaginación limpia de aquella maleza que la perdía, la conciencia hecha de nuevo, el entendimiento iluminado por mil cosas bonitas que aprendería. La misma imaginación, a quien el maestro había puesto que no había por dónde cogerla, fue la que le encendió fuegos de entusiasmo en su alma, infundiéndole el orgullo de ser otra mujer distinta de lo que era.

—Pues sí, pues sí..., quiero entrar en las Micaelas —afirmó con arranque.

—Pues nada, a purificarse tocan. ¿Ve usted cómo nos hemos entendido? —dijo el clérigo con alegría, levantándose—. Cansado ya de tanto discutir, yo le dije a mi hermano: "Si tu pasión es tan fuerte que no la puedes combatir, pon el pleito en mis manos, tonto, que yo te lo arreglaré." Si es mi oficio; si para eso estamos; si no sé hacer otra cosa... ¿Para qué serviría yo si no sirviera para enderezar torceduras de éstas?

El orgullo se le rezumía por todos los poros como si fuera sudor; los ojos le brillaban. Cogió la canaleja, diciendo:

—Volveré por aquí. Hablaré a mi hermano y a mi tía. Tenemos ya una gran base de arreglo, que es su conformidad de usted con todo lo que le mande este pobre sacerdote.

Fortunata, al darle la mano, se la besó.

Las últimas palabras de la visita fueron referentes al mal tiempo, a que él no podía estar en Madrid sino dos semanas, y por fin a la jaqueca que tenía Maximiliano aquel día.

—Es mal de familia. Yo también las padezco. Pero lo que principalmente me trae descompuesto ahora es un pícaro mal de estómago..., debilidad, dicen que es debilidad .. Tengo que comer muy a menudo y muy poca cantidad..., ésta es la cosa... Es efecto del excesivo trabajo..., ¡qué le vamos a hacer! Al llegar esta hora se me pone aquí un perrito..., lo mismo que un perrito que me estuviera mordiendo. Y como no le eche algo al condenado, me da muy mal rato.

—Si quiere usted..., aguarde usted..., yo... —dijo Fortunata pasando revista mental a su pobre despensa.

—Quite usted allá, criatura... No faltaba más... ¿Piensa que no me puedo pasar?... No es que yo apetezca nada; lo tomo hasta con asco; pero me sienta bien, conozco que me sienta bien.

—Si quiere usted, traeré... No tengo en casa; pero bajaré a la tienda...

—Quite usted allá...; no me lo diga ni en broma.... Vaya, abur, abur... Y cuidarse, cuidarse mucho, ¿eh?, que andan pulmonías.

El clérigo salió y fue a casa de un amigo, donde le solían dar, en aquella crítica hora, el remedio de su debilidad de estómago.

## VI

En la noche de aquel memorable día, y cuando la jaqueca se le calmó, pudo enterarse Maxi de que su hermano había ido a la calle de Pelayo, y de que sus impresiones "no habían sido malas", según declaración del propio cura. Daba éste mucha importancia a su apostolado, y cuando le caía en las manos uno de aquellos negocios de conquista espiritual, exageraba los peligros y dificultades para dar más valor a su victoria. El otro se abrasaba en impaciencia; mas no conseguía obtener de Nicolás sino medias palabras.

—Allá veremos...; éstas no son cosas de juego... Ya tengo las manos en la masa..., no es mala masa; pero hay que trabajarla a pulso... ésta es la cosa. He de volver allá... Es preciso que tengas paciencia; ¿pues tú qué te crees?

El pobre chico no veía las santas horas de que llegase el día para saber por ella pormenores de la conferencia. Fortunata le vio entrar sobre las diez, pálido como la cera, convaleciente de la jaqueca, que le dejaba mareos, aturdimiento y fatiga general. Se echó en el sofá; cubríole su amiga la mitad del cuerpo con una manta, púsole almohadas para que recostase la cabeza, y a medida que esto hacía le aplacaba la curiosidad contándole precipitadamente todo.

Aquella idea de llevarla al convento como a una casa de purificación parecióle a Maxi prueba estupenda del gran talento catequizador de su hermano. A él le había pasado vagamente por la cabeza algo semejante; mas no supo formularlo. ¡Qué insigne hombre era Nicolás! ¡Ocurrirle aquello!... Tamizada por la religión, Fortunata volvería a la sociedad limpia de polvo y paja, y entonces, ¿quién osaría dudar de su honorabilidad? El espíritu del sietemesino, revuelto desde el fondo a la superficie por la pasión, como un mar sacudido por furioso huracán, se corría, digámoslo así, de una parte a otra, explayándose en toda idea que se le pusiese delante. Así, lo mismo fue presentársele la idea religiosa que tenderse hacia ella y cubrirla toda con impetuosa y fresca onda. ¡La religión, qué cosa tan buena!... ¡Y él, tan torpe, que no había caído en ello! No era torpeza, sino distracción. Es que andaba muy distraído. Y su manceba, que más bien era ya novia, se le apareció entonces con aureola resplandeciente y se revistió de ideales atributos. Creeríase que el amor que le inspiraba se iba a depurar aún más, haciéndose tan sutil como aquel que dicen le tenía a Beatriz el Dante, o el de Petrarca por Laura, que también era amor de lo más fino.

Nunca había sido Maximiliano muy dado a lo religioso; pero en aquel instante le entraron de sopetón en el espíritu unos ardores de piedad tan singulares, unas ganas de tomarse confianzas con Cristo o con la Santísima Trinidad, y aun con tal o cual santo, que no sabía lo que le pasaba. El amor le conducía a la devoción, como le habría conducido a la impiedad, si las cosas fuesen por aquel camino. Tan bien le pareció el plan de su hermano, que el gozo le reprodujo el dolor de cabeza, aunque levemente. Comprimiéndose con dos dedos de la mano la ceja izquierda, habló a Fortunata de lo buenas que debían de ser aquellas madres Micaelas, de lo bonito que sería el convento, y de las preciosas y utilísimas cosas que allí aprendería, soltando como por ensalmo la cáscara amarga y trocándose en señora, sí, en señora tan decente, que habría otras lo mismo, pero más no..., más no.

A Fortunata se le comunicó el entusiasmo. ¡La religión! Tampoco ella había caído en esto. ¡Cuidado que no ocurrírsele una cosa tan sencilla!... Lo particular era que veía su purificación como se ve un milagro cuando se cree en ellos, como convertir el agua en vino o hacer de cuatro peces cuarenta.

—Dime una cosa —preguntó a Maxi, acordándose de que era bella—. ¿Y me pondrán tocas blancas?

—Puede que sí —replicó él con seriedad—. No puedo asegurártelo; pero es fácil que sí te las pongan.

Fortunata cogió una toalla y echándosela por la cabeza, se fue a mirar al espejo. Acordóse entonces de una cosa esencial, esto es, que en la nueva existencia, la hermosura física no valía un pito y que lo que importaba y tenía valor era la del alma. Observando la cara que tenía Maxi aquel día y lo pálido que estaba, consideró que las prendas morales del joven empezaban a transparentarse en su rostro, haciéndole menos desagradable... Entrevió una mudanza radical en su manera de ver las cosas. "¡Quién sabe —se dijo— lo que pasará después de estar allí tratando con las monjas, rezando y viendo a todas horas la custodia! De seguro me volveré otra sin sentirlo. Yo saco la cuenta de lo bueno que puede sucederme, por lo malo que me ha sucedido. Calculo que esto es como cuando una teme llegar a la cosa más mala del mundo y dice una: "Jamás llegaré a eso." Y ¿qué pasa?, que luego llega una y se asombra de verse allí, y dice: "Parecía mentira." Pues lo mismo será con lo bueno. Dice una: "Jamás llegaré tan arriba", y sin saber cómo, arriba se encuentra.

Maximiliano se quedó a almorzar; pero la irritación de su estómago y la desgana hubieron de contenerle en la más prudente frugalidad. Ella en cambio tenía buen apetito, porque había trabajado mucho aquella mañana y quizás porque estaba contenta y excitada. De aquí tomó pie el redentor para hablar de lo mucho que comía su hermano Nicolás. Esto desilusionó un poco a Fortunata, que se quedó como lela, mirando a su amante, y deteniendo el tenedor a poca distancia de la boca. Creía ella que los curas de mucho saber y virtud debían de conocerse en el poco uso que hacían del agua y jabón, y también en que su alimento no podía ser sino hierbas cocidas y sin sal.

Toda la tarde estuvieron platicando acerca de la ida al convento y también sobre cosas relacionadas con la parte material de su existencia futura.

—En la partición —dijo con cierto énfasis Maximiliano— me tocan fincas rústicas. Mi tía se enfadó porque deseaba para mí el dinero contante; pero yo no soy de su opinión; prefiero los inmuebles.

Fortunata apoyó esta idea con un signo de cabeza; mas no estaba segura de lo que significaba la palabra *inmueble,* ni quería tampoco preguntarlo. Ello debía de ser lo contrario de muebles. Maxi la sacó de dudas más tarde, hablando de sus olivares y viñas y de la buena cosecha que se anunciaba; por lo cual vino a entender que inmuebles es lo mismo que decir árboles. También ella prefería las propiedades de campo a todas las demás clases de riqueza. Después que se retiró su amante, se quedó pensando en su fortuna, y todo aquel fárrago de olivos, parrales y carrascales que tenía metido en la cabeza le impidió dormir hasta muy tarde, enderezando aún más sus propósitos por la vía de la honradez.

—A ver, ¿qué tal?... ¿Cómo es?... ¿Es guapa? —había preguntado doña Lupe a Nicolás con vivísima curiosidad.

Aunque el insigne clérigo no tenía cierta clase de pasiones, sabía apreciar el género a la vista. Hizo con los dedos de su mano derecha un manojo, y llevándolos a la boca los apartó al instante, diciendo:

—Es una mujer... hasta allí.

Doña Lupe se quedó desconcertada. A los peligros ya conocidos debían unirse los que ofrece por sí misma toda belleza superior dentro de la máquina del matrimonio.

—Las mujeres casadas *no deben* ser muy hermosas —dijo la señora promulgando la frase con acento de convicción profunda.

Hízole otras mil preguntas para aplacar su ardentísima curiosidad: cómo estaba vestida y peinada; qué tal se expresaba; cómo tenía arreglada la casa, y Nicolás respondía echándoselas de observador. Sus impresiones no habían sido malas, y aunque no tenía bastantes datos para formar juicio del verdadero carácter de la prójima, podía anticipar, fiado en su experiencia, en su buen ojo y en un cierto no sé qué, presunciones favorables. Con esto la curiosidad de doña Lupe se acaloraba más, y ya no podía tener sosiego hasta no meter su propia nariz en aquel guisado. Visitar a la tal no le parecía digno, habiendo hecho tantos aspavientos en contra suya; pero estar muchos días sin verla y averiguarle las faltas, si las tenía, era imposible. Hubiera deseado verla *por un agujerito.* Con el sobrinillo no quería la señora dar su brazo a torcer, y siempre se mostraba intolerante, aunque ya con menos fuego. Parecióle buena idea aquello de purificarla en las Micaelas, y aunque a nadie lo dijo, para sí consideraba aquel camino como el único que podía conducir a una solución. Rabiaba por echarle la vista encima al *basilisco,* y como su sobrino no le decía que fuera a verla, este silencio hacíala rabiar más. Un día ya no pudo contenerse, y cogiendo descuidado a Maxi en su cuarto, le embocó esto de buenas a primeras:

—No creas que voy yo a rebajarme a eso...

—¿A qué, señora?

—A visitar a tu..., no puedo pronunciar ciertas palabras. Me parece indecoroso que yo vaya allá, a pesar de todos esos proyectos de lejía eclesiástica que le vais a dar.

—Señora, si yo no he dicho a usted nada...

—Te digo que no iré..., no iré.

—Pero tía...

—No hay tía que valga. No me lo has dicho; pero lo deseas. ¿Crees que no te leo yo los pensamientos? ¡Qué podrás tú disimular delante de mí! Pues no, no te sales con la tuya. Yo no voy allá sino en el caso de que me llevéis atada de pies y manos.

—Pues la llevaremos atada de may pies —dijo Maxi, riendo.

Lo deseaba, sí; pero como tenía su criterio formado y su invariable línea de conducta trazada, no daba un valor excesivo a lo que de la visita pudiera resultar. Véase por dónde la fuerza de las circunstancias había puesto a doña Lupe en una situación subalterna, y el pobre chico, que meses antes no se atrevía a chistar delante de ella, miraba a su tía de igual a igual. La dignidad de su pasión había hecho del niño un hombre, y como el plebeyo que se ennoblece, miraba a su antiguo autócrata con respeto, pero sin miedo.

Como Nicolás visitaba algunos días a Fortunata para enseñarle la doctrina cristiana, doña Lupe se ponía furiosa. Tantas idas y venidas decía ella que le tenían revuelto el estómago. Pero el sentimiento que verdaderamente la hacía chillar era como envidia de que fuese Nicolás y no pudiera ir ella. Por este motivo, andaban tía y sobrino algo desavenidos. Corría marzo, y el día de San José dijo Nicolás en la mesa:

—Tía, ya hay fresa.

Pero la indirecta no hizo efecto en la económica viuda. Volvió a la carga el clérigo en diferentes ocasiones:

—¡Qué fresa más rica he visto hoy! Tía, ¿a cómo estará ahora la fresa?

—No lo sé, ni me importa —replicó ella—, porque como no la pienso traer hasta que no se ponga a tres reales...

Nicolás dio un suspiro, mientras doña Lupe decía para sí: "Como no comas más fresa que la que yo te ponga, tragaldabas, aviado estás."

Y como doña Lupe era algo golosa, trajo un día un cucurucho de fresa, bien escondido entre la mantilla; mas no lo puso en la mesa. Concluida la comida, y mientras Nicolás leía *La Correspondencia* o *El Papelito* en el comedor, doña Lupe se encerraba en su cuarto para comerse la fresa bien espolvoreada con azúcar. En cuanto el cura se echaba a la calle, salía doña Lupe de su escondite para ofrecer a Maximiliano un poco de aquella sabrosa fruta, y entraba en su cuarto con el platito y la cucharilla. Agradecía mucho estas finezas el chico, y se comía la golosina. Mirábale comer su tía con expectante atención, y cuando quedaban en el plato no más que seis o siete fresas, se lo quitaba de las manos, diciendo:

—Esto para *Papitos,* que está con cada ojo como los de un besugo.

La chiquilla se comía las fresas, y después, con los lengüetazos que le daba al plato, lo dejaba como si lo hubiera lavado.

## VII

Juan Pablo prestaba atención muy escasa al asunto de Maximiliano y a todos los demás asuntos de la familia, como no fuera el de la herencia. Su anhelo era cobrar pronto para pagar sus trampas. Entraba de noche muy tarde, y casi siempre comía fuera, lo que agradecía mucho doña Lupe, pues Nicolás con su voracidad puntual le desequilibraba el presupuesto de la casa. La misantropía que le entró a Juan Pablo desde su desairado regreso del Cuartel Real no se alteró en aquellos días que sucedieron a la herencia. Hablaba muy poco, y cuando doña Lupe le nombraba el casorio de Maxi, como cuando se le pega a uno un alfilerazo para que no se duerma, alzaba los hombros, decía palabras de desdén hacia su hermano y nada más.

—Con su pan se lo coma... ¿Y a mí qué?

De carlismo no se hablaba en la casa, porque doña Lupe no lo consentía. Pero una mañana, los dos hermanos mayores se enfrascaron de tal modo en la conversación, más bien disputa, que no hicieron maldito caso de la señora. Juan Pablo estaba lavándose en su cuarto, entró Nicolás a decirle no sé qué, y por si el cura Santa Cruz era un bandido o un loco, se fueron enzarzando, enzarzando, hasta que...

—¿Quieres que te diga una cosa? —gritaba el primogénito, descomponiéndose—. Pues don Carlos no ha triunfado ya por vuestra culpa, por culpa de los curas. Hay que ir allá, como he ido yo, para hacerse cargo de las intrigas de la gentualla de sotana, que todo lo quiere para sí y no va más que a desacreditar con calumnias y chismes a los que verdaderamente trabajan. Yo no podía estar allí, me ahogaba. Le dije a Dorregaray: "Mi general, no sé cómo usted aguanta esto." Y él se alzaba de hombros, poniéndome una cara...! No pasaba día sin que los lechuzos le llevaran un cuento a don Carlos. Que Dorregaray andaba en tratos con Moriones para rendirse, que Moriones le había ofrecido diez millones de reales; en fin, mil indecencias. Cuando llegó a mi noticia que me acusaban de haber ido al Cuartel General de Moriones a llevar recados de mi jefe, me volé, y aquella misma tarde, habiéndome encontrado a la camarilla en el atrio de la iglesia de San Miguel, me lié la manta a la cabeza, y por poco se arma allí un Dos de Mayo. "Aquí no hay más traidores que ustedes. Lo que tienen es envidia del traidor, si le hubiera, por el provecho que saque de su traición. No digo yo por diez millones, pero por diez mil ochavos venderían ustedes al Rey y toda su descendencia; ladrones, infames, tíos de Judas." En fin, que si no acierta a pasar el coronel Goiri, que me quería mucho, y me coge a la fuerza y me arranca de allí y me lleva a mi casa, aquella tarde sale el redaño de un cura a ver la puesta del sol. Estuve tres días en cama con un amago de ataque cerebral. Cuando me levanté, pedí una audiencia a Su Majestad. Su contestación fue ponerme en la mano el canuto y el pasaporte para la frontera. En fin, que los *engarza-rosarios* dieron conmigo en tierra, porque no me prestaba a ayudarles en sus maquinaciones contra los leales y valientes. Por las sotanas se perdió don Carlos Quinto, y al Séptimo no le aprovechó la lección. Allá se las haya. ¿No querías religión? Pues ahí la tienes; atrácate de curas, indigéstate y revienta.

—Es un apreciación tuya —dijo Nicolás moderando su ira—, que no me parece muy fundada... Ésta es la cosa.

—¿Tú qué sabes lo que es el mundo y la realidad? Estás en Babia.

—Y tú, me parece que estás algo ido, porque cuidado que has dicho disparates.

—Cállate la boca, estúpido... —dijo Nicolás, sulfurándose.

—¿Sabes lo que te digo? —gritó Juan Pablo, alzando arrogante la voz—. Que a mí no se me manda callar, ¿estamos? He tenido el honor de decirle cuatro frescas al obispo de Persépolis, y quien no teme a las sotanas moradas, ¿qué miedo ha de tener a las negras?...

—Pues yo te digo... —agregó Nicolás descompuesto, trémulo y no sabiendo si amenazar con los puños o simplemente con las palabras—, yo te digo que eres un chisgarabís.

—¿Qué alboroto es éste? —clamó doña Lupe entrando a poner paz—. ¡Vaya con los caballeros estos! Ya les dije otra vez a los señores ojalateros que cuando quisieran disputar por alto se fueran a hacerlo a la calle. En mi casa no quiero escándalos.

—Es que con este bruto no se puede discutir... —dijo Nicolás, que casi no podía respirar de tan sofocado como estaba.

Juan Pablo no decía nada, y siguió vistiéndose, volviendo la espalda a su hermano.

—¡Vaya un genio que has echado! —le dijo doña Lupe, sin que él la mirara—. Podías considerar que tu hermano es sacerdote... Y sobre todo, no vengas echándotela de plancheta; porque si te salió mal el pase a *la infame facción* y has tenido que volverte con las manos en la cabeza, ¿qué culpa tenemos los demás?

Juan Pablo no se dignó contestar Doña Lupe cogió por un brazo al cura y se lo llevó consigo, temerosa de que se enzarzaran otra vez. En el comedor estaba Maximiliano sentado ya para almorzar. Había oído la reyerta sin dársele una higa de lo que resultara. Allá ellos. A Nicolás no le quitó su berrinchín el apetito, pues ninguna turbación del ánimo, por grande que fuera, le podía privar de su más característica manifestación orgánica. Los tres oyeron gritos en la calle, y doña Lupe puso atención, creyendo que era un *extraordinario* de periódico anunciando triunfos del ejército liberal sobre los carlistas. En aquellos días del año 1874, menudeaban los suplementos de periódico, manteniendo al vecindario en continua ansiedad.

—*Papitos* —dijo la señora—, toma dos cuartos y bájate a comprar el *extraordinario de la Gaceta*. Veréis cómo habla de alguna buena tollina que les han dado a los *tersos*.

Nicolás [,] que tenía un oído sutilísimo, después de callar un rato y hacer callar a todos, dijo:

—Pero, tía, no sea usted chiflada. Si no hay tal pregón de *extraordinario*. Lo que dice la voz, claramente se oye... *El freseeeero..., fresa*.

—Puede que así sea —replicó doña Lupe, guardando su portamonedas más pronto que la vista—. Pero está tan verde, que es un puro vinagre...

—Todo sea por Dios —se dejó decir Nicolás suspirando—. Peor la pasó Jesús, que pidió agua y le dieron hiel.

Mascando el último bocado, salió Maximiliano para irse a clase, llevando la carga de sus libros, y mucho después almorzó Juan Pablo solo. Aquellos almuerzos servidos a distintas horas molestaban mucho a doña Lupe. ¿Se creían sus sobrinos que aquella casa era una posada? El único que tenía consideración, el que menos guerra daba y el que menos comía era Maxi, el de la pasta de ángel, siempre comedido, aun después de que le volvieron tarumba los ojos de una mujer. Sobre esto reflexionaba doña Lupe aquella tarde, cosiendo en la sillita, junto al balcón de la calle, sin más compañía que la del gato.

"Dígase lo que se quiera, es el mejor de los tres —pensaba, metiendo y sacando la aguja—; mejor que el egoistón de Nicolás, mejor que el tarambana de Juan Pablo... ¿Que se quiere casar con una...? Hay que ver, hay que ver eso. No se puede juzgar sin oír... Podría suceder que no fuera... Se dan casos... ¡Vaya!... Y está enamorado como un tonto... ¿Y qué le vamos a hacer? Dios nos tenga de su mano.

Entró Nicolás de la calle, y preguntado por doña Lupe, dijo que venía de casa del *basilisco*. Aquel día se mostró más satisfecho, llegando a asegurar que su catecúmena comprendía bien las cosas de religión, y que en lo moral parecía ser *de buena madera*, con lo que llegó a su colmo la curiosidad de la viuda, y ya no le fue posible sostener por más tiempo el papel desdeñoso que representaba.

—Tanto te empeñarás —dijo al estudiante aquella noche—, que al fin lo vas a conseguir.

—¿Qué, tía?

—Que vaya yo en persona a ver

a esa... Pero conste que si voy es contra mi voluntad.

Maximiliano, que era bondadoso y quería estar bien con ella, no quiso manifestarle indiferencia.

—Pues sí, tía; si usted va a verla. se lo agradeceremos toda nuestra vida.

—Ninguna falta me hacen vuestros agradecimientos, si es que me decido a ir, que todavía no lo sé...

—Sí, tía.

—Ni voy, si es que me decido, porque me lo agradezcáis, sino por medir con mis propios ojos toda la hondura del abismo en que te quieres arrojar, y ver si hallo aún modo de apartarte de él.

—Mañana mismo, tía; yo la acompaño a usted —dijo entusiasmado el chico—. Verá usted mi abismo, y cuando lo vea me empujará.

Y fue al día siguiente doña Lupe, vestida con los trapitos de cristianar, porque antes había ido a la gran función del asilo de doña Guillermina, por invitación de ésta, de lo que estaba muy satisfecha. Quería dar golpe, y como tenía tanto dominio sobre sí y se expresaba con tanta soltura, juzgaba fácil darse mucho lustre en la visita.

Así fue en efecto. Pocas veces en su vida, ni aun en los mejores días de Jáuregui, se dio doña Lupe tanto pisto como en aquella entrevista, pues siendo el *basilisco* tan poco fuerte en artes sociales y hallándose tan cohibida por su situación y su mala fama, la otra se despachó a su gusto y se empingorotó hasta un extremo increíble. Trataba doña Lupe a su presunta sobrina con urbanidad, pero guardando las distancias. Había de conocerse hasta en los menores detalles que la visitada era una moza de cáscara amarga, con recomendables pretensiones de decencia, y la visitante una señora, y no una señora cualquiera, sino la señora de Jáuregui, el hombre más honrado y de más sanas costumbres que había existido en todo tiempo en Madrid o por lo menos en Puerta Cerrada. Y su condición de dama se probaba en que después de haber hecho todo lo posible, en la primera parte de la visita, por mostrar cierta severidad de principios, juzgó en la segunda que venía bien caerse un poco del lado de la indulgencia. El verdadero señorío jamás se complace en humillar a los inferiores. Doña Lupe se sintió con unas ganas tan vivas de protección con respecto a Fortunata, que no podría llevarse cuenta de los consejos que le dio y reglas de conducta que se sirvió trazarle. Es que se pirraba por proteger, dirigir, aconsejar y tener alguien sobre quién ejercer dominio...

Una de las cosas que más gracia le hicieron en Fortunata fue su timidez para expresarse. Se le conocía en seguida que no hablaba como las personas finas, y que tenía miedo y vergüenza de decir disparates. Esto la favoreció en opinión de doña Lupe, porque el desenfado en el lenguaje habría sido señal de anarquía en la voluntad.

—No se apure usted —le decía la viuda, tocándole familiarmente la rodilla con su abanico—; que no es posible aprender en un día a expresarse como nosotras. Eso vendrá con el tiempo y el uso y el trato. Pronunciar mal una palabra no es vergüenza para nadie, y la que no ha recibido una educación esmerada no tiene la culpa de ello...

Fortunata estaba pasando la pena negra con aquella visita de *tantismo cumplido*, y un color se le iba y otro se le venía, sin saber cómo contestar a las preguntas de doña Lupe ni si sonreír o ponerse seria. Lo que deseaba era que se largara pronto. Hablaron de la ida al convento, resolución que la tía de Maxi alabó mucho, esforzándose en sacar de su cabeza los conceptos más alambicados y los vocablos más requetefinos. A tal extremo hubo de llegar en esto, que Fortunata quedóse en ayunas de muchas cosas que le oyó. Por fin llegó el instante de la despedida, que Fortunata deseaba con ansia y temía, considerándose incapaz de decir con claridad y sosiego todas aquellas fórmulas últimas y el ofrecimiento de la casa. La de Jáuregui lo hizo como persona corrida en esto; Fortunata tartamudeó, y todo lo dijo al revés.

Maximiliano habló poco durante la visita. No hacía más que estar *al quite*, acudiendo con el capote allí donde Fortunata se veía en peligro por torpeza de lenguaje. Cuando salió doña Lupe, creyó que debía acompañarla hasta la calle, y así lo hizo.

—Si es una bobona... —dijo la viuda a su sobrino—: tal para cual... Parece que la han cogido con lazo. En manos de una persona inteligente, esta mujer podría enderezarse, porque no debe de tener mal fondo. Pero yo dudo que tú...

## VIII

Doña Lupe era persona de buen gusto, y apreció al instante la hermosura del *basilisco* sin ponerle reparos, como es uso y costumbre en juicios de mujeres. Aun aquellas que no tienen pretensiones de belleza se resisten a proclamar la ajena.

"Es bonita de veras —decía para sí la viuda, camino de su casa—, lo que se llama bonita. Pero es una salvaje que necesita que la domestiquen."

Los deseos de aprender que Fortunata manifestaba le agradaron mucho, y sintió que se agitaban en su alma, con pruritos de ejercitarse, sus dotes de maestra, de consejera, de protectora y jefe de familia. Poseía doña Lupe la aptitud y la vanidad educativas, y para ella no había mayor gloria que tener alguien sobre quién desplegar autoridad. Maxi y *Papitos* eran al mismo tiempo hijos y alumnos, porque la señora se hacía siempre querer de los seres inferiores a quienes educaba. El mismo Jáuregui había sido también, al decir de la gente, tan discípulo como marido.

Volvió, pues, a su casa la tía de Maximiliano revolviendo en su mente planes soberbios. La pasión de domesticar se despertaba en ella delante de aquel magnífico animal que estaba pidiendo una mano hábil que lo desbravase. Y véase aquí cómo a impulsos de distintas pasiones, tía y sobrino vinieron a coincidir en sus deseos; véase cómo la tirana de la casa concluyó por mirar con ojos benévolos a la misma persona de quien había dicho tantas perrerías. Mucho agradecía esto el joven, y juzgando por sí mismo, creía que la indulgencia de doña Lupe se derivaba de un afecto, cuando en rigor provenía de esa imperiosa necesidad que sienten los humanos de ejercitar y poner en funciones toda facultad grande que poseen. Por esto la viuda no cesaba de pensar en el gran partido que podía sacar de Fortunata, desbastándola y puliéndola hasta tallarla en señora, e imaginaba una victoria semejante a la que Maximiliano pretendía alcanzar en otro orden. La cosa no sería fácil, porque el animal debía de tener muchos resabios; pero mientras más grandes fueran las dificultades, más se luciría la maestra. De repente le entraban a la señora de Jáuregui recelos punzantes, y decía: "Si no puede ser, si es mucha mujer para medio hombre. Si no existiera este maldito desequilibrio de sangre, él con su cariño y yo con lo mucho que sé, domaríamos a la fiera; pero esta moza se nos tuerce el mejor día, no hay duda de que se nos tuerce."

Media semana estuvo en esta lucha, ya queriendo ceder para oficiar de maestra, ya perseverando en sus primitivos temores e inclinándose a no intervenir para nada... Pero con las amigas tenía que representar otros papeles, pues era vanidosa fuera de casa, y no gustaba nunca de aparecer en situación desairada o ridícula. Cuidaba mucho de ponerse siempre muy alta, para lo cual tenía que exagerar y embellecer cuanto la rodeaba. Era de esas personas que siempre alaban desmedidamente las cosas propias. Todo lo suyo era siempre bueno: su casa era la mejor de la calle; su calle la mejor del barrio, y su barrio el mejor de la villa. Cuando se mudaba de cuarto, esta supremacía domiciliaria iba con ella adondequiera que fuese. Si algo desairado o ridículo le ocurría, lo guardaba en secreto; pero si era cosa lisonjera, la publicaba poco menos que con repiques. Por esto cuando se corrió entre las familias amigas que el sietemesino se quería casar con una tarasca, no sabía *la de los Pavos* cómo arreglarse para quedar bien. Dificililllo de componer era aquello, y no bastaba todo su talento a convertir en blanco lo negro, como otras veces había hecho.

Varias noches estuvo en la tertulia de las de la Caña completamente achantada y sin saber por dónde tirar. Pero desde el día en que vio a Fortunata, se sacudió la morriña, creyendo haber encontrado un punto de apoyo para levantar de nuevo el mundo abatido de su optimismo. ¿En qué creeréis que se fundó para volver a tomar aquellos aires de persona superior a todos los sucesos? Pues en la hermosura de Fortunata. Por mucho que se figuraran de su belleza, no tendrían idea de la realidad. En fin, que había visto mujeres guapas, pero como aquélla ninguna. Era una divinidad *en toda la extensión de la palabra.*

Pasmadas estaban las amigas oyéndola, y aprovechó doña Lupe este asombro para acudir con el siguiente ardid estratégico:

—Y en cuanto a lo de su mala vida, hay mucho que hablar... No es tanto como se ha dicho. Yo me atrevo a asegurar que es muchísimo menos.

Interrogada sobre la condición moral y de carácter de la divinidad, hizo muchas salvedades y distingos:

—Eso no lo puedo decir... No he hablado con ella más que una vez. Me ha parecido humilde, de un carácter apocado, de esas que son fáciles de dominar por quien pueda y sepa hacerlo.

Hablando luego de que la metían en las Micaelas, todas las presentes elogiaron esta resolución, y doña Lupe se encastilló más en su vanidad, diciendo que había sido idea suya y condición que puso para transigir, que después de una larga cuarentena religiosa podía ser admitida en la familia, pues las cosas no se podían llevar a punt[a] de lanza, y eso de tronar con Maximiliano y cerrarle la puerta, muy pronto se dice; pero hacerlo ya es otra cosa.

Entre tanto, acercábase el día designado para llevar el *basilisco* a las Micaelas. Nicolás Rubín había hablado al capellán, su compañero de Seminario, el cual habló a la Superiora, que era una dama ilustre, amiga íntima y pariente lejana de Guillermina Pacheco. Acordada la admisión en los términos que marca el reglamento de la casa, sólo se esperaba para realizarla a que pasasen los días de Semana Santa. El Jueves salieron Maxi y su amiga a andar algunas estaciones, y el Viernes muy tempranito fueron a la Cara de Dios, dándose después un largo paseo por San Bernardino. Fortunata estaba, con la religión, como chiquillo con zapatos nuevos, y quería que su amante le explicase lo que significan el Jueves Santo y las Tinieblas, el Cirio Pascual y demás símbolos. Maxi salía del paso con dificultad, y allá se las arreglaba de cualquier modo, poniendo a los huecos de su ignorancia los remiendos de su inventiva. La religión que él sentía en aquella crisis de su alma era demasiado alta y no podía inspirarle verdadero interés por ningún culto; pero bien se le alcanzaba que la inteligencia de Fortunata no podía remontarse más arriba del punto adonde alcanzan las torres de las iglesias católicas. Él, sí; él iba lejos, muy lejos, llevado del sentimiento más que de la reflexión, y aunque no tenía base de estudios en qué apoyarse, pensaba en las causas que ordenan el universo e imprimen al mundo físico como al mundo moral movimiento solemne, regular y matemático.

—Todo lo que debe pasar, pasa —decía—, y todo lo que debe ser, es.

Le había entrado fe ciega en la acción directa de la Providencia sobre el mecanismo funcionante de la vida menuda. La Providencia dictaba no sólo la historia pública sino también la privada. Por debajo de esto, ¿qué significaban los símbolos? Nada. Pero no quería quitarle a Fortunata su ilusión de las imágenes, del *gori gori* y de las pompas teatrales que se admiran en las iglesias, porque, ya se ve..., la pobrecilla no tenía su inteligencia cultivada para comprender ciertas cosas, y a fuer de pecadora, convenía conservarla durante algún tiempo sujeta a observación, en aquel orden de ideas relativamente bajo, que viene a ser algo como sanitarismo moral o policía religiosa.

El entusiasmo que la joven sentía era como los encantos de una moda que empieza. Iban, pues, los dos amantes, como he dicho, por aquellos altozanos de Vallehermoso, ya entre tejares, ya por veredas trazadas en un campo de cebada, y al fin se cansaron de tanta charla religiosa. A Rubín se le acabó su saber de liturgia, y a Fortunata le empezaba a molestar un pie, a causa de la apretura de la bota. El calzado estrecho es gran suplicio, y la molestia física corta los vuelos de la mente. Habían pasado por junto a los cementerios del Norte, luego hicieron alto en los depósitos de agua; la samaritana se sentó en un sillar y se quitó la bota. Maximiliano le hizo notar lo bien que lucía desde allí el apretado caserío de Madrid con tanta cúpula y detrás un horizonte inmenso que parecía la mar. Después le señaló hacia el lado del Oriente una mole de ladrillo rojo, parte en construcción, y le dijo que aquél era el convento de las Micaelas donde ella iba a entrar. Pareciéronle a Fortunata bonitos el edificio y su situación, expresando el deseo de entrar pronto, aquel mismo día si era posible. Asaltó entonces el pensamiento de Rubín una idea triste. Bueno era lo bueno, pero no lo demasiado. Tanta piedad podía llegar a ser una desgracia para él, porque si Fortunata se entusiasmaba mucho con la religión y se volvía santa de veras y no quería más cuentas con el mundo, sino quedarse allí encerradita adorando la custodia durante todo el resto de sus días... ¡Oh! Esta idea sofocó tanto al pobre redentor, que se puso rojo. Y bien podía suceder, porque algunas que entraban allí cargadas de pecados se corregían de tal modo y se daban con tanta gana a la penitencia, que no querían salir más, y hablarles de casarse era como hablarles del demonio... Pero no, Fortunata no sería así; no tenía ella cariz de volverse santa *en toda la extensión de la palabra,* como diría doña Lupe. Si lo fuera, Maximiliano se moriría de pena, se volvería entonces protestante, masón, judío, ateo.

No manifestó estos temores a su querida, que estaba con un pie calzado y otro descalzo, mirando atentamente las idas y venidas de una procesión de hormigas. Únicamente le dijo:

—Tiempo tienes de entrar. No conviene tampoco que te dé muy fuerte.

Era preciso seguir. Volvió a ponerse la bota y..., ¡ay qué dolor!; lo malo fue que aquel día, Viernes Santo, no había coches, y no era posible volver a la casa de otra manera que a pie.

—Nos hemos alejado mucho —dijo Maximiliano ofreciéndole su brazo—. Apóyate, y así no cojearás tanto... ¿Sabes lo que pareces así, llevada a remolque?... Pues una embarazada fuera de cuenta que ya no puede dar un paso, y yo parezco el marido que pronto va a ser padre.

No pudo menos de hacerla reír esta idea, y recordando que la noche anterior, Maximiliano, en las efusiones epilépticas de su cariño, había hablado algo de sucesión, dijo para su sayo:: "De eso sí que estás tú libre."

El jueves siguiente fue conducida Fortunata a las Micaelas.

## CAPÍTULO V

### LAS MICAELAS POR FUERA

### I

Hay en Madrid tres conventos destinados a la corrección de mujeres. Dos de ellos están en la población antigua, uno en la ampliación del Norte, que es la zona predilecta de los nuevos institutos religiosos y de las comunidades expulsadas del centro por la incautación revolucionaria de sus históricas casas. En esta faja norte son tantos los edificios religiosos que casi es difícil contarlos. Los hay para monjas reclusas, y para las religiosas que viven en comunicación con el mundo y en batalla ruda con la miseria humana, en estas órdenes modernas derivadas de la de San Vicente de Paúl, cuya mortificación consiste en recoger ancianos, asistir enfermos o educar niños. Como por encanto hemos visto levantarse en aquella zona grandes pelmazos de ladrillo, de dudoso valer arquitectónico, que manifiestan cuán positiva es aún la propaganda religiosa, y qué resultados tan prácticos se obtienen del ahorro espiritual, o sea la limosna, cultivado por buena mano. Las *Hermanitas de los Pobres,* las *Siervas de María* y otras, tan apreciadas en Madrid por los positivos auxilios que prestan al vecindario, han labrado en esta zona sus casas con la prontitud de las obras de contrata. De institutos para clérigos sólo hay uno, grandón, vulgar y triste como un falansterio. Las Salesas Reales, arrojadas del convento que les hizo doña Bárbara, tienen también domicilio nuevo, y otras monjas históricas, las que recogieron y guardaron los huesos de don Pedro el Cruel, acampan allá sobre las alturas del barrio de Salamanca.

La planicie de Chamberí, desde los Pozos y Santa Bárbara hasta más allá de Cuatro Caminos, es el sitio preferido de las órdenes nuevas. Allí hemos visto levantarse el asilo de Guillermina Pacheco, la mujer constante y extraordinaria, y allí también la casa de las Micaelas. Estos edificios tienen cierto carácter de improvisación, y en todos, combinando la baratura con la prisa, se ha empleado el ladrillo al descubierto, con ciertos aires mudéjares y pegotes de gótico a la francesa. Las iglesias afectan, en las frágiles escayolas que las decoran interiormente, el estilo adamado con pretensiones de elegante de la basílica de Lourdes. Hay, pues, en ellas una impresión de aseo y arreglo que encanta la vista, y una deplorable manera arquitectónica. La importación de los nuevos estilos de piedad, como el del Sagrado Corazón, y esas manadas de curas de babero expulsados de Francia, nos han traído una cosa buena, el aseo de los lugares destinados al culto, y una cosa mala, la perversión del gusto en la decoración religiosa. Verdad que Madrid apenas tenía elementos de defensa contra esta invasión, porque las iglesias de esta villa, además de muy sucias, son verdaderos adefesios como arte. Así es que no podemos alzar mucho el gallo. El barroquismo sin gracia de nuestras parroquias, los canceles llenos de mugre, las capillas cubiertas de horribles escayolas empolvadas y todo lo demás que constituye la vulgaridad indecorosa de los templos madrileños, no tiene que echar nada en cara a las cursilerías de esta novísima monumentalidad, también armada en yesos deleznables y con derroche de oro y pinturas al temple, pero que al menos despide olor de aseo y tiene el decoro de los sitios en que anda mucho la santidad de la escoba, del agua y el jabón.

El caserón que llamamos *Las Micaelas* estaba situado más arriba del de Guillermina, allá donde las rarificaciones de la población aumentan en términos de que es mucho más extenso el suelo baldío que el edificado. Por algunos huecos del caserío se ven horizontes esteparios y luminosos, tapias de cementerios coronadas de cipreses, esbeltas chimeneas de fábricas como palmeras sin ramas, grandes extensiones de terreno mal sembrado para pasto de las burras de leche y de las cabras. Las casas son bajas, como las de los pueblos, y hay algunas de corredor con habitaciones numeradas, cuyas puertas se ven por la medianería. El edificio de las Micaelas había sido una casa particular, a la que se agregó un ala interior costeando dos lados de la huerta en forma de medio claustro, y a la sazón se le estaba añadiendo por el lado opuesto la iglesia, que era amplia y del estilo de moda, ladrillo sin revoco modelado a lo mudéjar y cabos de cantería de Novelda labrada en ojival constructivo. Como la iglesia estaba aún a medio hacer, el culto se celebraba en la capilla provisional, que era una gran crujía baja, a la izquierda de la puerta.

En el arreglo de esta crujía para convertirla en templo interino, manifestábase el buen deseo, la pulcritud y la inocencia artística de las excelentes señoras que componían la comunidad. Las paredes estaban estucadas, como las de nuestras alcobas, porque éste es un género de decoración barato en Madrid y sumamente favorable a la limpieza. En el fondo estaba el altar, que era, ya se sabe, blanco y oro, de un estilo tan visto y tan determinado, que parece que viene en los figurines. A derecha e izquierda, en cromos chillones de gran tamaño, los dos Sagrados Corazones, y sobre ellos se abrían dos ventanas enjutísimas, terminadas por arriba en corte ojival, con vidrios blancos, rojos y azules, combinados en rombo, como se usan en las escaleras de las casas modernas.

Cerca de la puerta había una reja de madera que separaba el público de las monjas los días en que el público entraba, que eran los jueves y domingos. De la reja para adentro, el piso estaba cubierto de hule, y a los costados de lo que bien podremos llamar nave había dos filas de sillas reclinatorias. A la derecha de la nave dos puertas, no muy grandes: la una conducía a la sacristía, la otra a la habitación que hacía de coro. De allí venían los flauteados de un harmonium tañido candorosamente en los acordes de la tónica y la dominante, y con las modulaciones más elementales; de allí venían también los exaltados acentos de las dos o tres monjas cantoras. La música era digna de la arquitectura, y sonaba a zarzuela sentimental o a canción de las que se reparten como regalo a las suscritoras en los periódicos de modas. En esto ha venido a parar el grandioso canto eclesiástico, por el abandono de los que mandan en estas cosas y la latitud con que se vienen permitiendo novedades en el severo culto católico.

La pecadora fue llevada a las Micaelas pocos días después de la Pascua de Resurrección. Aquel día, desde que despertó, se le puso a Maxi la obstrucción en la boca del estómago, pero tan fuerte como si tuviera entre pecho y espalda atravesado un palo. Molestia semejante sentía en los días de exámenes, pero no con tanta intensidad. Fortunata parecía contenta, y deseaba que la hora llegase pronto para abreviar la expectación y perplejidad en que los dos amantes estaban, sin saber qué decirse. A ella por lo menos no se le ocurría nada que decirle, y aunque a él se le pasaban por el magín muchas cosas, tenía cierta aversión innata a lo teatral, y no gustaba de hablar gordo en ciertas ocasiones. Si ha de decirse verdad Maxi inspiraba aquel día a su novia un sentimiento de cariño dulce y sosegado, con su poquillo de lástima. Y él procuraba dar a la conversación tono familiar, hablando del tiempo o recomendando a la joven que tuviese cuidado de no olvidar alguna importante prenda de ropa. Nicolás, que estaba presente, no habría permitido tampoco zalamerías de amor ni besuqueo, y ayudaba a recoger y agrupar todas las cosas que habían de llevarse, añadiendo observaciones tan prácticas como ésta:

—Ya sabe usted que ni perfumes ni joyas ni ringorrangos de ninguna clase entran en aquella casa. Todo el bagaje mundano se arroja a la puerta.

Cuando vino el mozo que debía llevar el baúl, Fortunata estaba ya dispuesta, vestida con la mayor sencillez. Maximiliano miró diferentes veces su reloj sin enterarse de la hora. Nicolás, que estaba más sereno, miró el suyo y dijo que era tarde. Bajaron los tres, y fueron pausadamente y sin hablar hacia la calle de Hortaleza a tomar un coche simón. Instalóse el joven con no poco trabajo en la bigotera, porque las faldas de su futura esposa y la ropa talar del clérigo estorbaban lo que no es decible la entrada y la salida, y si el trayecto fuera más largo, el martirio de aquellas seis piernas que no sabían cómo colocarse habría sido muy grande. La neófita miraba por la ventanilla, atraída vagamente y sin interés su atención por la gente que pasaba. Creeríase que miraba hacia fuera por no mirar hacia dentro. Maximiliano se la comía con los ojos, mientras el presbítero procuraba en vano animar la conversación con algunas cuchufletas bien poco ingeniosas.

Llegaron por fin al convento. En la puerta había dos o tres mendigas viejas, que pidieron limosna, y a Maximiliano le faltó tiempo para dársela. Le amargaba extraordinariamente la boca, y su voz ahilada salía de la garganta con interrupciones y síncopas como la de un asmático. Su turbación le obligaba a refugiarse en los temas vulgares...

—¡Vaya que son pesados estos pobres!... Parece que hay misa, porque se oye la campanilla de alzar... Es bonita la casa, y alegre, sí, señor, alegre...

Entraron en una sala que hay a la derecha, en el lado opuesto a la capilla. En dicha sala recibían visitas las monjas y las recogidas a quienes se permitía ver a su familia los jueves por la tarde, durante hora y media, en presencia de dos madres. Adornada con sencillez rayana en pobreza, la tal sala no tenía más que algunas estampas de santos y un cuadrote de San José, al óleo, que parecía hecho por la misma mano que pintó el Jáuregui de la casa de doña Lupe. El piso era de baldosín, bien lavado y frotado, sin más defensa contra el frío que dos esteritas de junco delante de los dos bancos que ocupaban los testeros principales. Dichos bancos, las sillas y un canapé de patas curvas eran piezas diferentes, y bien se conocía que todo aquel pobre menaje provenía de donativos o limosnas de esta y la otra casa. Ni cinco minutos tuvieron que esperar, porque al punto entraron dos madres que ya estaban avisadas, y casi pisándoles los talones entró el señor capellán, un hombrón muy campechano y que de todo se reía. Llamábase don León Pintado y en nada correspondía la persona al nombre. Nicolás Rubín y aquel pasmarote tan grande y tan jovial se abrazaron y se saludaron tuteándose. Una de las dos monjas era joven, coloradita, de boca agraciada y ojos que habrían sido lindísimos si no adolecieran de estrabismo. La otra era seca y de edad madura, con gafas, y daba bien claramente a entender que tenía en la casa más autoridad que su compañera. A las palabras que dijeron, impregnadas de esa cortesía dulzona que informa el estilo y el metal de voz de las religiosas del día, iba la neófita a contestar alguna cosa apropiada al caso, pero se cortó y de sus labios no pudo salir más que un *ju ju*, que las otras no entendieron. La sesión fue breve. Sin duda, las madres Micaelas no gustaban de perder el tiempo.

—Despídase usted —le dijo la seca, tomándola por un brazo.

Fortunata estrechó la mano de Maxi y de Nicolás, sin distinguir entre los dos, y dejóse llevar. *Rubinius vulgaris* dio un paso, dejando solos a los dos curas que hablaban cogiéndose recíprocamente las borlas de sus manteos, y vio desaparecer a su amada, a su ídolo, a su ilusión, por la puerta aquella pintada de blanco, que comunicaba la sala con el resto de la religiosa morada. Era una puerta como otra cualquiera; pero cuando se cerró otra vez, parecióle el enamorado chico cosa diferente de todo lo que contiene el mundo en el vastísimo reino de las puertas.

## II

Echó a andar hacia Madrid por el polvoriento camino del antiguo Campo de Guardias, y volviendo a mirar su reloj por un movimiento maquinal, tampoco entonces se hizo cargo de la hora que era. No se dio cuenta de que su hermano y don León Pintado, entretenidos en una conversación interesante y parándose cada diez palabras, se habían quedado atrás. Hablaban de las oposiciones a la lectoral de Sigüenza y de las peloteras que ocurrieron en ella. El capellán, como candidato reventado, ponía de oro y azul al obispo de la diócesis y a todo el Cabildo. Maximiliano, sin advertir las paradas, siguió andando hasta que se encontró en su casa. Abrióle doña Lupe la puerta y le hizo varias preguntas:

—Y qué tal, ¿iba contenta?

Revelaban estas interrogaciones tanto interés como curiosidad, y el joven, animado por la benevolencia que en su tía observaba, departió con ella, arrancándose a mostrarle alguna de las afiladas púas que le rasguñaban el corazón. Tenía un presentimiento vago de no volverla a ver, no porque ella se muriese, sino porque dentro del convento y contagiada de la piedad de las monjas, podía chiflarse demasiado con las cosas divinas y enamorarse de la vida espiritual hasta el punto de no querer ya marido de carne y hueso, sino a Jesucristo, que es el Esposo que a las monjas de verdadera santidad les hace tilín. Esto lo expresó irreverentemente con medias palabras; pero doña Lupe sacó toda la sustancia a los conceptos.

—Bien podría suceder eso —le dijo con acento de convicción, que turbó más a Maximiliano—, y no sería el primer caso de mujeres malas..., quiero decir ligeras..., que se han convertido en un abrir y cerrar de ojos, volviéndose tan del revés, que luego no ha habido más remedio que canonizarlas.

El redentor sintió frío en el corazón. ¡Fortunata canonizada! Esta idea, por lo muy absurda que era, le atormentó toda la mañana.

—Francamente —dijo al fin, después de muchas meditaciones—, tanto como canonizar, no; pero bien podría darle por el misticismo y no querer salir, y quedarme yo *in albis*.

Vamos, que semejante idea le aterraba. En tal caso no tenía más remedio que volverse él santito también, dedicarse a la Iglesia y hacerse cura... ¡Jesús, qué disparate! ¡Cura! ¿y para qué? De vuelta en vuelta, su mente llegó a un torbellino doloroso en el cual no tuvo ya más remedio que ahogar las ideas, para librarse del tormento que le ocasionaban. Intentó estudiar... Imposible. Ocurrióle escribir a Fortunata, encargándole que no hiciera caso alguno de lo que le dijesen las monjas acerca de la vida espiritual, la gracia y el amor místico... Otro disparate. Por fin se fue calmando, y la razón se clareaba un poco tras aquellas tinieblas.

Las once serían ya cuando desde su cuarto sintió un gran altercado entre doña Lupe y *Papitos*. El motivo de aquella doméstica zaragata fue que a Nicolás Rubín se le ocurrió la idea trágica de convidar a almorzar a su amigo el padre Pintado, y no fue lo peor que se le ocurriera, sino que se apresurase a ejecutarla con aquella frescura clerical que en tan alto grado tenía, metiendo a su camarada por las puertas de la casa sin ocuparse para nada de si en ésta había o no los bastimentos necesarios para dos bocas de tal naturaleza.

Doña Lupe que tal vio y oyó, no pudo decir nada, por estar el otro clérigo delante; pero tenía la sangre requemada. Su orgullo no le permitía desprestigiar la casa, poniéndoles un artesón de bazofia para que se hartaran, y afrontando despechada el conflicto, decía para su sayo cosas que habrían hecho saltar a toda la curia eclesiástica. "No sé lo que se figura este heliogábalo Cree que mi casa es la posada del Peine. Después que él me come un codo trae a su compinche para que me coma el otro. Y por las trazas, debe tener buen diente y un estómago como las galerías del Depósito de aguas. ¡Ay, Dios mío! ¡qué egoístas son estos curas...! Lo que yo debía hacer era ponerle la cuentecita, y entonces... ¡Ah!, entonces sí que no se volvía a descolgar con invitados, porque es *Alejandro en puño* y no le gusta ser rumboso sino con dinero ajeno."

El volcán que rugía en el pecho de la señora de Jáuregui no podía arrojar su lava sino sobre *Papitos*, que para esto justamente estaba. Había empezado aquel día la monilla por hacer bien las cosas; pero la riñó su ama tan sin razón, que..., ¡diablo de chica!, concluyó por hacerlo todo al revés. Si le ordenaban quitar agua de un puchero, echaba más. En vez de picar cebolla, machacaba ajos; la mandaron a la tienda por una lata de sardinas y trajo cuatro libras de bacalao de Escocia; rompió una escudilla, y tantos disparates hizo que doña Lupe por poco le aporrea el cráneo con la mano del almirez.

—De esto tengo la culpa yo, grandísima bestia, por empeñarme en domar acémilas y en hacer de ellas personas... Hoy te vas a tu casa, a la choza del muladar de Cuatro Caminos donde estabas, entre cerdos y gallinas, que es la sociedad que te cuadra...

Y por aquí seguía la retahíla... ¡Pobre *Papitos!* Suspiraba y le corrían las lágrimas por la cara abajo. Había llegado ya a tal punto su azoramiento, que no daba pie con bola.

Entre tanto, los dos curas estaban en la sala, fumando cigarrillos, las canalejas sobre sillas, groseramente espatarrados ambos en los dos sillones principales, y hablando sin cesar del mismo tema de las oposiciones de Sigüenza. La culpa de todo la tenía el deán, que era un trasto y quería la lectoral a todo trance para su sobrinito. ¡Valientes perros estaban tío y sobrino! Éste había hecho discursos racionalistas, y cuando la *Gloriosa* dio vivas a Topete y a Prim en una reunión de demócratas. Doña Lupe entró al fin haciendo violentísimas contorsiones con los músculos de su cara para poder brindarles una sonrisa en el momento de decir que ya podían pasar..., que tendrían que dispensar muchas faltas y que iban a hacer penitencia.

Y mientras se sentaban miró con terror al amigo de su sobrino, que era lo mismo que un buey puesto en dos pies, y pensaba que si el apetito correspondía al volumen, todo lo que en la mesa había no bastara para llenar aquel inmenso estómago. Felizmente, Maxi estaba tan sin gana, que apenas probó bocado; doña Lupe se declaró también inapetente y de este modo se fue resolviendo el problema y no hubo conflicto que lamentar. El padre Pintado, a pesar de ser tan proceroso, no era hombre de mucho comer y amenizó la reunión contando otra vez... las oposiciones de Sigüenza. Doña Lupe, por cortesía, afirmaba que era una barbaridad que no le hubieran dado a él la lectoral.

La ira de la señora de Jáuregui no se calmó con el feliz éxito del almuerzo... y siguió machacando sobre la pobre *Papitos*. Ésta, que también tenía su genio, hervía interiormente en despecho y deseos de revancha. "Miren la tía bruja —decía para sí, bebiéndose las lágrimas— con su teta menos...! Mejor tuviera vergüenza de ponerse la teta de trapo para que crea la gente que tiene las dos de verdad como las tienen todas y como las tendré yo el día de mañana..." Por la tarde, cuando la señora salió, encargando que le limpiara la ropa, ocurrióle a la mona tomar de su ama una venganza terrible; pero una de esas venganzas que dejan eterna memoria. Se le ocurrió poner, colgado en el balcón, el cuerpo de vestido que pegada tenía la *cosa falsa* con que doña Lupe engañaba al público. La malicia de *Papitos* imaginaba que puesto en el balcón el testimonio de la falta de su señora, la gente que pasase lo había de ver y se había de reír mucho. Pero no ocurrieron de este modo las cosas, porque ningún transeúnte se fijó en el pecho postizo, que era lo mismo que una vejiga de manteca; y al fin la chiquilla se apresuró a quitarlo, discurriendo con buen juicio que si doña Lupe al entrar veía colgado del balcón aquel acusador de su defecto, se había de poner hecha una fiera, y sería capaz de cortarle a su criada *las dos cosas de verdad* que pensaba tener.

## III

A la mañana siguiente, Maximiliano encaminó sus pasos al convento, no por entrar, que esto era imposible, sino por ver aquellas paredes tras de las cuales respiraba la persona querida. La mañana estaba deliciosa, el cielo despejadísimo, los árboles del paseo de Santa Engracia empezaban a echar la hoja. Detúvose el joven frente a las Micaelas, mirando la obra de la nueva iglesia que llegaba ya a la mitad de las ojivas de la nave principal. Alejándose hasta más allá de la acera de enfrente y subiendo a unos montones de tierra endurecida, se veía, por encima de la iglesia en construcción, un largo corredor del convento, y aun se podían distinguir las cabezas de las monjas o recogidas que por él andaban. Pero como la obra avanzaba rápidamente, cada día se veía menos. Observó Maxi en los días sucesivos que cada hilada de ladrillos iba tapando discretamente aquella interesante parte de la interioridad monjil, como la ropa que se extiende para velar las carnes descubiertas. Llegó un día en que sólo se alcanzaban a ver las zapatas de los maderos que sostenían el techo del corredor, y al fin la masa constructiva lo tapó todo, no quedando fuera más que las chimeneas, y aun para columbrar éstas era preciso tomar la visual desde muy lejos.

Al Norte había un terreno mal sembrado de cebada. Hacia aquel ejido, en el cual había un poste con letrero anunciando venta de solares, caían las tapias de la huerta del convento, que eran muy altas. Por encima de ellas asomaban las copas de dos o tres soforas y de un castaño de Indias. Pero lo más visible y lo que más cautivaba la atención del desconsolado muchacho era un motor de viento, sistema Parson, para noria, que se destacaba sobre altísimo aparato a mayor altura que los tejados del convento y de las casas próximas. El inmenso disco, semejante a una sombrilla japonesa a la cual se hubiera quitado la convexidad, daba vueltas sobre su eje pausada o rápidamente, según la fuerza del aire. La primera vez que Maxi lo observó, movíase el disco con majestuosa lentitud, y era tan hermoso de ver con su coraza de tablitas blancas y rojas, parecida a un plumaje, que tuvo fijos en él los tristes ojos un buen cuarto de hora. Por el Sur la huerta lindaba con la medianería de una fábrica de tintas de imprimir, y por el Este con la tejavana perteneciente al inmediato taller de cantería, donde se trabajaba mucho. Así como los ojos de Maximiliano miraban con inexplicable simpatía el disco de la noria, su oído estaba preso, por decirlo así, en la continua y siempre igual música de los canteros, tallando con sus escoplos la dura berroqueña. Creeríase que grababan en lápidas inmortales la leyenda que el corazón de un inconsolable poeta les iba dictando letra por letra. Detrás de esta tocata reinaba el augusto silencio del campo, como la inmensidad del cielo detrás de un grupo de estrellas.

También se paseaba por aquellos andurriales, sin perder de vista el convento; iba y venía por las veredas que el paso traza en los terrenos, matando la hierba, y a ratos sentábase al sol, cuando éste no picaba mucho. Montones de estiércol y paja rompían a lo lejos la uniformidad del suelo; aquí y allí tapias de ladrillo de color de polvo, letreros industriales sobre faja de yeso, casas que intentaban rodearse de un jardinillo sin poderlo conseguir; más allá tejares y las casetas plomizas de los vigilantes de consumos, y en todo lo que la vista abarcaba un sentimiento profundísimo de soledad expectante. Turbábala sólo algún perro sabio de los que, huyendo de la estricnina municipal, se pasean por allí sin quitar la vista del suelo. A veces el joven volvía al camino real y se dejaba ir un buen trecho hacia el Norte; pero no tenía ganas de ver gente y se echaba fuera, metiéndose otra vez por el campo hasta divisar las arcadas del acueducto del Lozoya. La vista de la sierra lejana suspendía su atención, y le encantaba un momento con aquellos brochazos de azul intensísimo y sus toques de nieve; pero muy luego volvía los ojos al Sur, buscando los andamiajes y la mole de las Micaelas, que se confundía con las casas más excéntricas de Chamberí.

Todas las mañanas, antes de ir a clase, hacía Rubín esta excursión al campo de sus ilusiones. Era como ir a misa, para el hombre devoto, o como visitar el cementerio donde yacen los restos de la persona querida. Desde que pasaba de la iglesia de Chamberí veía el disco de la noria, y ya no le quitaba los ojos hasta llegar próximo a él. Cuando el motor daba sus vueltas con celeridad, el enamorado, sin saber por qué y obedeciendo a un impulso de su sangre, avivaba el paso. No sabía explicarse por qué oculta relación de las cosas la velocidad de la máquina le decía: "Apresúrate, ven, que hay novedades." Pero luego llegaba y no había novedad ninguna, como no fuera que aquel día soplaba el viento con más fuerza. Desde la tapia de la huerta oíase el rumor blando del volteo del disco, como el que hacen las cometas, y sentíase el crujir del mecanismo que transmite la energía del viento al vástago de la bomba... Otros días le veía quieto, amodorrado en brazos del aire. Sin saber por qué, deteníase el joven; pero luego seguía andando despacio. Hubiera él lanzado al aire el mayor soplo posible de sus pulmones para hacer andar la máquina. Era una tontería; pero no lo podía remediar. El estar parado el motor parecíale señal de desventura.

Pero lo que más tormento daba a Maximiliano era la distinta impresión que sacaba todos los jueves de la visita que a su futura hacía. Iba siempre acompañado de Nicolás, y como además no se apartaban de la recogida las dos monjas, no había medio de expresarse con confianza. El primer jueves encontró a Fortunata muy contenta; el segundo, estaba pálida y algo triste. Como apenas se sonreía, faltábale aquel rasgo hechicero de la contracción de los labios, que enloquecía a su amante. La conversación fue sobre asuntos de la casa, que Fortunata elogió mucho, encomiando los progresos que hacía en la lectura y escritura, y jactándose del cariño que le habían tomado las señoras. Como en uno de los sucesivos jueves dijera algo acerca de lo que le había gustado la fiesta de Pentecostés, la principal del año en la comunidad, y después recayera la conversación sobre temas de iglesia y de culto, expresándose la neófita con bastante calor, Maximiliano volvió a sentirse atormentado por la idea aquella de que su querida se iba a volver mística y a enamorarse perdidamente de un rival tan temible como Jesucristo. Se le ocurrían cosas tan extravagantes como aprovechar los pocos momentos de distracción de las madres para secretearse con su amada y decirle que no creyera en aquello de la Pentecostés, figuración alegórica nada más, porque no hubo ni podía haber tales lenguas de fuego, ni Cristo que lo fundó; añadiendo, si podía, que la vida contemplativa es la más estéril que se puede imaginar, aun como preparación para la inmortalidad, porque las luchas del mundo y los deberes sociales bien cumplidos son lo que más purifica y ennoblece las almas. Ocioso es añadir que se guardó para sí estas doctrinas escandalosas, porque era difícil expresarlas delante de las madres.

## CAPÍTULO VI

### LAS MICAELAS POR DENTRO

#### I

Cuando las dos madres aquéllas, la bizca y la seca, la llevaron adentro, Fortunata estaba muy conmovida. Era aquella sensación primera de miedo y vergüenza de que se siente poseído el escolar cuando le ponen delante de sus compañeros, que han de ser pronto sus amigos, pero que al verle entrar le dirigen miradas de hostilidad y burla. Las recogidas que encontró al paso mirábanla con tanta impertinencia, que se puso muy colorada y no sabía qué expresión dar a su cara. Las madres, que tantos y tan diversos rostros de pecadoras habían visto entrar allí, no parecían dar importancia a la belleza de la nueva recogida. Eran como los médicos que no se espantan ya de ningún horror patológico que vean entrar en las clínicas. Hubo de pasar un buen rato antes de que la joven se serenase y pudiera cambiar algunas palabras con sus compañeras de lazareto. Pero entre mujeres se rompe más pronto aún que entre colegiales ese hielo de las primeras horas, y palabra tras palabra fueron brotando las simpatías, echando el cimiento de futuras amistades.

Como ella esperaba y deseaba, pusiéronle una toca blanca; mas no había en el convento espejos en qué mirar si caía bien o mal. Luego le hicieron poner un vestido de lana burda y negra, muy sencillo; pero aquellas prendas sólo eran de indispensable uso al bajar a la capilla y en las horas de rezo, y podía quitárselas en las horas de trabajo, poniéndose entonces una falda vieja de las de su propio ajuar y un cuerpo, también de lana, muy honesto, que recibían para tales casos. Las recogidas dividíanse en dos clases: una llamada las *Filomenas* y otra las *Josefinas.* Constituían la primera, las mujeres sujetas a corrección; la segunda componíase de niñas puestas allí por sus padres, para que las educaran, y más comúnmente por madrastras que no querían tenerlas a su lado. Estos dos grupos o familias no se comunicaban en ninguna ocasión. Dicho se está que Fortunata pertenecía a la clase de las *Filomenas.* Observó que buena parte del tiempo se dedicaba a ejercicios religiosos: rezos por la mañana, doctrina por la tarde. Enteróse luego de que los jueves y domingos había adoración del Sacramento, con larguísimas y entretenidas devociones, acompañadas de música. En este ejercicio y en la misa matinal, las recogidas, como las madres, entraban en la iglesia con un gran velo por la cabeza, el cual era casi tan grande como una sábana. Lo tomaban en la habitación próxima a la entrada, y al salir lo volvían a dejar después de doblarlo.

Acostumbrada la prójima a levantarse a las nueve o las diez del día, éranle penosos aquellos madrugones que en el convento se usaban. A las cinco de la mañana ya entraba sor Antonia en los dormitorios tocando una campana que les desgarraba los oídos a las pobres durmientes. El madrugar era uno de los mejores medios de disciplina y educación empleados por las madres, y el velar a altas horas de la noche una mala costumbre que combatían con ahínco, como cosa igualmente nociva para el alma y para el cuerpo. Por esto, la monja que estaba de guardia pasaba revista a los dormitorios a diferentes horas de la noche, y como sorprendiese murmullos de secreteo, imponía severísimos castigos.

Los trabajos eran diversos y en ocasiones rudos. Ponían las maestras especial cuidado en desbastar aquellas naturalezas enviciadas o fogosas, mortificando las carnes y ennobleciendo los espíritus con el cansancio. Las labores delicadas, como costura y bordados, de que había taller en la casa, eran las que menos agradaban a Fortunata, que tenía poca afición a los primores de aguja y los dedos muy torpes. Más le agradaba que la mandaran lavar, brochar los pisos de baldosín, limpiar las vidrieras y otros menesteres propios de criadas de escalera abajo. En cambio, como la tuvieran sentada en una silla haciendo trabajos de marca de ropa se aburría de lo lindo. También era muy de su gusto que la pusieran en la cocina a las órdenes de la hermana cocinera, y era de ver cómo fregaba ella sola todo el material de cobre y loza, mejor y más pronto que dos o tres de las más diligentes.

Mucho rigor y vigilancia desplegaban las madres en lo tocante a relaciones entre las llamadas arrepentidas, ya fuesen *Filomenas* o *Josefinas.* Eran centinelas sagaces de las amistades que se pudieran entablar y de las parejas que formara la simpatía. A las prójimas antiguas y ya conocidas y probadas por su sumisión, se las mandaba acompañar a las nuevas y sospechosas. Había algunas a quienes no se permitía hablar con sus compañeras sino en el corro principal, en las horas de recreo.

A pesar de la severidad empleada para impedir las parejas íntimas o grupos, siempre había alguna infracción hipócrita de esta observancia. Era imposible evitar que entre cuarenta o cincuenta mujeres hubiese dos o tres que se pusieran al habla, aprovechando cualquier coyuntura oportuna en las varias ocupaciones de la casa. Un sábado por la mañana sor Natividad, que era la Superiora (por más señas, la madrecita seca que recibió a Fortunata el día de su entrada), mandó a ésta que brochase los baldosines de la sala de recibir. Era sor Natividad vizcaína, y tan celosa por el aseo del convento que lo tenía siempre como tacita de plata, y en viendo ella una mota, un poco de polvo o cualquier suciedad, ya estaba desatinada y fuera de sí, poniendo el grito en el Cielo como si se tratara de una gran calamidad caída sobre el mundo, otro pecado original o cosa así. Apóstol fanático de la limpieza, a la que seguía sus doctrinas la agasajaba y mimaba mucho, arrojando tremendos anatemas sobre las que prevaricaban, aunque sólo fuera venialmente, en aquella moral cerrada del aseo. Cierto día armó un escándalo porque no habían limpiado..., ¿qué creeréis?, las cabezas doradas de los clavos que sostenían las estampas de la sala. En cuanto a los cuadros, había que descolgarlos y limpiarlos por detrás lo mismo que por delante.

—Si no tenéis alma, ni un adarme de gracia de Dios —les decía—, y no os habéis de condenar por malas, sino por puercas.

El sábado aquel mandó, como digo, dar cera y brochado al piso de la sala, encargando a Fortunata y a otra compañera que se lo habían de dejar *lo mismo que la cara del Sol.*

Era para Fortunata este trabajo no sólo fácil, sino divertido. Gustábale calzarse en el pie derecho el grueso escobillón, y arrastrando el paño con el izquierdo, andar de un lado para otro en la vasta pieza, con paso de baile o de patinación, puesta la mano en la cintura y ejercitando en grata gimnasia todos los músculos hasta sudar copiosamente, ponerse la cara como un pavo y sentir unos dulcísimos retozos de alegría por todo el cuerpo. La compañera que sor Natividad le dio en aquella faena era una *filomena* en cuyo rostro se había fijado no pocas veces la neófita, creyendo reconocerlo. Indudablemente había visto aquella cara en alguna parte, pero no recordaba dónde ni cuándo. Ambas se habían mirado mucho, como deseando tener una explicación; pero no se habían dirigido nunca la palabra. Lo que sí sabía Fortunata era que aquella mujer daba mucha guerra a las madres por su carácter alborotado y desigual.

Desde que la Superiora las dejó solas, la otra rompió a patinar y a hablar al mismo tiempo. Parándose después ante Fortunata, le dijo:

—Porque nosotras nos conocemos, ¿eh? A mi me llaman *Mauricia la Dura.* ¿No te acuerdas de haberme visto en casa de la Paca?

—¡Ah..., sí!... —indicó Fortunata, y cargando sobre el pie derecho, tiró para otro lado, frotando el suelo con amazónica fuerza.

Mauricia la *Dura* representaba treinta años o poco más, y su rostro era conocido de todo el que entendiese algo de iconografía histórica, pues era el mismo, exactamente el mismo, de Napoleón Bonaparte antes de ser primer cónsul. Aquella mujer singularísima, bella y varonil, tenía el pelo corto y lo llevaba siempre mal peinado y peor sujeto. Cuando se agitaba mucho trabajando, las melenas se le soltaban, llegándole hasta los hombros, y entonces la semejanza con el precoz caudillo de Italia y Egipto era perfecta. No inspiraba simpatías Mauricia a todos los que la veían; pero el que la viera una vez no la olvidaba y sentía deseos de volverla a mirar. Porque ejercían indecible fascinación sobre el observador aquellas cejas rectas y prominentes, los ojos grandes y febriles, escondidos como en acecho bajo la concavidad frontal, la pupila inquieta y ávida, mucho hueso en los pómulos, poca carne en las mejillas, la quijada robusta, la nariz romana, la boca acentuada terminando en flexiones enérgicas, y la expresión, en fin, soñadora y melancólica. Pero en cuanto Mauricia hablaba, adiós ilusión. Su voz era bronca, más de hombre que de mujer, y su lenguaje vulgarísimo, revelando una naturaleza desordenada, con alternativas misteriosas de depravación y de afabilidad.

II

Después que se reconocieron, callaron un rato, trabajando las dos con igual ahínco. Un tanto fatigadas, se sentaron en el suelo, y entonces Mauricia, arrastrándose hasta llegar junto a su compañera, le dijo.

—Aquel día..., ¿sabes?, acabadita de marcharte tú, estuvo en casa de la Paca Juanito Santa Cruz.

Fortunata la miró aterrada.

—¿Qué día? —fue lo único que dijo.

—¿No te acuerdas? El día que estuviste tú, el día en que te conocí... *Paices* boba. Yo me lié con la Visitación, que me robó un pañuelo, la muy ladrona sinvergüenza. Le metí mano, y..., ¡ras!, le trinqué la oreja y me quedé con el pendiente en la mano, partiéndole el pulpejo...; por poco me traigo media cara... Ella me mordió un brazo, mira... todavía está aquí la señal; pero yo le dejé bien sellaíto un ojo...; todavía no lo ha abierto, y le saqué una tira de pellejo, ¡ras!, desde semejante parte, aquí por la sien..., hasta la barba. Si no nos apartan, si no me coges tú a mí por la cintura, y Paca a ella, la reviento..., créetelo.

—Ya me acuerdo de aquella trifulca —dijo Fortunata mirando a su compañera con miedo.

—A mí, la que me la hace me la paga. No sé si sabes que a la Matilde, aquella silfidona rubia...

—No sé, no la conozco.

—Pues allá se me vino con unos chismajos, porque yo *hablaba* entonces con el chico de Tellería y... Pues la cogí un día, la tiré al suelo, me estuve paseando sobre ella todo el tiempo que me dio gana..., y luego, cogí una badila y del primer golpe le abrí un ojal en la cabeza, del tamaño de un duro... La llevaron al hospital... Dicen que por el boquete que le hice se le veía la sesada... Buen repaso le di. Pues otro día, estando en el Modelo..., verás..., me dijo una tía muy pindongona y muy facha que si yo era no sé qué y no sé cuándo, y de la primer bofetada que le alumbré fue rodando por el suelo con las patas al aire. Nada, que tuvieron que atarme... Pues volviendo a lo que decía: aquel día que tuve la zaragata con Visitación...

Sintieron venir a la Superiora, y rápidamente se levantaron y se pusieron a brochar otra vez. La monja miró el piso, ladeando la cara como los pájaros cuando miran al suelo, y se retiró. Un rato después, las dos arrepentidas volvieron a pegar su hebra.

—No aportaste más por allí. Yo le pregunté después a la Paca si había vuelto por allí el *chico* de Santa Cruz, y me contestó: "Calla, hija; si han dicho aquí anoche que está con *plumonía*..." Pobrecito, por poco no la cuenta. Estuvo si se las lía, si no se las lía... Por ti pregunté a la Feliciana una tarde que fui a enseñarle los mantones de Manila que yo estaba corriendo, y me dijo que te ibas a casar con un boticario...; ya, el sobrino de doña Lupe *la de los Pavos*... ¡Ah chica, si esa tal doña Lupe es lo que más conozco!... Pregúntale por mí. Le he vendido más alhajas que pelos tengo en la cabeza. ¡Ah! Entonces sí que estaba yo bien; pero de repente me trastorné, y caí tan enferma del estómago, que no podía pasar nada, y lo mismo era entrarme bocado en él o gota de agua, que parecía que me encendían lumbre; y mi hermana Severiana, que vive en la calle de Mira el Río, me llevó a su casa, y allí me entraron unos calambres que creí que espichaba; y una noche, viendo que aquello no se me quería calmar, salí de estampía, y en la taberna me aticé tres copas de aguardiente, arreo, tras, tras, tras, y salí, y en medio a medio de la calle caíme al suelo, y los chiquillos se me ajuntaron a la redonda, y luego vinieron los guindillas y me soplaron en la Prevención. Severiana quiso llevarme otra vez a su casa; pero entonces una señora que conocemos, esa doña Guillermina..., la habrás oído nombrar..., me cogió por su cuenta y me trajo a este *establecimiento*. La doña Guillermina es una que se ha echado mismamente a pobre, ¿sabes?, y pide limosna y está haciendo un palación ahí abajo para los *buérfanos*. Mi hermana y yo nos criamos en su casa, ¡gran casa la de los señores de Pacheco! Personas muy ricas, no te creas, y mi madre era la que les planchaba. Por eso nos tiene tanta ley doña Guillermina, que siempre que me ve con miseria me socorre, y dice que mientras más mala sea yo, más me ha de socorrer. Pues que quise que no, aquí me metieron... Ya me habían metido antes; pero no estuve más que una semana, porque me escapé subiéndome por la tapia de la huerta como los gatos.

Esta historia, contada con tan aterradora sinceridad, impresionó mucho a la otra *filomena*. Siguieron ambas bailando a lo largo de la sala, deslizándose sobre el ya pulimentado piso, como los patinadores sobre el hielo, y Fortunata, a quien le escarbaba en el interior lo que referente a ella había dicho Mauricia la *Dura*, quiso aclarar un punto importante, diciéndole:

—Yo no fui más que dos veces a casa de la Paca, y por mi gusto no hubiera ido ninguna. La necesidad, hija... Después no volví más porque me salieron relaciones con el chico con quien me voy a casar.

Después de una pausa, durante la cual viniéronle al pensamiento muchas cosas pasadas, creyó oportuno decir algo, conforme a las ideas que aquella casa imponía:

—¿Y para qué me buscaba a mí ese hombre?... ¿Para qué? Para perderme otra vez. Con una basta.

—Los hombres son muy caprichosos —dijo en tono de filosofía Mauricia la *Dura*—, y cuando la tienen a una a su disposición, no le hacen más caso que a un trasto viejo; pero si una habla con otro, ya el de antes quiere arrimarse, por el aquel de la golosina que otro se lleva. Pues digo..., si una se pone a ser verbigracia honrada, los muy peines no pasan por eso, y si una se mete mucho a rezar y a confesar y comulgar, se les encienden más a ellos las querencias, y se pirran por nosotras desde que nos convertimos por lo eclesiástico... Pues qué, ¿crees tú que Juanito no viene a rondar este convento desde que sabe que estás aquí? *Paices* boba. Tenlo por cierto, y alguno de los coches que se sienten por ahí, créete que es el suyo.

—No seas tonta..., no digas burradas —replicó la otra palideciendo—. No puede ser... Porque mira tú, él cayó con la pulmonía en febrero...

—Bien enterada estás.

—Lo sé por Feliciana, a quien se lo contó, *días atrás*, un señor que es amigo de Villalonga. Pues verás, él cayó con la pulmonía en febrero, y en este *entremedio* conocí yo al chico con quien hablo... El otro estuvo dos meses muy malito..., si se va si no se va. Por fin salió, y en marzo se fue con su mujer a Valencia.

—¿Y qué?

—Que todavía no habrá vuelto.

—*Paices* boba... Esto es un decir. Y si no ha vuelto, volverá... Quiere decirse que te hará la rueda cuando venga y se entere de que ahora vas para santa.

—Tú sí que eres boba...; déjame en paz. Y suponiendo que venga y me ronde... ¿A mí qué?

Sor Natividad examinó el brochado y vio "que era bueno". Satisfacción de artista resplandecía en su carita seca. Miró al techo tratando de descubrir alguna mota producida por las moscas; pero no había nada, y hasta las cabezas de los clavos de la pared, limpiados el día antes, resplandecían como estrellitas de oro. La Superiora volvía las gafas a todas partes buscando algo que reprender; pero nada encontró que mereciese su crítica estrecha. Dispuso que antes de entrar los muebles los limpiasen y frotasen bien, para que todo el polvo quedase fuera; pero encargó mucho que aquella operación se hiciese *al hilo* de la madera; y como las dos trabajadoras no entendiesen bien lo que esto significaba, cogió ella misma un trapo y prácticamente les hizo ver con la mayor seriedad cuál era su sistema. Cuando se quedaron solas otra vez, Mauricia dijo a su amiga:

—Hay que tener contenta a esta *tía chiflada,* que es buena persona, y como le froten los muebles *al hilo,* la tienes partiendo un piñón.

Mauricia tenía días. Las monjas la consideraban lunática, porque si las más de las veces la sometían fácilmente a la obediencia, haciéndola trabajar, entrábale de golpe como una locura y rompía a decir y hacer los mayores desatinos. La primera vez que esto pasó, las religiosas se alarmaron; mas domada la furia sin que fuese preciso apelar a la fuerza, cuando se repetían los accesos de indisciplina y procacidad no les daban gran importancia. Era un espectáculo imponente y aun divertido el que de tiempo en tiempo, comúnmente cada quince o veinte días, daba Mauricia a todo el personal del convento. La primera vez que lo presenció Fortunata, sintió verdadero terror.

Iniciábasele aquel trastorno a Mauricia como se inician las enfermedades, con síntomas leves, pero infalibles, los cuales se van acentuando y recorren después todo el proceso morboso. El período prodrómico solía ser una cuestión con cualquier recogida por el chocolate del desayuno, o por si al salir le tropezaron y la otra lo hizo con mala intención. Las madres intervenían, y Mauricia callaba al fin, quedándose durante dos o tres horas taciturna, rebelde al trabajo, haciéndolo todo al revés de como se le mandaba. Su diligencia pasmosa trocábase en dejadez; y como las madres la reprendieran, no les respondía nada cara a cara; pero en cuanto volvían la espalda, dejaba oír gruñidos, masticando entre ellos palabras soeces. A este período seguía por lo común una travesura ruidosa y carnavalesca, hecha de improviso para provocar la risa de algunas *Filomenas* y la indignación de las señoras. Mauricia aprovechaba el silencio de la sala de labores para lanzar en medio de ella un gato con una chocolatera amarrada a la cola, o hacer cualquier otro disparate más propio de chiquillos que de mujeres formales. Sor Antonia, que era la bondad misma, mirábala con toda la severidad que cabía en su carácter angelical, y Mauricia le devolvía la mirada con insolente dureza, diciendo:

—Si no he sido *yió*. . ., amos, si no he sido *yió*. . . ¿Para qué me mira usted tantooo?. . . ¿Es que me quiere retrataaar?. . .

Aquel día, sor Antonia llamó a la Superiora, que era una vizcaína muy templada. Ésta dijo al entrar:

—¿Ya está otra vez suelto el enemigo?. . .

Y decretó que fuese encerrada en el cuarto que servía de prisión cuando alguna recogida se insubordinaba. Aquí fue el estallar la fiereza de aquella maldita mujer.

—¡Encerrarme a mí!. . . ¿De veee. . . ras? No me lo diga usted. . ., prenda.

—Mauricia —dijo con varonil entereza la monja, soltando una expresión de su tierra—, déjese usted de *chinchirri-mancharras,* y obedezca. Ya sabe usted que no nos asusta con sus botaratadas. Aquí no tenemos miedo a ninguna tarasca. Por compasión y caridad no la echamos a la calle, ya lo sabe usted... Vamos, hija, pocas palabras y a hacer lo que se le manda.

A Mauricia le temblaba la quijada, y sus ojos tomaban esa opacidad siniestra de los ojos de los gatos cuando van a atacar. Las recogidas la miraban con miedo, y algunas monjas rodearon a la Superiora para hacerla respetar.

—Vaya con lo que sale ahora la tía chiflada... ¡Encerrarme a mí! A donde voy es a mi casa, ¡hala!..., a mi casa, de donde me sacaron engañada estas indecentonas, sí señor, engañada, porque yo era honrada como un sol, y aquí no nos enseñan más que peines y peinetas... ¡Ja, ja, ja!... Vaya con las señoras virtuosas y *santifiquísimas*. ¡Ja, ja, ja!...

Estos monosílabos guturales los emitía con todo el grueso de su gruesísima voz, y con tal acento de sarcasmo infame y de grosería, que habrían sacado de quicio a personas de menos paciencia y flema que sor Natividad y sus compañeras. Estaban tan hechas a ser tratadas de aquel modo y habían domado fieras tan espantables, que ya las injurias no les hacían efecto.

—Vamos —dijo la Superiora frunciendo el ceño—; callando, y baje usted al patio.

—Pues me gusta la santidad de estas traviatonas de iglesia... ¡Ja, ja, ja!... —gritó la infame puesta en jarras y mirando en redondo a todo el concurso de recogidas—. Se encierran aquí por retozar a sus anchas con los curánganos de babero... ¡Ja, ja, ja!... ¡Qué peines!..., y con los que no son de babero.

Muchas recogidas se tapaban los oídos. Otras, suspensa la mano sobre el bastidor, miraban a las monjas y se pasmaban de su serenidad. En aquel instante apareció en la sala una figura extraña. Era sor Marcela, una monja vieja, coja y casi enana, la más desdichada estampa de mujer que puede imaginarse. Su cara, que parecía de cartón, era morena, dura, chata, de tipo mongólico, los ojos expresivos y afables como los de algunas bestias de la raza cuadrumana. Su cuerpo no tenía forma de mujer, y al andar parecía desbaratarse y hundirse del lado izquierdo, imprimiendo en el suelo un golpe seco que no se sabía si era de pie de palo o del propio muñón del hueso roto. Su fealdad sólo era igualada por la impavidez y el desdén compasivo con que miró a Mauricia.

Sor Marcela traía en la mano derecha una gran llave, y apuntando con ella al esternón de la delincuente, hizo un castañeteo de lengua y no dijo más que esto:

—Andando.

Quitóse la fiera con rápido movimiento su toca, sacudió las melenas y salió al corredor, echando por aquella boca insolencias terribles. La coja volvió a indicarle el camino, y Mauricia, moviendo los brazos como aspas de molino de viento, se puso a gritar:

—¡Peines y peinetas!... ¿Pues no me quieren deshonrar y encerrarme como si yo fuera una *criminala*? ¡Tunantas!... Cuando, si yo quisiera, de tres bofetadas las tumbaba a todas patas arriba...

A pesar de estas fierezas, la coja la llevaba por delante con la misma calma con que se conduce a un perro que ladra mucho, pero que se sabe no ha de morder. A mitad de la escalera se volvió la harpía, y mirando con inflamados ojos a las monjas que en el corredor quedaban, les decía en un grito estridente:

—¡Ladronas, más que ladronas!... ¡Grandísimas púas!...

Dicho esto, la coja le ponía suavemente la mano en la espalda, empujándola hacia adelante. En el patio tuvo que cogerla por un brazo, porque quería subir de nuevo.

—Si no te hacen caso, estúpida

—le dijo—; si no eres tú la que hablas sino el demonio que te anda dentro de la boca. Cállate ya por amor de Dios y no marees más.

—El demonio eres tú —replicó la fiera, que parecía ya, por lo muy exaltada, irresponsable de los disparates que decía—. Facha, mamarracho, esperpento...

—Echa, echa más veneno —murmuraba sor Marcela con tranquilidad, abriendo la puerta de la prisión—. Así te pasará más pronto el arrechucho. Vaya, adentro, y mañana como un guante. A la noche te traeré de comer. Paciencia, hija...

Mauricia ladró un poco más; pero con tanto furor de palabras no hacía resistencia verdadera, de modo que aquella pobre vieja inválida la manejaba como a un niño. Bastó que ésta la cogiese por un brazo y la metiera dentro del encierro, para que la prisión se efectuase sin ningún inconveniente, después de tanta bulla. Sor Marcela echó la llave dando dos vueltas, y la guardó en su bolsillo. Su rostro, tan parecido a una máscara japonesa, continuaba imperturbable. Cuando atravesaba el patio en dirección a la escalera, oyó el *ja, ja, ja* de Mauricia, que estaba asomada por uno de los dos tragaluces con barras de hierro que la puerta tenía en su parte superior. La monja no se detuvo a oír las injurias que la fiera le decía.

—¡Eh!..., coja..., galápago, vuelve acá y verás qué morrazo te doy... ¡Qué facha! Cañamón, pata y media...

## III

La faz napoleónica, lívida y con la melena suelta, volvió a asomar en la reja a la caída de la tarde. Y sor Marcela pasó repetidas veces por delante de la cárcel, volviendo de registrar los nidos de las gallinas, por ver si tenían huevos, o de regar los pensamientos y francesillas que cultivaba en un rincón de la huerta. El patio, que era pequeño y se comunicaba con la huerta por una reja de madera casi siempre abierta, estaba muy mal empedrado, resultando tan irregular el paso de la coja, que los balanceos de su cuerpo semejaban los de una pequeña embarcación en un mar muy agitado. Muy a menudo andaba sor Marcela por allí, pues tenía la llave de la leñera y carbonera, la del calabozo y la de otra pieza en que se guardaban trastos de la casa y de la iglesia.

Ya cerca de la noche, como he dicho, Mauricia no se quitaba de la reja para hablar a la monja cuando pasaba. Su acento había perdido la aspereza iracunda de por la mañana, aunque estaba más ronca y tenía tonos de dolor y de miseria, implorando caridad. La fiera estaba domada. Fuertemente asida con ambas manos a los hierros, la cara pegada a éstos, alargando la boca para ser mejor oída, decía con voz plañidera:

—Cojita mía..., cañamoncito de mi alma, ¡cuánto te quiero!... Allá va el patito con sus meneos: una, dos, tres... Lucero del convento, ven y escucha, que te quiero decir una cosita.

A estas expresiones de ternura, mezcladas de burla cariñosa, la monja no contestaba ni siquiera con una mirada. Y la otra seguía:

—¡Ay, mi galapaguito de mi alma, qué enfadadito está conmigo, que le quiero tanto!... Sor Marcela, una palabrita, nada más que una palabrita. Yo no quiero que me saques de aquí, porque me merezco la encerrona. Pero ¡ay niñita mía, si vieras qué mala me he puesto! *Paice* que me están arrancando el estómago con unas tenazas de fuego... Es de la tremolina de esta mañana. Me dan tentaciones de ahorcarme colgándome de esta reja con un cordón hecho de tiras del refajo. Y lo voy a hacer, sí, lo hago y me cuelgo si no me miras y me dices algo... Cojita graciosa, enanita remonona, mira, oye; si quieres que te quiera más que a mi vida y te obedezca como un perro, hazme un favor que voy a pedirte: tráeme nada más que una lagrimita de aquella gloria divina que tú tienes, de aquello que te recetó el médico para tu mal de barriga... Anda, ángel, mira que te lo pido con toda mi alma, porque esta penita que tengo aquí no se me quiere quitar, y parece que me voy a morir. Anda, rica, cañamón de los ángeles, tráeme lo que te pido, así Dios te dé la vida celestial que te tienes ganada, y tres más, y así te coronen los serafines cuando entres en el Cielo con tu patita coja...

La monja pasaba..., trun, trun..., hiriendo los guijarros con aquel pie duro que debía ser como la pata de una silla; y no concedía a la prisionera ni respuesta ni mirada. Al anochecer, bajó con la cena para la presa, y abriendo la puerta penetró en el lóbrego aposento. Por el pronto no vio a Mauricia, que estaba acurrucada sobre unas tablas, las rodillas junto al pecho, las manos cruzadas sobre las rodillas y en las manos apoyaba la barba.

—No veo. ¿Dónde estás? —murmuró la coja sentándose sobre otro rimero de tablas.

Contestó Mauricia con un gruñido, como el de un mastín a quien dan con el pie para que despierte. Sor Marcela puso junto a sí un plato de menestra y un pan.

—La Superiora —dijo— no quería que te trajera más que pan y agua; pero intercedí por ti... No te lo mereces. Aunque me proponga no tener entrañas, no lo puedo conseguir. A ti te manejo yo a mi modo y sé que mientras peor se te trate, más rabiosa te pones... Y para que veas, hija, hasta dónde llevo mi condescendencia... —añadió sacando de debajo del manto un objeto...

Creyérase que Mauricia lo había olido, porque de improviso alzó la cabeza, adquiriendo tal animación y vida su cara que parecía *mismamente* la del otro cuando, señalando las pirámides, dijo lo de los *cuarenta siglos*. La mazmorra estaba oscura, mas por la puerta entraba la última claridad del día, y las dos mujeres allí encerradas se podían ver y se veían aunque más bien como bultos que como personas. Mauricia alargó las manos con ansia hasta tocar la botella, pronunciando palabras truncadas y balbucientes para expresar su gratitud; pero la monja apartaba el codiciado objeto.

—¡Eh!... ¡Las manos quietas! Si no tenemos formalidad, me voy. Ya ves que no soy tirana, que llevo la caridad hasta un límite que quizás sea imprudente. Pero yo digo: "Dándole un poquito, nada más que una miajita, la consuelo, y aquí no puede haber vicio." Porque yo sé lo que es la debilidad de estómago y cuánto hace sufrir. Negar y negar siempre al preso pecador todo lo que pide, no es bueno. El Señor no puede querer esto. Tengamos misericordia y consolemos al triste.

Diciendo esto sacó un cortadillo y se preparó a escanciar corta porción del precioso licor, el cual era un coñac muy bueno que solía usar para combatir sus rebeldes dispepsias. Luego cayó en la cuenta de que antes debía comerse Mauricia el plato de menestra. La presa lo comprendió así, apresurándose a devorar la cena para abreviar.

—Esto que te doy —añadió la monja— es una reparación de los nervios y un puntal del ánimo desmayado. No creas que lo hago a escondidas de la Superiora, pues acaba de autorizarme para darte esta golosina, siempre que sea en la medida que separa la necesidad del apetito y el remedio del deleite. Yo sé que esto te entona y te da la alegría necesaria para cumplir bien los deberes. Mira tú por dónde lo que algunos podrían tener por malo, es bueno en medida razonable.

Mauricia estaba tan agradecida, que no acertaba a expresar su gratitud. La cojita echó en el cortadillo una cantidad, así como un dedo, inclinando la botella con extraordinario pulso para que no saliera más de lo conveniente; y al dárselo a la presa, le repitió el sermón. ¡Y cómo se relamía la otra después de beber, y qué bien le supo! Conocía muy bien al galapaguito para atreverse a pedir más. Sabía, por experiencia de casos análogos, que no traspasaba jamás el límite que su bondad y su caridad le imponían. Era buena como un ángel para conceder, y firme como una roca para detenerse en el punto que debía.

—Ya sé —dijo tapando cuidadosamente la botella— que con este consuelo de tus nervios desmayados estarás más dispuesta, y la reparación del cuerpo ayuda a la del alma.

En efecto, Mauricia empezó a sentirse alegre, y con la alegría vínole una viva disposición del ánimo para la obediencia y el trabajo, y tantas ganas le entraron de todo lo bueno, que hasta tuvo deseos de rezar, de confesarse y de hacer devociones exageradas como las que hacía sor Marcela, que, al decir de las recogidas, llevaba cilicio.

—Dígale, por Dios, a la Superiora que estoy arrepentida y que me perdone..., que yo cuando me da el toque y me pongo a despotricar soy un papagayo, y la lengua se lo dice sola. Sáqueme pronto de aquí, y trabajaré como nunca, y si me mandan fregar toda la casa de arriba abajo, la fregaré. Echenme penitencias gordas y las cumpliré en un decir luz.

—Me gusta verte tan entrada en razón —le dijo la madre, recogiendo el plato—; pero por esta noche no saldrás de aquí. Medita, medita en tus pecados, reza mucho y pídele al Señor y a la Santísima Virgen que te iluminen.

Mauricia creía que estaba ya bastante iluminada, porque la excitación encendía sus ideas, dándole un cierto entusiasmo; y después de hacer un poco de ejercicio corporal colgándose de la reja, porque sus miembros apetecían estirarse, se puso a rezar con toda la devoción de que era capaz, luchando con las varias distracciones que llevaban su mente de un lado para otro, y por fin se quedó dormida sobre el duro lecho de tablas. Sacáronla del encierro al día siguiente temprano, y al punto se puso a trabajar en la cocina, sumisa, callada y desplegando maravillosas actividades. Después de cumplir una condena, lo que ocurría infaliblemente una vez cada treinta o cuarenta días, la mujer napoleónica estaba cohibida y como avergonzada entre sus compañeras, poniendo toda su atención en las obligaciones, demostrando un celo y obediencia que encantaban a las madres. Durante cuatro o cinco días desempeñaba sin embarazo ni fatiga la tarea de tres mujeres. Pasadas dos semanas, advertían que se iba cansando; ya no había en su trabajo aquella corrección y diligencia admirables; empezaban las omisiones, los olvidos, los descuidillos, y todo esto iba en aumento hasta que la repetición de las faltas anunciaba la proximidad de otro estallido. Con Fortunata volvió a intimar después de la escena violenta que he descrito, y juntas echaron largos párrafos en la cocina, mientras pelaban patatas o fregaban los peroles y cazuelas. Allí gozaban de cierta libertad, y estaban sin tocas y en traje de *mecánica,* como las criadas de cualquier casa.

—Yo tengo una niña —dijo Mauricia en una de sus confidencias—. Le puse por nombre Adoración. ¡Es más mona!... Está con mi hermana Severiana, porque yo, como gasto este geniazo, le doy malos ejemplos sin querer, ¿tú sabes?, y mejor vive el angelito con Severiana que conmigo. Esa doña Jacinta, esposa de tu señor, quiere mucho a mi niña, y le compra ropa y le da el toque por llevársela consigo; como que está rabiando por tener chiquillos y el Señor no se los quiere dar. Mal hecho, ¿verdad? Pues los hijos deben ser para los ricos y no para los pobres, que no los pueden mantener.

Fortunata se manifestó conforme con estas ideas. Algo había oído ella contar del desmedido afán de aquella señora por tener hijos; pero Mauricia le dijo algo más, contándole también el caso del *Pituso,* a quien Jacinta quiso recoger creyéndolo hijo de su marido y de la propia Fortunata. Tal efecto hizo en ésta la historia de aquel increíble caso de delirio maternal y de pasión no satisfecha, que estuvo tres días sin poder apartarlo del pensamiento.

IV

Desde el corredor alto se veía parte del Campo de Guardias, el Depósito de aguas del Lozoya, el cementerio de San Martín y el caserío de Cuatro Caminos, y detrás de esto los tonos severos del paisaje de la Moncloa y el admirable horizonte que parece el mar, líneas ligeramente onduladas, en cuya aparente inquietud parece balancearse, como la vela de un barco, la torre de Aravaca o de Húmera. Al ponerse el sol, aquel magnífico cielo de occidente se encendía en espléndidas llamas, y después de puesto, apagábase con gracia infinita, fundiéndose en las palideces del ópalo. Las recortadas nubes oscuras hacían figuras extrañas, acomodándose al pensamiento o a la melancolía de los que las miraban, y cuando en las calles y en las casas era ya de noche, permanecía en aquella parte del cielo la claridad blanda, cola del día fugitivo, la cual lentamente también se iba.

Estas hermosuras se ocultarían completamente a la vista de *Filomenas* y *Josefinas* cuando estuviera concluida la iglesia en que se trabajaba constantemente. Cada día, la creciente masa de ladrillos tapaba una línea de paisaje. Parecía que los albañiles, al poner cada hilada, no construían, sino que borraban. De abajo arriba, el panorama iba desapareciendo como un mundo que se anega. Hundiéronse las casas del paseo de Santa Engracia, el Depósito de aguas, después el cementerio. Cuando los ladrillos rozaban ya la bellísima línea del horizonte, aún sobresalían las lejanas torres de Húmera y las puntas de los cipreses del Campo santo. Llegó un día en que las recogidas se alzaban sobre las puntas de los pies o daban saltos para ver algo más y despedirse de aquellos amigos que se iban para siempre. Por fin la techumbre de la iglesia se lo tragó todo, y sólo se pudo ver la claridad del crepúsculo, la cola del día arrastrada por el cielo.

Pero si ya no se veía nada, se oía, pues el tiqui tiqui del taller de canteros parecía formar parte de la atmósfera que rodeaba el convento. Era ya un fenómeno familiar, y los domingos, cuando cesaba, la falta de aquella música era para todas las habitantes de la casa la mejor apreciación de día de fiesta. Los domingos, empezaba a oírse desde las dos, el tambor que ameniza el Tío Vivo y balancines que están junto al Depósito de aguas. Este bullicio y el de la muchedumbre que concurre a los merenderos de los Cuatro Caminos y de Tetuán, duraba hasta muy entrada la noche. Mucho molestó en los primeros tiempos a algunas monjas el tal tamboril, no sólo por la pesadez de su toque, sino por la idea de lo mucho que se peca al son de aquel mundano instrumento. Pero se fueron acostumbrando, y por fin lo mismo oían el rumor del Tío Vivo los domingos que el de los picapedreros los días de labor. Algunas tardes de día de fiesta, cuando las recogidas se paseaban por la huerta o el patio, la tolerancia de las madres llegaba hasta el extremo de permitirles bailar una chispita, con decencia se entiende, al son de aquellas músicas populares. ¡Cuántas memorias evocadas, cuántas sensaciones reverdecidas en aquellos poquitos compases y vueltas de las pobres reclusas! ¡Qué recuerdo tan vivo de las polkas bailadas con horteras en el salón de la Alhambra, de tarde, levantando mucho polvo del piso, las manos muy sudadas y chupando caramelos revenidos! Y lo peor de todo y lo que en definitiva las había perdido era que aquellos benditos horteras iban todos con buen fin. El buen fin precisamente, disculpando los malos medios, era la más negra. Porque después, ni fin ni principio ni nada más que vergüenza y miseria.

La monja que más empeñadamente abogaba porque se las dejase zarandearse un ratito era sor Marcela, que por su cojera y su facha parecía incapaz de apreciar el sentimiento estético de la danza. Pero la mujer aquella con su aplastada cara japonesa, sabía mucho del mundo y de las pasiones humanas, tenía el corazón rebosando tolerancia y caridad, y sostenía esta tesis: que la privación absoluta de los apetitos alimentados por la costumbre más o menos viciosa, es el peor de los remedios, por engendrar la desesperación, y que para curar añejos defectos es conveniente permitirlos de vez en cuando, con mucha medida.

Un día sorprendió a Mauricia en la carbonera fumándose un cigarrillo, cosa ciertamente fea e impropia de una mujer. La coja no se apresuró a quitarle el cigarro de la boca, como parecía natural. Sólo le dijo:

—¡Qué cochina eres! No sé cómo te puede gustar eso. ¿No te mareas?

Mauricia se reía, y cerrando fuertemente un ojo porque el humo se le había metido en él, miró a la monja con el otro, y alargándole el cigarro, le dijo:

—Pruebe, señora.

¡Cosa inaudita! Sor Marcela dio una chupada y después arrojó el cigarro, haciendo ascos, escupiendo mucho y poniendo una cara tan fea como la de esos fetiches monstruosos de las idolatrías malayas. Mauricia lo recogió y siguió chupando, alternando un ojo con otro en el cerrarse y en el mirar. Después hablaron de la procedencia del pitillo. La otra no quería confesarlo; pero la madrecita, que sabía tanto, le dijo:

—Los albañiles te lo han tirado desde la obra. No lo niegues. Ya te vi haciéndoles garatusas. Si la Superiora sabe que andas en telégrafos con los albañiles, buena te la arma. . ., y con razón. Tira ya el tabacazo, indecente. . . ¡Ay, qué asco! Me ha dejado la boca perdida. No comprendo cómo os puede gustar ese ardor, ese picor de mil demonios. Los hombres, como si no tuvieran bastantes vicios, los inventan cada día. . .

Mauricia tiró el cigarro y apagólo con el pie.

Fortunata, al mes de estar allí, tuvo otra amiga con quien intimó bastante. Doña Manolita era *señora* en regla, puesto que era casada; ayudaba a las monjas en las clases de lectura y escritura, y ponía un empeño particular en enseñar a Fortunata, de lo que principalmente vino su amistad. Permitían las madres a aquella recogida cierta latitud en la observancia de las reglas; se la dejaba sola con una o dos *Filomenas* durante largo rato, bien en la sala de estudio, bien en la huerta; se le permitía ir al departamento de *Josefinas,* y como tenía habitación aparte y pagaba buena pensión, gozaba de más comodidad que sus compañeras de encierro.

Fortunata y ella, una vez que se conocieron, no tardaron en referirse sus respectivas historias. La que ya conocemos salió descarnada; pero Manolita adornó la suya tanto y de tal modo la quiso hacer patética, que no la conocería nadie. Según su relato, no había pecado, todo había sido pura equivocación; pero su marido, que era muy bruto y tenía la culpa —sí, él tenía la culpa de las equivocaciones o si se quiere, malas tentaciones de ella—, la había metido allí sin andarse con rodeos. Como aquella señora había ocupado una regular posición, contaba con embeleso cosas del mundo y sus pompas, de los saraos a que asistía, de los muchos y buenos vestidos que usaba. Porque su marido era comerciante de novedades, hombre inferior a ella por el nacimiento; como que su papá era oficial primero de la Dirección de la Deuda. Oyendo estas ponderaciones orgullosas, Fortunata se echaba a pensar qué cosa tan empingorotada sería aquel destino del papá de su amiga.

Pero lo mejor fue que en la conversación salió de repente una cosa interesantísima. Manolita conocía a los de Santa Cruz. ¡Vaya!, si su marido, Pepe Reoyos, era íntimo, pero íntimo, de don Baldomero. Y ella, la propia Manolita, visitaba mucho a doña Bárbara. De aquí saltó la conversación a hablar de Jacinta. ¡Ah! Jacinta era una mujer muy mona, lo tenía todo: bondad, belleza, talento y virtud. El danzante de Juan no merecía tal joya, por ser muy dado a picos pardos. Pero fuera de esto, era un excelente chico, y muy simpático, pero mucho.

—Ya sabrá usted —dijo luego— que cayó malo, con pulmonía, en febrero de este año. Por poco se muere. En esta casa, que debe mucha protección a los señores de Santa Cruz, pusieron al Señor de manifiesto, y cuando estuvo fuera de peligro, Jacinta costeó unas funciones solemnes. Como que vino el obispo auxiliar a decirnos la misa...

—¿De veras?... *Tié* gracia.

—Como usted lo oye. ¡Lo que usted se perdió! Jacinta es una de las señoras que más han ayudado a sostener esta casa. Ya se ve, como no tiene hijos..., no sabe en qué gastar el dinero. ¿Se ha fijado usted en aquellos grandes ramos, monísimos, con flores de tisú de oro y hojas de plata?

—Sí —replicó Fortunata que atendía con toda su alma—. ¡Los que se pusieron en el altar el día de Pentecostés!

—Los mismos. Pues los regaló Jacinta. Y el manto de la Virgen, el manto de brocado con ramos..., ¡qué mono!, también es donativo suyo, en acción de gracias por haberse puesto bueno su marido.

Fortunata lanzó una exclamación de pasmo y maravilla. ¡Cosa más rara! ¡Y ella había tenido en su mano, días antes, para limpiarle unas gotas de cera, aquel mismo manto que había servido para pagar, digámoslo así, la salvación del chico de Santa Cruz! Y no obstante, todo era muy natural, sólo que a ella se le revolvían los pensamientos y le daba qué pensar, no el hecho en sí, sino la casualidad, eso es, la casualidad, el haber tenido en su mano objetos relacionados, por medio de una curva social, con ella misma, sin que ella misma lo sospechara.

—Pues no sabe usted lo mejor —añadió Manolita, gozándose en el asombro de la otra, el cual más bien parecía espanto—. La Custodia, ¡sabe usted!, la Custodia en que se pone al propio Dios, también vino de allá. Fue regalo de Barbarita, que hizo promesa de ofrecerla a estas monjas si su hijo se ponía bueno. No vaya usted a creer que es de oro; es de plata sobredorada; pero muy *mona*, ¿verdad?

Fortunata tenía sus pensamientos tan en lo hondo, que no paró mientes en la increíble tontería de llamar mona a una Custodia.

## V

Y no pudo en muchos días apartar de su pensamiento las cosas que le refirió doña Manolita que, entre paréntesis, no acababa de serle simpática, y lo que más metida en reflexiones la traía no era precisamente que aquellos hechos de regalar la custodia y el manto se hubieran verificado, sino la casualidad... *Tié* gracia. Si hubiera ella ido al convento algunos días antes, habría asistido a la solemne misa, con obispo y todo, que se dijo en acción de gracias por haberse puesto bueno el tal... Esto tenía más gracia. Y por su parte Fortunata, que sabía perdonar las ofensas, no habría tenido inconveniente en unir sus votos a los de todo el personal de la casa... Esto tenía más gracia todavía.

Pero lo que produjo en su alma inmenso trastorno fue el ver a la propia Jacinta, viva, de carne y hueso. Ni la conocía ni vio nunca su retrato: pero de tanto pensar en ella había llegado a formarse una imagen que, ante la realidad, resultó completamente mentirosa. Las señoras que protegían la casa sosteniéndola con cuotas en metálico o donativos, eran admitidas a visitar el interior del convento cuando quisieren; y en ciertos días solemnes se hacía limpieza general y se ponía toda la casa como una plata, sin desfigurarla ni ocultar las necesidades de ella, para que las protectoras vieran bien a qué orden de cosas debían aplicar su generosidad. El día de Corpus, después de misa mayor, empezaron las visitas que duraron casi toda la tarde. Marquesas y duquesas, que habían venido en coches blasonados, y otras que no tenían título, pero sí mucho dinero, desfilaron por aquellas salas y pasillos, en los cuales la dirección fanática de sor Natividad y las manos rudas de las recogidas habían hecho tales prodigios de limpieza que, según frase vulgar, se podía comer en el suelo sin necesidad de manteles. Las labores de bordado de las *Filomenas*, las planas de las *Josefinas* y otros primores de ambas estaban expuestos en una sala, y todo eran plácemes y felicitaciones. Las señoras entraban y salían, dejando en el ambiente de la casa un perfume mundano que algunas narices de reclusas aspiraban con avidez. Despertaban curiosidad en los grupos de muchachas los vestidos y sombreros de toda aquella muchedumbre elegante, libre, en la cual había algunas, justo es decirlo, que habían pecado mucho más, pero muchísimo más que la peor de las que allí estaban encerradas. Manolita no dejó de hacer al oído de su amiga esta observación picante. En medio de aquel desfile vio Fortunata a Jacinta, y Manolita (marcando esta sola excepción en su crítica social) cuidó de hacerle notar la gracia de la señora de Santa Cruz, la elegancia y sencillez de su traje, y aquel aire de modestia que se ganaba todos los corazones. Desde que Jacinta apareció al extremo del corredor, Fortunata no quitó de ella sus ojos, examinándole con atención ansiosa el rostro y el andar, los modales y el vestido. Confundida con otras compañeras en un grupo que estaba a la puerta del comedor, la siguió con sus miradas, y se puso en acecho junto a la escalera para verla de cerca cuando bajase, y se le quedó, por fin, aquella simpática imagen vivamente estampada en la memoria.

La impresión moral que recibió la samaritana era tan compleja, que ella misma no se daba cuenta de lo que sentía. Indudablemente su natural rudo y apasionado la llevó en el primer momento a la envidia. Aquella mujer le había quitado lo suyo, lo que, a su parecer, le pertenecía de derecho. Pero a este sentimiento mezclábase con extraña amalgama otro muy distinto y más acentuado. Era un deseo ardentísimo de parecerse a Jacinta, de ser como ella, de tener su aire, su *aquel* de dulzura y señorío. Porque de cuantas damas vio aquel día, ninguna le pareció a Fortunata tan señora como la de Santa Cruz, ninguna tenía tan impresa en el rostro y en los ademanes la decencia. De modo que si le propusieran a la prójima, en aquel momento, transmigrar al cuerpo de otra persona, sin vacilar y a ojos cerrados habría dicho que quería ser Jacinta.

Aquel resentimiento que se inició en su alma iba trocándose poco a poco en lástima, porque Manolita le repitió hasta la saciedad que Jacinta sufría desdenes y horribles desaires de su marido. Llegó a sentar como principio general que todos los maridos quieren más a sus mujeres eventuales que a las fijas, aunque hay excepciones. De modo que Jacinta, al fin y al cabo, y a pesar del Sacramento, era tan víctima como Fortunata. Cuando esta idea se cruzó entre una y otra, el rencor de la pecadora fue más débil y su deseo de parecerse a aquella otra víctima más intenso.

En los días sucesivos figurábase que seguía viéndola o que se iba a aparecer por cualquier puerta cuando menos lo esperase... El mucho pensar en ella la llevó, al amparo de la soledad del convento, a tener por las noches ensueños en que la señora de Santa Cruz aparecía en su cerebro con el relieve de las cosas reales. Ya soñaba que Jacinta se le presentaba a llorarle sus cuitas y a contarle las perradas de su marido, ya que las dos cuestionaban sobre cuál era más víctima; ya, en fin, que transmigraban recíprocamente, tomando Jacinta el exterior de Fortunata y Fortunata el exterior de Jacinta. Estos disparates recalentaban de tal modo el cerebro de la reclusa que despierta, seguía imaginando desvaríos del mismo si no de mayor calibre.

Cortaban estas cavilaciones las visitas de Maximiliano todos los jueves y domingos, entre cuatro y seis de la tarde. Veía la joven con gusto llegar la ocasión de aquellas visitas, las deseaba y las esperaba, porque Maximiliano era el único lazo efectivo que con el mundo tenía, y aunque el sentimiento religioso conquistara algo en ella, no la había desligado de los intereses y afectos mundanos. Por esta parte bien podía estar tranquilo el bueno de Rubín, porque ni una sola vez, en los momentos de mayor fervor piadoso, le pasó a la pecadora por el magín la idea de volverse santa a machamartillo. Veía, pues, a Maximiliano con gusto, y aun se le hacían cortas las horas que en su compañía pasaba hablando de doña Lupe y de *Papitos,* o haciendo cálculos honestos sobre sucesos que habían de venir. Cierto que físicamente el apreciable chico le desagradaba; pero también es verdad que se iba acostumbrando a él, que sus defectos no le parecían ya tan grandes y que la gratitud iba ahondando mucho en su alma. Si hacía examen de corazón, encontraba que en cuestión de amor a su redentor había ganado muy poco; pero el aprecio y estimación eran seguramente mayores, y, sobre todo, lo que había crecido y fortalecídose en su pensamiento era la conveniencia de casarse para ocupar un lugar honroso en el mundo. A ratos se preguntaba con sinceridad de dónde y cómo le había venido el fortalecimiento de aquella idea; mas no acertaba a darse respuesta. ¿Era, quizás, que el silencio y la paz de aquella vida hacían nacer y desarrollarse en ella la facultad del sentido común? Si era así, no se daba cuenta de semejante fenómeno, y lo único que su rudeza sabía formular era esto: "Es que de tanto pensar me ha entrado talento, como a Maximiliano le entró de tanto quererme, y este talento es el que me dice que me debo casar, que seré tonta de remate si no me caso."

Feliz entre todos los mortales se creía el buen estudiante de Farmacia, viendo que su querida no rechazaba la idea de dar por concluida la cuarentena y apresurar el casamiento. Sin duda, estaba ya su alma más limpia que una patena. Lo malo era que el tontaina de Nicolás, a los cinco meses de estar la pobre chica en el convento, decía que no era bastante y que por lo menos debían esperar al año. Maximiliano se ponía furioso, y doña Lupe, consultada sobre el particular, dio su dictamen favorable a la salida. Aunque dos o tres veces, llevada por su sobrino, había visitado al *basilisco,* no había podido averiguar si estaba ya bien despercudida de las máculas de marras; pero ella quería ejercitar, como he dicho antes, su facultad educatriz, y todo lo que se tardase en tener a Fortunata bajo su jurisdicción, se detenía el gran experimento. Desconfiaba algo la buena señora de la eficacia de los institutos religiosos para enderezar a la gente torcida. Lo que allí aprendían, decía, era el arte de disimular sus resabios con formas hipócritas. En el mundo, en el mundo, en medio de las circunstancias es donde se corrigen los defectos, bajo una dirección sabia. Muy santo y muy bueno que al raquitismo se apliquen los reconstituyentes; pero doña Lupe opinaba que de nada valen éstos si no van acompañados del ejercicio al aire libre y de la gimnasia, y esto era lo que ella quería aplicar, el mundo, la vida y al mismo tiempo principios.

## VI

Con las *Josefinas* no tenía Fortunata relación alguna. Eran todas niñas de cinco a diez o doce años, que vivían aparte ocupando las habitaciones de la fachada. Comían antes que las otras en el mismo comedor y bajaban a la huerta a hora distinta que las *Filomenas.* Toda la mañana estaban las niñas diciendo a coro sus lecciones, con un chillar cadencioso y plañidero que se oía en toda la casa. Por la tarde cantaban también la doctrina. Para ir a la iglesia, salían de su departamento procesionalmente, de dos en dos, con su pañuelo negro a la cabeza, y se ponían a los lados del presbiterio capitaneadas por las dos monjas maestras.

Como Fortunata hacía cada día nuevas relaciones de amistad entre las *Filomenas,* debo mencionar aquí a dos de éstas, quizás las más jóvenes, que se distinguían por la exageración de sus manifestaciones religiosas. Una de ellas era casi una niña, de tipo finísimo, rubia, y tenía muy bonita voz. Cantaba en el coro los estribillos de muy dudoso gusto con que se celebraba la presencia del Dios Sacramentado. Llamábase Belén, y en el tiempo que allí había pasado dio pruebas inequívocas de su deseo de enmienda. Sus pecados no debían de ser muchos, pues era muy joven; pero fueran como se quiera, la chica parecía dispuesta a no dejar en su alma ni rastro de ellos, según la vida de perros que llevaba, las atroces penitencias que hacía y el frenesí con que se consagraba a las tareas de piedad. Decíase que había sido corista de zarzuela, pasando de allí a peor vida, hasta que una mano caritativa la sacó del cieno para ponerla en aquel seguro lugar. Inseparable de ésta era Felisa, de alguna más edad, también de tipo fino y como de señorita, sin serlo. Ambas se juntaban siempre que podían, trabajaban en el mismo bastidor y comían en el propio plato, formando pareja indisoluble en las horas de recreo. La procedencia de Felisa era muy distinta de la de su amiguita. No había pertenecido al teatro más que de una manera indirecta, por ser doncella de una actriz famosa, y en el teatro tuvo también su perdición. Llevóla a las Micaelas doña Guillermina Pacheco, que la cazó, puede decirse, en las calles de Madrid, echándole una pareja de Orden Público, y sin más razón que su voluntad, se apoderó de ella. Guillermina las gastaba así, y lo que hizo con Felisa habíalo hecho con otras muchas, sin dar explicaciones a nadie de aquel atentado contra los derechos individuales.

Si querían ver incomodadas a Felisa y Belén, no había más que hablarles de volver al mundo. ¡De buena se habían librado! Allí estaban tan ricamente, y no se acordaban de lo que dejaron atrás más que para compadecer a las infelices que aún seguían entre las uñas del demonio. No había en toda la casa, salvo las monjas, otras más rezonas. Si las dejaran, no saldrían de la capilla en todo el día. Los largos ejercicios piadosos de las distintas épocas del año, como octava de Corpus, sermones de Cuaresma, flores de María, les sabían siempre a poco. Belén ponía con tanto calor sus facultades musicales al servicio de Dios, que cantaba coplitas hasta quedarse ronca, y cantaría hasta morir. Ambas confesaban a menudo y hacían preguntas al capellán sobre dudas muy sutiles de la conciencia, pareciéndose en esto a los estudiantes aplicaditos que acorralan al profesor a la salida de clase para que les aclare un punto difícil. Las monjas estaban contentas de ellas, y aunque les agradaba ver tanta piedad, como personas expertas que eran y conocedoras de la juventud, vigilaban mucho a la pareja, cuidando de que nunca estuviese sola. Felisa y Belén, juntas todo el día, se separaban por las noches, pues sus dormitorios eran distintos. Las madres desplegaban un celo escrupuloso en separar durante las horas de descanso a las que en las de trabajo propendían a juntarse, obedeciendo las naturales atracciones de la simpatía y de la congenialidad.

Los lazos de afecto que unían a Fortunata con Mauricia eran muy extraños, porque a la primera le inspiraba terror su amiga cuando estaba con el *ataque;* enojábanla sus audacias, y sin embargo, algún poder diabólico debía de tener la *Dura* para conquistar corazones, pues la otra simpatizaba con ella más que con las demás y gustaba extraordinariamente de su conversación íntima. Cautivábale sin duda su franqueza y aquella prontitud de su entendimiento para encontrar razones que explicaran todas las cosas. La fisonomía de Mauricia, su expresión de tristeza y gravedad, aquella palidez hermosa, aquel mirar profundo y acechador la fascinaban, y de esto procedía que la tuviese por autoridad en cuestiones de amores y en la definición de la moral rarísima que ambas profesaban. Un día las pusieron a lavar en la huerta. Estaban en traje de *mecánica,* sin tocas, sintiendo con gusto el picor del sol y el fresco del aire sobre sus cuellos robustos. Fortunata hizo a su amiga algunas confidencias acerca de su próxima salida y de la persona con quien iba a casarse.

—No me digas más, chica...; te conviene, te conviene. ¡Peines y peinetas! A doña Lupe la conozco como si la hubiera parido. Cuando la veas, pregúntale por Mauricia la *Dura,* y verás cómo me pone en las nubes. ¡Ah!, ¡cuánta guita le he llevado! A mí me llaman la *dura,* pero a ella debieran llamarla la *aprctada.* Chica, es así... —diciendo esto mostraba a su amiga el puño fuertemente cerrado—. Pero es mujer de mucho caletre y que se sabe timonear. ¿Qué te crees tú? Tiene millones escondidos en el Banco y en el Monte. ¡Digo! Si sabe más que Cánovas esa tía. Al sobrino le he visto algunas veces. Oí que es tonto y que no sirve para nada. Mejor para ti; ni de encargo, chica. No podías pedir a Dios que te cayera mejor breva. Tú bien puedes hacer caso de lo que yo te diga, pues tengo yo mucha linterna..., *amos,* que veo mucho. Créelo porque yo te lo digo; si tu marido es un *alilao,* quiere decirse, si se deja gobernar por ti y te pones tú los pantalones, puedes cantar el aleluya, porque eso y estar en la gloria es lo mismo. Hasta para ser *mismamente* honrada te conviene.

En el vivo interés que este diálogo tenía para las dos mujeres, a veces los cuatro vigorosos brazos metidos en el agua se detenían, y las manos enrojecidas dejaban en paz por un momento el envoltorio de ropa anegada, que chillaba con los hervores del jabón. Puestas una frente a otra a los dos lados de la artesa, mirábanse cara a cara en aquellos cortos intervalos de descanso, y después volvían con furor al trabajo sin parar por eso la lengua.

—Hasta para ser honrada —repitió Fortunata, echando todo el peso de su cuerpo sobre las manos, para estrujar el rollo de tela como si lo amasara— De eso no se hable, porque hazte cuenta..., yo, una vez que me case, honrada tengo de ser. No quiero más belenes.

—Sí, es lo mejor para vivir una... tan ancha —dijo Mauricia—. Pero a saber cómo vienen las cosas..., porque una dice: "Esto deseo", y después se pone a hacerlo y ¡tras! lo que una quería que saliera pez sale rana. Tú estás en grande, chica, y te ha venido Dios a ver. Puedes hacer rabiar al *chico* de Santa Cruz, porque en cuanto te vea hecha una persona decente se ha de ir a ti como el gato a la carne. Créetelo porque te lo digo yo.

—Quita, quita; si él no se acuerda ya ni del santo de mi nombre.

—*Paices* boba; ¿qué apuestas a que en cuanto te echen el Sacramento, pierde pie?... No conoces tú el peine.

—Verás cómo no pasa eso.

—¿Qué apuestas? Sí, porque creerás que ahora mismo no te anda rondando. Como si lo viera. ¡Y me harás creer tú a mí que no piensas en él!... Cuando una está encerrada entre tanta cosa de religión, misa va y misa viene. sermón por arriba y sermón por abajo, mirando siempre a la Custodia, respirando tufo de monjas, vengan luces y tira de incensario, *paice* que le salen a una *de entre sí* todas las cosas malas o buenas que ha pasado en el mundo, como las hormigas salen del agujero cuando se pone el Sol, y la religión lo que hace es refrescarle a una la entendedera y ponerle el corazón más tierno.

Alentada por esta declaración arrancóse Fortunata a revelar que, en efecto, pensaba algo, y que algunas noches tenía sueños extravagantes. A lo mejor soñaba que iba por los portales de la calle de la Fresa y ¡plan! se le encontraba de manos a boca. Otras veces le vea saliendo del Ministerio de Hacienda. Ninguno de estos sitios tenía significación en sus recuerdos. Después soñaba que era ella la esposa y Jacinta la querida del tal, unas veces abandonada, otras no. La manceba era la que deseaba los chiquillos y la esposa la que los tenía.

—Hasta que un día..., me daba tanta lástima, que le dije, digo: "Bueno, pues tome usted una criatura para que no llore más."

—¡Ay, qué salado! —exclamó Mauricia—. Es buen golpe. Lo que una sueña tiene su aquel.

—¡Vaya unos disparates! Como te lo digo, me parecía que lo estaba viendo. Yo era la señora por delante de la Iglesia, ella por detrás, y lo más particular es que yo no le tenía tirria, sino lástima, porque yo paría un chiquillo todos los años, y ella... ni esto... A la noche siguiente volvía a soñar lo mismo, y por el día a pensarlo. ¡Vaya unas papas! ¿Qué me importa que *la* Jacinta beba los vientos por tener un chiquillo sin poderlo conseguir, mientras que yo...

—Mientras que tú los tienes siempre y cuando te dé la gana. Dilo, tonta, y no te acobardes.

—Quiere decirse que ya lo he tenido y bien podría volverlo a tener.

—¡Claro! Y que no rabiará poco la otra cuando vea que lo que ella no puede, para ti es coser y cantar... Chica, no seas tonta, no te rebajes, no le tengas lástima, que ella no la tuvo de ti cuando te birló lo que era tuyo y muy tuyo... Pero a la que nace pobre no se la respeta, y así anda este mundo pastelero. Siempre y cuando puedas darle un disgusto, dáselo, por vida del santísimo peine... Que no se rían de ti porque naciste pobre. Quítale lo que ella te ha quitado, y adivina quién te dio.

Fortunata no contestó. Estas palabras y otras semejantes que Mauricia le solía decir, despertaban siempre en ella estímulos de amor o desconsuelos que dormitaban en lo más escondido de su alma. Al oírlas, un relámpago glacial le corría por todo el espinazo, y sentía que las insinuaciones de su compañera concordaban con sentimientos que ella tenía muy guardados, como se guardan las armas peligrosas.

## VII

Sorprendidas por una monja en esta sabrosa conversación que las hacía desmayar en el trabajo, tuvieron que callarse. Mauricia dio salida al agua sucia, y Fortunata abrió el grifo para que se llenara la artesa con el agua limpia del depósito de palastro. Creeríase que aquello simbolizaba la necesidad de llevar pensamientos claros al diálogo un tanto impuro de las dos amigas. La artesa tardaba mucho en llenarse, porque el depósito tenía poca agua. El gran disco que transmitía a la bomba la fuerza del viento estaba aquel día muy perezoso, moviéndose tan sólo a ratos con indolente majestad; y el aparato, después de gemir un instante como si trabajara de mala gana, quedaba inactivo en medio del silencio del campo. Ganas tenían las dos recogidas de seguir charlando; pero la monja no las dejaba y quiso ver cómo aclaraban la ropa. Después las amigas tuvieron que separarse, porque era jueves y Fortunata había de vestirse para recibir la visita de los de Rubín. Mauricia se quedó sola tendiendo la ropa.

Maximiliano dijo categóricamente aquella tarde que por acuerdo de la familia y con asentimiento de la Superiora, en el próximo mes de setiembre se daría por concluida la reclusión de Fortunata, y ésta saldría para casarse. Las madres no tenían queja de ella y alababan su humildad y obediencia. No se distinguía, como Belén y Felisa, por su ardiente celo religioso, lo que indicaba falta de vocación para la vida claustral; pero cumplía sus deberes puntualmente, y esto bastaba. Había adelantado mucho en la lectura y escritura, y se sabía de corrido la doctrina cristiana, con cuya luz las Micaelas reputaban a su discípula suficientemente alumbrada para guiarse en los senderos rectos o tortuosos del mundo; y tenían por cierto que la posesión de aquellos principios daba a sus alumnas increíble fuerza para hacer frente a todas las dudas. En esto hay que contar con la índole, con el esqueleto espiritual, con esa forma interna y perdurable de la persona, que suele sobreponerse a todas las transfiguraciones epidérmicas producidas por la enseñanza; pero con respecto a Fortunata, ninguna de las madres, ni aun las que más de cerca la habían tratado, tenían motivos para creer que fuera mala. Considerábanla de poco entendimiento, docilota y fácilmente gobernable. Verdad que en todo lo que corresponde al reino inmenso de las pasiones, las monjas apenas ejercitaban su facultad educatriz, bien porque no conocieran aquel reino, bien porque se asustaran de asomarse a sus fronteras.

Debe decirse que aquella tarde, cuando Maximiliano habló a su futura de próxima salida, los sentimientos de ella experimentaron un retroceso. ¡Salir, casarse!... En aquel instante parecióle su dichoso novio más antipático que nunca, y advirtió con miedo que aquellas regiones magníficas de la hermosura del alma no habían sido descubiertas por ella en la soledad y santidad de las Micaelas, como le anunciara Nicolás Rubín, a pesar de haber rezado tanto y de haber oído *tantismos* sermones. Porque lo que el capellán decía en el púlpito era que debemos hacer todo lo posible para salvarnos, que seamos buenos y que no pequemos; también decía que se debe amar a Dios sobre todas las cosas y que Dios es *hermosismo* en sí y tal como el alma le ve; pero a ella se le figuraba que por bajo de esto quedaba libre el corazón para el amor mundano, que éste entra por los ojos o por la simpatía, y no tiene nada que ver con que la persona querida se parezca o no se parezca a los santos. De este modo caía por tierra toda la doctrina del cura Rubín, el cual entendía tanto de amor como de herrar mosquitos.

En resumen, que los sentimientos de la prójima hacia su marido futuro no habían cambiado en nada. No obstante, cuando Maximiliano le dijo que ya tenía elegida la casita que iba a alquilar y le consultó acerca de los muebles que compraría, aquella presunción o sentimiento de su hogar honrado despertó en el ánimo de Fortunata la dignidad de la nueva vida, se sintió impulsada hacia aquel hombre que la redimía y la regeneraba. De este modo vino a mostrarse complacidísima con la salida próxima, y dijo mil cosas oportunas acerca de los muebles, de la vajilla y hasta de la batería de cocina.

Despidiéronse muy gozosos, y Fortunata se retiró con la mente hecha a aquel orden de ideas. ¡Un hogar honrado y tranquilo!... ¡Si era lo que ella había deseado toda su vida!... ¡Si jamás tuvo afición al lujo ni a la vida de aparato y perdición!... ¡Si su gusto fue siempre la oscuridad y la paz, y su maldito destino la llevaba a la publicidad y a la inquietud!... ¡Si ella había soñado siempre con verse rodeada de un corro chiquito de personas queridas, y vivir como Dios manda, queriendo bien a los suyos y bien querida de ellos, pasando la vida sin afanes!... ¡Si fue lanzada a la vida mala por despecho, y contra su voluntad, y no le gustaba, no señor, no le gustaba!... Después de pensar mucho en esto hizo examen de conciencia, y se preguntó qué había obtenido de la religión en aquella casa. Si en lo tocante a prendarse de las guapezas del alma había adelantado poco, en otro orden algo iba ganando. Gozaba de cierta paz espiritual, desconocida para ella en épocas anteriores, paz que sólo turbaba Mauricia arrojando en sus oídos una maligna frase. Y no fue esto la única conquista, pues también prendió en ella la idea de la resignación y el convencimiento de que debemos tomar las cosas de la vida como vienen, recibir con alegría lo que se nos da, y no aspirar a la realización cumplida y total de nuestros deseos. Esto se lo decía aquella misma claridad esencial, aquella *idea blanca* que salía de la custodia. Lo malo era que, en aquellas largas horas, a veces aburridas, que pasaba de rodillas ante el Sacramento, la faz envuelta en un gran velo al modo de mosquitero, la pecadora solía fijarse más en la custodia, marco y continente de la sagrada forma, que en la forma misma, por las asociaciones de ideas que aquella joya despertaba en su mente.

Y llegaba a creerse la muy tonta que la forma, *la idea blanca,* le decía con familiar lenguaje semejante al suyo: "No mires tanto este cerco de oro y piedras que me rodea, y mírame a mí que soy la verdad. Yo te he dado el único bien que puedes esperar. Con ser poco, es más de lo que te mereces. Acéptalo y no me pidas imposibles. ¿Crees que estamos aquí para mandar, verbi gracia, que se altere la ley de la sociedad sólo porque a un marmotona como tú se le antoje? El hombre que me pides es un señor de muchas campanillas y tú una pobre muchacha. ¿Te parece fácil que Yo haga casar a los señoritos con las criadas o que a las muchachas del pueblo las convierta en señoras? ¡Qué cosas se os ocurren, hijas! Y además, tonta, ¿no vez que es casado, casado por mi religión y en mis altares? ¡Y con quién! Con uno de mis ángeles hembras. ¿Te parece que no hay más que enviudar a un hombre para satisfacer el antojito de una corrida como tú? Cierto que lo que a mí me conviene, como tú has dicho, es traerme acá a Jacinta. Pero eso no es cuenta tuya. Y supón que la traigo, supón que se queda viudo. ¡Bah! ¿Crees que se va a casar contigo? Sí, para ti estaba. ¡Pues no se casaría si te hubieras conservado honrada, *cuanti más,* sosona, habiéndote echado tan a perder! Si es lo que Yo digo: parece que estáis locas rematadas, y que el vicio os ha secado la mollera. Me pedís unos disparates que no sé cómo los oigo. Lo que importa es dirigirse a Mí con el corazón limpio y la intención recta, como os ha dicho ayer vuestro capellán, que no habrá inventado la pólvora; pero, en fin, es buen hombre y sabe su obligación. A ti, Fortunata, te miré con *indilugencia* entre las descarriadas porque volvías a Mí tus ojos alguna vez, y Yo vi en ti deseos de enmienda; pero ahora, hija, me sales con que sí, serás honrada, todo lo honrada que Yo quiera, siempre y cuando que te dé el hombre de tu gusto. . . ¡Vaya una gracia!. . . Pero, en fin, no me quiero enfadar. Lo dicho, dicho: soy infinitamente misericordioso contigo, dándote un bien que no mereces, deparándote un marido honrado y que te adora, y todavía refunfuñas y pides más, más, más. . . Ved aquí por qué se cansa Uno de decir que sí a todo. . . No calculan, no se hacen cargo estas desgraciadas. Dispone Uno que a tal o cual hombre se le meta en la cabeza la idea de regenerarlas, y luego vienen ellas poniendo peros. Ya salen con que ha de ser bonito, ya con que ha de ser Fulano, y si no, no. Hijas de mi alma, Yo no puedo alterar mis obras ni hacer mangas y capirotes de mis propias leyes. ¡Para hombres bonitos está el tiempo! Conque resignarse, hijas mías, que por ser cabras no ha de abandonaros vuestro pastor; tomad ejemplo de las ovejas con quien vivís; y tú, Fortunata, agradéceme sinceramente el bien inmenso que te doy y que no te mereces, y déjate de hacer melindres y de pedir gollerías, porque entonces no te doy nada y tirarás otra vez al monte. Con que cuidadito. . . ”

Cuando las recogidas, al retirarse, se quitaban el velo, las más próximas a Fortunata notaron que ésta se sonreía.

## VIII

Es cosa muy cargante para el historiador verse obligado a hacer mención de muchos pormenores y circunstancias enteramente pueriles, y que más bien han de excitar el desdén que la curiosidad del que lee, pues aunque luego resulte que estas nimiedades tienen su engranaje efectivo en la máquina de los acontecimientos, no por esto parecen dignas de que se las traiga a cuento en una relación verídica y grave. Ved, pues, por qué pienso que se han de reír los que lean aquí ahora que sor Marcela tenía miedo a los ratones; y no valdrá seguramente añadir que el miedo de la cojita era grande, espantoso, ocasionado a desagradables incidentes y aun a derivaciones trágicas. Como ella sintiera en la soledad de su celda el bulle bulle del maldecido animal, ya no pegaba los ojos en toda la noche. Le entraba tal rabia que no podía ni siquiera rezar, y la rabia, más que contra el ratón, era contra sor Natividad, que se había empeñado en que no hubiera gatos en el convento, porque el último que allí existió no participaba de sus ideas en punto al aseo de todos los rincones de la casa.

En una de aquellas noches de agosto le dio el diminuto roedor tanta guerra a la madrecita, que ésta se levantó al amanecer con la firmísima resolución de cazarlo y hacer el más terrible de los escarmientos. Era tan insolente el tal, que después de ser día claro se paseaba por la celda muy tranquilo y miraba a sor Marcela con sus ojuelos negros y pillines. "Verás, verás —dijo ésta, subiéndose con gran trabajo a la cama, porque la idea de que el ratón se acercase a uno de sus pies, aunque fuera el de palo, causábale terror—; lo que es hoy no te escapas...; déjate estar, que ya te compondremos."

Llamó a Fortunata y a Mauricia, y en breves palabras las puso al corriente de la situación. Ambas recogidas, particularmente la *Dura,* no querían otra cosa. O se apoderaban del enemigo, o no eran ellas quienes eran. Bajó sor Marcela a la iglesia, y las dos mujeres emprendieron su campaña. No quedó trasto que no removieran, y para separar de su sitio la cómoda, que era pesadísima, estuvieron haciendo esfuerzos varoniles cosa de un cuarto de hora, no acabando antes porque la risa les cortaba las fuerzas. Por fin, tanto trabajaron que cuando sor Marcela salió de la iglesia, una monja le dio la feliz noticia de que el ratón había sido cogido. Subió la enana a su celda, y la algazara de las recogidas le anunciaba por el camino las diabluras de Mauricia, que tenía el ratón vivo en la mano y asustaba con él a sus compañeras.

Costó algún trabajo restablecer el orden y que Mauricia diese muerte a la víctima y la arrojase Sor Marcela dispuso que le volviesen a poner los trastos de la celda lo mismo que estaban, y acabóse el cuento del ratón.

El día siguiente fue uno de los más calurosos de aquel verano. En las habitaciones que caían al Mediodía era imposible parar, porque faltaba el aire respirable. Dondequiera que daba el sol, el ambiente seco, quieto y abrasado tostaba. Ni aun las ramas más altas de los árboles de la huerta se movían, y el disco de Parson, inmóvil, miraba a la inmensidad como una pupila cuajada y moribunda. De doce a tres, se suspendía todo trabajo en la casa, porque no había cuerpo ni espíritu que lo resistiera. Algunas monjas se retiraban a su celda a dormir la siesta; otras se iban a la iglesia que era lo más fresco de la casa, y sentadas en las banquetas, apoyando en la pared su espalda, o rezaban con somnolencia, o descabezaban un sueñecillo.

Las *Filomenas* caían también rendidas de cansancio. Algunas se iban a sus dormitorios, y otras tendíanse en el suelo de la sala de labores o de la escuela. Las monjas que las vigilaban permitían aquella infracción de la regla, porque ellas tampoco podían resistir, y cerrando dulcemente sus ojos y arrullándose en un plácido arrobo, conservaban en las facciones, como una careta, el mohín de la maestra, cuya obligación es mantener la disciplina.

En la sala de escuela había dos o tres grupos de mujeres sentadas en los bancos, con la cabeza y el busto descansando sobre las mesas. Algunas roncaban con estrépito. La monja se había dormido también con la cabeza echada hacia atrás y la boca abierta. En una de las carpetas de estudio, dos recogidas velaban: una era Belén, que leía en su libro de rezos, y la otra Mauricia la *Dura,* que tenía la cabeza inclinada sobre la carpeta, apoyando la frente en un puño cerrado. Al principio, su vecina Belén creyó que rezaba, porque oyó cierto murmullo y algún silabeo fugaz. Pero luego observó que lo que hacía Mauricia era llorar.

—¿Qué tienes, mujer? —le dijo Belén, alzándole a viva fuerza la cabeza.

La pecadora no contestó nada; mas la otra pudo observar que su rostro estaba tan bañado en lágrimas como si le hubiesen echado por la frente un cubo de agua, y sus ojos encendidos y aquella grandísima humedad igualaban el rostro de Mauricia al de la Magdalena; así al menos lo vio Belén. Tantas preguntas le hizo ésta y tanto cariño le mostró, que al fin obtuvo respuesta de la pobre mujer desolada, que no parecía tener consuelo ni hartarse nunca de llorar.

—¿Qué he de tener, desgraciada de mí? —exclamó al fin bebiéndose sus lágrimas—, sino que hoy, sin saber por qué ni por qué no, me veo tal y como soy; soy mala, mala, más que mala, y se me vienen al filo del pensamiento toditos los pecados que he cometido, desde el primero hasta el último...

—Pues, hija —arguyó Belén con aquel sonsonete que había aprendido y que tan bien se acomodaba a su figura angelical y a sus moditos insinuantes—, ten entendido que aunque tus crímenes fueran tantos como las arenas de la mar, Dios te los perdonará si te arrepientes de ellos.

Oír esto Mauricia y dar un gran berrido y soltar otra catarata de lágrimas fue todo uno.

—No, no, no —murmuró luego entre sollozos tales que parecía que se ahogaba—. A mí no me puede perdonar, a mí no, porque he sido muy arrastrada, pero mucho, y cuanto pecado hay, chica, lo he cometido yo... Y si no, di uno, nómbrame el que quieras, y de seguro que lo tengo metido aquí...

—Qué cosas tienes, mujer —observó Belén muy apurada, acordándose de cuando fue corista y representándose con terror el escenario de la Zarzuela—; otras han hecho también pecados feos, de los más feos, pero los han llorado como tú, y cátalas perdonadas.

Mauricia tenía un pañuelo en la mano; pero con la humedad del lloro y del sudor era ya como una pelota. Amasábalo en la mano y se lo pasaba por la angustiada frente.

—Pero ¿cómo te ha dado así..., tan de repente? —dijo la otra confusa—. ¡Ah!, es que Dios toca en el corazón cuando menos lo piensa una. Llora, hija, desahógate y no te asustes... ¿Sabes lo que vas a hacer? Mañana te confiesas... Puede que se te haya quedado algo por decir y confesar, porque siempre se queda algo, sin saber cómo, y esos posos son lo que más atormenta...; pues dilo todo, rebaña bien... Así lo hice yo, y hasta que lo hice no tuve tranquilidad. Luego el perro de Satanás me atormentaba por vengarse, y cuando empezaba la misa, a mí me parecía que alzaban el telón, y cuando yo rompía a cantar se me venía a la boca aquello de *El Siglo,* que dice: "Somos figurines vivos..." Y un día por poco no lo suelto... Pillinadas del diablo, pero no podía conmigo ni con mi fe, y tanto hice que lo metí en un puño, y ahora, que se atreva; ¿a que no se atreve?... Llora, hija, llora todo lo que quieras, que Dios te iluminará y te dará su gracia.

Ni por ésas. Mientras más consuelos le daba Belén, más inconsolable estaba la otra y más caudaloso era el río de sus lágrimas. Sor Antonia, la madre que gobernaba allí, se despertó, y para disimular su descuido, dio una fuerte voz, sin incomodarse mucho con las durmientes y añadiendo que hacía un calor horrible. Un instante después, Belén y la monja cuchichearon, sin duda a propósito de Mauricia [,] a quien miraban. Tenía Belén vara alta con las señoras, por su humildad y devoción y por la diligencia con que iba a contarles cuanto hacían y decían sus compañeras.

Era domingo, y a las cuatro toda la comunidad entró en la iglesia [,] donde había ejercicio y sermón. Las *Filomenas* ocuparon su sitio detrás de las monjas, unas y otras con los velos por la cabeza. Las *Josefinas* permanecían en la habitación que hacía de coro. Belén y las demás cantoras entonaban inocentes romanzas mientras duró el Manifiesto, en las cuales se decía que tenían el *pecho ardiendo en llamas de amor* y otras candideces por el estilo. La que tocaba el *harmonium* hacía en los descansos unos *ritorne-*

*llos* muy cursis. Pero a pesar de estas profanaciones artísticas, la iglesita estaba muy mona, como diría Manolita, apacible, misteriosa y relativamente fresca, inundada de la fragancia de las flores naturales.

A Fortunata le tocó al lado Mauricia. Cuenta la que después fue señora de Rubín que en una ocasión que miró a su compañera, hubo de observar al través del velo suyo y el de ella una expresión tan particular que se quedó atónita. Mauricia, al entrar, lloraba; pero al cabo de un rato más bien parecía reírse con contenida y satánica risa. Fortunata no pudo comprender el motivo de esto, y creyó que la oscuridad del velo le desfiguraba la realidad de la cara de su pareja. Volvió a mirar con disimulo, haciendo que se volvía para ahuyentar una mosca, y... ello podría ser ilusión, pero los ojos de Mauricia parecían dos ascuas. En fin, todo sería aprensión.

Subió don León Pintado al púlpito y echó un sermonazo lleno de los amaneramientos que el tal usaba en su oratoria. Lo que aquella tarde dijo habíalo dicho ya otras tardes, y ciertas frases no se le caían de la boca. Tronó, como siempre, contra los librepensadores, a quienes llamó *apóstoles del error* unas mil y quinientas veces. Al salir de la iglesia, Fortunata echó, como de costumbre, una mirada al público, que estaba tras de la verja de madera, y vio a Maximiliano, que no faltaba ningún domingo a aquella amorosa cita muda. Le vio con simpatía. Notaba gozosa que empezaban a perder valor ante sus ojos los defectos físicos del apreciable joven. ¡Si serían aquéllos los brotes del amor por la hermosura del alma! Lo que más consolaba a Fortunata era la esperanza cada día más firme, porque el capellán se lo había dicho no pocas veces en el confesonario, de que cuando se casase y viviese santamente con su marido a la sombra de las leyes divinas y humanas, le había de amar; pero no así de cualquier modo, sino con verdadero calor y arranque del alma. También le decía esto la forma, *la idea blanca* encerrada en la custodia.

## IX

Llegada la noche, y recogidas las *Josefinas* a su dormitorio, las madres permitieron que las *Filomenas* estuvieran en la huerta hasta más tarde de lo reglamentario, por ver si salía un poco de fresco. Eran ya las nueve, y la tierra abrasaba; el aire no se movía; las estrellas parecían más próximas, según el fulgor vivísimo con que brillaban, y veíase entre las grandes y medianas mayor número, al parecer, de las pequeñitas, tantas, tantas, que era como un polvo de plata esparcido sobre aquel azul intensísimo. La luna nueva se puso temprano, bajando al horizonte como una hoz, rodeada de aureola blanquecina que anunciaba más calor para el día siguiente.

Las recogidas formaban diferentes grupos, sentadas en el suelo y en la escalera de madera que comunica el corredor principal con la huerta, y se quitaban las tocas para disminuir el calor de la piel. Algunas miraban el motor de viento, que seguía inmóvil. Al borde del estanque que está al pie del aparato había tres mujeres: Fortunata, Felisa y doña Manolita, sentadas sobre el muro de ladrillo, gozando de la frescura del agua próxima. Aquél era el mejor sitio; pero no lo decían, porque el egoísmo les hacía considerar que si se enracimaban allí todas las mujeres, el escaso fresco del agua se repartiría más y tocarían a menos. En el opuesto lado de la huerta, que era el sitio más apartado y feo, había un tinglado, bajo el cual se veían tiestos vacíos o rotos, un montón de mantillo que parecía café molido, dos carretillas, regaderas y varios instrumentos de jardinería. En otro tiempo hubo allí un cubil, y en el cubil un cerdo que se criaba con los desperdicios; pero el Ayuntamiento mandó quitar el animal de San Antón, y el cubil estaba vacío.

Desde el anochecer se puso allí Mauricia la *Dura*, sola, sobre el montón de mantillo, y como era el sitio más caldeado, nadie la quiso acompañar. Alguna se le aproximó en son de burla, pero no pudo obtener de ella una sola palabra. Estaba sentada a lo moro, con los brazos caídos, la cabeza derecha, más napoleónica que nunca, la vista fija enfrente de sí con dispersión vaga más bien de persona soñadora que meditabunda. Parecía lela o quizás tenía semejanza con esos penitentes del Hindostán que se están tantísimos días seguidos mirando al cielo sin pestañear, en un estado medio entre la modorra y el éxtasis. Ya era tarde cuando se le acercó Belén sentándosele al lado. La miró atentamente, preguntándole que qué hacía allí y en qué pensaba, y por fin Mauricia desplegó sus labios de esfinge y dijo estas palabras que le produjeron a Belencita una corriente fría en el espinazo:

—He visto a Nuestra Señora.

—¿Qué dices, mujer, qué te pasa? —le preguntó la ex corista con ansiedad muy viva.

—He visto a la Virgen —repitió Mauricia con una seguridad y aplomo que dejaron a la otra como quien no sabe lo que le pasa.

—¿Tú estás segura de lo que dices?

—¡Oh!... Así me muera si no es verdad. Te lo juro por estas cruces —dijo la iluminada con voz trémula, besándose las manos—. La he visto..., bajó por allí, donde está el abanicón de la noria... Bajaba en mitad de una luz... ¿cómo te lo diré?... de una luz que no te puedes figurar...; de una luz que era, verbi gracia, como las puras mieles...

—¡Como las mieles —repitió Belén no comprendiendo.

—Pues... tan dulce que... Después vino andando, andando hacia acá y se puso allí, delantito. Pasó por entre vosotras, y vosotras no la veíais. Yo sola la veía... No traía el Niño Dios en brazos. Dio dos o tres pasitos más y se paró otra vez. Mira, ¿ves aquella piedrecita? Pues allí..., y me estuvo mirando... Yo no podía respirar.

—¿Y te dijo algo, te dijo algo? —preguntó Belén, toda ojos, pálida como una muerta.

—Nada...; pero lloraba mirándome... ¡Se le caían unos lagrimones...! No traía Nene Dios; *paicía* que se lo habían quitado. Después dio la vuelta para allá y volvió a pasar entre vosotras sin que la vieras, hasta llegar *mismamente* a aquel árbol... Allí vi muchos angelitos que subían y bajaban, corre que corre del tronco a las ramas y...

—Y de las ramas al tronco...

—Y después..., ya no vi nada... Me quedé como ciega..., quiere decirse, enteramente ciega; estuve un rato sin ver gota, sin poder moverme. Sentía aquí, entre mí, una cosa, una cosa...

—Como una pena...

—Como pena no; un gusto, un consuelo...

Se acercó entonces Fortunata, y ambas callaron.

—Si están de secreto, me voy.

—Yo creo —dijo Belén, después de una grave pausa— que eso debes consultarlo con el confesor.

Mauricia se levantó y andando lentamente retiróse a la habitación donde dormía y tenía su ropa. Creyeron las otras dos que se había ido a acostar, y quedáronse allí haciendo comentarios sobre el extraño caso, que Belén transmitió a Fortunata con todos sus pelos y señales. Belén lo creía o afectaba creerlo. Fortunata no. Pero de pronto vieron que la *Dura* volvía y se sentaba de nuevo sobre el montón de mantillo. Miráronla con recelo y se alejaron.

De pronto sonó en la huerta un ¡ah! prolongado y gozoso, como los que lanza la multitud en presencia de los fuegos artificiales. Todas las recogidas miraban al disco, que se había movido solemnemente, dando dos vueltas y parándose otra vez.

—Aire, aire —gritaron varias voces.

Pero el motor no dio después más que media vuelta, y otra vez quieto, el vástago de hierro chilló un instante, y las que estaban junto al estanque oyeron en lo profundo de la bomba una regurgitación tenue. El caño escupió un salivazo de agua, y todo quedó después en la misma quietud chicha y desesperante.

Belén se había puesto a charlar por lo bajo con una monja llamada sor Facunda, que era la marisabidilla de la casa, muy leída y escribida, bondadosa e inocente hasta no más, directora de todas las funciones extraordinarias, camarera de la Virgen y de todas las imágenes que tenían alguna ropa que ponerse, muy querida de las *Filomenas* y aún más de las *Josefinas*, y persona tan candorosa, que cuanto le decían, sobre todo si era bueno, se lo creía como el Evangelio. Basta decir en elogio de la *sancta simplicitas* de esta señora, que en sus confesiones jamás tenía nada de qué acusarse, pues ni con el pensamiento había pecado nunca; mas como creyera que era muy desairado no ofrecer nada absolutamente ante el tribunal de la penitencia, revolvía su magín buscando algo que pudiera tener siquiera un tufillo de maldad, y se rebañaba la conciencia para sacar unas cosas tan sutiles y sin sustancia, que el capellán se reía para su sotana. Como el pobre don León Pintado tenía que vivir de aquello, lo oía seriamente, y hacía que tomaba muy en consideración aquellos pecados tan superfirolíticos que no había cristiano que los comprendiera... Y [illegible] ja se ponía muy compungida, diciendo que no lo volvería a hacer; y él, que era muy tuno, decía que sí, que era preciso tener cuidado para otra vez y que patatín y que patatán... Tal era sor Facunda, dama ilustre de la más alta aristocracia, que dejó riquezas y posición por meterse en aquella vida; mujer pequeñita, no bien parecida, afable y cariñosa, muy aficionada a hacerse querer de las jóvenes. Llevaba siempre tras sí, en las horas de recreo, un hato de niñas precozmente místicas, preguntonas, rezonas y cuya conducta, palabras y entusiasmos pertenecían a lo que podría llamarse *el pavo* de la santidad.

Difícil es averiguar lo que pasó en el cotarro que formaban sor Facunda y sus amiguitas. Ello fue que Belén, temblando de emoción y con la cara ansiosa, dijo a la monja:

—Mauricia ha visto a la Virgen...

Y poco después repetían las otras con indefinible asombro:

—¡Ha visto a la Virgen!

Sor Facunda, seguida de su escolta, se acercó a Mauricia, a quien miró un buen rato, sin decirle palabra. Estaba la infeliz mujer en la misma postura morisca, la cabeza apoyada sobre las rodillas. Parecía llorar.

—Mauricia —le dijo en tono lacrimoso la monja, con aquella buena fe que en ella equivalía a la gracia divina—. Porque hayas sido muy mala no vayas a creerte que Dios te niega su perdón.

Oyóse un gran bramido, y la reclusa mostró su cara inundada de llanto. Dijo algunas palabras ininteligibles y estropajosas, a las que sor Facunda y compañía no sacaron ninguna sustancia. De repente se levantó. Su rostro, a la claridad de la luna, tenía una belleza grandiosa que las circunstantes no supieron apreciar. Sus ojos despedían fulgor de inspiración. Se apretó el pecho con ambas manos en actitud semejante a las que la escultura ha puesto en algunas imágenes, y dijo con acento conmovedor estas palabras:

—¡Oh mi Señora!... Te lo traeré, te lo traeré...

Echando a correr hacia la escalera con gran presteza, pronto desapareció. Sor Facunda habló con las otras madres. Cuando toda la comunidad, a la voz de la Superiora, se recogía abandonando la huerta y subiendo lentamente a las habitaciones (la mayor parte de las mujeres de mala gana, porque el calor de la noche convidaba a estar al aire libre), corrió la voz de que la visionaria se había acostado.

Fortunata, que pocos días antes fue trasladada al dormitorio en que estaba Mauricia, vio que ésta se había acostado vestida y descalza. Acercóse a ella y por su bronca respiración creyó entender que dormía profundamente. Mucho le daba qué pensar el singular estado en que su amiga se había puesto, y esperaba que le pasaría pronto, como otros *toques* semejantes aunque de diverso carácter. Largo tiempo estuvo desvelada, pensando en aquello y en otras cosas, y a eso de las doce, cuando en el dormitorio y en la casa toda reinaban el silencio y la paz, notó que Mauricia se levantaba. Pero no se atrevió a hablarle ni a detenerla, por no turbar el silencio del dormitorio, iluminado por una luz tan débil, que le faltaba poco para extinguirse. Mauricia atravesó la estancia sin hacer ruido, como sombra, y se fue. Poco después Fortunata sentía sueño y se aletargaba; mas en aquel estado indeciso entre el dormir y el velar, creyó ver a su compañera entrar otra vez en el dormitorio sin que se le sintieran los pasos. Metióse debajo de la cama, donde tenía un cofre; revolvió luego entre los colchones... Después Fortunata no se hizo cargo de nada, porque se durmió de veras.

Mauricia salió al corredor, y atravesándolo todo, se sentó en el primer peldaño de la escalera.

—Te digo que me atreveré...

¿Con quién hablaba? Con nadie, porque estaba enteramente sola. No tenía más compañía en aquella soledad que las altas estrellas.

—¿Qué dices? —preguntó después como quien sostiene un diálogo—. Habla más alto, que con el ruido del órgano no se oye. ¡Ah! ya entiendo... Estate tranquila, que aunque me maten, yo te lo traeré. Ya sabrán quién es Mauricia la *Dura,* que no teme ni a Dios... ¡Ja, ja, ja!... Mañana, cuando venga el capellán y bajen esas tías pasteleras a la iglesia, ¡qué chasco se van a llevar!

Soltando una risilla insolente, se precipitó por la escalera abajo. ¿Qué demonios pasaba en aquel cerebro?... Entró por la puerta pequeña que comunica el patio con el largo pasillo interior del edificio, y una vez allí pasó sin obstáculo al vestíbulo tentando la pared porque la oscuridad era completa. Se le oía un cierto rechinar de dientes y algún monosílabo gutural que lo mismo pudiera ser signo de risa que de cólera. Por fin llegó palpando paredes a la puerta de la capilla, y buscando la cerradura con las manos, empezó a rasguñar en el hierro. La llave no estaba puesta...

—¡Peines y peinetas, dónde estará la condenada llave! —murmuró con un rugido de hondísimo despecho.

Probó a abrir valiéndose de la fuerza y de la maña. Pero ni una ni otra valían en aquel caso. La puerta del sagrado recinto estaba bien cerrada. Siguió la infeliz mujer exhalando gemidos, como los de un perro que se ha quedado fuera de su casa y quiere que le abran. Después de media hora de inútiles esfuerzos desplomóse en el umbral de la puerta, e inclinando la cabeza se durmió. Fue uno de esos sueños que se parecen al morir instantáneo. La cabeza dio contra el canto como una piedra que cae, y la torcida postura en que quedaba el cuerpo al caer doblándose con violencia, fue causa de que el resuello se le dificultara, produciéndose en los conductos de la respiración silbidos agudísimos, a los que siguió un estertor como de líquidos que hierven.

Aletargada profundamente, Mauricia hizo lo que no había podido hacer despierta, y prosiguió la acción interrumpida por una puerta bien cerrada. Faltó el hecho real, pero no la realidad del mismo en la voluntad. Entró, pues, la tarasca en la iglesia y allí pudo andar sin tropiezo, porque la lámpara del altar daba luz bastante para ver el camino. Sin vacilar dirigió sus pasos al altar mayor, diciendo por el camino:

—Si no te voy a hacer mal ninguno, Diosecito mío; si voy a llevarte con tu mamá que está ahí fuera llorando por ti y esperando a que yo te saque... Pero qué..., ¿no quieres ir con tu mamaíta?... Mira que te está esperando..., tan guapetona, tan maja, con aquel manto todito lleno de estrellas y los pies encima del *biricornio* de la luna... Verás, verás, qué bien te saco yo, monín... Si te quiero mucho; ¿pero no me conoces?... Soy Mauricia la *Dura,* soy tu amiguita.

Aunque andaba muy aprisa, tardaba mucho tiempo en llegar al altar, porque la capilla, que era tan chica, se había vuelto muy grande. Lo menos había media legua desde la puerta al altar... Y mientras más andaba, más lejos, más lejos... Llegó por fin y subió los dos, tres, cuatro escalones, y le causaba tanta extrañeza verse en aquel sitio mirando de cerca la mesa aquella cubierta con finísimo y albo lienzo, que un rato estuvo sin poder dar el último paso. Le entró una risa convulsiva cuando puso su mano sobre el ara sagrada...

—¿Quién me había de decir...? ¡Oh mi re-Dios de mi alma, que yo...! ¡Ji, ji, ji!...

Apartó el Crucifijo que está delante de la puerta del sagrario, alargó luego el brazo; pero como no alcanzaba, alargábalo más y más, hasta que llegó a dolerle mucho de tantos estirones... Por fin, gracias a Dios, pudo abrir la puerta que sólo tocan las manos ungidas del sacerdote. Levantando la cortinilla, buscó un momento en el misterioso, santo y venerado hueco... ¡Oh!, no había nada. Acordóse de que no era aquél el sitio donde está la custodia, sino otro más alto. Subió al altar, puso los pies en el ara santa... Busca por aquí, por allí... ¡Ah! por fin tropezaron sus dedos con el metálico pie de la custodia. Pero qué frío estaba, tan frío que quemaba. El contacto del metal llevó por todo lo largo del espinazo de Mauricia una corriente glacial... Vaciló. ¿Lo cogería, sí o no? Sí, sí mil veces; aunque muriera, era preciso cumplir. Con exquisito cuidado, mas con gran decisión, empuñó la custodia bajando con ella por una escalera que antes no estaba allí. Orgullo y alegría inundaron el alma de la atrevida mujer al mirar en su propia mano la representación visible de Dios... ¡Cómo brillaban los rayos de oro que circundan el viril, y qué misteriosa y plácida majestad la de la hostia purísima, guardada tras el cristal, blanca, divina y con todo el aquel de persona, sin ser más que una sustancia de delicado pan!

Con increíble arrogancia, Mauricia descendía, sin sentir peso alguno. Alzaba la custodia como la alza el sacerdote para que la adoren los fieles... "¿Veis cómo me he atrevido? —pensaba—. ¿No decías que no podía ser?... Pues pudo ser, ¡qué peine!" Seguía por la iglesia adelante. La purísima hostia, con no tener cara, miraba cual si tuviera ojos..., y la sacrílega, al llegar bajo el coro, empezaba a sentir miedo de aquella mirada.

—No, no te suelto, ya no vuelves allí... ¡A casa con tu mamá!...

¿Sí? ¿Verdad que el niño no llora y quiere ir con su mamá?...

Diciendo esto, atrevíase a agasajar contra su pecho la sagrada forma. Entonces notó que la sagrada forma no sólo tenía ya ojos profundos tan luminosos como el cielo, sino también voz, una voz que la tarasca oyó resonar en su oído con lastimero son. Había desaparecido toda sensación de la materialidad de la custodia; no quedaba más que lo esencial, la representación, el símbolo puro, y esto era lo que Mauricia apretaba furiosamente contra sí.

—Chica —le decía la voz—, no me saques, vuelve a ponerme donde estaba. No hagas locuras... Si me sueltas, te perdonaré tus pecados, que son tantos que no se pueden contar; pero si te obstinas en llevarme, te condenarás. Suéltame y no temas, que yo no le diré nada a don León ni a las monjas para que no te riñan... Mauricia, chica, ¿qué haces?... ¿Me comes, me comes?...

Y nada más... ¡Qué desvarío! Por grande que sea un absurdo siempre tiene cabida en el inconmensurable hueco de la mente humana.

## X

Por la mañana tempranito, la Superiora y sor Facunda se tropezaron al salir de sus respectivas celdas.

—Créame usted —dijo sor Facunda—, algo hay de extraordinario. Consultaré ahora mismo con don León. El caso de Mauricia debe de examinarse detenidamente.

Sor Natividad, que era mujer de mucho entendimiento y estaba acostumbrada a los pueriles entusiasmos de su compañera, no hizo más que sonreír con bondad. Hubiera dicho a sor Facunda: "¡Qué tonta es usted hija!"; pero no le dijo nada; y sacando un manojo de llaves se fue hacia el guardarropa.

—Pero ¿en dónde está esa loca? —preguntó después.

—No parece por ninguna parte —dijo Fortunata, que por orden de sor Marcela había bajado en busca de su amiga—. Arriba no está.

En los dormitorios de las *Filomenas* había gran tráfago. Todas se lavaban la cara y las manos, riñendo por el agua, cuestionando sobre si tú me quitaste la toalla o si ésa es mi agua.

—Que no, que mi agua es ésta.

Otra sacaba de debajo de la cama un zoquete de pan y empezaba a comérselo.

—¡Ay, qué hambre tengo! Con estos calores cuidado que suda una; no se puede vivir... ¡Y ponerse ahora la toca!

Sor Antonia entraba, imponía silencio y les daba prisa. Oíase el esquilón de la capilla. El sacristán se había asomado varias veces por la reja de la sacristía que da al vestíbulo diciendo sucesivamente:

—Todavía no ha venido don León... Ya está ahí don León... Ya se está vistiendo.

Oíanse en la parte alta los pasos de toda la comunidad que iba hacia el templo a oír la primera misa. Delante fueron las *Josefinas*, soñolientas aún y dando bostezos, empujándose unas a otras. Seguían las *Filomenas* con cierto orden, las más diligentes dando prisa a las perezosas. Donde hay muchas mujeres, tiene que haber ese rumor de colegio, que se hace superior a la disciplina más severa. Entre chacota y risas se oía el rumorcillo aquel:

—Mauricia..., ¿no sabéis? Vio anoche la propia figura de la Virgen.

—Mujer, quita allá.

—Mi palabra... Pregúntaselo a Belén.

—¡Bah! ni que fuéramos tontas...

—¿La cara de la Virgen?... Vaya... Sería la de Nuestra Señora del Aguardiente.

Pero sor Facunda y las de su cotarro iban por la escalera abajo diciendo que el hecho podía ser falso, y podía también no serlo; y que el ser Mauricia muy pecadora no significaba nada, porque de otras muchísimo más perversas se había valido Dios para sus fines.

Dijo la misa don León, que parecía *el padre fuguilla* por la presteza con que despachaba. Había sido cura de tropa, y a las monjas no les acababa de gustar la marcial diligencia de su capellán. Más tarde celebraba don Hildebrando, cura francés de los de babero, el cual era lo contrario que Pintado, pues estiraba la misa hasta lo increíble. Cuando la comunidad salía de la capilla, doña Manolita, que había entrado de las últimas, sofocada, se acercó a la Superiora y le dijo que Mauricia estaba en la huerta sobre el montón de mantillo.

—Ya..., en la basura —replicó sor Natividad frunciendo el ceño—; es su sitio.

Bajaron las recogidas al refectorio a tomar el chocolate con rebanada de pan. Animación mundana reinaba en el frugal desayuno, y aunque las monjas se esforzaban por mantener un orden cuartelesco, no lo podían conseguir.

—Ese plato es el mío.

—Dame mi servilleta...

—Te digo que es la mía...

—¡Vaya!

—¡Ay, San Antonio, qué duro está el pan!...

—Éste sí que es de la boda de San Isidro.

—¡A callar!

Algunas tenían un apetito voraz; se habrían comido triple ración, si se la dieran.

Inmediatamente después empezaba a distribuirse toda aquella tropa mujeril, como soldados que se incorporan a sus respectivos regimientos. Éstas bajaban a la cocina, aquéllas subían a la escuela y salón de costura, y otras, quitándose las tocas y poniéndose la falda de *mecánica,* se dedicaban a la limpieza de la casa.

Estaba la Superiora hablando con sor Antonia en la puerta de una celda, cuando llegó muy apurada una reclusa, diciendo:

—Le he mandado que venga y no quiere venir. Me ha querido pegar. Si no echo a correr... Después cogió un montón de aquella basura y me lo tiró. Mire usted...

La recogida enseñó a las madres su hombro manchado de mantillo.

—Tendré que ir yo... ¡Ay, qué mujer!... ¡Qué guerra nos da! —dijo la Superiora—. ¿Dónde está sor Marcela? Que traiga la llave de la perrera. Hoy tendremos *chínchirri-máncharras*... Está más tocada que nunca. Dios nos dé paciencia.

—¡Y sor Facunda que me ha dicho ahora mismo —indicó sor Antonia con franca risa y bizcando más los ojos— que Mauricia había visto a la Virgen!

La Superiora respondió a aquella risa con otra menos franca. Tres o cuatro *Filomenas* de las más hombrunas bajaron a la huerta con orden expresa de traer a la visionaria.

—¡Pobre mujer y qué perdida se pone! —observó sor Natividad dentro del corrillo de monjas que se iba formando—. Males de nervios, y nada más que males de nervios.

Y al decirlo, sus miradas chocaron con las de sor Facunda, que se acercaba con semblante extraordinariamente afligido.

—¿Pero no ha consultado usted este caso con el señor capellán? —le dijo.

—Sí —replicó sor Natividad con un poco de humorismo—, y el capellán me ha dicho que la meta en la perrera.

—¡Encerrarla porque llora!... —exclamó la otra que en su timidez no se atrevía a contradecir a la Superiora—. El caso merecía examinarse.

—Para preverlo todo —indicó la vizcaína—, avisaremos también al médico.

—¿Y qué tiene que ver el médico...? En fin, yo no sé. Quien

manda, manda. Pero me parecía... Ello podrá ser cosa física; pero ¿si no lo fuera? Si efectivamente Mauricia... No es que yo lo afirme; pero tampoco me atrevo a negarlo. Aquel llorar continuo, ¿qué puede ser sino arrepentimiento? A saber los medios que el Señor escoge...

Y se retiró a su celda. Casi casi se dieron un encontronazo sor Facunda alejándose y sor Marcela que al corrillo se acercaba, dando balances y golpeando el suelo duramente con su pie de madera. Su semblante descompuesto por la ira estaba más feo que nunca; con la prisa que traía apenas podía respirar, y las primeras frases le salieron de la boca desmenuzadas por el enojo:

—Ya, ya sabemos... ¡San Antonio!... Bribona..., parece mentira... ¡Ay Dios mío, si es para volverse loca!...

Habló algunas palabras en voz muy baja con la Superiora, quien al oírlas puso una cara que daba miedo.

—Yo..., bien lo sabe usted... —balbució sor Marcela—, lo tenía para mi mal del estómago..., coñac superior.

—Pero esa maldita, ¿cómo...? Si esto parece... ¡Jesús me valga! Estoy horrorizada. Pero ¿cuándo...?

—Es muy sencillo..., hágase usted cargo. Anteayer, ¡San Antonio bendito!, cuando estuve en mi celda moviendo los trastos para coger el ratón.

A la Superiora se le escapó, sin poderlo remediar, una ligera sonrisilla; mas al punto volvió a poner cara de palo. Y la enana corrió hacia donde estaban las recogidas, y lo mismo que dijera a sor Natividad se lo repitió a Fortunata, sin poner un freno a su ira:

—¿Habráse visto diablura semejante?... ¿Qué te parece? ¡Estamos todas horripiladas!

Fortunata no dijo nada y se puso muy seria. Quizás no la cogía de nuevo la declaración de la monja. Obedeciendo a ésta, subió al dormitorio en busca de pruebas del nefando crimen imputado a su amiga.

—Ahí tienen ustedes —decía la Superiora a las que más cerca de ella estaban— cómo esa arrastrada ha visto visiones... ¡Ya! ¡Qué no vería ella!... ¿Pero no viene al fin? Yo le juro que no vuelve a hacernos otra. Es preciso ajustarle bien las cuentas...

La cojita se presentó otra vez en el corrillo mostrando la enorme llave de la perrera; la esgrimía como si fuera una pistola, con amenaza homicida. Realmente estaba furiosa, y el topetazo de su pie duro sobre el suelo tenía una violencia y sonoridad excepcionales. En esto llegó Fortunata, trayendo una botella, que al punto le arrebató sor Marcela.

—¡Vacía, enteramente vacía! —exclamó ésta levantándola en alto y mirándola al trasluz—. Y estaba casi llena, pues apenas...

Aplicó después su nariz chafada a la boca de la botella, diciendo con lastimera entonación:

—No ha dejado más que el olor... ¡Bribonaza! Ya te daría yo bebida...

De la nariz de la coja pasó el cuerpo del delito a la de sor Natividad y de ésta a otras narices próximas, resultando, de la apreciación del tufo, mayor severidad en el comentario del crimen.

—¡Qué asco! Buen pechugón se ha dado... —exclamó la Superiora—. Ya, ¡cómo estará aquel cuerpo con todo ese líquido ardiente! Nunca nos había pasado otra... La arreglaremos, la arreglaremos. ¿Pero viene o no?

Bajaba ya, decidida a abreviar la tardanza del acto de justicia, cuando se oyó un gran tumulto. La tres mujeronas que habían ido en busca de la delincuente pasaban de la huerta al patio por la puertecilla verde, huyendo despavoridas y dando voces de pánico. Sonó en dicha puerta el estampido de un fuerte cantazo.

—¡Que nos mata, que nos mata! —gritaban las tres, recogiendo sus faldas para correr más fácilmente por la escalera arriba.

Asomáronse las madres al barandal del corredor que sobre el patio caía, y vieron aparecer a Mauricia, descalza, las melenas sueltas, la mirada ardiente y extraviada, y todas las apariencias, en fin, de una loca. La Superiora, que era mujer de genio fuerte, no se pudo contener y desde arriba gritó:

—Trasto..., infame. Si no te estás quieta, verás.

—Una pareja, una pareja de Orden Público —apuntaron varias voces de monjas.

—No..., veréis... Si yo me basto y me sobro... —indicó la Superiora, haciendo alarde de ser mujer para el caso—. Lo que es conmigo no juega.

Púsose Mauricia de un salto en el rincón frontero al corredor donde las madres estaban, y desde allí las miró con insolencia, sacando y estirando la lengua, y haciendo muecas y gestos indecentísimos.

—¡Tiorras, so tiorras! —gritaba, e inclinándose con rápido movimiento, cogió del suelo piedras y pedazos de ladrillo, y empezó a dispararlos con tanto vigor como buena puntería.

Las monjas y las recogidas, que al sentir el alboroto salieron en tropel a los corredores del principal y del segundo piso, prorrumpieron en chillidos. Parecía que se venía el mundo abajo. ¡Dios mío, qué bulla! Y a las exclamaciones de arriba respondía la tarasca con aullidos salvajes.

Unas se agachaban resguardándose tras el barandal de fábrica cuando venía la pedrada; otras asomaban la cabeza un momento y la volvían a esconder. Los proyectiles menudeaban, y con ellos las voces de aquella endemoniada mujer. Parecía una amazona. Tenía un pecho medio descubierto, el cuerpo del vestido hecho jirones, y las melenas cortas le azotaban la cara en aquellos movimientos de hondero que hacía con el brazo derecho. Su catadura les parecía horrible a las señoras monjas; pero estaba bella en rigor de verdad, y más arrogante, varonil y napoleónica que nunca.

Sor Marcela intentó bajar valerosa, pero a los tres peldaños cogió miedo y viró para arriba. Su cara filipina se había puesto de color de mostaza inglesa.

—¡Verás tú si bajo, infame diablo! —era su muletilla; pero ello es que no bajaba.

Por una reja de la sacristía que da al patio, asomó la cara del sacristán, y poco después la de don León Pintado. Dos monjas que estaban de turno en la portería se asomaron también por otra ventana baja; pero lo mismo fue verlas Mauricia que empezar también a mandarles piedras. Nada, que tuvieron que retirarse. Asustadas las infelices, quisieron pedir auxilio. En aquel instante llamó alguien a la puerta del convento, y a poco entró una señora, de visita, que pasó al salón, y enterándose de lo que ocurría, asomóse también a la ventana baja. Era Guillermina Pacheco, que se persignó al ver la tragedia que allí se había armado.

—¡En el nombre del...! ¡Pero tú!... ¡Mauricia!... ¿Cómo se entiende?... ¿Qué haces?... ¿Estás loca?

La portera y la otra monja no la pudieron contener, y Guillermina salió al patio por la puerta que lo comunica con el vestíbulo.

—Guillermina —gritó sor Natividad desde arriba—, no salgas... Cuidado..., mira que es una fiera... Ahí tienes, ahí tienes la alhaja que tú nos has traído... Retírate, por Dios, mira que está loca y no repara... Hazme el favor de llamar a una pareja de Orden Público.

—¿Qué pareja ni pareja? —dijo Guillermina, incomodadísima—. ¡Mauricia!... ¿Cómo se entiende?

Pero no había tenido tiempo de decirlo cuando una peladilla de arroyo le rozó la cara. Si le da de lleno la descalabra.

—¡Jesús!... Pero no, no es nada.

Y llevándose la mano a la parte dolorida, clamó:

—¡Infame, a mí, a mí me has tirado!

Mauricia se reía con horrible descaro.

—A usted, sí, y a todo el género mundano —gritó con voz tan ronca, que apenas se entendía—, so tía pastelera... Váyase pronto de aquí.

Las monjas horrorizadas elevaban sus manos al Cielo; algunas lloraban. En esto, don León Pintado había abierto con no poco trabajo la reja de la sacristía; saltó al patio, única manera de comunicarse con el convento desde la sacristía, y abalanzándose a Mauricia le sujetó ambos brazos.

—¡Suéltame, León, capellán de peinetas! —rugió la visionaria...

Pero Pintado tenía manos de hierro, aunque era de pocos ánimos, y una vez lanzado al heroísmo, no sólo sujetó a Mauricia, sino que le aplicó dos sonoras bofetadas. La escena era repugnante. Tras el capellán salió también su acólito, y mientras los dos arreglaban a la *Dura*, las monjas, viendo sojuzgado el enemigo, arriesgáronse a bajar y acudieron a Guillermina, que con el pañuelo se restañaba la sangre de su leve herida. Con cierta tranquilidad, y más risueña que enojada, la fundadora dijo a sus amigas:

—¡Cuidado que pasan unas cosas!... Yo venía a que me dierais los ladrillos y el cascote que os sobran, y mirad qué pronto me he salido con la mía... Nada, ponedla ahora mismo en la calle, y que se vaya a los quintos infiernos, que es donde debe estar.

—Ahora mismo. Don León, no la maltrate usted —dijo la Superiora.

—¡Zángano!... ¡Mala puñalada te mate!... —bramaba Mauricia, que ya tenía pocas fuerzas y había caído al suelo—. ¡Un sacerdote pegando a una... señora!

—Que le traigan su ropa —gritó sor Natividad—. Pronto, pronto. Me parece mentira que la veré salir...

Mauricia ya no se defendía. Había perdido su salvaje fuerza; pero su semblante expresaba aún ferocidad y desorden mental.

Luego se vio que desde el corredor alto tiraban un par de botas, luego un mantón...

—Bajadlo, hijas, bajadlo —dijo desde el patio la Superiora, mirando hacia arriba y ya recobrada la serenidad con que daba siempre sus órdenes.

Fortunata bajó un lío de ropa, y recogiendo las botas, se lo dio todo a Mauricia, es decir, se lo puso delante. La espantosa escena descrita había impresionado desagradablemente a la joven, que sintió profunda compasión de su amiga. Si las monjas se lo hubieran permitido, quizás ella habría aplacado a la bestia.

—Toma tu ropa, tus botas —le dijo en voz baja y en tono apacible—. Pero, hija, ¡cómo te has puesto!... ¿No conoces ya que has estado trastornada?

—Quítate de ahí, pendoncillo..., quítate o te...

—Dejadla, dejadla —dijo la Superiora—. No decirle una palabra más. A la calle, y hemos concluido.

Con gran dificultad se levantó Mauricia del suelo y recogió su ropa. Al ponerse en pie pareció recobrar parte de su furor.

—Que se te queda este lío.

—Las botas, las botas.

La tarasca lo recogió todo. Ya salía sin decir nada, cuando Guillermina la miró severamente.

—¡Pero qué mujer ésta! Ni siquiera sabe salir con decencia.

Iba descalza, cogidas las botas por los tirantes.

—¡Póngase usted las botas! —le gritó la Superiora.

—No me da la gana. Agur... ¡Son todas unas judías pasteleras...!

—Paciencia, hija, paciencia...; necesitamos mucha paciencia —dijo sor Natividad a sus compañeras, tapándose los oídos.

Se le franquearon todas las puertas, abriéndolas de par en par y resguardándose tras las hojas de ellas, como se abren las puertas del toril para que salga la fiera a la plaza. La última que cambió algunas palabras con ella fue Fortunata, que la siguió hasta el vestíbulo movida de lástima y amistad, y aun quiso arrancarle alguna declaración de arrepentimiento. Pero la otra estaba ciega y sorda; no se enteraba de nada, y dio a su amiga tal empujón, que si no se apoya en la pared cae redonda al suelo.

Salió triunfante, echando a una parte y otra miradas de altivez y desprecio. Cuando vio la calle, sus ojos se iluminaron con fulgores de júbilo, y gritó:

—¡Ay, mi querida calle de mi alma!

Extendió y cerró los brazos, cual si en ellos quisiera apretar amorosamente todo lo que veían sus ojos. Respiró después con fuerza, paróse mirando azorada a todos lados, como el toro cuando sale al redondel. Luego, orientándose, tiró muy decidida por el paseo abajo. Era cosa de ver aquella mujerona descalza, desgarrada, melenuda, despidiendo de sus ojos fiereza, con un lío bajo el brazo y las botas colgando de una mano. Las pocas personas que por allí pasaban, miráronla con asombro. Al llegar junto a los Almacenes de la Villa, pasó por junto a varios chicos, barrenderos, que estaban sentados en sus carretillas con las escobas en la mano. Tuviéronla ellos por persona de poco más o menos y se echaron a reír delante de su cara napoleónica.

—Vaya, que buena *curda* te llevas, ¡oleeé!...

Y ella se les puso delante en actitud arrogantísima, alzó el brazo que tenía libre y les dijo:

—¡Apóstoles del error!

Prorrumpiendo al mismo tiempo en estúpida risa, pasó de largo. A los barrenderos les hizo aquello mucha gracia, y poniéndose en marcha con las carretillas por delante y las escobas sobre ellas, siguieron detrás de Mauricia, como una escolta de burlesca artillería, haciendo un ruido de mil demonios y disparándole bala rasa de groserías e injurias.

## CAPÍTULO VII

### LA BODA Y LA LUNA DE MIEL

#### I

Por fin se acordó que Fortunata saldría del convento para casarse en la segunda quincena de setiembre. El día señalado estaba ya muy próximo, y si el pensamiento de la reclusa no se había familiarizado aún de una manera terminante con la nueva vida que la esperaba, no tenía duda de que le convenía casarse, comprendiendo que no debemos aspirar a lo mejor, sino aceptar el bien posible que en los sabios lotes de la Providencia nos toca. En las últimas visitas, Maxi no hablaba más que de la proximidad de su dicha. Contóle un día que ya tenía tomada la casa, un cuarto precioso en la calle de Sagunto, cerca de su tía; otro la entretuvo refiriéndole pormenores deliciosos de la instalación. Ya se habían comprado casi todos los muebles. Doña Lupe, que se pintaba sola para estas cosas, recorría diariamente las almonedas anunciadas en *La Correspondencia*, adquiriendo gangas y más gangas. La cama de matrimonio fue lo único que se tomó en el almacén; pero doña Lupe la sacó tan arreglada, que era como de lance. Y no sólo tenían ya casa y muebles, sino también criada. Torquemada les recomendó una que servía para todo y que guisaba muy bien, mujer de edad mediana, formal, limpia y sentada. Bien podía decirse de ella que era también ganga, como los muebles, porque el servicio estaba muy malo en Madrid, pero muy malo. Nombrábase Patricia, pero Torquemada la llamaba *Patria,* pues era hombre tan económico que ahorraba hasta las letras, y era muy amigo de las abreviaturas por ahorrar saliva cuando hablaba y tinta cuando escribía.

Otra tarde le dio Maxi una hermosa sorpresa. Cuando Fortunata entró en el convento, las papeletas de alhajas y ropas de lujo que estaban empeñadas quedaron en poder del joven, que hizo propósito de liberar aquellos objetos en cuanto tuviese medios para ello. Pues bien, ya podía anunciar a su amada con indecible gozo que cuando entrara en la nueva casa, encontraría en ellas las prendas de vestir y de adorno que la infeliz había arrojado al mar el día de su naufragio. Por cierto que las alhajas le habían gustado mucho a doña Lupe por lo ricas y elegantes, y del abrigo de terciopelo dijo que con ligeras reformas sería una pieza espléndida. Esto le llevó naturalmente a hablar de la herencia. Ya había cogido su parte, y con un pico que recibió en metálico había redimido las prendas empeñadas. Ya era propietario de inmuebles, y más valía esto que el dinero contante. Y a propósito de la herencia, también le contó que entre su hermano mayor y doña Lupe habían surgido ruidosas desavenencias. Juan Pablo empleó toda su parte en pagar las deudas que le devoraban y un descubierto que dejara en la administración carlista. No bastándole el caudal de la herencia, había tenido el atrevimiento de pedir prestada una cantidad a doña Lupe, la cual se voló y le dijo ¡tantas cosas!... Total, que tuvieron una fuerte pelotera, y desde entonces no se hablaban tía y sobrino, y éste se había ido a vivir con una querida. "¡Y viva la moralidad! ¡Y tradicionalista me soy!"

Charlaron otro día de la casa, que era preciosa, con vistas muy buenas. Como que del balcón del gabinete se alcanzaba a ver un poquito del Depósito de aguas; papeles nuevos, alcoba estucada, calle tranquila, poca vecindad, dos cuartos en cada piso, y sólo había principal y segundo. A tantas ventajas se unía la de estar todo muy a la mano: debajo carbonería, a cuatro pasos carnicería, y en la esquina próxima tienda de ultramarinos.

No podía olvidárseles el importante asunto de la carrera de *Rubinius vulgaris.* A mediados de setiembre se había examinado de la única clase que le faltaba para aprobar el último año, y lo más pronto que le fuera posible tomaría el grado. Desde luego entraría de practicante en la botica de Samaniego, el cual estaba gravemente enfermo, y si se moría, la viuda tendría que confiar a dos licenciados la explotación de la farmacia. Maxi entraría seguramente de segundo, con el tiempo llegaría a ser primero, y por fin amo del establecimiento. En fin, que todo iba bien y el porvenir les sonreía.

Estas cosas daban a Fortunata alegría y esperanza, avivando los sentimientos de paz, orden y regularidad doméstica que habían nacido en ella. Con ayuda de la razón, estimulaba en su propia voluntad la dirección aquella, y se alegraba de tener casa, nombre y decoro.

Dos días antes de la salida, confesó con el padre Pintado; expurgación larga, repaso general de conciencia desde los tiempos más remotos. La preparación fue como la de un examen de grado, y el capellán tomó aquel caso con gran solicitud y atención. Allí donde la penitente no podía llegar con su sinceridad, llegaba el penitenciario con sus preguntas de gancho. Era perro viejo en aquel oficio. Como no tenía nada de gazmoño, la confesión concluyó por ser un diálogo de amigos. Diole consejos sanos y prácticos, hízole ver con palmarios ejemplos, algunos del orden humorístico, la perdición que trae a la criatura el dejarse mover de los sentidos, y le pintó las ventajas de una vida de continencia y modestia, dando de mano a la soberbia, al desorden y a los apetitos. Descendiendo de las alturas espirituales al terreno de la filosofía utilitaria, don León demostró a su penitente que el portarse bien es siempre ventajoso, que a la larga el mal, aunque venga acompañado de triunfos brillantes, acaba por infligir a la criatura cierto grado de penalidad sin esperar a las de la otra vida, que son siempre infalibles.

—Hágase usted la cuenta —le dijo también— de que es otra mujer, de que se ha muerto y resucitado en otro mundo. Si encuentra usted algún día por ahí a las personas que en aquella pasada vida la arrastraron a la perdición, figúrese que son fantasmas, sombras, así como suena, y no las mire siquiera.

Por fin, encomendóle la devoción de la Santísima Virgen, como un ejercicio saludable del espíritu y una predisposición a las buenas acciones. La penitente se quedó muy gozosa, y el día que hizo la comunión se observó con una tranquilidad que nunca había tenido.

La despedida de las monjas fue muy sentida. Fortunata se echó a llorar. Sus compañeras Belén y Felisa le dieron besos, regaláronle estampitas y medallas, asegurándole que rezarían por ella. Doña Manolita mostróse envidiosa y desconsolada. Ella también saldría, pues sólo estaba allí por equivocación; pronto se habían de ver claras las cosas, y el asno de su marido vendría a pedirle perdón y a sacarla de aquel encierro. Sor Marcela, sor Antonia, la Superiora y las demás madres mostráronse muy afables con ella, asegurando que era de las recogidas que les habían dado menos que hacer. Despidiéronla con sentimiento de verla salir; pero dándole parabienes por su boda y el buen fin que su reclusión había tenido.

En la sala la esperaban Maximiliano y doña Lupe, que la recogieron y se la llevaron en un coche de alquiler. Estaba convenido de antemano llevarla a la casa del novio, cosa verdaderamente un poco irregular; pero como ella no tenía en Madrid parientes, al menos conocidos, doña Lupe no vio solución mejor al problema de alojamiento. La boda se verificaría el lunes 1 de octubre, dos días después de la salida de las Micaelas.

Sentía la señora de Jáuregui el goce inefable del escultor eminente a quien entregan un pedazo de cera y le dicen que modele lo mejor que sepa. Sus aptitudes educativas tenían ya materia blanda en quien emplearse. De una salvaje *en toda la extensión de la palabra,* formaría una señora, haciéndola a su imagen y semejanza. Tenía que enseñarle todo: modales, lenguaje, conducta. Mientras más pobreza de educación revelaba la alumna, más gozaba la maestra con las perspectivas e ilusiones de su plan. Aquella misma mañana, cuando estaban almorzando, tuvo ya ocasión, con tanto regocijo en el alma como dignidad en el semblante, de empezar a aplicar sus enseñanzas.

—No se dice *armejas,* sino *almejas.* Hija, hay que irse acostumbrando a hablar como Dios manda.

Quería doña Lupe que Fortunata se prestase a reconocerla por directora de sus acciones en lo moral y en lo social, y mostraba desde los primeros momentos una severidad no exenta de tolerancia, como cumple a profesores que saben al pelo su obligación.

Destinósele una habitación contigua a la alcoba de la señora, y que le servía a ésta de guardarropa. Había allí tantos cachivaches y tanto trasto, que la huéspeda apenas podía moverse; pero dos días se pasan de cualquier manera. Durante aquellos dos días hallábase la joven muy cohibida delante de la que iba a ser su tía, porque ésta no bajaba del trípode ni cesaba en sus correcciones, y rara vez abría la boca Fortunata sin que la otra dejara de advertirle algo, ya referente a la pronunciación, ya a la manera de conducirse, mostrándose siempre autoritaria, aunque con estudiada suavidad.

—En los conventos .—decía— se corrigen muchos defectos; pero también se adquieren modales encogidos. Suéltese usted, y cuando salude a las visitas, hágalo con serenidad y sin atropellarse.

Estas cosas ponían a Fortunata de mal humor, y su encogimiento crecía.

Consideraba que cuando estuviera en su casa, se emanciparía de aquella tutela enojosa, sin chocar, por supuesto, porque además doña Lupe le parecía mujer de gran utilidad, que sabía mucho y aconsejaba algunas cosas muy puestas en razón.

Molestaban a Fortunata las visitas que, según ella, sólo iban por curiosear. Doña Silvia no había podido resistir la curiosidad y se plantó en la casa el mismo día en que la novia salió del convento. Al otro día fue Paquita Morejón, esposa de don Basilio Andrés de la Caña, y ambas parecieron a Fortunata impertinentes y entrometidas. Su finura resultóle afectada, como de personas ordinarias que se empeñan en no parecerlo.

Las visitantes le daban cumplida enhorabuena por su boda. En los ojos se les leía este pensamiento: "¡Vaya una ganga la de usted!"

La señora de don Basilio repitió la visita el segundo día. Iba vestida de pingajos de seda mal arreglados, queriendo aparentar. Hízose muy pegajosa; quería intimar y elogiaba la hermosura de la novia, como un medio indirecto de expresar las deficiencias de la misma en el orden moral.

Otra visita notable fue la de Juan Pablo, a quien llevó su hermano. Doña Lupe y el mayor de los Rubines no se hablaban después de la marimorena que tuvieron al repartir la herencia. Con gran sorpresa de la novia, Juan Pablo estuvo afectuoso con ella. Creeríase que intentaba hacer rabiar a su tía, concediendo su benevolencia a la persona de quien aquélla había dicho tantas perrerías. Durante la visita, que no fue breve, sentóse Fortunata en el borde de una silla, como una paleta, algo atontada y no sabiendo qué decir para sostener la conversación con un hombre que se expresaba tan bien. Al despedirse, diole Juan Pablo un fuerte apretón de manos, diciéndole que asistiría a la boda.

Luego fueron tía y sobrina a ver la casa matrimonial. Doña Lupe le mostró uno por uno los muebles, haciéndole notar lo buenos que eran, y que su colocación, dispuesta por ella, no podía ser más acertada. El juicio sobre cada parte de la casa y sobre los trastos y su distribución dábalo ya por anticipado doña Lupe, de modo que la otra no tuviese que decir más que:

—Sí. . ., verdad. . .

De vuelta, ya avanzada la tarde, a la calle de Raimundo Lulio, se ocuparon en disponer varias cosas para el día siguiente. Maximiliano había ido a invitar a algunos amigos, y doña Lupe salió también diciendo que volvería antes de anochecido. Quedóse sola Fortunata, y se puso a hacer en su vestido de gro negro, que había de lucir en la ceremonia, ciertos arreglos de escasa importancia. No tenía más compañía que la de *Papitos*, que se escapaba de la cocina para ponerse al lado de la señorita, cuya hermosura admiraba tanto. El peinado era la principal causa de la estupefacción de la chiquilla, y habría dado ésta un dedo de la mano por poder imitarlo. Sentóse a su lado y no se hartaba de contemplarla, llenándose de regocijo cuando la otra solicitaba su ayuda, aunque sólo fuera para lo más insignificante. En esto llamaron a la puerta; corrió a abrir la mona, y Fortunata no supo lo que le pasaba cuando vio entrar en la sala a Mauricia la *Dura*.

## II

El sentimiento que le inspiraba aquella mujer en las Micaelas; la inexplicable mezcolanza de terror y atracción prodújose en aquel instante en su alma con mayor fuerza Mauricia le infundía miedo y al propio tiempo una simpatía irresistible y misteriosa, cual si le sugiriera la idea de cosas reprobables y al mismo tiempo gratas a su corazón. Miró a su amiga sin hablarle, y ésta se le acercó sonriendo, como si quisiera decir: "Lo que menos esperabas tú era verme aquí ahora..."

—¿De veras eres tú...?

Y observó que Mauricia traía unos zapatos muy bonitos de cuero amarillo, atados con cordones azules terminados en madroños.

—Y ¡qué bien calzada!...

—¿Qué te creías tú?

Después le miró la cara. Estaba muy pálida; los ojos parecían más grandes y traicioneros, acechando en sus profundos huecos violados bajo la ceja recta y negra. La nariz parecía de marfil, la boca más acentuada y los dos pliegues que la limitaban más enérgicos. Todo el semblante revelaba melancolía y profundidad de pensamiento, al menos así lo consideró Fortunata sin poder expresar por qué. Traía Mauricia un mantón nuevo y a la cabeza un pañuelo de seda de franjas azul-turquí y rojo vivo, delantal de cuadritos y falda de tartán, y en la mano un bulto atado con un pañuelo por las cuatro puntas.

—¿No está doña Lupe? —dijo sentándose sin ninguna ceremonia.

—Ya le he dicho que no —replicó *Papitos* con mal modo.

—No te he preguntado a ti, refistolera, métome-en-todo. Lárgate a tu cocina, y déjanos en paz.

*Papitos* se fue refunfuñando.

—¿Qué traes por aquí? —le preguntó Fortunata, que desde que la vio entrar, sentía palpitaciones muy fuertes.

—Pues nada... Estoy otra vez corriendo prendas y aquí traigo unos mantones para que los vea esa tía pastelera...

—¡Qué manera de hablar! Corrígete, mujer... ¿Te has olvidado ya de la que hiciste en el convento? ¡Vaya un escándalo! Lo sentí mucho por ti. Aquel día me puse mala.

—Chica, no me hables... Vaya, que me trastorné de veras. Pero una tentación cualquiera la tiene. ¿Y qué, dije muchas barbaridades? Yo no me acuerdo. No estaba en mí, no no sabía lo que hacía. Sólo me acuerdo de que vi a la Pura y Limpia, y después quise entrar en la iglesia y coger al Santísimo Sacramento... Soñé que me comía la Hostia... Nunca me ha dado un toque tan fuerte, chica... ¡Qué cosas se le ocurren a una cuando se sube el mengue a la cabeza! Créemelo porque yo te lo digo: cuando se me serenó el sentido estaba abochornada... El único a quien guardaba rencor era el tío capellán. Me lo hubiera comido a bocados. A las señoras no. Me daban ganas de ir a pedirles perdón; pero por el aquel de la *dinidá* no fui. Lo que más me escocía era haberle tirado un ladrillazo a doña Guillermina. Esto sí que no me lo paso, no me lo paso... Y le he cogido tal miedo, que cuando la veo venir por la calle, se me sube toda la color a la cara, y me voy por otro lado para que no me vea. A mi hermana le ha dicho que me perdona, ¿ves?, y que todavía cuenta hacer algo por mí.

—Es que eres atroz... —le dijo Fortunata—. Si no te quitas ese vicio, vas a parar en mal.

—Quita, mujer, y no me digas nada... Pues si desde que salí de las Micaelas no he vuelto a catarlo... Soy ahora, como quien dice, otra. No quiero vivir con mi hermana, porque Juan Antonio y yo no casamos bien; pero a persona decente no me gana nadie ahora. Créetelo porque yo te lo digo. No lo vuelvo a catar. Y si no, tú lo has de ver... Y pasando a otra cosa, ya sé que te casas mañana.

—¿Por dónde lo has sabido?

—Eso, acá yo... Todo se sabe —replicó la *Dura* con malicia—. Vaya, que te ha caído la lotería. Yo me alegro, porque te quiero.

En esto Mauricia se inclinó bruscamente y recogió del suelo un objeto pequeño. Era un botón.

—Buen agüero, mira —dijo mostrándolo a Fortunata—. Señal de que vas a ser dichosa.

—No creas en brujerías.

—¿Que no crea?... *Paices* boba. Cuando una se encuentra un botón, quiere decirse que a una le va a pasar algo. Si el botón es como éste, blanco y con cuatro *ujeritos,* buena señal; pero si es negro y con tres, mala.

—Eso es un disparate.

—Chica, es el Evangelio. Lo he probado la mar de veces. Ahora vas a estar en grande. ¿Sabes una cosa?

Dijo esto último con tal intención, que Fortunata, cuya ansiedad crecía sin saber por qué, vio tras el *sabes una cosa* una confidencia de extraordinaria gravedad.

—¿Qué?

—Que te quemas.

—¿Cómo que me quemo?

—Nada, mujer, que te quemas, que le tienes muy cerca. Te gustan las cosas claras, ¿verdad?; pues allá va. Volvió de Valencia muy bueno y muy enamoradito de ti. Lo que yo te decía, chica, lo mismo fue enterarse de que estabas en las Micaelas haciéndote la católica, que se le encendió el celo, y todas las tardes pasaba por allí en su *featón.* Los hombres son así: lo que tienen lo desprecian, y lo que ven guardado con llaves y candados, eso, eso es lo que se les antoja.

—Quita, quita... —dijo Fortunata, queriendo aparecer serena—. No me vengas con cuentos.

—Tú lo has de ver.

—¿Cómo que lo he de ver? Vaya, que tienes unas cosas...

Mauricia se echó a reír con aquel desparpajo que a su amiga le parecía el humorismo de un hermoso y tentador demonio. En medio de la infernal risa brotaba esta frase que a Fortunata le ponía los pelos de punta:

—¿Te lo digo?... ¿Te lo digo?

—¿Pero qué?

Se miraron ambas. Dentro de los cóncavos y amoratados huecos de los ojos, acechaban las pupilas de Mauricia con ferocidad de pájaro cazador.

—¿Te lo digo?... Pues el tal sabe echar por la calle de enmedio. Vaya, que es listo y ejecutivo. Te ha armado una trampa, en la cual vas a caer... Como que ya has metido la patita dentro.

—¿Yo?...

—Sí... tú. Pues ha alquilado el cuarto de la izquierda de la casa en que vas a vivir; el tuyo es el de la derecha.

—¡Bah!... No digas desatinos —replicó Fortunata, queriendo echárselas de valiente.

Deslizóse de sus rodillas al suelo la falda de gro negro que estaba arreglando.

—Como lo oyes, chica... Allí le tienes. Desde que entres en tu casa, le sentirás la respiración.

—Quita, quita... No quiero oírte.

—Si sabré yo lo que me digo. Para que te enteres: hace media hora que he estado hablando con él en casa de una amiga. Si no caes en la trampa, creo que el pobrecito revienta...; tan dislocado está por ti.

—El cuarto de al lado..., a mano izquierda cuando entramos...; el mío a esta mano; de modo que... No me vuelvas loca...

—Lo ha tomado por cuenta de él una que llaman Cirila... Tú no la conoces; yo sí; ha sido también corredora de alhajas y tuvo casa de huéspedes. Está casada con uno que fue de la ronda secreta, y ahora tu señor me le ha colocado en el tren.

Fortunata sintió que se congestionaba. Su cabeza ardía.

—Vaya, todo eso es cuento... ¿Piensas que me voy a creer esas bolas?... ¡Como no se acuerde él de mí...! Ni falta.

—Tú lo has de ver. ¡Ay qué chico! Da pena verle..., loquito por ti..., y arrepentido de la partida serrana que te jugó. Si la pudiera reparar, la repararía... Créetelo porque yo te lo digo.

En esto entró *Papitos* con pretexto de preguntar una cosa a la señorita, pero realmente con el único objeto de curiosear. Lo mismo fue verla Mauricia que echarle los tiempos del modo más despótico.

—Mira, chiquilla, si no te largas, verás.

La amenazó con un movimiento del brazo, precursor de una gran bofetada; pero la mona se le rebeló, chillando así:

—No me da la gana... ¿Y a usted qué?... ¡Mía ésta!...

Fortunata le dijo:

—*Papitos,* vete a la cocina.

Y obedeció la rapaza, aunque de muy mala gana.

—Pues yo... —prosiguió Fortunata—, si es verdad, le diré a mi marido que tome otra casa.

—Tendrías que cantarle el motivo.

—Se lo cantaré..., vaya.

—Bonita escandalera armarías... Nada, hija, que la trampa te la ponen dondequiera que vayas, y ¡pum!..., ídem de lienzo.

—Pues, ¡ea!... no me casaré —dijo la novia en el colmo ya de la confusión.

—¡Quia! Por tonta que te quieras volver, no harás tal... ¿Crees que esas brevas caen todos los días? Que se te quite de la cabeza... Casadita puedes hacer lo que quieras guardando el aparato de la *comenencia.* La mujer soltera es una esclava; no puede ni menearse. La que tiene un peine de marido, tiene bula para todo.

Fortunata callaba, mirando vagamente al suelo, con la barba apoyada en la mano.

—¿Qué miras? —dijo la *Dura,* inclinándose—. ¡Ah!, otro botón..., y éste es negro, con tres *ujeros*... Mala señal, chica. Esto quiere decir que si no te casas, mereces que te azoten.

Recogiendo el botón, lo miraba de cerca. Anochecía, y la sala se iba quedando a oscuras. Poco después Fortunata veía sólo el bulto de su amiga y los zapatos amarillos Empezaba a cogerle miedo; pero no deseaba que se marchase, sino que hablara más y más del mismo temeroso asunto.

—Te digo que no me caso —repitió la joven, sintiendo que se renovaba en su alma el horror al matrimonio con el chico de Rubín.

Y las ideas tan trabajosamente construidas en las Micaelas, se desquiciaron de repente. Aquel altarito levantado a fuerza de meditaciones y de gimnasias de la razón se resquebrajaba como si le temblara el suelo.

—El cuarto de la izquierda..., de modo que... Eso es estar vendida... Una puerta aquí, otra allí...

—Lo que te digo, una patita en

la trampa; sólo te falta meter la otra.

Y rompió a reír de nuevo con aquella franqueza insolente que a Fortunata le agradaba, cosa extraña, despertando en su alma instintos de dulce perversidad.

—Nada, yo no me caso, que no me caso, ¡ea! —declaró la novia, levantándose y dando pasos de aquí para allí, cual si moviéndose quisiera infundirse la energía que le faltaba.

—Como lo vuelvas a decir... —añadió Mauricia haciendo un gesto de burlesca amenaza—. ¿Piensas que una ganga como ésta se encuentra detrás de cada esquina? Nada, chica, a casarse tocan. En ese espejo quisieran verse otras. Y para acabar, chica, cásate y haz por no caer en la trampa. Vaya, ponte a ser honrada, que de menos nos hizo Dios... Oye lo que te digo, que es el Evangelio, chica, el puro Evangelio.

Fortunata se detuvo ante su amiga, y ésta la obligó a sentarse otra vez a su lado.

—Nada, te casas..., porque casarte es tu salvación. Si no, vas a andar de mano en mano hasta la *consunción* de los siglos. Tú no seas boba; si quieres ser honrada, *serlo,* hija. Descuida, que no te pondrán un puñal al pecho para que peques.

—Pues sí —dijo Fortunata animándose—, ¿qué me importa a mí la trampa? Como yo no quiera caer...

—Claro... El otro ahí junto..., pues que le parta un rayo. ¿A ti qué? Tú di "soy honrada", y de ahí no te saca nadie. A los pocos días le dices a tu esposo de tu alma que la casa no te gusta y tomáis otra.

—Di que sí..., tomamos otra, y se acabó la trampa —observó la novia tomando en serio los consejos de su amiga.

—Verdad que él no se acobardará, y a donde vayas, él detrás. Créeme que está loco. Y te digo más. La criada que tienes, esa Patricia que le recomendó a doña Lupe el señor de Torquemada, está vendida.

—¡Vendida!... ¡Ah!... —exclamó Fortunata con nuevo terror—. Mira tú por qué esa mujer no me gustó cuando la vi esta mañana. Es muy adulona, muy relamida, y tiene todo el aire de un serpentón... Pues nada, le diré a mi marido que no me gusta, y mañana mismo la despido.

—Eso..., y viva el *caráiter.* Tú mira bien lo que te digo: siempre y cuando quieras ser honrada, *serlo;* pero dejarte de casar, ¡dejar de casarte!, que no se te pase por la cabeza, hija de mi alma.

Fortunata parecía recobrar la calma con esta exhortación de su amiga, expresada de una manera cariñosa y fraternal.

—Otra cosa se me ocurre —indicó luego con la alegría del náufrago que ve flotar una tabla cerca de sí—. Le diré a mi marido que estoy mala y que me lleve a vivir al pueblo ese donde ha cogido la herencia.

—¡Pueblo!... ¿Y qué vas a hacer tú en un pueblo? —dijo Mauricia con expresión de desconsuelo, como una madre que se ocupa del porvenir de su hija—. Mira tú, y créelo porque yo te lo digo: más difícil es ser honrada en un pueblo chico que en estas ciudades grandes donde hay mucho personal, porque en los pueblos se aburre una, y como no hay más que dos o tres sujetos finos y siempre les estás viendo, ¡qué peine!, acabas por encapricharte con alguno de ellos. Yo conozco bien lo que son los pueblos de corto personal. Resulta que el alcalde, y si no el alcalde el médico, y si no el juez, si lo hay, te hacen tilín, y no quiero decirte nada. En último caso, tanto te aburres, que te da un *toque* y caes con el señor cura...

—Quita, quita, ¡qué asco!

—Pues, chica, no pienses en salir de Madrid —agregó la tarasca cogiéndola por un brazo, atrayéndola a sí y sentándola sobre sus rodillas—. Hija de mi vida, ¿a quién quiero yo? A ti nada más. Lo que yo te diga es por tu bien. Déjate llevar; cásate, y si hay trampa, que la haya. Lo que debe pasar, pasa... Deja correr y haz caso de mí, que te he tomado cariño y soy *mismamente* como tu madre.

Fortunata iba a responder algo; pero la campanilla anunció que se aproximaba doña Lupe.

Cuando ésta penetró en la sala, ya sabía por *Papitos* quién estaba allí.

—¿En dónde está esa loca? —entró diciendo—. Pero ¡qué oscuridad! No veo gota. Mauricia...

—Aquí estoy, mi señora doña Lupe. Ya nos podían traer una luz.

Fortunata fue por la luz, y en tanto la viuda dijo a su corredora:

—¿Qué traes por acá? ¡Cuánto tiempo...! ¿Y qué tal? ¿Te has enmendado? Porque el padre Pintado le contó a Nicolás horrores de ti...

—No haga caso, señora. Don León es muy fabulista y boquea más de la cuenta. Fue un pronto que tuve.

—¡Vaya unos prontos!... ¿Y qué traes ahí?

Entró Fortunata con la lámpara encendida, y la tarasca empezó a mostrar mantones de Manila, un tapiz japonés, una colcha de malla y felpilla.

—Mire, mire qué primores. Este pañolón es de la *señá* marquesa de Tellería. Lo da por un pedazo de pan. Anímese, señora, para que haga un regalo a su sobrina, el día de mañana, que así sea el *escomienzo* de todas las felicidades.

—¡Quita allá...!, ni para qué quiere ésta mantones. ¡Buenos están los tiempos! ¿Y qué precio?... ¡Cincuenta duros! Ajajá..., ¡qué gracia! Los tengo yo del propio Senquá mucho más floreados que ése y los doy a veinticinco.

—Quisiera verlos... ¿Sabe lo que le digo? Que me caiga ahora muerta aquí mismo, si no es verdad que me han ofrecido treinta y ocho y no lo he querido dar... Mire, por estas cruces.

Y haciendo la cruz con dos dedos, se la besó.

—¡A buena parte vienes!... Si estoy yo de mantones...

—Pero no serán como éste.

—Mejores, cien veces mejores... Pero me alegro de que hayas venido; te voy a dar un aderezo para que me lo corras.

Y siguieron picoteando de este modo hasta que entró Maximiliano, y doña Lupe mandó sacar la sopa. El novio, enterándose de que había visita en la sala, acercóse despacito a la puerta para ver quién era.

—Es Mauricia —le dijo su prometida saliéndole al encuentro.

Ambos se fueron al comedor esperando allí a que su tía despachase a la corredora. Cuando ésta se fue no quiso Fortunata salir a despedirla, por temor de que dijese algo que la pudiera comprometer.

## III

Maximiliano habló a su futura de las invitaciones que había hecho, y ella le oía como quien oye llover; mas no reparó el joven en esta distracción por lo muy exaltado que estaba. Como era tan idealista, quería hacer el papel de novio con todas las reglas recomendadas por el uso, y aunque se vio solo en el comedor con su amada, tratábala con aquellos miramientos que impone el pudor más exquisito. No se decidía ni a besarla, gozando con la idea de poder hacerlo a sus anchas después de recibidas las bendiciones de la Iglesia, y aun de hacerle otras caricias con la falsa ilusión de no habérselas hecho antes. Mientras comían, Fortunata se sintió anegada en tristeza, que le costaba trabajo disimular. Inspirábale el próximo estado tanto temor y repugnancia, que le pasó por el pensamiento la idea de escaparse de la casa, y se dijo: "No me llevan a la iglesia ni atada." Doña Lupe, que gustaba tanto de hacer papeles y de poner en todos los actos la corrección social, no quería que los novios se quedasen solos ni un momento. Había que emplear una ficción moral como tributo a la moral misma y en prueba de la importancia que debemos dar a la forma en todas nuestras acciones.

Fortunata estuvo muy desvelada aquella noche. Lloraba a ratos como una Magdalena, y poníase luego a recordar cuanto le dijo el padre Pintado y el remedio de la devoción a la Santísima Virgen. Durmióse al fin rezando, y soñó que la Virgen la casaba, no con Maxi, sino con su verdadero hombre, con el que era suyo a pesar de los pesares. Despertó sobresaltada, diciendo: "Esto no es lo convenido." En el delirio de su febril insomnio, pensó que don León la había engañado y que la Virgen se pasaba al enemigo. "Pues para esto no se necesitaba tanto Padre Nuestro y tanta Ave María..." Por la mañana reíase de aquellos disparates, y sus ideas fueron más reposadas. Vio claramente que era locura no seguir el camino por donde la llevaban, que era sin duda el mejor. "¡Hala! Honrada a todo trance. Ya me defenderé de cuantas trampas se me quieran armar."

Doña Lupe dejó las ociosas plumas a las cinco de la mañana cuando aún no era de día, y arrancó de la cama a *Papitos,* tirándole de una oreja, para que encendiera la lumbre. ¡Flojita tarea la de aquel día; un almuerzo para doce personas! Llamó a Fortunata para que se fuera arreglando, y acordaron dejar dormir a Maxi hasta la hora precisa, porque los madrugones le sentaban mal. Dio varias disposiciones a la novia para que trabajara en la cocina, y se fue a la compra con *Papitos,* llevando el cesto más grande que en la casa había.

Lo que doña Lupe llamaba el *menudo* era excelente: riñones salteados, sesos, merluza o pageles, si los había, chuletas de ternera, filete a la inglesa... Esto corría de cuenta de la viuda, y Fortunata se comprometió a hacer una paella. A las ocho ya estaba doña Lupe de vuelta, y parecía una pólvora: tal era su actividad. Como que a las diez debían ir a la iglesia.

—Pero no, no iré, porque si voy, de fijo me hace *Papitos* algún desaguisado.

La suerte fue que vino Patricia, y entonces se decidió la señora a asistir a la ceremonia.

Púsose la novia su vestido de seda negro, y doña Lupe se empeñó en plantarle un ramo de azahar en el pecho. Hubo disputa sobre esto...; que sí, que no. Pero la señora de don Basilio había traído el ramo y no se la podía desairar. Como que era el mismo ramo que ella se había puesto el día de su boda. Fortunata estaba guapísima, y *Papitos* buscaba mil pretextos para ir al gabinete y admirarla aunque sólo fuera un instante. "Ésta sí que no tiene algodón en la delantera", pensaba.

La de Jáuregui se puso su *visita,* adornada con abalorio, y doña Silvia se presentó con pañuelo de Manila, lo que no agradó mucho a la viuda, porque parecía boda de pueblo. Torquemada fue muy majo; llevaba el hongo nuevo, el cuello de la camisa algo sucio, corbata negra deshilachada y en ella un alfiler con magnífica perla que había sido de la marquesa de Casa-Bojío. El bastón de roten y las enormes rodilleras de los calzones le acababan de caracterizar. Era hombre muy humorístico y tenía una baraja de chistes referentes al tiempo. Cuando diluviaba, entraba diciendo:

—Hace un polvo atroz.

Aquel día hacía mucho calor y sequedad, motivo sobrado para que mi hombre se luciera:

—¡Vaya una nevada que está cayendo!

Estas gracias sólo las reían doña Silvia y doña Lupe.

Maxi llevaba su levita nueva y la chistera que aquel día se puso por primera vez. Extrañaba mucho aquel desusado armatoste, y cuando se lo veía en la sombra parecíale de tres o cuatro palmos de alto. Dentro de casa, creía que tocaba con su sombrero al techo. Pero en orden de chisteras, la más notable era la de don Basilio Andrés de la Caña, que lo menos era de catorce modas atrasadas, y databa del tiempo en que Bravo Murillo le hizo ordenador de pagos. Las botas miraban con envidia al sombrero por el lustre que tenía. Nicolás Rubín presentóse menos desaseado que otras veces, sintiendo no haber podido traer a don León. *Ulmus sylvestris, Quercus gigantea* y *Pseudo Narcissus odoripherus* presentáronse muy guapetones, de levitín, y alguno de ellos con guantes acabados de comprar, y rodearon a la novia, y la felicitaron y aun le dieron bromas, viéndose ella apuradísima para contestarles. Por fin, doña Lupe dio la voz de mando, y a la iglesia todo el mundo.

Fortunata tenía la boca extraordinariamente amarga, cual si estuviera mascando palitos de quina. Al entrar en la parroquia sintió horrible miedo. Figurábase que su enemigo estaba escondido tras un pilar. Si sentía pasos, creía que eran los de él. La ceremonia verificóse en la sacristía, y duró poco tiempo. Impresionaron mucho a la novia los símbolos del Sacramento, y por poco se cae redonda al suelo. Y al propio tiempo sentía en sí una luz nueva, algo como un sacudimiento, el choque de la dignidad que entraba. La idea del señorío enderezó su espíritu, que estaba como columna inclinada y próxima a perder el equilibrio. ¡Casada! ¡Honrada, o en disposición de serlo! Se reconocía otra. Estas ideas, que quizás procedían de un fenómeno espasmódico, la confortaron; pero al salir volvió a sentirse acometida del miedo. ¡Si por acaso el enemigo se le aparecía!... Porque Mauricia le había dicho que rondaba, que rondaba, que rondaba... ¡Aquí de la Virgen! Pero ¡qué cosas! ¡Si María Santísima protegía ahora al enemigo! Esta idea extravagante no la podía echar de sí. ¿Cómo era posible que la Virgen defendiera el pecado? ¡Tremendo disparate! Pero disparate y todo, no había medio de destruirlo.

De regreso a la casa, doña Lupe no cabía en su pellejo; de tal modo se crecía y se multiplicaba atendiendo a tantas y tan diferentes cosas. Ya recomendaba en voz baja a Fortunata que no estuviese tan displicente con doña Silvia; ya corría al comedor a disponer la mesa; ya se liaba con *Papitos* y con Patricia, y parecía que a la vez estaba en la cocina, en la sala y en la despensa y en los pasillos. Creeríase que había en la casa tres o cuatro viudas de Jáuregui funcionando a un tiempo. Su mente se acaloraba ante la temerosa contingencia de que el almuerzo saliera mal. Pero si salía bien, ¡qué triunfo! El corazón le latía con fuerza, comunicando calor y fiebre a toda su persona, y hasta la pelota de algodón parecía recibir también su parte de vida, palpitando y permitiéndose doler. Por fin, todo estuvo a punto. Juan Pablo, que no había ido a la iglesia, pero que se había unido a la comitiva al volver de ella, buscaba un pretexto para retirarse. Entró en el comedor cuando sonaba el pataleo de las sillas en que se iban acomodando los comensales, y contó...

—Me voy —dijo—, para no hacer trece.

Algunos protestaron de tal superstición, y otros la aplaudieron. A don Basilio le parecía esto incompatible con las luces del siglo, y lo mismo creía doña Lupe; pero se guardó muy bien de detener a su sobrino, por la ojeriza que le tenía, y Juan Pablo se fue, quedando en la mesa los comensales en la tranquilizadora cifra de doce.

Durante el almuerzo, que fue largo y fastidioso, Fortunata siguió muy encogida, sin atreverse a hablar, o haciéndolo con mucha torpeza cuando no tenía más remedio. Temía no comer con bastante finura y revelar demasiado su escasa educación. El temor de parecer ordinaria era causa de que las palabras se detuvieran en sus labios en el momento de ser pronunciadas. Doña Lupe, que la tenía al lado, estaba al quite para auxiliarla si fuera menester, y en los más de los casos respondía por ella, si algo se le preguntaba, o le soplaba con disimulo lo que debía de decir.

A un tiempo notaron Fortunata y doña Lupe que Maximiliano no se sentía bien. El pobrecito quería engañarse a sí mismo, haciéndose el valiente; mas al fin se entregó.

—Tú tienes jaqueca —le dijo su tía.

—Sí que la tengo —replicó él con desaliento, llevándose la mano a los ojos—, pero quería olvidarla a ver si no haciéndole caso, se pasaba. Pero es inútil, no me escapo ya. Parece que se me abre la cabeza. Ya se ve: la agitación de ayer, la mala noche, porque a las tres de la mañana desperté creyendo que era la hora, y no volví a dormir.

Hubo en la mesa un coro compasivo. Todos dirigían al pobre jaquecoso miradas de lástima y algunos le proponían remedios extravagantes.

—Es mal de familia —observó Nicolás—, y con nada se quita. Las mías han sido tan tremendas, que el día que me tocaba, no podía menos de compararme a San Pedro Mártir, con el hacha clavada en la cabeza. Pero de algún tiempo a esta parte se me alivian con jamón.

—¿Cómo es eso?... ¿Aplicándose una tajada a la cabeza?

—No, hija..., comiéndolo...

—¡Ah! Uso interno...

—Vale más que te retires —dijo Fortunata a su marido, cuyo sufrimiento crecía por instantes.

Doña Lupe fue de la misma opinión, y Maximiliano pidió permiso para retirarse, siéndole concedido con otro coro de lamentaciones. El almuerzo tocaba ya a su fin. Fortunata se levantó para acompañar a su marido, y no hay que decir que, sintiendo el motivo, se alegraba de abandonar la mesa, por verse libre de la etiqueta y de aquel suplicio de las miradas de tanta gente. Maxi se echó en su cama; su mujer le arropó bien, y cerrando las maderas, fue a la cocina a hacer un té. Allí se tropezó con doña Lupe, que le dijo:

—Primero es el café. Ya lo están esperando. Ayúdame, y luego harás el té para tu marido. Lo que él necesita más es descanso.

La sobremesa fue larga. Pegaron la hebra don Basilio y Nicolás sobre el carlismo, la guerra y su solución probable, y se armó una gran tremolina, porque intervinieron los farmacéuticos, que eran atrozmente liberales, y por poco se tiran los platos a la cabeza. Torquemada procuraba pacificar, y entre unos y otros molestaban mucho al enfermo con la bulla que hacían. Por fin, a eso de las cuatro fueron desfilando, teniendo la desposada que oír los plácemes empalagosos que le dirigían, confundidos con bromas de mal gusto, y contestar a todo como Dios le daba a entender. La tarde pasóla Maxi muy mal; le dieron vómitos y se vio acometido de aquel hormigueo epiléptico que era lo que más le molestaba. Al anochecer se empeñó en que se había de ir a la nueva casa, y su mujer y su tía no podían quitárselo de la cabeza.

—Mira que te vas a poner peor. Duerme aquí, y mañana...

—No, no quiero. Me siento algo aliviado. El período más malo pasó ya. Ahora el dolor está como indeciso, y dentro de media hora aparecerá en el lado derecho, dejándome libre el izquierdo. Nos vamos a casa, me acuesto entre sábanas y allí pasaré lo que me resta.

Fortunata insistía en que no se moviese, pero él se levantó y se puso la capa. No hubo más remedio que emprender la marcha para la otra casa.

—Tía —dijo Maxi—, que no se olvide el frasco de láudano. Cógelo tú, Fortunata, y llévalo. Cuando me meta en la cama, trataré de dormir, y si no lo consigo, echarás seis gotas, cuidado..., seis gotas nada más de esta medicina en un vaso de agua, y me la darás a beber.

Muy abrigado y la cabeza bien envuelta para que no le diese frío, lleváronle a la casa matrimonial, que fue estrenada en condiciones poco lisonjeras. La distancia entre ambos domicilios era muy corta. Al atravesar la calle de Santa Feliciana, Fortuna creyó ver..., juraría... Le corrió una exhalación fría por todo el cuerpo. Pero no se atrevía a mirar para atrás con objeto de cerciorarse. Probablemente no era más que delirio y azoramiento de su alma, motivados por las mil andróminas que le había contado Mauricia.

Llegaron, y como todo estaba preparado para pernoctar, nada echaron de menos. Sólo se habían olvidado unas bujías y Patricia bajó a traerlas. Acostado Maxi, sucedió lo que se temía: que se puso peor, y vuelta a los vómitos y a la desazón espasmódica...

—Tú no quieres hacer caso de mí... ¡Cuánto mejor que hubieras dormido en casa esta noche! Ahí tienes el resultado de tu terquedad.

Después de expresar su opinión autoritaria de esta manera, doña Lupe, viendo a su sobrino más tranquilo y como vencido del sopor, empezó a dar instrucciones a Fortunata sobre el gobierno de la casa. No aconsejaba, sino que disponía. Por dar órdenes, hasta le dijo lo que había de mandar traer de la plaza al día siguiente, y al otro y al otro.

—Y cuidado con dejar de tomarle la cuenta a la muchacha, al céntimo, pues Torquemada dice que no la abona y no hay que fiar... Si te falta algún cacharro en la cocina, no lo compres; yo te lo compraré, porque a ti te clavan... Nada de comprar petróleo en latas...; el fuego me horripila. Desde mañana vendrá el petrolero de casa y le tomas lo que se gaste en el día... Patatas y jabón, una arroba de cada cosa. Cuidado cómo te sales de un diario de dieciséis, diecisiete reales todo lo más... El día que sea conveniente un extraordinario, me lo avisas... Yo iré con *Papitos* a la plaza de San Ildefonso, y te traeré lo que me parezca bien... A Maxi le pones mañana dos huevitos pasados, ya sabes, y un sopicaldo. Los demás días su chuletita con patatas fritas. No compres nunca merluza de Chamberí. *Papitos* te la traerá. Mucho ojo con este carnicero, que es más ladrón que Judas. Si tienes alguna cuestión con él, nómbrame a mí y le verás temblar...

Y por aquí siguió amonestando y apercibiendo con ínfulas de verdadera ama y canciller de toda la familia. La suerte que se marchó.

Serían las diez cuando la desposada se quedó sola con su marido y con Patricia. Maxi no acababa de tranquilizarse, por lo que fue preciso apelar al remedio heroico. El mismo enfermo lo pidió, dejando oír una voz quejumbrosa que salía de entre las sábanas, y que por su tenuidad no parecía corresponder a la magnitud del lecho. Fortunata cogió el cuentagotas y acercando la luz preparó la pócima. En vez de siete [*sic*] gotas no puso más que cinco. Le daba miedo aquella medicina. Tomólo Maxi y al poco rato se quedaba dormido con la boca abierta, haciendo una mueca que lo mismo podía ser de dolor que de ironía.

## IV

Al ver dormido a su esposo, parecióle a Fortunata que se alejaba; encontróse sola, rodeada de un silencio alevoso y de una quietud traidora. Dio varias vueltas por la casa, sin apartar el pensamiento y las miradas de los tabiques que separaban su cuarto del inmediato, y los tales tabiques se le antojaron transparentes, como delgadas gasas, que permitían ver todo lo que de la otra parte pasaba. Andando de puntillas por los pasillos y por la sala, percibió rumor de voces. Si aplicara el oído a la pared, oiría quizás claramente; pero no se atrevió a aplicarlo. Por la ventana del comedor que daba a un patio medianero, veíase otra ventana igual, con visillos en los cristales. Allí lucía una lámpara con pantalla verde, y alrededor de ella pasaban bultos, sombras, borrosas imágenes de personas, cuyas caras no se podían distinguir.

Después de hacer estas observaciones, fue a la cocina, donde estaba la criada preparando los trastos para el día siguiente. Era muy hacendosa y tan corrida en el oficio, que la misma doña Lupe se sorprendía de verla trabajar, porque despachaba las cosas en un decir Jesús, sin atropellarse. Pero a Fortunata le era antipática por aquella amabilidad empalagosa tras de la cual vislumbraba la traición.

—Patricia —le dijo su ama, afectando una curiosidad indiferente—, ¿sabe usted qué gente es ésa del cuarto de al lado?

—Señorita —replicó la criada sin dejarla concluir—, como estoy aquí desde el día antes de salir usted del convento, ya conozco a toda la vecindad..., ¿sabe? En ese cuarto vive una señora muy fina que la llaman doña Cirila. Su marido es no sé qué del tren. Tiene una gorra con galones y letras. Esta noche, cuando bajé por las bujías, me encontré a la vecina en la tienda y me preguntó por el señorito. Dijo que cualquier cosa que se ofreciera..., ¿sabe? Es muy amable. Ayer entró aquí a ver la casa, y yo pasé a la suya... Dice que tiene muchas ganas de hacerle a usted la visita.

—¡A mí! —replicó Fortunata sentándose en la silla de la cocina, junto a la mesa de pino blanco—. ¡Qué confianzudo está el tiempo! Y usted, ¿para qué se ha metido allá, sin más ni más?... ¿Qué sabía usted si a mí me gustaba o no me gustaba entrar en relaciones...?

—Yo..., señorita..., calculé que...

"Nada, estoy vendida... —pensó Fortunata—, y esta mujer es el mismo demonio."

Un rato estuvo meditando, hasta que Patricia, mientras ponía los garbanzos de remojo, la sacó de su abstracción con estas mañosas palabras:

—Díjome doña Cirila que es usted muy linda, ¿sabe?..., que esta mañana la vio a usted en la iglesia y que le fue muy simpática. Verá usted, cuando la trate, que también ella se deja querer. Dice que se alegrará mucho de que usted pase a su casa cuando guste..., con confianza, y que de noche están jugando a la brisca hasta las doce.

—¡Que pase yo allá!... ¡Yo!

—Claro..., y esta noche misma puede pasar, puesto que el señorito duerme y no son más que las diez... Digo, si quiere distraerse un rato.

—Pero ¿qué está usted diciendo? ¡Distraerme yo!

Fortunata se habría dejado llevar del primer impulso de cólera, si en su alma no hubiera nacido otro impulso de tolerancia, unido a cierta relajación de conciencia. Se calló, y en aquel instante llamaron a la puerta.

—¡Llaman!... No abra usted, no abra usted —dijo con presentimiento de un cercano peligro.

—¿Por qué, señorita?... ¿A qué

esos miedos?... Miraré por el ventanillo.

Y fue hacia el recibimiento. Desde la cocina oyó Fortunata cuchicheo en la puerta. Duró poco, y la criada volvió diciendo:

—Los de al lado..., la misma señorita Cirila fue la que llamó. Nada; que si teníamos por casualidad azucarillos... Le he dicho que no. Me preguntó cómo seguía el señorito. Le contesté que duerme como un lirón.

Fortunata salió de la cocina sin decir nada, cejijunta y con los labios temblorosos. Fue a la alcoba y observó a su marido que dormía profundamente, pronunciando en su delirio opiáceo palabras amorosas entremezcladas con términos de farmacia: "Ídolo... De acetato de morfina, un centigramo... Cielo de mi vida... Clorhidrato de amoníaco, tres gramos... Disuélvase..."

Volviendo a la cocina, mandó a la criada que se acostase; pero la señora Patria no tenía sueño.

—Mientras la señorita no se acueste, ¿para qué me he de acostar yo? Podría ofrecerse algo.

Y la muy picarona quería entablar conversación con su ama; mas ésta no le respondía a nada. De pronto, el despierto oído de Fortunata, cuyo pensamiento estaba reconcentrado en la trampa que a su parecer se le armaba, creyó sentir ruido en la puerta. Parecía como si cautelosamente probaran llaves desde fuera para abrirla. Fue allá muerta de miedo, y al acercarse cesó el ruido; ella no las tenía todas consigo, y llamó a Patria:

—Juraría que alguien anda en la puerta... Pero qué, ¿no ha echado usted el cerrojo?

Observó entonces que el cerrojo no estaba echado, y lo corrió con mucho cuidado para no hacer ruido.

—¡Vaya, que si yo me fiara de usted para guardar la casa...! A ver, atención... ¿No siente usted un ruidito, como si alguien estuviera tentando la cerradura?... ¿Ve usted? Ahora empujan... ¿Qué es esto?

—Señorita..., ¿sabe? Es el viento que rebulle en la escalera. No sea usted tan medrosica...

Lo más particular era que la misma Fortunata, al correr el cerrojo con tanto cuidado, había sentido, allá en el más apartado escondrijo de su alma, un travieso anhelo de volverlo a descorrer. Podría ser ilusión suya; pero creía ver, cual si la puerta fuera de cristal, a la persona que tras ésta, a su parecer, estaba... Le conocía, ¡cosa más rara!, en la manera de empujar, en la manera de rasguñar la fechadura, en la manera de probar una llave que no servía. Durante un rato, señora y criada no se miraron. A la primera le temblaban las manos y le andaba por dentro del cráneo un barullo tumultuoso. La sirvienta clavaba en la señora sus ojos de gato, y su irónica sonrisa podría ser lo mismo el único aspecto cómico de la escena que el más terrible y dramático. Pero de repente, sin saber cómo, criada y ama cruzaron sus miradas, y en una mirada pareció que se entendieron. Patria le decía con sus ojuelos que arañaban: "Abra usted, tonta, y déjese de remilgos." La señora decía: "¿Le parece a usted bien que abra?... ¿Cree usted que...?"

Pero a Fortunata le ganó de súbito el decoro y tuvo un rechazo de honor y dignidad.

—Si esto sigue —dijo—, despertaré a mi marido. ¡Ah!, ya parece que se retira el ladrón, pues ladrón debe de ser...

Tocó el cerrojo para cerciorarse de que estaba corrido, y se fue a la sala. Patricia volvió a la cocina.

"En todo caso, es demasiado pronto", pensó Fortunata sentándose en una silla y poniéndose a pensar. Fue como una concesión a las ideas malas que con tanta presteza surgían de su cerebro, como salen del hormiguero las hormigas, en larga procesión, negras y diligentes.

Después trató de rehacerse de nuevo: "Resueltamente, mañana le digo a mi marido que la casa no me gusta y que es preciso que nos mudemos. Y a esta sinvergüenzona la planto en la calle."

¡Qué cosas pasan! De improviso, obedeciendo a un movimiento irresistible, casi puramente mecánico y fatal, Fortunata se levantó y saliendo de la sala, se acercó a la puerta. En aquel acto, todo lo que constituye la entidad moral había desaparecido con total eclipse del alma de la infortunada mujer; no había más que el impulso físico, y lo poco que de espiritual había en ello, engañábase a sí mismo creyéndose simple curiosidad. Aplicó el oído a la rejilla... Pues sí, la persona, el ladrón o lo que fuera, continuaba allí. Instintivamente, como el suicida pone el dedo en el gatillo, llevó la mano al cerrojo; pero así como el suicida, instintivamente también, se sobrecoge y no tira, apartó su mano del cerrojo, el cual tenía el mango tieso hacia adelante como un dedo que señala.

Entonces, por los huecos de la rejilla, de fuera adentro, penetraron estas palabras adelgazadas por la voz, cual si hubieran de pasar por un tamiz finísimo: "Nena, nena..., ahora sí que no te me escapas."

Fortunata no hizo movimiento alguno. Se había convertido en estatua. Creía estar sola, y vio que Patria se acercaba pasito a pasito, pisando como los gatos. No con el lenguaje, sino con aquella cara gatesca y aquella boca que parecía que se estaba siempre relamiendo, decía: "Señorita, abra usted y no haga más papeles. Si al fin ha de abrir mañana, ¿por qué no abre esta noche?"

Como si esto hubiera sido expresado con la voz, con la voz respondió la señora:

—No, no abro.

—Vaya por Dios...

Largo y temeroso silencio siguió a esto. Después sintieron que se abría y se cerraba la puerta del cuarto vecino. Fortunata respiró. El *otro,* cansado de esperar, se retiraba.

—Vaya por Dios —repitió Patria, como si dijera: "Tanto repulgo para caerse luego..."

Pasado un cuarto de hora, sintieron que se abría otra vez la puerta de la izquierda. Corrió Fortunata al ventanillo, miró con cuidado y... el *otro* salía embozándose en su capa con vueltas encarnadas. La emoción que sintió al verle fue tan grande, que se quedó como yerta, sin saber dónde estaba. Hacía tres años que no le había visto... Observó un hecho muy desagradable: al salir el tal, no había mirado a la puerta de la derecha, como parecía natural... Estaba enojado, sin duda...

Y movida del mismo impulso mecánico, la señora de Rubín corrió al balcón de la sala, y abrió quedamente la madera... En efecto, le vio atravesar la calle y doblar la esquina de la de Don Juan de Austria. Tampoco había mirado para los balcones de la casa, como es natural mire el chasqueado expugnador de una plaza, al retirarse de sus muros.

Patricia se permitió la confianza de poner su mano en el hombro de su ama, diciéndole:

—Ahora sí que nos podemos acostar. ¡Qué susto hemos pasado!

Fortunata le respondió:

—¿Susto yo?... ¡Quia!

Todo esto se decía en un cuchicheo cauteloso, y lo mismo lo habrían dicho aunque no hubiera allí un enfermo cuyo sueño había que respetar. La criada se deslizó blandamente por los oscuros pasillos y el ama entró en la alcoba. Al ver a su marido, sintió como si lo que está a cien mil leguas de nosotros se nos pusiera al lado de repente. Maxi había dado vueltas en el lecho y dormía como los pájaros, con la cabeza bajo el ala. El mezquino cuerpo se perdía en la anchura de aquella cama tan grande, y allí podía pasearse en sueños el esposo como en los inconmensurables espacios del Limbo.

La esposa no se acostó, y acercando una butaca a la cama, y echándose en ella, cerró los ojos. Y allá de madrugada fue vencida del sueño, y se le armó en el cerebro un penoso tumulto de cerrojos que se descorrían, de puertas que se franqueaban, de tabiques transparentes y de hombres que se colaban en su casa filtrándose por las paredes.

## V

A la mañana siguiente, Maxi estaba mejor, pero rendidísimo. Daba lástima verle. Su palidez era como la de un muerto; tenía la lengua blanca, mucha debilidad y ningún apetito. Diéronle algo de comer, y Fortunata opinó que debía quedarse en la cama hasta la tarde. Esto no le disgustaba a Maxi, porque sentía cierto alborozo infantil de verse en aquel lecho tan grandón y rodar por él. La mujer le cuidaba como se cuida a un niño, y se había borrado de su mente la idea de que era un hombre.

Vino doña Lupe muy temprano, y enterada de que Maxi estaba bien, empezó a dar órdenes y más órdenes, y a incomodarse porque ciertas cosas no se habían hecho como ella mandara. Iba de la sala a la cocina y de la cocina a la sala, dictando reglas y pragmáticas de buen gobierno. Maxi se quejaba de que su mujer estaba más tiempo fuera de la alcoba que en ella, y la llamaba a cada instante.

—Gracias a Dios, hija, que pareces por aquí. Ni siquiera me has dado un beso. ¡Qué día de boda, hija, y qué noche! Esta maldita jaqueca...; pero ya pasó, y ahora lo menos en quince días no me volverá a dar... ¡Vamos! Ya estás otra vez queriendo marcharte a la cocina. ¿No está ahí esa señora Patria?

—Ha ido a la compra. La que está es tu tía, por cierto dando *tantismas* órdenes, que no sabe una a cuál atender primero.

—Pues déjala. Tú, a todo di que sí, y luego haces lo que quieras, pichona. Ven acá.. Que trabaje Patria; para eso está. ¡Qué bien sirve! ¿Verdad? Es una mujer muy lista.

—Ya lo creo...

—¿Te vas de veras?

—Sí, porque si no, tu tía me va a echar los tiempos.

—¡Pues me gusta!... Entonces me levanto y me voy también a la cocina. Yo quiero estarte mirando hasta que me harte bien. Ahora eres mía; soy tu dueño único y mando en ti.

—Vuelvo al momentito, rico...

—Estos momentitos me cargan —dijo él nadando en las sábanas como si fueran olas.

Toda la mañana tuvo Fortunata el pensamiento fijo en la casa vecina. Mientras almorzaba sola miraba por la ventana del patio, pero no vio a nadie. Parecía vivienda deshabitada. Siempre que pasaba por la sala echaba la esposa de Rubín miradas furtivas a la calle. Ni un alma. Sin duda la trampa se armaba sólo por las noches.

A la tarde, hallándose sola con Patricia en la cocina, tuvo ya las palabras en la boca para preguntarle: "¿Y los de al lado?"

Pero no desplegó sus labios. Debió de penetrar la maldita gata aquella en el pensamiento de su ama, pues como si contestara a una pregunta, le dijo de buenas a primeras:

—Pues ahorita, cuando bajé a la carnicería, ¿sabe?, encontréme a la señorita Cirila. Me preguntó por el señorito, y dijo que pasaría a verla a usted, sin decir cuándo ni cuándo no.

—No me venga usted con cuentos de... esa familiona —contestó

Fortunata, cuyo ánimo estaba bastante aplacado para poder tomar aquella correcta actitud—. Ni qué me importa a mí..., ¿me entiende usted?

Maximiliano se levantó, dio algunas vueltas; pero estaba tan débil, que tuvo que volver a acostarse. Ella, en tanto, seguía observando. No se oía en la vecindad ningún rumor. Por la noche igual silencio. Parecía que a la doña Cirila, su marido, el de la gorra con letras y a los amigos que les visitaban, se les había tragado la tierra. Por la noche, sintió Fortunata tristeza y desasosiego tan grandes, que no sabía lo que le pasaba. Se habría podido creer que la contrariaba el no ver a nadie de la casa próxima, el no sentir pisadas, ni ruido de puertas, ni nada. Maximiliano, que desde media tarde había vuelto a nadar entre las agitadas sábanas del lecho, y estaba tan impertinente como un niño enfermo que ha entrado en la convalecencia, dijo a su consorte, ya cerca de las diez, que se acostase, y ésta obedeció; mas la repugnancia y hastío que inundaban su alma en aquel instante eran de tal modo imperiosos, que le costó trabajo no darlos a conocer. Y el pobre chico no se encontraba en aptitud de expresarle su desmedido amor de otro modo que por manifestaciones relacionadas exclusivamente con el pensamiento y con el corazón. Palabras ardientes sin eco en ninguna concavidad de la máquina humana, impulsos de cariño propiamente ideales, y de aquí no salía, es decir, no podía salir. Fortunata le dijo con expresión fraternal y consoladora:

—Mira, duérmete, descansa y no te acalores. Anoche has estado muy malito y necesitas unos días para reponerte. Hazte cuenta que no estoy aquí, y a dormir se ha dicho.

Si le tranquilizó, no se sabe; pero ello es que se quedó dormida, y no despertó hasta las siete de la mañana.

Maxi se quedó más tiempo en la cama, hartándose de sueño, aquel reparo que su desmedrada constitución reclamaba. Púsose Fortunata a arreglar la casa y mandó a Patricia a la compra, cuando he aquí que entra doña Lupe toda descompuesta:

—¿No sabes lo que pasa? Pues una friolera. Déjame sentar que vengo sofocadísima. Vaya que dan que hacer mis dichosos sobrinos. Anoche han puesto preso a Juan Pablo. Ha venido a decírmelo ahora mismo don Basilio. Entraron los de la policía en la casa de esa mujer con quien vive ahora, ¿te vas enterando?, y después de registrar todo y de coger los papeles, trincaron a mi sobrino, y en el Saladero me le tienes... Vamos a ver, ¿y qué hago yo ahora? Francamente, se ha portado muy mal conmigo; es un mal agradecido y un manirroto. Si sólo se tratara de tenerle unos días en la cárcel, hasta me alegraría, para que escarmiente y no vuelva a meterse donde no le llaman. Pero me ha dicho don Basilio que a todos los presos de anoche..., han cogido a mucha gente..., les van a mandar nada menos que a las islas Marianas, y aunque Juan Pablo se tiene bien merecido este paseo, francamente, es mi sobrino, y he de hacer cuanto pueda para que le pongan en libertad.

Maxi, que oyera desde la alcoba algunas palabras de este relato, llamó, y doña Lupe lo repitió en su presencia, añadiendo:

—Es preciso que te levantes ahora mismo y vayas a ver a todas las personas que puedan interesarse por tu hermano, que bien ganado se tiene el achuchón; ¡pero qué le hemos de hacer!... Tú verás a don León Pintado, para que te presente al doctor Sedeño, el cual te presentará a don Juan de Lantigua, que aunque es un señor muy *neo*, tiene influencia por su respetabilidad. Yo pienso ver a Casta Moreno para que interceda con don Manuel Moreno

Isla, y éste le hable a Zalamero, que está casado con la chica de Ruiz Ochoa. Cada uno por su lado, beberemos los vientos para impedir que le plantifiquen en las islas Marianas.

Vistióse el joven a toda prisa, y doña Lupe, en tanto, dispuso que no se hiciese almuerzo en la cocina de Fortunata, y que ésta y su marido almorzaran con ella, para estar de este modo reunidos en día de tanto trajín. Maxi salió después de desayunarse, y su mujer y su tía se fueron a la otra casa. Por el camino, doña Lupe decía:

—Es lástima que Nicolás se haya ido a Toledo hace dos días, pues si estuviera aquí, él daría pasos por su hermano, y con seguridad le sacaría hoy mismo de la cárcel, porque los curas son los que más conspiran y los que más pueden con el Gobierno... Ellos la arman, y luego se dan buena maña para atarles las manos a los ministros cuando tocan a castigar. Así está el país que es un dolor..., todo tan perdido... ¡Hay más miseria!... Y las patatas a seis reales arroba, cosa que no se ha visto nunca.

Púsose la viuda en movimiento con aquella actividad valerosa que le había proporcionado tantos éxitos en su vida, y Fortunata y *Papitos* quedaron encargadas de hacer el almuerzo. A la hora de éste volvió doña Lupe sofocada, diciendo que Samaniego, el marido de Casta Moreno, se hallaba en peligro de muerte y que por aquel lado no podía hacerse nada. Casta no estaba en disposición de acompañarla a ninguna parte. Tocaría, pues, a otra puerta, yéndose derechita a ver al señor de Feijóo, que era amigo suyo y había sido su pretendiente, y tenía gran amistad con don Jacinto Villalonga, íntimo del Ministro de la Gobernación. A poco llegó don Basilio diciendo que Maxi no venía a almorzar.

—Ha ido con don León Pintado a ver a no sé qué personaje, y tienen para un rato.

Fortunata determinó volverse a su casa, pues tenía algo que hacer en ella, y repitiéndole a *Papitos* las varias disposiciones dictadas por la autócrata en el momento de su segunda salida, se puso el mantón y cogió calle. No tenía prisa y se fue a dar un paseíto, recreándose en la hermosura del día y dando vueltas a su pensamiento, que estaba como el Tío Vivo, dale que le darás, y torna y vira... Iba despacio por la calle de Santa Engracia, y se detuvo un instante en una tienda a comprar dátiles, que le gustaban mucho. Siguiendo luego su vagabundo camino, saboreaba el placer íntimo de la libertad, de estar sola y suelta siquiera poco tiempo. La idea de poder ir a donde gustase la excitaba, haciendo circular su sangre con más viveza. Tradújose esta disposición de ánimo en un sentimiento filantrópico, pues toda la calderilla que tenía la iba dando a los pobres que encontraba, que no eran pocos... Y anda que andarás, vino a hacerse la consideración de que no sentía malditas ganas de meterse en su casa. ¿Qué iba ella a hacer en su casa? Nada. Conveníale sacudirse, tomar el aire. Bastante esclavitud había tenido dentro de las Micaelas. ¡Qué gusto poder coger de punta a punta una calle tan larga como la de Santa Engracia! El principal goce del paseo era ir solita, libre. Ni Maxi ni doña Lupe ni Patricia ni nadie podían contarle los pasos ni vigilarla ni detenerla. Se hubiera ido así... sabe Dios hasta dónde. Miraba todo con la curiosidad alborozada que las cosas más insignificantes inspiran a la persona salida de un largo cautiverio. Su pensamiento se gallardeaba en aquella dulce libertad, recreándose con sus propias ideas. ¡Qué bonita, *verbi gracia,* era la vida sin cuidados, al lado de personas que la quieren a una y a quien una quiere!... Fijóse en las casas del barrio de las Virtudes, pues las habitaciones de los pobres le inspiraban siempre cariñoso interés. Las mujeres mal vestidas que salían a las puertas y los chicos derrotados y sucios que jugaban en la calle atraían sus miradas, porque la existencia tranquila, aunque fuese oscura y con estrecheces, le causaba envidia. Semejante vida no podía ser para ella, porque estaba fuera de su centro natural. Había nacido para menestrala; no le importaba trabajar *como el obispo* con tal de poseer lo que por suyo tenía. Pero alguien la sacó de aquel su primer molde para lanzarla a vida distinta; después la trajeron y la llevaron diferentes manos. Y por fin, otras manos empeñáronse en convertirla en señora. La ponían en un convento para moldearla de nuevo, después la casaban..., y tira y dale. Figurábase ser una muñeca viva, con la cual jugaba una entidad invisible, desconocida, y a la cual no sabía dar nombre.

Ocurrióle si no tendría ella *pecho* alguna vez, quería decir iniciativa..., si no haría alguna vez lo que le saliera *de entre sí*. Embebecida en esta cavilación llegó al Campo de Guardias, junto al Depósito. Había allí muchos sillares, y sentándose en uno de ellos, empezó a comer dátiles. Siempre que arrojaba un hueso parecía que lanzaba a la inmensidad del pensar general una idea suya, calentita, como se arroja la chispa al montón de paja para que arda.

"Todo va al revés para mí... Dios no me hace caso. Cuidado que me pone las cosas mal... El hombre que quise, ¿por qué no era un triste albañil? Pues no; había de ser señorito rico, para que me engañara y no se pudiera casar conmigo... Luego, lo natural era que yo le aborreciera...; pues no señor, sale siempre la mala, sale que le quiero más... Luego lo natural era que me dejara en paz, y así se me pasaría esto; pues no señor, la mala otra vez; me anda rondando y me tiene armada una trampa... También era natural que ninguna persona decente se quisiera casar conmigo; pues no señor, sale Maxi y..., ¡tras!, me pone en el disparadero de casarme, y nada, cuando apenas lo pienso, bendición al canto... ¿Pero es verdad que estoy casada yo?..."

## VI

Miraba el hueso del dátil que se acababa de comer, y como si el hueso le dijera que sí, hizo ella un signo afirmativo y algo desconsolado: ..."¡Vaya si lo estoy!"

Quedóse tan profundamente ensimismada, que olvidó dónde estaba. Pero levantándose de repente, echó a andar hacia abajo, como los que llevan en el cerebro ese cascabel que se llama *idea fija*. Había subido la luenga calle con aires de paseante, distraída, alegre, vago el mirar; bajábala como los monomaniacos. Al llegar frente a la iglesia, sacóla de este embebecimiento un ruido de pasos que sintió tras sí. "Estos pasos son los suyos —pensó—; pues lo que es yo no miro para atrás. ¿Qué haré? Aprisita, aprisita."

La curiosidad pudo más que nada y Fortunata miró; no era. Más adelante sintió otra vez pasos persistentes, y vio una sombra que se extendía por la calle, paralela a su sombra. Aquél sí era... ¿Miraría? No; más valía no darse por entendida... Por fin, la pícara curiosidad... Miró y tampoco era. Al llegar a su casa estaba más tranquila. Cuando Patria abrió la puerta, le preguntó:

—¿Ha venido alguien? ¿El señorito está?...

—El señorito no viene hasta la noche. Mandó un recado para que no le esperase usted.

Y la taimada gata se sonreía de

un modo tan zalamero, que Fortunata no pudo menos de preguntarle:

—¿Quién está ahí?

Volvió a sonreír Patricia con infernal malicia, y...

—¿Qué?... Pero ¿qué?... —balbució la señora acercándose de puntillas a la puerta de la sala.

Empujóla suavemente hasta abrir un poquito. No veía nada. Abrió más, más... Estaba pálida como si se hubiera quedado sin sangre... Abrió más..., acabáramos. En el sofá de la sala, tranquilamente sentado..., ¡Dios!, *el otro*. Fortunata estuvo a punto de perder el conocimiento. Le pasó un no sé qué por delante de los ojos, algo como un velo que baja o un velo que sube. No dijo nada. Él, pálido también, se levantó y dijo claramente:

—Adelante, *nena*.

Fortunata no daba un paso. De repente (el demonio explicara aquello), sintió una alegría insensata, un estallido de infinitas ansias que en su alma estaban contenidas. Y se precipitó en los brazos del *Delfín*, lanzando este grito salvaje:

—¡Nene!... ¡Bendito Dios!

Olvidados de todo, los amantes estuvieron abrazados largo rato. La prójima fue quien primero habló, diciendo:

—Nene, me muero por ti...

—Ven acá —dijo Santa Cruz cogiéndola por un brazo.

Dejábase llevar ella, como la cosa más natural del mundo. Franquearon la puerta de la casa, que estaba abierta. Y la del cuarto de la izquierda, ¡qué casualidad!, abierta también. Luego que pasaron, alguien cerró. En aquella morada reinaba una discreción alevosa. Juan la llevó a una salita muy bien puesta, junto a la cual había una alcoba perfectamente arreglada. Sentáronse en el sofá y se volvieron a abrazar. Fortunata estaba como embriagada, con cierto desvarío en el alma, perdida la memoria de los hechos recientes. Toda idea moral había desaparecido como un sueño borrado del cerebro al despertar; su casamiento, su marido, las Micaelas, todo esto se había alejado y puéstose a millones de leguas, en punto donde ni aun el pensamiento lo podía seguir. Su amante le dijo con simpática voz:

—¡Cuánto tenemos que hablar!

Y a ella le entró una risa convulsiva, que difícilmente podría expresarse:

—¡Ji ji ji!... ¡Tres años!... No, más años, más, porque, ¡ji ji ji!... ¿Ves cómo tiemblo? No sé lo que me pasa..., pues sí, más tiempo, porque cuando estuve aquí con, ¡ji ji ji!..., *Juárez el Negro*, te vi y no te vi..., y siempre él delante, y un día que le dije que te quería, sacó un cuchillo muy grande, ¡ji ji ji¡..., y me quiso matar... Yo muriéndome por hablarte y él que no..., que no... Nuestro *nenín* muerto, y yo más muerta, ¡ji ji!; y en Barcelona me acordaba de ti y te mandaba besos por el aire, y en Zaragoza..., besos por el aire..., ¡ji ji!, y en Madrid lo mismo. Y cuando me metieron en el convento, también..., ¡ji, ji ji!..., besos por el aire..., y tú sin acordarte de mí, malo...

—¡Sin acordarme! Desde que volví de Valencia te estoy dando caza... ¡Lo que he pasado, hija! Ya te contaré. Y al fin te he cogido..., ¡ah, buena pieza! Ahora me las pagarás todas juntas... ¡Cuánto me has hecho sufrir!... ¡Más maldiciones le he echado a ese dichoso convento!... Pero qué guapa estás, nena.

—*Chi*.

—Estás hermosísima.

—*Chi*..., para ti.

El frío aquel de fiebre se trocó de improviso en calor violentísimo, y la risa convulsiva en explosión de llanto.

—No es día de llorar, sino de estar alegre.

—¿Sabes de qué me acuerdo? De mi *nenín* tan gracioso... Si hubiera vivido, le habrías querido tú, ¿verdad? Me parece que le veo, cuando se lo llevaron en la cajita azul... Aquella misma noche fue cuando Juárez el *Negro* me sacó un cuchillote tan grande y me dijo con aquel vocerrón: "Brr..., son las ocho; reza lo que tengas que rezar, porque antes de las nueve te mato." Estaba furioso de eelos... ¡Ay, qué miedo tan atroz!

—¡Cuánto tenemos que contar!... Yo a ti, tú a mí. Ya sé que te has casado. Has hecho bien.

Este *has hecho bien* le cayó a la prójima como una gota fría en el corazón, trayéndola bruscamente a la realidad. Enjugando sus lágrimas, se acordó de Maxi, de su boda, y su casa, que se había alejado cien millones de leguas, se puso allí, a cuatro pasos, fúnebre y antipática. El rechazo de su alma ante este fenómeno le secó en un instante todas las lágrimas.

—¿Y por qué hice bien?

—Porque así eres más libre y tienes un nombre. Puedes hacer lo que quieras, siempre que lo hagas con discreción. He oído que tu marido es un buen chico, que ve visiones...

Al oír esto, vio Fortunata levantarse en su espíritu la imagen ideal, o más bien, el espectro de su perversidad. Lo que acababa de hacer era de lo que apenas tiene nombre, por lo muy extraordinario y anormal, en el registro de las maldades humanas. El lugar, la ocasión daban a su acto mayor fealdad, y así lo comprendió en un rápido examen de conciencia; pero tenía la antigua y siempre nueva pasión tanto empuje y lozanía, que el espectro huyó sin dejar rastro de sí. Se consideraba Fortunata en aquel caso como ciego mecanismo que recibe impulso de sobrenatural mano. Lo que había hecho, hacíalo, a juicio suyo, por disposición de las misteriosas energías que ordenan las cosas más grandes del universo, la salida del Sol y la caída de los cuerpos graves. Y ni podía dejar de hacerlo, ni discutía lo inevitable, ni intentaba atenuar su responsabilidad, porque ésta no la veía muy clara, y aunque la viese, era persona tan firme en su dirección, que no se detenía ante ninguna consecuencia, y se *conformaba,* tal era su idea, *con ir al infierno.*

—Esto de alquilar la casa próxima a la tuya —dijo Santa Cruz— es una calaverada que no puede disculparse sino por la demencia en que yo estaba, niña mía, y por mi furor de verte y hablarte. Cuando supe que habías venido a Madrid, me entró un delirio!... Yo tenía contigo una deuda del corazón, y el cariño que te debía me pesaba en la conciencia. Me volví loco, te busqué como se busca lo que más queremos en el mundo. No te encontré; a la vuelta de una esquina me acechaba una pulmonía para darme el estacazo..., caí.

—¡Pobrecito mío!... Lo supe, sí. También supe que me buscaste. ¡Dios te lo pague! Si lo hubiera sabido antes, me habrías encontrado.

Esparció sus miradas por la sala, pero la relativa elegancia con que estaba puesta no la afectó. En miserable bodegón, en un sótano lleno de telarañas, en cualquier lugar subterráneo y fétido habría estado contenta con tal de tener al lado a quien entonces tenía. No se hartaba de mirarle.

—¡Qué guapo estás!

—¿Pues y tú? ¡Estás preciosísima!... Estás ahora mucho mejor que antes.

—¡Ah! no —repuso ella con cierta coquetería—. ¿Lo dices porque me he civilizado algo? ¡Quia! No lo creas; yo no me civilizo, ni quiero; soy siempre pueblo; quiero ser como antes, como cuando tú me echaste el lazo y me cogiste.

—¡Pueblo! eso es —observó Juan con un poquito de pedantería—; en otros términos: lo esencial de la humanidad, la materia prima, porque cuando la civilización deja perder los grandes sentimientos, las ideas matrices, hay que ir a buscarlos al bloque, a la cantera del pueblo.

Fortunata no entendía bien los conceptos; pero alguna idea vaga tenía de aquello.

—Me parece mentira —dijo él— que te tengo aquí, cogida otra vez con lazo, fierecita mía, y que puedo pedirte perdón por todo el mal que te he hecho...

—Quita allá..., ¡perdón! —exclamó la joven anegándose en su propia generosidad—. Si me quieres, ¿qué importa lo pasado?

En el mismo instante alzó la frente, y con satánica convicción, que tenía cierta hermosura por ser convicción y por ser satánica, se dejó decir estas arrogantes palabras:

—Mi marido eres tú...; todo lo demás..., ¡papas!

Elástica era la conciencia de Santa Cruz, mas no tanto que no sintiera cierto terror al oír expresión tan atrevida. Por corresponder, iba él a decir *mi mujer eres tú;* pero envainó su mentira, como el hombre prudente que reserva para los casos graves el uso de las armas.

## VII

Ya de noche pasó Fortunata a su casa. Su marido no había llegado aún. Mientras le esperaba, la pecadora volvió a ver el espectro aquel de su perversidad; pero entonces le vio más claro, y no pudo tan fácilmente hacerle huir de su espíritu. "Me han engañado —pensaba—, me han llevado al casorio, como llevan una res al matadero, y cuando quise recordar, ya estaba degollada... ¿Qué culpa tengo yo?" La casa estaba a oscuras y encendió luz. Al arrojar la cerilla en el suelo, ésta cayó encendida, y Fortunata la miró con vivo interés, recordando una de las supersticiones que le habían enseñado en su juventud. "Cuando la cerilla cae encendida —se dijo— y con la llama vuelta para una, buena suerte."

Maxi entró cansado y meditabundo; pero al ver a su mujer se puso alegre. ¡Todo un día sin verla! Le había traído un paquete de rosquillas. ¿Y Juan Pablo? Al fin se arreglaría todo. Seguramente no iba a las islas Marianas; pero quizás le tendrían en el Saladero quince o veinte días.

—Y merecido, hija. ¿Para qué se mete a buscarle el pelo al huevo?

Mientras comieron, Fortunata contemplaba a su marido, más que en la realidad, en sí misma, y de este examen surgían un tedio abrumador y la antipatía de marras, pero tan agrandada, tanto, que ya no cabía más. Y la perversa no trató de combatir aquel sentimiento; se recreaba en él como en una monstruosidad que tiene algo de seductora.

—Alma mía —le dijo su marido cuando acababan de comer—, veo con gusto que no te falta apetito. ¿Quieres que nos vayamos ahora a un café?

—No —replicó ella secamente— Estoy rendidísima. ¿No ves que se me cierran los párpados? Lo que quiero es dormir.

—Bueno, mejor; yo también lo deseo.

Acostáronse, y el tiempo que aún estuvo despierta empleólo Fortunata en hacer comparaciones. El cuerpo desmedrado de Maxi le producía, al tocar el suyo, crispamientos nerviosos. Y también se dio a pensar en lo molesto y difícil que era para ella tener que vivir dos vidas diferentes, una verdadera, otra falsa, como las vidas de los que trabajan en el teatro. A ella le era muy difícil representar y fingir, por lo que su tormento se acrecía considerablemente. "No podré, no podré —pensaba al dormirse— hacer esta comedia mucho tiempo." A la madrugada despertó, después de un profundísimo y reparador sueño, y entonces le dio por llorar, haciendo cálculos, representándose con gran poder de la mente escenas probables, y condoliéndose de no poder ver a su amante a todas horas.

En los días siguientes, las escapadas al cuarto vecino tenían lugar a horas varias, cuando Maxi salía. Iba a estudiar con un amigo para tomar el grado, y además solía ir a la farmacia de Samaniego. Ya estaba acordado que tendría plaza en el establecimiento. Aunque sus ausencias eran *seguras,* ambos criminales determinaron poner el nido más lejos. En tanto, Patricia hacía lo que le daba la gana. Las disposiciones de Fortunata y aun de la misma doña Lupe eran letra muerta. Robaba descaradamente, y su ama no se atrevía a reprenderla. Santa Cruz, que era el autor de todo aquel fregado, no sabía cómo arreglarlo, cuando su amiga le consultaba. El plan más prudente era tomar otro cuarto y despedir luego a Patricia, dándole una buena propina para que se callara.

Algunos días el *Delfín* ofrecía regalos y dinero a su amante; pero ésta no quería tomar nada. Se le había encajado en la cabeza una manía estrambótica, de que ambos se reían mucho, cuando ella la contaba. Pues la manía era que Juanito *no debía* ser rico. Para que las cosas fueran en regla, *debía* ser pobre, y entonces ella trabajaría *como una negra* para mantenerle.

—Si tú hubieras sido albañil, carpintero o pongo por caso, celador del Resguardo, otro gallo me cantara.

—Vaya por dónde te ha dado ahora.

—Y nada más.

No había medio de quitarle de la cabeza aquella corrección de las obras de la Providencia.

—En resumidas cuentas —le decía él—, eres una inocentona. Pero di: ¿no te gusta el lujo?

—Cuando no estoy contigo, me gusta algo, no mucho. Nunca me he chiflado por los trapos. Pero cuando te tengo, lo mismo me da oro que cobre; seda y percal todo es lo mismo.

—Háblame con franqueza. ¿No necesitas nada?

—Nada, me lo puedes creer.

—¿Ese alma de Dios te da todo lo que necesitas?

—Todo; me lo puedes creer.

—Quiero regalarte un vestido.

—No me lo pondré.

—Y un sombrero.

—Lo convertiré en espuerta.

—¿Has hecho voto de pobreza?

—Yo no he hecho voto de nada. Te quiero porque te quiero, y no sé más.

"Nada, enteramente primitiva —pensaba el *Delfín*—; el bloque del pueblo, al cual se han de ir a buscar los sentimientos que la civilización deja perder por refinarlos demasiado."

Un día hablaban de Maximiliano.

—¡Infeliz chico! —decía Fortunata—. El odio que le he tomado, no es odio verdadero sino lástima. Siempre me fue muy antipático. Me dejé meter en las Micaelas y me dejé casar... ¿Sabes tú cómo fue todo eso? Pues como lo que cuentan de que *manetizan* a una persona y hacen de ella lo que quieren; lo mismito. Yo, cuando no se trata de querer, no tengo voluntad. Me traen y me llevan como una muñeca... Y ahora, créete que me entran remordimientos de engañar a ese pobre chico. Es un angelón sin pena ni gloria. Danme ganas a veces de desengañarle, y la verdad... Porque lo que es acariciarle, no puedo, se me resiste, no está en mi natural. Le pido a la Virgen que me dé fuerzas para cantar claro.

—¡A la Virgen!... ¿pero tú crees?... —dijo Santa Cruz, pasmado, pues tenía a Fortunata por heterodoxa.

—¿Pues no he de creer? Lo que me aconseja la Virgen siempre que le rezo con los ojos cerrados, es que te quiera mucho y me deje querer de ti... La tienes de tu parte, chiquillo... ¿De qué te espantas? Pues digo; yo le rezo a la Virgen y ella me protege, aunque yo sea mala. ¡Quién sabe lo que resultará de aquí, y si las cosas se volverán algún día lo que *deben ser!* Y si te hablo con franqueza, a veces dudo que yo sea mala..., sí, tengo mis dudas. Puede que no lo sea. La conciencia se me vuelve ahora para aquí, después para allá; estoy dudando siempre, y al fin me hago este cargo: querer a quien se quiere no puede ser cosa mala.

—Oye una cosa —dijo el *Delfín,* que se recreaba en las singularísimas nociones de aquel espíritu—. ¿Y si tu marido descubriera esto y me quisiera matar?

—¡Ay! no me lo digas..., ni en broma me lo digas. Me tiraba a él como una leona y le destrozaba... ¿Ves cómo se coge un langostino y se le arrancan las patas y se le retuerce el corpacho y se le saca lo que tiene dentro? Pues así.

—Pero vamos a ver, nena. ¿No me guardas rencor por haberte abandonado, dejándote en la miseria, con tus *vísperas* de chiquillo y en poder de *Juárez el Negro?*

—Ningún rencor te guardo. Entonces estaba rabiosa. La rabia y la miseria me llevaron con *Juárez el Negro.* ¿Creerás lo que te voy a decir? Pues me fui con él por lo mucho que le aborrecía. Cosa rara, ¿verdad?... Y como no tenía un triste pedazo de pan que llevar a la boca, y él me lo daba, ahí tienes... Yo dije: "Me vengaré yéndome con este animal." Cuando tuve a mi niño, me consolaba con él; pero luego se me murió; y cuando reventó Juárez, como yo me pensé que ya no me querías, dije: "Pues ahora me vengaré siendo todo lo mala que pueda."

—¿Pero qué ideas tienes tú de las maneras de tomar venganza?

—No me preguntes nada..., no sé... Vengarse es hacer lo que no se debe..., lo más feo, lo más...

—¿Y de quién te vengas así, criatura?

—Pues de Dios, de..., de qué sé yo..., no me preguntes, porque para explicártelo tendría que ser sabia como tú, y yo no sé jota, ni aprendo nada, aunque doña Lupe y las monjas, frota que frota, me hayan sacado algún lustre..., enseñándome a no decir tanto disparate.

Santa Cruz estuvo un gran rato pensativo.

Un día hablaron también de Jacinta... No gustaba Juan que la conversación fuese llevada a este terreno; pero Fortunata, siempre que tenía ocasión, íbase a él derecha. A sus preguntas, contestaba el otro evasivamente.

—Mira, nena; deja a mi mujer en su casa.

—Pues asegúrame que no la quieres.

—La quiero, sí..., ¿a qué engañarte?...; pero de una manera muy distinta que a ti. Le guardo todas las consideraciones que ella se merece, porque... no puedes figurarte lo buena que es.

Fortunata siguió inquiriendo con molesta curiosidad todo lo que quería saber respecto a la intimidad de los esposos; pero el otro se escurría gallardamente, dejando a salvo, hasta donde era posible en aquel criminal coloquio, la personalidad sagrada de su mujer.

—La pobrecilla —dijo al fin— tiene una pasión que la domina, mejor dicho, una manía que la trae trastornada.

—¿Qué es?

—La manía de los hijos. Dios no quiere y ella se empeña en que sí. De la pena que le causa su esterilidad, se ha desmejorado, ha enflaquecido y hace algún tiempo que se está llenando de canas. Es ya pasión de ánimo. ¿Te enteraste de lo que pasó? Pues le dieron el gran timo. Tu tío José Izquierdo, de compinche con otro loco, le hizo creer que un chiquillo de tres años que consigo tenía, era nuestro Juanín. Mi mujer perdió la chaveta, quiso adoptarlo y nada menos que llevárnoslo a casa. Por pronto que se descubrió el enredo, no se pudo evitar que tu tío le estafase seis mil reales.

—*Tie* gracia. Ya sabía yo esa historia. El niño ése debe de ser el de Nicolasa, la entenada del tío Pepe. Nació seis días después que el nuestro, y era hijo de uno que encendía los faroles del gas... Pero no comprendo una cosa. A mí me parece que tu mujer debía de querer a ese nene por creerlo tuyo y aborrecerlo por ser de otra madre. Yo juzgo por mí.

—Calla, tonta; mi mujer se vuelve loca por todos los niños del universo, sean de quien fueren. Y al supuesto Juanín, bastara que le tuviera por mío, para que le adorara. Ella es así; si no tienes tú idea de lo buena que es. ¡Pues si pariera!... Santo Cristo, no quiero pensarlo. De seguro perdía el juicio, y nos lo hacía perder a todos. Querría a mi hijo más que a mí y más que al mundo entero.

Quedóse Fortunata al oír esto risueña y pensativa. ¿Qué estaba tramando aquella cabeza llena de extravagancias? Pues esto:

—Escucha, nenito de mi vida, lo que se me ha ocurrido. Una gran idea; verás. Le voy a proponer un trato a tu mujer. ¿Dira que sí?

—Veamos lo que es.

—Muy sencillo. A ver qué te parece. Yo le cedo a ella un hijo tuyo, y ella me cede a mí su marido. Total, cambiar un nene chico por el nene grande.

El *Delfín* se rió de aquel singular convenio, expresado con cierto donaire.

—¿Dirá que sí?... ¿Qué crees tú? —preguntó Fortunata con la mayor buena fe, pasando luego de la candidez al entusiasmo para decir—: Pues mira: tú te reirás todo lo que quieras; pero esto es una gran idea.

El ilustrado joven se zambulló en un mar de meditaciones.

## VIII

Las visitas a la casa de Cirila prosiguieron durante dos semanas; pero bien se demostró en la práctica que aquello no podía seguir, y tomaron otro cuarto. Patricia se había hecho insoportable, y doña Lupe, descolgándose en la casa a horas intempestivas, llevada de su afán de mangonear, dificultaba las escapatorias de su sobrina. En tanto, Fortunata no trataba a Maximiliano desconsideradamente; pero su frialdad sería capaz de helar el fuego mismo. Habría preferido él mil veces que su mujer le tirase los trastos a la cabeza, a que le tratara con aquella cortesía desdeñosa y glacial. Rarísima vez se daba el caso de que ella le hiciese una caricia; para obtenerla tenía Maxi que echarle memoriales, y lo que lograba era como limosna. Es que Fortunata no servía para cortesana, y sus fingimientos eran tan torpes, que daba lástima verla fingir.

El joven farmacéutico tenía momentos de horrible tristeza, y cavilaba mucho. De tal estado pasó a la observación, desarrollándosele esta facultad de un modo pasmoso. Siempre que estaba en casa, no quitaba los ojos de su mujer, estudiándole los movimientos, las miradas, los pasos y hasta el respirar. Cuando comían, le examinaba la manera de comer; cuando estaban en el lecho, la manera de dormir.

Fortunata no le miraba nunca. Este hecho, cuidadosamente observado, produjo en el infeliz muchacho indecible melancolía. ¡Haber comprado aquellos ojos con su mano, su honra y su nombre para que se empleasen en mirar a una silla antes que en mirarle a él! Esto era tremendo, pero tremendo, y cierto día agitó su alma un furor insano; mas no quiso manifestarlo, y lo desahogó a solas mordiéndose los puños.

—¿Por qué no me miras? —le preguntó una noche, con semblante ceñudo.

—Porque...

No dijo más; se comió el resto de la frase. Dios sabe lo que iba a decir.

Bebía los vientos el desgraciado chico por hacerse querer, inventando cuantas sutilezas da de sí la manía o enfermedad de amor. Indagaba con febril examen las causas recónditas del agradar, y no pudiendo conseguir cosa de provecho en el terreno físico, escudriñaba el mundo moral para pedirle su remedio. Imaginó enamorar a su esposa por medios espirituales. Hallábase dispuesto, él que ya era bueno, a ser santo, y hacía estudio de lo que a su mujer le era grato en el orden del sentimiento para realizarlo como pudiera. Gustaba ella de dar limosna a cuantos pobres encontrase; pues él daría más, mucho más. Ella solía admirar los casos de abnegación; pues él se buscaría una coyuntura de ser heroico. A ella le agradaba el trabajo; pues él se mataría a trabajar. De este modo devastaba el infeliz su alma, arrancando todo lo bueno, noble y hermoso para ofrecérselo a la ingrata, como quien tala un jardín para ofrecer en un solo ramo todas las flores posibles.

—Ya no me quieres —le dijo un día con inmensa tristeza—; ya tu corazón voló, como el pajarito a quien le dejan abierta la jaula. Ya no me quieres.

Y ella le respondía que sí; ¡pero de qué manera! Más valía que dijese terminantemente que no.

—¿Por qué te vas tan lejos de mí? Parece que te causo horror. Cuando entro, te pones seria; cuando crees que no me fijo en ti estás ensimismada y te sonríes, como si en espíritu hablaras con alguien.

Otra cosa le mortificaba. Cuando salían juntos a paseo, todo el mundo se fijaba en Fortunata, admirando su hermosura; luego le miraban a él. Suponía Maxi que todos hacían la observación de que no era él hombre para tal hembra. Algunos se permitían examinarle de una manera insolente. Si iban al café, estaban poco tiempo, porque los amigos se enracimaban alrededor de Fortunata sin hacer maldito caso de su marido, y éste tragaba mucha bilis. Lo que desorientaba más a Maxi era que ella no *tomaba varas* con nadie, y siempre que él decía "vámonos", estaba dispuesta a retirarse.

Buscaba el farmacéutico algo en qué fundar las conjeturas que empezaban a devorarle, y no lo encontraba. Ideó consultar el caso con su tía; pero no quiso dar su brazo a torcer, y temblaba de que doña Lupe le dijese: "¿Ves? ¡Por no hacer caso de mí!" ¡Celos! ¿Y de quién? Fortunata mostrábase con todos tan fría como con él. Solía esparcir melancólicamente sus miradas por la calle, entre el gentío, sin fijarse en nadie, cual si buscaran a alguien que no quería dejarse ver. Y después las miradas volvían a sí misma con mayor tristeza.

También atormentaban al joven los elogios que sus amigos le hacían de ella.

—¡Qué mujer te tienes! —le decía *Pseudo-Narcissus odoripherus*.

Y *Quercus gigantea* le silbaba en el oído estas fúnebres palabras:

—Es mucha hembra para ti, barbián. Ándate con mucho ojo.

Pero doña Lupe le infundía ideas optimistas. ¡Parecía mentira! La perspicaz, la sabia y experimentada señora de Jáuregui dijo más de una vez a su sobrino:

—¡Qué trabajadora es tu mujer! Siempre que vengo aquí me la encuentro planchando o lavando. Francamente, no creí... Te ayudará, te ayudará. Y luego tan calladita... Hay días que no le oigo el metal de voz.

Con unas cosas y otras, el pobre

chico apenas podía estudiar, y con mucho trabajo se preparaba para la licenciatura. El asunto de su colocación se había resuelto ya, porque habiendo fallecido Samaniego a fines de octubre, su viuda organizó el personal de la botica, dando una plaza a Maximiliano. Se convino entre doña Casta Moreno y doña Lupe que cuando el chico tomara el grado, se le fijaría sueldo, y que pasado un año de práctica, tendría participación en las ganancias. Por el lado económico todo iba a pedir de boca, porque mientras llegaba el día de ganar con su profesión, podía vivir bien con la corta renta de la herencia. Lo malo era que desde que ingresara en la botica seríale preciso ausentarse de su casa días enteros, y esto le ponía en ascuas. Ocurriósele entonces lo que se le ocurre a cualquier celoso: salir un día, diciendo que iba a la farmacia, y volver en seguida. Hízolo una vez, y no sorprendió nada: Fortunata estaba en la cocina. Repitió la treta, y lo mismo: estaba cosiendo. A la tercera, Fortunata había salido. Dos horas después entró, trayendo un paquete en la mano.

—¿Que de dónde vengo? Pues de comprar unas cosillas. ¿No me dijiste que querías una corbata? Mírala.

Una noche entró Maximiliano bastante excitado. Le tomó la mano a su mujer, y haciéndola sentar a su lado, le dijo a boca de jarro:

—Hoy he conocido a ese pillo que te deshonró.

Fortunata se quedó como muerta.

—Pues qué..., ¿no está enfermo?

Se le escapó esta espontaneidad, y cuando quiso contenerla ya era tarde. Hacía una semana que Santa Cruz no iba a las citas, y le había enviado, por medio de Cirila, un recadito. Se había caído del caballo en la Casa de Campo, estropeándose ligeramente un brazo.

—¿Enfermo? —dijo Maxi, clavando en ella sus ojos de iluminado—. En efecto, tenía un brazo en cabestrillo. ¿Pero tú por dónde sabes...?

—No, no, yo no sabía nada —replicó Fortunata enteramente aturdida.

—¡Tú lo has dicho! —exclamó Rubín con la mirada terrorífica—. ¿Por dónde lo sabes?

La prójima se puso como la grana; después volvió a palidecer. Buscaba una salida de aquel compromiso, y al fin la encontró:

—¡Ah!

—¿Qué?

—¿Dices que cómo lo sé, tontín?... Pues muy sencillo. Si lo traía el periódico... Tu tía lo leyó anoche. Mira, aquí está: que se cayó del caballo paseando por la Casa de Campo.

Y recobrando su serenidad, revolvió en la mesa y cogió *El Imparcial* que, en efecto, traía la noticia.

—Mira..., ¿lo ves?... Convéncete.

Maxi, después de leer, siguió diciendo:

—Le vi en el Saladero; allí debiera estar ese canalla toda su vida. Olmedo, que iba conmigo, me le enseñó. Fui a ver a mi hermano; él iba a visitar a un tal Moreno Vallejo que también está preso por conspirar. ¡Y el tal Santa Cruz es de lo más cargante...!

Fortunata se tapaba la cara con el periódico, fingiendo que leía. Maxi le arrebató el papel de un manotazo.

—Te has quedado así como... estupefacta.

—Déjame en paz —replicó ella con un despego que a su marido le llegó al alma.

—¡Qué modales, hija! Ya ni consideración.

Fortunata parecía que tenía sellada la boca. Comieron sin chistar; él se puso luego a estudiar y ella a coser, sin que el fúnebre silencio se rompiera. Acostáronse, y lo mismo. Ella volvió la espalda a su marido, insensible a los suspiros que daba. Desvelados estuvieron ambos largo rato, cada cual por su lado, muy cerca materialmente uno de otro, pero en espíritu Fortunata se había ido a los antípodas.

Dos o tres días después, volviendo del Saladero, adonde fue para decir a su hermano que pronto le soltarían, vio Maximiliano a Santa Cruz guiando un faetón por la calle de Santa Engracia arriba. Ya tenía el brazo bueno. Miró a Maxi, y éste le miró a él. Desde lejos, porque el coche iba bastante a prisa, observó Rubín que éste entraba por la calle de Raimundo Lulio. ¿Pasaría luego a la de Sagunto? Nunca como en aquel momento sintió el exaltado chico ganas de tener alas. Apresuró el paso todo lo que pudo, y al llegar a su calle..., ¡Dios!..., lo que se temía... Fortunata en el balcón, mirando por la calle del Castillo hacia el paseo de la Habana, por donde seguramente había seguido el coche. Subió el joven farmacéutico tan rápidamente la escalera, que al llegar arriba no podía respirar. Es que para ser celoso se necesitan buenos pulmones. Cayóse más bien que se sentó en una silla, y su mujer y Patricia acudieron a él creyendo que le daba algún accidente. No podía hablar y se golpeaba la cabeza con los puños. Cuando su mujer se quedó sola con él, sintió Rubín que aquella furibunda cólera se trocaba en un dolor cobarde. El alma se le desgajaba y sacudía, resistiéndose a albergar en su seno la ira. Los ojos se le llenaron de lágrimas, las rodillas se le doblaron. Cayendo a los pies de su mujer, le besuqueó las manos.

—Ten piedad de mí —le dijo con aflicción más de niño que de hombre—. Por tu vida..., la verdad, la verdad. Ese señor..., tú esperándole..., él pasaba por verte. Tú no me quieres, tú me estás engañando...; le quieres otra vez..., le has visto en alguna parte. La verdad... Más quiero morirme de pena que de vergüenza. Fortunata, yo te saqué de las barreduras de la calle, y tú me cubres a mí de fango. Yo te di mi honor limpio, y me lo devuelves sucio. Yo te di mi nombre, y haces de él una caricatura. El último favor te pido...; la verdad, dime la verdad.

## IX

Fortunata movió la lengua y agitó los labios. En la punta de aquélla tenía la verdad, y por instantes dudó si soltarla o meterla para adentro. La verdad quería salir. Las palabras se alinearon mudas y decían: "Sí, es cierto que te aborrezco. Vivir contigo es la muerte. Y a él le quiero más que a mi vida." La batalla fue breve, y Fortunata volvió la terrible verdad a los senos de su espíritu. La aflicción de Maxi exigía la mentira, y su mujer tuvo que decírsela...; mentiras de esas que inspiran viva compasión al que las dice y consuelan poco al que las oye. Echábalas de sí como enfermera que administra la inútil medicina al agonizante.

—Dímelo de otra manera y te creeré —manifestó Rubín—. Dilo con un poquito de calor, siquiera como me lo decías antes. Tú no sabes el daño que me haces. Me estás haciendo creer que no hay Dios, que portarse bien y portarse mal todo es lo mismo.

La compasión venció a la delincuente y se mostró tan afable aquella tarde y noche, que Maximiliano hubo de tranquilizarse. El pobrecito estaba destinado a no tener rato bueno, pues a punto que su espíritu recibía algún alivio, se le inició la jaqueca. La noche fue cruel, y Fortunata esmeróse en cuidarle. En medio de sus dolores cefalálgicos, el infortunado joven se caldeaba más la mente arbitrando remedios o paliativos de la ansiedad que le dominaba. A poco de vomitar, dijo a su mujer:

—Se me ocurre una idea que resolverá las dificultades... Nos iremos a Molina de Aragón, donde tengo mis fincas. Abandono la carrera y me dedico a labrador... ¿Quieres, sí o no? Allí viviré con tranquilidad.

Fortunata se mostró conforme, si bien recordaba lo que Mauricia le había dicho de la vida de los pueblos. Sólo descuartizada iría ella a vivir al campo; pero aquella noche no tenía más remedio que decir *sí* a todo.

En los siguientes días notaba el pobre Maxi que su descaecimiento aumentaba de una manera alarmante como si le sangraran, y asustadísimo fue a consultar con Augusto Miquis, el cual le dijo que hubiera sido mejor consultara antes de casarse, pues en tal caso le habría ordenado terminantemente el celibato. Esto redobló sus tristezas; mas cuando Miquis le propuso como único remedio de su mal la rusticación, cobró esperanzas, confirmándose en la idea de abandonar la corte y sepultarse para siempre en sus estados de Molina.

La segunda vez que habló de esto a su mujer, no la encontró tan bien dispuesta.

—¿Y tus estudios? ¿Y tu carrera? Aconséjate con tu tía, y ella te dirá que lo que estás pensando es un disparate.

Maxi estaba muy caviloso por ciertas cosas que en su mujer notaba. Hacía días que apenas levantaba ella los ojos del suelo y su mirar revelaba una gran pesadumbre. De repente, una tarde que volvía Rubín de la botica, al subir la escalera la oyó cantar. Entró, y la cara de Fortunata resplandecía de contento y animación. ¿Qué había pasado? Maxi no lo pudo penetrar, aunque sus celos, aguzadores de la inteligencia, le apuntaban presunciones que bien podrían contener la verdad. Ésta era que la prójima había recibido, por conducto de Patria, una esquelita en que se le anunciaba la reapertura del curso amoroso, interrumpido durante una quincena. "Esta alegría —pensaba Maxi—, ¿por qué será?" Y comprendiendo por instinto de celoso que echaba un jarro de agua fría sobre aquel contento, dijo a Fortunata:

—Ya está decidido que nos iremos al pueblo. Lo he consultado con mi tía y ella lo aprueba.

No era verdad que había consultado con doña Lupe, mas lo decía para dar a su proposición autoridad indiscutible.

—Te irás tú... —dijo ella sonriendo.

—No —agregó él conteniendo la amargura que de su alma se desbordaba—; los dos.

—Tú te has vuelto loco —observó Fortunata riendo con cierto descaro—. Yo creí... ¿Pero lo dices con formalidad?

—¡Toma!... ¿Y tú no me dijiste que irías también y que querías ser paleta?

—Sí; pero fue porque me pensé que era conversación. ¡Encerrarme yo en un pueblo! ¡Qué talento tienes!

De tal modo se demudó el rostro del joven, que Fortunata, que ya empezaba a decir algunas bromas sobre aquel asunto, se recogió en sí. Maxi no dijo una palabra, y de pronto salió disparado de la casa, cerró con estruendo la puerta y bajó la escalera de cuatro en cuatro peldaños. Asustóse Fortunata, y asomándose al balcón, viole recorrer apresuradamente la calle de Sagunto y después tomar por la de Santa Engracia, hacia abajo. Ella salió después, tomando por la misma calle, pero hacia arriba, en dirección de Cuatro Caminos.

Las seis de la tarde serían cuando Rubín volvió a su casa. Estaba lívido, y de lívido pasó a verde, cuando Patricia le dijo que la señorita había salido a compras. Dejándose llevar de su insensato recelo, interrogó a la criada, tratando de averiguar por ella. Pero a buena parte iba. Patria tenía la discreción del traidor, y cuanto dijo fue encaminado a introducir en el cerebro de Maxi el convencimiento de que su mujer era punto menos que canonizable. Cuando la criminal entró, el marido había mandado encender la luz y estaba sentado junto a la mesa de la sala.

—¿De dónde vienes? —le preguntó.

—Me parece —replicó ella— haberte dicho que iba a comprar este retor.

Mostró un envoltorio, después un paquetito, y otro.

—¿Ves?... La sopa Juliana que tanto te gusta...

—Yo también —dijo Maximiliano de una manera siniestra— te he comprado a ti esta tarde un regalito... Mira.

Alargó el brazo para sacar de debajo de la mesa algo que ocultó al entrar. Era un objeto envuelto en papeles, que descubrió lentamente, cuando ella se inclinaba risueña para verlo.

—¿A ver?... ¿Qué es?... ¡Ay! Un revólver...

—Sí, para matarte y matarme... —dijo Maxi en un tono que no pudo ser tan lúgubre como él deseaba, pues el arma empezó a causarle miedo, a causa de que en su vida había tenido en las manos un chisme de tal clase...

—¡Qué cosas tienes! —dijo ella palideciendo—. Tú no sabes lo que te pescas... Pareces tonto... Matarme a mí, ¿y por qué?...

Le echó una mirada dulce y penetrante, el mismo mirar con que le había hecho su esclavo. El pobre chico sintió como si le pusieran un grillete en el alma.

—Vaya que se te ocurren unos disparates, hijo.. Soy muy miedosa, y de sólo ver eso me pongo a temblar. Bonita manera tienes de hacer que yo te quiera, sí señor; bonita manera.

Acercó tímidamente su mano al mango del arma.

—Puedes cogerlo, está descargado —dijo Maxi, que de un salto se había dejado caer del furor a la piedad.

—Eres un niño —declaró ella, cogiendo el arma—, y como niño hay que tratarte. Venga acá ese chisme: lo guardaré para el caso de que entren ladrones en casa.

Y se lo llevó sin que él hiciese resistencia. Después de guardarlo con llave en un baúl lleno de cosas viejas, volvió al lado de su marido, que se había quedado absorto, midiendo sin duda con azorado pensamiento la enorme distancia que en su ser había entre los arranques de la voluntad y la ineficacia de su desmayada acción.

Aquella noche no ocurrió nada; pero a la tarde siguiente, *Pseudo-Narcissus odoripherus* fue a buscarle a la botica de Samaniego, y le dijo que Fortunata tenía citas con un señor en una casa del paseo de Santa Engracia, un poquito más arriba de los Almacenes de la Villa.

## X

Tomó Maxi un coche para ir a Chamberí y a su casa. Después de entrar en ella e informarse de que la señorita no estaba, subió lentamente hacia la iglesia, y al pasar por delante de ella y ver una cruz de hierro que hay en el atrio, vínole al pensamiento la idea de que debía haberse traído el revólver. Retrocedió, y a mitad del camino acordóse de que su mujer había guardado el arma. ¡Qué tonto estuvo él en permitírselo! Volvió a tomar la dirección Norte, sintiendo en su alma el suplicio indecible que producía la conjunción de dos sentimientos tan opuestos como el anhelo de la verdad y el terror de ella. Al distinguir el motor de noria que se destacaba sobre la casa de las Micaelas, no pudo reprimir un ahogo de pena que le hizo sollozar. El disco no se movía.

Pasó el joven más allá de los Almacenes de la Villa y examinó las casas de un solo piso alto que allí existen. Como ignoraba cuál era la que servía de abrigo a los adúlteros, resolvió vigilarlas todas. La noche se venía encima y Maxi deseaba que viniese más aprisa para dejar de ver el disco, que le parecía el ojo de un bufón testigo, expresando todo el sarcasmo del mundo. Maldición sacrílega escapóse de sus labios, y renegó de que hubieran venido a estar tan cerca su deshonra y el santuario donde le habían dorado la infame píldora de su ilusión. En otros términos: él había ido allí en busca de una hostia, y le habían dado una rueda de molino..., y lo peor era que se la había tragado.

Después de mucho pasear vio el faetón de Santa Cruz, guiado por el lacayo, despacio, como para que no se enfriaran los caballos. Ya no quedaba duda. El coche le esperaba. Violo subir hasta Cuatro Caminos, donde se detuvo para encender las luces. Después bajó, y al llegar a los Almacenes de la Villa, otra vez para arriba. Maxi no le perdía de vista. El cochero daba a conocer su aburrimiento e impaciencia. En una de las vueltas del vehículo, Rubín sorprendió en aquel hombre una mirada dirigida a una de las casas. "Aquí es..., aquí está." Fijóse cerca de allí, reduciendo el espacio de su paseo vigilante. Eran las siete.

Por fin, en un momento en que Maxi iba de Sur a Norte vio, a bastante distancia, a un hombre que salía de la casa. Era él, Santa Cruz, el mismo, vestido de americana y hongo. Detúvose en la puerta buscando con la vista su carruaje. Las dos luces brillaban allá arriba. Dirigióse hacia Cuatro Caminos... Detrás, avivando el paso, el odio personificado en Maximiliano.

La vía estaba solitaria. Pasaba muy poca gente, y hacía bastante frío. El *Delfín* sintió aquellos pasos detrás de sí, y una misteriosa aprensión, la conciencia tal vez, le dijo de quién eran. Volvióse a punto que la temblorosa voz del otro decía:

—Oiga usted.

Paróse en firme Santa Cruz, y aunque no le conocía bien, le tuvo por quien era sin dudar un momento.

—¿Qué se le ofrece a usted?

—¡Canalla!... ¡Indecente! —exclamó Rubín con más fiereza en el tono que en la actitud.

No esperó Santa Cruz a oír más, ni su amor propio le permitía dar explicaciones, y con un movimiento vigoroso de su brazo derecho rechazó a su antagonista. Más que bofetada fue un empujón; pero el endeble esqueleto de Rubín no pudo resistirlo; puso un pie en falso al retroceder y se cayó al suelo, diciendo:

—Te voy a matar..., y a ella también.

Revolcóse en la tierra; se le vio un instante pataleando a gatas, diciendo entre mugidos:

—¡Ladrón, ratero..., verás!...

Santa Cruz estuvo un rato contemplándole con la calma fría del ofuscado asesino, y cuando vio que al fin conseguía levantarse, se fue hacia él y le cogió por el pescuezo, apretándose sañudamente cual si quisiera ahogarle de veras... Reteniéndole contra el suelo, gritaba:

—Estúpido..., escuerzo..., ¿quieres que te patee?...

De la oprimida garganta del desdichado joven salía un gemido, estertor de asfixia. Sus ojos reventones se clavaban en su verdugo con un centelleo eléctrico de ojos de gato rabioso y moribundo. La única defensa del que estaba debajo era clavar sus uñas, afilándolas con el pensamiento, en los brazos, en las piernas, en todo lo que alcanzaba del vencedor; y logrando alzarse un poco con nervioso coraje, trató de hacerle molinete para derribarle. Derribados los dos, lucharían quizás más proporcionadamente. ¡Pobre razón aplastada por la soberbia! ¿Dónde está la justicia? ¿Dónde está la vindicta del débil? En ninguna parte.

El furor del *Delfín* no fue tanto que se le ocultara el peligro de llegar a un homicidio, abusando de su superioridad. "Éste al fin es un hombre, aunque parece un insecto", pensó. Y con desdén que tenía algo de lástima, hubo de soltar su presa, que cayó inerte a un lado del camino, en una especie de hoyo o surco. Al verle como un bulto, Juan sintió algo de miedo. "¿Si le habré matado sin querer?... Y en todo caso... ha sido en defensa propia." Pero la víctima exhaló un mugido, y revolcándose como los epilépticos, repitió:

—¡Ladrón..., asesino!

El *Delfín* se acercó y poniéndole un pie sobre el pecho, cuidando de no apretar, dijo:

—Si no te callas, cucaracha, te aplasto.

Levantóse Rubín de un salto. Era todo uñas y todo dientes; sacaba las armas del débil; pero con tanta fiereza, que si coge al otro le arranca la piel. Santa Cruz acudió pronto a la defensa.

—Te digo que te pateo... si vuelves...

Le levantó como una pluma y le lanzó violentamente donde antes había caído. Era un solar o campo mal labrado, más allá de la última casa. La víctima no daba acuerdo de sí, y aprovechando aquel momento el bárbaro señorito, que vio pasar su coche, lo detuvo, montóse en él de un salto y ¡hala! partieron los caballos a escape.

Un hombre se había detenido ante los combatientes en el último instante de la reyerta; acercóse a Maxi y le miró con recelo. Creyendo que estaba mortalmente herido, no quería meterse en líos con la justicia. Cuando le oyó hablar, acercóse más.

—Buen hombre, ¿qué es eso?... ¡Pobre chico! Si no parece chico, sino un viejo... ¡Vaya, que pegar así a un pobre anciano!

Luego llegó otro hombre, que se destacó de un grupo de obreros que subían. Auxiliado por éste, Maxi logró levantarse y corrió un buen trecho por el camino abajo, gritando:

—¡Ladrón!... ¡A ése!... ¡Al asesino!...

Pero el coche estaba ya más allá de la iglesia. Formóse en torno a la víctima un corro de cuatro, seis, diez personas de ambos sexos. Mirábales como si fueran amigos que habían de darle la razón reconociendo en él a la justicia pateada y a la humanidad escarnecida. Parecía un insensato. Su descompuesto rostro daba miedo, y su ahilada voz excitaba la mayor extrañeza.

Porque el ardor de la lucha había determinado como una relajación de la laringe, en términos que la voz se le había vuelto enteramente de falsete. Salían de su garganta las palabras como el acento de un impúber:

—¿En dónde se ha metido?... ¿En dónde?... ¿No es verdad, señores, que es un miserable?... ¿Un secuestrador?... Me ha quitado lo mío, me ha robado... Él la arrojó a la basura..., yo la recogí y la limpié...; él me la quitó y la... volvió a arrojar..., la volvió a arrojar. ¡Trasto infame!... Pero yo tengo que hacer dos muertes. Iré al patíbulo..., no me importa ir al patíbulo, señores..., digo que quiero ir al palo...; pero ellos por delante, ellos por delante...

Los que le rodeaban le tenían lástima. Desconociendo el motivo de la zaragata, cada cual decía lo que le parecía.

—*Sobre vino* una pendencia.

—No, cuestión de faldas, ¿verdad?

—¡Quitá allá! ¿Pero no ves que es marica?

Las mujeres le miraban con más interés.

—Tiene usted sangre en la frente —le dijo una.

Era una rozadura de que el joven no se había dado cuenta. Llevóse la mano a la cabeza y la retiró manchada de sangre. Notó que el brazo derecho le dolía horriblemente.

—Vamos, vamos —le dijo uno—, véngase usted a la Casa de Socorro.

—¡Gatera..., miserable!...

—Vamos; ya eso se acabó... ¿En dónde tiene usted el sombrero?

Maxi no dijo nada, ni se cuidó del sombrero. De repente, rompió en aullidos, pues no parecían otra cosa los esfuerzos de su voz para hablar a gritos. Los circunstantes podían oírle difícilmente estos conceptos:

—Partirle el corazón es poco; es menester... machacárselo.

Dos hombres le llevaban calle abajo, cada cual agarrándole de un brazo, y él, mirando con estupidez a sus conductores, repetía:

—¡Machacárselo!

A ratos se paraba, prorrumpiendo en risas de demente. Ya cerca de la iglesia aparecieron dos individuos de Orden Público, que viendo a Maxi en aquel estado, le recibieron muy mal. Pensaron que era un pillete, y que los golpes que había recibido le estaban muy bien merecidos... Le cogieron por el cuello de la americana con esa paternal zarpa de la justicia callejera.

—¿Qué tiene usted? —le preguntó uno de ellos, mal humorado.

Maxi contestó con la misma risa insana y delirante; viendo lo cual el polizonte, apretó la zarpa, como expresión de los rigores que la justicia humana debe emplear con los criminales.

—¿Y el agresor?

—¡Machacárselo!...

Llegó a la Casa de Socorro, ya con una procesión de gente tras sí. El médico de guardia conocía a Maxi y después de curarle la contusión de la cabeza, que no tenía importancia, le mandó a su casa al cuidado de los guardias de Orden Público.

## XI

Cuando entró el malaventurado chico en su casa, Fortunata no había parecido aún. Lo mismo fue verle Patricia en aquel lastimoso estado, que correr a dar aviso a doña Lupe, la cual no tardó en presentarse alborotada y afligida. Lo primero que hizo, conforme a su gran carácter, fue sobreponerse a los sucesos, no amilanarse por la vista de la sangre y dictar atinadas órdenes preliminares, como acostar a Maximiliano, traer provisión de árnica, reconocerle bien las contusiones que tenía y llamar un médico.

—¿Pero y Fortunata?

—Salió a hacer unas compras —dijo Patricia.

—¡Es particular! Las ocho y media de la noche.

En vano intentó doña Lupe saber lo que había ocurrido de los propios labios del joven. Éste no decía más que... "¡machacárselo!", con aquella voz de falsete, que era otra novedad para su tía. Acostáronle con no poco trabajo, y le llenaron de bizmas. El médico de la Casa de Socorro vino y ordenó el reposo. Temía que hubiese algo de conmoción cerebral; pero probablemente concluiría todo con una fuerte jaqueca. También propinó el bromuro potásico a fuertes dosis, y a la primera toma se adormeció el herido, pronunciando palabras sueltas, de las cuales nada pudo sacar en claro la señora de Jáuregui. ¡Y a todas éstas la otra sin parecer!

Por fin, a eso de las nueve y media, cuando el médico se fue, sintió doña Lupe un rebullicio; luego cuchicheos en el pasillo. Fortunata había entrado, y hablaba muy bajito con Patria. La mente de la viuda, en la cual hasta entonces todo era confusión y vaguedades, empezó a dar de sí los juicios más extraños, ideas de atrevido alcance y de un pesimismo aterrador. Salió paso a paso a la sala, deseosa de sorprender aquel secreteo. Fortunata entró, pálida como un cirio y con ojos aterrados; mas doña Lupe no le dijo nada. La vio que avanzaba hacia el gabinete, que daba algunos pasos hacia la alcoba deteniéndose en la puerta, y que desde allí alargaba el cuerpo para mirar a su marido. ¿Por qué no entró? ¿Qué temor la detenía? La alcoba estaba casi a oscuras, pues apenas llegaba a ella la claridad de la lámpara encendida de la sala. Doña Lupe llevó al gabinete la luz. Quería observar lo que hacía su sobrina, y por de pronto le llamó la atención su actitud extraña, no muy conforme con los sentimientos naturales en una esposa en situación tan aflictiva. Una vez que le miró bien de lejos, Fortunata, sin hacer maldito caso de persona tan respetable como su tía política, volvió a la sala, que ya estaba medio a oscuras, y se sentó en una silla. Todavía no se había quitado el manto, y parecía que iba a volver a la calle. Apoyada la mejilla en la mano, permaneció inmóvil como un cuarto de hora. El silencio que en las tres piezas reinaba sólo se interrumpía con tal cual palabra estropajosa pronunciada por Maxi, y con el paso gatuno de la sirviente que atravesaba la sala para ir a recibir órdenes de la única persona que aquella noche mandara en la casa. Si el estado del enfermo permitiera alzar la voz, ¡ay!, doña Lupe haría retemblar la casa con el estruendo de su palabra autoritaria y fiscalizadora; pero no podía ser. ¡Qué cosas había de oír su sobrina! Resolvió, pues, la tía dejar la discusión para el día siguiente; mas tanto la apremiaron la curiosidad y el enojo, que no pudo menos de personarse, pasito a paso, en la sala, y decir a Fortunata con voz oprimida:

—Explícame esto.

—¿Esto?... —murmuró la prójima, alzando la cara, como quien despierta.

—Esto, sí... Maximiliano maltratado...; tú entrando en casa tan tarde y con esos modos de traidora de melodrama.

Fortunata, después de mirar de hito en hito a doña Lupe por espacio de un minuto, volvió a apoyar la mejilla en el puño sin decir una palabra.

—Pues me he enterado... Me gusta...

Y fue a la alcoba, porque se oyó la voz de Maxi llamando. Poco después se le sintió vomitar. Fortunata prestó atención a lo que allí pasaba, pero sin abandonar su postura de esfinge.

Cuando la viuda volvió a la sala, ya eran más de las diez.

—¡Las diez dadas! —dijo con aquella voz tan severa que habría hecho estremecer a una piedra—. Y no te has quitado el manto. ¿Es que piensas volver... de compras? El pobre Maxi, al despertar hace un rato, me preguntó si habías venido, y le dije que no. Me dio vergüenza de decirle que sí, porque habría sido preciso añadir que sólo con la manera de entrar te declaras culpable... Él dijo: "Más vale que no venga..." ¿Y tú no conoces que así no se puede seguir?... ¿Que es preciso que me expliques esto? Habla, hija, habla o yo veré lo que tengo que hacer.

Fortunata, después de mirarla con una emoción que doña Lupe no podría definir, volvió a apoyar la cara en la mejilla, y dando un gran suspiro, se acorazó dentro de aquel silencio lúgubre, que desesperaría a la misma paciencia.

—¡Esto es para volverse loca!... —expresó doña Lupe con un gesto iracundo—. ¿Creerás tú, creerá usted que conmigo valen marrullerías? Sepa usted que...

La ira se le desbordaba, y para contenerla volvió a la alcoba. Su mente acalorada revolvía estas ideas: "Salió lo que yo me temía... Si lo dije, si esta mujer nos había de dar al fin un disgusto... ¡Ay qué ojo tengo! A mí no me entraba, no me entraba; y siempre lo dije: 'Ni con Micaelas ni sin Micaelas, podremos hacer de una mujer mala una esposa decente'. Ahí está, ahí está, ahí la tienen. Vean si acerté; vean si eran preocupaciones mías."

Lo que más ensoberbecía a doña Lupe era el chasco que se había llevado, pues aunque dijera otra cosa, ello es que había creído a Fortunata radicalmente reformada. No pudo contener su arranque, y volvió a la sala.

—Pero se explica usted, ¿sí o no?...

Reparó entonces que hablaba con una sombra. Fortunata no estaba allí. Salió doña Lupe al pasillo, y vio luz en un cuartito interior, donde la mujer de Maxi guardaba su ropa. Empujó la puerta. Allí estaba, ya sin mantilla, sacando ropa del armario y metiéndola en un mundo.

—¿Pero querrá usted al fin sacarme de dudas? —dijo sin recatarse ya de alzar la voz—. Esto es vergonzoso. Si usted se obstina en callarse, creeré que la causante de toda esta tragedia es usted y nada más que usted.

Fortunata se volvió hacia ella. Su palidez era como la de un muerto.

—Vamos a ver —añadió la de Jáuregui manoteando—. Si mi sobrino me vuelve a preguntar si ha entrado usted, ¿qué le digo?

—Dígale usted —replicó la esposa en voz más baja y expresándose con mucha dificultad—, dígale usted que no he venido, porque me marcharé en cuanto sea de día.

—Yo no entiendo una palabra... ¿Qué ha pasado, Santo Dios?... ¿Quién maltrató a Maxi?

Fortunata dio un gran suspiro.

—¡Qué farsa! Voy a dar parte a la justicia. Veremos si al juez le contesta de esa manera. Que usted es culpable, bien a la vista está. Si no, ¿por qué se marcha usted?

—Porque me debo ir —replicó la otra mirando al suelo.

No dijo más. Fuera de sí, doña Lupe le echó la zarpa a un brazo y sacudiéndola fuertemente le soltó esta imprecación:

—¡Ah maldita!... Bien claro se ve que es usted una bribona..., una bribona en toda la extensión de la palabra... Que lo ha sido siempre y lo será mientras viva... A todos engañó usted, menos a mí... a mí no... Yo la vi venir.

Abrumada por su conciencia, Fortunata no pudo contestar nada. Si doña Lupe se hubiera abalanzado a ella para pegarle, se habría dejado castigar.

—Hace usted bien en largarse —añadió la otra ya en la puerta—. No seré yo quien la detenga... Viento fresco. ¡Qué casa ésta y qué matrimonio! Nada me coge de nuevo..., porque, lo repito, a todos engañó usted menos a mí.

Y era mentira, porque la primera engañada fue ella. ¡Valiente fiasco habían tenido sus facultades educatrices! La idea de este fracaso encendía su furor más que el delito mismo que en su sobrina sospechaba.

Volviendo a la sala, amparóse [apoderóse] de la señora de Jáuregui el frenesí de las disposiciones. La primera fue que se quedaría allí aquella noche. Después mandó a Patricia a su casa con un recado, llamando a Nicolás, que aquel día había llegado de Toledo.

—Que venga mi sobrino inmediatamente, y si está durmiendo, encargue usted a *Papitos* que le despierte.

Fortunata seguía en el cuarto de la ropa; mas adelantaba muy poco en el arreglo de su equipaje, porque a lo mejor se quedaba inmóvil, sentada sobre un baúl, mirando al suelo o a la vela, que ardía con pabilo muy larguirucho y negro, chorreando goterones de grasa. Desde que empezó a faltar, no había sentido remordimientos como los de aquella noche. El espectro de su maldad no había hecho antes más que presentarse como en broma, y érale a ella muy fácil espantarlo; pero ya no acontecía lo mismo. El espectro venía y se sentaba con ella y con ella se levantaba; cuando se ponía a guardar ropa, la ayudaba; al suspirar, suspiraba; los ojos de ella eran los de él, y, en fin, la persona de ambos parecía una misma persona. Y la atormentaban, juntamente con los revuelcos de su conciencia, ansias de amor, deseos vivísimos de normalizar su vida dentro de la pasión que la dominaba. Acordóse de que su amante le había ofrecido ponerle casa y establecer entre ambos una familiaridad regular dentro de la irregularidad. ¿Pero esto podría ser? Las ansias amorosas se cruzaban en su espíritu con temores vagos, y al fin venía a considerarse la persona más desgraciada del mundo, no por culpa suya, sino por disposición superior, por aquella mecánica espiritual que la empujaba de un modo irresistible. No pensó en dormir aquella noche, y anhelaba que viniese el día para marcharse, porque el sentir la voz doliente de su marido producíale atroz martirio. Habría dado diez años de su vida porque lo que pasó no hubiera pasado. Pero ya que no lo podía remediar, ¡ojalá que las heridas de Maxi fuesen de poca importancia! Después de esto, su más vivo deseo era coger la puerta y huir para siempre de la casa aquella. Antes morir que continuar la farsa de un matrimonio imposible.

De estas meditaciones la sacó doña Lupe, que después de media noche volvió a entrar en el cuarto. Envolvíase toda en una manta, lo que le daba cierto aspecto temeroso y lúgubre como de alma del otro mundo.

—Al pobre Maxi —dijo— le da ahora por llorar... No cesa de preguntarme si ha venido usted... Francamente, no sé qué responderle.

—Dígale usted que me he muerto —replicó Fortunata.

—Y positivamente sería lo mejor... ¿Ha arreglado usted ya sus baúles?

—Me falta poco... Mire, mire..., no me llevo nada que no sea mío.

—¿Y sus alhajas? —preguntó la viuda que custodiaba en su casa las de más valor.

—¿Mis alhajas? —observó la otra vacilando primero y asegurándose al fin—. No son mías. Son de él, de Maxi, que las desempeñó. Se las dejo todas.

—¿De modo que no se lleva usted más que su ropa?

—Nada más. Hasta el portamonedas, con el último dinero que me dio, lo dejo aquí sobre la cómoda. Véalo usted.

Cogió la prudente señora el portamonedas que estaba aún bien repleto y se lo guardó.

## XII

Hay motivos para creer que cuando *Papitos* entró a media noche en el cuarto de Nicolás Rubín y le dijo sacudiéndole fuertemente: "Señor, señor; su tía que vaya allá ahora mismo", el santo varón soltó un bramido y dio media vuelta volviendo a caer en profundo sueño. Es probable que a la segunda acometida de *Papitos* el clérigo se desperezara y que ahuyentase a la mona con otro fuerte berrido, agasajando en su empañado cerebro la idea de que su tía debía esperar hasta la mañana siguiente. Y el fundamento de estas apreciaciones es que Nicolás no se presentó en la casa de su hermano Maxi hasta las siete dadas. Tanta pachorra sacaba de quicio a doña Lupe, que poniendo el grito en el Cielo, decía:

—Estoy destinada a ser la víctima de estos tres idiotas... Cada uno por su lado me consume la vida, y entre los tres juntos van a acabar conmigo... ¡Qué familia, Señor, qué familia! Si me viviera mi Jáuregui, otro gallo me cantara. ¡Pero hombre de Dios, vaya que tienes una calma! No sé cómo con ella y lo que comes no estás más gordo... Te llamo a las once de la noche, y ésta es la hora en que te descuelgas por aquí... ¿Tú sabes lo que pasa?

Esto lo decía en la sala, al ver entrar a Nicolás, cuyos ojos tenían aún señales evidentes de lo bien que había dormido. Al sentir el coloquio, salió la pecadora de su escondite, y acercándose a la puerta de la sala trató de escuchar. Pero tía y sobrino siguieron hablando muy bajito, y nada pudo percibir. Después el clérigo, a instancias de su tía, salió al pasillo, y Fortunata metióse rápidamente en su escondite para esperarle allí.

El cuarto aquél estaba casi completamente a oscuras en las primeras horas del día. Los que entraban no veían a quien dentro estuviera. La vela, que ardió gran parte de la noche, se había consumido. Desde dentro, vio Fortunata al cura, sombra negra en el cuadro luminoso de la puerta, y esperó a que entrase o a que dijese algo. Como el que recela penetrar en la madriguera de una bestia feroz, Nicolás permaneció en la puerta, y desde ella lanzó en medio de la oscuridad estas palabras:

—Mujer, ¿está usted aquí?... No veo nada.

—Aquí estoy, sí señor —murmuró ella.

—Mi tía —añadió el clérigo —me ha contado los horrores de esta noche.. Mi hermano maltratado, herido; usted entrando en casa a deshora, y entrando para recoger su ropa y marcharse, rompiendo la armonía conyugal y dejándonos a todos en la mayor confusión. ¿Me querrá usted explicar a mí este turris-burris?

—Sí, señor —replicó la voz con miedo y turbación indecibles.

—¿Y si ha tenido usted parte en esta infamia?

—Yo.. en lo de los golpes no he tenido parte —apuntó con rápida frase la voz.

—Vamos a cuentas —dijo el clérigo avanzando un poco, precedido de sus manos que palpaban en las tinieblas—. Hace algunos días..., lo he sabido ayer por casualidad..., mi hermano sospechaba que usted no le era fiel; ésta es la cosa. ¿Tenía fundamento esta sospecha?

La voz no dijo nada, y hubo un ratito de temerosa expectativa.

—¿Pero no contesta usted? —interrogó Nicolás con acento airado—. ¿Por quién me toma? Hágase usted cargo de que está en el confesonario. No hago la pregunta como persona de la familia ni como juez, sino como sacerdote. ¿Tenía fundamento la sospecha?

Después de otro ratito, que al cura se le hizo más largo que el primero, la voz respondió tenuemente:

—Sí señor.

—Ya veo —afirmó Rubín con ira— que nos ha engañado usted a todos; a mí el primero, a las señoras Micaelas, a mi amigo Pintado y a toda mi familia después. Es usted indigna de ser nuestra hermana. Vea usted qué bonito papel hemos hecho. ¡Y yo que respondí...! En mi vida me ha pasado otra. La tuve a usted por extraviada, no por corrompida, y ahora veo que es usted lo que se llama un monstruo.

Dio entonces un paso más, cerrando un poco la puerta, y tentó la pared por si hallaba silla o banco en qué sentarse.

—Hablando en plata, usted no quiere a mi hermano.. Ábrete, conciencia.

—No señor —dijo la voz prontamente y sin hacer ningún esfuerzo.

—No le ha querido nunca.. Ésta es la cosa.

—No señor.

—Pero usted me dijo que esperaba tomarle cariño conforme le fuera tratando.

—Sí lo dije.

—Pero no ha resultado..., no ha

resultado. ¡Chasco como éste!... Se dan casos... De modo que nada.

—Nada.

—¡Perfectamente! Pero usted olvida que es casada y que Dios le manda querer a su marido, y si no le quiere, serle fiel de cuerpo y de pensamiento. ¡Bonita plancha, sí señor, bonita!... En mi vida me ha pasado otra. Y usted, pisoteando el honor y la ley de Dios, se ha prendado de cualquier pelagatos..., ya se ve: su pasado licencioso le envenena el alma, y la purificación fue una pamema. ¡No haber visto esto, Señor, no haberlo visto!

Estaba tan furioso el cura por lo mal que le había salido aquella compostura, y su amor propio de arreglador padecía tanto, que no pudo menos de desahogar su despecho con estas coléricas razones:

—Pues sépase usted que está condenada, y no le dé vueltas: condenada.

No se sabe si este procedimiento del terror hizo su efecto, porque Fortunata no contestó nada. La expresión de sus sentimientos acerca del tremendo anatema perdióse en la oscuridad de aquella caverna.

—Al menos, desdichada, confiese usted su delito —dijo Rubín, que deslizándose en las tinieblas había encontrado un cajón en qué sentarse—. No me oculte usted nada. ¿Cuántas veces, cuántas veces ha faltado usted a su marido?

La contestación tardaba. Nicolás repitió la pregunta hasta tres veces suavizando el tono, y al fin oyó un susurro que decía:

—Muchas.

Cuenta el padre Rubín que aquel *muchas* le dio escalofríos, y que le pareció el rumorcillo que hacen las correderas cuando en tropel se escurren por las paredes.

—¿Con cuántos hombres?

—Con uno solo...

—¡Con uno solo!... ¿De veras? ¿Le conoció usted después de casada?

—No señor. Le conozco hace mucho tiempo..., le he querido siempre.

—¡Ah, ya!... La historia vieja... Perfectamente —dijo el cura, cuyo amor propio se erguía al encontrar un medio de aparecer previsor—. Eso ya me lo temía yo. ¡El amorcito primero!... ¿No lo dije, no se lo dije a usted? Por ahí está el peligro. He visto muchos casos. Bueno. ¿Y ese pelafustán es el de marras?

Fortunata contestó que sí, sin comprender lo que quería decir *de marras.*

—Y ése ha sido el miserable que abusando de su fuerza maltrató al pobre Maxi, débil y enfermizo... ¡Ay, mundo amargo!

—Él fue...; pero Maxi le provocó... —dijo la voz—. Esas cosas vienen sin saber cómo... Yo lo presencié desde la ventana.

—¿Desde qué ventana?

—De la casa aquélla.

—¿Casita tenemos?... Sí..., sí, lo de siempre. Lo había previsto yo. No crea usted que me coge de nuevo. ¡Casita y todo!... ¡Cuánta infamia! ¿Y no siente usted remordimientos? Cualquier persona que tuviera alma estaría en tal caso llena de tribulación...; pero usted tan fresca.

—Yo lo siento..., lo siento... Quisiera que eso no hubiera pasado.

—Eso, que no hubiera pasado el lance para continuar pecando a la calladita. Y siga el fandango. También esta clase de perversidad me la sé de memoria.

Fortunata se calló. Fuera que los ojos del clérigo se acostumbraran a la oscuridad, fuera que entrase en el cuarto más luz, ello es que Nicolás empezó a distinguir a su hermana política, sentada sobre el baúl, con un pañuelo en la mano. A ratos se lo llevaba al rostro como para secar sus lágrimas. Cierto es que Fortunata lloraba; pero algunas veces la causa de la aproximación del pañuelo a la cara era la necesidad en que la joven se veía de resguardar su olfato del olor desagradable que las ropas negras y muy usadas del clérigo despedían.

—Esas lágrimas que usted derrama, ¿son de arrepentimiento sincero? ¡A saber!... Si usted se nos arrepintiera de verdad, pero de verdad, con contrición ardiente, todavía esto podría arreglarse. Pero sería preciso que se nos sometiera a pruebas rudas y concluyentes... Ésta es la cosa. ¿Volvería usted a las Micaelas?

—¡Oh! no señor —replicó la pecadora con prontitud.

—Pues entonces, que se la lleve a usted el demonio —gritó el clérigo con gesto de menosprecio.

—Le diré a usted... Yo me arrepiento; pero...

—¡Qué peros ni qué manzanas!... —manifestó Rubín, manoteando con groseros modales—. Reniege usted de su infame adulterio; reniegue también del hombre malo que la tiene endemoniada.

—Eso...

—¿Eso qué?... ¡Vaya con la muy...! Y me lo dice así, con ese cinismo.

Fortunata no sabía lo que quiere decir cinismo, y se calló.

—Todo induce a creer que usted se prepara a reincidir, y que no hay quien le quite de la cabeza esa maldita ilusión.

El gran suspiro que dio la otra confirmó esta suposición mejor que las palabras.

—De modo que, aun viéndose perdida y deshonrada por ese miserable, todavía le quiere usted. Buen provecho le haga.

—No lo puedo remediar. Ello está *entre* mí y no puedo vencerlo.

—Ya..., la historia de siempre. Si me la sé de memoria... Que quieren sólo a aquél y no pueden desterrarlo del pensamiento, y que patatín y que patatán... En fin, todo ello no es más que falta de conciencia, podredumbre del corazón, subterfugios del pecado. ¡Ay, qué mujeres! Saben que es preciso vencer y desarraigar las pasiones; pues no señor, siempre aferradas a la ilusioncita... Tijeretas han de ser... En resumidas cuentas, que usted no quiere salvarse. La pusimos en el camino de la regeneración, y le ha faltado tiempo para echarse por los senderos de la cabra. ¡Al monte, hija, al monte! Bueno; allá se entenderá usted con Dios. Ya me estoy riendo del chasco que se va usted a llevar. Porque ahora, como si lo viera, se lanzará otra vez a la vida libre. Divertirse..., ¡ea!... Por de pronto habrá un arreglito, y ese tunante le dará alguna protección; tendrá usted casa en que vivir... Y ahora que me acuerdo, ¿ese hombre es casado?

—Sí señor —dijo Fortunata con pena.

—¡Ave María Purísima! —exclamó el cura llevándose ambas manos a la cabeza—. ¡Qué horror y qué sociedad! Otra víctima; la esposa de ese señor... Y usted tan fresca, sembrando muertes y exterminios por dondequiera que va...

Esta frase de sermón aterró un poco a Fortunata.

—Tendrá usted su castigo y pronto. La historia de siempre... ¡Qué mujeres, Señor, qué mujeres! Váyase usted a correr aventuras, deshonre a su marido, perturbe dos matrimonios; ya vendrá, ya vendrá el estallido. No le arriendo la ganancia. El amancebamiento ahora; después la prostitución, el abismo. Sí, ahí lo tiene usted, mírelo abierto ya, con su boca negra, más fea que la boca de un dragón. Y no hay remedio, a él va usted de cabeza..., porque ese hombre la abandonará a usted... Son habas contadas.

Fortunata tenía la cabeza próxima a las rodillas. Estaba hecha un ovillo, y sus sollozos declaraban la agitación de su alma.

—¡Ah, mujer infeliz! —añadió el clérigo con solemnidad, levantándose—; no sólo es usted una bribona, sino una idiota. Todas las enamoradas lo son porque se les seca el entendimiento. Las saca uno del purgatorio del deleite y allá se van otra vez. Tú te lo quieres, pues tú te lo ten. En el Infierno le ajustarán a usted las cuentas. Váyase usted luego allá con sofismas y con zalamerías de amor... Esto se acabó. Ni yo tengo que hacer nada con usted, ni usted tiene nada que hacer en esta casa. Cuenta concluida. Al arroyo, hija; divertirse. Usted sale de aquí, y cuando se vaya, sahumaremos, sí, sahumaremos... Perfec... tamente.

Esto lo dijo en la puerta y luego se retiró sin añadir una palabra más. Doña Lupe le aguardaba en la sala para saber si había sido más afortunado que ella en la averiguación de la verdad, y allí se estuvieron picoteando un buen rato. Después oyeron ruido, sintieron la voz de Fortunata que hablaba quedito con Patricia, diciéndole quizás cómo y cuándo mandaría a buscar su ropa. Tía y sobrino asomáronse luego a los cristales del balcón y la vieron atravesar la calle presurosa y doblar la esquina, sin dirigir una mirada a la casa que abandonaba para siempre.

Nicolás repetía una figura de que estaba satisfecho:

—Sahumar, sahumar y sahumar.

Y, a propósito de espliego, a él, físicamente, tampoco le vendría mal..., esto sin ofender a nadie.

Madrid, mayo de 1886.

FIN DE LA PARTE SEGUNDA

# PARTE TERCERA

## CAPÍTULO PRIMERO

### COSTUMBRES TURCAS

### I

Juan Pablo Rubín no podía vivir sin pasarse la mitad de las horas del día o casi todas ellas en el café. Amoldada su naturaleza a este género de vida, habríase tenido por infeliz si el trabajo o las ocupaciones le obligaran a vivir de otro modo. Era un asesino implacable y reincidente del tiempo, y el único goce de su alma consistía en ver cómo expiraban las horas dando boqueadas, y cómo iban cayendo los períodos de fastidio para no volver a levantarse más. Iba al café al mediodía, después de almorzar, y se estaba hasta las cuatro o las cinco. Volvía después de comer, sobre las ocho, y no se retiraba hasta más de medianoche o hasta la madrugada, según los casos. Como sus amigos no eran tan constantes, pasaba algunos ratos solo, meditando en problemas graves de política, religión o filosofía, contemplando con incierto y soñoliento mirar las escayolas de la escocia, las pinturas ahumadas del techo, los fustes de hierro y las mediascañas doradas. Aquel recinto y aquella atmósfera éranle tan necesarios a la vida, por efecto de la costumbre, que sólo allí se sentía en la plenitud de sus facultades. Hasta la memoria le faltaba fuera del café, y como a veces se olvidara súbitamente en la calle de nombres o de hechos importantes, no se impacientaba por recordar, y decía muy tranquilo:

—En el café me acordaré.

En efecto, apenas tomaba asiento en el diván, la influencia estimulante del local dejábase sentir en su organismo. Heridos el olfato y la vista, pronto se iban despertando las facultades espirituales, la memoria se le refrescaba y el entendimiento se le desentumecía. Proporcionábale el café las sensaciones íntimas que son propias del hogar doméstico, y al entrar le sonreían todos los objetos, como si fueran suyos. Las personas que allí viera constantemente, los mozos y el encargado, ciertos parroquianos fijos, se le representaban como unidos estrechamente a él por lazos de familia. Hasta con la jorobadita que vendía en la puerta fósforos y periódicos tenía cierto parentesco espiritual.

Pero aunque Juan Pablo se encariñaba de este modo con el local, había cambiado de café bastantes veces en el espacio de cinco años. Equivalía esto a mudar de vivienda, y como todos los cafés de Madrid se parecen, lo mismo que se parecen las casas, Juan Pablo llevaba en sí propio su domesticidad, y a los dos días de frecuentar un café ya se encontraba en él como en familia. Los cambios eran determinados por ciertas corrientes de emigración que hay en la sociedad de los vagos y que no se sabe a qué obedecen. Unas veces el impulso partía de algunos amigos inconstantes, tocados de la manía de la variedad; otras la emigración era motivada por una cuestión muy desagradable con *aquel señor de la mesa próxima.* Ya provenía de que el amo del café *se portó cochinamente* cobrando a la tertulia unas copas, que se habían roto al discutir las verdaderas causas de la muerte de Concha en Montemuro; ya, por fin, de un desmejoramiento progresivo e intolerable del *género,* razón por la cual desearan muchos estrenar los establecimientos nuevos o renovados. Juan Pablo no gustaba de iniciar ninguna corriente de emigración; pero las seguía casi siempre. En estas corrientes es fácil que se pierda alguno de la partida, o por rebelde a las mudanzas o porque las deudas le cautivan en el antiguo local y allí le hipotecan la asistencia; pero en cambio siempre se gana algún tertulio nuevo que viene a refrescar las ideas y las bromas.

Quien se hubiera tomado el trabajo de seguir los pasos de Rubín desde el 69 al 74, le habría visto parroquiano del café de San Antonio en la Corredera de San Pablo, después del Suizo Nuevo, luego de Platerías, del Siglo y de Levante; le vería, en cierta ocasión, prefiriendo los cafés cantantes y en otra abominando de ellos; concurriendo al del Gallo o al de la Concepción Jerónima cuando quería hacerse el invisible, y por fin, sentar sus reales en uno de los más concurridos y bulliciosos de la Puerta del Sol.

Al mediodía era siempre de los retrasados, porque se levantaba tarde; por la noche era infaliblemente el primero. Rara vez, al entrar, encontraba ya allí a don Evaristo González Feojóo o a Leopoldo Montes. La tertulia de la noche tenía su personal distinto de la del día, y eran pocos los que asistían a una y otra. Sólo Rubín era punto fijo en ambas. La peña aquella ocupaba tres mesas, y antes de que los parroquianos llegaran, el mozo les ponía a todos el servicio. Juan Pablo entraba a las ocho, cuando aún no había en el local más que tres o cuatro personas, y los mozos estaban de conversación sentados junto al mostrador. En éste, el amo o encargado preparaba los servicios, poniendo pilas de platillos de azúcar. Cada instante se abría la puerta de cristales para dar paso a algún parroquiano (que entraba quitándose la bufanda o desembozándose), y luego se cerraba con fuerte batacazo, para volverse a abrir en seguida con estridente chirrido de goznes mohosos. Era un estribillo abrumador... *Chirris...*, entrada del individuo con su puro de estanco en la boca...; después, *pum,* y otra vez *chirris...*

El amo saludaba desde el mostrador a algún parroquiano que le caía cerca. Los más gustaban de que se les sirviera el café sin ninguna tardanza, y daban palmadas si el chico no venía pronto. Juan Pablo entraba despacio y muy serio, como hombre que va a cumplir una obligación sagrada. Dirigía el paso gravemente hacia las mesas de la derecha, y se sentaba siempre en el propio sitio con matemática exactitud. El mozo le saludaba en el momento de dar un restregón con el paño a la mesa, y él, contestando con cierta dignidad, frotábase las manos, se acomodaba bien en el asiento, conservando la capa sobre los hombros; después se acercaba el vaso, poniendo a la derecha, a la discreta distancia a que se pone el tintero para escribir, el platillo del azúcar, y luego atendía a la operación de verter en el vaso la leche y el café, poniendo mucho cuidado en que las proporciones de ambos líquidos fueran convenientes y en que el vaso se llenara sin rebosar. Esto era elemental. Después cogía la cuchara con la mano izquierda y con la derecha iba echando pausadamente los terrones, dirigiendo miradas indulgentes a todo el local y a las personas que entraban. Como veterano del café, sabía tomarlo con aquella lentitud y arte que corresponden a todo acto importante.

Imposible que la historia siga a este hombre en todos sus períodos cafeteros. Pero no se puede pasar en silencio la etapa aquella de la Puerta del Sol, en que Rubín tenía por tertulios y amigos a don Evaristo González Feijóo, a don Basilio Andrés de la Caña, a Melchor de Relimpio y a Leopoldo Montes, personas todas muy dadas a la política, y que hablaban del país como de cosa propia. Teniendo todos la misma manía, cada cual cultivaba una especialidad, pues Leopoldo Montes llevaba un día y otro, infaliblemente, noticias de crisis; don Basilio descendía siempre a menudencias de personal; Relimpio era procaz y malicioso en sus juicios; Rubín descollaba por suponerse que todo lo sabía y que se anticipaba a los sucesos *viéndolos venir,* y por último, Feijóo era profundamente escéptico, y tomaba a broma todas las cosas de la política.

Allí brillaba espléndidamente esa fraternidad española, en cuyo seno se dan mano de amigo el carlista y el republicano, el progresista de cabeza dura y el moderado implacable. Antiguamente, los partidos separados en público estábanlo también en las relaciones privadas; pero el progreso de las costumbres trajo primero cierta suavidad en las relaciones personales, y por fin la suavidad se trocó en blandura. Algunos creen que hemos pasado de un extremado mal a otro sin detenernos en el medio conveniente, y ven en esta fraternidad una relajación de los caracteres. Esto de que todo el mundo sea amigo particular de todo el mundo, es síntoma de que las ideas van siendo tan sólo un pretexto para conquistar o defender el pan. Existe una confabulación tácita (no tan escondida que no se encuentre a poco que se rasque en los políticos), por la cual se establece el turno en el dominio. En esto consiste que no hay aspiración, por extraviada que sea, que no se tenga por probable; en esto consiste la inseguridad, única cosa que es constante entre nosotros, la ayuda masónica que se prestan todos los partidos desde el clerical al anarquista, lo mismo dándose una credencial vergonzante en tiempo de paces, que otorgándose perdones e indultos en las guerras y revoluciones. Hay algo de seguros mutuos contra el castigo, razón por la cual se miran los hechos de fuerza como la cosa más natural del mundo. La moral política es como una capa con tantos remiendos, que no se sabe ya cuál es el paño primitivo.

Hablando de esto, Feijóo y Rubín achacaban la relajación de los caracteres a los desengaños.

—Yo —decía Feijóo— soy progresista desengañado, y usted tradicionalista arrepentido. Tenemos algo de común: el creer que todo esto es una comedia y que sólo se trata de saber a quién le toca mamar y a quién no.

## II

Don Evaristo González Feijóo merece algo más que una mención en este relato. Era hombre de edad, solterón, y vivía desahogadamente de sus rentas y de su retiro de coronel del ejército. A poco de la guerra de África abandonó el servicio activo. Era el único individuo de la tertulia que no tenía trampas ni apuros de dinero. Su existencia plácida y ordenada reflejábase en su persona pulcra, robusta y simpática. Su facha denunciaba su profesión militar y su natural hidalgo; tenía bigote blanco y marcial arrogancia, continente reposado, ojos vivos, sonrisa entre picaresca y bondadosa; vestía con mucho esmero y limpieza, y su palabra era sumamente instructiva, porque había viajado y servido en Cuba y en Filipinas; había tenido muchas aventuras y visto muchas y muy extrañas cosas. No se alteraba cuando oía expresar las ideas más exageradas y disolventes. Lo mismo al partidario de la inquisición que al petrolero más rabioso les escuchaba Feijóo con frialdad benévola. Era indulgente con los entusiasmos, sin duda porque él también los había *padecido*. Cuando alguno se expresaba ante él con fe y calor, oíale con la paciencia compasiva con que se oye a los locos. También él había sido loco; pero ya había recobrado la razón, y la razón en política era, según él, la ausencia completa de fe.

En las tertulias de los cafés hay siempre dos categorías de individuos: una es la de los que ponen la broza de la conversación, llevando noticias absurdas o diciendo bromas groseras sobre personas y cosas; otra es la de los que dan la última palabra sobre lo que se debate, soltando un juicio doctoral y reduciendo a su verdadero valor las bromas y los dicharachos. Dondequiera que hay hombres, hay autoridad, y estas autoridades de café, definiendo a veces, a veces profetizando y siempre influyendo, por la sensatez aparente de sus juicios, sobre la vulgar multitud, constituyen una especie de opinión, que suele traslucirse a la prensa, allí donde no existe otra de mejor ley. Bueno. Los que ejercen autoridad en los círculos o tertulias de café suelen sentarse en el diván, esto es, de espaldas a la pared, como si presidieran o constituyesen tribunal. Juan Pablo y Feijóo pertenecían a esta categoría, pero el segundo no se sentaba nunca en el diván, porque le daba calor la pana, sino en una de las sillas de fuera, tomando café en un ángulo de la mesa y volviendo la espalda a los individuos de la mesa inmediata.

En cambio, don Basilio Andrés de la Caña, que era vulgo, se sentaba siempre en el diván. Gustaba de ocupar posiciones superiores a las que merecía, y recostaba en el marco de los espejos su cabeza calva y lustrosa. Usaba gafas, y su nariz pequeña podría pasar por signo o emblema de agudeza. Entornaba los ojos cuando daba una respuesta difícil, como hombre que quiere reconcentrar bien las ideas. Su frente era espaciosísima y su fisonomía de esas que parecen revelar un entendimiento profundo y sintético. Tenía algún parecido con Cavour, de lo que provenían las bromas un tanto pesadas que le daban. Para juzgar su talento, acudiremos a un dicho de Melchor de Relimpio: "El mejor negocio que se podría hacer en estos tiempos, ¿a que no saben ustedes cuál es? Pues abrirle la cabeza a don Basilio y sacarle toda la paja que hay dentro para venderla."

Y don Basilio, que tenía ciertas marrullerías de asno viejo, sacaba partido de su fisonomía engañosa y de aquel aire de *hombre conspicuo* que le daban su calva de calabaza, su frente abovedada, sus anteojos y su nariz chiquita y prismática. Más de una vez, los ministros a quienes se presentó experimentaron los efectos de fascinación que aquella carátula ejercía sobre el vulgo, y le tomaron por una eminencia no comprendida. Cráneo y entrecejo eran un timo frenopático. Siempre que discutía tomaba un tono tan solemne, que muchos incautos le miraban con respeto. Consideraba la risa como acto impropio de la dignidad humana, y habíala desterrado casi en absoluto de su cara, tomando por modelo una página del *Nomenclátor* o de la *Memoria de la Deuda pública.*

Dos fases tenía la vida de este hombre: el periodismo y la empleomanía. En la prensa, siempre estuvo encargado de la parte extranje-

[illegible] cuestiones de Hacienda. [illegible] para una ni para otra cosa se necesitaba en el periodismo antiguo saber escribir. Pero la Caña tomaba tan en serio estas dos ramas del conocimiento humano, que cuando trabajaba parecía que estaba escribiendo la *Crítica de la razón pura;* su sueldo en las redacciones no pasó nunca de treinta duros, cuando le pagaban. De las redacciones pasaba a las oficinas, y de las oficinas a las redacciones; de modo que cuando estaba cesante y la familia pereciendo, alegrábanse las Musas de la política extranjera y de la ciencia fiscal. Siempre fue mi hombre *arrimado a la cola,* como decían sus amigos; es decir, muy moderado, porque siempre le colocaban los doctrinarios. Su primer destino se lo dio Mon, y estuvo en Hacienda con ciertas alternativas hasta el período largo de la Unión liberal. Esta época fue su *crujía* funesta, y vivió míseramente de la pluma, preguntando todos los días a la conclusión del artículo: "¿Qué hará Rusia?", y respondiéndose con la más deliciosa buena fe: "No lo sabemos". A Inglaterra la llamaba siempre el *Gabinete de Saint James,* y a Francia, el *Gabinete de las Tullerías.*

Durante el período revolucionario pasó el pobre don Basilio una trinquetada horrible, porque no quiso venderse ni abdicar sus ideas. Únicamente consintió en trabajar en un periódico liberal templado; pero... bien claro se lo dijo al director... nada más que para tratar de las cuestiones financieras, con exclusión absoluta de toda idea política. Dicho y hecho: la Caña se largaba todos los días un articulazo, que no leía nadie, criticando la gestión de la Hacienda; pero no así como se quiera, sino con números. "Con los números no se juega" —decía él; y le metía mano al presupuesto y lo desmenuzaba como si fuera la cuenta de la lavandera.

—Si esta gente no comprende —decía en el café, inflado de autoridad— que sin presupuesto no hay política posible, ni hay país, ni nada. Estoy harto de decírselo todos los días. Y nada; como si se lo dijera a este mármol. Señores, yo les juro que he examinado una por una todas las cifras, y créanmelo, parece mentira que ese buñuelo haya salido de las oficinas de Hacienda. Pero si es lo que yo digo: ese señor (el ministro del ramo) no sabe por dónde anda, ni en su vida las ha visto más gordas... ¡Cuidado que lo vengo demostrando como tres y dos son cinco! Pero nada..., no lo quieren entender.

Después de expresar con un gran suspiro la lástima que tenía de este pobre país, seguía tomando su café con indolencia, pero con apetito, porque para don Basilio era verdadero alimento, y lo tomaba colmado, en vaso, y dejando rebosar todo lo posible en el plato para trasegarlo después frío al vaso. En los últimos años de la Revolución, don Manuel Pez diole un destinillo en el Gobierno civil, y él lo aceptó como ayuda hasta que vinieran tiempos mejores; pero estaba descontento, no sólo por lo mezquino del sueldo, sino por razones de dignidad. Los amigos que le oían quejarse, comparando la exigüidad de la paga con la muchedumbre de bocas que constituían su familia, le consolaban, cada cual a su manera, pero él decía invariablemente:

—Y sobre todo, me lo pueden creer, lo que más me contrista es no estar *en mi ramo.*

Su ramo era la Hacienda.

La conversación del círculo, que empezaba casi siempre con el tema de la guerra, pasaba insensiblemente al de los empleos. Leopoldo Montes, cesante eterno. Relimpio, y otros que tenían entre los dientes alguna piltrafa del presupuesto, se arrojaban con deleite famélico sobre aquel tema picante:

—Usted, ¿cuánto tiene?

—Yo, *catorce;* pero me corresponden *dieciséis.* Fulano, que estaba por debajo de mí en la Ordenación de pagos, tiene ya *veinte,* y yo llevo diez años con *catorce.*

—Pues yo —decía don Basilio—, cuando estaba *en mi ramo,* llegué a *veinticuatro* por mis pasos contados. Con este desbarajuste que hay ahora, no se sabe ya por dónde anda uno. El día que vuelva a *mi ramo* no admito credencial que sea inferior a *treinta.*

—Pero como aquí se hacen mangas y capirotes de los *derechos adquiridos*... ¡Qué país! Yo entré en Penales con *ocho,* después me pasaron a Instrucción Pública con *diez,* luego cesante, y al fin, para no morirme de hambre, tuve que aceptar *seis* en Loterías.

—Pues yo —murmuraba una voz que parecía salida de una botella, voz correspondiente a una cara escuálida y cadavérica, en la cual estaban impresas todas las tristezas de la Administración española —sólo pido dos meses, dos meses más de activo para poderme jubilar por Ultramar. He pasado el charco siete veces, estoy sin sangre, y ya me corresponde retirarme a descansar con *doce.* ¡Maldita sea mi suerte!

El cesante más digno de conmiseración es aquel que sólo pide unos cuantos días más de empleo para poder reclinar sobre la almohada de las Clases Pasivas una frente cargada de años, de sustos y de servicios.

## III

De ocho a diez estaba el café completamente lleno, y los alientos, el vapor y el humo hacían un potaje atmosférico que indigestaba los pulmones. A las nueve, cuando aparecían *La Correspondencia* y los demás periódicos de la noche, aumentaba el bullicio. La jorobada y un su hermano, también algo cargado de espaldas, entraban con las manos de papel, y dando brazadas por entre las mesas del centro, iban alargando periódicos a todo el que los pedía. Poco después empezaba a clarear la concurrencia; algunos se iban al teatro, y las peñas de estudiantes se disolvían, porque hay muchos que se van a estudiar temprano. En todos los cafés son bastantes los parroquianos que se retiran entre diez y once. A las doce vuelve a animarse el local con la gente que regresa del teatro y que tiene costumbre de tomar chocolate o de cenar antes de irse a la cama. Después de la una sólo quedan los enviciados con la conversación, los adheridos al diván o a las sillas por una especie de solidificación calcárea, las verdaderas ostras del café.

Juan Pablo no se iba hasta que cerraban las puertas, y de todos sus amigos el único que tan a deshora le acompañaba era Melchor de Relimpio. Iban juntos hacia su barrio y a veces el uno dejaba al otro en la puerta de su casa, sin cesar de charlar hasta el momento en que venía el sereno a abrir. Si la noche estaba buena, solían darse una hora más de palique vagando por las calles.

¿De qué hablaban aquellos hombres durante tantas y tantas horas? El español es el ser más charlatán que existe sobre la tierra, y cuando no tiene asunto de conversación, habla de sí mismo; dicho se está que ha de hablar mal. En nuestros cafés se habla de cuanto cae bajo la ley de la palabra humana desde el gran día de Babel, en que Dios hizo las opiniones. Óyense en tales sitios vulgaridades groseras, y también conceptos ingeniosos, discretos y oportunos. Porque no sólo van al café los perdidos y maldicientes; también van personas ilustradas y de buena conducta. Hay tertulias de militares, de ingenieros; las de empleados y estudiantes son las que más abundan, y los provincianos forasteros llenan los huecos que aquéllos dejan. En un café se oyen las cosas más necias y también las más sublimes. Hay quien ha aprendido todo lo que sabe de filosofía en la mesa de un café, de lo que se deduce que hay quien en la misma mesa pone cátedra amena de los sistemas filosóficos. Hay notabilidades de la tribuna o de la prensa, que han aprendido en los cafés todo lo que saben. Hombres de poderosa asimilación ostentan cierto caudal de conocimientos, sin haber abierto un libro, y es que se han apropiado ideas vertidas en esos círculos nocturnos por los estudiosos que se permiten una hora de esparcimiento en tertulias tan amenas y fraternales. También van sabios a los cafés; también se oyen allí observaciones elocuentes y llenas de sustancia, exposiciones sintéticas de profundas doctrinas. No es todo frivolidad, anécdotas callejeras y mentiras. El café es como una gran feria en la cual se cambian infinitos productos del pensamiento humano. Claro que dominan las baratijas; pero entre ellas corren, a veces sin que se las vea, joyas de inestimable precio.

La mesa presidida por Juan Pablo Rubín era la segunda, entrando, a mano derecha. La inmediata pertenecía al mismo círculo de amigos; después seguía la de los *curas de tropa,* llamada así porque a ella se arrimaban tres o cuatro sacerdotes, de estos que podríamos llamar sueltos, y que durante la noche y parte del día hacían vida laica. A esta mesa solía ir Nicolás Rubín, vestido de seglar como los otros, sirviendo de transición entre aquel círculo y el próximo, donde su hermano estaba. Las dos tertulias vecinas vivían en excelentes relaciones, y a veces se entremezclaban los apreciables sujetos que las componían. A la mesa de los presbíteros seguían dos de escritores, periodistas y autores dramáticos. Federico Ruiz iba por allí muy a menudo, y como era hombre tan comunicativo, metía baza con los curas, de lo que resultó que éstos se familiarizaran por una banda con la gente de pluma, y por otra con los amigos de Rubín y Feijóo. A los escritores seguían los *chicos de caminos,* que ocupaban las tres mesas del ángulo. Allí empezaba lo que llamaban el *martillo,* o sea el crucero del vastísimo local. Dicho crucero era como un segundo departamento del café, y estaba invadido por estudiantes, en su mayoría gallegos y leoneses, que metían una bulla infernal.

Como todo esto que cuento se refiere al año 74, natural es que en el café se hablara principalmente de la guerra civil. En aquel año ocurrieron sucesos y lances muy notables, como el sitio de Bilbao, la muerte de Concha y, por fin, el pronunciamiento de Sagunto. Raro era el día que no echaban los periódicos un extraordinario anunciando batallas, desembarcos de armas, movimientos de tropas, cambios de generales y otras cosas que por lo común daban pie a inacabables comentarios.

—¿Se ha enterado usted, Rubín? —decía Feijóo al tomar asiento junto al ángulo de la mesa, y quitando de la boca del vaso el platillo del azúcar—. Parece que Mendiri se ha corrido hacia Viana.

—Descuide usted —replicaba Juan Pablo con suficiencia—. No saldrán del circulito de las Provincias Vascongadas y Navarra. Les conozco bien... Todos los jefes no van más que a hacer su pella... El día en que haya un Gobierno que les quiera comprar, se acabó la guerra.

—¡Pero, hombre!...

—No hay más que hablar. Pillería aquí, pillería allá, y todo una gran pillería.

—Aquí no hay más que mucha hambre —decía uno de los curas de tropa alzando la voz en la mesa inmediata—. La guerra no se acaba porque los militares van muy a gusto en el machito. Los de acá y los de allá no están por la paz. ¿Pero qué me dicen ustedes a mí, que he visto aquello? Yo he servido en el *cuarto montado,* he visto de cerca la guerra..., y ésta seguirá jorobándonos mientras unos y otros mamen de ella.

—¡Qué fuerte está el señor capellán! —dijo Feijóo sonriendo, y no dijo más porque entró don Basilio y en tono de gran misterio se expresó de este modo:

—Cuando digo que hay novedades...

Después que le sirvieron el café, agachó la cabeza, y en el círculo que formaban las cuatro o cinco cabezas de sus amigos que se alargaron para oírle, hizo la confidencia:

—Se lo digo a ustedes en gran reserva.

—¿Pero qué es?

—¡*Misterios!*... Sagasta está disgustado. Me lo ha dicho su secretario particular.

—¡Ah!, yo también lo oí —indicó Relimpio—. Es cierto... como que tiene dolor de muelas.

—El motivo —añadió la Caña, radiante— no lo sé. Cada uno piense como quiera. Yo lo único que me permito decir es que esto está muy malo..., pero muy malo, y que hay mar de fondo.

—¿Pero no sabe usted más? —le preguntó Feijóo de una manera apremiante—. Yo creí que nos iba usted a dar noticia de la conferencia del Duque con Elduayen... Y ahora sale con que Sagasta está malhumorado... Dios nos asista... Pero lo de la conferencia, ¿es cierto o no?

Don Basilio solía llevar en la boca un palillo de dientes, y tomándolo entre los dedos lo mostraba, accionando con él, como si formara parte del argumento.

—Lo que yo sé —afirmó con acento patético ofreciendo el palillo a la admiración de sus amigos—, lo que yo sé es que esto está muy malo. Digo con Lorenzana: *Meditemos.*

El círculo de cabezas volvió a formarse, y en él echó don Basilio su aliento, como los saludadores, antes de echar sus palabras. Era el tal aliento poco grato a la nariz de Feijóo, por lo cual éste se retiró discretamente.

Don Basilio estuvo vacilando entre su conciencia, que le exigía callar, y el deseo de satisfacer la curiosidad de sus amigos. Por fin se violentó un poco para decir:

—Esta tarde, Romero Ortiz salió del Ministerio a las cuatro, y al pasar en coche por la calle del Amor de Dios, vio a un amigo, paró el coche, el amigo entró y fueron...

—¿Pero quién era el amigo?

—Todo no se ha de decir... Pues bien; allá va: era *el pollo Romero.* Fueron..., ésta sí que es gorda..., a casa de don Antonio Cánovas... Madera Baja, 1.

Dicho esto, la Caña se quedó muy serio, saboreando el efecto que debían causar sus palabras. Volvió a poner el palillo entre los dientes y miraba a sus amigos con cierta lástima.

—¿Y qué? —dijo Rubín con desabrimiento—. No veo la tostada.

—Pues, amigo mío —replicó don Basilio en el tono de un hombre superior que no quiere incomodarse—, si usted no quiere ver la tostada, ¿yo qué le voy a hacer?

—¿Y qué más da que vayan o no a casa de Cánovas?

—Nada, nada...; la cosa no tiene malicia. Flojilla cosa es... ¿De qué pan hago las migas, compadre? Del tuyo, que con el viento no se oye.

Después se permitió echarse a reír, cosa en él extrañísima y desusada.

—Este don Basilio...

—Amigo —manifestó Feijóo con su franqueza habitual—. Confiese usted que la noticia que nos ha traído podría ser una sandez.

—Bueno, mi señor don Evaristo, usted crea lo que quiera. Yo me lavo las manos.

Esto de lavarse las manos lo repetía mucho la Caña; pero los hechos no correspondían a las palabras, como lo demostraba la simple observación.

—Ustedes podrán creer lo que les acomode —repetía el escritor de Hacienda, intentando elevar su dignidad de noticiero sobre la chacota de sus amigos—, pero lo que yo sostengo es que antes de un mes está el príncipe Alfonso en el trono.

Risa general. Don Basilio se ponía colorado y después palidecía. Sus labios temblaban al aplicarse al borde del vaso.

—¿A que no? —dijo con rabia Juan Pablo—. Eso, nunca. Antes que eso, que vuelvan los cantonales. ¡Ni que fuéramos bobos en España! Señores, ¿a ustedes les cabe en la cabeza que venga aquí el príncipe Alfonso? Y detrás doña Isabel. ¡Bonito porvenir!... Otra vez el *moderantismo*. Pero yo pregunto —añadió con exaltación, dejando caer la capa y echando atrás el sombrero—, yo pregunto: ¿qué gente tiene a su lado el príncipe? A ver; responderme.

Don Basilio no se atrevía a responder. Contentábase con tomar aires de hombre profundo, que no se resuelve a soltar el enjambre de ideas que le zumban en el cerebro.

—Responderme.

—Nadie..., cuatro gatos —dijo Montes.

—Los que no supieron defender a su madre cuando la echamos, señores... Y ahora... Si quiere don Basilio, pasaremos revista a todos los personajes del *alfonsismo*. Vamos, vengan ratas.

Don Basilio, por su gusto, se habría metido debajo de la mesa. No hacía más que morder el palillo y gruñir como un mastín que no se decide a ladrar ni quiere tampoco callarse.

—El *alfonsismo* es un crimen —afirmó con la mayor suficiencia Leopoldo Montes, que no se paraba en barras para expresar una opinión.

—Pero un crimen *de lesa nación* —agregó Rubín— Es lo que yo le decía anoche a Relimpio, que también se va cayendo de ese lado. ¡En estos momentos, cuando no se sabe lo que saldrá de la guerra!... Pues qué, si don Carlos no fuera un necio, ¿no estaría ya en Madrid?

—Pero y eso ¿qué prueba? —arguyó al fin don Basilio, viendo una salida favorable de la confusión en que su contrincante le metía—; ¿qué tiene que ver...? Lógica, señores, lógica.

—Nada, hombre, que no viene acá el niño ese..., que no viene... Yo pongo mi cabeza.

—Pero...

—No hay pero... Que no viene, y no le dé usted vueltas, señor de la Caña.

—Déme usted razones.

—Que no viene... Usted se convencerá, usted lo verá... Al tiempo...

—Pues al tiempo.

—Que no, hombre, que no. Si hasta que venga el Príncipe no le llevan a usted a *su ramo,* menudo pelo va usted a echar.

—Si no se trata aquí de que yo eche pelo ni de que no eche pelo —manifestó don Basilio incomodándose un poco y mostrando el palillo deshilachado.

Pero Rubín se puso a hablar con Feijóo, que le preguntaba por aquel inexplicable casamiento de su hermano con una mujer maleada. Don Basilio pegó la hebra con los curas de tropa y con Nicolás Rubín. En aquel círculo le hacían más caso que en el suyo, y se despachaba más a su gusto. Divididas las opiniones, el capellán del *cuarto montado* votaba por el Príncipe; pero el cura Rubín y otros dos que allí había bufaban sólo de oír hablar del *alfonsismo*. Don Basilio, inclinándose de aquel lado, apoyado en el codo, les revelaba secretos con muchísima reserva. Ya no faltaba más que dar algunos perfiles a la cosa. Todo dispuesto, y el primerito que estaba en el ajo era Serrano.

—Lo que ustedes oyen... Al

tiempo... Ustedes lo han de ver..., y pronto, muy pronto.

Después se incautaba con disimulo de todos los terrones de azúcar que podía, y se marchaba a su casa, despidiéndose de cada uno particularmente con apretón de manos o espaldarazo.

IV

Rubín, después de su fracaso en el campo y corte de don Carlos, había tomado en aborrecimiento a los hombres del bando absolutista; pero conservaba las ideas autoritarias y la opinión de que no se puede gobernar bien sino dando muchos palos. Toda la parte religiosa del programa carlista la descartaba, quedándose tan sólo con la política, porque ya había visto prácticamente que los curas lo echan todo a perder. Decía que su ideal era *un Gobierno de leña,* que hiciera las leyes y nos las aplicara sin contemplaciones, mirando siempre a la justicia, con una tranca muy grande y siempre alzada en la mano. Este sistema autocrático comprendía las maneras de gobernar más que las ideas y soluciones teóricas, porque entre las que profesaba Rubín habíalas marcadamente avanzadas, populares y aun socialistas. Uno de sus temas era éste:

—Conviene que todo el mundo coma..., porque el hambre y la pobretería son lo que más estorba la acción de los gobiernos, lo que da calor a las revoluciones, manteniendo a la nación en la intranquilidad y el desbarajuste.

Este socialismo sin libertad, combinado con el absolutismo sin religión, formaba en la cabeza de aquel buen hombre un revoltijo de mil demonios.

Otro de sus temas era: *No más pillos y pena de muerte al ladrón.* O más claro: castigo inmediato y cruel a todos los que van al Gobierno con el único fin de hacer chanchullos. La ráfaga de ambición que pasa por la mente de todo español con más o menos frecuencia haciéndole decir *si yo fuera Poder,* le soplaba a Rubín dos o tres veces cada día, más bien como sueño que como esperanza; pero en sus horas de soledad se adormecía con aquella idea y la trabajaba, batiéndola, como se bate la clara de huevo para que crezca y se abulte y forme espumarajos. La conclusión de este meneo mental era que "aquí lo que hace falta es un hombre de riñones, un tío de mucho talento, con cada riñón como la cúpula de El Escorial".

Su prisión por sospechas de conspiración acentuóle la soberbia y la murria soñadora, revolviendo más al propio tiempo el pisto manchego de su programa político-social. Salió de la cárcel con la cabeza más aturrullada y los ánimos más encendidos. Entróle entonces cierto afán por las lecturas, porque reconocía su ignorancia y la necesidad de entender las ideas de los grandes hombres y los sucesos notables que habían pasado en el mundo. Durante un par de semanas leyó mucho, devorando obras diferentes, y como tenía facilidad de asimilación y mucha labia, lo que leía por las mañanas lo desembuchaba por las noches en el café convertido en pajaritas. Pajaritas eran sus conceptos; pero no por serlo dejaban de cautivar a don Basilio, a Leopoldo Montes y al mismo Feijóo.

Un día se despertó pensando que debía *empollar* algo de sistemas filosóficos y de historia de las religiones. El móvil de esto no era simplemente el amor al saber, sino un maligno deseo de tener argumentos con que apabullar a los curas de la mesa próxima, que sólo por ser curas, aunque sueltos, le eran antipáticos, pues odiaba a la clase entera desde aquella trastada que las sotanas le hicieron en el Norte.

Poco a poco, a medida que iba acopiando argumentos, fue Rubín corriéndose a lo largo del diván, hasta que llegó a presidir la mesa de los capellanes. Eran éstos tres, cuatro cuando iba Nicolás Rubín, todos de buena sombra y muy echados para adelante. Ninguno de ellos se mordía la lengua, fuera cual fuese el tema de que se tratara. El más calificado era un viejo catarroso, andaluz, gran narrador de anécdotas, mal hablado, y en el fondo buena persona. Retirábase a las once, y decía sus misitas por la mañana. El segundo era cura de tropa, echado del servicio por no sé qué desafueros, y el tercero ex-capellán de un vapor correo, expulsado porque le cogieron contrabando de tabaco. Estos dos eran buenos peines; habían corrido mucho mundo y estaban sin licencias, ladrando de hambre, echados de todas las iglesias y sin encontrar amparo en parte alguna. Tal situación les agriaba el carácter, haciéndoles parecer peores de lo que eran. Jamás se vestían de hábitos, pero conservaban la cara afeitada, como para estar disponibles en el caso de que los admitiesen otra vez en el oficio.

No sé cómo se llamaba el viejo catarroso, porque todos allí le nombraban *Pater;* hasta el mozo que le servía dábale este apodo. El ex-castrense se llamaba Quevedo y era del propio Perchel, feo como un susto, picado de viruelas, de mirada aviesa y con una cara de secuestrador, que daría espanto al infeliz que se la encontrase en mitad de un camino solitario. Bebía aguardiente aquel clérigo como si fuera agua, y su lenguaje era un ceceo con gargarismos. Contaba hechos de armas y aventuras de cuartel con una gracia burda y una sinceridad zafia que levantaba ampolla. El otro se llamaba Pedernero y era del propio Ceuta, hijo de una *oficiala* del Fijo, joven y simpático, de modales mucho más finos que sus colegas, listo como un chorro de pólvora, y con un pico de oro que daba gusto. Para él no tenían secretos la vida humana ni la juventud. Su compañero Quevedo solía envolverse en formas hipócritas; Pedernero, no. Se presentaba sin máscara, tal como era, empezando por decir que el Superior había hecho muy bien en quitarle las licencias.

El llamado *Pater* afectaba cierto magisterio episcopal con los otros dos; les reprendía cuando decían alguna barbaridad y les daba buenos consejos, profesando el principio de que todo era tolerable cuando se trataba en broma. Él, por ejemplo, hablaba y oía, sobre todo oía, muchas cosas malas; pero su vida permanecía pura. Tenía la cara redonda, blanca y risueña, y cuando estaba sin sombrero parecía una mujer cincuentona, ama de canónigo. No gustaba de que le armasen en la mesa disputas violentas, sino que se mantuviera la tertulia en el terreno de las hablillas sabrosas y de las chirigotas picantes, aunque fuesen sucias. Pues bien; en este círculo fue donde se coló Juan Pablo con su clerofobia y su pegadizo saber de teología y filosofía católica.

Empezó dando puntadas. Como al principio era su charla frívola y de gacetilla, todos se reían y el *Pater* estaba en sus glorias. Pero poco a poco iba sacando Rubín proposiciones serias. El poder temporal del Papa fue puesto por los suelos, sin que ninguno de los tonsurados hiciese una defensa formal. El *Pater* y Quevedo tomaban la cuestión con calma, oponiendo a los ataques de Rubín argumentos evasivos en estilo joco-serio. Pedernero lo echaba todo a chacota; pero una noche que llevó Rubín, bien fresquecito y pegado con saliva, el tema de la pluralidad de mundos habitados, Pedernero empezó a despabilarse. Era doctor en Teología, y aunque había ahorcado los libros hacía mucho tiempo, algo recordaba, y tenía además grandes dotes de polemista. Rubín salió un tanto contuso; pero en retirada se defendía bien con su flexibilidad y agudeza. Más adelante llevó un arsenal de argumentos contra la revelación:

—Esto no lo creen ya más que los adoquines...

Todo el Viejo Testamento no era más que un fraude, una imitación de las teogonías india y persa. Bien se veía la reproducción de los mismos mitos y símbolos. El pecado original, la expulsión del Paraíso, la encarnación, la redención, eran una serie de representaciones poéticas y naturalistas que se reproducían al través de los siglos, "lo mismo a orillas del Éufrates que del Nilo que del Jordán".

"¿Sí?, pues ahora lo verás." Esto se dijo Pedernero, cuyo amor propio de teólogo contrabandista se picó extraordinariamente. En dos o tres días refrescó sus lecturas, rehizo su erudición descompuesta en los viajes y en la vida de libertino, y bien preparado acudió al torneo a que el otro le retaba con sabidurías de tercera mano, aprendidas en los libritos franceses de ciencia popular a treinta céntimos el tomo. Pues amigo, una noche el ex-capellán del vapor-correo se lió la manta y le dio tal paliza a Rubín, que éste hubo de salir con las manos en la cabeza. Había que ver a Pedernero transfigurado, hecho un orador ardiente y lleno de arrogante facundia. El auditorio se estrechaba, y de las mesas próximas y de los veladores del centro acudía gente, apelmazándose en torno de los bravos contrincantes. Rubín era agudo, ágil guerrillero de la discusión; el otro dominaba el asunto, y era firme y sobrio de palabras, seguro en la dialéctica.

No pararon aquí las cosas. Rubín, lleno de despecho, resobaba sus libritos de a treinta céntimos para buscar armas contra la Iglesia. Apenas las esgrimía, Pedernero le reventaba. Su argumentación era la maza de Fraga. El *Pater* no cabía en sí de gozo y bailaba en el asiento; Quevedo alargaba el hocico y hasta se atrevía a decir *mu*, repitiendo las admirables razones de su amigo. Los demás tertulios se envalentonaban, adhiriéndose algunos al bando de Pedernero, otros al de Rubín, no por convicción, sino por divertirse y aumentar la jarana. Además de los tres curas, eran parroquianos de aquella mesa las siguientes personas: un agente de Bolsa riquísimo que, con el *Pater*, llevaba diez años de concurrir todas las noches a aquel mismo sitio; un bajo de ópera retirado, un funcionario de poco sueldo y el dueño de un acreditado molino de chocolate. Los curas y estos cuatro señores formaban la partida más fraternal que puede imaginarse. Llevando cada cual un bocado sabroso al festín de la murmuración pasaban dulcemente las horas, amigos allí, distantes unos de otros en el comercio de la vida ordinaria.

Rubín, al verse vencido, pues hasta el agente de Bolsa, que era el más librepensador de todos, se cayó del lado de Pedernero, buscaba camorra, empleando argumentos de mala fe y personalizando la disputa. El bajo de ópera se creía en el deber de apoyar la idea religiosa, por haberla expresado tantas veces con su sábana por la cabeza, haciendo el respetable papel de sumo sacerdote; y el del molino de chocolate azuzaba a los dos por ver si la cosa se enfurruñaba y no quedaban más que los rabos. Oíanse en aquella parte del café cláusulas furibundas, proposiciones que parecían dichas en un púlpito, y descollaba sobre el tumulto la valiente voz de Pedernero gritando:

—Yo le digo a usted que ningún Santo Padre ha podido sostener ese disparate. No jorobar. Yo le reto a usted a que me traiga el texto, y si no lo trae, es prueba de que lo inventa usted.

Aquella noche quedó la cosa mal, y el tono de los contendientes, así como la atmósfera caldeada que en la tertulia reinó, hacían temer una escena desagradable. La catástrofe tuvo lugar a la noche siguiente, pues habiéndose permitido Rubín algunas reticencias desfavorables a la reputación de la Virgen María, saltó Pedernero de su asiento, trémulo y descompuesto, en estado de horrible agitación, y lanzó a su contrario anatema tan furibundo que los amigos tuvieron que sujetarles.

—Porque yo soy un lipendi. Yo reconozco —gritaba el capellán ahogándose— que soy un mal sacerdote; pero delante de mí no hay un judío sin vergüenza que se atreva a hablar mal de la Virgen. O se traga usted esas infamias o le rompo el alma... ahora mismo.

No puede describirse lo que allí pasó. Voces, gritos, patadas, capas rotas, vasos volcados, terrones por el suelo. Trincando una botella, Rubín apuntó al cura con tal desacierto, que quedó descalabrado... el infeliz bajo de ópera. El zipizape fue de lo más célebre... Don Basilio tiró de los faldones a Rubín y por poco se queda con ellos en la mano. Todo el café se alborotó. El amo intervino...

Emigración. Desde el día siguiente Juan Pablo trasladó sus reales a otro café.

## V

El primero que hubo de seguirle fue don Evaristo González Feijóo, a quien era indiferente este o el otro establecimiento. Instaláronse por el pronto en Fornos, y allí esperaron. A la segunda noche fue Leopoldo Montes, y a la tercera don Basilio, que les encontró discutiendo de qué café se posesionarían definitivamente. El escritor de Hacienda se apresuró a dar su opinión favorable al café de Santo Tomás, porque allí daban más azúcar que en ninguna parte. Replicó a esto Montes que no había que mirar el caso *bajo el prisma exclusivo* del azúcar y que el género que más importaba era el café. El de la Aduana estuvo a punto de triunfar; pero lo desecharon por no estar siempre entre franceses, así como se excluyó el Imperial por los toreros, y otro por las cursis que lo invadían. Feijóo se habría quedado allí; pero a Rubín le eran antipáticos los alumnos de escuelas preparatorias militares que iban a Fornos a primera hora. Molestábale también la costumbre que allí había de quitar gas a las diez de la noche cuando se iban los tales alumnos. El local se quedaba medio a oscuras, no volviendo a ser bien alumbrado hasta las doce, hora en que venían a cenar los bolsistas. A Rubín le cargaban también los dichosos bolsistas, que no hablaban más que de dinero.

Decidieron por fin establecerse en El Siglo de la calle Mayor, donde se encontraron bastantes personas conocidas. Rubín necesitaba algunos días para la aclimatación en nuevo local. Al principio cambiaba frecuentemente de mesa, bien porque el sitio era expuesto a las corrientes de aire, bien por ciertas vecindades un poco molestas. Una de las primeras noches, cuando aún no habían llegado los amigos, Rubín estaba solo en la mesa, y ponía su atención en dos grupos inmediatos a él. En ambos era vivo y animado el diálogo. En el de la derecha decían:

—Hoy he hecho yo unas cincuenta arrobas a veinticinco reales. Pero está la plaza perdida. Los paletos van aprendiendo mucho. Hoy han dicho que no traen más escarola si no se la ponemos a diez.

En el grupo de la izquierda, compuesto de tres individuos, oyó Rubín lo siguiente:

—Te aseguro que yo admito la metempsicosis, según la entendían los egipcios y los caldeos.

Comprendió Rubín que los de la derecha eran asentadores de víveres y los de la izquierda filósofos de café. En el del Siglo, había una gran reunión de espiritistas, a la que concurría por aquella fecha Federico Ruiz. Viole Rubín, y se acercó a la tertulia, teniendo el gusto de discutir con los individuos más entusiastas de aquella secta. Entendía Juan Pablo que esto de ir corriéndola de mundo en mundo después que uno se muere es muy aceptable; pero lo del *periespíritu* no lo tragaba, ni la guasa de que vengan Sócrates y Cervantes a ponerse de cháchara con nosotros cuando nos place. Vamos, esto es para bobos. Uno de los más chiflados de la escuela se esforzaba en convencer a Rubín tomando ese tonillo de unción y ese amaneramiento de cuello torcido y ojos bajos en que cae todo propagandista de doctrina religiosa, cualquiera que sea. Feijóo aparentaba creer, por darles cuerda y oírles desatinar. A aquel círculo iba Federico Ruiz siempre con prisa y con el tiempo tasado, porque a tal hora tenía que asistir a una junta para tratar de la erección del monumento a Jovellanos; después a otra, para ocuparse del banquete que se había de dar a los pescadores de provincias que vendrían al Congreso de piscicultura. Hombre más atareado no se vio jamás en nuestro país, y como tenía tantas cosas en el caletre, para no olvidar muchas de ellas se veía obligado a apuntárselas con lápiz en los puños de la camisa. Cuando no tenía que ir a la *Sociedad Económica* a defender su voto particular como individuo de la comisión informadora de reformas sociales, iba al *Fomento de las Ciencias* a dar su conferencia sobre la utilidad de elevar a estudio serio el arte de la panificación. Entre col y col, Ruiz pasaba un rato con sus amigos los espiritistas, y les alentaba a organizarse, a establecerse, a alquilar un local, y sobre todo a fundar un órgano en la prensa. Nada adelantarían sin órgano.

Iba también a aquel corrillo Aparisi el concejal, a quien tenían ya medio trastornado los apóstoles; Pepe Samaniego, que no se dejaba embaucar, y Dámaso Trujillo, el dueño de la zapatería titulada *Al Ramo de Azucenas,* que todo se lo creía como un bendito, y a solas en su casa, hacía experimentos con una banqueta de zapatero. En la mesa próxima había empleados de Hacienda, Gobernación y Ultramar, y una tanda de cesantes. Entre ellos vio Rubín al individuo a quien sólo faltaban dos meses de empleo para poder pedir su jubilación. Tenía pintada en su cara la ansiedad más terrible; su piel era como la cáscara de un limón podrido, sus ojos de espectro, y cuando se acercaba a la mesa de los espiritistas, parecía uno de aquellos seres muertos hace miles de años, que vienen ahora por estos barrios, llamados por el toque de la pata de un velador. El clima de Cuba y Filipinas le había dejado en los huesos, y como era todo él una pura mojama, relumbraban en su cara las miradas de tal modo que parecía que se iba a comer a la gente. A un guasón se le ocurrió llamarle *Ramsés II,* y cayó tan en gracia el mote, que *Ramsés II* se quedó. Pasando con desdén por junto a los espiritistas, se sentaba en el círculo de los empleados, oyendo más bien que hablando, y permitiéndose hacer tal cual observación con voz de ultratumba, que salía de su garganta como un eco de las frías cavernas de una pirámide egipcia.

—Dos meses, nada más que dos meses me faltan, y todo se vuelve promesas, que hoy, que mañana, que veremos, que no hay vacante...

Feijóo se arrimaba a él y le daba conversación por lástima, animándole y procurando distraerle de su tema; pero *Ramsés II,* cuyo verdadero nombre era Villaamil, no tenía más consuelo que aplicar su oreja seca y amarilla a la conversación, por si escuchaba algo de crisis o de trifulca próxima que diese patas arriba con todo. Lo que él quería era que se armase gorda; pero muy gorda, a ver si...

—¿Pero a usted quién le recomienda? —le preguntó una noche Juan Pablo.

—A mí don Claudio Moyano.

—Pues entonces ya está usted fresco.

—Dicen que traen al Príncipe... —indicó *Ramsés II* con timidez.

—Sí; lo traerán los rusos..., por las Ventas de Alcorcón. Aviado está usted si espera a que venga el Príncipe... Aquí lo que viene es la liquidación social..., y después, sabe Dios. Saldrá el hombre que hace falta, un tío con un garrote muy grande y con cada riñón... así.

*Ramsés II* bajaba la cabeza. Don Basilio era su único amigo, porque también allí ponía el paño al púlpito para anunciar la venida del Príncipe...

—Por supuesto —añadía—, tiene que venir con la estaca de que ha bla el amigo Juan Pablo.

Rubín se encontraba bien en aquel círculo, pero una noche acertó a ver en las mesas de enfrente a un hombre que le desconcertó por completo. Era un amigo suyo que le había prestado dinero. La secreta antipatía que inspira el acreedor manifestábase en el alma de Rubín en forma de un odio recóndito, nacido quizás del sentimiento de humillación que producen las deudas a toda persona de amor propio muy susceptible. El tal era Cándido Samaniego, hombre medio curial y medio negociante, en su trato afable, en sus negocios duro. Muchas veces renovó a Juan Pablo sus pagarés, y últimamente le había apremiado con cierta acritud. Rubín condensaba sus sentimientos respecto al prestamista en esta frase: "Pagarle y después romperle la cabeza." Desde que le veía en las mesas de enfrente sentía una desazón profundísima, mal de estómago y como ganas de enfadarse. Poníase tan nervioso, que le habría tirado un botellazo al primer espiritista que hablase de llamar a Epaminondas para consultarle sobre la marcha de los carlistas por el Baztán.

Y el pérfido *inglés* se dejaba caer hacia aquellas mesas pretextando tener que hablar a su primo Pepe, pero con intención de aproximarse a Juan Pablo, ver lo que hacía y cruzar con él algunas palabras. El infeliz deudor hacía de tripas corazón, y poniéndole cara risueña, convidábale a tomar algo; mas el usurero le daba las gracias, y si tenía ocasión le soltaba indirectas tan suaves como ésta:

—Mire usted que no puedo más. Siempre me está usted diciendo que la semana que entra y francamente..., sentiré verme obligado a dar un paso que...

A Rubín se le hacía acíbar el café y la tertulia un infierno. Erale insoportable la presencia de aquel hombre a quien no podía mandar a paseo, imagen viva del desorden de su vida, que se le aparecía como el espectro de una víctima cuando más contento estaba. La única delicia de su triste existencia era el café. Aquel sueño plácido, Samaniego se lo trocaba en angustiosa pesadilla. No pudo más, y una noche, sin decir nada, levantó el vuelo hacia otras regiones.

## VI

En esta nueva emigración, deseando estar lo más lejos posible del Siglo, se fue a San Joaquín, en la calle de Fuencarral, y no se corrió más al Norte porque no había cafés en las latitudes altas de Madrid. Pero en esta deserción ya no le acompañaron ni don Basilio Andrés de la Caña ni Montes, éste porque San Joaquín estaba *donde Cristo dio las tres voces;* aquél porque ya se iba cargando de la pertinacia con que Rubín se burlaba de sus profecías sobre la proximidad de la Restauración. El mismo don Evaristo Feijóo le siguió de mal humor, diciéndole con desabrimiento que no le gustaban los cafés de piano, y que el *género* y la sociedad no debían ser de lo mejor en aquellas alturas. Estuvieron solos algunos días. No veían por allí caras de amigos, hasta que una noche se apareció en el local una pareja conocida. Eran Feliciana y Olmedo, el estudiante de farmacia amigo de Maxi. Ya no vivían juntos, porque Olmedo había dado un cambiazo en sus costumbres, volviéndose aplicadísimo a cara descubierta. No se recataba ya para estudiar, y hacía público alarde, con la mayor desvergüenza, de su decidida inclinación a tomar el grado aquel mismo año, llegando hasta la audacia de escribir un trabajo muy bueno sobre la dextrina e ilusionándose con la idea de hacer oposición a una cátedra. Pero se había encontrado a su antiguo amor, hecha un pingo, y la convidó a tomar café en aquel apartado establecimiento. Más de dos horas estuvieron charlando los que fueron amantes, y ella no paraba el pico refiriendo los malos tratos que le daba el hombre que a la sazón era su dueño. Volvieron dos noches después a la misma mesa, y Rubín trabó conversación con ellos. Hablaron de la boda de Maximiliano y de los increíbles sucesos que después vinieron, diciendo Juan Pablo que su cuñadita era una buena pieza.

—Pero, hombre —dijo Feijóo a su amigo—. Y usted, ¿para qué dejó casar a su hermano?

—A mi hermano le falta un tornillo...

—¡Ah!, como guapa ya lo es —agregó don Evaristo con cierto entusiasmo—. La he visto ayer...; mejor dicho, la he visto varias veces.

—¿Dónde?

—En su casa. Es largo de contar... Dejémoslo para otra noche.

Era sin duda cosa delicada para dicha delante de testigos, y éstos eran: Olmedo con Feliciana, el pianista ciego, que en los descansos solía agregarse a aquella plácida tertulia, y una señora jamona, fiel parroquiana del café de nueve a doce. La llamaban doña María de las Nieves, y era una de las figuras más notables que presenta Madrid en la variadísima serie de los tipos de café. Iba algunas veces sola, otras con una mujer de mantón borrego que parecía verdulera acomodada. Llevaba toquilla de color corinto, que se quitaba al sentarse, y al punto se le armaba en la mesa una tertulia de hombres, compuesta de los siguientes personajes: un portero del Colegio de Sordomudos, un empleado del Tribunal de Cuentas, un teniente viejo, de la clase de tropa, retirado del servicio, y dos individuos que tenían puesto de carne y frutas en la plaza de San Ildefonso. En esta sociedad reinaba doña Nieves como en un salón, siendo ella la que pronunciaba las frases maliciosas y chispeantes sobre el suceso del día, y los otros los que las reían. Corríase algunas veces hacia la mesa inmediata, sobre todo a última hora, cuando sus amigos, gente que tenía que madrugar, empezaban a desertar del local. Entonces se formaba una segunda peña. Doña Nieves, bien digerido el café, tomaba chocolate, y acompañábanla Juan Jablo, Feijóo, el pianista ciego, Feliciana, Olmedo y algún otro. El mozo mismo, que había llegado a familiarizarse con aquella sociedad, se agregaba también, tomando asiento a un extremo del corro para escuchar y aplaudir. Doña Nieves era propietaria de algunos puestos del mercado y los arrendaba; por esto, así como por sus muchas relaciones, los diferentes tratos en que andaba y los anticipos que hacía a las placeras, ejercía cierto caciquismo en la plazuela. Se hacía respetar de los guindillas, protegiendo al débil contra el fuerte y a los contraventores de las Ordenanzas urbanas contra la tiranía municipal.

Al pianista ciego le daba el cafetero siete reales y la cena. Por el día se dedicaba a afinar. Era casado y con ocho de familia. Tocaba piezas de ópera y de zarzuelas francesas como una máquina, con ejecución fácil aunque incorrecta, sin gusto ni sentimiento. A pesar de esto, en ciertos pasajes muy naturalistas, en que imitaba una tempestad o *las campanadas de incendios* que da cada parroquia, le aplaudía mucho el público, y a última hora le pedían siempre habaneras.

La verdad es que todo esto, doña Nieves y las placeras sus amigas, las mujeres de equívoca decencia que iban allí acompañadas de madres postizas, el mozo y sus familiaridades, el pianista y sus habaneras, aburrían a Juan Pablo soberanamente. Para colmo de hastío, Feijóo no era puntual y faltaba muchas noches. En cambio, Feliciana y Olmedo iban con más frecuencia, llevando ella una amiguita que acababa de salir de San Juan de Dios.

En las últimas semanas del 74, Rubín volvió a sentir comezón de lecturas. Quería instruirse a todo trance, labor inmensa y difícil por carecer de base, pues su padre, con la idea de que al comerciante le estorba el latín, no le permitió aprender más que las cuatro reglas y un poco de francés. No tenía biblioteca, y un amigo le proporcionaba libros. Fue a verle, escogió los que más despertaron su curiosidad por los títulos, y consagró a la lectura todo el tiempo que le dejaban libre el café y el sueño. Tantas ideas adquirió, que se sentía con vivas ansias de devolverlas por medio de la propaganda. O predicaba o reventaba. Lástima grande no volver a la tertulia de Pedernero para ponerle verde, porque ya sabía lo bastante para pasarse a todos los teólogos por la nariz.

Las lecturas de Rubín fueron como un descubrimiento. Ya sospechaba él aquello; pero no se atrevía a expresarlo. El hallazgo era negativo, es decir, había descubierto que la mejor organización de los Estados es la desorganización; la mejor de las leyes la que la anula a todas, y el único Gobierno *serio* el que tiene por misión no gobernar nada, dejando que las energías sociales se manifiesten como les da la gana. La anarquía absoluta produce el orden verdadero, el orden racional y propiamente humano. Las sociedades, claro, tienen sus edades como las personas: hay sociedades que están mamando, sociedades que andan a gatas, sociedades pollas, sociedades jóvenes, y por fin, las maduras y dueñas de sí; sociedades con barbas, en una palabra, y también con algunas canas. Tocante a religiones y prácticas sociales que de ellas se derivan, Juan Pablo iba muy lejos, pero muy lejos; como que no le costaba nada el billete para tan largo viaje. Sólo en la edad pueril, cuando a la sociedad se le cae la baba y vive bajo la férula del dómine, se comprende que exista y tenga prosélitos la institución llamada matrimonio, unión perpetua de los sexos, contraviniendo la ley de Naturaleza... ¿Y a santo de qué?, vamos a ver... Eso sí; por encima de todo, la Naturaleza. Estudiando bien la vida total, el entendimiento se limpia las telarañas que en él han tejido los siglos. La Naturaleza es la verdadera luz de las almas, el Verbo, el legítimo Mesías, no el que ha de venir, sino el que está siempre viniendo. Ella se hizo a sí propia, y en sus evoluciones eternas, concibiendo y naciendo sin cesar, es siempre hija y madre de sí misma. ¿Qué tal? Toma canela fina.

Encontrábase mi hombre con fuerza dialéctica y entusiasmo bastantes para predicar y extender por todo el mundo aquellas verdades. Pero como no tenía más público que la tertulia del café, con este inocente auditorio tuvo que contentarse. ¿Y qué? ¡Cuánto mejor no era sembrar la nueva doctrina en entendimientos sencillos y absolutamente incultivados! Pues el mismo Jesucristo, ¿no escogió por discípulos a unos infelices pescadores, hombres rudos que no conocían ninguna letra, y a mujeres de mala vida?

Ved aquí por dónde doña Nieves y las placeras sus amigas, Feliciana y la parroquiana de San Juan de Dios, el camarero, el pianista, fueron escogidos para que Juan Pablo sembrara en ellos la primera simiente de aquel Evangelio al natural. Por espacio de muchas noches hizo propaganda acalorada. A veces se tenía que incomodar, porque le hacían observaciones estúpidas o socarronas. Como se expresaba muy bien, oíanle todos con gran atención, y las chicas del partido le ponían buenos ojos. El mozo era el más entusiasmado y decía:

—¡Qué pico tiene este señor de Rubín!

Pasaba lo de la anarquía y aun lo del matrimonio; pero en llegando a que todo es Naturaleza, reinaba gran confusión en el auditorio, y doña Nieves, tomando el caso a broma, pedía mayor claridad.

—Pero a ver, don Juan Pablo, explíquese mejor..., porque eso de que todos seamos todo no lo calo yo bien.

—Lo primero, hijas mías —decía con unción el expositor—, es limpiar el *intellectus* de errores adquiridos en la infancia, de prejuicios y muletillas; lo primero es *querer entender*. No admito argumentos que no sean racionales.

—Y cuando nos morimos —preguntó una de las samaritanas—, ¿qué pasa?

—Hija, cuando nos morimos, pasamos a fundirnos en el grandioso conjunto universal...

—*Mia* ésta... Pues qué querías tú, ¿seguir gozando y divirtiéndote por allá?

—¿Y Dios?

—¡Dios!... Francamente, no me gusta, por consideraciones que se deben a toda gran idea histórica, no me gusta, digo, hablar de Él... Me concreto, pues, a negarle... respetuosamente.

—¡Otra! ¡Qué cosas se le ocurren! De modo que la misa no es nada tampoco...

—¡María Santísima! Con lo que sale usted ahora. La misa... es un rito, uno de tantos ritos.

—¿Y lo mismo da oírla que no? ¿Y para qué son los funerales?

—Otro rito... La que no pueda o no sepa dar a la Naturaleza lo que es de la Naturaleza y a la Historia lo que es de la Historia, que se calle... No hay tal muerte, hijas mías: la que tenga oídos, oiga... Ésta es la verdad; morirse es cumplir una ley de armonía.

—Como que se va una a la sustancia de la tierra y se mezcla con ella —apuntó doña Nieves.

—Tú lo has dicho..., digo, usted lo ha dicho.

—Y así viene a resultar que con nuestra defunción lo que hacemos es darle jugo a las plantas. De modo que muchas verduras, ¿qué son sino gente que se ha convertido, pongo por caso, en brecolera?

—¡Quite allá, por Dios! —exclamó santiguándose una de las placeras—. ¡Qué risa con usted!

—Pero el alma se echa a volar y va para arriba, qué sé yo dónde. A correrla por ahí porque lo que es Infierno no lo hay En eso sí que estoy conforme con el señor de Rubín.

—En verdad os digo que no hay Infierno, ni Cielo, ni tampoco alma —afirmó Rubín con acento apostólico—, ni nada más que la Naturaleza que nos rodea, inmensa, eterna, animada por la fuerza...

—¡Por la fuerza!... Sí —aseveró el mozo del café—, por la fuerza..., claro...

Y hacía gestos como de quien va a levantar un gran peso o a echarse a cuestas un sillar.

—Llámelo usted *hache* —repuso doña Nieves—. La fuerza, el

alma..., la... como quien dice, la idea.

—Doña Nieves, por amor de Dios... —dijo Rubín con desesperación de maestro—. Que se me está usted volviendo muy *hegeliana*.

—Lo que yo no comprendo es una cosa —indicó con la mayor candidez una de las mozas del partido—, y es que si no hay nada por allá, ¿dónde están las ánimas?

—¿Qué ánimas?

—¡Otra! Las ánimas benditas.

Juan Pablo soltó la risa.

—Nada adelantaremos si no os fijáis bien en que el hombre no puede reconocer como real nada que no esté en la Naturaleza sensible. El que tenga ojos, que vea...

—Eso, eso..., y lo uno no quita lo otro —observó doña Nieves con aplomo, empezando a tomar su chocolate—. Porque habrá toda la Naturaleza que usted quiera, pero eso no quita que *haiga* también Santísima Trinidad.

—Señora, por los clavos de Cristo —dijo el filósofo ya sin saber por dónde tirar—. Fijemos ante todo el concepto de Naturaleza. ¿Qué es la Naturaleza?

—¡Otra! El campo —indicó con presteza la de San Juan de Dios.

—Y los animales —murmuró el ciego, que era el que menos hablaba.

—No digáis tonterías —manifestó doña Nieves—; la Naturaleza somos nosotros, los pecadores, todos frágiles. ¿Verdad, don Juan Pablo?

—Los pecados son Naturaleza —apuntó otra—; por eso a los hijos de pecado los llaman *naturales*... Claro.

—¡Vaya un lío que me arman ustedes!

Una de las placeras que presentes estaban, tenía muy abultado el seno. En cierta ocasión, estando confesándose, le dijo el cura: "Sea usted modesta en el vestir y no haga ostentación de esas *naturalezas*..." "¿Qué, señor?" "Eso, la delantera." Por esto, al oír hablar de Naturaleza y de pecado, creyó que se referían a aquellas partes que debe cubrir el recato, y dijo escandalizada:

—¡Vaya unas conversaciones indecentes que sacan ustedes!

—Indecentes no, hija.

—Lo que yo digo y sostengo —manifestó una de las samaritanas, tirando por la calle de en medio— es que este don Juan Pablo está *guillado*.

Loco, tal vez no; pero fatigado sí, de sus inútiles esfuerzos. Ni abriendo con martillo un boquete en aquellas cabezas de piedra lograría meter la luz de la verdad. Corriéndose al velador inmediato, donde estaba cenando el ciego, mandó al mozo que le pusiese allí su chocolate. El ciego volvió hacia él sus ojos vacíos y muertos, su cara, que parecía un quinqué sin encender, y le dijo con profundísima tristeza:

—¿Pero es verdad, don Juan Pablo, lo que usted nos cuenta? ¿Lo cree usted así, o es que quiere entretenerse y divertirse con nosotros, ignorantes? Me ha llenado usted de dudas. ¿Será verdad que cuando uno se muere se convierte en escarola?

Juan Pablo miró al ciego, y se helaron en sus labios las palabras con que iba a espetarle nuevamente su cruel filosofía. Era Rubín hombre de buen corazón, y le pareció poco humano aumentar las tinieblas de aquella triste y miserable vida. Pero al propio tiempo su conciencia no le permitía desmentir lo que acababa de sostener. La dignidad por delante. Estuvo luchando un rato entre la piedad y el deber, y como el ciego volviese a preguntarle con insistente afán:

—Pero ¿es cierto que al morir nos convertimos en berzas?...

Le replicó el apóstol:

—Le diré a usted...; hay opiniones... No haga usted caso. Si no fuera por estas bromas, ¿cómo se pasaba el rato?

No siguieron estas conversaciones filosóficas, porque sobrevino lo de Sagunto, y este suceso absorbió la atención general en todos los cafés, desde el más grande al más chico. Rubín estaba furioso, y sostenía que el Gobierno no tenía vergüenza si no fusilaba en el acto..., pero en el acto..., a Martínez Campos, a Jovellar y todos los demás que habían andado en aquel lío. Cuando sus amigos no le querían oír sobre este particular, hablaba solo. Desmentía categóricamente cuantas noticias llegaban al café. Todo era falso. Antes que el Príncipe viniera, habría un levantamiento general, y los carlistas harían el último esfuerzo. Negaba que don Alfonso hubiera llegado a Marsella, que se embarcase para Barcelona en la *Navas de Tolosa,* y viéndolo entrar en Madrid habría de negar que estaba entre nosotros. Pero una noche, después de largas ausencias, llegó Feijóo al café, y sentándose los dos aparte, le dijo:

—Hombre, he visto a Jacinto Villalonga; he hablado largamente con él. Ya sabe usted que es de la situación y muy amigo mío. Por supuesto, no acepta la Dirección que se le ha ofrecido, porque prefiere andar suelto. Es uña y carne de Romero Robledo. Y voy a lo que iba... Le he hablado de usted...

—¡De mí!

—Sí; es preciso colocarse. Usted no puede continuar así.

—Mire usted, amigo Feijóo —dijo Rubín masticando las palabras para salir de aquel atolladero—. Yo no puedo admitir... ¿Y el decoro de los hombres? Yo he profesado toda mi vida...

—Música, música.

—Yo no soy de esos que hablan mal de una situación, y luego van a quitarle motas al que antes desollaron.

—Música, música.

—En fin, que yo agradezco..., pero no puede ser... me ofendería, sí señor, me ofendería.

—De modo —exclamó Feijóo en voz alta, abriendo los brazos y tomando un tono que no se podría decir si era de indignación o de burla—, de modo que ya no hay patriotismo.

—¡Otra!... Patriotismo sí hay; pero yo...

—Usted hará lo que yo le mande, y tendremos credencial.

Rubín siguió toda la noche afectando mal humor, una seriedad torva, el malestar de la persona a quien ponen un puñal al pecho para que consume un acto contrario a sus convicciones. Al retirarse a casa, se comparaba con Wamba y decía para su sayo: "Cómo ha de ser..., paciencia. Tengo que ser alfonsino... a la fuerza. ¡Vaya un compromiso!... ¡Re-Dios, qué compromiso!..."

## CAPÍTULO II

### LA RESTAURACIÓN VENCEDORA

#### I

Me ha contado Jacinta que una noche llegó a tal grado su irritación por causa de los celos, de la curiosidad no satisfecha y de la forzada reserva, que a punto estuvo de estallar y descubrirse, haciendo pedazos la máscara de tranquilidad que ante sus suegros se ponía. Porque la peor de sus mortificaciones era tener que desempeñar el papel de mujer venturosa, y verse obligada a contribuir con sus risitas a la felicidad de don Baldomero y doña Bárbara, tragándose en silencio su amargura. Ya no le quedaba duda de que su marido *entretenía,* como se dice ahora, a una mujer, y de estos entretenimientos no tenían ni siquiera sospechas los bienaventurados papás. Sabía que la tarasca que le robaba su marido era la misma con quien tuvo amores de casarse, la madre del *Pituso* muerto, la condenada Fortunata que le había dado tantas jaquecas. Deseaba verla...; pero no; más valía que no la viera jamás, porque si la veía, de fijo se le iba el santo al Cielo.

La noche a que Jacinta se refería, contando estas cosas, noche tristísima para ella por haber adquirido recientemente noticias fidedignas de la infidelidad de su marido, hubo en la casa gran regocijo. Aquel día había entrado en Madrid el rey Alfonso XII, y don Baldomero estaba con la Restauración como chiquillo con zapatos nuevos. Barbarita también reventaba de gozo, y decía:

—¡Pero qué chico más salado y más simpático!

Jacinta tenía que entusiasmarse también, a pesar de aquella procesión que por dentro le andaba, y poner cara de Pascua a todos los que entraron felicitándose del suceso. El marqués de Casa-Muñoz oficiaba de chambelán palatino. Había tenido la dicha inmensa de estar en Palacio formando parte de una de las comisiones, y el Rey habló con él... Contaba el caso el marqués, haciendo notar bien el tono familiar con que se había expresado S.M.

—"Hola, marqués, ¿cómo va?" Nada, lo mismo que si me hubiera tratado toda la vida.

Aparisi sostuvo poco después que él había previsto todo lo que estaba pasando. Él no era partidario de la Restauración; pero había que respetar los hechos consumados. Don Baldomero no cesaba de exclamar:

—*Veremos a ver* si ahora, ¡qué dianches!, hacemos algo; si esta nación entra por el aro...

Jacinta se indignaba en su interior. Tenía un volcán en el pecho, y la alegría de los demás la mortificaba. Por su gusto se hubiera echado a llorar en medio de la reunión; mas érale forzoso contenerse y sonreír cuando su suegro la miraba. Retorciendo en su corazón la cuerda con que a sí propia se ahogaba, se decía: "Pero a este buen señor, ¿qué le va ni le viene con el Rey?... ¡Qué les importará!... Yo estoy volada, y aquí mismo me pondría a dar chillidos, si no temiera escandalizar. ¡Esto es horrible!..."

Don Alfonso érale antipático, porque su imagen estaba asociada a la horrible pena que la infeliz sufría. Aquella mañana fue con Barbarita a casa de Eulalia Muñoz, que vivía en la calle Mayor, a ver la entrada del Rey. Amalia Trujillo la tomó por su cuenta, y la estuvo adulando antes de darle el gran susto. Hallábanse las dos solas en el balcón de la alcoba de Eulalia, y ya sonaban los clarines anunciando la proximidad del Rey, cuando Amalia, ¡plum!, le soltó el pistoletazo.

—Tu marido *entretiene* a una mujer, a una tal Fortunata, guapísima... de pelo negro... Le ha puesto una casa muy lujosa, calle tal, número tantos... En Madrid lo sabe todo el mundo, y conviene que tú también lo sepas.

Quedóse yerta. Cierto que sospechaba; pero la noticia, dada así con tales detalles, como el pelo negro, el número de la casa, era un jicarazo tremendo. Desde aquel aciago instante ya no se enteró de lo que en la calle ocurría. El Rey pasó, y Jacinta le vio confusa y vagamente, entre la agitación de la multitud y el *tururú* de tantas cornetas y músicas. Vio que se agitaban pañuelos, y bien pudo suceder que ella agitara el suyo sin saber lo que hacía... Todo el resto del día estuvo como una sonámbula.

Entró Guillermina, que también hubo de llevar sus notas de alegría al concierto general.

—Ya era tiempo —dijo antes de meterse en el rincón en que solía estar—. No aguardo sino a que descanse del viaje para ir a echarle el toro... Me tiene que dar para concluir el piso bajo Y lo hará, porque le hemos traído con esa condición: que favorezca la beneficencia y la religión. Dios le conserve.

Jacinta la siguió al gabinete próximo, y allí estuvieron las dos de cháchara por espacio de una hora larga. Guillermina decía:

—Paciencia, hija, paciencia, y todo se arreglará; yo te lo prometo.

Ya cerca de las doce entró Juan, y su mujer le miró con severidad sin decirle nada... "Es que te voy a aborrecer —pensó— como no te enmiendes. Pues no faltaba otra cosa... Y lo que es esta noche te como... No me engatusarás con tus zalamerías."

Juan, aunque bien hubiera querido contradecir los optimismos de su padre y amigos, no se atrevió a ello, porque el empuje de aquella opinión era demasiado fuerte para luchar con él. Hasta los últimos días del 74 había defendido la Restauración. Después de hecha encontró mal que la hicieran los militares, y en esto fundó sus críticas del suceso consumado.

—Aquí siempre se han hecho las mudanzas de esa manera —dijo el señor de Santa Cruz con patriarcal buena fe—. Es nuestra manera de matar pulgas. Pues qué, ¿querías tú que las Cortes...? Estás fresco.

Después sostuvo el *Delfín,* con ejemplos de Francia e Inglaterra, que ninguna Restauración había prevalecido; mas todos se negaron a seguirle por los vericuetos históricos. Don Baldomero, sin meterse en dibujos, dijo una cosa muy sensata, producto de su observación de tanto tiempo:

—Yo no sé lo que sucederá dentro de veinte, dentro de cincuenta años. En la sociedad española no se puede nunca fiar tan largo. Lo único que sabemos es que nuestro país padece alternativas o fiebres intermitentes de revolución y de paz. En ciertos períodos todos deseamos que haya mucha autoridad. ¡Venga leña! Pero nos cansamos de ella, y todos queremos echar el pie fuera del plato. Vuelven los días de jarana, y ya estamos suspirando otra vez por que se acorte la cuerda. Así somos, y así creo que seremos hasta que se afeiten las ranas.

—Es la condición humana. Así viven y se educan las sociedades —dijo el *Delfín*—. Lo que a mí no me gusta es que esto se haga por otra vía que la de la ley.

"¡Pillo, tunante! —pensaba Jacinta comiéndose las palabras, y con las palabras la hiel que se le quería salir—. ¿Qué sabes tú lo que es ley? ¡Farsante, demagogo, anarquista! Cómo se hace el purito... Quien no te conoce..."

Cuando se retiraron a su alcoba, Jacinta se esforzaba en aumentar su furor; quería cultivarlo o alimentarlo como se alimenta una llama, arrojando en ella más combustible. "Esta noche me le como. Quisiera estar más furiosa de lo que estoy, para no dejarme engolosinar. Y eso que lo estoy bastante. Pero aún me vendría bien un poquito más de ira. Es un falso, un hipócrita, y si no le aborrezco, no tengo perdón de Dios."

En esto, sintió que Juan la abrazaba por la cintura...

—Quítate, déjame... —gritó ella—. Estoy muy incomodada; ¿pero no ves que estoy muy incomodada?

Juan la vio temblorosa y sin poder respirar.

—Perdone usted, señora —replicó bromeando.

Jacinta tuvo ya en la punta de la lengua el *lo sé todo;* pero se acordó de que noches antes su marido y ella se habían reído mucho de esta frase, observándola repetida en todas las comedias de intriga. La irritada esposa creyó más del caso decir:

—Te aborreceré, ya te estoy aborreciendo.

Santa Cruz, que estaba de buenas, repitió con buena sombra otra frase de las comedias:

—*Ahora lo comprendo todo.* Pero

la verdad, chica, es que no comprendo nada.

Turbada en sus propósitos de pelea por el buen genio y los cariñosos modos que el pérfido traía aquella noche, Jacinta rompió a llorar como un niño. Juan le hizo muchas caricias, besos por aquí y allí, en el cuello y en las manos, en las orejas y en la coronilla; besos en un codo y en la barba, acompañados del lenguaje más finamente tierno que se podría imaginar.

—No aguanto más, no puedo aguantar más —era lo único que ella decía con angustioso hipo, mojándole a él la cara y las manos con tanta y tanta lágrima.

No podía tener consuelo. Todo aquel llanto era el disimulo de tantísimos días, sospechar callando, sentirse herida y no poder decir ni siquiera ¡ay!

—Esto es horrible, esto es espantoso; no hay mujer más desgraciada que yo... Y lo que es ahora, te aborreceré de veras, porque yo no puedo querer a quien no me quiere. Te quería más que a mi vida. ¡Qué tonta he sido! A los hombres hay que tratarlos sin consideración... Ya no más, ya no más... Estoy volada, y lo que es ésta no te la perdono... digo que no te la perdono.

Algún trabajo le costó a Santa Cruz que su mujer repitiese lo que le había dicho una amiga aquella mañana. Y cuando él lo negaba, la ofendida esposa, que sentía en su alma la convicción profundísima de la autenticidad del hecho, irritábase más:

—No lo niegues, no me lo niegues, pues yo sé que es cierto. Hace tiempo te lo he conocido.

—¿En qué?...

—En muchas cosas.

—Dímelas —indicó él poniéndose serio.

—Si siempre has de negarlo... Pero no, no me engañas más.

—Si no pienso engañarte...

—Lo que Amalia me ha dicho —afirmó Jacinta con súbita ira, llena de dignidad, poniéndose en pie y afianzando con un gesto admirable su aseveración— es verdad. Yo digo que es verdad y basta.

Grave y mirándola a los ojos, el anarquista replicó en tono muy seguro:

—Bueno, pues es verdad. Yo te declaro que es verdad.

## II

Quedóse Jacinta como una estatua, y al fin, volviendo la espalda a su marido, hizo ademán de salir. Él la cogió por una mano, y quiso abrazarla. Ella no se dejó. En medio del estrujón frustrado, sólo pudo articular la esposa muy vagamente estas palabras:

—Me voy.

Lo que más la irritaba era que el tunante, después de lo que había dicho, tuviera todavía humor de bromas y pusiera aquella cara de pillín, como si se tratara de una cosa de juego. Porque se sonreía, y tranquilo en apariencia, díjole en tono de seriedad cómica:

—Señora, acuéstese usted.

—¿Yo...?

—Se lo mando a usted... Acuéstese usted al momento.

No le fue a ella posible entonces librarse de un abrazo apretado, y en aquel segundo estrujón, oyó estas cariñosas palabras:

—¿No vale más que nos expliquemos como buenos amigos? Hijita de mi alma, si te enfurruñas no llegaremos a entendernos.

Jacinta fue bruscamente desarmada. Quedóse como el combatiente de los cuentos de niños, a quien por obra de magia se le convierte la espada en alfiler y el escudo en dedal.

El *Delfín* había entrado, desde los últimos días del 74, en aquel período sedante que seguía infaliblemente a sus desvaríos. En realidad no era aquello virtud, sino cansancio del pecado; no era el sentimiento puro y regular del orden, sino el hastío de la revolución. Verificábase en él lo que don Baldomero había dicho del país: que padecía fiebres alternativas de libertad y de paz. A los dos meses de una de las más graves distracciones de su vida, su mujer empezaba a gustarle lo mismito que si fuera la mujer de otro. La bondad de ella favorecía este movimiento centrípeto, que se había determinado por quinta o sexta vez desde que estaban casados. Ya en otras ocasiones pudo creer Jacinta que la vuelta a los deberes conyugales sería definitiva; pero se equivocó, porque el *Delfín,* que tenía en el cuerpo el demonio malo de la variedad, cansábase de ser bueno y fiel, y tornaba a dejarse mover de la fuerza centrífuga. Mas era tanta la alegría de la esposa al verle enmendado, que no pensaba en que aquella enmienda fuera como un descanso, para emprenderla después con más brío por esos mundos de Dios. También esto concordaba con un pensamiento de don Baldomero, que decía: "Cuando el país remite y fortalece con su opinión la autoridad, no es que ame verdaderamente el orden y la ley, sino que se pone en cura y hace sangre para saciar después con mejor gusto el apetito de las trifulcas."

Quedó, como he dicho, tan desarmada Jacinta, que no podía ser más. Pero creyendo que su dignidad le ordenaba seguir muy colérica, dijo todas las palabras necesarias para mostrarlo, por ejemplo:

—Me acostaré o no me acostaré, según me acomode. ¿A ti qué te importa? No parece sino que... Conmigo no se juega, ¿estamos?... ¿Pues qué se ha figurado este tonto? Hemos concluido, te digo que hemos concluido... Bien; me acuesto porque quiero, no porque tú me lo mandes... ¡Vaya!...

Poco después se oía en la alcoba lo siguiente:

—Que te estés quieto... No vayas a creerte que ahora te voy a perdonar. No, si no me engatusas..., ni hay *tilín* que valga. Ya van quince y raya. No están los tiempos para perdones, caballerito. Haz el favor, te digo... No quiero verte, no quiero oírte, ni me importa que me quieras o no. Si me quieres, rabia y rabia; mejor. Yo me reiré viéndote padecer. Conque lo dicho, déjame en paz. Tengo un sueño espantoso... ¿No ves cómo se me cierran los ojos?

Y era mentira. Lejos de tener ganas de dormir, estaba muy despabilada y nerviosa.

—Tú no tienes sueño; ¿a que no lo tienes? —le decía él—. ¿A que te despabilo y te pongo como un lucero?

—¿A que no? ¿Cómo?

—Contándote toda la verdad de lo que te dijo Amalia, haciendo una confesión general para que veas que no soy tan malo como crees.

—¡Ah!, sí; ven, ven, hijito —exclamó ella alargando sus brazos desnudos—. Confiésame todo, pero con nobleza. Nada de comedias..., porque tú eres muy comiquito. Gracias que yo te conozco ya las marrullerías, y algunas bolas me trago; pero otras no. ¿De veras que vas a contármelo todo?

La idea de perdonar electrizaba a Jacinta, poniéndola tan nerviosa que echaba chispas. No cabía en sí de inquietud, pensando en lo grande del perdón que tenía que dar en pago de lo enorme de la sinceridad que se le ofrecía. Y su zozobra era tal, que por poco se echa de la cama, cuando Juan se apartó de ella para ir hacia la suya... "Pero ¿qué? —pensó—. ¿Se arrepiente este tuno de lo que ha dicho?... ¿Es que no quiere contarme nada?..."

—Abur, hombre —dijo en alta voz con despecho.

—Si vuelvo, si voy allá en seguida... Mi mujer gasta un genio muy vivo.

—Es que si cuentas, cuentas pronto; y si no, lo dices, para dormirme. No estoy yo aquí esperando a que al señorito le dé la gana de tenerme en vela toda la noche.

—Cállese usted, *so tía*...

Diciendo esto, volvió hacia ella, sentándose en el lecho y haciéndole mil ternezas.

"¡Ah! Esto está perdido", murmuró Jacinta en los respiros que las caricias de su marido le dejaban, ahogándola.

—Mira, estate quieto y no me sofoques. No tengo yo gana de bromas.

—Vamos al caso, niñita mía. Para que yo te cuente lo que deseas saber, es preciso que tú me cuentes antes a mí otra cosa. Dices que tú sospechabas esto que ha pasado, mejor, que lo adivinabas. ¿En qué te fundabas tú para adivinarlo?... ¿Qué observaste y qué supiste?

—¡Ay!... ¡Con lo que me sale ahora este bobo!... ¿Crees que una mujer celosa necesita ver nada? Lo olfatea, lo calcula y no se equivoca... Se lo dice el corazón.

—El corazón no dice nada. Eso es una frase.

—Cuando te vuelves faltón, la menor palabra, cualquier gesto tuyo me sirven para leerte los pensamientos. ¿Y te parece que es poco dato el ver cómo me tratas a mí? Hasta la manera de entrar aquí es un dato. Hasta una ternura, una palabra cariñosa te venden, porque al punto se ve que son sobras de otra parte, traídas aquí por deber y para cubrir el expediente... Palabras y caricias vienen muy usadas.

—¡Cuánto sabes!

—Más sabes tú... No, no, más sé yo. En la desgracia se aprende... Muchas veces me callo por no escandalizar; pero por dentro siento algo que me está rallando así, así..., muele que te muele... ¡Pues tengo yo un olfato!... Cuando estás faltoncito, si no lo conociera por otras cosas, lo conocería por el perfume que traes algunas veces en la ropa... Otro dato: una noche traías en el pañuelo de seda del cuello, ¿qué crees? Pues un cabello negro, grande. Lo saqué con las puntas de los dedos, y lo estuve mirando. Me daba tanto asco como si me lo hubiera encontrado en la sopa. No chisté. Otra noche dijiste en sueños palabras de las que se dicen cuando un hombre se pega con otro. Yo me asusté. Fue aquella noche que entraste muy nervioso y con un dolor en el brazo. Tuve que ponerte árnica. Me contaste que viniendo no sé por dónde te salió un borracho, y tuviste que andar a trompazos con él. Traías tierra en la americana azul. Toda la noche estuviste muy inquieto, ¿no te acuerdas?

—Me acuerdo, sí —dijo el *Delfín,* renovando en su mente el lance con Maximiliano.

—Pues verás. Otra noche, cuando te desnudabas, ¡plin!..., cayó al suelo un botón. Vino saltando hasta cerca de mi cama. Parecía que me miraba. Era de níquel, labrado, con muchos garabatos. Cuando te dormiste, me eché de la cama y lo cogí. Era un botón de mujer. de los que se usan ahora en las chaquetillas. Lo tengo guardado. Estas ignominias se guardan para en su día sacarlas y decir: ¿Me negarás esto?... ¡Y tú siempre tan comediante! ¡Yo pasaba unas fatigas!... Pero nunca quise rebajarme al espionaje. Se me ocurrió preguntar al cochero. Con una buena propinilla, Manuel no me habría ocultado lo que supiera. Pero por respeto a ti y a mí misma y a la familia, no hice nada. ¡Contarle a tu mamá mis sospechas!... ¿Para qué? ¿Para disgustarla sin ventaja ninguna?... Guillermina, con quien únicamente me clareaba, decíame siempre: "Paciencia, hija, paciencia." Y por fin llegaba yo a tenerla, y el molinillo que me daba vueltas en el corazón, molía, haciéndomelo polvo, y yo aguanta que aguanta, siempre callada, poniendo cara de Pascua y tragando hiel, tragando hiel. Esta mañana, cuando Amalia me dijo lo que me dijo, toda la sangre se me hizo como un veneno, y me propuse aborrecerte, pero aborrecerte en toda regla, no creas..., y no perdonarte aunque te me pusieras delante de rodillas. ¡Pero es una tan débil!... ¡Si merecemos todo lo que nos pasa!... Es la mayor desgracia ser así, tan simplona... Como que estamos a merced de esas... secuestradoras, que de tiempo en tiempo nos prestan a nuestros propios maridos para que no alborotemos...

## III

Esta última queja puso al señorito de Santa Cruz un tanto pensativo y desconcertado. No desconocía él la situación poco airosa en que estaba ante Jacinta, cuya grandeza moral se elevaba ante sus ojos para darle la medida de su pequeñez. Era muy soberbio, y el amor propio descollaba en él sobre la conciencia y sobre los sentimientos todos; de manera que nada le molestaba tanto como verse y reconocerse inferior a su mujer. Cuando, media hora antes, prometió confesar sus faltas, hízolo movido de orgullo, para engalanarse con la sinceridad, a la manera del fatuo que se da tono con una cruz. La confesión de la culpa ennoblece siempre, y como demasiado sabía él que todo lo noble hallaba eco en el gran corazón de Jacinta, se dijo: "Aquí me viene bien un *rasgo.*" Pero el momento de la confesión se acercaba, y el pecador estaba algo confuso, sin saber cómo iba a salir de ella. Lo que él quería era quedar bien, remontarse hasta su mujer, y superarla si era posible, presentando sus faltas como méritos, y retocando toda la historia de modo que pareciese blanco y hasta noble lo que con los datos sueltos del botón y el cabello era negro y deshonroso. No tenía que calentarse mucho los sesos para salir del paso, porque para tales escamoteos tenía su entendimiento una aptitud particular. Su imaginación despiertísima se pintaba sola para hacer pasar de un cubilete a otro las ideas. Lo que él no podía sufrir era que se le tuviese por hombre vulgar, por uno de tantos. Hasta las acciones más triviales y comunes, si eran suyas, quería que pasasen por actos deliberadamente admirables y que en nada se parecían a lo que hace todo el mundo. Rápidamente, con aquella presteza de juicio del artista improvisador, hizo su composición, y allá te van las confidencias... Jacinta se había de quedar tamañita. Ya vería ella qué marido tenía, qué ser superior, qué persona tan extraordinaria. Hay una moral gruesa, la que comprende todo el mundo, incluso los niños y las mujeres. Hay otra moral fina, exquisita, inapreciable para el vulgo: es la que sólo pueden gustar los paladares muy sensibles... Vamos allá.

—Preparémonos a oír tus papas —dijo ella.

—De todo lo que has dicho, parece deducirse que yo soy un miserable, un cualquiera, uno de tantos. Pues ahora lo veremos. He guardado reserva contigo, porque creí que no me comprenderías. Veremos si me comprendes ahora. Es cierto que hace dos meses me encontré otra vez a...

—Haz el favor de no nombrarla —suplicó Jacinta con viveza—. Ese nombre me hace el efecto de la picadura de una víbora.

—Bueno, pues voy al grano... Encontrémela casada.

—¡Casada!

—Sí, con un simple. La metieron en un convento, la casaron después como por sorpresa... Chica, una historia de intrigas, violencias y atrocidades que horroriza.

—¡Pobre mujer! —exclamó ella, respondiendo al intento de Juan, que empezaba por hacer a la otra digna de lástima—. Pero bien merecido le está por su mala conducta.

—Espérate un poco, hija. Mujer

tan desgraciada no creo que haya nacido.

—Ni más mala tampoco.

—Sobre eso hay mucho que decir. No es maldad lo que hay en ella, es falta de ideas morales. ¡Si no ha visto nunca más que malos ejemplos; si ha vivido siempre con tunantes!... Yo pongo en su lugar a la mujer más perfecta, a ver lo que hacía. No, no es lo que crees. Digo más: sería muy buena si la dirigieran al bien. Pero hazte cargo: después de andar de mano en mano, éste la coge, éste la suelta, la casan con un hombre que no es hombre, con un hombre que no puede ser marido de nadie...

Jacinta abrió la boca; tan grande era su pasmo.

—Y ese majadero la martiriza de tal modo desde el primer día de matrimonio, que la infeliz, prefiriendo la libertad en la ignominia a una esclavitud insoportable, se escapa de la casa y se echa otra vez a la calle, como en sus peores tiempos. En esto me encuentra y me pide amparo.

Jacinta no había cerrado todavía la boca.

—En tal situación —prosiguió Juan, hallándose ya en plena posesión de su tesis y con los cubiletes en la mano—, yo te planteo el problema a ti..., vamos a ver... Figúrate que eres hombre; figúrate que te encuentras delante de aquella infeliz mujer, que te pide socorro, una defensa contra la miseria y la deshonra, y al verla delante, tú te reconoces autor de todas sus desdichas, porque tú la perdiste, porque de ti le vienen todos sus males. Yo quiero que me digas con lealtad qué harías, qué harías tú en este trance. Pero cierra ya esa boca; basta ya de asombro y contéstame.

—Pues yo... ¿qué haría? Echar mano al bolsillo, darle cuatro o cinco duros, y marcharme a mi casa.

—Ésa fue mi primera idea. Pero ciertas deudas, señora mía —dijo Santa Cruz triunfante—, no se saldan con cuatro ni con cinco duros.

—Pues mil, dos mil, cien mil reales, vamos.

—Tampoco. Yo pensé que debía poner a aquella infeliz en camino de adquirir una posición decente y estable. Buscarle un marido, no podía ser; estaba casada. Procurarle una manera de vivir con independencia y honradez... ¡Ah! Esto es muy difícil. No tiene educación, no sabe trabajar en nada que produzca dinero. No hay para ella más recurso que comer de su belleza. Pero en esto mismo hay distintos grados de ignominia. No empieces a hacerte cruces, hija. Las cosas hay que tomarlas como son; otra cosa es empeñarse en sostener una filosofía cursi. Yo le dije: "Bueno, pues te pongo una casa, y arréglatelas como puedas..." No, si no es para que hagas tantas cruces, lo repito. Hay que ponerse en la realidad, niñita. No mires esto con ojos de mujer; ponte en mi caso; figúrate que eres hombre...

—Estoy asombrada de la vuelta que le das a tus caprichos, y de lo bien que te las compones para hacer pasar por protección desinteresada lo que en realidad es amor que tenías o tienes a esa maldita.

—Pues a eso voy ahora. Aquí te quiero ver... Atención. Yo te juro que no despertaba en mí ni el amor más insignificante, ni tan siquiera un capricho de momento. No hay ejemplo de una frialdad como la que yo sentía ante ella. Bien me lo puedes creer. No sólo no me inspiraba pasión, sino que hasta me repugnaba.

—Eso —dijo la esposa—, que te lo crea otro, que lo que es yo...

—¡Qué tonta eres! Tu incredulidad nace de la idea equivocada que tienes de esa mujer. Te la has figurado como un monstruo de seducciones, como una de esas que, sin tener pizca de educación ni ningún atractivo moral, poseen un sinfín de artimañas para enloquecer a los hombres y esclavizarles volviéndoles estúpidos. Esta casa de perdidas, que en Francia tanto abunda, como si hubiera allí escuela para formarlas, apenas existe en España, donde son contadas... todavía, se entiende, porque ello al fin tiene que venir, como han venido los ferrocarriles... Pues digo que Fortunata no es de ésas, no posee más educación que la cara bonita; por lo demás, es sosa, vulgar, no se le ocurre ninguna picardía de las que trastornan a los hombres, y en cuanto a formas..., no hablo del cuerpo y talle... sigue tan tosca como cuando la conocí. No aprende; no se le pega nada. Y como para todo se necesita talento, una especialidad de talento, resulta que esa infeliz que tanto te da que pensar, no sirve absolutamente para diablo, ¿me entiendes? Si todas fueran como ella, apenas habría escándalos en el mundo, y los matrimonios vivirían en paz, y tendríamos muchísima moralidad. En una palabra, chiquilla, no hay en ella complexión viciosa; tiene todo el corte de mujer honrada; nació para la vida oscura, para hacer calceta y cuidar muchachos.

Al llegar aquí Juan se asustó, creyendo que se le había ido un poco la lengua, y cayó en la cuenta de que si Fortunata era como él decía, si no tenía *complexión viciosa,* mayor, mucho mayor era la responsabilidad de él por haberla perdido. Jacinta hubo de pensar esto mismo, y no tardó en manifestárselo. Pero el prestidigitador acudió a defender la suerte con la presteza de su flexible ingenio.

—Es verdad —le dijo—, y esto aumentaba mis remordimientos. No tenía más remedio que hacer en obsequio suyo lo que no habría hecho por otra. Ponte tú en mi caso, figúrate que eres yo, y que te ha pasado todo lo que me ha pasado a mí. Puedes hacerte cargo de mi tormento y de lo que yo sufriría teniendo que considerar y proteger, por escrúpulo de conciencia, a una mujer que no me inspira ningún afecto, ninguno, y que últimamente me inspiraba antipatía, porque Fortunata, créelo como el Evangelio, es de tal condición, que el hombre más enamorado no la resiste un mes. Al mes todos se rinden, es decir, echan a correr...

Jacinta había empezado a dar pataditas, haciendo saltar el edredón que a los pies tenía. Era su manera de expresar la alegría bulliciosa cuando estaba acostada. Porque siendo verdad lo que Juan decía, la temida rival era como los espantajos puestos en el campo, de los cuales se ríen hasta los pájaros cuando los examinan de cerca. Pero aún le quedaba una duda. ¿Era aquello verdad o no? Para mentira estaba demasiado bien hiladito.

—¿Y ella te quiere todavía? —preguntó con la picardía de un juez de instrucción.

El esposo se hizo repetir la pregunta, sin otro objeto que retrasar la respuesta, que debía ser muy pensada.

—Pues te diré... que sí. Tiene esa debilidad. Otras mujeres, las de complexión viciosa, son en sus pasiones tan vehementes como inconstantes. Pronto olvidan al que adoraron y cambian de ilusión como de moda. Ésta no.

—Ésta no —repitió Jacinta, asustada de ver a su enemiga tan distinta de como ella se la figuraba.

—No. Ha dado en la tontería de quererme siempre lo mismo, como antes, como la primera vez. Aquí tienes otra cosa que me anonada, que me obliga a ser indulgente. Ponte en mi lugar, hija. Porque si yo viera que coqueteaba con otros hombres, ¡anda con Dios! Pero si no hay quien la apee de una fidelidad que no viene al caso. ¡Fiel a mí! ¿A santo de qué? Te aseguro que me ha hecho cavilar más esa sosona... Ha pasado por tantas manos, y siempre fiel, consecuente como un clavo, que se está donde le clavan. Ni el deshonor ni el matrimonio la han curado de esta manía. ¿No te parece a ti que es manía?

A Jacinta le acudieron tantas ideas a la mente, que no sabía con cuál quedarse, y estaba perpleja y muda.

—¡Hay tantos —exclamó Santa Cruz en el tono que se da a las cosas muy filosóficas—, hay tantos a quienes hace infelices la inconstancia de las mujeres, y a mí me hace padecer una fidelidad que no solicito, que no me hace falta, que no me importa para nada!

Jacinta dio un gran suspiro.

—Pero el tener conciencia, el tener un sentido moral muy elevado —añadió el *Delfín* dominando la suerte—, como lo tengo yo, me ha puesto en una situación equívoca frente a ti. Yo necesitaba darte explicaciones. Ya te las he dado, y por ellas habrás visto que no se debe juzgar los actos de los hombres por lo que parece, sino que es preciso ir al fondo, hija, al fondo de las cosas. ¿Conque te vas enterando? ¡A lo mejor se lleva uno cada chasco. . .! ¡Cuántas veces pensamos mal de un sujeto, fundándonos en hablillas del vulgo o en cualquier dato inseguro, como, por ejemplo, un pelo, un botón!. . . Y después de mirar bien el hecho, ¿qué resulta? Que no basta para muestra un botón, que el que se cuelga de un cabello se cae; en una palabra, niña mía, que lo aparentemente deshonroso puede no serlo, y que la realidad, en vez de arrojar vergüenza sobre el sujeto, lo que hace es enaltecerle y quizás honrarle.

—Poco a poco —dijo la esposa prontamente—, que para mí sigue siendo turbio. Me parece que en todo lo que has dicho hay demasiada composición. No me fío yo, no me fío, porque para fabricar estos arcos triunfales de frases y entrar por ellos dándote mucho tono, te pintas tú solo. Lo cierto es que le has puesto la casa, la has visitado y te has divertido en grande con ella. ¡Vaya una conciencia la tuya, vaya una manera de pagarle su fidelidad, tirando por el suelo la que me debes a mí!. . . ¿Qué moral es ésta? No escamotees la verdad. Esa mujer es una bribona, y tú serías un simple si no fueras también un solemnísimo pillo.

—Párese usted un poco, *camaraíta* —replicó Santa Cruz algo desconcertado—. ¿Qué palabras usaré yo para pintarte la situación en que me encontraba? Es que el caso es de los más raros que se pueden ofrecer. . . Para que veas que soy sincero y leal, te diré que hubo en mí algo de flaqueza, sí, flaqueza que nacía de la compasión. No tuve valor para resistir a las. . . ¿cómo diré?. . . a las sugestiones apasionadas de quien tiene por mí una idolatría que yo no merezco. Pero te juro que lo hice sin ilusión, con fastidio, como el que cumple un deber, pensando en mi mujer, viéndote a ti más que a la que tan cerca tenía, y deseando que aquella comedia concluyera.

Ambos estuvieron callados un mediano rato. ¿Creía Jacinta aquellas cosas, o aparentaba creerlas como Sancho las bolas que Don Quijote le contó de la cueva de Montesinos? Lo último que Juan dijo fue esto:

—Ahora juzga tú como te parezca bien lo que acabo de confesarte, y compara lo bueno que hay en ello con lo malo que habrá también. Yo me entrego a ti.

—Romper, romper para siempre toda clase de relaciones con esa calamidad es lo que importa —manifestó la *Delfina* inquietísima, dando vueltas en el lecho—. Que no la veas más, que ni siquiera la saludes si te la encuentras por la calle. . . ¡Oh, qué mujer! Es mi pesadilla.

—Da por hecho el rompimiento, pero definitivo, absoluto. Lo deseo tanto como tú; me lo puedes creer.

Lo decía con tal expresión de

ingenuidad, que Jacinta sintió grande alegría.

—Sí, hija, no aguanto más. Que se vaya con su constancia a los quintos infiernos.

—¿Y si da en perseguirte?

—Seré capaz hasta de recurrir a la policía.

—¿De modo que no vuelves más a esa casa? Di que no vuelves, dime que no la quieres.

—¡Bah! Demasiado lo sabes. No volveré más que a despedirme.

—No; escríbele una carta. Las despedidas cara a cara no son buenas para romper.

—Haré lo que tú quieras, lo que tú me mandes, niñita de mi alma, monísima..., más salada que el terrón de los mares.

## IV

A la siguiente mañana Jacinta se levantó muy gozosa, con los espíritus avispados y muchas ganitas de hablar y de reír sin motivo aparente. Barbarita, que entró de la calle a las diez, le dijo:

—¡Qué retozona estás hoy!... Oye, al volver de San Ginés me encontré con Manolo Moreno, que llegó ayer de Londres. Le he convidado a almorzar.

Jacinta fue a su tocador. Aún dormía su marido, y ella se empezó a arreglar. A poco entró una visita, que Jacinta recibió en su gabinete. Era Severiana, que dos veces por semana llevaba a Adoración a que la viese su protectora. Ya se sabe que la *Delfina,* no pudiendo adoptar al *Pituso* y tomarlo por hijo, y sintiendo más fuerte e imperioso en su alma el anhelo de la maternidad, dio en proteger a la preciosísima y cariñosa hija de Mauricia la *Dura.* Para Jacinta no había goce más grande y puro que acariciar un pequeñuelo, darle calor y comunicarle aquel sentimiento de bondad que se desbordaba de su alma. Agradábale tanto la niña aquella, que se la habría llevado consigo si sus suegros y su marido lo permitieran; pero no siendo posible esto, se consolaba vistiéndola como una señorita, pagándole el colegio y pasando un ratito con ella. Gozaba en ver su belleza, en aspirar la fragancia de su inocencia y en examinarla para cerciorarse de sus adelantos.

—Hola, ven acá, mujer, dame un beso y un abrazo —le dijo la señorita, atrayéndola a sí con maternal cariño.

Adoración se frotó bien la cara y el cuerpo contra la cintura y falda de su protectora.

—Dice que lo que le pide a la Virgen —declaró Severiana con esa adulación de los humildes muy favorecidos y que aún quieren serlo más— es no separarse nunca, nunca de la señorita... para estarla mirando siempre.

—Ya sé que me quiere mucho, y yo la quiero a ella, si es buena y estudia. ¡Qué elegante estás!... No te había visto el vestido nuevo.

—Anoche soñaba con la ropa nueva —dijo Severiana—, y ayer, cuando se la puso, no hacía más que mirarse al espejo. Si la tocábamos, ¡ay!, nos quería pegar... Lo que ella deseaba era que la señorita la viera tan maja, ¿verdad, rica?

—No me gusta tanto afán por las composturas. Ahora lo que yo quiero es ver qué tal andan esas lecciones... Hoy no tengo tiempo de hacer preguntas; pero otro día, el jueves, veremos cómo está ese catecismo.

—¡Ah!, señorita, se lo sabe de corrido. Nos tiene mareados con lo que hicieron aquellos que se comían el maná y lo de Noé en el arca, con tantos animales como metió en ella. ¿Pues y leer? Lee mejor que mi marido.

—Eso me gusta... El mes que entra la pondremos en un colegio, interna. Ya es grandecita... Es preciso que vaya aprendiendo los buenos modales..., su poquito de francés, su poquito de piano... Quiero educarla para maestrita o institutriz, ¿verdad?

Adoración la miraba como en éxtasis.

—¿Y esa mujer? —preguntó luego Jacinta a Severiana, refiriéndose a la madre de Adoración.

—Señora, no me la nombre. A poco de salir de las Micaelas parecía algo enmendada. Volvió a correr pañuelos de Manila y algunas prendas; estaba en buena conformidad; pero ya la tenemos otra vez en danza con el maldito vicio. Anteanoche la recogieron tiesa en la calle de la Comadre... ¡Qué vergüenza!...

Jacinta hizo un gesto de pena.

—¡Pobrecita mía! —exclamó abrazando más estrechamente a su protegida.

—Por esto —añadió la otra— yo quería hablar a la señorita, para ver si doña Guillermina tenía proporción de meterla en cualquier parte donde la sujetaran. En las Micaelas no puede ser, a cuento de que allí la tuvieron que echar por escandalosa... Pero bien la podrían poner, si a mano viene, en un hospicio o casa de orates, al menos para que no diera malos ejemplos.

—Veremos... —dijo distraída Jacinta levantándose, porque había oído el repique del timbre con que su marido llamaba.

Faltaba algo antes de que Adoración se despidiera. Su protectora le daba siempre una golosina, y aquel día hubo de olvidarse. Quedóse parada la niña en medio del gabinete, aun después de los últimos besos de la despedida. Jacinta cayó en la cuenta de su distracción.

—Espérate un momento.

A poco volvió con lo que la chiquilla deseaba, y repetida la recomendación de portarse bien y estudiar mucho, acompañólas hasta la puerta. Cuando Severiana y su sobrinita salían, entraba Moreno Isla, y Jacinta, que le vio subir, se detuvo en el recibimiento. Subía despacio y jadeante, a causa de la afección al corazón que padecía. Estaba muy envejecido, de mal color, y con más aire extranjero que antes.

—¡Oh, puerta del paraíso! ¡Qué manos te abren!... Dispense usted... Me canso horriblemente —dijo Moreno, saludándola con tanta urbanidad como afecto.

Estupiñá, que entraba detrás, le echó también un gran saludo a don Manuel, permitiéndose abrazarle, porque eran antiguos amigos.

—Estás hecho un pollo —le dijo Moreno, palmoteándole en los hombros.

—Vamos tirando... ¿Y usted?...

—Así, así.

—¡Siempre por esas tierras de extranjis!... Caramba, también es gusto, teniendo aquí tantos que le quieren bien...

El forastero le contestó con la benevolencia un tanto fría que saben emplear los superiores bien educados. Separáronse en el pasillo, porque Estupiñá tenía que ir hacia el comedor. Moreno siguió a Jacinta hasta el salón y de allí al gabinete.

—No me había dicho Guillermina que estaba usted en Madrid. Lo supe hoy por mamá —dijo ella por decir algo.

—¿Guillermina? ¡Buena tiene ella la cabeza para acordarse de anunciarme! ¿Sabe usted que cada vez que vengo a España me la encuentro más tocada? Ayer, cuando entré en casa, lo primero que hizo, mientras me saludaba, fue un registro de todos los bolsillos de mi ropa. Me desplumó. Lo que yo le decía: "Apenas se pone el pie en España, no se da un paso sin tropezar con bandoleros." Ahora pretende que entre todos los parientes le hagamos un piso... Friolera.

—¡Pobrecilla! Es una santa.

Llegó entonces don Baldomero, anunciándose antes de entrar con estas alegres voces:

—¿En dónde está ese antipatriota?

Cuando apareció en la puerta, con los brazos abiertos, fue Moreno a dejarse estrechar en ellos.

—Bien, padrino; está usted hecho un muchacho.

—¿Y tú, perdido? Me dijeron que estabas algo delicado.

—Me canso horriblemente —replicó el forastero, tocándose el corazón—. Algo aquí... Pero dicen que es nervioso.

—Sí, sí, nervioso —afirmó Santa Cruz como si tuviera en el dedillo toda la medicina.

—Nervioso, claro —repitió Jacinta.

Y Barbarita, que a la sazón entraba, también dijo:

—¿Qué ha de ser sino nervioso?...

—Vaya, vaya con este perdis —decía don Baldomero mirando mucho a su amigo y pariente y no atreviéndose a decir que le encontraba muy desmejorado—. Siempre tan extranjerote.

—No quiere nada con nosotros —dijo Barbarita, examinándole la ropa—. Mira, mira qué levita gris cerrada... y botines blancos... Pero, Manolo, ¡qué zapatones usan por allá! Esos guantes pasarían aquí por guantes de cochero.

Moreno se echó a reír. Su persona tenía tal aire inglés, que quien le viera tomaríale por uno de esos lores aburridos y millonarios que andan por el mundo sacudiéndose la morriña que les consume. Hasta cuando hablaba desmentía, no por afectación, sino por hábito, su progenie española, porque arrastraba un poco las erres y olvidaba algunos vocablos de los menos usuales. Se había educado en el célebre colegio de Eton; a los treinta años volvió a Inglaterra y allí vivía de continuo, salvo las cortas temporadas que pasaba en Madrid. Poseía el arte de la buena educación en su forma más exquisita y una soltura de modales que cautivaba. Era ahijado de don Baldomero I, y por esto seguía llamando *padrino* a don Baldomero II.

—Ya saben ustedes que no transijo con la patria —dijo sonriendo—. Mientras más la visito, menos me gusta. Por respeto a mi padrino no me atrevo a decir más.

Los gustos extranjeros de aquel hombre y el desamor que a su patria mostraba, eran ocasión de empeñadas reyertas entre él y don Baldomero, que defendía todo *lo del Reino* con sincero entusiasmo. A veces perdía los estribos el buen español, sosteniendo que en todo lo *de fuera* hay mucho de farsa, y Moreno, extremando sus antipatías, sostenía que en España no hay más que tres cosas buenas: La Guardia Civil, las uvas de albillo y el Museo del Prado.

—Vamos a ver —dijo don Baldomero con alegría, que le retozaba en la cara—. ¿Qué me dices del Rey que hemos traído? Ahora sí que vamos a estar en grande. Verás cómo prospera el país y se acaban las guerras.

—Es guapo chico. Varios españoles residentes en Londres le acompañamos en el tren hasta Dover. Yo le regalé un magnífico reloj... Es muy despejado chico, pero muy despejado. ¡Lástima de Rey! Yo le dije: "Vuestra Majestad va a gobernar el país de la ingratitud; pero Vuestra Majestad vencerá a la hidra." Esto le dije por cortesía; pero yo no creo que pueda barajar a esta gente. Él querrá hacerlo bien; pero falta que le dejen.

En esto entró Juan, y él y su pariente se dieron los abrazos de ordenanza. Para ponerse a almorzar no faltaba más que Villalonga.

—¿Pero qué? —dijo el *Delfín*—. ¿Le esperamos? Sabe Dios a qué hora vendrá. Anoche se retiraría a las tres de la tertulia del ministro de la Gobernación, y estará todavía en la cama.

Acordaron, pues, no aguardar más, y durante el cordial almuerzo, que quieras que no, la conversación versó sobre si en España es todo malo o si en Francia e Inglaterra es de buena ley todo lo que admiramos. Moreno Isla no cedía una pulgada del terreno antipatriótico en que su terquedad se encerraba.

—Miren ustedes..., hablando ahora con toda seriedad —dijo, después de apurar bien el tema de las comidas, y pasando a ciertas ideas de cultura general— Yo he hecho una observación que nadie me desmentirá. Desde que se pasa la frontera para allá y se entra en Francia, no le pica a usted una pulga. *(Risas.)*

—¡Pero qué tendrán que ver las pulgas...!

—¿Y sostienes tú que en Francia no hay pulgas?

—No las hay, créame usted, padrino, no las hay. Es un resultado del aseo general, de la limpieza de las casas y de las personas. Vaya usted a San Sebastián. Se lo comen vivo...

—Hombre, por Dios, ¡qué argunentos!...

Sonó la campanilla.

—¡Ahí está! —dijeron todos.

Y Barbarita miró al lugar vacío que estaba destinado a Villalonga en la mesa. Éste entró muy alegre, saludando a la familia y dando un apretón de manos a Moreno.

—Indulgencia, señora. He venido volando por no hacerme esperar.

—Amigo, desde que está usted en candelero no hay quien le vea. ¡Qué caro se cotiza!

—Es que no me dejan vivir. Anoche duró el jubileo hasta las tres. Doscientas personas entrando y saliendo. Y que no pretenden nada...

—Preparando las elecciones, ¿eh?

—¡Oh!, pues si pasamos al terreno político... —indicó Moreno.

—No, no pases —replicó Santa Cruz—. En ese terreno concedo, concedo...

Después hubo debate sobre quesos, diciendo don Baldomero que los del Reino son también muy buenos. Luego tratóse de las casas, que Moreno calificó de inhabitables.

—Por eso todo el mundo vive en la calle.

—Pues mire usted —dijo Villalonga—, las casas serán todo lo malas que usted quiera; pero hay en las del extranjero una costumbre que maldita la gracia que tiene. Me refiero a la falta de maderas en los balcones y ventanas, por lo cual entra la luz desde que Dios amanece y no puede usted pegar los ojos.

—¿Pero usted cree que por allá hay alguien que se esté durmiendo hasta el mediodía?

Sobre esto se habló mucho, y el forastero sacó a relucir otras cosas:

—Yo de mí sé decir que cuando paso la frontera para acá recibo las más tristes impresiones. Habrá algo que admirar; a mí se me esconde, y no veo más que la grosería, los malos modos, la pobreza, hombres que parecen salvajes, liados en mantas; mujeres flacas... Lo que más me choca es lo desmedrado de la casta. Rara vez ve usted un hombrachón robusto y una mujer fresca. No lo duden ustedes, nuestra raza está mal alimentada, y no es de ahora; viene pasando hambres desde hace siglos... Mi país me es bastante antipático, y desde que me meto en el *express* de Irún ya estoy renegando. Por la mañana, cuando despierto en la Sierra y oigo pregonar el *botijo e leche* me siento mal; créanlo ustedes... Al llegar a Madrid y ver la gente de capa, las mujeres con mantones, las calles mal adoquinadas y los caballos de los coches como esqueletos, no veo la hora de volverme a marchar.

—¡Hombre, en qué tonterías te fijas! —observó don Baldomero, continuando la apología de la patria en términos calurosos que el otro oía con benevolencia.

Cuando tomaban el café notaron todos que Moreno se sentía mal; pero él disimulaba, y llevándose la mano al corazón decía otra vez:

—Algo aquí... No es nada. Nervioso quizás. Lo que más me molesta es el ruido de la circulación de la sangre. Por eso me gusta tanto viajar... Con el ruido del tren no oigo el mío.

Hubo un momento de silencio y tristeza en la mesa; pero aquello pasó, y siguieron charlando. Jacinta observaba que alguien le hacía telégrafos desde la puerta, alzando un poco el cortinón. Salió; era Guillermina.

—No, yo no paso. Tengo que irme al momento a la obra —le dijo con secreteo Vengo para encargarte que le hables. Saca la conversación como puedas, y que se entere bien de la necesidad en que estamos.

—Moreno ayudará —díjole su amiguita, llevándola a otra pieza para hablar con más libertad.

—No sé..., está incomodado conmigo... Esta mañana hemos reñido... La verdad..., me enfadé, me tuve que enfadar. Figúrate que esta vez viene más hereje que nunca. Cada uno es dueño de condenarse; ¿pero a qué viene decirme a mí cosas contra la religión?

—¡Qué malo!

—Y tantas fueron sus burlas y sacrilegios que..., Dios me lo perdone..., me incomodé. Le dije que no me hacía falta su dinero para nada, y que tendría miedo de tomarlo en mis manos, por ser dinero de Satanás. Pero esto es un dicho, ¿sabes?

—Claro.

—¿Y aquí no ha hablado de religión?

—No, ni jota. Mamá no se lo toleraría. Ha hablado de que en España hay más pulgas que en Francia.

—¡Dale! ¡Qué importará que haya pulgas con tal que haya cristiandad! Las cosas que dicen estos herejotes nos indignarían si no las tomáramos a risa. Tú no sabes bien lo protestante y calvinista que viene ahora. Me horripilé oyéndole. Pero, en fin, allá se entenderá con Dios, y entre tanto, lo que importa es que afloje los cuartos para mi obra. Y que le ha de valer para su alma, aunque él no quiera... Conque a ver si me le catequizas.

—Haré lo que pueda... Veremos, le diré algo...

—No vayas a olvidarte... Adiós, hija de mi alma. Me voy; esta noche me contarás lo que te diga. Creo que no nos dejará mal, porque en el fondo es un buenazo. A poco que se le raspe la corteza de hereje, sale aquella pasta de ángel de otros tiempos. Quédate con Dios.

Volvió Jacinta al comedor. Si cumplió o no el encargo de Guillermina, lo veremos a su tiempo. Más que reunir dinero para el asilo, preocupaba a la dama el ver resuelto según su deseo lo que ella y su marido habían tratado la noche anterior. Movida de este afán, así que se marcharon Moreno y Villalonga, cogió por su cuenta al *Delfín,* y otra vez trataron ambos la cuestión de la ruptura. De acuerdo estaban en lo principal, discrepando sólo en el procedimiento más adecuado, pues ella opinaba por una carta y él por una entrevista de despedida. Al fin, tras laboriosa discusión, prevaleció este criterio, como verá el que siga leyendo.

## CAPÍTULO III

### LA REVOLUCIÓN VENCIDA

#### I

Quien supiera o pudiera apartar el ramaje vistoso de ideas más o menos contrahechas y de palabras relumbrantes que el señorito de Santa Cruz puso ante los ojos de su mujer en la noche aquella, encontraría la seca desnudez de su pensamiento y de su deseo, los cuales no eran otra cosa que un profundísimo hastío de Fortunata y las ganas de perderla de vista lo más pronto posible. ¿Por qué lo que no se tiene se desea y lo que se tiene se desprecia? Cuando ella salió del convento con corona de honrada para casarse; cuando llevaba mezcladas en su pecho las azucenas de la purificación religiosa y los azahares de la boda, parecíale al *Delfín* digna y lucida hazaña arrancarla de aquella vida. Hízolo así con éxito superior a sus esperanzas; pero su conquista le imponía la obligación de sostener indefinidamente a la víctima, y esto, pasado cierto tiempo, se iba haciendo aburrido, soso y caro. Sin variedad era él hombre perdido; lo tenía en su naturaleza y no lo podía remediar. Había que cambiar de forma de gobierno cada poco tiempo, y cuando estaba en república le parecía la monarquía tan seductora... Al salir de su casa aquella tarde iba pensando en esto. Su mujer le estaba gustando más, mucho más que aquella situación revolucionaria que había implantado, pisoteando los derechos de dos matrimonios.

"¿Quién duda —seguía pensando— que es prudente evitar el escándalo? Yo no puedo parecerme a éste y el otro y el de más allá, que viven en la anarquía, señalados de todo el mundo. Hay otra razón, y es que se me está volviendo antipática, lo mismo que la otra vez. La pobrecilla no aprende, no adelanta un solo paso en el arte de agradar; no tiene instintos de seducción, desconoce las gaterías que embelesan. Nació para hacer la felicidad de un apreciable albañil, y no ve nada más allá de su nariz bonita. ¿Pues no le ha dado ahora por hacerme camisas? ¡Buenas estarían!... Habla con sinceridad, pero sin gracia ni *esprit*. ¡Qué diferente de Sofía la *Ferrolana,* que cuando Pepito Trastamara la trajo del primer viaje a París, era una verdadera Dubarry españolizada! Para todas las artes se necesitan facultades de asimilación, y esta marmotona que me ha caído a mí es siempre igual a sí misma. Con decir que hace días le dio por estar rezando toda la tarde... ¿Y para qué?... Para pedirle a Dios chiquillos... ¡Al Demonio se le ocurre!... En fin, que no puedo ya más, y hoy mismo se acaba esta irregularidad. ¡Abajo la república!"

Pensando de este modo, había llegado a la casa de su querida, y en el momento de poner la mano en el llamador, un hecho extraño cortó bruscamente el hilo de sus ideas. Antes de que llamara, se abrió la puerta, dando paso a un señor mayor, de muy buena presencia, el cual salió, saludando a Santa Cruz con una cortés inclinación de cabeza. La misma Fortunata le había abierto la puerta y le despedía.

Juan entró. La salida de aquel señor le produjo en un instante dos sentimientos distintos, que se sucedieron con brevedad. El primero fue algo de enojo; el segundo satisfacción de que el acaso le proporcionase un buen apoyo para el rompimiento que deseaba... "Me parece que yo conozco a este señor tan terne. Le he visto, le he visto en alguna parte —pensaba entrando hacia la sala— ¡Si tendremos gatuperio!... Estaría bueno. Pero más vale así."

Y en alta voz y de mal modo preguntó a Fortunata:

—¿Quién es ese viejo?

—Yo creí que le conocías. Don Evaristo Feijóo, coronel o no sé qué de milicia... Es grande amigo de Juan Pablo.

—¿Y quién es Juan Pablo? ¡Vaya unos conocimientos que me quieres colgar!...

—Mi cuñado.

—¿Y cuándo he conocido yo a tu cuñado, ni qué me importa?... Estamos bien. ¿Y a qué venía aquí ese señor... Feijóo, dices? Me parece que es amigo de Villalonga.

—Ha venido a visitarme, y ésta es la tercera vez... Es un señor muy bueno y muy fino. ¿Qué te crees? ¿Que viene a hacerme el amor? ¡Qué tontito! Pero en resumidas cuentas, si te parece que no debo recibirle, no lo haré más. Y aquí paz...

—No, no; recíbele todo lo que quieras —dijo él variando de táctica con la rapidez del genio—. Si, como dices, es una persona formal, podría ser que te conviniera cultivar su amistad.

Fortunata no comprendió bien, y él se envalentonó con el silencio de ella.

—Porque, hija mía, yo debo decirte que no podemos seguir así.

Pensaba el muy tuno que lo mejor era cortar por lo sano, planteando la cuestión desde el primer momento con limpieza y claridad.

La salita en que estaba tenía ese lujo allegadizo que sustituye al verdadero allí donde el concubinato elegante vive aún en condiciones de timidez y más bien como ensayo. Había muebles forrados de seda y cortinas hermosas; pero aquéllos eran feotes, de amaranto combinado con verde-limón; las cortinas estaban torcidas, las guardamalletas mal colocadas, la alfombra mal casada; y las jardineras de bazar, con begonias de trapo, cojeaban. El reloj de la consola no había sabido nunca lo que es dar la hora. Era dorado, con figuras como de pastores, haciendo juego con candelabros encerrados en guardabrisas. Había laminitas compradas en baratillos, con marcos de cruceta, y otras mil porquerías con pretensiones de lujo y riqueza, todo ello anterior a la tranformación del gusto que se ha verificado de diez años a esta parte. Santa Cruz miraba esta sala con cierto orgullo, viendo en ella como un testimonio de su esplendidez; pero al mismo tiempo solía ridiculizar a Fortunata por su mal gusto. Ciertamente que para vestirse tenía instintos de elegancia; pero en muebles y decoración de casa desbarraba. En suma, que ella tendría todas las cualidades que quisiera; pero lo que es *chic* no tenía.

Sentado en el sofá y con el sombrero puesto, Juan contempló aquel día todo lo que allí había, gozándose en la idea de que lo miraba por última vez. Fortunata estaba en pie, delante de él, y luego se sentó en una banqueta, fijando los ojos en su amante, como en expectativa de algo muy grave que de él esperaba oír.

"Si esta pavisosa —pensó Santa Cruz mirándola también— viera con qué donaire se sienta en un *puff* Sofía la *Ferrolana*, tendría mucho que aprender. Lo que es ésta, ni a palos aprenderá nunca esas blanduras de la gata, esos arqueos de un cuerpo pegadizo y sutil que acaricia el asiento. ¡Ah! ¡qué bestias nos hizo Dios!..."

Y en alta voz:

—Dime: ¿por qué no te has puesto la bata de seda como te he mandado?

—¡Qué cosas tienes!... No la quiero estropear.

—Eso es... —dijo el otro riendo sin delicadeza—; guárdala para los días de fiesta. Así me gusta a mí la gente, arregladita... Y cuando yo vengo aquí te pones la batita de lana, que unos días apesta a canela y otros a petróleo...

—Mentira —replicó Fortunata, oliendo su propio vestido—. Está bien limpia. ¿Para qué dices lo que no es?

—No, lo que es dentro de casa, tú estás por aquello de *ya engañé.* Eso; ponte bien ordinarita y todo lo cursi que puedas.

—¡Ay qué gracia!... Pues hoy no me he puesto la bata de seda porque he estado toda la mañana en la cocina.

—¿Haciendo qué?

—Escabeche de besugo.

—Bien; me gusta. *Jormiguita* para cuando vengan los malos tiempos —dijo el *Delfín* con benévola ironía— Pues hija, yo tengo que hablarte hoy con claridad. Te quiero demasiado para andar en misterios contigo. Tú eres razonable, te haces cargo de las cosas y comprenderás que tengo razón en lo que te voy a decir.

Este lenguaje desconcertó a Fortunata, porque le recordaba el otra vez usado para licenciarla. Pero él creyó oportuno mostrarse cariñoso, y la hizo sentar a su lado para pasarle la mano por la cara y hacerle algunas zalamerías de las que se emplean con los niños cuando se les quiere hacer tomar una medicina.

—Ven acá y no te asustes. Yo no quiero más que tu bien. No dirás que no he hecho por ti cuanto estaba en mi mano. Por mi parte, bien lo sabes tú, seguiríamos lo mismo; pero mi mujer se ha enterado... anoche hemos tenido una bronca espantosa, pero espantosa, chica; no puedes figurarte cómo se puso. Se desmayó; tuvimos que llamar al médico. La más negra fue que mis papás se enteraron también del motivo, y... una chilla por aquí, otra por allá; mi padre furioso..., entre todos me querían comer.

Fortunata estaba tan absorta y aterrada que no podía pronunciar palabra alguna.

—Ya te he dicho que lo paso todo, menos dar un disgusto a mis padres. Así es que anoche me planté conmigo mismo y dije: "Aunque me muera de pena, esto se tiene que acabar." Sé que me costará una enfermedad. El golpe será rudo. No se arranca fibra tan sensible sin que duela mucho. Pero es preciso, y para estos casos son los caracteres...

Mientras ella empezaba a lloriquear, Juan se decía: "Ahora viene la lagrimita. Es infalible. Preparémonos."

—Tonta, no llores, no te aflijas —añadió besándola—. Mira que yo estoy con el alma en un hilo, y si te veo flaquear soy hombre perdido.

Procuraba mostrarse a dos dedos de romper en llanto, y ponía una cara muy triste.

—No creas —balbució la prójima entre sollozos—. Te veía venir. Hace días que la estás tú tramando... Bueno, hemos concluido.

—No, si yo te querré siempre, nena negra. Sólo que no puedo visitarte más. Alguna vez..., no digo que no... Pero así, con esta manera de vivir..., imposible. Madrid, que parece grande, es muy chico, es una aldea. Aquí todo se hace público, y al fin no hay más remedio que bajar la cabeza. Yo soy casado; tú también; estamos pateando todas las leyes divinas y humanas. Si hubiera muchos como nosotros, pronto la sociedad sería peor que un presidio, un verdadero infierno suelto. ¿No has pensado tú alguna vez en esto?

Lo que Fortunata había pensado era que el amor salva todas las irregularidades, mejor dicho, que el amor lo hace todo regular, que rectifica las leyes, derogando las que se le oponen. Lo había dicho varias veces a su amante, expresándose de una manera ruda; pero en aquel lance, parecíale ridículo volver sobre aquella idea verdadera o falsa del amor, porque en su buen instinto comprendía que toda aquella hojarasca de leyes divinas, principios, conciencia y demás, servía para ocultar el hueco que dejaba el amor fugitivo. Pero ella no le seguiría jamás al terreno de la controversia, porque no sabía desenvolverse con tanta palabra fina.

—Ya me lo decía el corazón —exclamaba, apretando el pañuelo contra sus ojos.

—No se puede uno sustraer a los principios —prosiguió él—. Las conveniencias sociales, nena mía, son más fuertes que nosotros, y no puede uno estar riéndose de ellas mucho tiempo, porque a lo mejor viene el garrotazo, y hay que bajar la cabeza. Yo quisiera que tú te penetraras bien de esto... Nunca te he dicho nada; pero a veces, aquí mismo he sentido mi conciencia tan alborotada que . .

Fortunata le miró de un modo que le hizo callar. . . "¡A buenas horas y con sol! —quería decir aquella mirada—. Después que hemos cometido todos los crímenes ahora salimos con escrúpulos. . . Y yo pago la falta de los dos. . ."

—Bien merecido me lo tengo —declaró en un arranque de dolor combinado con la rabia—, porque los dos hemos sido malos; pero yo he sido más mala que tú. . .; yo dejo tamañitas a todas. . . ¡Dios, con la que yo hice! ¡Portarme como me porté con aquella familia! Tú me decías que no era nada, cuando yo me ponía triste. . ., pensando en lo que había hecho, sí, y te reías. . ., te reías.

—Sí. . ., pero. . .

—Repito que te reías. . ., pero ¡cómo!, a carcajadas, llamándome simple y qué sé yo qué. . . Bien, bien; bastante hemos hablado. . . Te vas; pues muy santo y muy bueno. Lo sentiré, calcula si lo sentiré. . .; pero ya me iré consolando. No hay mal que cien años dure. ¡Aire, aire!

Se limpiaba rápidamente las lágrimas, fingiendo una fortaleza que no tenía.

—Nos separaremos como amigos —dijo Santa Cruz tomándole una mano, que ella separó prontamente—, y me retiro dándote un buen consejo.

—¿Cuál? —preguntó ella más airada que dolorida.

—Que te unas. . ., que procures unirte otra vez con tu marido.

—¡Yo!. . . —exclamó la señora de Rubín con indecible terror—. ¡Después de. . .!

—Ya te serenarás, hija. ¡El tiempo! ¿Sabes tú los milagros que ese señor hace? Tú lo has dicho: no hay mal que cien años dure, y cuando se tocan de cerca los grandes inconvenientes de vivir lejos de la ley, no hay más remedio que volver a ella. Ahora te parece imposible; pero volverás. Si es lo natural, es lo fácil, lo fácil. . . Solemos decir "Tal cosa no llega nunca." Y sin embargo llega, y apenas nos sorprende por la suavidad con que ha venido.

Levantóse la joven disparada, y se metió en su gabinete. Estaba como una loca. Juan la siguió, temiendo que le acometiese un acceso de desesperación. Ambos se encontraron en la puerta de la alcoba. Él entraba, ella salía.

—¿Sabes lo que te digo?. . . —gritó Fortunata con la voz ronca de despecho y dolor—. Que ya estás de más aquí. . .

—Pero no te irrites. . .

—¡Fuera, fuera! —gritaba ella, empujándole con ruda energía.

Santa Cruz reconoció aquella fuerza casi superior a la suya, y no tenía gran empeño en oponerse a ella. Por punto, hizo como que sus brazos intentaban someter a los de su querida. Ésta pudo más y cerró violentamente la puerta de la alcoba. El *Delfín* tocó en los cristales, diciendo:

—Si no hay motivo para tanta bulla. . . Nena, nena negra, abre. . . Ten calma y no te sofoques. . . ¡Bah! Siempre eres así. . .

Pero de dentro de la alcoba no venía ninguna respuesta, ni una voz siquiera. Juan aplicó el oído, creyendo sentir sollozos. . ., gemidos sofocados. Pronto comprendió que no podía apetecer mejor coyuntura para plantarse rápidamente en la calle y dar por terminado el enojoso trámite de la ruptura.

"Pero aún me falta la última parte —pensó echando mano a su cartera—. No puedo abandonarla así. . ." Después de meditar un rato, volvió a guardar la cartera, y se dijo: "Mejor será que me vaya. . . Se lo mandaré en una carta. . . Adiós. No dirá Jacinta que. . ."

Salió de puntillas, como se sale de la casa en que hay un enfermo grave.

## II

En el resto de aquel aciago día, dicho se está que la pobre señora de Rubín se entregó a las mayores extravagancias, pues tal nombre merecen sin duda actos como no querer comer, estar llorando a moco y baba tres horas seguidas, encender la luz cuando aún era día claro, apagarla después que fue noche por gusto de la oscuridad, y decir mil disparates en alta voz, lo mismo que si delirara. La criada intentó tranquilizarla; pero los consuelos verbales la irritaban más. A eso de las nueve, la dolorida se levantó con resolución del sofá en que se había echado, y a tientas, porque el gabinete estaba oscurísimo, buscó su mantón. "Ya verán, ya verán", murmuraba en su agitación epiléptica; y a tientas buscó también las botas y se las puso. Pañuelo a la cabeza, mantón bien recogido sobre los hombros, y a la calle... Salió con rapidez y determinación, como quien sabe adónde va y obedece a uno de esos formidables impulsos en línea recta que conducen a toda acción terminante. Ni tiempo dio a que Dorotea pudiera detenerla, porque cuando ésta la vio, ya estaba abriendo la puerta y salía como una saeta.

Eran las nueve de la noche. Fortunata atravesó con paso ligero la calle de Hortaleza, la Red de San Luis. No debía de estar muy trastornada cuando en vez de tomar por la calle de la Montera, en la cual el gentío estorbaba el tránsito, fue a buscar la de la Salud y bajó por ella, considerando que por tal camino ganaba diez minutos. De la calle del Carmen pasó a la de Preciados, sin perder ni un momento el instinto de la viabilidad. Atravesó la Puerta del Sol por frente a la casa de Cordero, y ya la tenéis subiendo por la calle de Correos hacia la plazuela de Pontejos. Ya llegaba, y a medida que veía más cerca el objeto de su viaje, parecía como que se le iba acabando la cuerda epiléptica que la impulsaba a la febril marcha. Vio el portal de la casa de Santa Cruz, y sus miradas se internaron con recelo por aquella cavidad ancha, de estucadas paredes, y alumbrada por mecheros de gas. Ver esto y pararse en firme, con cierta frialdad en el alma, y sintiendo el choque interior de toda velocidad bruscamente enfrenada, fue todo uno.

Ver el portal fue para la prójima, como para el pájaro que ciego y disparado vuela, topar violentamente contra un muro. Los que obran bajo la acción de impulsos cerebrales irresistibles y mecánicos, como los instintos que atañen a la conservación, van muy bien en su carrera mientras no ven el fin más que en la representación falsa que de él les da su deseo; pero cuando la realidad de aquel fin se les pone delante, ofreciéndoseles como acción sometida a las leyes generales, no hay velocidad que no tenga su rechazo. ¿Cuál era el intento de Fortunata y qué iba a hacer allí? ¡Friolera!... Pues nada más que entrar en la casa, sin pedir permiso a nadie, llamar, colarse de rondón, dando gritos y atropellando a todo el que encontrara, llegarse a Jacinta, cogerla por el moño y... Esto de cogerla por el moño no se determinó bien en su voluntad; pero sí que le diría mil cosas amargas y violentas. Tal pensaba cuando le entró aquel desatino de salir de su casa y correr hacia la plazuela de Pontejos. Y cuando bajaba por la calle de la Salud, iba pensando así: "No se me quedará en el cuerpo nada, nada. Ella es la que me hace desgraciada, robándome a mi marido... Porque es mi marido; yo he tenido un hijo suyo y ella no. Vamos a ver, ¿quién tiene más derecho? Entrañas por entrañas, ¿cuáles valen más?" Estos enormes disparates, nacidos del trastorno que en su cerebro reinara, persistieron cuando estaba parada y atónita delante del portal de los de Santa Cruz.

"Pues no sé por qué no entro y armo la escandalera que debo armar..."

Pero la contenía un cierto respeto que no acertaba a explicarse. Se alejó, y desde la acera de enfrente miró hacia la casa, diciendo para sí: "Habrá luz en el gabinete de Jacinta, donde estarán de tertulia." Pero no vio nada. Todo cerrado; todo a oscuras... "¡Si habrán salido!... No, estarán ahí burlándose de mí, riéndose de la trastada que me han hecho... Buenos son todos; ¡tales hijos, tales padres!" Volvió a sentir el insensato anhelo de entrar en la casa, y dio tres o cuatro pasos hacia ella; pero retrocedió segunda vez. "¿A ver quién sale?" Era un viejo que se detenía en el portal y echaba un párrafo con Deogracias. La joven reconoció a Estupiñá, que había sido vecino suyo cuando ella vivía en la Cava, donde tuvieron principio sus interminables desgracias. Plácido se embozó en su capa, tomando hacia la calle del Vicario Viejo. Siguióle Fortunata con la vista hasta verle desaparecer, y poco después volvió a su acecho. ¿Quién salía? Un caballero con botines blancos que parecía extranjero. El tal pasó junto a ella, la miró, casi casi se detuvo un instante para verla mejor; después siguió su camino. Otras personas salían o entraban. Aunque en el pensamiento de Fortunata iba condensándose la imposibilidad de entrar, continuaba allí clavada, sin saber por qué. No se podía marchar, aunque iba comprendiendo que la idea que a tal sitio la llevó era una locura, como las que se hacen en sueños. Uno de los muchos desvaríos que se sucedieron en su mente fue imaginar que tal o cual hombre de los que vio salir era amante de Jacinta. "Porque a mí no me digan que es virtuosa... Vaya unos embustes que corre la gente. No se puede creer nada. ¿Virtuosa? *Tie* gracia... Ninguna de estas casadas ricas lo es ni lo puede ser. Nosotras las del pueblo somos las únicas que tenemos virtud, cuando no nos engañan. Yo, por ejemplo..., verbigracia, yo." Entróle una risa convulsiva. "¿Y de qué te ríes, pánfila? —se dijo a sí misma—. Más honrada eres tú que el sol, porque no has querido ni quieres más que a uno. ¿Pero éstas..., éstas?... ¡Ja, ja, ja! Cada trimestre hombre nuevo, y virtuosa me soy. ¿Por qué? Pues porque no dan escándalos, y todo se lo tapan unas con otras. ¡Ah! Señora doña Jacinta, guárdese el mérito para quien lo crea; usted caerá..., tiene usted que caer, si no ha caído ya."

De pronto vio que al portal se acercaba un coche. ¿Traería gente o venía a tomarla? A tomarla, porque no salió nadie; el lacayo entró en la casa, y Deogracias se puso a hablar con el cochero. "Van a salir —se dijo la infeliz, sintiendo otra vez los ardientes impulsos que la sacaron de su casa—. Ahora sí que no se me escapan... Me voy encima, y a las dos las afrento...; tal suegra para tal nuera... ¡Buen par de cuñas están!... ¡Cuánto tardan! La cabeza se me abrasa, y parece que me vuelvo toda uñas..."

Salieron las señoras. Fortunata vio primero a una de pelo blanco, después a Jacinta, después a una pollita, que debía de ser su hermana...; vio terciopelo, pieles blancas, sedas, joyas, todo rápidamente y como por magia. Las tres entraron en el coche, y el lacayo cerró la portezuela. ¡Pero qué cosas! Lo mismo fue ver a las tres damas que a Fortunata le entró un fuerte miedo. ¡Y ella que pensaba clavarles las puntas de sus dedos como garfios de acero! Lo que sintió era más bien terror, como el que infunde un súbito y horrendo peligro, y tan impotente se vio su voluntad ante aquel pánico, que echó a correr y alejóse a escape, sin atreverse ni siquiera a mirar hacia atrás. Oyó el ruido del coche que rodaba por la calle abajo, y aún lo vio pasar por delante con tan rápida vuelta que por poco la arrolla.

—¡Eh!... —gritó el cochero.

Y la señora de Rubín dio un grito, saltando hacia atrás... ¡Qué susto, pero qué susto, Señor!... Siguió hacia la Puerta del Sol, dándose cuenta de aquel miedo intensísimo que había sentido y preguntándose si en él había también algo de vergüenza. Pero no le era fácil discernir si su espanto era como el del exaltado cristiano que ve al demonio, o como el de éste cuando le presentan una cruz.

Dejándose llevar de sus propios pasos, se encontró sin saber cómo en el centro de la Puerta del Sol. Inconscientemente se sentó en el brocal de la fuente, y estuvo mirando los espumarajos del agua. Un individuo de Orden Público la miró con aire suspicaz; pero ella no hizo caso y continuó allí largo rato, viendo pasar tranvías y coches en derredor suyo como si estuviera en el eje de un Tío Vivo. El frío y la impresión de humedad la obligaron a ausentarse, y se alejó envolviéndose bien en su mantón y tapándose la boca. Casi no se le veían más que los ojos, y como éstos eran tan bonitos, muchos se le ponían al lado y le pedían permiso para acompañarla, diciéndole mil cuchufletas. Recordó entonces otros tiempos infelices, y la idea de tener que volver a ellos le produjo dolor muy vivo, despejándole la cabeza de las quimeras que se le habían metido en ella. El sentimiento de la realidad iba poco a poco recobrando su imperio. Mas la realidad érale odiosa, y trataba de mantenerse en aquel estado delirante. Un individuo de los que la siguieron se aventuró a detenerla en toda regla, llamándola por su nombre.

—¡Pero qué tapadita va usted..., Fortunata!

Detúvose ella ante el que esto dijo. Pensando en quién podría ser, estuvo un ratito como lela mirando a la persona que enfrente tenía. "Yo quiero conocer esta cara —se dijo—. ¡Ah! es don Evaristo."

—¡Ah! Es don Evaristo.

—Hija, muy distraidita va usted...

—Voy a mi casa.

—¡Por aquí! —exclamó Feijóo con asombro—. Pues el camino que lleva usted es el del teatro Real.

—Es que —replicó ella mirando las casas— me había equivocado... No sé lo que me pasa...

—Vamos por aquí; la acompañaré a usted —dijo don Evaristo con bondad—. Capellanes, Rompelanzas, Olivo, Ballesta, San Onofre, Hortaleza, Arco.

—Ése es el camino; pero no dude usted lo que le digo...

—¿Qué, hija mía?

—Que yo soy honrada, que siempre lo he sido.

Feijóo miró a su amiga. Francamente, aquellos ojos tan bonitos le habían hecho siempre muchísima gracia; pero no le hacía maldita la exaltación que en ellos notaba aquella noche.

La abandonada se volvió a tapar la boca con el mantón, y su acompañante no chistaba. Mas como ella se detuviera de nuevo para repetir aquel concepto de la honradez, Feijóo, que era hombre muy franco, no pudo menos de decirle:

—Amiguita, usted no está buena; quiero decir, a usted le ha pasado algo muy gordo. Confíese usted a mí, que soy un amigo leal, y le daré buenos consejos.

—¿Pero duda usted —dijo Fortunata, apoyándose en la pared— que yo haya sido siempre...?

—¿Honrada? ¿Cómo he de dudar eso, hija mía? Pues no faltaba más. Lo que dudo es que usted tenga buena salud. Está usted fatigada, y me parece que debemos tomar un coche... ¡Eh!, cochero...

La de Rubín se dejó llevar, y maquinalmente entró en el simón. Alguna vez había hecho lo mismo con un cualquiera encontrado en la calle.

Feijóo le habló dentro del coche con paternal cariño; pero ella no contestaba de una manera completamente acorde. De pronto le miró en la oscuridad del vehículo, diciéndole:

—¿Y tú, quién eres?. . . ¿Adónde me llevas? ¿Por quién me has tomado? ¿No sabes que soy honrada?

—¡Ay, Dios mío! —murmuró el buen don Evaristo con hondísimo disgusto—. Esa cabeza no está buena, ni medio buena. . .

Por fin llegaron, y los dos subieron. La criada les abrió.

—Ahora —dijo el simpático coronel retirado —a acostarse. ¿Quiere usted que le traiga un médico?

Sin contestar metióse ella en su alcoba. Feijóo la siguió, afligidísimo de verla en tan lastimoso estado. Después él y la criada cuchichearon.

—Rompimiento. . . Le ha dado otra vez el canuto ese bergante —decía don Evaristo—. Si no es más que eso, la trinquetada pasará.

Despidióse hasta el día siguiente, y la dolorida se acostó, diciendo a la criada mientras la ayudaba a desnudarse:

—Honrada soy, y lo he sido siempre. ¿Qué?. . . ¿Lo dudas tú?

—Yo. . ., no, señorita; ¿qué he de dudarlo? —replicó la criada, volviendo la cara para disimular una sonrisa.

Durmióse pronto la infeliz señora de Rubín; pero a la media hora ya estaba despierta y muy excitada. Dorotea, que se quedó junto a ella, la oyó cantando, a media voz y con las manos cruzadas, las coplas místicas de las Micaelas.

## CAPÍTULO IV

### UN CURSO DE FILOSOFÍA PRÁCTICA

### I

Dos o tres veces fue don Evaristo al siguiente día a enterarse de la salud de Fortunata; pero no la pudo ver. Dorotea le dijo que la señorita no quería ver a nadie, y que de tanto pensar que era honrada, le dolía horriblemente la cabeza. Al otro día la señorita estaba un poco mejor, se había levantado y apetecido un sopicaldo.

—Pero sigue con la misma idea —añadió no sin malicia la chica, que era graciosa y avisada—. Se lo prevengo, señor, para que le lleve el genio y le diga que sí.

—Descuida, hija —replicó el caballero—, que por mí no ha de quedar. ¿Puedo verla? ¿No la molestaré mucho? ¿Sabe que estoy aquí?

—Ya lo sabe. Espérese un ratito y pasará.

Quedóse solo en el comedor mi hombre, y después de quince minutos de espera, Dorotea le mandó pasar. Estaba Fortunata en su gabinete, tendida en el sofá, la cabeza reclinada sobre un almohadón de raso azul. Tenía puesta la bata de seda y un pañuelo blanco finísimo a la cabeza, tan ajustado, que no se le veía más que el óvalo del rostro. Estaba ojerosa, pálida y muy abatida. Como don Evaristo se preciaba de saber algo de medicina, tomóle el pulso.

—Si está usted como un reloj, hija. Si no tiene fiebre ni ése es el camino. . . ¡Bah!, coqueterías. . ., un poco de rabietina y nada más. Y que está usted guapísima con ese pañolito, ya, ya. No se le ven ni el pelo ni las orejas. Parece una hermana de la Caridad. . . ¡Vaya con los males de esta señora!

—Ayer estuve muy malita —dijo ella con voz apagada—. La cabeza se me partía, y como no me podía quitar de *entre mí* aquella idea, y dale con lo mismo... ¡Lo que una piensa!... Tengo que declarar que soy...

—Honrada, sí, hoy más que ayer y mañana más que hoy. Por sabido se calla.

—No, hombre, no digo eso.

—¿Cómo que no?

—Lo que soy es muy mala, la mujer más mala que ha nacido. ¿Pero usted sabe bien lo que yo he hecho? Lo que me pasa me lo tengo bien ganado, sí, bien ganado me lo tengo, porque cuidado que he hecho yo perrerías en este mundo...

—¡Quite usted allá!... No habrá sido tanto.

—Vamos ahora a otra cosa —dijo la joven, sacando de debajo del manto una mano, en la que tenía una carta—. Ayer me mandó esto.

—¿Quién? ¡Ah! Santa Cruz.

—No la he leído hasta esta mañana. Aquí se despide otra vez, dándome consejos y echándoselas de santo varón. Me manda dentro de la carta cuatro mil reales.

—Vamos... No se ha corrido que digamos.

—Quiero escribirle hoy mismo —indicó ella animándose un poco—. Escribirle, no..., nada más que meter los dos billetes de dos mil reales dentro de un sobre y devolvérselos.

—Hija mía, párese usted y piense bien lo que hace —dijo el amigo, acercándose cariñosamente a ella—. Eso de devolver dinero es un romanticismo impropio de estos tiempos. Sólo se devuelve el dinero que se ha robado, y usted tenía derecho a que él le diera, no sólo eso, sino muchísimo más. Conque déjese usted de *rasgos* si no quiere que la silbe, porque esas simplezas no se ven ya más que en las comedias malas. Nada, yo me he propuesto sacarla a usted del terreno de la tontería y ponerla sólidamente sobre el terreno práctico.

—Lo que es el dinero no lo tomo —declaró la enferma del corazón, alargando los labios como los niños mimosos.

—¡Ay, qué gracia!... Eso es, y coma usted mimitos —dijo el coronel, haciendo también con sus labios la trompeta más larga que le fue posible—. ¡Devolverle los santos cuartos! Sí, para que se ría más. Eso es lo que él quiere... ¿Tiene usted ahorros?

—Tendré unos treinta duros.

—Pues eso y nada... ¿De qué va usted a vivir ahora?

—Quiero ser honrada.

—Magnífico..., sublime. Lo que no veo tan claro es que para ser honrada sea preciso no comer... ¿Acaso piensa usted trabajar? ¿En qué?... Al menos, con esos cuatro mil reales tiene tiempo de pensarlo y vivir algunos meses. Conque a guardar los *monises*, y no se hable más del asunto.

No se convenció Fortunata, que era algo terca; pero se aplazó la devolución de los billetes para el día siguiente. Como tenía clavada en su mente la injuria recibida, sin querer hablaba de ella.

—¡Vaya la que me ha hecho! —murmuró después de una pausa, mirando al suelo—. ¡Qué manera de pagarme! ¡Yo, que lo dejé todo por él, y a los que me habían hecho decente les di una patada!... Perdone usted si hablo mal. Soy muy ordinaria. Es mi ser natural; y como a los que me querían afinar y hacerme honrada les di con su honradez en los hocicos... ¡Qué ingrata, ¿verdad?, qué indecente he sido! Todo por querer más de lo que es debido, por querer como una leona. Y para que calcule usted si soy simple, aquí, donde usted me ve, si ese hombre me vuelve a decir tan siquiera media palabra, le perdono y le quiero otra vez.

—Sí, ya se conoce que es usted

más tierna que el requesón —dijo don Evaristo, meditando.

—Es que los demás me parece que no son tales hombres. Para mí hay dos clases de hombres: él a este lado, todos los demás al otro. No voy de aquí a esa puerta por todos ellos. Soy así, no lo puedo remediar.

—No me dice usted nada que yo no sepa. He visto mucho mundo —afirmó Feijóo, con tolerancia de sacerdote hecho al confesonario—. Las personas que son como usted suelen pasar una vida de perros. No hay mayor desgracia que tener el corazón demasiado grande. Cerebro grande, estómago grande, hígado grande; son males también, pero menores. Y yo he de poder poco o le he de recortar a usted el corazón para que haya equilibrio.

—¿Equi...?

—Equilibrio.

—Ya; no lo digo bien; pero comprendo lo que es. ¿Y cómo me va usted a recortar?

—¡Oh! Se necesitan muchas lecciones..., es la única manera de que usted no sea desgraciada toda la vida. ¡Ah!, este mundo es una gaita con muchos agujeros, y hay que templar, templar para que suene bien. Usted no sabe de la misa la media. Parece que acaba de nacer, y que la han puesto de patitas en el mundo. ¿Qué resulta? Que no sabe por dónde anda. Devuelve el dinero que le dan y se chifla dos, tres veces por una misma persona. ¡Bonito porvenir! Yo le voy a enseñar a usted una cosa que no sabe.

—¿Qué?

—Vivir... Vivir es nuestra primera obligación en este valle de lágrimas, y sin embargo, ¡qué pocos hay que sepan desempeñarla!... Se lo dice a usted un hombre que ha visto mucho mundo, que ha tenido, como usted, un corazón del tamaño de hoy y mañana. Conque prepararse, que empiezo mis lecciones.

—¿Y seré feliz? —dijo Fortunata con expectación supersticiosa, como si le estuvieran echando las cartas.

—Por de pronto,. de lo que yo trato es de que sea usted práctica.

—¡Práctica! —replicó ella arrugando la nariz con salero, como hacía siempre que afectaba no comprender una cosa y burlarse de ella al mismo tiempo—. Práctica, ¿qué quiere decir eso?

—¿Y no lo sabe?... ¡No se haga usted más tonta de lo que es! —indicó don Evaristo arrugando también su nariz.

—Pues nos haremos *pléiticas* —dijo la señora de Rubín, ridiculizando la palabra para ridiculizar la idea.

Poco más duró aquella visita, porque el señor de Feijóo no quería molestar. Despidióse, prometiendo volver pronto. Por él, volvería dentro de una hora.

—Amiguita, usted no puede estar mucho tiempo sola, porque esa cabeza se pone a trabajar... Como usted no me eche, aquí me tendrá otra vez esta tarde.

Y volvió cerca de anochecido trayendo un ramo de flores, y poco después fue un mozo de cuerda con dos o tres tiestos. A Fortunata le gustaban mucho las flores, así vivas como cortadas; tenía los balcones llenos de macetas, y se pasaba buena parte de la mañana cuidándolas. Mucho agradeció al buen caballero tales obsequios, que tenían mayor precio en la estación que corría. Las flores del ramo eran de las más bellas, raras y valiosas que hay en invierno. De lo que sobre plantas se habló aquella tarde, coligió don Evaristo que su amiga tenía gustos un poco desacordes con el gusto corriente. No le hacía gracia ninguna flor que no tuviese fragancia, y particularmente las camelias le eran antipáticas. Entre la mejor de las camelias y el más amarillo y sosón de los girasoles, no hallaba gran diferencia en cuanto al mérito. Diéranle a ella un buen clavel, un nardo, una rosa de la tierra, y en fin, todas aquellas flores que *ilusionan el sentido* en cuanto uno se acerca a ellas...

—¿Y qué tal nos encontramos esta tarde? —dijo don Evaristo inclinándose para verle la cara.

Echábaselas de médico; pero examinaba la cara por lo bonita que le parecía, no por buscar en ella síntomas hipocráticos, y como avanzara la noche y no había luz, tenía que acercarse mucho para ver bien. Continuaba ella en el propio sitio y postura que por la mañana.

—Estoy lo mismo —replicó sin moverse—. Desde que usted se fue estuve llorando hasta ahorita.

—Pues no hay que devanarse los sesos para encontrar el remedio. Con no moverme de aquí... Pero podría ser el remedio peor que la enfermedad, y al fin tendría usted que llorar para que me marchase... Vamos, hija, modere esos suspiros tan fuertes, que parece se le va a salir el alma por la boca. Ya nos iremos consolando. El tiempo es un médico que se pinta solo para curar estas cosas, y todavía he de ver yo a mi amiga más contenta que unas Pascuas, sin acordarse para nada de lo que tanto la aflige hoy. Y pronto, muy pronto... Y es preciso distraerse. ¿Sabe usted jugar al tresillo?

—¿Yo? No sé más que el tute. *Ése* quiso enseñarme el tresillo; pero nunca lo pude aprender. No sabe usted bien lo torpe que soy.

—¿Le gusta a usted el teatro?

—Eso sí, sobre todo los dramas en que hay cosas que la hacen llorar a una.

—¡Ave María Purísima!... Esas obras en que sale aquello de "¡Hijo mío!... ¡Padre mío!..."

—Esas y otras en que hay pasos de mucha aflicción y sacan las espadas y se desmaya una actriz porque le quitan el hijo.

—¡Alabado sea el Santísimo!... —dijo Feijóo con socarronería—. En eso sí que son contrarios nuestros gustos, porque yo, en cuanto veo que los actores pegan gritos y las actrices principian a hacerme pucheritos, ya estoy bufando en mi butaca y mirando para la puerta... Nada de lágrimas. Lo que le conviene a usted ahora es reírse con las piececitas de Lara y Variedades. Para dramas, hija, los de la realidad... ¿Le gustan a usted los bailes de máscara?

—Se va usted a reír —replicó Fortunata incorporándose—. En el poco tiempo que anduve yo suelta en Barcelona, de la ceca a la meca, solía ir a bailes y divertirme algo; después no... Este año me llevó Juan dos veces, y otra vez fui yo sola con una amiga, por ver si le sorprendía pegándomela con algún trasto... ¿Creerá usted que no me he divertido ni esto? La careta me da un calor que me abrasa..., me la quiero quitar. Pues digo..., si me pongo a dar bromas, yo misma me río de mi poca gracia. No puede usted figurarse lo *desaborida* que soy. No se me ocurren nada más que sandeces. Juan me decía que no sirvo para nada, y que no me merezco el palmito que tengo. Él se empeñaba en que yo fuera de otro modo; pero la cabra siempre tira al monte. Pueblo nací y pueblo soy; quiero decir, ordinariota y salvaje... ¡Ah, si viera usted lo furioso que se ponía cuando le decía yo que me gusta un guisado de falda y pechos como los que se comen en los bodegones! Pues nada, que tenía que esconderme para comer a mi gusto. ¿Y cuando me sermoneaba porque no tengo ese aire de francesa que tiene la Antoñita, ésa que está con Villalonga, y otra que llaman Sofía la *Ferrolana*? "Hasta en la manera de sentarse se diferencian de ti —me decía—. Fíjate bien en aquel aire de abandono o de viveza, según los casos; en aquella gracia, en aquel modo de andar por la calle. Tú cuando vas por ahí con tu velito y ese pasito reposado, sin mirar a nadie, parece que vas de casa en casa pidiendo para una misa." ¿Ve usted lo que me decía? ¿Y cuando se empeñaba en que me pusiera yo esos cuerpos tan ceñidos, tan ceñidos que con ellos parece que enseña una todo lo que Dios le ha dado?...

"Esta mujer me vuelve loco —pensaba Feijóo, experimentando al oír a Fortunata una sensación de inefable contento—. Si estoy chocho, si no sé lo que me pasa... ¡Ay Dios mío, a mi edad!... No hay remedio, me declaro... Pero no, refrénate, compañero; aún no es tiempo..."

Al buen señor se le ponían los ojos encandilados oyéndole contar aquellas cosas con tan encantadora sinceridad. Sonrisa de alegría y esperanza contraía sus labios, mostrando su dentadura intachable. Su cara, que era siempre sonrosada, poníasele encendida, con verdaderos ardores de juventud en las mejillas. Era, en suma, el viejo más guapo, simpático y frescachón que se podía imaginar; limpio como los chorros del oro, el cabello rizado, el bigote como la pura plata; lo demás de la cara, tan bien afeitadito, que daba gloria verle; la frente espaciosa y de color de marfil, con las arrugas finas y bien rasgueadas. Pues de cuerpo ya quisieran parecérsele la mayor parte de los muchachos de hoy. Otro más derecho y bien plantado no había.

"No, lo que es hoy no le digo nada —pensaba—. Temo hacer el bisoño. Calma, compañero, y repliégate un poco; tiempo tienes de picar espuelas. Hoy lo recibiría mal. Está muy reciente la herida."

## II

"Pues lo que es hoy sí que no me quedo con esto dentro del cuerpo —pensó mi hombre al otro día entrando en la sala, hecho un sol de limpio y despidiendo, como todas las mañanas al salir de su casa, un fuerte olor a *colonia*—. ¿Y dónde está? ¿Qué hace que no sale? Es un encanto esa mujer, y tengo al tal Santa Cruz por el gaznápiro más grande que come pan... ¡Cuánto me hace esperar! Paréceme que oigo trastazos como de dar con el zorro en los muebles. Estará de limpieza, aunque hoy no es sábado. Pero no importa que no sea sábado. Eso le conviene: trabajar, hacer ejercicio, distraerse, andar de aquí para allí. ¡Magnífico!... Sí, sí, sin duda está de limpieza. Es un diamante en bruto esa mujer. Si hubiera caído en mis manos en vez de caer en las de ese simplín, ¡qué facetas, Dios mío, qué facetas le habría tallado yo!... Y sigue el traqueteo allá dentro. Parece que arrastran muebles... Bien, muy bien, dale duro. Para cosas del corazón, sudar, sudar. ¡Ay qué contento estoy hoy! Tiempo hacía, compañero, mucho tiempo hacía que no te sentías tan feliz como te sientes hoy. Desde que estuviste en Filipinas... Pues ahora parece que están moviendo la cama de hierro. ¡Cómo rechina el metal!... ¡Ah!, por fin sale..."

—Dispénseme usted, amigo don Evaristo —dijo Fortunata apareciendo en la puerta del gabinete con bata de diario, un delantal muy grande y pañuelo liado a la cabeza—. Estoy de limpia.

Tras ella se veía una atmósfera polvorienta, turbia y luminosa; el sol entraba por el balcón, de par en par abierto.

—Porque yo tengo esta costumbre... Cuando me siento con ganas de llorar y dada a todos los demonios, ¿sabe usted qué hago?, pues coger el zorro, las escobas, una esponja grande y un cubo de agua. Siempre que tengo una pena muy grande, le meto mano al polvo.

—Pues, ¡ay, hija mía!, la compadezco a usted..., porque la casa está como una plata...

—¡Cómo ha de ser!... Sí, ésta es mi única distracción. Yo no sé ninguna labor delicada; no sé coser en fino, no bordo ni toco el piano. Tampoco pinto platos como esa Antonia, amiga de Villalonga, la cual está siempre de pinceles; yo apenas sé leer y no le saco sentido a ningún libro... ¿qué he de hacer? fregar y limpiar. Con esto no me acuerdo de otras cosas.

"Me la comería", pensó don Evaristo, que la contemplaba embobado, sin decir nada.

—Conque lo mejor es que se vaya usted ahora y vuelva más tarde. Le vamos a llenar de polvo y basura.

—No, hija, yo no me voy de aquí.

—¡Uy!... Cómo huele usted a colonia. Ese olor sí que me gusta... Pero le vamos a poner perdido. Mire que ahora empezaremos con la sala.

—No me importa —replicó el buen señor con sonrisa inefable—. ¿Me empolva? Mejor. Yo me sacudiré.

—Como usted quiera... Pues ándese por ahí... Yo no tengo aquí *álbunes* ni libros para que se entretenga.

—Maldita la falta que me hacen a mí los *álbunes*... Siga, siga usted y trabaje firme. Eso, eso es lo que nos conviene. Luego hablaremos. Yo no tengo absolutamente nada que hacer...

Y dos horas más tarde estaban sentados ambos en el gabinete, uno frente a otro, ella en el mismo pergenio en que antes se presentara, y algo fatigada.

—¡Debo tener una facha...! —dijo levantándose para mirarse al espejo que sobre el sofá estaba—. ¡María Santísima! ¿Ve usted las pestañas cómo las tengo, llenas de polvo?

—No estarían así si no fueran tan negras y tan grandes y hermosas...

—Quisiera aviarme un poco. Es una falta recibir visitas con esta facha.

—Por mí no se apure usted... Me agrada más verla así. Descanse ahora y echemos un parrafito. Voy a permitirme una pregunta. ¿Qué piensa usted hacer ahora?

Fortunata, que se inclinaba hacia adelante para oír mejor, dejó caer la cabeza sobre el respaldo; la mejor manera de expresar que no había pensado nada sobre aquel punto.

—¿Piensa usted pedir perdón a su marido y reconciliarse con él?

—¡Jesús! ¡Y qué cosas se le ocurren! —exclamó ella, llevándose las manos a la cabeza, cual si oyera el mayor de los absurdos.

—Pues me parece que no he dicho ningún disparate.

—Antes que volver con Maximiliano —afirmó Fortunata poniendo la cara más seria que sabía poner—, todo lo paso, todo...

—Incluso la miseria, la deshonra...

—Sí, señor...

—Bueno. Pues quiere decir que cuando se acabe lo poquito que usted tiene..., y supongo que no habrá insistido en devolver los cuatro mil reales..., pues cuando se acabe, no tendrá usted más remedio que buscarse la vida como pueda. Usted no sabe ningún trabajo honrado que produzca dinero; conque, claro es..., si me aciertas lo que llevo en la mano te doy un racimo.

Fortunata frunció el ceño, y sin levantar las miradas del suelo, doblaba y desdoblaba un pico del delantal.

—Eso no tiene vuelta de hoja, compañera. O a casa con su marido o a la calle con Juan, Pedro y Diego, a ver si sale algún primo con quien ir tirando. De este camino malo parten varios senderos, y no todos concluyen en el hospital y en la abyección. De modo que piénselo usted. Por más que se devane los sesos, no podrá salir de este dilema.

—¿De este qué?

—Dilema; quiere decir que a fondo o a Flandes.

—Yo quiero ser honrada —afirmó la joven con la mayor seriedad del mundo, atormentando más la punta del delantal.

—¿Honrada? Me parece muy bien. Y dígame usted con toda franqueza: ¿honrada comiendo o sin comer?

Fortunata se sonrió un poco. Aquella sonrisa iluminó su pena un instante; pero pronto quedó su rostro envuelto otra vez en seriedad sombría, señal de la duda horrible que agitaba su alma.

—Eso de la honradez es muy bonito —prosiguió Feijóo—. No hay nada que se diga tan fácilmente y que luego resulte más difícil en la práctica. Yo creo que usted ha querido decir honradez relativa...

—No; yo quiero ser honrada a carta cabal, honrada, honrada.

—¿Sin volver con su marido?

—Sin volver con mi marido.

Feijóo hizo con los labios, con los ojos, con todos los músculos de su cara un mohín muy humano y expresivo, signo perteneciente al lenguaje universal y a la mímica de todos los países, el cual quería decir: "Hija mía, no lo entiendo."

Ni Fortunata lo entendía tampoco, por lo cual estaba verdaderamente anonadada. Faltábale poco para echarse a llorar.

—Vamos, vamos —dijo el coronel sacudiendo toda aquella argumentación capciosa, como se sacuden las moscas—, hablemos claro y seamos prácticos sin miedo a la situación verdadera. Las cosas son como son, no como deseamos que sean. ¡Qué más quisiéramos sino que usted pudiera ser tan honrada y pura como el sol! Pero *tarde piache,* como dijo el pájaro cuando se lo estaban comiendo. De lo que tratamos ahora es de que usted sea lo menos deshonrada posible. Porque me río yo de las virtudes que sólo están en el pico de la lengua. ¿Y el vivir y el comer? Usted, compañera, no tiene ahora más remedio que aceptar el amparo de un hombre. Sólo falta que la suerte le depare un buen hombre. ¿Se echará usted a buscarlo por ahí entre sus relaciones, o saldrá a pescar un desconocido por calles, teatros y paseos? A ver... Dígolo porque si quiere usted ahorrarse este trabajo, figúrese que, aburrida, ha salido por esos mundos, que ha echado el anzuelo, que le han picado, que tira para arriba y que, ¡oh sorpresa!, me ha pescado a mí. Aquí me tiene usted fuera del agua dando coletazos de gusto por verme tan bien pescado. Soy algo viejo, pero sin vanidad creo que sirvo para todo, y por fuera y por dentro valgo más que la mayoría de los muchachos. No tengo nada que hacer, vivo de mis rentas, soy solo en el mundo, me doy buena vida y puedo dársela a quien me acomoda. Conque a decidirse. Modestia a un lado, dígole a usted que dificilillo le sería, en su situación, encontrar acomodo mejor. Bien lo comprenderá cuando le pasen las tristezas, que ojalá sea pronto. Ahora no tiene la cabeza despejada. Y no vacilo en decirlo —agregó alzando la voz, como si se incomodara—. Le ha caído a usted la lotería, y no así un premio cualquiera, sino el gordo de Navidad.

—Quiero ser honrada —repitió Fortunata sin mirarle, como los niños mimosos que insisten en decir la cosa fea por que les reprenden.

—No seré yo quien le quite a usted eso de la cabeza —dijo el caballero sonriendo, sin dudar de su victoria—. Y bien podría ser que hubiera usted descubierto la cuadratura del círculo.

—¿Qué dice?

—Nada... También se me ocurre que dentro de mi proposición puede usted ser todo lo honrada que quiera. Mientras más, mejor... En fin, no quiero marearla a usted más, y la dejo sola para que piense en lo que le he dicho. Siga limpiando, trabaje, dé bofetadas a los muebles, fregotee hasta que le escuezan los dedos; mecánica, mucha mecánica, y mientras tanto, piense bien en esto, y mañana o pasado mañana..., no hay prisa..., vengo por la *rimpuesta,* como dice el payo...

III

Como lo que debe suceder sucede, y no hay bromas con la realidad, las cosas vinieron y ocurrieron conforme a los deseos de don Evaristo González Feijóo. Bien sabía él que no podía ser de otro modo, a menos que aquella mujer estuviese loca. ¿Qué salida tenía fuera de la propuesta por él? Ninguna. ¿Qué honradez era aquella que apetecía, no sabiendo trabajar, no queriendo volver con su marido y no teniendo malditas ganas de irse a un yermo a comer raíces? Moraleja: Lo que tenía que llegar, por la sucesión infalible de las necesidades humanas, llegó.

—Y para que veas si sé yo hacer las cosas y me intereso por ti —le dijo un día don Evaristo tuteándola ya—, me propongo evitar el escándalo por ti y por mí. Pondré singular cuidado en que ignore esto Juan Pablo Rubín, que fue quien me presentó a ti, en la calle, ¿te acuerdas?, y de ahí viene nuestro dichoso conocimiento. Estas relaciones las hemos de esconder y reservar hasta donde sea humanamente posible. Verás qué bien vamos a estar. Yo te enseñaré a ser práctica, y cuando pruebes el ser práctica, te ha de parecer mentira que hayas hecho en tu vida tantísimas tonterías contrarias a la ley de la realidad.

Fortunata, preciso es decirlo, no estaba contenta, ni aun medianamente. Hallábase más bien resignada, y se consolaba con la idea de que dentro de su desgracia no había solución mejor que aquélla, y de que vale más caer sobre un montón de paja que sobre un montón de piedras. En los primeros días tuvo horas de melancolía intensísima, en las cuales su conciencia, confabulada con la memoria, le representaba de un modo vivo todas las maldades que cometiera en su vida, singularmente la de casarse y ser adúltera con pocas horas de diferencia. Pero de repente, sin saber cómo ni por qué, todo se le volvía del revés allá en las cavidades desconocidas de su espíritu, y la conciencia se le presentaba limpia, clara y firme. Juzgábase entonces sin culpa alguna, inocente de todo el mal causado, como el que obra a impulsos de un mandato extraño y superior. "Si yo no soy mala —pensaba—. ¿Qué tengo yo de malo aquí *entre mí?* Pues nada."

Con estos diferentes estados de su espíritu se relacionaban ciertas intermitencias de manía religiosa. En las horas en que se sentía muy culpable, entrábale temor de los castigos temporales y eternos. Acordábase de cuanto le enseñaron don León y las Micaelas, y volvían a su mente las impresiones de la vida del convento con frescura y claridad pasmosas. Cuando le daba por ahí, iba a misa, y aun se le ocurría confesarse; pero pronto le entraba miedo y lo dejaba para más adelante. Luego venía la contraria, o sea el sentimiento de su inculpabilidad, como una reversión mecánica del estado anterior, y todas las somnolencias y aprensiones místicas huían de su mente. Se pasaba entonces dos o tres días en completa tranquilidad, sin rezar más que los Padrenuestros que por rutina le salían de entre dientes todas las mañanas. Su conciencia giraba sobre un pivote, presentándole, ya el lado blanco, ya el lado negro. A veces esta brusca revuelta dependía de una palabra, de una idea caprichosa que pasaba volando por su espíritu, como pasa un pájaro fugaz por la inmensidad del cielo. Entre creerse un monstruo de maldad o un ser inocente y desgraciado, mediaban a veces el lapso de tiempo más breve o el accidente más sencillo; que se desprendiese una hoja del tallo ya marchito de una planta cayendo sin ruido sobre la alfombra; que cantase el canario del vecino o que pasara un coche cualquiera por la calle haciendo mucho ruido.

Estaba muy agradecida al señor de Feijóo, que se portaba con ella como un caballero, y no tenía nada de quisquilloso, ni las impertinencias que suelen gastar los hombres. El primer día le leyó la cartilla, que era muy breve:

—Mira, yo te dejo en absoluta libertad. Puedes salir y entrar a la hora que quieras y hacer lo que te dé tu real gana. No soy partidario del sistema preventivo. Quiero que seas leal conmigo, como yo lo soy contigo. En cuanto te canses, avisas... Aquí no me entres a ningún hombre, porque si algún día descubro gatuperio, me marcho tan calladito y no me vuelves a ver... Lo mismo haré si lo descubro fuera. Si te portas bien, no dejaré de protegerte, ni aun en el caso de que me fuera preciso dejarte.

Lo que propiamente llamamos amor, la verdad, Fortunata no lo sentía por su amigo; pero sí le tenía respeto, y el cariño apacible a que era acreedor por su hidalgo comportamiento. Teníale ella por la persona más decente que había tratado en su vida. ¡Y cuánto sabía! ¡Qué experiencia del mundo la suya, y con qué habilidad se las gobernaba! Para poner en ejecución aquel plan de reserva de que hablara al principio, mandóle tomar un cuartito modesto. No era por economía, pues bien podía él pagar una casa como la que Santa Cruz pagaba; era por recato. Lo de la honradez que ella anhelaba, ignorando el valor exacto de las palabras, no tenía sentido; pero ya que no fuese honrada, al menos pareciéralo, y esto iba ganando, que no era floja ganancia. Un cuartito modesto en un barrio apartado, era ya señal de que al menos se evitaba el escándalo. A poco de instalada en su nuevo domicilio, don Evaristo le compró una buena máquina de Singer, con lo que ella se entretenía mucho. La visita del protector era diaria, pero sin hora fija. Unas veces iba de tarde, otras de noche. Pero siempre se retiraba a su casa a dormir. Convenía que Fortunata tuviese una criada fiel, discreta y de cierta respetabilidad. Feijóo estuvo cosa de un mes buscándola, y al fin pudo encontrarla.

Si Fortunata, empezando por conformarse, acabó por sentirse bien, don Evaristo estuvo desde luego muy a gusto en aquella vida.

—Yo no soy celoso —le decía—, y aunque no pongo mi mano en el fuego por ninguna mujer, creo que no me faltarás, como no se descuelgue otra vez el danzante de marras. A éste sí que le tengo miedo.

Y ella declaraba con su sinceridad de siempre que, en efecto, le conservaba ley al maldito autor de sus desgracias... No lo podía remediar, pero que si la buscaba otra vez, ya sabría ella resistir y darle con toda la fuerza de su honradez en los hocicos, para que no volviera a ser pillo. Al oír esto, Feijóo se mostraba benévolamente incrédulo y decía:

—Pidámosle a Dios que no te busque, por si acaso, que a Segura llevan preso.

Vivían retiradamente y no se presentaban juntos en ninguna parte. La calaverada de Feijóo no fue descubierta por sus amigos más sagaces. Fortunata no daba que hablar a nadie, y la familia de su marido creía que había desaparecido de Madrid. Con este sistema de cautela y recato les iba tan bien, que don Evaristo no cesaba de congratularse.

—¿Ves, chulita, cómo de este modo estamos en el Paraíso? Así se consiguen dos cosas: la tranquilidad dentro, el decoro fuera. ¿Qué necesidad tengo yo de que me llamen *viejo verde*? Y tú, ¿por qué has de andar en lenguas de la gente? Aquí tienes lo que yo te quería enseñar; ser persona práctica. Al mundo hay que tratarlo siempre con muchísimo respeto. Yo bien sé que lo mejor es que uno sea un santo; pero como esto es dificililllo, hay que tener formalidad y no dar nunca malos ejemplos. Fíjate bien en esto: la dignidad siempre por delante, compañera.

Hablando de esto se animaba, llegando hasta la elocuencia:

—Porque mira tú, chulita, no predico yo la hipocresía. En cierta clase de faltas, la dignidad consiste en no cometerlas. No transijo, pues, con nada que sea apropiarse lo ajeno, ni con mentiras que dañan al honor del prójimo, ni con nada que sea vil y cobarde; tampoco transijo con menospreciar la disciplina militar; en esto soy muy severo; pero en todo aquello que se relaciona con el amor, la dignidad consiste en guardar el decoro. . ., porque no me entra ni me ha entrado nunca en la cabeza que sea pecado, ni delito, ni siquiera falta, ningún hecho derivado del amor verdadero. Por eso no me he querido casar. . . Claro, es preciso contener algo a la gente y asustar a los viciosos; por eso se hicieron diez mandamientos en vez de ocho, que son los legítimos; los otros dos no me entran a mí. ¡Ah!, chulita, dirás que yo tengo una moral muy rara. La verdad, si me dicen que Fulano hizo un robo o que mató o calumnió o armó cualquier gatería, me indigno, y si le cogiera, créelo, le ahogaría; pero vienen y me cuentan que tal mujer le faltó a su marido, que tal niña se fugó de la casa paterna con el novio, y me quedo tan fresco. Verdad que por el decoro debido a la sociedad, hago que me espanto y digo: "¡Qué barbaridad, hombre, qué barbaridad!" Pero en mi interior me río y digo: "Ande el mundo y crezca la especie, que para cso estamos. . ."

Todo esto le pareció a Fortunata muy peregrino cuando lo oyó por primera vez; pero a la segunda, encontrólo conforme con algo que ella había pensado. ¿Pero no sería un disparate? Porque era imposible que ella y Feijóo tuviesen razón contra el mundo entero.

—Conque ya sabes —añadió el coronel—; el día en que se te antoje faltarme, me lo dices. Yo no creo en las fidelidades absolutas. Yo soy indulgente, soy hombre, en una palabra, y sé que decir *humanidad* es lo mismo que decir *debilidad*. . . Pues vienes y me lo cuentas a mí, en mis barbas; nada de tapujos. . . ¿Creerás que voy a venir con un revólver para pegarte un tirito y pegarme yo otro?. . . ¡Valiente asno sería si lo hiciera! No. En nombre de la humanidad y de la especie te miraré con benevolencia. . . Cierto que me ha de escocer algo. Pero cogeré mi sombrero y me marcharé de tu casa, sin que eso quiera decir que te abandone, pues lo que haré será jubilarte, señalándote media paga.

"¡Pero qué hombre más raro, y qué manera de querer!", pensaba Fortunata.

## IV

Aquel día comieron juntos, expansión que don Evaristo se permitía algunas veces. Dijo ella que sabía *poner unas judías* estofadas a estilo de taberna, que era lo que había que comer. Quiso Feijóo probar también aquel plato, porque le gustaban algunas comidas españolas. Fortunata tenía una despensa admirablemente provista, y en ropa y trapos gastaba muy poco. Él era tan listo y tan práctico, que supo sin esfuerzo hacerle disminuir el inútil y ruinoso renglón de las modas. En la cuestión de *bucólica* sí que no le ponía tasa, y le recomendaba que trajese siempre lo mejor y más adecuado a cada estación. Pero ella no necesitaba que su señor le hiciera estas advertencias, porque madrileña neta y de la Cava de San Miguel nada menos, sabía lo que se debe comer en cada época. No era glotona, pero sí inteligente en víveres y en todo lo que concierne a la bien provista plaza de Madrid.

Y la verdad era que con aquella vida tranquila y sosegada, eminentemente práctica, se iba poniendo tan lucida de carnes, tan guapa y hermosota que daba gloria verla. Siempre tuvo la de Rubín buena salud; pero nunca como en aquella temporada vio desarrollarse la existencia material con tanta plenitud y lozanía. Feijóo, al contemplarla, no podía menos de sentirse descorazonado. "Cada día más guapa —pensaba—, y yo cada día más viejo." Y ella, cuando se miraba al espejo, no se resistía a la admiración de su propia imagen. Algunos días le pasaba por bajo del entrecejo la observación aquella de otros tiempos: "¡Si me viera ahora...!" Pero al punto trataba de alejar estas ideas, que no le traían más que tristezas y cavilaciones.

Vivía en la calle de Tabernillas (Puerta de Moros), que para los madrileños del centro es *donde Cristo dio las tres voces y no le oyeron.* Es aquel barrio tan apartado, que parece *un pueblo.* Comunícase de una parte con San Andrés, y de otra con el Rosario y la V. O. T. El vecindario es en su mayoría pacífico y modestamente acomodado: asentadores, placeros, trajineros. Empleados no se encuentran allí, por estar aquel caserío lejos de toda oficina. Es el arrabal alegre y bien asoleado, y corriéndose al Portillo de Gilimón, se ve la vega del Manzanares, y la Sierra, San Isidro y la Casa de Campo. Hacia los taludes del Rosario la vecindad no es muy distinguida, ni las vistas muy buenas, por caer contra aquella parte las prisiones militares y encontrarse a cada paso mujeres sueltas y soldados que se quieren soltar. Al fin de la calle del Águila también desmerece mucho el vecindario, pues en la explanada de Gilimón, inundada de sol a todas las horas del día, suelen verse cuadros dignos del Potro de Córdoba y del Albaicín de Granada. Por la calle de la Solana, donde habita tanta pobretería, iba Fortunata a misa a la Paloma, y se pasmaba de no encontrar nunca en su camino ninguna cara conocida. Ciertamente, cuando un habitante del centro o del norte de la Villa visita aquellos barrios, ni las casas ni los rostros le resultan Madrid. En un mes no pasó Fortunata más acá de Puerta de Moros, y una vez que lo hizo, detúvose en Puerta Cerrada. Al sentir el mugido de la respiración de la capital en sus senos centrales, volvióse asustada a su pacífica y silenciosa calle de Tabernillas.

Don Evaristo vivía, desde que obtuvo el retiro, en el segundo piso de un caserón aristocrático de la calle de Don Pedro. Era uno de esos palacios grandones y sin arquitectura, construidos por la nobleza. En el principal había una embajada, y cuando en ella se celebraba sarao, decoraban la escalera con tiestos y le ponían alfombra. Habíase acostumbrado Feijóo a la amplitud desnuda de sus habitaciones, a las grandes vidrieras, a la altura de techos, y no podía vivir en *estas casas de cartón* del Madrid moderno. Su domicilio tenía algo de convento, y su vecino en el segundo de la izquierda, era un arqueólogo, poseedor de colecciones maravillosas. En toda la casa no se oía ni el ruido de una mosca, pues el ministro plenipotenciario del principal era hombre solo, y fuera de las noches de recepción, que eran muy contadas, creeríase que allí no vivía nadie.

Por la solitaria calle de las Aguas se comunicaba brevemente Feijóo con su ídolo. No me vuelvo atrás de lo que esta expresión indica, pues el buen señor llegó a sentir por su protegida un amor entrañable, no todo compuesto de fiebre de amante, sino también de un cierto cariño paternal, que cada día se determinaba más. "¡Qué lástima, compañero —pensaba—, que no tengas veinte años menos!... De veras que es una lástima. ¡Si a ésta la cojo yo antes...! Así como otros estropearon con sus manos inhábiles esta preciosísima *individua,* yo le hubiera dado una configuración admirable. ¡Qué española es, y qué chocho me estoy volviendo!"

Al mes, ya Feijóo no podía vivir sin aumentar indefinidamente las horas que al lado de ella pasaba. Muchos días comían o almorzaban juntos, y como ambos amantes habían convenido en enaltecer y restaurar prácticamente la hispana cocina, hacía la *individua* unos guisotes y fritangas, cuyo olor llegaba más allá de San Francisco el Grande. De sobremesa, si no jugaban al tute, el buen señor le contaba a su querida aventuras y pasos estupendos de su dramática vida militar. Había estado en Cuba en tiempo de la expedición de Narciso López, y trabajó mucho en la persecución y captura del famoso insurgente. Fortunata le oía embelesada, puestos los codos sobre la mesa, la cara sostenida en las manos, los ojos clavados en el narrador, quien bajo la influencia de la atención ingenua de su amada, se sentía más elocuente, con la memoria más fresca y las ideas más claras.

—Tú no puedes hacerte cargo de aquellas noches de luna en Cuba, de aquella bóveda de plata resplandeciente, de aquellos manglares que son jardines en medio de los espejos de la mar... Pues aquella noche de que te hablo, estábamos acechando junto a un río, porque sabíamos que por allí habían de pasar los insurgentes. Oímos un chapoteo en el agua; creímos que era un caimán que se escurría entre las cañas bravas. De repente, pim... un tiro. ¡Ellos!... Al instante toda nuestra gente se echa los fusiles a la cara. Ta-ta-ra-trap... Un negrazo salta sobre mí y, zas, le meto el machete por el ombligo y se lo saco por el lomo... No me he visto en otra, hija.

También había estado en la expedición a Roma el 48. ¡Oh, Roma! Aquello sí que era cosa grande. ¡Qué bonito aquel paso de Pío IX bendiciendo a las tropas! Y la conversación rodaba, sin saber cómo, de la bendición papal a los amoríos del narrador. En esto era la de no acabar, y de la cuenta total salían a siete aventuras por año, con la particularidad de que eran en las cinco partes del mundo, porque Feijóo, que también había estado en Filipinas, tuvo algo que ver con chinas, javanesas y hasta con joloanas. Una salvaje le había trastornado el seso, demostrando que en las islas de la Polinesia se dan casos de coquetería no menos refinada que la de los salones europeos.

—¡Ay, qué bueno! —exclamaba Fortunata, riendo con toda su alma, al oír ciertos lances—. ¡Si eso parece de acá...! ¡Pero qué lista!... ¿Has visto? ¡Y luego dicen!...

De europeas no había que hablar. Contó el ex-coronel aventuras con solteras y casadas, que a su amiga le parecían mentira, y no las habría creído si no las oyera de labios de persona tan verídica y formal.

—¿Pero has visto? Si eso se dice no se cree... Y si lo escriben, pensarán que es fábula mal inventada. ¡Qué cosas hacen las mujeres! Bien dicen que somos el Demonio.

Debo advertir que nada refería Feijóo que no fuese verdad, porque ni siquiera recargaba sus cuadros y retratos del natural. Lo mismo hacía Fortunata cuando le tocaba a ella ser narradora, incitada por su protector a mostrar algún capítulo de la historia de su vida, que en corto tiempo ofrecía lances dignos de ser contados y aun escritos. No se hacía ella de rogar, y como tenía la virtud de la franqueza, y no apreciaba bien, por rudeza de paladar moral la significación buena o mala de ciertos hechos, todo lo desembuchaba. A veces sentía don Evaristo gran regocijo oyéndola, a veces verdadero terror; pero de todas estas sesiones salía al fin con impresiones de tristeza, y pensaba así: "Si hubiera caído antes en mis manos, si yo la hubiera cogido antes, todas esas ignominias se habrían evitado... ¡Qué lástima, compañero, qué lástima!... Y lo más raro es que después de tanto manosear hayan quedado intactas ciertas prendas, como la sinceridad, que al fin es algo, y la constancia en el amor a uno solo..."

Ambos evitaban que en sus conversaciones surgieran ciertos nombres; pero una noche se habló, no sé por qué, de Juanito Santa Cruz.

—Anda —dijo Fortunata—, que ya se habrá cansado otra vez de la tonta de su mujer. A bien que ella se tomará la revancha...

—No lo creo.

—Pues yo sí... —afirmó la prójima fingiendo convicción—. ¡Bah! No hay mujer casada que no peque... Ya saben tapar bien esas señoras ricas.

—No me gusta, hija, que hables así de persona alguna, y menos de ésa. Yo me explico que no la quieras bien; pero observa que es inocente de las trastadas que te ha hecho su marido.

Feijóo conocía a algunas personas de la familia de Santa Cruz. A Jacinta y a Juan no les había hablado nunca; pero sí a don Baldomero y algo a Barbarita. Trataba al gordo Arnáiz y a otros muy allegados a la familia, como el marqués de Casa-Muñoz y Villalonga, y el mismo Plácido Estupiñá no era un desconocido para él.

—Es preciso que te acostumbres —prosiguió con cierta severidad— a no hacer juicios temerarios, huyendo de cuanto pueda herir o lastimar a una familia respetable. Dobla la hoja y hazte cuenta de que esa gente se ha ido a Ultramar o se ha muerto.

—Te diré una cosa que ha de pasmarte —indicó Fortunata con la expresión grave que tomaba cuando hacía una declaración de extremada y casi increíble sinceridad—. Pues el día en que vi por primera vez a Jacinta, me gustó..., sin que por gustarme dejara de aborrecerla. Una noche me acosté con el corazón tan requemado de celos, que me sentía capaz... hasta de matarla..., mira tú.

—¡Bah! No digas tonterías... No me hace gracia que te pongas así... Eso de matar a la rival es hasta cursi...

—Pero si no he acabado..., déjame que te cuente lo mejor. La aborrezco y me agrada mirarla, quiere decirse, que me gustaría parecerme a ella, ser como ella, y que se me cambiara todo mi ser natural hasta volverme tal y como ella es.

—Eso sí que no lo entiendo —dijo Feijóo cayendo en un mar de meditaciones—. Caprichos del corazón.

Y al levantarse, apoyando las manos en los brazos del sillón, notó, ¡ay!, que el cuerpo le pesaba más; pero mucho más que antes.

## V

No pararon aquí las observaciones referentes a su decaimiento físico. Una mañana, al levantarse, notó que la cabeza se le mareaba. Jamás había sentido cosa semejante. En la calle advirtió que para andar completamente derecho, necesitaba pensarlo y proponérselo. Pasando junto a la carcomida puerta del convento de la Latina, no pudo menos de mirarse en ella como en un espejo. Se vio allí bien claro, cual vestigio honroso conservado sólo por indulgencia del tiempo. "Todo envejece —pensó—, y cuando las piedras se gastan, ¡cómo no ha de gastarse el cuerpo del hombre!"

Y los síntomas de decadencia aumentaban con rapidez aterradora. Dos días después notó Feijóo que no oía bien. El sonido se le escapaba, como si el mundo todo con su bulla y las palabras de los hombres se hubieran ido más lejos. Fortunata tenía que gritar para que él se enterase de lo que decía. A lo penoso de esta situación uníase lo que tiene de ridículo. Verdad que aún andaba al paso de costumbre; pero el cansancio era mayor que antes, y cuando subía escaleras el aliento le faltaba. Mirábase al espejo por las mañanas, y en aquella consulta infalible notaba flácidas y amarillentas sus mejillas, antes lozanas; la frente se apergaminaba, y tenía los ojos enrojecidos y llorones. Al ponerse las botas, la rodilla derecha le dolía como si le metieran por la choquezuela una aguja caliente, y siempre que se inclinaba, un músculo de la espalda, cuyo nombre no sabía él, producíale molestia lacerante, que fuera terrible si no pasara pronto... "¡Qué bajón tan grande, compañero —se decía—, pero qué bajón! Y esto va a escape. Ya se ve. La locurilla me ha cogido ya con los huesos duros y con muchas Navidades encima... Pero, francamente, este bajoncito no me lo esperaba yo todavía..."

Esto le ocasionó grandes tristezas, que al principio trataba de disimular delante de su querida; pero una tarde que estaban sentados junto al balcón, se le abatieron tanto los espíritus que no pudo contener su pena y la confió a su amiga:

—Chulita, habrás notado que yo..., pues... habrás visto que mi salud no es buena. Y entre paréntesis, ¿qué edad me echas tú?

—Sesenta —dijo ella seriamente con la reserva mental de que se quedaba algo corta.

—Hace unos días que he entrado en los sesenta y nueve... Dentro de nada setenta... ¿Sabes que de quince días a esta parte me parece que he envejecido de golpe y porrazo veinte años? Yo me conservaba en mis apariencias y en mis bríos de cincuenta, cuando de improviso la naturaleza ha dicho: "¡Que me voy..., que no puedo más!..."

Fortunata había notado el bajón; pero, como es natural, no hablaba de semejante cosa.

—Lo que más me carga —dijo don Evaristo con rabia, dando un puñetazo en el brazo del sillón— es que la vista... Yo siempre he tenido una vista como un lince. Figúrate que en la Habana veía, desde el castillo de Atarés, las señales del vigía del Morro, distinguiendo perfectamente los colores de las banderas. Pues desde ayer noto no sé qué. Algunos objetos se me oscurecen completamente, y cuando me da el sol me pican los ojos... Desde mañana pienso usar gafas verdes. Estaré bonito. En cuanto al oído, ya te habrás enterado. Hace días era el izquierdo, ahora es el derecho; he ascendido: era teniente y soy ya capitán. Te aseguro que estoy divertido. Pero es insigne majadería rebelarse contra la naturaleza. Tiene ella sus fueros, y el que los desconoce lo paga. Yo he sido en esto poco práctico, siéndolo tanto en otras cosas; pero ya que se me olvidaron los papeles en el caso éste de hacer el pollo a los sesenta y nueve años, voy a recogerlos para prevenir las malas consecuencias. Ahora es preciso que me ocupe más de ti que de mí. Yo poco puedo durar...

—No..., ¡qué tontuna! —dijo Fortunata, aquella vez más piadosa que sincera.

—A mí no me vengas tú con zalamerías. Por mucho que tire..., pon que tire un año, dos; eso si no me quedo el mejor día hecho un monigote y en tal estado que tengas tú que sonarme y ponerme la cuchara en la boca. De todas maneras, ya tengo poca cuerda, chulita de mi alma, y tengo que pensar mucho en ti, que la tienes todavía para rato, pues ahora estás en la flor de tus años y en lo mejor de tu hermosura.

Y otro día, subiendo la escalera, notaba que casi la subía más con los brazos que con las piernas, pues tenía que ampararse del pasamanos, haciendo mucha fuerza en él.

"Esto va por la posta. Si me descuido, no tengo tiempo ni de dejar a esta infeliz bien defendida de los pillos y de las propias debilidades de su carácter. ¡Pobre chulita! Hay que mirar mucho cómo la dejo, porque ésta al son que le tocan baila. Lo que se me ha ocurrido para asegurarla contra incendios, es decir, contra los *rasgos* de todas clases, quizás no le guste; de fijo no le gustará. Pero ya irá comprendiendo que no hay otro camino... ¡Ay de mí, que aún me falta un tramo! Dios nos asista. ¡Quién me había de decir a mí!..."

Al entrar en la casa, pasó insensiblemente del soliloquio al discurso, dando voz a sus meditaciones.

—¡Quién me había de decir a mí que llegaría a ocuparme de que existen boticas en el mundo! Yo que jamás caté píldora, ni pastilla, ni glóbulo, tengo mi alcoba llena de potingues; y si fuera a hacer todo lo que el médico me dice, no duraría tres días. Y quién me había de decir a mí que le haría ascos a la comida, yo que jamás le he preguntado a ningún plato por sus intenciones! El estómago se me quiere jubilar antes que lo demás del cuerpo, y ya debes suponer que faltando el jefe de la oficina... En fin, qué le hemos de hacer.

Al llegar aquí, don Evaristo tenía que alzar mucho la voz para hacerse oír, porque en la calle se situó un pianito de manubrio tocando polkas y valses. Las del tercero, que eran las amas o sobrinas del ecónomo de San Andrés, que allí vivía, se pusieron a bailar, y al poco rato hicieron lo propio los del segundo de la derecha. En el principal y segundo de la casa de enfrente armóse igual jaleo, y como los chicos alborotaban tanto en la calle, la gritería era espantosa y don Evaristo y su amiga tuvieron que callarse, mirándose y riendo.

—Pues sobre que estoy sordo —dijo el simpático viejo—, la vecindad no nos deja oírnos. Callémonos, que tiempo hay de hablar.

Fijó sus tristes miradas en el suelo y Fortunata, con los brazos cruzados, mirábale atenta, contemplando los estragos de la degeneración senil en su fisonomía, mientras se alejaban y extinguían en la calle los picantes ritmos del baile. La tarde caía; pronto iba a ser de noche, y como Feijóo tenía horror a la oscuridad, su amiga encendió luz, que puso en la mesa de camilla, y cerró después las maderas.

—¿En dónde has estado hoy? —le preguntó don Evaristo, que casi todas las noches le hacía la misma pregunta, no por fiscalizar sus actos, sino porque de aquella interrogación salía casi siempre una plática agradable.

—Pues hoy al mediodía subí a casa de las del cura —dijo ella sonriendo y pasándole el brazo por encima de los hombros—. Son dos sobrinas o qué sé yo qué, guapillas, y se parecen, aunque no son hermanas. Ayer estuvieron aquí y me dijeron si les quería pespuntar y dobladillar unas tiras para tableado de vestidos. Se componen mucho y tienen arriba la mar de figurines. Están haciendo dos trajes, y si vieras..., no pude por menos de reírme; porque del terciopelo que les sobra hacen trajes para Niños Jesús y para vírgenes. Todo lo aprovechan, y hasta una hebilla de sombrero que no puedan gastar se la plantan a cualquier santo en la cintura.

Había hecho Fortunata algunas relaciones en la vecindad más próxima. Se visitaba con los inquilinos de la casa, y con alguna familia de la inmediata, gente muy llana, muy neta; como que a todas las visitas iba la prójima con mantón y pañuelo a la cabeza. En el tiempo que duró aquella cómoda vida volvieron a determinarse en ella las primitivas maneras, que había perdido con el roce de otra gente de más afinadas costumbres. El ademán de llevarse las manos a la cintura en toda ocasión volvió a ser dominante en ella, y el hablar arrastrado, dejoso y prolongando ciertas vocales, reverdeció en su boca, como reverdece el idioma nativo en la de aquel que vuelve a la patria tras larga ausencia. La gente más fina de aquella vecindad, o la que más procuraba serlo, era la familia del cura, y estas dos sobrinas eclesiásticas se esforzaban en hacer contrastar su lenguaje atildado con el de su hermosa vecina.

—¿Pero no sabes, *hijo,* lo que me han dicho hoy? —prosiguió Fortunata conteniendo la risa—. ¡Ay, qué gracia!... Te lo contaré para que te rías. La mayor, que es la más estirada, levantó las cejas y mirándome como con lástima, y echando aquella voz tan fina, pero tan fina que parece que se la han hecho las arañas, fue y me dijo, dice: "¿Pero ese señor, no se casa con usted?" Por poco suelto el trapo... Yo le contesté: "Puede", y siguió con el sermón. Para que me dejara en paz, le dije al fin que sí, que nos íbamos a casar; que ya estábamos sacando los papeles y que pronto se echarían las proclamas.

—Bien contestado... ¡Qué ganas de meterse en lo que no les importa!

—Y ahora te pregunto yo —dijo Fortunata más cariñosa, pero bastante más seria—: si yo fuera soltera, ¿te casarías conmigo?

—Sobre eso ya sabes cuáles son mis ideas —replicó él de buen humor—. ¿Crees que han variado desde que estoy enfermo, y que los hombres piensan de un modo cuando tienen el estómago como un reloj, y de otro cuando la máquina principia a descomponerse? Algo de esto pasa, chulita, y una cosa es hablar desde la altura de una salud perfecta y otra al borde del hoyo... Pero en esto del matrimonio te aseguro que no han variado mis ideas. Sigo creyendo que el casarse es estúpido, y me iré para el otro barrio sin apearme de esto. ¡Qué quieres! Yo he visto mucho mundo... A mí no me la da nadie. Sé que es condición precisa del amor la no duración, y que de todos los que se comprometen a adorarse mientras vivan, el noventa por ciento, créetelo, a los dos años se consideran prisioneros el uno del otro, y darían algo por soltar el grillete. Lo que llaman infidelidad no es más que el fuero de la naturaleza, que quiere imponerse contra el despotismo social, y por eso verás que soy tan indulgente con los y las que se pronuncian.

Por aquí siguió en su ingenioso tema; pero Fortunata no entendía bien estas teorías, sin duda por el lenguaje que empleaba su amigo. A poco de esto se puso ella a cenar. Feijóo no tomaba más que un huevo pasado y después chocolate, porque su estómago no le permitía ya las cenas pesadas. Pero en su frugal colación gozaba viendo comer a su protegida, cuyo apetito era una bendición de Dios.

—Hija, tienes un apetito modelo. Te estoy mirando, y al paso que te envidio, me felicito de verte tan bien agarrada a la vida. Así, así me gusta... No te dé vergüenza de comer bien, y puesto que lo hay, aplícate todo lo que puedas, que día vendrá..., ¡ojalá que no! Ya ves qué contraste; yo voy para abajo; tú para arriba. Cuando digo que tienes lo mejor de la vida por delante... Y buena tonta serás si no engordas todo lo que puedas y te pones las carnes aún más duras y apretadas si es posible. Figúrate si con esas tragaderas estarás bien dispuesta para el amor.

Después de esto, y mientras Fortunata se comía una cantidad inapreciable de pasas y almendras, cogiéndolas del plato una a una y llevándoselas a la boca sin mirarlas, el bondadoso anciano siguió sus habladurías con cierto desconcierto y como desvariando. A ratos parecía incomodado, y expresándose cual si refutara opiniones que acabara de oír, daba palmetazos en los brazos del sillón:

—Si siempre he sostenido lo mismo, si no es de ahora esta opinión. El amor es la reclamación de la especie, que quiere perpetuarse, y al estímulo de esta necesidad tan conservadora como el comer, los sexos se buscan y las uniones se verifican por elección fatal, superior y extraña a todos los artificios de la sociedad. Míranse un hombre y una mujer. ¿Qué es? La exigencia de la especie que pide un nuevo ser, y este nuevo ser reclama de sus probables padres que le den vida. Todo lo demás es música; fatuidad y palabrería de los que han querido hacer una sociedad en sus gabinetes, fuera de las bases inmortales de la Naturaleza. Si esto es claro como el agua. Por eso me río yo de ciertas leyes y de todo el código penal social del amor, que es un fárrago de tonterías inventadas por los feos, los mamarrachos y los sabios estúpidos que jamás han obtenido de una hembra el más ligero favorcito

Fortunata le miraba con sorpresa mezclada de temor, el codo en la mesa, derecho el busto, en una actitud airosa y elegante, llevando pausadamente del plato a la boca, ahora una pasita, ahora una almendrita. Feijóo le cogió la barbilla entre sus dedos, diciéndole con cariño:

—¿Verdad, chulita, que tengo razón? ¿Verdad que sí?... ¡Ay, qué será de ti, chulita, cuando yo me muera!... ¿Y en lo que me queda de vida, si ésta se prolonga y voy más para abajo todavía?... Hay que preverlo todo, compañera. ¡Me ha entrado un desasosiego!... ¡Qué gruesa estás y qué hermosota, y yo..., yo..., concluido, absolutamente concluido! Soy un reloj que tocó su última campanada, y aunque anda un poco todavía, ya no da la hora.

—No —murmuró ella frotándole el pecho con su cabeza—, no... Todavía...

—¡Ay, qué ilusión! Yo acabé. El estómago me pide el retiro. Hay algo en mí que ha hecho dimisión; pero dimisión irrevocable; efectividad concluida, funciones que pasaron a la historia. Es preciso prevenir..., mirar por ti, asegurarte contra la tontería.

Fortunata se reía, y para calmarle aquel desasosiego que sus estrafalarios pensamientos y aprensiones le causaban, prodigóle aquella noche, hasta que se separaron, los cariños y cuidados de una hija amantísima con el mejor de los padres.

## VI

Al siguiente día, Feijóo le dijo al entrar:

—Hoy es la primera vez que he tenido que tomar un coche desde la Plaza Mayor aquí. Hasta ahora las piernas se han defendido; estas piernas que han hecho marchas de seis leguas en una noche... Tengo el simón a la puerta. Vente conmigo y vamos a dar una vuelta por las rondas del Sur.

Fortunata no pensaba más que en complacerle, y accedió con algún recelo, pues siempre que paseaban juntos, aunque fuera por sitios apartados, temía encontrarse a Maximiliano o a doña Lupe a la vuelta de una esquina. Esta idea la hacía temblar.

Pasearon un buen ratito, sin que tuvieran ningún encuentro desagradable. Dos días después don Evaristo no fue a verla, y en su lugar llegó el criado con una breve esquelita, llamándola. El señor había pasado muy mala noche, y el médico le había ordenado que se quedase en la cama. Corrió allá Fortunata muy afligida, y le vio incorporado en el lecho, afectando tranquilidad y alegría.

—No es nada de particular —le dijo, haciéndola sentar a su lado—. El médico se empeña en que no salga. Pero no estoy mal; casi casi estoy mejor que los días pasados. Sólo que como no tengo costumbre de encamarme... Desde que pasé la fiebre amarilla en Cuba hace cuarenta años, no sabía yo lo que son sábanas a las cuatro de la tarde. ¡Qué ganas tenía de verte! Anoche me entró como una angustia... Creí que me moría sin dejarte arreglada una vida práctica, esencialmente práctica. Por lo que pueda tronar, te voy a decir lo que desde hace días tengo pensado. Verás qué plan. Al principio puede que te escueza un poco; pero... no hay otro remedio, no hay otro remedio.

Inclinóse del lado en que la joven estaba, para poner su boca lo más cerca posible del oído de ella, y le disparó cara a cara estas palabras:

—Resultado de lo mucho que cavilo por ti. Es preciso que te vuelvas a unir a tu marido.

Contra lo que el simpático viejo esperaba, Fortunata no hizo aspavientos de sorpresa. Puso, sí, una carita muy monamente apenada, y alzando la voz, dijo:

—Pero eso, ¿cabe en lo posible?

—No necesitas alzar mucho la voz. Hoy estoy mucho mejor de la sordera. Por este oído izquierdo me entra todo perfectamente, y no sale por el otro... ¿Dices que si cabe en lo posible? De eso se trata; de hacerle hueco. Ya he tanteado el terreno. Esta mañana estuvo Juan Pablo a verme y le eché una chinita. Has de saber que anteayer me encontré a doña Lupe en la calle y le arrojé otra chinita.

—¿Ellos saben...? —preguntó la señora de Rubín, con los labios muy secos.

—¿Esto?... Creo que no. Quizás lo sospechen; pero oficialmente no saben nada.

—¡Ay! No me podías decir nada —manifestó la joven dándose un lengüetazo en los labios, que se le secaban más todavía—, nada que me fuera más antipático, más...

—Yo lo comprendo...

—Si tú no te has de morir —dijo Fortunata irguiéndose con brío, en son de protesta—. ¡Si te pondrás bueno!...

Feijóo había cerrado los ojos, y se sonreía en las tinieblas de su meditación. La chulita callaba mirándole. Con aquella sonrisa, que parecía la que les queda a algunas caras después que se han muerto, contestaba don Evaristo mejor que con palabras.

—¿Y a Nicolás, le has echado otra chinita? —preguntó ella después de una pausa, queriendo alegrar conversación tan lúgubre.

—No, porque no le he visto. Es el más bruto de los tres. Tú créeme; si ganamos a doña Lupe, todos los demás bajarán la cabeza, incluso tu marido. Doña Lupe es la que manda allí, y peor para ellos si no mandara.

—¡Oh! Yo dudo mucho que quieran... Les jugué una partida muy serrana —afirmó ella, gozosa de encontrar un argumento contra aquel plan tan contrario a su gusto—, pero muy serrana. Lo que yo hice es de eso que no se perdona.

—Todo se perdona, hija; todo, todo —dijo el enfermo con indulgencia empapada en escepticismo—. Por muy grande que nos figuremos la masa de olvido derramado en la sociedad como elemento reparador, esa masa supera todavía a todos nuestros cálculos. El bien y la gratitud son limitados: siempre los encontramos cortos. El olvido es infinito. De él se deriva el *vuelta a empezar,* sin el cual el mundo se acabaría.

—¡Oh! No, no es posible... No tienen vergüenza si me perdonan.

—Eso, allá ellos... Lo que me importa a mí es que tú quedes en una situación correcta, y sobre todo..., práctica. Tienes tú en ti misma poca defensa contra los peligros que a la vida ofrece continuamente el entusiasmo. Si te dejo sola, aunque te asegure la subsistencia, te arrastrarán otra vez las pasiones y volverás a la vida mala. Necesita mi niña un freno, y ese freno, que es la legalidad, no le será molesto si lo sabe llevar..., si sigue los consejos que voy a darle. Tonta, tontaina, si todo en este mundo depende del modo, del estilo... Nada es bueno ni malo por sí. ¿Me entiendes? Ojo al corazón es lo primero que te digo. No permitas que te domine. Eso de echar todo por la ventana en cuanto el señor corazón se atufa es un disparate que se paga caro. Hay que dar al corazón sus miajitas de carne; es fiera, y las hambres largas le ponen furioso; pero también hay que dar a la fiera de la sociedad la parte que le corresponde para que no alborote. Si no, lo echas todo a rodar, y no hay vida posible. A ti te asusta el hacer vida común con tu marido porque no le quieres...

—Ni tanto así; no le quiero, ni es posible que le quiera nunca, nunca, nunca.

—Corriente. Pues todo se arreglará, hija, todo se arreglará... No te apures ni pongas esa cara tan afligida. Hablaremos despacio. Por hoy no quiero calentarte la cabeza, ni calentármela yo, que bastante he charlado ya, y empiezo a sentirme mal. Está la cosa aprobada en principio..., en principio.

Quedóse dormido el buen señor, que por haber pasado muy mala noche, tenía sueño atrasado, y Fortunata permaneció a su lado sin chistar ni moverse por no turbar su descanso. Examinaba la habitación, y habría deseado poder escudriñar la casa toda. De lo que en la alcoba observó hubo de sacar el conocimiento de que la casa estaba muy bien puesta. Don Evaristo, que tan práctico quería ser en la vida social, debía de serlo más en la doméstica, y, conforme a sus ideas, lo primero que tiene que hacer el hombre en este valle de inquietudes es buscarse un buen agujero donde morar, y labrar en él un perfecto molde de su carácter. Soltero y con fortuna suficiente para quien no tiene mujer ni chiquillos ni familia próxima, Feijóo vivía en dichosa soledad, bien servido por criados fieles, dueño absoluto de su casa y de su tiempo, no privándose de nada que le gustase, y teniendo todos los deseos cumplidos en el filo mismo de su santísima voluntad. Más que por el lujo, despuntaba la casa por la comodidad y el aseo. Gobernábala una tal doña Paca, gallega, que tuvo casa de huéspedes distinguidos y recomendados, en la cual vivió Feijóo mucho tiempo, y completaban la servidumbre una cocinera bastante buena y un criado muy callado y ya algo viejo, que había sido asistente de su amo.

Éste despertó como a la media hora de haberse dormido, y restregándose los ojos y gruñendo un poco, hubo de asombrarse de ver allí a su amiga, y alargó la cabeza para mirarla. Viéndola reír, se expresó así:

—Pues con el sueñecito que he echado perdí la situación, chica, y al despertar no me acordaba de que habías quedado ahí... Y viéndote ahora, me decía yo, en ese estado de torpeza que divide el dormir del velar: "¿Pero es ella la que veo? ¿Cómo y cuándo ha venido a mi casa?"

Sacó su mano de entre las sábanas para tomar la de ella, y recogiendo al punto las ideas que se habían dispersado, le dijo:

—Fíjate bien en una cosa, y es que doña Lupe *la de los Pavos,* que es la persona de más entendimiento en toda esa familia, no se ha de llevar mal contigo, si tienes tacto. Lo que a doña Lupe le gusta es mangonear, dirigir la casa y echárselas de consejera y maestra. Hay que darle cuerda por ahí, y dejarla que mangonee todo lo que quiera. El gobierno de la casa lo ha de llevar mucho mejor que tú, porque es mujer que lo entiende: la traté un poco cuando vivía su marido, que era amigo y paisano mío. Por cierto que cuando se quedó viuda, dio en la flor de decir que yo le hacía el oso. ¡Tontería y fatuidad suya!... Pero, en fin, es mujer de gobierno. De modo que dejándola que se explaye a su gusto en todo lo que sea el mete y saca de la vida doméstica, podrás conservar tu independencia en lo demás No sé si me entiendes ahora; pero ya te lo explicaré mejor. En último caso, si algún día tuvieras un choque con ella, te plantas y le dices: "¡Ea!, señora, yo no me meto en lo que es de su incumbencia de usted. No se meta usted en lo que es de la mía."

Se había hecho de noche y los dos interlocutores no se veían. Feijóo llamó para que trajeran luz, y cuando la trajo doña Paca, la primera claridad que se esparció por el aposento sirvió al ama de llaves para examinar con rápida inspección el rostro de la amiga de su señor, diciéndose: "Ésta es la pájara que nos le ha trastornado." Aquel curioseo receloso de criado que espera heredar, fue seguido de diferentes pretextos para permanecer allí con idea de pescar algo de la conversación. Pero mientras Paca estuvo en la alcoba haciendo que ordenaba las cosas, moviendo los trastos y revisando las medicinas, don Evaristo no desplegó los labios. Miraba a su ama de llaves, y su sonrisa maliciosa quería decir: "Tú te cansarás."

Así fue. Retiróse la dueña, y don Evaristo volvió a su tema:

—Lo primero que has de tener presente es que siempre, siempre, en todo caso y momento, hay que guardar el decoro. Mira, chulita, no me muero hasta que no te deje esta idea bien metida en la cabeza. Apréndete de memoria mis palabras, y repítelas todas las mañanas a renglón seguido del Padrenuestro.

Como un dómine que repite la declinación a sus discípulos, machacando sílaba tras sílaba cual si se las claveteara en el cerebro a golpes de maza, don Evaristo, la mano derecha en el aire, actuando a compás como un martillo, iba incrustando en el caletre de su alumna estas palabras:

—Guardando... las... apariencias, observando... las reglas... del respeto que nos debemos los unos a los otros..., y..., sobre todo, esto es lo principal..., no descomponiéndose nunca, oye lo que te digo..., no descomponiéndose nunca... —a la segunda repetición del concepto, la mano del dómine quedábase suspendida en el aire; y sus cejas arqueadas en mitad de la frente, sus ojos extraordinariamente iluminados, denotaban la importancia que daba a este punto de la lección—, no descomponiéndose nunca, se puede hacer todo lo que se quiere.

Después le entró tos. Doña Paca se apareció dando gruñidos y diciendo que la tos provenía de tanto hablar, contra lo que el médico ordenaba.

—A usted no le ha de matar la enfermedad, sino la conversación... A ver si toma el jarabe y cierra el pico.

Para atenuar el efecto de esta salida un tanto descortés, estando presente una visita, la señora aquella agració a la intrusa con una sonrisilla forzada. ¿Cuál de las dos daría al enfermo la cucharada de jarabe? Quiso hacerlo el ama de llaves; pero Fortunata anduvo más lista. La otra tomó su desquite arrojando una observación de autoridad displicente a la cara de la entrometida.

—Eso es, déle el cloral en vez del jarabe, y la hacemos...

—¿Pero no es ésta la medicina?

—Ésa es, sí...; pero podía usted haberse equivocado. Para eso estoy yo aquí.

—Que me dé lo que quiera —gruñó Feijóo con burlesca incomodidad—. ¿A usted qué le importa, señora doña Francisca?...

—Es que...

—Bueno; aunque me envenenara. Mejor.

## VII

Al verse otra vez en su casa y sola, Fortunata no podía con la gusanera de pensamientos que *le llenaba toda la caja de la cabeza.* ¡Volver con su marido! ¡Ser otra vez la señora de Rubín! Si un mes antes le hubieran hablado de tal cosa, se habría echado a reír. La idea continuaba teniendo para ella una extrañeza dolorosa; pero después de lo que oyó al buen amigo no le parecía tan absurda. ¿Llegaría aquello a ser posible y hasta conveniente? Un cuchicheo de su alma le dijo que sí, aunque las antipatías que los Rubín le inspiraban no se extinguieran. Que don Evaristo se moría pronto era cosa indudable: no había más que verle. ¿Qué iba a ser de ella, privada de la dirección y consejo de tan excelente hombre?... ¡Cuidado que sabía el tal! Toda la ciencia del mundo la poseía al dedillo, y la naturaleza humana, *el aquel de la vida,* que para otros es tan difícil de conocer, para él era como un catecismo que se sabe de memoria. ¡Qué hombre!

Así como en las mutaciones de cuadros disolventes, a medida que unas figuras se borran van apareciendo las líneas de otras, primero una vaguedad o presentimiento de las nuevas formas, después contornos, luego masas de color, y por fin las actitudes completas, así en la mente de Fortunata empezaron a esbozarse desde aquella noche, cual apariencias que brotan de la nebulosa del sueño, las personas de Maxi, de doña Lupe, de Nicolás Rubín y hasta de la misma *Papitos.* Eran ellos que salían nuevamente a luz, primero como espectros, después como seres reales, con cuerpo, vida y voz. Al amanecer, inquieta y rebelde al sueño, oíales hablar y reconocía hasta los gestos más insignificantes que modelaban la personalidad de cada uno.

Levantóse la chulita muy tarde y recibió un recado de su amigo diciéndole que estaba mejor y que se levantaría y saldría a la calle con permiso del tiempo. Esperó su visita, y en tanto no cesaba de cavilar en lo mismo. La gratitud que hacia Feijóo sentía era más viva aún que antes, y habría deseado que la vida que con él llevaba continuase, pues aunque algo tediosa, era tan pacífica que no debía ambicionar otra mejor. "Si dura mucho esto, ¿llegaré a cansarme y a no poder sufrir esta sosería? Puede que sí." El apetito del corazón, aquella necesidad de querer fuerte, le daba sus desazones de tiempo en tiempo, produciéndole la ilusión triste de estar como encarcelada y puesta a pan y agua. Pero se conformaba; quizás cada día la conformidad era menor... quizás veía con agrado en las lontananzas de su imaginación algo nuevo y desconocido que interesara profundamente su alma y pusiera en ejercicio sus facultades, que se desentumecían después de una larga inactividad.

Don Evaristo llegó en coche a eso de las cuatro, muy animado, y le mandó que le hiciera un chocolatito para las cinco. Esmeróse ella en esto, y cuando el buen señor tomaba con ganas su merienda, le dijo entre otras cosas que, si seguía mejor, al día siguiente hablaría con Juan Pablo, planteándole la cuestión resueltamente.

—Y también te digo una cosa. No veo la causa de que tu marido te sea tan odioso. Podrá no ser simpático; pero no es mala persona. Podrá no ser un Adonis; pero tampoco es el coco. Mujeres hay casadas con hombres infinitamente peores, y viven con ellos; allá tendrán sus encontronazos; pero se arreglan y viven... Tú no seas tonta, que no sabes la ganga que es tener un nombre y una chapa decorosa en el casillero de la sociedad. Si sacas partido de esto serás feliz. Casi estoy por decirte que mejor te cuadra un marido como el que tienes que otro de mejor lámina, porque con un poco de muleta harás de él lo que quieras. Me han dicho que desde la separación está muy taciturno, muy dado a sus estudios, y que no se le conocen trapicheos ni distracciones... Por grandes que sean sus resentimientos, chica, creo que en cuanto le hablen de volver contigo, se le hace la boca agua.

Fortunata sonriendo dio a entender su incredulidad.

—¿Que no? ¡Ay chulita! Tú no conoces la naturaleza humana. Cree lo que te he dicho. Maximiliano te abrirá los brazos. ¿No ves que es como tú, un apasionado, un sentimental? Te idolatra, y los que aman así, con esa locura, se pirran por perdonar. ¡Ah, perdonar! Todo lo que sea *rasgos* les vuelve locos de gusto. Tú déjate querer, grandísima tonta, y hazte cargo de que se te presenta un ancho horizonte de vida..., si lo sabes aprovechar.

Esto del horizonte avivó en la mente de la joven aquel naciente anhelo de lo desconocido, del querer fuerte sin saber cómo ni a quién. Lo que no podía era compaginar esperanza tan incierta con la vida de familia que se le recomendaba. Pero algo y aun algos se le iba clareando en el entendimiento.

Feijóo mejoró sensiblemente en los días que siguieron al arrechucho aquel. Recobró parte de sus fuerzas, algo del buen humor, y las presunciones de próxima muerte se desvanecieron en su espíritu. Mas no por eso desistió de llevar adelante un plan que había llegado a ser casi una manía, absorbiendo todos sus pensamientos. Decidido a hablar con Juan Pablo, fue a verle una mañana al Café de Madrid, donde tenía un rato de tertulia antes de entrar en la oficina, pues al fin, ¡miseria humana!, hubo de aceptar la credencialeja de doce mil que le había dado Villalonga por recomendación del mismo Feijóo.

No estaba contento ni mucho menos con esto el orgulloso Rubín, y se quejaba de que una amistad sagrada le hubiera puesto en el compromiso de aceptar el turrón alfonsino. Por supuesto que la situación no duraba ni podía durar. Cánovas no sabía por dónde andaba. Entre tanto, y supiera o no don Antonio lo que traía entre manos, ello es que Juan Pablo se había comprado una chistera nueva, y tenía el proyecto de trocar su capa, algo deshilachada de ribetes y mugrienta de forros, por otra nueva. Eso al menos iba ganando el país.

Pero de todas las mejoras de ropa que publicaban en los *círculos políticos* y en las calles de Madrid el cambio de instituciones, ninguna tan digna de pasar a la historia como el estreno de levita de paño fino que transformó a don Basilio Andrés de la Caña a los seis días de colocado. Hundióse en los abismos del ayer la levita antigua, con toda su mugre, testimonio lustroso de luengos años de cesantía y de arrastrar las mangas por las mesas de las redacciones. Completaba el buen ver de la prenda un sombrero de moda, y el gran don Basilio parecía un sol, porque su cara echaba lumbre de satisfacción. Desde que entró a servir *en su ramo* y en la categoría que le cuadraba, estaba el hombre que no cabía en su chaleco. Hasta parecía que había engordado, que tenía más pelo en la cabeza, que era menos miope, y que se le habían quitado diez años de encima. Se afeitaba ya todos los días, lo que en realidad le quitaba el parecido consigo mismo. No quiero hablar de las otras muchas levitas y gabanes flamantes que se veían por Madrid, ni de las señoras que trocaban sus anticuados trajes por otros elegantes y de última novedad. Éste es un fenómeno histórico muy conocido. Por eso cuando pasa mucho tiempo sin cambio político, cogen el cielo con las manos los sastres y mercaderes de trapos, y con sus quejas acaloran a los descontentos y azuzan a los revolucionarios. "Están los negocios muy parados", dicen los tenderos; y otro resuella también por la herida diciendo: "No se protege al comercio ni a la industria..."

Cuando Feijóo entró en el Café de Madrid, Juan Pablo no había llegado aún, y decidió esperarle en el sitio que su amigo acostumbraba ocupar. A poco entró don Basilio presuroso, de levita nueva, el palillo entre los dientes, y se dirigió al mostrador con ademanes gubernamentales.

—Que me lleven el café a la oficina —dijo en voz alta, mirando al reloj y haciendo un gesto, por el cual los circunstantes podrían comprender, sin necesidad de más explicaciones, el cataclismo que iba a ocurrir, en la Hacienda si don Basilio se retrasaba un minuto más.

—Hola, don Evaristo —dijo deteniéndose un instante a estrecharle la mano—. ¿Cómo va la salud?... ¿Bien? Me alegro... Conservarse... Muy ocupado... Junta en el despacho del jefe... Abur.

—Buen pelo echamos, ¿eh?... Sea enhorabuena. Yo tal cual. Adiós.

Al quedarse otra vez solo, don Evaristo arrugó el ceño. Ocurriósele una contrariedad que entorpecería su plan. Al ir hacia el café había preparado por el camino el discurso que le espetaría a Juan Pablo. Este discurso empezaba así: "Amigo mío, me he enterado de que la pobre mujer de su hermano de usted vive en el más grande apartamiento, arrepentida ya de su falta, indigente y sin amparo alguno..." Y por aquí seguía. Pero esto era insigne torpeza, porque si después de encarecer lo tronada y hambrienta que estaba Fortunata, la veían tan hermosa... No, de ninguna manera. Facilillo era compaginar la lozanía de la señora de Rubín con su desgracia. ¿Y cómo evitar que del indicio de aquellas apretadas carnes y de aquel color admirable indujeran los parientes la certeza de una vida regalona, alegre y descuidada?... Un rato estuvo mi hombre discurriendo cómo probar que no es cosa del otro jueves que las personas afligidas engorden, y aún no había logrado construir su plan lógico, cuando llegó Juan Pablo, frotándose las manos y dejando ver en su cara la satisfacción íntima que el simple hecho de entrar en el café le producía. Era como el tinte de placidez que toma la cara del buen burgués al penetrar en el hogar doméstico. Saludáronse los dos amigos con el afecto de siempre. Después de oír, acerca de su salud, todas las vulgaridades hipócritas con que el sano trastea al enfermo, como aquello de *es nervioso..., pasee usted..., yo también estuve así,* Feijóo abordó la cuestión, y por zancas y barrancas soltando lo primero que se le ocurría llegó a decir que él se había propuesto, por pura caridad, negociar la reconciliación.

—¡Pobrecilla! —dijo Rubín, echando los terrones de azúcar en el vaso con aquella pausa que constituía un verdadero placer—. Dice usted que pasando miserias y muy arrepentida... ¡Cuánto se habrá desmejorado!

—Le diré a usted... Precisamente desmejorarse, no; lo que está es así, muy... ensimismada. Pero sigue tan guapa como antes.

—¿Y Santa Cruz no...?

—Quite usted, hombre. Si hace la mar de tiempo que tronaron. A poco de las trapisondas de marras... Desde entonces su cuñada de usted ha vivido apartada del bullicio, llorando sus faltas y comiéndose los ahorros que tenía, hasta que han venido los apuros. Ha sido una casualidad que yo me enterara. Verá usted..., me la encontré hace días..., contóme sus cuitas... Me dio mucha pena. Hágase usted cargo de lo que sufrirá una criatura con la conciencia alborotada y en esta situación...

—¡Ah! señor don Evaristo, a mí no me la da usted Usted es muy tunante y las mata callando...

Al oír esto, la diplomacia de Feijóo se alarmó, creyendo llegada la ocasión de sacar, si no todo el Cristo, la cabeza de él.

—Mire usted, compañero —le dijo con reposado acento—, cuando trato las cosas en serio, ya sabe usted que las bromas me parecen impertinentes, ¿estamos? Es poco delicado en usted suponer que he tenido algún lío con esa señora, y que lo disimulo con la hipocresía de querer reconciliar el matrimonio. Vamos, que se pasa usted de pillín...

—Era un suponer, don Evaristo —manifestó Rubín desdiciéndose.

—Pues hacía yo bonito papel... Hombre, muchas gracias...

—No, no he dicho nada...

—Además, diferentes veces me ha oído usted decir que hace tiempo me corté la coleta.

—Sí, sí.

—Y si en mis treinta y en mis cuarenta y aun en mis cincuenta, he toreado de lo fino, lo que es ahora... ¡Pues estoy yo bueno para fiestas con sesenta y nueve años y estos achaques!... Hágame usted más favor, y cuando le digo una cosa créamela, porque para eso son los buenos amigos, para creerle a uno...

—Tiene usted razón, y lo que siento, ¡qué cuña!, es que no viera en mi reticencia una broma...

—Me parecía a mí que el asunto, por tratarse de una persona de la familia de usted y por iniciarlo yo, no era para bromear.

Rubín creyó o aparentó creer, y puso la atención más filosófica del mundo en lo que su amigo siguió diciendo sobre materia tan importante. Y aquí viene bien un dato. Juan Pablo había recibido de Feijóo algunos préstamos a plazo indefinido. Este excelente hombre, viendo sus angustias, halló una manera delicada de suministrarle la cantidad necesaria para librarse de Cándido Samaniego, que le perseguía con saña inquisidora. Estas caridades discretas las hacía muy a menudo Feijóo con los amigos a quienes estimaba, favoreciéndoles sin humillarles. Por supuesto, ya sabía él que aquello no era prestar, sino hacer limosna, quizás la más evangélica, la más aceptable a los ojos de Dios. Y no se dio el caso de que recordase la deuda a ninguno de los deudores, ni aun a los que luego fueron ingratos y olvidadizos. Juan Pablo no era de éstos, y se ponía gustoso, con respecto a su generoso *inglés,* en ese estado de subordinación moral propio del insolvente a quien se le dan todas las largas que él quiere tomarse. Demasiado sabía que a un hombre de quien se han recibido tales favores hay que creerle siempre todo lo que dice, y que se contrae con él la obligación tácita de ser de su opinión en cualquier disputa y de ponerse serio cuando él recomienda la seriedad. Allá en su interior pensaría Rubín lo que quisiese; pero de dientes afuera se mantuvo en el papel que le correspondía.

—Por mi parte, no he de poner inconvenientes... Qué quiere usted que le diga. No sé lo que pensará Maximiliano. Desde aquellas cosas no le he oído mentar a su mujer... Si algo se ha de hacer, crea usted que no se dará un paso si mi tía no va por delante... Yo estoy un poco torcido con ella... Lo mejor es que le hable usted.

Después se enteró Feijóo con mucha maña de ciertas particularidades de la familia. Maxi había tomado el grado y estaba ya practicando en la botica de Samaniego a las órdenes de un tal Ballester, encargado del establecimiento. Supo además el anciano que doña Lupe no vivía ya en Chamberí, sino en la calle del Ave María, y que todo el tiempo que le dejaba libre a Maxi la farmacia, lo empleaba en darse buenos atracones de lectura filosófica. Le había dado por ahí.

Luego hablaron de otras cosas. El filósofo cafetero dijo a su amigo que cuando quisiera echar otro párrafo no le buscase más en el Café de Madrid, porque allí había caído en un círculo de cazadores que le tenían mareado y aburrido con la *perra pachona, el hurón* y con *que si la perdiz venía o no venía al reclamo.* No sabía aún a qué *local* mudarse; pero probablemente sería al Suizo Viejo, donde iban Federico Ruiz y otros chicos atrozmente panteístas. De los antiguos cofrades sólo iban al Madrid don Basilio, insufrible con su ministerialismo; Leopoldo Montes y el *Pater.* Pero éste se marcharía aquella misma noche a Cuevas de Vera, su pueblo, a trabajar las elecciones de Villalonga. También charló Juan Pablo de política, diciendo con mucho *tupé* que el Gobierno *estaba de cuerpo presente,* y que la situación duraría..., a todo tirar, a todo tirar, tres o cuatro meses.

## VIII

La primera vez que don Evaristo visitó a su dama después de esta entrevista, abrazóla gozoso, y le dijo:

—Albricias..., vamos bien, vamos bien.

—¿Pero qué... qué hay? ¿Buenas noticias?

—Oro molido; mejor dicho, excelentes impresiones. Tu marido...

—¿Le ha visto usted?

—No he tenido esa satisfacción. Pero me han contado de él una cosa que es en extremo favorable. Te lo diré para que no caviles. Maximiliano se ha dedicado a la filosofía...

Fortunata se quedó mirando a su amigo sin saber qué expresión tomar. No veía la tostada, ni sabía en rigor lo que era la filosofía, aunque sospechaba fuese una cosa muy enrevesada, incomprensible y que vuelve *gilís* a los hombres.

—No me llama la atención que te quedes con la boca abierta. Ya irás comprendiendo... ¡Se da unos atracones de filosofía!, y me parece que dijo Juan Pablo que era filosofía espiritualista...

—¡Ah!... ¿De esos que hablan con las patas de las mesas? ¡Alabado sea...!

—No, ésos no. Pero estamos de enhorabuena: cualquiera que sea la secta o escuela que le sorbe el seso a tu marido, tenemos ya noventa y seis probabilidades contra cuatro de que te recibe con los brazos abiertos. Tú lo has de ver.

Fortunata dudaba que esto fuera así. La partida que ella le había jugado a Maxi era demasiado serrana para que éste la olvidara por lo que dicen los libros. Al otro día entró el simpático amigo más alegre y excitado. Su proyecto llegó a dominarle de tal modo, que no sabía pensar en otra cosa, y de la mañana a la noche estaba dando vueltas al tema. Había mejorado mucho de salud, y al mismo tiempo no ponía tanto cuidado como antes en el adorno de su persona. Desde que tomara con tanto cariño las funciones paternales, se había dejado toda la barba, usaba hongo y una gran bufanda alrededor del cuello. Salía a sus diligencias en coche simón por horas. Cuando la prójima le vio entrar aquel día con el sombrero echado hacia atrás, los ojos chispeantes, los movimientos ágiles, comprendió que las noticias eran buenas.

—Con estos alegrones —dijo él abrazándola— se rejuvenece uno.

Chulita, otro abrazo, otro. Vengo de hablar con la mismísima doña Lupe *la de los Pavos.*

Fortunata se asustó sólo de oír el nombre de su tía política.

—Impresiones muy buenas —añadió el diplomático— Ha empezado por ahuecar la voz y por negarse a proponer la reconciliación. Pero mientras más cerdea ella, más claro veo yo que hará lo que deseamos. ¡Oh! Entiendo bien a mi gente. También ésta tiene sus filosofías pardas, y a mí no me la da. Conozco las callejuelas de la naturaleza humana mejor que los rincones de mi casa. Doña Lupe está deseando que vuelvas; pero deseándolo, para que lo sepas. Se lo he conocido en la cara y en el modo de decir que no... Yo no sé si te he contado que en un tiempo, a poco de enviudar, tuvo sus pretensiones respecto a mí..., pretensiones honestas... Decía la muy fatua que yo le paseaba la calle. ¿Creerás que se le descompone la cara siempre que me ve?

Fortunata soltó la carcajada.

—Dime: ¿y cuando te pretendía, ya le habían cortado el pecho que le falta?

—Pues no lo sé. Por mí que le cortaran los dos... En fin, chica, que esto marcha. Yo le dije que si había reconciliación vivirías con ella, pues yo estimaba muy conveniente esta vida común. Tan hueca se puso al oírme decir esto, que aún creo que le nacía un pecho nuevo... Oye lo que tienes que hacer cuando esto se realice: Yo te daré una cantidad que le entregarás a ella el primer día, suplicándole que te la coloque. Te niegas a admitirle recibo. Nada le gusta tanto como que tengan confianza en ella en asuntos de dinero... ¡Ah!... Leo en ella como leo en ti. ¿No ves que la traté bastante en vida de Jáuregui, que, entre paréntesis, era un hombre excelente? Ya te daré una lección larga sobre el toletole con que debes tratarla, una mezcla hábil de sumisión e independencia, haciéndole una raya, pero una raya bien clarita, y diciéndole: "De aquí para allá manda usted; de aquí para acá estoy yo..." Ahora la tecla que me falta tocar es tu marido. He hablado pocas veces con él, apenas le trato, pero no importa...

La mejoría se acentuó tanto, que don Evaristo atrevióse a salir de noche, y lo primero que hizo fue ir en busca de Juan Pablo. No le encontró en el Suizo Viejo. Allí estaban Villalonga, Juanito Santa Cruz, Zalamero, Severiano Rodríguez, el médico Moreno Rubio, Sánchez Botín, Joaquín Pez y otros, que tenían constituida la más ingeniosa y regocijada peña que en los cafés de Madrid ha existido. Habían hecho un reglamento humorístico, del cual cada uno de los socios tenía su ejemplar en el bolsillo. De aquellas célebres mesas habían salido ya un ministro, dos subsecretarios y varios gobernadores. Aunque era amigo de algunos, no quiso Feijóo acercarse, y se fue a una mesa lejana. Junto a él, los ingenieros de Caminos hablaban de política europea, y más acá los de Minas disputaban sobre literatura dramática. No lejos de éstos, un grupo de empleados en la Contaduría central se ocupaba con gran calor de pozos artesianos, y dos jueces de primera instancia, unidos a un actor retirado, a un empresario de caballos para la Plaza de Toros y a un oficial de la Armada, discutían si eran más bonitas las mujeres con *polisón* o sin él. Después llamó la atención de don Evaristo la facha de un hombre que iba por entre las mesas, el cual sujeto más bien parecía momia animada por arte de brujería. "Yo conozco esta cara —se dijo Feijóo—. ¡Ah!, ya; es el que llamábamos *Ramsés II,* el pobre Villaamil que sólo necesita dos meses para jubilarse." Acercóse tímidamente este desgraciado a Villalonga, que ya estaba levantado para marcharse, y en actitud cohibida, echando los ojos fuera del casco, le habló de algo que debía de ser los maldecidos dos meses. Jacinto alzaba los hombros, respondiéndole con benevolencia quejumbrosa. Parecía decirle: "¡Yo qué más quisiera!... He hecho todo lo posible... Veremos... He dado la nota... Crea usted que por mí no queda... Sí, ya sé, dos meses nada más..." Un instante después *Ramsés II* pasó junto a don Evaristo, deslizándose por entre las mesas y sillas como sombra impalpable. Llamóle por su nombre verdadero Feijóo y acercóse el otro a la mesa, inclinando, para ver quién le llamaba, su cara amarilla, requemada por el sol de Cuba y Filipinas. Se reconocieron. Villaamil, invitado por su amigo, dobló su esqueleto para sentarse, y tomó café... con más leche que café...

—¡Ah! ¿Buscaba usted a Juan Pablo? Pues del salto se ha ido al café de Zaragoza. Dice que le cargan los ingenieros...

Como le convenía retirarse temprano, no fue don Evaristo aquella noche al indicado café.

Las nueve serían de la siguiente cuando entró en el establecimiento de la plaza de Antón Martín, que lleno de gente estaba, con una atmósfera espesa y sofocante que se podía mascar, y un ensordecedor ruido de colmena; bulla y ambiente que soportan sin molestia los madrileños, como los herreros el calor y estrépito de una fragua. Desembozándose avanzó el anciano por la tortuosa calle que dejaran libre las mesas del centro, y miraba a un lado y otro buscando a su amigo. Ya tropezaba con un mozo cargado de *servicio,* ya su capa se llevaba la toquilla de una cursi; aquí se le interponía el brazo del vendedor de *Correspondencias* que alargaba ejemplares a los parroquianos, y allá le hacían barricada dos individuos gordos que salían o cuatro flacos que entraban. Por fin distinguió a Juan Pablo en el rincón inmediato a la escalera de caracol por donde se sube al billar. Acompañábanle en la misma mesa dos personas: una mujer bastante bonita, aunque estropeada, y un joven en quien al pronto reconoció don Evaristo a Maximiliano. Los dos hermanos sostenían conversación muy animada. La *individua* era el amor de Juan Pablo, una tal Refugio, personaje de historia, aunque no histórico, de cara graciosa y picante, con un diente de menos en la encía superior. Feijóo no la había visto nunca, ni el filósofo de café acostumbraba presentarse en público en compañía de aquella Aspasia, por cuya razón quedóse Rubín un tanto cortado al ver a su amigo.

Maximiliano saludó a don Evaristo, preguntándole con mucho interés por su salud, a lo que respondió el anciano con mucha viveza:

—Ya ve usted... *Cinco* meses llevo así... Un día caigo, otro me levanto... ¡*Cinco* meses!... Nada; que viene un día en que la máquina dice: "Hasta aquí llegamos, compañero", y no se empeñe usted en remendarla ni echarle aceite. Que no anda, y que no anda, y se tiene que parar.

—Pero ¿qué es lo que usted tiene? —preguntó Maximiliano con presunción de médico novel o de boticario incipiente, que unos y otros se desviven por ser útiles a la humanidad.

—¿Que qué tengo? ¡Ah! Una cosa muy mala. La peor de las enfermedades. ¡Setenta años! ¿Le parece a usted poco?

Todos se echaron a reír.

—Me ha dicho mi hermano —añadió Maxi— que digiere usted mal.

—Cinco meses lleva mi estómago de indisciplina —replicó el ladino viejo, que quería sin duda meterle a Maxi en la cabeza aquello de los cinco meses—. Ya no le hago caso. Me he rendido, y espero tranquilo el *cese.*

—Si quiere usted, le haré un preparado de peptona.

—Gracias... Veremos lo que dice mi médico.

—Poco mal y bien quejado —afirmó el otro Rubín, dándole palmadas en el hombro.

—Pero ustedes estaban hablando de algo que debía de ser interesante —dijo Feijóo—. Por mí no se interrumpan.

—Estábamos..., pásmese usted..., en las regiones etéreas.

—Nada, es que me quiere convencer —manifestó Maximiliano con calor— de que todo es fuerza y materia. Yo le digo una cosa: "pues a eso que tú llamas fuerza, lo llamo yo espíritu, el Verbo, el querer universal, y volvemos a la misma historia, al Dios uno y creador y al alma que de él emana".

Don Evaristo, en tanto, miraba a Refugio, examinándole el rostro, la boca, el diente menos. La muchacha sentía vergüenza de verse tan observada, y no sabía cómo ponerse, ni qué dengues hacer con los labios al llevarse a ellos la cucharilla con leche merengada.

—Eso, eso..., por ahí duele —dijo el ex-coronel, arrimándose al partido de Maximiliano—. ¡El alma!... Estos señores materialistas creen que con variar el nombre a las cosas han vuelto el mundo patas arriba.

—Pero si ya te he dicho... —argüía sofocado Juan Pablo.

—Déjame que acabe...

—No es eso... ¡Qué cuña!

—Volvemos a lo mismo. ¿No me conozco yo en mí uno, consciente, responsable?

—¡Otra te pego! Pero ven acá...

—Aguarda. Si yo me reconozco íntimamente en la sustancia de mi yo...

Se expresaba con exaltación sin dejar meter baza a su hermano, y éste, en cambio, no se la dejaba meter a él, y simultáneamente se quitaban la palabra de la boca.

—Espérate un poco..., no es eso.

—Allá voy... Yo vivo en mi conciencia por mí y antes y después de mí.

—¡Ah!, pero lo primero es distinguir... Mira...

"¡Buen par de chiflados estáis los dos!", dijo para sí don Evaristo mirando con curiosidad el portillo que en la dentadura tenía Refugio.

—¡Dale, bola!... —replicó Maxi—. Si no es eso... Yo, ¿soy yo?..., ¿me reconozco como tal yo en todos mis actos?

—No; yo no soy más que un accidente del concierto total, yo no me pertenezco, soy un fenómeno.

—¡Que yo soy un fenómeno!... ¡Ave María Purísima, qué disparate!

—Estás tú fresco... Lo permanente no soy yo, ¡qué cuña!, es el conjunto... Yo lo reconozco así en el fenómeno pasajero de mi conocimiento.

¡Y estas cosas se decían en el rincón de un café, al lado de un parroquiano que leía *La Correspondencia* y de otro que hablaba del precio de la carne! En una de las mesas próximas había un grupo de individuos que tenían facha de matuteros o cosa tal. A la derecha veíanse dos cursis acompañadas de una buscona y obsequiadas por un señor que les decía mil tonterías empalagosas; enfrente una trinca en que se disputaba acerca de *Lagartijo* y *Frascuelo,* con voces destempladas y manotazos. Y por la escalera de caracol subían y bajaban constantemente parroquianos, dando patadas que más bien parecían coces; y por aquella espiral venían rumores de disputa, el chasquido de las bolas de billar y el canto del mozo que apuntaba.

—Si se me permite dar una opinión —dijo Feijóo, que empezaba a marearse con tanto barullo—, voto con el pollo.

En esto sonó el piano, que se alzaba sobre una tarima en medio del café, con la tapa triangular levantada para que hiciera más ruido; y empezó la tocata, que era de piano y violín. La música, los aplausos, las voces y el murmullo constante del café formaban un run-rún tan insoportable, que el buen don Evaristo creyó que se le iba la cabeza y que caería redondo al suelo si permanecía allí un cuarto de hora más. Decidió retirarse, descontento de no haber encontrado solo a Juan Pablo, pues delante del farmacéutico no podía hablar del espinoso asunto que entre manos traía. Su enojo se trocó en alegría cuando Maxi, al verle en pie, dijo que él también se iba, porque era hora de volver a su farmacia. Salieron, pues, juntos, y antes de llegar a la puerta vio el anciano que le cortaba el paso una figura macilenta y sepulcral. Era *Ramsés II,* que venía en busca suya.

—Señor don Evaristo, por Dios, hable usted de mí al señor de Villalonga —le dijo la momia, interponiéndose como si no quisiera darle paso sino a cambio de una promesa.

—Se hará, compañero, se hará; hablaremos a Villalonga —dijo don Evaristo embozándose—; pero ahora estoy de prisa..., no puedo detenerme... Hijo, vamos.

Y abriéndose paso, salió con el chico de Rubín.

## IX

Al cual dijo en la puerta:

—¿Hacia dónde va usted con su cuerpo?

—¿Yo? A la calle del Ave María.

—¡Qué casualidad! Yo llevo esa dirección. Iremos juntos... Deje usted que me emboce bien... Ahora déme usted el brazo. Las piernas no me ayudan. Ya se ve..., cinco meses..., cabalitos...; fíjese usted bien..., sin digerir. No sé cómo estoy vivo. Desde octubre del año pasado no levanto cabeza... ¡Pero qué ideas las de Juan Pablo! Parece mentira... ¡Un muchacho de entendimiento!... Usted sí que sabe por dónde anda. Sí; no espere usted a llegar a viejo y a ver de cerca la muerte para creer que somos algo más que montoncitos de basura animados por fuerza semejante a la electricidad que hace hablar a un alambre. Eso se deja para los tontos y perdularios, para la gente que no piensa. Usted está en lo firme, y será capaz de acciones nobles, de acciones que, por lo mismo que son tan elevadas, no están al alcance del vulgo.

No comprendía Maximiliano a cuenta de qué era aquello; pero tenía su espíritu admirablemente dispuesto para recibir toda sutileza que se le quisiera echar; estaba hambriento de cosas ideales, y la meditación, el estudio y la soledad habíanle dado una receptividad asombrosa para todo lo que procediera del pensamiento puro. Por esta causa, sin entender de qué se trataba, contestó humildemente:

—Tiene usted mucha razón... pero mucha razón.

—El hombre que como usted —prosiguió don Evaristo— no se deja engatusar por las sabidurías modernas, está en disposición de hacer el bien, pero no el bien de cualquier modo, sino sublimemente, ¡caramba!, mirando para el cielo, no para la tierra...

Tiempo hacía que Maxi se había dedicado a mirar al cielo.

—Mire usted, señor don Evaristo —dijo sintiéndose lleno y ahíto de aquella espiritual sustancia, acopiada a fuerza de barajar sus tristezas con las hojas de los libros—. La desgracia me ha hecho a mí volver los ojos a las cosas que no se ven ni se tocan. Si no lo hubiera hecho así, me habría muerto ya cien veces. ¡Y si viera usted qué distinto es el mundo mirado desde arriba a mirado desde abajo! Me parecía a mí mentira que yo había de ver apagarse en mí la sed de venganza y el odio que me embruteció. Y sin embargo, el tiempo, la abstracción, el pensar en el conjunto de la vida y en lo grande de sus fines, me han puesto como estoy ahora.

—Claro... ¿A qué vienen esos odios y esas venganzas de melodrama? —dijo gozoso don Evaristo—. Para perderse nada más. ¡Dichoso el que sabe elevarse sobre las pasiones de momento y atemperar su alma en las verdades eternas!

Y para su sayo habló de este modo:

"Tan metafísico está este chico, que nos viene como anillo al dedo."

—En este bulle-bulle de las pasiones de los hombres del día —prosiguió Maxi con cierto énfasis— llega uno a olvidarse de que vivimos para perdonar las ofensas y hacer bien a los que nos han hecho mal.

—Tiene usted razón, hijo..., y dichoso mil veces el que como usted, así, tan jovencito, llega a posesionarse de esa idea y a hacerla efectiva en la vida real.

—La desgracia, un golpe rudo..., ahí tiene usted el maestro. Se llega a este estado padeciendo, después de pasar por todas las angustias de la cólera, por los pinchazos que le da a uno el amor propio y por mil amarguras... ¡Ay, señor don Evaristo! Parece mentira que yo esté tan fresco, después de haberme creído con derecho a matar a un hombre, después de haberme ilusionado con la idea de cometer el crimen, concluyendo por renunciar a ello. Mi conciencia está hoy tan tranquila no habiendo matado, como firme y decidida estuvo cuando pensé matar... Entonces no veía a Dios en mí; ahora sí que le veo. Créalo usted; hay que anularse para triunfar; decir *no soy nada* para serlo todo.

Feijóo, en vista de estas buenas disposiciones, se fue derecho al bulto.

—A un espíritu tan bien fortalecido —le dijo— se le puede hablar sin rodeos. ¿Doña Lupe no ha tratado con usted de cierto asunto...?

Maximiliano se puso del color de la grana de su embozo, y contestó afirmativamente con embarazo y turbación.

—Por mi parte —añadió don Evaristo—, haré todo lo que pueda para que esto cuaje. Si ello tiene que suceder. Es lo práctico, amigo mío; y ya que usted es tan místico, conviene que sea un poquito práctico... Por una casualidad intervengo yo en esto... Le advierto a usted que ella desea volver...

—¡Lo desea! —exclamó Rubín, dejando caer el embozo.

—¡Toma! ¿Ahora salimos con eso? Pues si no lo deseara, ¿cómo me había de meter yo en semejante negocio? ¿No comprende usted...?

—Sí..., pero... No hay que confundir. El perdón puramente espiritual o evangélico, ya lo tiene... Pero el otro perdón, el que llamaríamos social, porque equivale a reconciliarse, es imposible.

"Vamos, que no será tanto", dijo para sí don Evaristo, subiéndose el embozo.

—Es imposible —repitió Maxi.

—Piénselo bien, piénselo bien; pregúnteselo a la almohada, compañero... Yo creo que cuando usted madure la idea...

—Me parece que aunque la estuviera madurando diez años...

—En estas cosas hay que poner algo de caridad; no se puede proceder con simple criterio de justicia. Convendría que usted hablase con ella...

—¡Yo!... Pero don Evaristo...

—Sí, no me vuelvo atrás. Quien tiene ideas como las que usted tiene, ¡caramba!, y sabe sentir y pensar con esa alteza de miras..., eso es, con esa espiritualidad de la..., pues..., de..., claro...

—¿Y cree usted que ella me podría dar explicaciones claras, pero muy claras, de todo lo que ha hecho después que se separó de mí?

—Hijo, yo creo que las dará...; pero es claro que usted no debe apurar mucho tampoco... O hay perdón o no hay perdón. La caridad por delante, detrás la indulgencia, y ver si en efecto hay propósitos sinceros de enmienda. Por lo que he oído, me parece que los hay; se lo digo a usted de corazón.

—Yo lo dudo.

—Pues yo no. Juzgue usted mi opinión como quiera. Y sepa que intervengo en esto por pura humanidad, porque se me ha ocurrido no morirme sin dejar tras de mí una buena acción, ya que en la cuenta de mi vida tengo tantas malas o insignificantes. No me gusta meterme en vidas ajenas; pero en este caso, créalo usted..., se me ha puesto en la cabeza que a entrambos les conviene volver a unirse.

Ya en este terreno, don Evaristo se descubrió más.

—Amigo —dijo parándose en la puerta de la botica—. Su mujer de usted me ha parecido una mujer defectuosísima. Aunque la he tratado poco, puedo asegurar que tiene buen fondo; pero carece de fuerza moral. Será siempre lo que quieran hacer de ella los que la traten.

Maximiliano le miraba con ojos atónitos. Lo mismo pensaba él.

—Yo le eché anteayer un largo sermón, recomendándole que se amoldara a las realidades de la vida, que pusiera un freno a aquella imaginacioncilla tan desenvuelta. "Pero, hija mía, es preciso pensar lo que se hace, y dejarse de tonterías." Yo muy serio. Creo que algo he conseguido. Usted lo ha de ver, compañero. Es lástima que teniendo buen fondo, buen corazón..., sólo que algo grande..., y careciendo de las malicias de otras, no posea un poco de juicio. Porque con un poco de juicio, nada más que con un poco de juicio, no se pueden hacer las tonterías que ella ha hecho... En fin, hijo, usted dirá que quién me mete a mí a lañador; pero, ¿qué quiere usted?, a los viejecillos nos gusta arreglar a los jóvenes y marcarles el paso de esta vida para que eviten los tropezones que hemos dado nosotros.

Dijo esto último sonriendo con tal hombría de bien, que Maximiliano se llenó de confusiones. No sabía qué contestar, y sentía que se le apretaba la garganta. Despidióse don Evaristo, dejando al pobre chico en tal grado de aturdimiento, que durante muchos días hubo de revolver en su mente indigestada los dejos de aquel coloquio que tuvo con el respetable anciano, en una noche fría del mes de marzo.

Al siguiente día don Evaristo fue en coche a ver a Fortunata, a quien encontró peinándose sola. Sentándose a su lado y cogiéndola por un brazo, la llamó a sí y le dio un beso, diciéndole:

—El último beso... La aventura del viejo Feijóo ha pasado a la historia... Entraremos pronto en vida nueva, y de esto no quedará sino un recuerdo en mí y otro en ti... Para el público nada. Estas cenizas sólo para nosotros esconden un poco de calor.

Fortunata, que tenía en cada mano una de las gruesas bandas de sus cabellos negros, apartándolas como si fueran una cortina, no sabía si reír o echarse a llorar...

—¿Has hablado con él?... —dijo conmovida y al mismo tiempo sonriente.

—Vete acostumbrando a tratarme de usted... —replicó él con cierta severidad—. No se te escape una expresión familiar, porque entonces la echamos a perder. Yo también te trataré de usted delante de gente... Todo acabó... Fortunata, no soy para ti más que un padre... Aquel que te quiso como quiere el hombre a la mujer, no existe ya... Eres mi hija. Y no es que hagamos un papel aprendido, no; es que tú serás verdaderamente para mí, de aquí en adelante, como una hijita, y yo seré para ti un verdadero papaíto. Lo digo con toda mi alma. Yo no soy aquél; yo me moriré pronto, y...

Viéndole que se conmovía, la chulita no pudo aguantar más, y soltó el trapo a llorar. Aquellas admirables guedejas sueltas la asemejaban a esas imágenes del dolor que acompañan a los epitafios. Feijóo hizo un mohín como de persona mayor que quiere dominar una debilidad pueril, y le dijo:

—Pero no, no me avergüenzo de que se me salte una lágrima. Yo juro por Dios, en quien siempre he creído, que el cariño paternal es lo que me la hace derramar. Todo lo que en mí existía de varón, capaz de amar, ha desaparecido; todo murió; y no me queda de ello nada; ni aun siquiera lo echo de menos. Nunca he sido padre; ahora siento que lo soy..., y mi corazón se llena de afectos desconocidos, tan puros, pero tan puros...

La prójima no había visto nunca a su amigo tan vencido de la emoción. Tenía los ojos húmedos y le temblaban las manos. Sujetóse ella en la coronilla con una correa negra las crenchas de su abundante cabello, porque no era posible repicar y andar en la procesión; no podía peinarse y al mismo tiempo celebrar, entre lágrimas y castos apretones de mano, la santificación de las relaciones que entre ambos habían existido. Poco a poco se serenaron; don Evaristo la hizo sentar a su lado en el sofá, y con voz clara y firme le habló de esta manera:

—Me parece que esto se arregla. ¡Cuánto me gustaría morirme dejándote en una situación normal y decorosa!... Bien veo que no es fácil que tu marido te sea simpático; pero eso no es inconveniente invencible. Hay que transigir con las formas, y tomar las cosas de la vida como son. ¿Y quién te dice que tratándole algo no llegues a tenerle afecto? Porque él es bueno y decente. Anoche le vi, y no me ha parecido tan raquítico. Ha engordado; ha echado carnes, y hasta me pareció que tiene un aire más arrogantillo, más...

Sonriendo tristemente, expresaba la joven su incredulidad.

—En fin, tú lo has de ver. Y en último caso, hay que conformarse. La vida regular y el transigir con las leyes sociales tienen tal importancia, que hay que sacrificar el gusto, hija mía, y la ilusión... No digo que se sacrifique todo, todo el gusto y toda la ilusión; pero algo, no lo dudes, algo hay que sacrificar. De tener un marido, un nombre, una casa decente, a andar con la *alquila* levantada, como los simones, a éste tomo, a éste dejo, va mucha diferencia para que no te pares a pensar bien lo que haces... Vamos a ver. Es preciso preverlo todo. Yo te voy a presentar los dos casos que se te pueden ofrecer en tu vida legal, y para los dos te voy a dar mi consejo franco, leal, con un gran sentido de la realidad. Primer caso: supongamos que al poco tiempo de vivir con Maximiliano encuentras que el muchacho se porta bien contigo, vas viendo sus buenas cualidades, que se manifiestan en todos los actos de la vida, y supongamos también que le vas teniendo algún cariño...

Fortunata tenía la mirada fija en un punto del suelo, como una espada, tan bien hundida que no la podía desclavar. Seguro de que le oía, aunque no le miraba, Feijóo siguió hablando despacio, poniendo pausas entre las cláusulas.

—Supongamos esto... Pues tu deber en tal caso es esforzarte en que ese cariño..., llamémosle amistad, se aumente todo lo posible. Trabaja contigo misma para conseguirlo. ¡Ah!, hija mía, el trato hace milagros; la buena voluntad también los hace. Evita al propio tiempo la ociosidad, y verás cómo lo que te parece tan difícil te ha de ser muy fácil. Se han dado casos, pero muchos casos, de mujeres unidas por fuerza a un hombre aborrecido, y que le han ido tomando ley poquito a poco, hasta llegar a ponerse más tiernas que la manteca. No digo nada si tienes chiquillos, porque entonces...

—¡Lo que es eso...! —indicó con viveza Fortunata.

—¡Mira qué tonta! ¿Y qué sabes tú? No se puede asegurar tal cosa. La Naturaleza sale siempre por donde menos se piensa... Y con chiquillos, ya llevas más de la mitad del camino andado para llegar al sosiego que te recomiendo, pues en criarlos y en cuidarlos se te desgastará el sentimiento que de sobra tienes en esa alma de Dios, y te equilibrarás, y no harás más tonterías... Bueno; ya hemos hablado del primer caso, que es el mejor; pasemos al segundo. Te lo presento en la previsión de que falle el primero, lo que bien pudiera suceder. Vamos allá...

Fortunata esperaba con ansia la exposición del segundo caso, pero Feijóo lo tomaba con calma, pues se quedó buen rato meditando, con el ceño fruncido y la vista fija en el suelo.

—Lo mejor —prosiguió— es lo que acabo de decirte; pero cuando no se puede hacer lo mejor, se hace lo menos malo..., ¿me entiendes? Suponiendo que no te sea posible encariñarte con ese bendito, y que ni el trato ni las buenas prendas de él te lo hagan menos antipático; suponiendo que la vida llegue a serte insoportable, y... Vaya que esto es temerario, y se necesita de toda mi entereza para aconsejarte. Pero yo, antes que todo, veo lo práctico, lo posible, y no puedo aconsejar a nadie que se deje morir ni que se suicide. No se deben imponer sacrificios superiores a las fuerzas humanas. Si el corazón se te conserva en el tamaño que ahora tiene, si no hay medio de recortarlo, si se te pronuncia, ¿qué le vamos a hacer? Dentro del mal, veamos qué es lo mejor entre lo peor, y...

Feijóo rebuscaba las palabras más propias para expresar su pensamiento. Las ideas se le alborotaban un poco y necesitó someterlas para no embarullarse. Dando un gran suspiro, se pasó la mano por la cabeza, perdida la vista en el espacio. Saliendo al fin de su perplejidad, dijo con voz cautelosa:

—Y en un caso extremo, quiero decir, si te ves en el disparadero de faltar, guardas el decoro, y habrás hecho el menor mal posible... El decoro, la corrección, la decencia; éste es el secreto, compañera.

Detúvose asustado, a la manera del ladrón que siente ruido, y se volvió a poner la mano sobre la cabeza, como invocando sus canas. Pero sus canas no le dijeron nada. Al punto se envalentonó, y recobró la seguridad de su lenguaje, diciendo:

—Tú eres demasiado inexperta para conocer la importancia que tiene en el mundo la forma. ¿Sabes tú lo que es la forma, o mejor dicho, las formas? Pues no te diré que éstas sean todo; pero hay casos en que son casi todo. Con ellas marcha la sociedad, no te diré que a pedir de boca, pero sí de la mejor manera que puede marchar. ¡Oh! Los principios son una cosa muy bonita; pero las formas no lo son menos. Entre una sociedad sin principios y una sociedad sin formas, no sé yo con cuál me quedaría.

## X

Fortunata *había* comprendido. Hacía signos afirmativos con la cabeza, y cruzadas las manos sobre una de sus rodillas, imprimía a su cuerpo movimientos de balancín o remadera.

A Feijóo le había costado algún trabajo arrancarse a exponer su moral en aquellas circunstancias, porque en la conciencia se le puso un nudo, que le apretó durante breve rato; pero al punto lo deshizo, evocando las teorías que había profesado toda su vida. Lanzado, pues, el concepto más peligroso, siguió luego como una seda, sin nudo y sin tropiezo.

—Ya sabes cuáles son mis ideas

respecto al amor. Reclamación imperiosa de la Naturaleza...; la Naturaleza diciendo *auméntame*... No hay medio de oponerse...; la especie humana que grita *quiero crecer*... ¿Me entiendes? ¿Hablo con claridad? ¿Necesitaré emplear parábolas o ejemplos?

Fortunata entendía, y seguía balanceándose de atrás adelante, acentuando las afirmaciones con su cabeza despeinada.

—Pues no te digo más. Esto es muy delicado; tan delicado como una pistola montada al pelo, con la cual no se puede jugar. Siempre es preferible el primer caso, el caso de la fidelidad, porque de este modo cumples con la Naturaleza y con el mundo. El segundo término te lo pongo como un *por si acaso,* y para que..., pon en esto tus cinco sentidos..., para que si te ves en el trance, por exigencias irresistibles del corazón, de echar abajo el principio, sepas salvar la forma...

Aquí volvió mi hombre a sentir el nudo; pero evocando otra vez su filosofía de tantos años, lo desató.

—Hay que guardar en todo caso las santas apariencias, y tributar a la sociedad ese culto externo sin el cual volveríamos al estado salvaje. En nuestras relaciones tienes un ejemplo de que cuando se quiere el secreto se consigue. Es cuestión de estilo y habilidad. Si yo tuviera tiempo ahora, te contaría infinitos casos de pecadillos cometidos con una reserva absoluta, sin el menor escándalo, sin la menor ofensa del decoro que todos nos debemos... Te pasmarías. Oye bien lo que te digo, y apréndetelo de memoria. Lo primero que tienes que hacer es sostener el *orden público,* quiero decir, la paz del matrimonio, respetar a tu marido y no consentir que pierda su dignidad de tal... Dirás que es difícil; pero ahí está el talento, compañera... Hay que discurrir, y sobre todo, penetrarse bien del propio decoro para saber mirar por el ajeno... Lo segundo...

Aquí don Evaristo se acercó más a ella, como si temiera que alguien le pudiese oír, y con el dedo índice muy tieso iba marcando bien lo que le decía.

—Lo segundo es que tengas mucho cuidado en elegir, esto es esencialísimo; mucho cuidado en ver con quién..., en ver a quién...

La conclusión del concepto no salía, no quería salir. Viéndole Fortunata en aquel apuro, acudió a remediarlo, diciendo:

—Comprendido, comprendido.

—Bueno, pues no necesito añadir nada más..., porque si caes en la tentación de querer a un hombre indigno, adiós mi dinero, adiós decoro... Y lo último que te recomiendo es que si logras conseguir que no pueda tentarte otra vez el mameluco de Santa Cruz, habrás puesto una pica en Flandes.

Dicho esto, el anciano se levantó, y tomando capa y sombrero, se dispuso a marcharse. De la puerta volvió hacia Fortunata, y alzando el bastón con ademán de mando, le dijo:

—Repito lo de antes. Aquello se acabó..., y ahora soy tu padre, tú mi hija...; trátame de usted...; ocupemos nuestros puestos..., aprendamos a vivir vida práctica... Por de pronto, serenidad, y concluye de peinarte, que es tarde. Yo me voy, que tengo mucho que hacer.

Metióse el original moralista en su simón, y apenas había llegado a la plaza de los Carros, empezó a sentir en su alma una inquietud inexplicable. Y tras la inquietud moral vino un cierto malestar físico, con algo de temblor y escalofríos, acompañado de terror supersticioso... Pero no podía definir la causa del miedo... El coche corría por la Cava Alta, y Feijóo se sentía cada vez peor. De improviso sintió como una vibración intensísima en su interior, y un relámpago a manera de lanceta fugaz atravesóle de parte a parte. Creyó que una desconocida lengua le gritaba: "¡Estúpido, vaya unas cosas que enseñas a tu hija!..." Extendió la mano para detener al cochero y decirle que volviera a la calle de Tabernillas; pero antes de realizar aquel propósito, cesó la trepidación que en su alma había sentido, y todo quedó en reposo... "¡Qué debilidades! —pensó—; éstas son chocheces y nada más que chocheces... ¿Pues no se me ocurrió volver allá para desdecirme? No te reselles, compañero, y sostén ahora lo que has creído siempre. Esto es lo práctico, es lo único posible... Si le recomendara la virtud absoluta, ¿qué sería? Sermón absolutamente perdido. Así al menos..."

Y siguió tan satisfecho.

Con el ajetreo que traía aquellos días, en los cuales hizo dos visitas a doña Lupe, celebró muchas conferencias con Juan Pablo y otra muy sustanciosa con Nicolás Rubín, que andaba desalado detrás de una canonjía, tuvo el buen señor una recaída en su enfermedad. Una tarde de fines de marzo se sintió tan mal, que hubo de retirarse a su casa y se acostó. Doña Paca advirtió en él, juntamente con los síntomas de agravación, cierta alegría febril, lo que juzgó de malísimo agüero, pues si su amo se volvía niño o demente cuando tan malito estaba, señal era esto de la proximidad del fin. Toda la noche estuvo dando vueltas de un lado para otro, queriendo levantarse y renegando de que le tuvieran prisionero en la cárcel de aquellas malditas sábanas. A la madrugada se nublaron sus sentidos, y a punto de perder el conocimiento se despidió del mundo sensible con este varonil concepto, que apenas salió del magín a los labios.

—Ya me puedo morir tranquilo, puesto que he sabido arrancarle al demonio de la tontería el alma que ya tenía entre sus uñas...

Doña Paca y el criado, creyendo que su amo se quedaba en aquel espasmo, empezaron a dar chillidos; llamaron al médico, dieron al señor muchas friegas, y por fin volviéronle a la vida. Todos se pasmaron de verle risueño y de oírle afirmar que no le dolía nada y que se sentía bien y contento. Mas a pesar de esto, el doctor puso muy mala cara, pronosticando que la debilidad cerebral y nerviosa acabaría pronto con el enfermo. Por más que éste se envalentonó, no pudo levantarse y las fuerzas le iban faltando. Carecía en absoluto de apetito. Los amigos que aquel día le acompañaban convinieron en decirle de la manera más delicada que se preparase espiritualmente para el traspaso final, ocupándose del negocio de salvar su alma. Creyeron los más que don Evaristo se alborotaría con esto, pues siempre hizo alarde de librepensador; mas con gran sorpresa de todos, oyó la indicación del modo más sereno y amable, diciendo que él tenía sus creencias, pero que al mismo tiempo gus taba de cumplir toda obligación consagrada por el asentimiento del mayor número.

—Yo creo en Dios —dijo—, y tengo acá mi religión a mi manera. Por el respeto que los hombres nos debemos los unos a los otros, no quiero dejar de cumplir ningún requisito de los que ordena toda sociedad bien organizada. Siempre he sido esclavo de las buenas formas. Tráiganme ustedes cuantos curas quieran, que yo no me asusto de nada, ni temo nada, y no desentono jamás. No descomponerse; ése es mi tema.

Todos los presentes se maravillaron al oírle, y aquel mismo día se le administraron los Sacramentos. Después se puso mucho mejor, lo cual dio motivo a que le dijeran, como es uso y costumbre, que la religión es medicina del cuerpo y del alma. Él aseguraba que no se moría de aquel arrechucho, que tenía siete vidas como los gatos, y que era muy posible que Dios le dejase tirar algún tiempo más para permitirle ver muchas y muy peregrinas cosas. Así fue en efecto, pues en todo el año 75 que corría no se murió el filósofo práctico.

Durante la convalecencia de aquel ataque, no permitió que Fortunata fuese a verle. Le escribía algunas cartitas, reiterándole sus consejos y dándole otros nuevos para el día ya próximo en que la reconciliación debía efectuarse. Al propio tiempo se ocupaba en la revisión de su testamento, y en tomar varias disposiciones benéficas que algunas personas habían de agradecerle mucho. Tenía un pequeño caudal repartido en diferentes préstamos hechos a amigos menesterosos. Algunos le habían firmado pagarés de mil, de dos y hasta de tres mil reales. Todos estos papeles fueron rotos. Dispuso cómo se habían de repartir las alhajas que tenía, algunas de bastante valor, sortijas con hermosos solitarios, botonaduras, y además cajitas primorosas de marfil y sándalo que había traído de Filipinas, una hermosa espada, dos o tres bastones de mando con puño de oro. Hizo la distribución de todo, con un acierto que declaraba su gran delicadeza y el aprecio que hacía de las amistades consecuentes.

Respecto a Fortunata lo dispuso tan bien que no cabía más. No le dejaba en su testamento más que algunos regalitos, llamándola *ahijada;* pero, por medio de un agente de Bolsa muy discreto, se hizo una operación en que la chulita figuraba como compradora de cierta cantidad de acciones del Banco, dándole además, de mano a mano, algunas cantidades en billetes. No olvidó por esto don Evaristo a sus parientes, que eran dos sobrinas, residentes la una en Astorga, la otra en Ponferrada. Ambas quedaban muy bien atendidas en el testamento; y en cuanto a los socorros que anualmente les enviaba, no perdió aquel año la memoria de esta obligación, a pesar de los muchos quebraderos de cabeza que tuvo. Doña Paca y los dos criados también se llevarían un pellizco el día en que el amo faltara.

Indicáronle los clérigos de la parroquia si no dejaba algo para sufragios por su alma, y él, con bondadosa sonrisa, replicó que no había olvidado ninguno de los deberes de la cortesía social, y que para no desafinar en nada, también quedaba puesto el rengloncito de las misas.

Fue a verle una tarde Villalonga, y lo primero que le dijo Feijóo, mientras se dejaba abrazar por él, fue esto:

—Pero hombre, ¿será usted tan malo que no le dé la canonjía a mi recomendado?

—Por Dios, querido patriarca, tengamos paciencia... Haré lo que pueda. Le puse una carta muy expresiva a Cárdenas mandándole la nota. Pero considere usted que es un arco de iglesia. ¡Canonjía! Para mí la quisiera yo.

—Y para mí también... Pero, en fin, ¿puede ser o no? Es un clériguito de las mejores condiciones.

—Lo creo..., ¡pero qué quiere usted! Estos cargos son muy solicitados, y cuando vaca uno, hay cuatrocientos curas con los dientes de este tamaño.

—Sí, pero mi presbítero es un cura apreciabilísimo, un santo varón... Como que ayuna todos los días...

—Ya..., será un bacalao ese padre Rubín. ¿No le di ya a usted una credencial de Penales para un Rubín? Usted por lo visto protege a esa familia.

—Yo no protejo familias, niño. Déjese usted de protecciones... Sólo que me intereso por las personas de mérito.

—Por mí no ha de quedar. Le daré otro achuchón a Cárdenas. Pero, lo que digo, son plazas que tienen muchos golosos. Los pretendientes explotan el valimiento y la influencia de las señoras. Casi siempre son las faldas las que deciden quién se ha de sentar en los coros de las catedrales.

—Pues suponga usted, compañero, que yo tengo faldas, que soy una dama... ea.

—Pero si yo no lo he de decidir...

—Mire usted que si no me nombra mi canónigo no me muero, y le estaré atormentando meses y meses.

—Mejor... Viva usted mil años.

—¿Y esas elecciones, van bien?

—Como un acero. Tengo allá un padre cura que vale un imperio. Me está haciendo unos arreglos en el distrito que Dios tirita, y tirita toda la Santísima Trinidad. Ése sí que merece, no digo yo canonjías, sino siete mitras.

—Le conozco: el *Pater*...; fue capellán de mi regimiento.

Villalonga se despidió reiterando sus buenos deseos respecto a Nicolás Rubín.

—¡Eh, Jacinto, por Dios, una palabra! —dijo don Evaristo llamándole cuando ya estaba en la puerta—. Por Dios y todos los santos, no me olvide usted a ese desdichado..., al pobre Villaamil, a ese que llaman *Ramsés II*.

—Está recomendado en una nota de *indispensables*. Conque más no puedo hacer.

—Mire usted que no me deja vivir... Todos los días viene tres veces. La noche que me dieron el Viático, en el momento aquél miré para este lado y lo primero que vi fue a *Ramsés II* con una vela en la mano. ¡Cómo me miraba el infeliz!... Creo que no me morí de tanto como rezó Villaamil pidiendo a Dios que viviera.

—Podrá ser... No le olvidaré. Abur, abur.

Y don Evaristo se quedó solo, pensativo y dulcemente ensimismado, saboreando en su conciencia el goce puro de hacer a sus semejantes todo el bien posible, o de haber evitado el mal en la medida que la Providencia ha concedido a la iniciativa humana.

## CAPÍTULO V

### OTRA RESTAURACIÓN

### I

Las personas muy rutinarias y ordenadas que se acostumbran a las dulzuras tranquilas del método en la vida, concluyen, abusando en cierto modo de la regularidad, por someter al casillero del tiempo, no sólo las ocupaciones, sino los actos y funciones del espíritu y aun del cuerpo que parecen más rebeldes al régimen de las horas. Así, pues, la gran doña Lupe, cuya existencia era muy semejante a la de un reloj con alma, había distribuido tan bien el tiempo, que hasta para pensar en cualquier asunto de interés que sobreviniese, tenía marcada una parte del día y un determinado sitio. Cuando era preciso meditar, por el picor de una de esas ideas, hermanas del abejorro, que se plantan en el cerebro y no hay medio de sacudirlas, o doña Lupe no meditaba, o tenía que hacerlo sentada en la silleta junto a la ventana de la sala, los anteojos en el caballete de la nariz, la cesta de la ropa delante y el gato muy repantigado en un extremo de la alfombrita. La meditación era mucho más honda y eficaz si la señora tenía metida toda la mano izquierda, hasta más arriba de la muñeca, dentro de una media, y si las claraboyas de ésta eran bastante anchas para poder tejer sobre ellas enrejados como los de una cárcel. Tal era la fuerza del método, que doña Lupe no pensaba a gusto sino allí, así como para hacer sus cálculos aritméticos el mejor momento era cuando descascaraba los guisantes en la cocina (en tiempo de guisantes), o cuando ponía los garbanzos de remojo. La costumbre obraba estos prodigios, y lo mismo era ver la señora los garbanzos y poner su mano en ellos, que se le llenaba el cerebro de números y veía claro en sus negocios, si le convenía o no tal préstamo, si debía quedarse o no con tal o cual alhaja. Al levantarse, por la mañana temprano, preveía todos los sucesos y acciones del día que empezaba, y se preparaba para ellos con una vocación mental de su energía, y con la distribución metódica de las horas para todo lo previsto y probable. Era esto como si *se diera cuerda,* acumulando en sí la fuerza inteligente que necesitaba.

Todas estas rutinas del pensamiento y de la acción fueron perturbadas por la mudanza de casa, que se efectuó en diciembre del 74, y no hay que decir cuán gran sacrificio fue para doña Lupe este cambio. Era de esas personas que aborrecen lo desconocido y que se encariñan con el rincón en que viven. Mover los trastos era para ella algo semejante a incendio o demolición; pero no había más remedio que dar el salto del norte al sur de Madrid, pues teniendo Maximiliano que pasar la mayor parte del tiempo en la botica de Samaniego, era una falta de caridad hacerle recorrer dos veces al día los tres cuartos de legua que separan el barrio de Chamberí del de Lavapiés. Cargó, pues, la señora de Jáuregui con sus penates, y se instaló en un segundo de la calle del Ave María. Habríale gustado vivir en la misma casa de la botica; pero no había allí ningún cuarto con papeles. Eligió un segundo de la finca inmediata, y sus balcones caían al lado de los de su amiga Casta Moreno, viuda de Samaniego. Los primeros días extrañaba la casa, teniéndola por peor que la otra; mas pronto hubo de reconocer que era mucho mejor, más espaciosa y bella, y en cuanto a los barrios, lo que la señora había perdido en tranquilidad ganábalo en animación. Poco a poco se fue adaptando a su nuevo domicilio, y cuando la sorprende de nuevo nuestro relato, sentada junto a la ventana y recapacitando, con la mano dentro de la media, en una fecha que debe caer allá por marzo del 75, ya no se acordaba de la vivienda de Chamberí en que la conocimos.

La meditación y el zurcido no le impedían mirar de vez en cuando a la calle, y la del Ave María es mucho más *pasajera* que la de Raimundo Lulio. En una de aquellas miradas casi maquinales que la viuda echaba hacia fuera, como para poner solución de continuidad al temeroso problema que tenía entre ceja y ceja, vio pasar a una persona que le retuvo un instante la atención. Era Guillermina Pacheco. "Parece que la santa frecuenta ahora estos barrios —murmuró doña Lupe, alargando la cabeza para observarla por la calle abajo—. Ya la he visto pasar cuatro o cinco veces a distintas horas. Verdad que para ella no hay distancias... Ahora que recuerdo, me ha dicho Casta que es parienta suya, y he de preguntarle..."

La fundadora inspiraba a doña Lupe grandes simpatías. De tanto verla pasar por la calle de Raimundo Lulio, camino del asilo de la de Alburquerque, llegó a imaginar que la trataba. Siempre que había función pública en la capilla del asilo, iba doña Lupe, deseosa de introducirse y de hacer migas con la santa. Admirábala mucho, no exclusivamente por sus santidades, sino más bien por aquel desprecio del mundo, por su actividad varonil y la grandeza de su carácter. Quizás la señora de Jáuregui creía sentir también en su alma algo de aquella levadura autocrática, de aquella iniciativa ardiente y de aquel poder organizador, y esta especie de parentesco espiritual era quizás lo que le infundía mayores ganas de tratarla íntimamente. Sólo le había hablado una o dos veces en las funciones del asilo, así como por entrometimiento y oficiosidad, y cuando en dichas fiestas veíala rodeada de damas *de la grandeza* y de señoronas ricas, que tenían el coche a la puerta, doña Lupe habría dado el único pecho que poseía por meter las narices entre aquella gente, codearse con ellas y mangonear en los petitorios. Porque ella tenía la vanidad, muy bien fundada por cierto, de no desmerecer de las tales señoras en punto a buena crianza y modales. Harto sabía, además, que no todas habían nacido en doradas cunas, y que la finura es lo que constituye la verdadera aristocracia en estos tiempo liberales. No había razón para que ella, que sabía presentarse como la primera, dejase de alternar con las damas que seguían a Guillermina cual las ovejas siguen al pastor... A mayor abundamiento, en lo tocante a ropa estaba a la sazón la viuda de Jáuregui en excelentes condiciones. Con su talento y su economía se había agenciado un abrigo de terciopelo, con pieles, que la más pintada no lo usara mejor. Y le había salido por poco más de nada, atendido lo que generalmente cuestan estas piezas... Le estaban arreglando una capota, que..., vamos, el día que la estrenara había de llamar la atención... Estas reflexiones fueron como un inciso en lo que aquella tarde pensaba la señora, inciso que se abrió al ver pasar a Guillermina, cerrándose cuando la virgen y fundadora desapareció por la calle abajo.

Vuelta a la meditación, tomando el hilo de ella en el mismo punto en que lo había soltado... "Y aunque el señor de Feijóo lo niegue hoy, es tan verdad que me rondaba la calle al año de perder a mi Jáuregui..., tan verdad como que nos hemos de morir. Y si no, ¿qué hacía plantado en aquella dichosa esquina de la calle de Tintoreros? Esto fue poco antes de la guerra de África, bien me acuerdo: y si el tal no se va a matar moros, sabe Dios si... Pero esto no hace al caso, y vamos a lo otro. Que es un caballero decentísimo, no tiene la menor duda. Jáuregui le apreciaba mucho, y me decía que no tenía más contra que ser muy mujeriego... Fuera de esto, hombre de veracidad, con una palabra como los Evangelios; y cosa que él decía poniéndose formal, era como si la escribieran notarios... Con todo, lo que me ha venido contando estos días ¡me parece tan extraño!... Que está arrepentida, que él la ha tomado bajo su protección... Se la encontró en casa de unos vecinos, y le dio lástima, y qué sé yo qué... Por más que diga ese santo varón, tales arrepentimientos me parecen a mí las coplas de Calaínos... Y si por acaso... ¡Quita, quita, pensamiento y no me tientes con una sospecha que parece tan verosímil!... El mismo Feijóo quizás... puede..., habrá tenido..., y ahora... Sobre esto quiero echar tierra, porque me volvería loca. La verdad es que el pobre señor ha dado un bajón tremendo, y no debe de haber estado para morisquetas de algunos meses acá. ¿Si será cierto lo que dice?... ¡Caridad, lástima, arrepentimiento..., necesidad de transigir, decoro, reconciliación!..."

Otro inciso. Miró a la calle, y vio por segunda vez a Guillermina que subía. "¿Pero qué trae en la mano? Un palo y un garfio de hierro. ¡Vaya con la santa ésta! Algo que le han dado. Dicen que lo acepta todo. Véase por dónde yo le podría ayudar a su obra, dándole media docena de llaves viejas que tengo aquí. Aquella tabla que lleva parece una plantilla... Toma, como que vendrá del almacén de maderas de la calle de Valencia. ¡Vaya unos trajines!... Vea usted una cosa que a mí me gustaría: edificar un *establecimiento,* pidiéndole dinero al Verbo... Lo haría yo tan grande como El Escorial..."

Cerrado el inciso y otra vez al

tema: "¡Vaya con lo que me ha dicho esta mañana Nicolás: que Feijóo es el primer caballero de Madrid y que le ha prometido una canonjía! Si se la dan, ya no me queda nada que ver. Yo me alegraría, para quitarme esa carga de encima; pero ¡qué tiempos y qué gobiernos! ¡Ah!, si yo gobernara, si yo fuera ministra, ¡qué derechitos andarían todos! Si esta gente no sabe..., si salta a la vista que no sabe. ¡Dar una canonjía a un clérigo joven, que entra en su casa a la una de la noche y pasa el tiempo charlando en el café con los curas de caballería que andan por ahí sueltos y sin licencias! Pero en fin, allá te la dé Dios, y si pescas el turrón, hijo, buen provecho, y escribe en llegando, y no parezcas más por aquí, egoistón, tragaldabas... Pues digo, el otro, el Juanito Pablo. desde que tiene empleo no pone los pies en casa. ¡Si comparado con sus hermanos, Maximilino es un ángel de Dios y un talentazo!... Voy a lo que me decía Nicolás esta mañana... Que don Evaristo es un cristiano rancio, y que cuando le administraron recibió al Señor con una edificación y una santidad tan grandes, que todos los concurrentes al acto lloraban a moco y baba. Vaya, no sería tanto..., exageración. En estas cosas de santidad hay que llamar al tío Paco para que traiga la rebaja. Pero en fin, pongamos que sea así, ¿y qué? Ahora lo que falta saber es si con toda esa cristiandad, nos querrá dar gato por liebre... ¡Lástima, arrepentimiento!... Dios mío, o dame una luz clara sobre esto, o quítame esta grillera de mi cabeza. Yo me vuelvo loca... Y no sé por qué me devano los sesos, porque en rigor, ¿a mí qué me va ni me viene? Si Maximiliano quiere humillarse después de las atrocidades que pasaron, yo no debo meterme... Pero sí, sí me meteré. ¿Cómo consentir tal afrenta? La muy bribona..., ¡imaginar que su marido puede perdonarla después de la trastada indecente que le hizo, después que el queridango atropelló a este infeliz abusando de su fuerza!... ¡Qué infamia! Si yo no hubiera estado un mes seguido trasteando a este chico para quitarle de la cabeza la idea de la venganza..., no sé qué catástrofes habrían sucedido. Quería pegarle un tiro al otro, y hasta se le ocurrió hacer un cartucho de dinamita para ponérselo en la puerta de su casa. Delirios... Lo mejor es el desprecio... A estos badulaques se les desprecia... Bueno está mi sobrino para meterse en lances, él que se asusta de entrar en un cuarto sin luz. ¡Pobrecillo Maxi! ¡Tiene un corazón de oro, y ahora que está tan dado a estudiar lo del otro mundo, se le ocurren unas cosas!... ¡Vaya con lo que me decía anoche! '¡Tía de mi alma, a fuerza de pensar y padecer, he llegado a desprenderme de todas las pasiones y a no sentir en mí ni odio ni venganza.' Dice que la perdona cristianamente, por esto y lo otro y qué sé yo qué...; pero en cuanto a hacer vida común, ni que se lo mande el Papa. Y a renglón seguido me marea para que la vaya a ver. 'Tía, visítela usted, entérese... sondéela, a ver cómo se presenta. Puede que sea verdad lo que dice don Evaristo...' Todas las noches la misma canción. Al fin, si se pone muy pesadito, no tendré más remedio que ir. Y no es flojo el paseo que tengo que dar de aquí a Puerta de Moros..."

## II

Un lunes por la tarde, doña Lupe entró en su casa a eso de las cinco. Venía muy emperifollada.

—*Papitos,* ¿quién ha venido?

—Aquel señor de las barbas blancas.

—¿Y nadie más? ¿No ha estado Mauricia?

—No señora... Esta mañana la

vi en la puerta del bodegón de la plazuela de Lavapiés. Vive por aquí cerca... "Señá Mauricia, mire que la señora la está esperando..." Me contestó, dice: "Dile a esa *tiona* que si quiere correr los pañuelos que los corra ella, y que si no, que los deje..."

—¡Habrá indecente!... —exclamó la señora algo distraída.

*Papitos,* que aquella mañana había sido castigada porque trajo de la plaza una merluza muy mala, creyó que a su ama no se le había pasado el berrinchín, y temblaba mirándole las manos. Pero en el ánimo de doña Lupe se había disipado la ira correccional, a causa de los sentimientos de otro orden y del gran estupor que desde una hora antes reinaban en él.

—Oye, *Papitos* —le dijo—. Ven acá, y atiende bien a lo que te encargo. Yo tengo que salir otra vez. Das de comer al señorito Nicolás y al señorito Maxi; pero éste vendrá mucho más tarde que su hermano. Fíjate bien, y no salgas luego haciendo lo contrario de lo que te mando. Para principio del clérigo pones la merluza mala que trajiste esta mañana, ¿sabes?, y que está apestando... Le echas bastante sal, y después la cargas de harina todo lo que puedas y la fríes. Ponle todas las tajadas, y se las embaulará sin enterarse de si está buena o mala. Es como los tiburones, que tragan todo lo que les echan. Para postre, las nueces y el arrope, ¿sabes? Le pones en la mesa la orza, y que se harte; a ver si lo acaba. Está fermentado y no hay quien lo pase... Si el señorito Maxi viniese antes de que yo esté de vuelta, le pones de principio una de las dos chuletas de ternera, la más crecidita, y de postre le sacas las pastas que trajo el bollero esta mañana, y la carne de membrillo que yo tomo. Conque a ver si lo haces todo al revés.

Cuando le daban tales pruebas de confianza, delegando en ella al autoridad, la mona se crecía, y aguzado su entendimiento por la vanidad, desempeñaba sus obligaciones de un modo intachable. Doña Lupe, que ya la conocía bien, estaba segura de que sus órdenes serían cumplidas. *Papitos* hizo con la cabeza signos de inteligencia, y se sonreía la muy tunanta, pensando sin duda, ¡aquí que no peco!..., en la cantidad de sal que le iba a echar a la merluza del señorito Nicolás.

Doña Lupe permaneció un rato en la sala, sin moverse del sillón en que se sentara al entrar, con el manto puesto, la mano en la mejilla, pensando en lo mismo. No había vuelto aún de su asombro, ni volvería en mucho tiempo. Fortunata, de cuya casa venía, le había dado mil duros para que se los colocara del modo que lo creyera más conveniente..., y sin querer admitir recibo... Al pronto sospechó la señora de Jáuregui si serían falsos los billetes...; pero, ¡quia!, si eran más legítimos que el sol! Tal prueba de confianza le llegaba al alma, porque no sólo era confianza en su honradez, sino en su talento para hacer producir dinero al dinero... Pues además, Fortunata, en el curso de la conversación, había dado a entender que tenía acciones del Banco, sin decir cuántas. ¿De dónde había salido esta riqueza? Quizás Juanito Santa Cruz..., quizás Feijóo... Lo más particular era que doña Lupe, por impulsos de tolerancia que habían surgido bruscamente en su espíritu, se esforzaba en suponer a aquel caudal una procedencia decente. ¡Fascinación que la moneda ejerce en ciertos caracteres, porque para éstos lo bueno tiene que tener buen origen!... "¿Y por qué no ha de ser verdad todo eso del arrepentimiento?... —se decía—. Lo que no me explico es una cosa... El primer día me dijo Feijóo que estaba miserable..., pero miserable, y comiéndose sus ahorros. ¡Pues si son éstas las sobras!... En fin, doblemos la hoja; pongámonos en un punto de vista imparcial, y no hagamos juicios temerarios antes de tener datos seguros. ¿Quién se atreve a condenar a un semejante sin oírlo? Sería una crueldad, una injusticia. Eso de que siempre hayamos de pensar mal, me parece una barbaridad. Pero me estoy aquí ensimismada, y si tardo, quizás no encuentre en su casa a don Francisco... Él dirá qué hacemos con todo este *guano.*"

Al bajar la escalera, sus pensamientos tomaban otro giro. "¡Y qué guapa está!... Es un horror de guapa. Y siempre tan modosita... Parece que no rompe un plato. Cuando entré, por poco se desmaya. Y aquello no es fingido...; ella será todo lo que se quiera; pero no hace papeles, no tiene talento para hacerlos. En cuanto a modales, ha olvidado todo lo que le enseñé...; será preciso volver a empezar..., y de lenguaje seguimos lo mismo. Ni la más ligera alusión a los sucesos del año pasado. Dirá, y con razón, que peor es meneallo..."

Como tres horas largas estuvo doña Lupe fuera de su casa. Cuando volvió, Nicolás había comido y marchádose, y Maximiliano estaba concluyendo. La primera pregunta que hizo el ama a *Papitos* fue referente a las órdenes que le había dado.

—No dejó ni rastro —replicó la muchacha, enseñando a su ama la fuente en que había servido la merluza.

—¿Y dijo algo?

—No podía decir nada, porque no paraba de tragar.

Doña Lupe se sonreía. Cercioróse de que a Maximiliano se le había servido conforme a sus órdenes, y después de cambiar de ropa, dispuso su propia comida, que era de lo más frugal. Cuando entró en el comedor, ya Maxi no estaba allí, y media hora después encontróle en su cuarto, sin luz, sentado junto a la mesa y de bruces en ella, con la cabeza sostenida en las manos, y agarradas éstas al cabello, como si se lo quisiera arrancar. Viéndole tan sumergido en su tristeza, su señora tía le dijo:

—Vamos, hombre, no te pongas así. No hay que tomar las cosas tan a pechos... Lo que está de Dios que sea, será. Cuando las cosas vienen bien rodadas no hay medio de evitarlas.

—Y qué, ¿la ha visto usted? —dijo Maxi dejando al fin aquella posición violenta y mirando con ansiedad a su tía.

—Sí... Me has mareado tanto..., que al fin... Pues nada..., la he visto y no me ha comido. Es la misma panfilona inexperta de siempre.

—¿Está desmejorada?

—¿Desmejorada? Quítate de ahí. Lo que está es guapísima. Por cada ojo parece que le salen cuantas estrellas hay en el cielo. A algunas personas la miseria les prueba bien.

—Pero qué, ¿está miserable? ¿Pasa necesidades? —preguntó el chico, moviéndose con inquietud en la silla—. Eso no debe consentirse...

—No digo que tenga hambre... y tal vez... Su situación no debe de ser muy desahogada. Hoy a las cuatro de la tarde, según me dijo, no había entrado en su cuerpo más que un poco de pan del día antes, un pedacito de chocolate crudo y al mediodía una corta ración de bofes.

—¡Por Dios! ¿Y usted consiente eso? ¡Bofes!...

—Será penitencia tal vez —replicó la viuda en aquel tono de convicción ingenua que tomaba cuando quería jugar con la credulidad de su sobrino, como el gato con la bola de papel.

—Francamente, tía, eso de que pase hambres... Yo no la perdono, no puede ser... Le aseguro a usted que eso... *jamás, jamás, jamás.*

—Ya te he dicho que no es prudente soltar *jamases* tan a boca llena sobre ningún punto que se refiera a las cosas humanas. Ya ves el bueno de don Juan Prim qué lucido ha quedado con sus *jamases*.

—Pues a mí no me pasará lo que a don Juan Prim, porque sé lo que digo... Y como la restauración depende de mí, y yo no he de hacerla... Pero de esto no se trata ahora. Aunque no ha de haber las paces, me duele que pase hambre. Es preciso socorrerla.

—Pues volveré allá. Pero se me ocurre una cosa. ¿Por qué no vas tú?

—¡Yo! —exclamó el exaltado chico sintiendo que los cabellos se le ponían de punta.

—Sí, tú..., porque estás acostumbrado a que todo te lo den bien amasado y cocido... Esto es cosa delicada... Yo no quiero responsabilidades. Tú no eres ya un niño, y debes decidir por ti mismo estas cosas.

—¡Yo! ¡Que vaya yo! —murmuró el joven farmacéutico, sintiendo un temblor, un frío... Se ponía malo de sólo pensarlo.

—Tú, sí, tú... Déjate de miedos y vacilaciones. Si lo quieres hacer lo haces, y si no lo dejas.

—No tengo tiempo de ir —dijo Rubín tranquilizándose al encontrar tan liviano pretexto.

Volvió a insistir doña Lupe con lenguaje duro en que él debía decidir por sí mismo aquel asunto de la reconciliación, ver a Fortunata y proceder en conciencia según las impresiones que recibiera. Tanto y tanto le predicó, que al cabo el pobre muchacho hizo propósito de ir; y al día siguiente, en un rato que le dejó libre la botica, tomó el camino de la calle de Tabernillas, más muerto que vivo, pensando lo que diría y lo que callaría, con la penita muy acentuada en la boca del estómago, lo mismo que cuando iba a examinarse Al llegar y reconocer el número de la casa, entróle tal espanto, que se retiró, huyendo de la calle y del barrio...

Al día siguiente hizo un segundo esfuerzo y pudo entrar en el portal; pero ante la vidriera que daba paso a la escalera, se detuvo. Le aterraba la idea de subir, y de su mente se había borrado todo lo que pensaba decirle. Aguardó un rato en espantosa lucha, hasta que le asaltaron ideas alarmantes como ésta: "Si ahora baja y me ve aquí..." Y salió escapado por la calle adelante sin atreverse ni a mirar hacia atrás. La tentativa del tercer día no tuvo mejor éxito, y aburrido al fin y desconcertado, resolvió expresarse con su mujer por medio de una carta. Andando hacia la calle del Ave María, iba discurriendo que debía poner en la carta mucha severidad, y un ligero matiz de indulgencia, un grano nada más de sal de piedad para sazonarla. Diríale que no podía admitirla en su casa; pero que con el tiempo..., si daba pruebas de arrepentimiento... En fin, que ya saldría la epístola tan guapamente. Excitado por estas ideas y propósitos, entró en su casa, y al dirigirse a su cuarto y oír la voz de su tía que desde la sala le llamaba, sintió en el corazón como si se lo tocaran con la punta de un alfiler... Entró en la sala, y... ¡lo que vieron sus ojos, Dios omnipotente!... ¡Dios que haces posible lo imposible! En la sala estaba Fortunata, en pie, lívida como los que van a ser ajusticiados...

Maximiliano no cayó redondo por milagro de Dios... Dijo *¡ah!...*, y se quedó como una estatua. Tampoco ella chistaba nada y sus miradas caían al suelo como pesas de plomo. Por fin el joven, en el último grado de la turbación y del desconcierto, se aventuró a hablar y dijo algo así como *buenas tardes...* y después: *Yo creí que...*, y luego: *De modo que usted, tía...*

—No, yo no me meto en nada —declaró doña Lupe, que estaba sentada como presidiendo—. Lo único que he dispuesto es traerla aquí para que frente a frente decidáis... Fortunata, siéntate.

Al recuerdo de su agravio sintió

Maximiliano en su alma una reacción brusca contra aquel misticismo recién aprendido, más hijo de la necesidad que de la convicción.

—Esto me parece prematuro —dijo, y salió de la sala.

Pronto se le reunió su tía en el despacho, y le dijo:

—Me parece bien tu severidad. Pero las circunstancias... ¿No me has dicho que era indispensable pasarle un tanto diario para alimentos? ¿Y te parece a ti que estamos en disposición de sostener dos casas?

Tenía el muchacho la cabeza tan alborotada, que no pudo hacerse cargo de tales argumentos. Para él lo mismo era que su tía le hablase de dos casas que de cuatro mil.

—Déjeme usted —le dijo casi sollozando—. Estoy dejado de la mano de Dios.

—Pues ya que está aquí, no se ha de marchar —prosiguió doña Lupe en voz baja—. La pondremos en el cuartito próximo al mío. Y basta. ¡Ay!, ¡que siempre me han de tocar a mí estos arreglos y composturas!... ¿Sabes lo que te digo? Pues que aquí tenéis ocasión de deciros todas las perrerías que queráis o de daros todas las explicaciones que juzguéis convenientes. Yo me lavo las manos. A mí no me metáis en vuestras contradanzas. Si queréis llegar a un acuerdo, en hora buena sea, y si no queréis, también. Bastante servicio os hago con prestaros mi casa para que os toméis el pulso hasta ver si hay paces o no hay paces. Y por Dios, no me deis más jaquecas. Si pasan días y no salta la avenencia, se acabó. Pero no me deis más jaquecas, por Dios, no me deis más jaquecas.

Esto último lo dijo en alta voz, saliendo ya al pasillo, de modo que lo oyeron muy bien *Papitos* en un extremo de la casa, y Fortunata en otro. Ésta quedó desde aquella tarde en la casa, y su situación era de las menos airosas, porque su marido apenas le hablaba. Nicolás hacía el gasto de conversación en la mesa. Al segundo día, Fortunata dijo a doña Lupe que se marchaba, lo que dio motivo a que la señora saliera por los pasillos gritando:

—Por Dios, no me deis más jaquecas..., ya no puedo más. Que cada cual haga lo que quiera.

Pero a pesar de esto, la esposa no se marchó. Al tercer día, en medio de la reserva y huraño silencio que entre ambos cónyuges reinaba, empezó Maxi a soltar una que otra palabra; luego ya no eran palabras, sino frases, y tras las cláusulas frías vinieron las tibias. Por fin se permitió algún concepto jovial. Al quinto día se sonreía mirando a su mujer. Al sexto Fortunata le miraba con atención cortés cuando decía algo; al séptimo Maxi opinaba como ella en toda discusión que en la mesa se trabase; al octavo le daba una palmadita en el hombro; al noveno la señora de Rubín se interesaba porque su marido se abrigase bien al salir, y al décimo estuvieron como un cuarto de hora secreteándose a solas en un rincón de la sala; al undécimo Maxi le apretó mucho la mano al entrar, y al duodécimo exclamó doña Lupe, como sacerdote que entona *el hosanna:*

—Vaya que os ponéis babosos. Por Dios, no me deis jaquecas. Si estáis reventando por hacer las paces, ¿a qué tantos remilgos? Bien hago yo en no meterme en nada, bendita de mí.

Y de este modo se verificó aquella restauración, aquel restablecimiento de la vida legal. Fue de esas cosas que pasan, sin que se pueda determinar cómo pasaron; hechos fatales en la historia de una familia, como lo son sus similares en la historia de los pueblos; hechos que los sabios presienten, que los expertos vaticinan sin poder decir en qué se fundan, y que llegan a ser efectivos sin que se sepa cómo, pues aunque se les sienta venir, no se ve el disimulado mecanismo que los trae.

### III

En los primeros días que sucedieron a este gran suceso, nada ocurrió digno de contarse. Y si algo hubo fue de puertas afuera. Voy a ello. Una tarde estaban doña Lupe y Fortunata en la sala cosiendo unas anillas a las magníficas cortinas de seda con que se había quedado la señora, por préstamo no satisfecho, cuando *Papitos,* que se había asomado al balcón para descolgar la ropa puesta a secar, empezó a dar chillidos:

—¡Señoras, vengan, miren!... ¡Cuánta gente!... Han matado a uno.

Asomáronse las dos señoras, y vieron que en la parte baja de la calle, cerca de la esquina de la de San Carlos, había un gran corrillo que a cada momento engrosaba más.

—Hay un *calávere* difunto allí en mitad de la gente —gritó *Papitos* que tenía medio cuerpo fuera del balcón.

—Yo veo un bulto tendido en el suelo —dijo doña Lupe—. ¿Ves tú algo?... Será algún borracho. Pero observa qué multitud se va reuniendo. Como que los coches no pueden pasar... Y mira qué policías éstos. Ni para un remedio.

—Señora, mándeme por los fideos... Ya sabe que no hay... —dijo la mona.

—Vamos..., lo que tú quieres es curiosear...

—Mándeme —repitió la chiquilla dando brincos entre risueña y suplicante.

—Pues anda —dijo doña Lupe, que aquel día estaba de buen humor—; si no sales te vas a caer por el balcón. Pero ven prontito..., y ten cuidado de limpiarte bien los pies en los felpudos que hay en la portería, porque hay muchos barros... Mira cómo pusiste la alfombra cuando volviste de avisar al carbonero.

Salió *Papitos* más pronta que la vista, y estuvo fuera como unos veinte minutos. Su ama la vio entrar en la casa y fue a abrirle la puerta.

—¿Te has restregado bien las patas?

—Sí, señora..., mire.

—Ahora aquí otra vez... ¿Sabes lo que debes hacer siempre que subes? Refregarte bien en el limpiabarros del vecino, en ése que está ahí.

—¿En éste? —dijo la mona, bailando el zapateado en el limpia-barros del cuarto de la izquierda.

—Porque todos los pisotones de menos que le demos al nuestro, eso vamos ganando.

—¿Sabe, señora, sabe?... —agregó *Papitos,* que a pesar de venir sofocada de tanto correr, seguía bailoteando en el felpudo ajeno—. ¿No sabe lo que hay allí? Es una mujer que parece está bebida, pero muy bebida... ¿Y no acierta quién es? La señá Mauricia.

—¿Pero oyes, mujer; has oído? —dijo doña Lupe desde el pasillo volviendo a la sala—. Mauricia..., borracha...; ahí tienes lo que reúne tantísima gente.

—¿Pero la viste bien? ¿Estás segura de que es ella? —preguntó Fortunata pasado el primer momento de asombro.

—Sí, señorita, ella es...

—Pero hija —observó doña Lupe, volviendo a asomarse con oficiosidad—, cree que me hace esto una impresión... ¡Y los del Orden Público que no parecen!... ¡Ah! Sí, la levantan... ¡Qué mujer!... Miren que ponerse en ese estado.

—Ahora se la llevan... Está como un cuerpo muerto —decía Fortunata, acordándose de las escenas que había presenciado en el convento.

—Sí, se la llevan a la Casa de Socorro o al hospital... Pero ¡quia!, no... Suben. ¿Apostamos a que la traen a la botica?

—Si tiene rajada la cabeza en salva la parte... —afirmó *Papitos* dando a conocer gráficamente las dimensiones de la herida—. Y echaba la mar de sangre..., que corría por la calle abajo, como corre el agua cuando llueve.

Cuando pasaba bajo los balcones el cuerpo inerte de Mauricia la *Dura,* cargado por los de Orden Público y escoltado por el gentío, Fortunata se quitó del balcón, porque le faltaba ánimo para presenciar tal espectáculo. Doña Lupe y *Papitos* sí que lo vieron todo, y ésta tuvo aún la pretensión de que su ama la dejase ir a la botica para ver la cura que le hacían a *aquella borrachona.* Pero esto era ya mucha libertad, y aunque la chiquilla imaginó diferentes pretextos para bajar, no se salió con la suya.

A la hora de comer Maximiliano habló del caso, describiendo la cura y haciendo augurios poco lisonjeros sobre la suerte de la enferma.

—Tienes razón —observó la viuda—. Me parece que de este barquinazo no sale. ¡Pobre mujer! ¡Tener ese vicio! De veras lo siento, pues no hay otra como ella para correr alhajas.

Refirió entonces Maxi un pasaje curiosísimo y reciente de la historia de la tal Mauricia, que había sido contado aquella misma tarde, después de la cura, por el señor de Aparisi, uno de los que solían ir de tertulia a la botica.

—Pues esa buena pieza, en una de las tremendas borrascas que le produce el maldito vicio, fue recogida en la calle por los protestantes, que tienen su capilla y casa en las Peñuelas. Enteróse doña Guillermina, la señora ésa que pide para los huérfanos de la calle de Alburquerque, y lo mismo fue saberlo que volarse... Vean ustedes. Plantóse en la casa de los protestantes a reclamar a la tarasca. Tun, tun... ¿Quién?... Yo... Y salió el pastor, que es uno que llaman don Horacio, que tiene el pelo colorado y ralo, como barbas de maíz; salió también la pastora, su mujer, que es una tal doña Malvina... buenas personas los dos, porque lo protestante no quita lo decente. Entre paréntesis, se distinguen por su independencia en el vestir. Doña Malvina le hace las levitas a don Horacio, y don Horacio le arregla los sombreros a doña Malvina. Total, que estos inglesones lo entienden: no gastan un cuarto en sastres ni modistas. Pero voy al cuento. Los pastores se las tuvieron tiesas, y doña Guillermina más tiesas todavía. Religión frente a religión, la cosa se iba poniendo fea. Los protestantes decían que la mujer aquella les había pedido limosna y protección; doña Guillermina lo negaba, acusándoles de haberla sonsacado y de haber ido a buscarla a su propia casa. Don Horacio dijo que nones y que haría valer sus derechos luteranos ante el mismo Tribunal Supremo; amoscóse la otra, y doña Malvina sacó el libro de la Constitución, a lo que replicó Guillermina que ella no entendía de constituciones ni de libros de caballerías. Por fin, acudió la católica al Gobernador, y el Gobernador mandó que saliese Mauricia del poder de Poncio Pilatos, o sea de don Horacio.

—¿Ves qué cosas? —observó doña Lupe—. Ahí tienes los belenes que se arman por la religión. Bien decía mi Jáuregui que él era muy liberal, pero que no le petaba por la libertad de cultos.

—Pues aguárdense ustedes, que falta lo mejor. Don Horacio, como inglés que sabe respetar las leyes, obedeció la orden del Gobernador, reservándose el sostener su derecho ante los tribunales. Pero cuando le dijo a Mauricia que se marchara, ésta no quiso, y empezó a poner de oro y azul a doña Guillermina, hallándose ésta presente, y a todas las señoras de las Juntas católicas, diciendo que eran unas tales y unas cuales.

—¡Qué bribona! Si es atroz... Le entran esos toques, y no sabe lo que dice.

—Doña Guillermina no se acobardó por esto, ni renunció a llevársela. Se fue pián· pianino, y se sentó en la puerta, en un guardacantón que hay allí. Todos los días iba a ponerse en el mismo sitio, como un centinela. El pastor y la pastora le decían que pasara, y ella contestaba que muchas gracias... Y por fin ayer se volvieron las tornas, porque Mauricia se enfureció, y acometiendo a doña Malvina, le llenó la cara de arañazos... Don Horacio llama a los de Orden Público, y la tarasca se mete en la capilla, rompe el púlpito, vuelca el tintero, hace pedazos todos los libros, arma una barricada con las sillas, y coge la copa en que ellos comulgan, y... la profana del modo más indecente. Costó trabajo echarla a la calle... Al salir, ¡tras!..., doña Guillermina, que me la echa un cordel al pescuezo y se la lleva. Todo esto lo ha contado Aparisi, que lo sabe por el mismo don Horacio y por doña Guillermina, y porque tuvo que intervenir como teniente alcalde que es del distrito... A Mauricia la pusieron en casa de una hermana que vive ahí por la calle de Toledo, y se conoce que allá tampoco la pueden sujetar, por lo que se ha visto esta tarde. De la botica la llevaron a la Casa de Socorro.

Esta relación era demasiado larga para los pulmones de Maximiliano, por lo cual llegó al término de ella fatigadísimo. Todos se pasmaron del cuento, y doña Lupe compadeció a la *Dura,* deplorando que con vicio tan inmundo malograse las cualidades de inteligente corredora que poseía. En cuanto a Fortunata, se sentía profundamente lastimada, y deseaba que su marido acabase de contar aquellos tristísimos lances, para que la conversación recayese en otro asunto. Pero no fue posible, porque hasta el término de la comida no se habló más que de Mauricia, de los protestantes y del insano vicio de la embriaguez, y por fin, Nicolás sacó a relucir sucesos ocurridos en las Micaelas, evocando el testimonio de Fortunata. Ésta, muy contra su voluntad, no tuvo más remedio que referir los novelescos pasajes del ratón, las visiones y de la botella de coñac; pero lo hizo a *grandes rasgos* para acabar más pronto.

## IV

Aquella noche se fueron a Variedades, que está a dos pasos del Ave María. Otra ventaja de aquel barrio sobre Chamberí, es que se puede ir de noche a ver una piececita o a pasar un rato en cualquier café, sin hacer caminatas de media legua ni usar el tranvía. A Fortunata no le gustaba ir al teatro ni presentarse en público. Sentía inexplicable miedo de las miradas de la gente, y aunque pocos o ninguno la conocían, figurábase que la conocían todos, y que de cada boca salía un comentario acerca de ella. Por desgracia, asunto no faltaba. Pero si la miraban los hombres, era para admirarla, y si cuchicheaban luego, rara vez decían algo fundado en un conocimiento verdadero de la realidad. Otro motivo del terror que el teatro y los sitios públicos le inspiraban era encontrar *caras conocidas,* y este recelo la tenía como azorada y sobre ascuas durante la función.

En la casa se hallaba muy bien. Había tenido seguramente en su vida temporadas de mayor felicidad, pero no de tan blando sosiego. Había visto días, los menos, eso sí, en que brillaba echando chispas el sol del alma, seguidos de otros en que se apagaba casi por completo; pero nunca vio una tan inalterable y mansa corriente de días tibios, iguales, de penumbra dulce y reparadora. Llevábase muy bien con doña Lupe, y con su marido le pasaba lo más extraño que imaginar pudiera. No digamos que le quería, según su concepto y definición del querer; pero le había tomado un cierto cariño como de hermana o hermano. No era ni podía ser el hombre por quien la mujer da su vida, encontrando espiritual goce en este sacrificio; era simplemente un ser cuya conservación y bienestar deseaba. Y así como se supone y casi se entrevé una tierra lejana cuando se va navegando a la aventura, así entreveía ella la contingencia de quererle con amor más firme, y de pasar a su lado toda la vida, llegando a no desear nunca otra mejor. En vez de rehuir las obligaciones de su casa, Fortunata hacía por extenderlas y aumentarlas, conociendo que el trabajo la ayudaba a sostenerse en aquel equilibrio, sin balances de dicha, pero también sin penas, el corazón adormecido y aplanado, como bajo la acción de un bálsamo emoliente. Acordábase de los dos casos que le había presentado el bueno de Feijóo, y pensaba si ocurriría lo que ella tuvo por más inverosímil, esto es, que se realizara el primero. ¿Llegaría a conformarse con tal vida, y a contentarse con aquel fruto desabrido del amor sin apetecer otro más dulzón y menos sano?...

Maximiliano, en cambio, no podía vencer su inquietud. Ningún motivo tenía para sospechar de su mujer, cuya conducta era absolutamente correcta. Doña Lupe y él convinieron en que jamás Fortunata saldría sola a la calle, y esto se cumplía al pie de la letra. Pero ni con tales seguridades acababa de tranquilizarse. Deseaba ardientemente tener hijos, por dos motivos: primero, para echarle a su cara mitad un lazo más y ligaduras nuevas; segundo, para que la maternidad desgastase un poco aquella hermosura espléndida que cada día deslumbraba más. La desproporción entre las estaturas de uno y otro y entre el conjunto de su apariencia personal, mortificaba tanto al pobre chico, que hacía esfuerzos imposibles y a veces ridículos para amenguar aquella falta de armonía. Encargábase calzado con tacones altos y se esmeraba en vestir bien y en atender a ciertos perfiles de que sólo se ocupan los *dandys.* Desgraciadamente, aunque Fortunata apenas se componía, la desproporción era siempre muy visible. Pero Maxi veía con gozo que su esposa se cuidaba poco de hacer resaltar su belleza, mirando con desdén las modas, y se alegraba por dos razones también: porque así se igualarían algo los dos consortes *o harían más juego,* y porque así la mirarían menos los extraños.

Desde la restauración de su legalidad doméstica había abandonado por completo las lecturas filosóficas, reverdeciendo en su alma el mal curado dolor de su afrenta y los odios vengativos. Aquel ascetismo y aquel *ver a Dios en sí* fueron nada más que obra fugaz de la tristeza, o quizás de las circunstancias, y existían en su mente como esas lecciones, pegadas con saliva, que los estudiantes aprenden en los apuros del examen. Sus nuevas obligaciones en la botica le llamaban del lado de la química y de la farmacia, y se dedicó a esto con verdadero ardor, deseando aprender. Decíale doña Lupe que inventase algún específico, alguna papa cualquiera o antigualla que con nombre peregrino y nuevo pasase por prodigioso hallazgo; pero él se resistía, porque lo consideraba impropio de la ciencia. Tía y sobrino tenían sobre esto altercados muy vivos:

—¡Como si fuera un crimen idear cualquier clase de píldoras, cápsulas o grageas, y allá te va un nombre!... Cápsulas *hipoquitropíticas vegetales*... o *animales,* lo mismo da..., del doctor Rubín..., *infalibles*... contra cualquier cosa..., contra la tisis... o el moquillo de los perros... Lo que importa es *descubrir* algo y plantarle unas etiquetas muy chillonas con tu retrato... Eres un mandria. Si no inventas tú un específico, al fin tendré que inventarlo yo... Fortunata, dile que invente, hija, convéncele... Podéis ganar ríos de oro.

Pocas veces veía Fortunata al señor de Feijóo, que iba a la casa de visita, ceremoniosamente, y se estaba allí como una hora, charlando más con la señora de Jáuregui que con la de Rubín. El simpático viejo parecía contento; pero los achaques le pesaban cada día más, y ya en abril no salía a la calle sino acompañado de un criado. En una de sus visitas habló a solas con su amiga, en términos tan paternales que a ella le faltó poco para llorar. Todo iba bien, perfectamente bien, y ya se habría convencido la chulita del valor de sus lecciones y consejos. A Maxi le agradaba poco la amistad de Feijóo, sin que a punto fijo supiera por qué. Pero lo más particular era que a la misma Fortunata, al mes de aquella vida, empezaron a serle menos gratas las visitas de don Evaristo. Su gratitud y afecto hacia él eran siempre los mismos; pero no podía menos de considerar la presencia de su antiguo protector en la casa como una monstruosidad. "¿Será verdad —pensaba—, como me ha dicho él, que de estas barbaridades increíbles está llena la vida humana?... ¡Qué cosas hay, pero qué cosas!... Un mundo que se ve y otro que está debajo escondido... Y lo de dentro gobierna a lo de fuera..., pues..., claro..., no anda la muestra del reloj, sino la máquina que no se ve."

Al anochecer entró doña Lupe, después de haberse limpiado el lodo de las suelas en el felpudo del vecino.

—Oye una cosa —dijo a Fortunata, quitándose el manto—: he sabido esta tarde que Mauricia se está muriendo. ¡Pobre mujer! Tenemos que ir a verla. No es lejos. Calle de Mira el Río.

Diole esta noticia su amiga Casta Moreno, que la supo por Cándido Samaniego. Doña Guillermina había sacado del Hospital a Mauricia, trasladándola a casa de la hermana de ésta, y la asistía el médico de la Beneficencia domiciliaria y de la Junta de señoras. La infeliz tarasca viciosa, con estos cuidados y las ternezas de doña Guillermina, y más aún con la proximidad de la muerte, estaba que parecía otra, curada de sus maldades y arrepentida *en toda la extensión de la palabra*, diciendo que se quería morir lo más católicamente posible, y pidiendo perdón a todos con unos ayes y una religiosidad tan fervientes que partían el corazón.

—Te digo que si esto es verdad, habrá que alquilar balcones para verla morir. Mañana nos vamos allá.

Doña Lupe no iba a ver a Mauricia por pura caridad. Tiempo hacía que Guillermina la fascinaba, más por el señorío que por la virtud, y ya que la gran fundadora iba a hacer patente su santidad, teniendo por corte a las damas más encopetadas en lugar accesible a doña Lupe, ¿por qué no había ésta de intentar meter la jeta? Pues qué, ¿no era ella también *dama?* Sobre estos particulares habló largamente con Casta Moreno, que algunas noches iba de tertulia con sus dos hijas a casa de Rubín, y la viuda de Samaniego se hacía lenguas de Guillermina, conceptuándola sobrenatural. ¡Y era pariente suya, lejana, por los Morenos! El amor propio y el orgullo inflaban a doña Lupe cuando se consideraba mangoneando en cosas de beneficencia elegante a las órdenes de la ilustre fundadora. Una contra tendría esto si llegaba a realizarse, y era que no había más remedio que dar algo de *guano.*

A la mañana siguiente, vistiéndose para salir, pensó mi doña Lupe si debería ponerse el abrigo de terciopelo. Pero pronto cayó en la cuenta de que era un disparate. Sobre que se le mojaría, porque el día estaba lluvioso, no era propio aquel regio atavío del lugar, personas y ocasión de la visita. Tiempo tenía de darse pisto con el abrigo, la capota y otras prendas. Encargó a Fortunata que se vistiese con sencillez, y ella se puso algo más apañadita, de modo que resultase siempre la conveniente distancia.

## CAPÍTULO VI

### NATURALISMO ESPIRITUAL

#### I

Al entrar en la calle de Mira el Río, encontraron a Severiana, a quien doña Lupe había visto algunas veces. Llevaba un vaso con medicina, tapado con un papel a estilo de botica antigua. Doña Lupe la interrogó, y enterada la otra de que iban a ver a su hermana, hizo gustosamente de introductora, guiándolas por el sucio portal, la no menos sucia y tortuosa escalera, hasta llegar al corredor. Ya se sabe que la vivienda de Severiana era una de las mejores de aquel falansterio, y que por su capacidad y arreglo bien podía pasar por lujosa en semejante vecindad. Vivía en compañía con aquélla una tal doña Fuensanta, viuda de un comandante, y la casa respondía a esta situación comanditaria, pues constaba de dos salitas enteramente iguales, cada una con ventana a la calle. Entre la puerta y la sala primera había un pasillo, en el cual se veía la artesa de lavar y la entrada de la cocina, cuya reja daba al corredor. Dos piezas interiores completaban el cuarto. Cuando Guillermina, comprendiendo el fin próximo de Mauricia, indujo a Severiana a sacarla del Hospital por tercera vez y llevarla a su casa, la señora viuda del comandante cedió su cuarto para tan benéfico objeto, trasladando sus muebles al cuarto de otra vecina. Mauricia fue, pues, instalada en la segunda de las dos salitas. Severiana tenía su cama en la alcoba interior, y la sala primera estaba destinada a recibir visitas, como lo declaraban el relativo lujo de la cómoda, las sillas de Vitoria nuevecitas; el sofá de lo mismo, la mesa con cubierta de hule, el cuadrito de los *dos corazones amantes,* el de la *Numancia,* en mar de musgo; los retratos de militares cuñados de Severiana, la estera de esparto, flamante y sin ningún agujero, de empleitas rojas y amarillas, y en fin, las laminotas que recientemente habían sido adquiridas en el Rastro por una bicoca. Eran excelentes grabados ya pasados de moda, el papel viejo y con manchas de humedad, los marcos de caoba, y representaban asuntos que nada tenían de español, por cierto, las batallas de Napoleón I, reproducidas de los un tiempo célebres cuadros de Horacio Vernet y el barón Gros. ¿Quién no ha visto el *Napoleón en Eylau,* y *en Jena,* el *Bonaparte en Arcola,* la *Apoteosis de Austerlitz* y la *Despedida de Fontainebleau?*

Doña Lupe y Fortunata entraron, precedidas de Severiana, en el aposento de la enferma, que estaba incorporada en la cama. Le habían cortado el pelo días antes para poderle curar la herida de la cabeza: su perfil romano se había acentuado; era más fina la nariz, la quijada inferior abultaba más y la extenuación le agrandaba los ojos. Las curvas airosas de la boca eran más rasgueadas, y la decomisura de los labios, que parecía obra de un agudo punzón, dábale cierto aspecto de grandeza caída o de humillación sublimemente resignada. Las cárdenas ojeras le cogían media cara; el superciliar salía como una visera; los ojos, hermosos y ardientes, quedábanse allá dentro, y rodeados de aquella piel morada relumbraban más, como si acecharan el acaso que iba a pasar. Las cejas negras formaban una sola línea recta. La frente era espaciosa, con un mechón de pelo negro... En fin, que la *Dura* completaba la historia aquella expuesta en las paredes: era el *Napoleón en Santa Helena.*

Cuando doña Lupe y Fortunata la saludaron, las estuvo mirando un rato, como si tardara en reconocerlas. Después las nombró. ¡Qué voz! Siempre fue muy ronca la voz de Mauricia; pero había bajado ya a lo más grave del diapasón.

"¡Dios mío! —se dijo Fortunata, oyéndola después de mirarla—, ¡si parece un hombre!..."

Doña Lupe, en tanto, sentándose en una de las sillas de paja, pronunciaba las frases de consuelo propias de la ocasión, añadiendo:

—Eso para que aprendas... y tengas formalidad. A ver si cuando salgas de ésta, te sirve de escarmiento.

Mauricia se volvió para Fortunata, que se había sentado junto a la cabecera; la miró mucho, sin decir nada; después clavó sus ojos en el techo, rezongando:

—Sí..., bien mala he sido, bien re-mala...

Y vuelta otra vez hacia su amiga, le dirigió estas palabras:

—Oye tú, arrepiéntete..., pero con tiempo, con tiempo. No lo dejes para última hora, porque... eso no vale. Tú tampoco eres trigo limpio, y el día que hagas sábado en tu conciencia, vas a necesitar mucha agua y jabón, mucha escoba y mucho estropajo...

Con tan buena fe lo dijo, que Fortunata no podía ofenderse. A doña Lupe le pareció la amonestación muy impertinente y descortés, porque, ¿a santo de qué venía el hablar de pecados ajenos, teniendo tantos propios de qué ocuparse? Verdad que su sobrina política no había sido un modelo; pero ya estaba corregida, y no había que volver sobre lo pasado.

—Ya sabemos que te tratan muy bien —dijo, para variar la conversación.

—Gracias a la madre de los pobres —declaró Severiana, que estaba en pie arreglando la cama—, no le falta nada. ¡Qué señora ésa!

—¡Una santa! —exclamó doña Lupe en el tono más encomiástico—. No le dé usted otro nombre, porque ése es el que le cae bien...

—Pero ésta se ha cerrado a no comer —dijo la hermana mirándola—, y sin comer no viven más que los camaleones.

—Pero ayunas, ¿de verdad?

—Para pasar el caldo tenemos que dárselo con jerez..., y por la mañana, para que pase una tostadita, hay que darle un dedito de la horchata de cepa, y por la noche otro dedito...

—¿Pero de veras le dais... esa perdición? —preguntó alarmadísima doña Lupe.

—Lo ha mandado el médico. Dice que es medicina. Parece aquello de *al revés te lo digo.*

—¡Qué cosas!... ¿Y no te comerías tú —le propuso Fortunata— un muslito de gallina, una ruedecita de merluza, una croquetita?

Sólo de oír hablar de comida se ponía peor Mauricia. Le temblaban mucho las manos, y de rato en rato le daban como ataques de asfixia, siendo su respiración muy difícil y quejándose de irresistible calor. Hallándose presentes la de Jáuregui y su sobrina, estuvo la *Dura* un ratito como quien desea romper a toser y no puede. Las tres mujeres la miraban con pena, lamentándose de no saber aliviarle aquel ahogo...

—Bebe un poco de agua —le dijo Fortunata incorporándose.

Pero aquello pasó, y la infeliz volvió a hablar, cortando mucho las frases y tomando aire a cada palabra.

—Ayer me trajeron a la niña... ¡Qué guapa y qué señorita está!...

—¿Pero no la tienes contigo? —preguntó la de Rubín.

—No, señora. Si está en el colegio... —replicó Severiana—, interna en el colegio de señoritas de doña Visitación.

—Sí..., más vale que esté... allá..., *desapartada* de mí. Ayer..., ¡qué pena!..., no me conoció... ¡Tanto tiempo sin verme!... Me tenía miedo..., ¡pobrecita de mi alma!..., miedo, así como se dice... Ni que su madre fuera el coco...

En esto oyeron pasos, y miraron todas a la puerta. Era doña Guillermina, que entró, como siempre, muy apresurada, encendidas las mejillas, con su perdurable mantón oscuro, sus zapatones, su falda de merino. Doña Lupe y Fortunata se levantaron, y la fundadora saludó con aquella gracia y amabilidad que eran iguales para el Rey y para el último de los mendigos. Doña Lupe creyó que no la reconocería, pues sólo se habían hablado una vez en la función del Asilo; pero sí la reconoció, y aun la nombró, porque Guillermina era como los grandes capitanes, que tienen memoria felicísima de nombres y fisonomías, y soldado con quien hablan una vez, ya no se les despinta.

—Mi sobrina —dijo la viuda presentándola.

Y Guillermina la miró sonriendo.

—No me es desconocida su cara..., la he visto en las Micaelas... Por muchos años.

En seguida dirigióse a Mauricia, apoyando ambas manos en la cama.

—¿Y qué tal te encuentras hoy? ¿Comerías algo?... Nada, este chubasco te pasará pronto. Mañana recibirás a Dios. ¿Cómo va esa conciencia? Buen limpión te vamos a dar. Eso te conviene más que nada. Yo te quería coger por mi cuenta y hacerte confesar, porque diciéndole tú misma al Señor lo buena pieza que eres, el Señor te daría su gracia... Conque prepararse. Esta tarde volverá el padre Nones. Me ha dicho que te confesaste bien. Se me figura que aún tendrás algunas heces que sacar, ¿eh?

Mauricia se sonreía, cortada y confusa. Con la cabeza dijo que sí.

—Pues estos posos endurecidos hay que echarlos fuera, porque el demonio se agarra de cualquier cosa —dijo la santa, acariciándole la barba—. Conque ya sabes..., mañana tenemos aquí gran fiesta... ¿Te parece? Viene a visitarte el que hizo los cielos y la Tierra... Te parecerá a ti que no lo mereces... Pues aunque no lo merezcas, él viene, y sabido se tendrá por qué.

La vivacidad, la gracia y el fervor con que Guillermina decía estas cosas, impresionaron a las cuatro mujeres que las oían. Severiana soltaba dos lagrimones. Fortunata sentía en su alma tanta admiración por aquella mujer, que le habría besado la orla del vestido.

"Luego dicen que ya no hay gente buena en el mundo —pensaba—. ¿Pues y ésta? ¡Cuidado que mandar todo a paseo, casa, parientes, fortuna, querer, y sacrificar su juventud para andar toda la vida entre miserias!..."

Asustábase de medir con el pensamiento la distancia que había entre ella y la ilustre señora; distancia infinita sin duda, y que en manera alguna podía acortarse, pues aunque la santa pecara, y ella hiciera muchas obras de caridad, las dos almas no llegarían jamás a verse próximas.

La fundadora, con aquella actividad vivaracha que en todo ponía, dictó a Severiana algunas disposiciones para la ceremonia que se preparaba.

—Aquí pondrás la mesilla que está en la otra sala y se hará el altar. Yo te mandaré un crucifijo, y buscaremos flores... La ropa de la cama hay que ponerla limpia, y adornar todo el cuarto lo mejor que se pueda...

Luego pasó a la sala seguida de doña Lupe, que quería meter baza a todo trance.

—Tendremos sumo gusto en venir mañana. Aprecio mucho a Mauricia, que a no ser por el maldito vicio sería una buena mujer, trabajadora, fiel... Y dígame usted: de noche habrá que velarla. Yo no tendría inconveniente en quedarme alguna noche, y si no, mi sobrina...

—Dios se lo pague a usted... Se acepta, se acepta. Póngase usted de acuerdo con Severiana. La comandanta y yo nos hemos quedado anoche. Se necesitan dos personas, porque cuando le dan convulsiones, cuesta Dios y ayuda sujetarla.

—Verdaderamente —manifestó doña Lupe con adulación—, los ejemplos que usted da, señora, hacen que todas las demás seamos mejores de lo que seríamos si usted no existiera.

La flor estaba bien ideada; pero Guillermina se echó a reír, agradeciendo la flor, pero no queriéndola tomar.

—¡Ejemplos yo! Eso quisiera. Me vendría bien que alguien me los diese a mí. ¡Ay, hija! Estoy para que me enseñen, no para enseñar.

—¿Usted qué ha de decir? Ni aun le gusta que le saquen la cuenta de todo lo que vale... Pues, amiga, no sea usted tan buena y rebajaremos.

—Quite usted, quite usted... Eso lo dice por disimular. ¡Sabe Dios las misericordias que usted, a la calladita, habrá hecho en este mundo, con esta misma Mauricia tal vez...! Y ahora me las quiere colgar a mí.

—¡Yo!... ¡Jesús! No digo que no tenga yo también algunas buenas obras en mi cuentecita del cielo; ¡pero compararme con usted...! Calle por Dios, señora.

—En fin, no es cosa de que nos pongamos a reñir por quién peca menos..., ¿le parece a usted? —dijo la fundadora, uniendo la cortesía a la modestia y permitiéndose el característico guiñar de ojos, un tanto picaresco—. Mi lema es éste: "Haga cada uno lo que pueda y lo que sepa, y Dios verá."

—Eso mismo pienso yo...

—Conque, usted me dispensará..., tengo mucho que hacer. Hasta mañana; no faltar...

Entre tanto la de Rubín estaba sola con la enferma, porque Severiana se fue a la cocina. Le arregló las almohadas, y después ambas se estuvieron mirando. Fortunata pensaba en la simpatía inexplicable que aquella mujer le había inspirado siempre, a pesar de ser tan loca y tan mala. ¿Sería tal simpatía un parentesco de perversidad? Ejercía sobre ella una atracción querenciosa, y como le dijera algún concepto lisonjero a su corazón, sentíalo retumbar en su mente cual si fuera verdad pronunciada por sobrenatural labio. Mil veces analizó la joven este poder fascinador de su amiga, sin lograr encontrarle nunca el sentido. ¡Cosas del espíritu, que no las entiende más que Dios!

Mauricia parecía melancólica y sosegada.

—¡Qué señora ésa! —exclamó Fortunata—. ¿Habrá nacido de madre como nosotras?

—Apuesto a que no —replicó la *Dura*—. ¡Qué mujer!... El día que me quiso sacar de esos indinos protestantes me entró el toque y la insulté... ¡Qué mala fui!... —Iba a soltar un terno; pero se contuvo, porque le estaba absolutamente prohibido pronunciar palabras feas, siendo esto para ella un gran martirio, a causa de la poca variedad de términos de su habitual lenguaje—. Y ella, como si le dijeran niña bonita... No has visto otra. *¡Mia* que traerme aquí y cuidarme como me cuida, re...! No sé cómo hablar... *¡Mia* que esto que hace conmigo!... Es prima hermana del Nazareno; no hay quien me lo quite de la cabeza... Figúrate lo que suponemos nosotras al compás de ella... ¡Nosotras que hemos sido unos peines...! Es que ni arrepentidas valemos para descalzarle el zapato. Pues déjate que venga la otra..., también aquélla es de la piel de Cristo...

—¿Quién?

—La amiguita, la que protege a mi niña...

Fortunata vio delante de sí, súbitamente, una oscura niebla, que se le iba encima... El corazón le dio un salto...

—Jacinta —dijo—; pues qué, ¿también viene aquí ésa?

—Ayer estuvo... Ella misma traía mi niña. Mira; créetelo porque te lo digo yo: cuando entró *paicía* que entraba una luz en el cuarto.

Fortunata sentía ganas de echar a correr.

—¿Pero todavía la tienes tirria?... ¡Ay, qué mala eres! Perdónala, que bien lo merece. Te quitó tu hombre; pero ella no tenía culpa. ¡Qué roña...! ¡ay!, se me escapó. Palabra fea, vuélvete para adentro; no, quédate fuera... Pues, chica, no seas pava..., ¿qué crees tú, que el mejor día no te vuelve a querer tu don Juan?... Como si lo viera. Cuando una se va a morir, ve las cosas claras, muy claritas; la muerte la alumbra a una, y yo te digo que tu señor volverá contigo. Es ley, hija, es ley, que no puede faltar... Y si me apuras, te diré que a Jacinta no se le importa un pito. A cuenta que no le quiere nada... Estas casadas ricas, como viven con *tantismo* regalo, no quieren a sus maridos... Quieren a otros. No lo digo por ella, Dios me oiga, aunque sabe Dios lo que hará, lo cual no quita que sea mayormente un ángel y que reparta muchas caridades.

Fortunata no decía nada. La enferma se inclinó hacia ella, y dándose unos aires evangélicos, en el tono que podría emplear un pastor de almas, le amonestó así:

—Arrepiéntete, chica, y no lo dejes para luego. Vete arrepintiendo de todo, menos de querer a quien te sale de *entre ti,* que esto no es, como quien dice, pecado. No robar, no *ajumarse,* no decir mentiras; pero en el querer, ¡aire, aire!, y caiga el que caiga. Siempre y cuando lo hagas así, tu miajita de cielo no te la quita nadie.

Algo iba a contestarle su amiga; pero no pudo, porque entró doña Lupe dándole prisa para marcharse. Era un poco tarde y tenían que ir a otra parte antes de regresar a casa. Despidiéronse con promesa de volver al día siguiente, y salieron. Por la calle hablaban de Guillermina, de quien dijo la de Jáuregui:

—Es una mujer ésa que electriza; y cuando se la trata, sin querer se vuelve una también algo santa... Cincuenta y tres reales me debía Mauricia. Yo, de todas maneras, se los había perdonado; pero ahora, créelo, me alegraría de que me debiera lo menos doscientos, para perdonárselos también.

## II

Dos horas antes de la señalada para que Mauricia recibiera a Dios, ya estaba allí la fundadora.

—Pero Severiana, ¿en qué estás pensando? —fue lo primero que dijo al entrar por el pasillo—. Quita de aquí esta artesa. ¡Vaya un adorno! Ropa sucia y agua de jabón...

—Señorita, lo iba a quitar... Pase usted. Me han dicho las vecinas que las dos láminas de Napoleón que caen al lado del altar deben quitarse, porque era muy protestante, *masónico* y...

—Déjate de tonterías... ¿Y cómo está esta pájara hoy? ¿Qué tal, hija?

Aquel día estaba bastante aplanada, las manos más temblorosas, respirando lentamente, aunque sin gran fatiga, con invencible tendencia a permanecer muda y quieta, los ojos vagando por el techo o por la pared de enfrente, cual si siguiera el vuelo de una mosca.

Enteróse la dama minuciosamente de cómo había pasado la noche, de quiénes se quedaron a velarla, de lo que había dicho el médico en la visita de la mañana. A todo contestó Severiana: el doctor había mandado que se le diera doble dosis de *la nuez cómica,* seguir con las cucharadas por la noche, las papeletitas por el día, y a sus horas el jerez o pajarete. Guillermina, sin dejar de oír esto, empezaba a poner su atención en otra cosa. Frente a la ventana, y formando ángulo recto con la cama, habían puesto la mesa, que debía ser altar, y en ella estaba de rodillas Juan Antonio, el marido de Severiana, fijando en la pared todos los clavos que creía necesarios para suspender la decoración proyectada.

—No clavetee usted más, por Dios... Parece que va a derribar la casa... Y que el ruido la molestará... ¿Pero qué van a poner ustedes ahí?

La comandanta entró con unos pedazos de damasco rojo y amarillo, que habían sido cortinas cuarenta años antes, pasando después por distintos usos. Con aquella tela se forraría la pared, formando la bandera española, y en el centro se pondría una lámina del Cristo del Gran Poder, propiedad de la portera.

—No me parece mal —dijo Guillermina, sacando del estuche sus anteojos y calándoselos—. A ver, Juan Antonio, si se luce usted. ¿Y flores, no tenemos?

—De trapo... verá usted —replicó Severiana llevando a la señora a su alcoba y mostrándole un montón de flores de papel dorado, tul y talco, extendidas sobre la cama.

Había también allí cintas de cigarros, y esas rosas con hojas plateadas que sirven para decorar los pitos de San Isidro.

—Esto es muy feo —opinó la santa—; ¿pero no hay naturales, o siquiera ramaje?

—Sí, señora... El vecino del seis, que es no sé qué de la Villa, me ha prometido traer rama de pino y carrasca. Esto lo pondrá Juan Antonio por arriba haciendo cenefas...

—Buscar algún bonito tiesto de *bónibus,* hija; no se os ocurre nada —dijo Guillermina volviendo a la sala—, y en las ramas verdes atáis flores de trapo, y resulta muy bonito. Vaya, Juan Antonio, no más clavazón; ya están bien sujetas las cortinas. Ahora cuélgueme usted la Virgen de las Angustias debajo del Señor, y a los lados...

La comandanta entró trayendo un cuadrote que representaba a Pío IX echando la bendición a las tropas españolas en Gaeta. Para hacer juego, propuso Juan Antonio poner al otro lado la *Numancia.* Guillermina vaciló en dar su asentimiento; pero al fin..., una risita y un guiño resolvieron la duda.

—Poner el barquito, ponerlo, que todo lo de la mar es de Dios.

Salió luego al corredor, y habiendo notado que la escalera no estaba barrida aún, llamó a la portera.

—¿Pero usted en que está pensando? ¿No le han dicho que hoy viene el Señor a esta casa? ¡Y está ese portal que da asco mirarlo! Coja usted la escoba, mujer. Si no, la cogeré yo. Qué, ¿se cree usted que no lo hago como lo digo?

La portera vio que doña Guillermina se quitaba el manto...

—No, señorita, no sea tan viva de genio. Barreremos..., pero ya verá lo que tarda esta granujería en volver a ensuciarlo.

—Pues lo vuelve usted a barrer.

Bajó la señora al patio, donde había entrado un ciego tocando la guitarra y estaban algunos chiquillos jugando a los toros.

—¡Eh, niños! Hoy es preciso que tengamos mucha formalidad. Y cuidadito con echarme basura en el portal y en la escalera. Estas eneas y juncos que habéis esparcido en el patio me los vais a recoger y entregárselos a su dueño.

Los chicos oyeron esto sin chistar. En el fondo del patio se había establecido un sillero que hacía fondos de junco y tenía montones de ellos arrimados a la pared, los unos teñidos de rojo y puestos a secar, los otros, sin teñir, cortados y apilados. Eran enemigos jurados de este industrial los *chavales* de la vecindad, que bonitamente le robaban los juncos para sus juegos y diabluras. Al ver a la santa parlamentando con ellos salió de su tenducho, y encarándose con la infantil cuadrilla, les dijo:

—Ya veis, gateras, lo que *vus* dice la señorita. Que *vus* estéis quietos, que *vus* estéis callados, que si no, *vus* llevará a todos a la cárcel.

—Tiene razón el maestro Curtis —dijo la fundadora, poniendo la cara más severa que le fue posible—. A la cárcel van atados codo con codo si no se portan hoy como es debido, hoy que viene a honrar esta casa el...

La interrumpió un sacerdote anciano que entró y fue derecho hacia ella. Era el padre Nones.

—Buenos días, maestra. Ya está usted en planta, oficiando de capitana generala.

—Tengo que estar en todo. Si yo no tratara de enseñar a esta gente la buena crianza, vendría usted luego con el Santísimo y tendría que entrar pisando lodo y cuanta inmundicia hay.

—¿Y qué importa? —observó Nones riendo.

—Claro que no importa; pero ¿por qué no hemos de tener limpieza y decoro delante del Señor, siquiera por estimación de nosotros mismos? Se limpia la casa cuando vienen el teniente alcalde y el médico del Ayuntamiento con sus bastones de borlas, y se ha de dejar sucia cuando viene el... Pero cállese usted, hombre, por amor de Dios.

Esto se lo decía al ciego de la guitarra, que habiéndose enterado de la presencia de la señora, quiso que ésta conociera la suya, y se acercaba tanto, que al fin parecía querer meterle por los ojos el mango del instrumento. Al propio tiempo tocaba y cantaba hasta desgañitarse...

—Que se calle usted..., por amor de Dios... Nos deja sordos —dijo la santa sacando su portamonedas—. Tenga, y a la calle a cantar. Hoy no quiero aquí fandangos. ¿Me entiende?

Marchóse el porfiado ciego, y la fundadora siguió hablando con el padre Nones:

—Suba usted a ver si me la reconcilia y le da la última pasadita. Paréceme que no está muy bien dispuesta. La encuentro peor de la enfermedad del cuerpo; y en cuanto al alma, cada vez la entiendo menos. ¡Qué ideas tan extrañas! Arriba, arriba. Nos veremos luego. Yo no me voy ya de la casa hasta que se acabe todo.

Subió Nones, y la dama, después de recomendar al sillero y a otros vecinos que barrieran la delantera de las repectivas puertas, iba a subir también; pero le interceptaron el paso dos sujetos que bajaban. Era el uno don José Ido del Sagrario, a quien no conocerían los testigos de sus románticas hazañas al principio de esta historia, según estaba ya de bien trajeado y limpio. Visto por detrás parecía otra persona; mas de frente, lo desengozado de su cuerpo, la escualidez carunculosa de su cara y el desarrollo cada vez mayor de la nuez, le declaraban idéntico a sí mismo. El que le acompañaba era un infeliz músico, habitante en el segundo patio y en el mismo cuchitril en que anidara antes Izquierdo. Lo primero que se notaba en él era la gran bufanda que le envolvía el cuello, subiendo en sus vueltas hasta más arriba de las orejas y descendiendo hasta el pecho. Llevaba gorra con galón, y de la bufanda para abajo toda la ropa era de purísimo verano, y además adelgazada por el uso. Temblaba de frío, y con el brazo derecho oprimía los aros broncíneos de un trombón, dirigiendo la abollada boca hacia adelante, como si quisiera bostezar con ella en vez de hacerlo con la suya propia.

—Este amigo —dijo Ido, en son de presentación—, este amigo mío..., un italiano, señora..., se llama el señor de Leopardi, artista desgraciado. Pues me ha dicho que si la señora quiere, naturalmente, se pondrá en la escalera cuando pase el Santísimo y tocará la Marcha Real...

El otro infeliz murmuró algo, con marcado acento extranjero, llevándose a la gorra la temblorosa mano.

—¡Pero qué cosas se le ocurren a este hombre! Ave María Purísima —exclamó Guillermina con benevolencia—. Déjese usted de marchas reales... No, no se quite la gorra; se va usted a constipar. Caballeros, aquí, y durante la ceremonia, mientras menos música, mejor.

Ido y Leopardi se miraron desconcertados. A la observación de la señora no se ocultó lo mal que estaba de ropa el infeliz artista, y le dijo que se fuera a su cuarto, que tocara allí el trombón todo lo que quisiese y por fin que...

—Yo veré si encuentro por ahí unos pantalones.

Subió al principal, y de puerta en puerta exhortaba a los grupos de mujeres que allí estaban peinándose.

—A las doce..., que no vea yo aquí estos corrillos, ¿estamos? Y barrerme bien todo el corredor. La que tenga velas que las saque; la que tenga flores o tiestos bonitos que los lleve allá... y todos estos pingajos que aquí veo colgados están ahora de más.

—¿Sirven estos ramos de caracoles? —dijo la del guarda de consumos, mostrándolos en la puerta de su casa.

—Ya lo creo. Llévalos. Y tú, Rita, recógete esas melenas, mujer, que pareces una cómica. Es preciso que estéis todas muy decentes.

La mujer del sereno se disponía a encender el farol de su marido y a ponerlo colgado del chuzo en la reja de la cocina. Otra preguntaba si valía el quinqué de petróleo. A las niñas que debían salir al portal con velas, se les pusieron los pañuelos de Manila llamados de talle, y la que tenía botas nuevas se las calzaba; la que no, salía como estaba, con las alpargatas llenas de agujeros.

—No se quiere lujo, sino decencia —repetía Guillermina, que comunicaba su actividad febril a todos los vecinos y vecinas de la casa.

Cuando volvía al cuarto de Severiana, encontró al padre Nones que salía:

—Le he enderezado las ideas, maestra; ahora está bien preparada— le dijo el clérigo, que por su alta estatura tenía que encorvarse para hablar con ella—. Voy a la iglesia. Dentro de tres cuartos de hora estamos aquí...

Entró la fundadora en la casa y vio el altar, que estaba muy bien. Juan Antonio había claveteado las flores de trapo al borde de los lienzos de Damasco, formando como un marco. Resultaba un conjunto bonito y muy simpático, y así lo declaró la señora, echándole sus gafas. Luego cubrieron la mesa con una colcha muy hermosa, que la comandanta, mujer de gran habilidad, había hecho para rifarla. Era de cuadros de malla, combinados con otros cuadros de *peluche* carmesí. Encima se puso un paño de altar traído de la parroquia, que tenía un hermoso encaje. Trajeron luego las ramas de pino, y para colocarlas fue preciso improvisar búcaros con barrilitos de aceitunas y de escabeche, que Juan Antonio cubrió y decoró con pedazos de papeles pintados. Era papelista, y en su arte, con paciencia y engrudo, hacía maravillas. Se colocaron los ramos de caracoles, cajitas de dulce y estampas; y por fin, los retratos de los dos sargentos hermanos de Juan Antonio, con su pantalón rojo, muy a lo vivo, y los botones amarillos, asomaban por entre las ramas de pino, como soldados que están en emboscada acechando al enemigo.

Poco después apareció Estupiñá de capa verde, trayendo bajo los pliegues de ella una cosa que abultaba mucho y que guardaba con respeto. Era el crucifijo de bronce de Guillermina, hermosa escultura de bastante peso, y que Plácido no quiso entregar a nadie sino a la misma dueña de él Ésta salió al pasillo, recibió de manos de Rossini la sagrada imagen, y quitándole el pañuelo de seda que la envolvía, entró con ella en la sala, pareciéndose mucho, en tal momento, a una verdadera santa escapada del Año Cristiano para recibir culto en el pintoresco altar, que simbolizaba la ingenua sencillez y firmeza de las creencias del pueblo. Puso el Cristo en su sitio, regocijándose mucho con la admiración que producía el bronce en los circunstantes, y después salió a dar órdenes a Estupiñá.

—Vaya usted a la parroquia para que acompañe al Santísimo, y diga que traigan pronto las velas que se han de repartir aquí.

En esto ya habían entrado Fortunata y su tía, ambas de negro, muy decentes, y mientras la de Jáuregui metía su cucharada en el corro de Guillermina, la otra pasó a ver a Mauricia. Encontróla como aturdida, sin saber lo que le pasaba. A las preguntas que le hizo, respondía con la mayor concisión, porque el temor de decir alguna palabra fea enfrenaba sus labios. Estaba reducida a usar tan sólo la tercera parte de los vocablos que emplear solía, y aún no se le quitaban los escrúpulos, sospechando que tuviesen algún eco infernal las voces más comunes. Lo que Fortunata le oyó claramente fue esto:

—¡Ay, qué gusto salvarse!...

—Pero al punto frunció Mauricia el ceño. Le había entrado la sospecha de que la palabra *gusto* fuese mala. Comunicó estos temores a su amiga, quien la tranquilizó sonriendo, y por fin le dijo que siendo su intención limpia, no importaba que se le saliese de la boca sin querer algún término sucio. Creyólo así la enferma, pero no las tenía todas consigo, y estaba como bajo la presión de un gran temor. En un momento que cogió a Fortunata sola, le dijo temblorosa:

—Arrepiéntete de todo, chica, pero de todo... Somos muy malas..., tú no sabes bien lo malas que somos.

## III

Se acercaba la hora, y en el patio sonaba el rumor de emoción teatral que acompaña a las grandes solemnidades. El pueblo ocupaba el sitio infalible que la curiosidad dispone. En el portal no se cabía, y todos los chicos del barrio se habían dado cita allí, cual si creyeran que sin ellos no podía tener lucimiento alguno la ceremonia. Guillermina recorría toda la *carrera,* desde la puerta del cuarto de Severiana hasta la de la calle, dando órdenes, inspeccionando el público y mandando que se pusieran en última fila las individualidades de uno y otro sexo que no tenían buen ver. Había venido de la parroquia un hombre asacristanado, y estaba repartiendo la carga de velas que trajo.

En la parte del corredor que había de recorrer el Viático, mandó que se pusieran las niñas que lucían pañuelo de talle, y como no tuvieran velas, ordenó que se les diesen. Abocóse a ella la comandanta, como un edecán de parada, para decirle que en la calle, frente al mismo portal, se había puesto un condenado pianito, tocando jotas, polkas y *La canción de la Lola;* que esto era un irreverencia y no se podía consentir. A lo que replicó la santa que no debían ocuparse de lo que pasase fuera; pero observando al punto que el profano instrumento molestaba mucho y estorbaba la edificación del vecindario, por el apetito que algunos sentían de ponerse a bailar, bajó al portal y habló con el de Orden Público que allí estaba. Todos los individuos de este Cuerpo que conocían a Guillermina, la obedecían como al mismo gobernador. Total, que el piano tuvo que salir pitando, y sus arpegios y trinos se oían después perdidos y revueltos, como si alguien estuviera barriendo sus notas por la calle de Toledo abajo.

Llegó el momento hermoso y solemne. Oíase desde arriba el rumor popular; y luego, en el seno de aquel silencio, que cayó súbitamente sobre la casa como una nube, la campanilla vibrante marcó el paso de la comitiva del Sacramento. El altar estaba hecho un ascua de oro con tantísima luz, que reflejaba en el talco de las flores. Había sido entornada la ventana, y todos de rodillas esperaban. El *tilín* sonaba cada vez más cerca; se le sentía subir la escalera entre un traqueteo de pasos; después llegaba a la puerta; vibraba más fuerte en el pasillo entre el muje-muje de los latines que venía murmurando el acólito. Apareció por fin el padre Nones, tan alto, que parecía llegaba al techo, un poco encorvado, la cabeza blanca como el vellón del Cordero Pascual, llevando agasajado el portaformas entre los pliegues de la capa blanca. Arrodillóse ante el altar, y allí estuvo rezando un ratito. Mauricia estaba en aquel instante blanca, diáfana, y sus ojos entornados y como sin vida miraban al sacerdote y lo que entre manos traía. Guillermina se le puso al lado y acercó su rostro al de ella. Cuando el sacerdote se aproximaba, la santa susurró al oído de la enferma, como secreteo de ángeles, estas palabras:

—Abre la boca.

El cura dijo:

—*Corpus Domini Nostri,* etcétera.

Y todo quedó en silencio, y los párpados de Mauricia se abatieron, proyectando sobre las ojeras la sombra de sus largas pestañas.

Poco después salió la comitiva, precedida de la campanilla, entre la calle formada por mujeres arrodilladas, con velas o sin ellas. Se sintió que bajaba, que salía y se alejaba por la calle. Cuando ya no se oía más el *tilín,* Guillermina, cesando de rezar, acercó su cara a la de Mauricia y empezó a darle besos. Todas las demás, lloriqueando, la felicitaban con ruidosos aspavientos, y por fin la misma santa hubo de mandar que cesaran aquellas manifestaciones de regocijo, porque la enferma se afectaba mucho y podría resultarle algún retroceso peligroso Mas por efecto de la excitación, Mauricia no sentía dolor ni molestia alguna; estaba como bajo la acción de fuertísimo anestésico, de los que producen efectos infalibles, aunque pasajeros. Desde la edad de doce años, en que la llevaron a comulgar por primera vez, no había vuelto a verse en otra como aquélla, y con la impresión recibida retrogradaba su pensamiento a la infancia, llegando hasta adormecerse por breves momentos en la ilusión de que era niña inocente y pura, y de que, como entonces, ignoraba lo que son pecados gordos.

También mandó Guillermina despejar la habitación y que se apagaran las luces. Entre la mucha gente que había entrado, veíanse dos mujeres muy bien vestidas a la chulesca, con mantón color café con leche, delantal azul, falda de tartán, pañuelos de color chillón a la cabeza, el peinado rematado en *quiquiriquí* con peina de bolas, el calzado de la más perfecta hechura y ajuste. Parecían deseosas de hablar a Mauricia; pero no se atrevían a adelantarse hasta la cama. Guillermina, concluida la ceremonia, no les quitaba ojo, y por fin resolvió darles el quién vive.

—Señoras mías —les dijo—, ¿qué

bueno traen ustedes por aquí? Si han venido por devoción, me parece muy bien. Pero si vienen a curiosear, siento tener que decirles que tomen la puerta y que aquí no hacen falta para nada.

Salieron las tales muy corridas, echando de sus bocas, por la escalera abajo, palabras absolutamente contrarias a los latines que pocos momentos antes se habían oído en el propio sitio. Todas las que presenciaron la *indirecta* que les echó la señora, la celebraron mucho, diciéndole doña Lupe al pasar a la sala:

—Vaya unas despachaderas que tiene usted, amiga mía. Eso se llama carácter.

—Una de ellas —dijo Severiana— es Pepa la *Lagarta*. . ., mujer de historia ¿sabe?. . ., la que dicen mató a su marido con una aguja de coser serones. . .; muy amigota de Mauricia, a quien debe quinientos reales. . . Y no se los puede sacar. . . ¿Pero creen ustedes que no tiene dinero? Ya quisiera yo. . . Gasta como una marquesa, y el mes pasado costeó, en San Cayetano, una novena a la Virgen de las Angustias, que era lo que había que ver. . .

—¿Novena?

—Sí, porque sanara el *Clavelero,* un chulito que tiene muy guapín, el cual recibió un achuchón en la plaza de Leganés. . ., como que le entró el pitón por salva la parte. . . Pues el *Clavelero* sanó. ¿Y eso. . .? Vea usted, señora, ¡qué cosas hace la Virgen!

—Ella se sabrá lo que le conviene, tonta.

Poco después se retiró Guillermina. La casa volvió a tomar su aspecto ordinario. La comandanta y doña Lupe estaban en la sala hablando de la rifa de la maravillosa colcha que decoraba el altar. Fortunata y Severiana acompañaban a Mauricia, que se aletargaba lentamente, pues no había dormido nada la noche anterior. Doña Fuensanta, deseosa de mostrar a la señora de Jáuregui sus habilidades, la invitó a pasar a la casa inmediata. Hay que decir de paso que doña Lupe estaba algo desilusionada, pues había creído que Guillermina iba siempre a sus visitas benéficas con un regimiento de señoras.

—¿Pero dónde están esas *damas distinguidas* de que hablan los periódicos? Por lo que voy viendo, aquí no viene más *dama* que yo.

Viendo Fortunata que Mauricia se dormía profundamente, salió a la sala. No había nadie. Acercóse a la ventana, mirando a la calle por entre los cristales, y allí estuvo un largo rato con la atención vagabunda y el pensamiento adormilado, cuando un rumor en el pasillo la sacó de su abstracción. Al volverse, se quedó atónita, viendo a Jacinta que, detenida en la puerta, alargaba la cabeza para ver quién estaba allí. Traía de la mano una niña, vestida a la moda, pero con sencillez y sin pizca de afectación de elegancia. Avanzó hacia Fortunata, interrogándola con aquella sonrisa angelical que, vista una vez, no se podía olvidar. Sentía la de Rubín una gran turbación, mezcla increíble de cortedad de genio y de temor ante la superioridad, y se puso muy colorada, después como la cera. Debió Jacinta preguntarle algo; sin duda la otra no acertó a responderle. La señora de Santa Cruz se acercó a la puerta que comunicaba con la otra sala. Entonces Fortunata, que se hallaba detrás, dijo:

—Se ha quedado dormida.

Volviéndose hacia ella, otra vez le echó Jacinta aquella mirada y aquella sonrisa que la asesinaban.

—En ese caso, esperaremos un poco —indicó en voz casi imperceptible, sentándose en una de las sillas de paja.

Fortunata no sabía qué hacer. No tuvo valor para marcharse, y se sentó en el sofá. Casi en el mismo instante la *Delfina* sintióse vacilar en su asiento, porque la silla estaba inválida, y se pasó al sofá. Halláronse las dos juntas, tocando falda con falda. Fortunata, por no mirar a su rival, miraba a la niña, a quien aquélla tenía en pie delante de sí, cogiéndola de las manos. Observó la de Rubín el trajecito azul de Adoración, sus botas, todo su decente atavío, y en aquella inspección fisgona que hizo, sus miradas y las de Jacinta se encontraron alguna vez. "¡Oh, si tú supieras al lado de quién estás! —pensaba Fortunata, y aquí su temor se desvanecía un tanto para dejar revivir la ira—. Si yo te dijera ahora quién soy, padecerías quizás más de lo que yo padezco." Adoración quería decir algo; pero Jacinta le tapaba la boca, y mirando a la de Rubín se sonreía con esa ingenuidad que indica ganas de trabar conversación. Comprendiólo la otra, diciendo para sí: "No, pues yo no he de buscarte la lengua." La niña, aquel dato vivo de la bondad de la *Delfina,* no podía menos de determinar en Fortunata un pensamiento distinto de los anteriores. Pero sus renovados odios trataban de envenenar la admiración. "¡Oh!, sí, señora —pensaba—. Ya sabemos que tiene usted un sinfín de perfecciones. ¿A qué cacarearlo tanto?... Poco falta para que lo canten los ciegos. Si estuviéramos como usted, entre personas decentes, y bien casaditas con el hombre que nos gusta, y teniendo todas las necesidades satisfechas, seríamos lo mismo. Sí, señora; yo sería lo que es usted si estuviera donde usted está... Vaya, que el mérito no es tan del otro jueves, ni hay motivo para tanto bombo y platillo. Y si no, venga usted a mi puesto, al puesto que tuve desde que me engañó *aquél,* y entonces veríamos las perfecciones que nos sacaba la mona ésta."

Y las miradas de la de Santa Cruz volvieron a flecharla. Eran un comentario que con los ojos ponía a la tontería o pueril gracia que Adoración acababa de decirle. Sin saber cómo, aquel nuevo flechazo trajo a la mente de Fortunata un pensamiento que en cierto modo se eslabonaba con la presencia de la niña. Acordóse de que Jacinta había querido recoger a otro niño creyéndolo hijo de su marido... "¡Y mío..., creyéndolo el mío!" Desde la altura de esta idea, se despeñó en un verdadero abismo de confusiones y contradicciones... ¿Habría hecho ella lo mismo? "Vamos, que no..., que sí..., que no, y otra vez que sí..." ¡Y si el *Pituso* no hubiera sido una falsificación de Izquierdo; si en aquel instante, en vez de mirar allí a la niña de Mauricia, viera a su pobre Juanín!... Le entraron tan fuertes ganas de echarse a llorar, que para contenerse evocó su coraje, tocando el registro de los agravios, segura de que la sacarían del laberinto en que estaba. "Porque tú me quitaste lo que era mío... y si Dios hiciera justicia, ahora mismo te pondrías donde yo estoy, y yo donde tú estás, grandísima ladrona..." No siguió, porque Jacinta, no pudiendo resistir más las ganas de entablar conversación, la miró otra vez y le hizo esta preguntita:

—¿Qué tal estuvo la Comunión? Y Mauricia, ¿qué tal?...

He aquí a la prójima otra vez turbada y sin saber lo que le pasaba.

—Muy bien..., pero muy bien... Mauricia, contenta...

Agradeció mucho Fortunata que en aquel momento se abriese suavemente la puerta de la alcoba y apareciera la cabeza de Severiana. Hacia ella fue corriendo Adoración.

—Chitito —le dijo su tía, entrando pasito a paso—. No hagas ruido, que tu mamá está dormida. Tiempo hace que no ha cogido un sueño tan largo. ¡Ay, señorita, lo que se perdió usted! Ha estado todo tan bien, que daba gusto.

Mientras la *Delfina* y Severiana hablaban, Fortunata, que continuaba sentada, examinó con curiosidad a la esposa de *aquél,* fijándose detenidamente en el traje, en el abrigo, en el sombrero... No le parecía propio venir de sombrero; pero por lo demás, no había nada que criticar. El abrigo era perfecto. La de Rubín hizo propósito de encargarse el suyo exactamente igual. Y la falda, ¡qué elegante! ¿Dónde se encontraría aquella tela? Seguramente era de París.

Oyóse la voz ronca de Mauricia. Su hermana entró corriendo, y Jacinta miraba por el hueco de la puerta entornada. Cuando Severiana volvió a la sala, la señorita dijo:

—Yo no entro. Pase usted con la pequeña. Yo me quedo aquí.

A pesar de lo trastornadas que estaban sus facultades, Fortunata supo apreciar el verdadero sentido de aquella resistencia de Jacinta a presentarse con la niña. Era un sentimiento de modestia y delicadeza. Quería sustraerse a las manifestaciones de gratitud de la pobre enferma, y evitarle a ésta el sonrojo de su desairada situación como madre.

"¿Será por eso por lo que no quiere entrar? —se preguntó, mirándola de espaldas—. ¡Qué remilgos estos! Cuando digo que me cargan a mí estas perfecciones... ¡Qué monas nos hizo Dios! Pues lo que es yo, sí entro."

Severiana se acercó a la cama, llevando de la mano a la chiquilla.

—Mira, mira lo que te traigo... ¿Cuál visita te gusta más? ¿Ésta o la que estuvo antes?

Mauricia le echó los brazos a su hija y le dio muchos besos. Un poco asustada, la nena besó también a su madre, sin efusión de cariño, y como besan a cualquier persona los chicos obedientes cuando se lo manda la maestra.

—¡Ay, qué mala he sido!... —exclamó la enferma, también sin efusión, como quien cumple un trámite—. Niña de mi alma, bien haces en querer a la señorita más que a mí, porque yo he sido más mala que arrancada, ¡re...!

Atravesósele el vocablo, y ella hizo como que escupía algo. Luego revolvió a todos lados sus miradas anhelantes, diciendo:

—Severiana, o tú, o cualquiera, ¡si quisierais darme...!

Doña Lupe y la comandanta habían entrado también.

—¿Qué tal, Mauricia? Hoy es para ti día feliz. Recibes a Dios y ves a tu nena; ¡oh, qué maja está!

Pero la *Dura* tenía todo su ser embargado por la ardentísima ansiedad física que experimentaba, y sus ojos de águila se fijaron en Severiana que escanciaba en un vaso algo del contenido de una botella. El licor brillaba con reflejos de topacio engastado en oro. "¡Cómo lo miras, bribona! —pensó la escéptica y observadora doña Lupe—. Ésa es la Eucaristía que a ti te gusta, el pajarete..." Y viéndoselo tomar, decía la muy picarona: "Eso, saboréate bien y relámete. No lo hacías así cuando recibías a Dios..."

Después del *trinquis,* Mauricia pareció como si resucitara, y su cara resplandecía de animación y contento. Entonces sí demostró que en el fondo de su ser existían instintos y sentimientos maternales; entonces sí que abrazó y besó con efusión tiernísima a la hija que había llevado en sus entrañas... Y tanto se excitó, que temiendo le diera un síncope quitáronle de los brazos a la nena.

—Sí, que te lleven, que te quiten de mi lado... No merezco tenerte... Me tienes miedo, rica... Como que cuando seas mañosa, no te dirán "que viene el coco", sino "que viene tu madre". ¡Ay, qué pena!... Pero estoy conforme. Dicen que me tengo que salvar... ¡Ay, qué gusto! Y mi hija está mejor en la Tierra con la señorita que conmigo en el cielo... Y nada más.

Adoración rompió a llorar entre afligida y espantada. Total, que tuvieron que llevársela, porque aquel espectáculo no podía prolongarse. Mauricia seguía dando besos al aire y diciendo cosas que enternecían a las demás...

"Sí, sí —pensó doña Lupe, que también estaba conmovida—. ¡Cuánto quieres a tu hija!... ¡Te la beberías!"

Fortunata no aguardó al fin de la escena. Sentía en su interior un trastorno tan grande, que una de dos, o rompía en llanto o reventaba. Refugióse en el cuarto interior, y echándose sobre un baúl, se echó a llorar. Los sentimientos que desataban aquel raudal de lágrimas no eran únicamente los producidos por la situación del momento; eran algo antiguo y profundo sedimentado en su alma, su tradicional desgracia, el despecho combinado con un vago deseo de ser buena, "sin poderlo conseguir...; cuidado que esto es de lo que se dice y no se cree..."

Muchas lágrimas había derramado cuando sintió el ruido del coche de Jacinta que partía, y entonces salió a la sala. Doña Lupe se despedía de la comandanta, ofreciéndole tomar diez papeletitas de la rifa de la colcha, y hacía una seña a su sobrina indicándole que era hora de retirarse. Dieron un vistazo y un apretón de manos a la enferma, y salieron. Cuando iban por la calle, doña Lupe, que comprendió cuánto había impresionado a su sobrina el encuentro con la señora de Santa Cruz, intentó dos o tres veces aludir a esto; pero la prudencia y un sentimiento de delicadeza retuvieron su charlatana lengua.

## IV

En el portal de su casa se separaron; doña Lupe subió y Fortunata fue a la botica, donde Maxi estaba solo haciendo un emplasto. Contóle su mujer lo que había visto aquel día, recordando con feliz memoria todos los pormenores. La visita de Jacinta fue omitida discretamente. Al farmacéutico le agradaba que su cara mitad anduviera en aquellos trotes de beneficencia, viese buenos ejemplos y se familiarizara con aquellos cuadros hondamente humanos de la miseria y de la muerte, pues sin duda serían más provechosos a su espíritu que los saraos, bullangas y diversiones.

A la hora de comer se hablaba de lo mismo, y ponderaba doña Lupe la solemnidad conmovedora del acto de aquel día. Discutióse si debían volver por la noche a la calle de Mira el Río o irse a Variedades a ver una pieza; mas como Fortunata mostrase gran repugnancia a las funciones teatrales, prevaleció lo primero, y Maxi, muy complacido de aquella aplicación a las obras de piedad, prometió que las acompañaría y que iría a recogerlas a las once.

—Y como no haya esta noche quien se quede a velar, me quedaré yo —dijo la viuda, a quien no se le cocía el pan hasta no dar a Guillermina prueba palmaria de humildad y abnegación.

Opusiéronse a esto el sobrino y su mujer, diciendo el primero que bueno era lo bueno, pero no lo demasiado. La de Jáuregui decía con deliciosa modestia:

—Si yo no lo hago por buscar un elogio; si no hay en esto el menor asomo de mérito... Yo resisto perfectamente una noche toledana, y hasta dos y tres. De modo que...

Las nueve serían cuando los tres entraban por el portal de la casa de corredor, y no fue poco su asombro al ver en el patio resplandor de hoguera y multitud de antorchas, cuyas movibles y rojizas llamas daban a la escena temeroso y fantástico aspecto. ¿Qué era aquello? Que los granujas de la vecindad habían pegado fuego a un montón de paja que en mitad del patio había, y después robaron al maestro Curtis todas las eneas que pudieron, y encendiéndolas por un cabo empezaron a *jugar al Viático,* el cual juego consistía en formarse de dos en dos, llevando los juncos a guisa de velas, y en marchar lentamente *echando latines* al son de la campanilla que uno de ellos imitaba y de la Marcha Real de cornetas que tocaban todos. La diversión consistía en romper filas inesperadamente, y saltar por encima de la hoguera. El que llevaba el copón, bien abrigadito con un refajo atado al cuello, daba las zapatetas más atrevidas que se podrían imaginar, y hasta vueltas de carnero, poniendo todo su arte en recobrar la actitud reverente en el momento mismo de tomar la vertical. En fin, que semejante escena daba una idea de aquella parte del Infierno donde deben de tener sus esparcimientos los chiquillos del Demonio. Maximiliano y su mujer se detuvieron un rato a ver aquello; pero doña Lupe dirigió a la infantil tropa miradas y expresiones de desdén, diciendo que la culpa la tenían los padres que tal sacrilegio consentían.

Subieron, y cuando Fortunata pasó a la alcoba de Mauricia, que estaba sola, retiróse Maxi, diciendo que volvería a las once. Estaba aquella noche la enferma sumamente inquieta, y lo poco que hablaba no era un modelo de claridad. El temor de pronunciar palabras malas parecía haberse desvanecido en ella, porque escupió de sus labios algunas que ardían. La memoria no debía de estar muy firme, porque cuando su amiga le dijo: "Sosiégate y acuérdate de lo de esta mañana", replicó: "¡Lo de esta mañana!... ¿Qué ha sido?..." Y mirando con extraviados ojos al techo, parecía entregarse al doloroso trabajo de recordar, cazando las ideas como si fueran moscas. Más presente que la administración del Sacramento tenía el *paso* con su hija; ¡ay, qué paso!...

—¿No viste a *la* Jacinta? —preguntó a Fortunata, volviéndose de un costado y poniéndole la mano en el hombro—. ¿Habló contigo?... Tú eres una sosona y no tienes genio... Si a mí me llega a pasar lo que te ha pasado a ti con esa pastelera; si el hombre mío me lo quita una mona golosa y se me pone delante, ¡ay!, por algo me llaman Mauricia la *Dura.* Si me la veo delante, digo, y me viene con palabras superfirolíticas..., la trinco por el moño y así, así, le doy cuatro vueltas hasta que la acogoto...

Uniendo la acción a la palabra, Mauricia hacía contorsiones violentas, se destapaba, rechinaba los dientes... No pudiendo sujetarla Fortunata, llamó a Severiana:

—¡Ay, venga usted! Está diciendo mil disparates... Por Dios, vea usted de reducirla... Déle algo para que se calme, aguardiente...

—A mí no me puede nadie —gritó la infeliz con frenesí, los ojos desencajados, forcejeando contra los cuatro brazos que la querían sujetar—. Soy Mauricia la *Dura,* la que le abrió una ventana en el casco a aquella ladrona que me robaba los pañuelos, la que le arrancó el moño a la Pepa, la que arañó la cara a doña Malvina la *Protestanta*... Suéltame, tiorra pastelera, o de una mordida te arranco media cara. ¡Persona decente tú!... Tú, que dejas un soldado pa tomar otro...; tú, que tienes ya el corazón como la Puerta de Alcalá de tanta gente como ha entrado por él... ¡Ja, ja, ja!... Loba, más que loba, so asquerosa, judía, con más babas que un perro tiñoso..., cara de escupidera, zurrón, celemín de peinetas..., verás qué recorrido te doy..., así, así, y te arranco la nariz, y te escupo los ojos, y te saco todo el mondongo...

Por fin no eran voces humanas las que de sus labios, llenos de espuma salían, sino rugidos de fiera sujeta y acorralada. No pudiendo librar sus brazos de los vigorosos que la contenían, sus dedos se agarraron con rabia epiléptica a lo que encontraban, y querían deshacer y rasgar la sábana y la colcha. El fatigoso mugido iba calmándose poco a poco, las contorsiones eran menos violentas, y por fin cayó en un colapso profundísimo. La sedación era instantánea, y a la misma muerte se parecía.

La señora de Rubín estaba aterrada. Severiana le dijo:

—Ya ha tenido esta noche tres achuchones de éstos, y antenoche tuvo seis. Si viniera el médico la aplacaría dándole esos pinchacitos que llaman *yeciones*..., ¿sabe? una gotita de morfina.

Sin duda por esta frecuencia de los accesos veíalos Severiana con relativa calma, como los que se acostumbran a los prodigios del dolor humano en las clínicas. A poco de tranquilizarse Mauricia, la otra se dedicó a preparar la lámpara que debía arder toda la noche: un vaso con agua, aceite y una mariposa encima.

Media hora estuvo la tarasca como dormida, pronunciando en sueños retazos de palabras y fragmentos de cláusulas groseras, como retumban en lontananza los dejos de la tempestad que ha pasado. Despertó luego, y con voz sosegada dijo a su amiga:

—¿Estás aquí?... ¡Qué gusto me da verte! De todas las personas que veo aquí, la que me gusta más eres tú. Te quiero más que a mi hermana. Lo primerito que he de pedirle al Señor cuando me meta en el Cielo es que te haga feliz, dándote lo que es muy re-tuyo, lo que te han quitado... Su Divina Majestad puede arreglarlo, si quiere...

A Fortunata no se le ocurría nada que responder a estos disparates.

—Porque tú has padecido..., ¡pobrecita! Buenas perradas te han jugado en esta vida. La pobre siempre debajo y las ricas pateándole la cara. Pero déjate estar, que el Señor te arreglará, haciendo justicia y dándote lo que te quitaron. Lo sé, lo he soñado ahora, cuando me dormí pensando que me moría y que entraba en el Cielo escoltada por la mar de angelitos..., ¡tan monos!... Créetelo, porque yo te lo digo... Y *yo mismamente* le he de decir a la Virgen y al Verbo y Gracia que te hagan feliz y se acuerden de las amarguras que has pasado.

Callóse un instante, y después de los dos o tres suspiros que Fortunata echó de su seno, volvió a hablar la enferma de este modo:

—¿Has visto a Jacinta?... Porque ella fue quien trajo a mi niña. Es un serafín esa mujer... Ahora cuando me pensé que estaba en el Cielo, la vi encima de una nube con un velo blanco... Estaba allí, *entremedio* de aquellos grandes corros de ángeles. ¿Será que se va a morir? Lo sentiré por mi niña. Pero Dios sabe más que nosotras, ¿verdad?, y lo que Él hace, bien sabido se lo tiene... Pero dime: ¿te habló ella? ¿Le soltaste alguna patochada? Harías mal. Porque ella no tiene la culpa. Perdónala, chica, perdónala; que lo primerito para salvarse es perdonar a una parte y otra. Mírame a mí, que no hago más que lo que me manda el padre Nones, y he perdonado a la Pepa, a la Matilde, que me quiso envenenar, y a doña Malvina la *Protestanta* y a todo el género humano..., ¡re...! Párate, boca, que ya ibas a soltarlo... Pues sí, perdonar; créetelo porque yo te lo digo. ¿Ves qué tranquila estoy? Pues a cuenta que lo mismo estarás tú, y Dios te dará lo tuyo; eso no tiene duda..., porque es de ley. Y por la santidad que tengo entre mí, te digo que si el marido de la señorita se quiere volver contigo y le recibes, no pecas, no pecas...

Fortunata creyó prudente mandarla callar, pues aquel concepto se armonizaba mal con la santidad de que hacía gala su amiga.

—Me parece —le dijo— que si el padre Nones te oye eso te ha de reprender..., porque ya ves..., quien manda manda, y está dispuesto que no sean las cosas así.

—¡Qué risa contigo! ¿Pues tú qué sabes? Yo estoy arrepentida de todo lo malo que he hecho; yo he perdonado a todo Cristo. ¿Qué más quieren? Esto que te cuento es, como quien dice, una idea. ¿No puede una tener una idea?... Cuando me muera, veremos, créetelo..., el Santísimo me dirá que tengo razón...

Callóse fatigada, y Fortunata le impuso silencio. De repente determinóse una brusca sacudida en su espíritu, y tomándole la mano a su querida amiga y apretándosela mucho, le dijo con expresión de terror:

—¿Qué te parece a ti? ¿Me salvaré yo?

—¿Pues qué duda tiene? —replicó la otra tranquilizándola—. Dicen que aunque los pecados de una sean tantos como las arenas de la mar..., figúrate tú la cantidad de arenas que habrá en todita la mar...

—¡Oh!... ¡Si habrá arenas en todita la mar y sus arenales! —repitió Mauricia con voz patética.

—Pues aunque los pecados de una sean más que las arenas, Dios los perdona cuando una se arrepiente de verdad.

—¿Y crees tú que una idea, pongo por caso, es también pecado?

—Según y conforme. Pero tú no tienes malas ideas. Estáte tranquila.

—Dios te oiga... Se me arranca el alma de verte penando... con un hombre que no quieres..., ¡qué traspaso! Chavala querida, muérete y vente conmigo. Verás qué bien vamos a estar las dos allá. ¡Porque te quiero tanto!... Dame un abrazo, hija, y muérete conmigo.

—No lo digas mucho —balbució Fortunata conmovidísima, acariciando a su amiga—. Bien podría ser que me muriera pronto. Para lo que yo hago en este mundo..., no sé..., valdría más... ¡Ay, qué desgraciada soy!

—¡Re...! ¡Bendita sea tu alma! Lo primerito que le pido al Señor, lo juro por estas cruces, es que te mueras.

Las dos se echaron a llorar.

En tanto doña Lupe sostenía una gallarda disputa con Severiana.

—Ya lo he dicho y no hay más que hablar. Yo me quedo esta noche para que usted descanse un poco.

—Señora, no lo consiento. Hay vecinas que se quieren quedar.

—¡Vecinas!... Aviada está la enferma con las vecinas. ¡Son tan torpes y tan descuidadas...! Verá usted cómo trabucan las medicinas y le encajan una por otra.

—¡Oh!, no, señora, no consiento que usted se moleste.

—Repito que me quedo, ¡vaya! Si no hay en ello mérito alguno, ni sacrificio. No me cuesta ningún trabajo estar en vela toda la noche. Y además, hija, hay que hacer algo por el prójimo. Velaremos, pues, y no me hable usted de gratitud, que es ridículo hacer tanto aspaviento por lo que no vale tres cominos.

La viuda de Jáuregui no hacía gran sacrificio, y su determinación estaba calculada con habilidad, pues como una de las vecinas le dijera que Guillermina pensaba echar un guante al día siguiente para atender a las apremiantes necesidades de algunos inquilinos de la casa, doña Lupe pensó de esta suerte: "Con quedarme a velar cumplo, y eso del guante no va conmigo, porque en todo el día de mañana no parezco por aquí, ni a media legua a la redonda."

Severiana explicó minuciosamente a la señora cuanto había que hacer, advirtiéndole que la llamase si ocurría algo extraordinario. Otra vecina se quedaba también en calidad de ayudante. A las doce Fortunata se retiró a su casa con su marido, que fue a buscarla. Cogiditos del brazo recorrieron el trayecto más tortuoso que largo que les separaba de su domicilio, hablando de alcoholismo y de beneficencia domiciliaria, y poniendo muy en duda que doña Lupe resistiese toda la noche sin dormirse, pues era persona que en dando las diez ya estaba haciendo cortesías aunque se encontrase en visita.

A la mañana siguiente determinó la esposa ir a enterarse de la noche toledana que habría pasado doña Lupe, y Maximiliano no se opuso a ello. Cumplidas las sabias órdenes que había dado la directora de la casa, Fortunata salió con *Papitos,* y después de encaminarla a la compra, indicándole algunas cosas que debía tomar, separóse de ella en la plazuela de Lavapiés para dirigirse a la calle de Mira el Río. Encontró a su tía en el cuarto de la comandanta, en un estado verdaderamente aflictivo, ojerosa, con la cabeza pesada y un humor poco dispuesto a las bromas.

—¡Bien por las valentías!... —le dijo Fortunata—. ¿Y qué tal se ha portado la enferma?

—No me hables, hija, noche más perra no la he pasado en mi vida. No me ha dejado ni siquiera descabezar un sueño de diez minutos. La maldita parecía que lo hacía a propósito y por vengarse de lo muy derecha que la he obligado a andar cuando me corría mantones... Figúrate: en un puro delirio hasta que Dios amaneció. Juraría que todo el aguardiente que ha bebido en su vida se le subió a la cabeza esta noche. Ya se levantaba, ya se revolvía, echaba las piernazas fuera de la cama, y los brazos como aspas de molino... ¡Luego unas voces y unos berridos!... Ya sabes el diccionario que gasta... Y a lo lo mejor se quedaba como un gato que acecha, los ojos como ascuas y hablando bajito, bajito y señalando para la mesa en que está el altar y la lamparilla, decía: "Mírenlo, mírenlo: allí está." ¡A mí me daba un miedo!... Prefería oírla gritar... Créete que me horripilaba cuando la veía señalar a la luz y al altarito.

Doña Lupe empezó a tomar el chocolate que le trajo doña Fuensanta, y a renglón seguido continuó la relación, imitando la voz y la actitud de la delirante:

—Y se ponía así: "Allí está, mírenlo... el *señor* de sor Natividad... La bribona lo tiene preso... Bribona, más que loba..." ¿Sabes tú quién es el *señor*... con retintín de sor Natividad? Pues la custodia, hija, el Santísimo... Y seguía: "Ahora voy allá, te cojo, te saco y te echo al pozo..." ¡Al pozo! ¿Has visto? ¡Arrojar la custodia al pozo! Mira tú si tendrá malas ideas... Luego dice que se salva. ¡Como no se salve ésa!... Me ha dicho Severiana que cuando delira fuerte, siempre sale con eso, con que va a sacar del Sagrario la custodia y a guardarla en su baúl o qué sé yo qué. Verás: soltaba una risa que a mí me ponía los pelos de punta, y decía muy callandito: "¡Qué guapo estás con tu cara blanca, con tu cara de hostia dentro del cerco de piedras finas!... ¡Oh, qué reguapo estás! No creas que te robo las piedras... Para nada las quiero... Me gustas... ¡Te comería! No me digas que no te coja, porque te cojo, aunque me muera y me eches al infierno... Sor Natividad te falta; para que lo sepas; te falta con el padre Pintado..." En fin, hija, que era un horror. Suprimo las flores que iba entreverando, porque me ardería la boca.

Doña Lupe hizo esfuerzos por atraer hacia su paladar, con la lengua y con los rechupidos de sus labios, lo que en el fondo del pocillo quedaba, y conseguido esto al fin, acabó así:

—Con estos disparates sacrílegos estuve toda la noche en vilo, horrorizada, el estómago revuelto y deseando que el día llegara.

—Me lo figuraba —dijo Fortunata, y después le dio cuenta de lo que había dispuesto y de lo que le indicó a *Papitos* que comprase.

—¡Ay! Me parece que he estado un año fuera de mi casa. Me ocurría que no sabríais desenvolveros y que la mona se declararía en cantón, haciendo lo que le daba la gana. Ahora a casa, que es madre. Ya hemos cumplido. Claro que esto no es ninguna santidad extraordinaria, ni un caso de heroísmo; pero algo es algo...

Vieron entonces que Guillermina pasaba en dirección al cuarto de Severiana, y doña Lupe corrió a recibir de su boca augusta los plácemes que merecía.

—¡Oh, qué buena es usted! —le dijo la santa, estrechándole las manos—. ¡Quedarse aquí cuidando a esta pobre!... No, no diga usted que esto no vale nada. ¡Vaya si vale! ¡Dejar las comodidades de su casa para velar a la cabecera de una infeliz!... Pues lo que yo sé es que no lo hacen todas... Dios se lo pagará. Más de agradecer es esto que los donativos que hacen otras..., quedándose muy abrigaditas en sus camas..., porque ésta es la verdadera caridad que sale del corazón... En fin, veo que su modestia se ofende, amiga mía, y no quiero sacarle a usted los colores a la cara. Gracias, gracias.

Doña Lupe estaba muy satisfecha; pero sospechando que la fundadora iba a sacar el temido guante, se despidió con prisa:

—Amiga de mi alma, la obligación me llama a mi choza...

—Sí, sí —le dijo Guillermina—. La obligación antes que nada. Hasta luego.

Y llevando aparte a Fortunata en el corredor, su tía le dijo:

—Tú te quedarás aquí un ratito; si hay petitorio, no quedaremos nosotras en mal lugar. Le dices que apunte un duro por ti y otro por mí. Es bastante Bien debe saber que no somos potentadas. No me gustan guantes; pero sé cumplir en todas las circunstancias y no hacer un mal papel. Un duro por ti y otro por mí; no lo olvides. No digas si podemos o no podemos más. Tú lo sueltas seco, sin achicarte ni engrandecerte; que ella, aunque se le dé un ochavo, siempre da las gracias con la misma boquita de merengue. Vaya... Mentira me parece que he de verme en mis cuatro paredes...

## V

Cuando Fortunata, después de un ratito de palique con la comandanta, penetró en la otra casa, vio cosas que la pasmaron. Guillermina, dejando su mantilla y su libro de misa sobre el sofá, desempeñaba junto a Mauricia las obligaciones más penosas del arte de cuidar enfermos, acometiendo con actividad maquinal las faenas más repugnantes como persona que tiene la obligación y la costumbre de hacerlo. Severiana se esforzaba en impedirlo; pero Guillermina no cedía.

—Déjame tú... Si a mí esto no me cuesta ningún trabajo... Vete a ver lo que quiere Juan Antonio, que está dando voces hace un rato.

La pobre menestrala deseaba tener tres o cuatro cuerpos para atender a todo.

—Hombre, ten consideración. ¿Cómo quieres que deje a la señora en...?

Al ver la de Rubín este tráfago y la poca gente que había para tan diversos quehaceres, brindóse gustosa a ayudar. Lo que hacía Guillermina era para asustar a cualquiera. Fortunata no se creía con valor para tanto. Y sin embargo, al ver a la insigne dama aristocrática humillarse de aquel modo, avergonzóse de no tener valor para imitarla, y sacando fuerzas de flaqueza, ofreció su ayuda. Como hija del pueblo, no quería ser menos que la *señora de la grandeza* en aquellos bajísimos menesteres...

—Quite usted allá, por Dios, hija... —replicó la santa—. No faltaba más; no lo consiento..., de ninguna manera. ¿Es que quiere usted ayudarnos? Pues si tan buen deseo tiene, barra la sala, que va a venir el médico.

Apenas hubo cogido Fortunata la escoba, entró Severiana, y que quieras que no, se la quitó de las manos.

—No faltaba más..., señorita. Se va usted a poner perdida...

—Por Dios, déjeme usted que le ayude. ¿Quiere que le haga el almuerzo a su marido?

—¡Qué cosas tiene!...

—¡Ay, qué gracia!... ¿Cree usted que no sé?... La tortillita en la fiambrera, y el pan abierto con la sardina dentro. Si he hecho yo en mi vida más almuerzos de obreros que pelos tengo en la cabeza...

—Hemos encendido la lumbre en la casa de la vecina. Allá está doña Fuensanta; pero va a salir a la compra, y si usted hiciera el favor...

Fortunata no necesitó más, y fue a la otra casa, donde encontró a la comandanta muy afanada, porque no era un almuerzo, sino tres los que tenía que preparar: el de Juan Antonio y el de dos obreros más, cuyas respectivas mujeres se habían ido ya para la fábrica, dejándole aquel encargo.

—Váyase usted a la compra —le dijo—, que de las tortillas se encarga una servidora...

Mucho agradeció esto doña Fuensanta, y poniéndose su toquilla encarnada, quedándose con la bata de tartán y las gruesas zapatillas de orillo, cogió el cesto y el portamonedas y fue a pedir órdenes a Severiana, que estaba en la sala, dentro de una nube de polvo.

—Tráigame usted un codillo como el del otro día, para ponerlo en sal..., un cuarterón de agujas cortas... Tocino hay en casa... ¡Ah! No olvide las zanahorias, ni el cuarto de gallina... Si trae para usted sesada de carnero, cómpreme otra a mí... Oiga, oiga: si ve una buena lengua, tráigamela descargada, y la salaremos para las dos...

Salió la viuda del comandante renqueando por aquellas escaleras abajo, y a poco partieron Juan Antonio y los otros dos obreros con sus saquitos de comida en la mano. La señora de Rubín había desempeñado su cometido con tanta presteza como acierto, y mientras se lavaba las manos, dejóse llevar por su vagabundo pensamiento a un orden de ideas que no era nuevo en ella: "Si es lo que a mí me gusta, ser obrera, mujer de un trabajador honradote que me quiera... No le des vueltas, chica; pueblo naciste y pueblo serás toda tu vida. La cabra tira al monte, y se te despega el señorío, créetelo, se te despega..."

Cuando pasó a decir a Severiana que estaba servida, ésta había concluido de limpiar la sala. Como había tan mal olor allí, trajeron una paletada de carbones encendidos, y echando un puñado de espliego, la pasearon por toda la casa desde el pasillo hasta la cocina. Después del sahumerio, Fortunata entró a ver a Mauricia, a quien encontró muy mal, en un estado de decaimiento y postración muy visibles. El médico, que llegó entonces, la examinó detenidamente, observando hinchazón en las piernas y en el vientre. La parálisis agitante crecía de una manera aterradora. Antes de partir el doctor habló con Guillermina en la sala, diciéndole que aquello no podía menos de acabar mal, y que a todo tirar, tiraría dos días... Acercábase Fortunata para enterarse de esto, cuando vio entrar inesperadamente a una persona, cuya presencia le hizo el efecto de una descarga eléctrica.

—¡Jesús, esa mona otra vez!... Yo me voy.

Jacinta y Guillermina hablaron un momento con el médico, que se despidió luego:

—Entraré un ratito a verla —dijo la *Delfina* a su amiga, sentándose en el sofá—. ¿Va usted a estar aquí mucho tiempo?

—Tengo que pasar al otro corredor a ver al zapatero... ¡Pobre hombre, no ha querido ir al Hospital! Yo no había visto nunca un caso de hidropesía semejante. La barriga de ese infeliz era anoche como un tonel... Y ya le han dado tres barrenos; pero el de ayer con tan mala fortuna, que no le sacaron más que medio litro, y dicen que tiene en aquel cuerpo la friolera de catorce litros... ¡Qué humanidad, Dios mío!

Fortunata pasó a la otra sala, y a poco volvió diciendo que Mauricia dormía profundamente. La fundadora hizo entonces una observación humorística. Dirigiéndose a las dos, les dijo:

—¿Oyen ustedes ese trombón que toca la Marcha Real?

En efecto, se oía bien clara, aunque lejana, la Marcha Real, tocada con verdadero frenesí por Leopardi, que en la repetición le ponía un lujo escandaloso de mordentes y apoyaturas.

—Pues ese pobre hombre —añadió la santa conteniendo la risa—, desde que se entera que estoy aquí, se pone a tocar como un descosido. Es la manera de recordarme que le prometí vestirle, porque el desventurado está mejor de pulmones que de ropa. Mira —propuso a Jacinta, cogiéndole un brazo—: en cuanto vayas hoy a tu casa, has de ver si tiene tu marido algunos pantalones que no le sirvan... ¡Puede que no tenga, porque ya hemos hecho tantos escrutinios en su guardarropa!...

—No sé, no sé... —dijo la señora de Santa Cruz, procurando recordar—, me parece...

—Si no —manifestó prontamente la de Rubín—, yo traeré unos del mío...

—Dios se lo pagará a usted..., porque verdaderamente parte el corazón ver a ese pobre hombre, en este tiempo, con unos calzones de hilo, de los que traen los soldados de Cuba...

Salió Guillermina para ir al almacén de maderas de la Ronda, y Jacinta la acompañó hasta el corredor. Sentóse Fortunata en el sofá, creyendo que las dos se marchaban. Pero la de Santa Cruz, después de hablar con su amiga de varias cosas, le dijo:

—Aquí la espero a usted. Lleve mi coche, y luego me recogerá y nos iremos juntas.

Entró inmediatamente, sentándose también en el sofá.

¡Ponerse a su lado! No conocerle en la cara que las dos no podían estar juntas en parte alguna!... Esto pensaba la mujer de Maxi, que sintió deseos de huir, y luego vergüenza y miedo de hacerlo. Si la otra le hablaba, no tendría más remedio que responderle: "Pues si yo le dijera quién soy, la haría temblar. Veríamos entonces quién temblaba más."

Jacinta la miró. Ya el día anterior había despertado su curiosidad hermosura tan expresiva. Y cuando sus ojos se encontraban con el rayo de aquellos ojos negros, sentía una impresión no muy grata, al modo de esos presentimientos inseguros, que son, no como el contacto de un objeto, sino como la sensación del aire que hace el objeto al pasar rápidamente.

—Según ha dicho el médico —indicó la *Delfina* decidida a pegar la hebra—, la pobre Mauricia no saldrá de ésta.

—No saldrá la pobre —opinó Fortunata algo cortada, porque le asaltaba la idea de que su lenguaje no sería bastante fino.

—Si sigue así, traeré esta tarde a la niña para que la vea... De todos modos debo traerla, ¿no le parece a usted?

—Sí, tráigala.

Jacinta sabía que aquella desconocida no era soltera, porque había ofrecido unos pantalones *de su marido*. Hízole, pues, la pregunta que ingenuamente se le salía siempre de los labios cuando se encontraba delante de una casada:

—¿Tiene usted niños?

—No, señora —replicó la de Rubín con alguna sequedad.

—Yo tampoco. Pero me gustan tanto los niños, que tengo verdadera manía por ellos, y los ajenos me parece que deberían ser míos..., y créalo usted, no tendría escrúpulo de conciencia en robar uno, si pudiera...

—Pues yo también, si pudiera... —declaró Fortunata, que no quería ser menos que su rival en aquello de la manía materna.

—¿Pero es que se le han muerto a usted, o que no los ha tenido?

—Tuve uno, sí, señora..., va para cuatro años...

—¿Y en cuatro años no ha tenido usted más que uno? ¿Qué tiempo lleva usted de matrimonio? Perdone mi indiscreción.

—¿Yo?... —murmuró la otra vacilando—. Cinco años. Yo me casé antes que usted...

—¡Antes que yo!

—Sí, sí, señora...; pues decía que tuve un niño y se me murió, sí, señora, y si me viviera, le digo a usted que...

Como advirtiera la dama en los ojos de su interlocutora una lucidez y movilidad singularísimas, sospechó si aquella mujer padecería enajenación mental. Su tono y su mirar eran muy extraños, impropios del lugar y de la sosegada conversación que ambas sostenían. "A esta mujer hay que dejarla —pensó Jacinta—; me callaré."

Guardaron silencio un rato mirando al suelo. Jacinta no pensaba en nada importante; Fortunata sí, y por la mente le pasó toda su historia como envuelta en una nube de fuego. Se le vinieron a la boca palabras duras para increpar a aquella *mona del Cielo* que le había quitado lo suyo. ¿Pues no era esto una gran injusticia? Los agravios se le revolvían en el seno, saliéndole a los labios en esa forma descomedida y grosera de las hijas del pueblo cuando se ponen a reñir. "¡La cojo y la...! —decía para sí clavándose las uñas en sus propios brazos. ¿Que es un ángel? Pues que lo sea... ¿Que es una santa? ¿Y a mí qué?..." Pero de los labios para fuera, nada... "¡Qué cobarde soy! Con una palabra la haré caer redonda, y me tendrá un miedo tan grande que no le darán ganas de volverme a hacer preguntitas..."

En esto *la mona del Cielo,* impaciente porque no venía Guillermina, salió un instante al corredor. Al verse sola, creyó sentirse la otra con más valor para dar un escándalo... Toda la rudeza, toda la pasión fogosa de mujer del pueblo, ardiente, sincera, ineducada, hervía en su alma, y una sugestión increíble la impulsaba a mostrarse tal como realmente era, sin disimulo hipócrita. "¡Si no volverá!... —se dijo mirando al corredor, y al decir esto su espíritu volvía sobre sí, penetrándose del sentido lógico de las cosas—. Ella es una mujer de mérito y yo he sido una perdida... Pero yo tengo razón, y perdida o no, la justicia está de mi parte... porque ella sería yo, si estuviera en mi lugar..."

En esto vio que *la mona* volvía... Verla y cegarse fue todo uno. No podía darse cuenta de lo que le pasó. Obedecía a un empuje superior a su voluntad cuando se lanzó hacia ella con la rapidez y el salto de un perro de presa. Juntáronse, chocando en mitad del angosto pasillo. La prójima le clavó sus dedos en los brazos, y Jacinta la miró aterrada, como quien está delante de una fiera... Entonces vio una sonrisa de brutal ironía en los labios de la desconocida, y oyó una voz asesina, que le dijo claramente:

—Soy Fortunata.

Jacinta se quedó sin habla..., después lanzó un ¡ay! agudísimo, como la persona que recibe la picada de una víbora. En tanto, Fortunata movía la cabeza afirmativamente con insolente dureza, repitiendo:

—Soy..., soy..., soy la...

Pero tan sofocada estaba, que no articuló las últimas palabras. La *Delfina* bajó los ojos, y dando un tirón se soltó. Quiso decir algo; no pudo. La otra se apartó, echando llamas de sus ojos y resoplidos de su pecho, y andando hacia atrás siguió diciendo, sin que las palabras llegaran a articularse:

—Te cojo y te revuelco..., porque si yo estuviera donde tú estás, sería...

Aquí recobró el aliento, y pudo decir:

—¡Mejor que tú, mejor que tú!...

La de Santa Cruz recobró primero la serenidad, y entrando en la sala, volvió a ponerse en el sofá. Su actitud revelaba tanta dignidad como inocencia. Era la agredida, y no sólo podía serenarse más pronto, sino responder a la ofensa con desdén soberano y aun con el perdón mismo. La otra sintió, por el contrario, tremendo peso dentro de sí. ¡Ay! Su acción descompuesta y brutal le gravitó en el alma como si la casa se le hubiera desplomado encima. No tuvo ánimo para entrar también; tembló de pensar lo que diría Severiana si se enteraba; pues ¿y doña Guillermina?... Refugióse en el cuarto de la comandanta, donde había dejado velo y manguito. La cobardía que sintió impulsábala a correr hacia la calle. Huir, sí, y no volver a poner los pies en aquella casa ni en parte alguna donde pudiera tener tales encuentros... Salió sin hacer ruido, deslizándose, y al pasar frente a la puerta, miró y la vio allá dentro, al extremo del largo pasillo, que parecía un anteojo. La veía de perfil, la mano en la mejilla, muy pensativa, y Jacinta no la veía a ella. Bajó y se puso en la calle, acordándose de una de las principales recomendaciones que le había hecho Feijóo: "No descomponerse nunca." Pues bien se había descompuesto aquel día... "Pero verdaderamente —discurrió tratando de serenarse—, yo ¿qué le he hecho? Nada... Únicamente decirle quién soy, para que me conozca..."

¡Cosa extraña! Le entraron ganas de esperar para verla salir. Púsose de centinela en la calle del Bastero, y cinco minutos después vio a la fundadora entrar en la casa. "Han de subir por la calle de Toledo —pensó—; desde allí las veré sin que me vean." Siguió a la calle de Toledo, poniéndose en acecho en la acera de enfrente, junto a la puerta de una taberna. Al cabo de un cuarto de hora apareció por la bocacalle la berlina con las dos damas. "Hablan de mí, y le está contando cómo pasó el lance...; me imita, remedando mi movimiento, cuando la cogí por los brazos... ¿Qué dirán, Dios mío, qué dirán? Me parece oírlas... Que soy un trasto y que me debían mandar a presidio."

## VI

Cuando subía la escalera de su casa, se iniciaba en la conciencia de la joven una reprobación clara de lo que había hecho. "...Hubiera sido mucho mejor —pensó deteniendo el paso y tardando un minuto de escalón a escalón— decirle aquello de *yo soy Fortunata* con calma, reparando bien qué cara ponía ella al oírlo, y luego quedarme tan fresca esperando a ver por qué registro salía, o echarle tres o cuatro chinitas, diciéndole que yo también soy honrada, claro, y que su marido es un tunante... A ver por dónde la tomaba."

Al entrar en la casa halló a doña Lupe muy incomodada con *Papitos*, sobre cuya inocente cabeza descargaba el mal humor que la noche en vela le produjo. Cuanto se había hecho en su ausencia le parecía mal, dejándose decir que ni tan siquiera para una obra de caridad podía salir de casa, pues en cuanto volvía la espalda era todo un desbarajuste. Fortunata comprendió que también quería meterse con ella; mas no teniendo ganas de reñir, dejaba sin contestación sus refunfuños.

—Mira que es pifia mandar traer esta babilla y esta falda que no sirve ni para el gato. Tienes la cabeza llena de viento. Nada, en cuanto yo me descuido, ya no das pie con bola.

Fortunata empezaba a sentirse mal. Tenía escalofríos, dolor de cabeza y ganas de bostezar a cada momento. Conocióle doña Lupe en la cara la desazón, y le preguntó con gran interés:

—¿Tienes ascos, mareos?...

—No sé lo que tengo; pero me acostaría de buena gana.

Doña Lupe, al irse a la cocina, iba pensando que aquellos síntomas podrían anunciar tal vez la probable reproducción del tipo de Rubín en la especie humana; pero bien sabía la otra que no era nada de esto, y sin más explicaciones echóse, bien envuelta en una manta, en el sofá de su cuarto. Después que se le aplacara el frío, sintió somnolencia, que la llevó a un delirio tranquilo, reproduciendo en su mente la escena aquella con varias adiciones de importancia. ¿Eran éstas algo que con la prisa no pudo decir, pero que debió haber dicho, o eran simplemente desvaríos de su cerebro encendido por la calentura?... "¡Si creerá esta señora que no hay en el mundo más mujeres honradas que ella!... Que se le quite a usted eso de la cabeza. ¡Vaya con el modelo!... ¡A buena parte viene usted!... ¿Sabe usted, niña, que como a mí se me meta en la cabeza le doy a usted honradez y virtudes por los hocicos hasta que no quiera más? Porque eso es cuestión de decir: '¡Ea!...' Sí, y si me atufo no hay quien me tosa. Pues ¿qué cree usted, que a mí me costaría trabajo cuidar enfermos y dármelas de muy católica? Pues si a mano viene me pondré el mejor día a cuidar y limpiar y revolver los enfermos más podridos, y me vestiré una saya, y recogeré niños que no tengan padres, que de eso y de mucho más soy yo capaz... ¡Vaya con la *mona del Cielo!* ¡Ea!..., no venga acá vendiendo mérito... ¡Y ángel me soy! Pues para que lo sepa, también yo, si me da la gana de ser ángel, lo seré, y más que usted, mucho más. Todas tenemos nuestro ángel en el cuerpo..."

Después de esto tornó a ver con claridad las cosas, y dejando vagar sus miradas por la habitación solitaria y semioscura, pensaba en lo mismo, pero apreciando mejor la realidad de las cosas. En aquella meditación, lo que descollaba, después de vueltas mil, era un vivo deseo de ser no sólo igual, sino superior a la otra. El cómo era lo difícil. "Porque lo primero que tengo que hacer es querer a mi marido, y portarme bien para que se olviden las maldades que he hecho..."

El pensamiento, recorriendo todas las caras del tema, iba de las cosas más sutiles a las más triviales. "Me tengo que hacer una falda enteramente igual a la que llevaba ella..., lo mismito, con aquel tableado; y si encontrara tela igual... La verdad es que tiene la mona un aire de señorío y de..., de... ¿de qué?, de majestad, sí... ¡Bah!, esto es idea, idea nada más de los que la miran, porque con aquello de que es ángel... A saber si lo es realmente, que las apariencias engañan..."

Sacóla de esta cavilación doña Lupe, que entró con pisadas de gato, y le dijo que era preciso tomara algo. Negóse Fortunata a comer cosa alguna, y dijo que lo único que apetecía era una naranja para chuparla.

—¿Antojitos ya? —murmuró la tía sonriendo, y mandó a *Papitos* por la naranja.

Mientras la chupaba, haciéndole un agujerito y apretándola como aprietan los chicos la teta, a la señora de Rubín le pasó por el cerebro otra ráfaga de aquel furor, que determinó el acto de la mañana: "Tu marido es mío y te lo tengo que quitar... Pinturera..., santurrona...; ya te diré yo si eres ángel o lo que eres... Tu marido es mío; me lo has robado..., como se puede robar un pañuelo. Dios es testigo, y si no, pregúntale... Ahora mismo lo sueltas, o verás, verás quién soy..."

Quedóse dormida, dejando caer al suelo la naranja. Despertó al sentir sobre su frente la mano de su amante esposo, que había subido a comer, y enterado de que estaba indispuesta, se asustó mucho. Doña Lupe quiso hacerle concebir esperanzas de sucesión; pero él, moviendo la cabeza con expresión escéptica y desconsolada, entró en la alcoba y le palpó la frente a su mujer.

—Hija de mi vida, ¿qué tienes?

Al oír esta terneza, y al ver delante la figura de Maxi, Fortunata sintió fuerte sacudida en su interior. Como una neurosis constitutiva de esas que se manifiestan de repente cuando menos se las espera, así se presentó en el alma de la joven, de golpe, y a manera de explosión de pólvora, la aversión que su marido le había inspirado en otro tiempo. Lo primero que pensó fue cómo había retoñado tan de repente la infame planta del odio que ella creía seca y muerta, o al menos moribunda. Le miraba, y mientras más le miraba, peor... Se volvió del otro lado, respondiendo con sequedad:

—Nada.

—¿Sabes lo que dice la tía?... Oye...

La opinión de la tía aumentaba la malquerencia de la sobrina y el vivo deseo de perder de vista a su marido. Cerrando los ojos, invocó a Dios y a la Virgen, de quien esperaba auxilio para poder curarse de aquella insana antipatía; pero ni por ésas... "Si no le puedo ver; si me iría al fin del mundo por no verle... ¡Y yo creí que le iba tomando cariño! ¡Buen cariño nos dé Dios! Ni sé yo en qué estaba pensando Feijóo... Tonto él, y yo más tonta en hacerle caso."

Maxi, al tomarle el pulso, echó por aquella boca una retahíla de frases de medicina, concluyendo por decir:

—Subiré esta noche un antiespasmódico, jarabe de azahar con bromuro, y quizás, quizás, unas pildoritas de sulfato de quinina. Hay fiebre, aunque poca. Principio de un fuerte catarro. Tú te has enfriado en aquella maldita casa de corredor..., o te habrás atufado con algún brasero.

Fortunata pensó que, en efecto, se había atufado, pero no con brasero. Cediendo a los ruegos de su marido y de doña Lupe, se acostó, y a prima noche estaba más tranquila, desvelada, sin ningún apetito, oyendo con desagrado el ruido de los platos y cucharas que del comedor venía a la hora de cenar. Nicolás hablaba por los codos.

—Mejor es que no tomes nada si no tienes gana —le dijo Maxi, que entró mascando el postre y con un higo pasado en la mano—. Por si acaso, no bajaré esta noche a la botica, y te acompañaré.

La peor de las medicinas era ésta, pues gustaba la joven de estar sola, entretenida con sus pensamientos. Hizo por dormirse; su marido le ató fuertemente un pañuelo a la cabeza, y después se puso junto a la cama. Después de un breve sueño, vio ella la escueta figura de Maxi dando paseos en la habitación. Tan pronto miraba su persona como su sombra corriendo por la pared, larga, angulosa, doblándose en las esquinas del muro. "¡Ah!..., Jacinta, yo te quisiera ver casada con éste... Entonces me reiría, me estaría riendo tres años seguidos."

Maximiliano se desnudaba para acostarse. Al quitarse el chaleco salían de las bocamangas los hombros como alones de un ave flaca que no tiene nada que comer. Luego los pantalones echaron de sí aquellas piernas como bastones que se desenfundan. Todas sus coyunturas funcionaban con trabajo, cual si estuvieran mohosas, y el pelo se le había hecho tan ralo que su cabeza ofrecía una de esas calvas sin dignidad que suelen verse en jóvenes de poca y mala sangre. Al meterse en la cama y estirar los huesos exhalaba un *¡ah!* que no se sabía si era de dolor o de gusto. Fortunata, fingiendo dormir, se volvió para el otro lado, y a medianoche dormía de veras.

A la madrugada abrió los ojos. La alcoba estaba en completa oscuridad. Oyó la respiración de su marido, áspera a ratos, a ratos silbante y con diversos flauteados, como si el aire encontrase en aquel pecho obstrucciones gelatinosas y lengüetas metálicas. Incorporóse Fortunata, cediendo a un movimiento interior cuyo impulso inicial se determinó cuando estaba dormida. Lo que pensaba entonces era por demás peregrino. El disparate que se le había ocurrido, porque disparate era y de los gordos, fue que debía echarse del lecho muy callandito, buscar a tientas su ropa, vestirse. . ., ir hacia la percha, coger su bata y ponérsela. El mantón ¿dónde estaba? No pudo recordarlo; pero lo buscaría, a tientas también; y una vez hallado, saldría de la alcoba, cogería el llavín que estaba colgado de un clavo en el recibimiento, y ¡aire!. . ., ¡a la calle! La idea de la evasión estuvo flameando un rato sobre sus sesos como una luz de alcohol, sin que pudiera entender cómo se había encendido semejante idea. En el bolsillo de la bata tenía medio duro, una peseta y algunos cuartos, la vuelta del duro que dio a *Papitos* para que le trajera. . . no recordaba qué. Pues con aquel dinero tenía bastante. ¿Para qué más? ¿Y adónde iría? A una casa de huéspedes. No. . ., a casa de don Evaristo. . . No, porque don Evaristo la reñiría. Esta idea de que la reñiría su *padrino* fue el golpe que le aclaró el sentido, porque la idea de la fuga era un rastro del sueño. "¿Estoy despierta o dormida?", se preguntaba al reconocer su desatino; y quedóse un rato sentada en la cama, con la mano en la mejilla. El pañuelo se le había desatado de la cabeza, y deshecho el peinado, sus espesas guedejas le caían sobre los hombros. "¡Qué marido éste! —pensaba, recogiéndose el cabello—. ¡Ni atar un pañuelo sabe!" Después creyó ver ojos, que en aquella profunda oscuridad la miraban. "Debo de estar soñando todavía. ¿Qué miras tú? ¿Qué dices? ¿Que estoy guapa? Ya lo creo. Más que tu mujer."

Y se volvió a acostar. Maximiliano, al revolverse, le dio un encontronazo con un omoplato. "¡Ay!, me ha hecho ver las estrellas", dijo para sí Fortunata, recogiéndose más en su lado.

—¿Duermes, vidita? —murmuró el otro despertándose, y rechupando luego como si tuviera una pastilla en la boca.

Pero sin oír la respuesta, se volvió a dormir.

## VII

Al día siguiente Fortunata se sentía mejor; pero aún estaba en la cama cuando su marido, después de dar una vuelta por la botica, subió a verla.

—¿Qué tal? —le dijo inclinándose sobre ella y besándola en la frente—. Te puedes levantar. El día está bueno. ¡Ay! Yo tengo menos salud que tú, y no me quejo tanto. Siento tal debilidad, que a veces me cuesta trabajo mover un dedo. Todos los huesos me duelen, y la cabeza la siento a ratos como si estuviera vacía, sin sesos. . . Pero no me duele, y esto es mala señal, porque las jaquecas son un puntal de la vida. Yo no sé lo que me pasa. A ratos me distraigo, me entra como un olvido, me quedo lelo sin saber dónde estoy ni lo que hago... Pues digo: ¿y cuando pierdo la memoria y se me va de ella lo que más sé?... Tú estarás buena mañana; pero yo no sé adónde voy a parar con estas cosas. Dice Ballester que tome mucho hierro, pero mucho hierro, y que esto es falta de glóbulos en la sangre, y así debe de ser... Esta máquina mía nunca ha sido muy famosa, y ahora está que no vale dos cuartos...

Fortunata le miraba y sentía una lástima profunda. Quizás esta lástima refrescaba el cariño fraternal, que había empezado a marchitarse. Pero no estaba muy segura de esto, y cuando le vio salir pensaba que si aquella planta raquítica del cariño se agostaba, debía hacer ella esfuerzos colosales por impedirlo.

Poco después, hallándose en el gabinete sentada junto al balcón, por donde entraba el sol, sintió en los pasillos ruido de voces, que al pronto no se podía saber si eran de gozo o de ira. Pero ni tuvo tiempo de asustarse, porque vio entrar a Nicolás haciendo aspavientos de júbilo, el rostro encendido, los ojos chispos, y llegándose a su cuñada le dio un fuerte abrazo:

—Denme todos la enhorabuena... Ya..., al fin... No ha sido favor, sino justicia. Pero estoy muy agradecido a las personas que...

—¡Gracias a Dios! Ya tenemos a Periquito hecho fraile —dijo doña Lupe, que después de haber recibido el estrujón en el pasillo, entraba tras él, radiante de dicha, porque se le quitaba de encima aquella fiera boca—. ¿Y de dónde?

—De Orihuela, tía —replicó el clérigo frotándose las manos—. Mala catedral; pero ya veremos si sale una permuta.

—Canónigo te vean mis ojos, que Papa como tenerlo en la mano.

—¡Cuánto me alegro! —dijo Fortunata por decir algo, y miró a la calle al través de los cristales, temiendo que le leyeran en la cara los pensamientos que la canonjía de su cuñado le sugería.

"¡Lo que es el mundo! —pensaba—. Razón tenía don Evaristo. Hay dos sociedades, la que se ve y la que está escondida. Si no hubiera sido por mi maldad, ¡cuándo habría sido canónigo este tonto de capirote, ordinario y hediondo! ¡Y él tan satisfecho!"

—Me voy mañana mismo a que me den la colación... Pero antes convido a todo el mundo. Juan Pablo no lo sabe todavía. ¡Que rabie!... Ayer me apostaba que no me la darían. Ese Villalonga es una gran persona, y Feijóo lo que se llama un caballero, y el Ministro también... ¿Sabéis quién me dio la noticia? Pues Leopoldo Montes, que está ahora en Gracia y Justicia. Corrí allá, y cuando el jefe del personal de catedrales me dijo que eran ciertos los toros, creí que me daba un desmayo. La credencial estaba allí, y no me la habían mandado por no saber mis señas... Lo repito, convido a todo Cristo... a lo que quieran..., y convido a las de Torquemada, a Ballester..., a doña Casta y sus simpáticas hijas....

—Para, hijo, para —dijo doña Lupe amoscándose—, que para esas convidadas no te va a bastar el sueldo de un año; y si piensas que yo cargo con el mochuelo de los gastos, te equivocas...

Nicolás se calmó luego, tomando el tono que cuadra a un sacerdote, y con el cual sabía él muy bien rectificar la descompostura que le producían la ira o el contento.

—Nada, yo estoy satisfecho, y aunque creo que me lo merezco por mis estudios y por los servicios que he prestado en el confesonario, no he de tener orgullo; y desde ahora lo digo: me he de llevar bien con mis compañeros de cabildo..., ésta es la cosa. A mí me gusta la paz y concordia entre príncipes cristianos. Una vida descansada, mi misita por las mañanas con la fresca, mi corito mañana y tarde, mi altar mayor cuando me toque, mi paseíto por las tardes, y vengan penas.

Cuando estaban almorzando, Fortunata no podía alejar de sí este comentario: "Si fue un bien que me adecentaras, estúpido, ya te lo he pagado y no te debo nada."

—Yo tengo que ir al Monte —le dijo más tarde doña Lupe—, que hoy empiezan las subastas. Ten cuidado con *Papitos,* que estos días anda muy salida. Tú la echas a perder con tus benevolencias. Date una vuelta por la cocina y no le quites ojo. Hazle que ponga el bacalao de remojo o ponlo tú. Y que cuando yo venga esté lavada toda la ropa.

Quedóse sola Fortunata con la chiquilla; pero no pudo vigilarla, porque toda la tarde estuvieron entrando visitas. Primero fue doña Casta Moreno, viuda de Samaniego, con sus hijas, dos jóvenes muy bien educadas o que se lo creían ellas. La mamá pertenecía a la familia de los Morenos, que en el primer tercio del siglo se dividieron en dos grandes ramas, los *Morenos ricos* y los *Morenos pobres;* pero habiendo nacido en la primera de estas ramas, vino a parar a la segunda. Casó con Samaniego, hombre de bien y muy entendido en Farmacia, pero que no supo hacerse rico. Por los Trujillos tenía doña Casta parentesco remoto con Barbarita; pero habiendo sido muy amigas en la niñez, apenas se trataban ya, porque la fortuna y las vicisitudes de la vida las habían alejado considerablemente una de otra. Sus relaciones eran intermitentes. A veces se veían y se saludaban; a veces no. Les pasaba lo que a muchas personas que se han tratado en la infancia y que después están años y más años sin verse. Resulta que cuando se encuentran dudan si hablarse o no, y al fin no se hablan, porque ninguna se decide a ser la primera.

Más cercano y claro era el parentesco de Casta con Moreno Isla, el cual, a pesar de ser *Moreno rico,* mantenía cierta comunicación de familia con aquella *Moreno pobre,* visitándola alguna vez. Se tuteaban por resabio de la niñez; pero sus relaciones eran frías, lo absolutamente preciso para salvar el principio de linaje. La rama de los Moreno Isla establecía además un enlace remoto entre doña Casta y Guillermina Pacheco; pero este parentesco era ya de los que no coge un galgo. Guillermina y la viuda de Samaniego no se habían tratado nunca.

Jactábase doña Casta de haber educado muy bien a sus dos hijas. La mayor, Aurora, guapetona, viuda de un francés, era mujer de mucha disposición para el trabajo. Había vivido algún tiempo en Francia, dirigiendo un gran establecimiento de ropa blanca, y tenía hábitos independientes y mucho tino mercantil. La segunda, Olimpia, había estado asistiendo al Conservatorio siete años seguidos, y obtenido muchos premios de piano. Su mamá quería que fuese profesora consumada, y para demostrarlo en los exámenes y obtener buena nota, le hacía estudiar una pieza, con la cual mortificaba a la vecindad día y noche, durante meses y aun años. Contaba esta niña la serie de sus novios por los dedos de las manos; pero lo que es a casarse no habían tocado todavía.

Fortunata simpatizaba mucho con Aurora y muy poco con la mamá y con Olimpia. Temía que se burlasen de ella por su falta de educación, y que la estimaran en poco, sabedoras de su pasado. Reconociendo que le eran las tres muy superiores por la crianza y el acertado empleo de palabras finas, a veces quedábase a oscuras de lo que hablaban y sólo asentía con movimientos de cabeza. Siempre era de la opinión de ellas, pues aunque pensara de distinta manera, no se atrevía a expresar su disentimiento. Aquella tarde, por causa de su situación de espíritu, estaba la de Rubín más cohibida que nunca y deseando que se marchasen. Pero desgraciadamente nunca estuvo doña Casta más habladora. Sentía mucho no encontrar a Lupe, pues deseaba comunicarle noticias de la mayor trascendencia. Aurora iba a ponerse al frente de un establecimiento de ropa blanca, montado a estilo de los mejores que hay en París y Londres. ¿Qué tal?

Esforzábase la mujer de Maxi en disimular el aburrimiento que esto le causaba, y a la hipérbole de doña Casta respondía con exclamaciones de pasmo y asentimiento.

—Mi hija —añadió la viuda de Samaniego— estará encargada de la dirección de los *trousseaux*, canastillas de bautizo y demás género elegante, y tendrá sueldo y participación en los beneficios. El dueño de este gran establecimiento, que tanto ha de llamar la atención, es Pepe Samaniego, a quien ha facilitado el dinero para montarlo mi *primo* don Manuel Moreno Isla, el hombre más bueno y más generoso del mundo, y con un capital... ¡Qué capital! Y vea usted, es soltero..., y se pasa la vida en Londres aburriéndose... Lo que yo digo, podría haber hecho feliz a una joven, de las muchas que hay en la familia... Siempre que viene a verme le largo un *espich*, como él dice; él se ríe, se ríe...

"¡Pero qué me importarán a mí todas estas cosas!", pensaba Fortunata, que ya no podía sostener más tiempo el papel, ni sabía de dónde sacar los monosílabos y las sonrisas.

Por fin quiso Dios misericordioso que *las Samaniegas* se marcharan; pero no habían pasado diez minutos cuando entró don Evaristo, con su criado, que le sostenía por el brazo derecho, y Fortunata le condujo hasta la sala, en una de cuyas butacas se sentó el anciano pesadamente.

—¿Doña Lupe...?

—No hay nadie —dijo ella, lo que significaba: estoy sola, puede usted hablar con libertad.

—¡Ah!, sola... ¿Y qué tal?... Me dijeron que estabas..., que estaba usted algo mala...

Después de decirle que su enfermedad no había sido nada, la chulita se sentó junto a él, haciendo propósito de contarle la verdadera dolencia que sufría, que era puramente moral, y con los más graves caracteres. Pensaba preguntar a su sabio amigo y maestro por qué todo aquel desorden se había manifestado a consecuencia de las breves palabras que cruzó con Jacinta. ¿Qué relación tenía aquella mujer con su conducta y con sus sentimientos? Sobre esto le diría algo sustancioso aquel sagaz conocedor del corazón humano y del mundo, porque ella se devanaba los sesos y no podía dar con la razón de que *la mona* le trastornase su espíritu. Si era ángel, ¿por qué la hacía mala? ¿Por qué era con ella lo que es el demonio con las criaturas, que las tienta y les inspira el mal? Luego no era ángel. Otro punto oscuro quería consultarle, y era que sentía deseos vivísimos de parecerse a aquella mujer, y ser, si no mejor, lo mismo que ella. Luego Jacinta no era demonio.

Lo difícil era explicar esto de modo que el amigo Feijóo lo entendiese, porque ya se sabe que no se daba buena mano para encontrar las palabras que en lenguaje corriente expresan las cosas espirituales y enrevesadas.

## VIII

Lo peor del caso fue que aún no había empezado la consulta cuando entró doña Lupe, quien invitó al señor de Feijóo a tomar chocolate. No se hizo de rogar el buen caballero, y la misma viuda de Jáuregui se lo sirvió. Mientras lo tomaba, hablaron de las visitas que tía y sobrina hacían a la calle de Mira el Río.

—Yo —declaraba doña Lupe—

reconozco que no tengo valor ni estómago para practicar la caridad en ese grado. Admiro mucho a la *amiga* Guillermina; pero no la puedo imitar.

Feijóo expuso sobre aquel tema de la filantropía algunas consideraciones muy sesudas, y despidióse, dando a cada una de las señoras un fuerte apretón de manos.

Aquella noche notó Fortunata en su marido algo que la puso en cuidado. Durante la comida no había dicho una palabra; tenía el color arrebatado, estaba muy inquieto, dando a cada instante suspiros hondísimos. Cuando subió a acostarse no tenía ya el rostro encendido, sino de color de cola.

—¿Tienes jaqueca? —le preguntó su mujer, viéndole desplomarse en una silla y apoyar la cabeza en las manos.

Contestó Maxi que no, que la cabeza no le dolía nada, y que lo que le aterraba era sentir el cráneo vacío, *desalquilado,* como una casa *con papeles.*

—Hace poco —dijo con desaliento amargo —perdí la memoria de tal modo..., que... no sabía cómo te llamas tú. Venía subiendo la escalera, y me entró tal rabia, que me pregunté a gritos: "¿Pero cómo se llama, cómo se llama?..." Me acordé al entrar en la casa. Hoy estaba haciendo una medicina para un enfermo de los ojos, y en vez del sulfato de *atropina* puse el de *eserina,* que es la indicación contraria. Si no lo advierte Ballester..., ¡qué atrocidad!, dejo ciego al enfermo... No puedo trabajar. Esta cabeza se me ha trastornado. Figúrate que a ratos...

Diciendo esto, la miraba de hito en hito, y Fortunata no sabía disimular bien el terror que aquellos ojos le causaban.

—Figúrate que a ratos me siento tan estúpido, pero tan estúpido, que creo tener por cabeza un pedazo de granito. No salta aquí una idea aunque me dé con un martillo. Y otros ratos parece que me vuelvo el hombre de más seso del mundo, ¡y se me ocurren unas cosas!... De tan sublimes que son no las puedo expresar; me tiembla la lengua, me la muerdo y escupo sangre... Después me quedo como el que sale de un desmayo.

—Acuéstate y descansa —le propuso su mujer compadecida y asustada—. Eso no es más que cansancio de tanto discurrir.

Maximiliano empezó a desnudarse, deteniéndose a cada momento.

—En cuanto muevo un brazo —decía con terror— me aumentan de tal modo las palpitaciones, que no puedo respirar. Ballester dice que es nervioso, una hiperquinesia del corazón, producida por la dispepsia..., gases... Pero yo digo que no, que no, que esto es más grave. Es la aorta... Yo tengo un aneurisma, y el mejor día, ¡plaf!..., revienta...

—No seas aprensivo... Si no leyeras librotes de Medicina no se te ocurrirían esos disparates —opinó ella sacándole los pantalones.

Quedóse con las piernas tiesas, en calzoncillos, esperando a que su mujer le quitara también las botas.

—Dios te lo pague, hija de mi vida. Ayúdame, que bien lo necesita tu pobre marido. Estoy lucido, como hay Dios.

Fortunata le cogió gallardamente en brazos y le metió en la cama. Aún podía ella más. Ambos se reían; pero después de la risa, Maximiliano dio un suspiro, diciendo con la tristeza mayor del mundo:

—¡Qué fuerzas tienes!... ¡Y yo qué débil! ¡Y a esto llaman sexo fuerte! ¡Valiente sexo el mío!

—Duérmete y no pienses en tonterías —indicó ella que, movida de piedad, creyó oportuno y caritativo hacerle algunas caricias.

—Si no fuera por ti —dijo él como un niño mimoso—, no me importaría que la vida se me acabara... El mundo no vale nada sino por el amor. Es lo único efectivo y real; lo demás es figurado.

Acostóse también ella, y estuvo dándole conversación hasta que le entró sueño. ¡Pobre chico! La lástima que Fortunata sentía apagaba en su espíritu la aversión, o al menos la escondía, como en un repliegue, no permitiéndole manifestarse. Y la compasión hacía que brotaran en su voluntad aquellos deseos de virtud sublime que a ratos surgían como flor de un minuto, criada por la emulación. La emulación o la manía imitativa eran lo que determinaba la idea de que si su marido se ponía muy malo, muy malo, ella sería la maravilla del mundo por el esmero en asistirle y cuidarle. Mas para que el triunfo fuese completo era menester que a Maxi le entrase una enfermedad asquerosa, repugnante y pestífera, de esas que ahuyentan hasta a los más allegados. Ella, entonces, daría pruebas de ser tan ángel como otra cualquiera, y tendría alma, paciencia, valor y estómago para todo.

—Y entonces vería *ésa* si aquí hay perfecciones o no hay perfecciones, y que cada una es cada una... Lo malo sería que no lo viese, porque acá no ha de venir...

Maximiliano la distrajo de esta meditación, dando quejidos profundos. Ya conocía aquello su mujer y sabía el remedio, que era volverlo suavemente del otro lado...

—¡Qué sueño! —murmuró Maxi medio despierto—. Soñaba que te habías marchado..., y yo te había cogido de un pie, y tú tirabas, y yo tiraba más, y tirando se me rompía la bolsa del aneurisma, y todo el cuarto se llenaba de sangre, todo el cuarto, hasta el techo...

Le arrulló para que se durmiera, y ella se durmió también. Levantóse temprano porque tenía que trabajar. Después de las nueve, cuando entró en la alcoba a ver si a su marido se le ofrecía alguna cosa, éste se estaba vistiendo y en una disposición de ánimo muy distinta de la que tuviera la noche anterior. No sólo parecía recobrado de su debilidad, sino que estaba inquieto, ágil y como si acabara de tomar un excitante muy enérgico. En cuanto entró su mujer, se fue derecho a ella, abotonándose el cuello de la camisa, y en tono de acritud, le dijo:

—Oye..., estaba deseando que vinieras para decirte que esas visitas del señor de Feijóo me cargan. Anoche te lo iba a decir y se me olvidó... Ya lo sabes... Sé que ayer tarde estuvo aquí otra vez y le dieron chocolate con mojicón. Me lo contó mi hermano Juan, que pasaba por la calle cuando él salía, y hablaron.

Fortunata estaba pasmada de aquel exabrupto, y más aún del tono. Por las mañanas solía estar Maximiliano algo regañón y displicente; pero nunca como aquel día. Volviéndose hacia el espejo para ponerse la corbata, prosiguió diciendo:

—Es que parece que hacen las cosas a propósito para molestarme, para que rabie... Y no eres tú sola..., mi tía también. Se han propuesto sin duda hacerme perder la salud.

En el espejo pudo ver Fortunata la cara pálida y contraída de Maxi, cuya susceptibilidad nerviosa se manifestaba en un movimiento vibratorio de cabeza, la cual parecía querer arrancarse por sí misma del tronco. Disculpóse ella como pudo; pero él, en vez de calmarse, siguió quejándose de que le mortificaban adrede, de que se proponían acabar con él. La esposa callaba, sospechando que su marido no tenía la cabeza buena, y que sería peor llevarle la contraria. Desde entonces pudo observar que por las mañanas se repetía en Maxi la misma excitación, y la terquedad de que todas las personas de la familia se confabulaban contra él para atormentarle. Unas veces tomaba pie de alguna falta advertida en la ropa, botón caído, ojal roto, o cosa semejante. Otras, era que le ponían un chocolate muy malo para que reventara... ¡Como que le querían envenenar!... O bien que dejaban los balcones y las puertas abiertas para que entrase un aire colado y le partiese. Estas manías iban de mal en peor, poniendo a doña Lupe de un humor acerbísimo y haciéndole presagiar alguna desgracia. Llegó día en que Maxi se expresaba con una violencia muy opuesta a su carácter pacífico, y cuando no le contradecían, se contestaba él, echando leña por sí propio en la hoguera de su ira; y por fin se iba refunfuñando, cerraba con golpe formidable la puerta, y bajaba la escalera de cuatro en cuatro peldaños.

Por las noches el lobo se trocaba en cordero. Creeríase que la fuerte inervación de la mañana se iba gastando con los actos y movimientos de la persona en el curso del día, y que ésta llegaba a la noche en el estado contrario, exhausta como el que ha trabajado mucho. Ya Fortunata se había acostumbrado a este tira y afloja, y ninguna de las extravagancias de su marido la cogía de sorpresa. Por las mañanas lo mejor era no hacerle caso, aparentando sumisión a sus exigencias; por las noches no había más remedio que halagarle y mimarle un poco, que otra cosa habría sido cruel.

Diferentes veces, en las intimidades con su cara mitad, Maximiliano había expresado esas tristezas tan comunes en los matrimonios que no tienen hijos. Fortunata no gustaba de este tópico; pero no tenía más remedio que aceptarlo. Una noche lo acogió con verdadero entusiasmo, porque llevaba a él una felicísima idea que aquel día había tenido.

—Mira tú —dijo a su esposo—, si Dios no quiere darnos una criatura, Él se sabrá por qué lo hace. Pero podemos adoptar uno, buscar un huerfanito y traérnosle a casa. A mí me gustaría mucho, y a los dos nos distraería. ¿Por qué no he de hacer yo, aunque soy pobre, lo que hacen las señoras ricas que no tienen hijos? Es muy soso un matrimonio sin chiquitín.

A Maximiliano le pareció bien la idea; pero doña Lupe, aunque no la contradijo abiertamente, no pareció entusiasmarse con ella. Los chiquillos ensucian la casa, todo lo revuelven y enredan, y dan enormes disgustos con sus enfermedades y travesuras. Aunque expuso estas ideas con mucha discreción, Fortunata se entristeció, porque se le había metido en la cabeza desde la noche antes aquel tema de recoger un niño huérfano, y encariñada con ella, le costaba mucho trabajo desecharla. ¡Manía de imitación!

## IX

Doña Lupe la invitó, dos días después de la tarde del choque con Jacinta, a volver a visitar a Mauricia. ¡Qué diría doña Guillermina si no volvían! Negóse Fortunata no sé con qué pretexto a ir allá, y fue sola doña Lupe. Era el día de San Isidro y no había ventas en el Monte de Piedad. A eso de las diez regresó muy afectada, y entrando en el gabinete donde su sobrina estaba cosiendo, le dijo:

—Hija, rézale un Padrenuestro a la pobre Mauricia.

—¡Se ha muerto! —exclamó Fortunata sintiendo una fuerte sacudida en su alma.

—Sí, a las nueve y media. Parecía que estaba esperando a que llegara yo para morirse..., ¡pobrecilla! Vengo horrorizada. Si yo lo sé, no parezco por allá. Estos cuadros no son para mí. Cuando llegué estaba en su sano juicio. Preguntóme por ti con un interés... Dijo que te quería más que a nadie, y que en cuantito que entrara en el Cielo, le iba a pedir al Señor que te hiciera feliz. Yo, francamente, al oír esto, vi que estaba fatal, y Severiana me dijo que anoche creyeron por dos o tres veces que se les quedaba entre las manos. Le dieron congojas tan fuertes, que se le acababa la respiración... Noté también que su voz parecía salir del hueco de un cántaro muy hondo y sonaba como lejos... La cara la tenía muy arrebatada, y los ojos hundidos, pero muy brillantes. Guillermina estaba sentada a su cabecera, y a cada rato le daba abrazos y besos, diciéndole que pensara en Dios, que padeció tanto por salvarnos a nosotros... De repente, se descompuso, hija; ¡pero de qué manera..., se quedó amoratada, empezó a dar manotazos y a echar por aquella boca unas flores, unas berzas...! Era un horror. En esto llegó el padre Nones, a quien Guillermina había mandado llamar para que la auxiliase; pero todo inútil. Ni la pobre enferma podía oír lo que le decían, ni estaba su cabeza para cosas de religión. La santa tuvo una idea feliz. Le dio a beber una copa de jerez, llena hasta los bordes. Mauricia apretaba los dientes; pero al fin debió darle en la nariz el olorcillo, porque abriendo la bocaza, se lo atizó de un trago. ¡Cómo se relamía la infeliz! Se calmó y ¡pum!, la cabeza en la almohada. Entonces Guillermina, poniéndole una cruz entre las manos, le preguntaba si creía en Dios, si se encomendaba a Dios y a la Santísima Virgen, y a tales y cuales santos del Cielo, y contestaba ella que sí moviendo la cabeza... El padre Nones estaba de rodillas, reza que te reza. Encendieron una vela, y te aseguro que el tufillo de la cera, los rezos y aquel espectáculo me levantaron el estómago y me han puesto los nervios como cuerdas de guitarra. Yo no quería mirar; pero la curiosidad..., eso es lo que tiene..., me hacía mirar. Los ojos de Mauricia se le habían hundido hasta ponérsele en la nuca, y la nariz, aquella nariz tan bonita, se le afiló como un cuchillo. Guillermina, alzando la voz, decíale que se abrazara a la cruz, que Dios la perdonaba, que ella la envidiaba por irse derechita a la gloria, y otras muchas cosas que la hacían a una llorar. La cabeza de Mauricia se iba quedando quieta, quieta... Luego le vimos mover los labios y sacar la punta de la lengua como si quisiera relamerse... Dejó oír una voz que parecía venir por un tubo del sótano de la casa. A mí me pareció que dijo: *mas, más*... Otras personas que allí había aseguran que dijo: *Ya*. Como quien dice: "Ya veo la gloria y los ángeles." Bobería; no dijo sino *más*... a saber, *más jerez*. Guillermina y Severiana le acercaron un espejo a la cara y lo tuvieron un ratito... Después todos empezaron a hablar en alta voz. Ya estaba Mauricia en el otro mundo; se había quedado de un color violado tirando a azul. A los diez minutos su fisonomía estaba tan variada, que si la ves no la conoces.

—Pero Guillermina..., ¡qué mujer ésa! —prosiguió la de Jáuregui, después de una triste pausa, poniendo los ojos en blanco—. ¿Creerás que la amortajó con sus propias manos? No haría más si fuera su hija. Ella la lavó..., ella la vistió..., ella le puso el hábito..., y tan tranquila. Yo habría querido ayudar; pero, francamente, no sirvo para esas cosas. Me parecía natural el ofrecerme. Bien sabía yo que la santa no había de ceder a nadie el llevar la batuta en aquella operación: lo ha tomado por oficio. Pero me ofrecí, me ofrecí. Hay que estar en todo y quedar siempre en buen lugar. Y créete que lo poco que hice tiene mérito, porque en mí es un sacrificio cualquier niñería de este género, mientras que en esa señora no lo es, por estar muy acostumbrada a revolverse entre enfermos y difuntos, como las hermanas de la Caridad. Habías de verla. Y siempre con su carita tan sonrosada, y aquel pasito ligero y vivaracho. Cuando concluyó, echamos las dos un largo párrafo en la salita; hablamos de Mauricia, de la mucha miseria que hay en este Madrid, y de que gracias a las buenas almas "como usted", me dijo, se remediaban muchos males. "¿Y la sobrinita no ha venido? —me preguntó—. El otro día me prometió unos pantalones de su marido."

—¡Ah!, sí —recordó Fortunata—. No crea usted que lo he olvidado. Ya los aparté. Son para un hombre que toca la corneta, el trombón o qué sé yo qué. Se los mandaremos a Severiana.

—Yo me encargo de eso —replicó doña Lupe, dando a entender que pensaba volver allá.

—No, los llevaré yo, bien envueltitos en un pañuelo —dijo la sobrina, a quien de súbito entraron ganas de ir a la casa mortuoria—. Llevaremos cada una nuestro duro, por si piden para el entierro.

—Eso no está mal pensado. Pero a quien hay que darlos es a Guillermina, que es la que sabe agradecer. ¡Ah! Se me olvidaba decirte otra cosa. Me invitó a ir a visitar su asilo, mejor dicho, nos invitó a las dos. Iremos. Ese día estrenaré mi abrigo nuevo y tú la falda que te piensas hacer. Habrá que echarle algo en el cepillo; pero no importa. Otros petitorios me enfadan a mí; que a los cepillos no les temo.

*Papitos* entró, y su ama le dijo que hiciera una taza de té, porque tenía el estómago revuelto. La señora no se había quitado el manto ni los guantes; pero cuando se aligeraba, charlando, de la carga que en su espíritu tenía, pensó en mudarse de ropa. En la mano traía un lío. Eran varias cosillas que de paso compró para engolosinar a Maxi. Ballester había recomendado que se le diera carne cruda; pero como él se negaba a comerla, doña Lupe discurrió el darle menudillos, corazones de aves, y suprimir para él el cocido y los feculentos. Para postre le trajo *bruños* de Portugal.

A nada de esto atendía Fortunata, por tener el pensamiento enteramente ocupado con aquella idea de visitar el asilo de doña Guillermina. De allí sacaría el huerfanito que quería prohijar. Pues digo..., si estaba todavía en el establecimiento aquel mismo nene que su tío Pepe Izquierdo quiso venderle a Jacinta, ¡qué ocasión. Cristo! ¡qué golpe! Que vieran, sí, que vieran cómo también ella...

Pero pronto había de ocurrir algo que desconcertó por completo el plan de adoptar un huerfanito. Al día siguiente, resistiendo al empeño de Maxi que quería llevarlas a San Isidro, fueron, como estaba concertado, a la calle de Mira el Río. Temía Fortunata aquella visita por diferentes motivos, no siendo el menor la pena que le causaría ver los restos de Mauricia. Temerosa y sobresaltada quedóse en la salita, donde estaba doña Fuensanta con un pañuelo negro por los hombros. Severiana entraba y salía. Sus ojos revelaban que había llorado, y también tenía un mantón negro por los hombros. Por un resquicio de la puerta que comunicaba la sala primera con la cámara mortuoria, vio Fortunata los pies de la *Dura* en el ataúd, y no tuvo ánimo para acercarse a ver más. Dábale pena y terror, y no podía olvidar las últimas palabras que le dijo su infeliz amiga: "Lo primerito que le he de pedir al Señor es que te mueras tú también, y estaremos juntas en el Cielo." Aunque se tenía por desgraciada, la de Rubín se agarraba con el pensamiento a la vida. Lo que dijo Mauricia era un disparate. Cada uno se muere cuando le toca, y nada más. Doña Lupe, que pasó a ver a la difunta, se afectó tanto, que no pudo permanecer allí.

—Hija mía —dijo a su sobrina secreteándose—, yo no puedo ver estas cosas fúnebres. Creo que me va a dar algo. La muerte me aterra, y no es que yo sea aprensiva. No me causa espanto ninguna enfermedad. como no sea el mal de miserere. Es lo que temo... En fin, que yo me voy de aquí al Monte. Necesito que me dé el aire. Quédate tú por el buen parecer; ahí dentro está la santa. Toma mi duro, por si hay la consabida suscricioncita. En cuanto se lleven el cuerpo te vas a casa. ¡Abur!

Cuando se fue la de Jáuregui, dejando sola a su sobrina, ésta mudó de sitio por no ver los pies de Mauricia, calzados con bonitas botas de caña clara; pies preciosísimos que no darían ya un solo paso. Doña Fuensanta salió y le dijo algunas palabras. Un ratito después abrióse la puerta de la estancia mortuoria, y Fortunata tuvo un estremecimiento nervioso, creyendo al pronto que era la propia Mauricia que aparecía... Pero no, era Guillermina. Desde que dio ésta el primer paso en la sala, fijáronse sus ojos en la joven, quien otra vez tuvo miedo. La santa iba derecha a ella, mirándola como no la había mirado nunca.

Tocándole suavemente un brazo, le dijo:

—Tengo que hablar con usted.

—¿Conmigo?...

—Sí, con usted.

Y al decir esto le volvió a tocar. La impresión de este contacto corríale por el brazo arriba hasta llegar al corazón.

—Dos palabritas —añadió la santa.

Y luego se corrigió así:

—Algunas más serán.

Advertía Fortunata en aquella cara cierta severidad; iba a decir algo; pero la otra no le dio tiempo, y tomándole el brazo, como se toma el de los hombres, le dijo:

—Venga usted por aquí. ¿Tiene prisa?

—No señora...

—Yo no me había marchado por esperar a ver si usted venía. Anoche también la esperé a usted, y no quiso venir.

Condújola a la casa próxima, donde doña Fuensanta vivía, y entraron en una salita bastante desordenada, en la cual había más baúles que sillas, y dos cómodas. Guillermina cerró la puerta, e invitando a Fortunata a ocupar una silla, sentóse ella en un cofre.

## X

Fortunata no sabía qué decir, ni qué cara poner, ni para dónde mirar: tanto la asustaba y sobrecogía la presencia de la respetable dama y la presunción del grave negocio que en aquella conferencia se iba a tratar. Guillermina, que no gustaba de perder el tiempo, abordó al instante la cuestión de esta manera:

—Yo tengo una amiga a quien quiero mucho...; la quiero tanto que daría mi vida por ella; y esta amiga tiene un marido que... En una palabra, mi amiga ha padecido horriblemente con ciertas... tonterías de su esposo..., el cual es una excelente persona también..., entendámonos, y yo le quiero mucho... Pero en fin, los hombres...

La señora de Rubín miraba los trastos que obstruían el cuarto. Sin duda buscaba algún mueble debajo del cual se pudiera meter.

—Vamos al caso —prosiguió la otra, dando un castañetazo con los labios—. Yo soy muy clara en todas mis cosas; no me gustan comedias. Me he comprometido a hablar con usted. Primero se convino en acudir a la señora de Jáuregui; pero luego creí mejor embestirla a usted directamente, y apelar a su conciencia, porque me parecía a mí que llamando a esa puerta, alguien me respondería desde dentro. Yo no creo que haya nadie malo, malo de todas veras. ¡Me he llevado tantos chascos!... ¡Tantas veces me ha pasado ver que una persona con fama de perversa salía de buenas a primeras con un acto de los más cristianos, que ya no me sorprendo de ver saltar el bien en donde menos se piensa! Que usted ha tenido sus extravíos, todo el mundo lo sabe. ¿Para qué hemos de decir otra cosa?

—¡Claro!... —murmuró Fortunata sin enterarse del verdadero sentido de las palabras.

—Yo no tenía el gusto de conocer a usted... Le confieso que me quedé pasmada cuando mi amiguita me dijo ayer quién era usted. Ni remota sospecha tenía yo... ¡Si esto parece comedia! ¡Encontrarse aquí, en un acto de caridad, dos personas tan..., no se me ofenda si digo tan opuestas por sus antecedentes, por su manera de ser!... Y no quiero rebajar a nadie. Todo lo contrario: se me figura, no sé por qué..., esto es cosa de presentimiento, de adivinación, de corazonada..., se me figura que usted, si la sacuden bien, así como otros cuando los apalean sueltan bellotas, si la sacuden bien, digo, ha de dejar caer alguna flor.

Fortunata dijo que sí con la cabeza, y el dogal que en el cuello sentía empezó a aflojarse.

—Por esto apelo a su conciencia, y le pido que me declare, la mano puesta en el corazón, si en esta temporada, en estos días, tiene algún trato con el esposo de mi amiga... Porque ésta es la idea que se le ha metido ahora en la cabeza. Conque, a ver, dígame usted si...

—¡Yo! —exclamó Fortunata, que casi perdió el miedo con el empuje de la verdad que quería salir—. Yo..., ¿ahora? ¿Está usted soñando? Si hace un siglo que ni siquiera le he visto...

—¿De veras? —preguntó la santa, guiñando los ojos.

Aquel modo de mirar extraía la verdad como con tenazas; y ciertamente, la pecadora sentía que la mirada aquella la penetraba hasta lo más profundo, trincando todo lo que encontraba.

—¿Pero no lo cree?... ¿Pero lo duda? —añadió, y olvidándose de los buenos modales, iba a hacer la cruz con los dedos y a besárselos jurando *por ésta.*

El deseo de ser creída resplandecía de tal modo en sus ojos, que Guillermina no pudo menos de ver asomada en ellos la conciencia. Pero como disimulaba esto, permaneciendo fría y observadora, la otra se impacientaba y enardecía, no sabiendo ya qué decir para convencerla.

—¿Por qué quiere usted que se lo jure?... ¡Vamos, que dudar esto!... Ni verle, ni saber de él tan siquiera...

—No diga usted más —manifestó Guillermina con cierta solemnidad—. Me basta. Lo creo. Si usted me hubiera dicho lo contrario, yo le habría pedido que hiciese todo lo posible por devolver a esa pobrecilla la tranquilidad, eso es. Pero si no hay nada, me guardo mi súplica por ahora; únicamente me permito hacerla de un modo condicional, ¿qué le parece a usted?, mirando a lo futuro, y para el caso de que lo que ahora no sucede, sucediera mañana o pasado.

La señora de Rubín miraba al suelo. Tenía el pañuelo metido en el puño y éste en la barba.

—Pero ahora —agregó la santa mujer— se me ocurre hacer otra preguntita... Usted tenga mucha paciencia; buena jaqueca le ha caído encima. Vamos a ver: si ya no hay nada absolutamente entre usted y el marido de mi amiga, si todo pasó, ¿por qué guardamos ese rencor a una persona que no nos hace ningún daño?... ¿Por qué el otro día, ahí en ese pasillo, la trató usted de una manera tan descompuesta y le dijo... no sé qué? Francamente, hija, esto nos ha parecido muy extraño, porque usted es casada, y vive en paz con su marido, al menos así lo parece. Si aquellas diabluras se acabaron, ¿a qué venía maltratar de palabra y hasta de obra a la pobre Jacinta, cuando lo que procedía era pedirle perdón?

—Eso fue que... —murmuró

Fortunata, haciendo del pañuelo una perfecta pelota—, eso fue..., pues fue que...

Y no había medio de pasar de aquí. Las lágrimas salían a sus ojos, y el nudo de la garganta volvió a apretársele de un modo horrible. En toda su vida, en tiempo alguno, habíase visto la infeliz en trance semejante. La persona que familiar y cariñosamente llamaban algunos la *rata eclesiástica* infundíale más respeto que un confesor, más que un obispo, más que el Papa. Y la *rata* guiñaba más los ojos, y en su bondad quiso abrir camino a la confesión.

—Es que usted, como si lo viera, conserva resentimientos y quizás pretensiones que son un gran pecado; es que usted no está curada de su enfermedad del ánimo; es que usted, si no tiene ahora trato con aquel sujeto, se halla dispuesta a volverlo a tener. Las cosas claritas.

Fortunata no contestó.

—¿He acertado? ¿He puesto el dedo en la parte más sensible de la llaga? Franqueza, señora mía; que esto no ha de salir de aquí. Yo me tomo estas libertades, porque sé que usted no se ha de enfadar. Bien sé que abuso y que me pongo insoportable y machacona; pero aguánteme usted por un momento; no hay más remedio... Conque a ver...

Tampoco dijo nada. Por fin, desliando el pañuelo y expresándose a tropezones, quiso escapar por la tangente en esta forma:

—Aquel día..., cuando le dije a esa señora... aquello..., después me pesó.

—¿Y por qué no le pidió usted perdón?

—Digo que me pesó mucho.

—Estamos en ello..., corriente...; pero conteste claro: ¿por qué no le dio excusas?

—Porque me marché a mi casa.

—Bueno. ¿Y si ahora la viera usted?

Silencio completo. Guillermina no tuvo paciencia para esperar más la respuesta, y acalorándose expresó lo que sigue:

—¿Pero usted no sabe que esa señora es mujer legítima..., mujer legítima de aquel caballero? ¿Usted no sabe que Dios les casó y su unión es sagrada? ¿No sabe que es pecado, y pecado horrible, desear el hombre ajeno, y que la esposa ofendida tiene derecho a ponerle a usted las peras a cuarto, mientras que usted, con dos adulterios nada menos sobre su conciencia, la ofende con sólo mirarla? Pero vamos a ver: ¿usted qué se ha llegado a figurar, que estamos aquí entre salvajes y que cada cual puede hacer lo que le da la gana, y que no hay ley, ni religión, ni nada? Pues estaríamos lucidos con esas ideítas, sí, señor... No extrañe usted que me enfade un poco, y dispense.

Fortunata estaba como si le hubieran vaciado sobre el cráneo una cesta de piedras. Cada palabra de Guillermina fue como un guijarro. En aquel momento, cogido el pañuelo por las dos puntas, hacía con él una soga. No se puede saber si fueron espontaneidad aturdida, o bien reflexión deliberada, estas palabras suyas:

—Es que yo soy muy mala; no sabe usted lo mala que soy.

—Sí, sí; ya voy viendo que no somos una perfección —indicó la santa irguiéndose en el asiento como para mirarla más de lejos—. Cuando hay arrepentimiento, el Señor perdona. ¡Pero usted, por lo visto, tiene una frescura para mirar estas cosas de la moral!..., frescura que no le envidio. Usted está casada: ya que la conciencia no le remuerde por un lado, ¿cómo no le escuece por el otro?

—Me casé sin saber lo que hacía.

—¡Qué angelito!... ¡Sin saber lo que hacía! Pues qué, ¿casarse es un acto insignificante y maquinal como beber un buche de agua? ¿Puede alguien casarse sin saber que se casa?... Hija mía, ese argumento guárdelo usted para cuando hable con tontas, que conmigo no vale.

—Me casaron —agregó Fortunata, volviendo a hacer una pelota con el pañuelo—, me casaron sin que pueda decir cómo. Creí que me convenía y que podría querer a mi marido.

—¡Ay, qué gracioso!... ¡Qué monísima es la criatura! —exclamó la fundadora con amable ironía y gracejo—. Estas... hartas de pecados son muy saladas cuando se hacen las inocentes. ¡Creyó que le podría querer! ¿Y qué hizo usted para conseguirlo?... ¡Ah! Lo que usted quería, digamos las cosas claras, lo que usted quería era casarse para tener un nombre, independencia y poder corretear libremente. ¿Más clarito todavía? Pues lo que usted deseaba era una bandera para poder ejercer la piratería con apariencias de legalidad ¡Desdichado hombre el que cargó con usted! De veras que le cayó la lotería. Y dígame: ¿al fin no saltó por alguna parte ese cariño que usted quería tener?

—No, señora —replicó Fortunata, rompiendo a llorar—. Pero si me habla usted de esa manera, no podré seguir; tendré que retirarme.

La santa se corrió en el cofre que le servía de asiento para aproximarse a la silla en que estaba la otra.

—Vamos, no llore usted —le dijo con bondad, poniéndole la mano en el hombro—. No se ofenda por lo que he dicho. Ya le recomendé a usted que me llevara con paciencia. Hay que tomarme o dejarme. Cuando me pongo a sacar pecados no se me puede aguantar... Pues es claro, les duele; pero luego sienten alivio. Y hasta ahora, nada me ha dicho usted en su descargo.

—¿Pero qué culpa tengo yo de no querer a mi marido? —manifestó la pecadora de la manera sofocada e intermitente que el llanto le permitía—. Yo no lo puedo remediar. Yo no me casé por lo que la señora dice, sino porque estaba equivocada, porque veía las cosas de otro modo que como son. A mi marido no le quiero, ni le querré nunca, aunque me lo manden todos los santos de la Corte celestial. Por eso digo que soy mala, muy mala.

Guillermina dio un gran suspiro. En presencia de aquel terrible antagonismo entre el corazón y las leyes divinas y humanas, problema insoluble, su gran piedad inspiróle una idea sublime.

—Bien sé que es difícil mandar al corazón. Pero eso mismo le da a usted motivo para dejar de ser mala, como dice, y adquirir méritos inmensos. Pero, hija, ¿en qué ha estado pensando que no se le ha ocurrido esto? Cumplir ciertos deberes cuando el amor no facilita el cumplimiento, es la mayor hermosura del alma. Hacer esto bastaría para que todas las culpas de usted fueran lavadas. ¿Cuál es la mayor de las virtudes? La abnegación, la renuncia de la felicidad. ¿Qué es lo que más purifica a la criatura? El sacrificio. Pues no le digo a usted más. Abra esos ojos, por amor de Dios; abra ese corazón de par en par. Llénese usted de paciencia, cumpla todos sus deberes, confórmese, sacrifíquese, y Dios la tendrá por suya, pero por muy suya. Haga usted eso, pero claro, que se vea, que se palpe, y el día en que usted sea como le propongo, yo..., yo...

Al decir *yo,* Guillermina se ponía la mano en el pecho y daba a sus ojos la expresión más hermosa.

—Yo, yo..., ese día, iré a confesarme con usted como usted se confiesa ahora conmigo.

Esto dejó a Fortunata tan desconcertada, que sus lágrimas se secaron de improviso. Miraba con verdadero espanto a la *rata eclesiástica.*

—No se asombre usted ni ponga esos ojazos —prosiguió ésta—. Yo no he tenido ocasión de tirar por el balcón a la calle una felicidad, ni una ilusión, ni nada. Yo no he tenido lucha. Entré en este terreno en que estoy como se pasa de una habitación a otra. No ha habido sacrificio, o es tan insignificante, que no merece se hable de él. Ríase usted de mí si quiere; pero sepa que cuando veo a alguna persona que tiene la posibilidad de sacrificar algo, de arrancarse algo que duele, le tengo envidia... Sí; yo envidio a los malos, porque envidio la ocasión, que me falta, de romper y tirar un mundo, y les miro y les digo: "Necios, tenéis en la mano la facultad del sacrificio y no la aprovecháis..."

Esta idea, a pesar de ser tan alta, fue muy inteligible para Fortunata, a quien se acercó Guillermina, y echándole el brazo por los hombros, la apretó suavemente contra sí. Nunca, en tiempo alguno, ni en el confesonario, había sentido la prójima su corazón con tantas ganas de desbordarse, arrojando fuera cuanto en él existía. La mirada sola de la virgen y fundadora parecía extraerle la representación ideal que de sus propias acciones y sentimientos tenía aquella infeliz en su espíritu, como la tenemos todos, representación que se aclara o se oscurece, según los casos, y que en aquél resplandecía como un foco de luz.

## XI

Abrióse la puerta y entró Severiana llorando a gritos. Había llegado el momento de que se llevaran el cuerpo de Mauricia, y este acto tristísimo se conoció en los gemidos y sollozos de todas las mujeres que en la casa mortuoria estaban. Cuando Guillermina y Fortunata salieron, ya el ataúd era bajado en hombros de dos jayanes para ponerlo en el carro humilde que esperaba en la calle. La curiosidad y el deseo de dar el último adiós a su amiga empujaron a Fortunata hacia la escalera... Alcanzó a ver las cintas amarillas sobre la tela negra, en la revuelta de la escalera; pero fue un segundo no más. Después se asomó al balcón, y vio cómo pusieron la caja en el carro, y cómo se puso en marcha éste sin más acompañamiento que el de un triste simón en que iban Juan Antonio y dos vecinos. Se vio tan vivamente acometida de ganas de llorar, que no recordaba haber llorado nunca tanto en tan poco tiempo. Y no era sólo la pena de ver desaparecer para siempre a una persona hacia la cual sentía amor, afición, querencia increíble; era además una necesidad de desahogar su corazón por penas atrasadas y que sin duda no estaban bien lloradas todavía.

Pronto desapareció el carro, y de Mauricia no quedó más que un recuerdo, todavía fresco; pero que se había de secar rápidamente. A los diez minutos de haber salido el cuerpo, entró Severiana con los ojos hinchados, y abrió todas las puertas, ventanas y balcones para que se ventilara la casa. La comandanta empezaba a disponer el tren de limpieza, y a sacar los trastos para barrer con desahogo

—¡Pobre Mauricia! —dijo Fortunata a Guillermina secándose el llanto a toda prisa, pues no le parecía bien ser ella la que más llorase—. Mire usted, señora, a mí me pasaba con esa mujer una cosa rara. Sabiendo que era muy mala, yo la quería..., me era simpática, no lo podía remediar. Y cuando me contaba las barbaridades que hizo en su vida, yo no sé..., me alegraba de oírla..., y cuando me aconsejaba cosas malas, me parecía, acá para entre mí, que no eran tan malas y que tenía razón en aconsejármelas. ¿Cómo explica usted esto?

—¿Yo?... ¿que le explique yo?... —repuso la fundadora con cierto aturdimiento—. Hay en el corazón misterios muy grandes, y en lo que toca a la simpatía, misterios de misterios... ¡Pobre mujer! ¡Y si viera usted qué guapa era cuando polla! Se crió en casa de mis padres. ¡Lástima de chica! Su perfil elegante, la mirada, la expresión, eran de lo poco que se ve. Después se echó a perder, y se le puso la cara dura y hombruna, la voz ronca. Dicen que era el retrato vivo de Bonaparte, y efectivamente...

Guillermina miró las láminas napoleónicas, y Fortunata también, reconociendo el parecido. Después la santa se despidió de Severiana, diciéndole que volvería al día siguiente. Le recomendó la paciencia, y tomando el brazo de la de Rubín, se fue con ella. Severiana y la comandanta las escoltaron hasta el portal.

—Tenemos mucho que hablar —le dijo Guillermina en la calle—; pero mucho. Lo de hoy no ha sido más que desflorar el asunto. Me ha sabido a nada. Y usted, ¿tendrá un poco más de paciencia para aguantarme? Porque si no ha quedado harta de mí, le he de rogar que me dé otra audiencia. ¿Será usted tan buena que quiera tener conmigo otro rato de palique?

—Todos los que usted quiera —replicó la señora de Rubín, encantada con la indulgencia y cortesía de la ilustre dama.

—Bueno; ya fijaremos cuándo y cómo. ¿Va usted hacia su casa? Pues iremos juntas, porque yo tengo que ir a la calle de Zurita a echarle un réspice a mi herrero, y no hará usted nada de más si me acompaña un poco. Pronto despacho, y la dejaré a usted en la puerta de su casa.

Aceptada con sumo agrado la proposición, anduvieron juntas el torcido y desigual camino que separa la vertiente de la Arganzuela del barranco de Lavapiés. Hablaban de cosas que nada tenían de espirituales, de lo caro que se estaba poniendo todo... La carne sin hueso, ¡quién lo había de decir!, a peseta; la leche a diez cuartos; el pan de picos a dieciséis, y de las casas no dijéramos: un cuarto que antes costaba ocho reales, ya no se encontraba por catorce. Llegaron por fin a la calle de Zurita, y se metieron en una herrería grande, negra, el piso cubierto de carbón, toda llena de humo y de ruido. El dueño del establecimiento avanzó a recibir a la señora, con su mandil de cuero ennegrecido, la cara sudorosa y tiznada, y quitándose la gorra, le dio sus excusas por no haber entregado los clavos *bellotes*.

—¿Pero y los gatillos, que es lo que hace más falta? —dijo la dama amoscándose—. Hombre de Dios, usted se va a condenar por tantos embustes como dice. ¿No me prometió que estarían por ayer? ¿Qué palabras son ésas? Vaya, que ni Job tendría paciencia para aguantarle a usted... Están parados los carpinteros de armar, por causa de esa santa pachorra. No me extraña que esté usted tan gordo, señor Pepe... Y póngase la gorra, que está sudando y se puede constipar.

El herrero se excusaba con voz balbuciente, y por fin hizo juramento de dar los gatillos para el jueves, sí, para el jueves con toda seguridad... Había tenido un encargo con muchas prisas..., pero en seguida se pondría con los gatillos de la señora, y los tendría, los tendría *por encima de la cabeza de Cristo* para el día señalado. Volvió la fundadora a sermonearle, pues no se contentaba con promesas, y se despidió diciendo que si no estaban el jueves, se podía quedar con ellos. Salió el señor Pepe, haciendo cortesías, hasta media calle, y las dos señoras subieron despacio hacia la del Ave María.

—Bueno —dijo Guillermina—; antes de separarnos quedaremos en algo. ¿Quiere usted ir a mi casa? ¿Sabe usted dónde vivo?

Fortunata dijo que sí. Santa Cruz le había dicho varias veces que la *rata eclesiástica* vivía en la casa inmediata a la suya, y que ella y Barbarita se comunicaban por los miradores. Para fijar el día tuvo que pensarlo, porque no quería dar cuenta a doña Lupe de tal visita temerosa de que metiera en ella su cucharada, y discurrió que era preciso escoger un día en que *la de los Pavos* fuera al Monte de Piedad.

—El viernes..., ¿le parece a usted bien? De diez a once de la mañana.

—Perfectamente... Adiós, hija, conservarse. (Ya estaban en la puerta de la casa). Que la espero a usted. Que no me dé un plantón.

—¡Quia!... No faltaba más.

Quedóse un rato Fortunata en la puerta mirándola subir calle arriba, y después entró despacio, meditabunda. En todo el resto del día no la pudo apartar de su mente. ¡Qué extraordinaria mujer aquélla! Sentíala dentro de sí, como si se la hubiera tragado, cual si la hubiera tomado en comunión. Las miradas y la voz de la santa se le agarraban a su interior como sustancias perfectamente asimiladas. Y por la noche, cuando Maxi se durmió y estaba ella dando vueltas en la cama sin poder coger el sueño, vínole a la imaginación una idea que la hizo estremecer. Con tal claridad veía a Guillermina, como si la tuviera delante; pero lo raro no era esto, sino que se le parecía también a Napoleón, como Mauricia la *Dura*. ¿Y la voz... La voz era enteramente igual a la de su difunta amiga. ¿Cómo así, siendo una y otra personas tan distintas? Fuera lo que fuese, la simpatía misteriosa que le había inspirado Mauricia, se pasaba a Guillermina. ¿Cómo, pues, se podían confundir la que se señaló por sus vergonzosas maldades y la santa señora que era la admiración del mundo? "Yo no sé cómo es esto —discurría Fortunata—; pero que se parecen no tiene duda. Y el habla de las dos me suena lo mismo... Señor, ¡qué será esto!" Se devanaba los sesos en el torniquete de su desvelo para averiguar el sentido de tal fenómeno, y llegó a figurarse que de los restos fríos de Mauricia salía volando una mariposita, la cual mariposita se metía dentro de la *rata eclesiástica* y la transformaba... ¡Cosa más rara! ¡El mal extremado refundiéndose así y reviviendo en el bien más puro!... ¿Pero no podría ser que Mauricia, arrepentida y bien confesada y absuelta, se hubiera trocado al morir en criatura sana y pura, tan pura como la misma santa fundadora... o más, o más? "¡Qué confusión, Dios mío! Y que no haya nadie que le explique a una estas cosas..."

Después le causaba pavor la visión figurada de los pies de Mauricia... En la oscuridad, que surcaban rayas luminosas, veía las botas elegantes y pequeñas de la difunta... Los pies se movían, el cuerpo se levantaba, daba algunos pasos, iba hacia ella y le decía: "Fortunata, querida amiga de mi alma, ¿no me conoces? ¡Re...! Si no me he muerto, chica, si estoy en el mundo, créetelo porque yo te lo digo. Soy Guillermina, doña Guillermina, la *rata eclesiástica.* Mírame bien, mírame la cara, los pies..., las manos, el mantón negro... Estoy loca con este asilo pastelero, y no hago más que pedir, pedir, pedir al Verbo y a la Verba. Señor Pepe, ¿me hace usted esos gatillos o no?... ¡Peinetas se debían volver!"

## CAPÍTULO VII

### LA IDEA... LA PÍCARA IDEA

### I

Guillermina vivía, como antes se ha dicho, en la calle de Pontejos, pared por medio con los de Santa Cruz. Era aquélla la antigua casa de los Morenos; allí estuvo la banca de este nombre desde tiempos remotos, y allí está todavía con la razón social de *Ruiz Ochoa y Compañía*. El edificio, por lo angosto y alto, parecía una torre. El jefe actual de la banca no vivía allí; pero tenía su escritorio en el entresuelo; en el principal moraban don Manuel Moreno Isla, cuando venía a Madrid; su hermana doña Patrocinio, viuda, y su tía Guillermina Pacheco; en el segundo vivía Zalamero, casado con la hija de Ruiz Ochoa, y en el tercero, dos señoras ancianas, también de la familia, hermanas del obispo de Plasencia, fray Luis Moreno Isla y Bonilla.

Entró Guillermina en su casa a las nueve y media de aquel día, que debía ser memorable. Tan temprano y ya había andado aquella mujer medio mundo, oído tres misas y visitado el asilo viejo y el que estaba en construcción, despachando de paso algunas diligencias. Llegóse un instante a su gabinete, pensando en la visita que aquel día esperaba; pero el interés de este asunto no le hizo olvidar los suyos propios, y sin quitarse el manto, volvió a salir y fue al despacho de su sobrino.

—¿Se puede? —preguntó abriendo suavemente la puerta.

—Pasa, *rata* —replicó Moreno, que se acababa de dar un baño y estaba sentado, escribiendo en su pupitre, con bata y gorro, clavados los lentes de oro en el caballete de la nariz.

—Buenos días —dijo la santa entrando; él la miraba por encima de los quevedos—. No vengo a molestarte... Pero ante todo, ¿cómo estás hoy? ¿No se ha repetido el ahoguillo?

—Estoy bien. Anoche he dormido. Me parece mentira que haya descansado una noche. Todo lo llevo con paciencia; pero esos desvelos horribles me matan. Hoy, ya lo ves, hablo un rato seguido y no me canso.

—Vaya..., cosas de los nervios..., y resultado también de la vida ociosa que llevas... Pero vamos a mi pleito. Sólo te quería decir que ya que no me acabes el piso, me des siquiera unas vigas viejas que tienes en tu solar de la calle de Relatores... Ayer fui a verlas. Si me las das, yo las mandaré aserrar...

—Vaya por las vigas, que no son viejas.

—¡Si están medio podridas!

—¡Qué han de estar! Pero en fin, tarasca, tuyas son —replicó Moreno volviendo a escribir—. ¡Cuándo querrá Dios que acabes tu dichoso asilo, a ver si descansa el género humano! Mira: no sabes lo antipática que te haces con tus petitorios. Eres la pesadilla de todas las familias, y cuando te ven entrar, no lo dudes, aunque te pongan buena cara, ¡te echan de dientes adentro cada maldición!...

A estas palabras, dichas con seriedad que más bien parecía broma, contestóle Guillermina, sentándose junto al pupitre, apoyando un codo en él y mirando frente a frente al sobrino, cuya barba acarició con sus dedos, entre los cuales tenía enredado aún el rosario.

—Todo eso lo dices por buscarme la lengua. Eres muy pillincito. Por de pronto, vengan esos maderos que no te sirven para nada.

—Carga con ellos y así te perniquiebres —repuso don Manuel sonriendo.

—Pero no basta eso. Es preciso que pongas una orden a tu administrador para que me los entregue. Aquí, en este papelito... Ya que tienes la pluma en la mano, no me voy sin la orden. Luego acabarás tu carta.

Diciendo esto, cogía de la papelera un pliego timbrado y se lo ponía delante, apartando con su propia mano la carta que estaba a medio escribir.

—¡Dios tenga compasión de mí! Y el diablo cargue con estas santas cursis, con estas fundadoras de establecimientos que no sirven para nada.

—Escribe, tontito. Si todo eso que hablas es bulla. ¡Si eres lo más bueno... y lo más cristiano!...

—¡Cristiano yo! —exclamó el caballero enmascarando su benevolencia con una fiereza histriónica—. ¡Cristiano yo! ¡Mal pecado! Para que no te vuelvas a acercar más a mí, me voy a hacer protestante, judío, mormón... Quiero que huyas de mí como de la peste.

—Vamos, no tontees. Te advierto que de ninguna manera te has de librar de mí, pues aunque te vuelvas el mismo Demonio, te he de pedir dinero y te lo he de sacar. Vamos; ponme eso.

—No me da la gana.

Y diciéndolo empezaba a redactar la orden.

—Así, así... —decía Guillermina dictando—. "Señor don..., haga usted el favor de dar los palos..."

—Por ahí..., los palos... Leña, que te den leña es lo que a ti te viene bien.

Durante el silencio de la escritura, oyóse en el pasillo próximo rumor de faldas, voces de mujeres y estallido de besos. Moreno levantó la pluma, diciendo:

—¿Quién es?

—No te interrumpas... ¿Qué te importa a ti? Debe de ser Jacinta. Sigue.

—Pues que pase aquí. ¿Por qué no pasa?

—Está hablando con tu hermana. ¡Jacinta, Jacintilla!, entra: el monstruo quiere verte.

Abrióse la puerta y aparecieron Jacinta y Patrocinio, la hermana de Moreno. Ésta se reía de ver a su hermano enzarzado con la santa, y riéndose se retiró.

—Venga usted..., Jacinta, por Dios —dijo Moreno echando la firma al documento—, y sáqueme de este Calvario. Crea usted que su amiguita me está crucificando.

—Calle usted, cicatero —le contestó la joven avanzando hacia la mesa—. Usted es el que la crucifica a ella, porque pudiendo darle todo lo que le pide, que bien de sobra lo tiene, no se lo da; y hace muy mal en atormentarla si piensa dárselo al fin.

—Vamos, usted se me ha pasado al enemigo. Ya no hay salvación —afirmó él quitándose los lentes y frotándose los ojos, cansado de tanto escribir—. Estamos perdidos.

—¿Eh? ¿qué tal? ¿Tengo buenos abogados? —dijo Guillermina recogiendo su papel.

—¡Cicatero! —repitió Jacinta—. ¡Negarle tres o cuatro mil tristes duros para acabar el piso!... ¡Un hombre que no tiene hijos, que está nadando en dinero! ¡Usted, que antes era tan bueno, tan caritativo!...

—Es que me he vuelto protestante, hereje, y me voy a volver judío, a ver si esta calamidad me deja en paz.

—No, no le dejaremos, ¿verdad? —insistió la santa—. Mira, Manolo; Jacinta y yo pedimos ahora juntas. Aunque te vuelvas turco, ya te cayó que hacer.

—No, Jacinta no se mete en esos enredos —dijo Moreno mirándola fijamente en los ojos.

—Vaya que sí me meto. El asilo es mío; lo he comprado.

—¿Sí? Pues si ha dado usted dos pesetas por él, ha hecho un mal negocio. Todavía está a la mitad y ya se está cayendo.

—Primero te caerás tú.

—Es mío —afirmó la señora de Santa Cruz avanzando más y poniendo la palma de la mano sobre el pupitre—. A ver, rico avariento, dé usted para la obra de Dios.

—¡Otra! Ya he dado unas vigas que valen cualquier cosa —replicó Manolo, mirando embelesado, tan pronto la cara de la mendicante como su mano de ángel, sonrosada y gordita.

—Eso no basta. Necesitamos acabar el piso principal, y...

—Eso..., eso... —interrumpió

Guillermina—. Pero no te dará ni una mota, ¿sabes? Se va a hacer mormón, y necesita el dinero para tantísimas mujeres como tendrá que mantener.

—Poco a poco, señoras mías —observó el rico avariento, echándose sobre el respaldo del sillón—. La cosa varía de aspecto. ¡Jacinta metida a santa fundadora! ¡Qué compromiso! Ahora sí que no sé cómo salir del paso, porque ahora sí que me condeno de veras si me obstino en la negativa. Porque no hay duda de que esta mano que pide, mano del Cielo es...

—Y tan del Cielo —indicó la propia *Delfina* sacudiendo la mano—. Decidirse pronto, caballero. Es la primera vez que ejerzo de santa. Si me echa la limosnita, usted me estrena.

—¿Sí?... —dijo él, moviéndose en el sillón con gran desasosiego—. Pues doy, pues doy.

Guillermina empezó a dar palmadas, gritando:

—¡Hosanna!..., ya le tenemos cogido.

Y con vivacidad semejante a la de una jovenzuela, echó mano a la llave que estaba puesta en uno de los cajones de la mesa.

—Eh... ¿qué libertades son ésas? —gritó su sobrino sujetándole la mano.

—El talonario del Banco... —decía la *rata eclesiástica,* luchando por desasirse y por sofocar la risa—. Aquí, aquí lo tienes, perro hereje..., sácalo pronto y pon cuatro números, cuatro letras y el garabato de tu firma. Jacinta, abre..., sácalo..., no tengas miedo.

—Orden, orden, señoras —arguyó Moreno a quien la risa cortaba la respiración—. Esto ya es un allanamiento, un escalo. Tengan calma, porque si no me veré en el caso de llamar a una pareja.

—¡El talonario, el talonario! —chillaba Jacinta, dando también palmadas.

—Paciencia, paciencia. No tengo aquí el talonario. Está abajo en el escritorio. Luego...

—¡Bah!... ¡Se está burlando de nosotras!...

—No, no —dijo Guillermina con ardor—, ya no puede volverse atrás.

—Yo no me voy ya sin la firma.

—Más que la firma —manifestó Moreno muy serio, poniéndose la mano sobre aquel corazón que no valía ya dos cuartos—, vale mi palabra.

Estaba pálido, casi blanco, del color del papel en que escribía.

—¿De veras?

—No hay más que hablar.

—Eso sí —dijo la santa—, él es un pillo, un hereje; pero lo que es palabra, la tiene...

Dichas otras cuantas bromas, retiráronse las dos santas fundadoras, dejando al hereje con su médico. Iban tan contentas, que cuando entraron en el cuarto de Guillermina, a ésta le faltaba poco para ponerse a bailar.

—¿Pero de veras nos mandará el talón? —preguntó Jacinta, incrédula.

—Como tenerlo en la mano... Has estado muy hábil... Como tiene conmigo tanta confianza, se pone muy pesado. Pero a ti no te había de negar... ¡Qué alegría!... ¡Ya tenemos piso principal! ¡Viva San José bendito! ¡Vivaaaa!... ¡Viva la Virgen del Carmen!... ¡Vivaaaa! Porque a ellos se le debe todo. Tarde o temprano, Manolo me habría dado esos cuartos. ¡Ah!, yo le conozco bien. ¡Si es un angelote, un bendito, un alma de Dios!...

## II

No les duró mucho el regocijo, porque oyeron el reloj de la Puerta del Sol dando las diez, y ambas mudaron súbitamente la expresión de su rostro.

—Las diez, ya veremos si viene —dijo Guillermina, que aún conservaba resplandores de alegría en su cara—. Prometió venir; pero esa palabra no debe de ser tan de fiar como la de Manolo.

Y permaneciendo ambas en pie, la fundadora dijo a su amiguita:

—Esto no lo hago yo más que por ti..., ¡meterme en vidas ajenas! La impresión que saqué el otro día es que por el momento no es ella quien te le distrae. Sería una actriz consumada si así no fuese. Como venga hoy, le echaremos la sonda más abajo a ver si sale algo. De todas suertes, yo la sermonearé bien para que le reciba a cajas destempladas, si él intentara... ¿Creerás una cosa? ¡Que esa mujer no me parece enteramente mala!

—Podrá ser... Pero si usted hubiera visto la cara que me puso el otro día, una cara de rencor como usted no puede figurarse...

—Dice que después le pesó...

—¡Bribona! —exclamó Jacinta, frunciendo los labios y apretando los puños.

—Pero, en fin, hoy la tantearemos otra vez. Comoquiera que sea, su sermoncito no hay quien se lo quite. Y por si viene pronto..., quedamos en que de diez a once..., debes marcharte ya, no sea que te pille aquí.

Después de un rato de silencio, la *Delfina* dijo con resolución:

—Yo no me voy.

—¡Hija, qué me dices!... ¿Estás loca?

—Yo no me voy. Me esconderé en la alcoba. Quiero oír lo que diga...

—Eso sí que no te lo consiento. ¿En mi casa escenas de comedia? No, no lo esperes.

—¡Pero qué tonta y qué exagerada y qué puntillosa es usted, hija! ¿Qué mal hay en eso? A ver... Le digo a usted, que no me voy.

—Pues te quedas aquí... ¡Ah!, no, eso tampoco. Márchate, niña de mi alma, y no me pongas en tan mal paso... No es de mi carácter eso.

—Déjeme..., ¡por Dios! ¿Pero qué le importa a usted?... Vaya!... Yo me meto en la alcoba y me estoy allí como en misa.

—Hija, ni en los teatros resulta eso con sentido común... Para salir diciendo luego con voz hueca: "¡Lo he oído todo!"

—Yo no chistaré. No haré más que oír... Vamos, remilgada, déjeme usted.

—Ya me figuraba yo que habías de salir con alguna tontería. Eres una voluntariosa. De esa manera me agradeces lo que hago por ti...

—¿Pero qué mal hay?... Vaya, que es usted terca. Pues que no me voy, que no me voy.

Sonó la campanilla.

—¿Apostamos a que es ella?... Lo siento —dijo Guillermina asomándose a la puerta.

Jacinta no creyó prudente discutir más, y sin decir nada metióse en la alcoba, cerrando cuidadosamente las vidrieras. Guillermina, no conformándose con el escondite, quiso salir con ánimo de recibir la visita en otra habitación; mas dispuso la fatalidad que su sobrina Patrocinio, al ver entrar a Fortunata, la tomara por una de las muchas personas que iban allí a pedir socorros, y la introdujese, como si dijéramos, a boca de jarro en el gabinete de la santa. Ésta se vio algo confusa, sin saber cómo salir de aquel atolladero.

—¡Ah!, ¿era usted?... No la esperaba... Pase y tome asiento.

Fortunata, que iba vestida con mucha sencillez, entró como entraría una planchadora que va a entregar la ropa. Avanzaba tímidamente, deteniéndose a cada palabra del saludo, y fue preciso que Guillermina la mandase dos o tres veces sentarse para que lo hiciera. Su aire de modestia, su encogimiento, que era el mejor signo de la conciencia de su inferioridad, hacíanla en aquel instante verdadero tipo de mujer del pueblo, que por incidencia se encuentra mano a mano con las personas de clase superior. Mucho la cohibía el temor de no saber usar términos en consonancia con los que emplearía la confesora, pues en todas las ocasiones difíciles recobraba su popular rudeza, y se le iban de la memoria las pocas enseñanzas de lenguaje y modales que había recibido en su corta y accidentada vida de señora.

Pero lo verdaderamente singular era que Guillermina, tan dueña de su palabra normalmente, estaba también azorada aquel día, y no sabía cómo desenvolverse. El escondite de su amiga la llenaba de confusión, porque era un engaño, un fraude, una supercheria indigna de personas formales. Lo primero que a la santa se le ocurrió, para empezar, fue una ampliación de lo que había dicho en la casa de Severiana.

—Si quiere usted que seamos amigas y que le dé buenos consejos, es preciso que tenga conmigo mucha confianza y no me oculte nada, por feo y malo que sea. Hay en su vida de usted un punto muy oscuro. Usted está casada y no quiere a su marido; así me lo confesó el otro día. Crea que esto me ha dado que pensar. Dice usted que se casó sin saber lo que hacía... Explicación escurridiza. Tengamos sinceridad, y hablemos claro. La sinceridad es difícil; pero así como los niños que confiesan por primera vez no confesarían si el cura no les sacara los pecadillos con cuchara, así yo voy a ayudarla a usted preguntando y echándole el anzuelo de la respuesta. Veremos si pica... Cuando usted se determinó a casarse, ¿no hizo allá en el fondo de su pensamiento, la reserva de que el matrimonio le permitiera pecar libremente, no digo que con éste y con el otro, sino con el que usted quería?

Fortunata miraba al techo, recordando.

—¿No había esa reserva? A ver..., busque usted bien; busque más adentro, más abajo.

—Puede que sí la hubiera —dijo la otra al fin con voz muy apagada y trémula—. Puede que sí...

—¿Ve usted cómo salen las heces cuando se las quiere sacar?

—Pero también le diré a usted que yo no contaba con volverle a ver... Pensé que no se acordaba de mí. Yo me llegué a creer que podría ser buena y honrada...; me lo tragué. ¿Pero cómo fue ello? Que él me buscó..., sí, señora, me buscó y me encontró. Sin saber cómo, de repente, el casamiento y mi marido se me pusieron a cien mil leguas de distancia. Yo no sé explicarlo, no sé explicarlo.

En cuanto la conversación se corría del lado de Juanito Santa Cruz, Guillermina se aterraba. Quería apartarla de aquel extremo peligroso, y no sabía cómo llevar a su penitente a un terreno puramente ideal.

—Pero su conciencia..., eso es lo que quiero saber.

—¡Mi conciencia!... Esto sí que es raro... Se lo cuento a usted como pasó... No se me alborotaba cuando cometía yo aquellos pecados tan refeos... Le diré a usted más, aunque se horrorice...: mi conciencia me aprobaba..., vamos al caso, me decía una cosa muy atroz, me decía que mi verdadero marido...

—No siga usted —interrumpió la santa alarmadísima, creyendo sentir ruido en la alcoba—. Es horrible. No siga usted. ¡Virgen del Carmen! Está usted muy dañada.

—Parecíame a mí —prosiguió la penitente sin poder contener la efusión de su sinceridad— que aquel hombre me pertenecía a mí y que yo no pertenecía al otro..., que mi boda era un engaño, una ilusión, como lo que sacan en los teatros.

—Calle, cállese, por Dios.

—Pero aguárdese usted... A mí me había dado palabra de casamiento..., como ésta es luz... Y me la había dado antes de casarse... Y yo había tenido un niño... Y a mí me parecía que estábamos los dos atados para siempre, y que lo demás que vino después no vale..., eso es.

Guillermina se llevó las manos a la cabeza... Discurrió que lo mejor era diferir la conferencia para otro día, pretextando que tenía que salir.

—Eso es muy grave. Hay que tratarlo despacio. Cierto que una promesa liga algo... No sostendré yo que ese joven se portó bien con usted. Pero el tiempo, la sociedad... Y sobre todo, los derechos que usted podría tener, los ha perdido con su mala conducta.

—Yo no habría sido mala —dijo la de Rubín envalentonándose, al ver en su confesora un inexplicable aturdimiento— si él no me hubiera plantado en medio del arroyo con un hijo dentro de mí.

La santa vacilaba; no sabía por dónde romper. ¡Ah! Sin aquel peligroso testigo de Jacinta, ya se habría explicado ella bien, enseñando a la atrevida cuántas son cinco.

—Usted, hija mía, está como trastornada —le dijo, buscando modos de hacer insignificante la conversación—. El otro día me pareció usted más razonable... ¿Qué mosca le ha picado?...

—¿Qué mosca? —dijo Fortunata con cierto extravío en la mirada—. ¿Qué mosca? Pues una.

—Porque usted no se hace cargo de que ha pasado tiempo, de que ese hombre está casado con una mujer angelical y que...

En la fisonomía de la prójima se encendió de improviso una luz vivísima. Fue como una aureola de inspiración que le envolvía toda la cara. Más hermosa que nunca, sacó de su cabeza un gallardísimo argumento, y se lo soltó a la otra como se suelta una bomba explosiva.

¡Pruuun! Guillermina se quedó atontada cuando oyó esta atrocidad:

—¡Angelical!... Sí, todo lo angelical que usted quiera, pero *no tiene hijos.* Esposa que no tiene hijos no es tal esposa.

Guillermina se quedó tan pasmada, que no pudo responder.

—Es idea mía —prosiguió la otra con la inspiración de un apóstol y la audacia criminal de un anarquista—. Dirá usted lo que guste; pero es idea mía, y no hay quien me la quite de la cabeza... Virtuosa, sí; estamos en ello; pero no le puede dar un heredero... Yo, yo, yo se lo he dado, y se lo puedo volver a dar...

—Por Dios... Cállese usted... No he visto otro caso... ¡Qué idea!... ¡Qué atrevimiento! Está usted condenada.

Y la virgen y confesora llegó a tal grado de confusión, que no daba ya pie con bola.

—Yo estaré todo lo condenada que usted quiera..., pero es mi idea; con esta idea me iré al Infierno, al Cielo o a donde Dios disponga que me vaya... Porque eso de que yo sea mala, muy mala, todavía está por ver.

La santa la miraba con verdadero espanto. Fortunata parecía estar fuera de sí y como el exaltado artista que no tiene conciencia de lo que dice o canta.

—¿Por qué he de ser yo tan mala como parece?... ¿Porque tengo una idea? ¿No puede una tener una idea?... ¿Dice usted que la otra es un ángel? Yo no lo niego, yo no pretendo quitarle su mérito... Si a mí me gusta, si quisiera parecerme a ella en algunas cosas, en otras no, porque ella será para usted todo lo santa que se quiera, pero está por debajo de mí en una cosa: *no tiene hijos,* y cuando tocan a tener hijos no me rebajo a ella, y levanto mi cabeza, sí, señora... Y no los tendrá ya, porque está probado, y por lo que hace a que yo los puedo tener, también muy probado está. Es mi idea, es una idea mía. Y otra vez lo digo: la esposa que no da hijos, no vale... Sin nosotras, las que los damos, se acabaría el mundo... Luego nosotras...

"Nada, nada, esta mujer está loca y no tendré más remedio que ponerla en la calle —pensó Guillermina—. ¡Y qué trago estará pasando la otra pobre oyendo tales lindezas!"

Notaba en ella cierta exaltación insana. No era la misma mujer con quien había hablado dos días antes. Ya tenía la palabra en la boca para despedirla con buen modo, cuando se sintió ruido como de mano golpeando en los cristales de un mirador, y luego una voz que llamaba a Guillermina. Asomóse ésta. Fortunata oyó claramente la voz de doña Bárbara preguntando:

—¿Está ahí Jacinta?

## III

La santa vaciló antes de dar respuesta. Por fin la dio:

—¿Jacinta?... No, aquí no está.

Poco más hablaron las dos damas, y Guillermina volvió al lado de la visita; pero la falsedad que se había visto obligada a decir trastornaba de tal modo su espíritu, que no parecía la misma mujer de siempre, segura, impávida y tan dueña de su palabra como de sus actos. La mentira y el escondite escénico de su amiga pusiéronla en la situación más crítica del mundo, porque se había hecho a la verdad y vivía en ella como los peces en el agua. Estaba la pobre señora, con aquellos escrúpulos, como pez a quien sacan de su elemento, y aun le pasó por el magín la pavorosa idea: *¡pecado mortal!* En fin, que aquello se tenía que concluir.

—Hija mía, usted está hoy un poco alucinada. Bien quisiera poderla oír, consolarla..., pero tiene que dispensarme por hoy... Otro día...

—¿Tiene usted que salir? —dijo la anarquista con pena—. Bueno, volveré; yo tengo que contarle a usted una cosa... Si no se la cuento a usted, lo sentiré... ¡Ay!, una cosa que me ha pasado ayer..., ¡tremenda, muy tremenda!

Guillermina permaneció en pie, diciendo para sí: "¿Qué será?"

—Si persiste usted —agregó en voz alta— en tener esas ideas estrambóticas, es difícil que yo la consuele. No nos entenderemos nunca.

En aquel momento la pecadora clavaba sus ojos en la santa. Se le estaba pareciendo a Mauricia. La cara no era la misma, pero la expresión sí..., y la voz se le había enronquecido como la de las personas que beben aguardiente.

—¿En qué piensa usted? ¿Por qué me mira tanto? —le preguntó Guillermina, que ya estaba impaciente por terminar.

—La miro a usted porque me gusta mirarla... Anoche y anteanoche, y todos los días desde aquel en que hablamos, la tengo a usted metida dentro de mis ojos; la veo cuando duermo y cuando no duermo. Ayer, cuando me pasó lo que me pasó, dije: "No tengo sosiego hasta que no se lo cuente a la señora."

Guillermina, movida de gran curiosidad, se sentó, y tomándole una mano, le dijo en voz queda:

—Cuente usted... Ya oigo.

—Pues ayer —refirió la joven con los ojos bajos, alzándolos al final de cada frase como si pusiera con ellos las comas, más que con el acento—, pues ayer... iba yo tan tranquila por la calle de la Magdalena, pensando en usted..., porque siempre estoy pensando en usted y... me paré a ver el escaparate de una tienda donde hay tubos y llaves de agua... Ni sé por qué me paré allí, pues ¿qué me importan a mí los tubos?..., cuando sentí a mi espalda..., mejor dicho, aquí en el cuello, una voz... ¡Ay, señora!, la voz me sonó aquí detrás junto a estos pelitos que tenemos donde nace la cabellera, y fue como si me entraran una aguja muy fina y muy fría... Me quedé helada..., volvíme..., le vi..., se sonreía.

Guillermina extendió la mano para taparle la boca; pero sin resultado.

—Yo no podía hablar... Me quedé como una estatua; me dieron ganas de llorar, de echar a correr o de no sé qué.

—No le diría a usted nada de particular —indicó la santa muy asustada, quitando gravedad al asunto—. Nada más que un saludo...

—¿Qué saludo?... Verá usted. Me dijo: "Chiquilla, ¿qué es de tu vida?..." Yo no le pude contestar... Di media vuelta, y él me cogió una mano.

—Vamos, vamos, esto ya es demasiado —declaró Guillermina, levantándose turbadísima—. Otro día me contará usted eso...

—No, si no hay más... Yo retiré mi mano, y me fui sin decirle nada... No tuve alma para seguir adelante sin mirar para atrás, y miré y le vi... Me seguía, distante. Apresuré el paso y me metí en mi casa...

—Muy bien hecho, muy bien hecho...

—Pero aguárdese usted —dijo Fortunata, que ya no estaba exaltada, sino en un grado de humildad lastimosa, y su tono era el de los penitentes muy afligidos que no pueden con el peso de sus culpas—. Aún falta lo mejor. Después que le vi, se me ha clavado de tal manera en el pensamiento la idea de... Es una idea mía, idea mala, señora..., pero usted es una santa, y me la quitará de la cabeza... Por eso no tengo sosiego hasta no decírsela...

—Basta, basta; no quiero, no quiero.

—Que sí quiere —insistió la joven, reteniéndola por ambas manos, pues la confesora hizo ademán de apartarse de ella.

—Una idea infame..., la idea de pecar otra vez... —dijo Guillermina, balbuciente—. ¿Es eso?...

—Eso es..., pero verá la señora. Yo quiero echarla de mí; pero a veces se me ocurre que no debo echarla, que no peco...

—¡Jesús!

—Que así debe ser, que así está dispuesto —añadió la señora de Rubín, volviendo a exaltarse y a tomar la expresión del anarquista que arroja la bomba explosiva para hacer saltar a los poderes de la tierra—. Es una idea mía, una idea muy perra, una idea negra como las niñas de los ojos de Satanás..., y no me la puedo arrancar.

—Cállese usted...

Guillermina puso cara de consternación y dio algunos pasos, vacilando como una persona que se va a caer. Tiempo hacía, mucho tiempo, que la insigne fundadora no se había encontrado en compromiso semejante. Sentíase atada y sin libertad, y esto la ponía fuera de sí, destruyendo aquella serenidad soberana que normalmente tenía. Aún intentó un esfuerzo para dominar situación tan penosa, y echando miradas de alarma a la vidriera de su alcoba, dijo:

—Pero usted... no reflexiona... que...

No pudo concluir esta frase trivial. La otra, que siendo cifra de todas las debilidades humanas, parecía más fuerte que la gran doctora y santa, se permitió sonreír oyéndola.

—¿Y qué saco de reflexionar? Mientras más reflexiono peor.

—Veo que usted no tiene atadero... Con esas ideas pronto volveríamos al estado salvaje.

Con sonrisa sarcástica y un expresivo alzar de hombros, dio a entender Fortunata que por ella no había inconveniente en que la sociedad volviera al estado salvaje...

"Usted no tiene sentido moral; usted no puede tener nunca principios, porque es anterior a la civilización; usted es un salvaje y pertenece de lleno a los pueblos primitivos." Esto o cosa parecida le habría dicho Guillermina, si su espíritu hubiera estado en otra disposición. Únicamente expresó algo que se relacionaba vagamente con aquellas ideas:

—Tiene usted las pasiones del pueblo, brutales y como un canto sin labrar.

Así era la verdad, porque el pueblo, en nuestras sociedades, conserva las ideas y los sentimientos elementales en su tosca plenitud, como la cantera contiene el mármol, materia de la forma. El pueblo posee las verdades grandes y en bloque, y a él acude la civilización conforme se le van gastando las menudas, de que vive.

De repente Fortunata vaciló en su ánimo. Parecía una fuerza nerviosa que caía en brusca sedación. La otra, en cambio, se creció de repente por una sacudida de su conciencia.

—Ya no más, no más mentira. No puedo, no puedo...

Alzó los ojos al techo, cruzó las manos, su cara se puso muy encendida y sus ojos iluminados. Quedóse atónita la anarquista oyéndole decir estas palabras con un acento que parecía ser de otro mundo:

—Salva, Jesús mío, esta alma que se quiere perder, y apártame a mí de la mentira.

Después se llegó a ella y le cogió una mano, diciéndole con profunda lástima:

—¡Pobre mujer!, yo tengo la culpa de las atrocidades que ha dicho usted, yo, yo. Dios me lo perdone, y la causa ha sido una farsa, una mentira... La verdad ante todo. La verdad me ha salvado siempre y me salvará ahora. Usted ha dicho cosas infernales que desgarran el corazón de mi amiga, y las ha dicho porque creía que hablaba sólo conmigo. Pues la he engañado a usted, porque Jacinta está escondida en aquella alcoba.

Diciéndolo, corrió hacia la puerta vidriera y la empujó. Fortunata, que estaba sentada frente a la puerta aquella, levantóse de golpe, quedándose yerta y muda. Jacinta no aparecía. Se oyeron tan sólo sus sollozos. Estaba sentada en una silla, apoyando la cabeza en la cama de la santa. Ésta se fue a ella, y le dijo:

—Perdónala, querida mía, que no sabe lo que se dice.

—Y usted... —añadió, saliendo a la puerta —bien comprenderá que debe retirarse. Hágame el favor...

Quizás todo habría concluido de un modo pacífico; pero la *Delfina* se levantó de repente, poseída de la rabia de paloma que en ocasiones le entraba. ¡Ánimas benditas! De un salto salió al gabinete. Estaba amoratada de tanto llorar y de tantísima cólera como sentía... No podía hablar..., se ahogaba. Tuvo que hacer como que escupía las palabras para poder decir con gritos intermitentes:

—¡Bribona..., infame, tiene el valor de creerse...! No comprende que no se le ha mandado... a la galera, porque la justicia..., porque no hay justicia... Y usted... (por Guillermina) no sé cómo consiente, no sé cómo ha podido creer... ¡Qué ignominia!... Esta mujerzuela aquí, en esta casa..., ¡qué afrenta!... ¡Ladrona!...

Fortunata, en el primer movimiento de sorpresa y temor, había dado una vuelta y puéstose tras el sillón en que poco antes estaba sentada. Apoyando las manos en el respaldo, agachó el cuerpo y meneó las caderas como los tigres que van a dar el salto. Miróla Guillermina, sintiendo el espanto más grande que en su vida había sentido... Fortunata agachó más la cabeza... Sus ojos negros, situados contra la claridad del balcón, parecía que se le volvían verdes, arrojando un resplandor de luz eléctrica. Al propio tiempo dejó oír una voz ronca y terrible, que decía:

—¡La ladrona eres tú..., tú! Y ahora mismo...

La ira, la pasión y la grosería del pueblo se manifestaron en ella de golpe, con explosión formidable. Volvió a la niñez, a aquella época en que trabándose de palabras con alguna otra zagalona de la plazuela, se agarraban por el moño y se sacudían de firme, hasta que los mayores las separaban. No parecía ser quien era, ni debía de tener conciencia de lo que hacía. Jacinta y Guillermina se acobardaron un momento; pero luego la primera lanzó un grito de angustia, y la santa salió a pedir socorro. No tuvo tiempo Fortunata de prolongar su altercado ni de volver en sí, porque apareció en la puerta el criado de Moreno, que era un inglesote como un castillo, y a poco vino también doña Patrocinio, y después el mismo Moreno.

La señora de Rubín no se dio cuenta de lo demás... Tenía después una idea incierta de que la mano dura del inglés la había cogido por un brazo, apretándoselo tanto que aún le dolía al día siguiente; de que la sacaron del gabinete, de que le abrieron la puerta y de que se vio bajando la escalera.

Todos acudieron a la señora de Santa Cruz que había perdido el conocimiento, y Moreno, poniendo una cara entre burlesca y consternada, se dejó decir:

—Estas cosas le pasan a mi querida tía por meterse a redentora.

## IV

Bajó Fortunata los peldaños riendo... Era una risa estúpida salpicada de interjecciones.

—¡A mí decirme...! Si no me echan, la cojo..., le levanto...; pero no sé, no recuerdo bien si le arañé la cara. ¡A mí decirme! Si le pego un bocado no la suelto... ¡Ja, ja, ja!...

Le temblaban tanto las piernas, que al llegar a la calle apenas podía andar. La luz y el aire parecía que le despejaban algo la cabeza, y empezó a darse cuenta de la situación. ¿Pero era verdad lo que había dicho y hecho? No estaba segura de haberla pegado; pero sí de que le dijo algo. ¿Y para qué la otra la había llamado a ella *ladrona*?... Subió por la calle de la Paz, pasando a cada instante de una acera a otra sin saber lo que hacía.

"¿Pero yo qué he hecho?... ¡Oh! Bien hecho está... ¡Llamarme a mí *ladrona* ella que me ha robado lo mío!" Se volvió para atrás, y como quien echa una maldición, dijo entre dientes: "Tú me llamarás lo que quieras... Llámame tal o cual y tendrás razón... Tú serás un ángel... pero tú no has tenido hijos. Los ángeles no los tienen. Y yo sí... Es mi idea, una idea mía. Rabia, rabia, rabia. Y no los tendrás, no los tendrás nunca, y yo sí... Rabia, rabia, rabia..."

Más allá del Banco volvió a reírse. Su monólogo era así: "¡Lo mismo que la otra, la *señora* del Espíritu Santo!... Doña Mauricia, digo Guillermina la *Dura*... Quiere hacernos creer que es santa... ¡Buen peine está! Harta de retozar con los curas, se quiere hacer obispa catoliquísima y meterse en el confesonario... ¡Perdida, borrachona, hipocritona!... Púa de sacristía, amancebada con todos los clérigos..., con el Nuncio y con San José..."

De pronto sus ideas variaron, y sintiendo dolorosa angustia en su alma, como impresión de horrible vacío, pensaba así: "¿Pero a quién me volveré ahora? ¡Dios mío, qué sola estoy! ¡Por qué te me has muerto, amiga de mi alma, Mauricia!... Por más que digan, tú eras un ángel en la tierra, y ahora estás divirtiéndote con los del Cielo; y yo aquí tan solita! ¿Por qué te has muerto? Vuélvete acá... ¿Qué es de mí? ¿Qué me aconsejas? ¿Qué me dices?... ¡Qué ganas siento de llorar! Sola, sin nadie que me diga una palabra de consuelo... ¡Oh qué amiga me he perdido!... Mauricia, no estés más entre las ánimas benditas, y vuelve a vivir... Mira que estoy huérfana, y yo y los huerfanitos de tu asilo estamos llorando por ti... Los pobres que tú socorrías te llaman. Ven, ven... Señor

Pepe te ha hecho los gatillos...; le vi esta mañana en la fragua machacando, tin tan... Mauricia, amiga de mi alma, ven y las dos juntas nos contaremos nuestras penas; hablaremos de cuando nos querían nuestros hombres, y de lo que nos decían cuando nos arrullaban, y luego beberemos aguardiente las dos, porque yo también quiero el aguardientito, como tú, que estás en la gloria, y lo beberé contigo para que se me duerman mis penas, sí, para que se me emborrachen mis penas."

Entró, por fin, en casa. Enteramente trastornada, andaba como una máquina. No había nadie más que *Papitos,* a quien vio, mas no le dijo nada. Encerróse en su alcoba, tiró el manto y se echó en el sofá, dando un rugido. Después de revolcarse como las fieras heridas, se puso boca abajo, oprimiendo el vientre contra los muelles del sofá, y clavando los dedos en un cojín. No tardó en caer en penoso letargo, lleno de visiones disparatadas y horribles, sin darse cuenta del tiempo que estuvo en tal disposición. Cuando volvió en sí había poca luz en el cuarto. Fijándose bien, pudo distinguir la cara escrutadora de doña Lupe que la observaba...

—¿Qué tienes?... Me has asustado. Dabas unos mugidos..., y de pronto te echabas a reír, ¡y se te escapaban unas palabritas...!

A las reiteradas y capciosas preguntas de su tía, contestaba evasivamente y con mucha torpeza.

—¿En dónde has estado hoy? Tú has salido.

—Fui a comprar aquella tela...

—¿Y dónde está?

—¿Que dónde está la tela?... Pues no sé...

—Parece que estás en Babia. A ti te pasa algo. Levántate de ese sofá.

Pero no se levantaba. Empezó a sospechar la viuda que aquel espíritu estaba perturbado, y tembló. Vinieron a su pensamiento pasadas vergüenzas y desdichas, y se prometió vigilar mucho. Estuvo la señora de morros toda la noche, y Fortunata de más morros todavía, sintiendo que se apoderaba de su alma la aversión a toda aquella familia. No les podía ver. Eran sus carceleros, sus enemigos, sus espías. A cualquier parte de la casa que fuese, seguíala doña Lupe. Se sentía vigilada, y el rechinar de las zapatillas de su tía le causaba violentísima ira. Al día siguiente, después de almorzar, y cuando Maxi se había marchado a la botica, tuvo tanto miedo Fortunata a que la ira estallase, que para evitarlo se ató una venda a la cabeza fingiendo jaqueca, y encerrándose en su alcoba, acostóse en su cama. A la media hora le entró, como el día anterior, la embriaguez aquella, el desvanecimiento de las ideas, que se emborrachaban con tragos de dolor y se dormían.

En tal situación siente vivos impulsos de salir a la calle; se levanta, se viste, pero no está segura de haberse quitado la venda. Sale, se dirige a la calle de la Magdalena, y se para ante el escaparate de la tienda de tubos obedeciendo a esa rutina del instinto por la cual, cuando tenemos un encuentro feliz en determinado sitio, volvemos al propio sitio creyendo que lo tendremos segunda vez. ¡Cuánto tubo! Llaves de bronce, grifos y multitud de cosas para llevar y traer el agua... Detiénese allí mediano rato viendo y esperando. Después sigue hacia la plaza del Progreso. En la calle de Barrionuevo se detiene en la puerta de una tienda, donde hay piezas de tela desenvueltas y colgadas haciendo ondas. Fortunata las examina, y coge algunas telas entre los dedos para apreciarlas por el tacto.

—¡Qué bonita es esta cretona!

Dentro hay un enano, un monstruo, vestido con balandrán rojo y turbante, alimaña de transición que se ha quedado a la mitad del camino darwinista por donde los orangutanes vinieron a ser hombres.

Aquel adefesio hace allí mil extravagancias para atraer a la gente, y en la calle se apelmazan los chiquillos para verle y reírse de él. Fortunata sigue y pasa junto a la taberna en cuya puerta está la gran parrilla de asar chuletas, y debajo el enorme hogar lleno de fuego. La tal taberna tiene para ella recuerdos que le sacan tiras del corazón... Entra por la Concepción Jerónima; sube después por el callejón del Verdugo a la plaza de Provincia; ve los puestos de flores, y allí duda si tirar hacia Pontejos, adonde la empuja su pícara idea, o correrse hacia la calle de Toledo. Opta por esta última dirección, sin saber por qué. Déjase ir por la calle Imperial, y se detiene frente al portal del Fiel Contraste a oír un pianito que está tocando una música muy preciosa. Éntranle ganas de bailar, y quizás baila algo, no está segura de ello. Ocurre entonces una de estas obstrucciones que tan frecuentes son en las calles de Madrid. Sube un carromato de siete mulas ensartadas formando rosario. La delantera se insubordina metiéndose en la acera, y las otras toman aquello por pretexto para no tirar más. El vehículo, cargado de pellejos de aceite, con un perro atado al eje, la sartén de las migas colgando por detrás, se planta, a punto que llega por detrás el carro de la carne, con los cuartos de vaca chorreando sangre, y ambos carreteros empiezan a echar por aquellas bocas las finuras de costumbre. No hay medio de abrir paso, porque el rosario de mulas hace una curva, y dentro de ella es cogido un simón que baja con dos señoras. Éramos pocos... A poco llega un coche de lujo con un caballero muy gordo. Que si pasas tú, que si te apartas, que sí y que no. El carretero de la carne pone a Dios de vuelta y media. Palo a las mulas, que empiezan a respingar, y una de estas coces coge la portezuela del simón y la deshace... Gritos, leña, y el carromatero empeñado en que la cosa se arregla poniendo a Dios, a la Virgen, a la Hostia y al Espíritu Santo que no hay por dónde cogerlos.

Y el pianito sigue tocando aires populares, que parecen encender con sus acentos de pelea la sangre de toda aquella chusma. Varias mujeres que tienen en la cuneta puestos ambulantes de pañuelos, recogen a escape su comercio, y lo mismo hacen los de la *gran liquidación por saldo, a real y medio la pieza*. Un individuo que sobre una mesilla de tijera exhibe el gran invento para cortar cristal, tiene que salir a espetaperros; otro que vende los lápices más fuertes del mundo (como que da con ellos tremendos picotazos en la madera sin que se les rompa la punta) también recoge los bártulos, porque la mula delantera se le va encima. Fortunata mira todo esto y se ríe. El piso está húmedo y los pies se resbalan. De repente, ¡ay!, cree que le clavan un dardo. Bajando por la calle Imperial, en dirección al gran pelmazo de gente que se ha formado, viene Juanito Santa Cruz. Ella se empina sobre las puntas de los pies para verle y ser vista. Milagro fuera que no la viese. La ve al instante y se va derecho a ella. Tiembla Fortunata, y él la coge una mano, preguntándole por su salud. Como el pianito sigue tocando y los carreteros blasfemando, ambos tienen que alzar la voz para hacerse oír. Al mismo tiempo Juan pone una cara muy afligida, y llevándola dentro del portal del Fiel Contraste, le dice:

—Me he arruinado, chica, y para mantener a mis padres y a mi mujer estoy trabajando de escribiente en una oficina... Pretendo una plaza de cobrador del tranvía. ¿No ves lo mal trajeado que estoy?

Fortunata le mira, y siente un dolor tan vivo como si le dieran una puñalada. En efecto, la capa del señorito de Santa Cruz tiene un siete tremendo, y debajo de ella asoma la americana con los ribetes deshilachados, corbata mugrienta, y el cuello de la camisa de dos semanas... Entonces ella se deja caer sobre él, y le dice con efusión cariñosa:

—Alma mía, yo trabajaré para ti; yo tengo costumbre, tú no; sé planchar, sé repasar, sé servir... Tú no tienes que trabajar... Yo para ti... Conque me sirvas para ir a entregar, basta..., no más. Viviremos en un sotabanco, solos y tan contentos.

Entonces empieza a ver que las casas y el cielo se desvanecen, y Juan no está ya de capa, sino con un gabán muy majo. Edificios y carros se van, y en su lugar ve Fortunata algo que conoce muy bien, la ropa de Maxi, colgada de una percha; la ropa suya en otra, con una cortina de percal por encima; luego ve la cama, va reconociendo pedazo a pedazo su alcoba; y la voz de doña Lupe ensordece la casa riñendo a *Papitos,* porque al aviar las lámparas ha vertido casi todo el mineral..., y gracias que es de día, que si es de noche y hay luz, incendio seguro.

## V

Lo que había soñado se le quedó a la señora de Rubín tan impreso en la mente cual si hubiera sido realidad. Le había visto, le había hablado. Completó su pensamiento amenazando con el puño cerrado a un ser invisible: "Tiene que volver... ¿Pues tú qué creías? Y si él no me busca, le buscaré yo... Yo tengo mi idea, y no hay quien me la quite." Incorporóse después, quedándose apoyada en un codo y mirando a los ladrillos. Sus ojos se fijaron en un punto del suelo. Con rápido impulso saltó hacia aquel punto y recogió un objeto. Era un botón... Mirólo tristemente, y después lo arrojó con fuerza lejos de sí, diciendo:

—Es negro y de tres *aujeritos.* Mala sombra.

Vuelta otra vez a la cavilación: "Porque si le encuentro y no quiere venir, me mato, juro que me mato. No vivo más así, Señor; te digo que no me da la gana de vivir más así. Yo veré el modo de buscar en la botica un veneno cualquiera que acabe pronto... Me lo trago, y me voy con Mauricia." Esta idea parecía darle cierto aplomo, y salió del cuarto. En pocas palabras la puso doña Lupe al tanto de la gran burrada que había hecho *Papitos.*

—Nada, hija, que si es de noche y se vierte el mineral con la luz encendida, aquí perecemos todos achicharrados... Es muy perra esta chica, y me va a consumir la vida.

Pasado el berrinche se fijó en la cara de su sobrina, encontrando en ella un oscurísimo jeroglífico que no podía descifrar: "Pero estate sin cuidado que ya te lo acertaré yo... Conmigo no juegas tú."

Aquella noche hizo Maxi mil extravagancias, y a la mañana siguiente se puso tan encalabrinado y vidrioso, que no se le podía aguantar.

—Hay que tener mucha paciencia —dijo doña Lupe a Fortunata—. ¿Sabes lo que te aconsejo? Que no le lleves la contraria en nada. Hay que decirle a todo que sí, sin perjuicio de hacer lo que se deba. El pobrecito está mal. Me ha dicho esta mañana Ballester que tiene algo de reblandecimiento cerebral. Dios nos tenga de su mano.

Sentía Fortunata vivos deseos de salir a la calle, y no sabía qué pretexto inventar para procurarse escapatorias. Ofrecíase a hacer compras de que doña Lupe tenía necesidad, e inventaba menesteres que motivaran una salidita. La taimada viuda de Jáuregui comprendió que una sujeción absoluta sería perjudicial, y empezó a darle libertad. Un día le leyó la cartilla en estos términos:

—Puedes salir; no eres una chiquilla y ya sabes lo que haces. Yo creo que no nos darás ningún disgusto, y qué has de mirar por el decoro de la familia lo mismo que miro yo. La dignidad, hija, la dignidad es lo primero.

Pero doña Lupe empezaba a hacérsele horriblemente antipática, y por nada del mundo le habría hecho una confidencia. Hablando con verdad, lo que más disgustada tenía a doña Lupe era, no que Fortunata saliese, sino que no le comunicase nada de lo que pensaba y sentía. El pensar que tal vez estaría a la sazón la señora de Rubín jugando una gran trastada al decoro de la familia, la mortificaba, sí, pero no tanto como el ver que no la consultaba ni le pedía consejo sobre aquello desconocido y oscuro que sin duda le ocurría. "El tapujito es lo que me revienta. Como yo lo descubra, va a ser sonada. En hora maldita entró aquí esta loquinaria. No, yo nunca la tragué, el Señor es testigo...; siempre me dio de cara. El ganso de Nicolás fue quien lo echó a perder tomándolo por lo religioso... Si al menos se llegara a mí y me dijera: 'Tía, yo me veo en este conflicto, yo he faltado o voy a faltar, o puede que falte si no me atajan...' Demasiado sabe ella que con este mundo que yo tengo y con lo bien que discurro, gracias a Dios, le abriría camino para poner a salvo el honor de la familia. Pero no..., la muy bestia se empeña en gobernarse sola, ¿y qué hará?... Alguna barbaridad, pero gorda. Si no, allá lo veremos."

Fortunata se echó a la calle, y en la plaza del Progreso vio muchos coches, pero muchos. Era un entierro, que iba por la calle del Duque de Alba hacia la de Toledo. Por las caras conocidas que fue viendo mientras el fúnebre séquito pasaba, vino a comprender que el entierro era el de Arnáiz el *Gordo,* que se había muerto el día antes. Pasaron los Villuendas, los Trujillos, los Samaniegos, Moreno Isla... Pues irían también don Baldomero y su hijo..., quizás en los coches de delante, haciendo cabecera... "Toma; también Estupiñá." Desde el simón en que iba con uno de los *chicos,* el gran Plácido le echó una mirada de indignación y desdén. Siguió ella tras el entierro, y al llegar a la parte baja de la calle de Toledo, tomó a la derecha por la calle de la Ventosa y se fue a la explanada del Portillo de Gilimón, desde donde se descubre toda la vega del Manzanares. Harto conocía aquel sitio, porque cuando vivía en la calle de Tabernillas íbase muchas tardes de paseo a Gilimón, y sentándose en un sillar de los que allí hay, y que no se sabe si son restos o preparativos de obras municipales, estábase largo rato contemplando las bonitas vistas del río. Pues lo mismo hizo aquel día. El cielo, el horizonte, las fantásticas formas de la sierra azul, revueltas con las masas de nubes, le sugerían vagas ideas de un mundo desconocido, quizás mejor que éste en que estamos, pero seguramente distinto. El paisaje es ancho y hermoso, limitado al Sur por la fila de cementerios, cuyos mausoleos blanquean entre el verde oscuro de los cipreses. Fortunata vio largo rosario de coches como culebra que avanzaba ondeando; y al mismo tiempo otro entierro subía por la rampa de San Isidro, y otro por la de San Justo. Como el viento venía de aquella parte, oyó claramente la campana de San Justo que anunciaba cadáver.

"Estará con su papá —pensó ella—, y aunque al volver me vea, no ha de decirme nada."

Después de permanecer allí largo rato, fue a la Virgen de la Paloma, a quien dijo cuatro cosas, y estaba rezándole, cuando sus ojos, al resbalar por el suelo, tropezaron con un objeto, que brillaba en medio de los baldosines de mármol. Púsose un momento a gatas para cogerlo. Era un botón. "¡Es blanco y de cuatro *aujeritos!* Buena sombra", dijo, guardándolo.

Se fue a su casa, y al día siguiente salió a comprar tela para un vestido. Estuvo en dos tiendas de la Plaza Mayor, tomó después por la calle de Toledo, con su paquete en la mano, y al volver la esquina de la calle de la Colegiata para tomar la dirección de su casa, recibió como un pistoletazo esta voz que sonó a su lado:

—¡Negra!

¡Ay, Dios mío! Encontrársele así tan de sopetón, precisamente en uno de los pocos instantes en que no estaba pensando en él. Como que iba discurriendo la combinación que le pondría al vestido. ¿Azul o plata vieja? Le miró, y se puso del color de la cera blanca. Él entonces detuvo un simón que pasaba. Abrió la portezuela, y miró a su antigua amiga sonriendo; sonrisa que quería decir: "¿Vienes o no? Si estás rabiando por venir..., ¿a qué esa vacilación?"

La vacilación duraría como un par de segundos. Y después Fortunata se metió en el coche de cabeza, como quien se tira en un pozo. Él entró detrás, diciendo al cochero:

—Mira, te vas hacia las Rondas..., paseo de los Olmos..., el Canal.

Durante un rato se miraban, sonreían y no decían nada. A ratos Fortunata se inclinaba hacia atrás, como deseando no ser vista de los transeúntes; a ratos parecía tan tranquila, como si fuera en compañía de su marido.

—Ayer te vi..., digo, no te vi... Vi el entierro y me figuré que irías en los coches de delante.

Los ojos de ella le envolvían en una mirada suave y cariñosa.

—¡Ah! Sí, el entierro del pobre Arnáiz... Dime una cosa: ¿me guardas rencor?

La mirada se volvió húmeda.

—¿Yo?... Ninguno.

—¿A pesar de lo mal que me porté contigo?...

—Ya te lo perdoné.

—¿Cuándo?

—¡Cuándo! ¡Qué gracia! Pues el mismo día.

—Hace tiempo, *nena negra,* que me estoy acordando mucho de ti —dijo Santa Cruz con cariño que no parecía fingido, clavándole una mano en un muslo.

—¡Y yo!... Te vi en la calle Imperial... No, digo, soñé que te vi.

—Yo te vi en la calle de la Magdalena.

—¡Ah! Sí...; la tienda de tubos; muchos tubos.

Aun con este lenguaje amistoso, no se rompió la reserva hasta que no salieron a la Ronda. Allí el aislamiento les invadía. El coche penetraba en el silencio y en la soledad, como un buque que avanza en alta mar.

—¡Tanto tiempo sin vernos! —exclamó Juan pasándole el brazo por la espalda.

—¡Tenía que ser, tenía que ser! —dijo ella inclinando su cabeza sobre el hombro de él—. Es mi destino.

—¡Qué guapa estás! ¡Cada día más hermosa!

—Para ti toda —afirmó ella, poniendo toda su alma en una frase.

—Para mí toda —dijo él, y las dos caras se estrujaron una contra otra—. Y no me la merezco, no me la merezco. Francamente, chica, no sé cómo me miras.

—Mi destino, hijo, mi destino. Y no me pesa, porque yo tengo acá mi idea, ¿sabes?

Santa Cruz no pensó en rogarle que explicara su idea. La suya era ésta:

—¡Pero qué hermosa estás! ¿Has hecho alguna picardía en el tiempo que ha pasado sin que nos veamos?

—¿Picardías yo?... (extrañando mucho la pregunta).

—Quiero decir: después que volviste con tu marido, ¿no has tenido por ahí algún devaneo...?

—¿Yo? —exclamó ella con el acento de la dignidad ofendida—. ¿Pero estás loco? Yo no tengo devaneos más que contigo...

—¿De cuánto tiempo puedes disponer?

—De todo el que tú quieras.

—Podrías tener un disgusto en tu casa.

—Es verdad..., pero ¿y qué?

Y en el acto se acordó de las amonestaciones de Feijóo. Claro; no había necesidad de descomponerse, ni de faltar a la religión de las apariencias.

—Pues dispongo de una hora.

—¿Y mañana?

—¿Nos veremos mañana? No me engañes, pero no me engañes —dijo ella suplicante—. Estoy acostumbrada a tus papas...

—No, ahora no... ¿Me quieres?

—¡Qué pregunta!... Bien lo sabes tú, y por eso abusas. Yo soy muy tonta contigo; pero no lo puedo remediar. Aunque me pegaras, te querría siempre. ¡Qué burrada! Pero Dios me ha hecho así. ¿Qué culpa tengo?

Tanta ingenuidad, ya conocida del incrédulo *Delfín*, era una de las cosas que más le encantaban en ella. Tiempo hacía que él notaba cierta sequedad en su alma, y ansiaba inmergirla en la frescura de aquel afecto primitivo y salvaje, pura esencia de los sentimientos del pueblo rudo.

—¿Me engañarás otra vez, farsantuelo? (clavándole a su vez los dedos en la rodilla).

—No claves tanto, hija, que duele. Y ahora gocemos del momento presente, sin pensar en lo que se hará o no se hará después. Eso depende de las circunstancias.

—¡Ah! Esas señoras circunstancias son las que me cargan a mí. Y yo digo: "Pero Señor, ¿para qué hay en el mundo circunstancias?" No debe haber más que *quererse* y a vivir.

—Tienes razón (abrazándola con nervioso frenesí y dándole la mar de besos). *Quererse* y a vivir. Eres el corazón más grande que existe.

Fortunata se acordó otra vez de su amigo y maestro Feijóo. El corazón grande era un mal y había que recortarlo.

—Reconozco —prosiguió el *Delfín*— que vales mucho más que yo, como corazón; pero mucho más. Soy al lado tuyo muy poca cosa, *nena negra*. No sé qué tienes en esos condenados ojos. Te andan dentro de ellos todas las auroras de la gloria celestial y todas las llamas del infierno... Quiéreme, aunque no me lo merezco.

—¡Me muero por ti! (tirándole suavemente de las barbas). Si no me quieres, te irás al infierno..., para que lo sepas; te irás conmigo...; te llevaré yo arrastrándote por estas barbas.

Risas.

—¡Qué feliz soy, pero qué feliz soy hoy, Dios mío! —exclamó la joven, con semblante y ojos iluminados—. No me cambiaría por todos los ángeles y serafines que están brincando delante de su Divina Majestad en el Cielo; no me cambiaría, no me cambiaría.

—Ni yo...; hace tiempo que yo necesitaba una alegría. Estaba triste, y decía: "A mí me falta algo; ¿pero qué es lo que me falta a mí?"

—Yo también estaba triste. Pero el corazón me está diciendo hace tiempo: Tú volverás, tú volverás..." Y si una no volviera, ¿para qué es vivir? Vivir para que llegue un día así; lo demás es estarse muriendo siempre.

—Es tarde y no quiero que te comprometas. Precaución, chica. No hagamos tonterías.

Volviendo a acordarse de Feijóo, repitió ella:

—Lo principal es no hacer tonterías.

—Quedamos en que...

—Mañana, a la hora que te venga mejor.

—Cochero, vuelva usted.

—Déjame a la entrada de la calle de Valencia.

—Donde tú quieras.

—Y pasado mañana también —dijo tras una pausa y con ansiedad la insensata mujer.

—Y al otro, y al otro... Pero no muerdas...

Miraba ella al porvenir, y su radiante felicidad se nublaba con la idea de que los días venideros desmintieran aquel en que estaba.

—Porque ahora no serás tan malito como antes. ¿Verdad, pillín mío?... ¿No serás, no, verdad, rico mío?

—Que no, que no... Vas a ver... Tú te convencerás...

—Júramelo... ¡Ah! ¡Qué tonta! ¡Como si los juramentos valieran! En fin, que ahora tomaré mis precauciones... Si mi idea se cumple...

—¿Y cuál es tu idea? ¿Qué idea es ésa?

—No te lo quiero decir... Es una idea mía: si te la dijera, te parecería una barbaridad. No lo entenderías... ¿Pero qué te crees tú, que yo no tengo también mi talento?

—Lo que tú tienes, *nena negra,* es toda la sal de Dios (besándola con romanticismo).

—Pues eso..., junto con la sal está la idea... Si mi idea se cumple... No te quiero decir más.

—Mañana me lo dirás.

—No, mañana tampoco... El año que viene.

—*Ya llegó el instante fiero...*

—*Silvia de la despedida.* Déjame aquí. Adiós, hijo de mi vida. Acuérdate de mí. ¡Que no fueran los minutos horas! Adiós..., me muero por ti.

—Que no faltes. Y no te olvides del número.

—¿Qué me he de olvidar, hombre? Primero me olvidaré de mi nombre.

—A la una en punto. Adiós, negra salada.

—Hasta mañana.

—Hasta mañana.

Madrid, diciembre de 1886.

FIN DE LA PARTE TERCERA

# PARTE CUARTA

## CAPÍTULO PRIMERO

### EN LA CALLE DEL AVE MARÍA

#### I

Segismundo Ballester (el licenciado en Farmacia que estaba al frente de la botica de Samaniego) tenía frecuentes altercados con Maxi por los garrafales errores en que éste incurría. Llegó el caso de prohibirle que hiciese por sí solo ningún medicamento de cuidado.

—¡Carambita, hijo, si da usted en confundirme los *alcoholatos* con las *tinturas alcohólicas,* apaga y vámonos! Este frasco es el *alcohol de coclearia,* y este otro la *tintura de acónito*... Vea usted la receta, y fíjese bien... Si seguimos así, lo mejor sería que doña Casta cerrase el establecimiento.

Y expresándose así, con ínfulas y asperezas de dómine, Ballester le quitó de las manos a su subalterno lo que entre ellas tenía.

—Pero ¿qué demonios ha echado usted aquí? —dijo luego con enojo, llevándose el potingue a la nariz—. O esto es *valeriana* o no sé lo que me pesco. ¡Cuando digo...! Hoy está usted muy malo. Más vale que se retire a su casa. Yo me las arreglo mejor solo. Cuidarse; llévese usted un derivativo... Mire, mire, llévese también un preparado de hierro. El derivativo se lo zampa en ayunas... Luego en cada comida se atiza una píldora de *hierro reducido por el hidrógeno,* con *extracto de ajenjos*... Por la noche al acostarse se atiza usted otra... Con estos calores conviene no abusar mucho del hierro, ¿sabe?, y sobre todo, paséese usted y no lea tanto.

Relevado por su regente de la obligación de trabajar, Rubín se fue al laboratorio, y tomando de debajo de la silla un librote, se puso a leer. Profundísima tristeza se revelaba en su rostro enjuto y granuloso. Caía en la lectura como en una cisterna: tan abstraído estaba y tan apartado de todo lo que no fuera el torbellino de letras en que nadaban sus ojos y con sus ojos su espíritu. Tomaba extrañas e increíbles posturas. A veces las piernas en cruz subían por un tablero próximo hasta mucho más arriba de donde estaba la cabeza; a veces una de ellas se metía dentro de la estantería baja por entre dos garrafas de drogas. En los dobleces del cuerpo, las rodillas juntábanse a ratos con el pecho, y una de las manos servía de almohada a la nuca. Ya se apoyaba en la mesa sobre el codo izquierdo, ya el sobaco derecho montaba sobre el respaldo de la silla, como si ésta fuera una muleta, ya en fin, las piernas se extendían sobre la mesa cual si fueran brazos. La silla, sustentada en las patas de atrás, anunciaba con lastimeros crujidos sus intenciones de deshacerse; y en tanto el libro cambiaba de disposición con aquellos extravagantes escorzos del cuerpo del lector. Tan pronto aparecía por arriba, sostenido en una sola mano, como agarrado con las dos, más abajo de donde estaban las rodillas; ya se le veía abierto con las hojas al viento como si quisiera volar; ya doblado violentamente a riesgo de desencuadernarse. Lo que nunca variaba ni disminuía era la atención del lector, siempre intensa y fija al través de todos los sacudimientos de la materia muscular, como el principio que sobrevive a las revoluciones.

Ballester iba y venía, trabajando sin cesar, y cantaba entre dientes estribillos de zarzuelas populares. Era un hombre simpático, no muy limpio, de barba inculta, la nariz muy gruesa, personalidad negligente, terminada por arriba en una cabellera de matorral, que debía de tener muy poco trato con los peines, y por abajo en anchas y muy usadas pantuflas de pana, que iba arrastrando por los ladrillos de la rebotica y laboratorio.

—Pero, alma de Dios, ya que no trabaja usted..., al menos despache menudencias —dijo, parándose ante Rubín—. Mire: allí está esa mujer esperando hace un cuarto de hora... Diez céntimos de diaquilón. En aquella gaveta está. Vamos, menéese.

Rubín salía a la tienda y despachaba.

—¿En dónde están los frascos de *Emulsión Scott?*

—Mírelos, mírelos; si los tiene casi en la mano. Dígole que es preciso cuidar esa cabeza... ¡Otra vez a leer! Bueno; usted se acordará de mí... Leer, leer, y el aparato cerebro-espinal que lo parta un rayo... Tararí, tararí...

Seguía cantando y el otro ¡plum! se chapuzaba otra vez en su lectura.

—¿Y qué lee?..., vamos a ver —dijo Ballester mirando el libro—. *La pluralidad de mundos habitados*... Bueno va... ¡Cualquier día me iba yo a ocupar de si había personas en Júpiter! Cuando digo que usted, amigo Rubín, va a acabar mal. Aquí, para entre los dos: ¿a usted qué le va ni qué le viene con que haya gente en Marte o deje de haberla? ¿Le van a dar a usted algo por el descubrimiento? Tararí..., tararí. Yo doy de barato —añadió luego, poniéndose a machacar en el mortero—, yo doy de barato que haya familia en las estrellas; es más, declaro que la hay. Bueno, ¿y qué? La consecuencia es que estarán tan jorobados como nosotros.

Rubín no contestaba. A cierta hora, dejó el libro, metiéndolo en un rincón de la anaquelería, que apestaba a fénico, entre dos potes de este líquido; después se restregaba los ojos y estiraba los brazos y el cuerpo todo, tardando lo menos cinco minutos en aquel desperezo que activaba la circulación de su poca sangre. Cogía el hongo que de una percha colgaba, y a la calle. Poco tenía que andar por ella para ir a su casa. Entró en ésta con la cabeza baja, las cejas fruncidas. Su tía le dijo que Fortunata no había venido aún y que la esperarían para comer. Maxi ocupó su sitio en la mesa, doña Lupe le recogió el sombrero, y volviendo al poco rato, sentóse en el sofá de paja; ambos esperaron un rato en silencio.

—Cuidado que hoy tarda más que nunca —observó doña Lupe; y como notase en el rostro de su sobrino señales de desasosiego, se apresuró a entablar conversación más amena—. Todo el día me he estado acordando de lo que hablamos anoche. ¡Ah! si tú fueras otro, si tú tuvieras ambición, pronto seríamos todos ricos. El farmacéutico que no hace dinero en estos tiempos es porque tiene vocación de pobre. Tú sabes bastante, y con un poco de trastienda y otro poco de farsa y mucho anuncio, mucho anuncio, negocio hecho. Créeme, yo te ayudaría.

—No crea usted, tía, yo también he pensado en eso. Ayer se me ocurría una aplicación del *hierro dializado* a sin fin de medicamentos... Creo que encontraría una fórmula nueva.

—Estas cosas, hijo, o se hacen en gordo o no se hacen. Si inventas algo, que sea *panacea,* una cosa que lo cure todo, absolutamente todo, y que se pueda vender en líquido, en píldoras, pastillas, cápsulas, jarabe, emplasto y en cigarros aspiradores. Pero, hombre, en tantísima droga como tenéis, ¿no hay tres o cuatro que bien combinadas sirvan para todos los enfermos? Es un dolor que teniendo la fortuna tan a la mano, no se la coja. Mira el doctor Perpiñá, de la calle de Cañizares. Ha hecho un capitalazo con ese jarabe..., no recuerdo bien el nombre: es algo así como *latro-faccioso...*

—El *lacto-fosfato de cal perfeccionado* —dijo Maxi—. En cuanto a las *panaceas,* la moral farmacéutica no las admite.

—¡Qué tonto!... ¿Y qué tiene que ver la moral con esto? Lo que digo: no saldrás de pobre en toda tu vida... Lo mismo que el tontaina de Ballester: también me salió el otro día con esa música. ¿Nada os dice la experiencia? Ya veis: el pobre Samaniego no dejó capital a su familia, porque también tocaba la misma tecla. Como que en su tiempo no se vendían en su farmacia sino muy contados específicos. Casta bufaba con esto. También ella desea que entre tú y Ballester le inventéis algo, y deis nombre a la casa, y llenéis bien el cajón de dinero... Pero buen par de sosos tiene en su establecimiento...

Charla que te charla, doña Lupe miraba al reloj del comedor, mas no expresaba su impaciencia con palabras. Por fin sonó la campanilla débilmente. Era Fortunata que, cuando iba tarde, llamaba con timidez y cautela, como si quisiera que hasta la campanilla comentase lo menos posible su tardío regreso al hogar doméstico. *Papitos* corrió a abrir, y doña Lupe fue a la cocina. Maxi habló con su mujer en un tono que indicaba la complacencia de verla, y se quejó suavemente de que no hubiese entrado antes. Tenía ella los ojos encendidos como de haber llorado, y no era difícil conocer que disimulaba una gran pena. Pero Rubín no reparaba en lo cabizbaja y suspirona que estaba su mujer aquella noche. Hacía algún tiempo que la facultad de observación se eclipsaba en él; vivía de sí mismo, y todas sus ideas y sentimientos procedían de la elaboración interior. La impulsión objetiva era casi nula, resultando de esto una existencia enteramente soñadora.

A doña Lupe sí que no se le escapaba nada, y de todo iba tomando notas. Hablóse en la mesa del tiempo, del gran calor que se había metido, *impropio de la estación,* porque todavía no había entrado julio, aunque faltaban pocos días; de los trenes de ida y vuelta, y de la mucha gente que salía para las provincias del Norte. Con cierta timidez, se aventuró Fortunata a decir que su marido debía dejarse de píldoras, y decidirse a ir a San Sebastián a tomar baños de mar. Mostrándose muy apático, dijo el pobre chico que lo mismo era tomarlos en Madrid con las *algas marinas del Cantábrico,* a lo que respondió su mujer con energía:

—Eso de las algas es conversación, y aunque no lo fuera, lo que más importa es tomar las *brisas.*

Picando con el tenedor en el plato, para coger los garbanzos uno a uno, la señora de Jáuregui se decía lo siguiente: "Te veo venir..., buena pieza. Ya sé yo las *brisas* que tú quieres. Después de zarandearte aquí, quieres zarandearte allá, porque se te va el amigo... Sí, lo sé por Casta. Los señores de la plazuela de Pontejos se marchan mañana. Pero yo te respondo, picaronaza, de que con ésa no te sales... ¡A San Sebastián nada menos! Estás fresca... Ya te daré yo *brisas...*"

Vino luego doña Casta con Olimpia a proponerles dar un paseo al Prado. Rubín vacilaba; pero su mujer se negó resueltamente a salir. Fuese doña Lupe con sus amigas, y Fortunata y Maxi estuvieron solos hasta medianoche en la sala, a oscuras, con los balcones abiertos, a causa del calor que reinaba, hablando de cosas enteramente apartadas de la realidad. Él proponía los temas más extravagantes, por ejemplo:

—¿Cuál de nosotros dos se morirá primero? Porque yo estoy muy delicado; pero con estos achaques, quizás tenga tela para muchos años. Los temperamentos delicados son los que más viven, y los robustos están más expuestos a dar un estallido.

Hacía ella esfuerzos por sostener plática tan soporífera y desagradable. Otra proposición de Maxi:

—Mira una cosa: si yo no estuviera casado contigo, me consagraría por entero a la vida religiosa. No sabes tú cómo me seduce, cómo me llama... Abstraerse, renunciar a todo, anular por completo la vida exterior, y vivir sólo para adentro... éste es el único bien positivo; lo demás es darle vueltas a una noria de la cual no sale nunca una gota de agua.

Fortunata decía a todo que sí, y aparentando ocuparse de aquello, pensaba en lo suyo, meciéndose en la dulce oscuridad y la tibia atmósfera de la sala. Por los balcones entraba muy debilitada la luz de los faroles de la calle. Dicha luz reproducía en el techo de la habitación el foco de los candelabros, con las sombras de su armadura, y esta imagen fantástica, temblando sobre la superficie blanca del cielo raso, atraía las miradas de la triste joven, que estaba tendida en una butaca con la cabeza echada hacia atrás. Maxi volvió a machacar:

—Si no fuera por ti, no se me importaría nada morirme. Es más, la idea de la muerte es grata a mi alma. La muerte es la esperanza de realizar en otra parte lo que aquí no ha sido más que una tentativa. Si nos aseguraran que no nos moriríamos nunca, pronto se convertiría uno en bestia, ¿no te parece a ti?

—¿Pues qué duda tiene? —respondía la otra maquinalmente, dejando a su idea revolotear por el techo.

—Yo pienso mucho en esto, y me entregaría desde luego a la vida interior, si no fuera porque está uno atado a un carro de afectos, del cual hay que tirar.

"¡Ay Dios mío, la que me espera mañana!", pensó la esposa. Era probado siempre que su marido estaba por las noches muy dado a la somnolencia espiritual, al día siguiente le entraba la desconfianza furibunda y la manía de que todos se conjuraban contra él.

Poco después de esto, dijo Maxi que se quería acostar. Fortunata encendió luz, y él fue hacia la alcoba, arrastrando los pies como un viejo. Mientras su mujer le desnudaba, el pobre chico la sorprendió con estas palabras, que a ella le parecieron infernal inspiración de un cerebro dado a los demonios:

—Veremos si esta noche sueño lo mismo que soñé anoche. ¿No te lo he contado? Verás. Pues soñé que estaba yo en el laboratorio, y que me entretenía en distribuir bromuro potásico en papeletas de un gramo... a ojo. Estaba afligido, y me acordaba de ti. Puse lo menos cien papeletas, y después sentí en mí una sed muy rara, sed espiritual que no se aplaca en fuentes de agua. Me fui hacia el frasco del clorhidrato de morfina y me lo bebí todo. Caí al suelo, y en aquel sopor..., tú vete haciendo cargo..., en aquel sopor se me apareció un ángel y me dijo, dice: "José, no tengas celos, que si tu mujer está encinta, es por obra del *Pensamiento puro...*" ¿Ves qué disparates? Es que ayer tarde trinqué la Biblia y leí el pasaje aquel de...

Maxi se estiró en la cama, y cerrando los ojos, cayó al instante en profundo sueño, cual si se hubiera bebido todo el láudano de la farmacia.

II

Fortunata no se acostó en la cama, porque hacía mucho calor. Echóse medio vestida en el sofá, y a la madrugada, después de haber dormido algunos ratos, sintió que su marido estaba despierto. Oíale dar suspiros y gruñir como una persona sofocada por la cólera. Sintióle palpar en la mesa de noche buscando la caja de cerillas. Ésta se cayó al suelo, y en el suelo vio Fortunata la claridad lívida que los fósforos despiden en la oscuridad. La mano de Maxi descendió buscando la caja, y al fin pudo apoderarse de ella. Fortunata vio subir el azulado resplandor, como difusa humareda. Este fenómeno desapareció con el restallido del fósforo y la instantánea presencia de la luz alumbrando la estancia. Los ojos del joven se esparcieron ansiosos por ella, y viendo a su mujer acostada, dijo:

—¡Ah!..., estás ahí... ¡Qué bien haces el papel!

Para evitar cuestiones tan a deshora, la esposa fingió que dormía. Pero entreabriendo los ojos le vio encender la vela. Púsose Maxi la ropa necesaria para no levantarse desnudo, y se bajó de la cama cautelosamente. Cogiendo la vela, salió al pasillo. Fortunata le sintió reconociendo el cerrojo de la puerta, registrando el cuarto en que ella tenía su ropa, y después el comedor y la cocina. Tantas veces había hecho Maxi aquello mismo, que su mujer se había acostumbrado a tal extravagancia. Era que le acometía la pícara idea de que alguien entraba o quería entrar en la casa con intenciones de robarle su honor.

Cuando Maxi volvió a su alcoba, ya principiaba a apuntar el día.

—Si no te cojo hoy, te cojo mañana —rezongaba—. No hay nada; pero yo sentí pasos, yo sentí cuchicheos; tú saliste de aquí... Has vuelto a entrar y estás ahí haciéndote la dormida para engañarme... Déjate estar... Yo estoy con mucho ojo, y aunque parezca que no veo nada, lo veo todo... A buena parte vienes... Que andaba un hombre por los pasillos, no tiene duda. No vale el jurarme que no había nadie. Pues qué, ¿no tengo yo oídos?... ¿Estoy yo tonto?

Decía esto sentado al borde del lecho, la vela en la mano, mirando a su mujer, que continuaba fingiéndose dormida, con la esperanza de que se aplacara. Pero esto no era fácil, y una vez desatada la insana manía, ya había jaqueca para un rato. Acabando de vestirse, empezó a dar trancos por la habitación, manoteando y hablando solo.

"No, no, no... Si creen que me la dan, se equivocan. Lo más horrible es que mi tía es encubridora... Pues qué, ¿entraría nadie en la casa si ella no lo consintiera? Y *Papitos* también es encubridora. Buenas propinas se calzará. Pero ya te arreglaré yo, *celestina* menuda. Que no me vengan con tonterías. Ayer noté yo bien marcadas en el felpudo de la entrada las suelas de unas botas de persona fina. Dicen que el aguador... ¡Qué aguador ni qué niño muerto!... Y anteayer había en esta misma alcoba la impresión, sí, la impresión de una persona que aquí estuvo. No lo puedo explicar; era como huellas dejadas en el aire, como un olor, como el molde de un cuerpo en el ambiente. No me equivoco: aquí entró alguien. Lucido, lucido papel estoy haciendo. ¡Dios mío! ¿De qué le vale a uno el poner su honor por encima de todas las cosas? Viene un cualquiera y lo pisotea, y lo llena de inmundicia. Y no le basta a uno vigilar, vigilar, vigilar. Yo no duermo nada, y sin embargo... Pero es preciso vigilar más todavía y no perder de vista ni un momento a mi mujer, a mi tía, a *Papitos*... Esta condenada *Papitos* es la que abre la puerta, y yo la voy a reventar."

Fortunata creyó, al fin, que convenía hacer que despertaba. Lo particular era que en aquella crisis el desventurado joven no pasaba de las extravagancias de lenguaje a las violencias de obra; todo era quejas acerbísimas, afán angustioso por su honor y amenazas de que iba a hacer y acontecer.

—¿Qué disparates estás hablando ahí? —le dijo su mujer—. ¿Por qué no te acuestas? Ya que tú no duermas, déjame dormir a mí.

—¿Te parece que después de lo que has hecho, se puede dormir? ¡Qué conciencias, válgame Dios, qué conciencias éstas!... Tú lo negarás ahora... ¿Quién andaba por los pasillos? Claro, el gato. El pobre menino paga todas las culpas. ¿Y tú a qué saliste? A jugar con el gato, ¿verdad? Justo. ¡Y eso me lo he de tragar yo! Lo que me anonada es que mi tía consienta esto, mi tía que me quiere tanto. Tú, ya sé que no me quieres; pero mi tía...! Vamos que... Pues esa víbora de *Papitos*, con su cara de mona... ¡Qué humanidad, Dios mío! El hombre honrado no tiene defensa contra tanto enemigo; la traición le rodea; la deslealtad le acecha. Aquellos en quienes más confía le venden. Donde menos lo piensa, en el seno de la familia, salta un Judas. En la Tierra no hay ni puede haber honor. En el Cielo únicamente, porque Dios es el único que no nos engaña, el único que no se pone careta de amor para darnos la puñalada.

Fortunata se vistió a toda prisa. Sabía por experiencia que mientras más se le contradecía era peor. Un rato estuvo sentada en el sofá, oyéndole disparatar y aguardando a que avanzara un poco la mañana para avisar a doña Lupe. Antes de ir a lavarse, pasó por la alcoba de su tía, que ya se estaba vistiendo, y le dijo:

—Hoy está atroz... ¡Pobrecito!... A ver si usted le puede calmar.

—Voy, voy allá... Veo que sin mí no os podéis gobernar. Si yo faltara..., no quiero pensarlo. Mira, pon en planta a *Papitos*, y que encienda lumbre... Le haremos chocolate en seguida; porque la debilidad es lo que le pone así, y hay que meterle lastre en aquel pobre cuerpo. Toma las llaves, saca de aquel chocolate que nos dio Ballester, *chocolate con hierro dializado*... ¡Qué chico, vaya por dónde le da!... Salgo al momento.

Cuando su tía entró con el chocolate, Maxi seguía tan disparado como antes.

—Lo que yo extraño, tía, lo que yo no puedo explicarme —dijo clavando en ella sus ojos que relampagueaban—, es que usted consienta esto y lo encubra y me quiera matar, porque sépalo usted, para mí el honor es primero que la vida.

—Hijo de mi alma —le contestó doña Lupe poniendo el chocolate sobre la mesa—, después hablaremos de eso... Yo te explicaré lo que hay, y te convencerás de que todo es una figuración tuya. Toma primero el chocolate, que estás muy débil...

El joven se dejó caer en el sofá, inclinándose hacia la mesa próxima, en que el desayuno estaba, y tomando un bizcocho lo mojó en el líquido espeso. Antes de probarlo, se le fue la lengua otra vez acerca de lo mismo, si bien en tono más tranquilo.

—No sé cómo me va usted a convencer, cuando yo tengo oídos, yo tengo ojos, y ante la evidencia, no valen...

Hizo un gesto de repugnancia y horror al probar el bizcocho mojado.

—Tía... ¡Fortunata!... ¿Qué es

esto? ¿Qué me dan?... Este chocolate tiene arsénico.

—¡Hijo, por María Santísima! —exclamó doña Lupe, consternada, a punto que entraba su sobrina.

—¿Pero, ustedes creen que a mí se me puede ocultar el gusto del arsénico?... —dijo enteramente descompuesto, los ojos extraviados—. Y no son tontas; ponen poca dosis... Un centígramo, para irme matando lentamente... Y apuesto a que ha sido Ballester el que les ha dado el ácido arsenioso..., porque también él está contra mí... ¿Qué infierno es éste, Dios mío?...

—Vamos, esto no se puede sufrir. Decir que le hemos envenenado el chocolate...

—Gusto a arsénico..., clavado...; ¡pero tan clavado...!

Levantóse en actitud de desesperación y volvió a la inquietud delirante de sus paseos.

—Tendré que dejarme morir de hambre..., es horrible... Mi casa llena de enemigos. Las personas que más me querían antes, ahora desean mi muerte.

—¡Conque arsénico!... —dijo Fortunata tomándolo a broma, con esperanza de obtener así mejor efecto—. Para que veas que eres un simple y un majadero, voy a tomarme yo el chocolate.

Y en el acto empezó a tomarlo. Su marido la miraba atónito.

—A ver si espichamos de una vez... Él podrá tener veneno, pero bien rico está... ¿Te convences ahora?... Me tomaría otra jícara. No creas, me vendría bien que esto matara, porque así me iba pronto de este mundo, que maldita la gracia que tiene, con las jaquecas que me das y lo mucho que nos haces sufrir.

Doña Lupe, en tanto, trajo la cocinilla económica para hacer en presencia de Maxi otro chocolate. Aun así, fue preciso sostener una lucha penosa para que se decidiera a probarlo, pues insistía en que también aquél tenía gusto a arsénico.

—Aunque no tanto, convengo en que no es tanto.

Después, tomando tonos de transacción, les dijo:

—Yo creo que todo ello es cosa de *Papitos*..., porque ustedes no saben lo mala que es y la inquina que me tiene.

—Vamos, que es para pegarte —le contestó doña Lupe—. ¡Tomarla así con la pobre *Papitos!*... Mira: cuando te den manías, échame a mí toda la culpa. Yo sé desenvolverme y probar mi inocencia. Y ahora, ¿por qué no os vais los dos a dar un paseíto por el Retiro? Hasta las nueve no hace calor; la mañana está deliciosa.

Fortunata apoyó esta proposición; pero él no tenía ganas de salir. Continuaba en el sofá, apoyado el codo en la mesilla y la cabeza en la mano, mirando al suelo como si quisiera contar los juncos de la esterita que había junto al sofá. Las dos mujeres se miraban, comunicándose con los ojos malas impresiones.

—Eso —murmuró él de una manera torva y recelosa—. Quieren echarme a la calle para...

—Pero alma de Dios, si va ella contigo...

—¿Y adónde me quiere llevar? Sabe Dios... Alguna trampa que me quieren armar. Si sólo fuera para asesinarme, pase; pero si es para atentar al sagrado de mi honor...

—Todo sea por Dios.

—¿No sabe usted, tía, que hace tres meses..., *La Correspondencia* lo trajo... una mujer llevó a su marido al Retiro, y cuando iban por un paseo solitario salió el cómplice..., sí, el cómplice, que estaba escondido tras unas matas, y entre ella y aquel tuno cogieron al pobre marido, le ataron de pies y manos y le arrojaron al estanque?...

—¡Jesús, qué barbaridad! ¿De dónde has sacado esos desatinos?

—*La Correspondencia* no ha traído tal cosa —dijo Fortunata.

—Vamos, lo habrás soñado tú.

—Yo no lo he soñado —gritó él levantándose con golpe de resorte—. Es verdad; lo he leído en *La Correspondencia*..., y... ¡También me llaman embustero! Yo no digo más que la verdad. Las embusteras son ustedes..., ustedes, con esas conciencias cargadas de crímenes...

Doña Lupe cruzaba las manos y miraba al Cielo, invocando la Justicia divina. Fortunata expresaba un gran abatimiento, cual si su paciencia tocase ya al punto en que agotarse debía.

—Mira —dijo la viuda—: vete a la botica, ponte a trabajar, y con la distracción se te despejará la cabeza.

Sabía por experiencia la señora de Jáuregui que en los ataques fuertes de su sobrino, Ballester era la única persona que le hacía entrar en razón, desplegando ante él, ya la burla descarada, ya la autoridad seca y hasta cruel. Las personas de la familia, a quienes él quería, eran las más ineptas para dominarle, pues contra ellas iba la descarga de su recelo furibundo.

—Bueno, bajaré —dijo Maxi tomando su sombrero—. Tengo que ajustarle las cuentas al señor de Ballester. De mí no se ríe más... Y en último caso, que me lo diga cara a cara. ¿A que no se atreve? Es un cobarde y un traidor, que vendiendo amistad, hiere por la espalda.

Tía y esposa no le dijeron nada, y fueron tras él. Cogiendo de la percha del recibimiento la caña que usaba, salió dando un fuerte portazo. Bajó rápidamente y estuvo hablando un rato con la portera. Desde el balcón le vieron las dos señoras salir a la calle, pasar a la acera de enfrente, mirar hacia la casa... Ocultáronse ellas entonces, y asomándose con cautela por entre los hierros, viéronle seguir, gesticulando y haciendo molinete con el bastón. A cada instante se paraba y volvía hacia atrás. Daba unos cuantos pasos y otra vez por la calle arriba. En una de estas vueltas, salió Ballester a la puerta de la botica y le llamó con gesto imperativo:

—¡Aquí pronto!... ¡Me gusta!... Venga usted aquí.

En actitud semejante a la de un perro que ante el palo de su amo agacha las orejas y arrastra el rabo por el suelo, entró Rubín en la botica diciendo a su regente:

—Buenos días, amigo Ballester. No le había visto. Iba a tomar un poco el aire. Y usted, ¿qué tal?

## III

—Yo, bueno... Conque a tomar el aire... —contestó Segismundo con cara de muy mal genio—. El aire que me va usted a tomar ahora es ponerle las etiquetas a estos frascos de jarabes... Y cuidado con equivocarse. Las etiquetas rojas son las del *jarabe de corteza de naranja amarga con yoduro potásico;* las verdes el mismo con *hierro dializado.* Como usted me trueque las papeletas, le trituro.

Poníase a trabajar, y, cosa por demás extraña, a pesar del desorden de su cabeza, no cometía una sola equivocación, ni aun cuando le dieron seis clases más de jarabes con sus correspondientes letreros de diferentes colores. Ballester, que ya tenía noticia, por una esquelita de doña Lupe, del rudo acceso de aquella mañana, le vigilaba disimuladamente, mirándole por el rabillo del ojo; pero en una de las vueltas que dio al laboratorio, Maxi dejó bruscamente el trabajo y se fue a la calle sin sombrero. Al volver a la tienda y notar la ausencia del joven, el gerente se quedó muy tranquilo y no dijo más que: "Ya voló... Bueno va." Tomaba con calma las extravagancias de su colega, y su deseo era que una de aquellas escapatorias fuera la del humo. "Pero no tendré yo esa suerte —decía—, y ya me le volverán a traer para que le amanse."

Maxi subió a su casa. Al abrirle

la puerta, no se admiró Fortunata de lo descompuesto que venía, porque ya no eran nuevas aquellas inesperadas apariciones.

—Supongo —dijo él con trémulo labio— que no me lo negarás ahora... Puede que mi tía lo niegue..., ¡es tan hipócrita!... Pero tú no; tú eres mala y sincera. Cuando das el golpe mortal lo dices, ¿verdad? Y ahora ante los hechos palpables, evidentes, ¿qué tenéis que decir?

—Otra vez... Pero hijo... —chilló doña Lupe, saliendo al recibimiento.

—Usted, tía, se empeñará en negarlo ahora...; pero ésta no lo niega. Cierto que no le cogeré, porque habrá saltado por el balcón; pero no me negarán que entró... Le he visto yo, le he visto pasar por delante de la botica... En la escalera ha dejado su huella, su rastro, rastro y huella, señores, que no se pueden confundir con nada..., pero con nada.

—¡Pues estamos divertidas! —dijo doña Lupe a Fortunata, que daba suspiros mirando a su marido con lástima intensísima.

—La que me las va a pagar todas juntas es esa indecente de *Papitos* —gritó él, dando algunos pasos hacia la cocina.

—¡*Papitos!* Está en la compra. ¡Pobre chica!... ¡Ea!, ya estamos hartas. A ver si nos dejas en paz. Le encargaremos a Ballester que te amarre... Niño, niño, se acabaron las tonterías.

Diciendo esto le cogía por un brazo y le sacudía con ira materna y correccional.

—Mira que no te podemos sufrir... Lo que tú tienes es mucho mimo.

El desgraciado joven se dejó caer en un banco que en el recibimiento había, el cual semejaba banco de iglesia, y allí se transformó la máscara insana de su rostro, pasando de la furia a la consternación.

—Garantíceme usted..., pues..., que mi honor está... lo que llaman intacto..., y yo me tranquilizaré.

—¡Tu honor! ¿Pero quién diablos se ha metido con él? Si todo es humo, humo que hay dentro de esa cabeza.

—¡Humo!... ¡Ah!...

—Sí, todo humo —dijo Fortunata, poniéndole cariñosamente la mano en el hombro—. No pienses y no temerás nada. Es la imaginación, nada más que la imaginación..., la loca de la casa, como decía tu hermano Nicolás.

—¿Sabes lo que vamos a hacer? —indicó doña Lupe, algún tiempo después, aprovechando la relativa calma que en su sobrino se notaba—. Pues vamos a darle de almorzar.

Su mujer le agarró por un brazo para llevarle a la mesa, y él no hizo ninguna resistencia. Temían una y otra que no quisiese tomar nada, fundándose en que la comida estaba envenenada; pero con gran sorpresa de ambas, Maxi no manifestó recelo alguno sobre este particular. Tenía poco apetito, y para que pasara algo, las dos hubieron de hacer a competencia considerable gasto de palabras tiernas. Tan cariñosas se mostraron, que Maxi comió más que otros días, sin hacer observación alguna ni quejarse de lo mal condimentado que estaba todo. Hiciéronle café y esto fue lo único que tomó con gana. De sobremesa, trató doña Lupe de alegrarle los espíritus, charlando de cosas enteramente contrarias a aquella monserga del honor; mas él daba a conocer con suspiros profundos que la tormenta de su alma no estaba del todo extinguida. Pero la fuerza del ataque había pasado, y pronto vendría la completa serenidad. Al despedirse para volver a la botica, llevó a su mujer aparte y le dijo:

—Prométeme no salir esta tarde..., prométeme no salir nunca sino conmigo.

—¡Salir yo! ¡Qué disparates se te ocurren! No pienso en tal cosa —replicó ella sonriendo—. Aquí me estaré esperándote. A la noche iremos a casa de doña Casta. ¿Quieres? O a paseo.

Mientras esto decía, doña Lupe, acechándola desde un rincón del pasillo, fijaba en ella una mirada astuta.

Aquella tarde estuvo Maxi en la botica bastante más calmado. En un rato que tuvo libre, se fue al rincón del laboratorio en que guardaba sus libros, y cogió uno disponiéndose a sumergirse en la lectura. Pero Ballester tomó una vara, se fue derecho a él y arrebatándole el libro, le amenazó con castigarle.

—¡Ea!, dejémonos de sabidurías, que eso es lo que nos trastorna. ¿A ver qué es esto?... Hombre, ¡qué bonito! *Errores de la teogonía egipcia y persa*... Esto reza el epígrafe del capítulo... Pero, criatura, ¡que siempre ha de estar usted metiéndose en lo que no le importa! ¿Qué le va a usted ni qué le viene con que aquellos bárbaros, que ya se murieron hace miles de años, adoraran muchos dioses?... Es gana de meterse en vidas ajenas. ¡Que tenían los dioses por gruesas! Bueno, ¿y qué? ¿Acaso los tiene usted que mantener? Lo que yo digo: es gana de entrometerse. No puedo ver tanta tontería (exaltándose más a cada frase y llegando hasta la cólera); no puedo ver que un cristiano se queme las cejas por averiguar cosas de las cuales ha de sacar lo que el negro del sermón... Que le escondo los libros, que se los quemo... Voy al momento.

Esto último se lo decía a un parroquiano que mostraba una receta.

—A ver, marmolillo (por Maxi) menéese usted. Alcánceme el alcanfor, el nitro dulce, el polvo de regaliz...

Confeccionada la medicina en un dos por tres, volvió Ballester a coger la vara, y continuó la filípica de este modo:

—Lo mismo que la tontería en que ahora ha dado.... que le van a quitar su honor; que entran hombres en la casa..., que por todas partes se le tienden asechanzas a su honor... ¡Qué melodramáticos estamos y qué simples *semos!* Parece mentira que tales absurdos se le ocurran a quien está casado con una mujer que es *la casta Susana,* sí, señor, me ratifico: *la casta Susana,* mujer que antes se dejaría descuartizar que mirarle a la cara a un hombre. ¿Y si lo sabe usted, para qué arma esas tragedias? ¡Ah! Si yo tuviera una hembra así, tan hermosa, tan virtuosa; si yo tuviera a mi lado una virgen como ésa, la adoraría de rodillas y primero me apaleaban que darle un disgusto. ¡Su honor! Si tiene usted más honor que..., vamos, no sé con qué compararlo. Tiene usted un honor más limpio que el sol..., ¿qué digo sol, si el sol tiene manchas?, más limpio que la limpieza. Y todavía se queja... Nada, yo le voy a curar a usted con esta vara. En cuanto hable del honor, ¡zas!... No hay otra manera. Lo que yo digo: esas cosas las hace usted por lo muy mimadito que está. Tía que le cuida, mujer guapa que le mima también y que se mira en las niñas de sus ojos... Como que es la verdad... Carambita, pues si yo tuviera una mujer así...

Al llegar a esta parte de la reprimenda que Segismundo le espetaba más serio que un ladrillo, Rubín se había tranquilizado tanto, que casi estaba dispuesto a oírle con benevolencia y hasta con jovialidad. Y concluyó por sonreír, y al cabo de un gran rato le dijo:

—Amigo Ballester, le convido a usted a Variedades esta noche. ¿Quiere?

—¿Pues no he de querer? Bueno va. Pedradas de ésas vengan todos los días, ilustre amio mío. Iremos..., en el bien entendido de que venga Padilla esta noche a quedarse de guardia. Vamos ahora, mi queridísimo colega, a hacer estas píldoras de *protoyoduro de mercurio.* Prepare usted el regaliz y el mucílago de goma arábiga. Receta de cuidado. Mucho ojo... Le digo a usted que no hay ciencia más sublime que la Farmacia. ¡Cuánto más bonita que averiguar si hubo o no tantas o cuantas docenas de dioses! Vamos allá; mucho cuidado con este precioso mercurial. Aviado estará el enfermo para quien sea. No, no le arriendo la ganancia. Pero a fe que se habrá divertido bastante en este mundo con las mozas guapas, y si buenos azotes le cuesta ahora, buenas ínsulas se habrá calzado. ¡Eh!..., cuidado con las dosis. No sea usted tan vivo de genio. Mire que va a jorobar al paciente, y la saliva que eche va a llegar hasta aquí... ¡Qué hermosa es la Farmacia! Para mí hay dos artes: la Farmacia y la Música. Ambas curan a la humanidad. La Música es la Farmacia del alma, y la..., viceversa, ya usted me entiende. Nosotros, ¿qué somos sino los compositores del cuerpo? Usted es un Rossini, por ejemplo; yo un Beethoven. En uno y otro arte todo es combinar, combinar. Llámanse notas allá; aquí las llamamos drogas, sustancias; allá sonatas, oratorios y cuartetos...; aquí vomitivos, diuréticos, tónicos, etc... El *quid* está en saber herir con la composición la parte sensible... ¿Qué le parecen a usted estas teorías?... Cuando desafinamos, el enfermo se muere.

A poco llegó el practicante que sólo hacía servicio en la botica por las noches, y llevándole aparte, le dijo Segismundo:

—Amigo Padilla, hoy mismo le voy a proponer a doña Casta que vengas de día, porque esta calamidad de Rubín tiene la cabeza como un cesto, y me temo que si se queda solo envenene a toda la parroquia.

## IV

Aquella noche, después de comer, fueron todos a casa de doña Casta, donde debían reunirse para ir a paseo. Pero a poco de estar allí, entró Ballester diciendo que se había levantado un airote muy fuerte y amenazaba tormenta, por lo que unánimemente se acordó no salir; se encendió luz en la sala, y doña Casta dijo a Olimpia que tocara la pieza para que la oyeran Maximiliano y Ballester.

Olimpia era la menor de las hijas de Samaniego, y hubiera causado gran admiración en la época en que era moda ser tísico, o al menos parecerlo. Delgada, espiritual, ojerosa, con un corte de cara fino y de expresión romántica, la niña aquella habría sido perfecta beldad cincuenta años ha, en tiempo de los tirabuzones y de los talles de sílfide. Quería doña Casta que sus niñas tuvieran un medio de ganarse la vida para el día en que por cualquier contingencia empobreciesen, y Olimpia fue llevada al Conservatorio desde edad temprana. Siete años estuvo tecleando, y después tecleaba en casa bajo la dirección de un reputado maestro que iba dos veces por semana. Tratábase de que ganara premio en los exámenes, y para esto la niña estuvo por espacio de tres años estudiando una dichosa pieza, que no acababa de dominar nunca. Pieza por la mañana, pieza por tarde y noche. Ballester se la sabía ya de memoria sin perder nota. No había logrado Olimpia *decir* toda, toda la pieza, desde el *adagio patético* hasta el *presto con fuoco,* sin equivocarse alguna vez, y siempre que tocaba delante de gente, se embarullaba y hacía un pisto de notas que ni Cristo lo entendía. Por eso doña Casta la mandaba tocar cuando había personas extrañas, para que fuese perdiendo el miedo al *público.*

La determinación de no salir a

paseo puso a la señorita de mal talante, porque no podía hablar con su novio, que a aquella hora estaba clavado en la esquina de la calle de los Tres Peces, esperando a que saliese la familia para incorporarse. Era un chico de mérito, que estudiaba el último año de no sé qué carrera, y escribía artículos de crítica (gratis) en diferentes periódicos. A pesar de sus notables prendas, doña Casta no le veía con buenos ojos, porque la crítica, francamente, como oficio para mantener una familia, no le parecía de lo más lucrativo. Pero Olimpia estaba muy apasionada; leía todos los artículos de su novio, que éste le llevaba recortados de los periódicos y pegados en cuartillas, y con esta lectura se iba ilustrando considerablemente. Todo aquel fárrago de sentencias estéticas lo guardaba con las cartas y los mechones de pelo. Doña Casta no permitía aún al apreciable joven entrar en la casa.

Tocó la niña su pieza con no poca fatiga, a ratos aporreando las teclas como si las quisiera castigar por alguna falta que habían cometido; a ratos acariciándolas para que sonaran suavemente con ayuda del pedal, arqueando el cuerpo, ya de un lado, ya de otro, y poniendo cara afligida o de mal genio, según el pasaje. Parecía que los dedos eran bocas, y que estas bocas tenían hambre atrasada por las muchas notas que se comían. En ciertas escalas difíciles algunas notas se anticipaban a sus predecesoras y otras se quedaban rezagadas; pero cuando llegaba un efecto fácil, la pianista decía: "Aquí que no peco", y se indemnizaba de las pifias que cometiera antes. Durante el largo martirio de las teclas, las exclamaciones de admiración no cesaban.

—¡Qué dedos los de esta chica!... Me río yo de Guelbenzu... ¡Y qué talento artístico, qué expresión! —decía el gran tuno de Ballester.

Y doña Casta:

—Ahora viene el paso difícil, ahora... En este trozo no tiene pero... ¡Qué limpieza..., qué manera de frasear!...

Doña Lupe también hacía aspavientos, y Fortunata se veía obligada a expresar su entusiasmo, aunque no entendía una palabra de tal cencerrada, y en su interior se pasmaba de que aquello se llamase *arte sublime,* y de que las personas formales aplaudiesen música semejante a la de un taller de calderería. Cualquier tonadilla de los pianitos de ruedas que van por la calle le gustaba y la conmovía más.

Olimpia tocaba con fe y emoción, presumiendo que el espejo de los críticos la oía desde la calle. Cuando concluyó, estaba rendida, sudorosa, le dolían todos los huesos y apenas podía respirar. Ni siquiera tenía aliento para dar las gracias por las flores que todos le echaban. La tos que le entró parecía anunciar un ataque de hemoptisis.

—Hija mía —le dijo su mamá, viéndola ir hacia el balcón—, no te asomes, que estás sudando. Toma, ponte esta toquilla.

Y se la ponía, y no pudiendo refrenar las ganas de salir al balcón, salió con Fortunata, y ambas estuvieron contemplando el alma en pena que se paseaba en la acera de enfrente.

Al poco rato entró Aurora, la mayor de *las Samaniegas,* que era muy distinta de su hermana: pelinegra, bien parecida sin ser una hermosura, de esas que a un color anémico unen cierta robustez fofa y lozanía de carnes incoloras. Su pecho era desproporcionadamente abultado, su cuello corto, las caderas y el talle bien torneados, y las costuras de las mangas parecían próximas a reventar por causa de la gordura creciente de los brazos. La cabeza era bonita, de poco pelo y muy bien arreglada. Tenía más entendimiento que su hermana; vestía con esa sencillez airosa de las mujeres extranjeras que se ganan la vida en un mostrador de tienda elegante, o llevando la contabilidad de un restaurant. Su traje era siempre de un solo color, sin combinaciones, de un corte severo y como expeditivo, traje de mujer joven que sale sola a la calle y trabaja honradamente.

Expliquemos esto. Aurora Samaniego tenía treinta años y era viuda de un francés, que vino a España representando casas extranjeras de droguería. A poco de casarse, allá por el 65, el francés se fue con su mujer a Burdeos y allí heredó de sus padres un establecimiento de ropa blanca, que mejoró a fuerza de trabajo, poniendo en él las bases de una fortuna. Pero entre Bismarck y Napoleón III lo echaron todo a perder, pues por causa de estos dos personajes sobrevino la guerra de 1870, que tantas esperanzas había de segar en flor. Fenelón, que era hombre bonísimo y de inteligencia mercantil, tenía el defecto del *chauvinisme.* Empuñó las armas, se agregó a un cuerpo de ejército, y a los primeros disparos, los prusianos le dejaron seco.

Viuda y con poco dinero, aunque también sin hijos, Aurora volvió a Madrid, donde las disposiciones y hábitos de trabajo que había adquirido no pudieron tener empleo por no existir aquí *grandes almacenes,* y los que hay, están servidos por esos gandulones de horteras, que usurpan a las muchachas el único medio decoroso de ganarse la vida. Había aprendido la viuda de Fenelón cuanto hay que saber en lo concerniente al ramo de ropa blanca; estaba fuerte en contabilidad; tenía nociones claras del orden económico y del régimen a que debe sujetarse un negocio bien montado, y hablaba el francés a la perfección. Pero todos estos méritos habrían sido inútiles hasta el fin del mundo, si no se le ocurriera a Pepe Samaniego establecer el comercio de ropa blanca *con arreglo a los últimos adelantos del extranjero,* y llevar a él a persona tan inteligente y para el caso como su prima. El plan era vastísimo. Aurora estaría al frente del departamento de equipos de boda y canastillas de bautizo, ropa de niños y de señora. El capital para la instalación de esta importante industria habíalo facilitado don Manuel Moreno Isla, que tenía confianza en la honradez y tino de Pepe Samaniego. La tienda estaría en una casa nueva de la subida a Santa Cruz, frente por frente a la calle de Pontejos, y sus escaparates serían de seguro los más vistosos y elegantes de Madrid. Inauguración, el 1º de septiembre.

Samaniego estaba en París haciendo compras, y en la fecha a que esto se refiere, ya empezaban a venir algunas cajas. En la tienda provisional, que estaba próxima a la definitiva, había ya mucho trabajo. Aurora, al frente de una graciosa pléyade de oficialas habilísimas, estaba disponiendo las piezas-modelo que se habían de presentar en los primeros días, como muestras de las ricas confecciones de la casa. De sol a sol vivía entre oleadas de batista con espuma de encajes riquísimos, cortando y probando, puntada aquí, tijeretazo allá, gobernando su hato de cosedoras con tanta inteligencia como autoridad.

Por las noches, cuando llegaba a su casa, rendida, su madre gustaba de que estuvieran presentes doña Lupe, Fortunata o las demás amigas, para dar rienda suelta a su vanidad. En cuanto la veía entrar, se le iluminaba el rostro, y ya no se hablaba más que del establecimiento nuevo, y de las cosas no vistas que en él admiraría el Madrid elegante. Las cuatro mujeres no paraban el pico hasta las doce, y por eso Ballester, aquella noche, al ver que se armaba el nublado de ropa blanca, cogió por un brazo a Maxi y le dijo:

—Nosotros nos vamos a ver una piececita en Variedades.

Dicho se está que Olimpia, no

participando de la presunción ni del entusiasmo mercantil de su mamá, seguía posada en el antepecho del balcón del gabinete, viendo pasar la sombra melancólica del aburrido Aristarco, y arrojándole desde arriba alguna palabrilla, para que endulzara el plantón.

—Estarás muy cansada. Siéntate —decía doña Casta a su hija, armando el corrillo—. ¿Cómo va eso?

—Hoy han estado probando el gas en la nueva tienda. Será una cosa espléndida. Ya están llegando cajas de novedades, cosas, ¡ay!, *por ejemplo,* tan bonitas, que en Madrid no se ha visto nada igual. Aquí no saben poner escaparates. Verán, verán el nuestro con *todo lo que hay de más lindo,* para llamar la atención, y hacer que la gente se pare y entre a comprar algo. Después que entran, se les enseña más, se les *hace ver* esta y la otra cosa de precio, se les engatusa, y al fin caen. Los tenderos de aquí apenas tienen el arte del *étalage,* y en cuanto al arte de vender, pocos lo poseen. Hay muchos que pertenecen todavía a la escuela de Estupiñá, que reñía a los que iban a comprar.

—Yo creo —dijo doña Lupe con expresión avariciosa— que Pepe Samaniego va a hacer un gran negocio. Madrid está por explotar. Todo consiste en tener pesquis. ¡Oh! Pues en el ramo de Farmacia. Dios mío, hay una verdadera mina. Yo estoy bregando con Maxi para que invente, para que salga por ahí con su poco de *panacea.* Pero nos hemos vuelto todos muy morales y muy rigoristas. Vean por qué esta nación no adelanta, y los extranjeros nos explotan llevándose todo el dinero.

Esta última frase llevó la conversación al primitivo terreno, del cual se había desviado un poco con aquello de la panacea.

—Por eso —dijo doña Casta—, un establecimiento montado como los mejores del extranjero, no puede menos de hacerse de oro, pues habiéndolo aquí, las señoras de la grandeza no tendrán que ir a Bayona y a Biarritz a comprar la última novedad.

Aurora vestía un traje de percal, azul claro, con cinturón de cuero, y en éste una gran hebilla. Su atavío era todo frescura, sencillez de obrera elegante. Fue un rato para adentro a tomarse la colación o golosina que su madre le guardaba siempre, y volvió con un platito en una mano y una cucharilla en la otra. Era compota de ciruelas lo que tomaba, con un pedazo de rosca.

—¿Ustedes gustan?... Pues decía que en las cajas que están ahora en la Aduana de Irún, vienen unos trajecitos de niño, de punto, que han de hacer sensación. El modelo llegó ayer en gran velocidad, y también vino un fichú, del cual estamos haciendo imitaciones de clase inferior, con puntilla ordinaria. Verán, verán ustedes... Pues el faldón de bautizo, *por ejemplo,* que estamos arreglando con encaje *valenciennes,* no se podrá poner menos de quinientos francos —Aurora tenía la costumbre de contar siempre por francos—. Es verdaderamente encantador. Lo traeré aquí cuando esté acabado para que lo vean ustedes.

—Mejor será que vayamos nosotras allá —dijo doña Lupe—, y así veremos y hociquearemos todo antes que se abra al público.

Fortunata decía también algo, aunque no mucho, porque lo de la tienda no despertaba en ella gran interés. Después que apuró el platillo de la compota, volvió Aurora para adentro, y trajo unas yemas en un papel. ¡Qué golosa era! Ofreció una a Fortunata, que la tomó, y doña Casta se dispuso a obsequiar a sus amigas con vasos de agua. Ponía esta señora sus cinco sentidos en los botijos para enfriar el agua, y tenía a gala el que en ninguna parte la hubiese tan fresca y rica como en su casa. Después de traer un plato con azucarillos, fue a escanciar el precioso contenido de los botijos, pues eran varios, y en ellos graduaba la temperatura, poniéndolos o no en el balcón. Doña Lupe la ayudaba en la traída de aguas, y en tanto Aurora le pasó a Fortunata el brazo por la cintura y ambas salieron al balcón de la sala. Cada cual se comía una yema de chocolate, y después tomaron otra de coco.

Lejos del oído impertinente de doña Lupe y doña Casta, Aurora se secreteó con Fortunata:

—Se han ido todos esta tarde... El primo Manolo va también con ellos.

## V

Aquí cuadra bien decir que Fortunata y la viuda de Fenelón se habían hecho muy amigas. Ésta mostraba a la de Rubín una gran simpatía, y con esta simpatía, la dulce confianza que de ella emanaba, y por fin, con el verdadero derroche de indulgencia que en favor de sus faltas hacía, apoderóse poco a poco de todos sus secretos. Por de contado, estas intimidades sólo tenían lugar a espaldas de doña Lupe y muy lejos de doña Casta, pues ni una ni otra habrían consentido que tales temas se trajesen a las honestas y decorosas conversaciones de aquella casa.

Enlazadas por la cintura, brazo con brazo, estuvieron un rato las dos mujeres sin decirse nada, comiéndose las yemas y mirando a la calle. De pronto se echó a reír Aurora.

—Mira el tonto de Ponce, haciéndole cucamonas a Olimpia. Yo creo que mi hermana es la única mujer que en el mundo existe capaz de querer a un crítico. Merecería en castigo casarse con él. *Solamente,* que como es mi hermana, no le deseo esta catástrofe.

—Vaya, que está apurado el hombre —decía Fortunata, riendo también—. Le hace señas para que baje... Sí, ahora va a bajar. Estás tú fresco... Será que quiere darle uno de esos artículos que escribe y en los cuales cuenta el argumento de los dramas para que nos enteremos. Vaya, hombre, no te apures, que ya le hablarás otra noche. Ahora no puede ser... Qué pesados son estos novios, ¿verdad?

Pasado otro rato, y cuando los brazos soltaron las cinturas y ambas estaban limpiándose los dedos en sus respectivos pañuelos, Aurora volvió a decir:

—Pues sí, todos partieron esta tarde y el primo Moreno con ellos. Creo que van a San Juan de Luz.

Fortunata volvió la cara para el balcón del gabinete, donde estaba Olimpia. Después miró a su amiga, diciéndole en tono muy seco:

—Van a San Sebastián y a Biarritz, y a principios de setiembre irán todos a París.

—Niñas —dijo doña Casta, tocándoles en los hombros—, ¿de qué agua quieren ustedes?... ¿*Progreso* o Lozoya?

—Lo mismo me da —replicó Fortunata.

—Toma Lozoya, y créeme —insinuó doña Lupe, con su vaso en la mano—, por más que diga ésta, *Progreso* es un poquito salobre.

—Eso va en gustos... Y también influye el hábito —arguyó Casta con la suficiencia y formalidad de un catador de vinos—. Como yo me he criado bebiendo el agua de *Pontejos,* que es la misma que la de la Merced, que hoy llaman *Progreso,* toda otra agua me parece que sabe a fango.

No insistiré en lo mucho que se dijo sobre este tratado de las aguas de Madrid. Mientras las dos señoras mayores cotorreaban dentro, Fortunata y Aurora lo hacían en el balcón. Las once y media serían cuando sintieron la voz de Ballester. Éste y Maxi las miraban desde la acera de enfrente.

—Si bajan ustedes —dijo Rubín—, las espero aquí.

—Olimpia —gritó Ballester—, venimos de ver la obra que se estrenó anteanoche. ¡Qué mala es! ¿Tiene usted ya noticias de ella?

—¿Yo?... ¿Qué está usted diciendo?

—Como usted se trata con autoridades...

Al decir esto pasaba el crítico junto a él.

—Oiga usted, Olimpia... La obra es una ferocidad; pero ciertos amigos del autor la pondrán en las nubes. Quisiera yo verles para que me dijeran a mí por qué engañan de este modo al público.

—Déjeme usted en paz... ¡Qué tonto es usted! —replicó Olimpia, y se metió para adentro.

—¿Bajáis o no? —dijo Maxi.

Y su mujer le contestó que esperase en la botica, que ellas bajarían.

Aurora y Fortunata se reían mirando a Ponce, que iba escapado por la calle arriba, como alma que lleva el diablo.

Retiráronse las de Rubín a su domicilio, teniendo ambas señoras la satisfacción de ver a Maxi tan mejorado de los desórdenes cerebrales de aquella mañana, que no parecía el mismo hombre. Síntomas favorables eran la obediencia a cuanto se le mandaba, y lo juicioso y sosegado de sus respuestas. Aquella noche durmió con tranquilidad, y nada ocurrió que saliera del canon ordinario. A la tarde siguiente convinieron marido y mujer en dar un paseo a prima noche. Fue ella a buscarle a la botica a la hora concertada, y no le encontró.

—Ha ido a cortarse el pelo —le dijo Ballester, ofreciéndole una silla—. Con las murrias de estos últimos tiempos, el pobre chico no caía en la cuenta de que se iba pareciendo a los poetas melenudos... Le he mandado que se trasquilase esta misma tarde. Tenga usted presente una cosa: hay que imponérsele, combatirle el abandono, las lecturas y no consentir que se ensimisme. Antes que dejarle caer en las melancolías, vale más darle un disgusto. Yo siempre le hablo gordo, y crea usted..., me ha cogido miedo. Es lo que hace falta.

—¡Pobrecito!... —exclamó Fortunata—. ¿Pero ve usted por dónde le ha dado?... Yo no he visto un desatinar semejante.

Segismundo, que en aquel momento tenía poco que hacer, dejólo todo por atender cortésmente a la señora de su amigo y serle grato en lo que de él dependiera. Era hombre que tenía que contenerse mucho para no ser galante y aun atrevido con cualquier mujer en cuya presencia estuviese. Con Fortunata se había permitido alguna vez tal cual broma; aquel día se corrió más. Llevándose los dedos a su rebelde cabellera para hacer con ellos púas de peine, se la atusó, y arqueando el cuerpo, inclinóse hacia la señora para decirle con retintín:

—Muy triste está usted desde ayer... No, no me lo niegue... ¿Pues yo no veo lo que pasa? Leo en las caras.

—Pues en la mía poco habrá leído usted.

—Más de lo que se piensa... Leo pasajes tiernísimos..., estrofas de despedida..., ayes de soledad...

—¡Ay, qué majadero!

—¡Oh! A mí no se me escapa nada... Convengo en que hay motivos para que usted esté tan patética... Pero hay otra cosa... A mí me gusta remontarme a los orígenes, me gusta buscar el porqué, y francamente, cuando miro ese porqué, no puedo menos de lamentar la equivocación que usted viene padeciendo desde tiempos remotos.

Fortunata le miraba sonriendo, pues no creía que debía enojarse.

—Sí, no puedo menos de deplorar —prosiguió el regente inflándose— que usted sea tan consecuente con personas que no lo merecen... Habiendo en el mundo tanto corazón leal, ir a buscar precisamente el más inconstante y...

—¿Qué disparates está usted diciendo?

—¡Oh! no son disparates —replicó el farmacéutico, dando algunos pasos delante de ella y procurando que dichos pasos fueran todo lo airosos posible—. Perdóneme usted mi atrevimiento. Yo las gasto así; siempre he sido Juan Claridades, y cuando una idea quiere salir de mí, le abro la puerta para que salga, porque si la dejo dentro, estallo... Pues decía... ¿Se va usted a enfadar?

—No, hombre. ¿Qué me voy a enfadar yo? Suéltela, suéltela.

—Pues decía... —Ballester tomaba una actitud que a él le parecía aristocrática—, decía que a quien debiera usted querer es a mí... Ya ve usted que no me muerdo la lengua.

—¡Ay, qué gracia! Me gusta usted por lo corto de genio.

—Al pan pan y al vino vino. Queriéndome a mí, verá lo que es corazón amante, consecuente y tropical. Pero le advierto una cosa...

—¿Qué?

—Que si se decide a quererme..., usted no se decidirá, pero si se decide, tenga cuidado de no decírmelo de sopetón..., porque me moriré de gusto... Sería como una descarga eléctrica.

—Estése tranquilo... Sí, se lo iré diciendo poco a poco..., preparándole, como cuando se dan las malas noticias...

—No tanto, no tanto...

—Vaya que es usted malo... Aquí, entre tanta medicina, ¿no hay nada que le cure la cabeza?

—Pues si lo hubiera, amiga mía, si lo hubiera... Y creen muchos que la peor cabeza de esta casa es la del pobre Maxi, cuando la mía es una pajarera. Verdad que dos palabras de quien yo me sé me harían la persona más cuerda y más feliz de la tierra...

Viendo en esto que entraba Rubín, dio otro giro a su charla.

—Aquí le estaba diciendo a su cara mitad, que le voy a dar unas píldoras... ¡Dios, qué píldoras!

—¿Para ella?

—No, hombre, para usted.

—¿Y de qué son?

—Bueno va; ya quiere saber de qué son. Carambita, cuando uno discurre algo nuevo, debe reservarse el secreto. Es un específico.

—Este Segismundo está ido —dijo Fortunata—. Vámonos.

—Yo no tomo píldoras sin saber la composición —indicó Maxi con la mayor buena fe.

—Estos hombres felices son muy impertinentes. Todo lo quieren averiguar... ¡Y ahora se va de paseíto con su tórtola! ¡Qué babosos... *semos!* ¡Luego se queja el nene!... (tirándole de una oreja), se queja de vicio... el niño mimado de la Providencia... Abur, divertirse.

Salió a despedirles a la puerta de la botica, se puso muy tieso, y estirándose todo lo posible sobre la base de sus zapatillas, les siguió con la vista hasta que desaparecieron en lo alto de la calle.

## VI

Iban pasando los cansados días del verano, que es en Madrid la estación de las tristezas, porque el sueño y el apetito escasean, la sociedad disminuye, y los que aquí se quedan parece que comen el pan de la emigración. En la familia de Rubín nada ocurría de particular, pues Maxi no empeoraba, aunque todas las mañanas tenía su excitación correspondiente, más o menos aparatosa; pero mientras no llegase a un grado de furor como el de la célebre mañanita del arsénico, las dos mujeres podían llevarlo con paciencia. De noche, las depresiones se manifestaban levemente, y a veces no se conocían. Ballester había conseguido, combinando la persuasión con la severidad, apartarle en absoluto de toda lectura favorable a la concentración del ánimo.

Entre Fortunata y doña Lupe no era todo concordia, como se puede haber comprendido, pues la señora de Jáuregui, observadora sagaz, había comprendido que desde principios de junio su sobrina andaba en malos pasos. Todas las personas relacionadas con la familia de Rubín sabían la historia de la mujer de Maxi, y el dramático papel que desempeñaba en ella el señorito de Santa Cruz. Algunas, quizás, tenían conocimiento de aquella tercera salida de la aventurera al campo de su loca ilusión; pero nadie se atrevió a llevar el cuento a la *de los Pavos*. Ésta, no obstante, lo sabía por obra del puro cálculo y de sus facultades olfatorias. Arrancóse una vez a *armar la gorda*. "Para que no crea —pensaba— que me trago sus mentiras y que estoy aquí haciendo el papamoscas." Pero Fortunata, recordando al instante las lecciones de su amigo Feijóo, trazó la raya divisoria que éste le recomendara, y vino a decir en sustancia: "De aquí para allá, señora, gobierna usted; de aquí para acá, están *mis cosas* y en ellas no tiene usted que meterse."

No se dio por vencida la orgullosa viuda del alabardero, y volvió a la carga dos o tres veces en esta forma:

—Si el pobre Maxi estuviera bueno, él te arreglaría como cumple a todo hombre que se estima; pero no lo está, y tengo que tomar yo a mi cargo el decoro de la familia. Me he dicho mil veces: "¿Daré el estallido o no daré el estallido?" En la situación de ese pobrecito, mi estallido sería su muerte. Por eso me contengo y me trago todo el veneno. ¿Ves? mi cabeza se está llenando de canas desde que veo estas ignominias sin poderlas remediar...

Fortunata volvió el rostro para ocultar sus lágrimas. Esta escena ocurría en el gabinete, hallándose las dos cosiendo sus trajes de verano.

—Después de lo que pasó en noviembre del año pasado —prosiguió la viuda con serenidad que espantaba—; después de tu enmienda, verdadera o falsa; después que se te perdonó (y por mi voto no se te habría perdonado); después que echamos tierra al horrible crimen, me parece que estabas obligada a portarte de otra manera. No vengas ahora con lagrimitas que han de parecer pura hipocresía. Porque yo digo una cosa. Óyeme atentamente.

Doña Lupe dejó la costura y se preparó a hablar, como los oradores de profesión.

—Yo me pongo en el caso de una mujer que siente una pasión antigua, con raigones muy hondos y que no se pueden arrancar. Hay casos, y verdaderamente, esto es para mirarlo despacio. Pues si tú hubieras venido a mí y me hubieras dicho: "Tía, esto me pasa. Me persiguen; yo no sé si podré defenderme; soy débil; ayúdeme usted..." ¡Oh! la cosa variaba mucho. Porque yo te habría dirigido, yo te habría dado fortaleza, consuelo... Pero no; se te antoja campar por tus respetos, y hacer y acontecer, como una mozuela sin juicio... Eso es un disparate: ahí tienes, ahí tienes el motivo de todas tus desgracias, el no contar para nada con las personas que deben guiarte. Total; que cuando acudas pidiendo socorro ya será tarde, y esas personas te dirán: "Entiéndete ahora, húndete, y cúbrete de vergüenza y date a los demonios."

Pronunciada esta elocuente filípica, continuó la señora un buen espacio de tiempo dando resoplidos, y Fortunata no levantaba los ojos de su costura. Discurría sobre la extrañeza de aquellos conceptos de la viuda, que parecía dispuesta a ciertos temperamentos indulgentes en caso de que se la consultara, y de que se la tuviera por dispensadora infalible de protección y por sancionadora de las acciones. "Esta mujer quiere ser el Papa —pensaba—, y con tal que la hagan Papa, se aviene a todo. Pero lo que es por mí. . ." A Fortunata le repugnaba la moral despótica de doña Lupe, en la cual entreveía más soberbia que rectitud, o una rectitud adaptada jesuíticamente a la soberbia. No se conformaba esto con las ideas absolutas de la joven criminal. Ella quería para sus actos la absolución completa o la completa condenación. Infierno o Cielo, y nada más. Tenía *su idea,* y para nada necesitaba de consejos ni de la protección de nadie. Se las componía sola mucho mejor, y cualquiera que fuese su cruz, no le hacía falta Cirineo. Sus acciones eran decisivas, rectilíneas; iba a ellas disparada como proyectil que sale del cañón.

Enterada doña Lupe, en aquellos secreteos que con su amiga Casta tenía, de que los de Santa Cruz se habían marchado a veranear, tomó pie de esta circunstancia para endilgarle a su sobrina otro discurso, aunque en tono menos catilinario que los anteriores.

Era aquella señora esencialmente gubernamental, y edificaba siempre sobre la base sólida de los hechos consumados todos sus planes y raciocinios.

—Mira tú por dónde podríamos llegar a entendernos —le dijo una tarde que la volvió a coger a mano para el caso—. He sabido que la persona que te trae dislocada no está ya en Madrid. ¿Qué mejor ocasión quieres para emprender la reforma de tu estado interior, que está como una casa en ruinas? Yo estoy dispuesta a ayudarte todo lo que pueda. No debiera hacerlo; pero tengo caridad y me hago cargo de las flaquezas humanas. Otra tomaría por la calle de en medio; yo creo que en cosas tan delicadas se debe proceder con cierto ten con ten. Habrías de empezar por ponerme en antecedentes, por confiarme hasta los menores detalles, entiéndelo bien, hasta los menores detalles; por ponerme al tanto de lo que piensas, de lo que sientes, de las tentaciones que te dan por la mañana, por la tarde y por la noche; en fin, habías de declarar todos, toditos los síntomas de esa maldita enfermedad, y darme palabra de hacer cuanto yo te mandare.

Hablaba, pues, la viuda como si tuviera en el bolsillo las recetas para todos los casos patológicos del alma.

Por cumplir, más que por gusto, Fortunata tuvo la condescendencia de decir algo, reservando, como es natural lo más delicado. Doña Lupe se entusiasmó tanto con aquella muestra de sumisión, que hizo gala de sus facultades profesionales, y terminó así:

—Te aseguro que si me obedeces, te quitaré eso de la cabeza y serás lo que no eres, un modelo de mujeres casadas. Por de pronto, me comprometo a que no vuelvas a caer, aun en el caso de que se te tendiera el lazo otra vez. ¡Vaya con el caballerito! Es cosa de dar parte a la policía. Tú déjate llevar; pon el pleito en mis manos, déjame a mí. . . y verás. ¿Apuestas a que me planto un día en casa de doña Bárbara y le canto clarito? Tú no sabes quién soy, tú no me conoces. ¡Y has sido tan tonta que no has querido valerte de mí. . .! Bien merecido tienes lo que te pasa. Pues lo que es ahora, que quieras que no, tomo cartas en el asunto. . . Has de concluir por adorarme como se adora a una madre.

Y al finalizar estaba doña Lupe radiante. Casi casi se aventuró a hacer a su sobrina una maternal caricia; tales eran su gozo y satisfacción. Un pensamiento se le salía del magín a cada instante; pero lo reservaba en la hoja más escondida de su gramática parda. Ni la sombra de este pensamiento dejaba entrever a Fortunata. Guardábalo para sí y se recreaba con él a solas. "¿Le habrá dado dinero?" Siempre que se hacía esta pregunta, se contestaba afirmativamente. "Tiene que haberle dado algo, quizás grandes cantidades. ¿Pero dónde demonios las tiene? ¿Qué hace que no me las da para que se las coloque?... Como si lo viera: es que tiene vergüenza de poner en mis manos dinero adquirido por tales medios. Esta delicadeza la honra... Y no es otra cosa; le da vergüenza de decírmelo. Pero al fin ello saldrá."

Y una tarde que el matrimonio había ido a paseo, la gran capitalista, no pudiendo enfrenar por más tiempo su curiosidad, mandó a *Papitos* a un recado, por quedarse sola, y con determinación admirable hizo un registro en la cómoda y baúl de Fortunata. Valiéndose del sin fín de llaves que tenía, abrió todos los cajones y revolvió en ellos cuidadosamente, esmerándose en dejar las cosas, después de bien examinadas, en la misma disposición que antes tenían. Este proceder jesuítico lo practicaba siempre que metía sus manos escudriñadoras en donde no debían estar. Busca por allí, busca por allá, y nada. Los billetes se esconden tan fácilmente, que no hay manera de encontrarlos. Pero tenía doña Lupe tan fino olfato para descubrir dinero, que estaba segura de dar con los billetes si los había. "¿Tendrálos cosidos en la ropa? —pensó—. Puede ser. ¡Esa socarrona parece que no sabe jota, y sabe más...!" En la cómoda no había nada que a dinero se pareciese, ni tampoco cartas. Algunas joyas y chucherías vio, que le parecieron recuerdo o prenda de amores; pero lo que es *guano*, ni el olor.

—Es muy particular —gruñía la viuda, registrando el baúl, después del reconocimiento minucioso que en la cómoda hizo—. ¡Y no se comprende que siendo él tan rico y ella una pobre...!

El baúl, que sólo contenía ropas viejas, no dio tampoco nada de sí.

—Pues tiene que haber algo... —rezongó la señora—, tiene que haber algo. En alguna parte está el escondrijo. Dinero hay, o no hay dinero en el mundo.

Cansada de su inútil escrutinio y guardando las llaves, que formaban apretado racimo, digno del arsenal de una compañía de ladrones, doña Lupe se sentó a meditar, y poniéndose una mano sobre el pecho de algodón y acariciándoselo, se rascó con los dedos de la otra la frente, allí donde principia el cabello, como quien estimula la generación de una idea, y dijo:

—Pues si efectivamente no le ha dado nada, hay que reconocer que ese hombre es el mayor de los indecentes.

## VII

Apretaba el calor, y las escenas que he descrito se repetían, reproduciéndose con ese amaneramiento que suele tomar la vida humana en ciertos períodos, cual fatigado artista que descuida la renovación de la forma. Los paseítos por la noche para tomar el tranvía del *barrio;* las excursiones a algún teatro de verano; las tertulias en casa de Samaniego o de Rubín; las garatusas del crítico en la calle; la romántica figura de Olimpia colgada en el balcón como una muestra o insignia que dijera: "Aquí se ama por lo fino"; las extravagancias de Ballester; los espasmos de Maxi, todo continuaba repitiéndose de día en día con regularidad de programa.

En agosto ocurrió algo que no estaba en los papeles, y fue del modo siguiente: Una mañana fue Torquemada a ver a doña Lupe para tratar de negocios. Con su traje de verano tenía el buen don Francisco aspecto semejante al de los militares que vienen de Cuba, pues a más del trajecito azul, se había encasquetado un sombrero de paja de ala ancha. Su camisa, de rayas coloradas, parecía la bandera de los Estados Unidos, y para recalcar más su facha americana, llevaba una joya en la corbata y una cadena de reloj interminable, que le daba muchas vueltas de una parte a otra del pecho. Los pantalones eran tan cortos, que al sentarse se le veía media pierna. Allí venía bien decir que el *difunto era más chico.* Todo ello parecía prendas heredadas, o venidas a su poder por embargo judicial, o cogidas a algún filibustero. Servíale el sombrero de abanico, cuando estaba en visita, con la ventaja de que las personas circunstantes participaban de la ventilación que daba aquella prenda tropical tan bien manejada.

Un rato llevaban de interesante conferencia, cuando sonó la campanilla, y a poco entró Maxi en el gabinete, que era donde su tía y don Francisco estaban. Fortunata estaba planchando. En cuanto vio llegar a su marido, fue a ver qué se le ofrecía, pues algo desusado debía de ser. A tal hora, las diez de la mañana, no venía jamás a casa el pobre chico. Echándose un pañuelo por los hombros, porque el calor de la plancha la obligaba a estar al fresco, pasó al gabinete. Lo mismo ella que su tía se pasmaron de ver en el semblante del joven una alegría inusitada. Los ojos le brillaban, y hasta en la manera de saludar a don Francisco advirtieron algo extraño, que las llenó de alarma.

—Hola, don Paco; yo bien, ¿y usted?... Y doña Silvia y Rufinita, ¿siguen tomando los baños del Manzanares?

Este lenguaje tan confianzudo, era lo más contrario al temperamento y a la timidez de Maxi.

—¿Qué traes por aquí a esta hora? —le preguntó su tía, disimulando su sorpresa.

Fortunata le examinaba atentamente, sentada lejos del grupo principal, en una silla próxima a la puerta de la alcoba de doña Lupe. Él no se sentó, y después de aquel saludo tan campechano que le echó al usurero, se puso de espaldas al balcón con las manos en los bolsillos, mirando a todos como quien espera recibir felicitaciones.

—Pues nada —dijo—, que estoy de enhorabuena.

—Qué, ¿te ha caído la lotería?

—No es eso... ¿Para qué quiero yo loterías? Ni falta... Es mucho más que eso, porque he encontrado lo que buscaba. Ya le dije a usted que estaba pensando, que sólo me faltaba una fórmula para completar...

—¡La combinación!... Pues qué, ¿has encontrado la *panacea?* —expresó la tía con incredulidad.

—No es mal nombre si usted se lo quiere dar —dijo el pobre chico, exaltándose más a cada palabra—. De *pan,* que significa todo..., y *akos,* que es lo mismo que decir *remedio.* Que lo sana y purifica todo, vamos...

—¡Gracias a Dios que haces algo de provecho! —declaró doña Lupe, recelosa, observando las miradas de Maxi, cuyo resplandor de júbilo era enteramente febril.

—Anoche estuve toda la noche discurriendo muy intranquilo, los sesos como ascuas, porque al plan, mejor dicho, al sistema no le faltaba más que una fórmula para estar completo... La maldita fórmula... Por fin, ahora, hace un ratito, se me ocurrió; di un brinco de alegría. Ballester, que no comprende esto, ni lo comprenderá nunca, se enfadó conmigo y no me quería dar papel y tinta para escribir la fórmula y dejarla consignada... Temo que se me escape, que se me vaya de la cabeza... Mi memoria es una jaula abierta, y los pájaros..., pif...

Doña Lupe y Fortunata se miraron con tristeza.

—Bueno —dijo la tía, viendo que le venía encima una nube—. Tranquilízate, escribirás la fórmula, harás tu *panacea,* tendrá un gran éxito y ganaremos mucho dinero.

—¡Ah!... —exclamó él con la expresión que se da a toda idea de un trabajo abrumador—. No crea usted.... para exponer el sistema completo con claridad bastante para que todos lo comprendan, se necesita quemarse las cejas..., ¡digo! Tendré que pasar las noches de claro en claro. No importa; cuando esto empiece a correr, verán ustedes; adquiriré una reputación y una gloria tan grandes, pero tan grandes que...

—¡Adiós mi dinero! —murmuró doña Lupe, y Fortunata dijo para sí algo parecido.

—El problema que quedaba por resolver —dijo Maxi acercándose a su tía y dando castañetazos con los dedos— era el de la emanación de las almas. ¿De dónde emana el alma? ¿Es parte de la sustancia divina, que se encarna con la vida y se desencarna con la muerte para volver a su origen?... ¿o es una creación accidental hecha por Dios, subsistiendo siempre impersonal? Aquí estaba el intríngulis.

Doña Lupe dio un gran suspiro, mirando a don Francisco que guiñaba los ojos de una manera entre burlesca y compasiva.

—¡Hijo, por Dios! —dijo Fortunata acercándose—. No discurras esas cosas, que dan dolor de cabeza... Sí, está muy bien; pero todo lo que hay que averiguar sobre esto, está ya averiguado... No te calientes la cabeza.

—Querida mía (rechazándola con dulzura y tomando un tonillo enfático), si en este *vía crucis* de trabajos y persecuciones que me espera; si en el camino doloroso y glorioso de este apostolado, no me quieres acompañar tú, lo sentiré por ti más que por mí; pero tú al fin vendrás. ¿Cómo no, si eres pecadora, y para los pecadores, para su redención y para su salvación es para lo que yo pienso lo que pienso y propongo lo que propongo?

Fortunata volvió a la apartada silla en que antes estuvo, y doña Lupe, después de llevarse las manos a la cabeza, hizo un gesto de conformidad cristiana. Le faltaba poco para echarse a llorar. En este punto creyó oportuno Torquemada intervenir, con esperanza de que sus discretas razones enderezaran el torcido *intellectus* del desdichado joven.

—Mire usted, amigo Maximiliano, yo creo que todo lo que debemos saber sobre eso, ya nos lo han enseñado. Y lo que no, más vale que no lo sepamos..., porque el mucho apurar las cosas le quita a uno la fe. Esta vida no es más que un mediano pasar: así lo encontramos y así lo hemos de dejar; y por mucho que miremos para el Cielo, no ha de caer el maná... "Ganarás el pan con el sudor de tu frente", dijo quien dijo, y no hay más. ¿Qué saca usted de ponerse a cavilar sobre si el alma es esto o aquello? Si al fin nos hemos de morir... Tengamos la conciencia tranquila; no hagamos cosas malas, y ruede la bola... y no temamos el materialismo de la muerte; que al fin polvo somos, y...

—Basta, no siga usted —dijo Maxi, ceñudo, cortándole el discurso—. Si usted es materialista, nunca nos entenderemos.

—No, si lo que yo digo es que el alma tiene el pago que merece, y como el cuerpo no es más que a la manera de un cascarón, cuando éste se pudre, a mí no me asusta el materialismo de hacerse uno polvo.

—Ya..., comprendido —dijo el otro con mayor exaltación, y acentuando la contrariedad que experimentaba—. Usted es de la escuela de mi hermano Juan Pablo: *fuerza y materia*. Ya discutiremos eso. Yo expondré mi doctrina; que exponga Juan Pablo la suya, y veremos quién se lleva tras sí a la señora humanidad.

Diciendo esto giró sobre un tacón, y rápidamente salió, marchándose a su cuarto. Su mujer fue tras él muy afligida. Maxi se sentó en la mesilla en que tenía algunos libros y recado de escribir. Apoyando la mano en el hombro de él, su mujer miró los garrapatos que trazaba con febril mano sobre un papel.

—Ved aquí fijados los puntos capitales —balbucía él, escribiendo—. "Solidaridad de sustancia espiritual. La encarnación es un estado penitenciario o de prueba. La muerte es la liberación, el indulto o sea la vida verdadera. Procuremos obtenerla pronto..."

—Chico, descansa ahora un ratito —díjole su esposa, tratando de quitarle la pluma de la mano—. Bastante has trabajado hoy con esos cálculos tan difíciles... Mañana seguirás... No, no creas que me parece mal; yo te ayudaré a pensar... Hablaremos de esto. Yo también discurro.

Contra lo que esperaba, Maxi no se irritó. Tenía su semblante expresión seráfica; sus modales eran suaves y más parecía un iluminado antiguo, cuya demencia se elaboraba en la soledad claustral, que el insensato de estos tiempos, educado para el manicomio en los febriles apetitos de la sociedad presente.

—Tú también discurres —le dijo con dulzura—. Lo sé; tú piensas, porque sientes; tú me comprendes, porque amas. Has pecado, has padecido; pecar y padecer son dos aspectos de una misma cosa; por consiguiente, tienes el sentimiento de la liberación... Usando una parábola, te escuece en las muñecas el grillete de la vida.

Fortunata se quedó en ayunas de toda esta cantinela, pero por no contrariarle, respondía que sí.

—Lo que es por padecer no ha de quedar, porque toda mi vida ha sido un puro suplicio... Pero ahora no te ocupes más de eso.

Doña Lupe miraba por el hueco de la puerta entornada.

—Tú me ayudarás —prosiguió Maxi con ráfagas de inspiración religiosa en sus ojos encandilados—, tú me ayudarás a propagar esta gran doctrina, resultado de tantas cavilaciones, y que no habría llegado a ser completamente mía sin el auxilio del Cielo. El gran misterio de la revelación se ha renovado en mí. Lo que sé, lo sé porque me lo ha dicho quien todo se lo sabe.

Observando entonces que su tía le miraba, extendió la mano para llamarla, y le dijo:

—Tía, pase usted... Aquí no hablamos en secreto. También usted será conmigo en la inmensa..., en la inmensa y dolorosa propaganda... Por cierto que no me explico, que no sé cómo ustedes dejan entrar aquí a ese materialista...

—¡Don Francisco...! Hijo, ¿pues qué mal puede hacerte?

—Mucho, tía, mucho, porque todos los de esa infame secta no me pueden ver ni pintado, y si ese hombre sigue entrando en esta casa con tanta confianza, podría intentar el descrédito de mi sistema, robándome antes mi honor.

Y miraba a Fortunata como para buscar en su rostro la aseveración o apoyo de lo que decía. Ella lo comprendió.

—Tiene razón, tía... Ese materialista que no entre más aquí.

—Pues no entrará, hijo, no entrará... Vaya. Yo le diré que se largue con su materialismo a los infiernos.

—¿Te sientes bien? ¿Quieres tomar algo? —le dijo su mujer con cariño.

—Me siento tan bien como nunca me he sentido, créanmelo (demostrando en su tono y semblante la placidez de su alma). Desde que di con la tan rebuscada fórmula, paréceme que soy otro... Antes mi vida era un martirio, ahora no me cambio por nadie. No me duele nada, me siento bien, y para colmo de felicidad no tengo ganas de comer ni de dormir...

—Pues es preciso que tomes algo.

—No lo necesito... Créanmelo. Verán cómo no lo necesito. Si soy otro, si no tengo ya carne ni para nada la quiero. No tengo más que el esqueleto, y él se basta para llevar el alma.

A Fortunata se le humedecieron los ojos. Poco después, cuando salió un instante, encontró a doña Lupe lloriqueando.

—Está perdido —le dijo la señora de Jáuregui—, enteramente perdido... Ya esto no tiene soldadura.

## VIII

Aquella tarde pasaron las dos pobres mujeres ratos muy malos. Quedóse él como aletargado en el sofá de la alcoba, más propiamente en éxtasis, porque tenía los ojos abiertos, y no parecía enterarse de nada de lo que a su alrededor pasaba. Fortunata tomó su costura y se le sentó al lado, esperando a ver en qué paraba aquello. Doña Lupe entraba y salía, dando suspiros y haciendo algún puchero. Al llegar la hora de comer, Maxi se despabiló un poco, resistiéndose a tomar alimento. Ellas no tenían ganas de probar bocado, y le instaban a él a que lo hiciese, empleando los más extraños medios de persuasión. Por fin, doña Lupe obtuvo resultado con este argumento:

—No sé yo cómo vas a resistir esa vida de trabajos sin comer algo. Se dice de Cristo que ayunaba; pero no que estuviera días y días sin probar bocado. Al contrario, su institución fundamental, la Eucaristía, la hizo cenando...

Con esto, Maxi se avino a tomar un plato de sopa y un poco de vino; pero de aquí no le hicieron pasar. Después parecía más exaltado. Tomándole las manos a su mujer, le dijo:

—Yo no soy más que el precursor de esta doctrina; el verdadero Mesías de ella vendrá después, vendrá pronto; ya está en camino. Quien todo se lo sabe me lo ha dicho a mí.

Fortunata no entendía palotada. Doña Lupe mandó recado a Ballester, que fue a verle después de anochecido. No sabía vencer el farmacéutico su genio vivo y zumbón, ni mostrarse tan habilidoso como el caso exigía, y aunque Fortunata le tiraba de los faldones de la levita para que tomase un tono más contemporizador, el maldito no se podía contener:

—Vaya con la que saca ahora... Pero, hombre de Dios, ¿a usted qué le importa que el alma venga de acá o venga de allá? ¿Qué se mete usted en el bolsillo con esto? ¿Cree que le van a dar algo por el descubrimiento? Anteayer me dio usted la gran jaqueca con aquello de *la cosa en sí*... Pues pongamos que sea *la cosa en no*. Yo digo que esto es música pura; *la cosa en si bemol*. ¡Ah, qué tontita es la criatura y qué refistolera! Porque esto de meter las narices en la eternidad, es una cosa que a Dios le debe de cargar mucho. A nadie le gusta que le estén atisbando de cerca y viendo lo que hace o deja de hacer. Por esto Dios, a todos los sobones y entrometidos que le siguen los pasos y le cuentan las arrugas, les castiga volviéndoles tontos. Conque, saque usted la consecuencia. Parece mentira que un hombre que podría ser el más feliz del mundo, casado con esta perla de Oriente y sobrino de esta tía, que es otra perla, se devane los sesos por cosas que no le importan. Si nadie se lo ha de agradecer... En fin, que si estas señoras me autorizan, yo le curo a usted con el extracto de fresno administrado en vírgulas, uso externo, por la mañana y por la tarde.

Maxi le miraba con desdén, y el otro, viendo que sus cuchufletas no hacían el efecto de costumbre, púsose más serio y tomó por otros rumbos. Al salir, acompañado hasta la puerta por las dos señoras, les dijo:

—Le voy a dar la *hatchisschina*, o *extracto de cáñamo indiano*, que es maravilloso para combatir el abatimiento del ánimo, causante de las ideas lúgubres y de la manía religiosa. Efecto inmediato. Verán ustedes... Si se le da a un anacoreta, en seguida se pone a bailar.

Como la nueva fase del trastorno de Maxi era pacífica, tía y esposa estaban en expectativa. Por las noches no se movía de la cama, y si bien es verdad que hablaba solo, hacíalo en voz baja, en el tono de los chicos que se aprenden la lección. A pesar de esto, Fortunata se ponía tan nerviosa que no podía pegar los ojos en toda la noche, durmiendo algunos ratos de día. El enfermo no iba ya a la botica, ni mostraba deseos de ir a parte alguna, pareciendo caer en profunda apatía y reconcentrar toda su existencia en el hervidero callado y recóndito de sus propias ideas. Fuera de los paseos que daba en el comedor o en la alcoba, no hacía ejercicio alguno, y después de la inapetencia de los primeros días, le entró un apetito voraz, que las dos mujeres tuvieron por buen síntoma. A la semana, manifestó deseos de salir; pero una y otra trataron de disuadirle. Estaba tranquilo, y como hablara de algo distinto de aquellas manías de la emanación del alma y de la doctrina que iba a predicar, se expresaba con seso y hasta con donaire. Poco a poco iban siendo menos los ratos de extravío, y se pasaba largas horas completamente despejado y tratando de cualquier asunto con discreta naturalidad. Fortunata hacía que le ayudase a estirar ropa o a devanar madejas, y él se prestaba a todo con sumisión; doña Lupe solía encargarle que le arreglase alguna cuenta, y con esto se entretenía, y nadie le tuviera por dañado en la parte más fina de la máquina humana. A principios de setiembre, habiendo llegado a estar tres días sin mentar para nada aquel galimatías del alma, las dos señoras estaban muy alegres confiando en que pasaría pronto el ramalazo. Volvieron los paseos de noche, y por fin le permitieron salir solo, y reanudó sus trabajos en la botica, cuidadosamente vigilado por Ballester.

Fortunata tenía además otros motivos de hondísima pena. *Aquél* no le había escrito ni una sola carta, faltando a su solemne promesa. ¡Ingrato! ¿Qué le costaba poner dos letras diciendo, por ejemplo: *Estoy bueno y te quiero siempre?* Pero nada, ni siquiera esto... Revelaba estas tristezas a su única confidente, Aurora, en aquellos ratos de charla sabrosa que las señoras mayores les permitían. La inauguración de la tienda de Samaniego, que se verificó hacia el 15 de setiembre, tuvo a la viuda de Fenelón muy atareada en aquellos días. Pocas veces se vio en un comercio de Madrid tanto movimiento ni más claras señales de que había caído bien en la gracia y atención del público. Las novedades de exquisito gusto, traídas de París por Pepe Samaniego, atraían mucha gente, y las señoras se enracimaban y caían como las moscas en la miel. Los dependientes no tenían manos para enseñar, y Aurora estaba rendida de trabajo, porque los encargos de *trousseaux* y ajuares se sucedían sin interrupción. Doña Casta no estaba tranquila el día en que no iba a meter las narices en la tienda y taller, para traerle luego el cuento a doña Lupe de los encargos que había, y de lo que se estaba haciendo para la Casa Real y otras que, sin ser reales, tienen mucho dinero. Fortunata iba poco, por propia inspiración y también por consejo de Aurora, pues no convenía que la viesen allí las de Santa Cruz, que frecuentaban mucho el taller y tienda.

Los domingos pasaban juntas las dos amigas toda la tarde en la casa de una o de otra, y allí era el comer dulces y el contarse cositas, sentadas al balcón, viendo las idas y venidas del crítico desde la calle de los Tres Peces a la de la Magdalena. Él no tendría criterio, pero lo que es piernas...

Un domingo de los últimos de setiembre, la Fenelón llevó a la otra una noticia importante:

—Mañana vienen. Hoy ha estado Candelaria limpiando toda la casa.

Lo que Fortunata sintió era una combinación de pena y alegría que no la dejaba hablar. Porque deseando que volviese, al mismo tiempo tenía presentimientos de una nueva desgracia. ¡Cuidado que no haberle escrito ni una sola letra, pero ni una!... Aurora convenía en que era una gran bribonada. Después que pusieron a esto los comentarios propios del caso, la de Fenelón dijo a su compinche algo más que fue oído con extraordinaria curiosidad y atención:

—¿Creerás que se me ha metido una cosa en la cabeza?... Ello no será; pero bien podría ser. Ayer estuvo doña Guillermina en la tienda. Pepe le había ofrecido una cantidad para su obra, si salía bien la inauguración, y nada..., que se plantó allí a cobrar... Pues hablando de la familia, dijo que el primo Moreno viene también mañana con ellos. Se fue con ellos y con ellos vuelve. Yo sé que han pasado el verano en Biarritz, y después han ido todos a París... ¿Qué te parece a ti? El primo Manolo no viene a España más que, *por ejemplo,* en invierno; nunca ha venido en setiembre. Y eso de pegarse a la familia de Santa Cruz, ¡él, que gusta de andar siempre solo! Ello no será; pero hay tantas cosas que parece que no pueden ser y luego son! Antes de que partieran, me pareció a mí, por ciertas cosas que vi y oí, que al *buen hombre* le gustaba demasiado Jacinta. ¡Si habrá algo...! ¿A ti qué te parece?

Fortunata estaba absorta y como lela. Le parecía increíble lo que su amiga contaba.

—¡Porque es muy rara esa persecución! ¡Siempre con ellos..., un hombre que no hace su nido en ninguna parte!... Yo no sé, no sé. ¿Habrá algo?... ¿Qué te parece a ti?

—Pues... —dijo la de Rubín pensándolo mucho— a mí me parece que no.

—Pues como haya algo, no se me ha de escapar, porque estoy allí, como quien dice, en mi garita de vigilancia. Desde la ventana de mi entresuelo, veo los miradores de la casa de Santa Cruz y los de Moreno. Como haya telégrafos, cuenta que les atrapo el *juego*... ¿A ti qué te parece?... ¿Habrá...?

—Me parece que no —volvió a decir Fortunata, pensándolo cada vez más.

## IX

La noticia del regreso de los de Santa Cruz, que le fue comunicada por Casta, avivó en la viuda de Jáuregui los deseos de emprender su campaña reparadora en favor de su sobrina. Cogióla muy a mano aquel día y le endilgó otra perorata:

—Ahora o nunca. El enemigo en puerta. Estoy a tus órdenes, por si quieres consejos o un plan de defensa en toda regla.

Dicho esto, trató de meterle los dedos en la boca para salir de dudas respecto a si había recibido o no alguna cantidad gruesa de manos de su amante.

Fortunata no apartaba los ojos de la ropa que estaba repasando.

—Comprendo —expuso la señora con acento parlamentario— que tengas cortedad para confesarme ciertas cosas, y por mi parte, te soy franca: no te tengo yo por peor de lo que eres; no creo, como podrían creerlo otras personas, que tu debilidad es interesada, y que quieres a ese hombre porque es rico, y que no lo querrías si fuese pobre. No, yo no te hago ese disfavor... para que veas. Tengo la seguridad de que arrastrada y todo como eres, loca y sin pizca de juicio, tus faltas nacen del amor y no del interés; y los mismos disparates que haces por un hombre poderoso, que te da grandes cantidades, los harías si fuera un pobre pelagatos y tuvieras que comprarle tú a él una cajetilla.

—¿Qué está usted ahí hablando de grandes cantidades? —preguntó Fortunata mirándola con sorpresa, y casi casi echándose a reír.

—No, si esto no es para que me digas la cifra exacta. Cállatela..., haz el favor..., que ciertas cosas vale más que se queden dentro. No vayas a creerte que pretendo me entregues a mí esos capitales para colocártelos... No, ya sabrás tú manejarte bien...

—¿Pero qué está usted diciendo..., señora?...

—No, yo no digo nada. Me repugnaría, puedes creerlo, manejar esos fondos.

—¿Pero qué fondos ni qué...? Usted está soñando.

—Vaya..., ¿si pretenderás que me trague yo esa rueda de molino más grande que esta casa? ¡Si me querrás hacer creer que no te da...!

—¡A mí!

—No me hagas tan tonta...

—No sé de dónde ha sacado usted... Para que lo sepa de una vez: no tengo nada. Me daría si me viera en una necesidad. Me ha ofrecido...; pero yo no he querido tomarlo.

Iba doña Lupe a soltarle otra andanada: "Valiente turrón te ha caído, grandísima idiota. Por no saber, no sabes ni siquiera perderte." Pero se contuvo y se tragó su ira, desahogándola después en agitado soliloquio: "No he visto otra. No tiene vergüenza, ni tampoco sentido común. ¡Qué canalla y al mismo tiempo qué bestia! Si hubiera un Infierno para los tontos, ahí debieras ir tú de cabeza."

Maximiliano volvía lentamente a la vida regular, sin que esto quiera decir que se le quitara de la cabeza la idea aquella. Habíase transformado, y así como en las crisis hepáticas hay derrames de bilis, en aquella crisis mental parecía haberse verificado un derrame de sentimientos. No sólo era ya pacífico, sino tiernísimo, y sus afectos se habían sutilizado, como el licor que pasa por el alambique. Las fórmulas de cariño que con su tía y su mujer usaba eran extraordinariamente suaves y hasta empalagosas; se afligía cuando causaba alguna molestia, y agradeciendo mucho los cuidados que se le prodigaban, los rehuía como pudiera. Iniciábase en él cierta tendencia a imponerse privaciones y sufrimientos, y la mortificación, que antes le sublevaba, por liviana que fuese, ya le complacía. Si en la conversación, o en aquellas polémicas que con su familia tenía a las horas de comer, se le escapaba una palabra más alta que otra, luego sentía remordimientos de haberla pronunciado, y si no la recogía, pidiendo perdón de ella, era porque la timidez le ponía un freno.

Un día hubo de decirle a *Papitos,* porque no le había limpiado las botas:

—Vaya con la chiquilla esta... ¡Verás tú!

Y al salir de la casa sintió tal pena de haberse expresado con displicencia y ardor, que le faltaba poco para derramar una lágrima. "¡Cuándo se me quitará esta costumbre viciosa de ultrajar a los humildes!... ¿Qué más da que estén las botas con o sin betún? La que debe tener lustre es el alma, no el calzado. Parece mentira que los humanos demos tal valor a estas niñerías. ¡Injusto estuve con la pobre chiquilla! ¡Inocente y angelical criatura! Soy un animal... ¿Pero quién es el guapo que de estrellas abajo entiende y practica la justicia? El tenido por justo hace setenta y dos barbaridades cada día. Trabajillo cuesta el desprenderse de esta sarna moral, heredada, con la cual nace uno y con la cual vive hasta que llega la hora de la liberación."

—¿Qué trae usted ahí entre ceja y ceja? ¿Saco la vara? —le dijo Ballester con aquella dureza que era, según él, el más eficaz tratamiento—. Porque hoy me parece que venimos muy *evangelísticos.* Cuidadito. Ya sabe usted cómo las gasto.

—Pégueme usted. No me importa —le contestó Maxi, dejando el sombrero en la percha—. Lo merezco, como lo merece toda persona que se enfada porque no le han limpiado las botas. ¡Qué humanidad tan imbécil! Amigo Segismundo, ¡qué hermosa es la muerte!

—Si me vuelve usted a decir que es hermosa la muerte —replicó el otro cogiendo la vara y esgrimiéndola cómicamente—, le lleno el cuerpo de chichones. ¡Decir que es guapa esa tarasca, mamarracho, más fea que el no comer!... Mírela usted allí, mírela allí con esa cara que da asco...; mírela, y como diga que es guapa, le pulverizo.

Señalaba a un emblema pintado en el techo de la botica, en el cual estaban, decorativamente combinados, la serpiente de Esculapio, el reloj de arena del Tiempo, un alambique, una retorta, el busto de Hipócrates y una calavera.

—Si quiere usted contemplar toda la gracia del mundo, míreme a mí —dijo Ballester, que dejando la vara, dio una vuelta, cogiéndose los faldones de la levita—. Estoy guapo, ¿sí o no?

Ballester ostentaba aquel día zapatillas nuevas, estrenaba traje de lanilla de los más baratos y se había ido a la peluquería, donde después de cardarle la cabellera, se la habían rizado con tenacillas.

—Vaya, que está usted elegante —dijo Maxi, poniéndose a pesar unas dosis para píldoras.

—Pues más he de estarlo mañana. Mañana se casa mi hermanita con Federico Ruiz, un chico de mucho talento. ¿Le conoce usted? Los periódicos, que hablan constantemente de él, anteponen siempre a su nombre algún mote muy salado. Ahora le llaman *el distinguido pensador.* ¿A que no le llaman a usted así, a pesar de lo mucho que piensa? Porque usted no piensa con juicio y él sí.

Por la noche estaban en la botica, además de Ballester, los dos practicantes Padilla y Rubín. Como apareciese en la acera de enfrente el célebre crítico, Segismundo se vio acometido de la ira cómica que le producía la presencia de aquel personaje de tan indudable importancia en la república de las letras.

—Tengo a ese caballerito —decía— sentado en la boca del estómago... Sobre todo, desde que elogió aquella obra tan mala, estrenada este invierno, diciendo que en ella se *planteaba el problema,* y qué sé yo qué. Veréis: es aquel dramita moral en que se recomienda el matrimonio y las buenas costumbres; como que allí resulta que todos los solteros somos unos pillos; y porque un joven se retira tarde y se gasta algún durete en picos pardos, me le llaman monstruo y el papá le maldice... Hay una escena en que todos se desmayan, porque sale uno muy malo, que resulta ser un hombre dedicado a la ciencia, el cual dice con la mayor frescura que él no cree en Dios aunque le fusilen. Total, que cuando la vi representar, pensé que me tragaba todos los eméticos que hay en mi farmacia. La moraleja de la obra es que sin religión no hay felicidad, y por eso la pone en las nubes este ángel de Dios, que es el alcaloide de la cursilería.

Cerró la noche y Ponce se acercó para telegrafiarse con su amada. Del balcón descendía una cuerda, a la que el joven ataba un papel.

—Le manda su último artículo —dijo el regente a sus amigos, acechando en la puerta de la farmacia—. Ahora baja la cuerda con un dulce... Como anoche, lo mismo que anoche. Veréis, veréis la broma que le tengo preparada.

Con nerviosa presteza fue a la rebotica y sacó del cajón un objeto del tamaño de una yema, blanco y de apariencia azucarada. Padilla se desternillaba de risa, y Maxi observaba con atención simpática.

—Pero es preciso que me ayudéis. Tú, Padillita, que le conoces, sales, te haces el encontradizo, le hablas de literatura dramática, le entretienes un rato volviéndole la cara para allá; y entre tanto, yo, con muchísimo disimulo, me escurro pegado a la pared, en el momento en que baja el bramante con el dulce. Quito la yema, ¿sabes?..., y pongo ésta. La hice anoche. Es estricnina, a la dosis que se echa a los perros, bien neutralizado el sabor con regaliz, y forrada de azúcar. Se la come y revienta como un triquitraque.

Padilla se partía de risa, y Maxi lo tomaba a broma.

—Hombre, matarle no —dijo Padilla—. Si la hubieras hecho de jalapa, escamonea o cosa así...

—No, chico; si yo lo que quiero es que reviente... Iré a presidio... Me pierdo. ¿Y qué? No se la perdono... ¡Ultrajar a los hombres de ciencia y a los solteros!

Llevando su broma hasta el fin, Ballester porfiaba que la yema era venenosa; mas como el otro rechazara la complicidad en aquel homicidio, diose a partido el exaltado boticario, diciendo que la pelotilla era de azúcar con aceite de croto, que es el derivativo drástico por excelencia. Maxi, que le había ayudado a hacerla, se sonreía. Como en estos dimes y diretes se pasó bastante tiempo, cuando Ballester quiso poner en ejecución la chuscada, ya había bajado el hilo con una yema de coco, y el crítico se la estaba comiendo. El otro se consoló pensando que otra noche consumaría su trágica venganza.

—Él se la tiene que comer... —dijo guardando la bola—. Como me llamo Segismundo, se la tiene que tragar, y entonces diré como mi tocayo: "¡Vive Dios que pudo ser!"

## X

Aquella noche, cuando Maxi subió a comer, encontró a su mujer un poco enferma. Le dolía la cabeza y tenía náuseas. Doña Lupe, que la estaba observando siempre, veía en su mal un pretexto para esconder de la familia los pesares que la consumían. "Lo que tú tienes —pensaba— es el afán de volver al reclamo. Estás luchando contigo misma. Quieres ir y no te determinas." Algo de esto debía de ser, pues Fortunata se metió en su alcoba, resistiéndose a tomar alimento. Maximiliano no le instaba a que comiera, pues aquella actitud de su mujer tomábala él por querencia de privaciones, por iniciación del aniquilamiento o apetito de muerte y liberación. Doña Lupe, fatigada de lidiar con tanta insensatez de una y otra parte, se retiró, dejándoles solos y diciendo:

—Haced lo que queráis. Allá os arregléis a vuestro gusto. Yo estoy rendida.

Comió sola, y con *Papitos* les mandaba de algún plato, que volvía casi intacto. Después entró un instante en la alcoba para preguntarles qué tal estaban, y se fue a descansar.

—No puedo resistir más esta vida de perros —decía—. Dios tenga compasión de mí.

Fortunata habría deseado que su marido se durmiese y la dejase en paz. Pero no parecía él dispuesto a hacerle el gusto en esto. Presentábase aquella noche bastante locuaz, lo que la disgustó mucho, pues pocas veces se había sentido con menos ganas de conversación. A poco de acostarse, observó que su marido, sentado frente a la mesa donde estaba la luz, sacaba del bolsillo un paquete, después otro, objetos envueltos en papeles, y los ponía frente a sí, como un hombre que se prepara a trabajar. El ligero ruido estridente que hace el papel al ser desdoblado, ruido que se acrecía con el silencio de la noche, molestaba a Fortunata atrayendo su atención. Lo primero que hizo Maxi fue sacar de un envoltorio de regular tamaño multitud de paquetes chicos muy bien doblados, como los que en Farmacia se llaman *papeletas*, forma en que se dividen y expenden las dosis de las medicinas en polvo. Pero después vio la joven que desliaba otro paquete de forma larga y... ¡Ay, Dios mío, era un cuchillo!... Lo estuvo él contemplando un rato por un lado y por otro, y acercaba la yema del dedo a la punta como para probar si era bien aguda. La esposa sintió sudor frío en todo su cuerpo... No pudo contenerse, y como si despertase a un durmiente para librarle de los fingidos horrores de angustiosa pesadilla, le dijo:

—Maxi, hijo, ¿qué haces?

Él la miró con gran tranquilidad.

—Yo creí que dormías. ¿No tienes sueño? Pues charlaremos de cosas agradables.

—Como quieras. Pero más vale que te acuestes, y dejes las cosas agradables para mañana.

—No... De seguro que te gustará lo que voy a decirte. Espera un poco.

Recogió todos sus paquetes y el cuchillo, y trasladándose a la silla que estaba junto a la cama, lo puso todo sobre la mesa de noche.

—¡Ajajá!... Ahora verás —dijo sonriendo cariñosamente, como el que se dispone a dar a la persona amada la sorpresa de un regalito—. Esto, ya lo ves, es un puñal.

Fortunata se estremeció como si la hoja fría le tocara las carnes, y se puso a dar diente con diente.

—Lo compré hoy en la tienda de espadas de la calle de Cañizares. Aquí dice: *Toledo, 1873*. Es bonito, ¿verdad? Hace días que vengo pensando en cuál es la mejor manera de hacerle al alma el gran favor de mandarla para el otro barrio. ¿A ti qué te parece? No decido nada sin tu consejo, y lo que tú prefieras, eso preferiré yo.

La infeliz mujer estaba tan medrosa, que apenas podía hablar.

—Guarda eso, ¡por Dios!... Mira que me da mucho miedo.

—¡Miedo! —exclamó él con asombro y desconsuelo—. Pues yo creí que había conseguido infundirte mi idea y que ya mi idea te era familiar. ¡Miedo a la muerte! Es decir, miedo a la libertad y amor al calabozo! ¿Ahora salimos con eso? Si lo primero, mil veces te lo he dicho, es mirar a la muerte como el fin de los padecimientos, como miran a la playa los infelices que luchan con las olas, agarrados a un madero.

—No, si no tengo miedo —dijo ella con deseos de tranquilizarle, porque observó que se exaltaba—. Pero es que... esas cosas, más vale dejarlas para de día. Ahora, a dormir.

—¡Dormir!... Ahí tienes otra tontería. Dormir, ¿y qué saca uno de dormir? Pues embrutecerse, olvidarse de lo principal, que es el desprendimiento y la evasión. Querida mía, o estás conmigo o estás contra mí; decídete pronto. ¿Estás dispuesta a tomar la llave de la puerta y escaparte conmigo? ¿Sí? Pues lo primero es no tener horror a la muerte, que es la puerta, estar siempre mirándola, y prepararse para salir por ella cuando llegue la hora feliz de la liberación.

Fortunata se arropó bien, porque le había entrado más frío. ¡Ay qué miedo tan grande!

—El momento de la liberación es aquel en que uno se considera suficientemente purificado para apechugar con el paso de un mundo a otro, y dar ese paso por sí mismo. Las religiones dominantes prohíben el suicidio. ¡Qué tontas son! La mía lo ordena. Es el sacramento, es la suprema alianza con la divinidad... Bueno; pues las personas que por medio de la anulación social, y cultivando la vida interior, llegan a purificarse, comprenden por su propio sentido cuándo llega el momento de tomar el portante. La liberación no debiera llamarse suicidio. La expresión mejor es ésta: matar a la bestia carcelera. Llega un momento en que el alma no puede ya aguantar la esclavitud, y es preciso soltarse. ¿Cómo? Mira.

Fortunata tiritaba, discurriendo si se levantaría para llamar a doña Lupe.

—Esto es un puñal... bien afilado... Hay que tener en cuenta que la bestia se defiende, por muy decaída que esté. La carne es carne, y mientras tenga vida hace la gracia de doler. Por eso conviene que la liberación sea con el menor dolor posible, porque la misma alma, con toda su fortaleza, se amilana, siente lástima de la bestia carcelera e intercede por ella. Tú fíjate bien, y si el arma blanca no te gusta, me lo dices con franqueza. ¿Prefieres el arma de fuego? Pueden fallar los tiros, y entonces el alma se impacienta; suele suceder que la bala no toma la dirección conveniente y queda la bestia a medio matar con medio cuerpo muerto y medio cuerpo vivo. Por eso yo te traigo aquí los medios tóxicos, que son callados y seguros.

Empezó a mostrar aquellas papeletas tan bien hechas y bien dobladas, sobre las cuales había escrito con clarísima letra el nombre de cada droga. Mirábalas Fortunata con indecible terror, y se tapaba la nariz y la boca, temerosa de que, respirando tales ingredientes, pudiera envenenarse.

—Vete enterando. Esta sustancia que ves aquí, blanca y en cristalitos, es la *estricnina*... Muerte segura y tetánica, y que produce muchas angustias, por lo cual no te la recomiendo. La *atropina* es ésta, y ésta la *cicutina*. ¿Ves? polvos blancos. La *cicutina* tiene una ventaja, y es que con ella se liberó el señor de Sócrates, lo que la hace venerable. Ambos son venenos virosos, es a saber, que se queda uno dormido y en sueños se acaba. Pero yo me pregunto: en las tinieblas del sueño, ¿no producirán los pataleos de la bestia horribles martirios? ¿Qué te parece a ti? ¿Preferiremos la *digitalina,* que mata por asfixia? ¿O nos fijaremos en los mercuriales? Míralos aquí: el *yoduro de Mercurio,* rojo; el *cianuro de Mercurio,* blanco. También tengo un preparado de fósforo, que mata por envenenamiento de la sangre. Pero lo bueno está aquí, míralo; el verdadero *ojo de boticario,* la bendición de Dios. Esto sí que mata, y pronto. ¿Ves este polvo gris? Es la *gelsemina,* la maravilla de la toxicación. La bestia se estremece sólo de verla, porque sabe que con esto no hay bromas. Muerte instantánea.

—Basta, basta —dijo Fortunata, que ya no podía resistir más—. Si no guardas todo eso, me levanto y me voy.

Él la miró con semblante en que se pintaban un desconsuelo siniestro y un asombro compasivo. Esta mirada le aumentó a ella el miedo, y comprendiendo que era forzoso disimularlo, acariciándole la manía para evitar cualquier barbaridad, le dijo:

—Todo está muy bien... Yo comprendo... Claro, la bestia hay que matarla. Pero si quieres que yo te quiera, ha de ser con condición de que no me traigas acá venenos...

—¡Ah! corriente... Si prefieres las armas de fuego... Pero en este caso hay que ejercitarse. Preciso es que mueras primero tú, después yo... ¿Y si me falla el tiro y me quedo vivo y viene gente y me sujetan...?

—No, hijo, no; cada cual coge una pistola, y apunta uno para el otro como en los desafíos... Se da la señal, ¡pum!, y ya verás cómo quedan las dos bestias.

Maximiliano meditaba.

—No me parece muy practicable tu solución.

—Sí, chico, sí, te digo que sí. Hazme el favor de coger todos esos polvos y tirarlos por la ventana al patio. No, mejor será que los envuelvas en un paquete y me los des; yo los guardaré. Te prometo guardarlos. Pero qué, ¿desconfías de mí?... Gracias, hombre.

De veras que desconfiaba, porque cuando ella extendió sus manos para coger las papeletas, acudió él a defenderlas como se defiende una propiedad sagrada.

—Tate, tate; déjame esto aquí Yo lo guardaré...

—Bueno, mételo en el cajón de la mesa de noche, y también el cuchillito. Yo te prometo no tocarlo.

—¿Me lo juras?

—Te lo juro... No parece sino que yo te he engañado alguna vez. ¡Qué cosas tienes!... Pero te has de acostar...

—Si no tengo sueño, a Dios gracias. Cuando duermo algo, sueño que soy hombre, es decir, que la bestia me amarra, me azota y hace de mí lo que le da la gana... ¡Infame carcelero!

Impaciente, Fortunata se lanzó a las determinaciones que exigen los casos graves. Echóse de la cama tal como estaba, y casi a la fuerza, mezclando los cariños con la autoridad, como se hace con los niños, le hizo acostar. Quitóle la ropa, le cogió en brazos, y después de meterle en la cama, se abrazó a él sujetándole y arrullándole hasta que se adormeciera. Decíale mil disparates referentes a aquello de la liberación, de la hermosura de la muerte y de lo buena que es la matanza de la bestia carcelera.

—A cada bestia le llega su San Martín —repetía, con otras frases que habrían sido humorísticas si las circunstancias no las hicieran lúgubres.

Ella durmió muy poco. Al amanecer, viéndole en profundo letargo, levantóse cautelosamente y echó mano al puñal y las papeletas. Escondido el primero, vació todo el contenido de las segundas en un periódico, metiéndolo todo revuelto en un cucurucho para llevárselo a Ballester. Con ayuda de doña Lupe, que se horripilaba oyendo contar el paso de la noche anterior, pusieron en cada papelillo cantidad proporcionada de sal o azúcar molida, y bien dobladitos como estaban, volvieron a meterlos en la mesa de noche. Lo primero que él hizo al despertar fue ver si le habían quitado su tesoro, y como extrañase no hallar el puñal, díjole su mujer:

—El puñal lo he guardado yo... Es monísimo. Descuida, que no lo perderé. ¿Tienes o no confianza en mí? Tocante a esos polvos, encárgate tú de guardarlos, y si el caso llega, chico, no seré yo quien les haga ascos, porque, bien mirado, para lo que sirve esta vida... Lucidas estamos. ¡Siempre penando! Espera que te espera, y cada día un desengaño... Te aseguro que el vivir es una broma pesada.

—Dame un abrazo —le dijo Maxi arrojándose a ella medio vestido—. Así te quiero. Tú has padecido, tú has pecado... Luego eres mía.

Y como en aquel momento entrara su tía trayéndole el chocolate, se fue hacia ella, en pernetas, con intento de abrazarla, diciéndole:

—También usted ha padecido, también usted ha pecado, querida tía.

—¡Pecar yo...!

—Y es usted de mi tanda.

—Todo lo que quieras, con tal que te tomes ahora este chocolatito.

—Lo tomaré, lo tomaré, aunque no tengo apetito. Venga... Por aquello de cumplir.

—Dices bien; una cosa es enamorarse de la muerte, y otra es cumplir nuestras obligaciones mientras no llega el momento —dijo doña Lupe con naturalidad—. De mí te sé decir que estoy harta de la vida, pero harta, y si no he tomado ya una determinación es porque como tiene una tanto que hacer, no le queda tiempo ni para pensar en lo que le conviene. Pero ya lo arreglaremos, hijo, y a mí me tienes dispuesta a darle la morrada a la bestia cuando menos ella se lo piense. Ya no la puedo sufrir.

Tía y esposa, disimulando su tristeza, le contemplaban mientras tomó el chocolate, admiradas de que lo tomase con gana. Las ganas teníalas la bestia, él no.

## XI

A eso de las diez salió Fortunata para llevar a Ballester el paquete de sustancias venenosas.

—Ahí tiene usted la que nos preparaba su amigo —le dijo con desabrimiento—. ¡Vaya un cuidado que tiene usted! Vea lo que llevó a casa...

Ballester examinaba las terribles drogas... Después se puso muy serio:

—Ese tonto de Padillita tiene la culpa. No sé cómo le permitió andar en esto. Descuide usted, que le echaré hoy una buena peluca. Lo mejor será que no trabaje más aquí; cualquier día nos mete en un conflicto... Pero siéntese usted...

Al ofrecerle una silla, Ballester parecía poner especial cuidado en dar a conocer sus botas nuevas, resplandecientes, en que Fortunata admirase su levita y su cabellera rizada a fuego, la cual despedía fuerte olor a heliotropo. En todo reparó ella, demostrándolo con una sonrisa picaresca.

—Se ríe usted de lo reguapo que me he puesto hoy, ¿verdad? Acostumbrada a verme hecho un cavador... Pues le diré: hoy se casa mi hermana con ese a quien llaman el *distinguido pensador,* Federico Ruiz. Voy a la boda, y esta noche le traeré a usted los dulces.

Fortunata volvió a su tema:

—Es preciso tomar una determinación. Las medicinas que usted le da, no le hacen ningún efecto. Hoy hemos hablado mi tía y yo. Antes de llevarle a un manicomio, es preciso probar algún otro medicamento. ¿No se decide usted a darle eso que decía?... No me acuerdo cómo se llama..., eso que suena así como un estornudo...

—¡Ah!, el *hatchiss*... Lo prepararemos. Usted manda en esta casa... Es usted el ama, y me manda a mí, y si me pide una cataplasma hecha con picadillo de mi corazón, al momento se la hago.

—¿Ya está usted con sus guasas?

—Y ahora me toca a mí pedirle un favor...

—Usted dirá.

—Esta noche traigo los dulces de la boda. Mando al segundo una parte, otra la dejo aquí para los amigos que vengan. ¿Irá usted arriba a casa de doña Casta, o vendrá aquí?

—Iremos arriba... Si paseamos, puede que entremos aquí. Según esté ése.

—Bueno; esta noche ha de venir mi amigo el crítico. Padilla le invitará a entrar y le ofrecerá dulces. Quiero que se coma uno que tengo yo aquí preparado para él... No sabe usted cuánto le odio.

Fortunata, que tenía la cabeza caldeada con ideas de envenenamiento, se asustó.

—¿Pero qué demonios le va usted a dar a ese infeliz? Si es un buen chico.

—Nada, no se asuste usted... No es más que un derivativo... La fiesta consiste en que luego le invite doña Casta a subir, y que suba...

—No sea usted bruto. ¡Si es un chico muy bueno! Me han dicho que mantiene a su madre...

—¡Que mantiene a su madre! Pues estará lucida. ¿Y con qué la mantiene? ¿Con los artículos?

—Le dan dos duros por cada uno. Ya ve usted. Y hace cuatro todas las semanas.

—Buen pelo, buen pelo... Pero

en fin, aunque mantenga a su madre y a su abuela y a toda su familia, y sea un excelente chico, yo le quiero dar esta broma inocente. ¿Me hará usted el favor que le pido?

—¿Cuál?

—No le pido a usted que me dé un beso, porque si le pidiera ese pedazo de la gloria, usted no me lo daría, y si me lo diera, al instante me tendrían que poner en manos del amigo Esquerdo... Pues mis aspiraciones se concretan hoy, querida amiga, a que usted, si está aquí cuando entre ese niño ilustrado, le ofrezca la yema que yo tengo dispuesta. Dándosela usted no sospechará... Además, usted le dirá a doña Casta o a Aurora que le inviten a subir para que oiga tocar la pieza...

—Quítese usted de ahí... Yo no me meto en esas intrigas. ¡Pobre muchacho! Me pongo de su parte. ¡Qué malo es usted!

—Más mala es usted... En pago de su infamia le voy a dar una buena noticia.

—¿A mí noticias?...

—Y tan buena que le ha de saber a usted mejor que los dulces que le enviaré esta noche... ¡Ay!, me consuela una cosa, amiga mía; y es que si conmigo es usted ingrata, lo es también con otros. ¡Mal de muchos...!

—¿Qué está diciendo?

—Pues que bien le pasean a usted la calle... Y la niña sin parecer por ninguna parte. El niño rompía el pescuezo mirando para los balcones, y usted atormentándole con su ausencia. ¡Pobre señor!... Toda la tarde calle arriba calle abajo...

Fortunata palideció, y con la mayor seriedad del mundo se dejó decir:

—¿Quién..., y cuándo?..

—No se haga usted la tonta... Pues ayer tarde, cuando se retiró, ¡iba con una cara de mal humor...! Plantón como aquél no se ha llevado nunca. Yo le miraba y me decía: "Bien merecido te está... Aguántate, cachete... Todos somos iguales." ¿Quiere usted que le dé un consejo? Pues trátele a la baqueta. Que suspire, que pasee, que le tome la medida a la calle. Toda la hiel no ha de ser para mí... ¿Quiere que le dé otro consejo? Pues a usted le conviene un corazón como éste que yo tengo aquí guardadito, virgen, créalo usted, virgen. Acéptelo, y déjese de querer a ingratos...

Fortunata se había puesto tan desasosegada, que no oía las amorosas confianzas del farmacéutico.

—Abur, abur —dijo levantándose—. Tengo que volverme a mi casa.

—Vamos a ver... Y si vuelve esta tarde, ¿qué le digo?

—Quítese usted allá... —indicó ella corriendo hacia la puerta, y el otro detrás.

—¿Qué le digo?... Porque aunque no le he hablado nunca, le hablaré, si usted me lo manda. ¿Dígole que no parezca más por aquí?... ¡Ay, qué mujer! Allá va como una exhalación. Está tocada, tan tocada como su marido... Todo por no enamorarse de un hombre digno, como, por ejemplo..., un servidor. ¡Ah! Segismundo, paciencia. Imita a los pescadores de caña; espera, espera, que al fin ella picará.

Doña Lupe, cuando entró su sobrina bastante sofocada por haber subido muy aprisa la escalera, admiróse de verla tan alegre. "Sabe Dios —dijo para sí—; sabe Dios por qué estarán los tiempos tan divertidos... Probablemente esta salidita, con pretexto de llevarle a Ballester los polvos, sería para verle... Él le diría que pasaba a tal hora... ¡Y qué colorada viene! Sin duda ha habido hocicadas en el portal."

Maxi continuaba tranquilo. Más bien parecía un convaleciente que un enfermo. Estaba muy débil y no apetecía más que sentarse junto a los cristales del balcón del gabinete, contemplando con incierta mirada a los transeúntes. Esto no le hacía maldita gracia a Fortunata porque... "si *al otro* le da la gana de pasar también esta tarde y Maxi le ve, se va a excitar mucho". Por tal motivo estuvo muy inquieta, y a cada instante se asomaba y volvía para adentro, tratando de que su marido se pusiese en otra parte. Pero al otro no le dio la gana de pasar aquella tarde. Lo que hizo fue mandar un recadito a su amiga, sacándola del purgatorio de incertidumbre y tristeza en que estaba. Servía de Celestina para estas comunicaciones la tía de Fortunata, Segunda Izquierdo, que en mayo último se le había presentado, miserable y llorosa, a que le diera una limosna. Desde entonces iba todas las semanas, y su sobrina la socorría unas veces con dinero, otras con comida sobrante o alguna prenda de vestir. Santa Cruz la amparaba también, y ella se servía de su mendicidad para introducir en la morada de Rubín los mensajes de amor; y tan ladinamente lo hacía, que la sagaz doña Lupe no sospechaba nada. Pues aquella tarde, después de mucho tiempo de entrar allí *con las manos vacías,* puso en las de Fortunata una esquelita. Al fin, ¡oh, dicha increíble!... Cuando pudo, leyó la feliz mujer el papelito, en el cual se la citaba a tal hora y a tal sitio para el día siguiente.

Por la noche fueron todos a casa de doña Casta, quien tomó por su cuenta a Maxi, prodigándole mil cuidados, ofreciéndole golosinas, y tratando de refrescarle el cerebro con una plácida disertación sobre las aguas de Madrid, y sobre las propiedades por que se distinguen las de la Alcubilla, Abroñigal, y fuente de la Reina, de las del Lozoya.

La viuda de Fenelón llegó a la hora de costumbre, y a poco subió el mozo de la botica con la bandeja de dulces que mandaba Ballester. No tardaron en presentarse el señor y la señora del tercero de la derecha. Él, por una de esas ironías tan comunes en la vida, era el hombre más grave, seco y desapacible del mundo, comadrón de oficio, y se llamaba *don Francisco de Quevedo* (hermano del cura castrense, Quevedo, a quien conocimos en la tertulia del café, junto con el *Pater* y Pedernero). Su mujer competía en elegancia con una boya de las que están ancladas en el mar para amarrar de ellas los barcos. Su paso era difícil, lento y pesado, y cuando se sentaba, no había medio de que se levantara sin ayuda. Su cara redonda semejaba farol de alcaldía o Casa de Socorro, por que era roja y parecía tener una luz por dentro; de tal modo brillaba. Pues a esta monstruosidad la llamaba Ballester *Doña Desdémona,* por ser o haber sido Quevedo muy celoso, y con este mote la designaré, aunque su verdadero nombre era doña Petra. No tenía niños este matrimonio, y mientras don Francisco se pasaba la vida sacando a luz los hijos del hombre, su esposa sacaba y criaba pájaros, para lo cual tenía muy buena mano. Estaba la casa llena de jaulas, y en ellas se reproducían diversas familias y especies de aves cantoras. Y para colmo de contrastes, era la señora del comadrón una mujer chistosísima, que contaba las cosas con mucha sal. En cambio, don Francisco de Quevedo no tenía más chiste que el que podría tener un caimán.

## XII

Aurora y Fortunata, después de cumplir un rato con la visita, riéndole las gracias a *Doña Desdémona,* se fueron al balcón. La viuda tenía que contar a su amiga cosas de mucha importancia, y al instante empezó el secreteo.

—Ya no me queda duda. Ciertos son los toros. ¿Sabes que el primo Moreno no sale de la tienda? Allí se va por las mañanas, y no quita los ojos del portal de Santa Cruz, acechando si entran o salen. El muy tonto, ¡qué mal lo disimula! Parece mentira que se chifle así un hombre de su edad..., porque anda ya cerca de los cincuenta; un hombre enfermo..., porque los médicos dirán lo que quieran, pero el mejor día hace el *crac*... ¿Y qué más prueba de su embrutecimiento que estar aquí?... ¿Por qué no se va al extranjero como otros años? Buen pajarraco está. Ya ves; un hombre, *por ejemplo,* que podría haber hecho la felicidad de cualquier muchacha honrada, se ve ahora sin amor, sin familia propia, solo, triste... ¡Ah! le conozco bien; es un disoluto, un inmoral, un corrompido. No le gustan más que las casadas. Me lo ha dicho a mí misma..., a mí me lo ha dicho.

—¿Pero tú...?

—Espera, te contaré —dijo Aurora con cautela, asegurándose de que ningún curioso se destacaba de la tertulia para acecharlas—. Pues este primo Moreno, aunque pariente lejano, y más lejano por ser rico y nosotras pobres, nos visitaba alguna vez..., hará de esto trece o catorce años. Mamá le consideraba mucho, y cuando venía a casa le recibía poco menos que con palio. Tuvo mamá en un tiempo la ilusión, ¡qué tontería!, de casarme con él. Yo tenía dieciocho años, él treinta y pico. ¿Te vas enterando?

Fortunata atendía con toda su alma.

—¿Quieres que te hable con franqueza? Pues a mí no me disgustaba; pero nunca me dijo nada... Tenía buena figura y unos aires de caballero como los tienen pocos... Mamá y papá hechos unos tontos con aquella esperanza..., ¡qué inocentes! Es muy lagarto ese hombre. ¡Casarse conmigo! Sí, para mí estaba. A lo mejor, meses y meses sin parecer por aquí. Yo me acordaba de él y de cuando venía a casa; como que al verle entrar nos quedábamos todos turulatos y nos parecía que entraba por esa puerta la Divina Majestad... Pues como te digo, dejó de venir. En aquel tiempo conocí a Fenelón; fue mi novio y me pidió. Mamá tenía todavía ilusiones; papá se había curado de ellas. Nos casamos... ¿Pues creerás que al mes de casados, viene el primo a Madrid y empieza a hacerme la corte por lo fino?

Fortunata parecía que estaba oyendo leer el relato más novelesco, según el interés y asombro que mostraba.

—Pues verás. Fenelón era un bendito; de estos que juzgan a todo el mundo por sí mismos, y que no ven el mal aunque se lo cuelguen de la nariz. No se enteraba de la persecución, y yo pasando la pena negra. ¡Ay hija, qué peligro tan grande! Siempre que salía, ¡pin!, me lo encontraba. Yo no sé..., parecía que me olía como los perros huelen la caza. Una tarde que llovía, me cogió y casi a la fuerza me metió en su coche. Estuve a dos dedos del abismo, casi a dedo y medio; pero no, no caí. ¡Dios mío, qué hombre! Es absurdo.

—¿Pero tú le querías? —preguntó la de Rubín, que con la idea del querer resolvía todos los problemas.

—Yo..., te diré..., me pasaba una cosa particular. Temblaba siempre que nos encontrábamos..., le tenía miedo, y..., de ti para mí, me gustaba. Pero, lo que yo digo, ¿por qué no se casó conmigo?

—Claro.

—Yo le hubiera querido mucho, y no le habría faltado por nada de este mundo. Pero estos hombres, ¡qué malos son, pero qué malos! Pues verás. Me voy a Burdeos con mi marido, pasan meses y meses, llega el verano y nos vamos a pasar una corta temporada en Royan, un pueblo de baños de mar. Pues, hija, estaba yo una tarde en el muelle viendo desembarcar a los pasajeros que venían en el vaporcito de Burdeos, cuando me veo al primo Moreno. Me quedé..., ¡ay!, no te quiero decir nada.

—¿Y tu marido estaba contigo?

—No; ése es el caso. Fenelón había ido a París a hacer compras. En París estaba Moreno, le vio... y chitito callando se fue a Royan, sabiendo que me cogía sola y descuidada. Descuido fue, que aquella vez, hija, no pude zafarme como cuando la del coche... ¡Ay! estas cosas te las cuento a ti, porque sé que eres muy callada y no me has de hacer traición. ¡Si mamá lo supiera...! En fin, que el muy tunante se divirtió todo lo que quiso, y después la del humo. Llegó el 70, y al pobrecito Fenelón le mataron esos infames prusianos. Fue un dolor..., ¡ah!, por ser valiente, por empeñarse en salir en una descubierta. Era un hombre tan patriota, que por salvar a su querida Francia, habría dado él cien vidas que tuviera... Pero vamos al otro, a ese solterón estragado... Cuando enviudé, dije: "Pues ahora, si de veras le gusto..." ¡Quia! Me le encontré en Madrid al año siguiente, y como si tal cosa. ¿Creerás que me dijo algo de amor? ¿Creerás que se acordaba de cumplir las promesas que me había hecho? Buen cumplimiento nos dé Dios. Hija, frialdad igual no he visto. Te aseguro, que me daban ganas, *por ejemplo,* de clavarle un puñal... Cierto que me ofreció lo que yo quisiera para establecerme..., pero no quise tomar nada de aquellas manos. ¡Monstruo! Cuando le dio al primo Pepe el dinero para la gran tienda, puso por condición que me había de colocar al frente de las labores... Pero no se lo agradezco, palabra de honor, no se lo agradezco...

—A tu primo no le gustan más que las casadas. ¡Valiente tuno! —dijo Fortunata moviendo la cabeza, como quien comprende tarde lo que debió de comprender antes.

—Estos solterones vagabundos y ricos son así... Están viciosos, estragados, mimosos; y como se han acostumbrado a hacer su gusto, piden *mediodía a catorce horas.* Ahí le tienes ya, aburrido, enfermo; no sabe qué hacerse; quiere calor de familia y no le encuentra en ninguna parte. Bien merecido le está; me alegro. Que lo pague. Y para mayor desgracia, se engolosina ahora con Jacinta. Lo que a él le enciende el amor es la resistencia; y las que tienen fama de honradas, le entusiasman, y las que sobre tener fama, lo son, le vuelven loco. Con Jacinta debe de haber sostenido una guerra tremenda, sí, tremenda; pero al fin, ella se ha rendido, no te quepa duda. Yo fui Metz, que cayó demasiado pronto; y ella es Belfort, que se defiende; pero al fin cae también... ¡Ah! las señas son mortales. El primo va a la casa todos los días, y la acecha cuando sale, para hacerse el encontradizo... Algunas tardes no parece por la tienda. ¿Tendrán citas? He aquí mi idea. Te juro que lo he de averiguar. Imposible que yo no lo averigüe. Aunque tuviera que perder mi colocación, aunque me quedara sin camisa que ponerme... ¡Qué infamia! Y miren la otra, la mosquita muerta, con su cara de Niño Jesús y su fama de virtud. Sí; santidades a cuarto; véase la clase. Te aseguro que el día en que esto estalle y haya la gran tragedia, será el día más feliz de mi vida. ¿Pues qué cree ése? ¿Que se puede engañar, y engañar, y engañar siempre, y burlarse de los pobres maridos? Pues ya cayó otro; *solamente* que ahora no da con mi Fenelón, que era un santo y no sospechaba de nadie más que de los prusianos. Ahora da con un hombre templado, tu amigo, que no se conformará con esta deshonra, ¿verdad? Te aseguro que le va a arder el pelo al tal primito con todo su mal de corazón y su extranjerismo.

Fortunata no chistó. Aquella revelación le había dejado tan atontada, cual si le descargaran un fuerte golpe en la cabeza.

Jacinta... ¡Jesús!..., el modelito, el ángel, la mona de Dios... ¿Qué diría Guillermina, la *obispa,* empeñada en convertir a la gente y en ver la que peca y la que no peca?... ¿Qué diría?... ¡Ja, ja, ja!... ¡Ya no había virtud! ¡Ya no había más ley que el amor!... ¡Ya podía ella alzar su frente! Ya no le sacarían ningún ejemplo que la confundiera y abrumara. Ya Dios las había hecho a todas iguales... para poderlas perdonar a todas.

## CAPÍTULO II

### INSOMNIO

### I

A las doce de un hermoso día de octubre, don Manuel Moreno-Isla regresaba a su casa, de vuelta de un paseíto por *Hide Park*... digo, por el Retiro. Responde la equivocación del narrador al *quid pro quo* del personaje, porque Moreno, en las perturbaciones superficiales que por aquel entonces tenía su espíritu, solía confundir las impresiones positivas con los recuerdos. Aquel día, no obstante el cansancio que experimentaba, determinando en él un trabajo mental comparativo, permitíale apreciar bien la situación efectiva y el escenario en que estaba. "Muy mal debe de andar la máquina, cuando a mitad de la calle de Alcalá ya estoy rendido. Y no he hecho más que dar la vuelta al estanque. ¡Demonio de neurosis o lo que sea! Yo, que después de darle la vuelta a la *Serpentine* me iba del tirón a *Cromwell road*... friolera; como diez veces el paseo de hoy...; yo que llegaba a mi casa dispuesto a andar otro tanto, ahora me siento fatigado a la mitad de esta condenada calle de Alcalá... ¡Tal vez consista en estos endiablados pisos, en este repecho insoportable!... Ésta es la capital de las setecientas colinas. ¡Ah! ya están regando esos brutos, y tengo que pasarme a la otra acera para que no me atice una ducha este salvaje con su manga de riego. Eso es, bestias, encharcad bien para que haya fango y paludismo... Pues por aquí, los barrenderos me echan encima una nube de polvo... Animales, respetad a la gente... Prefiero las duchas... En fin, que este salvajismo es lo que me tiene a mí enfermo. No se puede vivir aquí... Pues digo; otro pobre. No se puede dar un paso sin que le acosen a uno estas hordas de mendigos. ¡Y algunos son tan insolentes!... 'Toma, toma tú también.' Como me olvide algún día de traer un bolsillo lleno de cobre, me divierto. ¡Aquí no hay policía, ni beneficencia, ni formas, ni civilización!... Gracias a Dios que he subido el repecho. Parece la subida al Calvario, y con esta cruz que llevo a cuestas, más... ¡Qué hermosos nardos vende esta mujer! Le compraré uno... 'Deme usted un nardo. Una varita sola... Vaya, deme usted tres varitas. ¿Cuánto? Tome usted... Abur.' Me ha robado. Aquí todos roban... Debo de parecer un San José; pero no importa... 'Yo no juego a la lotería; déjeme usted en paz.' ¿Qué me importará a mí que sea mañana último día de billetes, ni que el número sea bonito o feo...? Se me ocurre comprar un billete, y dárselo a Guillermina. De seguro que le toca. ¡Es la mujer de más suerte!... 'Venga ese décimo, niña... Sí, es bonito número. ¿Y tú por qué andas tan sucia?' ¡Qué pueblo, válgame Dios, qué raza! Lo que yo le decía anteayer a don Alfonso: 'Desengáñese Vuestra Majestad, han de pasar siglos antes de que esta nación sea presentable. A no ser que venga el cruzamiento con alguna casta del Norte, trayendo aquí madres sajonas.' Ya poco me falta. Francamente, es cosa de tomar un coche; pero no, aguántate, que pronto llegarás... Un entierro por la Puerta del Sol. No, lo que es aquí no me he de morir yo, para que no me lleven en esas horribles carrozas... Dan las doce. Allá están los cesantes mirando caer la bola. Buena bola os daría yo. Ahí viene Casa-Muñoz. ¿Pero qué veo? ¿Es él? Ya no se tiñe. Ha comprendido que es absurdo llevar el pelo blanco y las patillas negras. No me mira, no quiere que le salude. Realmente es muy ridícula la situación de un hombre que se tiñe, el día en que se decide a renunciar a la pintura, porque la edad lo exige o porque se convence de que nadie cree en el engaño... Allí va en un coche la duquesa de Gravelinas... No me ha visto... 'Abur, Feijóo...' ¡Qué bajón ha dado ese hombre!... Vamos, ya entro por mi calle de Correos. Si habrá venido a almorzar mi primo... Lo que es hoy me tiene que hacer un reconocimiento en toda regla, porque me siento muy mal... Que me ausculte bien, porque este corazón parece un fuelle roto. ¿Será esto un fenómeno puramente moral? Puede ser. Ya veo yo el remedio... ¡Pero qué verdes están las uvas, qué verdes! Los balcones tan tristes como siempre. ¡Ah!..., sale al mirador Barbarita para hablar con la *rata eclesiástica*... 'Adiós, adiós..., vengo de dar mi paseíto... Estoy muy bien. Hoy no me he cansado nada.' ¡Qué mentira tan grande he dicho! Me canso como nunca. Ahora, escalera de mi casa, sé benévola conmigo. Subamos... ¡Ay, qué corazón, maldito fuelle! Despacito, tiempo hay de llegar arriba. Si no llego hoy, llegaré mañana. Seis escalones a la espalda. ¡Dios mío, lo que falta todavía!"

Cuando llegó al principal, su hermana le esperaba en la puerta.

—¿Te has cansado mucho?

—Así, así. ¿Dónde está Tom? Que venga.

Moreno entró en su habitación, seguido del criado. Éste era inglés y le acompañaba en todos sus viajes. Decía el antipatriota que los sirvientes españoles son tan torpes que no saben ni cerrar una puerta El suyo era de esos que hacen de la servidumbre una profesión inteligente, y se adelantan a los más insignificantes deseos de sus amos para satisfacerlos. En inglés le dijo Moreno que echase agua en uno de los búcaros que en la estancia había, para poner los nardos; y sin soltar éstos de la mano se dejó caer en el sofá. Vestía el caballero americana oscura y pantalón de cuadros, sombrero de copa, y los indispensables botines blancos cubriendo las botas holgadísimas, con suelas de un dedo de grueso.

—¿Ha venido mi primo? —preguntó a Tom dándole las flores.

—El señor doctor está en la habitación de *miss* Guillermina.

—*Dígale usted* que estoy aquí.

La fatiga del paseo y de la escalera le duraba aún cuando vio entrar al más simpático de los doctores, Moreno Rubio, despidiendo tufo de alegría, como un preservativo contra las tristezas de la medicina. Médico de gran saber y aplicación, había alcanzado mucha fama y tenía una clientela brillantísima.

—Hoy me vas a examinar bien... —le dijo su primo—. Figúrate que soy un desconocido que se te presenta en tu consulta. Déjate de bromas conmigo, y no me ocultes la verdad. Mira que te desacredito, si no lo haces así.

—Bueno, hombre, descuida; te registraremos en toda regla —replicó el médico sonriendo y sentándose junto a él—. ¿Te has cansado mucho?

—¿No me ves? También es gana de hacer preguntas. En cuanto almorcemos, me entrego a ti, como un cadáver de la sala de disección.

—Pues mejor es antes (sacando la trompetilla y atornillándola).

—Bueno, pues ya puedes empezar (quitándose la americana). ¿Me echo en la cama? Es mejor, sí; aquí me tienes como un muerto, con las manos cruzadas.

—No, extiende los brazos. Así...

El doctor abrió la camisa y aplicó un extremo de la trompeta, inclinándose para poner su oído en el otro.

—No te muevas... Ahora, respira fuerte..., da un suspiro, pero un suspiro grande, como los de los enamorados.

—Me parece que tú estás de guasa. Pepe, por Dios, mira que esto es serio, muy serio. Llevo más de diez noches sin pegar los ojos, y tu dichosa digital no me alivia nada.

—Cállate, y déjame oír...

—¿Qué notas?... ¿Qué?

—Pero ten paciencia. Aguarda... Pues esto está muy malo. Hay aquí dentro un zipizape de mil demonios.

—¿Qué clase de ruido sientes? La sístole es demasiado fuerte y...

—Algo de eso.

—El empuje de la corriente sanguínea...

—Sí; pero prevalece un síntoma muy perro, un síntoma...

—¿Cuál es? Dímelo. ¿Cómo se llama?

—Amor.

—¡Vaya! Llamaré otro médico. Tú no me sirves..., con tus guasitas de mal gusto. ¡Ni qué tendrá que ver...!

—¡Pues no ha de tener que ver! —dijo Moreno Rubio poniéndose serio y guardando su instrumento—. No sé qué te figuras tú. ¿Quieres romper de un golpe la armonía del mundo espiritual con el mundo físico? Ya lo sabes; te lo he dicho mil veces. No necesito auscultarte más. Tienes desórdenes en la circulación, los cuales podrán ser muy graves si no cambias de vida.

—No parece sino que hago yo la vida del perdido (levantándose y volviéndose a poner su ropa).

—Haces la vida del caprichoso, que es peor. Te conviene una tranquilidad absoluta, renunciar a los deseos vehementes, a las cavilaciones que la no satisfacción de ellos te produce; viajar menos, ahogar todo apetito loco de los sentidos, renunciar a todos los excitantes malsanos; no me refiero solamente al café y al té, sino más principalmente a los excitantes imaginativos e ideales; huir de las emociones, y cortarte la coleta de banderillero, con intención de no dejártela crecer más; trazar una raya en tu vida y decir: "ni Cristo pasó de la Cruz, ni yo paso de aquí" Si tuvieras treinta o treinta y cinco años, te aconsejaría que te casaras; pero vale más que te hagas la cuenta de que por reciente providencia judicial... o divina, han desaparecido todas las mujeres que hay en el mundo, casadas, solteras y viudas.

—¡Bah!, ¡bah! Siempre la misma historia —dijo Moreno-Isla, tomándolo a broma—. ¿Pero tú eres un médico o un confesor?

—Las dos cosas —afirmó el otro con serenidad y energía—. Si no haces lo que te he dicho, Manolo, si no lo haces, te mueres, y pronto. De modo que ya sabes mi opinión. No vuelvas a consultarme. No sé más. He agotado mi ciencia contigo. Si hay algún colega que encuentre el medio de poner de acuerdo tus costumbres y tus pasiones con una ordenada y sana función vascular, llámalo, y entiéndete con él.

El criado anunció que el almuerzo estaba servido.

—Vamos en seguida —dijo el enfermo, cogiendo a su primo por el brazo—. Espérate un poco, que te quiero consultar otra cosa.

Detuviéronse un instante en la habitación, y don Manuel, poniéndole una cara muy seria, hizo a su primo esta pregunta:

—Vamos a ver, sin guasa. En mi estado, sea bueno, sea malo; en mi estado presente, fíjate bien, tal como ahora estoy, ¿podría yo tener hijos?

Moreno Rubio soltó la carcajada.

—Hombre, no digo que no. Podrías tener una escuela de párvulos.

—Quiero decir..., pero respóndeme en serio..., quiero decir, si tal como estoy, con la tubería descompuesta...

—Ya lo creo, por poder...

—Esto te lo digo, porque después

de eso me decidiría a aceptar lo que propones, el retraimiento, cortar la coleta, etcétera...

—Mira, inocente, no te cuides de aumentar la especie. Mientras menos seres humanos nazcan, mejor. Para lo que vale esta vida...

—Creo lo mismo..., pero a mí me gustaría tener la seguridad de que... Es un ejemplo, un por si acaso nada más. No creas que me parece mal tu plan de vida vegetativa. Yo lo adoptaría, sí señor; pero a su tiempo.

—Primo —le dijo el otro mirándole con socarronería—, si quieres hijos, haberlo pensado antes.

—No, tonto, si no es que yo los quiera; ni maldita la falta que me hacen a mí chiquillos. Si esto te lo pregunto hipotéticamente. Me basta con tener conciencia de mi aptitud... Curiosidades de enfermo...

—¿Que no vienen? —dijo, presentándose en la puerta, la hermana de Moreno-Isla.

—Vaya unas prisas. Ya vamos. ¡Para la gana que uno tiene...!

—Pero la tengo yo, ¡canastos! —dijo el médico.

## II

Por la tarde pidió Moreno su coche y estuvo haciendo visitas hasta las siete. Comió en casa de los de Santa Cruz, y éstos le notaron sombrío, padeciendo chocantes distracciones, y tan indiferente a todo, que ni siquiera tomaba con calor la defensa de sus principios y gustos extranjeros, cuando Barbarita, por combatirle la murria, sacaba a relucir algún tema de entretenida polémica sobre este punto. Algo dijo, sin embargo, que animó la desmayada conversación de aquella noche.

—¿Saben ustedes cuál es una de las cosas que me cargan más en España? La costumbre que tienen las criadas de ponerse a cantar cuando trabajan. Parecía natural que en mi casa me viera yo libre de este tormento. Pues no señor. Tiene mi tía Guillermina una criadita cuya boca vale por dos murgas. No vale mandarla callar. Obedece durante diez minutos, y de repente vuelve otra vez con *el señor alcalde mayor*. Dice que se olvida. Créanmelo ustedes. Le rompería la cabeza.

—¡Y me quieres hacer creer que en el extranjero...! Pero Manolo...

—¡Ah!, no, señora..., esté usted segura de que si en Londres una criada se permitiera cantar, pronto la pondrían de patitas en la calle. Es que ni se les ocurre tal disparate.

—Lo creo; tan sosas son.

—Es que esta pícara raza, que no conoce el valor del tiempo, tampoco conoce el del silencio. No podrá usted meterle en la cabeza a esta gente la idea de que la persona que se pone a pegar gritos cuando yo escribo, o cuando pienso, o cuando duermo, me roba. Es una falta de civilización como otra cualquiera. Apoderarse del silencio ajeno es como quitarle a uno una moneda del bolsillo.

Estas cosas hacían gracia, y aquella noche las rieron más, para animarle. Invitado por Juan a ir al teatro Real, lo rehusó. Había en la casa muy poca gente: Guillermina en su rincón, don Valeriano Ruiz Ochoa y Barbarita II. Barbarita I había concebido el loco proyecto de casar a Moreno con esta sobrina suya, que era muy mona, y comunicado el pensamiento a Jacinta, ésta lo encontró de lo más insensato que se le podría ocurrir a nadie.

—¡Pero mamá, si mi hermana no tiene más que dieciocho años, y Moreno anda ya cerca de los cincuenta, y además está enfermo!

—Cierto que hay diferencia de edades —decía la señora riendo—, pero es un gran partido. Ándate con repulgos y verás cómo le cae a tu hermana un subteniente, un oficial de la clase de quintos u otra lotería semejante. Este hombre es un buenazo muy rico, y eso que padece no es sino aburrimiento, mal de soltería, lo que los ingleses llaman *esplín*. Cásale, y se le quitan diez años de encima.

Jacinta no se convencía, y en cuanto a la enfermedad, su opinión era muy distinta de la de su suegra. Aquella noche le cogió por su cuenta para echarle un buen réspice. Estaban en el despacho apartados de los dos grupos de tresillistas (don Baldomero, Ruiz Ochoa, su señora, Pepe Samaniego y otros). Barbarita II y su hermana tenían delante a Moreno, que en los primeros momentos de aquella situación, decía de dientes para adentro: "Creo que si no estuviera presente la polla, le diría algo. Me enfada esta niña con su inocencia y su cara bonita. Parece que se la pone al lado como un escudo contra mí... Es fatalidad ésta; las pocas veces que la cojo sola, no adelanto nada. Si le digo cualquier reticencia delicada, se hace la tonta. Evita el encontrarse sola conmigo, y ahora trae siempre a rastras el espantajo angelical de su hermana para asustarme."

—Pero qué callado está usted... —observó Jacinta sonriendo—. ¿Qué? ¿Se siente usted peor? Dice mamá, que si usted se casa se le quitarán diez años de encima. Conque, decidirse...

La fisonomía del misántropo se iluminó al oír esta peregrina receta.

—También yo lo creo —dijo—. Vea usted; un remedio que parece tan fácil, es imposible.

—Justo, como se ha concluido el género femenino... Tiene usted razón, ya no hay mujeres.

—Para mí como si no las hubiera... ¿Qué le dije a usted ayer? Ya no se acuerda. Si ya se sabe: cosa que yo le diga a usted es como si la escribiera en el agua.

—De veras que se me ha olvidado. ¿Te acuerdas tú, Bárbara?

—No, si Bárbara no estaba presente.

—No importa. Todo lo que usted me dice a mí, al instante voy a contárselo a mi hermana.

—Sí, es usted muy cuentera. ¿Y por qué se lo cuenta usted a su hermana?

—Porque le hace gracia.

Moreno no pudo disimular la profunda tristeza que se apoderaba de él.

—¿Pero qué tiene usted?... Esta noche le encuentro más *esplinado* que nunca.

—¿No nos contaba ayer que dejó tres novias en Londres? —apuntó Barbarita, que gustaba de buscarle la lengua.

—Sí; pero a ésas no las quiero —replicó Moreno con la ingenuidad de un niño. Y luego revolcándose en aquella tristeza contra la cual nada podía su dominio de hombre de sociedad, se espetó otro monólogo: "Ya estoy entrando en el período pueril... La tontería y la incapacidad me invaden... Esta mujer con su frialdad y su ironía me ha puesto el pie sobre la cabeza y me la ha aplastado, como la Virgen la de la serpiente... Ya empiezo a estar ridículo..."

—¿Por qué no le repite usted esta noche a mi hermana lo que le dijo la semana pasada? —dijo Barbarita II al melancólico caballero.

—¿Yo... que...? (asustado, como quien despierta de un sueño). Yo... no le he dicho nada.

—Sí, la semana pasada, cuando fuimos a la Casa de Campo, y se puso usted a contar el cuento de aquella inglesona que le quiso pegar un tiro porque le dijo no sé qué, en un tren.

—No me acuerdo —dijo el misántropo con todas las apariencias de un estúpido.

—Este hombre —indicó Jacinta—, cuando tocan a olvidarse, no hay quien le gane. Me dijo usted que se casaba si yo me comprometía a buscarle la novia...

—¡Ah!... Pues no; me desdigo, recojo la proposición. Si ha empezado usted sus trabajos, délos por inútiles. Pagaré indemnización, si es preciso.

—Ya lo creo que es preciso... Poquito que había yo hecho ya. ¡Vaya que la formalidad de usted...!

Ambas se pusieron muy serias. Notaban en Moreno palidez mortal, gran abatimiento, y un cierto olvido, extraño en él, de la atención constante que se debe prestar a las señoras cuando se platica con ellas. Jacinta se inclinó un poco hacia él, abriendo su abanico sobre las rodillas, y le dijo en tono muy cariñoso:

—Amigo mío, es preciso que usted se cuide, y mire más por su salud. Esta tarde nos encontramos a Moreno Rubio en casa de Amalia, y me dijo que lo que usted padece no es nada; pero que si se descuida y no hace lo que él le manda, lo va a pasar mal. Usted no es un niño, y debe comprenderlo. ¿Por qué no hace caso de lo que le dicen las personas que le quieren bien y que se interesan por usted?

Moreno la miraba extático. Algunos monosílabos salieron de su boca; pero aquellos pedazos rotos de su pensamiento más bien parecían de aquiescencia que de protesta. Jacinta siguió hablándole en un tono dulce, tiernísimo, y más bien parecía una madre que una amiga.

—¡Cuánto nos alegraríamos de verle a usted bueno y sano, y qué fácil sería con buena voluntad!... Porque lo que usted tiene no es más que malas ideas. Así me lo dijo su primo, y viene bien esta opinión con lo que yo creía. Es lástima que teniendo todos los medios de ser feliz no lo sea. ¿Qué le falta a usted?...

Moreno sentía que el corazón se le hacía pedazos. "¿Pues no dice que qué me falta?... Si me falta todo, absolutamente todo. ¡Ay, qué mujer! Si sigue en esta cuerda, creo que me pongo más en ridículo."

—¿Qué le falta a usted? Nada. Si no se le pusieran en la cabeza cosas imposibles, estaría tan campante. Lo que tiene usted es mucho mimo. Es como los chiquillos.

"¡Ya lo creo, soy como los chiquillos!", pensaba el infeliz caballero.

—Moreno Rubio lo ha dicho y tiene razón: usted tiene en su mano su salud y su vida. Si las pierde es porque quiere. Parece mentira que un hombre de su edad no sepa ponerse a las órdenes de la razón.

"¡La razón! Buena tía indecente está", observó don Manuel dentro de su pensamiento.

—Y sacudir las malas ideas y atemperar el espíritu; no desear lo que no se puede tener, y hacer vida ramplona, sin empeñarse en que todas las cosas se desquicien para acomodarse a su gusto y satisfacción. ¿Qué es el *esplín* más que soberbia? Sí, lo que usted tiene es soberbia, el *usted* satánico. Estos inglesotes se figuran que el mundo se ha hecho para ellos... No, señor mío; hay que ponerse en fila y ser como los demás... ¿Conque se cuidará usted, hará lo que le manda su primo y lo que le mande yo?..., porque yo también soy médica... Otra cosa; aquí en España está usted siempre renegando y echando pestes. Esto no le gusta, ¿pues para qué vive aquí? ¿Por qué no se va a Inglaterra?

—Ya me quiere echar..., ¿ve usted...? —dijo Moreno mirando a Barbarita y esforzándose en sonreír para ocultar su turbación—. Y luego quieren que no viaje.

—No, no le conviene andar siempre de ceca en meca, como un viajante de comercio que va enseñando muestras. Márchese a su Londres, estése allí quietecito, muy quietecito, y si se le presenta una inglesa fresca y de buen genio, cásese, apechugue con ella, aunque sea protestante... ¡Ay, Dios!, que no me oiga Guillermina; sí, cásese, y verá cómo se le pasan todas las murrias, y tendrá niños... Me comprometo a ser madrina del primero..., digo, si es que le bautizan. Y hasta madre me comprometo a ser si me le dan... Le tomo, aunque esté sin cristianar. Yo le bautizaré. Pero no hay que hablar de esto. Me contento con ser madrina del primer Morenito que nazca, y le diré a mi marido que me lleve a Londres para el bautizo...

Moreno se levantó. Se sentía muy mal, y las palabras de la *Delfina* le excitaban extraordinariamente.

—¿Pero se va usted?... ¿Se ha puesto malo? ¿Es que no le gustan mis sermones?

"Si no me voy, la entrego —pensaba el misántropo, apretando los labios—. Esta pícara me está asesinando."

—¿Te vas, Manolo? —le preguntó don Baldomero desde el otro extremo de la habitación.

—¡Si me echan, padrino!... Su hijita de usted me quiere desterrar.

—¡Ay, qué pillo!... Si es todo lo contrario.

Barbarita I se adelantó, diciendo:

—Extravagante, coge del brazo a la polla, y paséate un momento de aquí a mi gabinete, y de mi gabinete aquí. ¿Te sientes mal? Eso no es más que nervios. Distráete un poquito. Bárbara, anda.

Moreno le dio el brazo a Barbarita II, y empezaron los paseos. De su conversación insustancial cogió al vuelo Jacinta algunas cláusulas, cuando la pareja, en aquel ir y venir de una estancia a otra, pasaba junto a ella: "¿Yo? No... me lo puede creer..." "¡Ay, qué cosas se le ocurren!... ¡Pero qué malo es usted!" "En cuanto vaya allá me voy a convertir al judaísmo." "¡Jesús...!" "¿Que yo tengo novio? ¿De dónde ha sacado eso?..." "Lo apuntaré para que no se me olvide..." "No, si a mí no me gustan los pollos..."

—Si ésta fuera más lista —dijo la señora de Santa Cruz a su nuera—, creo que le cazaba.

Pero Jacinta era muy incrédula en este particular, y miraba tristemente a la pareja cuando paseaba. Al retirarse, Moreno pudo hablarle un instante sin testigos.

—Se hará lo que usted desea... Se ha de cumplir todo el programa..., todo, hasta en lo que se refiere al *nene*. Tendrá usted su *Morenito.*

Jacinta observó en su mirada una expresión tan tétrica, que no pudo menos de decirse: "Está ya completamente trastornado."

Moreno salió con paso inseguro... La cabeza se le desvanecía, y al bajar la escalera tuvo que agarrarse al barandal para no caerse...

"Cuando digo que me he vuelto tonto, pero tonto de remate... Ya no sé pensar. No sé adónde diablos se me ha ido la razón... Esta mujer me ha embrujado... Nada, enteramente imbécil."

## III

En la soledad de su alcoba, encontróse mi hombre más dueño de sí mismo, habiendo vencido aquella turbación inexplicable con que saliera de la casa de Santa Cruz. Despidió a su criado, después de quitarse la ropa, y envuelto en su bata se tendió en el sofá. En aquellas tristes horas engañaba el insomnio paseándose a ratos por la habitación, a ratos echado y descabezando un ligero intranquilo sueño. Acudían entonces a su memoria las acciones e imágenes de aquel día o de los anteriores, a veces las de fechas muy remotas y que no tenían relación alguna con su situación presente. Aquella noche, cosa rara, apenas salió el ayuda de cámara, Moreno se quedó profundamente dormido en el sofá, sin soñar nada; pero despertó a la media hora, no pudiendo apreciar el tiempo que su letargo durara. Al despertar huyó de tal modo el sueño de su cerebro y hallábase tan inquieto, que ni siquiera admitía como probable la idea de dormir. A la manera que el jugador saca las piezas del ajedrez y las va poniendo sobre el tablero de casillas blancas y negras, así fue sacando sus ideas.

Tenía por pareja a sí mismo en aquel juego... "Adelante un peón. ¡Te has lucido! ¡Campaña como ésta!... ¿Cuánto tiempo hace que estás en España? A poco más, año completo. ¿Y para qué? Para nada. ¡Pobre hombre! Lo que me pareció fácil, resulta no ya difícil, sino imposible... Para más contrariedad, delante de esa bendita y maldita mujer, me convierto en el más insípido de los colegiales. ¿Por qué es esto? Y dime otra cosa, idiota: ¿qué tiene esa mona para que de este modo te hayas embrutecido por ella? Otras son más guapas, otras tienen más ingenio, otras hay más elegantes; y sin embargo, es el número uno, el número único. De gustarme pasa a enloquecerme, y noto en mí lo que no había notado nunca, una alegría, una tristeza..., ganas de llorar, de reír, y aun de hacer el tonto delante de ella! Nada, que a los cuarenta y ocho años me sale el sarampión y la edad del pavo. Tampoco me había pasado nunca lo que me pasa ahora, cortarme, sentir que quiero ser atrevido y no puedo. Le voy a decir una galantería intencionada, y me sale una simpleza. Me infunde un respeto que jamás conocí. La sigo a Biarritz, la acompaño a París; y cuanto más la trato, más atado me veo por este maldecido respeto... Me cortaría yo este respeto como se corta una mano gangrenada. ¿A qué viene tal respeto? ¿Qué quiere decir esto? Sea lo que quiera, de esa mujer digo yo lo que hasta ahora no he dicho de ninguna, y es que si fuera soltera, me casaría con ella..."

Se agitó tanto, que tuvo que levantarse y ponerse a pasear. "Vaya que este mundo es una cosa divertida. Yo desgraciado; ella desgraciada, porque su marido es un ciego y desconoce la joya que posee. De estas dos desgracias podríamos hacer una felicidad, si el mundo no fuera lo que es, esclavitud de esclavitudes y todo esclavitud... Me parece que la estoy viendo cuando le dije aquello... ¡Qué risita, qué serenidad, y qué contestación tan admirable! Me dejó pegado a la pared. Tan pegado estoy, que no he vuelto por otra, y cuando preparo algo para decírselo, ¡anda valiente!..., le digo todo lo contrario. Que se vuelva uno tan estúpido, es cosa que no me cabía en la cabeza. ¡Ay Dios! Si me muero, y el pensamiento vive más allá de la muerte, estaré viendo toda la eternidad esta carita graciosa, con su expresión celestial, estos ojos serenos y risueños, esta cabellera oscura con ráfagas blancas que le hacen tanta gracia...; esta boca, que no habla sin que me duela el alma. ¡Pobre ángel! Su única pasión es la maternidad, sed no satisfecha, desconsuelo inmenso. Su pasión se me comunica y me abrasa; yo también quiero tener un hijo, yo también. ¡Si me parece que le estoy viendo! Si está aquí, en los linderos de la vida, mirándome, diciéndome que le traiga, y no falta más que... traerlo. Vendría si ella quisiera. Tengo la seguridad de que vendría; es una idea que se me ha clavado aquí. Y yo le digo: 'Por un niño, bien se podría dar la virtud...' ¡Ah!, no tener valor para decirle esto!... ¿Pero cómo? si no hay palabra que se preste a decirlo!..."

La palpitación que sentía era tan fuerte, que tuvo que sentarse. Se ahogaba. En la región cardíaca, o cerca de ella, más al centro, sentía el golpe de la sangre, con duro y contundente compás. Era como si un herrero martillase junto al mismo corazón, remachando a fuego una pieza nueva que se acababa de echar. "Esto es horrible. Si rompe, que rompa de una vez... ¡Ay de mí!... Si me quisiera, el corazón se me curaría; como que no es enfermedad lo que tiene, sino impaciencia..., hormiguilla... ¿Qué habré hecho yo para ser tan desgraciado? Ahora caigo en la cuenta de que no me he divertido nunca. Todas mis aventuras han sido el deseo corriendo detrás del fastidio. ¡Y cree la gente que yo he sido un hombre feliz, que yo estoy enfermo de congestión de goces! ¡Estúpidos!"

Sin saber cómo ni por qué, ciertas impresiones de aquel día se reprodujeron en su mente. Entre ellas la menos fugaz fue ésta: por la mañana, entrando en el Retiro, se le puso delante uno de esos pobres asquerosos que suelen pedir en los extremos de la población, y que a veces se corren hasta el centro. Era un hombre cubierto de andrajos, y que andaba con un pie y una muleta; la otra pierna era un miembro repugnante, el muslo hinchado y cubierto de costras, el pie colgando, seco, informe y sanguinolento. Mostraba aquello para excitar la compasión. Era la pierna para él su modo de vivir, su finca, su oficio, lo que para los mendigos músicos es la guitarra o el violín. Tales espectáculos indignaban a Moreno, que al verse acosado por estos industriales de la miseria humana, trinaba de ira. Pues cuando se volvía para no verle, el maldito, haciendo un quiebro con su ágil muleta, se le ponía otra vez delante, mostrándole la pierna. Al aburrido caballero se le quitaban las ganas de dar limosna, y por fin la dio para librarse de persecución tan terrorífica. Alejóse del pordiosero, renegando. "¡Ni esto es país, ni esto es capital, ni aquí hay civilización!... ¡Qué ganas tengo de pasar el Pirineo!"

Pues bien: aquella noche, se le representó el pobre paralítico con tanta viveza, que casi casi creía verle en su alcoba. Hubo un instante en que la alucinación de Moreno llegó a ser tan efectiva, que se incorporó, y cogiendo un libro que en la próxima silla estaba... "Mira, si no te marchas con tu pierna podrida..." Después cayó otra vez su cabeza en el sofá y se puso la mano sobre los ojos. "El infeliz se ha de buscar la vida de alguna manera. No tiene él la culpa de que no haya en esta tierra maldita establecimientos de beneficencia. Si lo veo mañana, le doy un duro... Vaya si se lo doy... ¡Qué envidia le va a tener mi tía Guillermina! Volvámonos ahora para la pared, a ver si duermo un poco. Así; cerraré los ojos. No, mejor será que los abra, y que me figure que quiero despabilarme. Lo que se desea no se tiene nunca. ¡Ea!, figurémonos que hago esfuerzos para no dormirme. ¿Y para qué quiero yo dormir? Mejor es estar así, pensando uno en sus cosas. Estas rayas del papel, azules y verdes, se quiebran a distancia de veinticinco centímetros; no, de veinte. La flor gris alterna con la flor azul. Bonito dibujo. ¡Cómo se le quedaría la cabeza al que lo inventó!... Y aquí hay una pequeña mancha... Creo que si me pusiera a mirar la luz, me dormiría más pronto. Vuelta otra vez."

Miró la luz puesta sobre la mesa central, grande, redonda y cubierta con rico tapete. La lámpara era de aceite, compuesta de dos candilones de bronce unidos por un vástago. Ambas luces tenían pantallas verdes, con añadidura de raso del mismo color, al modo de faldones que caían por una sola parte de las dos circunferencias. La claridad se esparcía por la mesa, y el resto de la habitación estaba en penumbra manchada, con verdosa pátina de tapiz viejo. Sobre la mesa había unos guantes, varios libros, dos retratos en bonitos marcos, uno de ellos del gordo Arnáiz; una papelera, juego de té de finísima porcelana, una cajita de marfil y otros objetos muy lindos. "Aquel guante —dijo Moreno—, que monta sobre la papelera, parece exactamente un lebrel que corre tras la caza... ¡Qué silencio tan solemne hay ahora! El chorrear de la fuente de Pontejos, es lo que se siente siempre, y alguno que otro coche que pasa por la Puerta del Sol... Son los trasnochadores, que se retiran. Así iba yo en mi *cab* al salir del club de Picadilly..., sólo que mi *cab* corría como una exhalación y estos carruajes andan poco y parece que se deshacen sobre los adoquines. ¡Y cómo se me refrescan las memorias...! Parece que estoy mirando a aquella prójima que se me apareció una noche en Haymarket, al salir de aquel bar... ¡No me ha ocurrido otra...! Y cómo se parecía a esta tonta de Aurora Fenelón! Todo pasó, todo va cayendo atrás y revolviéndose en la estela que deja el barco..."

De repente dio un salto, y levantándose, se puso a dar paseos. "Mañana mismo me voy —dijo—. Sí, me voy para siempre. ¡Morirme yo aquí, para que me lleven en esos carros tan cursis! No; gracias a Dios que tomo una resolución; y lo que es ésta viene fuertecilla. Me ha entrado de repente y con un empuje... No veo la hora de que amanezca para mandarle a Tom que haga el equipaje. Mañana haré mis compras. No puede uno ir de España sin llevar los regalitos de abanicos y panderetas... ¡Ay, qué feliz me siento con esta idea que me ha dado! ¡Irme!... ¡Si esto debiste resolverlo hace tiempo! ¿Para qué estás aquí? ¿Para consumirte más? Vamos, no dirá ella que no la obedezco; sus deseos son órdenes. Me ha dicho: 'Amigo mío, vete', y me voy. ¿Me querrá cuando me vaya? ¿Pensará en mí...? Bien podría ser... ¡Si se convenciera de que el amor que tiene a su marido es como echar rosas a un burro para que se las coma, si se convenciera de esto...! Pero vaya usted a esperar que se convenza. No puede ser. Quiere locamente a ese mico, y se morirá queriéndole. A mí se me figura que le desprecia y le ama; hay estos dualismos en el corazón humano. Pero yo digo: ¿no pasará por su mente alguna vez la idea de quererme a mí? Me contentaría con esto, con que la idea hubiera pasado una vez; vamos, dos veces. Bien puede haber dicho: '¡Qué bueno es este Moreno! Si yo fuera su mujer, no me daría disgustos, y habríamos tenido un chiquillo, dos o más.' Quién sabe... ¿Habrá dicho esto alguna vez? No sé por qué me figuro que sí lo ha dicho. Qué sé yo... Dentro de mí anida este convencimiento como un germen de esperanza, como una semilla que está dentro de la tierra y que no ha brotado, pero que vive... Si me constara que ella se ha dicho esto, yo, al verla tan religiosa, me volvería el hombre más católico del mundo... Por agradarle, ¡cuántas funciones y misas había de costear yo! Y no haría esto con hipocresía, porque amándola, vendría la fe, la fe, sí, que se ha ido yo no sé adónde... Creo que ya amanece. No tengo sueño, ni lo tendré más. Mañana me voy, y me iría esta tarde, si tuviera tiempo de arreglar el viaje... Y otra cosa. ¿Iré a despedirme de ella? No sé qué determinar. Si la veo no me voy. ¿Pues por qué no? Me iré. Ella me ha dicho que me vaya, desea que me vaya. De lejos la querré lo mismo que de cerca, y ella me querrá tal vez. Seré para ella como un sueño, y los sueños suelen herir el corazón más que la realidad."

Volvió a echarse, y se entretuvo contemplando con errante mirada las paredes de la habitación. Había allí un San José, cuadro grande, de familia, que como pintura valía poco, pero Moreno lo tenía en gran estima, porque estuvo muchos años en la alcoba donde él nació. Se asociaba a las impresiones de su niñez aquel santo tan guapote, reclinado sobre nubes, con su vara, su niño, y aquella capa amarilla cuyos pliegues hacían competencia al celaje. Se le refrescó de tal modo al buen caballero en aquel momento la memoria de su padre, que parecía que le estaba viendo, y oyéndole el metal de voz. A su madre no la había conocido, porque murió siendo él muy niño. También se acordó de cuando su hermana y él (aquella misma hermana viuda que allí vivía), iban a la casa del abuelito, en la Concepción Jerónima, cogidos de la mano. Y una tarde, al revolver la calle Imperial, se perdieron, es decir, se perdió ella, y él por poco se muere del susto. Pues un día que iba por la Plaza de Provincia, vio el burro de un aguador, suelto: el dueño estaba en la taberna próxima. Entráronle ganas a Manolito de montarse en el pollino, y como lo pensó lo hizo. Pero el condenado animal, en cuanto sintió el jinete salió escapado, y aunque el chico hacía esfuerzos por detenerlo, no podía... Total, que llegó hasta la calle de Segovia, muy cerca del puente. Y no fue que el burro se parara, sino que el jinete se cayó, abriéndose la cabeza. Todavía tenía la señal. Por suerte, los hermanos García, boteros, que tenían su taller de corambres debajo del Sacramento, y le vieron caer, le conocían, y recogiéndole, le llevaron a casa de su abuelito. ¡La que se armó allí! Acordábase don Manuel de aquel lance como si hubiera ocurrido el día anterior; veía a su abuelito, don Antonio Moreno, que todavía usaba chorreras, corbatín de suela y casaca a todas las horas del día. Hasta en el almacén (droguería al por mayor) estaba de frac. Pues luego vino el papá y estuvo dudando si pegarle o no... Lo peor de todo, fue que al asno no se le vio más el pelo, y la familia tuvo que pagar por él una fuerte indemnización.

"Si parece que fue ayer", decía Moreno, tocándose la frente, en el sitio donde estaba la cicatriz.

Cuando ya clareaba el día, sintió ruido en la casa; mas al punto comprendió lo que era. "Ya está en pie la *rata eclesiástica.* Ahora se va a oír siete misas lo menos..., y a tratar de tú a la Santísima Trinidad. ¡Pobrecilla, qué sacará de eso!... Pero en fin, saque o no saque, es una felicidad ser así..."

## IV

Guillermina dio dos golpecitos en la puerta, y, abriéndola un poco, asomó por ella su cara sonrosada y sus ojos vivos.

—Hijo, al ver luz en tu alcoba, dije: "Ese pobrecillo estará en vela todavía." Veo que acerté. ¿Qué es eso? ¿Has pasado otra mala noche?

—Ya lo ves. Pasa. No he dormido nada. ¿Y tú?

—¿Yo? Del lado que me acuesto, amanezco. No duermo más que cuatro horas; pero van de un tirón. ¿No ves que llego a casa rendida? Y lo que tengo que cavilar lo cavilo por el día.

—¡Qué felicidad! ¿Te vas ahora a misa?

—Sí, para lo que gustes mandar —replicó la santa; y su semblante recién lavado despedía tanta frescura como regocijo.

—¡Y tan tranquila!... Porque tú estás muy tranquila..., con tus misas por la mañana, y el resto del día dando cada sablazo que tiembla el misterio. ¿Sabes una cosa? Te tengo envidia... Me cambiaría por ti...

—Pues tonto (avanzando hacia él), lo que yo hago es lo fácil, ¿qué más tienes que... hacerlo?

—Siéntate un ratito —dijo Moreno, haciéndolo en el sofá y dando una palmada en el asiento—. Más santidad que en oír siete misas, hay en practicar las obras de misericordia, acompañando a los enfermos y dando un ratito de conversación a quien se ha pasado toda la noche en vela. Dime una cosa. ¿Cómo llevas las obras de tu asilo?

—¿Pues no lo sabes? (sentándose). Bien. Gracias a las almas caritativas, la construcción va echando chispas Jacinta lo ha tomado con tanto calor, que hoy trabaja más que yo, y maneja el sable con un garbo que me deja tamañita.

—Tienes unas amigas que valen cualquier cosa. Esta noche he pensado en ti y en tus devociones. Te asombrarás si te digo que desde la madrugada se me ha metido aquí un sentimiento desconocido, algo como ganas de hacerme religioso, de pensar en Dios, de dedicarme a obras de piedad...

—¡Manolo!... (poniéndose muy seria). Si empiezas con tus bromitas, me voy.

—No, no es broma —replicó él; y tenía en su cara tal expresión de abatimiento, que la santa se quedó como lela mirándole.

—¿Pero estás de chanza o...? Manolo, ¿en qué piensas?... ¿Qué te pasa?

—Hay horas en la vida, que parecen siglos por las mudanzas que traen. Hace un rato, verás, ¡qué cosa tan extraña! Me acordé de un pobre que me pidió limosna esta mañana... Era un infeliz que tiene una pierna deforme y repugnante, llena de úlceras... Me pidió limosna y le arrojé una moneda de cobre, diciéndole con horror: "Quítese usted de delante de mí, so pillete." Pues esta noche he tenido aquí la visita de aquel hombre... Le he visto, como te estoy viendo a ti, y primero me inspiraba repugnancia, después compasión, y acabé por decirle: "¿Quieres cambiarte conmigo?" Porque con su pierna podrida, su muleta y su libertad, disfruta él de una tranquilidad que yo no tengo. Su conciencia está como un charco empozado en el cual no cae jamás la piedra más pequeña. ¡Pobre de mí! Cambiaría con él; cambiaría mi riqueza por su mendicidad, mi corazón enfermo por su pierna inerte, y mi desasosiego por su paz. ¿Qué crees tú?

—Creo que Dios te toca en el corazón —dijo la dama guiñando los ojos, y poniendo sobre la cabeza del triste caballero su mano derecha, en la cual tenía el libro de misa y el rosario—. No tienes tú cara de bromas. Alguna procesión muy grande te anda por dentro. Y si otras veces te da la vena por decirme herejías y hacerme rabiar, no creas que te he tenido por malo. Eres un bendito; y si vivieras siempre con nosotras y no te pasaras la vida entre protestantes y ateos, tú serías otro.

—¿Pero no sabes que me voy mañana?

—¿Te vas? ¿De veras? (con vivo desconsuelo). Mal negocio. Buscando siempre la frialdad; huyendo siempre del calor de la familia.

—No, si aquí es donde no me quieren —manifestó Moreno con aire sombrío.

—¿Que no te queremos? Vaya con lo que sales... Tontín, no digas disparates.

—Mi vida está completamente truncada y rota. No hay manera de soldarla ya... Cree que si me quisieran yo me quedaría aquí, yo sería bueno, y por darte gusto a ti y a tus amigas, me haría muy religioso, muy amigo de Dios y de la Virgen; emplearía todo mi dinero en obras de caridad, protegería la devoción...

El asombro de la santa era tan grande, que no lo podía expresar. Abría la boca, maravillada, cual si presenciara un milagro.

—¿Pero de veras que tú...? Mira, hijo, si quieres que yo crea en ese estado de tu espíriu, es preciso que me lo pruebes...

—¿Cómo he de probártelo?

—Vamos a ver —dijo la virgen y fundadora con resolución—. ¿A que no haces una cosa?

—¿A que sí la hago?

—¿A que no te vienes conmigo a San Ginés?

—A que sí.

Levantóse para tirar de la campanilla.

—Necesito verlo para creerlo —dijo Guillermina, echando de sus ojos chispazos de alegría—. Deja, yo llamaré a Tomás. El pobre chico no se habrá levantado todavía.

—Creo que sí... ¡Tom!...

—Yo te haré el té... Vamos, vete vistiendo.

Aquella salida matinal le agradaba, porque rompía las tediosas rutinas de su existencia.

—Vaya que si voy yo a la iglesia... (disponiéndose con actividad febril). Y oiré todas las misas que quieras, y rezaré contigo... Dime: ¿no va Jacinta a esta hora a San Ginés?

—Hombre, tan temprano no. Un poco más tarde que yo suele ir Bárbara.

—Pues me alegro de que seamos nosotros los primeros, los más madrugadores, los más impacientes por cumplir y santificarnos... ¡Tom!

El inglés entró, y a poco, cuando ya su amo estaba vestido, le trajo el té. Guillermina, sirviéndole el desayuno, le decía:

—Abrígate bien, que las mañanas están frescas. No sea cosa que por empezar tu vida nueva, vayas a coger una pulmonía.

—Mejor..., me he convencido de que vivir es la mayor de las sandeces —le dijo él, bajando la escalera—. ¿Para qué vive uno? Para padecer. El pobre de la pierna es el que lo pasa regularmente. Porque aquello no duele. Lleva su pierna por delante como si fuera una cosa bonita que el público desea conocer.

—Hay mucha miseria —observó la dama, tomando el tema por otro lado—, y los que tenemos que comer nos quejamos de vicio. Mientras más padezcamos aquí, más gozaremos allá.

(El misántropo no dijo nada a esto. Seguía tan pensativo).

—El mendigo de la pierna se irá al Cielo derechito, con su muleta, y muchos de los ricos que andan por ahí en carretela, irán tan muellemente en ella a pasearse por los infiernos. Yo le pido a Dios que me dé la más asquerosa de las enfermedades, y... no me quiere hacer caso; siempre tan sana. Paciencia; Él nos da siempre lo que nos conviene.

Tampoco a esto dijo nada Moreno. Entraron en San Ginés, y Guillermina se fue derecha a la capilla de la Soledad, a punto que empezaba la primera misa. Mientras ésta duró, la ilustre dama, aunque no apartaba su atención del Oficio, pudo advertir que su sobrino estaba tras ella, cumpliendo con todo el ritual como cualquier devoto, arrodillándose y levantándose en las ocasiones convenientes. Pero a la segunda misa observóle distraído e inquieto. Iba de un lado para otro, examinaba los altares y las imágenes como si estuviera en un museo. Esto la disgustó, y tal fue su incomodidad, que no se atrevió a comulgar aquel día, porque no se encontraba con el espíritu absolutamente sereno y limpio. Ya en la cuarta misa, el caballero aquel, no sólo se distraía sino que perturbaba la devoción de los fieles, pasando delante de los altares, donde se decía misa, sin hacer la más ligera genuflexión ni reverencia. "Tendré que decirle que se vaya —pensaba la santa—. Ésa no es manera de estar en la iglesia."

Hallábase Moreno contemplando una imagen yacente, encerrada en lujosa urna de cristal, cuando sintió a su lado este susurro:

—Bonita efigie, ¿verdad? Es el Cristo que sacamos en la procesión del Santo Entierro.

Volvióse y vio a su lado a Estupiñá, calado hasta las orejas el gorro negro de punto, señalando la imagen con gesto de cicerone.

—La mortaja de fina holanda la bordaron las señoras Micaelas, y es regalo de doña Bárbara. Escultura soberbia..., y es de movimiento, porque le clavamos en la cruz o le *descendemos,* según conviene.

Y como el caballero no le dijese nada, Plácido se alejó rezando entre dientes. Sentóse en un banco, y desde entonces, sin dejar de atender a sus devociones, no le quitaba ojo al señor de Moreno, sin poder explicarse su presencia en la parroquia. "Es lo que me quedaba que ver —decía—, don Manolo aquí..., él, que no tiene religión. Es que gusta de ver las buenas imágenes... Por ahí empecé yo."

Menudo réspice le echó la fundadora a su sobrino cuando salieron.

—Pero, hijo, me has quitado la devoción con tus paseos por la iglesia. Ya decía yo que te habías de cansar.

—Pues tía, para primer día de curso, no puedes quejarte. Todo es empezar. Ya ves que oí una misita. ¿Qué querías? ¿Que fuera como tú? Te aseguro que me satisfizo el ensayo. Pasé un rato muy agradable, en un estado de tranquilidad que me ha hecho mucho bien. ¿Te quejas de que me paseaba por la iglesia?... Es que cuando uno va a hacer vida nueva, le gusta enterarse... Quería yo mirar bien las imágenes. Créelo; si siguiera en Madrid, me haría amigo de todas ellas. Me gusta verlas tan hermosas, con sus ropas de lujo y sus miradas fijas en un punto. Parece que están viendo venir algo que no acaba de venir. Las que nos miran parece que nos dicen algo cuando las miramos, y que efectivamente nos han de consolar si les pedimos algo. Comprendo el misticismo; lo veo claro... ¡Ay!, si yo me quedara aquí...

—¿Por qué no te quedas?... ¡Qué tonto! —le dijo la santa con desconsuelo.

—¡Imposible!... Me tengo que marchar... Y allá voy a estar muy triste; como si lo viera...

—Entonces..., quédate. ¿Quieres que te dé una ocupación? Buena falta te hace. Te nombro sobrestante de mis obras, administrador de mis colectas y sacristán mayor de mi capilla nueva, cuando esté concluida.

Moreno se echó a reír con gana.

—¡Monaguillo mayor!... Lo aceptaría... Te juro que lo aceptaría... Me estoy volviendo enteramente infantil. ¡Monaguillo en jefe! Y yo encendería las velas, yo quitaría el polvo a las imágenes y las pondría tan guapas; yo charlaría con las beatas... No lo creerás; pero dentro de mí está naciendo algo que se compagina muy bien con ese oficio humilde.

—Si eres tú un buenazo. La ociosidad, lo mucho que te has divertido y el *esplín* inglés te ponen así. Y yo te juro que te aburrirás más si no vuelves a Dios tus miradas. Haz lo que yo, Manolo; dale un puntapié al mundo; hazte chiquito para ser grande; bájate para subir. Tú ya no eres pollo; tú no te has de casar ya. Ni te conviene el andar siempre de viaje, como una carta con el sobre mal puesto, que recorre todas las estafetas del mundo. Mujeres, ¿para qué sirven sino para perdición? Ten un cuarto de hora de arrojo, y ofrécele a Dios lo que te queda de vida. No es esto decir que te metas fraile: hay mil maneras de ganarse la dicha eterna. Oye lo que se me ocurre. ¿Por qué no dedicas tu dinero, tu actividad y todo tu espíritu a una obra grande y santa, no a una obra pasajera, sino a esas que quedan, para bien de la humanidad y gloria de Dios? Levanta de nueva planta un buen edificio, un asilo para este o el otro fin, por ejemplo, un gran manicomio en que se recoja y cuide a los pobrecitos que han perdido la razón...

—Tú tienes la manía de los edificios, y quieres pegármela a mí...

—Es lo primero que se me ha ocurrido. ¿Te parece mala idea? Un manicomio modelo, como los que habrás visto en el extranjero. Aquí estamos en eso muy atrasados. Harías una inmensa obra de caridad, y Madrid y España te bendecirían.

—¡Un manicomio! —dijo Moreno, sonriendo de un modo que le heló la sangre a su generosa tía—

Sí, no me parece mal. Y lo estrenaríamos tú y yo...

## V

Despidióse Guillermina en la puerta de la casa, para ir al asilo, y él subió. ¡Cosa más rara! Apenas se cansaba al acometer la escalera. Sentíase muy bien aquella mañana, el espíritu confortado, la palpitación muy adormecida, el apetito despierto. Al entrar en su casa pidió más té, y mientras Tom se lo servía, le dijo en español:

—Mañana nos vamos. Haz el equipaje. Avisarás a Estupiñá... Que me haga el favor de venir, para que me traiga de las tiendas algunas cosillas. No puede uno ir de España a Inglaterra, sin llevar a los amigos alguna chuchería que tenga color local.

Luego siguió hablando consigo mismo: "Es un mareo. Si no lleva usted panderetas con figuras de toros, chulos u otras porquerías así, se lo comen vivo. Veremos si encuentro algunas acuarelas. También necesito mantas, moñas de toros, y trataré de encontrar algún cacharro de carácter. No hay peor calamidad que ser amigo de coleccionistas."

Estupiñá, que en aquella temporada frecuentaba el trato de Moreno, por haberle éste confiado la administración de su casa de la Cava, se presentó dispuesto a llevarle todo el contenido de las tiendas de Madrid para que escogiese. Panderetas de las más abigarradas, abanicos y algunos cuadritos fueron llegando sucesivamente en todo el transcurso del día, y don Manuel escogía y pagaba. Aquello le entretuvo agradablemente, y se reía pensando en la felicidad que iba a repartir entre sus amistades londonenses.

—Esta suerte de picas con el caballo pisándose las tripas está pintiparada para las de Simpson, que son tan marimachos. Esta pandereta, con la chula tocar
para *miss* Newton. S
originales, ¡qué desil
reja del andaluz a caballo y la maja en la reja pelando la pava, para la sentimental y romancesca *mistress* Mitchell, que pone los ojos en blanco al hablar de España, el país del amor, del naranjo y de las aventuras increíbles... ¡Ah! este Don Quijote reventando a cuchilladas los cueros de vino, para el amigo Davidson, que llama a Don Quijote *don Cuiste,* y se las tira de hispanófilo... Bien, bien. De cacharros estamos tal cual. Estos botijos son horribles. Toda la cerámica moderna española no vale dos cuartos. A ver, Plácido, ¿serías tú capaz de buscarme un vestido de torero completo?... Lo quiero para un amigo que sueña con ponérselo en un baile de trajes... Estará hecho un mamarracho. Pero a nosotros no nos importa. ¿Podrás buscármelo?

—Pues ya lo creo —dijo Plácido, para quien no había nunca dificultades tratándose de compras—. ¿Usado o sin usar?

—Hombre, sin usar... En fin, como le encuentres...

Salió Estupiñá como si Mercurio le hubiera prestado sus alados borceguíes, y a poco entró el doméstico, a quien su amo tenía también ocupado en la busca de ciertos encargos. Tom se había aficionado mucho a los toros; no perdía corrida, y entre sus amigos contaba a varias eminencias del arte del cuerno. Por esto le dio Moreno el encargo de buscarle alguna moña, de las que guardan los aficionados como venerandas reliquias, y convenía que tuviese manchas de sangre y muchos pisotones, con señales de la trágica brega. Muy desconsolado entró el inglés, diciendo que no encontraba moñas ni aun ofreciendo por ellas un ojo de la cara.

—Mira, chico —le dijo su amo—, no te apures. Puesto que no se encuentran moñas, llevaremos otra cosa. ¿Has visto por ahí, en el Prado y Recoletos, a un tío muy feo que lleva una cesta y en ella, puestos en cañas, formando como un gran árbol, multitud de molinillos de papel dorado y plateado y de todos colores?... ¿sabes? molinillos que dan vueltas con el viento, y que los niños compran por dos o tres peniques? Pues tráete una docena, los llevamos y decimos que ésas son las moñas que se les ponen a los toros cuando salen a la plaza, *¡brrrr...!*, reventando al mundo entero con aquellos cuernos tan afilados... Y se lo creen... Si conoceré yo a mi gente.

Tom se reía; pero en su interior rechazaba aquella superchería por dos móviles de conciencia: el móvil de la rectitud inglesa y el de la formalidad de aficionado a toros. Con el fraude propuesto por su amo se cometían dos graves faltas: engañar a una nación y ultrajar el respetable arte de la Tauromaquia, el verdadero *sport* trágico. No sé qué se decidió de esto. En tanto Rossini llenaba la casa de abanicos y panderetas, y Moreno escogía y pagaba, entreteniéndose luego en envolverlos en papeles y en ponerles rótulos con el nombre del destinatario.

Había resuelto hacer muy pocas visitas de despedida, pretextando el mal estado de su salud. Después de almorzar, bajó al escritorio, y se ocupó en liquidar y poner en claro su cuenta personal. No intervenía en ningún negocio; y el trabajo de banca, que en otro tiempo le había gustado tanto, aburríale ya. Pero aquel día pareció que se le despertaban las aficiones, porque habló largamente de negocios con Ruiz Ochoa, recomendándole no dejase de interesarse en alguna subasta de pastas de oro para el Banco.

—Me parece que este año he de comprar algún oro... Bien podéis andar aquí con mucho pulso en eso de acuñar tanta plata, porque este metal va para abajo y ha de ir mucho más. Al precio que tienen aquí las libras, vale más expedir oro, y por mi parte, me he de llevar todo el que pueda.

En esto entró Ramón Villuendas, preguntando a cómo tomaban las libras, y la conversación vino a recaer sobre el mismo tema. Él estaba mandando oro y más oro...

—Este pico, dádselo a Guillermina —dijo Moreno al ver, en la cuenta de alquileres de sus casas, un sobrante con que no contaba.

Entraron otras personas y se habló de muy diferentes cosas. Mientras duró aquella conversación, pensaba Moreno si iría o no a despedirse de los de Santa Cruz. Si no iba, se ofendería quizás su padrino, y yendo, podían sobrevenirle contrariedades mayores, incluso la de arrepentirse del viaje y aplazarlo... No había más remedio que ir. ¿Pero a qué hora? ¿A la de comer? Titubeaba, y de vuelta a su casa, estuvo discurriendo un largo rato sobre aquel problema de la hora.

"Adoptado un partido —se dijo—, lo mejor será que no la vea más en carne y hueso, porque lo que es en idea, viéndola estoy a todas horas. ¡Qué chiquillo me he vuelto!... En fin, tengo tiempo de pensarlo de aquí a mañana, porque lo que es hoy, no iré."

A eso de las cinco fue el misántropo a una tienda de la Plaza Mayor a ver las mantas granadinas con que quería obsequiar a sus amigos ingleses. Allí estuvo un cuarto de hora, y el tendero le propuso mandarle con Plácido lo mejor que tenía, para que escogiese. Ya era casi de noche, y valía más que el señor examinase de día el género. Así se convino y volvióse a su casa. Al entrar en el portal sintió un golpecito en el hombro. Era Jacinta que le pegaba un paraguazo. Quedóse el buen señor como si le hubieran dado un tiro. Quiso hablar y no pudo. Jacinta le cogió del brazo, y rebasados los primeros escalones, empezó el diálogo.

—¿Conque al fin se va usted?

—Al fin me arranco. Ya era tiempo...

—Pero qué, ¿se cansa usted mucho hoy...? Pues vamos despacio, más despacio si usted quiere... ¡Ah! ya me ha contado Guillermina que hoy estuvo usted muy santito... Así me gusta a mí la gente.

—¿Por qué no fue usted a verme?... ¡Estaba yo más salado!...

—Si no lo sabía. ¿Vuelve usted mañana?

—¿De veras que va usted a ir a verme?... ¡Cómo se reirá de mí!

—¡Reírme! ¡Qué cosas se le ocurren! Iré a tomar ejemplo.

—¿A que no va?

—¿A que sí?

—Pues allí me tendrá, haciéndole la competencia a Estupiñá... Verá usted, verá usted... Cada día más.

—¡Cada día! ¿Pero no se va usted mañana?

—Es verdad, no me acordaba... Bueno, pues no me iré.

—Eso no; le conviene a usted marcharse, y allí seguirá haciendo su noviciado.

—Allá no vale.

—¿Cómo que no vale?

—Porque allá me cogen por su cuenta unas amigas protestantes que tengo, y que quiera que no, me hacen renegar... Usted tendrá la culpa; sobre su conciencia va. ¿Conque me quedo o me voy?

—Pues con esa responsabilidad tan grande no me atrevo a aconsejarle. Haga usted lo que le parezca mejor... Vaya, por fin llegamos. ¿Se ha cansado usted mucho?

—Un poquitito..., pero con usted siempre contento. ¿Quiere usted volver a bajar?

—¿Otra vez?

—Sí, para volver a subir... Como si quisiera usted ir al cuarto piso.

—No me lo perdonaría, si usted me acompañaba, fatigándose tanto.

Entraron, y Jacinta se metió en el cuarto de la santa. Moreno fuese al suyo y se dejó caer en el sofá, echándose el sombrero para atrás. Pensaba descansar un ratito y pasar luego a la habitación de Guillermina.

"No, no paso; no quiero verla más. ¿Para qué atormentarme? Se acabó. Pongámosle encima una losa."

Al poco rato, sintiendo que Jacinta salía, acercóse a la puerta con ánimo de verla. Pero no pudo ver nada. Como aún no habían encendido la luz del recibimiento, sólo columbró un bulto, una sombra y pudo oír dos o tres palabras que se dijeron, al despedirse, Jacinta y la *rata eclesiástica.* Ésta fue entonces al cuarto de su sobrino, y hallóle dando vueltas en él.

—¿Qué tal te encuentras, catecúmeno? —le dijo con mucho cariño.

—Regular, casi bien... Espero dormir esta noche.

—Recógete temprano.

—Eso pienso hacer..., y mañana... Oye una cosa: ¿no te ha dicho Jacinta que mañana pienso volver a San Ginés?

—No, no me lo ha dicho.

—¿No te ha dicho que ella iría a verme tan devoto?

—No..., no hemos hablado una palabra de ti.

—¿Ni dijo que había subido conmigo y que...?

—No..., nada.

Moreno sintió que la horrible pulsación de su pecho era anegada por una onda glacial. En aquel punto tuvo que sentarse, porque le flaqueaban las piernas y se le desvanecía la cabeza.

—Pues si quieres volver mañana, yo vendré a llamarte. Se entiende, si pasas buena noche.

—Iremos a pasar un rato —dijo Moreno de una manera lúgubre—, y a echarle a mi desesperación una hora de esparcimiento, como se le echa carne a una fiera para que no muerda.

—Si tú le pidieras al Señor..., pero bien pedido..., que te curara esos *esplines,* te los curaría... Pídeselo, hijo; ¡si sabré yo lo que me digo!

—¿Qué has de saber tú?... ¿Qué has de saber lo que hay del lado allá de la puerta negra?

—¿Ahora sales con eso?... Tú podrás haber perdido parte de la fe; pero toda no se pierde nunca. Esas cosas se dicen sin creer en ellas, por fatuidad. Con todas tus bromas, si te rascan, aparece el creyente...

—No, tonta; yo no creo en nada, en nada, en nada —le dijo Moreno con énfasis, complaciéndose en mortificarla.

—Todo sea por Dios... Entonces, ¿para qué vienes conmigo a la iglesia?

—Toma, por distraerme un rato, por verte a ti, por ver a Estupiñá, figuras raras de la humanidad, excentricidades, tipos, como todo esto que yo llevo a Londres para los aficionados a lo característico y al color local.

Guillermina daba suspiros. No quería incomodarse.

—Para rarezas tú... —dijo al fin echándose a reír—. A ti sí que te debían enseñar por las ferias... *a dos reales, un real los niños y soldados*. Cree que ganaba dinero el que te expusiera.

—Con un cartelón que dijese: "Se enseña aquí el hombre más desgraciado del mundo."

—Por su culpa, por su culpa; hay que añadir eso. Ser desgraciado y no volver los ojos a Dios es lo último que me quedaba que ver. Eso es, bruto, encenágate más; hazte más materialista y más gozón, a ver si te sale la felicidad... Eres un soberbio, un tonto... Mira, sobrino, me voy, porque si no me voy te pego con tu propio bastón.

Y él estaba tan abstraído que ni siquiera la sintió salir.

## VI

Comió con regular apetito en compañía de su hermana y de Guillermina. Cuando concluyeron, dijo a ésta que había dado orden en el escritorio de que le entregaran el sobrante de su cuenta personal, con cuya noticia se puso la fundadora como unas castañuelas, y no pudiendo contener su alegría, se fue derecha a él y le dijo:

—¡Cuánto tengo que agradecer a mi querido ateo de mi alma! Sigue, sigue dándome esas pruebas de tu ateísmo, y los pobres te bendecirán... ¿Ateo tú? ¡Ni aunque me lo jures lo he de creer!

Moreno se sonreía tristemente. Tal entusiasmo le entró a la santa, que le dio un beso...

—Toma, perdido, masón, luterano y anabaptista; ahí tienes el pago de tu limosna.

Sentíase él tan propenso a la emoción, que cuando los labios de la santa tocaron su frente, le entró una leve congoja y a punto estuvo de darlo a conocer. Estrechó suavemente a la santa contra su pecho, diciéndole:

—Es que lo uno no quita lo otro, y aunque yo sea incrédulo, quiero tener contenta a mi *rata eclesiástica*, por lo que pudiera tronar. Supongamos que hay lo que yo creo que no hay... Podría ser... Entonces mi querida *rata* se pondría a roer en un rincón del cielo para hacer un agujerito, por el cual me colaría yo...

—Y nos colaríamos todos —indicó la hermana de Moreno, gozosa, pues le hacían mucha gracia aquellas bromas.

—¡Vaya si le haré el agujerito! —dijo Guillermina—. Roe que te roe me estaré yo un rato de eternidad, y si Dios me descubre y me echa una peluca, le diré: "Señor, es para que entre mi sobrino, que era muy ateo..., de jarabe de pico, se entiende; y me daba para los pobres." El Señor se quedará pensando un rato, y dirá: "Vaya, pues que entre sin decir nada a nadie."

A las diez estaba el misántropo en su habitación, disponiéndose para acostarse.

—¿Se te ofrece algo? —le dijo su hermana.

—No. Trataré de dormir... Mañana a estas horas estaré oyendo cantar el *botijo e leche*. ¡Qué aburrimiento!

—Pero, hombre, ¿qué más te da? Con no comprárselo si no te gusta... Si esa pobre gente vive de eso, déjalos vivir.

—No, si yo no me opongo a que vivan todo lo que quieran —replicó Moreno con energía—. Lo que no quita que me cargue mucho, pero mucho, oír el tal pregón...

—¡Vaya por Dios!... Otras cosas hay peores y se llevan con paciencia.

Después llegó Tom, y la hermana de Moreno se retiró a punto que entraba Guillermina con la misma cantinela.

—¿Quieres algo?... A ver si te duermes, que no es mal ajetreo el que vas a llevar mañana. Mira; de París telegrafías, para que sepamos si vas bien...

Daba algunos pasos hacia fuera y volvía:

—Lo que es mañana no te llamo. Necesitas descanso. Tiempo tienes, hijo, tiempo tienes de darte golpes de pecho. Lo primero es la salud.

—Esta noche sí que voy a dormir bien —anunció don Manuel con esa esperanza de enfermo que es gozo empapado en melancolía—. No tengo sueño aún; pero siento dentro de mí un cierto presagio de que voy a dormir.

—Y yo voy a rezar por que descanses. Verás, verás tú. Mientras estés allá, rezaré tanto por ti, que te has de curar, sin saber de dónde te viene el remedio. Lo que menos pensarás tú, tontín, es que la *rata eclesiástica* te ha tomado por su cuenta y te está salvando sin que lo adviertas. Y cuando te sientas con alguna novedad en tu alma, y te encuentres de la noche a la mañana con todas esas máculas ateas bien curadas, dirás: "¡Milagro, milagro!", y no hay tal milagro, sino que tienes el padre alcalde, como se suele decir. En fin, no te quiero marear, que es tarde... Acuéstate prontito, y duérmete de un tirón siete horas.

Le dio varios palmetazos en los hombros, y él la vio salir con desconsuelo. Habría deseado que le acompañase algún tiempo más, pues sus palabras le producían mucho bien.

—Oye una cosa... Si quieres llamarme temprano, hazlo... Yo te prometo que mañana estaré más formal que hoy.

—Si estás despierto, entraré. Si no, no —dijo Guillermina volviendo—. Más te conviene dormir que rezar. ¿Necesitas algo? ¿Quieres agua con azúcar?

—Ya está aquí. Retírate, que tú también has de dormir. Pobrecilla, no sé cómo resistes... ¡Vaya un trabajo que te tomas!...

Iba a decir: "y todo ¿para qué?", pero se contuvo. Nunca le había sido tan grata la persona de su tía como aquella noche, y se sintió atraído hacia ella por fuerza irresistible. Por fin se fue la santa, y a poco, Moreno ordenó a su criado que se retirara.

—Me acostaré dentro de un ratito —dijo el caballero—; pues aunque creo que he de dormir, todavía no tengo ni pizca de sueño. Me sentaré aquí y revisaré la lista de regalos, a ver si se me queda alguno... ¡Ah!, conviene no olvidar las mantas. La hermana de Morris se enfadará si no le llevo algo de mucho carácter...

La idea de las mantas llevó a su mente, por encadenamiento, el recuerdo de algo que había visto aquella tarde. Al ir a la tienda de la Plaza Mayor en busca de aquel original artículo, tropezó con una ciega que pedía limosna. Era una muchacha, acompañada por un viejo guitarrista, y cantaba jotas con tal gracia y maestría, que Moreno no pudo menos de detenerse un rato ante ella. Era horriblemente fea, andrajosa, fétida, y al cantar parecía que se le salían del casco los ojos cuajados y reventones, como los de un pez muerto. Tenía la cara llena de cicatrices de viruelas. Sólo dos cosas bonitas había en ella: los dientes, que eran blanquísimos, y la voz pujante, argentina, con vibraciones de sentimiento y un dejo triste que llenaba el alma de punzadora nostalgia. "Esto sí que tiene carácter", pensaba Moreno oyéndola, y durante un rato tuviéronle encantado las cadencias graciosas, aquel amoroso gorjeo que no saben imitar las celebridades del teatro. La letra era tan poética como la música.

Moreno había echado mano al bolsillo para sacar una peseta. Pero le pareció mucho, y sacó dos peniques (digo, dos piezas del perro), y se fue.

Pues aquella noche se le representaron tan al vivo la muchacha ciega, su fealdad y su canto bonito, que creía estarla viendo y oyendo. La popular música revivió en su cerebro de tal modo, que la ilusión mejoraba la realidad. Y la jota esparcía por todo su ser tristeza infinita, pero que al propio tiempo era tristeza consoladora, bálsamo que se extendía suavemente untado por una mano celestial. "Debí darle una peseta", pensó, y esta idea le produjo un remordimiento indecible. Era tan grande su susceptibilidad nerviosa, que todas las impresiones que recibía eran intensísimas, y el gusto o pena que ellas emanaban, le revolvían lo más hondo de sus entrañas. Sintió como deseos de llorar... Aquella música vibraba en su alma, como si ésta se compusiera totalmente de cuerdas armoniosas. Después alzó la cabeza y se dijo: "¿Pero estoy dormido o despierto? De veras que debí darle la peseta... ¡Pobrecilla! Si mañana tuviera tiempo, la buscaría para dársela."

El reloj de la Puerta del Sol dio la hora. Después Moreno advirtió el profundísimo silencio que le envolvía, y la idea de la soledad sucedió en su mente a las impresiones musicales. Figurábase que no existía nadie a su lado, que la casa estaba desierta, el barrio desierto, Madrid desierto. Miró un rato la luz, y bebiéndola con los ojos, otras ideas le asaltaron. Eran las ideas principales, como si dijéramos las ideas inquilinas, palomas que regresaban al palomar después de pasearse un poco por los aires. "Ella se lo pierde... —se dijo con cierta convicción enfática—. Y en el desdén se lleva la penitencia, porque no tendrá nunca el consuelo que desea... Yo me consolaré con mi soledad, que es el mejor de los amigos. ¿Y quién me asegura que el año que viene, cuando vuelva, no la encontraré en otra disposición? Vamos a ver... ¿Por qué no había de ser así? Se habrá convencido de que amar a un marido como el que tiene es contrario a la Naturaleza; y su Dios, aquel buen Señor que está acostado en la urna de cristal, con su sábana de holanda finísima, aquel mismo Dios, amigo de Estupiñá, le ha de aconsejar que me quiera. ¡Oh!, sí, el año que viene vuelvo... En abril ya estoy andando para acá. Ya verá mi tía si me hago yo místico, y tan místico, que dejaré tamañitos a los de aquí ¡Oh!..., mi niña adorada bien vale una misa. Y entonces gastaré un millón, dos millones, seis millones, en construir un asilo benéfico. ¿Para qué dijo Guillermina? ¡Ah!, para locos; sí, es lo que hace más falta... Y me llamarán la *Providencia de los desgraciados,* y pasmaré al mundo con mi devoción... Tendremos uno, dos, muchos hijos, y seré el más feliz de los hombres... Le compraré al Cristo aquel tan lleno de cardenales una urna de plata..., y..."

Se levantó, y después de dar dos o tres paseos, volvió a sentarse junto a la mesa donde estaba la luz, porque había sentido una opresión molestísima. Las pulsaciones, que un instante cesaron, volvieron con fuerza abrumadora, acompañadas de un sentimiento de plenitud torácica. "¡Qué mal estoy ahora!... Pero esto pasará, y me dormiré. Esta noche voy a dormir muy bien... Ya va pasando la opresión. Pues sí, en abril vuelvo, y para entonces tengo la seguridad de que..."

Tuvo que ponerse rígido, porque desde el centro del cuerpo le subía por el pecho un bulto inmenso, una ola, algo que le cortaba la respiración. Alargó el brazo como quien acompaña del gesto un vocablo; pero el vocablo, expresión de angustia tal vez, o demanda de socorro, no pudo salir de sus labios. La onda crecía, la sintió pasar por la garganta y subir, subir siempre. Dejó de ver la luz. Puso ambas manos sobre el borde de la mesa, e inclinando la cabeza, apoyó la frente en ellas exhalando un sordo gemido. Dejóse estar así, inmóvil, mudo. Y en aquella actitud de recogimiento y tristeza, expiró aquel infeliz hombre.

La vida cesó en él, a consecuencia del estallido y desbordamiento vascular, produciéndole conmoción instantánea, tan pronto iniciada como extinguida. Se desprendió de la humanidad, cayó del gran árbol la hoja completamente seca, sólo sostenida por fibra imperceptible. El árbol no sintió nada en sus inmensas ramas. Por aquí y por allí caían en el mismo instante hojas y más hojas inútiles; pero la mañana próxima había de alumbrar innumerables pimpollos, frescos y nuevos.

Ya de día, Guillermina se acercó a la puerta y aplicó su oído. No sentía ningún rumor. No había luz. "Duerme como un bendito... Buen disparate haría si le despertara." Y se alejó de puntillas.

# CAPÍTULO III

## DISOLUCIÓN

### I

A mediados de noviembre, Fortunata estaba algo desmejorada. Observándola, Ballester se decía: "¡Cuando digo yo que me debía querer a mí en vez de consumir su vida por ese botarate! ¡Qué mujeres éstas! Son como los burros, que cuando se empeñan en andar por el borde del precipicio, primero los matan a palos que tomar otro camino."

Desde la rebotica, donde estaba trabajando, la vio pasar por la calle: "Allá va la nave... Siempre tan puntual a la citita. Doña Lupe furiosa; el pobre Rubín ido, y esta paloma volando al tejado del vecino. ¡Qué lejos está ella de que le he descubierto el escondrijo! Trabajillo me costó; pero me salí con la mía. Y no es que me proponga delatarla..., cosa impropia de un caballero como yo. Hágolo para mi gobierno. Yo soy así; me gusta seguir los pasos de la persona que me interesa... De seguro que al volver del tortoleo entra por aquí... ¡Ah, qué memoria la tuya, Segismundo! Ya no te acordabas de que para hoy le prometiste tener hechas las píldoras de *hatchisschina*, que le quieren dar al pobre Maxi, a ver si le levantan y aclaran un poco aquellos espíritus tan entenebrecidos. Vamos a ello, y que la alegría más expansiva y la más placentera ilusión de vida *(sacando de un armario el frasco del extracto indiano)*, iluminen el cacumen de mi infeliz amigo, a la acción de este precioso excitante."

Dos o tres horas después de esto, Fortunata entraba en la botica. El farmacéutico observó pintada en su semblante la consternación. Sin duda tenía una pena grande, grande, horrible, de esas que no pueden expresarse sino con la imagen retórica de una espada traspasando el pecho.

—Amiga mía —le dijo Ballester—, no tema usted que la mortifique con consuelos vulgares. Usted padece hoy, y no es cosa de poco más o menos, sino alguna tribulación muy gorda lo que usted tiene dentro. No, no me lo niegue. Su cara de usted es para mí un libro, el más hermoso de los libros. Leo en él todo lo que a usted le pasa. No valen evasivas. Ni pretendo que me confíe sus penitas, hasta que no se convenza de que el médico llamado a curárselas soy yo.

—Vaya, Ballester —dijo Fortunata con malísimo humor—, no estoy ahora para bromas.

—Lo creo... Tiene usted el corazón como si se lo estuvieran apretando con una soga...

—¡Ay, sí..., sí! —exclamó con arranque la joven, a quien faltaba poco para echarse a llorar.

—Y usted ha llorado, porque los ojos también lo están diciendo.

—Sí, sí..., pero déjese de tonterías y no se meta en lo que no le importa. Está usted hoy muy agudo.

—*Siempre lo fue Don García.* Para otras personas tendrá usted secretos; para mí no. Sé de dónde viene usted. Sé la calle, número de la casa y piso... Y si me apura, sé lo que ha ocurrido. Desazón; que si tú, que si yo; que no me quieres, que sí, que tira, que afloja, que vira, que vuelta; que me engañas, que no, que tú más, y hemos concluido, y adiós, y allá va la lagrimita.

La señora de Rubín dejó caer su cabeza sobre el pecho, dando un chapuzón en el lago negro de su tristeza. Ballester la miraba sin osar decirle nada, respetando aquel dolor que por lo muy verdadero no podía disimularse. Por fin, Fortunata, como quien vuelve en sí, se levantó de la silla, y le dijo:

—Esas píldoras, ¿las ha hecho usted?

—Aquí están (entregándole la cajita). Y, a propósito, a usted no le vendrá mal tomarse una.

—¿Yo?... Lo mío no va con píldoras... Quédese usted con Dios; me voy a mi casa.

—Consolarse —le dijo Segismundo en la puerta—. La vida es así: hoy una pena, mañana una alegría. Hay que tener calma, y tomar las cosas como vienen, y no ligar todo nuestro ser a una sola persona. Cuando una vela se acaba, debe encenderse otra... Conque tengamos valor, y aprendamos a despreciar... Quien no sabe despreciar, no es digno de los goces del amor... Y por último, simpática amiga mía, ya sabe que estoy a sus órdenes, que tiene en mí el más rendido de los servidores para cuanto se le ocurra, amigo diligente, reservadísimo, buena persona... ¡Abur!

Subió la joven a su casa. Doña Lupe no estaba, porque en aquellos días iba infaliblemente a las subastas del Monte de Piedad. Maximiliano permanecía largas horas en su despacho o en la alcoba, sin salir ni siquiera a los pasillos, sumergido en una meditación que más bien parecía somnolencia, por lo común echado en el sofá, la vista fija en un punto del techo, al modo de penitente visionario. No molestaba a nadie; no se resistía a tomar el alimento ni las medicinas, sometiéndose silenciosamente a cuanto se le mandaba, como si lo dominante, en aquella fase del proceso encefálico, fuera la anulación de la voluntad, el no ser nada para llegar a serlo todo. Considerándose sola en la casa, Fortunata anduvo de una parte a otra, buscando una ocupación que la distrajera y consolara. Imposible. Mientras más trabajaba, con más energía y claridad repetía su mente lo que le había pasado aquella mañana. "Yo me voy a volver loca —se dijo poniéndose a mojar la ropa—. Más loca estoy que el pobre Maxi, y esto me acabará de rematar."

Sin que se interrumpiera la acción mecánica, el espíritu de la pobre mujer reproducía fielmente la escena aquella, con las palabras, los gestos y las inflexiones más insignificantes del diálogo. En medio de la reproducción iban colocándose, como anotaciones puestas al acaso, los comentarios que se le ocurrían. El trabajo de su cerebro era una calenturienta y dolorosa mezcla de las funciones del juicio y de la memoria, revolviéndose con desorden y alumbrándose unas a otras con aquella claridad de relámpago que a cada instante despedían.

"Tontería grande fue decírselo... Él está hace tiempo muy frío, y como con ganas de romper. ¡Cansado otra vez, cansado; y allá por junio, sí, bien me acuerdo de que era en junio, porque estaban poniendo los palos para el toldo de la procesión del Corpus, me dijo que nunca más me dejaría, que se avergonzaba de haberme abandonado dos veces, y qué sé yo cuántas mentiras más!... Lo que hace ahora es buscar un pretexto para llamarse andana... ¡Cristo, qué cara me puso cuando le dije aquello!... 'No seas bobito, ni fíes tanto en la virtud de tu mujer. ¿Pues qué te crees? ¿Que no es ella como las demás? Para que lo sepas: tu mujer te ha faltado con aquel señor de Moreno, que se murió de repente, una noche. La suerte tuya fue que dio el estallido; y es que los corazones revientan, de la fuerza del querer... Créete, como Dios es mi padre, que la *mona del Cielo* le quería también, y tenían sus citas..., no sé dónde..., pero las tenían. Tan listo como eres, y a ti también te la dan...' ¡Bendito Dios, qué cara me puso! ¡Ah! el amor propio y la soberbia le salían a borbotones por la boca..."

Después sentía claramente en su oído la vibración de aquella réplica que la había hecho estremecer, que aún la abrumaba, porque las palabras se repetían sin cesar como la pieza de una caja de música, cuyo cilindro, sonada la última nota, da la primera. "¿Pero qué te has figurado, que mi mujer es como tú? ¿De dónde has sacado esa historia infame? ¿Quién te ha metido en la cabeza esas ideas? Mi mujer es sagrada. Mi mujer no tiene mancilla. Yo no la merezco a ella, y por lo mismo la respeto y la admiro más. Mi mujer, entiéndelo bien, está muy por encima de todas las calumnias. Tengo en ella una fe absoluta, ciega, y ni la más ligera duda puede molestarme. Es tan buena, que sobre serme fiel, tiene la costumbre de entregarme todos sus pensamientos para que yo los examine. ¡Ojalá pudiera yo entregarle los míos! Y ahora, cuando tú me traes esos absurdos cuentos, me veo tan por bajo de ella, que no puede ser más. Tú misma me estás castigando con eso de decirme que mi mujer es como tú, o que en algo puede parecerse a ti. Me castigas porque me demuestras la diferencia; te comparo con ella, y si pierdes en la comparación, échate a ti la culpa... Para concluir, si vuelves a pronunciar delante de mí una palabra sola referente a mi mujer, cojo mi sombrero... y no vuelves a verme más en todos los días de tu vida."

Comentario: "¡Y yo que me había hecho la ilusión de que no era honrada, para salir ahora con que no tengo más remedio que confesar que lo es! ¿Habrá visto visiones Aurora? Lo asegura de un modo, que no sé... Puede que se equivoque... Puede que el caballero ése estuviera prendado de ella; eso no quiere decir que ella pecase ni mucho menos..."

Otra vez sentía retumbar en su oído las tremendas palabras de *aquél:* "Si vuelves a pronunciar delante de mí, etcétera..." Y el comentario parecía producirse en el cerebro paralelamente a la repetición de la filípica: "¡Ah!, tuno, no hablabas antes de ese modo. En junio, sí, bien me acuerdo, todo era *te quiero y te adoro,* y bastante que nos reíamos de la *mona del Cielo,* aunque siempre la teníamos por virtuosa. ¿Que es sagrada, dices?... ¿Entonces para qué la engañas? ¡Sagrada! Ahora sales con eso. *Cojo mi sombrero y no me vuelves a ver.* ...Eso es que tú lo quieres hace tiempo. Estás buscando un motivo, y te agarras a lo que dije. *Te comparo con ella, y si pierdes en la comparación, échate a ti misma la culpa.* Eso es decirme que soy un trasto, que yo no puedo ser honrada aunque quiera... ¡Cómo me requemaba oyendo esto y cómo me requemo ahora mismo! Se me aprieta la garganta, y los ojos se me llenan de lágrimas. ¡Decirme a mí esto, a mí, que me estoy condenando por él!... Pero, Señor, ¡qué culpa tendré yo de que esa niña bonita sea ángel! Hasta la virtud sirve para darme a mí en la cabeza. ¡Ingrato!"

Reproducción de algo que ella le había contestado: "Mira; no lo tomes tan a pechos. Podrá ser mentira. ¿Yo qué sé? No creerás que lo he inventado yo. Para que veas que no me gustan farsas contigo; eso que te incomoda tanto, es cosa de Aurora..."

Y él: "Como yo la coja, le arranco la lengua. Es una víbora esa mujer, una envidiosa, una intrigante. Ándate con cuidado con ella."

Comentario: "De veras que estuve muy imprudente. No se debe hablar mal de nadie sin tener seguridad de lo que se dice. Desde aquel momento no me volvió a mirar como me mira siempre. Le chafé su amor propio. Es como cuando se sienta una, sin pensarlo, sobre un sombrero de copa, que no hay manera, por más que se le planche después, de volverlo a poner como estaba. Ésta sí que no me la perdona. Perdona él todo; pero que le toquen a su soberbia no lo perdona. '¿Estás enfadado?' '¡Si te parece que no debo estarlo!...' 'Hazte el cargo de que no he dicho nada.' 'No puedo; me has ofendido; te has rebajado a mis ojos. Como tú no tienes sentido moral, no comprendes esto. No calculas el valor que se quitan a sí mismas las personas cuando hablan más de la cuenta.' 'No me digas esas cosas.' 'Se me salen de la boca. Desde que calumniaste a mi pobre mujer, la veneración y el cariño que le tengo se aumentan, y veo otra cosa; veo lo miserable que soy al lado suyo; tú eres el espejo en que miro mi conciencia y te aseguro que me veo horrible.' "

Comentario: "Cuando toma este tonito, le pegaría... Eso es decirme que soy una indecente. Y siempre que saca estas *tiologías,* es porque me quiere dejar. Yo no puedo vivir así, Dios mío; esto es peor que la muerte."

Reproducción: "¿Te vas ya?" "¿Te parece que es temprano todavía?" "¿Vienes el lunes?" "No puedo asegurártelo." "Ya empiezas con tus mañas." "Tú sí que te pones pesada." "No quiero disputar. Dime lo que quieras." "Si rompemos, no me eches a mí la culpa, porque eres tú quien la tiene." "¿Yo?" "Sí, tú, por salir con alguna patochada ordinaria." "Bueno; lo que quieras... Tú siempre has de tener razón... Adiós." "Hasta la vista."

Y al cabo de un rato, su mente saltó de improviso con una idea nueva, expresada en medio de los ahogos de la desesperación, como un rayo que atraviesa las nubes y momentáneamente las horada, las ilumina con sus refulgentes dobleces. "¿Pero qué demonios es esto de la virtud, que por más vueltas que le doy no puedo hacerme con ella y meterla en mí?"

Entonces advirtió que no había mojado la ropa. Su tarea estaba por empezar, y los rollos de camisas, chambras y demás prendas continuaban delante de ella, muertos de risa, lo mismo que el barreño de agua. *Papitos,* que entró en el comedor con los cuchillos ya limpios, fue el choque que la hizo salir de su abstracción.

II

El día de San Eugenio propuso doña Casta ir de merienda al Pardo; pero las de Rubín no querían ni oír hablar de nada que a diversión se pareciese. Bueno tenían ellas el espíritu para meriendas. Fueron *las Samaniegas* con *Doña Desdémona,* Quevedo y otros amigos. Por la noche, doña Casta se empeñaba en que todas habían de comer bellota, de la provisión que trajo. Estaban de tertulia en casa de Rubín. Sólo faltaba Aurora, a quien Fortunata esperaba con ansia, y siempre que sentía pasos en la escalera, iba a la puerta para abrirle antes de que llamase. Por fin llegó la viuda de Fenelón, fatigadísima. Los encargos en aquel mes eran considerables; las bodas aristocráticas menudeaban, y la pobre Aurora no podía desenvolverse. Como que por cumplir y hacer las entregas a tiempo se había traído alguna labor para trabajar en su casa. Velaría hasta las doce o la una. Brindóse la de Rubín a ayudarla, y con la venia de las dos señoras mayores se fueron a la casa próxima. Fortunata deseaba estar sola con su amiga para hablar largo y tendido sobre diferentes cosas.

Encendieron luz en el gabinete, y sobre una gran mesa que allí había, por el estilo de las mesas de los sastres, Aurora, sacando sus avíos, se puso a cortar y a preparar. Fortunata la ayudaba a desenvolver los patrones y a hilvanarlos sobre la tela. A cada momento se arrancaba Aurora del pecho una aguja enhebrada o se la clavaba en él, pues el pecho era su acerico, y allí tenía también una batería de alfileres. Extendiendo sus miradas sobre los patrones, con atención de artista, cogiendo ora la aguja, ora las tijeras, ya inclinada sobre la mesa, ya derecha y mirando desde lejos el efecto del corte; moviendo la cabeza para obtener la oblicuidad de la mirada en ciertas ocasiones, empezó a charlar, arrojando las palabras como un sobrante de la potencia espiritual que aplicaba a su obra mecánica.

—Hoy ha sido el funeral. ¡Cosa estupenda, según me ha dicho Candelaria! El catafalco llegaba hasta el techo, y la orquesta era magnífica; muchas luces... Ahí tienes para qué les sirve el dinero a esos *celibatarios* egoístas. Estaban las de Santa Cruz y Ruiz Ochoa, *las Trujillas,* y qué sé yo quién más... Como no nos vemos desde hace muchos días, no te he podido contar la impresión que recibí aquella mañana. Verás: pasaba yo a eso de las ocho y media por la plaza de Pontejos para ir a mi obrador, cuando vi que del portal salía despavorido el criado inglés... Según después supe, iba en busca de mi primo Moreno Rubio, que vive en la calle de Bordadores. Yo dije: "¿Qué pasará?" Y Samaniego salió de la tienda preguntando: "¿Qué hay?" "¿Cómo que qué hay?" El inglés entonces, con un terror que no puedo pintarte, nos dijo: "Señor muerto; señor como muerto." Corrió allá Pepe y yo detrás. En el portal había un corrillo de gente; unos salían, otros entraban, y todos se lamentaban del suceso. Subí con Pepe... La puerta estaba abierta. Los gritos de Patrocinio Moreno se oían desde la escalera. ¡Ay, qué paso, hija! Yo tenía un miedo que no te puedo ponderar. Acerquéme poco a poco a la habitación. Allí estaba la santa, todavía con el manto puesto y el libro de misa en la mano... Parecía una imagen. Y Moreno..., no me quiero acordar, sentado en una silla junto a la mesa... Dicen que le encontraron con la cabeza apoyada en las manos, seco, rígido y sin sangre. No puedo pintarte el horror que me causó lo que vi. Le habían incorporado en el asiento. Toda la pechera de la camisa estaba manchada de sangre; la barba llena de cuajarones...; los ojos abiertos —aquí suspendió Aurora su trabajo, poniendo todo su espíritu en lo que relataba—. No quise entrar. De la puerta me volví, y no sé cómo llegué al taller, porque me iba cayendo por el camino; tal impresión me hizo. Hay que reconocer que ese hombre tenía que concluir de mala manera; pero eso no quita que una le tenga lástima —volvió a poner toda la atención en su trabajo—. Estuve muy mala aquel día, y a ratos me entraban ganas de llorar. Mal se portó conmigo, muy mal... ¡Ah! ya veo yo que todo se paga en este mundo.

—¡Pobre señor! —exclamó Fortunata—. A mí también me dio lástima cuando lo supe. Pero ¿no sabes una cosa? Que hoy hemos tenido la gran bronca *ése* y yo, porque le dije aquello...

—¿Lo de...? —apuntó Aurora, suspendiendo otra vez el trabajo, y mirando a su amiga con intención picaresca.

—Sí... Se enfadó tanto, que concluimos mal. ¡Ay, qué pena tengo! Porque si es calumnia, figúrate, ¡qué barbaridad ir con esa historia!

—Calumnia no —dijo la de Fenelón, atendiendo más a su corte—. Podrá ser equivocación. ¿Quién demonios sabe lo que pasa en el interior de *la mona*? Que el difunto Moreno andaba loco por ella, no tiene duda. Falta saber, *por ejemplo*, si ella le correspondía o no.

—Tú me dijiste que sí, y que tenían citas...

—Sí; pero te lo dije como una suposición nada más— replicó la astuta mujer con cierto despego, como si deseara mudar de conversación—. Tú te precipitaste al llevarle ese cuento. Se habrá volado. Hay que tener tacto, amiga mía, y no herir el amor propio de los hombres. Ya debías suponer que le sabría mal.

—¿Y tú qué crees?, hablando ahora como si estuviéramos delante de un confesor. ¿Tú qué crees? ¿Es, como quien dice, ángel, o qué?

Aurora dejó las tijeras, y se clavó en el pecho la aguja enhebrada. Después de calcular su respuesta, la soltó en esta forma:

—Pues hablando con verdad, y sin asegurar nada terminantemente, te diré que la tengo por virtuosa. Si mi primo hubiera vivido, no sé adónde habrían llegado las cosas. Él hacía el trovador de la manera más infantil del mundo. ¡Quién lo diría!... ¡Un hombre tan corrido!... Ella..., no sé..., creo que se reía de él... Y bien merecido le estaba, por pillo. Quizás le miraba con alguna simpatía...; pero lo que es citas, amiga mía, me parece que no las hubo, digo, me parece; y si algo de esto dije, fue como un *tal vez*, y me vuelvo atrás.

Tornó a su faena dejando a la otra en la mayor confusión.

—Y en último resultado —le dijo después—, ¿a ti qué más te da que sea honrada o deje de serlo? Lo que te importa es que él te quiera a ti más que a ella.

—¡Oh, no!... —exclamó Fortunata con toda su alma—. Es que si no fuera honrada esa mujer, a mí me parecería que no hay honradez en el mundo y que cada cual puede hacer lo que le da la gana... Paréceme que se rompe todo lo que la ata a una; no sé si me explico; y que ya lo mismo da blanco que negro. Créetelo: esa duda no se me va de la cabeza a ninguna hora; siempre estoy pensando en lo mismo, y tan pronto me alegro de que sea mala como de que no lo sea. ¡Ah!, no sabes tú lo que yo cavilo al cabo del día. Las cosas que me pasan a mí no tienen nombre.

—Pues para que te tranquilices de una vez —dijo la otra sin mirarla—. Tenla por honrada, y cuando hables de esto con *él*, hazle entender que lo crees así, y no aspires a que *él* te dé su respeto; conténtate con el amor.

—Quítate de ahí, mujer —saltó Fortunata muy nerviosa—. Si esto se acaba... ¡Si me está faltando ese perro! Si en quince días no le he visto más que dos veces. Siempre llega tarde, y como de mala gana. ¡Oh!, yo le conozco bien las mañas: me le sé de memoria. Nada, que quiere echarme al agua otra vez; lo veo, lo estoy viendo. Hoy se lo dije claro, y no me contestó nada.

—Entonces tenemos a *la mona del Cielo* de enhorabuena.

—¡Ah, no!... Me parece que ahora la veleta marca para otro lado. Me está faltando con alguna que ni su mujer ni yo conocemos. Más claro: a las dos nos está dando el plantón *hache,* y yo estoy que no sé lo que me pasa, más muerta que viva..., llena de rabia, llena de celos. No he de parar hasta cogerle, y de veras te digo que si le cojo, y si cojo a la otra, me pierdo. Yo vengaré a *la mona del Cielo* y me vengaré a mí. No quisiera morirme sin este gusto.

—Dime una cosa... ¿Te has fijado en determinada mujer? —le preguntó su amiga mirándola de hito en hito.

—No sé. Esta noche se me ocurrió si será Sofía la *Ferrolana,* o la *Peri,* o Antonia, ésa que estaba con Villalonga.

—Es natural: piensas en las que conoces. ¿Qué me das, querida mía, si te lo averiguo?

Al decir esto, Aurora abandonó todo trabajo y se puso delante de su amiga en la actitud más complaciente.

—¿Que qué te doy? Lo que tú quieras. Todo lo que tengo... Te lo agradeceré eternamente.

—Bueno; pues déjame a mí, que como yo coja el cabo del hilo, hemos de llegar a la otra punta. Verás por qué lo digo. En mi taller hay una chiquilla, muy graciosa por cierto, que me parece, me parece...

—¡En tu taller!...

—Sí; pero no te precipites... No es ella tal vez... Quiero decir, que por ella he de coger el cabo del hilo, y verás... iré tirando, tirando hasta dar con lo que queremos saber. Tú confíate en mí, y no hagas nada por tu parte. Prométeme que no te has de meter en nada. Sin esa condición, no cuentes conmigo.

—Pues bien, yo te lo prometo. Pero me has de decir todo lo que vayas averiguando. Te digo que si la cojo... No me importa ir al Modelo; te juro que no me importa. Si ya me parece que la tengo entre mis uñas.

Doña Casta entró, abriendo la puerta con su llavín. Era tarde, y Fortunata tuvo que retirarse. Aurora se quedó trabajando un momento más, y decía para sí: "Estas tontas son terribles, cuando les entra la rabia. Pero ya se aplacará. Pues no faltaría más... Estaría bueno..."

## III

Una tarde, doña Lupe vio entrar a su sobrina tan desolada, que no pudo menos de írsele encima, llena de irascibilidad, no pudiendo sufrir ya que no le confiase sus penas, cualquiera que fuese la causa de ellas.

—¿Te parece que éstas son horas de venir? Y haz el favor, para otra vez, de dejarte en la calle tus agonías y no ponérteme delante con esa cara de viernes, pues bastantes espectáculos tristes tenemos en casa.

Fortunata tenía su interior tan tempestuoso que no pudo contenerse, y estalló con esa ira pueril que ocasiona las reyertas de mujeres en las casas de vecindad.

—Señora, déjeme usted en paz, que yo no me meto con usted, ni me importa la cara que usted tenga o deje de tener. Pues estamos bien... Que no pueda una ni siquiera estar triste, porque a la señora esta le incomodan las caras afligidas... Me pondré a bailar, si le parece.

No estaba acostumbrada doña Lupe a contestaciones de este temple, y al pronto se desconcertó. Por fin hubo de salir por este registro:

—Eso de que me ocupe o no me ocupe, no eres tú quien lo ha de decidir. Pues qué, ¿han tocado ya a emanciparse? Estás fresca. ¿Crees que se te va a tolerar ese cantonalismo en que vives? ¡Me gustan los humos de la loca esta!... Ya te arreglaré, ya te arreglaré yo.

Estaba la otra tan violenta y tenía los nervios tan tirantes, que al apartar una silla la tiró al suelo, y al poner su manguito sobre la cómoda, dio contra un vaso de agua que en ella había.

—Eso es, rómpeme. la sillita... Mira cómo has derramado el agua.

—Mejor.

—¿Sí?... Ya te mejoraré yo, ya te arreglaré.

—Usted, señora, se arreglará sus narices, que a mí no me arregla nadie...

—No quiero incomodarme, no quiero alzar tampoco la voz —dijo doña Lupe levantándose de su asiento—, porque no se entere ese desventurado.

Salió un momento con objeto de cerrar puertas para que no se oyera la gresca, y a poco volvió al gabinete, diciendo:

—Se ha quedado dormido. Si te parece, haz bulla para que no descanse el pobrecito. Te estás portando... ¡Silencio!

—Si es usted la que chilla... Yo bien callada entré. Pero se empeña en buscarme el genio.

—Mete ruido, mete ruido. Ni siquiera has de dejar dormir al pobre chico.

—Por mi parte, que duerma todo lo que quiera.

—Y lo que más me subleva es tu terquedad —dijo doña Lupe bajando la voz— y ese empeño de gobernarte sola, sí, esa independencia estúpida... Tú te lo guisas y tú te lo comes. Así te sabe a demonios. Bien empleado te está todo lo que te pasa, muy bien empleado.

Tanta turbación había en el alma de la esposa de Rubín, que la ira estaba en ella como prendida con alfileres, y el menor accidente, una nada, determinaba la transición de la rabia al dolor, y de la energía convulsiva a la pasividad más desconsoladora. Algo se derrumbaba dentro de ella, y perdiendo toda entereza, rompió a llorar como un niño a quien le descubren una travesura gorda. Doña Lupe se vanaglorió mucho de aquel cambio de tono, que consideraba obra de sus facultades persuasivas. Fortunata se dejó caer en una silla, y más de un cuarto de hora estuvo sin articular palabra, oprimiendo el pañuelo contra su cara.

—Pues sí, tía..., es verdad que debiera yo... contarle a usted... No lo hice porque me parecía impropio. ¡Qué barbaridad! Traer a esta casa cuentos de... Soy una miserable; yo no debo estar aquí... Hasta llorar aquí por lo que lloro es una canallada. Pero no lo puedo remediar. El alma se me deshace. Yo tengo que decirle a alguien que me muero de pena, que no puedo vivir. Si no lo digo, reviento... Usted crea lo que quiera...; pero soy muy desgraciada. Yo sé que me lo merezco, que soy mala, mala de encargo..., pero soy muy desgraciada.

—Ahí tienes —le dijo doña Lupe moviendo la mano derecha, con dos dedos de ella muy tiesos, en ademán enteramente episcopal—; ahí tienes lo que te pasa por no hacer lo que yo te digo... Si hubieras seguido los consejos que te di este verano, no te verías como te ves.

La otra estaba tan sofocada, que su tía tuvo que traerle un vaso de agua.

—Serénate —le decía—, que ahora no te he de reñir, aunque bien lo mereces. No, no necesitas explicarme lo que te pasa; justo castigo de Dios. ¿Crees que no tengo yo pesquis? Me basta verte la cara. Ello tenía que suceder, porque los malos pasos conducen siempre a malos fines... El resultado es que sale todo lo que yo digo. El pecado trae la penitencia. Otra vez te da carpetazo ese hombre, ¿acerté?

—Sí, sí... ¡Pero qué infame!...

—Anda, que los dos estáis buenos. Tal para cual. Las relaciones criminales siempre acaban así. Uno se encarga de castigar al otro, y el que castiga ya encontrará también su trancazo en alguna parte. Pues estás lucida... Tras de cornuda, aporreada, y después sacada a bailar.

—¡Pero qué infame! —volvió a decir Fortunata, mirando a su tía con los ojos llenos de lágrimas—. ¿Pues no ha tenido el atrevimiento de decirme, entre bromas y veras, que yo estaba enredada con Ballester? Pretextos, *tiologías,* y nada más. De seguro que no lo cree.

—Aguanta, que todo te lo tienes bien merecido. Ni vengas a que yo te consuele... Acudiendo con tiempo, no digo que no. Abres ahora los ojos y te encuentras horriblemente sola, sin familia, sin marido, sin mí.

Fortunata, con un pánico semejante al de quien se está ahogando, agarróse a la falda de doña Lupe, y vuelta a soltar un raudal de lágrimas.

—No, no, no... Yo no quiero estar sola..., triste de mí. Dígame usted algo, siquiera que tenga paciencia, siquiera que me porte ahora bien... Sí, me portaré bien; ahora sí; ahora sí.

—Ahora sí. Vaya, hija, no madrugues tanto. Tú no te acuerdas de Santa Bárbara sino cuando truena. ¿Qué sacaría yo de consolarte ahora y corregirte, si el mejor día volvías a las andadas?

—Ahora no...; ahora no.

—Quien no te conoce que te compre... Al extremo a que han llegado las cosas, me parece que no debo intervenir ya, ni tomar vela en ese entierro. Sería hasta indecoroso para mí. Resultaría... así como cierta complicidad en tus crímenes. No, hija, has acudido tarde... Te he estado metiendo la indulgencia por los ojos, sin que tú la quisieras ver, y ahora que te ahogas vienes a mí... ¡Ay!, no puedo, no puedo.

Y sin decir más, se fue a la cocina, pensando que toda severidad era poca contra aquella mujer, y que convenía aterrorizarla, a ver si se sometía al fin de una manera absoluta.

Pronto se hizo de noche. Los días menguaban, entristeciendo el ánimo de los que ya, por otros motivos, estaban tristes. A las seis y media la casa estaba a oscuras, y doña Lupe retardaba el encender luces todo lo posible. Fortunata, en el cuarto de su marido, y casi a tientas, llegó al sofá donde él estaba echado, y le preguntó si tenía ganas de comer, sin obtener respuesta. Oía los suspiros que daba el infeliz, y en una de aquellas aproximaciones, Maxi cogiéndole las manos, se las apretó con afecto. Algo había en el alma de Fortunata que respondía a tal demostración de ternura. Sentía hacia él cariño semejante al que inspira un niño enfermo, efusión de lástima que protege y que no pide nada.

Doña Lupe trajo luz, y mirando a los esposos con sus ojos encandilados por el vivo resplandor de la llama de petróleo, dijo, sin duda por animar a Maxi con una broma:

—¿Ya estáis haciendo los tortolitos?... Más cuenta te tiene comer. ¿Quieres que ésta coma aquí contigo?

—Sí, sí. Yo comeré aquí —dijo la esposa prontamente—. Y él comerá también, ¿verdad, hijo? ¿Verdad que comerás con tu mujer? Ella te cortará los pedacitos de carne y te los irá dando.

—Pues yo os mandaré la comida —indicó doña Lupe, poniendo la pantalla al quinqué y acortando la llama—. Tengo hoy un arroz con menudillos que es lo que hay que comer.

En el rato que estuvieron solos, antes de que entrara *Papitos* con el servicio y la sopa, Maxi endilgó a su mujer algunas frases enteramente ceñidas al endiablado asunto que constituía su demencia. Fortunata le apoyó en todo, mostrándose muy penetrada de la urgencia de establecer, como realidad social, el principio de solidaridad de la sustancia divina. A todo decía que sí, y mientras comían, notó que el enfermo se animaba extraordinariamente, llegando hasta mostrarse alegre, locuaz y poniendo un singular calor en sus proyectos de apostolado. En un momento que salió fuera, preguntóle Fortunata a su tía:

—¿Y le dio usted al fin esas píldoras?

—Sí por cierto. Esta mañana en ayunas se tomó una, y a las cuatro le di otra. ¿No lo dispuso así Ballester?

—Sí... Vea usted por qué está tan avispado. ¡Vaya con el cáñamo ese! Pero los disparates son los mismos; sólo que ahora no ve las cosas de un modo tan negro sino que las toma por lo risueño.

Volvió al lado de él, y le fue dando los menudillos con el tenedor, y él se los comía con gana, sin cesar de hablar y aun de reír. Su risa plácida no parecía la de un demente.

Fortunata sentía leve consuelo en su alma, y se decía: "¡Si Dios quisiera que se pusiera bueno...! Pero cómo va Dios a hacer nada que yo le pida... ¡Si soy lo más malo que Él ha echado al mundo! Para mí esta casa se tiene que acabar. ¿Adónde me retiraré? ¿Qué será de mí? Pero a donde quiera que vaya, me gustará saber de este pobrecito, el único que me ha querido de verdad, el que me ha perdonado dos veces y me perdonaría la tercera... y la cuarta... Yo creo que me perdonaría también la quinta, si no tuviera esa cabeza como un campanario. Y esto es por culpa mía. ¡Ay, Cristo, qué remordimiento tan grande! Iré con este peso a todas partes, y no podré ni respirar."

Después de comer, estaba él animadísimo, cual no lo había estado en mucho tiempo; pero sus conceptos eran de lo más estrafalario que imaginarse puede. Como entraran doña Silvia y Rufinita, de visita, doña Lupe se fue con ellas a la sala, y los esposos se quedaron solos. Maxi se levantó, y estiró todo el cuerpo, elevando los brazos. Los huesos crujieron, hizo diferentes contorsiones que parecían un trabajo de gimnasia, y luego volvió a sentarse, abrazando a su mujer y quedándose ante ella (pues estaba sentado en una banqueta junto al sofá) en actitud semejante a la que toman los amantes de teatro cuando van a decirse algo muy bonito en décimas o quintillas.

## IV

—Vida mía —le dijo en el tono más dulce del mundo—, gracias mil por el consuelo que me has dado con tus palabras.

Fortunata no sabía qué palabras eran aquellas que le habían consolado; pero lo mismo daba. Hizo un signo afirmativo, y adelante.

—Porque estando tú conforme conmigo, no deseo más. Mis aspiraciones están cumplidas. ¡Viva el gran principio de la liberación por el desprendimiento, por la anulación!...

—¡Vivaaa...!

—Así lo dirán las multitudes, cuando esta doctrina se propague; pero esto no nos toca a nosotros, sino al que vendrá después. Cumplamos tú y yo la ley de morir cuando nos creamos llegados al punto de caramelo de la pureza. Matemos a la bestia cuando de ella esté completamente desligada su prisionera, la sustancia espiritual, como del erizo se desprende la castaña bien madura.

—Nada, hijo, que la mataremos.

—Me gusta verte así. ¿Hay nada más hermoso que la muerte? ¡Morir, acabar de penar, desprenderse de todas estas miserias, de tantos dolores y de toda la inmundicia terrenal! ¿Hay nada que pueda compararse a este bien supremo?... ¿Concibe el alma nada más sublime?

—¿Y después? —dijo Fortunata, que aun sabiendo con quién hablaba, oía con mucho gusto aquella manera de considerar la muerte.

—¡Oh! después, sentirse uno absolutamente puro, perteneciente a la sustancia divina; reconocerse uno parte de ella, y todito con aquel gran todo... ¡Qué dicha tan grande!

—¡No padecer!... —murmuró la prójima inclinando su cabeza sobre el pecho de él—. ¡No temer si le hacen a uno esta o la otra perrería!... No verse en agonías nunca, y gozar, gozar, gozar...

Su mente se dejó ir en alas de aquella sublime idea, perdiéndose en los espacios invisibles y sin confines.

—¡Sentir luego la irradiación del bien en sí, y contemplarse uno en aquel todo etéreo y sustancial, infinitamente perfecto y sano, hermoso, transparente y placentero!...

Esto era ya un poco metafísico, y Fortunata no lo comprendía bien. Lo accesible para ella era la idea primera: morirse, desprenderse de las lacerias de este mundo, y sentirse luego persona idéntica a la persona viva, gozando todo lo que hay que gozar y amando y siendo amada con arrobamientos que no se acaban nunca.

—Querida mía —le dijo Maxi moviendo mucho la cabeza y los músculos de la cara, señal de una fuerte excitación nerviosa—, los dos moriremos después que hayamos cumplido nuestra misión. Y para que te penetres bien de la tuya, te voy a decir lo que he sabido por revelación celestial.

Fortunata se preparó a oír el gran disparate que su marido anunciaba, y puso una carita muy gravemente atenta.

—Pues yo sé una cosa que tú no sabes, aunque quizás lo presientes, y que seguramente sabrás muy pronto. Quizás hayas empezado a notar algún síntoma; pero aún tu espíritu no tendrá más que presentimientos de este gran suceso.

La miraba de tal modo, que ella empezó a asustarse. ¿Qué sería, Dios, qué sería? Maxi estuvo un rato en silencio, clavados en ella sus ojos como saetas, y por fin le dijo estas palabras, que la hicieron estremecer:

—Tú estás encinta.

Quedóse un rato la infeliz mujer como petrificada. Trataba de tomarlo a broma, trataba de negarlo; pero para ninguna de estas determinaciones tenía valor. Terror inmenso llenaba su alma al ver que Maxi decía lo que decía con expresión de la más grande seguridad. Pero lo último que a Fortunata le quedaba que oír fue esto, dicho con exaltación de iluminado, y con atroz recrudecimiento de las sacudidas nerviosas de la cabeza:

—Ha sido una revelación. El espíritu que me instruye me ha traído anoche esta idea... Misterio bonitísimo, ¿verdad? Tú estás embarazada... Y tú lo presumes; mejor dicho, lo sabes, te lo estoy conociendo en la cara; lo ocultas porque ignoras que esto no ha de arrojar ninguna deshonra sobre ti. El hijo que llevas en tus entrañas es el hijo del Pensamiento Puro, que ha querido encarnarse para traer al mundo su salvación. Fuiste escogida para este prodigio, porque has padecido mucho, porque has amado mucho, porque has pecado mucho. Padecer, amar y pecar...: ve ahí los tres infinitivos del verbo de la existencia. Nacerá de ti el verdadero Mesías. Nosotros somos nada más que precursores, ¿te vas enterando?, nada más que precursores, y cuando des a luz, tú y yo habremos cumplido nuestra misión, y nos liberaremos matando nuestras bestias.

Del salto se puso Fortunata al otro extremo de la habitación. Habíale entrado tal pánico, que por poco sale al pasillo pidiendo socorro. Maxi tenía la cara descompuesta y transfigurada, y sus ojos parecían carbones encendidos. Ni siquiera reparó que su mujer se había alejado de él, y continuó hablando como si aún la tuviera al lado. La infeliz, turbada y muerta de miedo, se acurrucó en el rincón opuesto, y cruzadas las manos, miraba al desgraciado demente, diciendo para sí: "¿En qué lo habrá conocido?... Dios, ¡qué hombre! ¿Será farsa todo esto de la locura? ¿Será que se finge así para poder matarme, sin que la justicia le persiga?... ¡Pero cómo habrá descubierto!... ¡Si no lo he dicho a nadie! ¡Si no se me conoce nada todavía!... ¡Ah!, lo que este hombre tiene es mucha picardía. Eso de la revelación lo dice para engañar a la gente... Sin duda se lo figura, se lo teme, o me lo ha conocido no sé en qué... ¿Lo habré dicho yo en sueños?... Aunque no; podrá haberlo adivinado por su propia locura. ¿No dicen que las grandes verdades las saben los niños y los locos?... ¡Ay, qué miedo me ha entrado! Dios mío, líbrame de esta tribulación. Este hombre me quiere matar y hace todas estas comedias para vengarse de mí y asesinarme a lo bóbilis bóbilis..."

El iluminado fue hacia su mujer, cogiéndola por un brazo. Tal temor sentía ella, que hasta se encontró con fuerzas inferiores a las de su marido, que era tan débil.

—Moñuca mía —le dijo apretándole el brazo con nerviosa energía y mirándola con una expresión en que la desdichada veía confundidos al amante y al asesino—, nos liberaremos, por medio de una sangría suelta, desde que hayas cumplido tu misión. ¿Cuándo será? Allá por febrero o marzo.

"Debe ser por marzo —pensó Fortunata—; pero para ti estaba... Ya me pondré yo en salvo. Mátate tú, si quieres, que yo tengo que vivir para criarlo, ¡y voy a ser tan feliz con él!... Va a ser el consuelo de mi vida. Para eso lo tengo, y para eso me lo ha dado Dios... ¿Ves cómo me salí con mi idea?... Mi hijo es una nueva vida para mí. Y entonces no habrá quien me tosa... ¡Oh!, si no lo sintiera aquí dentro, yo y tú seríamos iguales, tan loco el uno como el otro, y entonces sí que debíamos matarnos."

Oíase el runrún de las despedidas de doña Silvia y Rufinita en el pasillo. A poco entró la de Jáuregui, y, viéndola su sobrino, se volvió al sofá, dejando a su mujer en pie en medio del cuarto.

—¿Qué tal? —dijo doña Lupe—. ¿Hay sueño? Son las once.

—Ha venido usted a turbar nuestra felicidad —replicó Maxi sentado, y moviendo las piernas en el aire—. Mi elegida y yo deseamos estar solos, enteramente solos. Los misterios inefables que a ella y a mí...

—¿Pero qué volteretas son esas que das? (no sabiendo si reír o ponerse seria). Pareces un saltimbanquis.

—Que a ella y a mí se nos han revelado... los misterios inefables, digo..., nos llevan a un éxtasis delicioso, de que no pueden participar las personas vulgares.

—¡Llamarme a mí persona vulgar!...

—La vulgaridad consiste en estar muy apegada a los bienes terrenos..., es decir, en hacerle mimos a la bestia.

—¿Pero qué? ¿también vas a dar vueltas de carnero? —dijo asustada doña Lupe viéndole apoyar las manos en el sofá y doblar luego la cabeza hasta tocar con ella la guttapercha.

—Lo que yo dé, a usted no le importa, mujer de poca fe... La noche está fría y necesito que las extremidades entren en calor. Dentro del cráneo me han encendido un hornillo.

—¿Ve usted..., ¿ve usted?... —indicó Fortunata, no recatándose de decirlo en alta voz—. El efecto de esas condenadas píldoras. Creo que no deben dársele más. Ya ve usted cómo se pone: se le trastorna más el cerebro y adivina los secretos.

—¿Cómo que adivina los secretos?... Pero, niño, ¿qué haces?

Rubín se sentaba y se levantaba, dando botes en el asiento, como un jinete que monta a la inglesa.

—Allá por marzo será el gran suceso, la admiración del mundo —gruñía el infeliz, dando vueltas sobre sí mismo—. Lo anunciará una estrella que ha de aparecer por Occidente, y los Cielos y la tierra resonarán con himnos de alegría.

—¿Pero qué estás diciendo? Vamos, hijo de mi alma, estate tranquilo.

—Lo que yo quisiera saber ahora es dónde está mi sombrero —dijo él, mirando debajo de la mesa y del sofá.

—¿Y para qué quieres el sombrero?

—Quiero salir; tengo que ir a la calle. Pero lo mismo da salir con la cabeza descubierta. Hace un calor horrible.

—Sí, vámonos al Retiro. Fortunata, coge la vela; y tú por delante.

Y agarrándose al brazo del joven sin ventura, le llevaron a la alcoba. Del salto se plantó Maxi en la cama, quedándose un instante con los brazos y las piernas en alto. Después dejaba caer pesadamente las extremidades para volver a levantarlas.

—¡Bonita noche nos va a hacer pasar! —exclamó doña Lupe cruzando las manos.

Fortunata, desalentada y meditabunda, se dejó caer en el sofá.

—¿A que no me aciertan ustedes en dónde estoy? —dijo el pobre demente—. Me he caído del Cielo sobre un tejado. ¿Qué hace mi mujer ahí que no viene en mi socorro?

—Pues sí señor, ¡bonita noche! —repetía doña Lupe, echando un suspiro por cada palabra.

Intentaron acostarle. Pero no fue posible. Se les escapaba de las manos, con viveza de niño, que a veces parecía agilidad de mono. Su risa causaba espanto a las dos señoras, y últimamente no se le entendía una palabra de las muchas que de su boca soltaba atropelladamente, pronunciándolas de un modo primitivo, como los chiquillos que empiezan a hablar. Por fin el desgaste nervioso hubo de rendirle, y se quedó quieto en el sofá, con una pierna sobre la mesa, la otra en una silla, la cabeza debajo de un cojín, y los brazos extendidos en cruz. Una mano daba contra el suelo, y tenía la otra metida debajo del cuerpo, dando al brazo una vuelta que parecía inverosímil. No quisieron ellas variarle la difícil postura, temiendo que si le tocaban, se alborotaría de nuevo y les daría otra jaqueca. Doña Lupe dormitaba, sentada en una silla junto a la cama del matrimonio; pero Fortunata no pegó los ojos en toda la noche. Ya amanecía cuando le acostaron. Apenas daba acuerdo de sí, y gemía, al moverse, como si tuviera molido a palos su ruin y desdichado cuerpo.

## V

Creo que fue el día de la Concepción cuando Rubín salió de su cuarto con un cuchillo en la mano detrás de *Papitos,* diciendo que la había de matar. El susto de la tía y de Fortunata fue muy grande, y les costó trabajo quitarle el arma homicida, que era un cuchillo de la mesa, con el cual no era fácil quitar la vida a nadie. Pero el paso fue terrible, y los chillidos de *Papitos* se oyeron en toda la vecindad. Salió despavorida del cuarto del señorito, y él detrás, frío y resuelto, como si fuera a hacer la cosa más natural del mundo. La mona se refugió entre las faldas de su ama, gritando: "¡Que me mata, que me quiere matar!", y Fortunata corrió a sujetarle, lo que no hubiera conseguido a pesar de su superioridad muscular, sin la ayuda de doña Lupe. La resistencia de él era puramente espasmódica, y mientras se defendía de los cuatro brazos que querían contenerle y arrancarle el cuchillo, decía con voz ronca:

—¡Le siego el pescuezo y la...!

Después se supo que *Papitos* tenía la culpa, porque le había irritado, contradiciéndole estúpidamente. Doña Lupe lo sospechó así, y mientras Fortunata se le llevaba otra vez a su cuarto, procurando calmarle, la señora cogió a la chiquilla por su cuenta, y con la persuasión de tres o cuatro pellizcos, hízole confesar que ella era culpable de lo ocurrido.

—Mire, señora —replicaba ella bebiéndose las lágrimas—, él fue quien empezó, porque yo no chisté. Estaba recogiendo el servicio, y él saltó contra mí, diciéndome que para arriba y que para abajo... Yo no lo entendía y me eché a reír... Pero *dimpués* salió con unos disparates muy gordos. ¿Sabe, señora, lo que dijo? Que la señorita Fortunata iba a tener un niño, y qué sé yo qué más. No pude *por menos* de soltar la carcajada, y entonces fue cuando *garró* el cuchillo y salió tras de mí. Si no doy un *blinco*, me divide.

—Bueno; vete a la cocina, y aprende para otra vez. A todo lo que él diga, por disparatado que sea, dices tú *amén*, y siempre *amén*.

Aquel hecho era quizás síntoma de un nuevo aspecto de locura, y las dos señoras no cabían ya en su pellejo, de temor y zozobra. No pasaron ocho días sin que el caso se repitiera. Maxi pudo apoderarse de un cuchillo, y fue hacia su tía, diciendo que la quería *liberar*. Gracias a que estaba allí el señor Torquemada, no fue difícil desarmarle; pero el susto no había quien se lo quitara a doña Lupe, que tuvo que tomarse una taza de tila. Por cierto que la señora se conceptuaba infeliz entre todas las señoras y damas de la Tierra, por las muchas pesadumbres que sobre su alma tenía. No era sólo el estado lastimosísimo del más querido de sus sobrinos; otras cosas la mortificaban atrozmente, abatiendo su grande espíritu. Entre Fortunata y ella mediaron ciertas palabras que imposibilitaban absolutamente toda concordia.

—¡Vaya —le dijo doña Lupe una noche—, que te estás luciendo! ¿A qué esas reservas, cuando más indicada estaba la confianza? ¿Cómo es que lo ha sabido Maximiliano, que está demente, antes que yo, que estoy en mi sano juicio? ¿A qué esos escondites conmigo?

Después de una larga pausa, Fortunata, con muchísimo trabajo, se determinó a responder esto:

—Yo no se lo he dicho. Él lo adivinó. Esto no podía yo decirlo a nadie de esta casa, y a él menos...

—¡Y a él menos! —repitió doña Lupe, clavando en la delincuente sus miradas como flechas.

—Sí, porque él no debía saberlo nunca —prosiguió la otra haciendo el último esfuerzo—. A usted pensaba yo decírselo, pero no me determiné por la vergüenza que me daba. Ahora que lo sabe, lo que tengo que hacer es pedirle que tenga compasión de mí, recoger mi ropa y marcharme de esta casa... Ahora sí que será para siempre.

La viuda de Jáuregui se tomó tiempo para dar contestación a estas gravísimas palabras. Un sin fin de ideas se le metió en la cabeza, y estuvo aturdida largo rato, sin saber con cuál de ellas quedarse. El rompimiento definitivo le arrancaba una tira de su corazón, con dolor agudísimo, por no serle posible retener las cantidades que Fortunata había puesto en sus manos. La elasticidad de su conciencia no llegaba nunca en sus estirones a la apropiación de lo ajeno, ni directa ni indirectamente. Lo ajeno era sagrado para ella, y aunque aumentase lo suyo cuanto pudiera a costa del prójimo, jamás llegaba a la absorción de lo que se le confiaba. Devolvería, pues, lo que se le había entregado, con los aumentos que a su buena administración se debían. Cierto que esta devolución era para ella un trance doloroso, algo como la separación de un hijo que se va a la guerra a que le maten, pues aquel *guano,* entregado a su dueño, pronto se perdería en el desorden y los vicios.

Pero si esta pena la estimulaba a transigir una vez más, su decoro y más aún su amor propio se sublevaban airados contra aquella infame, que traía al hogar doméstico hijos que no eran de su marido. Esto no se podía sufrir sin cubrirse de baldón; esto no lo toleraría doña Lupe, aunque tuviera que dar, no sólo el dinero ajeno, sino el propio... Tanto como el propio, no, vamos; pero, en fin, así lo pensaba para poder expresar de una manera enfática su grandísimo enojo.

¡Qué diría la gente!... ¡Qué las amigas, ante quienes doña Lupe oficiaba como guardadora de la moralidad y de los buenos principios! Cierto que para el mundo la situación que crearía la maternidad de la de Rubín sería una situación legal, toda vez que Maxi, enfermo y encerrado quizás para entonces en un manicomio, no había de llamarse a engaño; pero en este caso, la afrenta sería mayor por añadirse a ella la mentira. Y todos tendrían a doña Lupe por encubridora, y le cortarían lindos sayos. Si ya le parecía a ella oírlo: "Miren ésa, tan orgullosa y rígida, tapando el matute que la otra bribona ha introducido en su casa. Lo hará por la cuenta que le tiene. El padre de la criatura es hombre rico y habrá pagado bien el alijo." La idea de que pudieran decir esto hacía brotar de la frente augusta de la viuda gotas de sudor del tamaño de garbanzos.

"Ella misma —pensó— no se ha recatado para decirme que el pobre Maxi está tan inocente de esto como yo. Lo cantará lo mismo a todo el mundo, porque ella es así, muy bocona... Pero entre dos afrentas, prefiero que le haya dado por pregonar la verdad, pues así no hará catálogos la gente, ni tendrá nadie que decir si el chico es o no es..."

De todo esto se deducía que aquella pícara había traído una maldición a la casa; ella tenía la culpa de la demencia de Maxi. Bien lo vaticinó doña Lupe: mucha mujer para tan poco hombre. Naturalmente, el pobre chico tenía que morirse o perder la cabeza. Lo que había que desear ya era que la prójima se perdiese completamente de vista; que entre la familia y ella mediasen abismos infranqueables; que pudiera decir doña Lupe a los amigos: "Esa mujer se ha muerto para mí." La sombra de Jáuregui parecía venir en ayuda de las determinaciones de su ilustre viuda, porque a ésta le faltaba poco para ver a su marido salirse de aquel cuadro en que retratado estaba, tomar vida y voz para decirle: "Si no arrojas de tu casa a esa pájara, me voy yo, me borro de este lienzo en que estoy, y no me vuelves a ver más. O ella o yo." Y cuando la pájara repitió que se marchaba, doña Lupe no pudo menos de decirle con acritud: "¿Pero qué haces, que no has echado ya a correr?... Francamente, me pasma que tengas pachorra para estar aquí todavía. Otra de más frescura no habrá." Llevándola a su gabinete le habló de la entrega de las cantidades que en su poder tenía. Fortunata dijo con mucha calma y frialdad que no se llevaba el dinero, y que sólo tomaría los réditos. "¿Cómo voy a colocarlo yo? Téngalo usted; yo guardo el recibo y vendré todos los trimestres a recoger el premio."

Doña Lupe abrió tanta boca, que por poco se le entra una mosca en ella. Su primer impulso fue negarse a ser administradora y apoderada de semejante persona; pero tal prueba de confianza la anonadaba. Insistió en dar el dinero; insistió más la otra en dejarlo en manos que tan bien lo sabían aumentar, y así quedó el asunto. *La de los Pavos* temía que entre ella y su sobrina quedase aquella relación, aquel cable telegráfico, por donde vinieran a comunicarse la honradez más pura y la inmoralidad. Conservar el dinero era sostener una especie de parentesco... ¡Oh! no, esto parecía como transacción con la afrenta. Pero al propio tiempo, entregar los santos cuartos a su dueña era lo mismo que tirarlos a la calle. Sus amantes se los gastarían en un decir Jesús..., y era lástima que tan bonito capital se destruyese.

Mucho se disputó sobre esto, haciendo ambas alardes de delicadeza; pero, al fin, el dinero quedó en poder de doña Lupe. Ascendía la suma a treinta mil reales, los veinte mil dados por Feijóo y diez mil y pico que habían producido desde aquella fecha, colocados por Torquemada en préstamos a militares. Precisamente en los días últimos del año, cuando ocurrió lo que ahora se cuenta, casi toda la suma estaba sin colocar, y la tenía la señora en su cómoda esperando una *proporción* que don Francisco tenía en tratos con un señor comandante. La suma que poseía Fortunata en acciones del Banco se conservaba en esta misma forma, porque así lo había dispuesto don Evaristo. Guardaba la tía de Maxi el extracto de la inscripción en un hueco de su bargueño, y no se sacaba sino al fin de los semestres, para ir al Banco a cobrar el dividendo. Sobre esta clase de valores no hubo disputa entre las dos mujeres, porque desde luego pensó Fortunata llevárselos, y la otra no gustaba de conservar fondos de que no podía disponer para sus ingeniosas combinaciones financieras. La custodia de la inscripción le molestaba y la ponía tan en cuidado sin ningún beneficio, que no sintió verla salir de su casa. Los treinta mil reales quedaron bien agasajaditos en un rincón de la cómoda. Eran para doña Lupe como un hijo adoptivo a quien quería como a los hijos propios.

## VI

La evasión (pues así debe llamársela) de su mujer, no fue notada por Maxi en los primeros días. Pero cuando se hizo cargo de ella, manifestó una inquietud que puso a la pobre doña Lupe en mayor aburrimiento del que tenía. Pensó seriamente en llevar a su infeliz sobrino a un manicomio. Mucha pena le daba separarse de él, entregándole a la asistencia de gentes mercenarias; pero no había otro remedio. Para tratar de esto y acordar lo más conveniente, llamó a Juan Pablo, que a la sazón había pasado de Penales a Sanidad, y podría tal vez poner a su hermano en Leganés, en un departamento de distinguidos, con pago de media pensión o quizás sin pagar un cuarto.

Entre tanto, Fortunata, al salir de la casa de su marido, y antes de dirigirse a su nueva morada, encaminó sus pasos a la de don Evaristo. Era éste la primera persona a quien tenía que consultar sobre la crítica situación en que se encontraba. Referirle lo ocurrido era ya para ella un verdadero castigo de su perversidad, porque de sólo pensar que lo refería, le entraba espanto. ¡Bueno se iba a poner Feijóo al saber que la chulita había hecho mangas y capirotes de la doctrina práctica expuesta con tanto ardor y cariño por el simpático anciano, cuando dispuso la separación! ¡Cuánto mejor no haberse separado de aquel hombre sin igual! ¡Ella le habría soportado en su vejez caduca, y habría sido feliz cuidándole como se cuida a un niño inocente! Al llegar a la Plaza de los Carros, y al ver la calle de Don Pedro, pensó que no tendría valor para contarle a su amigo sus últimas calaveradas. Subió temblando por la ancha escalera, que estaba aquel día alfombrada y con muchos tiestos, porque la noche antes se había celebrado en la legación, con gran comistraje y mucha fiesta, el aniversario del Emperador. Así se lo dijo doña Paca a Fortunata, cuando ésta le preguntó por su amo.

—Anoche ha estado muy inquieto, porque hemos tenido convite y recepción en el principal, y los coches no cesaron de alborotar en la calle hasta la madrugada. Esta casa es ordinariamente muy silenciosa; pero cuando hay ruido, parece que se hunde el mundo. ¡Figúrese usted qué nos importará a nosotros que cumpla no sé cuántos años ese señor Emperador, a quien parta un rayo! ¡Valiente jaqueca nos dio anoche!... Pase usted. Hoy le encontrará un poco aturdido a consecuencia de la mala noche.

Don Evaristo se hallaba ya en lastimoso estado. Las piernas las tenía casi completamente paralizadas, y salía a paseo en un cochecillo o sillón de ruedas, que empujaba su criado. Iba a las Vistillas a tomar el sol, y a veces se extendía hasta la plaza de Oriente por el Viaducto. Al centro de la Villa no venía nunca, y para las relaciones y amistades que en las partes más animadas de Madrid tenía, aquella existencia paralítica y con tantos achaques, aquella vida circunscrita al barrio extremo, eran como una muerte anticipada, pues del verdadero Feijóo, tal como le conocimos, no quedaba ya más que una sombra. Estaba completamente sordo, teniendo que auxiliarse de una trompetilla para recoger algunos sonidos; su inteligencia sufría eclipses, y la memoria se le perdía en ocasiones casi por completo, quedándose en la tristeza del instante presente, sin ayer, sin historia, como si cayera de una nube en mitad de la vida, a la manera de un bólido. Sus distracciones eran ya puramente pueriles. Se pasaba las horas muertas haciendo el juego del *bilboquet,* o bien entretenido en enredar con los muchos gatos que había en la casa. Todas las crías de la hermosa *menina* de doña Paca se conservaban, al menos mientras les duraba el donaire de la infancia gatesca. Sentado al sol junto al balcón en su sillón muy cómodo, Feijóo arrojaba a sus graciosos amigos una pelota atada con un hilo, y se divertía con las monísimas cabriolas y morisquetas que hacían los pequeñuelos. Otras veces les tiraba la pelota a lo largo de la enorme estancia, o ataba al hilo un pedazo de trapo, recogiéndolo como recoge el pescador su aparejo, para verlos correr tras él. Cuando entró Fortunata, el juego del hilo y de la pelota estaba suspendido, por ley de variedad, y don Evaristo tenía en la mano su *bilboquet,* saltando la bola, y acertando muy raras veces a clavarla en el palo. Dos o tres gatitos blancos con manchas grises enredaban sobre el buen señor. Uno se le subía por la manta que le envolvía las piernas; otro estaba en su regazo sentado sobre los cuartos traseros, refregándose las patas con la lengua y el hocico con la pata, y un tercero se le había subido a un hombro y allí seguía con vivaracha atención los brincos de la bola del *bilboquet,* marcándolos con la pata en el aire. Lo que él quería era meterle mano a la bola aquella tan bonita.

Al ver entrar a su amiga, el inválido puso una cara muy risueña. Todos sus sentimientos los expresaba ya riendo. La mandó sentar a su lado, y aun quiso seguir en su solaz inocente; pero tuvo que suspenderlo para coger la trompetilla. Fortunata cogió en sus manos uno de los gatitos para acariciarlo.

—¿Qué hay? —dijo don Evaristo mirándola de un modo que parecía indicar agradecimiento de las caricias que al micho hacía—. ¡Ah! Ése es el más tunante de todos... Sabe más...! Y tiene más picardías! Conque a ver, chulita, ¿qué hay?

Fortunata no sabía cómo empezar. Contrariábala mucho tener que decir las cosas a gritos, y temía que se enterasen los criados, la vecindad y hasta el embajador con toda su gente extranjera. ¿Y cómo se podía contar una cosa tan delicada dando berridos, al modo que cantan los serenos las horas, o como los pregones de las calles? Algo dijo que llevó al ánimo de don Evaristo el convencimiento de que su chulita se veía en un mal paso. De repente soltó mi hombre la risa infantil y babosa, diciendo:

—¿Apostamos a que ha habido algún *rasgo?* Precisamente lo que más prohibí, los dichosos *rasgos,* que siempre traen alguna desgracia.

La consternada joven no podía asegurar que sus últimas diabluras mereciesen la denominación y categoría de *rasgos;* pero indudablemente era una cosa muy mala. Sobre todo no había hecho maldito caso de las sabias recetas de vida social que le diera su amigo. Para hacerle comprender mejor que con largas explicaciones algo de lo que ocurría, sacó la inscripción, que llevaba dentro de un sobre y éste envuelto en un papel.

—¿Qué es eso, la inscripción? —dijo el anciano, riéndose más—. ¿Pues qué..., ¡ji ji ji...!, ha habido rompimiento con ese bendito?...

Y se puso la trompetilla en la oreja para coger con ella la respuesta.

—Completamente ido de la cabeza..., manicomio.

—¡Que no come!

—Al manicomio..., que le van a poner en Leganés...

—¡Ah! ¿Y doña Lupe?

—Ella y yo...

Fortunata hizo con sus dos dedos índices un signo muy expresivo, poniéndolos punta con punta.

—Habéis reñido..., ¡ji ji ji...! ¡Qué cosas! Doña Lupe muy lagarta...

El gatito que se había subido en el hombro del señor estaba muy preocupado con la trompetilla. Ignoraba sin duda lo que era aquello, y quería saberlo a todo trance, porque alargaba la pata como para hacer un reconocimiento de tan misterioso objeto. La curiosidad del animalito interrumpía la audición, que era ya bastante penosa. Feijóo tomó la inscripción diciendo.

—Pero qué ocurre?... doña Lupe...? ji ji ji... Todavía sostendrá que yo le hice el amor. No hay quien se lo quite de la cabeza. Y todo porque me solía parar en la esquina de la calle de Tintoreros, esperando a la mujer de Inza, ji ji ji... el de la tienda de mantas.

Después de esta brillante ráfaga de memoria, la preciosa facultad se eclipsó por completo, y el ayer se borró absolutamente del espíritu del buen caballero. Miraba a su chulita con estupidez y cierta expresión de duda o sorpresa. Fortunata seguía pegando gritos; pero él no se enteraba; lo poco que oía era como si oyese el ruido del viento: no le sacaba sentido. Cansada de inútiles esfuerzos, la joven se calló, mirando a su amigo con hondísima pena. Y mirándola él también, de repente volvió a su risa pueril, motivada por las cosquillas que en el cuello le hacía el gatito...

—Si es un granuja éste..., si no me deja vivir.

Fortunata daba suspiros, sin que el anciano se enterase de esta expresiva manifestación de disgusto, y al fin, ella, comprendiendo que era inútil esperar de aquella ruina apuntalada un consuelo y un consejo, decidió retirarse. Al darle un cariñoso abrazo, el anciano pareció volver en sí, recobrando su acuerdo, y se le refrescó la memoria.

—Chulita, no te vayas —le dijo, dándole un palmetazo en el muslo—. ¡Ah..., qué tiempos aquellos! ¿Te acuerdas? ¡Qué días tan felices! Lástima que yo no hubiera tenido veinte años menos. Entonces sí que habríamos sido dichosos.

Ella decía que sí con la cabeza. Luego don Evaristo pareció instantáneamente asaltado por una idea que le inquietaba. Después de meditar un instante, aprovechando aquella ráfaga de inteligencia que cruzaba por su cerebro, cogió el sobre que contenía la inscripción, y devolviéndoselo, le dijo:

—No dejes esto aquí. Puedo morirme de un momento a otro, y tu dinero corre peligro de extraviarse. Es mejor que lo guardes tú. No tengas cuidado. Las acciones son nominativas, y nadie más que tú puede disponer de su importe.

Y como si el despejo de su inteligencia no hubiera tenido más objeto que permitirle aquella importante advertencia, en cuanto la hizo, la nube le invadió otra vez toda la caja del cerebro, volvió a la risa infantil, y a preocuparse más de que la bola del *bilboquet* se pinchase en el palito que de todo lo que a su desgraciada amiga pudiera referirse.

Salió, pues, Fortunata de la triste visita con la impresión de haber perdido para siempre aquel grande y útil amigo, el hombre mejor que ella tratara en su vida y seguramente también el más práctico, el más sabio y el que mejores consejos daba. Verdad que ella hizo tanto caso de estos consejos como de las coplas de Calaínos; pero no dejaba de conocer que eran excelentes, y que debió al pie de la letra seguirlos.

## VII

De aquel anciano chocho y que más bien parecía un niño, no podía la esposa de Rubín esperar ya ninguna protección ni amparo moral. Sólo en muy contados momentos lúcidos se revelaba en él un recuerdo vago de lo que había sido. Le lloró por muerto con verdadera efusión de hija desconsolada, y se aterraba de la orfandad en que iba a quedar cuando más necesitaba de una persona sesuda y discreta que la dirigiera. La impresión de vacío y soledad que sacó de la casa, poníala en grandísima tristeza. En la Cava Baja pasó por junto a un pianito que tocaba aires de ópera con ritmo picante y amoroso. Esta música le llegaba al alma. Paróse un rato a oírla, y se le saltaron las lágrimas. Lo que sentía era como si su espíritu se asomara al brocal de la cisterna en que estaba encerrado, y desde allí divisara regiones desconocidas. La música aquella le retozaba en la epidermis, haciéndola estremecer con un sentimiento indefinible que no podía expresarse sino llorando: "Yo debo de ser muy bruta —pensó, alejándose—, porque me gusta más esta música de los pianitos de la calle que la pieza que toca Olimpia, y que dicen que es cosa tan buena. A mí me parece que, cuando la oigo, me aporrean los oídos con la mano del almirez."

Había resuelto Fortunata, de acuerdo con su tía Segunda, albergarse en la casa de ésta, que otra vez vivía en la Cava. Allá se encaminó desde la calle de Don Pedro, y antes de entrar en el portal de la pollería, el mismo portal y el mismo edificio donde tuvo principio la historia de sus desdichas, una vecina le dijo que Segunda estaba en el puesto de la plazuela, comiendo con unas amigas. Fuese allá, y vio a su tía con otras dos tarascas junto a una mesilla, comiendo un guiso de cordero en platos de Talavera. Jarro de vino y botijo de agua completaban el servicio. Las tres damas estaban con los moños al aire, hablando a un tiempo en alta voz, con ese desparpajo y esa independencia de modales que caracterizan a los vendedores ambulantes que viven siempre al aire libre, y tienen la voz hecha a la gritería de los pregones. Segunda Izquierdo era una mujerona corpulenta y con la cara arrebatada, el pelo entrecano. Se parecía bastante a su hermano José; pero no conservaba tan bien como éste la hermosura de aquella *raza de gente guapa,* porque las miserias, las enfermedades y la vida aperreada de los últimos años habían hecho efectos devastadores en su cara y cuerpo. Los que trataron a Segunda en su edad de oro, apenas la conocían ya, porque su cara estaba toda llena de costurones, y en el cuello y quijada inferior llevaba unas rúbricas que daban fe de otros tantos abscesos tratados quirúrgicamente. El ojo derecho no estaba ya todo lo abierto que debía, a causa de una rija, y el párpado inferior del mismo había adquirido notoria semejanza con un tomate, a consecuencia de la aplicación de un puño cerrado, de lo que resultó una inflamación que vino a parar en endurecimiento. Ni aun su hermosa dentadura conservaba Segunda, pues un año hacía que empezaban a emigrar las piezas una tras otra. El cuerpo se iba pareciendo al de una vaca que se pusiera en dos pies.

En cuanto vio venir a su sobrina, cogió de encima de la mesilla una llave enorme, que parecía la llave de un castillo, y alargándosela le dijo que subiera a la casa si quería. Las otras dos tiorras miraron a la joven con descarada curiosidad. A una de ellas la conocía Fortunata; a la otra no. Sentóse un momento en una banqueta que le ofrecieron, porque estaba cansada; pero, sintiéndose molesta por las preguntas impertinentes de las amigas de su tía, subió al cuarto que debía de ser su albergue... hasta sabe Dios cuándo. Aquel barrio y los sitios aquellos éranle tan familiares, que a ojos cerrados andaría por entre los cajones sin tropezar. ¿Pues y la casa? En ella, desde el portal hasta lo más alto de la escalera de piedra, veía pintada su infancia, con todos sus episodios y accidentes, como se ven pintados en la iglesia los Pasos de la Pasión y Muerte de Cristo. Cada peldaño tenía su historia, y la pollería y el cuarto entresuelo y después el segundo tenían ese *revestimiento de una capa espiritual* que es propio de los lugares consagrados por la religión o por la vida. "¡Las vueltas del mundo! —decía dando las de la escalera y venciendo con fatiga los peldaños—. ¡Quién me había de decir que pararía aquí otra vez!... Ahora es cuando conozco que, aunque poco, algo se me ha pegado el señorío. Miro todo esto con cariño; ¡pero me parece tan ordinario...! Aquellas dos tiburonas..., ¡qué tipos! pues ¿y mi tía?..."

El cuarto que entonces tenía Segunda en aquella casa era uno de los más altos. Estaba sobre el de Estupiñá. No había llegado Fortunata al segundo, cuando vio bajar a éste, y le entraron ganas de saludarle. Puso él una carátula durísima al verla; pero a pesar de esto, la joven sentía ganas de decirle algo. Érale simpático; conocía sus apetitos *parlamentarios,* y aunque por sus amistades con los de Santa Cruz podía contarle ella en el número de sus enemigos, le miraba con buenos ojos, teniéndole por hombre inofensivo y bondadoso.

—Aunque usted no quiera, don Plácido, buenos días.

El gran Rossini no se dignó volver hacia ella su perfil de cotorra, y refunfuñando algo que la nueva inquilina no pudo entender, siguió por la escalera abajo, haciendo sonar con desusado estrépito los peldaños de piedra.

Fortunata vio el cuarto. ¡Ay Dios, qué malo era, y qué sucio y qué feo! Las puertas parecía que tenían un dedo de mugre, el papel era todo manchas, los pisos muy desiguales. La cocina causaba horror. Indudablemente la joven se había adecentado mucho y adquirido hábitos de señora, porque la vivienda aquella se le representaba inferior a su categoría, a sus hábitos y a sus gustos. Hizo propósito de lavar las puertas y aun de pintarlas, y de adecentar aquel basurero lo más posible, sin perjuicio de buscar casa más a la moderna, quisiera o no Segunda vivir en su compañía. El gabinetito que ella había de ocupar tenía, como la sala, una gran reja para la Plaza Mayor. Estuvo un rato ocupada en hacer mentalmente la colocación de sus muebles, la cama, la cómoda, una mesa y dos sillas. Por cierto que todo esto tenía que comprarlo, pues de la casa matrimonial no había de sacar nada. Recorriendo el cuarto, pensó que si el casero se conformaba a hacer algunas reparaciones, no quedaría mal. Era menester blanquear la cocina, tapar con yeso algunos agujeros y enormes grietas que por todas partes había, empapelar el gabinete, que iba a ser su alcoba, y pintar las puertas. Ya pensaba en la jaqueca que le iba a dar al administrador, cuando se acordó (su gozo en un pozo) de que el administrador era Estupiñá. "De seguro que en cuanto le hable de obras en la casa, se va a poner hecho un tigre. Claro, me tiene tirria. ¿Pues qué es él más que un servilón de los de Santa Cruz? Con todo, pienso decirle algo, porque en último caso, con dejarle el cuarto hemos concluido. Y ahora que recuerdo, esta casa era de don Manuel Moreno-Isla, que el año pasado le dio la administración a don Plácido. Me lo contó mi tía, y don Plácido es tan tirano, que no da una paletada de yeso aunque le fusilen. Falta saber de quién es ahora la casa... ¿La habrá heredado doña Guillermina?..." Quedóse meditando en que su destino no le permitía salir de aquel círculo de personas que en los últimos tiempos la había rodeado. Era como una red que la envolvía, y como pensara escabullirse por algún lado, se encontraba otra vez cogida. "No; habrán heredado la casa los señores de Ruiz Ochoa, o la mujer de Zalamero... Y después de todo, ¿a mí qué me importa que herede la finca Juan o Pedro? Yo no la he de heredar."

Si tuviera agua en abundancia, se pondría al instante a lavar toda la casa; pero desde el siguiente empezaría. Vio que la reja daba a un balconcillo o terraza, y al punto determinó poner allí todos los tiestos de flores que cupiesen. La vista del cuadrilátero de la plaza era bonita, despejada y alegre. El jardín lucía muy bien desde arriba, con sus dos fuentecillas y el caballo panzudo, del que Fortunata veía los cuartos traseros, como los de un cebón, y el Rey aquel encima, con su canuto en la mano. Acercábase Navidad, y ya estaban preparando los puestos de Noche-Buena. Distinguió también a su tía y a las otras dos matronas que, ayudadas de un jayán, estaban claveteando tablas y armando un toldo. Poco después, mirando para la acera de la Casa-Panadería, alcanzó a ver a Juan Pablo, sentado en uno de los puestos de limpia-botas, y leyendo un periódico mientras le daban lustre al calzado. Después le vio pasar a la acera de enfrente y seguir hasta el rincón de la escalerilla, como si fuese al café de Gallo.

## VIII

Como antes se ha dicho, a los pocos días de la desaparición de su mujer, Maxi empezó a echarla de menos, mostrándose receloso, y apeteciendo su compañía con cierta mimosidad impertinente que ponía furiosa a doña Lupe. Juan Pablo ella disertaron largamente sobre que se debía hacer, y por fi primogénito dijo que intentaría car a su hermano un buen s terapéutico, antes de recurri tremo de encerrarle en un mio. No se habían probado las duchas, ni el sacarle de paseo al campo, ni el bromuro de sodio, que estaba dando tan buen resultado contra la periencefalitis difusa y contra la meningo-encefalitis, etc..., y siguió echando términos de medicina por aquella boca, pues entonces le daba por leer libros de esta ciencia, y con una idea tomada de aquí y otra de allá hacía unos pistos que eran lo que había que ver.

Dicho y hecho. Todas las mañanas iba Juan Pablo a buscar a su hermano, y unas veces engañado, otras casi a la fuerza, le llevaba a San Felipe Neri, y allí le arreaba una ducha escocesa capaz de resucitar a un muerto. Algunas tardes sacábale a paseo por las afueras, procurando entretener su imaginación con ideas y relatos placenteros, absolutamente contrarios al fárrago de disparates que el infeliz chico había tenido últimamente en su cerebro. A los quince días de este enérgico tratamiento, mejoró visiblemente, y su hermano y médico estaba muy satisfecho. Más de una vez se expresó Maxi durante el paseo como la persona más razonable. De su mujer no hablaba nunca; pero como saltase en la conversación algo que de cerca o de lejos se relacionara con ella, se le veía caer en sombrías meditaciones y en un mutismo tétrico del cual Juan Pablo, con todas sus retóricas, no le podía sacar. Una mañana, al salir de la ducha, y cuando el enfermo parecía entonado por la reacción, ágil y con la cabeza muy despejada, se paró en la calle, y cogiendo suavemente las solapas del gabán de su hermano, le dijo:

—Pero vamos a una cosa. ¿Por qué ni tú, ni mi tía, ni nadie queréis decirme dónde está mi mujer? ¿Qué ha sido de ella? Tened franqueza, y no hagáis más misterios conmigo... ¿Es que se ha muerto y no me lo queréis decir? ¿Teméis que la noticia me altere?

Juan Pablo no supo qué contestarle. Viendo en la cara y en los ojos de su hermano señales de nerviosa inquietud, trató de desviar la conversación. Pero el otro se aferraba a ella repitiendo sus preguntas y parándose a cada instante.

—Pues mira —le respondió al fin haciendo un gesto campechano—: hazte cuenta que se ha muerto..., porque lo que yo te digo... ¿A ti qué más te da que viva o muera? ¿Para qué quieres tú mujer? Las mujeres no sirven más que para dar disgustos, chico. Ve aquí por lo que yo no he querido casarme nunca.

—¡Muerta! —dijo Maxi sin alzar la voz, pero con extraordinaria luz en los ojos—. ¡Muerta!... De modo que yo me puedo volver a casar.

Al decir esto, se insubordinaba; no quería ir por la acera, sino por el empedrado, dando manotadas y tropezando con algunos transeúntes. Juan Pablo le metió en un coche para llevarle a su casa. Enterada la tía, apoyó la misma idea respecto a Fortunata, diciéndole:

—Hijo, todos nos tenemos que morir. No te asombres de que le haya tocado a ella la china antes que a ti. Si Dios se la ha querido llevar, ¿qué quieres que hagamos? Conformarnos, mandar decirle sus misas correspondientes..., y yo te aseguro que ya lleva dichas más de cuatro, y consolarnos poco a poco, como podamos.

Desde que ocurrió esto, la mejoría iniciada con el nuevo tratamiento pareció desmentirse. El enfermo no alborotaba; pero volvió a chapuzarse en hondísimas abstracciones. Sin duda en su cerebro había aparecido una nueva idea, o reproducídose alguna de las antiguas, que ya se tenían por abandonadas o dispersas. Durante muchos días no nombró a su mujer, hasta que una noche, yendo de paseo con Juan Pablo por las calles, se paró y le dijo:

—¿Me quieres hacer creer que se ha muerto?... ¡Qué tontería! En ese caso, ¿por qué no nos vestimos de luto?

—¡Qué atrasado de noticias estás! ¿No sabes que hay ahora una ley prohibiendo el luto?

—¡Una ley prohibiendo el luto! Si creerás que a mí me comulgas con ruedas de molino. Mira, chico, aunque parece que estoy trastornado, veo más claro que todos vosotros.

Y no se habló más del asunto. Conviene apuntar, antes de pasar adelante, que aquella abnegación de Juan Pablo y el asiduo interés que por la salud de su hermano mostraba, serían absolutamente inexplicables, dado el egoísmo del señor de Rubín, si no se acudiera, para encontrar la causa, a ciertas ideas relacionadas con la economía política o la ciencia que llaman financiera. Tiempo hacía que Juan Pablo tenía un proyecto de conversión de su deuda flotante, proyecto vasto, para cuyo éxito necesitaba el concurso de la casa Rostchild, por otro nombre, su tía. Respecto a la necesidad del empréstito, no cabía la menor duda: era cuestión de vida o muerte. Lo que restaba era que doña Lupe se prestase a hacerlo, pues la garantía moral de una de las entidades contratantes no era ni con mucho tan sólida como la de Inglaterra o Francia. Empezó, pues, el primogénito de Rubín por prestarle en aquel delicado asunto de la enfermedad de Maxi la oficiosa ayuda que se ha visto. Iba de continuo a la casa, y en todo cuanto hablaba con su tía era de la opinión de ésta, ya fuese de Política, ya de Hacienda lo que se tratara. Hizo entusiastas elogios del señor de Torquemada; explanó acaloradamente la necesidad de arreglar sus propios asuntos, con aquello de *año nuevo vida nueva*, estableciendo en sus gastos un orden tan escrupuloso, que no haría más el primer lord de la Tesorería inglesa. Cuando hallaba ocasión, echaba una puntadita; pero doña Lupe tenía más conchas que un galápago y se hacía la tonta...; pero tan tonta que habría que pegarle.

Apretado por el crecimiento aterrador de su deuda flotante, el filósofo desplegaba un tesón y constancia más que fraternales en el cuidado de Maxi. En enero del 76, había conseguido domarle hasta el punto de que le llevaba consigo a la oficina, teníale allí ocupado en ordenar papeles o en tomar algún apunte, y por las noches solía llevarle a la tertulia del café; donde estaba el pobre chico como en misa, oyendo atentamente lo que se decía, y sin desplegar sus labios. Rara vez sacaba de su cabeza aquel viejo y maldecido tema de *la liberación voluntaria* y de *la muerte de la bestia carcelera;* pero una noche que estaban solos en el café, lo sacó, como se trae del desván un trasto viejo y se le limpia el polvo, a ver si lo ha deteriorado el tiempo o lo han roído los ratones. Con gran serenidad, Juan Pablo, oficiando de maestro de filosofía, dijo lo siguiente:

—Mira, el dogma de la *solidaridad de sustancia* ha sido declarado cursi por todos los sabios de la época, congregados en un concilio ecuménico, que acaba de celebrarse en... Basilea. Las conclusiones son tremendas. Como no lees la prensa, no te enteras. Pues se ha decretado que son mamarrachos netos todos los individuos que creen en la *liberación por el desprendimiento,* y en que se debe dar *la morcilla a la bestia.* A los que sostienen la herejía filosófica de que va a venir un nuevo Mesías, encarnándose en una buena moza, etcétera, etcétera, se les declara memos de capirote y se les condena a comer virutas.

—Mira, tú —dijo Maximiliano con el acento más grave del mundo y como quien hace una confidencia importante—, eso del Mesías, acá para entre los dos, no lo he creído yo nunca, ni era dogma ni cosa que lo valga. Lo dije porque tuve un sueño, y al despertar se me quedó parte de él en la cabeza, y me andaba aquí dentro como un cascabel. Lo que hay es que me había entrado en aquellos días una idea de lo más estrafalario que te puedes imaginar, una idea que debía de ser criada aquí en el seno cerebral donde fermenta eso que llaman celos. ¿Qué creerás que era? Pues que mi mujer me faltaba y estaba encinta. ¿Ves qué disparate?

—Ave María Purísima, ¡qué barbaridad!

—Sentía en mí, detrás de aquella idea, una calentura de celos que me abrasaba. Para averiguar si era fundada aquella pícara idea, fui, ¿y qué hice? Pues saqué la cancamurria del Mesías que iba a venir, diciéndole que ella lo tenía en su seno y que el papá era el *Pensamiento Puro*... En fin, que con esta farsa pensaba yo arrancarle la confesión de lo que se me había metido entre ceja y ceja. ¿Qué resultó? Nada, porque aquella noche me puse muy enfermo; pero después he comprendido mi desatino, he visto claro, muy claro, y... Dios la perdone.

Empezó a tomar su café, y en tanto Juan Pablo, se decía con tristeza: "¡Pero qué malo está esta noche! ¡Dios, qué malo!", Maxi repitió hasta seis veces el *Dios la perdone,* y cuando entraron Leopoldo Montes y otro amigo, se calló. A la hora y media de tertulia, dio en celebrar con extremada hilaridad los donaires que Montes contaba. Después tomó parte en la conversación, expresándose con tanta serenidad y con juicios tan acertados, que se maravillaban de oírle todos los presentes. Juan Pablo discurría así: "Pues no está tan *guillati* como pensé, y lo que dijo antes revela más bien talento agudísimo. ¡Por vida de la santísima uña del diablo! Si consigo yo ponerte bueno, mi querida tía, *alias* la baronesa de Rostchild, no tendrá más remedio que hincar la jeta y darme lo que necesito."

## CAPÍTULO IV

### VIDA NUEVA

### I

El 4 del mes de enero, Fortunata sintió un campanillazo y salió a abrir, mirando antes por el ventanillo, cubierto de una chapa de hierro con agujeros (estilo primitivo). Era Estupiñá, que miraba a los tales agujeritos del modo más autoritario. Abrió la joven, y el gran Plácido, con gesto displicente, las cejas algo fruncidas, mostrando en una mano el bastón cuyo puño era una cabeza de cotorra (regalo que le trajeron de Sevilla los señoritos de Santa Cruz), alargó con la otra un papel que tenía un sello.

—El recibo del mes —dijo en tono de déspota asiático que dicta una orden de pena de muerte.

—Pase, don Plácido (sonriendo con gracia). Tengo que hablarle.

—Yo no paso. Vengan los cuartos. No tengo ganas de conversación.

¡Decir aquel hombre que no tenía ganas de conversación era como si el mar dijese que no tiene agua! Pero el tesón podía en él más que su liviano apetito.

—¡Jesús, qué mal genio ha echado este hombre! Si le voy a dar la *guita.* No tendrá usted mejores inquilinas que nosotras.

—Sí... Buenas jaquecas me ha dado la Segunda. No..., yo no paso; no sea majadera.

—Quiero que vea usted cómo está la casa, para que se convenza de que aquí no pueden vivir cristianos.

—Pues mudarse.

—Pero, hijo, ¡qué *tiranístico* se ha vuelto! No he visto casero más malo... ¿Pero ni siquiera me blanqueará la cocina, que parece una carbonería? ¡Y hay cada agujero!... Yo no puedo vivir entre tanta suciedad. ¿Sabe lo que le digo? Que si no quiere usted hacer las obras, las haré yo por mi cuenta... vaya!

—Eso es otra cosa. Siempre que sea bajo mi vigilancia y...

—Pase, pase y verá...

Al fin Plácido se dignó entrar por el pasillo adelante. Fue a la cocina, echó un vistazo a la alcoba interior que estaba llena de grietas...

—No se pueden hacer obras cada vez que lo pide un inquilino, porque sería el cuento de nunca acabar. Mañana, si a mano viene, se mudan ustedes, y el que tome el cuarto, como vea la cal fresca, pide más obras. No podemos. El mes pasado me gasté más de veinte mil reales en reparaciones. Conque, despácheme, que tengo prisa.

—¿Pero se ha vuelto usted cohete? Siéntese un momento. Dígame una cosa...

—No tengo que decir cosas. Que me voy...

—¡Ay qué pólvora de hombre! Mire que así va a vivir poco.

—Mejor. Bastante he vivido ya.

—Siéntese. En seguidita le doy el dinero. Pero dígame una cosa que quiero saber: ¿De quién es ahora esta casa?

—Eso a usted no le importa. ¿Cree que estoy yo para perder el tiempo? La casa es de su amo. Le repito que no tengo ganas de conversación. ¿Es que quiere usted comprar la finca? Vamos, al avío... Ya sabe que soy hombre de pocas palabras.

—¿De pocas? ¡Digo..., pues si lo fuera de muchas...! Si usted el día que nació estaba charlando por siete. Dígame..., ¿de quién es la casa?

—De su amo. Conque... Bastante hemos hablado..., y finalmente, la finca es magnífica, está tasada en treinta y cinco mil duros. Sólo el pedernal de los cimientos y la berroqueña de la escalera valen un dineral. ¿Pues y las paredes? El otro día, al abrir un hueco, los albañiles no le podían meter el pico. Nada, que *talmente* se rompen las herramientas en este ladrillo recocho que parece un diamante... Pues para concluir... no tengo ganas de conversación. Cuando se abrió el testamento del señor don Manuel Moreno-Isla, que en gloria esté, testamento hecho tres años ha, se encontró que dejaba esta casa y el solar de la calle de Relatores a doña Guillermina Pacheco, su tía... La señora ha hipotecado ambas fincas para acabar el asilo, y por eso verá usted que éste va echando chispas. Lo acabarán este año... Conque...

Extendió la mano, y con la otra mostraba el bastón, como si fuera un bastón de autoridad.

—¡Doña Guillermina mi casera! —dijo Fortunata, pensativa, entregando el dinero—. Pues a ella le voy a pedir que me haga las obras. Es amiga mía.

—Qué ha de ser amiga de usted..., qué ha de ser —replicó Estupiñá con sarcasmo—. Y si quiere usted verla furiosa, háblele de obras que no sean las del asilo. ¡Adiós!, que haya salud... ¡Ah! me olvidaba: cuidado con los tiestos de la ventana. Como yo vea rezumos de agua la echo a usted, cuente que la echo... ¡María Santísima, y cuánta planta tiene usted aquí! Es un jardín... Me parece mucho peso... ¡Qué vistas tan hermosas! Mal año ha sido éste para los puestos de Navidad. Están los pobres vendedores que trinan. Ya se ve..., con tanta agua... Y hoy me parece que tenemos nieve. En toda mi vida no he visto un invierno tan frío como éste. ¿Sabe usted que se murió el sordo, el del puesto de carne? Anoche..., de repente. Yo le vi tan bueno y tan sano anteayer, y... ¡qué vida ésta!... En fin, voy a ver si les saco algo a los del segundo de la izquierda. Me deben cinco meses. ¡Ay qué gente! Si la señora me dejara, ya les habría puesto los trastos en la calle; pero mi ama es así, no quiere desahucios. "Por Dios Plácido, no les eches...; los pobrecitos ya pagarán, es que no pueden." "Pero, señora, con que me dieran lo que gastan en aguardiente y lo que se dejan en la pastelería de Botín..." Total, que con caseras como la mía, estos bribones de inquilinos están como quieren.

Tanto charló aquel hombre, que Fortunata, después de haberle rogado para que entrara, le tuvo que echar con buen modo:

—Pero don Plácido, mire que se le va a hacer tarde...

—¡Ah, sí!... La culpa la tiene usted que es lo más habladora... Abur, abur...

Fortunata no salía nunca a la calle. Ella misma se arreglaba su comida, y Segunda, que tenía puesto en la plazuela, le traía la compra.

En los días que siguieron a la primera visita del administrador de la casa, no pudo la prójima apartar de su pensamiento a la que por tan breve espacio de tiempo fue su amiga. "¡Quién le había de decir a ella y quién me había de decir que viviría en su casa! ¡Qué vueltas da el mundo! En aquellos días, ni a mí se me pasaba por la cabeza venirme aquí, ni esta casa era tampoco de ella. Y cuando don Plácido le cuente que soy su inquilina, ¿qué dirá? ¿Se pondrá furiosa y querrá echarme a la calle? Tal vez no, tal vez no..." Cuando esta idea u otra semejante le refrescaba el recuerdo de la inaudita escena y altercado en el gabinete de la santa, sentía la pobre mujer que la conciencia se le alborotaba, y no podía aplacarla ni aun arguyéndose que *la otra la había provocado.* "Me cegué, no supe lo que hice. De veras digo que si tuviera ocasión, le habría de decir a doña Guillermina que me perdonara."

La soledad en que vivía, favoreciendo en ella esta resurrección mental de lo pasado, inspirábale juicios muy claros de sus acciones y sentimientos. Todo lo veía entonces transparentado por la luz de la razón, a la distancia que permite apreciar bien el tamaño y forma de los objetos, así como la paz del claustro permite a los fugitivos del mundo ver los errores y maldades que cometieron en él. "¿Y a Jacinta, le pediría yo perdón?", se preguntaba sin acertar con la respuesta. Tan pronto se le ocurría que sí como que no. La *Delfina* la había ofendido y ultrajado, cuando ella no hacía más que contarle a la santa sus penas y el conflicto en que estaba. Por fin, a fuerza de meditar en ello, amasando sus ideas con la tristeza que destilaba su alma, empezó a prevalecer la afirmativa. Cierto que debía pedirle perdón por el intento que tuvo de arañarle la cara, ¡qué barbaridad!, y por las palabras que se dejó decir. Mas para que esta idea triunfase por completo, faltaba aclarar el siguiente punto:

¿Había faltado Jacinta con el señor de Moreno? Porque si había faltado, allá se iba la una con la otra, y tan buena era Juana como Petra. Nunca pudo la señora de Rubín llegar en sus cavilaciones a una solución terminante en este punto oscurísimo. Ya afirmaba la culpabilidad de *la mona del Padre Eterno,* ya la negaba. "Daría yo cualquier cosa —exclamaba invocando al Cielo— por saber esa verdad que ahora no saben más que Dios y ella, pues el tercero que la sabía se ha muerto. La sabrá también el confesor de Jacinta, si es que lo ha confesado. Pero nadie más, nadie más. Pues no sé qué daría yo por salir de la duda. Esta curiosidad me quema la sangre... Flojilla diferencia va de una cosa a otra... Si pecó, todo varía en mí, y no me rebajo yo a pedirle perdón; pero si no faltó..., ¡ay!, la dichosa *mona* me tiene debajo de su pie como tiene San Miguel al diablo."

De aquí pasaba a otro eslabón de ideas: "Y ahora estamos las dos de un color. A ninguna de las dos nos quiere. Estamos lucidas... Ambas nos podríamos consolar..., porque en mi terreno, yo soy también virtuosa, quiere decirse que yo no le he faltado con nadie, y si ella se hace cargo de esto, bien podría venir a mí, y entre las dos buscaríamos a la pindongona que nos le entretiene ahora, y la pondríamos que no habría por dónde cogerla... Vamos a ver, ¿por qué Jacinta y yo, ahora que estamos iguales, no habíamos de tratarnos? Por más que digan, yo me he afinado algo. Cuando pongo cuidado digo muy pocos disparates. Como no se me suba la mostaza a la nariz, no suelto ninguna palabra fea. Las señoras Micaelas me desbastaron, y mi marido y doña Lupe me pasaron la piedra pómez, sacándome un poco de lustre. ¿Por qué no nos habíamos de tratar, olvidando aquellas bromas que nos dijimos?... Esto en el caso de que sea honrada, porque si no, no me rebajo. Cada una tiene su aquel de honradez."

Pasaba sin pensarlo a otro eslabón. "Pero ella no querrá... Tiene mucho orgullo y mucho tupé, mayormente ahora que se la comerá la envidia. ¡Ah!, que no me venga ahora hablando de sus derechos... ¿Qué derechos ni qué pamplinas? Esto que yo tengo aquí *entre mí* no es humo, no. ¡Qué contenta estoy!... El día en que *ésa* lo sepa, va a rabiar tanto, que se va a morir del berrinchín. Dirá que es mujer legítima... ¡Humo! Todo queda reducido a unos cuantos latines que le echó el cura, y a la ceremonia, que no vale nada... Esto que yo tengo, señora mía, es algo más que latines; fastídiese usted... Los curas y los abogados, ¡mala peste cargue con ellos!, dirán que esto no vale... Yo digo que sí vale; es mi idea. Cuando lo natural habla, los hombres se tienen que callar la boca."

Y su convicción era tan profunda, que de ella tomaba fuerza para soportar aquella vida solitaria y tristísima.

## II

Una mañana, al levantarse, vio que había caído durante la noche una gran nevada. El espectáculo que ofrecía la plaza era precioso; los techos enteramente blancos; todas las líneas horizontales de la arquitectura y el herraje de los balcones perfilados con purísimas líneas de nieve; los árboles ostentando cuajarones que parecían de algodón, y el rey Felipe III con pelliza de armiño y gorro de dormir. Después de arreglarse, volvió a mirar la plaza, entretenida en ver cómo se deshacía el mágico encanto de la nieve; cómo se abrían surcos en la blancura de los techos; cómo se sacudían los pinos su desusada vestimenta; cómo, en fin, en el cuerpo del Rey y en el del caballo, se desleían los copos y chorreaba la humedad por el bronce abajo. El suelo, a la mañana tan puro y albo, era ya al mediodía charca cenagosa, en la cual chapoteaban los barrenderos y mangueros municipales, disolviendo la nieve con los chorros de agua y revolviéndola con el fango para echarlo todo a la alcantarilla. Divertido era este espectáculo, sobre todo cuando restallaban los airosos surtidores de las mangas de riego, y los chicos se lanzaban a la faena, armados con tremendas escobas. Miraba esto Fortunata, cuando de repente..., ¡ay Dios mío!, vio a su marido; era él, Maximiliano, que entraba en la plaza por el Arco del 7 de Julio, y tuvo que retroceder saltando más que de prisa, porque el chorro de agua le cortó el paso. Instintivamente se quitó la joven de su ventana; pero después se volvió a asomar, diciéndose: "Si aquí no puede verme... Lo que menos piensa él es que está tan cerca de mí... Vamos, da la vuelta... Se ha metido por los soportales. Sin duda va al café de Gallo a reunirse con su hermano, la otra cabeza de campanario. ¿Pero cómo es que le dejan salir solo? ¿Se habrá puesto bueno? ¿Estará mejor? ¡Pobre chico!..."

Y no se volvió a acordar más de él hasta la noche, cuando estaba acostada, sola en la casa, pues su tía no había entrado aún.

"Es una barbaridad que le dejen salir solo a la calle. El mejor día hace cualquier desavío y da un disgusto... Pues ahora que le he visto suelto, voy a tener miedo, y me pondré a discurrir si se meterá aquí el mejor día... La suerte es que no sabrá dónde estoy: buen cuidado tengo yo de que no lo sepa. ¿Pero quién está seguro de ningún secreto en estos tiempos? A lo mejor, cualquier chusco se lo canta y ya tenemos jaqueca para rato... ¡Como no le dé por venir a matarme!... Eso tendrá que ver. Pero muy descuidada habría de cogerme, porque le deshago yo de un par de porrazos... Pero ¿y si entra, se esconde, me acecha y, ¡pim!, me pega un tiro?... No; yo tengo que estar con mucho cuidado. Ni a Cristo le abro yo la puerta. Y voy a decirle a mi tía que necesito tomar una criada. Una chiquilla modosa y dispuestilla, así como *Papitos,* me vendría muy bien. ¡Sola todo el día en esta jaula!... ¡Ah!, gracias a Dios; ya siento el llavín de mi tía, que entra. ¿Será ella o será alguno que le ha quitado el llavín y viene a matarme?..." Tía, tía, ¿es usted?

—Yo soy, ¿qué se te ocurre?...

—Nada; ya estoy tranquila. Es que me da mucho miedo de estar sola, y me parece que entran ladrones, asesinos y qué sé yo...

Ninguna noche conciliaba el sueño antes de que diera las doce el reloj de la Casa-Panadería. Oía claramente algunas campanadas; después el sonido se apagaba alejándose, como si se balanceara en la atmósfera, para volver luego y estrellarse en los cristales de la ventana. En el estado incierto del crepúsculo cerebral, imaginaba Fortunata que el viento venía a la plaza a jugar con la hora. Cuando el reloj empezaba a darla, el viento la cogía en sus brazos y se la llevaba lejos, muy lejos... Después volvía para acá, describiendo una onda grandísima, y retumbaba, ¡plam!, tan fuerte como si el sonoro metal estuviera dentro de la casa. El viento pasaba con la hora en brazos por encima de la Plaza Mayor, y se iba hasta Palacio, y aun más allá, cual si fuera mostrando la hora por toda la Villa y diciendo a sus habitantes: "Aquí tenéis las doce, tan guapas!" Y luego tornaba para acá, ¡plam!..., ¡ay!, era la última. El viento entonces se largaba refunfuñando. Otras noches se entretenía la joven discurriendo que la hora de la Puerta del Sol y la hora de la Panadería se enzarzaban. Empezaba ésta, y le respondía la otra. De tal modo se confundían los toques, que no conociera aquella hora ni la misma noche que la inventó. Las doce de acá y las doce de allá eran una disputa o guirigay de campanadas. "Vamos, que también se oye la Merced... Tantísima hora, tantísima hora, y no sabe una si son las doce o qué..."

Para tener compañía y servicio, tomó por criada a una niña, hija de una de las placeras amigas de Segunda. Llamábase Encarnación y parecía muy formalita. Su ama le leyó la cartilla el primer día, diciéndole: "Mira, si algún sujeto que tú no conoces, por ejemplo, un señorito flaco, de mal color, así un poco alborotado, te pregunta en la calle si vivo yo aquí, dices que no. No abras nunca la puerta a ninguna persona que no sea de casa. Llaman, miras, y vienes y me dices: 'Señorita, es un hombre o una mujer de estas y estas señas.' Conque fíjate bien en lo que te mando. Tu tía te habrá hecho la misma recomendación. Si no nos obedeces, ¿sabes lo que hacemos? Pues cogerte y mandarte a la cárcel. Y no creas que te van a sacar: allí te estarás lo menos, lo menos, tres años y medio."

La chica cumplía estas órdenes al pie de la letra. Un domingo llamaron. "Señorita, ahí está un hombre con barbas largas, muy aseñorado... y tiene la voz así, como *respetosa.*" Miró Fortunata por los agujeros de la chapa. Era Ballester. "Dile que pase." Se alegraba de verle para saber lo que ocurría en la familia, y para que le contara por qué demonios andaba suelto Maxi por esas calles.

De tan gozoso, estaba turbado el bueno del farmacéutico. Venía vestido con los trapitos de cristianar, peinado en la peluquería, con una raya muy bien sacada desde la frente a la nuca, y las mechas negras chorreando olorosa grasa, las botas nuevas y sombrero de copa muy lustroso.

—¡Qué deseos tenía de verla a usted...! No me atrevía a venir..., pero doña Lupe me ha instado tanto para que venga, que al fin... No, no, no tema que Maximiliano descubra dónde usted está. Hay mucho cuidado para que no se entere de nada. Y eso que ahora, si viera usted, ha recobrado la razón; parece que está juiciosísimo; habla de todo con tino, y no hace ningún disparate.

Fortunata estaba algo cohibida, pues a pesar de la convicción de que hacía gala con respecto a ciertas legitimidades, le daba vergüenza de no poder disimular ya su estado ante un amigo de la familia de Rubín. Se puso muy colorada cuando Segismundo le dijo esto:

—Doña Lupe me ha dado un recadito para usted. Me ha encargado decirle si quiere que le avise a don Francisco de Quevedo... Es hombre que sabe su obligación; muy cuidadoso y muy hábil...

—No sé, veremos..., lo pensaré..., todavía... —balbució ella cortadísima, bajando los ojos.

—¿Cómo todavía? Me ha dicho doña Lupe que será en marzo. Estamos a veinte de febrero. No, no se descuide usted..., que a lo mejor podría verse sorprendida... Estas cosas deben prepararse con tiempo.

Tomando una actitud galante, añadió:

—Porque yo me intereso vivamente por usted en todas las circunstancias, en todas absolutamente. Soy el mismo Segismundo de siempre; y cuando usted necesite de un amigo leal y callado, acuérdese de mí...

Y elevando el tono casi hasta lo patético saltó de repente con esto:

—No me vuelvo atrás de nada de lo que he dicho a usted en otras ocasiones.

Como ella aparentase no interesarse en este giro de la conversación, volvió Ballester a tomar el tono fraternal de esta manera:

—Me voy a permitir hablar a Quevedo. Debemos estar prevenidos... Le diré que venga a ver a usted... Es persona de confianza, y ya sabe él que no tiene que decir nada al amigo Rubín.

Lo que tenía a Fortunata muy sorprendida y maravillada era el interés que mostraba hacia ella, según le dijo el regente, la viuda de Jáuregui.

—Yo no sé lo que es, amiga mía; pero *la ministra,* de unos días a esta parte me ha preguntado como unas seis veces si la había visto a usted... "Yo no voy —me dijo—; pero hay que mirar algo por ella, y no abandonarla como a un perro." Por esto me decidí a venir, y ahora me alegro, porque veo que usted me ha recibido, y que continuaremos siendo buenos amigos. Quedamos en que vendrá Quevedo. Sí; preparémonos, porque estas cosas unas veces se presentan bien y otras mal. No le faltará a usted nada. ¡Qué caramba! Hay que afrontar las situaciones, y... ¡Oh, qué cabeza ésta! ¿Pues no se me olvidaba lo mejor? (metiéndose la mano en el bolsillo). *La ministra* me ha dado para usted este paquetito de dinero. Por fuera está escrita la cantidad: mil doscientos cincuenta y dos reales. Debe de ser lo que le corresponde a usted por réditos de algún dinero. Para concluir: siempre que se le ofrezca a usted alguna cosa, sea del orden que fuese, piensa usted un rato, y dice: "¿A quién acudiré yo? Pues a ese tarambana de Segismundo." Con mandarme un recadito... Aunque yo cuidaré de venir algún domingo o los ratos que tenga libres, porque ahora, como estoy solo con Padilla, dispongo de muy poquito tiempo. Si pudiera, vendría mañana y tarde todos los días, contando con su permiso. Pero en este pícaro mundo, se llega hasta donde se puede, y el que, impulsado por el querer, va más allá del poder, cae y se estrella.

Repitió sus ofrecimientos y se fue, dejando a Fortunata la impresión de que no estaba tan sola como creía, y de que el tal Segismundo era, en medio de sus tonterías y extravagancias, un corazón generoso y leal. Mucho le extrañaba a la infeliz joven que Aurora no hubiese ido a verla, y sintió que se le olvidara, durante la visita del regente, preguntar a éste por *las Samaniegas.* Pero ya se lo preguntaría cuando volviese.

Con el cambio de vida y domicilio, reanudó la señora de Rubín algunas relaciones de familia que estaban absolutamente quebrantadas, siendo de notar entre ellas la de José Izquierdo, que, empezando por ir a cenar con su hermana y sobrina algunas noches, acabó, conforme a su genial parasitario, por estar allí todo el tiempo que tenía libre. Fortunata encontró a su tío transfigurado moralmente, con un reposo espiritual que nunca viera en él, suelto de palabra, curado de su loca ambición y de aquel negro pesimismo que le hacía renegar de su suerte a cada instante. El bueno de *Platón,* encontrando al fin el descanso de su vida vagabunda, se había sentado en una piedra del camino, a la sombra de frondoso árbol cargado de fruto (valga la figura) sin que nadie le disputase el hartarse de ella. No existía por aquel entonces en Madrid un *modelo* mejor, y los pintores se lo disputaban. Veíase Izquierdo acosado, requerido; recibía esquelas y recados a toda hora, y le desconsolaba el no tener tres o cuatro cuerpos para servir con ellos al arte. Ni había oficio en el mundo que más le cuadrase, porque aquello no era trabajar, ¡qué demonio!, era *retratarse,* y el que trabajaba era el pintor, poniendo en él sus cinco sentidos y mirándole como se mira a una novia. En aquellos días de febrero del 76, como se pusiera a hablar con su hermana y sobrina de las muchas obras que traía entre manos, no acababa. En tal estudio hacía de *Pae Eterno,* en el momento de estar fabricando la luz; en otro de Rey don Jaime, a caballo, entrando en Valencia. Allí de Nabucodonosor andando a cuatro patas; aquí de un *tío en pelota que le llaman* Eneas, con su padre a *la pela.* "Pero lo mejor que estamos pintando ahora... y que lo vamos sacando *de lo fino*..., es aquel paso de Hernán Cortés cuando manda dar fuego a las judías naves..." Ganaba mi hombre todo lo que necesitaba, y era venturoso, y la sujeción del día la compensaba con las largas expansiones de charla y copas que se daba de noche en algún café, convidando a los amigos. A su sobrina le prestaba servicios, haciéndole cuantos encargos eran compatibles con sus tareas artísticas. Solía ella enviarle con algún mensaje a casa de su costurera, o se valía de él para recados y compras. Más de una vez le mandó a la gran tienda de Samaniego por tela o encajes para el ajuar que estaba haciendo; pero siempre le encargaba que no la descubriese allí, pues ya que Aurora no había ido a verla, lo que propiamente era una falta de educación, y hablando mal y pronto, una cochinada, no quería ella tampoco aparentar que solicitaba su amistad; y si razones tenía *la Samaniega* para retraerse, también ella las tenía para no rebajarse. "A fina me ganará; pero a orgullosa no."

## CAPÍTULO V

### LA RAZÓN DE LA SINRAZÓN

### I

La mejoría de Maximiliano continuaba, de lo cual coligieron su tía y su hermano que la separación matrimonial había sido un gran bien, pues sin duda la presencia y compañía de su mujer era lo que le sacaba de quicio. Todo aquel invierno continuó el tratamiento de las duchas circular y escocesa y el bromuro de sodio. Al principio, cuando no le sacaba a paseo Juan Pablo, sacábale su misma tía, teniendo ocasión de notar lo bien concertados que eran sus juicios. Observaron, no obstante, que en el caletre del joven se escondía un pensamiento relativo al paradero de su consorte, y temían que este pensamiento, aunque contenido en proporciones menudas por el renacimiento armónico de la vida cerebral, tuviera el mejor día fuerza expansiva bastante para volver a trastornar toda la máquina. Pero estos temores no se confirmaron. En diciembre y enero la mejoría fue tan notoria, que doña Lupe estaba pasmada y contentísima. En febrero ya le permitieron salir solo, pues no se metía con nadie y se le habían acentuado considerablemente la timidez y la docilidad. Era como un retroceso a la edad en que estudió los primeros años de su carrera, y aun parecía que se renovaban en él las ideas de aquellos lejanos días, y con las ideas el encogimiento en el trato, la sobriedad de palabras y la falta de iniciativa.

Su vida era muy metódica; no se le permitía leer nada, ni él lo intentaba tampoco, y siempre que iba a la calle, doña Lupe le fijaba la hora a que había de volver. Ni una sola vez dejó de entrar a la hora que se le mandaba. Para que tales días se pareciesen más a los de marras, el único gusto del joven era pasear por las calles sin rumbo fijo, a la ventura, observando y pensando. Una diferencia había entre la deambulación pasada y la presente. Aquélla era nocturna y tenía algo de sonambulismo o de ideación enfermiza; ésta era diurna, y a causa de las buenas condiciones del ambiente solar en que se producía, resultaba más sana y más conforme con la higiene cerebro-espinal. En aquélla, la mente trabajaba en la ilusión, fabricando mundos vanos con la espuma que echan de sí las ideas bien batidas; en ésta trabajaba en la razón, entreteniéndose en ejercicios de lógica, sentando principios y obteniendo consecuencias con admirable facilidad. En fin, que en la marcha que llevaba el proceso cerebral, le sobrevino el *furor de la lógica,* y se dice esto así, porque cuando pensaba algo, ponía un verdadero empeño maniático en que fuera pensado en los términos usuales de la más rigurosa dialéctica. Rechazaba de su mente con tenaz repugnancia todo lo que no fuera obra de la razón y del cálculo, no desmintiendo esto ni en las cosas más insignificantes.

Que al poco tiempo de sentir en sí este tic del razonamiento lo aplicó al oscuro problema lógico de la ausencia de sû mujer, no hay para qué decirlo. "Que vive, no tiene duda; éste es un principio inconcuso que ni siquiera se discute. Ahora dilucidemos si está en Madrid o fuera de Madrid. Si se hubiera ido a otra parte, alguna vez recibiría mi tía cartas suyas. Es así que jamás llega a casa el cartero del exterior, y cuando va es para traer alguna carta de las hermanas de mi tío Jáuregui; luego... Pero propongamos la hipótesis de que dirige las cartas a otra persona para que yo no me entere. Es inverosímil; pero propongámosla. En tal caso, ¿que persona sería ésta? En todo rigor de lógica no puede ser doña Casta, porque la señora de Samaniego no gusta de tales papeles. En todo rigor de lógica tiene que ser Torquemada. Pero Torquemada, anteayer, entró en el gabinete de mi tía, y yo, desde el pasillo, le oí preguntarle claramente si había sabido de la señorita... Luego, Torquemada no es. Luego, no siendo Torquemada, no hay intermediario de cartas; y no habiendo intermediario de cartas, no puede haber correspondencia; luego está en Madrid."

Quedóse muy satisfecho, y después de detenerse un rato a ver un escaparate de estampas, volvió a pegar la hebra: "Podría ponerse en duda que entre ella y mi tía haya comunicación, y en caso de que no la hubiera, el problema de su residencia seguiría como boca de lobo; pero yo sostengo que hay comunicación. Si no, ¿qué significa el papelito de apuntes que sorprendí el otro día sobre la cómoda de mi tía, y en el cual, pasando al descuido la vista, distinguí este renglón que decía: *Corresponden a F. 1.252 reales? F.* quiere decir *ella.* Luego hay comunicación entre mi tía y ella, y como esta comunicación no es postal, resulta claro, como la luz del día, que reside en Madrid."

Largos ratos se pasaba en este ejercicio de la razón. A veces se decía: "Rechacemos todo lo fantástico. No admitamos nada que no se apoye en la lógica. ¿De qué vive? ¿Vivirá honradamente? No aventuremos ningún juicio temerario. Podrá vivir honradamente y podrá vivir de mala manera. Yo llegaré a descubrir la verdad enterita, sin preguntar una palabra a nadie. Pues todos callan ante mí, yo callo ante todos. Veo, oigo y pienso. Así sabré todo lo que quiero. ¡Qué hermosa es la verdad, mejor dicho, estos bordes del manto de la verdad que alcanzamos a ver en la tierra, porque el cuerpo del manto y el de la verdad misma no se ven desde estos barrios!... Dios mío, me asombro de lo cuerdo que estoy. La gente me mira con lástima, como a un enfermo; pero yo, en mí, me recreo en lo sano de mis juicios. Dichoso el que piensa bien, porque él está en grande."

Entró en el café del Siglo, donde creía encontrar a su hermano; pero Leopoldo Montes le dijo que habiendo aceptado Villalonga la Dirección de Beneficencia y Sanidad, había encargado a Juan Pablo un trabajo delicadísimo y muy enojoso... cosa de poner en claro unas cuentas de lazaretos, y me le tenía en la oficina de sol a sol. Allí le llevaban el café. No le venía mal a Juan Pablo que el director le encargase trabajos extraordinarios, pues esto significaba confianza, y tras la confianza vendría un ascenso. Hablaron de empleos y de política, diciendo Maximiliano cosas muy buenas.

Refugio, la querida de Juan Pablo, estaba aquel invierno muy mal de ropa, y no iba al café del Siglo, sino al de Gallo, porque le cogía cerca (la pareja moraba en la Concepción Jerónima), y además porque la sociedad modesta que frecuentaba aquel establecimiento, permitía presentarse en él de trapillo o con mantón y pañuelo a la cabeza. Agregábansele a Refugio algunas personas con quienes tenía amistad fácil y adventicia, de esas que se contraen por vecindad de casa o de mesa de café. Eran un portero de la Academia de la Historia con su esposa, y un cobrador municipal de puestos del mercado, con la suya o lo que fuese. Este matrimonio solía ir los domingos acompañado de toda la familia, a saber: una abuela que había sido *víctima* del 2 de Mayo, y siete menores. El café se compone de dos crujías, separadas por gruesa pared y comunicadas por un arco de fábrica; mas a pesar de esta rareza de construcción, que le asemeja algo a una logia masónica, el local no tiene aspecto lúgubre. En la segunda sala, donde se instalaba Refugio, había siempre animación campechana y confianzuda, y como el espacio es allí tan reducido, toda la parroquia venía a formar una sola tertulia. En ella imperaba Refugio como en un salón elegante en el cual fuera estrella de la moda. Dábase mucho lustre, tomando aires de señora, alardeando de expresarse con agudeza y de decir gracias que los demás estaban en la obligación de reír. Poníase siempre en un ángulo, que tenía, por la disposición del local, honores de presidencia. Cuando Maxi iba, su cuñada le hacía sentar a su lado, y le mimaba y atendía mucho, con sentimientos compasivos y de protección familiar, permitiéndose también tutearle y darle consejos higiénicos. Él se dejaba querer, y apenas tomaba parte en la tertulia, como no fuera con los silogismos que mentalmente hacía sobre todo lo que allí se charlaba. Una noche estaba el pobre chico tomándose su café, muy callado, en la misma mesa de Refugio, cuando se fijó en dos hombres que en la próxima estaban, uno de los cuales no le era desconocido. Pensando, pensando, acertó al fin. Era Pepe Izquierdo, tío de su mujer, a quien sólo había visto una vez, yendo de paseo con Fortunata por las rondas, y ella se lo presentó. Como en Gallo había tanta confianza, pronto se comunicaron los de una y otra mesa. Primero se hablaba de política; después de que la guerra se acabaría a fuerza de dinero, y como la política y las guerras vienen a ser las fibras con que se teje la Historia, hablóse de la Revolución francesa, época funesta en que, según el cobrador municipal, habían sido guillotinadas *muchas almas.* Oír que se hablaba de Historia y no meter baza, era imposible para Izquierdo; pues desde que se puso a *modelo* sabía que Nabucodonosor era un Rey que comía hierba; que don Jaime entró en Valencia a caballo, y que Hernán Cortés era un *endivido* muy templado que se entretenía en quemar barcos. Los disparates que aquel hombre dijo acerca del *Pronunciamiento* de Francia, hicieron reír mucho a todos, particularmente al portero de la Academia de la Historia, que echaba al concurso miradas desdeñosas, no queriendo aventurar una opinión, que habría sido lo mismo que arrojar margaritas a cerdos. Mas el compañero de *Platón,* persona enteramente desconocida para Maxi, debía de ser uno de los sujetos más eruditos que en aquel local se habían visto nunca, y cuando rompió a hablar, se ganó la atención del auditorio. Tenía la cara granulosa y el pescuezo como el de un pavo, con una nuez muy grande, el pelo como escobillón, y se expresaba en términos muy distintos del gárrulo lenguaje de su amigo: "Al Rey Luis XVI —dijo— y a la Reina doña María Antonieta les cortaron la cabeza, naturalmente, porque no querían darle libertad al pueblo. Por eso hubo, naturalmente, aquel gran pronunciamiento, y todo lo variaron, hasta los nombres de los meses, señores, y hasta abolieron la vara de medir y pusieron el metro, y la religión también fue abolida, celebrándose las misas, naturalmente, a la diosa Razón."

Tanta sabiduría impresionó a Maxi, que al punto se desató a charlar con Ido del Sagrario, pues no era otro el docto amigo de Izquierdo, y estuvieron poniendo comentarios a los trágicos sucesos del 93. "Porque mire usted, cuando el pueblo se desmanda, los ciudadanos se ven indefensos, y francamente, naturalmente, buena es la libertad; pero primero es vivir. ¿Qué sucede?

Que todos piden orden. Por consiguiente, salta el dictador, un hombre que trae una macana muy grande, y cuando empieza a funcionar la macana, todos la bendicen. O hay lógica o no hay lógica. Vino, pues, Napoleón Bonaparte, y empezó a meter en cintura a aquella gente. Y que lo hizo muy bien, y yo le aplaudo, sí señor, yo le aplaudo."

—Y yo también —dijo Maxi, con la mayor buena fe, observando que aquel hombre razonaba discretamente.

—¿Quiere esto decir que yo sea partidario de la tiranía?... —prosiguió Ido—. No señor. Me gusta la libertad, pero respetando..., respetando a Juan, Pedro y Diego..., y que cada uno piense como quiera; pero sin desmandarse, sin desmandarse, mirando siempre para la ley. Muchos creen que el ser liberal consiste en pegar gritos, insultar a los curas, no trabajar, pedir aboliciones y decir que mueran las autoridades. No señor. ¿Qué se desprende de esto? Que cuando hay libertad mal entendida y muchas aboliciones, los ricos se asustan, se van al extranjero, y no se ve una peseta por ninguna parte. No corriendo el dinero, la plaza está mal, no se vende nada, y el bracero que tanto chillaba dando vivas a la Constitución, no tiene qué comer. Total, que yo digo siempre: "Lógica, liberales", y de aquí no me saca nadie.

"Este hombre tiene mucho talento", pensaba Rubín, apoyando con movimientos de cabeza la aseveración de aquel sujeto.

Y cuando, al despedirse, Ido le dio su nombre, agregando que era profesor de primeras letras en las escuelas católicas, Maximiliano discurrió que no estaba en armonía la humildad del empleo con el saber y la destreza dialéctica que aquel individuo mostraba.

Al siguiente día por la tarde, Maxi fue a Gallo y no estaban, de las personas conocidas, más que el cobrador municipal y José Izquierdo. Éste había dejado en la silla próxima un envoltorio. Miróle el joven con disimulo y vio que era algo como ropa o calzado, cubierto con un pañuelo. Tan mal hecho estaba el atadijo, que al mover la silla se descubrió una bota elegante con caña de color de café. Al verla Rubín, sintió como si le cayera una gota fría en el corazón. "Esa bota es de ella..., ¡ay, de ella es!... La conozco, como conozco las mías. No la lleva a componer porque está casi nueva. La lleva de muestra para que le hagan otro par. Es muy presumida en cuestiones de calzado. Le gusta tener siempre tres o cuatro pares en buen uso. ¿Y por qué no las lleva ella? Porque no sale. Luego está enferma... Enferma, ¿de qué?"

## II

*Platón* se despidió de su amigo, y cogió el lío diciendo que tenía que ir a la calle del Arenal.

"Justo —discurrió Maxi sin decir una palabra—. Allí está su zapatero. Arenal, 22... Lo que me falta saber, podría averiguarlo siguiendo a ese bárbaro. Pero no... Con la lógica y sólo con la lógica lo averiguaré. ¿Para qué quiero esta gran cordura que ahora tengo? Con mi cabeza me gobierno yo solo."

Después, cuando entraron Ido, Refugio y otras personas, estuvo muy comunicativo, discurriendo admirablemente sobre todo lo que se trató, que fue la insurrección de Cuba, el alza de la carne, lo que se debe hacer para escoger un bonito número en la lotería, la frecuencia con que se tiraba gente por el Viaducto de la calle de Segovia, el tranvía nuevo que se iba a poner y otras menudencias.

Un día de los primeros de marzo, Maxi, al dirigirse al café, vio a Izquierdo en los soportales de la Casa-Panadería, y a punto que le saludaba pasó y se detuvo el cobrador municipal. Éste y José cambiaron unas palabras.

—En seguida voy al café —dijo el *modelo,* mostrando varios paquetes a su amigo, que los miraba con curiosidad—. Subo a largar esto: varas de cinta..., jabón..., demonios, dátiles. Voy cargado como un santísimo burro.

Maximiliano siguió hacia el café, y observando que *Platón* tomaba hacia la calle de Ciudad Rodrigo, miró su reloj.

"¡Dátiles!... ¡Cuántos le he comprado yo! Las golosinas la venden. Se despepita por ellas... —pensó el razonador, penetrando en el establecimiento, sin ver nada de lo que en él había—. Come dátiles..., luego, no está mala; los dátiles son muy indigestos. Y puesto que ella los come, la causa de no salir, no es enfermedad... Luego, es otra cosa..."

Y viendo entrar a Izquierdo, volvió a mirar su reloj. "Ha tardado doce minutos. Luego, la casa está cerca... Doce minutos: pongamos cuatro para subir la escalera, dos para bajarla... Y está cansado el hombre; debe de ser alta la escalera... La casa está cerca. La descubriremos por la lógica. Nada de preguntas, porque no me lo dirían; ni seguir a este animal, porque eso no tendría mérito. Cálculo, puro cálculo..."

Izquierdo y el cobrador municipal le convidaron a unas copas; pero él no quiso aceptar, porque le repugnaba el aguardiente. Oyóles la conversación sin aparentar oírla, aunque nada interesante tenía para él, pues versó sobre si la Villa iba a suprimir tantas y cuantas mulas del ramo de jardines y paseos para repartirse la cebada entre los concejales. Después el recaudador sacó a relucir no sé qué asunto de familia, quejándose de las continuas enfermedades de su esposa, de lo que Izquierdo tomó pie para decir unas cuantas barbaridades sobre las ventajas de no tener familia que mantener.

—*Musotros* los viudos estamos como queremos —dijo volviéndose a Maxi y dándole un palmetazo en el hombro.

El pobre muchacho hizo como que aprobaba la idea, sonriendo, y para sí dio unas cuantas vueltas al manubrio de la lógica: "Se te ha encargado que no descubras nada; se te ha dicho que tengas mucho cuidado con lo que hablas delante de mí, dromedario, y tú, como todos, te empeñas en meterme en la cabeza la idea de que estoy viudo. No cuentas con que mi cabeza es un prodigio de claridad y raciocinio. A buena parte vienes. Verás cómo destruyó tus sofismas y mentiras. Verás lo que puede el cálculo de un cerebro lleno de luz... ¡Conque yo viudo! Lo mismo que mi tía, que me dijo ayer: 'Desde que *enviudaste,* pareces otro...' Me conviene hacerles creer que me lo trago. Con mi lógica me las arreglo admirablemente y me río del mundo. ¡Qué bonita es la lógica; pero qué bonita! ¡Y qué hermosura tener la cabeza como la tengo ahora, libre de toda apreciación fantasmagórica, atenta a los hechos, nada más que a los hechos, para fundar en ellos un raciocinio sólido!... Pero vámonos a mi casa, que mi tía me espera."

Tres días después de esto, al entrar en la botica, notó que Ballester y Quevedo hablaban, y que al verle llegar a él, se callaron súbitamente. Como había adquirido facilidad para la apreciación de los hechos, aquél se le reveló claramente. Segismundo y el comadrón trataban de algo que no querían oyese Maximiliano. Para disimular le preguntaron a él por su salud, y a poco dijo Quevedo al farmacéutico en tono muy misterioso:

—¿Ha preparado usted el cornezuelo de centeno? Basta con eso por ahora.

—Qué tal, ¿paseamos mucho, joven? —agregó en alta voz, volviendo hacia Maxi su cara de caimán, en la cual la sonrisa venía a ser como una expresión de ferocidad—. Vamos bien, vamos bien. Al fin podrá usted volver a sus ocupaciones ordinarias. Ya decía yo que en cuanto estuviera usted libre..., por aquello de *muerto el perro se acabó la rabia.*

Rubín contestó afirmativamente y con amabilidad. Después observó que Ballester sacaba de un cajón un paquetito de medicamento y se lo daba al señor de Quevedo, diciéndole: "Lléveselo usted; lo he pulverizado yo mismo con el mayor esmero. La antiespasmódica la llevaré yo." El comadrón tomó el paquete y se fue.

A poco entró *Doña Desdémona* preguntando por su marido, y pudo observar el joven que Ballester le hizo señas, llamándole la atención sobre la presencia de Maxi, pues la señora empezó diciendo: "¿Ha ido otra vez a la Cava?" Aquello se arregló, y *Doña Desdémona* invitóle a que la acompañase a su casa, lo que él hizo de bonísima gana, remolcándola del brazo por la escalera arriba. Conversando estuvieron largo rato, y la señora de Quevedo le enseñaba sus jaulas de pájaros, canarias en cría, un jilguero que sacaba agua del pozo, y comía extrayendo el alpiste de una caja, con otras curiosidades ornitológicas de que tenía llena la casa. A la hora de comer entró Quevedo muy fatigado, diciendo: "No hay nada todavía..." Y como vio allí al sobrino de doña Lupe, no dijo más.

Cuando Maximiliano se retiró, iba desarrollando en su mente la más prodigiosa cadena de razonamientos que en aquellas cavidades se había visto. "¿Ves cómo salió? Lo que fulminó en mi cabeza como un resplandor siniestro del delirio, ahora clarea como luz cenital que ilumina todas las cosas. Vaya, hasta poeta me estoy volviendo. Pero dejémonos de poesías; la inspiración poética es un estado insano. Lógica, lógica, y nada más que lógica. ¿Cómo es que lo averiguado hoy por procedimientos lógicos, fundados en datos e indicios reales, existió antes en mi mente como los rastros que deja el sueño o como las ideas extravagantes de un delirio alcohólico? Porque esto no es nuevo para mí. Yo lo pensé, yo lo concebí envuelto en impresiones disparatadas y confundido con ideas enteramente absurdas. ¡Misterios del cerebro, desórdenes de la ideación! Es que la inspiración poética precede siempre a la verdad, y antes de que la verdad aparezca, traída por la sana lógica, es revelada por la poesía, estado morboso... En fin, que yo lo adiviné, y ahora lo sé. El calor se transforma en fuerza. La poesía se convierte en razón. ¡Qué claro lo veo ahora! Vive en la Cava, en la Cava, en la misma casa tal vez donde vivió antes. Se esconde para que no la vea nadie. El suceso se aproxima. La asiste Quevedo. Para ella son el cornezuelo de centeno y la antiespasmódica. ¡Ah, cómo me río yo de estos imbéciles que creen que me engañan!... ¡Engañarme a mí, que estoy ahora más cuerdo que la misma cordura! ¡Dios mío, qué talento tengo! ¡Qué manera de discurrir!... ¡Estoy asombrado de mí mismo, y compadezco a mi tía, a Ballester, a todos los que hacen delante de mí esta comedia. "Todavía no hay nada", fue lo que dijo Quevedo al volver de la Cava. Presunción equivocada, falsos síntomas. Luego la cosa está próxima. Estamos en marzo. Bien, no me falta más que averiguar la casa. Si me dejara llevar de la inspiración, aseguraría que es la misma casa aquella, la de los escalones de piedra. Pero no; procedamos con estricta lógica, y no aseguremos nada que no esté fundado en un dato real".

Al día siguiente estuvo con su hermano en el café del Siglo, y después en el de Gallo con Refugio. Era el 19 de marzo, y los que se llamaban José convidaban a toda la tertulia. Ido del Sagrario se negaba a tomar copas, y su amigo Izquierdo, que bebía aguardiente como si fuera agua, se burlaba de la sobriedad del profesor de instrucción primaria, el cual aseguró haber *comido fuerte* y no hallarse muy bien del estómago. Poco a poco se iba desprendiendo el buen Ido de la masa de gente que formaba la tertulia, retirándose de silla en silla, hasta que Maxi le vio en la mesa más lejana, ensimismado, los codos sobre el mármol y la cabeza en las palmas de las manos. Fuese hacia él, movido de lástima, y le preguntó lo que tenía.

—Amigo —le dijo Ido con voz cavernosa, mostrando su cara descompuesta—, ¿ve usted cómo me tiembla el párpado derecho? Pues es señal de que me estoy poniendo malo..., pero no tiene usted idea de lo malo que me pongo.

—Vamos, don José, eso no es más que aprensión (tratando de llevarle al grupo principal)

—Déjeme usted... Se ríen de mí, porque desbarro mucho... Tiempo hacía que no me daba esto; pero lo veo venir, lo veo venir... Ya, ya me entra, y no lo puedo remediar. Tendré que ausentarme, para que no se burlen de mí. Porque me pongo perdido... Me pongo como si bebiera mucho aguardiente, y ya ve usted que no lo cato..., no lo cato, créamelo usted, caballero. Usted es el único que no se reirá de mí; usted comprende mi desgracia y me compadece.

—Don José..., que se le quiten esas cosas de la cabeza —le dijo el otro, oficiando de hombre sesudo y razonable.

—¡Ah!..., pues quíteme del campo de mi vida los hechos... (tocándole amigablemente el brazo). Porque somos esclavos de las acciones ajenas, y las nuestras no son la norma de nuestra vida. Así es el mundo. De nada le vale a usted ser honrado, si la maldad de los demás le obliga a hacer una barbaridad.

—Eso está muy bien discurrido.

—¡Oh!, la desgracia vuelve sabios a los tontos... No, no somos dueños de nuestra vida. Estamos engranados en una maquinaria, y andamos conforme nos lleva la rueda de al lado. El hombre que hace el disparate de casarse, se engrana, se engrana, ¿me entiende usted?, y ya no es dueño de su movimiento.

—Entiendo, sí...

—Pues no me acuse usted si oye que he cometido un crimen (hablándole al oído), porque los que tenemos la desgracia de ser esposos de una adúltera..., los que tenemos esa desgracia, no podemos responder de aquel mandamiento que dice: *no matar*. Creo que es el quinto.

—Sí, el quinto es —dijo Maxi, que sentía una corriente fría pasándole por el espinazo.

—Y aquí donde usted me ve... (echándose para atrás y expresándose siempre en voz muy baja), hoy mato yo...

Esto, aunque dicho muy quedamente, fue oído de Izquierdo, que rompiendo a reír, soltó esta andanada:

—¡Pues no dice este judío *Dio* que hoy mata él!... ¿En qué plaza, camaraíta?

Las carcajadas atronaban el café, y Rubín se acercó al grupo principal, diciendo con la mayor serenidad del mundo y en tono de benevolencia y compasión:

—Señores, no burlarse de este pobre señor que no tiene la cabeza buena. Un trastorno mental es el mayor de los males, y no es cristiano tomar estas cosas a broma. Denle un poco de agua con aguardiente.

Se la ofrecieron; pero Ido no la quiso tomar. Amorraba la cabeza entre los brazos cruzados sobre el mármol, y el dueño del establecimiento, mirándole con sorna, le decía:

—Aquí no se duermen monas. A dormirlas a la calle.

Maxi trató de hacerle levantar la cabeza.

—Don José, a usted le convendría tomar duchas y también unas pildoritas de bromuro de sodio. ¿Quiere que se las prepare? Es el tratamiento más eficaz para combatir eso... Dígamelo usted a mí, que durante una temporada he estado como usted..., muchísimo peor. Yo inventaba religiones; yo quería que todo el género humano se matara; yo esperaba el Mesías... Pues aquí me tiene tan sano y tan bueno.

Y volviendo al grupo principal:

—Nada, hay que dejarle. Eso le pasará. ¡Pobrecito! Me da mucha lástima.

De repente, don José se levantó de su asiento y salió de estampía, entre la risa y chacota de toda la partida. Maxi quiso salir detrás; pero Refugio le tiró de los faldones y le hizo sentar a su lado:

—Déjalo tú, ¿qué te importa?

Y arreció el tumulto, por la entrada de otros Pepes; y el amo del café, que también era algo José, repartió puros y ron con marrasquino. Algunos se empeñaron en que Maximiliano bebiese; pero ni él quería, ni Refugio se lo hubiera permitido, atenta siempre a cuidar de su preciosa salud. Lo que hacía el excelente muchacho era reír con la mayor buena fe todas las gracias que allí se decían, hasta las más zafias y groseras, aunque sin participar mucho de la estrepitosa alegría de aquella gente.

## III

Comió Rubín aquella noche sosegadamente con su tía, contándole algo de lo que había visto y oído en el café, a lo que respondió la gran señora expresándole su deseo de que no fuese más a aquel establecimiento, por estar muy lejos, y porque en él siempre encontraría una sociedad inculta y ordinaria. El joven parecía conformarse con esta idea, y aseguró que no volvería más. Después fue con su tía a casa de Samaniego, y mientras duró la tertulia, permaneció apartado de ella, labrando y puliendo su idea. "Es en la casa de los escalones de piedra... Después que echó aquel brindis estúpido, Izquierdo habló de subir a gatas a casa de su hermana, y de bajar rodando por los escalones de piedra... Ya sé, pues, dónde está. Ahora, hay que proceder con sigilo y decisión. Llegó la hora de castigar. El honor me lo pide. No soy un asesino, soy un juez. Aquel desgraciado hombre lo decía: 'Estamos engranados en la máquina, y la rueda próxima es la que nos hace mover. Sus dientes empujan mis dientes, y ando.' "

—¿Por qué suspiras, hijo? —le preguntó su tía, observándole caviloso y suspirante.

Contestó evasivamente, y a poco se retiraron, no sin que *Doña Desdémona* invitase al joven a pasar en su casa la mañana siguiente. Le enseñaría todos sus pájaros y le daría de almorzar. Aceptada esta fineza, Maxi se personó en casa de Quevedo desde las nueve, hora en que la señora aquella se hallaba en la plenitud de sus funciones, limpiando jaulas, revisando nidos, examinando huevos, y sosteniendo con este y el otro volátil pláticas muy cariñosas. Su obesidad no le impedía ser ágil y diligentísima en aquella faena. Gastaba una bata de color de almagre, y como su figura era casi esférica, no parecía persona que anda, sino un enorme queso de bola que iba rodando por las habitaciones y pasillos. No tardó en asociar al chico a sus operaciones, enseñándole a distribuir el alpiste a toda la familia. Con algunos sostenía *Doña Desdémona* conversaciones maternales: "¿Qué dices tú, chiquitín de la casa?... Gloria mía... A ver, ¿tiene el niño mucha hambre?... ¡Ay qué pico me abre este hijo!" Y los trinos ensordecían la casa. Con verdadero ahínco, Maximiliano seguía torneando en su cabeza las ideas de la noche anterior. "La mataré a ella y me mataré después, porque en estos casos hay que poner el pleito en manos de Dios. La justicia humana no lo sabe fallar."

—¡Qué mala es esta pájara! —decía *Doña Desdémona*—. No sabe usted lo mala que es. Ha matado ya tres maridos. . ., y de los hijos no hace caso. Si no fuera por el macho, que es, ahí donde usted lo ve, toda una persona decente, los pobrecitos se morirían de hambre.

—Hay que perdonarla —replicó Maxi con humorismo—, porque no sabe lo que se hace. . . Y si la fuéramos a condenar, ¿quién le tiraría la primera piedra?

—Vamos ahora a los pericos, que ya están alborotados.

"La lógica exige su muerte —pensaba Rubín colgando cuidadosamente una jaula en que había muchos nidos—. Si siguiera viviendo, no se cumpliría la ley de la razón."

La renovación del alpiste y del agua daba a aquellos infelices y graciosos seres aprisionados una alegría insensata; y poniéndose todos a piar y a cantar a un tiempo, no era posible que se entendieran las personas que entre ellos estaban. *Doña Desdémona* hablaba por señas. Maxi parecía contento, y hubiera vuelto a empezar todas las operaciones por puro entretenimiento. Cuando llegó la hora de almorzar, tenía ya muy buen apetito, y el comadrón y su esposa estuvieron muy amables con él, diciéndole que le agradecerían fuese todos los días, si tenía gusto en ello. Ya Quevedo no era celoso, y desde que su esposa se había redondeado hasta hacer la competencia a los quesos de Flandes, se curó el buen señor de sus murrias y no volvió a hacer el Otelo. Sin embargo, a ninguno que no fuera el pobre Rubín, le habría permitido entrar libremente en la casa, porque en verdad, no le consideraba a éste capaz de comprometer la honra de ningún hogar donde penetrase.

Doña Lupe entró muy gozosa, diciendo:

—¿Qué tal se ha portado el galán?

—Admirablemente, señora. Es lo más amable. . . —replicó *Doña Desdémona,* y llevándola aparte, añadió—: Si está bueno y sano. . . ¡Si viera usted qué contento y qué tranquilo!. . . Nada, como la persona de más juicio.

—Yo creo —dijo la de Jáuregui— que si no está curado, le falta poco. ¿Y qué hay de eso?

—Esta mañana volvió Quevedo. Todavía nada. . . Esperando por momentos. . . Ella, con mucho miedo.

Algo más cotorrearon, pero no hace al caso. Doña Lupe se llevó a su sobrino al Monte de Piedad, y como aquel día las ventas fueron de muy poco interés, tornaron pronto a casa, después de comprar fresa y espárragos en un puesto de la calle de Atocha. Por la tarde, la señora encargó a su sobrino que le hiciera unas cuentas algo complicadas, y él las despachó con presteza y exactitud, sin equivocarse ni en un céntimo; y como su tía se maravillase de aquel tino aritmético, el joven se echó a reír, diciéndole:

—¿Pero usted qué se ha figurado? Si tengo yo la cabeza como no la he tenido nunca. Si estoy tan cuerdo, que me sobra cordura para darla a muchos que por cuerdos pasan.

Hacía muchísimo tiempo que doña Lupe no había visto al chico tan despejado, con tanto reposo en el espíritu y el ánimo tan dispuesto a la alegría, señales todas de reparación indudable.

—Si no dudo que estés bien. . . Cierto que ya quisieran muchos. . . Yo me alegro infinito de verte así, y le pido a Dios que te conserve.

—Crea usted que seguiré lo mismo. Yo reconozco en mi cabeza una fuerza que nunca he tenido. Discurro admirablemente, y se lo voy a probar a usted ahora mismo. Se pasmará usted al ver que si buena comedia han hecho ustedes conmigo, mejor la he hecho yo con ustedes. Los engañadores son los engañados.

Doña Lupe empezó a alarmarse.

—Pues verá usted (continuando en la mesa en que había hecho las cuentas y con el papel de ellas entre las manos). Mi familia, Ballester y todas las personas a quienes conozco fuera de casa, *bordaban* admirablemente su papel; y yo callado..., haciéndome el tonto, mientras con la sola fuerza del cálculo, descubría la verdad.

Y doña Lupe tan parada, que no sabía qué decirle.

—Y vea usted cómo le pruebo que mi cabeza da quince y raya hoy a las cabezas mejor organizadas, incluso la de usted. Sin decir una palabra a nadie, sin preguntar a bicho viviente, y fundándome sólo en algún indicio que pescaba aquí y allí, sentando hechos y deduciendo consecuencias, he descubierto la verdad..., todo con la pura lógica, tía, con la lógica seca. Atienda usted y asómbrese.

Estaba, en efecto, la viuda ilustre tan asombrada como quien ve volar un buey.

—Pues por el orden siguiente, he ido descubriendo estos hechos: que Fortunata no se ha muerto, que está en Madrid, que vive cerca de la plaza Mayor, que vive en la Cava de San Miguel, en la casa de los escalones de piedra; que está fuera de cuenta desde hace un mes, y que don Francisco de Quevedo la asiste.

Doña Lupe no se atrevió a negar; tan abrumadoras eran las verdades que su sobrino manifestaba.

—Verás... Tú no debes ocuparte de eso... Te concedo que vive, pero no sé dónde. Y en cuanto al embarazo, es error tuyo y de tu maldita lógica. ¡Vaya con la salida! El diablo cargue con tu lógica.

—Si insiste usted, querida tía, en hacer comedias, creeré que quien ha perdido el juicio es usted. Yo afirmo lo que he dicho, y tengo la evidencia de que es verdad. Mi lógica no me engaña ni puede engañarme. Con franqueza: ¿nota usted en mí algo que remotamente se parezca a falta de juicio?

Doña Lupe no supo qué responder.

—¿He dicho algún disparate?... ¿Se atreve usted a sostener que lo he dicho? Pues tomemos un coche y vamos a la Cava... ¡Ah!, no quiere usted. Luego, yo he dicho la verdad, y la que falta ahora a ella, sin duda con muy buen fin, es mi señora tía. ¿Quién es aquí el cuerdo y quién no lo es?

—Pues repito que eso del estado interesante es una papa —dijo la viuda llena de confusión—. Alguien ha querido darte un bromazo, que por cierto es de muy mal gusto.

—Yo le juro a usted que con nadie he hablado de este asunto, absolutamente con nadie. El conocimiento adquirido es obra del cálculo puro. Y ahora, por si alguien duda todavía de que yo sea la cordura andando, voy a dar a todos la última prueba de ella. ¿Cómo? Pues no volviendo a hablar de semejante asunto. Se acabó. Sigamos la vida ordinaria... Aquí no ha pasado nada, tía; hágase usted cuenta de que no hemos hablado nada. ¿No me dijo usted que tenía otra cuenta que arreglar? Venga; estoy pronto, con una cabeza que es un acero para los números, pues éstos son la pura esencia de la lógica.

Y se puso a trabajar en las operaciones aritméticas con tanta serenidad, y un temple tan equilibrado, que doña Lupe salió de la estancia haciéndose cruces y diciendo que si lo que acababa de oír se lo hubieran contado los cuatro Evangelistas, no les habría dado crédito. Pero siendo lo que refirió el sobrino un prodigio de capacidad intelectual, la señora no las tenía todas consigo respecto al estado de aquella cabeza. Entráronle alarmas, como las de los peores días pasados, y se puso de un humor vidrioso, no acertando a determinar si aquello de la lógica era una crisis favorable, o por el contrario, traería nuevas complicaciones.

Y no estuvo muy feliz Juan Pablo, en la elección de aquel día para hacer a doña Lupe la proposición de empréstito, pues encontró a la capitalista dada a todos los demonios. Era el hombre de menos suerte que existía, pues nunca daba en el quid de la buena ocasión; lástima grande, porque el discurso que llevaba preparado para convencer a la señora era admirable, y una roca se ablandaría oyéndolo. Su tía no le dejó pasar del exordio, negándose absolutamente a contratar ninguna clase de préstamo ni en las condiciones más usurarias. Total: que salió Juan Pablo de la casa renegando de su estrella, de su tía y de todo el género humano, revolviendo en su mente propósitos de venganza con proyectos de suicidio, pues estaba el infeliz como el náufrago que patalea en medio de las olas, y ya no podía más, ya no podía más. Se ahogaba.

## IV

En la noche de aquel aciago día, que creyó deber marcar con la piedra más negra que en su triste camino hubiera, Juan Pablo sostuvo en el café del Siglo las teorías más disolventes. Con gran estupefacción de don Basilio Andrés de la Caña, que volvió a la tertulia, embistió contra la propiedad individual, haciendo creer al propio sujeto y a otros tales que se había dado un atracón de lecturas prudhonianas. No había visto un solo libro, ni por el forro, y toda su argumentación ingeniosa sacábala de la rabia que contra doña Lupe sentía, rencor satánico que habría bastado a inspirar epopeyas.

Como el gran principio de la propiedad individual no tenía en aquella desigual contienda más defensor que don Basilio, quedó maltrecho. La mesa de mármol, en torno de la cual formaban animado círculo las caras de los combatientes, estaba a última hora llena de cadáveres, revueltos con las cucharillas, con los vasos que aún tenían heces de café y leche, con la ceniza de cigarro, los periódicos y los platillos de metal blanco, en los cuales la mano afanadora de don Basilio no había dejado más que polvo de azúcar. Dichos cadáveres, horriblemente destrozados, eran la propiedad, todas las clases de propiedad posibles; el Estado, la Iglesia y cuantas instituciones se derivan de estos dos principios: Matrimonio, Ejército, Crédito público, etc... Con admiración de todos, Juan Pablo se lanzó a la defensa del amor libre, de las relaciones absolutamente espontáneas entre los sexos, y puso la patria potestad sobre la cabeza de la madre. Al Papa le deshizo, y la tiara quedó pateada bajo la mesa, con los pedazos de periódico, los salivazos y el palillo deshilachado de don Basilio, quien al fin, en el barullo de la derrota, arrojó lejos de sí aquel marcador de sus argumentos. También andaba por el suelo la corona real, triturada por las suelas de las botas, y el cetro de toda autoridad corría la misma suerte. Las conteras de los bastones, golpeando con furia el sucio entarimado, remataban las víctimas que iban cayendo de la mesa, expirantes. Creeríase que Juan Pablo las estrujaba con los codos, después de acribillarlas con su dialéctica, y cuando cogía un lápiz y trazaba números con febril mano sobre el mármol, para probar que no debe haber presupuesto, parecía un Fouquier de Thinville firmando sentencias de muerte y mandando carne a la guillotina.

¿Y qué menos podía hacer el desgraciado Rubín que descargar contra el orden social y los poderes históricos la horrible angustia que llenaba su alma? Porque estaba perdido, y la cruel negativa de su tía le puso en el caso de escoger entre la deshonra y el suicidio. Antes de ir al café había tenido un vivo altercado con Refugio, por pretender ésta que fuese con ella a Gallo, y el disgusto con su querida, a quien tenía cariño, le revolvió más la bilis. Sus amigos no podían con él; estaba furioso; poco faltaba para que insultase a los que le contradecían, y su numen paradójico se excitaba hasta un grado de inspiración que le hacía parecer un propagandista de la secta de los *tembladores*. El que mejor le replicaba, ¡parece increíble!, era Maxi, que se quedó en el café más tiempo del acostumbrado, retenido por el interés de la polémica. Defendía el joven Rubín los principios fundamentales de toda sociedad con un ardor y una serena convicción que eran el asombro de cuantos le oían. No se alteraba como el otro; argumentaba con frialdad, y sus nervios, absolutamente pacíficos, dejaban a la razón desenvolverse con libertad y holgura. La suerte de Rubín mayor fue que Rubín menor se marchó a las diez, pues doña Lupe le tenía prescrito que no entrase en casa tarde, y por nada del mundo desobedecería él esta pragmática. Había vuelto a la docilidad de los tiempos que se podrían llamar *antediluvianos* o que precedieron a la catástrofe de su casamiento. Dejando que su hermano se arreglara como pudiese con los demás tratadistas de derecho público, abandonó el café con ánimo de irse derechito a su casa. Atravesó la Plaza Mayor, desde la calle de Felipe III a la de la Sal, y en aquel ángulo no pudo menos de pararse un rato, mirando hacia las fachadas del lado occidental del cuadrilátero. Pero esta suspensión de su movimiento fue pronto vencida del prurito de lógica que le dominaba, y se dijo: "No; voy a casa, y han dado ya las diez... Luego, no debo detenerme." Siguió por la calle de Postas y Vicario Viejo, y antes de desembocar en la subida a Santa Cruz, vio pasar a Aurora, que salía de la tienda de Samaniego para ir a su casa. "¡Qué tarde va hoy!", pensó, siguiendo tras ella por la calle arriba, hacia la plazuela de Santa Cruz, no por seguirla, sino porque ella iba delante de él, sin verle. Andaba la viuda de Fenelón a buen paso, sin mirar para ninguna parte, y llevaba en la mano un paquete, alguna obra tal vez para trabajar en su casa el día siguiente, que era domingo, y domingo de Ramos por más señas.

Como iba más aprisa que él, pronto se aumentó la distancia que les separaba. En vez de seguir por la calle de Atocha para tomar por la de Cañizares, como parecía natural (éste era el itinerario que usaba Maxi), la joven se metió por el oscuro callejón del Salvador. En la sombra del Ministerio de Ultramar la esperaba un hombre que la detuvo un instante: diéronse las manos y siguieron juntos. "Hola, hola —se dijo Maxi acechando—, ¿belenes tenemos?" Y viéndoles ir por el callejón adelante, una idea o más bien sospecha encendió en él vivísima curiosidad. Siguiéndoles a cierta distancia, se cercioró al punto de lo que antes fuera presunción, y la certidumbre produjo en su alma violentísima sacudida. "Es él, ese infame... La espera; van juntos... y toman la vía más solitaria... Luego, son amantes... ¡Engañar a una pobre mujer..., un hombre casado!..." Determinóse en él con poderosa fuerza el rencor de otros tiempos, aquel rencor concentrado y sutil que era como un virus ponzoñoso, tan pronto manifiesto como latente, y que al derramarse por todo su ser, producía tantos y tan distintos fenómenos cerebrales. Al propio tiempo se desbordaba en el alma del desdichado joven un sentimiento quijotesco de la justicia, no tal como la estiman las leyes y los hombres, sino como se ofrece a nuestro espíritu, directamente emanada de la esencia divina. "Esto lo tolera y aun lo aplaude la sociedad... Luego, es una sociedad que no tiene vergüenza. ¿Y qué defensa hay contra esto? En las leyes ninguna. ¡Ay, Dios mío, si tuviera aquí un revólver, ahora mismo, ahora mismo, sin titubear un instante, le pegaba un tiro por la espalda y le partía el corazón! No merece que se le mate por delante. ¡Traidor, miserable, ladrón de honras! ¡Y esa tonta que se deja engañar!... Pero ella no merece la muerte, sino la galera, sí señor, la galera..."

Al día siguiente del lastimoso lance ocurrido cerca de Cuatro Caminos, no estaba Maxi más excitado y rencoroso que aquella noche lo estuvo. En el tiempo transcurrido desde la noche aciaga de noviembre, no había visto a su ofensor sino muy contadas veces, y siempre de lejos; nunca le había tenido así, tan a tiro... "¡Ay!, ¿por qué no traigo un revólver?... Ahora mismo le dejaba seco. Si pasara por una armería, lo compraba... Pero si no tengo dinero. La tía no me da más que los dos reales para el café. Dios, ¡qué desesperación! Si me infundes la idea de la justicia, idea lógica, perfectamente lógica, ¿por qué no me das los medios de hacerla efectiva?... Verle expirar revolcándose en su sangre; no tenerle ninguna lástima... ¡Que no vea yo esto, Dios!... ¡Que no lo vea el mundo entero...! porque el mundo entero se había de regocijar!..."

Después de recorrer la calle de Barrionuevo y la Plaza del Progreso, la pareja tomó por la calle de San Pedro Mártir, buscando la vía menos concurrida. "Van a tomar por la calle de la Cabeza —dijo Maxi—, por donde no pasa un alma a estas horas. ¡Ah!, trasto, ladrón de honras, asesino... La justicia caerá sobre ti algún día, si no hoy, mañana. Lo que siento es que no sea por mi mano." Seguíales sin perderles de vista, a bastante distancia... "Me duelen las contusiones que recibí aquella noche, como si las acabara de recibir... Perdulario, cobarde, que te ensañas con los débiles de cuerpo, con los enfermos que no se pueden tener... A ti se te contesta con una bala..., ¡plaf! Y se te deja seco... Y yo me quedaría tan fresco si te pudiera dar lo que mereces... Pero tan fresco y tan satisfecho como se queda todo el que ha hecho un bien muy grande, pero muy grande..."

Al llegar a la calle del Ave María, Rubín se pasó a la acera de los impares y se puso en acecho en la esquina de la calle de San Simón, en la sombra. Detuviéronse: Aurora parecía decir a su galán que no siguiese más. Era prudente esta indicación, y el galán se despidió apretándole la mano. Maxi le miró subir hacia la calle de la Magdalena, y sentía deseos de gritar e írsele encima: "Ratero de mi honor y de todos los honores..., ahora las vas a pagar todas juntas." Creía que se le afilaban las uñas haciéndosele como garras de tigre. En un tris estuvo que Maxi diese el salto y cayese sobre la presa. La lógica le salvó. "Soy mucho más débil y me destrozará... Un revólver, un rifle es lo que yo necesito."

Cuando los amantes desaparecieron de su vista, Rubín penetró en su casa. Lo más particular fue que la idea de su mujer se borró de su mente durante aquel suceso, o quizás personificaba en Aurora la totalidad de las deslealtades y traiciones femeninas. A solas en su cuarto, fue acometido de una duda horrible. "Pero esto que me desvela ahora —se decía revolviéndose en el lecho—, ¿es verdad, o lo he soñado yo? Sé que entré, sé que caí en la cama, sé que dormí, y ahora me encuentro con esta impresión espantosa en mi cerebro. ¿Es verdad que les he visto, al infame y a ella, o lo he soñado? Que yo he tenido un sopor breve y profundo, es indudable... Pues ya voy creyendo que ha sido sueño... Sí, sueño ha sido... Aurora es honrada. Vaya con las cosas que sueña uno... Pero no, Dios, si lo vi, si lo vi, si lo estoy viendo todavía, y si tengo estampadas aquí las dos figuras... Esto es para volverse uno loco..., ¡y sería lástima, ahora que estoy tan cuerdo!..."

Todo el día siguiente estuvo con la misma confusión en su mente. ¿Lo había visto, o lo había soñado? El Miércoles Santo envióle su tía con un recado a casa de Samaniego, y después de estarse allí gran rato, oyendo tocar la pieza, notó que doña Casta hablaba muy vivamente con Aurora.

—Vaya, hija, que hoy nos has dado un buen plantón: ¡Tres horas esperándote!... ¿A qué tienes tú que ir hoy al obrador, si hoy no se trabaja?... Lo mismo que el Domingo de Ramos... Toda la tarde en el obrador, y luego viene Pepe y me dice que ni has parecido por allí ni ése es el camino. ¿En dónde estuviste? ¡En casa de las de Reoyos! ¿Y qué hacías tú tantas horas en casa de las de Reoyos? Tengo yo que averiguarlo...

Aurora se defendía con ingenio y tesón, como quien sabe que es mayor de edad y puede, cuando quiera, echar a rodar la autoridad materna; pero no llegó el caso de hacerlo así. Maxi, aparentando poner sus cinco sentidos en la pieza que tocaba Olimpia, no perdía sílaba de aquel doméstico altercado. Gracias que la cuestión ocurrió cuando la niña tenía entre sus dedos el *andante cantabile molto expresivo*, que si llega a coincidir con el *allegro agitato*, ni Dios pesca una letra de lo que hija y madre hablaron. Durante el *presto con fuoco*, Maxi se decía: "Parece mentira que dudara yo un instante de que aquello era la pura realidad... ¡Y lo creí sueño...! ¡qué imbécil!... Un dato tomado de la existencia positiva me ha quitado todas las dudas. Ahora no me basta con la lógica, necesito ver algo más..., y veré. ¡Qué lección para mi mujer! ¡Oh! Dios mío, ahora me asalta otra duda horrible... Si la mato no hay lección. La enseñanza es más cristiana que la muerte, quizás más cruel, y de seguro más lógica... Que viva para que padezca y padeciendo aprenda... Pero a él debo matarle... ¡a él sí!"

Oyendo el estrepitoso fin de la pieza, tuvo como un sopor de medio minuto, y volvió de él asaltado por esta idea que le sacudía: "No; matar, no. Su maldad es necesaria para este gran escarmiento. La vida es lo que duele y lo que enseña... La muerte para los buenos... Para los perversos, lógica, lógica."

Apenas se había acabado la tocata, entró doña Casta a decirle:

—Maxi, la señora de Quevedo me ha llamado por la ventana del patio para decirme que le mande a usted subir un momento. Tiene que enviar un recado a Lupe.

Subió el pobre chico, y *Doña Desdémona* le hizo esperar un ratito, pues estaba ayudando a su marido a desnudarse. Acababa de entrar, muy fatigado; le llamaron a las doce y hasta aquella hora no había podido volver a casa.

—Querido —dijo a Rubín la dama esférica, tocándole amistosamente en el hombro—. Hágame el favor de decirle a Lupe que la pájara mala sacó pollo esta mañana..., un polluelo hermosísimo... con toda felicidad...

Maxi se rascó una oreja, y sacando de su alma a los labios una sonrisa extraña, cuya significación no pudo entender la señora de Quevedo.

—La pájara mala —dijo con acento de niño mimoso—, enséñemela usted..., y el pollo... enséñemelo también.

—No, no, ahora no —replicó *Doña Desdémona* empujándole hacia la puerta—. Mañana los verá... Vaya ahora a decirle esto a su tía.

## V

El interés con que doña Lupe esperaba noticias de la pájara mala y de si sacaba bien o mal el pollo, no podrá ser comprendido sin tener en cuenta las grandes ideas que en aquellos días despuntaban en el caletre de la insigne señora. Su entendimiento excelso sugeríale determinaciones para todos los casos, y medios de armonizar los hechos con los principios en la medida de lo posible. Era su lema que debemos partir siempre de la realidad de las cosas, y sacrificar lo mejor a lo bueno, y lo bueno a lo posible. Esto lo había aprendido en la experiencia de los negocios, la cual se aplica con éxito a los asuntos morales, del mismo modo que el ejercicio de las matemáticas y la agilidad gimnástica que dan al entendimiento, facilitan el estudio de la filosofía.

Pues pensando en su sobrina, vino a sentar ciertas bases que discutió consigo misma, dándolas al fin por indestructibles, a saber: que aquello no tenía remedio, que la deshonra era inevitable, si bien no recaía sobre doña Lupe, pues a todo el mundo constaba que ella no alentó ni favoreció jamás los desvaríos de Fortunata. Esto lo sabían hasta los perros de la calle. Por consiguiente, bien podía la señora estar tranquila sobre este particular. Segundo punto: Fortunata sería todo lo mala que se quisiera suponer; pero había pertenecido a la familia, y la persona más importante de ésta no podía menos de echar una mirada a la descarriada joven para enterarse de sus pasos, y tratar de impedir que arrojase sobre el claro apellido de Rubín ignominias mayores. Presentábase un problema grave, cuya solución no estaba al alcance de los entendimientos vulgares. Aquel pequeñuelo que iba a presentarse en el mundo era, por ley de la Naturaleza, sucesor de los Santa Cruz, único heredero directo de poderosa y acaudalada familia. Verdad que por la ley escrita, el tal nene era un Rubín; pero la fuerza de la sangre y las circunstancias habían de sobreponerse a las ficciones de la ley, y si el señorito de Santa Cruz no se apresuraba a portarse como padre efectivo, buscando medio de transmitir a su heredero parte del bienestar opulento de que él disfrutaba, era preciso darle el título de monstruo.

"¡Oh!, si a mí me hubiera pasado lo que le pasa a esa panfilona —se decía—, ¿cómo no me había de señalar el otro una pensión de alimentos? Bonito genio tengo yo para estas cosas... ¡Ah! Pues si ésa hiciera caso de mí, y se dejara llevar... Lo que es ahora, yo le aseguro que sus dos o tres mil duros de pensión no se los quitaba nadie... Lo primerito que yo haría era plantarme en casa de doña Bárbara y leerle la cartilla bien leída... Y lo haré, lo haré, aunque esa simple no me autorice. No lo puedo remediar; la iniciativa me alborota todo el espíritu, y reviento si no le doy salida... Y me inspira lástima lo que va a nacer, porque es un dolor que viva pobre viniendo de quien viene. Pues el día de mañana (pongo que sea varón), cuando crezca y sea preciso librarle de quintas, ¿qué va a hacer ese infeliz? No, esto no puede quedar así... ¡Pobre criaturita! Hay que hacer algo, y véase aquí cómo es una caritativa cuando menos lo piensa... No, lo que es yo no me callo, yo me voy a ver a doña Bárbara, y con esta labia que tengo y lo bien que pongo los puntos, le haré ver el disparate de que su nieto esté peor que un inclusero..., porque ¿de qué va a vivir? Las acciones del Banco se las comerán hijo y madre en un par de años, y con el rédito de los treinta mil reales no tienen ni para sopas. Lo que es dinero de Maxi no lo han de ver, de eso respondo, porque sería el colmo de la afrenta y de la tontería... Nada, nada; que yo doy la campanada gorda, siempre y cuando el señorito ese no le señale el estipendio en el término de un mes. Vaya si la doy... Me pongo mi abrigo de terciopelo, mi capota, mis guanes y ¡hala!... Ahora se me ocurre que debo empezar por darle una embestida a mi amiga Guillermina, que se hará cargo de la justicia del caso... Sí, ¡magnífica idea! Guillermina hablará con la otra y... Ahora, ahora comprenderá esa loquinaria la diferencia que hay entre obrar ella por cuenta propia y tenerme a mí por consejera y directora. ¿Apostamos a que ella, si el otro no le da un cuarto, se deja estar con su santa pachorra, sin atreverse a nada, tragando hiel y muriéndose de hambre? Pero yo, cuando hago el bien, lo hago contra viento y marea, y se lo meto por los hocicos a las personas tercas e inútiles que no saben hacer nada por sí."

Estas ideas, que fermentaron en el cerebro de aquella gran diplomática y ministra durante todo el mes de marzo, determinaron los recaditos que mandó a Fortunata con Ballester, el encargo que hizo a Quevedo de asistirla cuando el caso llegara, no vacilando en decir al feo y hábil profesor de obstetricia que sus honorarios no serían perdidos. Algo la desconcertó Maxi el día en que se mostró sabedor del secreto, pues la señora, para hacer todos aquellos proyectos benéficos en interés del vástago de Santa Cruz, *partía del principio* de que su sobrino desconocía en absoluto la verdad. Muchísimo se alegraba de verle tan sereno; pero la sacaba de quicio el pensar que se volvería razonable hasta el punto de compadecerse de su mujer, y asignarle alguna pequeña renta para que no pidiera limosna o se prostituyese. No, el otro, el que había roto los vidrios, era el que los tenía que pagar.

A esta altura estaban sus cavilaciones, cuando Maxi le llevó la noticia que le diera *Doña Desdémona.* Lo primero en que doña Lupe puso su atención inteligente fue en la cara del joven al dar el recado, y se pasmó de su impavidez, a pesar de que demostraba penetrar el sentido recto de la alegoría empleada por la señora de Quevedo. Después de repetir textualmente el recado, añadió:

—Ha sido esta mañana. Don Francisco acababa de llegar y se estaba acostando.

Doña Lupe no volvía de su asombro. "Vaya, que lo toma con calma. Más vale así. ¿Y esto es cordura o qué es? Será lo que llaman filosofía... Dios nos tenga de su mano, si después le da por la filosofía contraria."

—¿Piensa usted ir a verla? —le preguntó después el chico con la mayor naturalidad.

—¿Yo?... Pero qué cosas tienes... Veo que es inútil hacer comedias contigo. Con ese talentazo que estás echando, nada se te escapa... ¡Verla yo! Sólo por curiosidad he querido saber lo que sé... De aquí en adelante, como si no existiera. ¿No piensas tú lo mismo?

—Exactamente lo mismo... ¿Ve usted lo frío y sereno que estoy?

—Así me gusta. Esto se llama ser filósofo en toda la extensión de la palabra, y elevarse sobre las miserias humanas —dijo la viuda con emoción verdadera o falsa—. No vuelvas a acordarte más del santo de su nombre...

—Y aunque me acordara, tía, aunque me acordara...

—¿Para qué?... Tú no has de verla.

—Y aunque la viera, tía, aunque la viera...

Doña Lupe se inquietó un poco oyendo esta frase, dicha con cierto sentido de tenacidad maniática. Pero Maximiliano se apresuró a tranquilizarla con otro argumento:

—¿Pero no observa usted lo cuerdo que estoy? Si no me he visto nunca así, ni en mis mejores tiempos... Ya quisieran todos...

La señora tomó pie de esto último para variar la conversación:

—Dices bien. ¿Sabes que tu hermano Juan Pablo me parece a mí que no está bueno de la cabeza? Hoy estuvo otra vez a darme la jaqueca... Pues que le he de hacer el préstamo o se pega un tirito. ¡Como no se mate él! Es el egoísmo andando. Se necesita atrevimiento. ¡Pedirme dinero un hombre que, cuando debe, no hay medio de sacarle un real, y se enfada si una reclama lo suyo! Dice que le van a hacer secretario de un gobierno de provincia y qué sé yo qué... ¿Tú lo crees? Muy rebajada está la talla de los empleados; pero no tanto...

En aquel segundo ataque desesperado que dio Juan Pablo a su tía, salió de la casa el pobre hombre más muerto que vivo. Su tía no era ya simplemente una mujer mala; era un monstruo, una furia, un dragón mitológico. Aquel tiro con el que él se amenazaba a sí mismo, ¡cuánto mejor estaría empleado en ella!

"Pero ese tiro, ¿me lo doy o no me lo doy?... No tengo más remedio que dármelo —discurría entrando por la calle de la Magdalena—. Por ninguna parte veo la solución. Sí, lo que es el tiro me lo pego; vaya si me lo pego... Lo malo es que no tengo revólver... Se me está figurando que al fin y al cabo no me pegaré tiro ninguno. Es uno así, tan dejado, que no se arranca... Ya voy viendo yo que una cosa es decir uno de buena fe que se mata, y otra cosa es hacerlo... Pero en fin, yo sigo en mis trece, y al fin, me lo tendré que pegar, no habrá más remedio."

## VI

Estuvo con un humor de mil diablos todo el Jueves y Viernes Santo. El sábado, a poco de entrar en la oficina, le llamó Villalonga a su despacho. Rubín se dirigió allá palpitante de emoción. "¡Dios! —se decía—. ¿Será para darme la secretaría? ¡Qué cuña, si no es para esto, qué cuña, ya no aguanto más! En cuanto salga del despacho del jefe, me levanto la tapa de los sesos, como hay Dios. La contra es que no tengo revólver... Me tiraré por el balcón... No, eso no; ¡me haría una tortilla!... Vamos, que el corazoncito me anuncia secretaría... Ánimo chico, que hoy te va a sonreír la suerte."

El director era hombre muy expeditivo, y sin hacerle sentar le dijo:

—Amigo Rubín, usted es listo y me conviene usted...

Rubín vio la cara del director como la del Padre Eterno que los pintores ponen entre nubes, esmaltadas de angelitos.

—Me conviene usted, y yo le voy a meter en carrera.

—Muchas gracias, señor don Jacinto. Ya sabe que estoy a sus órdenes.

—Pues le voy a dar a usted la gran sorpresa. Yo necesito un hombre; y como entiendo que usted sabrá desenvolverse en el destino delicadísimo que le pienso dar...

—La secretaría de...

—No, amigo; es más. Yo, cuando encuentro una persona que me entra por el ojo derecho, y que sirve, digo *copo*, y la tomo para que me sirva a mí. Le juro a usted que me conviene, *camará*. Allá va la bomba. Va usted a ser gobernador de una provincia de tercera clase.

Rubín no pudo decir nada. Creyó que se le caía encima el techo del despacho y todo el Ministerio de la Gobernación.

—Pues sí, gobernador de *mi* provincia. Quiero ver cómo arreglo aquello. Usted no tiene que entenderse más que conmigo. El Ministro me da vara alta.

—Señor director —balbució Rubín—, disponga usted de mí.

—Pues será usted incluido en la combinación que va mañana a la firma del Rey. Ya hablaremos, y le enteraré a usted de cómo está aquello. Creo que iremos bien.

Luego echaron un cigarro, y hablaron algo del estado de la provincia, desflorando el asunto. Empezó a entrar gente en el despacho, y Rubín se retiró para comenzar sus preparativos. Estaba el hombre que no sabía lo que le pasaba; creía soñar..., se daba pellizcos a ver si estaba despierto, anduvo algún tiempo por la calle como un insensato..., se reía solo... Le dieron ganas de comprar un revólver para ponerse a disparar tiros al aire... ¡Ah!, lo que debía hacer era meter un par de balas en el cuerpo a doña Lupe..., sí, por mala, por tacaña... Pero no, no; perdonar a todo el mundo... La vida es hermosa, y gobernar un pedazo de país es el mayor de los deleites. A los individuos de Orden Público o de la Guardia Civil que iba encontrando, les miraba ya como subalternos, y por poco les manda prender a su tía y a Torquemada.

En el café, aquella noche, hubo la gran escena. Al principio no dijo nada, esperando dar la sorpresa de sopetón; pero sus amigos conocieron que no era el mismo hombre. Daba un sonsonete de autoridad a sus palabras, medíalas mucho, tomaba el café con más pausa que de costumbre, y a cada momento echaba una frasecilla de protección.

—Pero amigo Montes, no hay que apurarse... Ya veremos, ya veremos si se te puede meter en algún hueco... Don Basilio me tiene que dar unos datos que necesito sobre la recaudación en la provincia de X... Oiga usted, Relimpio, no se dé prisa a presentar la memoria, porque esta situación dura. Cánovas tiene para un rato. Es hombre que entiende la aguja de marear.

Y como se suscitara un debate político de los más graves, Rubín se puso de parte de los que defendían la tesis más razonable, conciliadora y templada.

—Pero ustedes, ¿qué creen, que una sociedad puede vivir siempre soñando con trastornos? Seamos prácticos, señores, seamos prácticos, y no confundamos las pandillas de politicastros con el verdadero país.

En esto llegó *La Correspondencia,* y a las primeras ojeadas conspicuas que arrojó sobre las columnas de ella el buen don Basilio, tropezó con la combinación de gobernadores, y lanzando un berrido de sorpresa, se restregó los ojos creyendo que leía mal. Mas convencido de que no era error, lanzó otra exclamación más fuerte y al instante se enteraron todos, y Juan Pablo fue objeto de aclamaciones y plácemes, unos sinceros, otros con su poco de bien disimulada envidia.

—Hace tiempo que el amigo Villalonga tenía empeño en eso. Hoy ha machacado tanto que no he podido decirle que no.

—¡Pero qué callado se lo tenía!

De todos lados de la cámara..., digo del café, vino gente a felicitar al gobernador, y el mozo, a quien Juan Pablo debía el consumo de cinco meses, y algunos picos, se puso más contento que si le hubiera caído la lotería; y hasta el amo del establecimiento fue a dar un apretón de manos a su parroquiano, diciéndole si podía colocar en las oficinas de la provincia a un sobrinito suyo que tenía muy buena letra.

—No le digo que sí ni que no, don José. Veremos. Tengo la mar de compromisos... Pero ya sabe usted que haré los imposibles por servirle... Usted me manda.

El hombre compensó con los goces de aquella noche los sufrimientos y tristezas de tantísimos meses. Toda la gente que próxima estaba, mirábale con cierta expresión de asombro y respeto, como se mira a quien es, ha sido o va a ser algo en el mundo. En cuantos asuntos se trataron aquella noche en el círculo, Rubín hizo gala de las ideas más sensatas. Era preciso moralizar la administración provincial, desterrar abusos; sobre todo, en el destierro de los abusos insistió mucho. Su plan de conducta era muy político... Contemporizar, contemporizar mientras se pudiera, apurar hasta lo último el espíritu conciliador; y cuando se cargara de razón, levantar el palo y deslomar a todo el que se desmandase... Mucho respeto a las instituciones sobre que descansa el orden social. Cuando va cundiendo el corruptor materialismo, es preciso alentar la fe y dar apoyo a las conciencias honradas Lo que es en su provincia, ya se tentarían la ropa los *revolucionarios de oficio* que fueran a predicar ciertas ideas. ¡Bonito genio tenía él!... En fin, que el pueblo español está ineducado y hay que impedir que cuatro pillastres engañen a los inocentes... La mayoría es buena; pero hay mucho tonto, mucho inocente, y el Gobierno debe velar por los tontos para que no sean engañados... En cuanto a moralidad administrativa, no había que hablar. Él no pasaba ni pasaría por ciertas cosas. Ya le había dicho a Villalonga que aceptaba con la condición de que no le pondría veto a la persecución y exterminio de los pillos...

—A muchos que mangonean ahora, les he de llevar *codo con codo* a la cárcel de partido... Yo soy así; hay que tomarme o dejarme.

Don Basilio era de los que sinceramente se alegraban del *golpe de suerte* que había tenido Juan Pablo. Aquel destino no era *de su ramo,* y por tanto, no lo envidiaba. Si se hubiera tratado de la dirección económica de una provincia, don Basilio habría sentido tristeza del bien ajeno. Pero no le sacaran a él de sus números... Por cierto que el Ministro le había encargado un trabajo que le traía mareado... *Proyecto de reglamento para la cobranza del subsidio industrial*...

—Siempre me caen a mí estos turrones. Ocurre en secretaría que no se conocen los antecedentes de tal o cual cosa... "¡Ah!, la Caña lo sabrá." Piden en el Congreso una nota del estado en que se halla la codificación de Hacienda. ¡Qué lío! Nadie sabe una palabra... "¡Ah!..., a ver..., la Caña." Y la Caña les saca del apuro. Que el Ministro quiere enterarse de los trabajos hechos para el establecimiento del Registro fiscal que es el gran medio para descubrir la riqueza oculta... Pues toda la casa revuelta; busca por aquí, busca por allá. Hasta que a uno se le ocurre decir... "Eso la Caña..." Y efectivamente; como que la Caña es el que hizo los primeros estudios del Registro fiscal. Total, que si por desgracia llegaba a faltar don Basilio del Ministerio de Hacienda, éste se venía abajo de golpe como un edificio al cual falta el cimiento.

Leopoldo Montes aspiraba a que Rubín le llevase de secretario; pero esto no era fácil.

—Chico, yo se lo diré a Villalonga. Creo que me dan el secretario hecho... Veremos si te meto de inspector de policía.

Otros tertuliantes sentían envidia, y aunque felicitaban y adulaban al favorecido, al propio tiempo hacían pronósticos de las dificultades que había de tener en el gobierno de su ínsula. Pero ello es que la lisonja y la envidia, la codicia ambiciosa, la curiosidad y la novelería aumentaban considerablemente el personal de la tertulia en el tiempo que medió entre el nombramiento y la salida de Rubín para su destino. Mucho ajetreo tuvo aquellos días para arreglar sus asuntos y proveerse de ropa. Y no dejaron de molestarle también y entorpecerle ciertas disensiones domésticas, pues Refugio, que ya se estaba dando pisto de gobernadora, y se había despedido de sus amigas con ofrecimientos de protección a todo el género humano, se quedó helada cuando su señor le dijo que no la podía llevar... Pucheros, lloros, apóstrofes, quejas, gritos...

—Pero, hija de mi alma, hazte

cargo de las cosas; no seas así. ¿No comprendes que no me puedo presentar en mi capital de provincia con una mujer que no es mi mujer? ¡Qué diría la alta sociedad, y la pequeña sociedad también, y la burguesía!... Me desprestigiaría, chica, y no podríamos seguir allí. Esto no puede ser. Pues estaría bueno que un gobernador, cuya misión es velar por la moral pública, diera tal ejemplo. ¡El encargado de hacer respetar todas las leyes, faltando a las más elementales!... ¡Bonita andaría la sociedad, si el representante del Estado predicara prácticamente el concubinato! Ni que estuviéramos entre salvajes... Convéncete de que no puede ser. Tú te quedas aquí y yo te mandaré lo que vayas necesitando... Pero lo que es allá no me pongas los pies..., porque si lo hicieras, tu *chachito* se vería en el caso de cogerte..., ya sabes que tengo mucho carácter..., de cogerte y mandarte para acá por tránsitos de la Guardia civil.

## CAPÍTULO VI

### FINAL

### I

Fortunata sintió ruido en la puerta y esta voz:

—¿Se puede?

—Pase usted, don Segismundo —dijo reconociendo al regente de la botica.

Y entró el tal con cara risueña y actitud oficiosa, como de persona que cree ser útil. Estaba la joven incorporada en su lecho, con chambra y pañuelo a la cabeza.

"¡Qué reguapa está! —pensaba Ballester al saludarla, apretándole mucho la mano—. ¡Lástima de mujer!"

—Ayer no pasó usted —le dijo ella con amabilidad—, porque yo no sabía quién era, y no quiero recibir visitas. Estoy muerta de miedo, y por las noches sueño que alguien viene a robármelo. ¿Quiere usted verle?...

A su lado estaba, durmiendo con plácido sueño, el recién venido personaje, cuyas precoces gracias quería mostrar a su amigo. Así lo hizo con más orgullo que vergüenza, y apartó las sábanas, dejando ver la carita sonrosada y los puños cerrados del tierno niño.

—¡Cuidado que es bonito! —dijo Ballester inclinándose—. Tiene a quien salir por una y otra banda.

—Dos horas hace que está tan dormidito. ¡Qué ángel! ¡Y si viera usted qué pillo es y qué tragón! Viene determinado a darse buena vida. Si lo viera usted cuando se pone a mirarme... ¡Pobrecito! Me quiere mucho. Sabe que le quiero más que a mi vida, y que es para mí el mundo entero.

—Ya sabe usted lo convenido. Seré padrino de Su Excelencia. Usted me lo prometió la última vez que nos vimos.

—Sí, sí, y no me vuelvo atrás. Usted será padrino.

—Y después del primer nombre, que usted designará (poniéndose muy inflado), llevará el mío, Segismundo. ¿Qué le parece a usted?

—Muy bien. Se llamará Juan, después Evaristo, y después Segismundo.

—Bueno; transijo con el tercer lugar en el escalafón; pero de ahí no paso; como usted me quiera echar al cuarto, me sublevo.

Ambos se rieron. Ballester se había sentado en una silla junto al lecho, y no quitaba los ojos de aquella mujer, que le parecía entonces más hermosa que nunca. "Le daría cuatro besos —pensaba—; pero de amistad, de pura amistad, porque me interesa esta infeliz... Y digan lo que quieran, no es tan mala como se cree por ahí." Después empezó a dar noticias de la familia y amigos, las cuales oía Fortunata con gran curiosidad.

—Doña Lupe, con toda su fiereza, no la olvida a usted. Todos los días nos pide noticias a mí o a Quevedo, y pregunta también por el muchacho, si es robusto, si mama bien, si tiene algún defecto físico...

—¡Defecto!... —exclamó la madre indignada—. Si es una preciosidad. Más perfecto es que las perfecciones. Se lo enseñaré a usted desnudo, para que vea qué hermosura de hijo. Estoy loca con él. Me parece que han de venir a quitármelo. Y no crea usted, ¡hay tanta envidiosona!...

Dejando que pasara la racha de entusiasmo maternal, Ballester continuó así:

—Pero lo que la pasmará a usted es saber que el amigo Maxi está tan mejorado, pero tan mejorado, que si le ve usted no le conoce.

—¿Pero es de verdad?... ¡Quia!, guasas de usted.

—No, hija. Siempre que ocurre en la casa o en la vecindad algo difícil de resolver, se le consulta a él. Está hecho un Salomón. *Doña Desdémona,* cuando surge alguna dificultad en su república de pájaros, le llama, y lo que él dice, se hace.

—Vaya, que hoy estamos de vena. Ojalá fuera verdad lo que usted dice. Yo me alegraría mucho, con tal que no se acordara de mí para nada, ni supiera que estoy viva.

—Pues eso sí que no lo logra usted... Todo lo sabe.

—¡Ay, no me lo diga, por Dios! (asustadísima y palideciendo). No sabe usted el miedo que me ha entrado. Ya no voy a tener un minuto de tranquilidad. ¿Pero es eso verdad? No se divierta conmigo, Ballester; mire que estoy temblando de miedo.

—¿Miedo a qué? Si está muy razonable, y más tranquilo que nunca. Todas sus ideas son ideas de benevolencia y tolerancia. Habla poco, y a lo mejor se descuelga diciendo cosas muy buenas. No le suelta a usted un disparate ni aunque se lo pida por favor. Respecto de usted, creo que el sentimiento que tiene es la indiferencia, si es que la indiferencia se puede llamar sentimiento.

—No me fío, no me fío (meditabunda, demostrando en el tono que no las tenía todas consigo). Verá usted cómo el mejor día...

La conversación pasó de Maximiliano a *las Samaniegas,* mostrando Fortunata gran extrañeza de que Aurora no se acordase de ella.

—Es una mala crianza, porque bien sabe dónde estoy, y desde su obrador aquí se viene en tres minutos. Y si no quería ella venir, ¿qué le costaba mandar a una oficiala a preguntar si vivo o si muero?... Crea usted que esto me duele; porque yo, a quien me quiere como dos le quiero como catorce.

Ballester contestó con un gran suspiro, al cual no dio su interlocutora la interpretación conveniente. De pronto el farmacéutico mudó el tema:

—¡Ah!, me olvidaba de lo mejor. ¿Sabe usted que el crítico y yo nos hemos hecho amigos? ¡Quién lo creería! ¡Tanto como yo le odiaba! Pues verá usted. Padillita le metió un día en la botica, y yo empecé a darle guasa con sus críticas, diciéndole que me gustaban mucho. Pues resulta que es muy modesto y que se asusta cuando le elogian lo que escribe. Poco a poco hemos ido intimando, y toda la inquina que le tenía se ha evaporado. Es tan honradito el pobre Ponce, que todo lo que escribe es de conciencia, y hasta cuando elogió el dramón aquel que a mí me sacaba de quicio, lo hizo porque le salía de dentro. Y aunque le paguen tarde, mal y nunca, él tan conforme en su *sacerdocio;* lo toma en serio, y le parece que nadie ha de tener opinión sobre las obras si él no la da. Ha hecho oposición a una placita en el Tribunal de Cuentas y la ha ganado. ¿Pues qué cree usted? El infeliz tiene que mantener a su madre, que está enferma; y yo, desde que me contó su historia, no le cobro nada por las medicinas. Le damos bromas con Olimpia y la pieza que toca, diciéndole que su adorada es muy romántica y que no tenga miedo de casarse, porque no come. Ni necesitan cocinera, ni cocina, ni siquiera cesto para la compra. Yo le digo que abandone el *sacerdocio* y que deje a los autores y al público que se arreglen como quieran. Está conforme conmigo, y por fin me ha revelado un secreto: ha escrito un drama y lo tiene en el Español; y como se represente, el exitazo es seguro. La noche del estreno pienso ir con todos mis amigos para armar un alboroto y llamar al autor a la escena lo menos cuarenta veces. Me quiere leer la obra y yo le he dicho que me la deje allí. Sin leerla, le diré que es magnífica, y un amigo mío periodista pondrá un sueltecito con aquello de que *en los círculos literarios se habla mucho,* etc... Le digo a usted que me interesa mucho ese infeliz, y que haría yo algo por él si pudiera. En *bálsamo tranquilo* le tengo dado ya más de medio cuartillo, y el extracto de belladona se lo lleva de calle, porque lo que padece la mamá es reuma. También le he hecho una bizma para la cintura que vale cualquier dinero. Yo soy así; al que me entra por el ojo derecho, le doy hasta la camisa. ¡Y si viera usted qué cariño me ha tomado Ponce! Echamos largos párrafos sobre el arte realista, y el ideal, y la emoción estética, y cuanto yo digo, aunque sea un gran desatino, porque en mi vida las he visto más gordas, lo escucha como el Evangelio, y yo me doy con él un lustre que no hay más que ver. Fuera de estas tonterías de la crítica, es un alma de Dios, muy agradecido, muy delicado, sin más debilidad que la de querer a Olimpia y figurarse que un hombre de sesos se puede casar con semejante inutilidad. Yo me he propuesto quitárselo de la cabeza, y creo que lo voy consiguiendo. Porque yo le digo: "¿Con qué se van a mantener? ¿Con la pieza? Si se casa, van a ser cuatro de familia; el matrimonio y la mamá de él, enferma, y una hermanita que, según me ha contado Ponce, debe de tener hambre canina. De esto hablamos largamente en la botica, que llamamos el *círculo literario,* y le voy engatusando. Olimpia me sacaría los ojos si supiera las cosas que le digo a su novio; pero que se fastidie. Ya le he conocido siete *osos,* y lo que es a éste no le pesca tampoco. Yo le he tomado bajo mi protección, y le he de salvar. ¡Buen turrón le caía si se casara!...

—¡Qué risa con usted! ¡Pobre Ponce! Ya le decía yo que era un buen chico, y usted empeñado en darle la morcilla.

—¡Ah!, de buena escapó. Guardo la fatídica yema para otro, sí, para otro, en quien ahora recaen todos mis odios. No me pregunte usted quién es, porque no se lo he de decir... Se lo diré después que se la haya zampado, porque se la tiene que comer, como éste es día.

En esto, el ruido de voces que sonaba en la salita próxima aumentó considerablemente, y a los oídos de Ballester llegaban estas palabras: *Envido a la chica, órdago a los pares.*

—Es mi tío José —dijo Fortunata—, que está jugando al mus con su amigo. Le mando que venga aquí para que me acompañe mientras estoy en la cama, porque tengo mucho miedo, y para que no se aburra, hago que le traigan una botella de cerveza y le permito que venga su amigo a hacerle compañía.

Ballester se asomó a la puerta entornada para ver a la pareja. No conocía a ninguno de los dos; pero la cara de Ido del Sagrario no era nueva para él, y creía haberla visto en alguna parte, aunque no recordaba dónde ni cuándo.

## II

La primera vez que Ballester vio a Izquierdo y a su docto amigo, no les dijo más que algunas palabras dictadas por la buena crianza; pero a la segunda se cruzó entre ellos tal tiroteo de cumplidos, ofrecimientos y franquezas, que no había de tardar la amistad en unirles a los tres con apretado lazo.

Desde su alcoba, donde continuaba encamada, Fortunata se reía de las ocurrencias de Segismundo buscándole la lengua a *Platón* y a Ido del Sagrario, a quien solía llamar *maestro*. Siempre que iba por las noches el farmacéutico, les encontraba infaliblemente y se divertía con ellos lo indecible.

Mucho agradecía la desdichada joven aquellas visitas. Ballester era el corazón más honrado y generoso del mundo, y tenía cierta vanidad en tomar sobre sí el cumplimiento de los deberes que correspondían a otros y que estos otros olvidaban. Y aunque alentara, con respecto a la señora de Rubín, pretensiones amorosas a plazo largo, no dejaban por eso de ser puros y desinteresados sus actos de caridad, y habrían sido lo mismo aun en el caso de que su amiga espantara de fea y careciese de todo atractivo personal.

Fortunata iba adquiriendo confianza con él, y le revelaba sus pensamientos sobre diferentes cosas. No obstante, algo había que no se atrevía a manifestar, por no tener la seguridad de ser bien comprendida. Ni Segunda ni José Izquierdo lo comprenderían tampoco. Y como le era forzoso echar fuera aquellas ideas, porque no le cabían en la mente y se le rebosaban, tenía que decírselas a sí misma para no ahogarse. "Ahora sí que no temo las comparaciones. Entre ella y yo, ¡qué diferencia! Yo soy madre del único *hijo de la casa;* madre soy, bien claro está, y no hay más nieto de don Baldomero que este rey del mundo que yo tengo aquí... ¿Habrá quien me lo niegue? Yo no tengo la culpa de que la ley ponga esto o ponga lo otro. Si las leyes son unos disparates muy gordos, yo no tengo nada que ver con ellas. ¿Para qué las han hecho así? La verdadera ley es la de la sangre, o como dice Juan Pablo, la Naturaleza, y yo por la Naturaleza le he quitado a la *mona del Cielo* el puesto que ella me había quitado a mí... Ahora la quisiera yo ver delante para decirle cuatro cosas y enseñarle este hijo... ¡Ah! ¡Qué envidia me va a tener cuando lo sepa!... ¡Qué rabiosilla se va a poner!... Que se me venga ahora con leyes, y verá lo que le contesto... Pero no, no le guardo rencor; ahora que he ganado el pleito y está ella debajo, la perdono; yo soy así. Pues él, ¡digo!, cuando lo sepa, ¿qué hará?, ¿qué pensará? ¡No acabo de cavilar en esto, Dios mío! Él será un pillo y un ingrato; pero lo que es a su nene le tiene que querer. Como que se volverá loco con él. Y cuando vea que es su retrato vivo, ¡Cristo! ¡Pues digo, si doña Bárbara le viera!... Y le verá, toma, le verá... Como hay Dios, que se vuelve loca. ¡Qué contenta estoy, Señor, qué contenta! Yo bien sé que nunca podré alternar con esa familia, porque soy muy ordinaria y ellos muy requetefinos; yo lo que quiero es que conste, que conste, sí, que una servidora es la madre del heredero, y que sin una servidora no tendrían nieto. Ésta es mi idea, la idea que vengo criando aquí, desde hace tantísimo tiempo, empollándola hasta que ha salido, como sale el pajarito del cascarón... Bien sabe Dios que esto que pienso, no es porque yo sea interesada. Para nada quiero el dinero de esa gente, ni me hace maldita falta; lo que yo quiero es que conste... Sí, señora doña Bárbara, es usted mi suegra por encima de la cabeza de Cristo Nuestro Padre, y usted salte por donde quiera, pero soy la mamá de su nieto, de su único nieto."

Quedábase muy convencida después de sentar estas arrogantes afirmaciones, y la satisfacción le producía tal contento, que se ponía a cantar en voz baja, arrullando a su hijo; y cuando éste se dormía, continuaba rezongando como la pájara en el nido. El gozo, algunas noches, no la dejaba dormir, y se pasaba largas horas jugando con su idea ya realizada, saltándola como Feijóo saltaba el *bilboquet*.

Quevedo iba a verla todos los días, y aunque la encontraba muy bien, ordenaba que no se levantase. ¡Qué aburrimiento estar tanto tiempo prisionera! Gracias que con su chiquitín se entretenía. De noche le ayudaba Segunda a fajarlo y limpiarlo; por el día Encarnación, que era muy lista y se volvía loca de gusto cuando su ama le dejaba tener el pequeñuelo en brazos durante algunos minutos. En sus ratos de alegría delirante, Fortunata se acordaba mucho de Estupiñá.

—Pero, tía, ¿no se ha tropezado usted en la escalera con Plácido? Dígale que pase, que le tengo que hablar.

Respondía Segunda que no una ni dos veces, sino más de veinte había encontrado al tal; pero que todas las chinitas que le echaba para que subiese habían sido como si no.

—Me puso una cara, chica, cuando le conté la novedad, que parecía un juez de primera *estancia*. Y ayer me dijo: "¡Quite usted allá, so chubasca, encubridora; a usted y a la otra farfantona, las voy a poner en la calle!"

—Ya se amansará. ¿Qué apostamos a que se amansa? —decía la joven sonriendo—. Yo quiero que entre y vea esta estrella que se ha caído del Cielo.

Tanto hizo Segunda y tales enredos armó, que Estupiñá entró una mañana, gruñendo y echándoselas de hombre de mal genio que tiene que contraer todos los músculos de su cara para enfrenar la indignación. A cuanto le decían Segunda y su hermano respondía con bufidos; y si la señora de Izquierdo no me le sujeta por un brazo, de fijo que echa a correr por las escaleras abajo.

—No se puede tratar con estas tías farfantonas... ¡Vaya usted al rábano! ¡Vaya usted muy enhoramala!

Pero dando estos respiros a su ira verdadera o falsa, ello es que no se marchaba, y Segunda le metió casi a la fuerza en la alcoba. Obedeciendo a un impulso instintivo, Estupiñá se quitó el sombrero en el momento en que sentía los chillidos del heredero de Santa Cruz que estaba pidiendo teta con mucha necesidad. Al ver que el hablador descubría su venerable cabeza, Fortunata sintió en su alma inundación de alegría, y se dijo: "Eso es, saluda a tu amito. Él te protegerá como te han protegido sus abuelos y su padre." Plácido se inclinó para verle, y aunque se quería hacer el hombre terrible, se le escapó esta frase:

—Clavado, *talmente* clavado...

—¡Qué feo es!..., ¿verdad, don Plácido? —dijo la madre, radiante de gozo—. Qué, ¿no le da un beso?... ¿Cree que le va a pegar algo? Descuide, que lo bonito no se pega... ¿Sabe una cosa, don Plácido? Me parece que le va usted a querer..., y él a usted también. ¿A que sí?

El hablador murmuraba algo que no se oía bien. Estuvo un momento como indeciso entre el furor y la suavidad. Después rompió a hablar con Segunda sobre si ésta ponía o no ponía aquel año cajón en San Isidro, y se retiró al fin, despidiéndose de una manera que bien podía pasar por conciliadora. Fortunata estaba contentísima, y se decía: "De seguro que ahora mismo va con el cuento. Es lo que yo quiero, que lleve el chisme." Encadenando las ideas, se daba a pensar en el gusto que tendría de ver a doña Guillermina, presumiendo al mismo tiempo que si la viera había de sentir mucha vergüenza. "Le pediré perdón por lo mal que me porté aquel día, y me perdonará... como ésta es luz. De fijo que me calienta las orejas; pero paso por todo con tal de ver la cara que pone delante de este hijo. A ver qué tiene que decir de mi idea. ¿Qué se le ocurrirá? Alguna cosa que yo no entenderé ni la entenderá nadie... Diga lo que quiera y tómelo por donde lo tome, Dios no puede volverse atrás de lo que ha hecho; y aunque se hunda el mundo, este hijo es el *verídico nieto natural* de esos señores, don Baldomero y doña Bárbara..., y la otra, con todo su ángel, no toca pito, no toca pito..., eso es lo que yo digo. Que me presente uno como éste... No lo presentará, no. Porque Dios me dijo a mí: *Tú pitarás;* y a ella no le ha dicho tal cosa. Y si doña Bárbara se chifló por el *Pituso* falso, ¡cómo no se dislocará por el de oro de ley! De lo contenta que estoy, creo que me voy a poner mala... Y de fijo que Estupiñá lleva el cuento. La que yo quiero que lo sepa primero que todos es mi amiga *la obispa.* ¿Apostamos a que viene a verme? Ya..., no se le queda a ella en el cuerpo el sermón que me tiene preparado. ¡Vengan sermones! No me importa; mejor. Yo le diré que tiene razón; pero que yo tengo el hijo, y allá se van hijos con razones."

Esta visita teníala por infalible, pues la santa era muy amiga de echar réspices y de enderezar a las que cometían pecados gordos. Tan segura estaba de verla, que siempre que sonaba la campanilla creía que era ella, y se preparaba a recibirla, arreglando la cama y poniéndose con la mayor decencia posible, trémula de emoción y esperanza.

## III

El bautizo se celebró con modestia suma en San Ginés, una mañana de abril, y le pusieron al chico los nombres de Juan Evaristo Segismundo y algunos más. Ballester se corrió gallardamente aquel día a convidar a Izquierdo y a Ido del Sagrario en el próximo café de Levante. Instó mucho al *maestro* a que tomara un *biftec;* pero don José lo rehusó, aunque buenas ganas tenía de aceptarlo. De sólo oler la carne y ver la sangre de ella y la grasa en el plato de sus amigos, le parecía que se trastornaba. Su almuerzo fue un café con media tostada de abajo... y otra media de arriba. Tras el café vinieron las incitantes copas, y también les hizo escrúpulos el profesor; no así *el modelo,* que se llenó el cuerpo de ron hasta que ya no podía más, sin que por eso se perturbase su sólida cabeza, que debía de ser un alambique. Mientras comían, vieron pasar a Maximiliano Rubín, que salía del café; pero como él no aparentó verlos, no le dijeron nada. A eso de la una, Ballester se fue a su botica y los dos Josés a la casa de la Cava. Era domingo y ninguno de los dos tenía ocupaciones. Izquierdo mandó a Encarnación por una *grande* de cerveza, y sacando de una caja muy sucia el juego de dominó, extendió y mezcló las fichas para empezar una partidita. Y cuentan las crónicas *platónicas* que antes de llegar a la mitad del segundo juego, las pobres fichas se quedaron solas. Ido se había levantado y daba paseos por la sala. Izquierdo se dejó caer sobre el sofá de Vitoria y dormía como un *verídico* bruto, el sombrero sobre los ojos, la boca abierta y las cuatro patas estiradas. La señá Segunda se llevó a Encarnación a la plazuela, porque la noche antes había habido fuego en dos o tres puestos inmediatos al de ella, y se pasó la mañana ayudando a sus compañeras a meter los trastos que se sacaron, y a reparar lo que de reparación era susceptible.

Fortunata estuvo aquel día aburridísima, con muchas ganas de levantarse. Por respeto a las ordenanzas del señor de Quevedo, seguía en la cama; pero ya no aguantaría aquella cárcel enojosa dos días más. Juan Evaristo Segismundo, después que le trajeron de San Ginés, estaba tan guapote y satisfecho, cual si tuviera conciencia de su dichoso ingreso en la familia cristiana; y para celebrarlo, en cuantito llegó al lado de su madre, buscó la despensa y se puso el cuerpo que no le cabía una gota más de leche. Oía Fortunata los ronquidos del venerable *Platón,* cual monólogo de un cerdo, y sentía también los paseos de Ido, y algún monosílabo ininteligible, suspiros que parecían ayes de pena o invocaciones poéticas; y cuando el profesor llegaba en su desambulación febril a la puerta de la alcoba, creía distinguir sus manos o parte de un brazo que subían hasta cerca del techo. Luego sonó la campanilla y don José fue a abrir. Fortunata creyó que era Encarnación que volvía de la plazuela; pero se equivocaba. No tardó en oír cuchicheos en la puerta. ¿Quién sería? Después sintió pasos y un chillar de botas que la hicieron estremecer, y se quedó muda de terror al ver en la puerta a Maximiliano. Era él; así lo afirmó después de dudarlo un momento. La estupefacción que sentía apenas le permitió dar un grito, y su primer movimiento fue echarle los brazos al nene, decidida a *comerse a bocados* a quien intentase hacerle daño o quitárselo. Rubín estuvo más de un minuto sin dar un paso, clavado en la puerta y destacándose dentro del marco de ella como la figura de un cuadro. ¡Cosa rara! Ningún signo de hostilidad se veía en su cara ni en su ademán. Miraba a su mujer con seriedad, pero sin dureza, y cuando dio los primeros pasos para acercarse a la cama, su expresión era casi indulgente. Pero ella no las tenía todas consigo, y le miró como quien se dispone a una defensa enérgica.

—Tío, tío —dijo alzando la voz—. Encarnación...

Como ni Izquierdo ni la criada respondieran, quiso llamar al esperpento aquel que en el cuarto se paseaba. Mas al ir a pronunciar su nombre se le borró de la memoria.

—¿Cómo diablos se llama este hombre?... Usted, venga acá... ¡Ah!, ya me acuerdo. Señor Sagrario, haga el favor de despertar a mi tío.

Pero ni el tío despertaba ni don José se hacía cargo de que le llamaban.

—Parece que me tienes miedo, y que pides socorro —le dijo Maxi con fría bondad—. No te voy a comer. Estás equivocada si piensas que vengo de malas. Si no se trata ya de matarte ni de matar a nadie... Esa idea estúpida voló..., por fortuna de todos.

Diciendo esto se sentó en la silla, y quitándose el sombrero lo puso sobre la cama. Fortunata le encontró más delgado; la calva parecía mayor, y sus miradas tenían cierto reposo que la tranquilizó.

—Aunque nadie me ha dicho una palabra —prosiguió Rubín—, sé todo lo que te ha pasado; lo he sabido por mi propia razón, y vengo a compadecerte y a hacerte un gran bien... Porque yo perdí la razón, bien lo sabes; pero luego la volví a adquirir. Dios me la quitó y me la volvió a dar tan completa, que en este momento estoy más cuerdo que tú y que toda la familia. No te asombres, hija, que bien conocerás por lo que voy a decirte que mi cabeza está buena, tan buena como nunca lo estuvo. Qué, ¿no lo crees?

Fortunata no sabía si creerlo o no. Su miedo no se había extinguido, y esperaba que tras aquellas palabras tranquilas, vinieran otras airadas y sin pies ni cabeza. No dijo nada, y siguió protegiendo a su hijo, en actitud de defenderle al primer ataque. Maxi no parecía reparar en el niño. Con gran serenidad habló así:

—Tan sano estoy de la cabeza, que me hago cargo de tu situación y de la mía. Ya entre tú y yo no puede haber nada. Nos casamos por debilidad tuya y equivocación mía. Yo te adoraba; tú a mí no. Matrimonio imposible. Tenía que venir el divorcio, y el divorcio ha venido. Yo me volví loco, y tú te emancipaste. Los disparates que habíamos hecho los enmendó la Naturaleza Contra la Naturaleza no se puede protestar.

Miraba el bulto que en la cama hacía Juan Evaristo; pero como su ademán no tenía nada de hostil, Fortunata se iba sosegando.

—¡Ya sé lo que hay aquí! ¡Pobre niño! Dios no ha querido que sea mío. Si lo fuera, me querrías algo. Pero no lo es, todo el mundo lo sabe, y lo sé yo también... Divorcio consumado. Más vale así. Yo no debí casarme contigo. Bien lo pagué perdiendo la razón. ¿Qué debo hacer ahora que la he recobrado? Pues ver las cosas de muy alto, y acatar los hechos, y observar las lecciones tremendas que da Dios a las criaturas... Antes me las dio a mí..., ahora a ti. Prepárate. No vengo a hacerte daño, sino a anunciarte la buena nueva de la lección, porque estas pedradas que vienen de arriba sanan, curan y fortalecen.

"Pero este hombre —se decía Fortunata—, ¿está cuerdo o está más loco que antes? Buena jaqueca me está dando; pero como no pase de ahí, se le puede aguantar."

Algo quiso decir ella en alta voz; pero él no la dejaba meter baza, y como si trajera un discurso preparado y no quisiera dejar de pronunciar ninguna de sus partes, pegó en seguida la hebra:

—¿Te acuerdas de cuando yo estaba loco? Los ratos que te di te los tenías bien merecidos; porque en realidad te portabas muy mal conmigo. Tu infidelidad se me había metido a mí en la cabeza; no tenía ningún dato en qué fundarme; pero el convencimiento de ella no lo podía echar de mí. No sé decir bien si soñé que ibas a ser madre, o si me inspiraron esta idea los celos que tenía. Porque yo tenía unos celos, ¡ay!, que no me dejaban vivir. "Mi mujer me falta —decía yo—, no tiene más remedio que faltarme; no puede ser de otra manera." Y como por lo mucho que te quería, yo no encontraba a tu pecado más solución que la muerte, ahí tienes por qué me nació en la cabeza, lo mismo que nace el musgo en los troncos, aquella idea de la liberación, pretextos y triquiñuelas de la mente para justificar el asesinato y el suicidio. Era aquello un reflejo de las ideas comunes, el pensar general modificado y adulterado por mi cerebro enfermo. ¡Ay, qué malo me puse! Te digo que cuando inventé aquel sistema filosófico tan ridículo, estaba en el período peorcito. No me quiero acordar. Los disparates que yo decía los recuerdo como se recuerdan los de las novelas que uno ha leído de niño; y ahora me río de ellos, y calculo cuánto se reirían los demás. ¿Te acuerdas tú?...

Fortunata respondió que sí con la cabeza. No le quitaba los ojos, siguiendo atentamente sus movimientos por ver si se descomponía, y estar preparada a cualquier agresión.

—Después me atacó lo que yo llamo la *Mesianitis*... Era también una modificación cerebral de los celos. ¡El Mesías..., tu hijo, el hijo de un padre que no era tu marido! Empezó por ocurrírseme que yo debía matarte a ti y a tu descendencia, y luego esta idea hervía y se descomponía como una sustancia puesta al fuego, y entre las espumas burbujeaba aquel absurdo del Mesías. Examínalo bien, y verás que todo era celos, celos fermentados y en putrefacción. ¡Ay, hija, qué malo es estar loco! Cuánto mejor es estar cuerdo, aunque uno, al recobrar el juicio, se encuentre apagado el hornillo de los afectos, toda la vida del corazón muerta, y limitado a hacer una vida de lógica, fría y algo triste.

Al oír esto, que Maxi expresó con cierta elocuencia, Fortunata volvió a inquietarse, y llamó de nuevo a su tío, que seguía dando los ronquidos por respuesta. El mismo resultado tuvieron las voces de "señor Sagrario, señor Sagrario..., haga el favor de venir". Don José se asomó a la puerta, echando a la pareja una mirada de maestro de escuela que inspecciona el aula en que estudian los alumnos, y vuelta a pasearse sin hacer caso de nada.

Rubín acercó más la silla, y Fortunata tuvo más miedo.

—Pero todo aquello de la liberación y del Mesías voló. Los hechos reales sustituyeron a las figuraciones de mi cerebro... Dios me devolvió mi razón, y me la devolvió corregida y aumentada. Con ella vi los hechos; con ella descubrí lo que mi familia me ocultaba; con ella reconstruí mi ser, que había pasado por tantos cataclismos; con ella me penetré bien de nuestro divorcio y deseché dos y hasta tres veces la idea de homicidio; con ella pude llegar a considerarte mujer extraña, madre de hijos que yo no podía tener, y con ella me he revestido de serenidad y conformidad. ¿No te admiras de verme como me ves? Más te asombrarías si pudieras leer en mi pensamiento, y comprender esta elevación con que yo miro todas las cosas, la calma con que te veo a ti, la indiferencia con que veo a tu hijo... ¡Un ser más en el mundo! Cuando él ha venido sus razones tendrá. ¿Qué derecho tengo yo a estorbarle la vida? ¿Qué derecho a matarte a ti porque se la hayas dado? Fíjate bien: es muy grave eso de decir: "Tal o cual persona no debió nacer."

"¡Dios mío! —exclamó para sí Fortunata—. Pero este hombre está cuerdo, o cómo está? ¿Eso que dice es razón, o los mayores disparates que en mi vida le he oído?..."

—Yo pregunto —añadió Maxi acercándose más—. El derecho a nacer, ¿no es el más sagrado de todos los derechos? ¿Quién me mete a mí a poner estorbo a ningún nacimiento? Estaría gracioso... Nazcan y vivan, que viviendo aprenderán.

"Nada, para mí está peor que antes —pensaba la esposa—, y esto que dice podrá ser cuerdo, pero yo no entiendo palotada."

—Parece que me tienes miedo —le dijo él siempre serio y tranquilo—. No sé por qué. Ya habrás visto que a razonable no me gana nadie.

—Sí, es verdad; pero...

—Pero qué?...

—Tú dirás que gato escaldado del agua fría huye (sonriéndose ligeramente, por primera vez en aquella conferencia). Otra cosa: enséñame a tu hijo.

Fortunata volvió a sentir terror, y al ver que Maxi alargaba las manos hacia donde estaba el pequeñuelo, las apartó con las suyas, diciendo:

—Otro día le verás... Déjale..., está dormido y me le vas a despertar.

—¡Pero qué maniática eres!... Yo creí que después de haberme oído, te convencerías de que mi razón está como un reloj y de que además me ha entrado un gran talento. ¿Qué has visto en mí que te parezca sospechoso? Nada absolutamente. Mis sentimientos son de paz; la última idea mala la tuve hace días; pero la arranqué y estoy limpio de ira y de odio. Y para decírtelo todo en una palabra: Fortunata, soy un santo. No es esto jactancia, es la verdad... ¿Crees que voy a hacer daño a tu hijo? ¡Hacer daño a una criatura! Eso no cabe en lo humano. Déjamele ver, y te diré algo que te aprovechará.

Fortunata, al fin, sospechando que la contrariedad podía irritarle, permitióle ver al nene, sin acercarse mucho, y protegiéndole con sus manos. No dijo nada mientras le miraba. Después volvió a su asiento y estuvo un rato con la mirada perdida entre los ramos de la colcha, ligeramente fruncido el ceño.

—Se parece a tu verdugo. Lo malo no perece nunca. La maldad engendra y los buenos se aniquilan en la esterilidad.

## IV

—Tío, por Dios, tío, despierte usted —volvió a decir Fortunata gritando; y como asomase a la puerta la flácida y carunculosa efigie de Ido del Sagrario, la joven le dijo—: ¿Pero qué hace usted que no despierta a mi tío?... ¡Qué sola me tienen aquí! ¡Y esa chiquilla que no viene!

Ido refunfuñó algo que Fortunata no pudo entender. Mirando al profesor con lástima, Maxi dijo a su esposa:

—Este buen señor está tocado. Me da mucha lástima, porque sé lo que es andar mal de la cabeza. Si él quisiera seguir mi plan, yo me comprometía a ponerle como nuevo.

Y en alta voz, viendo al desgraciado Ido llegar otra vez hasta la puerta de la alcoba y mirar hacia dentro con ojos de estúpido:

—Señor don José, serénese, y aprenda a ver la vida como es... Es tontería creer que las cosas son como nos las imaginamos y no como a ellas les da la gana de ser. Al amor no se le dictan leyes. Si la mujer falta, divorcio al canto, y dejar que obre la lógica, pues ella castiga sin palo ni piedra.

Y Fortunata se persignaba, llena de admiración, diciéndose: "¿Pero será verdad, Dios mío, que a mi marido le ha entrado un gran talento, o estas cosas que dice son farsa para tapar una mala idea? ¿Qué haré yo para que se marche pronto? Porque a lo mejor me sale por malagueñas, y me da el gran susto."

—¡Se parece a tu enemigo! —repitió Maxi, volviendo a la idea que le había excitado ligeramente—. Es una desgracia para él. Y si en lo moral saca la casta, peor que peor. El niño inocente no es responsable de las culpas del padre; pero hereda las malas mañas. ¡Pobre niño! Tengo lástima de él. Si se te muere debes alegrarte, porque si vive te dará muchos disgustos.

A Fortunata le indignó esta idea; pero no se atrevió a contradecirle. Que dijera todo lo que quisiese. Su plan era no contestarle nada, a ver si se aburría y se marchaba pronto.

—Tiene a quién salir —añadió Maxi con lúgubre ironía—. Su papá es de oro... No necesitas decirme que no te hace caso... Harto lo sé. Ni siquiera habrá venido a verte... También me lo figuro. No vendrá; ten por cierto que no vendrá.

—¡Quién sabe!... —se dejó decir la joven, sintiendo que se le apretaba la garganta.

—Te repito que no vendrá... Tengo mis razones para asegurarlo.

—Claro... qué ha de venir... Ni falta.

—Dices bien; ni falta. Gracias que te oigo una expresión filosófica. Ese hombre tiene ahora otros entretenimientos.

Fortunata sintió que toda la sangre se le subía al rostro, y se puso muy sofocada. Rubín estiró el codo sobre el lecho, apoyándose en él con actitud perezosa, semejante a la que tomaba en la botica cuando leía.

—Es preciso que lo sepas pronto. Todo lo que tardes en saberlo, tardas en regenerarte.

La *Pitusa* tenía mucho calor, y cogiendo un abanico que junto a la almohada tenía, empezó a abanicarse.

—Es preciso que lo sepas —volvió a decir Maxi con cierta frialdad implacable, propia del hombre acostumbrado al asesinato—. Tu verdugo no se acuerda ya de ti para nada, y ahora tiene amores con otra mujer.

—¡Con otra mujer! —dijo ella, repitiendo la frase como una muletilla, a la cual no se saca sentido. Sus miradas vagaban por los dibujos de la colcha.

—Sí, con otra mujer a quien tú conoces.

El asesino le iba soltando a la víctima las palabras en dosis pequeñas, y la miraba observando el efecto que le causaban. Fortunata quiso sobreponerse a aquel suplicio, y sacudiendo la despeinada cabeza, como para alejar y espantar una convicción que quería penetrar en ella, le dijo:

—¿Qué historias me vienes a contar ahí?... Déjame en paz.

—Esto que te cuento no es un enredo; es verdad. Ese hombre está enamorado de otra mujer, y tú la conoces. Aprende, pues. Ahí tienes la maravillosa arma de la lógica humana, con la cual te hiero para sanarte. Más vale morir aprendiendo, que vivir ignorando. Esta lección terrible puede llevarte hasta la santidad, que es el estado en que yo me encuentro. ¿Y quién me ha traído a mí a este bendito estado? Pues una lección, una simple lección. Mira, Fortunata, bendito sea el cuchillo que sana.

—Falta que sea verdad lo que cuentas —dijo la víctima defendiéndose.

—Tú podrás creerlo o no creerlo, como un enfermo puede tomar o no la medicina que el médico le da. Porque esto es la medicina de tu conciencia. ¿Quieres otra? ¿Quieres el nombre de la que te ha robado lo que tú robaste? Pues te lo voy a decir

Fortunata sintió como un desvanecimiento, y al incorporarse, se le iba la cabeza, y la habitación daba vueltas en torno suyo. Llevándose la mano a los ojos, dijo a su marido:

—Me lo tienes que decir.

—Es una amiga tuya.

—¡Amiga mía!

—Sí, y su nombre empieza con A.

—¡Aurora, Aurora es! —exclamó la joven dando un salto en su lecho, y mirando a su marido como miran las personas de honor que han recibido una bofetada.

—Ella es.

—Hace tiempo que el corazón me decía algo de esto, pero muy bajito, y yo no lo quería creer.

—Estoy tan seguro de lo que afirmo, que no puede ser más.

—Tú me engañas, tú me engañas —replicó la joven en actitud de Dolorosa—. Tú me quieres matar, y en vez de pegarme un tiro, me vienes con esta historia.

—Si lo tomas como golpe de muerte tómalo —manifestó Rubín con implacable frialdad.

—¡Aurora..., Aurora!... ¡Dios mío! ¡qué idea tan perra!... (agitándose extraordinariamente). Pero no puede ser. Este hombre está loco y no sabe lo que se dice.

—¿Que estoy loco?... (imperturbable). Bueno, defiéndete con eso. Pero tú caerás, tú te convencerás. No tienes escape. La verdad se impone. Ahí tienes un tiro que no yerra nunca. ¿Quieres más señas? Cuando Aurora sale de su obrador, él la espera en la calle de Santo Tomás y van juntos hacia el Ave María. Los domingos, Aurora dice en su casa que va al obrador, y adonde va es a...

—Cállate; te digo que te calles —gritó Fortunata retorciéndose los brazos—. Eres un mentiroso, un calumniador.

—¿Pues qué querías tú...? (con sonrisa glacial). Hija, es preciso estar a las agrias y a las maduras. ¿Qué querías? ¿Herir y que no te hirieran? ¿Matar y que no te mataran? El mundo es así. Hoy tiras tú la estocada, y mañana eres tú quien la recibe... ¿Dudas todavía?

La víctima no dijo nada. No dudaba, no; lo denunciado por aquel hombre, que a veces parecía demente, a veces no, revestía las apariencias de un hecho cierto. Algo tenía la infeliz joven en su cabeza que se lo confirmaba, inundándola de luz. Recordó frases y actos, ató cabos, y... Nada, que era verdad, como hay Dios. El infeliz chico estaría todo lo enfermo que se quisiera suponer, pero lo que decía, verdad era.

—¿Lo dudas todavía? —volvió a preguntar él.

—No sé, no sé... ¿Y si te has equivocado?... (con extremada inquietud y ráfagas de ira). No sé qué pensar... Maxi, Maxi, si me hubieras dado un tiro, me habrías matado menos. Te juro que si es verdad, esa mujer, esa hipócrita, esa sinvergüenza que me vendía amistad, no se ha de reír de mí. Te juro que le pateo el alma más pronto que lo digo (revolcándose en el lecho). Esto no puede quedar así. La mato, le saco los ojos, le arranco el corazón... Que me traigan mi ropa. Tío, chiquilla; quiero levantarme. ¡Pero qué abandonada me tienen!

—Comprendo que te dé tan fuerte. Así me dio a mí; pero luego me he vuelto estoico. Aprende de mí. ¿No ves qué sereno estoy? He pasado por todas las crisis de la ira, de la rabia y de la locura...

—Porque tú no eres un hombre (interrumpiéndole).

—Es que las lecciones me han valido.

—Bueno; porque eres un santo... Yo no soy santa; ni quiero.

—¿Y por qué no habías de serlo tú también? (tomándole las manos y tratando de contener con suavidad sus movimientos de ira). ¿Por qué no habías de aspirar al estado en que yo me encuentro? A él he llegado pasando por la rabia, por la locura... Ahora mismo, no hace mucho, cuando vi a ese diablo de hombre cometiendo una nueva infamia, sentí otra vez la debilidad de espíritu que creía vencida...; me entraron ganas de pegarle un tiro, por librar a la humanidad de semejante monstruo... Pero después he sabido vencerme y he dicho: Mejor castiga una consecuencia lógica que un puñal.

—¡Quiere decirse que le viste con ella y te quedaste tan fresco! —gritó la joven, furibunda, echando llamaradas de los ojos.

—No me quedé fresco... Me alboroté mucho; pero después vino la reflexión. Lo que importa[,] me dije, no es que él muera, sino que ella aprenda. Y tú has aprendido.

—¡Pues si yo les llego a ver...!

—Si les llegas a ver, acuérdate de mí. Hazte santa como yo... Les miras y pasas...

—Tú no eres hombre... Tú no eres nada —exclamó la joven con desprecio—. A ella, a esa bribona es a quien yo quisiera arreglar. Si la cojo, no lo cuenta. ¡Infame, arrastrada, indecente, engañarme así!

—Tú, mira bien si tienes derecho a tratarla de ese modo.

—¡Pues no he de tener! (ofuscándose por completo y sin reparar en lo que decía). Me ha quitado lo mío. Yo seré mala; pero ella lo es más, mucho más.

—Comprendo tu exaltación. Yo, que no tenía otro móvil que la justicia, cuando les vi, cuando me persuadí de que pecaban, cree que si tengo un revólver, les suelto los seis tiros por la espalda.

—Bien, bien —dijo la esposa con ferocidad—. ¿Por qué no lo hiciste? Eres un tonto... Aunque después me hubieras matado a mí también. Tienes derecho a hacerlo.

—Les vi entrar en aquella casa...

Fortunata abría los ojos con espanto.

—Les esperé para verles salir. Calle tal, número tantos. Me escondí en un portal. ¡Oh! la suerte de ellos fue que no llevaba revólver...

—Yo te lo compraré... Hoy mismo, ahora mismo (agitándose en el lecho, cogiendo a su hijo, volviéndolo a dejar, descubriéndose el pecho, tapándoselo y sin saber qué hacer).

—¡Matar!... ¿Lección a ella? ¿Y la tuya?

—¿La mía, la mía? Ya la tengo, majadero. ¿Todavía quieres más lección? A esa traicionera sí que se la voy yo a dar, y gorda.

—Irás a presidio si matas.

—Pues iré contenta.

—¿Y tu hijito?

Al oír esto, Fortunata tuvo un retroceso en su salvaje idea, y cogiendo al chiquillo, que empezaba a rezongar, se lo llevó al seno.

La madre lloraba, el chico también, y el gran Ido apareció otra vez en la puerta sin decir nada, contemplando a marido y mujer con miradas semejantes a las de las estatuas de yeso o mármol, pues parecía no tener niñas en los ojos. Gracias que la entrada de Segunda puso término a la situación; y lo mismo fue ver a Rubín que volarse, soltando por aquella boca sapos y culebras y echando la culpa de todo a su hermano y al tagarote inútil de don José Ido, el cual, viéndose insultado, a su parecer tan sin motivo, hacía contracciones casi inverosímiles con los músculos de la cara, juntando un ojo con la boca y encaramando el otro hasta la raíz del pelo.

—Yo no sé lo que es —decía—, yo no sé lo que es; pero hoy no tengo la cabeza buena... Y conste que si entró fue porque quiso; que yo no le mandé entrar..., y si la mata, sus razones tendrá, naturalmente... ¡Vaya con la señora ésta [,] qué genio gasta! y cómo me trata! ¿No sabe quién soy? Pues soy Josef..., el Idumeo..., profesor en partos... intelectuales.

## V

—Cállese usted, so *guillati* —chillaba Segunda, que por los movimientos amenazadores que hizo, parecía dispuesta a desbaratar con un par de bofetadas la frágil persona del *profesor idumeo*—. La culpa la tiene este morral que está aquí durmiéndola.

Obra de romanos fue el despertar a *Platón;* por fin, su hermana le tiró de una pata, mientras Encarnación tiraba de la otra, y el corpachón del *modelo,* resbalando sobre el sofá, se desplomó con estruendo sobre el piso. Un rato estuvo estirándose, refregándose los ojos con las manazas, y escupiendo más *hostias* que palabras.

—¿*Onde* está el judío ladrón que ha entrado sin mi *premiso?* ¡hostia!, que le parto por la *metá.*

El lenguaje de Segunda no desmerecía del de su hermano por la finura ni por lo escogido de las voces, lo que desagradaba extraordinariamente a Ido. Maxi salió a la salita, y José Izquierdo, se le cuadró ladrándole así:

—¡Ah! era *usté. Ora* mismo a la calle..., ¡brrr...! ¡Y que tengo yo un genio *mu* blando!... Pues si le llego a ver antes, ¡hostia!, me caso con la santísima..., si le llego a ver antes, por el judío balcón, ¡hostia!, va *solutamente* a la calle.

Sin demostrar temor alguno, Maximiliano sonreía. Se armó tal zaragata, que tuvo que intervenir Ido con frases de concordia, y Segunda manoteaba, echando la culpa al calzonazos de su hermano, y éste increpaba a Encarnación, y la chiquilla daba de rechazo contra Maxi; y fue tal el vocerío que hubo de presentarse en la puerta, que estaba abierta, Estupiñá, y penetró en la casa con ademanes policíacos, mandando callar a todo el mundo y amenazando con traer una pareja.

—Ya decía yo que en este cuarto no habría paz, y como sigan así, pronto los planto a todos en la calle.

Se fue refunfuñando, y al anochecer, cuando ya Ido y Maxi se habían marchado, y los hermanos Izquierdo estaban comiendo, volvió a subir, con bastón de mando, y dijo despóticamente:

—Orden, orden y el primero que meta ruido, va a la cárcel.

—Pues qué, don Plácido, ¿va a venir el Viático?

—Poco menos —replicó el hablador entrando sin pedir permiso y dirigiéndose a la alcoba—. Que va a venir el ama, la señora casera. Mucho orden, señores, mucha formalidad.

Lo mismo fue oír *Platón* que la señora de Pacheco venía, que el temor de verla le intranquilizó y no tuvo ya sosiego. A trangullones despachó la comida, apresurándose a largarse a la calle. Tal era su miedo de que la señora le viese, que bajó la escalera a escape, y se le erizaba el cabello pensando en que si Guillermina subía cuando él bajaba, no tendría donde meterse para evitar su encuentro.

Desde la entrevista con su marido, Fortunata se puso tan inquieta, que Segunda tuvo que enfadarse para impedir que se levantara, pues quería hacerlo a todo trance. El chiquitín debía de encontrar novedad en lo tocante a provisiones de boca, porque estaba mal humorado, como si quisiera también echarse a la calle, en son de pronunciamiento. El aviso de la visita de la santa calmó bastante a la madre; pero no al hijo, que no entendía aún ni jota de santidades. Presentóse la dama a las nueve, acompañada de Estupiñá; y después de saludar a Segunda como si fuera ésta la señora más encopetada, pasó, y antes de decir nada a la que fue su amiga, examinó bien a Juan Evaristo Segismundo. Segunda acercaba una vela para que la dama pudiera ver bien las facciones del niño, quien no parecía entusiasmado, ni mucho menos, con inspección tan impertinente ni con la viveza de la luz, tan próxima a sus ojitos.

—¡Qué mal genio tiene! —dijo la santa sentándose junto al lecho, mientras Fortunata agasajaba a su hijo, y metiéndole el pecho en la boca, trataba de aplacarle.

Fue Guillermina muy parca en saludos y demostraciones de afecto, y luego, cuando se quedaron solas la señora de Rubín y la santa, ésta no dijo nada de religión, ni mentó la virtud, ni el pecado, ni cosa alguna concerniente al orden moral. Habló de si la joven madre tenía o no mucha leche, y de si sentía esta o la otra molestia, con otras cosas pertinentes al estado en que se hallaba. Fortunata notó en la cara apacible de la fundadora cierta severidad estudiada, y para romper aquel hielo, dijo lo siguiente, cuya oportunidad podría dudarse:

—Éste sí que es el *Pituso* legítimo, el de la propia tía Javiera, ¿verdad, señora? ¡Ah! ¿no sabe? En cuanto mi tío José oyó decir que usted venía, salió de carrera, como alma que lleva el diablo.

—Por el miedo que me tiene. Buena nos la dio... Déjele usted estar, que como yo le coja a mano, le he de decir cuatro cosas.

Y cuando la madre puso al niño a su lado, ya harto y dormido, Guillermina le volvió a mirar atentamente, observando sus facciones como el numismático observa el borroso perfil y las inscripciones de una moneda antigua para averiguar si es auténtica o falsificada. Después dio un suspiro, y guiñando los ojos para mirar a Fortunata, se expresó así:

—¡Buena la hemos hecho, buena!...

Y ambas estuvieron calladas un rato, mirándose.

—Señora —dijo de improviso la parida, como queriendo romper un secreto que abruma—, yo tengo que pedir a usted perdón...

—¡A mí! perdón... de qué?

—De las burradas que hice, de las atrocidades que dije aquella mañana en su casa de usted. También a ella le pediría perdón si la viera... Me porté mal, lo conozco. Yo no guardo rencor a nadie..., digo, no se lo guardo a ella, porque..., ¡ay!, señora, usted no sabe lo que pasa; usted no sabe que a las dos nos está engañando..., y sé quién es la que nos le entretiene, una culebra, una hipocritona, que me vendía amistad... Esto no quedará así, señora, no quedará así...

—No me traiga usted a mí cuentos, que no me dan frío ni calor (con reprensión graciosa). Ahora lo que conviene es tranquilidad; que tiempo hay de ajustar cuentas atrasadas...

Y volvió a mirar al chico, recreándose silenciosamente en su hermosura y lozanía. Fortunata le bebía a ella las miradas, jactándose de adivinarle el pensamiento, el cual bien podía ser éste: "¡Si Jacinta le viera...!" ¿Pero cómo le había de ver? Esto sí que era imposible. "Por mí —pensaba la *Pitusa*— no habría inconveniente... ¡Pero cuánto sufrirá la pobrecilla, si le ve! Y puede que se le antoje... Sí, para ella estaba... Amiga mía, tenerlos, tenerlos... Ésta le irá contando cómo es; le dirá: 'tiene la boca así, los ojos asado, y en esto se parece a su padre y en lo otro a su madre. Criatura más perfecta no ha echado Dios al mundo.' "

—Cuando usted esté buena, hablaremos —indicó la santa con ánimo ya de retirarse—. Yo tengo una idea... No es usted sola quien tiene ideas; sólo que las mías no son malas, al menos no las tengo yo por tales. Y para concluir por hoy, ¿necesita usted algo? Si no puede criar, no se apure; le pondremos un ama a este caballerito, que me parece no habría de hacerle ascos. Es preciso criarle bien.

—Yo puedo, yo puedo..., ¡vaya! —replicó la otra contrariada—. ¿Qué cree usted? Soy muy fuerte. Mi hijo no lo cría nadie más que yo.

—Pues alimentarse bien (recobrando su tono dulcemente autoritario). Y cuidado con hacerme disparates. Obedecer al médico... Nada de arrebatos de ira, ni devaneos. ¡Ah!, yo dudo mucho que usted sirva...

Y sintiendo uno de aquellos arranques de inspiración que la embellecían y sublimaban, le dijo esto, ya en pie para marcharse:

—Porque ha de saber usted que Dios me ha hecho tutora de este hijo... Sí, buena moza, no se espante ni me ponga esos ojazos. Su madre es usted; pero yo tengo sobre él una parte de autoridad. Dios me la ha dado. Si su madre le faltara, yo me encargo de darle otra, y también abuela. Hijo mío, has venido al mundo con bendición, porque suceda lo que suceda, no estarás nunca solo. Déjeme usted que le vea otra vez. No me harto de mirarle. Quiero llevármele metido dentro de mis ojos. ¡Virgen del Carmen! ¡que lindísimo es!... Tiene a quien salir. Adiós, adiós.

Salió acompañada de Estupiñá, diciendo al modo de rezo:

—Acatemos la voluntad de Dios... Él sabrá para qué ha mandado acá este angelote. Jacinta, furiosa, dice que Dios está chocho y que no hace más que disparates... ¡Pobrecilla!... ¡Qué limitada inteligencia la nuestra! No comprendemos nada, pero nada, de lo que Él hace, y nos devanamos los sesos por adivinar el sentido de ciertas cosas que pasan, y mientras más vueltas les damos menos las entendemos. Por eso yo corto por lo sano, y todas mis *matemáticas* se reducen a decir: "Cúmplase la voluntad del Señor."

Fortunata soñó aquella noche que entraban Aurora, Guillermina y Jacinta, armadas de puñales y con caretas negras, y amenazándola con darle muerte, le quitaban a su hijo. Después era Aurora sola la que cometía el nefando crimen, penetrando de puntillas en la alcoba, dándole a oler un maldecido pañuelo empapado en menjurje de la botica, y dejándola como dormida, sin movimiento, pero con aptitud de apreciar lo que pasaba. Aurora cogía al chiquillo y se lo llevaba, sin que su madre pudiera impedirlo, ni siquiera gritar. Despertó acongojadísima. Se sentía mal, propensa a desvaríos de la mente en cuanto se aletargaba, y con muchísima sed. Ésta llegó a ser tan fuerte, que no pudiendo despertar a su tía dando con los nudillos en el tabique, tuvo al fin que levantarse en busca de agua. Al volverse a acostar sintió bastante frío, y con estas alternativas de frío y calor estuvo hasta la mañana.

## VI

Ballester fue temprano, y a ella le faltó tiempo para hablarle de la visita de Maxi y de la historia que éste le había llevado. Mucho se incomodó el regente al enterarse de esto, y con desusada seriedad y calor hubo de negar lo que su amigo contara de *la Samaniega.*

—Mire, compañero —dijo ella—, mientras más se amontone usted para negarlo, más creo yo en ello. Usted no habla nunca así; y cuando se pone serio, no dice más que mentiras. Lo que quiere es que yo me serene. Se lo agradezco; pero no puede ser. Y lo que es esa francesilla asquerosa no se ríe de mí.

Agotó el buen amigo toda su lógica para arrancarle aquella idea, sin adelantar nada.

—Y por fin —dijo tomando el tono festivo y maleante que empleara con Maxi en otra ocasión—, ¿para qué hacemos caso de lo que diga ese desventurado?... ¡Ay qué románticas y qué súpitas... *semos!* Mi amigo Rubín, con esas apariencias que ahora tiene de hombre de seso, está más *tocati* que nunca. Todo lo dice al revés, y el otro día me sostenía que *Doña Desdémona* es una mujer hermosa. Me parece que si seguimos por ese camino, tendré que traerme acá la vara...

No afectaron a Fortunata estas bromas. Observábala él con atención seria, notando que una idea muy siniestra y tenaz la dominaba, y que no era fácil quitársela de la cabeza. Temió que aquel estado de ánimo influyese desfavorablemente en su salud, y para prevenirlo metióle miedo.

—Me ha dicho Quevedo que en estos días hay que tener mucho cuidado con usted, y que no le permitirá levantarse hasta la semana que viene. Cualquier disparate que usted hiciera podría sernos fatal. Conque, hija mía (tomándole las manos), muchísimo cuidado. No le digo que lo haga por mí. ¿Qué caso hace usted de este pobre boticarín? Ninguno, y con razón, porque yo para usted no soy nadie... Hágalo por mi amigo Juan Evaristo, a quien quiero ya como si fuera hijo mío, sí, sépalo usted, y me constituyo en su tutor; hágalo por él, y *tutti contenti.*

Parecía convencida, y Ballester se fue con la impresión de haber triunfado. Tranquila estuvo toda la mañana; pero a eso del mediodía, al despertar de un sueño breve, se sintió tan vivamente acometida de ganas de salir a la calle, que no pudo sobreponerse a este ciego impulso. Levantóse, con gran sorpresa de Encarnación, única persona que en la casa estaba, se peinó a la ligera y se puso su falda de merino oscuro, pañuelo de crespón negro, otro de color a la cabeza, mitones colorados, sus botas de caña clara y... Pero antes de salir dedicó un gran rato a su hijo, que habiendo despertado cuando la mamá se vestía, parecía declarar con sus chillidos que le cargaba la salidita. Le convenció ella dándole todo lo que quiso o lo que había, y el angelito se quedó dormido en su cuna de mimbres.

—Mira —dijo a Encarnación su ama—, yo voy a salir. No estaré fuera sino poco tiempo, porque tomaré un coche, y haré la diligencia en media hora. Tú no te separas de aquí, y si despierta el niño, le arrullas y le meces, diciéndole que yo vendré en seguidita... Cuidado cómo te separas de él. Oye; mientras yo esté fuera, no abres a nadie... Mejor será otra cosa; yo cierro dando las dos vueltas y me llevo la llave. Si viene Segunda, que espere en la escalera.

Dio muchos besos a su hijo, de quien por primera vez en aquella ocasión se separaba, y salió, cerrando la puerta y llevándose la llave. "No sea cosa que alguien venga y... No, no me lo quitarán; pero se han dado casos. Este ángel mío veo que tiene muchos golosos. Y sobre todo esa envidiosa de Jacinta es la que más miedo me da. De la pelusa que tiene le van a salir más canas, y se va a poner como un alambre de flaca. ¿Pero qué remedio tiene sino conformarse?... Bastante he penado yo... Que pene ahora ella. ¡Ah! siento pasos. Francamente, no quisiera que me viera nadie, porque empezarán a decir si salgo o no salgo, y no me gustan *refirencias.* Me parece que es don Plácido el que sube. Me aguardaré un poquito hasta que entre en su casa... Ya llega, abre su puerta. Ahora me escabullo, y Dios me acompañe. Debiera llevar algo que duela... ¡Ah!, la llave. Es mejor que la mano del almirez. Con esto y las uñas..., yo le juro que..."

Tomó un coche, y apenas entró en él se sintió tan mareada, a causa del movimiento y de su propia debilidad, que hubo de cerrar los ojos e inclinar la cabeza para no ver las casas volteando en torno suyo. "Debí haber tomado un caldito antes de salir... Pero a buena hora me acuerdo. En fin, esto pasará." Pasó ciertamente, y lo primero que hizo al reponerse fue variar la orden que había dado al simón. Habíale dicho: *Ave María, 18;* pero tuvo una idea, y dijo: *Cabeza, 10,* sacando la suya por la ventanilla, alargando el brazo y tocando con la llave que en la mano llevaba, al modo de un arma, el brazo del cochero. En la casa últimamente designada estuvo como una media hora, y cuando bajó a tomar de nuevo el carruaje, su cara pálida tenía transparencias de cera, los labios no tenían color.

—¿Adónde vamos, señora? —le preguntó el cochero, viendo que pasaba tiempo sin que diera ninguna orden.

—Subida a Santa Cruz, esquina a la calle de Vicario Viejo.

Y dicho esto, y al rodar de la berlina, daba vueltas a este pensamiento: "Claro, lo que yo dije. La Visitación a mí no me lo había de ocultar. ¡Y luego dice el tonto de Ballester que mi marido está loco! Más razón tiene y más talento que todos los cuerdos juntos... No se ha equivocado ni en tanto así. Veinte duros le he dado a la Visitación por la cantinela... Claro, a mí no me lo había de negar..." Y partiendo de esta idea, volvía a la misma cien y cien veces, describiendo el doloroso círculo.

Apeóse en la subida a Santa Cruz, y subió al obrador de Samaniego, entrando por el portal, que estaba en la calle de Vicario Viejo. Iba tan decidida, que no tuvo ni la más ligera vacilación. La puerta del entresuelo tenía mampara de hule, que al abrirse hacía sonar un timbre. Fortunata había estado allí en los días que precedieron a la inauguración de la tienda, y recordaba perfectamente todo. No había que llamar, sino que se empujaba la mampara, sonaba un *plin* muy fuerte, y ya estaba uno dentro. Así lo hizo aquel día, y apenas recorrió el corto pasillo que a la estancia principal conducía, encaróse con Aurora que en aquel momento iba desde el centro, donde estaba la mesa, hacia una de las ventanas, llevando telas en la mano. Alrededor de la mesa vio Fortunata como unas seis o siete oficialas, cosiendo, y en un sofá, junto a la ventana apaisada que daba a la calle, estaban dos señoras, examinando a la luz encajes y telas.

—Buenos días —dijo la Rubín, deteniéndose un instante y recorriendo con mirada fugaz todas las caras que delante tenía.

Aurora, al verla, se quedó tan inmutada, que no supo ni qué decir ni qué cara poner.

—¡Ah!... tú, Fortunata... ¡Cuánto tiempo...!

De improviso tomó un tonillo de sequedad.

—Dispensa... Estoy ocupada. Si quisieras volver a otra hora...

Pero al instante cambió de registro.

—¡Qué cara te vendes! ¿Has estado mala?

—Y tú, ¿cómo estás?... Siempre tan famosa... —le dijo Fortunata acercándose y poniendo una cara fingidamente amable, pero en la cual no era difícil ver la cruel suavidad con que algunas fieras lamen a la víctima antes de devorarla.

—Y tú, ¿dónde te metes? —balbució Aurora muy cortada, sin saber para dónde volverse.

Por fin se dirigió a las señoras que allí estaban; pero no supo qué decirles. Fortunata se le puso delante cuando volvía hacia la mesa central.

—Tenía que hablar contigo... Como no se te ve... ¡Ay, qué amigas éstas; se muere una sin que le digan nada!

Algo se tranquilizaba Aurora con este lenguaje, y sonriendo contestó:

—Hija, con tantas ocupaciones, no tiene una tiempo para visitas. Pensé ir a verte... Pero siéntate.

—Estoy bien así... Pronto despacho.

Aurora se acercó otra vez a las señoras, y al volverse, su amiga le tocó un brazo.

—Tenía que hablarte dos palabras..., una cosita que te quería decir. Me estaba muriendo por verte. ¡Ingrata! Sabiendo el gusto que me da tu compañía...!

—Tienes razón —dijo la otra volviendo a inquietarse, porque en la cara de su amiga advirtió algo que la puso en cuidado—. Todos los días pensaba ir...

—Sabiendo que te quiero tanto...

—Y yo a ti... ¿Pero por qué no te sientas?

—No... Me voy en seguida. No he venido más que a traerte una cosa...

—A traerme una cosa..., a mí!

—Sí, verás.

Y diciendo *verás,* hizo con el brazo derecho un raudo y enérgico movimiento, y le descargó tan de lleno la mano sobre la cara, que la otra no pudo resistir el impulso, y dando un grito, se cayó al suelo. Fortunata dijo:

—¡Toma, indecente, púa, ladrona!

Bofetada más sonora y tremenda no se ha dado nunca. Todas las oficialas corrieron espantadas al auxilio de su jefe; pero por pronto que acudieron, no fue posible impedir que Fortunata, empuñando su llave con la mano derecha, le descargase a la otra un martillazo en la frente; y después, con indecible rapidez y coraje, le echó ambas manos al moño y tiró con toda su fuerza. Los chillidos de Aurora se oían desde la calle. Las dos señoras aquellas salieron a la escalera pidiendo socorro. Gracias que las oficialas sujetaron a la fiera en el momento en que clavaba sus garras en el pelo de la víctima, que si no, allí da cuenta de ella. Sujetada por tantas manos, Fortunata hizo esfuerzos por desasirse y seguir la gresca; pero al fin el número, que no el valor, venció su increíble pujanza. A una de las modistillas la tiró patas arriba de una manotada; a otra le puso un ojo como un tomate. Dando resoplidos, lívida y sudorosa, los ojos despidiendo llamas, Fortunata continuaba con su lengua la trágica obra que sus manos no podían realizar.

—Eso para que vuelvas, so tunanta, a meter tus dedos en el plato ajeno... Embustera, timadora, comedianta, que eres capaz de engañar al Verbo Divino. ¡Lástima de agua del bautismo la que te echaron! Tramposa, chalana... Te pateo la cara, aunque me deshonre las suelas de las botas.

Y tal esfuerzo hizo por desasirse, que a punto estuvo de lograrlo. Dos de ellas habían acudido a levantar a Aurora, que continuaba dando gritos de dolor. Si no se presentan Pepe Samaniego y un dependiente, sabe Dios la que se arma allí.

—¿Qué es esto? ¿Qué ha pasado aquí? ¿Quién es usted? ¿Qué busca usted?

—¡Quién soy!... —gritó Fortunata con desesperación—. Una persona decente...

—Sí, ya se conoce... Aurora, ¡por Dios!... ¿Qué es esto?

—Una persona decente, que ha venido a ajustarle la cuenta a este serpentón que tiene usted en su casa. Y también es calumniadora.

—Cállese usted y váyase muy enhoramala... ¿Pero qué es esto, Aurora?... ¡Jesús!, sangre en la cabeza. Una herida... Oiga usted, mujerzuela, ahora mismo va usted a la cárcel... ¡Eh! llamad a una pareja.

La Fenelón estaba como desmayada, y sus alumnas le desabrocharon el vestido para aflojarle el corsé.

—Quien va a ir a la cárcel es ésa —chilló la agresora, frenética, revertida otra vez bruscamente a las condiciones de su origen, mujer del pueblo, con toda la pasión y la grosería que el trato social había disimulado en ella—. Yo no he faltado... A mí sí que me han faltado... Esa bribona me ha engañado, nos ha engañado a las dos, porque somos dos las agraviadas, dos, y usted debe saberlo... *Aquélla* es un ángel; yo otro ángel; digo, yo no... Pero hemos tenido un hijo: *el hijo de la casa*, y ésta es una entrometida, fea, tiñosa y sinvergüenza que me la tiene que pagar, me la tiene que pagar.

—¡Si no se calla usted...! —dijo Samaniego, llegándose a ella con ademán amenazador—. Vamos, que por ser usted mujer, no le sacudo el polvo ahora mismo.

—¿Usted a mí?... Falta que pueda. Más le valdrá a usted no permitir las indecencias que hace ésta...

—Le digo a usted que si no se calla... No me puedo contener... ¡Eh!, llamar a una pareja.

La escena tomó aún peor carácter con la aparición inesperada de doña Casta, que hubo de llegar a la tienda en aquel instante, y enterada de la zaragata, subió renqueando, y entró en el teatro del dramático suceso, dando gritos:

—¡Hija de mi alma!... ¡Pero qué!... ¡la han matado!... Sangre!... ¡Ay, Dios mío! ¡Aurora..., Aurora!... ¿Pero quién ha sido?... ¡Ah! esa mujer...

—Sí, yo, yo he sido —le dijo Fortunata desde el rincón donde la tenían acorralada— Mejor cuenta le tendría a usted, so bruja, no ser tapadera de las tunanterías de su niña...

Doña Casta, acudiendo a su hija, no se hacía cargo de las flores que la otra le echaba. Aurora volvió en sí exhalando gemidos.

—No es nada, tía —dijo Samaniego—. No se asuste usted... Una leve contusión, y el susto correspondiente... ¿Pero no se calla esa salvaje?... A la Prevención, a la Prevención...

—Dejarla. Que se vaya... —murmuró Aurora con los ojos cerrados.

—¡A la cárcel! —gritaba ronca doña Casta.

—No; a la cárcel no —dijo la víctima, haciendo gala de generosidad—, dejarla, dejarla... Pepe, no le hagas nada.

—No; si yo no le pego... Allá se entenderá con el juez.

—No; juez no; juez no —decía la de Fenelón muy apurada—. La perdono. Dejarla; que se vaya pronto; que yo no la vea.

Fortunata, implacable, no se quería callar, y entre los que rodeaban a la víctima se dividieron los pareceres respecto a lo que se debía hacer con la agresora. Subió más gente, y el obrador, con tanto vocear y las pisadas de los que entraban y salían, parecía un infierno.

VII

La primera que llegó a la casa de la Cava, durante la ausencia de la *Pitusa*, fue Guillermina. Después de llamar dos veces, la voz de Encarnación le respondió al través de los agujeros de la chapa:

—La señorita ha salido. Me ha dejado encerrada.

—¡Ha salido!... ¡Dios nos asista!... ¿Pero es eso verdad, o es que no quiere recibirme?

—No, señora; no está. Dijo que volvería pronto. Echó la llave con dos vueltas.

—¿Y el niño?

—Sigue tan dormidito.

—Esperaré un rato —dijo la santa dando un suspiro; y cansada de estar en pie, se sentó en el más alto escalón del tramo. Parecía una pobre que espera se abra la puerta para pedir limosna—. "¿Pero dónde habrá ido esa loca?... Lo que yo digo: a ésta no la sujeta nadie. No va a poder criar a su hijo. Tiene a lo mejor algunas corazonadas felices; pero cuando menos se piensa la pega... El mejor día abandona a su niño o lo mete en la Inclusa... No, eso sí que no se lo consentimos. Si el pobrecito tiene una madre descastada, no le faltará quien mire por él."

Cuando esto pensaba, sintió subir a otra persona. Era Ballester, quien al verla, se quedó algo cortado.

—¿Viene usted a esta casa? —le dijo la dama—. Pues tómelo con paciencia, que el pájaro voló. La señora esa se ha ido a la calle. Dentro están el chico y la criada; pero como se llevó la llave, no podemos entrar. Aguante usted el plantón, como yo, si no tiene prisa, que ya no puede tardar.

—¡Pero si le habíamos prohibido que saliera! (asustadísimo y disgustado). Anoche, según me dijo don Francisco de Quevedo, estaba algo excitada. Por eso yo venía a ver... ¡Qué disparates hace!

—¡Ya lo creo que es disparate! ¿Y usted no sospecha dónde podrá estar?

—Yo..., nada. En fin, esperaremos.

Sentóse el regente dos escalones más abajo, y la santa guiñó los ojos para mirarle. Como no se paraba en barras cuando creía necesario interrogar a alguna persona, de buenas a primeras acometió a Ballester en esta forma:

—Dígame usted, caballero, y dispense la confianza: ¿Es usted la persona que ahora... tiene más ascendiente con esta mujer?

—Yo, señora..., ascendiente no creo tenerlo... La conozco hace poco tiempo. Soy su amigo; me intereso algo por ella.

—No trato yo de que usted me diga qué clase de amistad es ésa...

—Las relaciones más puras... Qué, ¿no lo cree usted?

—Sí, yo creo todo. Precisamente, tengo mucha fe (riendo con gracia); pero no se trata ahora de esto. ¿A mí qué me importa? Lo que quiero decir es que si usted tiene algún influjo sobre ella, debe aconsejarle que... Porque el día mejor pensado, esta mujer vuelve a las andadas, y se cansará de criar a su niñito. Lo mejor sería que le pusiera un ama, entregándoselo a personas que le habrían de cuidar mejor que ella. Aconséjele usted esto.

—Yo..., qué quiere usted que le diga..., creo que no le abandonará. Está muy entusiasmada con él.

—Sí; buen entusiasmo nos dé Dios. ¡Mire usted que ésta...! ¡Marcharse a paseo! qué ganas de calle tenía. Ni sé cómo el angelito aguanta tanto tiempo sin mamar...

No había acabado de decirlo, cuando oyeron los chillidos del pobre niño. No pudiendo contenerse, Guillermina se levantó y fue hacia la chapa agujereada, y por allí echó estas vehementes expresiones:

—¡Hijo mío, esa loca que no viene!... Tienes razón... ¡Bribona! Aguárdate un poquitín, un poquitín.

Llamó para que viniese a la puerta la chiquilla, y le dijo:

—Oye, niña, a ver cómo le entretienes un momentito, que tu ama no puede tardar. Mécele en su cunita, cántale algo, sosona.

Y volviendo al peldaño, charló con su compañero de plantón:

—¡Qué alma de mujer...! ¡Ay! tengo el genio tan vivo, que rompería la puerta, cogería al niño y le llevaría a que le dieran de mamar... ¿Es usted médico?

—No, señora, soy farmacéutico.

Se calló porque sintieron pasos, ya muy cerca, como de una persona que subía con cautela, y miraron a la meseta inmediata, esperando a que el que subía diese la vuelta. La aparición de aquella persona les dejó a ambos muy sorprendidos. Era Maximiliano, quien al ver a doña Guillermina y a Segismundo sentados en la escalera, hizo el siguiente razonamiento: "Dos personas que esperan y que se sientan cansadas. Luego, hace tiempo que esperan, y la casa está cerrada."

Un rato estuvo inmóvil sin saber si seguir subiendo o volverse para abajo. El regente se reía y Guillermina le miraba con gracejo.

—Nada —le dijo ésta—, que tiene usted que esperar también. ¿Tiene usted llave?

—¿Llave yo?

—La del campo —indicó Ballester con mal humor, discurriendo que maldita la falta que hacía Maxi allí—. Más vale que se vaya usted, amigo Rubín, y vuelva, porque esto va largo.

—Esperaré yo también —contestó el otro sentándose debajo de Ballester.

Y volvieron a oírse los desesperados gritos del *Pituso*, y Guillermina no disimulaba su impaciencia y zozobra.

—Ya se ve, la pobre criatura tiene ganita... ¡Cuidado que levantarse antes de tiempo y plantarse en la calle...! Le digo a usted que le pegaría...

Maximiliano callaba, no quitándole los ojos a la santa, a quien nunca había visto tan de cerca.

—Pues estamos lucidos —añadió ella—. Ya somos tres. Y esto va picando en historia. Siento pasos. Si será al fin esa veleta...

Los pasos no parecían de mujer. ¿Quién sería? Miraron los tres, y apareció José Izquierdo, quien al ver a doña Guillermina, se sobresaltó extraordinariamente y miró para abajo, como si se quisiera tirar de cabeza. Habría él dado cualquier cosa por tener dónde meterse. La santa se reía en sus barbas, y por fin le dijo:

—No me tenga usted miedo, señor de *Platón*... ¿Por qué está usted tan asustado? No me como la gente. Si somos amigos usted y yo...

—Señora —dijo el *modelo* con un gruñido—, cuando el *endivido* tiene necesidad, no *pué* ser caballero y hace *cualsiquiera* cosa.

—Sí, hombre, ya lo sé; y aquel gran timo que usted nos dio está olvidado... ¡Pues si viera usted qué guapo está el *Pituso!*

—¿De veras? ¡Ay! *¡probe* piojín de mis entrañas!

—Sí; se cría perfectamente. Y es tan listo y tan travieso que tiene alborotado todo el asilo.

—¡Ay! cómo se le conoce la santísima sangre de su madre, que revolvía medio mundo. Si tenía aquel chico un talento macho..., vamos que...

—Ahora está usted como quiere, señor de *Platón*, según he oído, ganando unos grandes dinerales con la pintura.

—Defendemos el santo garbanzo, señora...

—Yo me alegro por diferentes motivos, pues estando usted tan en grande no se le ocurrirá engañar a la gente.

Izquierdo se rascaba una oreja, y la habría dado porque la santa mudara de conversación.

—Si la señora quiere, no miremos *pa trás*.

—Si esto no es mirar *pa trás*... Vamos, que ahora, si usted estuviera mal de fondos, bien podría intentar otro negocio como aquél..., y no con moneda falsa, sino con legítima.

Ballester se reía y Maximiliano estaba muy serio, lo que reparó la fundadora, apresurándose a decir:

—Si no fuera por estas bromas, ¿cómo pasaríamos el horrible plantón? Yo me consumo cuando tengo que esperar; y cuando espero estúpidamente por la tontería de una persona, pierdo la paciencia en absoluto...

Volvió a oírse la quejumbrosa cantinela de Juan Evaristo, y Guillermina tiró de la campanilla para decir a la criada:

—Mujer, entretenle; dile cositas. Pareces tonta... ¡Hijo mío, ya viene, ya viene!... Verás qué soba le doy cuando entre, por tenerte así tan solito, muertecito de hambre... Señores (volviendo al escalón), ustedes me han de dispensar, y si alguno se cansa, no esté aquí por hacerme compañía. Algo debe de haberle pasado a esa mujer, cuando tarda tanto. Propongo que se nombre una comisión, que vaya a hacer un reconocimiento a la calle y averigüe dónde puede estar.

Al decir esto, miraba a Maxi, dando a entender que fuera él de la citada comisión. El joven no hizo ademán alguno que indicara intención de moverse, y en la misma actitud perezosa en que estaba, mirando de soslayo a sus compañeros de plantón, dijo así:

—Hace como unos cinco cuartos de hora iba en un coche por la calle de Atocha... Entró por la calle de Cañizares... Hace como unos tres cuartos de hora, vi el mismo coche atravesar la plaza de Santa Cruz hacia la calle de Esparteros...

Ballester y Guillermina se miraron alarmados.

—Pues propongo —repitió ella— que vaya una comisión a la calle de Esparteros... ¿Y no vio usted si el coche se detuvo en alguna parte?

—No, señora... Yo creí que el coche venía hacia acá, pues aunque el camino más directo desde la calle de Atocha es Plaza Mayor, Ciudad Rodrigo y Cava, como en la entrada de la Plaza, por Atocha, están adoquinando y no se puede pasar, dije yo: "Es que el cochero va a tomar la calle Mayor." Pero por lo visto no ha venido aquí. Luego, ha ido a otra parte. Quizás haya ido a visitar a alguna amiga, Aurora, por ejemplo.

Ballester y la santa volvieron a mirarse con inquietud.

—Lo que este chico dice —indicó el farmacéutico, comunicando a la dama sus temores— me parece tan lógico, que casi casi me inclino a tenerlo por cierto.

Oyéronse pasos otra vez; pero eran muy pesados y los acompañaba un carraspeo y resoplido de persona madura, por lo que nadie creyó fuera Fortunata la que llegaba.

—Es *Sigunda* —dijo Izquierdo antes de verla, y no se equivocó.

La placera se puso en jarras al ver la escalonada tertulia que allí había, y cuando apreció quién estaba sentada en el lugar más alto, abrió medio palmo de boca, expresando su admiración de esta manera:

—¡Bendito Dios! ¡El ama de la casa sentadita en la escalera, como una pobre que está esperando las sobras de la comida! Pero qué, ¿no está esa diabla? ¡Se ha escapado a la calle! Me lo temía. ¡Qué cabeza! ¡Si estaba ella anoche muy encalabrinada...! Pero, señora, ¿por qué no pasa a casa de don Plácido? Allí habrá sillas, al menos, y podrán la señora y los señores sentarse a gusto...

—Hágame el favor de llamar en el tercero y ver si está Plácido. Tengo la seguridad de que él la encuentra.

Segunda llamó, y Plácido no estaba.

—¿Quiere la señora que vaya a buscarla? ...¿Pero adónde?

—Yo iré —dijo Ballester, que no podía desechar la idea de que en el obrador de Samaniego darían razón de la fugitiva. Pero aún hablaba con Guillermina en secreto, cuando Segunda, que había bajado en busca de una llave o ganzúa con que abrir la puerta, gritó desde el principal:

—Ya está aquí, ya está aquí!

—¡Ah! gracias a Dios!... —exclamó Guillermina sin intención de doble sentido—. Ya pareció la perdida. Veremos lo que trae.

—Una de dos —dijo Ballester suspirando—: o trae la cara arañada, o trae sangre y quizás piel humana en las uñas.

—Es mucha mujer ésta...

Todos se levantaron menos Maximiliano, que continuó echado apáticamente hasta que vio a su mujer. Ésta subía jadeante, sofocadísima, limpiándose con un pañuelo el sudor de la cara, y levantándose las faldas para no pisárselas. En la mano traía la llave de la casa.

—Qué, ¿he tardado?... Si no he tardado nada. Despaché en seguida... ¡Ah! doña Guillermina también aquí. Hija, yo creí desocuparme más pronto... Y mi rey tiene hambre..., ya le oigo llorar... Voy, voy, hijo de mis entrañas... ¡Ay! creí que no me dejaban venir. Si me llevan a la cárcel, no sé..., pobrecito mío.

—Abra usted, abra pronto... —le dijo Guillermina empujándola—, callejera, cabra montés. Está visto: no sirve usted para madre... ¡Ángel de Dios! hace dos horas que está rabiando... Si usted no se enmienda, tendremos que mirar por él.

## VIII

Abrió y entraron todos atropelladamente; Fortunata delante; Guillermina agarrada a ella, y detrás Ballester, Maxi, Izquierdo y Segunda. La madre corrió derecha a la alcoba, donde estaba el pequeño en su cuna, dando unos gritos que enternecerían al caballo de bronce de Felipe III.

—Aquí estoy, rico mío; aquí está tu esclava... Ven, ven, cielo de mi vida; toma la tetita, toma... ¡Ay qué hambre tan grande!... ¡Cuánto ha llorado mi ángel!... Yo desatinada por venir. ¡Qué contento se pone mi niño!... Ya no llora más, ¿verdad? Ya no más...

Sin quitarse el mantón, había cogido al chiquillo, disponiéndose a aplacar su gran necesidad. Se sentó en la cama, para dejar a Guillermina la única silla que en la alcoba había. La santa no atendía más que al pequeñuelo, observando si la ansiedad con que mamaba iba acompañada de satisfacción:

—Me temo que con esos arrebatos se quede usted sin leche.

—¡Quia! no señora... Vea usted, la tengo de sobra. Al contrario, creo que si no me desahogo, me quedo seca. Estaba yo anoche que no cabía en mí. Me era tan preciso vengarme como el respirar y el comer. Pues verá usted..., después de darle una bofetada que debió de oírse en Tetuán, le pegué un achuchón con la llave, y la descalabré... Después metí mano a las greñas...

—Cállese usted por Dios, que me da horror de oírla.

—Me querían llevar a la cárcel, y estuvieron cerca de una hora si me llevan o no me llevan. Fueron los policías, y yo dije que estaba criando. Total, que por fin me soltaron, y aquí me vine corriendo. Si no hay como ser así para que la respeten a una! Si no están allí las condenadas modistas, me paseo por encima de su corpacho como por esa sala. Porque mire usted que es re-mala; ¡engañar a dos, a dos, señora, a mí y a la otra, que es un ángel, según dice todo el mundo! Dígale usted que su cuenta con *la Samaniega* está ajustada.

—Me parece que está usted muy trastornada... Cállese, cállese y atienda a su hijo...

—Ya atiendo, señora, ya atiendo. ¿Pues no me ve?... Hijo, gloria de tu madre, emperador del mundo... ¡Ay! crea usted que si aquellos perros guindillas no me dejan venir a dar de mamar a mi hijo, no sé lo que me pasa... El mismo Samaniego fue quien me soltó, diciendo: "Que se vaya noramala." Pues sí, señora, estoy contenta. Y crea usted que no me alegro por interés... ¿Para qué quiero yo el dinero? Para nada. Me alegro por tener *el hijo de la casa,* y esto no me lo quita nadie. Ni con latines ni sin latines me lo quitan. ¿Verdad, señora? Usted está ahora de mi parte. Y *ella* también está ahora de mi parte, ¿verdad?

—Cuando digo que usted no tiene la cabeza buena (bastante alarmada). Cállese la boca. Tengamos formalidad (dándole palmadas en el hombro), porque si no le cría bien, le pondremos ama; y en último caso, hasta le recogeremos para tenerlo con nosotras.

—¡Quia!... no, señora... Yo no lo suelto (con gran excitación y desbordamientos de alegría). ¡Estoy tan contenta!... Usted me va a querer, señora, ¿verdad? ¿Me querrá usted? Porque yo necesito que alguien me quiera de firme. Verá usted qué bien me voy a portar ahora. ¿Hombres?, ni mirarlos. No quiero cuentas con ninguno. Mi hijito y nada más.

—Sí..., quien no te conozca que te compre.

—¡Ah! usted no me conoce, señora... ¿Cree que...? ¡Ja ja ja!... Mi hijito, y aquí paz... Verá usted; nos haremos cargo de que es hijo de las tres, y tendrá tres madres en vez de una...

A la santa le hizo gracia aquella extraña idea.

—Mire usted; después que Dios me ha dado al *hijo de la casa,* no le guardo rencor a la otra... Porque yo soy tanto como ella por lo menos... Como no sea más. Pero pongamos que soy lo mismo. No le guardo rencor, y como me apuren mucho, hasta le tomaré cariño... Tres mamás va a tener este rico, esta gloria: yo, que soy la mamá primera; ella la mamá segunda, y usted la mamá tercera.

—Pero, hija, qué alborotada está usted, ¡y qué disparates dice! —tomándole el pulso y examinando con alarma el brillo de sus ojos). Extraño mucho que el pobre Juanín encuentre qué sacar de ese pecho...

Las demás personas que en la casa entraron estaban en la sala, sin atreverse a pasar mientras durase aquel animado coloquio de la diabla y la santa, cuyo lejano run-rún oían. Guillermina pasó a la salita en busca de Ballester, que estaba muy cariacontecido junto a los cristales de la ventana, mirando a la plaza, y le dijo:

—Está esa mujer excitadísima, y me temo que se seque... ¿Hay aquí antiespasmódica?

—Sí, sí, la preparé yo con muchísimo esmero; pero traeré más esta noche. ¿Dice usted que está excitadísima?

—Pero atroz... Cabeza trastornada; dice mil despropósitos. Entre usted.

Cuando Ballester le propuso que tomara la medicina, replicó la joven:

—Lo que quiero es agua. Tengo una sed horrible..., la boca seca.

Bebió con ansia, y entre tanto, la fundadora llevaba aparte a Ballester y le decía:

—Oiga usted. Y su marido, ese pobre hombre, ¿qué viene a buscar aquí? ¿Qué hace, qué dice, cómo ha tomado esto?

—Señora —replicó el regente

fluctuando entre la seriedad y la risa—. ¿Usted no lo entiende?... Pues yo tampoco. Su natural es tímido. Por eso, cuando veo que rompe a hablar con personas que no son de confianza, me escamo mucho. De algún tiempo acá todo cuanto ese chico habla es tan atinado, que podrían tenerlo por suyo los siete sabios de Grecia.

—¿Pero no está...? —preguntó la dama llevándose a la sien su dedo índice.

—A saber... Él fue quien le trajo el cuento de lo del tal con la cual. Quiero decir, con la *Fenelona.* Yo no me fío de la cordura de este caballerito, y siempre que le cojo a mano le registro, a ver si trae algún arma. No me gusta nada verle aquí.

Rubín e Izquierdo estaban sentados en el sofá de la sala, ambos silenciosos. Fortunata llamó a Ballester y a *Platón* para contarles lo que había hecho, y en tanto Guillermina se fue a sentar junto a Maximiliano, insinuándose con él por medio de una sonrisa de benignidad. Quiso la dama hablarle, y no pudo decir una palabra, pues con todo su talento y práctica del mundo no acertaba con la clave de las ideas que ante aquel hombre, dada la situación de él, debía desarrollar. ¿Qué le diría? ¡Éste sí que era problema! ¿Qué tono tomaría? ¿Era cuerdo el tal o no? Porque si había dificultades considerándole demente, tratándole como sano las dificultades eran tales que rayaban en lo imposible. ¿Le hablaría del niño?... Jesús, qué disparate. ¿Le diría que su mujer era una joya? ¡Qué barbaridad! ¿Acometería el estado real de las cosas? Ni pensarlo. ¿Lo tomaría por el lado religioso y de la resignación? Tampoco. ¿Por el lado mundano? ¡Quia!... Nunca se había visto la buena señora enfrente de un problema de ciencia social tan enrevesado y temeroso. Aquel enigma superaba a cuantos enigmas había visto ella en su vida infatigable.

"Vamos —pensó la fundadora—, ¿a que tirando por la calle de en medio salgo bien? Es lo mejor, y este sistema siempre me ha dado resultados."

—Oiga usted, caballerito...

—Señora...

Y aquí se atascó el diálogo, porque la santa no se atrevía a pasar adelante. Pero quiso Dios que la misma esfinge le abriese camino, diciéndole:

—Yo conocía a usted de vista y de fama; pero nunca había tenido el gusto de hablarle... Es usted una santa, y cuando se muera, la canonizaremos y la pondremos en los altares.

—Gracias; es favor —replicó ella con gracejo—. Y a mí me parece que el santo es usted.

—Yo... (sin maravillarse mucho de la lisonja). Pero de mí a usted hay una gran diferencia. Cierto que yo he ganado algunas batallitas contra mis pasiones, pero no he llegado, ni con mucho, al grado de perfección que usted. Disto bastante todavía. Si con padecer se llegara, ya estaríamos en el pináculo, porque yo he padecido mucho, señora. Usted se pasmará de la serenidad que nota en mí. Todos se pasman, y no es para menos. Porque aquí donde usted me ve, he estado loco, loco perdido...

—Lo sé, lo sé... ¡Ay, qué dolor!

—Y he ido pasando por este y el otro grado. Primero tuve el delirio persecutorio; después, el delirio de grandezas... Inventé religiones; me creí jefe de una secta que había de transformar el mundo. Padecí también furor de homicidio, y por poco mato a mi tía y a *Papitos.* Siguieron luego depresiones horribles, ganas de morirme, manía religiosa, ansias de anacoreta, y el delirio de la abnegación y el desprendimiento... Pero Dios quiso curarme, y poco a poco aquellos estados fueron pasando, y la razón, que estaba muerta, empezó a nacer, primero chiquitita, y después creció tanto, tanto, que se me hizo un cerebro nuevo, y fui otro hombre, señora. Y me encontré entonces con la novedad de un gran talento, perdóneme usted la inmodestia, con una gran aptitud para juzgar de todas las cosas...

Guillermina estaba pasmada y no se le ocurría nada que oponer a aquellas razones. Expresábase él con admirable serenidad y con fácil y aun ingeniosa palabra, sin atropellarse ni vacilar un instante, las facciones reposadas, todo cortesía y aplomo.

—Y cuando volví a la vida, porque volver a la vida fue aquello, encontréme como el que sube a un monte muy alto, muy alto, y ve todas las cosas de golpe, reducidas a mínimo tamaño. "Aquello, decía yo, que me pareció tan grande, vedlo allá tan chiquitín." Híceme cargo de todo lo que había pasado durante mi enfermedad, que más bien me parecía sueño, y vi la infidelidad de esa desgraciada; vi también que tenía una cría, y la claridad de aquella razón nueva y robusta que yo había echado, me hizo ver un caso de aplicación de la justicia, y consideré que era de mi deber contribuir a la extirpación del mal en la humanidad, matando a esa infeliz, con lo cual la redimía, porque yo he dicho siempre: "Bienaventurados los que van al patíbulo, porque ellos en su suplicio se arrepienten, y arrepintiéndose se salvan."

Guillermina iba a contestar algo a esto; pero el otro no le dejaba meter baza.

—Aguárdese usted un poquito, que falta la segunda parte. Pensaba yo cómo realizaría aquel acto de justicia, cuando la casualidad, mejor será decir la Providencia, me deparó una solución mejor y más cristiana que la muerte. Esta pobre mujer no necesitaba de mi justicia. Dios mismo había dispuesto su castigo y una lección tremenda. ¿Qué debía yo hacer? Dejar que hiriera la lección. La infidelidad castiga la infidelidad. ¿Hay nada más lógico que esto? Yo debía, pues, dejar que obrase la lógica. Di gracias a Dios por aquella luz que hizo venir a mí. Dios es el único que castiga, ¿verdad, señora? ¡Y qué bien que lo sabe hacer! ¿A qué usurparle sus funciones? Dios, realizando la justicia por medio de los sucesos, lógicamente, es el espectáculo más admirable que pueden ofrecer el mundo y la historia. Así es que yo me lavo las manos, y dejo que la lección natural se produzca y la justicia se cumpla. ¿Es esto ser razonable? ¿Es esto ser cuerdo?...

Hizo la pregunta cruzándose de brazos, y Guillermina, después de vacilar, le dijo:

—Vaya si lo es. Y Cristo nos enseña que no debemos tomarnos la justicia por nuestra mano, pues Dios castiga sin palo ni piedra, y Él da a cada criatura lo que le conviene. Cuando alguna injusticia nos envuelve, por picardías de los hombres, lo que debemos hacer es aguantar, y cruzarnos de brazos y decir: "Vengan palos. Mientras más me humillen, más me levantaré después. Mientras más me azoten aquí, más salud tendré allá."

—Eso mismo pienso yo. Los resentimientos que había en mi corazón, los he ido desechando... La idea de matar la considero yo ineficaz y absurda, como un medicamento equivocado. Sólo Dios mata, y Él es quien siempre enseña. Yo he tenido celos horribles, yo he tenido rencores ardientes; sin embargo, toda esta maleza va cayendo bajo el hacha de la razón... Razón y nada más que razón. Ya no pienso en matar a nadie, ni aun a los que tanto odié. Veo las admirables enseñanzas de Dios, veo a los malos recibir su castigo, y procuro no merecerlo yo... Éste es mi sistema, ésta es mi vida.

Segismundo había llamado a Guillermina desde la puerta de la alcoba. Allí cuchichearon algo referente a Fortunata, y habiéndole preguntado a la santa su parecer respecto al joven Rubín, la fundadora se expresó de este modo:

—Lo último que me ha dicho es el colmo de la sabiduría y de la cordura; pero...

—No las tiene usted todas consigo... Ni yo tampoco.

## IX

Izquierdo entró con una botella de cerveza y detrás el mozo del café de Gallo con un *grande* de limón, ponchera y copas.

—La señora —dijo él queriendo ser amable—, va a tomar un vasito de cerveza con limón.

—¡Quite usted allá! —replicó la dama—. Yo no bebo esas porquerías. Se lo agradezco...

A Fortunata la invitaron también; pero ella no quiso tampoco tomarlo, y pidió leche. Ballester, atento a serle agradable, mandó a Encarnación por la leche, y Guillermina se despidió para retirarse en el momento en que entraba Plácido, que había subido presuroso y lleno de oficiosidad a ponerse a sus órdenes.

Segismundo observaba a su amiga, y a la verdad, no le parecía su estado muy católico. El falso gozo que la hacía reír a cada instante no era buena señal, y hubiera él deseado que hablase menos. Pero todo se volvía contar el lance con Aurora, dándole proporciones trágicas, y una vez concluido, lo empezaba de nuevo, revelando contra la que fue su amiga una saña implacable. Ballester la contradecía suavemente, recomendándole la prudencia, la tolerancia y el perdón de las injurias. No sabiendo ya qué decirle, llegó hasta sacarle el ejemplo de Maximiliano, que llevaba con tan cristiana mansedumbre el cargamento de sus agravios. La diabla, al oír esto, se reía más, diciendo que su marido era un santo, un verdadero santo, y que si le canonizaban y le ponían en los altares, ella le rezaría y le escupiría. Esto no lo oyó Rubín, que a la sazón estaba jugando a las damas con Izquierdo.

Trajeron la leche, y cuando Encarnación se la servía a su ama, ésta vio que habían caído dos moscas; le entró mucho asco y puso a la chiquilla como hoja de perejil, llamándola puerca y descuidada. El regente mandó traer más leche, y dijo que la de las moscas se la bebería él, pues no tenía asco de nada. Sacó los insectos con el dedo meñique, y su amiga le criticó esta acción, llamándole sucio y tratándole con cierta sequedad. Trajeron la leche bien tapada para que no cayeran moscas, y mientras Fortunata se la bebía, Ballester se tomó la otra, diciendo bromas y chuscadas, con las cuales no lograba disipar la negra tristeza en que la joven había caído tras la ruidosa alegría. Mandóla acostar, y entre tanto, pasó el farmacéutico a la sala, haciendo que atendía al juego de las damas. No podía tener tranquilidad mientras Maxi estuviera allí, ni se fiaba de sus apariencias resignadas y filosóficas. Con disimulo, y fingiendo que le hacía cosquillas, por jugar, le tocó los bolsillos, temeroso de que llevara algún arma. Pero nada encontró en su disimulado reconocimiento. A pesar de todo, no quería Ballester irse sin llevarle por delante, y tanto bregó con él, que hubo de conseguirlo. Salió, pues, el regente haciendo propósito de volver, pues su amiga le había puesto en cuidado.

*Platón* se fue también al anochecer; pero a las nueve regresó encendiendo luz en la sala. No eran las nueve y cuarto, cuando Fortunata, que había empezado a dormitar, sintió pasos, y vio que un hombre entraba en la alcoba.

—¿Quién es? —preguntó alarmada, echando los brazos a su hijo—. ¡Ah!, eres tú, Maxi; no te había conocido. Está todo tan oscuro...

La tos perruna de su tío la tranquilizó, diciéndole que no estaba sola. Mandó a la chica que trajese luz, pues se le había despabilado el sueño, y José, atento a custodiarla, se asomaba a cada instante a la alcoba. Sentóse Maximiliano junto a la cama como el día anterior, y bondadosamente le dijo:

—Esta tarde había aquí mucha gente y no pude hablarte. Por eso he vuelto. Ya sé que tú y Aurora os pegasteis. Doña Casta está furiosa, y mi tía, no puedes figurarte lo alborotada que está contra ti. Sobre este suceso de hoy se me ocurre a mí una cosa que te quiero comunicar.

—Dímelo, dímelo prontito —indicó ella, que sin saber por qué, esperaba de aquel hombre, a quien tenía en tan poco, ideas extrañas y quizás consoladoras.

—Pues lo que has hecho esta tarde favorece a tu enemiga —afirmó Rubín con severidad de médico, aguardando el efecto que tales palabras habían de hacer en ella—. Sí; favorece a tu enemiga. Tú eres tonta y no conoces la naturaleza humana. Yo, desde que entré en esta gran crisis de la razón, todo lo veo claro, y la naturaleza humana no tiene secretos para mí.

Fortunata no comprendía.

—Me explicaré mejor. Quiero decir que al maltratar a tu rival le has dado la victoria sobre ti. El hombre a quien queréis las dos pudo haber vacilado antes en elegir la que definitivamente había de merecer su amor. Ahora no vacilará. Entre una que se descompone y hace las brutalidades que tú hiciste y otra que padece y es maltratada, el amor tiene que preferir a la víctima. Toda víctima es por sí interesante. Todo verdugo es por sí odioso. En un pleito de amor, la víctima gana siempre. Ésta es una verdad que está escrita en el corazón humano como en un libro, y yo leo en él tan claro como leemos una noticia en *El Imparcial*. Yo lo sé todo; nada se me oculta. Demasiadas pruebas tienes de ello.

A Fortunata le hizo esto tan mal efecto, que sintió ganas de coger la palmatoria y tirársela a la cabeza. Respondió con despecho:

—Pues si gana ella, mejor. A mí no me importa nada que él la quiera ni que la deje de querer...

—Y ahora la va a querer tanto —agregó Maxi impasible y frío—, la va a querer tanto, que los amantes de Teruel van a ser paja al lado de ellos. La querrá porque ha sido atropellada, y las víctimas siempre inspiran amor. Créetelo porque te lo digo yo, que todo lo sé. La querrá con locura, más que a ti, más que a su mujer y hará con ella lo que no hizo con ninguna. Abandonará a su mujer y a sus padres para vivir a sus anchas con ella... Y serán felices y tendrán muchos hijitos.

Lo que la de Rubín dijo no fue más que un mugido. Hizo el ademán de coger la palmatoria. Después se tapó la cara con la mano.

—Yo te digo estas cosas porque son la verdad, y te pego con la verdad para que la lección escueza. Así, así es como aprendes. Bonita enseñanza, ¿verdad? Cierto que duele y hace sangre; pero padecer y aprender son sinónimos. Por tu bien es. Tu conciencia se purificará, y ojalá te murieras con esta pena, porque te irías derecha al Cielo.

La joven lloraba con angustia, y él no parecía tenerle compasión.

—Veo que me crees y haces bien. Lo que te he dicho ha salido siempre verdad. Yo lo sé todo, y mi razón me presenta la vida como un panorama ante los ojos. Es un don que recibí de Dios. Cuando estaba loco, adivinaba por inspiración; bien lo sabes, y recordarás que te anuncie todo lo que iba a pasar... La verdad venía entonces a mí envuelta en una especie de simbolismo, como las verdades reveladas a los pueblos de Oriente.

Pero luego entré en la época de la razón, y la verdad se me ofrece clara y desnuda, y desnuda y clara te la digo. ¿Acerté a encontrarte cuando todos me decían que te habías muerto? ¿Acerté a descubrir lo de Aurora con los detalles de casa, hora a que se reunían, etcétera? Pues ya ves. Nada se me esconde, y lo que acabo de decirte es el Evangelio. Has dado la victoria a tu enemiga... Aguanta el golpe. Tu víctima y tu verdugo serán felices y tendrán muchos hijos.

—Cállate, cállate o verás... —dijo Fortunata amenazándole con el puño, y tratando de vencer el terror sugestivo y supersticioso que su marido le inspiraba—. Yo también sé verdades y te voy a decir una.

—Pues dímela pronto.

—Digo que eres un hombre sin honor...

Maximiliano se estremeció ligeramente, pero nada más. Seguía oyendo.

—¿Y qué más? —dijo.

—¿Te parece poco? —prosiguió la diabla, que de rabiosa que estaba, tenía espuma de saliva en los labios—. Pues Ballester y doña Guillermina lo decían hace poco: "Es un santo; pero no tiene el sentimiento del honor." Conque ya sabes. Déjame en paz. No quiero verte más. Unos dicen que estás cuerdo, y otros que estás loco. Yo creo que estás cuerdo, pero que no eres hombre; has perdido la condición de hombre, y no tienes..., vamos al decir, amor propio ni dignidad... Conque ahí tienes tu lección. Aguanta y vuelve por otra. ¿Qué creías? ¿que yo iba a sufrirte tus lecciones, y no te iba yo a dar las mías?

—Lo que dices (con glacial estoicismo) es propio de una criatura llena de debilidades y de impurezas, en quien la razón se halla en estado embrionario, y que habla y obra siempre al impulso de las pasiones y del vicio.

—*¡Tiologías!* —gritó Fortunata exaltándose y moviendo los brazos como una actriz en pasaje de empeño—. Si tú hubieras tenido tanto así de dignidad, me habrías pegado un tiro... No lo has hecho. Mejor para mí. Y otra cosa te digo. Si hubieras tenido un adarme de sangre de hombre, cuando viste a ése y a ésa, les habrías pegado seis tiros, dejándoles secos a los dos. Pero tú no tienes sangre. Esa santidad y esa cristiandad y esa pastelera razón son la horchata indecente que tienes en las venas...

Izquierdo, que oía desde la puerta, se alarmó, creyendo oportuno evitar aquel coloquio, que tan mal giro tomaba:

—¡Ea! —dijo entrando—, bastante hemos hablado. Y usted, señor de Maxi, haga el favor de tomar soleta...

Le cogía por un brazo, sin que él hiciese resistencia. Rubín estaba algo aturdido, como si analizara y descompusiera en su mente las acusaciones de su mujer antes de darles la réplica que merecían. De repente, cual movida de un impulso epiléptico, Fortunata se incorporó en el lecho, echó los brazos hacia adelante, clavó los dedos de una mano en el hombro de su marido con tanta fuerza que le tuvo como atenazado, y comiéndosele con los ojos, le gritó de este modo:

—Marido mío, ¿quieres que te quiera yo? ¿quieres que te quiera con el alma y la vida?... Di si quieres... Yo me he portado mal contigo; pero ahora, si haces lo que te pido, me portaré bien. Seré una santa como tú... Di si quieres...

Maxi la interrogaba con su mirada luminosa.

—Di si quieres. Verás cómo lo cumplo. Seré una mujer modelo, y tendremos hijos tú y yo... Pero has de hacer lo que te digo. Yo te juro que no me volveré atrás, y te querré. Tú no sabes lo que es una mujer que se muere por un hombre. ¡Pobretín, esa miel no la has catado nunca!... ¿No darías tú algo porque yo te quisiera como tú me querías a mí?... ¿Te acuerdas de cuando me adorabas, te acuerdas?... Pues figúrate que yo te adoro a ti lo mismo y que te llevo estampado en mi corazón, como tú me llevabas a mí...

Maximiliano empezó a inmutarse... La máscara fría y estoica parecía deshacerse como la cera al calor, y sus ojos revelaban emoción que por instantes crecía, como una ola que avanza engrosando.

—Di si quieres... —repetía la diabla con exaltación delirante—. Déjate de santidades, y reconciliémonos y querámonos... Tú no lo has catado nunca. No sabes lo que es ser querido... Verás... Pero ha de ser con una condición... Que hagas lo que debiste hacer, matar a esa indina, matarla..., porque lo merece... Yo te compro el revólver... ahora mismo...

Sus manos revolvieron temblorosas bajo las almohadas buscando el portamonedas. De él sacó un billete de Banco.

—Toma, ¿quieres más? Compras un revólver... bien seguro..., pero bien seguro... La acechas, y plim..., la dejas seca... Oye otra cosa: para que se quiten los celitos, y cumplas con tu honor como un caballero, les matas a los dos, ¿sabes? a ella y a él, que también lo merece, y después de muertos (con salvaje sarcasmo), después de muertos, que tengan los hijos en el otro mundo!... ¿Conque lo harás? Hazlo por mí, y por su pobrecita mujer, que es un ángel... Las dos somos ángeles, cada una a su manera... Dime que lo harás... ¡Y luego te querré tanto...! No viviré más que para ti... ¡Qué felices vamos a ser!... Tendremos niños... Hijos tuyos, ¿qué te crees?...

Maxi, lelo y mudo, la miraba, y al fin sus ojos se humedecieron... Se deshelaba. Quiso hablar y no pudo... La voz le hacía gargarismos.

—Sí..., quererte a ti —añadió ella—. No sé por qué lo dudas. ¡Ah!, no me conoces..., no sabes de lo que soy capaz... Déjate de *tiologías*... ¡El amor! Yo te enseñaré lo que es... No lo sabes, tontín... ¡La cosa más rica!...

—Vamos, ¿qué *yeciones* son éstas? —clamó Izquierdo, tirando a Rubín de un brazo—. Basta de música... A la calle, que esta chica está *mu* mala.

—Tío, déjele usted, déjele usted... Es mi marido, y queremos estar juntos... ¡Vaya!...

Maxi se dejaba levantar del asiento como un saco. Se había quedado inerte. De pronto, hubo algo en su espíritu que podría compararse a un vuelco súbito, o movimiento de cosas que, girando sobre un pivote, estaban abajo y se habían puesto arriba. Las manos le temblaban, sus ojos echaron chispas, y cuando dijo *matarles, matarles,* su voz sonó en falsete como en la noche aquella funesta, después del atropello de que fue víctima en Cuatro Caminos.

—Mátameles, sí... —añadió la diabla, retorciéndose las manos—. ¡Hijos ella!... En el infierno los tendrá...

Cayó desplomada sobre las almohadas, chocando la cabeza contra los hierros de la cama.

Maxi alargó la mano y recogió el billete, que estaba aún sobre la colcha. Y a punto que Izquierdo le sacaba, resonó la voz de Juan Evaristo con agudísimo timbre, y entraba Segismundo, asombrándose mucho de ver al filósofo otra vez allí.

## X

—¡Demonio de chico! —dijo a Izquierdo cuando volvía de acompañar hasta la puerta al señor de Rubín—. Hay que tener mucho cuidado con él y no perderle de vista cuando entra aquí. Y ella, ¿qué tal está?... Buena moza, ¿cómo va ese valor?

La joven no respondía. Estaba como aletargada. Pero el chico siguió chillando, y al reclamo de él, la madre abrió los ojos, y tomándole en brazos, le acercó a su seno. Ballester mandó a la criada que quitara la luz, que acaloraba mucho la alcoba, y se sentó donde antes había estado Maxi. Luego sacó una cajita de medicinas y una botellita con poción.

—Aquí traigo otra antiespasmódica. La he hecho yo mismo, y traigo también el *percloruro de hierro* y la *ergotina,* por si acaso... Mucho cuidado, hija mía, mucho reposo; que las emociones y los disparates de hoy nos pueden traer un trastorno. Apuesto a que Maxi ha venido a contarle a usted alguna otra tontería. Es preciso prohibirle la entrada.

Fortunata había vuelto a cerrar los ojos. El niño callaba y se oían sus lengüetazos.

—Buenas tragaderas tiene el amigo —dijo Ballester; y para sí, contemplando a la diabla, que dormía o fingía dormir—: ¡Qué hermosa está!... Le daría yo un par de besos... con la intención más pura del mundo... He aquí una mujer que hoy no vale nada moralmente, y que valdría mucho, si reventara ese maldito Santa Cruz, que la tiene *sugestionada*... ¡Lástima de corazón echado a los perros!...

El chico rompió a llorar otra vez, y la madre parecía tan inquieta como él.

—Amigo Ballester... ¿sabe usted que me parece que me quedo sin leche?... Mi hijo chupa, chupa y no saca...

—No asustarse. Es accidental. Procure usted dormir... A ver: ¿Maxi le ha dicho a usted alguna tontería?

—Tontería, no... Verdades...

—¡Verdades!... (rompiendo a reír). ¿Y cómo sabe usted que son verdades?

—Porque las grandes verdades las dicen los niños y los locos.

—Es un refrán sin sentido común. Los locos no dicen más que disparates.

—Es que mi marido no está loco... Tiene ahora mucho talento. Tal creo yo.

Juan Evaristo volvió a callar, pegándose al pezón con salvaje ahínco.

—Tome usted un poco de esta bebida. La he preparado como para usted... Está riquísima. Es preciso calmar los nervios.

La chica trajo un vaso con cucharilla, y Fortunata tomó la antiespasmódica.

—¡Qué bueno es usted, Segismundo! ¡Qué agradecida estoy a lo que hace por mí!

—Todo y mucho más se lo merece usted, ¡carambita! —replicó el farmacéutico con efusión de cariño—. Hemos de ser muy amigos.

—Amigos sí; porque lo que es querer... No vuelvo yo a querer a ningún hombre, como no sea a mi marido, siempre y cuando haga lo que le mando.

—¡A su marido! (tomándolo a broma). No me parece mal. Y ahora que está hecho un santo...

—Santo, no... ¡Qué simplezas dice usted!

—Santo; así como suena. De modo que será usted también santa... Pues yo seré su discípulo. Nos iremos los tres a un desierto a hacer penitencia y comer hierba.

—Cállese usted.

—Usted es la que se va a callar..., a ver si se duerme y se le calman los nervios. La salida de hoy no tendrá consecuencias. ¿Sabe usted lo que venía pensando? Que si encontraba mal a la buena moza, me quedaría aquí esta noche. Y al salir de casa, le dije a mi madre que quizás no volvería. Nada, que estoy decidido a cuidarla como si fuera mi cara mitad.

—No; si no es preciso que usted se moleste. Crea que me siento regular esta noche, casi bien. Anoche, ¿sabe?, estaba peor.

—Pues me estaré hasta las doce o la una. Me pondré a leer *La Correspondencia* o a jugar al tute con el señor de Izquierdo. Y si la veo a usted tranquila y dormida, me retiraré. Si no, aquí me estoy de centinela.

Así lo hizo, y no habiendo observado hasta más de medianoche nada de particular, salió de puntillas, dando a la placera instrucciones por si la mamá o el niño tenían alguna novedad durante la noche. El *modelo* se fue también, y Segunda se metió en su cuchitril; mas apenas había descabezado el primer sueño, la llamó Encarnación de parte de la señorita, que se sentía mal. El chiquillo soltaba todos los registros de su voz y no había manera de acallarle. Agotó la madre todos sus medios y Encarnación los suyos, que eran cogerle en brazos y dar un paso adelante y otro atrás, como si bailara, tratando de persuadirle con amorosas palabras de que los niños deben estarse calladitos.

—Paréceme —dijo Fortunata con terror —que me estoy secando.

—Pues si te secas —le contestó su tía, que hasta para consolar era regañona y desapacible—, pues si te secas, ¡demonche!, mejor. Ponemos un ama, y a vivir...

—Diga usted, tía, ¿ha venido mi marido?

Segunda la miró, asombrada.

—¡Tu marido!... ¿Sabes la hora que es? ¿Y para qué quieres que venga acá ese tipo?

—Tenía que hablarle...

—¡Santo Cristo de Burgos, cortinas verdes!... A buenas horas nos entra la fineza... El demonio que te entienda, chica. ¡Ahora clamas por tu marido! Para lo que ha de servirte, más vale que no parezca por acá en mil años.

—Es que le tenía que hablar. No ha estado aquí desde anoche.

Segunda la volvió a mirar, echándose a reír con descarada grosería.

—Pero, chica, si ha estado aquí esta noche, y se fue a las diez...

—¡Ah! ¿esta noche ha sido? Es que confundo yo las noches... Creía que había habido un día entre medio. Cuando una está en la cama, se le va la idea del tiempo...

La criatura seguía alborotando, y su madre se quejaba de un desasosiego que no podía explicar

—¡Cuánto siento que se haya ido Segismundo! Él me recetaría alguna cosa, o al menos, diciéndome que esto no es nada, yo me lo creería.

Segunda propuso ir a llamarle; pero Fortunata no consintió en ello, porque una noche, dijo, se pasaba de cualquier manera. Así fue, y la verdad es que la pasaron todos muy mal, incluso Encarnación, que se dormía en pie.

A la mañana siguiente, subió Estupiñá a preguntar por toda la familia con un interés del cual Segunda sabía sacar partido.

—¿Cómo ha pasado la noche la mamá? Y el niño, ¿qué tal? Ya me he enterado del *artículo* de amas, y tengo noticias de tres muy buenas: la una, pasiega; otra, de Santa María de Nieva y la tercera de la parte de Asturias, con cada ubre como el de una vaca suiza. ¡Género excelente!

—Pues no está de más que usted haya dado estos pasos, don Plácido, porque estoy en que se nos seca —dijo la placera, gozosa de meter su cucharada en aquel asunto—; y si la señora (aludiendo a Guillermina) quiere que se le ponga ama, yo soy de la misma conformidad.

Plácido, después de cotorrear un poco con Segunda en la puerta de la casa de ésta, bajó a la suya, y en la salita, tapizada de carteles de novenas y otras funciones eclesiásticas, estaba Guillermina, en pie, el rosario y el libro de rezos en la mano. La casera y el administrador cotorrearon otro poco, y el resultado de esta nueva conferencia fue que Rossini volvió a subir presuroso y a tener otra hocicada con Segunda en la puerta.

—Dígame usted; ¿está durmiendo ahora? ¿Y el niño mama o no mama?

—Pues ahora están los dos callados... *Paice* que duermen.

—Pues silencio. Cuide usted de que no haya ruido en la casa... Yo, verá usted, como salgan los chicos del latonero a alborotar en la escalera, les deslomo.

Y vuelta a bajar y a subir nuevamente con un mensaje.

—*Señá* Segunda, oiga. Que no deje usted de mandar recado hoy a ese señor de Quevedo, para que la vea y nos diga si traemos el ama o no traemos el ama.

—Bien está, bien.

—Yo estaré a la mira; ya las tengo apalabradas, y las reconoceremos en mi casa. Buenas mujeres, y no tienen pretensiones de cobrar un sentido. Como leche, *señá* Segunda, como leche, creo que la asturiana nos ha de dar mejor resultado que ninguna. Tengo yo un ojo... En fin, mucho cuidado.

Y tornó a bajar con toda su oficiosidad y diligencia, dispuesto a subir cien veces si fuese menester. Guillermina estuvo aún un ratito en casa de su amigo, el cual no sabía qué hacerse al ver su pobre vivienda honrada con persona tan excelsa. Habría traído de San Ginés, si pudiera, el trono de la Virgen del Rosario, para que se sentara. Pues, digo, cuando llamaron a la puerta y fue a abrir, y vio ante sí la simpática figura de Jacinta, creyó el pobre hombre que toda la corte celestial penetraba en su casa. No dijo nada la señorita; no hizo más que sonreír de un modo que significaba: "¡Qué raro verme aquí!"

Guillermina alzó la voz desde la sala diciendo:

—Pasa, aquí estoy...

Estupiñá, siempre delicado, se apartó para dejarlas hablar a solas. Parecía que la santa reprendía paternalmente a la otra:

—Si ya te he dicho que lo dejes de mi cuenta. Yo me entiendo. Si te empeñas en meter la cucharada, creo que lo vas a echar a perder... No, no te dejo subir... ¿Te parece fácil entrar a verle sin que se entere su madre? Atrevidilla te has vuelto... ¿Que le bajen aquí? ¡Vamos, las cosas que se te ocurren!... Tiempo tienes de verle. Si empezamos a hacer disparates y a portarnos como dos intrigantas que se meten donde no las llaman, merecemos que nos tome Ido por tipos de sus novelas. Vámonos ahora a San Ginés, y luego sabremos la opinión del señor de Quevedo. Descuida, que no se nos morirá de hambre.

Salieron, y Plácido se fue con ellas a la iglesia, pues aunque ya había estado en ella, érale muy grato acompañar a las señoras a misa. Oyeron dos, y antes de salir, sentadas en un banco, la *Delfina* dijo a su amiga:

—¿Sabe usted que no he podido oír las misas con devoción, acordándome de esa mujer? No la puedo apartar de mi pensamiento. Y lo peor es que lo que hizo ayer me parece muy bien hecho. Dios me perdone esta barbaridad que voy a decir: creo que con la justiciada de ayer, esa picarona ha redimido parte de sus culpas. Ella será todo lo mala que se quiera; pero valiente lo es. Todas deberíamos hacer lo mismo.

La santa no respondió, porque dentro de la iglesia no gustaba de tratar ciertos asuntos de reconocida profanidad; pero cuando salían por el patio que da a la calle del Arenal, tomó el brazo de su amiguita, diciéndole:

—Bueno estuvo el lance, bueno. ¡Qué par de alhajas!

—¡Crea usted que a mí me daba una alegría cuando lo oí contar!... Habría yo dado cualquier cosa por estar presente en aquella tragedia...

—Quita allá..., es repugnante... Dos mujeres pegándose...

—Será lo que usted quiera, pero desde que me lo contaron, la bribona antigua se ha crecido a mis ojos y me parece menos arrastrada que la moderna.

—Este mundo, hija mía, está lleno de maldades. A donde quiera que mira una, no ve más que pecados, y pecados cada vez más gordos, porque la humanidad parece que se vuelve de día en día más descarada y menos temerosa de Dios... ¡Quién había de decir que esa muchacha, esa Aurorita, que parecía tan buena, tan lista...! No, como lista, ya lo es; aunque la otra lo ha sido más... ¿Y qué dice Bárbara? Estaba encantada con ella, y todos los días iba al obrador a verla trabajar... Pero cállate, que aquí viene tu señora suegra...

Barbarita y la pareja se encontraron.

—Ya no alcanzas la del señor cura... ¡Qué horas de ir a misa!

—Pero si no me han dejado salir en toda la mañana... Mira, Jacinta, allí tienes a tu marido llama que te llama... Entré y... "Que dónde estabas tú. Que qué tenías tú que hacer en la calle tan temprano." Conque bien puedes darte prisa.

—Que espere... Pues no faltaba más... —replicó Jacinta con tedio—. Que tenga paciencia, que también la tienen los demás.

—Y vosotras, ¿de dónde venís?

—¿Nosotras? De ver amas de cría —dijo la santa sonriendo.

—¡Amas de cría!...

—Sí, no es broma... Amas, amas, amas.

—¡Qué graciosa estás hoy!...

—Pues qué, ¿no te ha dicho esta tonta que hemos encontrado otro *Pituso?*

Barbarita se echó a reír con donaire.

—Pero qué, ¿os han dado otro timo?

—¡Quia!, ahora no. Éste es auténtico... Éste es de ley; *no tiene hoja,* como el otro, por quien perdiste la chaveta.

—¡Bah!, no quiero oírte... —repuso Barbarita con humor festivo, y se separó de ellas para ir presurosa a la iglesia.

—Oye..., mira —dijo Guillermina llamándola—. Cuando salgas, date una vuelta por las tiendas. Allí tienes a tu corredor, Estupiñá el Grande. Aguarda, oye; te compras una buena cuna...

La dama se reía; todas se reían.

## XI

El dictamen de Quevedo no fue alarmante con respecto a la madre; pero al chico le dio el comadrón malas noticias, anunciándole que se quedaba sin provisiones. Por la tarde, Plácido comunicó a la señora que la mujer aquella se negaba a poner a su hijo en pechos de nodriza, aunque ésta fuese bajada del Cielo; insistía en que tenía leche; el niño berreaba, dando a entender que su mamá faltaba descaradamente a la verdad...

—En fin, señora —agregó Estupiñá con oficiosidad sañuda—, que a esa mujer hay que matarla. Es más mala que arrancada, y lo que ella quiere es que la criaturita perezca...

Fue allá la fundadora, y se alegró de encontrar a Ballester en la sala.

—A ver si la convence usted de que no puede criar. La pobre, como tiene la cabeza un tanto débil y trastornada, se figura que le van a quitar a su hijo... Y no es eso, no es eso... Hay interés en que le críe bien.

—Ya se lo he dicho... Casi he empleado las mismas palabras, señora... Pero si viera usted... Hállase hoy en un estado de apatía y tristeza que no me hace maldita gracia. No hay medio de sacarle una respuesta a nada de lo que se le dice. Tiene el chico en brazos, y cuando le hablan de amas o de que ella se está secando, le aprieta, le aprieta tanto contra sí, que me temo que en una de éstas le ahogue.

—Todo sea por Dios... Entraré a ver a la fiera, y trataremos de amansarla.

Sin abandonar aquella actitud de desconfianza y miedo, Fortunata pareció alegrarse de ver a Guillermina, que la saludó con extremada amabilidad, demostrando un gran interés por ella y por su niño.

—¡Qué gusto verla a usted! —exclamó la pecadora sin moverse—. Tenía yo ganas de que viniera para decirle una cosa...

—Pues ya me la está usted diciendo, porque me voy a escape.

La infeliz joven puso el nene a su lado, mostrando menos desconfianza; pero le rodeó con su brazo en ademán de protección.

—¿Pero me le quitará?... Diga si me le quería quitar... Fuera bromas. Lo que usted me diga lo creeré.

—Muchas gracias, amiga mía... Me toma por ladrona de chiquillos. No sabía yo que soy bruja...

—No; es que..., verá. Yo pensaba que me lo iban a quitar, por lo mala que he sido. Pero eso no tiene que ver, ¿verdad? Pues ahora soy mucho más mala. ¡Ay! señora, he cometido un pecado tan grande, tan regrande, que no creo que me lo perdone Dios.

—¿Apostamos a que es cualquier tontería? (inclinándose hacia ella y acariciándole la barba).

—¡Ay, señora, ojalá fuera tontería!... Voy a decírselo... Pero no me riña mucho... Pues anoche estuvo aquí mi marido, hablamos, y le di veinte duros para que comprara un revólver. El revólver es para matar a *ése* y a *ésa*..., sobre todo a la francesota, infame, traicionera...

Guillermina recibió impresión muy fuerte con estas palabras; pero hizo un esfuerzo por aparentar que no perdía su serenidad.

—Fuertecillo es; sí, señora... Pero su marido de usted no hará nada. He hablado con él y me ha parecido muy razonable.

—La razón es su tema..., pero no hay que fiar... Lo que es los tiros, crea usted que no se le escapan. Yo le calenté bien la cabeza... Toda aquella sabiduría que ahora tiene se la quité con las cosas que le dije... Se volvió loco otra vez, señora; le prometí quererle como él me quiso a mí, y crea usted que hice la promesa con voluntad.

—Me hace usted temblar (alarmándose). Vamos, el pecado ese es de lo más atroz que puede haber. Él, si los mata, peca menos que usted, por haberle mandado que lo hiciera, acalorándole con promesas.

—Lo mismo me parece a mí, y por eso he estado con miedo toda la noche.

—Si usted reconoce que ha hecho mal, y le pide perdón a Dios de su mala intención y procura limpiarse de ella, Dios tendrá piedad de la pecadora.

—Es que..., verá usted..., estoy arrepentida por mitad. ¡Matarle a él! ¿Sabe usted que me da lástima? No, no, que no le mate... Pero lo que es a esa bribona, tramposa, embustera... ¿Pues no tiene la poca vergüenza de creer que tendrá hijos?... ¡Hijos ella!... Dígame usted, ¿qué se pierde con que se vaya para el otro mundo un trasto semejante?

Esto lo decía con tanta naturalidad, que Guillermina, por un instante, no supo si indignarse o tomarlo a risa.

—Vaya, que las ideas de usted me gustan... Se me figura que marido y mujer allá se van... en sabiduría. Si usted no se desdice al momento de todos esos disparates, me voy y no vuelve a verme en su vida más. No se puede tolerar esto...

—¿De modo que a esa tía *monstrua* no se le da un castigo?... Eso sí que está bueno. Y seguirá riéndose de nosotras... No lo entiendo.

—Dios es el que castiga; nosotros aprendemos.

Ambas callaron, mirándose.

—Tengo que traerle a usted un confesor. Usted no está buena ni del cuerpo ni del alma. Pues digo, si lo que Dios no quiera, sobreviene la muerte a la hora menos pensada, y la coge así, le cayó la lotería.

—Si me muero, me llevo a mi hijo conmigo —dijo la diabla, volviéndole a coger y estrechándole contra sí.

—Otra barbaridad. Hoy estamos de vena.

—¿Pues no es mío? ¿No le he dado yo la vida? (con febril impaciencia y ardor).

—¡Cómo!... ¿darle vida usted? Hija, no tiene usted pocas pretensiones. También quiere ponerse en competencia con el Creador del mundo y de todas las cosas... Vamos, lo mejor es que me eche a reír... En fin, estamos aquí como dos tontas, y hay que poner las cosas en su lugar. Tiene usted que llamar a su marido y decirle que para quererle como Dios manda, es preciso que no mate a nadie, absolutamente a nadie. ¿Lo hará usted?

—Si usted me lo manda sí... ¡Ay!, yo creí que matar al que nos engaña, al que nos vende, no es pecado... Vamos, que no era pecado muy gordo, muy gordo. Anoche me trastorné, lo conozco; se me subió la hiel a la cabeza. ¡Le tengo tanta rabia a esa...! Digo yo que se puede tener rabia a otra persona, desear que la maten, y sin embargo no ser una mala.

Incorporóse para expresar con mímica más persuasiva un argumento que se le había ocurrido y que creía de gran fuerza:

—Vamos a ver, señora. ¿A que la dejo callada ahora? ¿a que, sabiendo usted tanto como sabe, no me devuelve ésta?

—¿Qué?

—Esta razón. Vamos a ver. La señorita Jacinta es, como quien dice, un ángel... Todos la llaman así... Bueno; pues con todo su mérito y su *santificación,* ¿no se alegraría ella de que me quitaran a mí de en medio?

Se volvió a reclinar en las almohadas, satisfecha, esperando la respuesta, con la seguridad de que la santa no tenía más remedio que mentir para no darle la razón.

—¿Qué está usted diciendo? —replicó Guillermina indignada—. ¡Jacinta desear que maten a nadie!... ¡O usted es tonta o ha perdido el juicio!

—Vamos... Pues bueno, diré otra cosa (retirándose a la segunda paralela después de rechazada en la primera). ¿No se alegrará la señorita de que yo me muera?...

—¿Alegrarse... de que usted se muera..., de que se la lleve Dios?... (titubeando). Tampoco..., tampoco... Jacinta no desea el mal del prójimo, y sabe que debemos amar a nuestros enemigos y hacer bien a los que nos aborrecen.

Con un *ju ju* melancólico expresaba Fortunata su incredulidad.

—¡Ay! ¿no lo cree?...

—¡Que me desea bien a mí! *Tié* gracia.

—Jacinta no sabe tener rencor..., ni se acuerda de usted para nada...

—Pero de eso a que me mire con buenos ojos...

—Pues no faltaba más sino que la quisiera a usted como me quiere a mí... Por cierto que ha hecho la niña merecimientos para ello. Conque la perdone debe darse por satisfecha...

—¿Y me perdona de verdad?... ¿pero es de verdad?

—¿Pues qué duda tiene? Usted, como no sabe lo que es fe, ni temor de Dios, ni nada, no comprende esto.

—¿Y podría ser mi amiga?

—Hija, tanto como amiga... Eso ya es un poco fuerte (no pudiendo contener la risa). Vamos, que no pide usted poco... Ahora quiere que después de lo que ha pasado partan un piñón...

—¡Amigas!... —repitió la diabla frunciendo las cejas—. Por más que usted diga, no me puede ver, mayormente ahora que he tenido un hijo y ella no... Y lo que es ahora, ya no lo tiene, está visto... Que no le dé vueltas.

Como Ballester se acercara a la puerta de la alcoba cuando oía reír a la santa, ésta le dijo:

—Entre usted si quiere divertirse, pues esto es una comedia. Su amiga de usted está por conquistar. ¡Qué ideas tiene! Por cierto que yo le voy a traer al padre Nones. Tenemos que darle una limpia buena. En fin, me retiro, que con estas tonterías se me va la mañana.

Se levantó, y Fortunata le tiró del vestido para hacerla sentar otra vez.

—Una duda me queda, señora. Sáqueme de ella.

—Veamos esa duda..., otro despropósito. ¡Ay, qué cabeza!

—Siéntese usted un momento, que le voy a hacer otra pregunta. Dígame (bajando la voz), ¿Jacinta faltó o no faltó con aquel caballero?

—¡Ave María Purísima!... ¿con qué caballero?

—Con aquel que se murió de repente...

—Cállese, cállese o le pego...

—No, si yo no lo creo ya. Lo creía; pero como fue la indecente de Aurora quien me lo dijo, ya dejé de creerlo..., sólo que tenía un poquito de duda.

—¿Esa...? (con soberano desprecio). ¡Y se atrevía a decir...!

—Si es lo más mala... Usted no puede figurarse lo mala que es (con la mayor buena fe). aquí donde usted me ve, yo, al lado de ella, soy un ángel.

—Lo creo (sonriendo). No nos ocupemos de esas miserias... ¡Jacinta faltar! Estas pecadoras empedernidas creen que todas son como ellas...

—No, si yo no lo creo, señora; si no lo creí (muy apurada) Ella fue la que lo dijo y lo creía... ¿Sabe una cosa? (atrayéndola a sí y hablándole en secreto). Créame esto que le voy a decir... Uno de los motivos por que le pegué fue el haber dicho eso, el haberme encajado la bola de que Jacinta era como nosotras... Y dígame: ¿no merecía el morrazo que le di con la llave por afrentar a nuestra amiguita?... ¿No lo merecía? Claro que sí...

Guillermina estaba confusa; no sabía si aprobar o desaprobar...

—Quedamos en una cosa —dijo levantándose—: mañana vendrá el padre Nones para usted, y para este ternerito un ama asturiana que, según dice Estupiñá...

—Ama, no... ¿para qué? Si puedo... ¿No ha visto lo satisfecho que está el rey de la casa? ¿No es verdad, rico, que para nada te hacen falta amas? Su mamá, su mamá le da al niño todo lo que quiere.

—El señor de Quevedo sabe más que usted... Aquí no se hace más que lo que yo mando —declaró la santa con aquel ademán y tono autoritarios a los cuales nadie se podía oponer—. Si de aquí a mañana Quevedo no varía de opinión, vendrá la nodriza. Usted se calla y obedece... Yo pago y dispongo. Conque a cuidarse, y ya hablaremos. El *excelentísimo* señor de Ballester queda encargado de la ejecución del presente decreto.

## XII

Por la tarde llegó doña Lupe muy alarmada buscando a Maximiliano, a quien suponía allí. No pasó de la sala, ni quiso ver a Fortunata, de quien dijo que la compadecía, pero que no podía tener ninguna clase de relaciones con ella. En la sala cuchicheó *la ministra* con Segismundo contándole lo ocurrido. Pues ahí era nada: Maximiliano había comprado un revólver... ¿Pero quién diablos le dio el dinero? Descubriólo la señora por una casualidad... Le dio el olor, al verle entrar con un bulto entre papeles. Lo peor del caso fue que no pudo quitárselo. Salió escapado de la casa, y al poco rato los del herrero del bajo vinieron diciendo que le habían visto en la Ronda pegando tiros contra la tapia de la fábrica del Gas, como para ejercitarse... ¡Ay! *la de los Pavos* estaba aterrada. Toda aquella sabiduría lógica, que el pobre chico tenía en la cabeza, se le había convertido en humo sin duda. Y lo peor era que no había ido a almorzar, ni se sabía su paradero...

—Tenemos que dar parte a la policía, para evitar que haga cualquier barbaridad. Yo pensé que habría venido aquí, y corrí desalada... ¿Dónde demonios estará? Ballester, por Dios, averígüelo usted y sáqueme de este conflicto. Usted es la única persona que le domina cuando se pone así... Salga a ver si le encuentra; yo se lo ruego.

A esto replicó el buen farmacéutico que no podía repicar y andar en la procesión. Fuese la de Jáuregui desconsoladísima, con intento de ver al señor de Torquemada, faro luminoso que le marcaba el puerto en todas las borrascas de la vida.

Fortunata había oído la voz de doña Lupe, y cuando ésta se retiró, quiso que Ballester le explicase qué traía por allí.

—Pues nada, que *la ministra* esa quiere meter aquí las narices, y ver a usted, y hablarle y decirle cosas que sin duda la marearán.

—¡Ah! que no entre... No la puedo ver. Creo que me pondré mala si la veo. Y de mi marido, ¿qué dijo?

—No le nombró.

—Pues tampoco a Maxi le quiero ver... No sabe usted lo mal que me sienta verle y hablar con él... Me trastorna. No les deje usted pasar. Que se vayan a los infiernos. ¡Estoy tan tranquila aquí solita con mi hijo, y los amigos que me protegen!... ¡Que no vengan, por Dios! ¿Usted me promete que no vendrán?

Lo pedía con terror suplicante. Ballester, deshaciéndose en demostraciones de caballerosidad protectora y de fraternal hidalguía, le dijo que los Rubín grandes y chicos, así los de carne y hueso como los que tenían pechos de algodón, no entrarían en aquella alcoba sino pasando sobre su cadáver.

Toda aquella tarde estuvo la joven con la idea fija de lo antipáticos que eran los Rubín, y de lo que ella haría para no recibirlos si a verla iban. El buen Segismundo se esforzaba en tranquilizarla sobre este particular, y habiendo observado que el recuerdo de otras personas excitaba y encendía su ánimo favorablemente, le habló de doña Guillermina y de su hermosa vida.

—¿Sabe lo que me dijo al salir? Pues que si se le ofrece a usted algo no estando yo aquí, avise a don Plácido, al cual se ha encargado que se ponga a las órdenes de usted si lo necesitara.

—Claro —dijo Fortunata rebosando de orgullo inocente—, como que Plácido es todo *de la casa*, y desde chiquito no hace más que llevar recados de los señores, y servirles en mil menudencias. Es un buen hombre, y yo le quiero mucho... Y a doña Bárbara, ¿la conoce usted? Yo tampoco... Pero cuando Jacinta y yo seamos amigas, también lo seré de doña Bárbara... Francamente, estoy admirada del cariño que le tengo ahora a *la mona del Cielo*, cuando en otro tiempo, sólo de pensar en ella me ponía mala. Verdad que no acababa de aborrecerla, quiere decirse, que la aborrecía y me gustaba..., cosa rara, ¿verdad? Ahora seremos amigas, crea usted que seremos amigas... ¿Lo duda usted?

—¿Cómo he de dudar eso, criatura?

—Es que usted parece como que se sonríe un poquitín, cuando me lo oye decir.

—Está usted viendo visiones. Bueno va...

—Pues, aunque usted se guasee, seremos amigas..., y nadie tendrá que decir de mí ni esto, para que usted lo sepa... Porque voy a portarme... ¡Cristo, cómo me voy a portar ahora! Mi hijo, mi hijo, y nada más... Vaya, ¿me sostendrá usted que no se sonríe ahora?

—Sí, pero es de satisfacción, por verla a usted tan regenerada... ¡Quién le tose a usted ahora, hallándose en relaciones con personas de la corte celestial!...

—Y nada más... ¿Pues qué se creía usted?

Se sofocaba tanto, que el farmacéutico creyó prudente llevar la conversación a un terreno insignificante; pero Fortunata se las componía para volver a lo mismo, a que ella y la *Delfina* iban a ser uña y carne, y a que su conducta en lo sucesivo había de ser como de quien está en escuela de serafines.

—Aquí donde usted me ve, amigo Ballester, yo también puedo ser ángel, poniéndome a ello. Todo está en ponerse... Y es cosa muy sencilla. Al menos a mí me parece que no me ha de costar ningún trabajo. Lo siento yo aquí *entre mí.*

—Depende también de las personas con quien uno se junta —le dijo su amigo muy serio—. Hablemos ahora de otra cosa. De ciertos atrevimientos que yo tenía y tengo respeto a usted, no quiero decirle nada, porque se nos va a hacer santa... Aunque todo podía conciliarse, me parece a mí, ser santa y querer a este hijo de Dios... Pero en fin, vuelvo la hoja. ¿Sabe usted que si me descuido pierdo mi colocación en la botica de Samaniego? Si doña Casta sabe que estas ausencias mías son para venir a visitar a la que le tomó las medidas a su niña, al instante me limpia el comedero. Por eso no puedo tirar mucho de la cuerda, y esta noche no vendré. Tengo que quedarme de guardia. Yo rompería con todo, si no fuera porque me será difícil encontrar colocación inmediatamente, y crea usted que un período de vacaciones me balda... Por mí no me importaría; pero a mi madre y a mi hermana no quiero hacerlas ayunar. El pobre *pensador,* mi ilustre cuñado, está mal de intereses, y si yo no tiro del carro, los ayes y lamentos pidiendo pan se han de oír en Algeciras.

—Pero no sea usted tonto —dijo Fortunata con aquel arranque de generosidad, que en ella era tan común—. Yo tengo *guita.* Si quiere mandar a paseo a *las Samaniegas,* mándelas. Que se fastidien, que se arruinen, que coman piedras... Yo le doy a usted lo que necesite para su madre y para el *pensador,* hasta que encuentre otra botica... Tenga confianza conmigo... O *semos* o no *semos.*

Ballester era tan delicado, que de sólo oír tal proposición, le salieron los colores a la cara, y se excusó con expresiones de gratitud. Poco después de anochecer se retiró dando las órdenes más rigurosas a los hermanos Izquierdo con respecto a visitas. Si algún Rubín, fuese quien fuese, se presentaba, no abrir. Dejó sobre la mesa de la sala un arsenal de medicamentos, y a Fortunata le recomendó la quietud, y que *diese con la puerta del cerebro en los hocicos* a toda idea triste que se presentara.

Izquierdo se plantó de centinela en la sala, acompañado de una grande de cerveza, y por si la grande no era bastante para pasar la noche, llevó también una chica de añadidura. Segunda regresó a las diez, después de la horita de tertulia que solía pasar en el puesto de carne, y viendo a su sobrina muy despabilada, le dio un poco de palique.

—¿Sabes a quién he visto? a la

tía ésa, *la de los Pavos.* Fue a buscarme al cajón, muy ofendida porque el señor Ballester no la dejó entrar a verte. Anda a caza del sobrino que se les escapó esta mañana, y todavía no ha parecido. ¿Sabes lo que me dijo? Te lo cuento para que te rías. Dice que *las Samaniegas* están trinando contigo, y que la viejona aquella, doña Casta, no parará hasta no verte en el *Modelo.* ¡Qué comedia! Ríete, que eso es envidia. Pues verás. La tía esa indecente, *la Fenelona,* francesota, más mala que el no comer, dice que este hijo que tienes no es hijo de quien es, sino de don Segismundo. Tú ríete, tonta, que eso no es más que envidia.

La prójima no chistó; pero bien se conocía que aquellas palabras habían hecho en su espíritu en efecto desastroso. Cuando se quedó sola, no le fue posible contener los impulsos de levantarse. La rabia surgió terrible en su alma, y sin reparar en lo que hacía, incorporóse en el lecho, alargando las manos a la percha para coger su ropa... "Ahora mismo, ahora mismo voy, y con esta zapatilla le aporreo la cara hasta chafarle la nariz..., trasto, indecente. ¡Decir eso!... ¡una mentira tan grande! ¿Pero qué hora es? ¡Si están dando las doce! Sea la hora que quiera, saldré, no me puedo contener... Voy, entro en la casa, la saco a rastras de la cama, me paseo por encima de su alma... ¡Decir eso, decir eso...! sin creerlo, porque ella no lo cree. ¡Lo dice por deshonrarme! Antes calumnió a Jacinta, y ahora me calumnia a mí."

Se sentó en la cama, entreviendo, a pesar de lo ofuscado que su espíritu estaba, las dificultades de la empresa. "Si lo dejo para mañana, ya no iré, porque me lo quitarán de la cabeza... Y yo le he de refregar la jeta con la suela de mis botas. Si no lo hago, Dios mío, me va a ser imposible ser ángel, y no podré tener santidad. Como no haga esto, tendré que volver a ser mala; lo conozco en mí."

Y tan pronto se ponía una pieza de ropa como se la quitaba, con vacilación horrible, fluctuando entre los ímpetus formidables de su deseo y el sentimiento de la imposibilidad. Por fin se vistió, y saliendo a la sala, vio a su tío dormido, de bruces sobre la mesa, junto a la luz, la botella grande a su lado, medio vacía. "Podría salir sin que me sintiera nadie... ¿Y si despertara a mi tío y le dijera que viniese conmigo?..." La idea de asociar a *Platón* a su temeraria empresa, hízole ver la realidad, y lo disparatado de aquella idea. "Pues lo que es mañana temprano —se dijo volviendo a la alcoba—, mañana tempranito, antes de que salga para el obrador, voy y la acogoto..."

Al mirar a su hijo, la llama de su ira se avivó más. "¡Decir que no es hijo de su padre!... ¡Qué infamia! La despedazaría sin compasión ninguna. ¡Inocente! ¡tan chiquito y ya le quieren deshonrar! Pero no le deshonrarán, no, porque aquí está su madre para defenderle; y al que me diga que éste no es el *hijo de la casa* le saco los ojos. *Él* no puede haberlo dicho... a mí me la soltó, pero fue así como en broma. *Él* no puede haberlo dicho, y si yo supiera que lo había dicho, juro por esta cruz (haciéndola con los dedos y besándola), por esta cruz en que te mataron, Cristo mío, juro que le he de aborrecer..., pero aborrecerle de cuajo, no de mentirijillas... ¡Ay Dios mío! (echándose en la cama, acongojadísima). Si le dicen esta mentira tan gorda a Guillermina y a Jacinta, ¿la creerán?... Puede que sí... Todo lo malo se cree, y lo malo que de mí se diga, se cree más... Pero no, puede que no lo crean... Es muy atroz el embuste. Esto no lo puede creer nadie, no puede ser, no puede ser, y primero creerán que el mundo se vuelve del revés, y que el día se hace noche, y el sol luna, y el agua fuego. Y si alguien lo creyera, él lo desmentiría; estoy segura de que lo desmentiría. Yo no he faltado, yo no he faltado (alzando la voz), y quien diga que yo he faltado, miente, y merece que se le arranque la lengua con unas tenazas de hierro echando fuego. Quieren que yo me pierda; pero por más que hagan esos perros, no me quitarán, Dios mío, que yo sea tan ángel como otra cualquiera. Que rabien, que rabien, porque lo seré, lo seré."

Estaba inquietísima, dando vueltas en la cama. El hijito pidió y tomó el pecho; pero no debía de encontrar muy abundante el repuesto, cuando a cada instante apartaba su boca, chillando desesperadamente. A sus gritos de necesidad y desconsuelo, uníanse los de su madre, que decía:

—Hijo de mi alma... Qué, ¿no hay?... Ésa, esa bruja ratera tiene la culpa; ella te lo ha quitado. Ya verás cómo la arregla tu mamá... Pobretín, tan chiquitito y ya le quieren deshonrar... Y mi niño es el rey de España y nada tiene que ver con Ballester, que es su amiguito y nada más... Y mi niño es de quien es, y no hay otro en *la casa,* ni le habrá, ¿verdad?... ¿verdad, gloria, cielo, alegría del mundo?

## XIII

Todo esto era muy bonito y muy tierno; pero la leche no parecía, por lo cual Juan Evaristo no se daba por satisfecho con aquellas expresiones de tan poco valor en la práctica. Los alaridos que la madre y el hijo daban, cada uno en su registro, no despertaron a José Izquierdo, pues éste era hombre que en cogiendo la mona, no le enderezaba un cañón; pero sí sacaron de su letargo a Segunda, que fue a ver lo que ocurría, y hallando a su sobrina medio vestida, se puso hecha una furia y por poco le pega.

—Mira que te estrello, si das en hacer funciones de comedia —le dijo con aquellas formas exquisitas que usaba—. ¿Pero no ves, burra, no ves que se te ha retirado la leche, y el pobrecito no tiene qué mamar?

Por fortuna, entre las cosas que dejó Ballester en previsión de todos los contratiempos posibles, había un biberón muy majo. Segunda, con determinación rápida, lo llenó de leche (de la cual tenía por casualidad un par de copas) y probó a dárselo al chico. Éste al principio extrañaba la dureza y frialdad de aquel pezón que en su boquita le metían. Hizo algunos ascos; pero al fin pudo más el hambre que los remilgos, y apencó con la teta artificial.

—Mira, mira, qué pronto se hace a todo el angelito. ¡Si es lo más noble...! Rico..., ¡qué carpanta estábamos pasando!

La madre le miraba con desconsuelo, aunque contenta de que se hubiera encontrado forma y manera de vencer la dificultad.

—¿Sabes una cosa? —le dijo su tía, poniéndole la mano en la cara—. Tienes calentura... Eso es por ponerte a pensar lo que no debes. Si hicieras caso de mí, ahora que vas a ser la reina del mundo!... Porque lo que es tu tanto mensual te lo tienen que dar. De eso hablamos *la de los Pavos* y yo... Vaya, pues no vas tú a ser ahora poco señora...! Chica, chica, no te hagas de miel; levanta tu cabeza. ¡Aire!... ¿Pues no ves que las señoronas esas te hacen la rueda? Como que serás una potentada, y yo que tú, no paraba hasta que la Jacinta viniera a besarme la zapatilla. Pues qué..., ¿crees que él no ha de venir también? Ya le llamará la sangre, y en cuantito que vea a este retrato suyo, se le caerá la baba... y..., chica, créemelo, hasta coche vamos a tener..., ¡qué comedia! Cuando digo que estaremos en grande! Vendrá, vendrá él, y te aseguro que si tarda cuatro días es mucho tardar. ¿No ves que esa familia no tiene un nene que la alegre?... si se están todos muriendo de ganas de chiquillo!... Tú, trabájalo bien, que nos ha venido Dios a ver con este hijo de nuestras entrañas... Yo estoy muy orgullosa, porque el Santa Cruz es como hay Dios; pero su poco de Izquierdo no se lo quita nadie: las dos familias están de enhorabuena... Ya he empezado yo a sacudirme las pulgas, y esta tarde le eché su puntadita a Plácido para que nos diera la casa gratis... ¿Qué te crees?... Si están los Santa Cruz con tu hijo como chiquillos con zapatos nuevos... Te diré una cosa que no sabes. Ayer estuvo la Jacinta en casa de don Plácido... Quería subir a verle; pero esa otra, la santona, le dijo que otro día, por si tú te remontabas... Conque vete enterando. ...¡Ah! ¡Quién me lo había de decir!... Todavía me he de ver yo cogida al brazo de don Baldomero, dando vueltas en la Castellana..., ¡y poco charol que me voy a dar!... Si es una comedia... Tú date tono, no seas boba..., que si sabemos aprovecharnos, de esta hecha vamos para marquesas.

Fortunata, desde que su tía empezó a hablar, lloraba a lágrima suelta; pero al oír lo de que iban a ser marquesas, una ráfaga de jovialidad pasó por encima de la onda de tristeza, y la joven se echó a reír con la cara anegada en llanto.

—No, no te rías; tanto como marquesas no; ni para qué queremos nosotras ser *títulas;* pero lo que es nuestro coche no nos lo quita nadie... Yo te aseguro que si hoy viene la Jacinta, tiene que subir... Verás qué prontito viene el otro... Claro, cuando no esté aquí su mujer... Me *paice* a mí que su mujer, de esta hecha se tendrá que ir a plantar cebollino. Tú, tú eres la que va a subir al trono ahora, o no hay equidad en la tierra... Y no digan que eres casada y que tu hijo se tiene que llamar Rubín... ¡Qué comedia! Tú eres mayormente viuda y libre, porque a tu marido cuéntale como que está en gloria... Y bien saben todos que a la vuelta lo venden tinto, y el chico en la cara trae la casta, y lo que es la pensión verás cómo te la dan.

Fortunata no se rió más, ni Segunda dijo nada que excitase su hilaridad. Hasta la madrugada estuvo la tía acompañándola, y viéndola relativamente sosegada, se fue a descabezar un sueño antes de bajar al mercado A poco de quedarse sola, la joven sintió dentro de sí una cosa extraña. Se le nublaron los ojos, y se le desprendía algo en su interior, como cuando vino al mundo Juan Evaristo; sólo que era sin dolor ninguno. No pudo apreciar bien aquel fenómeno, porque se quedó desvanecida. Al volver en sí advirtió que era ya día claro, y oyó el piar de los pajarillos que tenían su cuartel general en los árboles de la Plaza Mayor y en las crines de bronce del caballo de Felipe III. Fue a coger a su hijo en brazos y apenas podía con él. Le faltaban las fuerzas, ¡pero de qué manera!, y hasta la vista parecía amenguársele y pervertírsele, porque veía los objetos desfigurados y se equivocaba a cada momento, creyendo ver lo que no existía. Se asustó mucho y llamó; pero nadie vino en su auxilio. Después de llamar como unas tres veces, fue a llamar la cuarta, y... aquello sí era grave; no tenía voz, no le sonaba la voz, se le quedaba la intención de la palabra en la garganta sin poderla pronunciar. Dio algunos toques con los nudillos en el tabique; pero al fin su mano se quedó como si fuera de algodón: daba golpes con ella, y los golpes no sonaban. También podía ser que sonaran y ella no los oyera. Pero ¿cómo no los oía Segunda, que estaba al otro lado del tabique? Luego, el brazo se puso también como carne muerta, resistiéndose a moverse. "¿Será que me estoy muriendo?", pensó la joven, echando miradas a su interior. Pero poco pudo ver allí, por estar el interior a oscuras o fantásticamente iluminado. Todas sus ideas sufrieron trastornos más o menos febriles, las imágenes se disfrazaron, cual si fuesen a las máscaras, tomando cara y apariencia de lo que no eran, y la única sensación dominante con alguna claridad en aquel desorden fue la de estar inmóvil y rígida, con los movimientos involuntarios suspendidos y los voluntarios desobedientes al deseo. A su parecer no respiraba; el oído y la vista daban de rato en rato alguna impresión fugaz de la vida exterior; pero estas impresiones eran como algo que pasaba, siempre de izquierda a derecha. Creyó ver a Segunda y oírla hablar con Encarnación; pero hablaban a la carrera, como seres endemoniados, pasando y perdiéndose en un término vago que caía hacia la mano derecha. El piar de pájaros también se precipitaba en aquel sombrío confín, y los chillidos con que Juan Evaristo pedía su biberón.

Pasado cierto tiempo, indeterminado para ella, recobró sus sentidos y pudo moverse, apreciando fácilmente la realidad.

—¿Quién eres tú? —preguntó a Encarnación, única persona que estaba a su lado—. ¡Ah! ya te conozco... ¡Qué tonta soy! ¿No está mi tía?

Díjole la chiquilla que la señá Segunda había bajado al mercado, y que subió con la leche para el niño, y después se volvió a marchar. Sacó Fortunata de aquel desvanecimiento una convicción que se afianzaba en su alma como las ideas primarias, la convicción de que se iba a morir aquella mañana. Sentía la herida allá dentro, sin saber dónde, herida o descomposición irremediables, que la conciencia fisiológica revelaba con diagnóstico infalible, semejante a inspiración o numen profético. La cabeza se le había serenado; la respiración era fácil aunque corta; la debilidad crecía atrozmente en las extremidades. Pero mientras la personalidad física se extinguía, la moral, concentrándose en una sola idea, se determinaba con desusado vigor y fortaleza. En aquella idea vaciaba, como en un molde, todo lo bueno que ella podía pensar y sentir; en aquella idea estampaba con sencilla fórmula el perfil más hermoso y quizás menos humano de su carácter, para dejar tras sí una impresión clara y enérgica de él. "Si me descuido —pensó con gran ansiedad—, me cogerá la muerte, y no podré hacer esto..., ¡qué gran idea!... Ocurrírseme tal cosa es señal de que voy a ir derecha al Cielo... Pronto, pronto, que la vida se me va..." Llamando a Encarnación, le dijo:

—Chiquilla, vete corriendito al cuarto de abajo, y le dices a don Plácido que le necesito..., ¿entiendes?, que le necesito, que suba... Anda, no te detengas. Ya debe de estar ahí, de vuelta de la iglesia, tomándose su chocolate... Anda prontito, hija, y te lo agradeceré mucho.

En el tiempo que estuvo fuera Encarnación, la diabla no hizo más que dar a su hijo muchos besos, diciéndole mil ternezas. El chico estaba despierto, y callado la miraba, y aunque nada decía, a ella se le figuró que hablaba... "Estarás tan ricamente..., hijo mío. No te querrán tanto como yo, pero sí un poquito menos... Me estoy muriendo..., qué sé yo qué tengo... La medicina esa... yo la tomaría..., ¿dónde está?... ¡Encarnación!... Pero se ha ido abajo... Parece que me voy en sangre... Hijo mío, Dios me quiere separar de ti; y ello será por tu bien... Me muero; la vida se me corre fuera, como el río que va a la mar. Viva estoy todavía por causa de esta bendita idea que tengo... ¡Ah!, qué idea tan repreciosa... Con ella no necesito Sacramentos; claro, como que me lo han dicho de arriba. Siento yo aquí en mi corazón la voz del ángel que me lo dice. Tuve esta idea cuando estaba aquí sin habla, y al despertar me agarré a ella... Es la llave de la puerta del Cielo... Hijo mío, estate calladito y no chistes, que si tu mamá se va es porque Dios se lo manda... ¡Ah! don Plácido, ¿está usted ahí?..."

—Sí, señora —dijo el hablador entrando en la alcoba con los ademanes más oficiosos del mundo—. ¿Qué se le ofrece a usted? La señora me ha encargado...

—Amigo, hágame el favor de traer pluma y papel... Espere; déme la medicina..., esos polvos amarillos... ¿Cuáles? No sé... Pero deje, deje, que me tiene que escribir una carta.

—¡Una carta!... Pero antes... (revolviendo en la mesa de noche). ¿Qué medicamento quiere?

—Ninguno. ¿Ya para qué?... Ándese pronto, que me voy..., que me muero.

—¡Que se muere! Vamos..., no bromee usted.

—Don Plácido, si no me sirve para esto llamaré a otra persona. Si pudiera esperar a Ballester; pero no, no me da tiempo...

—No, hija; no hay que apurarse. Voy por el tintero.

Y no tardó cinco minutos en volver, y al entrar de nuevo en la alcoba, vio que Fortunata se había incorporado en su cama con el chiquillo en brazos, y que después, entre ella y Encarnación, le ponían bien abrigadito en su cuna de mimbres, la cual venía a ser como un canasto. Le pusieron entre las manos su biberón para que no alborotase, y cubriéronle con un pañuelo finísimo de seda. Estupiñá no entendía una palabra, ni veía la relación que la pluma y papel pudieran tener con lo que veía.

—Don Plácido —dijo Fortunata con mucha animación—, hágame el favor de escribir... Aquí no hay mesa. Chiquilla, tráele el tablero de las damas. Déjate de medicinas... ¿Para qué ya?... Vaya, don Plácido, prepárese; verá qué golpe... Se me ocurrió una idea, hace poco, cuando estaba sin habla, al punto que me entraba también la idea de mi muerte... Ponga ahí lo que yo le diga: "Señora doña Jacinta. Yo..."

—"Yo..." —repitió Plácido.

—No; hay que empezar de otra manera... No se me ocurre. ¡Qué torpe soy! ¡Ah! sí. Ponga usted. "Como el Señor se ha servido llevarme con Él, y ahora se me alcanza lo mala que he sido..." ¿Qué tal? ¿va bien así?

—"Lo mala que he sido..."

—En fin, siga usted poniendo lo que le digo...: "No quiero morirme sin hacerle a usted una fineza, y le mando a usted, por mano del amigo don Plácido, ese *mono del Cielo* que su esposo de usted me dio a mí, equivocadamente..." No, no. borre usted el *equivocadamente;* ponga: "que me lo dio a mí robándoselo a usted..." No, don Plácido; así no; eso está muy mal..., porque yo lo tuve..., yo, y a ella no se le ha quitado nada. Lo que hay es que yo se lo quiero dar, porque sé que ha de quererle, y porque es mi amiga... Escriba usted: "Para que se consuele de los tragos amargos que le hace pasar su maridillo, ahí le mando al verdadero *Pituso.* Éste no es falso, es legítimo y *natural,* como usted verá en su cara. Le suplico..."

—"Le suplico..."

—Usted póngalo todo muy clarito, don Plácido; yo le doy la idea. Pues "le suplico que le mire como hijo y que le tenga por *natural* suyo y del padre..., y mande a su segura servidora y amiga, que besa su mano..." ¿Qué tal? ¿Está con finura?... Ahora, veremos si puedo echar mi nombre... Me tiembla mucho el pulso... Tráigame la pluma...

Puso un garabato, y luego mandó a Estupiñá abriese la cómoda y sacara la inscripción de las acciones del Banco. Después de revolver mucho, fue encontrado el documento.

—Eso —dijo Fortunata— se lo da usted a mi amiga doña Guillermina.

—Pero no vale sin transferencia —replicó el hablador examinando el papel.

—¿Sin qué?

—Sin transferencia en toda regla.

—Pamplinas. Es mío, y yo lo puedo dar a quien quiera. Coja usted la pluma, y ponga que es mi voluntad que esas acciones sean para doña Guillermina Pacheco. Le echaré muchas firmas debajo, y verá si vale.

Aunque Estupiñá no creía válida aquella manera de testar, hizo lo que se le mandaba.

—Ahora, amigo —dijo ella, perdiendo gradualmente el uso de la palabra—, coja usted a mi hijo y lléveselo..., ¡ay!, déjemelo besar otra vez... Aguarde a que me muera... No; lléveselo antes de que venga mi tía, o mi marido, o doña Lupe..., gente mala. Pueden venir, y ya ve usted..., qué compromiso. No me dejarán hacer mi gusto, me enfadaré, y no me moriré tan santamente... como quiero morirme.

No dijo más. Plácido, acercándose a contemplarla, se asustó extraordinariamente. Creyó que estaba muerta o que le faltaba poco para morirse; mandó a Encarnación en busca de Segunda y de José Izquierdo, y cogiendo la cesta en que Juan Evaristo dormía, la puso en la sala. "No me determino a llevármelo —pensó el buen viejo—. Pero al mismo tiempo, si esos brutos se empeñan en impedirme que me lo lleve... ¡Ah!, no; yo cargo con él, y que tiren por donde quieran." Cogió la cesta, y bajándola a su casa con toda la rapidez que le permitían sus piernas no muy fuertes, azorado como ladrón o contrabandista, volvió a subir y se aproximó a la enferma, mirándola tan de cerca, que casi se tocaban cara con cara.

—Fortunata... *Pitusa* —murmuró echando *talmente* la voz en el oído de la joven.

A la tercera o cuarta llamada, Fortunata movió ligeramente los párpados, y, desplegando los labios, apenas dijo:

—*Nene*...

## XIV

—¡Caracoles! esta mujer se va... Y yo solo aquí con ella! y el crío allá abajo. ¡Van a decir que le he robado! Anda, los ladrones serán ellos. Que digan lo que quieran. ¿A mí, qué? Les presento el papelito firmado por ella, y en paz. ¡Pobre mujer! (contemplándola horrorizado). ¡Virgen del Carmen, si se va en sangre!... Pero esta gentuza, ¿cómo es que la abandona así? ¿No vieron el peligro? Y ese médico, ¿en qué está pensando?... ¡Qué compromiso! ¿Y qué le daría yo?... Aquí hay medicinas; se las daré. Pero ¿y si me equivoco? Cuidado con las drogas, Plácido, y no hagas una barbaridad. Esperaremos. Pero qué!... Si cuando vengan ya estará ella en el otro barrio. Dios la perdone y le dé lo que más le convenga... Es preciso tratar de animarla... (hablándole al oído). Fortunata, Fortunatita, abra usted los ojos, y no se nos muera así tan tontamente... Le traeré el Viático, siquiera la Santa Unción... ¡Eh! hija, chica... ¡Quia!, no se entera... Esto está perdido. Hija mía, piense usted en Dios y en la Santísima Virgen; invóqueles en esta hora tremenda y la ampararán... Nada, como si le hablaran en griego; no oye, o es que está tan aferrada a la maldad que no quiere que se le hable de religión. Voy a tocar otro registro (con malicia). Fortunata, buena moza, mire usted quién está aquí... Despierte y verá... ¿No le conoce? Es aquel sujeto, el señor don Juanito que viene a ver a su... dama... Mírele,

mírele tan afligido de verla a usted malita (hablando para sí). ¡Cómo se sonríe la picarona! ¡Ah! está dañada hasta el tuétano. Abre los ojos y le busca con las miradas. Es como los borrachos, que aunque estén expirando, si les nombran vino, parece que resucitan... ¡Como no se salve ésta! Al infierno se va de cabeza... Vean qué manera de arrepentirse. Le nombro a Nuestro Divino Redentor y a María Santísima del Carmen, y como si tal cosa... Sorda como una tapia. Pero le nombro al señorete, y ya la tiene usted tan avispada, queriendo vivir, y sin duda con intenciones de pecar. ¡Ah! cualquier día se salva ésta... Me parece que sube ya la tía. Oigo sus resoplidos como los de una loba marina... Sí, aquí vienen (saliendo al pasillo y hablando con Segunda, que subía sofocadísima precedida de Encarnación). ¡Vaya una calma que tiene usted! Se ha puesto muy mala, pero muy mala.

Apenas entró en la alcoba, Segunda empezó a dar gritos.

—¡Hija de mi alma, me la han matado, me la han asesinado! ¡Ay, qué carnicería! ¡Cómo está!... Me la han matado... ¿Y el niño? Nos le han robado, nos le han robado...

—Atienda a su sobrina, y vea si la puede salvar —dijo Estupiñá cogiéndola por un brazo—, y déjese de asesinatos, y de robos de hijos, y no sea usted mamarracho.

—Niña de mi alma... ¿Pero qué? Fortunata..., ¿te han matado, o qué es esto? A ver, cordera, ¿tienes heridas? *Paice* que te han dado cien puñaladas... Pero estás viva. Cuéntame qué ha sido. ¿Quién ha sido? Y tu niño, nuestro niño, ¿dónde está? ¿Te lo quitaron?...

—Llame usted al médico —indicó Plácido con ira—. ¿Dónde vive? Yo le avisaré... Y no se cuide del niño, que está mejor que quiere, y nada le falta.

—¿Pero dónde está?... Don Plácido, don Plácido —exclamó Segunda, descompuesta y furiosa—. Me parece que va usted a ir al palo... Voy a dar parte a la Justicia. Usted es un forajido, sí, señor, no me vuelvo atrás... Usted nos ha birlado la criatura.

—¡Atiza!... Pero mujer de Barrabás (retirándose por miedo a que Segunda le sacara los ojos), ¿quiere usted callarse? ¿No ve que su sobrina se muere?

—Porque usted me la ha matado, so verdugo, caribe, usted, usted.

—Dale con gracia... Habrá que ponerle un bozal. Voy a avisar a la Casa de Socorro.

—A la cárcel... es donde tiene que ir usted.

Y en aquel momento entró José Izquierdo, a quien su hermana quiso incitar para que acometiese al bueno de Estupiñá. *Platón* vacilaba, no dando a Segunda todo el crédito que ésta creía merecer.

—Ea, que me voy cargando... y quien va a traer el juez soy yo —afirmó el anciano, dando una patada—. El chico está donde debe estar, y bien saben que yo no miento. Y si no, pregúntenle a su madre.

—Hija de mi vida —chillaba Segunda, abrazando y besando a su sobrina, que si no era ya cadáver, lo parecía—. Dinos lo que te han hecho, dímelo, corazón. ¡Ay, qué dolor de hija!...

—Usted —dijo Plácido a Izquierdo autoritariamente—, corra a llamar a ese señor boticario que suele venir, el que ahora la protege. Yo avisaré a otra persona, y vamos a escape, que la muerte nos coge la delantera.

Se escabulló sin esperar la opinión de Segunda. *Platón*, comprendiendo por instinto antes que por criterio, que las órdenes de Estupiñá eran más prácticas que las de la placera, salió y fue presuroso a la calle del Ave María.

La primera persona que llegó a la casa fue Guillermina, a quien Plácido enteró por el camino de cuanto había ocurrido. Subiendo la escalera, la santa dijo a su sacristán:

—Entre usted en su casa a esperar a Jacinta que vendrá en seguida. Adviértale que no quiero que suba. En cuanto pueda, bajaré yo. A Jacinta que no se mueva de aquí y me aguarde.

Cuando la fundadora entró, la enferma continuaba en el mismo estado. Segunda, llena de consternación, no hablaba ya de asesinato, y aunque no acababa de comprender el *robo del chiquillo,* no se atrevió a mentarlo ante la señora casera. Había intentado hacerle tomar a Fortunata fuertes dosis de *ergotina;* pero no pudo conseguirlo. Apretaba los dientes, y no había medio de traerla a la razón. Guillermina tuvo más suerte o puso en ejecución mejores medios, porque logró hacerle beber algo de aquel eficaz medicamento. Hubo gran barullo, aplicación precipitada de remedios diferentes, externos e internos. La santa y la placera, ambas con igual ardor, trabajaron por atajar la vida que se iba; pero la vida no quería detenerse, y ante la ineficacia de sus esfuerzos, las dos mujeres se pararon rendidas y desconsoladas. Fortunata miraba con expresión de gratitud a su amiga, y cuando ésta le cogía la mano, trataba de hablarle; pero apenas podía articular algún monosílabo. Calladas, se hablaron mirándose.

—El padre Nones va a venir —dijo la santa—. Le mandé recado al salir de casa. Prepárese usted, hija mía, poniendo el pensamiento en Nuestro Señor Jesucristo; y como le pida perdón de sus pecados con verdadera contrición, se lo dará. ¿Se lo ha pedido usted?

Fortunata dijo que sí con la cabeza.

—Mi amiguita se ha enterado del regalo que usted le ha hecho, y está tan agradecida. Ha sido un rasgo feliz y cristiano.

En las nieblas que envolvían su pensamiento, la infeliz joven, al oír aquello del *rasgo,* se acordó de Feijóo y de sus prohibiciones; pero este recuerdo no la hizo arrepentirse de su acción.

—Jacinta me encarga que dé a usted las gracias. No le guarda ningún rencor. Al contrario; usted ha sabido arreglarse para dejar buena memoria de sí. Además, ella es de las pocas personas que saben perdonar. Imítela usted ahora, que no le vendría mal en este instante sofocar sus pasiones, amar a sus enemigos y hacer bien a los que la aborrecen. Hija mía (abrazándola), ¿ha perdonado usted al hombre que tiene la culpa de todos sus males y que la ha arrastrado tantas veces al pecado?

Fortunata dijo que sí con la cabeza, y sus miradas daban a entender que aquel perdón era de los fáciles, porque el amor andaba de por medio.

—¿Perdona usted también a esa mujer de quien se suponía ofendida, y a quien usted ofendió de palabra y de obra, con o sin motivo?

Este perdón sí que era de los duros. Callóse la santa observando a la diabla intranquila. Ésta tenía la cabeza echada hacia atrás, moviéndola sobre la almohada con cierta inquietud, y sus miradas vagaban por el techo.

—Qué, ¿duda usted?... Pues Dios, para perdonarnos, necesita saber si perdonamos nosotros antes. ¿Para qué quiere usted ahora ese odio mezquino? ¿De qué le sirve? De peso para impedirle subir al Cielo. Hay que arrojar ese plomo. (abrazándola con más cariño). Amiguita, hágalo por mí, por *el mono del Cielo,* que debe quedar aquí rodeado de bendiciones, no de maldiciones.

Fortunata se estremeció desde el cabello hasta los pies... Su respiración fatigosa indicaba el afán de vencer las resistencias físicas que entorpecían la voz.

—No necesita usted hablar —le dijo la santa—; basta que manifieste su intención respondiéndome con la cabeza. ¿Perdona usted a Aurora?

La moribunda movió la cabeza de un modo que podría pasar por afirmativo, pero con poco acento, como si no toda el alma, sino una parte de ella afirmase.

—Más, más claro.

Fortunata acentuó un poquitito más, y sus ojos se humedecieron.

—Así me gusta.

Entonces resplandeció en la cara de la infeliz señora de Rubín algo que parecía inspiración poética o religioso éxtasis, y vencida maravillosamente la postración en que estaba, tuvo arranque y palabras para decir esto:

—Yo también..., ¿no lo sabe usted?..., soy ángel...

Y algo más expresó; pero las palabras volvieron a ser ininteligibles, y en la cara le quedó una expresión de dicha inefable y reposada. La santa estuvo un instante sin saber qué actitud tomar.

—¡Ángel!... sí —dijo al fin—; lo será, si se purifica bien. Amiga querida, es preciso prepararse con formalidad. El padre Nones va a venir, y él le dará a usted consuelos que yo no puedo darle... Ahora recuerdo que usted tenía una idea maligna, origen de muchos pecados. Es preciso arrojarla y pisotearla... Busque, rebusque bien en su espíritu y verá cómo la encuentra; es aquel disparate de que el matrimonio, cuando no hay hijos, no vale..., y de que usted, por tenerlos, era la verdadera esposa de... Vamos (con extraordinaria ternura), reconozca usted que semejante idea era un error diabólico a fuerza de ser tonto, y prométame que ha de renegar de ella y que no la olvidará cuando el amigo Nones la confiese. Mire usted que si se la lleva consigo le ha de estorbar mucho por allá.

La *Pitusa* no expresaba nada, por lo cual su fervorosa amiga volvía al ataque con más brío y pasión.

—Fortunata, hija mía, por el cariño que me tiene, y que yo no me merezco, por el que yo le he tomado y que le conservaré toda mi vida, le pido que se arranque esa idea, y la arroje aquí, como si fuera un adorno de los que se ponen las pecadoras, un lunar postizo, un colorete. Eso no sirve allá, como no le sirva al demonio para hacer de las suyas... Se la arranca usted, ¿sí o no? Hágalo por mí, para que yo me quede tranquila.

Fortunata volvió a tener la llamarada en sus ojos, al modo de un reflejo de iluminación cerebral, y en su cuerpo vibraciones de gozo, como si entrara alborotadamente en ella un espíritu benigno. La voluntad y la palabra reaparecieron; pero sólo fue para decir:

—Soy ángel... ¿no lo ve?...

—Ángel, sí; bueno, esa convicción me gusta (con inquietud). Pero yo quisiera...

Interrumpió a la señora la aparición del padre Nones, que no cabía por la puerta, y tuvo que inclinarse para poder entrar. Toda la estancia se llenó de una negrura triste y severa.

—Aquí estoy, *maestra* —dijo el anciano, y la dama se levantó para dejarle el asiento.

Algo susurraron los dos antes de que ella se retirara. Nones habló cariñosamente a la enferma, que le miraba con empañados ojos, sin dar ninguna respuesta a sus palabras... Por fin, echó una voz que parecía infantil, voz quejumbrosa y dolorida, como de una tierna criatura lastimada. Lo que Nones creyó entender entre aquellas articulaciones de indefinible sentimiento fue esto:

—¿No lo sabe?... soy ángel... yo también..., *mona del Cielo.*

Y siguió su exhortación el cura, diciendo para sí: "Trabajo perdido..., cabeza trastornada."

Y en alta voz:

—Ángel, sí; pero es preciso, hija mía, confesar la fe de Cristo, consagrar a ella nuestros últimos pensamientos y pedirle con el corazón que nos perdone. Es tan bueno, tan bueno, que no niega su amparo a ningún pecador que se llegue a Él por empedernido que sea... Lo principal es tener un interior puro, un...

La miró alarmado. ¿Había dicho algo? Sí; pero Nones no pudo enterarse. Fue sin duda aquello de *soy ángel*, y luego inclinó la cabeza como quien se va a dormir. El sacerdote la miró más de cerca, y en alta voz dijo:

—Maestra, maestra, venga usted.

Entró Guillermina, y ambos la observaron.

—Creo —dijo Nones— que ha concluido. No ha podido confesar... Cabeza trastornada... ¡Pobrecita! Dice que es ángel... Dios lo verá...

La maestra y el cura se pusieron a rezar en voz alta. Segunda empezó a escandalizar, y en aquel momento llegaba Segismundo, quien sabedor en la escalera de lo que ocurría, entró en la casa y en la alcoba más muerto que vivo.

## XV

Mientras estuvo allí el padre Nones, Ballester se mantuvo en una actitud consternada, contemplando el lastimoso cuadro con el respeto que infunden los muertos, y encerrando su dolor en una compostura que tenía cierta corrección. Pero cuando no quedaron allí más testigos que la santa y Segunda, el buen farmacéutico creyó que no tenía para qué sujetar la onda impetuosa que del corazón le salía, y llegándose al cuerpo todavía caliente de su infeliz amiga, la abrazó, y estampó multitud de besos en su frente y mejillas.

—¡Ah! señora —dijo a la fundadora, secándose las lágrimas—, veo que se asombra usted de... de verme llorar así, y de estas demostraciones... Es que yo la quería mucho..., era mi amiga..., iba a ser mi querida..., digo..., no, dispense usted; éramos amigos... Usted no la conocía bien; yo sí... Era un ángel..., digo, debía serlo, podría serlo; dispense usted, señora, no sé lo que me digo; porque me ha llegado al alma esta desgracia. No la esperaba... Ha sido un descuido. Ella misma, con los disparates que hacía..., porque era de estos ángeles que hacen muchos disparates... ¿me entiende usted?... ¡Pobre mujer..., tan hermosa y tan buena!... La hemorragia ha provenido sin duda de no haberse verificado la involución... Me lo temía... La salida antes de tiempo, la agitación moral... Añada usted descuidos, falta de asistencia, de vigilancia, y de una autoridad que se le hubiera impuesto. ¡Ah! si yo hubiera estado aquí. Pero no podía, no podía. Mis obligaciones... ¡Ah! señora, crea usted que tengo el corazón destrozado, y que tardaré, tardaré en consolarme de esta pesadumbre... Le había tomado yo tanto cariño, que a todas horas la tenía en el pensamiento. Mi destino me ligaba a ella, y hubiéramos sido felices, sí, felices, créalo usted... Nos habríamos ido a otro país, a un país lejano, muy lejano. Con permiso de usted, la voy a besar otra vez. No la había besado nunca. No me atrevía, ni ella lo habría consentido, porque era la persona más honrada y honesta que usted puede imaginar.

Guillermina sentía tanto asombro como lástima ante las demostraciones de aquel buen hombre que con tanta franqueza se expresaba. Poco a poco fue tomando el dolor de Segismundo acentos más tranquilos, y sentado a la cabecera del lecho mortuorio, habló con la santa de un asunto que necesariamente y por la fuerza de la realidad se imponía.

—¡Ah! no, señora; dispense usted. Los gastos del entierro los pago yo. Quiero tener esa satisfacción. No me la quite usted, por Dios...

—Pero, hijo —replicó la fundadora—, si usted es un pobre. ¿Qué necesidad tiene de ese gasto? Si no hubiera más remedio, muy santo y muy bueno. Pero no sea usted tonto y guarde su dinero, que bastante falta le hace. Esta obligación la pagará quien debe pagarla, y no digo más: al buen entendedor...

No dándose por vencido, Ballester persistió en su idea; pero Guillermina hubo de machacar tanto, que al fin se la quitó de la cabeza. Segunda y sus dos compañeras de plazuela amortajaron a la infeliz señora de Rubín, y en tanto el farmacéutico se ocupaba con incansable actividad de los preparativos del entierro, que debía de ser a la mañana siguiente. En todo aquel día no abandonó la casa mortuoria. Al mediodía estaba solo en ella, y el cuerpo de Fortunata, ya vestido con su hábito negro de los Dolores, yacía en el lecho. Ballester no se saciaba de contemplarla, observando la serenidad de aquellas facciones que la muerte tenía ya por suyas, pero que no había devorado aún. Era el rostro como de marfil, tocado de manchas vinosas en el hueco de los ojos y en los labios, y las cejas parecían aún más finas, rasgueadas y negras de lo que eran en vida. Dos o tres moscas se habían posado sobre aquellas marchitas facciones. Segismundo sintió nuevamente deseos de besar a su amiga. ¿Qué le importaban a él las moscas? Era como cuando caían en la leche. Las sacaba, y después bebía como si tal cosa. Las moscas huyeron cuando la cara viva se inclinó sobre la muerta, y al retirarse tornaron a posarse. Entonces Ballester cubrió la faz de su amiga con un pañuelo finísimo.

Guillermina volvió más tarde. Subía del cuarto de Plácido a decir a Ballester algo referente al entierro. Un rato hablaron, y como ella se mostrase recelosa de que el marido de la difunta fuese por allá y armara un escándalo, el farmacéutico la tranquilizó diciéndole:

—No tema usted nada. Esta mañana hemos conseguido encerrarle. Está furioso el infeliz, y costó Dios y ayuda quitarle un maldito revólver que ha comprado y con el cual quiere fusilar a las pobres *Samaniegas* y a otra persona que suele pasear por el barrio. La célebre doña Lupe estaba con el alma en un hilo. Acudimos Padilla y yo, y con gran trabajo pudimos desarmar al filósofo y encerrarle en su cuarto, donde quedó dando cabezadas contra las paredes y pegando unos gritos que se oían desde la calle.

—Ya lo dije yo. Tanta y tanta lógica tenía que parar en eso... Conque ya sabe usted. A las diez habrá misa y responso en el cementerio. Y se ha dispuesto, por quien debe hacerlo, que el entierro sea de primera, coche de lujo con seis caballos; irán los niños del Hospicio... Usted dirá que esta ostentación no viene al caso.

—No, yo no digo nada.

—No tendría nada de particular que lo dijera, porque a primera vista es absurdo. Pero la complicación de causas trae la complicación de efectos, y por eso vemos en el mundo tantas cosas que nos parecen despropósitos y que nos hacen reír. Vea usted por qué yo profeso el principio de que no debemos reírnos de nada, y que todo lo que pasa, por el hecho de pasar, ya merece algo de respeto. ¿Se va usted enterando?

Algo más iba a decir; pero entró Plácido, sombrero en mano, y con ciertos aires de ayudante de campo anunció a su generala que había llegado doña Bárbara.

Bajó, pues, la santa y encontró a su amiga un poco adusta, observando los cariñosos extremos de Jacinta con aquel canario de alcoba que estaba en su poder, como si se lo hubiera encontrado en la calle o se lo hubieran puesto en una cesta a la puerta de su casa. Algo le decían también a la señora de Santa Cruz las facciones del chiquitín; pero escarmentada y previsora, se contenía por no incurrir en la ridiculez de un chasco semejante al de marras. Estaba, pues, la señora, indecisa, sin resolverse a entusiasmarse; y las razones que Guillermina le dio para convencerla no la sacaron de aquella actitud reservada y suspicaz. Los afectos que se desbordaban del corazón de la *Delfina* eran combinación armoniosa de alegría y de pena, por las circunstancias en que aquella tierna criatura había ido a sus manos. No podía apartar su pensamiento de la persona que un poco más arriba, en la misma casa, había dejado de existir aquella mañana, y se maravillaba de notar en su corazón sentimientos que eran algo más que lástima de la mujer sin ventura, pues entrañaban tal vez algo de compañerismo, fraternidad fundada en desgracias comunes. Recordaba, sí, que la muerta había sido su mayor enemigo; pero las últimas etapas de la enemistad y el caso increíble de la herencia del *Pituso,* envolvían, sin que la inteligencia pudiera desentrañar este enigma, una reconciliación. Con la muerte de por medio, la una en la vida visible y la otra en la invisible, bien podría ser que las dos mujeres se miraran de orilla a orilla, con intención y deseos de darse un abrazo.

Las tres señoras dijeron a un tiempo:

—¿Y qué hacemos ahora?

Entablóse discusión breve sobre el punto a que llevarían aquella adquisición preciosa. Guillermina cortó las dificultades, proponiendo que le llevaran a su casa. Se dieron órdenes a Estupiñá para que fuesen conducidas también al domicilio de la santa las tres mujeronas entre las cuales sería elegida, a toda conciencia, la que había de criar al *mono del Cielo.*

Por la noche de aquel célebre día, hubo en la casa de Santa Cruz una escena memorable. Jacinta y su suegra cogieron por su cuenta al *Delfín,* y le pusieron en duro compromiso, refiriéndole lo ocurrido, mostrándole la carta redactada por Estupiñá y obligándole (con lastimoso desdoro de su dignidad) a manifestarse sinceramente consternado, pues el caso no era para puesto en solfa, ni para rehuido con cuatro frases y un pensamiento ingenioso. Había faltado gravemente, ofendiendo a su mujer legítima, abandonando después a su cómplice, y haciendo a ésta digna de compasión y aun de simpatía, por una serie de hechos de que él era exclusivamente responsable. Por fin, Santa Cruz, tratando de rehacer su destrozado amor propio, negó unas cosas, y otras, las más amargas, las endulzó y confitó admirablemente, para que pasaran, terminando por afirmar que el chico era suyo y muy suyo, y que por tal lo reconocía y aceptaba, con propósitos de quererle como si le hubiera tenido de su adorada y legítima esposa.

Cuando se quedaron solos los *Delfines,* Jacinta se despacho a su gusto con su marido, y tan cargada de razón estaba y tan firme y valerosa, que apenas pudo él contestarle, y sus triquiñuelas fueron armas impotentes y risibles contra la verdad que afluía de los labios de la ofendida consorte. Ésta le hacía temblar con sus acerados juicios, y ya no era fácil que el habilidoso caballero triunfara de aquella alma tierna, cuya dialéctica solía debilitarse con la fuerza del cariño. Entonces se vio que la continuidad de los sufrimientos había destruido en Jacinta la estimación a su marido, y la ruina de la estimación arrastró consigo parte del amor, hallándose por fin éste reducido a tan míseras proporciones, que casi no se le echaba de ver. La situación desairada en que esto le ponía, inflamaba más y más el orgullo de Santa Cruz, y ante el desdén no simulado, sino real y efectivo, que su mujer le mostraba, el pobre hombre padecía horriblemente, porque era para él muy triste, que a la víctima no le doliesen ya los golpes que recibía. No ser nadie en presencia de su mujer, no encontrar allí aquel refugio a que periódicamente estaba acostumbrado, le ponía de malísimo talante. Y era tal su confianza en la seguridad de aquel refugio, que al perderlo, experimentó por vez primera esa sensación tristísima de las irreparables pérdidas y del vacío de la vida, sensación que en plena juventud equivale al envejecer, en plena familia equivale al quedarse solo, y marca la hora en que lo mejor de la existencia se corre hacia atrás, quedando a la espalda los horizontes que antes estaban por delante. Claramente se lo dijo ella, con expresiva sinceridad en sus ojos, que nunca engañaban:

—Haz lo que quieras. Eres libre como el aire. Tus trapisondas no me afectan nada.

Esto no era palabrería, y en las pruebas de la vida real, vio el *Delfín* que aquella vez iba de veras.

Durante algún tiempo, el *Delfinito* siguió en casa de Guillermina, donde estaba la nodriza, hasta que enteraron de todo a don Baldomero, y se le pudo llevar a la casa patrimonial. Jacinta vivía consagrada a él en cuerpo y alma, y tenía la satisfacción de que todos en la casa le querían, incluso su padre. A solas con él, la dama se entretenía fabricando en su atrevido pensamiento edificios de humo con torres de aire y cúpulas más frágiles aún, por ser de pura idea. Las facciones del heredado niño no eran las de la otra, eran las suyas. Y tanto podía la imaginación, que la madre putativa llegaba a embelesarse con el artificioso recuerdo de haber llevado en sus entrañas aquel precioso hijo, y a estremecerse con la suposición de los dolores sufridos al echarle al mundo. Y tras estos juegos de la fantasía traviesa, venía el discurrir sobre lo desarregladas que andan las cosas del mundo. También ella tenía su idea respecto a los vínculos establecidos por la ley, y los rompía con el pensamiento, realizando la imposible obra de volver el tiempo atrás, de mudar y trastrocar las calidades de las personas, poniendo a éste el corazón de aquél, y a tal otro la cabeza del de más allá, haciendo, en fin, unas correcciones tan extravagantes a la obra total del mundo, que se reiría de ellas Dios, si las supiera, y su vicario con faldas, Guillermina Pacheco. Jacinta hacía girar todo este ciclón de pensamientos y correcciones alrededor de la cabeza angélica de Juan Evaristo; recomponía las facciones de éste, atribuyéndole las suyas propias, mezcladas y confundidas con las de un ser ideal, que bien podría tener la cara de Santa Cruz, pero cuyo corazón era seguramente el de Moreno..., aquel corazón que la adoraba y que se moría por ella... Porque bien podría Moreno haber sido su marido..., vivir todavía, no estar gastado ni enfermo, y tener la misma cara que tenía el *Delfín*, ese falso, mala persona... "Y aunque no la tuviera, vamos, aunque no la tuviera... ¡Ah!, el mundo entonces sería como debía ser, y no pasarían las muchas cosas malas que pasan..."

## XVI

En el entierro de la señora de Rubín contrastaba el lujo del carro fúnebre con lo corto del acompañamiento de coches, pues sólo constaba de dos o tres. En el de cabecera iba Ballester, que por no ir solo se había hecho acompañar de su amigo el crítico. En el largo trayecto de la Cava al cementerio, que era uno de los del Sur, Segismundo contó al buen Ponce todo lo que sabía de la historia de Fortunata, que no era poco, sin omitir lo último, que era sin duda lo mejor; a lo que dijo el eximio sentenciador de obras literarias, que había allí elementos para un drama o novela, aunque a su parecer, el tejido artístico no resultaría vistoso sino introduciendo ciertas urdimbres de todo punto necesarias para que la vulgaridad de la vida pudiese convertirse en materia estética. No toleraba él que la vida se llevase al arte tal como es, sino aderezada, sazonada con olorosas especias y después puesta al fuego hasta que cueza bien. Segismundo no participaba de tal opinión, y estuvieron discutiendo sobre esto con selectas razones de una y otra parte, quedándose cada cual con sus ideas y su convicción, y resultando al fin que la fruta cruda bien madura es cosa muy buena, y que también lo son las compotas, si el repostero sabe lo que trae entre manos.

En esto llegaron y se dio tierra al cuerpo de la señora de Rubín, delante de las cuatro o cinco personas acompañantes, las cuales eran Segismundo y el crítico, Estupiñá, José Izquierdo y el marido de una de las placeras, amiga de Segunda. Ballester, afectadísimo, hacía de tripas corazón, y se retiró el último. De regreso a Madrid en el coche, llevaba fresca en su mente la imagen de la que ya no era nada.

—Esta imagen —dijo a su amigo— vivirá en mí algún tiempo; pero se irá borrando, borrando, hasta que enteramente desaparezca. Esta presunción de un olvido posible, aun suponiéndolo lejano, me da más tristeza que lo que acabo de ver... Pero tiene que haber olvido, como tiene que haber muerte. Sin olvido, no habría hueco para las ideas y los sentimientos nuevos. Si no olvidáramos, no podríamos vivir, porque en el trabajo digestivo del espíritu no puede haber ingestión sin que haya también eliminación.

Y más adelante:

—Mire usted, amigo Ponce, yo estoy inconsolable; pero no desconozco que, atendiendo al egoísmo social, la muerte de esa mujer es un bien para mí (bienes y males andan siempre aparejados en la vida), porque, créamelo usted, yo me preparaba a hacer grandes disparates por esa buena moza, ya los estaba haciendo, y habría llegado sabe Dios adónde... ¡calcule usted qué atracción ejercía sobre mí! Me tengo por hombre de seso, y sin embargo, yo me iba derecho al abismo. Tenía para mí esa mujer un poder sugestivo que no puedo explicarle; se me metió en la cabeza la idea de que era un ángel, sí, ángel disfrazado, como si dijéramos, vestido de máscara para espantar a los tontos, y no me habrían arrancado esta idea todos los sabios del mundo. Y aun ahora, la tengo aquí fija y clara... Será un delirio, una aberración; pero aquí dentro está la idea, y mi mayor desconsuelo es que no puedo ya, por causa de la muerte, probarme que es verdadera... Porque yo me lo quería probar... y créalo usted, me hubiera salido con la mía.

A la semana siguiente Ballester salió de la botica de Samaniego, porque doña Casta se enteró de sus relaciones (que a ella se le antojaron inmorales) con la infame que tan groseramente había atropellado a Aurora, y no quiso más cuentas con él. Doña Lupe le rogó varias veces que fuese a ver a Maximiliano, que continuaba encerrado en su cuarto, y le daban la comida por un tragaluz, no atreviéndose a entrar ni la señora ni *Papitos,* porque los aullidos que daba el infeliz eran señal de agitación insana y peligrosa. Segismundo fue el primero que penetró en la estancia, sin miedo alguno, y vio a Maxi en un rincón, hecho un ovillo, con más apariencias de imbecilidad que de furia, demudado el rostro y las ropas en desorden.

—¿Qué? —le dijo el farmacéutico inclinándose y tratando de levantarle—. ¿Se va pasando eso?... Como hace días nos quiso usted morder, cuando le quitamos el revólver, y daba mordiscos y patadas, y quería matar a todo el género humano, tuvimos que encerrarle. Justo castigo de la tontería... Qué, ¿ha perdido el uso de la palabra? Míreme de frente y no hagamos visajes, que se pone muy feíto. ¿No me conoce? Soy Ballester, y ahí tengo la vara aquella para enderezar a los niños mal criados.

—Ballester —dijo Maxi mirándole fijamente y como quien vuelve de un letargo.

—El mismo, ¿y qué?... ¿Quiere que le dé noticias del mundo? Pues prométame tener juicio.

—¿Juicio...? Ya lo tengo, ya lo tengo. ¿Pues acaso he perdido yo alguna vez ni tanto así del juicio?

—¡Quia! Nada, en gracia de Dios. ¡Usted perder el juicio! Bueno va...

—Ello es que yo he dormido, amigo Ballester —dijo Rubín con relativa serenidad levantándose—. Lo que recuerdo ahora es que yo estaba cuerdo, más cuerdo que nadie, y de repente me entró el frenesí de matar. ¿Por qué, por qué fue?

—Eso, rásquese la cabecita a ver si hace memoria... Fue porque *semos* muy tontos. Era usted el espejo de los filósofos, y ya iba para santo, cuando de repente le dio por comprar un revólver...

—¡Ah!..., sí (abriendo espantado los ojos), fue porque mi mujer me dio palabra de quererme con verdadero amor, de quererme con delirio, ¿oye usted?, como ella sabe querer.

—Bueno va. Y ahora le quiere echar la culpa a la otra pobre.

—Ella, sí, ella fue. Me arrebató... y arrebatado estoy. Tengo dentro de mí el espíritu del mal... y apenas me queda un recuerdo vago de aquel estado de virtud en que me hallaba.

—¡Qué lástima, hijo, qué lástima! Tenemos que volver a las duchas y al bromuro de sodio. Es lo mejor para echar virtud y filosofía.

—Volveré —dijo Maxi con gravedad suma —cuando haya cumplido la promesa que a mi mujer hice. Mataré, gozaré después de aquel amor inefable, infinito, que no he catado nunca y que ella me ofreció en cambio del sacrificio que le hice de mi razón, y luego nos consagraremos ella y yo a hacer penitencia y a pedir a Dios perdón de nuestra culpa.

—¡Bonito programa, sí, señor, bonito contrato! Sólo que ya no puede realizarse, porque falta una de las partes.

—¿Qué parte?

—La que ponía el amor, ese amor tan sublime y... delirante.

Maxi no comprendía, y Ballester, decidido a darle la noticia sin rodeos ni atenuaciones, concluyó así:

—Sí, su mujer de usted ya no existe. La pobrecita se nos ha muerto hace hoy ocho días.

Y al decirlo, se conmovió extraordinariamente, velándosele la voz. Maxi prorrumpió en una risa desentonada.

—Otra vez la misma comedia, otra vez... Pero ahora, como entonces, no cuela, señor Ballester... ¿Apostamos a que con mi lógica vuelvo a descubrir dónde está? ¡Ay, Dios mío!, ya siento la lógica invadiendo mi cabeza con fuerza admirable, y el talento vuelve..., sí, me vuelve, aquí está, le siento entrar. ¡Bendito sea Dios, bendito sea!

Doña Lupe, que escuchaba este coloquio desde el pasillo, aplicando su oído a la puerta entornada, fue perdiendo el miedo al oír la voz serena de su sobrino, y abrió un poquito, dejando ver su cara inteligente y atisbadora.

—Entre usted, doña Lupe —le dijo Segismundo—. Ya está bien. Pasó el arrebato. Pero no quiere creer que hemos perdido a su esposa. Ya; como la otra vez le engañamos... Pero él tuvo más talento que nosotros.

—Y ahora también, y ahora también —afirmó Rubín con maniática insistencia—. Empezaré al instante mis trabajos de observación y de cálculo.

—Pues no necesitará calentarse la cabeza, porque yo se lo probaré... Yo demostraré lo que he dicho. Doña Lupe, hágame el favor de traerle la ropita, porque no está bien que salga a la calle con esa facha.

—¿Pero adónde le va usted a llevar? (alarmada).

—Déjeme usted a mí, señá ministra. Yo me entiendo. ¿Teme que le robe esta alhaja?

—Mi ropa, tía, mi ropa —dijo Maxi tan animado como en sus mejores tiempos, y sin ninguna apariencia de trastorno mental.

Por fin, se hizo lo que Ballester deseaba; Maxi se vistió y salieron. En el pasillo, Segismundo comunicó su pensamiento a doña Lupe.

—Mire usted, señora, yo tengo que ir al cementerio a ver la lápida que he hecho poner en la sepultura de esa pobrecita. La costeo yo; he querido darme esa satisfacción... Una lápida preciosa, con el nombre de la difunta y una corona de rosas...

—¡Corona de rosas! —exclamó *la de los Pavos,* que con toda su diplomacia no supo disimular un ligero acento de ironía.

—De rosas... ¿Y qué más le da a usted...? (quemándose). ¿Acaso tiene usted que pagarla?... Yo hubiera querido hacerla de mármol; pero no hay posibles..., y es de piedra de Novelda; tributo modesto y afectuoso de una amistad pura... Era un ángel... Sí; no me vuelvo atrás, aunque usted se ría.

—No, si no me he reído. Pues no faltaba más.

—Un ángel a su manera. En fin, dejemos esto y vamos a lo otro. Como ha de influir mucho en el estado mental de este pobre chico el convencerse de que su mujer no vive, le pienso llevar... para que lo vea, señora, para que lo vea.

Aprobó doña Lupe, y los dos farmacéuticos salieron y tomaron un simón. Por el camino iba Maxi cabizbajo, y la aproximación al cementerio le imponía, subyugando su ánimo con la gravedad que lleva en sí la idea del morir.

—Adelante, niño —le dijo su amigo cogiéndole por un brazo, y llevándole dentro del campo santo. Atravesaron un gran patio lleno de mausoleos de más o menos lujo, después otro patio que era todo nichos; pasaron a un tercero en el cual había sepulturas abiertas, otras recién ocupadas, y paráronse delante de una en la cual estaban aún los albañiles, que acababan de poner una lápida y recogían las herramientas.

—Aquí es —dijo Ballester, señalando la gran losa de cantería de Novelda, en cuyo extremo superior había una corona de rosas, bastante bien tallada, debajo el R. I. P. y luego un nombre y la fecha del fallecimiento—. ¿Qué dice ahí?

Maximiliano se quedó inmóvil, clavados los ojos en la lápida... ¡Bien claro lo rezaba el letrero! Y al nombre y apellido de su mujer se añadía *de Rubín.* Ambos callaban; pero la emoción de Maxi era más viva y difícil de dominar que la de su amigo. Y al poco rato, un llanto tranquilo, expresión de dolor verdadero y sin esperanza de remedio, brotaba de sus ojos en raudal que parecía inagotable.

—Son las lágrimas de toda mi vida —pudo decir a su amigo— las que derramo ahora... Todas mis penas me están saliendo por los ojos.

Ballester se lo llevó no sin trabajo, porque aún quería permanecer allí más tiempo y llorar sin tregua. Cuando salían del cementerio, entraba un entierro con bastante acompañamiento. Era el de don Evaristo Feijóo. Pero los dos farmacéuticos no fijaron su atención en él. En el coche, Maximiliano, con voz sosegada y dolorida, expresó a su amigo estas ideas:

—La quise con toda mi alma. Hice de ella el objeto capital de mi vida, y ella no respondió a mis deseos. No me quería... Miremos las cosas desde lo alto: no me podía querer. Yo me equivoqué, y ella también se equivocó. No fui yo solo el engañado, ella también lo fue.

Los dos nos estafamos recíprocamente. No contamos con la Naturaleza, que es la gran madre y maestra que rectifica los errores de sus hijos extraviados. Nosotros hacemos mil disparates, y la Naturaleza nos los corrige. Protestamos contra sus lecciones admirables que no entendemos, y cuando queremos que nos obedezca, nos coge y nos estrella, como el mar estrella a los que pretenden gobernarlo. Esto me lo dice mi razón, amigo Ballester, mi razón, que hoy, gracias a Dios, vuelve a iluminarme como un faro espléndido. ¿No lo ve usted?... ¿Pero no lo ve?... Porque el que sostenga ahora que estoy loco es el que lo está verdaderamente, y si alguien me lo dice en mi cara, ¡vive Cristo, por la santísima uña de Dios!, que me la ha de pagar.

—Calma, calma, amigo mío (con bondad). Nadie le contradice a usted.

—Porque yo veo ahora todos los conflictos, todos los problemas de mi vida con una claridad que no puede provenir más que de la razón... Y para que conste, yo juro ante Dios y los hombres que perdono con todo mi corazón a esa desventurada a quien quise más que a mi vida, y que me hizo tanto daño; yo la perdono, y aparto de mí toda idea rencorosa, y limpio mi espíritu de toda maleza, y no quiero tener ningún pensamiento que no sea encaminado al bien y a la virtud... El mundo acabó para mí. He sido un mártir y un loco. Que mi locura, de la que con la ayuda de Dios he sanado, se me cuente como martirio, pues mis extravíos, ¿qué han sido más que la expresión exterior de las horribles agonías de mi alma? Y para que no quede a nadie ni el menor escrúpulo respecto a mi estado de perfecta cordura, declaro que quiero a mi mujer lo mismo que el día en que la conocí; adoro en ella lo ideal, lo eterno, y la veo, no como era, sino tal y como yo la soñaba y la veía en mi alma; la veo adornada de los atributos más hermosos de la divinidad, reflejándose en ella como en un espejo; la adoro, porque no tendríamos medio de sentir el amor de Dios, si Dios no nos lo diera a conocer figurando que sus atributos se transmiten a un ser de nuestra raza. Ahora que no vive, la contemplo libre de las transformaciones que el mundo y el contacto del mal le imprimían; ahora no temo la infidelidad, que es un rozamiento con las fuerzas de la Naturaleza que pasan junto a nosotros; ahora no temo las traiciones, que son proyección de sombra por cuerpos opacos que se acercan; ahora todo es libertad, luz; desaparecieron las asquerosidades de la realidad, y vivo con mi ídolo en mi idea, y nos adoramos con pureza y santidad sublimes en el tálamo incorruptible de mi pensamiento.

—Era un ángel —murmuró Ballester, a quien, sin saber cómo, se le comunicaba algo de aquella exaltación.

—Era un ángel —gritó Maxi dándose un fuerte puñetazo en la rodilla—. ¡Y el miserable que me lo niegue o lo ponga en duda se verá conmigo...!

—¡Y conmigo! —repitió Segismundo con igual calor—. ¡Lástima de mujer!... ¡Si viviera!

—No, amigo; vivir no. La vida es una pesadilla... Más la quiero muerta...

—Y yo también —dijo Ballester, cayendo en la cuenta de que no debía contrariarle—. La amaremos los dos como se ama a los ángeles. ¡Dichosos los que se consuelan así!

—¡Dichosos mil veces, amigo mío —exclamó Rubín con entusiasmo—, los que han llegado, como yo, a este grado de serenidad en el pensamiento! Usted está aún atado a las sinrazones de la vida; yo me liberté, y vivo en la pura idea. Felicíteme usted, amigo de mi alma, y deme un gran abrazo, así, así, más apretado; más, más, porque me siento muy feliz, muy feliz.

Al entrar en su casa lo primero que dijo a doña Lupe fue esto:

—Tía de mi alma, yo me quiero retirar del mundo, y entrar en un convento donde pueda vivir a solas con mis ideas.

Vio el cielo abierto la de Jáuregui al oírle expresarse de este modo, y respondió:

—¡Ay, hijo mío, si ya te tenía yo dispuesta tu entrada en un monasterio muy retirado y hermoso que hay aquí, cerca de Madrid! Verás qué ricamente vas a estar. Hay en él unos señores monjes muy simpáticos que no hacen más que pensar en Dios y en las cosas divinas. ¡Cuánto me alegro de que hayas tomado esa determinación! Anticipándome a tu deseo, te estaba yo preparando la ropa que has de llevar.

Apoyó Ballester la idea que a su amigo le había entrado, y todo el día estuvo hablándole de lo mismo, temeroso de que se desdijera; y para aprovechar aquella buena disposición, al día siguiente tempranito, él mismo le llevó en un coche al sosegado retiro que le preparaban. Maxi iba contentísimo, y no hizo ninguna resistencia. Pero al llegar, decía en alta voz como si hablara con un ser invisible:

—¡Si creerán estos tontos que me engañan! Esto es Leganés. Lo acepto, lo acepto y me callo, en prueba de la sumisión absoluta de mi voluntad a lo que el mundo quiera hacer de mi persona. No encerrarán entre murallas mi pensamiento. Resido en las estrellas. Pongan al llamado Maximiliano Rubín en un palacio o en un muladar... Lo mismo da.

Madrid, junio de 1887.

FIN DE LA NOVELA

# ÍNDICE

## PARTE CUARTA

ESTE LIBRO FUE IMPRESO Y ENCUADERNADO
EL 17 DE ABRIL DE 1998, EN LOS TALLERES DE

*FUENTES IMPRESORES, S. A.*
*Centeno, 109, 09810, México, D. F.*

# COLECCIÓN "SEPAN CUANTOS..."

*Los números que aparecen a la izquierda corresponden a la numeración de la Colección*

128. **ALARCÓN, Pedro A. de:** *El Escándalo.* Prólogo de Juana de Ontañón $ 15.00

134. **ALARCÓN, Pedro A. de:** *El niño de la bola. El sombrero de tres picos. El capitán veneno.* Notas preliminares de Juana de Ontañón ..................... 20.00

225. **ALAS "Clarín", Leopoldo:** *La Regenta.* Introducción de Jorge Ibargüengoitia ..................... 36.00

449. **ALAS "Clarín", Leopoldo:** *Cuentos. Pipá. Zurita. Un candidato. El rana. Adiós "Cordera". Cambio de luz. El gallo de Sócrates. El Sombrero del Cura y 35 cuentos más.* Prólogo de Guillermo de la Torre ..................... 18.00

572. **ALAS "Clarín", Leopoldo:** *Su único hijo. Doña Berta. Cuervo. Superchería.* Prólogo de Ramón Pérez de Ayala ..................... 18.00

**ALCEO.** Véase: **PÍNDARO**

126. **ALCOTT, Louisa M.:** *Mujercitas.* Más cosas de Mujercitas ..................... 18.00

273. **ALCOTT, Louisa M.:** *Hombrecitos* ..................... 20.00

182. **ALEMÁN, Mateo:** *Guzmán de Alfarache.* Introducción de Amancio Bolaño e Isla ..................... 22.00

609. **ALENCAR, José Martiniano de:** *El guaraní.* Novela indigenista brasileña ..................... 22.00

**ALFAU DE SOLALINDE, Jesusa.** Véase: **ARROYO, Anita**

229. **ALFONSO EL SABIO:** *Antología. Cantigas de Santa María. Cantigas profanas. Primera crónica general. General e grand storia. Espéculo. Las siete partidas. El setenario. Los libros de astronomía. El lapidario. Libros de ajedrez, dados y tablas. Una carta y dos testamentos.* Con un estudio preliminar de Margarita Peña y un vocabulario ..................... 22.00

15. **ALIGHIERI, Dante:** *La Divina Comedia. La vida nueva.* Introducción de Francisco Montes de Oca ..................... 17.00

61. **ALTAMIRANO, Ignacio M.:** *El zarco. La navidad en las montañas.* Introducción de María del Carmen Millán ..................... 12.00

62. **ALTAMIRANO, Ignacio M.:** *Clemencia. Cuentos de invierno. Julia. Antonia. Beatriz. Atenea* ..................... 18.00

275. **ALTAMIRANO, Ignacio M.:** *Paisajes y leyendas. Tradiciones y costumbres de México.* Introducción de Jacqueline Covo ..................... 35.00

43. **ALVAR, Manuel:** *Poesía tradicional de los judíos españoles* ..................... 22.00

122. **ALVAR, Manuel:** *Cantares de Gesta medievales. Cantar de Roncesvalles. Cantar de los siete infantes de Lara. Cantar del cerco de Zamora. Cantar de Rodrigo y el rey Fernando. Cantar de la campana de Huesca* ..................... 22.00

151. **ALVAR, Manuel:** *Antigua poesía española lírica y narrativa. Jarchas. Libro de la infancia y muerte de Jesús. Vida de Santa María Egipciaca. Disputa del alma y el cuerpo. Razón de amor con los denuestos del agua y el vino. Elena y María (disputa del clérigo y el caballero). El planto. ¡Ay Jerusalén! Historia troyana en prosa y verso* ..................... 22.00

174. **ALVAR, Manuel:** *El romancero viejo y tradicional* ..................... 29.00

**PRECIOS SUJETOS A VARIACIÓN SIN PREVIO AVISO**

**ÁLVAREZ QUINTERO, Hnos.** Véase: **TEATRO ESPAÑOL CONTEMPORÁNEO**

244. **ÁLVAREZ QUINTERO, Serafín y Joaquín:** *Malvaloca. Amores y amoríos. Puebla de las mujeres. Doña Clarines. El genio alegre.* Prólogo de Ofelia Garza de del Castillo ........ $ 15.00

131. **AMADIS DE GAULA.** Introducción de Arturo Souto A ........ 18.00

157. **AMICIS, Edmundo de:** *Corazón. Diario de un niño.* Prólogo de María Elvira Bermúdez ........ 25.00

505. **AMIEL, Enrique Federico:** *Fragmentos de un diario íntimo.* Prólogo de Bernard Bouvier ........ 22.00

**ANACREONTE. Véase: PÍNDARO**

83. **ANDERSEN, Hans Christian:** *Cuentos.* Prólogo de María Edmée Álvarez ........ 18.00

**ANDREYEV. Véase: CUENTOS RUSOS**

636. **ANDREYEV, Leónidas:** *Los siete ahorcados. Saschka Yegulev.* Prólogo de Ettore Lo Gato ........ 27.00

428. **ANÓNIMO:** *Aventuras del Pícaro Till Eulenspiegel.* **WICKRAM, Jorge:** *El librito del carro.* Versión y prólogo de Marianne Oeste de Bopp ... 15.00

432. **ANÓNIMO:** *Robin Hood.* Introducción de Arturo Souto A. ........ 18.00

635. **ANTOLOGÍA DE CUENTOS DE MISTERIO Y DE TERROR.** Selección e introducción de Ilán Stavans ........ 36.00

661. **APPENDINI, Guadalupe:** *Leyendas de provincia* ........ 50.00

**APULEYO.** Véase: **LONGO**

301. **AQUINO, Tomás de:** *Tratado de la ley. Tratado de la justicia. Opúsculo sobre el gobierno de los príncipes.* Traducción y estudio introductivo por Carlos Ignacio González, S. J. ........ 35.00

317. **AQUINO, Tomás de:** *Suma contra los gentiles.* Traducción y estudio introductivo por Carlos Ignacio González, S.J. ........ 51.00

406. **ARCINIEGAS, Guzmán:** *Biografía del Caribe* ........ 27.00

76. **ARCIPRESTE DE HITA:** *Libro de buen amor.* Versión antigua, con prólogo y versión moderna de Amancio Bolaño e Isla ........ 20.00

**ARENAL, Concepción.** Véase: **FÁBULAS**

67. **ARISTÓFANES:** *Las once comedias.* Versión directa del griego con introducción de Angel María Garibay K. ........ 27.00

70. **ARISTÓTELES:** *Etica Nicomaquea. Política.* Versión española e introducción de Antonio Gómez Robledo ........ 30.00

120. **ARISTÓTELES:** *Metafísica.* Estudio introductivo, análisis de los libros y revisión del texto por Francisco Larroyo ........ 20.00

124. **ARISTÓTELES:** *Tratados de lógica. (El organón).* Estudio introductivo, preámbulo a los tratados y notas al texto por Francisco Larroyo ...... 36.00

**ARQUILOCO.** Véase: **PÍNDARO**

82. **ARRANGOIZ, Francisco de Paula:** *México desde 1808 hasta 1867.* Prólogo de Martín Quirarte ........ 100.00

103. **ARREOLA, Juan José:** Lectura en voz alta ........ 30.00

638. **ARRILLAGA TORRÉNS, Rafael:** *Grandeza y decadencia de España en el siglo XVI* ........ 27.00

195. **ARROYO, Anita:** *Razón y pasión de Sor Juana.* Refutación a Pfandl. *El Barroco en la vida de Sor Juana,* por Jesusa Alfau de Solalinde ........ 22.00

**ARTSIBASCHEV.** Véase: **CUENTOS RUSOS**

431. **AUSTEN, Jane:** *Orgullo y prejuicio.* Prólogo de Sergio Pitol ........ 15.00

327. **AUTOS SACRAMENTALES.** (El auto sacramental antes de Calderón). **LOAS:** *Dice el sacramento. A un pueblo. Loa del auto de acusación contra el género humano.* **LÓPEZ DE YANGUAS:** *Farsa sacramental de 1521. Los amores del alma con el príncipe de la luz. Farsa sacramental de la residencia del hombre. Auto de los hierros de Adán. Farsa del sacramento del entendimiento niño.* **SÁNCHEZ DE BADAJOZ:** *Farsa de la iglesia.*

**TIMONEDA:** *Auto de la oveja perdida. Auto de la fuente de los siete sacramentos. Farsa del sacramento llamado premática del pan. Auto de la fe.* **LOPE DE VEGA:** *La adúltera perdonada. La ciega. El pastor lobo y cabaña celestial.* **VALDIVIELSO:** *El hospital de los locos. La amistad en el peligro. El peregrino. La Serena de Plasencia.* **TIRSO DE MOLINA:** *El colmenero divino. Los hermanos parecidos.* **MIRA DE AMESCUA:** *Pedro Telonario.* Selección, introducción y notas de Ricardo Arias ........ $ 24.00

625. **BABEL, Isaac:** *Caballería roja. Cuentos de Odesa.* Prólogo de Ilán Stavans ........ 29.00

293. **BACON, Francisco:** *Instauratio Magna. Novum Organum. Nueva Atlántida.* Estudio introductivo y análisis de las obras por Francisco Larroyo ........ 29.00

649. **BAINVILLE, Jacques:** *Napoleón.* El hombre del mundo por Ralph Waldo Emerson ........ 44.00

200. **BALBUENA, Bernardo de:** *La grandeza mexicana y compendio apologético en alabanza de la poesía.* Prólogo de Luis Adolfo Domínguez ........ 20.00

53. **BALMES, Jaime L.:** *El criterio.* Estudio preliminar de Guillermo Díaz-Plaja ........ 18.00

241 **BALMES, Jaime L.:** *Filosofía elemental.* Estudio preliminar por Raúl Cardiel ........ 25.00

112. **BALZAC, Honorato de:** *Eugenia Grandet. La piel de Zapa.* Prólogo de Carmen Galindo ........ 15.00

314. **BALZAC, Honorato de:** *Papá Goriot.* Prólogo de Rafael Solana ........ 20.00

442. **BALZAC, Honorato de:** *El lirio en el valle.* Prólogo de Jaime Torres Bodet ........ 15.00

**BAQUILIDES.** Véase: **PÍNDARO**

580. **BAROJA, Pío:** *Desde la última vuelta del camino. (Memorias). El escritor según él y según los críticos. Familia. Infancia y juventud.* Introducción de Néstor Luján ........ 29.00

581. **BAROJA, Pío:** *Desde la última vuelta del camino. (Memorias). Final del siglo XIX y principios del siglo XX. Galería de tipos de la época* ........ 29.00

582. **BAROJA, Pío:** *Desde la última vuelta del camino. (Memorias). La intuición y el estilo. Bagatelas de otoño* ........ 29.00

592. **BAROJA, Pío:** *Las inquietudes de Shanti Andia* ........ 22.00

335. **BARREDA, Gabino:** *La educación positivista.* Selección, estudio introductivo y preámbulos por Edmundo Escobar ........ 25.00

334. **BATALLAS DE LA REVOLUCIÓN Y SUS CORRIDOS.** Prólogo y preparación de Daniel Moreno ........ 15.00

426 **BAUDELAIRE, Carlos:** *Las flores del mal. Diarios íntimos.* Introducción de Arturo Souto Alabarce ........ 25.00

17. **BECQUER, Gustavo Adolfo:** *Rimas, leyendas y narraciones.* Prólogo de Juana de Ontañón ........ 20.00

**BENAVENTE.** Véase: **TEATRO ESPAÑOL CONTEMPORÁNEO**

35. **BERCEO, Gonzalo de:** *Milagros de Nuestra Señora. Vida de Santo Domingo de Silos. Vida de San Millán de la Cogolla. Vida de Santa Oria. Martirio de San Lorenzo.* Prólogo y versión moderna de Amancio Bolaño e Isla ........ 29.00

491. **BERGSON, Henry:** *Introducción a la metafísica. La Risa. Filosofía de Bergson* por Manuel García Morente ........ 40.00

590. **BERGSON, Henry:** *Las dos fuentes de la moral y de la religión.* Introducción de John M. Oesterreicher ........ 18.00

666. **BERLER, Beatrice:** *La Conquista de México.* Versión abrevida de la Historia de William H. Prescott. Traducción de Magdalena Ruíz de Cerezo ........ 30.00

**BERMÚDEZ, Ma. Elvira.** Véase: **VERNE, Julio**

**BESTEIRO, Julián.** Véase: **HESSEN, Juan**

**PRECIOS SUJETOS A VARIACIÓN SIN PREVIO AVISO**

**500.** **BIBLIA DE JERUSALEN.** Nueva edición totalmente revisada y aumentada ........ $ 70.00
Tela ........ 80.00
**380.** **BOCCACCIO:** *El Decamerón.* Prólogo de Francisco Montes de Oca. 30.00
**487.** **BOECIO, Severino:** *La consolación de la filosofía.* Prólogo de Gustave Bardy ........ 15.00
**522.** **BOISSIER, Gastón:** *Cicerón y sus Amigos. Estudio de la sociedad Romana del tiempo de César.* Prólogo de Augusto Rostagni ........ 18.00
**495.** **BOLÍVAR, Simón:** *Escritos políticos. El espíritu de Bolívar por* Rufino Blanco y Fombona ........ 18.00
**BOSCAN, Juan.** Véase: **VEGA: Garcilaso de la**
**278.** **BOTURINI BENADUCI, Lorenzo:** *Idea de una nueva historia general de la América Septentrional.* Estudio preliminar por Miguel León-Portilla ........ 29.00
**420.** **BRONTE, Carlota:** *Jane Eyre.* Prólogo de Marga Sorensen ........ 22.00
**119.** **BRONTE, Emily:** *Cumbres Borrascosas.* Prólogo de Sergio Pitol ........ 20.00
**584.** **BRUYERE, LA:** *Los caracteres. Precedidos de los caracteres de Teofrasto* .. 22.00
**667.** **BUCK, Pearl S.:** *La buena Tierra.* Rústica ........ 30.00
**516.** **BULWER-LYTTON.** *Los últimos días de Pompeya.* Prólogo de Santiago Galindo ........ 18.00
**441.** **BURCKHARDT, Jacob:** *La Cultura del Renacimiento en Italia.* Prólogo de Werner Kaegi ........ 24.00
**606.** **BURGOS, Fernando:** *Antología del cuento hispanoamericano* ........ 58.00
**104.** **CABALLERO, Fernan:** *La gaviota. La familia de Alvareda.* Prólogo de Salvador Reyes Nevares ........ 25.00
**222.** **CALDERÓN, Fernando:** *A ninguna de las tres. El torneo. Ana Bolena. Herman o la vuelta del cruzado.* Prólogo de María Edmée Álvarez ........ 20.00
**74.** **CALDERÓN DE LA BARCA, Madame:** *La vida en México.* Traducción y prólogo de Felipe Teixidor ........ 36.00
**41.** **CALDERÓN DE LA BARCA, Pedro:** *La vida es sueño. El alcalde de Zalamea.* Prólogo de Guillermo Díaz-Plaja ........ 18.00
**331.** **CALDERÓN DE LA BARCA, Pedro:** *Autos Sacramentales: La cena del Rey Baltasar. El gran Teatro del Mundo. La hidalga del valle. Lo que va del hombre a Dios. Los encantos de la culpa. El divino Orfeo. Sueños hay que verdad son. La vida es sueño. El día mayor de los días.* Selección, introducción y notas de Ricardo Arias ........ 29.00
**252.** **CAMOENS, Luis de:** *Los Lusiadas.* Traducción, prólogo y notas de Ildefonso Manuel Gil ........ 18.00
**329.** **CAMPOAMOR, Ramón de:** *Dolorosas. Poemas.* Introducción de Vicente Gaos ........ 50.00
**668.** **CANELLA Y SECADES, Fermín:** *Historia de Llanes y su Concejo* ........ 40.00
**435.** **CANOVAS DEL CASTILLO, Antonio:** *La campana de Huesca.* Prólogo de Serafín Estébanez Calderón ........ 15.00
**285.** **CANTAR DE LOS NIBELUNGOS.** Traducción al español e introducción de Marianne Oeste de Bopp ........ 18.00
**279.** **CANTAR DE ROLDÁN, EL.** Versión de Felipe Teixidor ........ 12.00
**624.** **CAPELLÁN, Andrés El:** *Tratado del amor cortés.* Traducción, introducción y notas de Ricardo Arías y Arías ........ 29.00
**640.** **CARBALLO, Emmanuel:** *Protagonistas de la literatura mexicana.* José Vasconcelos. Genaro Martínez McGregor. Martín Luis Guzmán. Julio Torri. Alfonso Reyes. Artemio de Valle-Arizpe. Julio Jiménez Rueda. Octavio G. Barreda. Carlos Pellicer. José Gorostiza. Jaime Torres Bodet. Salvador Novo. Rafael F. Muñoz. Agustín Yáñez. Mauricio Magdaleno. Nellie Campobello. Ramón Rubín. Juan Rulfo. Juan José Arreola. Elena Garro. Rosario Castellanos. Carlos Fuentes ........ 65.00
**307.** **CARLYLE, Tomás:** *Los Héroes. El culto a los héroes y lo heroico de la historia.* Estudio preliminar de Raúl Cardiel Reyes ........ 15.00

**PRECIOS SUJETOS A VARIACIÓN SIN PREVIO AVISO**

**215.** **CARROLL, Lewis:** *Alicia en el país de las maravillas. Al otro lado del espejo.* Ilustrado con grabados de John Tenniel. Prólogo de Sergio Pitol ........ $ 30.00

**57.** **CASAS, Fr. Bartolomé de las:** *Los Indios de México y Nueva España. Antología.* Edición, prólogo, apéndices y notas de Edmundo O'Gormann. Con la colaboración de Jorge Alberto Manrique ........ 18.00

**318.** **CASIDAS DE AMOR PROFANO Y MÍSTICO.** Ibn Zaydum. Ibn Arabi. Estudio y traducción de Vicente Cantarino ........ 18.00

**223.** **CASONA, Alejandro:** *Flor de leyendas. La sirena varada. La dama del alba. La barca sin pescador.* Prólogo de Antonio Magaña Esquivel ........ 20.00

**249.** **CASONA, Alejandro:** *Otra vez el diablo. Nuestra Natacha. Prohibido suicidarse en primavera. Los arboles mueren de pie.* Prólogo de Antonio Magaña Esquivel ........ 18.00

**357.** **CASTELAR, Emilio:** *Discursos. Recuerdos de Italia. Ensayos.* Selección e introducción de Arturo Souto A. ........ 15.00

**372.** **CASTRO, Américo:** *La realidad histórica de España* ........ 36.00

**268.** **CASTRO, Guillén de:** *Las mocedades del Cid.* Prólogo de María Edmée Álvarez ........ 12.00

**643.** **CELLINI, Benvenuto:** *Autobiografía.* Prólogo de Manuel Ramírez. Rústica ........ 44.00

**25.** **CERVANTES DE SALAZAR, Francisco:** *México en 1554 y Túmulo Imperial.* Edición, prólogo y notas de Edmundo O'Gorman ........ 18.00

**6.** **CERVANTES SAAVEDRA, Miguel de:** *El ingenioso hidalgo Don Quijote de la Mancha.* Prólogo y esquema biográfico por Américo Castro ........ 40.00

**9.** **CERVANTES SAAVEDRA, Miguel de:** *Novelas ejemplares.* Comentario de Sergio Fernández ........ 17.00

**98.** **CERVANTES SAAVEDRA, Miguel de:** *Entremeses.* Introducción de Arturo Souto A. ........ 14.00

**422.** **CERVANTES SAAVEDRA, Miguel de:** *Los trabajos de Persiles y Segismunda.* Prólogo de Mauricio Serrahima ........ 18.00

**578.** **CERVANTES SAAVEDRA, Miguel de:** *Don Quijote de la Mancha.* Edición abreviada. Introducción de Arturo Uslar Pietri ........ 20.00

**20.** **CÉSAR, Cayo Julio:** *Comentarios de la guerra de las Galias y Guerra Civil.* Prólogo de Xavier Tavera ........ 18.00

**320.** **CETINA, Gutierre de:** *Obras.* Introducción de D. Joaquín Hazañas y la Rúa. Presentación de Margarita Peña ........ 44.00

**230.** **CICERÓN:** *Los oficios o los deberes. De la vejez. De la amistad.* Prólogo de Joaquín Antonio Peñalosa ........ 22.00

**234.** **CICERÓN:** *Tratado de la República. Tratado de las leyes Catilinarias* ........ 18.00

**CID: Véase: POEMA DE MIO CID**

**137.** **CIEN MEJORES POESIAS LIRICAS DE LA LENGUA CASTELLANA, LAS.** Selección y advertencia preliminar de Marcelino Menéndez Pelayo ........ 15.00

**29.** **CLAVIJERO, Francisco Javier:** *Historia antigua de México.* Edición y prólogo de Mariano Cuevas ........ 36.00

**143.** **CLAVIJERO, Francisco Javier:** *Historia de la Antigua o Baja California.* **PALOU, Fr. Francisco:** *Vida de Fr. Junípero Serra y Misiones de la California Septentrional.* Estudios preliminares de Miguel León-Portilla 36.00

**60.** **COLOMA, P. Luis:** *Boy.* Prólogo de Joaquín Antonio Peñalosa ........ 12.00

**91.** **COLOMA, P. Luis:** *Pequeñeces. Jeromín.* Prólogo de Joaquín Antonio Peñalosa ........ 22.00

**167.** **COMENIO, Juan Amós:** *Didáctica Magna.* Prólogo de Gabriel de la Mora ........ 22.00

**340.** **COMTE, Augusto:** *La filosofía positiva.* Proemio, estudio introductivo, selección y un análisis de los textos por Francisco Larroyo ........ 22.00

**7.** **CORTÉS, Hernán:** *Cartas de relación.* Nota preliminar de Manuel Alcalá. Ilustraciones. Un mapa plegado ........ 22.00

**PRECIOS SUJETOS A VARIACIÓN SIN PREVIO AVISO**

313. **CORTINA, Martín:** *Un rosillo inmortal. (Leyendas de los llanos). Un tlacuache vagabundo. Maravillas de Altepepan (leyendas mexicanas).* Introducción de Andrés Henestrosa .......... $ 29.00
181. **COULANGES, Fustel de:** *La ciudad antigua. (Estudio sobre el culto. El derecho y las instituciones de Grecia y Roma).* Estudio preliminar de Daniel Moreno .......... 25.00
662. **CRONIN, A. J.:** *Las llaves del reino* .......... 30.00
100. **CRUZ, Sor Juana Inés de la:** *Obras completas.* Prólogo de Francisco Monterde .......... 65.00
121. **CUENTOS DE GRIMM.** Prólogo y selección de María Edmée Alvarez .......... 18.00
342. **CUENTOS RUSOS:** *Gógol. Turguéñev. Dostoievski. Tolstoi. Garín. Chéjov. Gorki. Andréiev. Kuprín. Artsibáshchev. Dímov. Tasin. Surguchov. Korolenko. Goncharóv. Sholojov.* Introducción de Rosa Ma. Phillips .......... 30.00
256. **CUYAS ARMENGOL, Arturo:** *Hace falta un muchacho.* Libro de orientación en la vida para los adolescentes. Ilustrada por Juez .......... 30.00
382. **CHATEAUBRIAND, René:** *El genio del cristianismo.* Introducción de Arturo Sotuo A. .......... 29.00
524. **CHATEAUBRIAND, René:** *Atala. René. El último Abencerraje. Páginas autobiográficas.* Prólogo de Armando Rangel .......... 12.00
623. **CHAUCER, Geoffrey:** *Cuentos de Canterbury.* Prólogo de Raymond Las Vergnas .......... 35.00
148. **CHÁVEZ, Ezequiel A.:** *Sor Juana Inés de la Cruz.* Ensayo de psicología y de estimación del sentido de su vida para la historia de la cultura y de la formación de México .......... 22.00
**CHEJOV, Antón:** Véase: **CUENTOS RUSOS**
411. **CHEJOV, Antón:** *Cuentos escogidos.* Prólogo de Sommerset Maugham. 25.00
454. **CHEJOV, Antón:** *Teatro: La gaviota. Tío Vania. Las tres hermanas. El jardín de los cerezos.* Prólogo de Máximo Gorki .......... 20.00
633. **CHEJOV, Antón:** *Novelas cortas. Mi vida. La sala número seis. En el barranco. Campesinos. Un asesino. Una historia aburrida.* Prólogo de Marc Slonim .......... 36.00
478. **CHESTERTON, Gilbert K.:** *Ensayos.* Prólogo de Hilario Belloc .......... 12.00
490. **CHESTERTON, Gilbert K.:** *Ortodoxia. El hombre eterno.* Prólogo de Augusto Assia .......... 18.00
42. **DARIO, Rubén:** *Azul... El salmo de la pluma. Cantos de vida y esperanza. Otros poemas.* Edición de Antonio Oliver .......... 20.00
385. **DARWIN, Carlos:** *El origen de las especies.* Introducción de Richard W. Leakey .......... 36.00
377. **DAUDET, Alfonso:** *Tartarín de Tarascón. Tartarín en los Alpes. Port-Tarascón.* Prólogo de Juan Antonio Guerrero .......... 18.00
140. **DEFOE, Daniel:** *Aventuras de Robinson Crusoe.* Prólogo de Salvador Reyes Nevares .......... 15.00
154. **DELGADO, Rafael:** *La calandria.* Prólogo de Salvador Cruz .......... 15.00
280. **DEMÓSTENES:** *Discursos.* Estudio preliminar de Francisco Montes de Oca .......... 30.00
177. **DESCARTES:** *Discurso del método. Meditaciones metafísicas. Reglas para la dirección del espíritu. Principios de la filosofía.* Estudio introductivo, análisis de las obras y notas al texto por Francisco Larroyo .......... 15.00
604. **DÍAZ COVARRUBIAS, Juan:** *Gil Gómez el Insurgente o la hija del médico.* Apuntes biográficos de Antonio Carrión. *Los mártires de Tacubaya* por Juan A. Mateos e Ignacio M. Altamirano .......... 27.00
5. **DÍAZ DEL CASTILLO, Bernal:** *Historia verdadera de la conquista de la Nueva España.* Introducción y notas de Joaquín Ramírez Cabañas. Con un mapa .......... 30.00
127. **DICKENS, Carlos:** *David Copperfield.* Introducción de Sergio Pitol . 40.00

**PRECIOS SUJETOS A VARIACIÓN SIN PREVIO AVISO**

310. **DICKENS, Carlos:** *Canción de Naviaad. El grillo del hogar. Historia de dos ciudades.* Estudio preliminar de María Edmée Alvarez ................ $ 20.00
362. **DICKENS, Carlos:** *Oliver Twist.* Prólogo de Rafael Solana ................ 25.00
648. **DICKENS, Carlos:** *Almacen de antigüedades.* Prólogo de Juan Diego Mayoux ................ 41.00
**DIMOV.** Véase: **CUENTOS RUSOS**
28. **DON JUAN MANUEL:** *El Conde Lucanor.* Versión antigua y moderna e introducción de Amancio Bolaño e Isla ................ 20.00
**DOSTOIEVSKI, Fedor M.:** Véase: **CUENTOS RUSOS**
84. **DOSTOIEVSKI, Fedor M.:** *El Príncipe idiota. El sepulcro de los vivos.* Notas preliminares de Rosa María Phillips ................ 22.00
106. **DOSTOIEVSKI, Fedor M.:** *Los hermanos Karamazov.* Prólogo de Rosa María Phillips ................ 30.00
108. **DOSTOIEVSKI, Fedor M.:** *Crimen y castigo.* Introducción de Rosa María Phillips ................ 29.00
259. **DOSTOIEVSKI, Fedor M.:** *Las noches blancas. El jugador. Un ladrón honrado.* Prólogo de Rosa María Phillips ................ 12.00
341. **DOYLE, Conan Arthur:** *Aventuras de Sherlock Holmes: Un crimen extraño. El intérprete griego. Triunfos de Sherlock Holmes: Los tres estudiantes. El mendigo de la cicatriz. K.K.K. La muerte del coronel. Un protector original. El novio de Miss Sutherland. Las aventuras de una ciclista. El misterio de Boscombe. Policía fina. El casado sin mujer. La diadema de Berilos. El carbuclo azul. "Silver Blaze". Un empleo extraño. El ritual de los Musgrave. El "Gloria Scott". El documento robado.* Prólogo de María Elvira Bermúdez ................ 20.00
343. **DOYLE, Conan Arthur:** *Aventuras de Sherlock Holmes: El perro de Baskerville. La marca de los cuatro. El pulgar del ingeniero. La banda moteada.* **Nuevos triunfos de Sherlock Holmes:** *El ingenio de Napoleón. El campeón de "Foot-Ball". El cordón de la campanilla. Los Cunningham's. Las dos manchas de sangre* ................ 30.00
345. **DOYLE, Conan Arthur:** *Aventuras de Sherlock Holmes: La resurrección de Sherlock Holmes: Nuevas y últimas aventuras de Sherlock Holmes. La caja de laca. El embudo de cuero, etc.* ................ 20.00
73. **DUMAS, Alejandro:** *Los tres mosqueteros.* Prólogo de Salvador Reyes Nevares ................ 30.00
75. **DUMAS, Alejandro:** *Veinte años después* ................ 27.00
346. **DUMAS, Alejandro:** *El Conde de Monte-Cristo.* Prólogo de Mauricio González de la Garza ................ 36.00
364. **DUMAS, Alejandro:** *El Vizconde de Bragelonne.* 2 Tomos ................ 87.00
365.
407. **DUMAS, Alejandro:** *El paje del Duque de Saboya* ................ 18.00
415. **DUMAS, Alejandro:** *Los cuarenta y cinco* ................ 22.00
452. **DUMAS, Alejandro:** *La dama de Monsoreau* ................ 22.00
502. **DUMAS, Alejandro:** *La Reina Margarita* ................ 18.00
504. **DUMAS, Alejandro:** *La mano del muerto* ................ 18.00
601. **DUMAS, Alejandro:** *Mil y un fantasmas.* Traducción de Luisa Sofovich ................ 20.00
349. **DUMAS, Alejandro (hijo):** *La dama de las Camelias.* Introducción de Arturo Souto A. ................ 12.00
309. **ECA DE QUEIROZ:** *El misterio de la carretera de Cintra. La ilustre casa de Ramírez.* Prólogo de Monserrat Alfau ................ 22.00
444. **ECKERMANN:** *Conversaciones con Goethe.* Introducción de Rudolf K. Goldschmith Jentner ................ 29.00
596. **EMERSON, Ralph Waldo:** *Ensayos.* Prólogo de Edward Tinker ................ 18.00
283. **EPICTETO:** *Manual y máximas.* **MARCO AURELIO:** *Soliloquios.* Estudio preliminar de Francisco Montes de Oca ................ 30.00

**PRECIOS SUJETOS A VARIACIÓN SIN PREVIO AVISO**

**99.** **ERCILLA, Alonso de:** *La Araucana.* Prólogo de Ofelia Garza de del Castillo .......... $ 29.00

**ESOPO:** Véase: **FÁBULAS**

**233.** **ESPINEL, Vicente:** *Vida de Marcos Obregón.* Prólogo de Juan Pérez de Guzmán .......... 15.00

**202.** **ESPRONCEDA, José de.** *Obras poéticas. El pelayo, Poesías líricas. El estudiante de Salamanca. El diablo mundo.* Prólogo de Juana de Ontañón 15.00

**11.** **ESQUILO:** *Las siete tragedias.* Versión directa del griego, con una introducción de Angel María Garibay K. .......... 11.00

**24.** **EURÍPIDES:** *Las diecinueve tragedias.* Versión directa del griego, con una introducción de Angel María Garibay K. .......... 26.00

**602.** *Evangelios Apócrifos.* Introducción de Daniel Rops .......... 30.00

**16.** **FÁBULAS.** *(Pensador mexicano, Rosas Moreno, La Fontaine, Samaniego Iriarte, Esopo, Fedro, etc.).* Selección y notas de María de Pina .......... 30.00 22.00

**FEDRO.** Véase: **FÁBULAS**

**593.** **FEIJOO, Benito Jerónimo:** *Obras escogidas.* Introducción de Arturo Souto Alabarte .......... 29.00

**387.** **FENELON:** *Aventuras de Telémaco.* Introducción de Jeanne Renée Becker .......... 18.00

**503.** **FERNÁNDEZ DE AVELLANEDA, Alonso:** *El ingenioso hidalgo Don Quijote de la Mancha. Que contiene su tercera salida y que es la quinta parte de sus aventuras.* Prólogo de Marcelino Menéndez Pelayo .......... 24.00

**1.** **FERNÁNDEZ DE LIZARDI, José Joaquín:** *El Periquillo sarniento.* Prólogo de J. Rea Spell .......... 20.00

**71.** **FERNÁNDEZ DE LIZARDI, José Joaquín:** *La Quijotita y su prima.* Introducción de María del Carmen Ruiz Castañeda .......... 18.00

**173.** **FERNÁNDEZ DE MORATÍN, Leandro:** *El sí de las niñas. La comedia nueva o el café. La derrota de los pedantes. Lección poética.* Prólogo de Manuel de Ezcurdia .......... 14.00

**521.** **FERNÁNDEZ DE NAVARRETE, Martín:** *Viajes de Colón* .......... 29.00

**211.** **FERRO GAY, Federico:** *Breve historia de la literatura italiana* .......... 36.00

**512.** **FEVAL, Paul:** *El jorobado o Enrique de Lagardere* .......... 18.00

**641.** **FICHTE, Johann Gottlieb:** *El destino del hombre.* Introducciones a la teoría de la ciencia. Prólogo de Federico Jodl .......... 29.00

**FILOSTRATO.** Véase: **LAERCIO, Diógenes**

**352.** **FLAUBERT, Gustavo:** *Madame Bovary. Costumbres de provincia.* Prólogo de José Arenas .......... 20.00

**FRANCE, Anatole:** Véase: **RABELAIS**

**375.** **FRANCE, Anatole:** *El crimen de un académico. La azucena roja. Tais.* Prólogo de Rafael Solana .......... 35.00

**399.** **FRANCE, Anatole:** *Los dioses tienen sed. La rebelión de los ángeles.* Prólogo de Pierre Josserand .......... 30.00

**654.** **FRANK, Ana:** *Diario.* Prólogo de Daniel Rops .......... 22.00

**391.** **FRANKLIN, Benjamín:** *Autobiografía y otros escritos.* Prólogo de Arturo Uslar Pietri .......... 18.00

**92.** **FRÍAS, Heriberto:** *Tomóchic.* Prólogo y notas de James W. Brown .......... 16.00

**494.** **FRÍAS, Heriberto:** *Leyendas históricas mexicanas y otros relatos.* Prólogo de Antonio Saborit .......... 30.00

**534.** **FRÍAS, Heriberto:** *Episodios militares mexicanos. Principales campañas, jornadas, batallas, combates y actos heróicos que ilustran la historia del ejército nacional desde la Independencia hasta el triunfo definitivo de la República* .......... 22.00

**608.** **FURMANOV, Dimitri:** Chapáev. Prólogo de Dionisio Rosales .......... 36.00

**354.** **GABRIEL Y GALÁN, José María:** *Obras completas.* Introducción de Arturo Souto A. .......... 27.00

**311.** **GALVÁN, Manuel de J.:** *Enriquillo. Leyenda histórica dominicana (1503-1533).* Con un estudio de Concha Meléndez .......... 18.00

**PRECIOS SUJETOS A VARIACIÓN SIN PREVIO AVISO**

305. **GALLEGOS, Rómulo:** *Doña bárbara.* Prólogo de Ignacio Díaz Ruiz. $ 20.00
368. **GAMIO, Manuel:** *Forjando patria.* Prólogo de Justino Fernández ...... 22.00
251. **GARCÍA LORCA, Federico:** *Libro de poemas. Poema del Canto Jondo. Romancero Gitano. Poeta en Nueva York. Odas. Llanto por Sánchez Mejías. Bodas de Sangre.* Yerma. Prólogo de Salvador Novo ........................ 25.00
255. **GARCÍA LORCA, Federico:** *Mariana Pineda. La zapatera prodigiosa. Así que pasen cien años. Doña Rosita la soltera. La casa de Bernarda Alba. Primeras canciones. Canciones.* Prólogo de Salvador Novo ................ 20.00
164. **GARCÍA MORENTE, Manuel:** *Lecciones preliminares de filosofía* ........ 20.00
621. **GARCÍA MORENTE, Manuel:** *Estudios y ensayos.* Prólogo de Luis Aguirre Pardo ........................................................................ 29.00
**GARCILASO DE LA VEGA.** Véase: **VEGA, Garcilaso de la**
22. **GARIBAY K., Angel María:** *Panorama literario de los pueblos nahuas* ... 20.00
31. **GARIBAY K., Angel María:** *Mitología griega. Dioses y héroes* ................ 25.00
626. **GARIBAY K., Angel María:** *Historia de la literatura Náhuatl.* Prólogo por Miguel León-Portilla ........................................................ 65.00
**GARIN.** Véase: **Cuentos Rusos**
373. **GAY, José Antonio:** *Historia de Oaxaca.* Prólogo de Pedro Vázquez Colmenares ........................................................................ 36.00
433. **GIL Y CARRASCO, Enrique:** *El señor de Bembibres. El lago de Carucedo. Artículos de costumbres.* Prólogo de Arturo Souto A. ........................ 18.00
21. **GOETHE, J. W.:** *Fausto. Werther.* Introducción de Francisco Montes de Oca ........................................................................ 20.00
400. **GOETHE, J. W.:** *De mi vida. Poesía y verdad.* Prólogo de Ernst Robert Curtius ........................................................................ 45.00
132. **GOGOL, Nikolai V.:** *Las almas muertas. La tercera orden de San Vladimiro. (Fragmentos de comedia inconclusa).* Prólogo de Rosa María Phillips ........................................................................ 18.00
457. **GOGOL, Nikolai V.:** *Taras Bulba. Relatos de Mirgorod.* Prólogo de Emilia Pardo Bazán ........................................................................ 20.00
627. **GOGOL, Nikolai V:** *Novelas breves petersburguesas.* Diario de un loco. La nariz. El copete. El retrato. El carruaje. La perspectiva Nevski. Prólogo de Pablo Schostakovski ........................................................ 27.00
**GOGOL, Nikolai V.** Véase: **CUENTOS RUSOS**
**GÓMEZ ROBLEDO.** Véase: **MAQUIAVELO**
461. **GÓMEZ ROBLEDO, Antonio:** *El magisterio filosófico y jurídico de Alonso de la Veracruz. Con una antología de textos* ........................ 15.00
**GONCHAROV.** Véase: **CUENTOS RUSOS**
262. **GÓNGORA:** *Poesías. Romances. Letrillas. Redondillas. Décimas. Sonetos atribuidos. Poemas. Soledades. Polifemo y Galatea. Panegírico. Poesías sueltas.* Prólogo de Anita Arroyo ................................................ 25.00
568. **GONZÁLEZ OBREGÓN, Luis:** *Las calles de México. Leyendas y sucedidos. Vida y costumbres de otros tiempos.* Prólogo de Carlos G. Peña y Luis G. Urbina ........................................................................ 20.00
44. **GONZÁLEZ PEÑA, Carlos:** *Historia de la literatura mexicana. (Desde los orígenes hasta nuestros días)* ................................................ 22.00
254. **GORKI, Máximo:** *La madre. Mis confesiones.* Prólogo de Rosa María Phillips ........................................................................ 14.00
397. **GORKI, Máximo:** *Mi infancia. Por el mundo. Mis universidades.* Prólogo de Marc Slonim ........................................................ 29.00
118. **GOYTORTUA SANTOS, Jesús:** *Pensativa.* Premio "Lanz Duret" 1944 27.00
315. **GRACIAN, Baltasar:** *El discreto. El criticón. El héroe.* Introducción de Isabel C. Tarán ........................................................................ 35.00
**GUILLÉN DE NICOLAU, Palma.** Véase: **MISTRAL, Gabriela**
169. **GÜIRALDES, Ricardo:** *Don segundo sombra.* Prólogo de María Edmée A. 30.00
**GUITTON, Jean.** Véase: **SERTILANGES, A. D.**

**PRECIOS SUJETOS A VARIACIÓN SIN PREVIO AVISO**

19. **GUTIÉRREZ NÁJERA, Manuel:** *Cuentos y cuaresmas del Duque Job. Cuentos frágiles. Cuentos de color de humo. Primeros cuentos. Ultimos cuentos.* Prólogo y capítulo de novelas. Edición e introducción de Francisco Monterde ........ $ 22.00

438. **GUZMÁN, Martín Luis:** *Memorias de Pancho Villa* ........ 51.00

508. **HAGGARD, Henry Rider:** *Las minas del Rey Salomón.* Introducción de Allan Quatermain ........ 30.00

396. **HAMSUN, Knut:** *Hambre. Pan.* Prólogo de Antonio Espina ........ 30.00

631. **HAWTHORNE, Nathaniel:** *La letra escarlata.* Prólogo de Ludwig Lewisohn ........ 27.00

484. **HEBREO, León:** *Diálogos de Amor.* Traducción de Garcilaso de la Vega, El Inca ........ 22.00

187. **HEGEL:** *Enciclopedia de las ciencias filosóficas.* Estudio introductivo y análisis de la obra por Francisco Larroyo ........ 29.00

429. **HEINE, Enrique:** *Libro de los cantares. Prosa escogida.* Prólogo de Marcelino Menéndez Pelayo ........ 15.00

599. **HEINE, Enrique:** *Alemania. Cuadros de viaje.* Prólogo de Maxime Alexandre ........ 22.00

**HENRÍQUEZ UREÑA, Pedro.** Véase: **URBINA, Luis G.**

271. **HEREDIA, José María:** *Poesías completas.* Estudio preliminar de Raimundo Lazo ........ 15.00

216. **HERNÁNDEZ, José:** *Martín Fierro.* Estudio preliminar por Raimundo Lazo ........ 20.00

176. **HERODOTO:** *Los nueve libros de la historia.* Introducción de Edmundo O'Gorman ........ 29.00

323. **HERRERA Y REISSIG, Julio:** *Poesías.* Introducción de Ana Victoria Mondada ........ 15.00

206. **HESIODO:** *Teogonía. Los trabajos y los días. El escudo de Heracles. Idilios de Bión. Idilios de Mosco. Himnos órficos.* Prólogo de Manuel Villálaz 15.00

607. **HESSE, Hermann:** *El lobo estepario. Relatos autobiográficos.* Prólogo de F. Martini ........ 28.00

630. **HESSE, Hermann:** *Demian. Siddhartha.* Prólogo de Ernest Robert Curtius ........ 20.00

351. **HESSEN, Juan:** Teoría del conocimiento. **MESSER, Augusto:** *Realismo crítico.* **BESTEIRO, Julian:** *Los juicios sintéticos "A priori".* Preliminar y estudio introductivo por Francisco Larroyo ........ 25.00

156. **HOFFMAN, E. T. G.:** *Cuentos.* Prólogo de Rosa María Phillips ........ 18.00

2. **HOMERO:** *La Ilíada.* Traducción de Luis Segala y Estalella. Prólogo de Alfonso Reyes ........ 20.00

4. **HOMERO:** *La Odisea.* Traducción de Luis Segala y Estalella. Prólogo de Manuel Alcalá ........ 20.00

240. **HORACIO:** *Odas y épodos. Satiras. Epístolas. Arte poética.* Estudio preliminar de Francisco Montes de Oca ........ 22.00

77. **HUGO, Víctor:** *Los miserables.* Nota preliminar de Javier Peñalosa .. 50.00

294. **HUGO, Víctor:** *Nuestra Señora de París.* Introducción de Arturo Souto A. 24.00

586. **HUGO, Víctor:** *Noventa y tres.* Prólogo de Marcel Aymé ........ 22.00

274. **HUGON, Eduardo:** *Las veinticuatro tesis tomistas. Incluye, además Encíclica Aeterni Patris, de León XIII. Motu Propio Doctoris Angelici, de Pio X Motu Propio non multo post. De Benedicto XV. Encíclica Studiorum Ducem, de Pio XI.* Análisis de la obra precedida de un estudio sobre los orígenes y desenvolvimiento de la Neoescolástica, por Francisco Larroyo 18.00

**HUIZINGA, Johan.** Véase: **ROTTERDAM, Erasmo de**

39. **HUMBOLDT, Alejandro de:** *Ensayo político sobre el reino de la Nueva España.* Estudio preliminar, cotejos, notas y anexos de Juan A. Ortega y Medina ........ 58.00

**PRECIOS SUJETOS A VARIACIÓN SIN PREVIO AVISO**

326. **HUME, David:** *Tratado de la naturaleza humana. Ensayo para introducir el método del razonamiento humano en los asuntos morales.* Estudio introductivo y análisis de la obra por Francisco Larroyo .................. $ 33.00

587. **HUXLEY, Aldous:** *Un mundo feliz. Retorno a un mundo feliz.* Prólogo de Theodor W. Adorno .................. 20.00

78. **IBARGÜENGOITIA, Antonio:** *Filosofía mexicana. En sus hombres y en sus textos* .................. 30.00

348. **IBARGÜENGOITIA CHICO, Antonio:** *Suma filosófica mexicana. (Resumen de historia de la filosofía en México)* .................. 30.00

303. **IBSEN, Enrique:** *Peer Gynt. Casa de muñecas. Espectros. Un enemigo del pueblo. El pato silvestre. Juan Gabriel Borkman.* Versión y prólogo de Ana Victoria Mondada .................. 25.00

47. **IGLESIAS, José María:** *Revistas históricas sobre la intervención francesa en México.* Introducción e índice de materias de Martín Quirarte ... 56.00

63. **INCLÁN, Luis G.:** *Astucia. El jefe de los hermanos de la hoja o los charros contrabandistas de la rama.* Prólogo de Salvador Novo .................. 35.00

207. **INDIA LITERARIA, LA.** Mahabarata. Bagavad Gita. Los vedas. Leyes de Manú. Poesía. Teatro. Cuentos. Apología y leyendas. Antología, introducciones históricas, notas y un vocabulario del hinduismo por Teresa E. Rohde .................. 18.00

270. **INGENIEROS, José:** *El hombre mediocre.* Introducción de Raúl Carrancá y Rivas .................. 22.00

**IRIARTE.** Véase: **Fábulas**

79. **IRVING, Washington:** *Cuentos de la Alhambra.* Introducción de Ofelia Garza de del Castillo .................. 18.00

46. **ISAACS, Jorge:** María. Introducción de Daniel Moreno .................. 18.00

245. **JENOFONTE:** *La expedición de los diez mil. Recuerdos de Sócrates. El banquete. Apología de Sócrates.* Estudio preliminar de Francisco Montes de Oca .................. 18.00

66. **JIMÉNEZ, Juan Ramón:** *Platero y yo. Trescientos poemas (1903-1953)* .. 25.00

374. **JOSEFO, Flavio:** *La guerra de los judíos.* Prólogo de Salvador Marichalar .................. 27.00

448. **JOVELLANOS, Gaspar Melchor de:** *Obras históricas. Sobre la legislación y la historia. Discursos sobre la geografía y la historia. Sobre los espectáculos y diversiones públicas. Descripción del Castillo de Bellver. Disciplina eclesiástica sobre sepulturas.* Edición y notas de Elvira Martínez .................. 22.00

23. **JOYAS DE LA AMISTAD ENGARZADAS EN UNA ANTOLOGÍA.** Selección y nota preliminar de Salvador Novo .................. 25.00

390. **JOYCE, James:** *Retrato del artista adolescente. Gente de Dublín.* Prólogo de Antonio Marichalar .................. 22.00

467. **KAFKA, Franz:** *La metamorfosis. El proceso.* Prólogo de Milán Kundera. 25.00

486. **KAFKA, Franz:** *El castillo. La condena. La gran Muralla China.* Introducción de Theodor W. Adorno .................. 25.00

656. **KAFKA, Franz:** *Carta al padre y otros relatos.* Prólogo de José María Alfaro .................. 25.00

203. **KANT, Manuel:** *Crítica de la razón pura.* Estudio introductivo y análisis de la obra por Francisco Larroyo .................. 30.00

212. **KANT, Manuel:** *Fundamentación de la metafísica de las costumbres. Crítica de la razón práctica. La paz perpetua.* Estudio introductivo y análisis de las obras por Francisco Larroyo .................. 30.00

246. **KANT, Manuel:** *Prolegómenos a toda metafísica del porvenir. Observaciones sobre el sentimiento de lo bello y lo sublime. Crítica del juicio.* Estudio preliminar de las obras por Francisco Larroyo .................. 22.00

30. **KEMPIS, Tomás de:** *Imitación de Cristo.* Introducción de Francisco Montes de Oca .................. 18.00

204. **KIPLING, Rudyard:** *El libro de las tierras vírgenes.* Introducción de Arturo Souto Alabarce .................. 24.00

**PRECIOS SUJETOS A VARIACIÓN SIN PREVIO AVISO**

545. **KOROLENKO, Vladimir G.:** *El sueño de Makar. Malas compañías. El clamor del bosque. El músico ciego y otros relatos.* Introducción por A. Jrabrovitski .......... $ 15.00

**KOROLENKO:** Véase: **CUENTOS RUSOS**

637. **KRUIF, Paul de:** *Los cazadores de microbios.* Introducción de Irene E. Motts .......... 35.00

598. **KUPRIN, Alejandro:** *El desafío.* Introducción de Ettore lo Gatto .......... 22.00

**KUPRIN:** Véase: **Cuentos Rusos**

427. **LAERCIO, Diógenes:** *Vidas de los filósofos más ilustres.* **FILOSTRATO:** *Vidas de los sofistas.* Traducciones y prólogos de José Ortíz.Sanz y José M. Riaño .......... 29.00

**LAERCIO, Diógenes.** Véase: **LUCRECIO CARO, Tito**

**LAFONTAINE.** Véase: **FÁBULAS**

520. **LAFRAGUA, José María y OROZCO Y BERRA, Manuel:** *La ciudad de México.* Prólogo de Ernesto de la Torre Villar. Con la colaboración de Ramiro Navarro de Anda .......... 50.00

155. **LAGERLOFF, Selma:** *El maravilloso viaje de Nils Holgersson.* Introducción de Palma Guillén de Nicolau .......... 18.00

549. **LAGERLOFF, Selma:** *El carretero de la muerte. El esclavo de su finca y otras narraciones.* Prólogo de Agustín Loera y Chávez .......... 22.00

272. **LAMARTINE, Alfonso de:** *Graziella Rafael.* Estudio preliminar de Daniel Moreno .......... 15.00

93. **LARRA, Mariano José de. "Fígaro":** *Artículos.* Prólogo de Juana de Ontañón .......... 29.00

459. **LARRA, Mariano José de. "Fígaro":** *El doncel de Don Enrique. El doliente. Macías.* Prólogo de Arturo Souto A. .......... 18.00

333. **LARROYO, Francisco:** *La filosofía Iberoamericana. Historia, formas, temas, polémica, realizaciones* .......... 29.00

34. *LAZARILLO DE TORMES, EL.* **(Autor desconocido).** *Vida del buscón Don Pablos* de **FRANCISCO DE QUEVEDO.** Estudio preliminar de ambas obras por Guillermo Díaz-Plaja .......... 25.00

38. **LAZO, Raimundo:** *Historia de la literatura hispanoamericana. El período colonial (1492-1780)* .......... 40.00

65. **LAZO, Raimundo:** *Historia de la literatura hispanoamericana. El siglo XIX (1780-1914)* .......... 18.00

179. **LAZO, Raimundo:** *La novela Andina. (Pasado y futuro. Alcides. Arguedas. César Vallejo. Ciro Alegría. Jorge Icaza. José María Arguedas. Previsible misión de Vargas Llosa y los futuros narradores)* .......... 18.00

184. **LAZO, Raimundo:** *El romanticismo. (Lo romántico en la lírica hispanoamericana, del siglo XVI a 1970)* .......... 29.00

226. **LAZO, Raimundo:** *Gertrudis Gómez de Avellaneda. La mujer y la poesía lírica* .......... 15.00

*Lectura en voz alta.* Véase: **ARREOLA, Juan José**

247. **LE SAGE:** *Gil Blas de Santillana.* Traducción y prólogo de Francisco José de Isla. Y un estudio de Sainte-Beuve .......... 36.00

321. **LEIBNIZ, Godofredo G.:** *Discurso de metafísica. Sistema de la naturaleza. Nuevo tratado sobre el entendimiento humano. Monadología. Principios sobre la naturaleza y la gracia.* Estudio introductivo y análisis de las obras por Francisco Larroyo .......... 36.00

145. **LEÓN, Fray Luis de:** *La perfecta casada. Cantar de los cantares. Poesías originales.* Introducción y notas de Joaquín Antonio Peñalosa .......... 25.00

632. **LESSING, G. E.:** *Laocoonte.* Introducción de Wilhelm Dilthey .......... 29.00

48. *Libro de los Salmos.* Versión directa del hebreo y comentarios de José González Brown .......... 29.00

304. **LIVIO, Tito:** *Historia Romana. Primera década.* Estudio preliminar de Francisco Montes de Oca .......... 27.00

**PRECIOS SUJETOS A VARIACIÓN SIN PREVIO AVISO**

276. **LONDON, Jack:** *El lobo de mar. El mexicano.* Introducción de Arturo Souto A. ........ $ 18.00
277. **LONDON, Jack:** *El llamado de la selva. Colmillo blanco* ........ 25.00
284. **LONGO:** *Dafnis y Cloé.* **APULEYO:** *El asno de oro.* Estudio preliminar de Francisco Montes de Oca ........ 22.00
657. **LOPE DE VEGA.** *Poesía lírica.* Prólogo de Alfonso Junco ........ 65.00
12. **LOPE DE VEGA Y CARPIO, Félix:** *Fuente ovejuna. Peribáñez y el comendador de ocaña. El mejor alcalde, el Rey. El caballero de Olmedo.* Biografía y presentación de las obras por J. M. Lope Blanch ........ 18.00
566. **LÓPEZ DE GOMARA, Francisco:** *Historia de la conquista de México.* Estudio preliminar de Juan Miralles Ostos ........ 40.00

**LOPE DE VEGA.** Véase: **AUTOS SACRAMENTALES**

**LÓPEZ DE YANGUAS.** Véase: **AUTOS SACRAMENTALES**

298. **LÓPEZ-PORTILLO Y ROJAS, José:** *Fuertes y débiles.* Prólogo de Ramiro Villaseñor y Villaseñor ........ 15.00

**LÓPEZ RUBIO.** Véase: **TEATRO ESPAÑOL CONTEMPORÁNEO**

574. **LÓPEZ SOLER, Ramón:** *Los bandos de Castilla. El caballero del cisne.* Prólogo de Ramón López Soler ........ 18.00
218. **LÓPEZ Y FUENTES, Gregorio:** *El indio. (Novela mexicana).* Prólogo de Antonio Magaña Esquivel ........ 15.00
297. **LOTI, Pierre:** *Las desencantadas.* Introducción de Rafael Solana ........ 15.00

**LUCA DE TENA.** Véase: **TEATRO ESPAÑOL CONTEMPORÁNEO**

485. **LUCRECIO CARO, Tito:** *De la naturaleza.* **LAERCIO, Diógenes:** *Epicuro.* Prólogo de Concetto Marchessi ........ 22.00
353. **LUMMIS, Carlos F.:** *Los exploradores españoles del Siglo XVI.* Prólogo de Rafael Altamira ........ 15.00
595. **LLUL, Ramón:** *Blanquerna. El doctor iluminado* por Ramón Xirau ........ 22.00
639. **MACHADO DE ASSIS, Joaquín María.** *El alienista y otros cuentos.* Prólogo de Ilán Stavans. Rústica ........ 27.00
324. **MAETERLINCK, Maurice:** *El pájaro azul.* Introducción de Teresa del Conde ........ 12.00
664. **MANN, Thomas:** *La montaña mágica.* Esbozo de mi vida por Thomas Mann ........ 50.00
178. **MANZONI, Alejandro:** *Los novios. (Historia milanesa del siglo XVIII).* Con un estudio de Federico Baraibar ........ 22.00
152. **MAQUIAVELO, Nicolás:** *El príncipe.* Precedido de Nicolás Maquiavelo en su quinto centenario por Antonio Gómez Robledo ........ 15.00

**MARCO AURELIO:** Véase: **EPICTETO**

192. **MÁRMOL, José:** *Amalia.* Prólogo de Juan Carlos Ghiano ........ 29.00
652. **MARQUÉS DE SANTILLANA–GÓMEZ MANRIQUE–JORGE MANRIQUE.** *Poesía.* Introducción de Arturo Souto A. ........ $ 30.00
367. **MÁRQUEZ STERLING, Carlos:** *José Martí. Síntesis de una vida extraordinaria* ........ 22.00

**MARQUINA.** Véase: **TEATRO ESPAÑOL CONTEMPORÁNEO**

141. **MARTÍ, José:** *Sus mejores páginas.* Estudio, notas y selección de textos, por Raimundo Lazo ........ 18.00
236. **MARTÍ, José:** *Ismaelillo. La edad de oro. Versos sencillos.* Prólogo de Raimundo Lazo ........ 20.00
338. **MARTÍNEZ DE TOLEDO, Alfonso:** *Arcipreste de Talavera o Corbacho.* Introducción de Arturo Souto A. Con un estudio del vocabulario del Corbacho y colección de refranes y locuciones contenidos en el mismo por A. Steiger ........ 18.00
214. **MARTÍNEZ SIERRA. Gregorio:** *Tú eres la paz. Canción de cuna.* Prólogo de María Edmée Alvarez ........ 15.00
193. **MATEOS, Juan A.:** *El cerro de las campanas. (Memorias de un guerrillero).* Prólogo de Clementina Díaz y de Ovando ........ 29.00

**PRECIOS SUJETOS A VARIACIÓN SIN PREVIO AVISO**

197. **MATEOS, Juan A.:** *El sol de mayo. (Memorias de la intervención).* Nota preliminar de Clementina Díaz y de Ovando ........................................ $ 24.00
514. **MATEOS, Juan A.:** *Sacerdote y caudillo. (Memorias de la insurrección)* .. 29.00
573. **MATEOS, Juan A.:** *Los insurgentes.* Prólogo y epílogo de Vicente Riva Palacio ........................................ 22.00
344. **MATOS MOCTEZUMA, Eduardo:** *El negrito poeta mexicano y el dominicano. ¿Realidad o fantasía.* Exordio de Antonio Pompa y Pompa ... 15.00
565. **MAUGHAM, W. Somerset:** *Cosmopolitas. La miscelánea de siempre.* Estudio sobre el cuento corto de W. Somerset Maugham ........................ 18.00
665. **MAUGHAM, William Somerset:** *Servidumbre humana.* Leyendo a Maugham por Rafael Solana ........................................ 55.00
410. **MAUPASSANT, Guy de:** *Bola de sebo. Mademoiselle Fifi. Las hermanas Rondoli* ........................................ 25.00
423. **MAUPASSANT, Guy de:** *La becada. Claror de luna. Miss Harriet.* Introducción de Dana Lee Thomas ........................................ 25.00
642. **MAUPASSANT, Guy de:** *Bel-Ami.* Introducción de Miguel Moure. Traducción de Luis Ruíz Contreras ........................................ 36.00
506. **MELVILLE, Herman:** *Moby Dick o la ballena blanca.* Prólogo de W. Somerset Maugham ........................................ 35.00
336. **MENÉNDEZ, Miguel Angel:** *Nayar.* (Novela). Ilustró Cadena M. ...... 29.00
370. **MENÉNDEZ PELAYO, Marcelino:** *Historia de los heterodoxos españoles. Erasmistas y protestantes. Sectas místicas. Judaizantes y moriscos. Artes mágicas.* Prólogo de Arturo Farinelli ........................................ 50.00
389. **MENÉNDEZ PELAYO, Marcelino:** *Historia de los heterodoxos españoles. Regalismo y enciclopedia. Los afrancesados y las Cortes de Cadiz. Reinados de Fernando VII e Isabel II. Krausismo y Apologístas católicos.* Prólogo de Arturo Ferinelli ........................................ 44.00
405. **MENÉNDEZ PELAYO, Marcelino:** *Historia de los heterodoxos españoles. Epocas romana y visigoda. Priscilianismo y adopcionismo. Mozárabes. Acordobeses. Panteismo semítico. Albigenses y valdenses. Arnaldo de Vilanova. Raimundo Lulio. Herejes en el siglo XV.* Advertencia y discurso preliminar de Marcelino Menéndez Pelayo ........................................ 44.00
475. **MENÉNDEZ PELAYO, Marcelino:** *Historia de las ideas estéticas en España. Las ideas estéticas entre los antiguos griegos y latinos. Desarrollo de las ideas estéticas hasta fines del siglo XVII* ........................................ 51.00
482. **MENÉNDEZ PELAYO, Marcelino:** *Historia de las ideas estéticas en España. Reseña histórica del desarrollo de las doctrinas estéticas durante el siglo XVIII* ........................................ 44.00
483. **MENÉNDEZ PELAYO, Marcelino:** *Historia de las ideas estéticas en España. Desarrollo de las doctrinas estéticas durante el siglo XIX* ........................................ 58.00
**MESSER, Augusto:** Véase: **HESSEN, Juan**
**MIHURA:** Véase: **TEATRO ESPAÑOL CONTEMPORÁNEO**
18. **MIL Y UN SONETOS MEXICANOS.** Selección y nota preliminar de Salvador Novo ........................................ 30.00
136. **MIL Y UNA NOCHES, LAS.** Prólogo de Teresa E. de Rhode ........... 30.00
194. **MILTON, John:** *El paraíso perdido.* Prólogo de Joaquín Antonio Peñalosa ........................................ 12.00
**MIRA DE AMEZCUA:** Véase: **AUTOS SACRAMENTALES**
109. **MIRO, Gabriel:** *Figuras de la pasión del señor. Nuestro Padre San Daniel.* Prólogo de Juana de Ontañón ........................................ 22.00
68. **MISTRAL, Gabriela:** *Lecturas para mujeres. Gabriela Mistral (1922-1924).* Por Palma Guillén de Nicolau ........................................ 20.00
250. **MISTRAL, Gabriela:** *Desolación. Ternura. Tala. Lagar.* Introducción de Palma Guillén de Nicolau ........................................ 30.00
144. **MOLIERE:** *Comedias. Tartufo. El burgués gentilhombre. El misántropo. El enfermo imaginario.* Prólogo de Rafael Solana ........................................ 15.00

**PRECIOS SUJETOS A VARIACIÓN SIN PREVIO AVISO**

149. **MOLIERE:** *Comedias. El avaro. Las preciosas ridículas. El médico a la fuerza. La escuela de las mujeres. Las mujeres sabias.* Prólogo de Rafael Solana ........ $ 18.00
32. **MOLINA, Tirso de:** *El vergonzoso en palacio. El condenado por desconfiado. El burlador de Sevilla. La prudencia en la mujer.* Edición de Juana de Ontañón ........ 15.00
**MOLINA, Tirso de:** Véase: **AUTOS SACRAMENTALES**
600. **MONTAIGNE:** *Ensayos completos.* Notas prologales de Emiliano M. Aguilera. Traducción del francés de Juan G. de Luaces ........ 65.00
208. **MONTALVO, Juan:** *Capítulos que se le olvidaron a Cervantes.* Estudio introductivo de Gonzalo Zaldumbide ........ 22.00
501. **MONTALVO, Juan:** *Siete tratados.* Prólogo de Luis Alberto Sánchez... 22.00
381. **MONTES DE OCA, Francisco:** *Poesía hispanoamericana* ........ 29.00
191. **MONTESQUIEU:** *Del espíritu de las leyes.* Estudio preliminar de Daniel Moreno ........ 50.00
282. **MORO, Tomás:** *Utopía.* Prólogo de Manuel Alcalá ........ 20.00
129. **MOTOLINÍA, Fray Toribio:** *Historia de los indios de la Nueva España.* Estudio crítico, apéndices, notas e índice de Edmundo O'Gorman... 25.00
588. **MUNTHE, Axel:** *La historia de San Michele.* Introducción de Arturo Uslar-Pietri ........ 22.00
286. **NATORP, Pablo:** *Propedéutica filosófica. Kant y la escuela de Marburgo. Curso de pedagogía social.* Presentación introductiva. (El autor y su obra). Y preámbulos a los capítulos por Francisco Larroyo ........ 12.00
527. **NAVARRO VILLOSLADA, Francisco:** *Amaya o los Vascos en el siglo VIII* 36.00
171. **NERVO, Amado:** *Plenitud, perlas negras. Místicas. Los jardines interiores. El estanque de los Lotos.* Prólogo de Ernesto Mejía Sánchez ........ 18.00
175. **NERVO, Amado:** *La amada inmóvil. Serenidad. Elevación. La última luna.* Prólogo de Ernesto Mejía Sánchez ........ 20.00
443. **NERVO, Amado:** *Poemas: Las voces. Lira heróica. El éxodo y las flores del camino. El arquero divino. Otros poemas. En voz baja. Poesías varias* ...... 22.00
**NEVILLE.** Véase: **TEATRO ESPAÑOL CONTEMPORÁNEO**
395. **NIETZSCHE, Federico:** *Así hablaba Zaratustra.* Prólogo de E. W. F. Tomlin ........ 25.00
430. **NIETZSCHE, Federico:** *Más allá del bien y del mal. Genealogía de la moral.* Prólogo de Johann Fischl ........ 18.00
576. **NÚÑEZ CABEZA DE VACA, Alvar:** *Naufragios y comentarios. Apuntes sobre la vida del adelantado* por Enrique Vedia ........ 30.00
356. **NÚÑEZ DE ARCE, Gaspar:** *Poesías completas.* Prólogo de Arturo Souto A. ........ 18.00
45. **O'GORMAN, Edmundo:** *Historia de las divisiones territoriales en México* ........ 44.00
8. *Ocho siglos de poesía en lengua española.* Introducción y Compilación de Francisco Montes de Oca ........ 90.00
**OLMO:** Véase: **TEATRO ESPAÑOL CONTEMPORÁNEO**
**ONTAÑÓN, Juana de:** Véase: **SANTA TERESA DE JESÚS**
462. **ORTEGA Y GASSET, José:** *En torno a Galileo. El hombre y la gente.* Prólogo de Ramón Xirau ........ 36.00
488. **ORTEGA Y GASSET, José:** *El tema de nuestro tiempo. La rebelión de las masas.* Prólogo de Fernando Salmerón ........ 22.00
497. **ORTEGA Y GASSET, José:** *La deshumanización del arte e ideas sobre la novela. Velázquez. Goya* ........ 27.00
499. **ORTEGA Y GASSET, José:** *¿Qué es filosofía? Unas lecciones de metafísica.* Prólogo de Antonio Rodríguez Húescar ........ 40.00
436. **OSTROVSKI, Nicolai:** *Así se templó el acero.* Prefacio de Ana Kareváeva ........ 18.00
316. **OVIDIO:** *Las metamorfosis.* Estudio preliminar de Francisco Montes de Oca ........ 25.00

213. **PALACIO VALDÉS, Armando:** *La hermana San Sulpicio.* Introducción de Joaquín Antonio Peñalosa ........ $ 18.00

125. **PALMA, Ricardo:** *Tradiciones peruanas.* Estudio y selección por Raimundo Lazo ........ 18.00

**PALOU, Fr. Francisco:** Véase: **CLAVIJERO, Francisco Xavier**

421. **PAPINI, Giovanni:** *Gog. El libro negro.* Prólogo de Ettore Allodoli ..... 22.00

424. **PAPINI, Giovanni:** *Historia de Cristo.* Prólogo de Victoriano Capánaga ........ 25.00

644. **PAPINI, Giovanni:** *Los operarios de la viña y otros ensayos* ........ 29.00

266. **PARDO BAZAN, Emilia:** *Los pazos de Ulloa.* Introducción de Arturo Souto A. ........ 15.00

358. **PARDO BAZAN, Emilia:** *San Francisco de Asís. (Siglo XIII).* Prólogo de Marcelino Menéndez Pelayo ........ 30.00

496. **PARDO BAZAN, Emilia:** *La madre naturaleza.* Introducción de Arturo Souto A. ........ 18.00

577. **PASCAL, Blas:** *Pensamientos y otros escritos.* Aproximaciones a Pascal de R. Guardini. F. Mauriac, J. Mesner y H. Küng ........ 35.00

**PASO:** Véase: **TEATRO ESPAÑOL CONTEMPORÁNEO**

3. **PAYNO, Manuel:** *Los bandidos de Río Frío.* Prólogo de Antonio Castro Leal ........ 40.00

80. **PAYNO, Manuel:** *El fistol del diablo. (Novela de costumbres mexicanas).* Texto establecido y estudio preliminar de Antonio Castro Leal........ 58.00

605. **PAYNO, Manuel:** *El hombre de la situación. Retratos históricos. Moctezuma II. Cuauhtémoc. La Sevillana. Alfonso de Avila. Don Martín Cortés. Fray Marcos de Mena. El Tumulto de 1624. La Familia Dongo. Allende. Mina. Guerrero. Ocampo. Comonfort.* Prólogo de Luis González Obregón ........ 18.00

622. **PAYNO, Manuel:** *Novelas cortas.* Apuntes biográficos por Alejandro Villaseñor y Villaseñor ........ 27.00

**PEMAN:** Véase: **TEATRO ESPAÑOL CONTEMPORÁNEO**

**PENSADOR MEXICANO:** Véase: **FÁBULAS**

64. **PEREDA, José María de:** *Peñas arriba. Sotileza.* Introducción de Soledad Anaya Solórzano ........ 25.00

165. **PEREYRA, Carlos:** *Hernán Cortés.* Prólogo de Martín Quirarte ........ 15.00

493. **PEREYRA, Carlos:** *Las huellas de los conquistadores* ........ 20.00

498. **PEREYRA, Carlos:** *La conquista de las rutas oceánicas. La obra de España en América.* Prólogo de Silvio Zavala ........ 22.00

188. **PÉREZ ESCRICH, Enrique:** *El mártir del Gólgota.* Prólogo de Joaquín Antonio Peñalosa ........ 29.00

69. **PÉREZ GALDÓS, Benito:** *Miau. Marianela.* Prólogo de Teresa Silva Tena ........ 35.00

107. **PÉREZ GALDÓS, Benito:** *Doña perfecta. Misericordia* ........ 20.00

117. **PÉREZ GALDÓS, Benito:** *Episodios nacionales: Trafalgar. La corte de Carlos IV.* Prólogo de María Eugenia Gaona ........ 22.00

130. **PÉREZ GALDÓS, Benito:** *Episodios nacionales: 19 de marzo y el 2 de mayo. Bailén* ........ 15.00

158. **PÉREZ GALDÓS, Benito:** *Episodios nacionales: Napoleón en Chamartín. Zaragoza.* Prólogo de Teresa Silva Tena ........ 15.00

166. **PÉREZ GALDÓS, Benito:** *Episodios nacionales: Gerona. Cádiz.* Nota preliminar de Teresa Silva Tena ........ 15.00

185. **PÉREZ GALDÓS, Benito:** *Fortunata y Jacinta. (Dos historias de casadas).* Introducción de Agustín Yáñez ........ 50.00

289. **PÉREZ GALDÓS, Benito:** *Episodios nacionales: Juan Martín el Empecinado. La batalla de los Arapiles* ........ 15.00

378. **PÉREZ GALDÓS, Benito:** *La desheredada.* Prólogo de José Salavarría 30.00

383. **PÉREZ GALDÓS, Benito:** *El amigo manso.* Prólogo de Joaquín Casalduero ........ 18.00

**PRECIOS SUJETOS A VARIACIÓN SIN PREVIO AVISO**

392. **PÉREZ GALDÓS, Benito:** *La fontana de oro.* Introducción de Marcelino Menéndez Pelayo ........ 22.00

446. **PÉREZ GALDÓS, Benito:** *Tristana. Nazarín.* Prólogo de Ramón Gómez de la Serna ........ 18.00

473. **PÉREZ GALDÓS, Benito:** *Ángel Guerra.* Prólogo de Emilia Pardo Bazán ........ 22.00

489. **PÉREZ GALDÓS, Benito:** *Torquemada en la hoguera. Torquemada en la cruz. Torquemada en el purgatorio. Torquemada y San Pedro.* Prólogo de Joaquín Casalduero ........ 27.00

231. **PÉREZ LUGIN, Alejandro:** *La casa de la Troya. Estudiantina* ........ 12.00

235. **PÉREZ LUGIN, Alejandro:** *Currito de la Cruz* ........ 18.00

263. **PERRAULT, CUENTOS DE:** *Griselda. Piel de asno. Los deseos ridículos. La bella durmiente del bosque. Caperucita roja. Barba azul. El gato con botas. Las hadas. Cenicienta. Riquete el del copete. Pulgarcito.* Prólogo de María Edmée Alvarez ........ 15.00

308. **PESTALOZZI, Juan Enrique:** *Cómo Gertrudis enseña a sus hijos. Cartas sobre la educación de los niños. Libros de educación elemental.* Prólogos, estudio introductivo y preámbulos de las obras por Edmundo Escobar ........ 25.00

369. **PESTALOZZI, Juan Enrique:** *Canto del cisne.* Estudio preliminar de José Manuel Villalpando ........ 20.00

492. **PETRARCA:** *Cancionero. Triunfos.* Prólogo de Ernst Hatch Wilkins. 22.00

221. **PEZA, Juan de Dios:** *Hogar y patria. El arpa del amor.* Noticia preliminar de Porfirio Martínez Peñalosa ........ 20.00

224. **PEZA, Juan de Dios:** *Recuerdos y esperanzas. Flores del alma y versos festivos.* 30.00

557. **PEZA, Juan de Dios:** *Leyendas históricas tradicionales y fantásticas de las calles de la ciudad de México.* Prólogo de Isabel Quiñónez ........ 22.00

594. **PEZA, Juan de Dios:** *Memorias. Reliquias y retratos.* Prólogo de Isabel Quiñonez ........ 27.00

248. **PÍNDARO:** *Odas. Olímpicas. Píticas. Nemeas. Istmicas y fragmentos de otras obras de Píndaro. Otros líricos griegos: Arquíloco: Tirteo. Alceo. Safo. Simónides de Ceos. Anacreonte. Baquílides.* Estudio preliminar de Francisco Montes de Oca ........ 15.00

13. **PLATÓN:** *Diálogos.* Estudio preliminar de Francisco Larroyo ........ 45.00

139. **PLATÓN:** *Las leyes. Epinomis. El político.* Estudio introductivo y preámbulos a los diálogos de Francisco Larroyo ........ 36.00

258. **PLAUTO:** *Comedias: Los mellizos. El militar fanfarrón. La olla. El gorgojo. Anfitrión. Los cautivos.* Estudio preliminar de Francisco Montes de Oca ........ 18.00

26. **PLUTARCO:** *Vidas paralelas.* Introducción de Francisco Montes de Oca ........ 33.00

564. **POBREZA Y RIQUEZA.** En obras selectas del cristianismo primitivo por Carlos Ignacio González S. J. ........ 18.00

210. **POE, Edgar Allan:** *Narraciones extraordinarias. Aventuras de Arturo Gordon. Pym. El cuervo.* Prólogo de Ma. Elvira Bermúdez ........ 20.00

85. **POEMA DE MIO CID.** Versión antigua, con prólogo y versión moderna de Amancio Bolaño e Isla. Seguida del **ROMANCERO DEL CID** 20.00

102. **POESÍA MEXICANA.** Selección de Francisco Montes de Oca ........ 36.00

371. **POLO, Marco:** *Viajes.* Introducción de María Elvira Bermúdez ........ 25.00

510. **PONSON DU TERRAIL, Pierre Alexis:** *Hazañas de Rocambole. Tomo I.* 29.00

511. **PONSON DU TERRAIL, Pierre Alexis:** *Hazañas de Rocambole. Tomo II* .. 29.00

518. **PONSON DU TERRAIL, Pierre Alexis:** *La resurrección de Rocambole. Tomo I.* Continuación de "Hazañas de Rocambole" ........ 29.00

519. **PONSON DU TERRAIL, Pierre Alexis:** *La resurrección de Rocambole. Tomo II.* Continuación de "Hazañas de Rocambole" ........ 29.00

**PRECIOS SUJETOS A VARIACIÓN SIN PREVIO AVISO**

**36.** **POPOL VUH.** Antiguas historias de los indios Quichés de Guatemala. Ilustradas con dibujos de los códices mayas. Advertencia, versión y vocabulario de Albertina Saravia E. ........................ $ 25.00

**150.** **PRESCOTT, William H.:** *Historia de la conquista de México.* Anotada por Don Lucas Alamán. Con notas, críticas y esclarecimientos de Don José Fernando Ramírez. Prólogo y apéndices por Juana A. Ortega y Medina ........................ 70.00

**198.** **PRIETO, Guillermo:** *Musa callejera.* Prólogo de Francisco Monterde 15.00

**450.** **PRIETO, Guillermo:** *Romancero nacional.* Prólogo de Ignacio M. Altamirano ........................ 22.00

**481.** **PRIETO, Guillermo:** *Memorias de mis tiempos.* Prólogo de Horacio Labastida ........................ 60.00

**54.** **PROVERBIOS DE SALOMÓN Y SABIDURÍA DE JESÚS DE BEN SIRAK.** Versión directa de los originales por Angel María Garibay K. 18.00

**QUEVEDO, Francisco de:** Véase: **LAZARILLO DE TORMES**

**646.** **QUEVEDO, Francisco de:** *Poesía.* Introducción de Jorge Luis Borges 29.00

**332.** **QUEVEDO Y VILLEGAS, Francisco de:** *Sueños. El sueño de las calaveras. El alguacil alguacilado. Las zahúrda de Plutón. Visita de los chistes. El mundo por dentro. La hora de todos y la fortuna con seso. Poesías.* Introducción de Arturo Souto A. ........................ 22.00

**97.** **QUIROGA, Horacio:** *Cuentos.* Selección, estudio preliminar y notas críticas e informativas por Raimundo Lazo ........................ 30.00

**347.** **QUIROGA, Horacio:** *Más cuentos.* Introducción de Arturo Souto A. 20.00

**360.** **RABELAIS:** *Gargantúa y Pantagruel. Vida de Rabeláis* por Anatole France. Ilustraciones de Gustavo Doré ........................ 36.00

**219.** **RABINAL-ACHI:** *El varón de Rabinal. Ballet-drama de los indios Quichés de Guatemala.* Traducción y prólogo de Luis Cardoza y Aragón ........ 15.00

**RANGEL, Nicolás.** Véase: **URBINA, Luis G.**

**366.** **REED, John:** *México insurgente. Diez días que estremecieron al mundo.* Prólogo de Juan de la Cabada ........................ 30.00

**669.** **REMARQUE, Erich Maria:** *Sin novedad en el frente. Etiología y cronología de la Primera Guerra Mundial* ........................ 30.00

**597.** **RENAN, Ernesto:** *Marco Aurelio y el fin del mundo antiguo.* Precedido de la plegaria sobre la acrópolis ........................ 27.00

**101.** **RIVA PALACIO, Vicente:** *Cuentos del general.* Prólogo de Clementina Díaz y de Ovando ........................ 20.00

**474.** **RIVA PALACIO, Vicente:** *Las dos emparedadas. Memorias de los tiempos de la inquisición* ........................ 18.00

**476.** **RIVA PALACIO, Vicente:** *Calvario y Tabor* ........................ 18.00

**507.** **RIVA PALACIO, Vicente:** *La vuelta de los muertos* ........................ 18.00

**162.** **RIVA, Duque de:** *Don Alvaro o la fuerza del Sino. Romances históricos.* Prólogo de Antonio Magaña Esquivel ........................ 15.00

**172.** **RIVERA, José Eustasio:** *La vorágine.* Prólogo de Cristina Barros Stivalet ........................ 20.00

**87.** **RODO, José Enrique:** *Ariel. Liberalismo y Jacobinismo. Ensayos: Rubén Darío, Bolívar, Montalvo.* Estudio preliminar, índice biográfico-cronológico y resumen bibliográfico por Raimundo Lazo ........................ 20.00

**115.** **RODO, José Enrique:** *Motivos de Proteo y nuevos motivos de Proteo.* Prólogo de Raimundo Lazo ........................ 27.00

**88.** **ROJAS, Fernando de:** *La Celestina.* Prólogo de Manuel de Ezcurdia. Con una cronología y dos glosarios ........................ 18.00

*ROMANCERO DEL CID.* Véase: **POEMA DE MÍO CID**

**650.** **ROPS, Daniel:** *Jesús en su tiempo.* Jesús ante la crítica por Daniel Rops 58.00

**ROSAS MORENO:** Véase: **FÁBULAS**

**328.** **ROSTAND, Edmundo:** *Cyrano de Bergerac.* Prólogo, estudio y notas de Angeles Mendieta Alatorre ........................ 15.00

440. **ROTTERDAM, Erasmo de:** *Elogio de la locura. Coloquios. Erasmo de Rotterdam,* Por Johan Huizinga ........................................ $ 25.00
113. **ROUSSEAU, Juan Jacobo:** *El contrato social o principios de Derecho Político. Discurso sobre las ciencias y las artes. Discurso sobre el origen de la desigualdad.* Estudio preliminar de Daniel Moreno ........................................ 20.00
159. **ROUSSEAU, Juan Jacobo:** *Emilio o de la educación.* Estudio preliminar de Daniel Moreno ........................................ 18.00
470. **ROUSSEAU, Juan Jacobo:** *Confesiones.* Prólogo de Jeanne Renée Becker ........................................ 18.00
265. **RUEDA, Lope de:** *Teatro completo. Eufemía. Armelina. De los engañados. Medora. Colloquio de Camelia. Colloquio de Tymbria. Diálogo sobre la invención de las Calcas. El deleitoso. Registro de representantes. Colloquio llamado prendas de amor. Colloquio en verso. Comedia llamada discordia y questión de amor. Auto de Naval y Abigail. Auto de los desposorios de Moisén. Farsa del sordo.* Introducción de Arturo Souto A. ........................................ 25.00
10. **RUÍZ DE ALARCÓN, Juan:** *Cuatro comedias. Las paredes oyen. Los pechos privilegiados. La verdad sospechosa. Ganar amigos.* Estudio, texto y comentarios de Antonio Castro Leal ........................................ 22.00
451. **RUÍZ DE ALARCÓN, Juan:** *El examen de maridos. La prueba de las promesas. Mudarse por mejorarse. El tejedor de Segovia.* Prólogo de Alfonso Reyes ........................................ 18.00
**RUIZ IRIARTE:** Véase: **TEATRO ESPAÑOL CONTEMPORÁNEO**
51. *Sabiduría de Israel. Tres obras de la cultura judía.* Traducciones directas de Angel María Garibay K. ........................................ 25.00
**SABIDURÍA DE JESÚS BEN SIRAK:** Véase: **PROVERBIOS DE SALOMÓN**
300. **SAHAGÚN, Fr. Bernardino de:** *Historia general de las cosas de la Nueva España.* La dispuso para la prensa en esta nueva edición, con numeración, anotaciones y apéndices Angel María Garibay K. ........................................ 72.00
299. **SAINT-EXUPERY, Antoine de:** *El principito.* Nota preliminar y traducción de María de los Angeles Porrúa ........................................ 15.00
322. **SAINT-PIERRE, Bernardino de:** *Pablo y Virginia.* Introducción de Arturo Souto A. ........................................ 22.00
659. **SAINTE-BEUVE.** *Retratos literarios. Prólogo de Gerard Bauer* ........................................ 22.00
456. **SALADO ÁLVAREZ, Victoriano:** *Episodios Nacionales: Santa Anna. La reforma. La intervención. El imperio: su alteza serenísima. Memorias de un Polizonte.* Prólogo biográfico de Ana Salado Alvarez ........................................ 18.00
460. **SALADO ÁLVAREZ, Victoriano:** *Episodios Nacionales: Santa Anna. La reforma. La intervención. El imperio: el golpe de estado. Los mártires de Tacubaya* ........................................ 18.00
464. **SALADO ÁLVAREZ, Victoriano:** *Episodios Nacionales: Santa Anna. La reforma. La intervención. El imperio: la reforma. El plan de pacificación* . 18.00
466. **SALADO ÁLVAREZ, Victoriano:** *Episodios Nacionales: Santa Anna. La reforma. La intervención. El imperio: las ranas pidiendo rey. Puebla* ........ 18.00
468. **SALADO ÁLVAREZ, Victoriano:** *Episodios Nacionales: Santa Anna. La reforma. La intervención. El imperio: la Corte de Maximiliano. Orizaba* .. 18.00
469. **SALADO ÁLVAREZ, Victoriano:** *Episodios Nacionales: Santa Anna. La reforma. La intervención. El imperio: Porfirio Díaz. Ramón Corona* ......... 18.00
471. **SALADO ÁLVAREZ, Victoriano:** *Episodios Nacionales: Santa Anna. La reforma. La intervención. El imperio: la emigración. Querétaro* ............ 18.00
477. **SALADO ÁLVAREZ, Victoriano:** *Memorias. Tiempo viejo. Tiempo Nuevo.* Nota preliminar de José Emilio Pacheco. Prólogo de Carlos González Peña ........................................ 24.00
220. **SALGARI, Emilio:** *Sandokan. La mujer del pirata.* Prólogo de María Elvira Bermúdez ........................................ 25.00
239. **SALGARI, Emilio:** *Los piratas de la Malasia. Los estranguladores.* Nota preliminar de María Elvira Bermúdez ........................................ 25.00

**PRECIOS SUJETOS A VARIACIÓN SIN PREVIO AVISO**

**242.** **SALGARI, Emilio:** *Los dos rivales. Los tigres de la Malasia.* Nota preliminar de María Elvira Bermúdez ........ $ 25.00

**257.** **SALGARI, Emilio:** *El rey del mar. La reconquista de Mompracem.* Nota preliminar de María Elvira Bermúdez ........ 25.00

**264.** **SALGARI, Emilio:** *El falso Bracman. La caída de un imperio.* Nota preliminar de María Elvira Bermúdez ........ 25.00

**267.** **SALGARI, Emilio:** *En los junglares de la India. El desquite de Yáñez.* Nota preliminar de María Elvira Bermúdez ........ 25.00

**292.** **SALGARI, Emilio:** *El capitán Tormenta. El León de Damasco.* Nota preliminar de María Elvira Bermúdez ........ 25.00

**296.** **SALGARI, Emilio:** *El hijo del León de Damasco. La galera del Bajá.* Nota preliminar de María Elvira Bermúdez ........ 25.00

**302.** **SALGARI, Emilio:** *El corsario negro. La venganza.* Nota preliminar de María Elvira Bermúdez ........ 25.00

**306.** **SALGARI, Emilio:** *La reina de los caribes. Honorata de Wan Guld* ........ 25.00

**312.** **SALGARI, Emilio:** *Yolanda. Morgan* ........ 25.00

**363.** **SALGARI, Emilio:** *Aventuras entre los pieles rojas. El rey de la pradera.* Prólogo de María Elvira Bermúdez ........ 25.00

**376.** **SALGARI, Emilio.** *En las fronteras del Far-West. La cazadora de cabelleras.* Prólogo de María Elvira Bermúdez ........ 25.00

**379.** **SALGARI, Emilio:** *La soberana del campo de oro. El rey de los cangrejos.* Prólogo de María Elvira Bermúdez ........ 25.00

**465.** **SALGARI, Emilio:** *Las "Panteras" de Argel. El filtro de los Califas.* Prólogo de María Elvira Bermúdez ........ 25.00

**517.** **SALGARI, Emilio:** *Los náufragos del Liguria. Devastaciones de los piratas* ... 25.00

**533.** **SALGARI, Emilio:** *Los mineros de Alaska. Los pescadores de ballenas* .... 25.00

**535.** **SALGARI, Emilio:** *La campana de plata. Los hijos del aire* ........ 25.00

**536.** **SALGARI, Emilio:** *El desierto de fuego. Los bandidos del Sahara* ........ 25.00

**537.** **SALGARI, Emilio:** *Los barcos filibusteros* ........ 25.00

**538.** **SALGARI, Emilio:** *Los misterios de la selva. La costa de márfil* ........ 25.00

**540.** **SALGARI, Emilio:** *La favorita del Mahdi. El profeta del Sudan* ........ 25.00

**542.** **SALGARI, Emilio:** *El capitán de la "D'Juana". La montaña de luz* ........ 25.00

**544.** **SALGARI, Emilio:** *EL hijo del corsario rojo* ........ 25.00

**547.** **SALGARI, Emilio:** *La perla roja. Los pescadores de perlas* ........ 25.00

**553.** **SALGARI, Emilio:** *El mar de las perlas. La perla del río rojo* ........ 25.00

**554.** **SALGARI, Emilio:** *Los misterios de la India* ........ 25.00

**559.** **SALGARI, Emilio.** *Los horrores de Filipinas* ........ 25.00

**560.** **SALGARI, Emilio:** *Flor de las perlas. Los cazadores de cabezas* ........ 25.00

**561.** **SALGARI, Emilio:** *Las hijas de los faraones. El sacerdote de Phtah* ........ 25.00

**562.** **SALGARI, Emilio:** *Los piratas de las Bermudas. Dos abordajes* ........ 25.00

**563.** **SALGARI, Emilio:** *Nuevas aventuras de cabeza de piedra. El castillo de Montecarlo* ........ 25.00

**567.** **SALGARI, Emilio:** *La capitana del Yucatán. La heroína de Puerto Arturo.* Nota preliminar de María Elvira Bermúdez ........ 30.00

**579.** **SALGARI, Emilio:** *Un drama en el Océano Pacífico. Los solitarios del Océano* ........ 25.00

**583.** **SALGARI, Emilio:** *Al Polo Norte a bordo del "Taimyr"* ........ 25.00

**585.** **SALGARI, Emilio:** *El continente misterioso. El esclavo de Madagascar* ... 25.00

**288.** **SALUSTIO:** *La conjuración de Catilina. La guerra de Jugurta.* Estudio preliminar de Francisco Montes de Oca ........ 15.00

**SAMANIEGO:** Véase: **FÁBULAS**

**393.** **SAMOSATA, Luciano de:** *Diálogos. Historia verdadera.* Introducción de Salvador Marichalar ........ 29.00

**59.** **SAN AGUSTÍN:** *La ciudad de Dios.* Introducción de Francisco Montes de Oca ........ 30.00

**142.** **SAN AGUSTÍN:** *Confesiones.* Versión, introducción y notas de Francisco Montes de Oca ........ 15.00

**PRECIOS SUJETOS A VARIACIÓN SIN PREVIO AVISO**

40. **SAN FRANCISCO DE ASÍS.** *Florecillas.* Introducción de Francisco Montes de Oca ........ $ 15.00
228. **SAN JUAN DE LA CRUZ:** *Obras completas. Subida del Monte Carmelo. Noche oscura. Cántico espiritual. Llama de amor viva. Poesías.* Prólogo de Gabriel de la Mora ........ 35.00
199. **SAN PEDRO, Diego de:** *Cárcel de amor. Arnalde e Lucenda. Sermón. Poesías. Desprecio de la fortuna. Seguidas de questión de amor.* Introducción de Arturo Souto A. ........ 22.00
**SÁNCHEZ DE BADAJOZ:** Véase: **AUTOS SACRAMENTALES**
655. **SAND, George:** *Historia de mi vida.* Prólogo de Ramón Arguita ........ 35.00
50. **SANTA TERESA DE JESÚS:** *Las moradas. Libro de su vida.* Biografía de Juana de Ontañón ........ 22.00
645. **SANTAYANA, George:** *Tres poetas filósofos. Lucrecio-Dante-Goethe. Diálogos en el Limbo.* Breve historia de mis opiniones de George Santayana 29.00
49. **SARMIENTO, Domingo F.:** *Facundo. Civilización y Barbarie. Vida de Juan Facundo Quiroga.* Ensayo preliminar e índice cronológico por Raimundo Lazo ........ 18.00
**SASTRE:** Véase: **TEATRO ESPAÑOL CONTEMPORÁNEO**
138. **SCOTT, Walter:** *Ivanhoe o El Cruzado.* Introducción de Arturo Souto A. 20.00
409. **SCOTT, Walter:** *El monasterio.* Prólogo de Henry Thomas ........ 18.00
416. **SCOTT, Walter:** *El pirata.* Prólogo de Henry Thomas ........ 18.00
401. **SCHILLER, Federico:** *María Estuardo. La doncella de Orleans. Guillermo Tell.* Prólogo de Alfredo S. Barca ........ 20.00
434. **SCHILLER, Federico:** *Don Carlos. La conjuración de Fiesco. Intriga y amor.* Prólogo de Wilhelm Dilthey ........ 18.00
458. **SCHILLER, Federico:** *Wallenstein. El campamento de Wallenstein. Los Piccolomini. La muerte de Wallenstein. La novia de Mesina.* Prólogo de Wilhelm Dilthey ........ 18.00
419. **SCHOPENHAUER, Arturo:** *El mundo como voluntad y representación.* Introducción de E. Friedrick Sauer ........ 22.00
455. **SCHOPENHAUER, Arthur:** *La sabiduría de la vida. En torno a la filosofía. El amor, las mujeres, la muerte y otros temas.* Prólogo de Abraham Waismann. Traducción del alemán por Eduardo González Blanco . 22.00
603. **SCHWOB, Marcel:** *Vidas imaginarias. La cruzada de los niños.* Prólogo de José Emilio Pacheco ........ 30.00
281. **SÉNECA:** *Tratados filosóficos. Cartas.* Estudio preliminar de Francisco Montes de Oca ........ 18.00
653. **SERRANO MIGALLÓN, Fernando:** *El grito de la independencia. Historia de una pasión nacional.* Prólogo de Andrés Henestrosa ........ 35.00
658. **SERRANO MIGALLÓN, Fernando:** *Toma de posesión: el rito del poder.* Presentación de Lorenzo Meyer ........ 22.00
437. **SERTILANGES, A. D.:** *La vida intelectual.* **GUITTON, Jean:** *El trabajo intelectual* ........ 22.00
86. **SHAKESPEARE:** *Hamlet. Penas por amor perdidas. Los dos hidalgos de Verona. Sueño de una noche de verano. Romeo y Julieta.* Con notas preliminares y dos cronologías ........ 22.00
94. **SHAKESPEARE:** *Otelo. La fierecilla domada. Y vuestro gusto. El rey Lear.* Con notas preliminares y dos cronologías ........ 22.00
96. **SHAKESPEARE:** *Macbeth. El mercader de Venecia. Las alegres comadres de Windsor. Julio César. La tempestad.* Con notas preliminares y dos cronologías ........ 22.00
**SHOLOJOV:** Véase: **CUENTOS RUSOS**
160. **SIENKIEWICZ, Enrique:** *Quo vadis?* Prólogo de José Manuel Villalaz. 30.00
146. **SIERRA, Justo:** *Juárez: su vida y su tiempo.* Introducción de Agustín Yáñez ........ 22.00
515. **SIERRA, Justo:** *Evolución política del pueblo mexicano.* Prólogo de Alfonso Reyes ........ 18.00

**PRECIOS SUJETOS A VARIACIÓN SIN PREVIO AVISO**

81. **SITIO DE QUERÉTARO, EL:** Según sus protagonistas y testigos. Selección y notas introductorias de Daniel Moreno ............ $ 29.00
14. **SOFÓCLES:** *Las siete tragedias.* Versión directa del griego con una introducción de Angel María Garibay K. ............ 18.00
89. **SOLIS Y RIVADENEIRA, Antonio de:** *Historia de la conquista de México.* Prólogo y apéndices de Edmundo O'Gorman. Notas de José Valero ............ 30.00
472. **SOSA, Francisco:** *Biografías de mexicanos distinguidos. (Doscientas noventa y cuatro)* ............ 55.00
319. **SPINOZA:** *Ética. Tratado teológico-político.* Estudio introductivo, análisis de las obras y revisión del texto por Francisco Larroyo ............ 45.00
651. **STAVANS, Ilán:** *Cuentistas judíos.* Sforim. Schultz. Appelfeld. Perera. Kafka. Peretz. Bratzlav. Kis. Aleichem. Goldemberg. Ash. Oz. Goloboff. Yehoshua. Shapiro. Agnon. Amichai. Svevo. Singer. Paley. Szichman. Stavans. Babel. Gerchunoff. Bellow. Roth. Dorfman. Lubitch. Ozic. Scliar. Bleister. Roenmacher. Introducción *Memoria y literatura* por Ilán Stavans ............ 53.00
105. **STENDHAL:** *La cartuja de Parma.* Introducción de Francisco Montes de Oca ............ 15.00
359. **STENDHAL:** *Rojo y negro.* Introducción de Francisco Montes de Oca. 22.00
110. **STEVENSON, R. L.:** *La isla del tesoro. Cuentos de los mares del sur.* Prólogo de Sergio Pitol ............ 20.00
72. **STOWE, Harriet Beecher:** *La cabaña del tío Tom.* Introducción de Daniel Moreno ............ 30.00
525. **SUE, Eugenio:** *Los misterios de París. Tomo I* ............ 29.00
526. **SUE, Eugenio:** *Los misterios de París. Tomo II* ............ 29.00
628. **SUE, Eugenio:** *El judío errante. 2 Tomos* ............ 144.00
629.
355. **SUETONIO:** *Los doce Césares.* Introducción de Francisco Montes de Oca ............ 20.00
**SURGUCHOV.** Véase: **CUENTOS RUSOS**
196. **SWIFT, Jonathan:** *Viajes de Gulliver.* Traducción, prólogo y notas de Monserrat Alfau ............ 22.00
291. **TÁCITO, Cornelio:** *Anales.* Estudio preliminar de Francisco Montes de Oca ............ 18.00
33. **TAGORE, Rabindranath:** *La luna nueva. El jardinero. El cartero del rey. Las piedras hambrientas y otros cuentos.* Estudio de Daniel Moreno ...... 30.00
647. **TAINE, Hipólito:** *Filosofía del arte.* Prólogo de Raymond Dumay ....... 36.00
232. **TARACENA, Alfonso:** *Francisco I. Madero* ............ 25.00
386. **TARACENA, Alfonso:** *José Vasconcelos* ............ 18.00
610. **TARACENA, Alfonso:** *La verdadera Revolución Mexicana. (1901-1911).* Prólogo de José Vasconcelos ............ 51.00
611. **TARACENA, Alfonso:** *La verdadera Revolución Mexicana. (1912-1914).* Palabras de Sergio Golwarz ............ 51.00
612. **TARACENA, Alfonso:** *La verdadera Revolución Mexicana. (1915-1917).* Palabras de Jesús González Schmal ............ 51.00
613. **TARACENA, Alfonso:** *La verdadera Revolución Mexicana. (1918-1921).* Palabras de Enrique Krauze ............ 51.00
614. **TARACENA, Alfonso:** *La verdadera Revolución Mexicana. (1922-1924).* Palabras de Ceferino Palencia ............ 51.00
615. **TARACENA, Alfonso:** *La verdadera Revolución Mexicana. (1925-1927).* Palabras de Alfonso Reyes ............ 51.00
616. **TARACENA, Alfonso:** *La verdadera Revolución Mexicana. (1928-1929).* Palabras de Rafael Solana, Jr. ............ 51.00
617. **TARACENA, Alfonso:** *La verdadera Revolución Mexicana. (1930-1931).* Palabras de José Muñoz Cota ............ 51.00

**PRECIOS SUJETOS A VARIACIÓN SIN PREVIO AVISO**

618. **TARACENA, Alfonso:** *La verdadera Revolución Mexicana. (1932-1934).* Palabras de Martín Luis Guzmán ........ $ 51.00
619. **TARACENA, Alfonso:** *La verdadera Revolución Mexicana. (1935-1936).* Palabras de Enrique Álvarez Palacios ........ 51.00
620. **TARACENA, Alfonso:** *La verdadera Revolución Mexiana. (1937-1940).* Palabras de Carlos Monsiváis ........ 51.00
**TASIN:** Véase: **CUENTOS RUSOS**
403. **TASSO, Torcuato:** *Jerusalén libertada.* Prólogo de M. Th. Laignel ..... 18.00
325. *Teatro Español Contemporáneo:* **BENAVENTE:** *Los intereses creados. La malquerida.* **MARQUINA.** *En Flandes se ha puesto el sol.* **HNOS. ÁLVAREZ QUINTERO:** *Malvaloca.* **VALLE INCLÁN:** *El embrujado.* **UNAMUNO:** *Sombras de sueño.* **GARCÍA LORCA:** *Bodas de sangre.* Introducción y anotaciones por Joseph W. Zdenek y Guillermo I. Castillo-Feliú ........ 27.00
330. *Teatro Español Contemporáneo:* **LÓPEZ RUBIO:** *Celos del aire.* **MIHURA:** *Tres sombreros de copa.* **LUCA DE TENA:** *Don José, Pepe y Pepito.* **SASTRE:** *La mordaza.* **CALVO SOTELO:** *La muralla.* **PEMAN:** *Los tres etcéteras de Don Simón.* **NEVILLE:** *Alta fidelidad.* **PASO:** *Cosas de papá y mamá.* **OLMO:** *La camisa.* **RUIZ IRIARTE:** *Historia de un adulterio.* Introducción y anotaciones por Joseph W. Zdenek y Guillermo I. Castillo-Feliú ........ 22.00
350. **TEIXIDOR, Felipe:** *Viajeros mexicanos. (Siglos XIX y XX)* ........ 40.00
37. **TEOGONÍA E HISTORIA DE LOS MEXICANOS.** *Tres opúsculos del Siglo XVI.* Edición de Angel M. Garibay K. ........ 18.00
253. **TERENCIO:** *Comedias: La andriana. El eunuco. El atormentador de sí mismo. Los hermanos. La suegra. Formión.* Estudio preliminar de Francisco Montes de Oca ........ 20.00
**TIMONEDA:** Véase: **AUTOS SACRAMENTALES**
201. **TOLSTOI, León:** *La guerra y la paz. De "La guerra y la paz"* por Eva Alexandra Uchmany ........ 65.00
205. **TOLSTOI, León:** *Ana Karenina.* Prólogo de Fedro Guillén ........ 36.00
295. **TOLSTOI, León.** *Cuentos escogidos.* Prólogo de Fedro Guillén ........ 20.00
394. **TOLSTOI, León:** *Infancia-Adolescencia-Juventud. Recuerdos.* Prólogo de Salvador Marichalar ........ 29.00
413. **TOLSTOI, León:** *Resurrección.* Prólogo de Emilia Pardo Bazán ........ 29.00
463. **TOLSTOI, León:** *Los Cosacos. Sebastopol. Relatos de guerra.* Prólogo de Jaime Torres Bodet ........ 18.00
479. **TORRE VILLAR, Ernesto de la:** *Los Guadalupes y la independencia.* Con una selección de documentos inéditos ........ 15.00
550. **TRAPE, Agostino:** *San Agustín. El hombre, el pastor, el místico.* Presentación y traducción de Rafael Gallardo García O.S.A. ........ 29.00
290. **TUCÍDIDES:** *Historia de la guerra del Peloponeso.* Introducción de Edmundo O'Gorman ........ 29.00
453. **TURGUENEV, Iván:** *Nido de Hidalgos. Primer amor. Aguas primaverales.* Prólogo de Emilia Pardo Bazán ........ 18.00
**TURGUENEV:** Véase: **CUENTOS RUSOS**
591. **TURNER, John Kenneth.** *México bárbaro* ........ 22.00
209. **TWAIN, Mark:** *Las aventuras de Tom Sawyer.* Introducción de Arturo Souto Alabarce ........ 20.00
337. **TWAIN, Mark:** *El príncipe y el mendigo.* Introducción de Arturo Souto A. ........ 20.00
**UCHMANY, Eva:** Véase: **TOLSTOI, León**
**UNAMUNO, Miguel de.** Véase: **TEATRO ESPAÑOL CONTEMPORÁNEO**
384. **UNAMUNO, Miguel de:** *Cómo se hace una novela. La tía Tula. San Manuel bueno, o mártir y tres historias más.* Retrato de Unamuno por J. Cassou y comentarios de Unamuno ........ 25.00

**PRECIOS SUJETOS A VARIACIÓN SIN PREVIO AVISO**

388. **UNAMUNO, Miguel de.** *Niebla. Abel Sánchez.* Tres novelas ejemplares y un prólogo ........ $ 25.00
402. **UNAMUNO, Miguel de:** *Del sentimiento trágico de la vida. La agonía del cristianismo.* Introducción de Ernst Robert Curtius ........ 15.00
408. **UNAMUNO, Miguel de:** *Por tierras de Portugal y España. Andanzas y visiones españolas.* Introducción de Ramón Gómez de la Serna ........ 18.00
417. **UNAMUNO, Miguel de:** *Vida de Don Quijote y Sancho. En torno al casticismo.* Introducción de Salvador de Madariaga ........ 45.00
523. **UNAMUNO, Miguel de:** *Antología poética.* Prólogo de Arturo Souto A. .. 22.00
480. **URBINA, Luis G. y otros:** *Antología del centenario.* Estudio documentado de la literatura mexicana durante el primer siglo de independencia 1800-1821. Obra compilada bajo la dirección de Don Justo Sierra ........ 29.00
237. **USIGLI, Rodolfo:** *Corona de sombra. Corona de fuego. Corona de luz* ... 27.00
52. **VALDÉS, Juan de:** *Diálogo de la lengua.* Prólogo de Juan M. Lope Blanch ........ 20.00
**VALDIVIELSO:** Véase: **AUTOS SACRAMENTALES**
56. **VALERA, Juan:** *Pepita Jiménez y Juanita la Larga.* Prólogo de Juana de Ontañón ........ 18.00
190. **VALMIKI:** *El Ramayana.* Prólogo de Teresa E. Rohde ........ 14.00
135. **VALLE-INCLÁN, Ramón del:** *Sonata de primavera. Sonata de estío. Sonata de otoño. Sonata de invierno. (Memorias del Marqués de Bradomín.)* Estudio preliminar de Allen W. Phillips ........ 18.00
287. **VALLE-INCLÁN, Ramón del:** *Tirano Banderas.* Introducción de Arturo Souto A. ........ 12.00
**VALLE-INCLÁN, Ramón del.** Véase: **TEATRO ESPAÑOL CONTEMPORÁNEO**
55. **VARGAS MARTÍNEZ, Ubaldo:** *Morelos: siervo de la nación* ........ 22.00
95. **VARONA, Enrique José:** *Textos escogidos.* Ensayo de interpretación, acotaciones y selección de Raimundo Lazo ........ 22.00
660. **VASARI, Giorgio:** *Vidas de grandes artistas. Las artes plásticas renacentistas,* por Rudolf Chdraba. Rústica ........ 35.00
425. **VEGA, Garcilaso de la y BOSCÁN, Juan:** *Poesías completas.* Prólogo de Dámaso Alonso ........ 27.00
439. **VEGA, Garcilaso de la "El Inca":** *Comentarios reales.* Introducción de José de la Riva-Agüero ........ 27.00
217. **VELA, Arqueles:** *El modernismo. Su filosofía. Su ética. Su técnica* ........ 22.00
243. **VELA, Arqueles:** *Análisis de la expresión literaria* ........ 18.00
339. **VÉLEZ DE GUEVARA, Luis:** *El diablo cojuelo. Reinar después de morir.* Introducción de Arturo Souto A. ........ 15.00
111. **VERNE, Julio:** *De la tierra a la luna. Alrededor de la luna.* Prólogo de María Elvira Bermúdez ........ 20.00
114. **VERNE, Julio:** *Veinte mil leguas de viaje submarino.* Nota de María Elvira Bermúdez ........ 25.00
116. **VERNE, Julio:** *Viaje al centro de la tierra. El doctor Ox. Maese Zacarías. Un drama en los aires.* Nota de María Elvira Bermúdez ........ 20.00
123. **VERNE, Julio.** *La isla misteriosa.* Nota de María Elvira Bermúdez ..... 22.00
168. **VERNE, Julio:** *La vuelta al mundo en 80 días. Las tribulaciones de un chino en China* ........ 20.00
180. **VERNE, Julio:** *Miguel Strogoff.* Con una biografía de Julio Verne por María Elvira Bermúdez ........ 15.00
183. **VERNE, Julio:** *Cinco semanas en globo.* Prólogo de María Elvira Bermúdez ........ 12.00
186. **VERNE, Julio:** *Un capitán de quince años.* Prólogo de María Elvira Bermúdez ........ 18.00
189. **VERNE, Julio:** *Dos años de vacaciones.* Prólogo de María Elvira Bermúdez ........ 15.00

**PRECIOS SUJETOS A VARIACIÓN SIN PREVIO AVISO**

260. **VERNE, Julio:** *Los hijos del capitán Grant.* Nota preliminar de María Elvira Bermúdez .......... $ 25.00
361. **VERNE, Julio.** *El castillo de los Carpatos. Las indias negras. Una ciudad flotante.* Nota preliminar de María Elvira Bermúdez .......... 18.00
404. **VERNE, Julio:** *Historia de los grandes viajes y los grandes viajeros* .......... 27.00
445. **VERNE, Julio:** *Héctor Servadac.* Prólogo de María Elvira Bermúdez. 22.00
509. **VERNE, Julio:** *La Jangada. Ochocientas leguas por el Río de las Amazonas* .......... 18.00
513. **VERNE, Julio:** *Escuela de los Robinsones.* Nota preliminar de María Elvira Bermúdez .......... 18.00
539. **VERNE, Julio:** *Norte contra Sur* .......... 15.00
541. **VERNE, Julio.** *Aventuras del capitán Hatteras. Los ingleses en el Polo Norte. El desierto de hielo* .......... 18.00
543. **VERNE, Julio:** *El país de las pieles* .......... 15.00
551. **VERNE, Julio:** *Kerabán el testarudo* .......... 15.00
552. **VERNE, Julio:** *Matías Sandorf.* Novela laureada por la Academia Francesa .......... 18.00
569. **VERNE, Julio:** *El archipiélago de fuego. Clovis Dardentor. De Glasgow a Charleston. Una invernada entre los hielos* .......... 18.00
570. **VERNE, Julio:** *Los amotinados de la Bounty. Mistress Branican* .......... 15.00
571. **VERNE, Julio:** *Un drama en México. Aventuras de tres rusos y de tres ingleses en el Africa Austral. Claudio Bombarnac* .......... 18.00
575. **VERNE, Julio:** *César Cascabel* .......... 18.00
**VIDA DEL BUSCÓN DON PABLOS:** Véase: **LAZARILLO DE TORMES.**
163. **VIDA Y HECHOS DE ESTEBANILLO GONZÁLEZ.** Prólogo de Juana de Ontañón .......... 15.00
227. **VILLAVERDE, Cirilo:** *Cecilia Valdés. Novela de costumbres cubanas.* Estudio crítico de Raimundo Lazo .......... 24.00
147. **VIRGILIO.** *Eneida. Geórgicas. Bucólicas.* Edición revisada por Francisco Montes de Oca .......... 12.00
261. **VITORIA, Francisco de:** *Reelecciones. Del estado, de los indios y del derecho de la guerra.* Con una introducción de Antonio Gómez Robledo. 15.00
447. **VIVES, Juan Luis:** *Tratado de la enseñanza. Introducción a la sabiduría. Escolta del alma. Diálogos. Pedagogía pueril.* Estudio preliminar y prólogos por José Manuel Villalpando .......... 33.00
27. **VOCES DE ORIENTE.** *Antología de textos literarios del cercano Oriente.* Traducciones, introducciones, compilación y notas de Angel María Garibay K. .......... 15.00
398. **VOLTAIRE:** *Cándido. Zadig. El ingenuo. Micrómegas. Memmon y otros cuentos.* Prólogo de Juan Antonio Guerrero .......... 20.00
634. **VON KLEIST, Heinrich.** *Michael Kohlhaas y otras narraciones.* Heinrich Von Kleist por Stefan Zewig .......... 27.00
170. **WALLACE, Lewis:** *Ben-Hur.* Prólogo de Joaquín Antonio Peñalosa . 25.00
**WICKRAM, Jorge:** Véase: **ANÓNIMO**
133. **WILDE, Óscar:** *El retrato de Dorian Gray. El príncipe feliz. El ruiseñor y la rosa. El crimen de Lord Arthur Saville. El fantasma de Canterville.* Traducción, prólogo y notas de Monserrat Alfau .......... 20.00
238. **WILDE, Óscar:** *La importancia de llamarse Ernesto. El abánico de Lady Windermere. Una mujer sin importancia. Un marido ideal. Salomé.* Traducción y prólogo de Monserrat Alfau .......... 22.00
161. **WISEMAN, Cardenal:** *Fabiola o la Iglesia de las Catacumbas.* Introducción de Joaquín Antonio Peñalosa .......... 35.00
90. **ZARCO, Francisco:** *Escritos literarios.* Selección, prólogo y notas de René Avilés .......... 22.00
546. **ZAVALA, Silvio:** *Recuerdo de Vasco de Quiroga* .......... 50.00
269. **ZEA, Leopoldo:** *Conciencia y posibilidad del mexicano. El occidente y la conciencia de México. Dos ensayos sobre México y lo mexicano* .......... 15.00

**PRECIOS SUJETOS A VARIACIÓN SIN PREVIO AVISO**

528. **ZEVACO, Miguel:** *Los Pardaillán. Tomo I: En las garras del monstruo. La espía de la Médicis. Horrible revelación* .......... $ 30.00
529. **ZEVACO, Miguel:** *Los Pardaillán. Tomo II: El círculo de la muerte. El cofre envenenado. La cámara del tormento* .......... 30.00
530. **ZEVACO, Miguel:** *Los Pardaillán. Tomo III: Sudor en sangre. La sala de las ejecuciones. La venganza de Fausta* .......... 30.00
531. **ZEVACO, Miguel:** *Los Pardaillán. Tomo IV: Una tragedia en la Bastilla. Vida por vida. La crucificada* .......... 30.00
532. **ZEVACO, Miguel:** *Los Pardaillán. Tomo V: El vengador de su madre. Juan el Bravo. La hija del Rey Hugonote* .......... 30.00
548. **ZEVACO, Miguel:** *Los Pardaillán. Tomo VI: El tesoro de Fausta. La prisionera.* La casa misteriosa .......... 30.00
555. **ZEVACO, Miguel:** *Los Pardaillán. Tomo VII: El día de la justicia. El santo oficio. Ante el César* .......... 30.00
556. **ZEVACO, Miguel:** *Los Pardaillán. Tomo VIII: Fausta la diabólica. Pardaillán y Fausta. Tallo de lirio* .......... 30.00
558. **ZEVACO, Miguel:** *Los Pardaillán. Tomo IX: La abandonada. La dama blanca. El fin de los Pardaillán* .......... 30.00
412. **ZOLÁ, Emilio:** *Naná.* Prólogo de Emilia Pardo Bazán .......... 30.00
414. **ZOLÁ, Emilio:** *La taberna.* Prólogo de Guy de Maupassant .......... 20.00
58. **ZORRILLA, José:** *Don Juan Tenorio. El puñal del Godo.* Prólogo de Salvador Novo .......... 18.00
153. **ZORRILLA DE SAN MARTÍN, Juan:** *Tabaré.* Estudio crítico por Raimundo Lazo .......... 15.00
418. **ZWEIG, Stefan:** *El mundo de ayer* .......... 22.00
589. **ZWEIG, Stefan:** *Impaciencia del corazón* .......... 15.00

# BIBLIOTECA JUVENIL PORRÚA

LAS OBRAS MAESTRAS ADAPTADAS AL ALCANCE DE NIÑOS Y JÓVENES CON ILUSTRACIONES EN COLOR

# BIBLIOTECA JUVENIL PORRÚA

1. CERVANTES SAAVEDRA, Miguel de.- **Aventuras de Don Quijote.** Primera parte. adaptadas para los niños por Pablo Vila. 2ª edición. 1994, 112 pp. Rústica. $ 15.00
2. — **Aventuras de Don Quijote.** Segunda parte. Adaptadas para los niños por Pablo Vila. 2ª edición.1994, 144 pp. Rústica. 15.00
3. **Amadís de Gaula.** Relatada a los niños por María Luz Morales. 1ª edición. 1992. 103 pp. Rústica. 15.00
4. **Historia de Guillermo Tell.** Adaptada a los niños por H. E. Marshall. 2ª edición. 1994. 82 pp. Rústica. 15.00
5. MILTÓN, John.— **El Paraíso Perdido.** Adaptada para los niños por Manuel Vallvé. 1ª edición. 1992. 77 pp. Rústica. 15.00
6. **Hazañas del Cid Campeador.** Adaptación para los niños por María Luz Morales. 2ª edición. 1994. 113 pp. Rústica. 15.00
7. CAMOENS, Luis de.— **Los Lusiadas.** Poema épico. Adaptada para los niños por Manuel Vallvé. 1ª edición. 1992. 77 pp. Rústica. 15.00
8. ALIGHIERI, Dante.— **La Divina Comedia.** Adaptación a los niños por Mary Mc Gregor. 1ª edición. 1992. 101 pp. Rústica. 15.00
9. **Aventuras del Barón de Munchhausen.** Relatadas a los niños. 1ª edición. 1992. 125 pp. Rústica. 15.00
10. **La Íliada o El Sitio de Troya.** Relatada a los niños por María Luz Morales, 2ª edición. 1994. 98 pp. Rústica. 15.00
11. SCOTT, Walter.— **Ivanhoe.** Adaptación para los niños por Manuel Vallvé, 1ª edición 1992. 119 pp. Rústica. 15.00
12. **Cantar de Roldán, El.** Adaptación para los niños por H. E. Marshall. 1ª edición. 1992. 93 pp. Rústica. 15.00
13. TASSO, Torcuato.— **La Jerusalén Libertada.** Adaptada para los niños por José Baeza, 1ª edición 1992. 105 pp. Rústica. 15.00
14. **Historia de Ruiz Alarcón,** Relatada a los niños por María Luz Morales, 1ª edición. 1992. 105 pp. Rústica. 15.00
15. RODAS, Apolonio de.— **Los Argonautas.** Adaptada a los niños por Carmela Eulate. 1ª edición. 1993. 101 pp. Rústica. 15.00
16. **Aventuras de Gil Blas de Santillana.** Adaptado para los niños por María Luz Morales. 1ª edición. 1992. 115 pp. Rústica. 15.00
17. CERVANTES SAAVEDRA, Miguel de.— **La Gitanilla. El Amante Liberal.** Adaptado a los niños por María Luz Morales. 1ª edición. 1992. 103 pp. Rústica. 15.00
18. **Cuentos de Hoffman.** Relatados a los niños por Manuel Vallvé. 1ª edición. 1992. 101 pp. Rústica. 15.00
19. HOMERO.— **La Odisea.** Relatada a los niños por María Luz Morales. 2ª edición. 1994. 109 pp. Rústica. 15.00
20. **Cuentos de Edgard Allan Poe.** Relatados a los niños por Manuel Vallvé. 2ª edición. 1994. 79 pp. Rústica. 15.00
21. ARIOSTO, Ludovico.— **Orlando Furioso.** Relatado a los niños. 1ª edición 1993. 91 pp. Rústica. 15.00

**PRECIOS SUJETOS A VARIACIÓN SIN PREVIO AVISO**

22. **Historia de Wagner.** Adaptado a los niños por C. E. Smith. 1ª edición 1993.105 pp. Rústica. $ 15.00
23. **Tristán e Isolda.** Adaptado a los niños por Manuel Vallvé. 1ª edición. 1993. 87 pp. Rústica. 15.00
24. **Historia de Moliere.** Relatadas a los niños por José Baeza. 1ª edición. 1993. 73 pp. Rústica. 15.00
25. **Historias de Lope de Vega.** Relatadas a los niños por María Luz Morales. 1ª edición. 1993. 93 pp. Rústica. 15.00
26. **Mil y una Noches,** Las. Narradas a los niños por C. G. 1ª edición. 1993. 85 pp. Rústica. 15.00
27. **Historias de Tirso de Molina.** Relatadas a los niños. 1ª edición. 1993. 95 pp. Rústica. 15.00
28. **Cuentos de Schmid.** Relatada a los niños por E.H.H. 1ª edición. 1993. 124 pp. Rústica. 15.00
29. IRVING. Washington.— **Cuentos de Alhambra.** Relatada a los niños por Manuel Vallvé. 1ª edición. 1993. 78 pp. Rústica. 15.00
30. WAGNER, R.— **El Anillo del Nibelungo.** Relatada a la juventud por Manuel Vallvé. 1ª edición. 1993.,109 pp. Rústica. 15.00
31. **Historias de Juan Godofredo de Herder.** Adaptado a los niños por Leonardo Panizo. 1ª edición. 1993. 75 pp. Rústica. 15.00
32. **Historias de Plutarco.** Adaptado a los niños por Manuel Vallvé. 1ª edición. 1993. 93 pp. Rústica. 15.00
33. IRVING, Washington.— **Más Cuentos de la Alhambra.** Adaptado a los niños por Manuel Vallvé. 1ª edición. 1993. 91 pp. Rústica. 15.00
34. **Descubrimiento del Perú.** Relatadas a los niños por Fray Celso García (Agustino). 1ª edición. 1993. 125 pp. Rústica. 15.00
35. **Más Historias de Hans Andersen.** Traducción y adaptación de Manuel Vallvé. 1ª edición. 1993. 83 pp. Rústica. 15.00
36. KINGSLEY, Charles.— **Los Héroes.** Relatado a los niños por Mary MacGregor. 1ª edición. 1993. 103 pp. Rústica. 15.00
37. **Leyendas de Peregrinos.** (Historia de Chaucer.) Relatadas a los niños por Janet Harvey Kelma. 1ª edición. 1993. 89 pp. Rústica. 15.00
38. **Historias de Goethe.** Relatado a los niños por María Luz Morales. 1ª edición. 1993. 107 pp. Rústica. 15.00
39. VIRGILIO MARON, Publio.— **La Eneida.** Relatada a los niños por Manuel Vallvé. 1ª edición. 1993. 81 pp. Rústica. 15.00
40. **Los Caballeros de la Tabla Redonda.** Leyendas relatadas a los niños por Manuel Vallvé. 1ª edición. 1993. 95 pp. Rústica. 15.00
41. **Historias de Shakespeare.** Explicadas a los niños por Jeanie Lang. 1ª edición. 1993. 127 pp. Rústica. 15.00
42. **Historias de Calderón de la Barca. El Alcalde de Zalamea. La Vida es Sueño.** Relatadas a los niños por Manuel Vallvé. 1ª edición. 1993. 87 pp. Rústica. 15.00
43. **Historias de Eurípides.** Narradas a los niños por María Luz Morales. 1ª edición. 1993. 103 pp. Rústica. 15.00
44. SWIFT, Jonathan.— **Viajes de Gulliver a Liliput Brobdingnag.** Relatados a los niños por John Lang. 1ª edición. 1993. 100 pp. Rústica. 15.00
45. **Historias de Rojas Zorrilla.** Adaptadas a la juventud por José Baeza. 1ª edición. 1994. 107 pp. Rústica. 15.00
46. **Más Historias de Shakespeare.** Relatadas a los niños por Jeanie Lang. 1ª edición. 1994. 101 pp. Rústica. 15.00
47. **Cuentos de Perrault.** Relatada a los niños por María Luz Morales.1ª edición. 1994. 101 pp. Rústica. 15.00

**PRECIOS SUJETOS A VARIACIÓN SIN PREVIO AVISO**

**48.** **Historias de Lucano.** Relatadas a los niños por Francisco Esteve. 1ª edición. 1994. 100 pp. Rústica. $ 15.00
**49.** CERVANTES, Miguel de.— **Entremeses.** Adaptación por José Baeza. 1ª edición. 1994. 97 pp. Rústica. 15.00
**50.** **La Cabaña del Tío Tom.** Relatada a los niños por H. E. Marshall. 1ª edición. 1994. 103 pp. Rústica. 15.00
**51.** **Ramayana de Valmiki, El.** Relatado la juventud por Carmela Eulate. 1ª edición. 1994. 112 pp. Rústica. 15.00
**52.** **Conde Lucanor, El.** Relatado a la juventud por Francisco Esteve. 1ª edición. 1994. 134 pp. Rústica. 15.00
**53.** FENELON, M. de.— **Las Aventuras de Telémaco.** Adaptación por José Baeza. 1ª edición. 1994. 103 pp. Rústica. 15.00
**54.** CROCE, Della.— Bertoldo, **Bertoldino y Cacaseno.** Adaptación por José Baeza. 1ª edición. 1994. 91 pp. Rústica. 15.00
**55.** **Historias de Hans Andersen.** Relatadas a los niños por Mary Mac Gregor. 1ª edición. 1994. 100 pp. Rústica. 15.00
**56.** **Historias de Esquilo.** Relatadas a la juventud por María Luz Morales. 1ª edición. 1994. 111 pp. Rústica. 15.00
**57.** **Más mil y una Noches.** Relatadas a la juventud por C. G. 1ª edición. 1994. 97 pp. Rústica. 15.00
**58.** **Fausto.** Célebre poema de Goethe. Adaptado para la juventud por Francisco Esteve. 1ª edición. 1994. pp. Rústica. 15.00
**59.** **Tienda del anticuario, La.** Adaptación para la juventud por José Baeza. 1ª edición. 1994. 105 pp. Rústica. 15.00
**60.** **Sakuntala de Kalidasa.** Adaptación de Carmela Eulate. 1ª edición. 1994. 104 pp. Rústica. 15.00
**61.** **Trovas de otros Tiempos.** Leyendas españolas. Relatadas a los niños por María Luz Morales. 1ª edición. 1994. 83 pp. Rústica. 15.00
**62.** **Leyendas de Oriente.** Relatadas a los niños por María Luz Morales. 1ª edición. 1994. 121 pp. Rústica. 15.00
**63.** **Historias de Sófocles.** Adaptadas para los niños por María Luz Morales. 1ª edición. 1994. 97 pp. Rústica. 15.00
**64.** HURTADO DE MENDOZA, Diego.— **El Lazarillo de Tormes.** Adaptación para los niños por José Escofet. 1ª edición. 1994. 93 pp. Rústica. 15.00
**65.** **Historias de Lord Byron.** Relatadas a la juventud por José Baeza. 1ª edición. 1994. 93 pp. Rústica. 15.00
**66.** **Historias de Plauto: Los Cautivos. La Aulularia. Gorgojo.** Adaptadas a la juventud por José Baeza. 1ª edición. 1994. 113 pp. Rústica. 15.00
**67.** **Cuentos de Grimm.** Adaptada a la juventud por María Luz Morales. 1ª edición. 1994. 107 pp. Rústica. 15.00
**68.** **Más Cuentos de Grimm.** Adaptada a la juventud por Manuel Vallvé. 1ª edición. 1994. 95 pp. Rústica. 15.00
**69.** DICKENS, Carlos.— **El Canto de Navidad.** Adaptada a la juventud por Manuel Vallvé. 1ª edición. 1994. 81 pp. Rústica. 15.00
**70.** SCHELEMIHL, Pedro.— **El Hombre que Vendió su Sombra.** Adaptada a la jubentud por Manuel Vallvé. 1ª edición. 1994. 89 pp. Rústica. 15.00
**71.** **Historias de Till Eulensplegel.** Adaptada a la juventud por Manuel Vallvé. 1ª edición. 1994. 91 pp. Rústica. 15.00
**72.** **Beowulf.** Leyendas Heróicas. Relatado para la juventud por Manuel Vallvé. 1ª edición. 1994. 91 pp. Rústica. 15.00
**73.** **Fábulas de Samaniego.** Cuidadosamente elegidas y adaptadas para los niños. 1ª edición. 1994. 144 pp. Rústica. 15.00

**PRECIOS SUJETOS A VARIACIÓN SIN PREVIO AVISO**

**74.** HURTADO DE MENDOZA, Diego.— **Los Siete infantes de Lara.** Leyendas del Romancero Castellano por Manuel Vallvé. 1ª edición. 1994. 97 pp. Rústica. $ 15.00

**75.** **Fábulas de Esopo.** Relatadas a la juventud. 1ª edición. 1994. 120 pp. Rústica. 15.00

**76.** **Leyenda de Sigfrido, La.** Adaptada para la juventud por María Luz Morales. 1ª edición. 1994. 116 pp. Rústica. 15.00

**77.** DEFOE, Daniel.— **Aventuras de Robinson Crusoe.** Relatadas a la juventud por Jeanie Lang. Versión española de Manuel Vallvé. 1ª edición. 1994. 92 pp. Rústica. 15.00



**PRECIOS SUJETOS A VARIACIÓN SIN PREVIO AVISO**